प्रच्छन्न

महासमर-6

वाणी प्रकाशन
21-ए, दरियागंज, नयी दिल्ली-110002
Ph : 23273167, 23275710 Fax : 23275710
email : vani_prakashan@yahoo.com
vani_prakashan@mantraonline.com

प्रच्छन्न

महासमर-6

नरेन्द्र कोहली

वाणी प्रकाशन

वाणी प्रकाशन

4695, 21-ए, दरियागंज, नयी दिल्ली 110 002

फ़ोन : +91 11 23273167 फ़ैक्स : +91 11 23275710

शाखाएँ

अशोक राजपथ, पटना 800 004, बिहार

कॉफ़ी हाउस कैम्पस, महात्मा गांधी मार्ग, इलाहाबाद 211 001, उत्तर प्रदेश

महात्मा गांधी अन्तरराष्ट्रीय हिन्दी विश्वविद्यालय, वर्धा 442 001, महाराष्ट्र

www.vaniprakashan.in
marketing@vaniprakashan.in
sales@vaniprakashan.in

PRACHCHHANN : MAHASAMAR-6
by Narendra Kohli

ISBN : 978-81-7055-512-4
Novel/A Story of Mahabharat

संस्करण 1998, 2000, 2003, 2007, 2012, 2013
आवृत्ति 2019

मूल्य : ₹ 795

एम.एस. प्रिंटर्स, दिल्ली-110 095 में मुद्रित

वाणी प्रकाशन का लोगो मक़बूल फ़िदा हुसेन की कूची से

सर्वधर्मान् परित्यज्य मामेकं शरणं व्रज।
अहं त्वा सर्वपापेभ्यो मोक्षयिष्यामि मा शुचः।

सृष्टि में प्रच्छन्न श्री कृष्ण को।

गांधारी ने स्वयं आग्रहपूर्वक अपने प्रासाद में निमंत्रित कर, शकुनि का ऐसा सत्कार किया था, जैसा राजप्रासादों में भी बहुत आत्मीय और सम्माननीय अभ्यागतों का, अत्यंत असाधारण अवसरों पर ही किया जा सकता है। शकुनि को आदरपूर्वक मंच पर बैठाने के पश्चात् उसने दो ही काम किए थे : विभिन्न प्रकार के उत्कृष्ट व्यंजन परोसने के लिए दासियों को आदेश दिए थे; तथा शकुनि से और भोजन करने का अनुरोधपूर्वक आग्रह किया था। शकुनि की समझ में नहीं आ रहा था कि आज गांधारी के मन में क्या था। किस प्रेरणा से आज उसके प्रासाद में, शकुनि का यह सम्मान सत्कार हो रहा था। गांधारी का व्यवहार सहज तो था; किंतु सामान्य नहीं था। शकुनि उसका सगा भाई था। उन्होंने सारा शैशव एक साथ व्यतीत किया था। उनका वंश एक था, उनका लक्ष्य एक था ...फिर इस प्रकार आमंत्रित कर, साग्रह सत्कार करना ...कोई तो प्रयोजन होना ही चाहिए। ... और गांधारी थी कि कुछ बोल ही नहीं रही थी।

शकुनि ने भोजन समाप्त कर हाथ धोए। वह सोच ही रहा था कि क्या अब उसे, गांधारी से सहज भाव से विदा माँग चुपचाप चला जाना चाहिए ?

तभी गांधारी ने अपना मुख खोला, "भैया ! यहाँ आकर बैठो, मेरे पास। तुमसे एक बात कहनी है।"

शकुनि मन ही मन मुस्कराया : यह तो होना ही था। ऐसा भोजन कराकर, गांधारी उसे यूँ ही चुपचाप कैसे विदा कर देती। वह तब से उसकी इसी बात की ही तो प्रतीक्षा कर रहा था। वह अपनी बहन को ठीक ही जानता था।

"भैया !" गांधारी बोली, "दुर्योधन मेरा पुत्र है।"

शकुनि ने चकित दृष्टि से गांधारी की ओर देखा : क्या कहना चाहती है वह ? क्या शकुनि नहीं जानता कि दुर्योधन गांधारी का पुत्र है ? वह उसे

इस प्रकार सूचना दे रही है, जैसे वह आज तक इस तथ्य से अनभिज्ञ रहा हो।

गांधारी की पट्टी बँधी आँखें नहीं देख सकती थीं कि शकुनि उसके चेहरे को ही एकटक देख रहा था; और उसकी आँखों में तनिक भी मधुर भाव नहीं था।

"समझ रहे हो मेरी बात ? वह महाराज धृतराष्ट्र का ही पुत्र नहीं है। वह मेरा भी पुत्र है; और उससे मैं उतना ही प्रेम करती हूँ, जितना कोई भी माँ अपने पुत्र से कर सकती है।" गांधारी ने अपनी बात आगे बढ़ाई, "अतः उसे अपना जीवनाश्व, विनाश के मार्ग पर सरपट दौड़ाए लिए जाने की अनुमति नहीं दे सकती।"

शकुनि कुछ नहीं बोला।

"मैंने उसे समझाने का बहुत प्रयत्न किया," गांधारी पुनः बोली, "किंतु पता चला कि जब तक तुम उसे समझा रहे हो, तब तक वह किसी और के समझाने से कुछ नहीं समझेगा।"

"क्या समझाना चाहती हो उसे ?" शकुनि का मन जैसे स्तब्ध ही नहीं निस्पंद भी हो गया था। उसने गांधारी के मुख से, इस प्रकार की बात सुनने की कभी कल्पना भी नहीं की थी।

"वह आत्म-विकास और आत्म-विनाश का अंतर पहचाने। वह विनाश के मार्ग पर आगे न बढ़े।" गांधारी बोली।

"तो इसमें समझाने को क्या रखा है ?" शकुनि बोला, "वह अपने शत्रुओं को उनकी धन संपत्ति, सेना सत्ता सबसे वंचित कर चुका है। बहुत संभव है, कि निकट भविष्य में वह उनका वध करने में भी सफल हो जाए। विनाश तो शत्रुओं का होगा गांधारी ! और शत्रुओं का संहार ही अपना उत्थान होता है। इसमें तुम्हें दुर्योधन का विनाश कहाँ से दिखाई पड़ रहा है ?"

"मैं तुमसे तर्क करना नहीं चाहती।" गांधारी ने कुछ कठोर स्वर में कहा, "केवल इतना कहना चाहती हूँ कि तुम दुर्योधन को उपलब्धियों की मृगतृष्णा में उलझाकर मृत्यु की ओर मत धकेलो। विकास के छद्म मार्ग से उसे विनाश के मार्ग पर मत ले जाओ।"

"क्यों ? उपलब्धियों में क्या दोष है ?" शकुनि का स्वर भी कुछ कठोर हो गया, "दुर्योधन के पास आज जो कुछ भी है, वह सब मेरे ही कारण है। यदि मैंने उसे अपने अधिकार के लिए लड़ना सिखाया, तो क्या अनुचित किया ? शत्रुओं का सर्वस्व हरण करने में यदि मैंने उसकी सहायता की, तो उसका क्या अहित किया ? यदि मैंने उसे एक शक्तिशाली सम्राट् के रूप में हस्तिनापुर के सिंहासन पर प्रतिष्ठित किया, तो क्या मैंने उसका अकल्याण किया ?"

"नहीं ! इनसे विरोध नहीं है मेरा।" गांधारी बोली, "किंतु तुमने उसके

मन में ईर्ष्या की अग्नि जलाई, तुमने उसे धर्म के मार्ग से विरत किया, तुमने उसे नारी का अपमान करना सिखाया। ... ये सारे मार्ग विनाश के द्वार तक ही जाते हैं। तुमने उसकी हीनतर वृत्तियों को प्रोत्साहित किया। उसे पशु बनाया। उसे उदात्ततर जीवन जीना नहीं सिखाया, वरन् उससे उसे पूर्णतः विरत कर दिया।''

शकुनि स्तब्ध रह गया। उसके मुख से जैसे अनायास ही निकल गया, ''तो तुम मुझसे और क्या अपेक्षा करती हो ?'' और सहसा वह सँभल गया, ''मैं कोई ऋषि नहीं हूँ। व्यास नहीं हूँ मैं ! मैं शकुनि हूँ। शकुनि कूटनीतिज्ञ है। कूटनीति सांसारिकता ही सिखाती है। अपने भागिनेय को त्याग नहीं सिखा सकता मैं। कायरों के समान, अपना अधिकार शत्रुओं को सौंप, पलायन की शिक्षा नहीं दे सकता, मैं उसे।'' वह कुछ रुककर पुनः बोला, ''द्यूत में पांचाली को दाँव पर लगाने का प्रस्ताव अवश्य रखा था मैंने; किंतु उसका अपमान करने जैसी कोई बात नहीं कही थी। उसे वेश्या कहनेवाला वह धर्मात्मा कर्ण था, और पांचाली को निर्वस्त्र करने का आदेश देने का महाकार्य भी उसी ने किया था। उसे बुला कर समझा चुकीं क्या ?''

गांधारी ने उसकी बात का उत्तर नहीं दिया। उसने जैसे अपनी ही बात आगे बढ़ाई, ''मुझे लगता है भैया ! तुम्हारा सान्निध्य मेरे पुत्रों के लिए हितकर नहीं है। तुम उन्हें इतना महत्त्वाकांक्षी बना रहे हो कि वे धर्म-अधर्म को ही नहीं भूले, अपनी सुरक्षा-असुरक्षा को भी भूल गए हैं। तुमने उन्हें एक अंतहीन, अंधी, भयंकर और वेगवती दौड़ में जोत दिया है, जो उनके वश की नहीं है। तुम देख रहे हो कि वे हाँफ रहे हैं, उनकी क्षमताएँ क्षीण हो चुकी हैं। तुम जानते हो कि वे अधिक नहीं दौड़ पाएँगे; फिर भी तुम उन्हें दौड़ाते जा रहे हो। तुम चाहते हो कि वे दौड़ते-दौड़ते गिर पड़ें ? हाँफते-हाँफते अपने प्राण दे दें ?''

शकुनि ने कुछ इस दृष्टि से गांधारी को देखा, जैसे उसे संदेह हो रहा हो कि सामने बैठी यह स्त्री उसकी अपनी बहन ही थी, अथवा गांधारी के वेश में वहाँ कोई और आ बैठा था।

और सहसा उसका आक्रोश जागा, ''जहाँ तक मैं समझता हूँ महारानी ! मैं अपने लक्ष्य से कण भर भी विचलित नहीं हुआ हूँ।''

गांधारी मौन रही। उसकी आँखों पर पट्टी बँधी थी। शकुनि उसके आँखों के भाव नहीं देख सकता था; किंतु इतना तो वह समझ ही सकता था कि गांधारी का यह मौन, उसके लिए शुभ नहीं था।

अंततः गांधारी की आँखों में बंद भाव उसके चेहरे पर प्रकट हुआ। उसका चेहरा क्रोध से तमतमा गया था। उसके शब्द अत्यंत कठोर थे, ''तुम्हें मैं भली प्रकार जानती हूँ भैया ! तुम्हारी ही बहन हूँ। ... किंतु अब हस्तिनापुर की महारानी

के रूप में तुम्हें आदेश दे रही हूँ। दुर्योधन को कामनाओं की सूली पर मत टाँगो; अन्यथा हस्तिनापुर में तुम्हारे लिए कोई स्थान नहीं होगा। जाओ। विवाद अथवा प्रतिवाद की अनुमति नहीं है तुम्हें। जाओ।"

स्वयं को संयत रखने के लिए शकुनि को बहुत प्रयत्न करना पड़ा।...गंधार में वह युवराज था। वह बड़ा भाई था, गांधारी उसकी छोटी बहन थी। उसकी आँखों में सीधे देख कर बात करने का साहस भी नहीं कर सकती थी वह। और आज वह उसे आदेश दे रही थी। हस्तिनापुर से निष्कासन की धमकी दे रही थी। ... किंतु क्या कर सकता था शकुनि ! सत्य यही था कि हस्तिनापुर में शकुनि कुरुओं का आश्रित था; और गांधारी हस्तिनापुर की महारानी थी। इच्छा होने पर वह उसे वस्तुतः दंडित कर सकती थी। उसके आदेश से शकुनि हस्तिनापुर से निष्कासित भी हो सकता था, बंदी भी हो सकता था; और बधिकों को समर्पित भी किया जा सकता था।...

शकुनि बिना एक भी शब्द कहे, उठ खड़ा हुआ। उसने एक दृष्टि गांधारी पर भी डाली; किंतु उसका लाभ क्या था। गांधारी देख तो सकती नहीं थी कि शकुनि ने उसे किस दृष्टि से देखा था। ... पहले सोचा कि इतना तो कह ही दे कि वह जा रहा है। फिर वह कहना भी आवश्यक नहीं लगा। उसकी पगध्वनि से वह समझ ही जाएगी कि वह जा रहा है, अथवा उसके जाने के पश्चात् महारानी की दासी उसे बता ही देगी कि शकुनि चला गया है।...

अपने भवन के निजी कक्ष में पहुँचकर शकुनि ने कपाट भीतर से बंद कर लिए।

उसे लग रहा था कि वह अपने कक्ष में ही नहीं, अपने मन में भी नितांत अकेला है ...आज तक वह यही समझता रहा कि इस पराए राज्य में कोई और उसके साथ हो या न हो, उसकी बहन उसके साथ थी। वे दोनों—बहन और भाई—एक ही लक्ष्य के लिए, संकल्पबद्ध होकर कार्य कर रहे थे। उनका जीवन समान ध्येय को समर्पित था। उनमें कहीं कोई मत-भेद नहीं था।... किंतु आज पता लगा था कि वह सब तो शकुनि का भ्रम ही था...

एक लंबे समय तक उसे अपने इस एकाकीपन का कोई बोध नहीं था। कहाँ था यह एकाकीपन ? उसके अपने भीतर ही रहा होगा; किंतु कुंडली मारे दम साधे पड़ा होगा। यहाँ तक कि जिस शकुनि के भीतर यह छिपा बैठा था, उस शकुनि को ही उसके अस्तित्व का बोध नहीं था। आज ऐसा क्या हो गया था कि वह अपनी कुंडली त्याग, फन काढ़ कर खड़ा हो गया था, आकर उसे ही डराने लगा था...

वर्षों पहले, जब उसकी युवावस्था अपनी आँखें खोल ही रही थी, इसी

हस्तिनापुर के एक दूत के संदेश ने, गंधार के राजप्रासाद तथा राजवंश को हिला कर रख दिया था। कुरुकुल का भीष्म अपने नेत्रहीन भ्रातुष्पुत्र धृतराष्ट्र के लिए गांधार राजकुमारी का दान माँग रहा था। गांधार इतने शक्तिशाली नहीं थे कि हस्तिनापुर के दूत के शरीर के टुकड़े कर उसे बोरी में डाल, अश्व की पीठ से बाँध हस्तिनापुर लौटा देते; किंतु वे कुरुओं के इस आदेश को चुपचाप स्वीकार भी तो नहीं कर सकते थे।... तब गांधारों ने ऐसे अवसरों के लिए, अपना परंपरागत मार्ग अपनाया था—धीरता का और धूर्तता का। शकुनि ने अपने जीवन के सारे स्वप्नों को छिन्न-भिन्न कर दिया था और कुरुओं द्वारा किए गए गांधारों के इस अपमान के प्रतिशोध को अपने जीवन का एक मात्र लक्ष्य मान, वह अपनी बहन के साथ हस्तिनापुर चला आया था।... उसे यहीं रहना था। इन्हीं लोगों के मध्य। उनका अपना बन कर। उसे उनकी महत्त्वाकांक्षाओं को जगाना था, उकसाना था। महत्त्वपूर्ण आकांक्षाओं को नहीं, अपने व्यक्तिगत महत्त्व की आकांक्षाओं को जगाना था। ... कितना सुविधापूर्ण था नेत्रहीन धृतराष्ट्र को समझाना कि राज्य तो वस्तुतः उसी का था किंतु उसे उससे वंचित कर दिया गया था; इसलिए उसे किसी भी प्रकार उसे प्राप्त करके ही दम लेना चाहिए। ... शकुनि को सीधे धृतराष्ट्र को भी कुछ कहने की आवश्यकता नहीं थी। वह तो गांधारी को ही स्मरण कराता रहता था। गांधारी का एक स्पर्श, धृतराष्ट्र को मंत्रमुग्ध करने के लिए पर्याप्त था। ... और फिर यह भी लगा कि धृतराष्ट्र को कुछ सिखाने पढ़ाने की आवश्यकता ही नहीं थी। उसके अपने ही भीतर इतना लोभ, मोह और स्वार्थ भरा हुआ था कि पूरे कुरुकुल को नष्ट करने के लिए, वह अकेला ही पर्याप्त था। ... वह तो कहो कि भीष्म और विदुर उसके मन में जलनेवाली ज्वाला पर शीतल जल के छींटे डालते रहते थे, अन्यथा वह अग्नि कब की, भरत वंश को जला कर क्षार कर चुकी होती।... शकुनि और गांधारी को इतना ही करना था कि वे धृतराष्ट्र को भीष्म और विदुर के धर्म से प्रभावित न होने देते।...

आज शकुनि स्मरण करने का प्रयत्न करता है, तो वह याद नहीं कर पाता कि उसका और गांधारी का मार्ग कब से पृथक् हो गया; और उसे उसका आभास भी नहीं हुआ। यह आभास तो आज ही हुआ, जब गांधारी ने उसे अपने कक्ष में बुलाकर कहा, "दुर्योधन मेरा पुत्र है भैया ! और मैं उससे प्रेम करती हूँ।"...तो दुर्योधन अब उस भरतकुल का वंशज नहीं रहा, जिसे नष्ट करने के लिए, शकुनि अपना प्रत्येक सुख छोड़ कर यहाँ आया था। वह गांधारी का पुत्र हो गया था। अब धृतराष्ट्र वह अत्याचारी राजा नहीं था, जिसने नेत्रहीन होते हुए भी, मात्र अपनी सैनिक शक्ति के बल पर, सुनयना गांधार राजकुमारी का अपहरण कर लिया था; और गांधारी ने उसका मुख देखना भी स्वीकार नहीं किया था। उसने अपनी आँखों पर पट्टी बाँध ली थी। आज धृतराष्ट्र गांधारी का मनभावन पति

था। ... तो शकुनि ही मूर्ख था, जिसने अपना राज्य, राजधानी, कुल परिवार त्याग कर अपना सारा जीवन अपने कुल और अपनी बहन के अपमान का प्रतिशोध लेने के लिए खपा डाला था। ... आज गांधारी उसी वंश की रक्षा के लिए, अपने भाई को चेतावनी दे रही थी, जिसे नष्ट करने के लिए वे दोनों यहाँ आए थे।...

शकुनि यह क्यों नहीं समझ सका कि भाई बहन का एक परिवार तभी तक होता है, जब तक अपनी संतान नहीं हो जाती। वह तो आज तक यही मानता रहा कि उसका और गांधारी का एक ही परिवार है। उसने क्यों नहीं जाना कि इन संबंधों की प्रकृति बड़ी विचित्र है। मनुष्य की ममता अपने दाएँ–बाएँ खड़े बहन–भाइयों से तब तक ही होती है, जब तक उसको अपने सम्मुख खड़ी अपनी संतान दिखाई नहीं पड़ती। एक बार संतान हो जाए, तो बहन भाई साधन और माध्यम हो सकते हैं, ममता के पात्र नहीं रहते।

यदि गांधारी ने धृतराष्ट्र को अपना पति, कुरुकुल को अपना श्वसुर कुल तथा धृतराष्ट के पुत्रों को अपने पुत्र स्वीकार कर लिया था, तो उसने उसी दिन शकुनि से क्यों नहीं कह दिया, "भैया ! तुम अब अपने परिवार और राज्य में लौट जाओ। जब मैंने इन परिस्थितियों को स्वीकार कर ही लिया है, तो तुम भी उन्हें स्वीकार कर लो।"

आज जैसे शकुनि की आँखें खुल रही थीं। ... क्यों कहती गांधारी यह सब उससे। अब वह कुरुकुल के विनाश की नहीं, धार्तराष्ट्रों के विकास की इच्छुक थी। वह अपने पति को भी राजा बनाना चाहती थी और अपने पुत्र को भी। ... शकुनि ही मूर्ख था कि वह समझ नहीं सका कि वह कैसे अपने शत्रुओं के लिए उपयोगी हो गया था ... आज गांधारी उसकी भर्त्सना कर रही है कि वह दुर्योधन को अधर्म के मार्ग पर ले जा रहा है। ... अधर्म का मार्ग विनाश का मार्ग है; तो उस दिन क्यों नहीं बोली, जब पांडवों को वारणावत भेजा गया था; उस दिन क्यों नहीं बोली, जब पांडवों को खांडव वन दिया गया था; उस दिन क्यों नहीं बोली, जब युधिष्ठिर को द्यूत के लिए हस्तिनापुर आने का आदेश दिया गया था ?

क्यों बोलती तब ? तब तो उसके पति और पुत्रों का अभ्युत्थान हो रहा था...अब, जब पांडवों का सर्वस्व हरण कर लिया गया था; दुर्योधन सारे वैभव का स्वामी हो चुका था; और उसकी स्थिति एक शक्तिशाली सम्राट् की सी हो गई थी ...अब यदि शकुनि को बीच से, दूध की मक्खी के समान निकालकर फेंक दिया जाए, तो दुर्योधन का क्या बिगड़ेगा ?... अब गांधारी को अपने पुत्रों की सुरक्षा का ध्यान आ रहा था। अब उनके लिए शकुनि का सान्निध्य हानिकारक हो गया था। ...

क्या गांधारी सचमुच इतनी चतुर राजनीतिज्ञ थी कि उसने शकुनि और

अपने पुत्रों को तब तक तनिक भी नहीं टोका था, जब तक शकुनि उन्हें उन्नति के मार्ग पर ले चल रहा था; और अब वह समझ गई थी कि आरोह का समय समाप्त हो चुका था और अवरोह का क्षण आ गया था, इसलिए शकुनि को बीच में से हटा दिया जाना चाहिए ? क्या वह जान गई थी कि उसके पुत्रों को अब शकुनि के माध्यम से कोई उपलब्धि नहीं होनेवाली ! अब शकुनि उन्हें उस मार्ग पर ले चलेगा, जिस पर चलने की तैयारी में, उसने अपना सारा जीवन हस्तिनापुर में व्यतीत किया था ?

तो शकुनि अब धार्तराष्ट्रों के लिए अनावश्यक हो गया था ?....सच भी तो है, दुर्योधन, पांडवों से कुछ और छीनना चाहे, तो पांडवों के पास अब और है ही क्या ?...तो गांधारी ने ठीक ही पहचाना था कि पांडव अब और वंचित नहीं हो सकते थे। ऐसे में अब हस्तिनापुर में शकुनि की क्या आवश्यकता थी।...

शकुनि ने अपने मस्तक को एक झटका दिया : वह स्वयं को इस प्रकार प्रवंचित नहीं होने देगा। हस्तिनापुर में वह असहाय अवश्य है, किंतु इतना असहाय भी नहीं है कि अपना सारा यौवन नष्ट कर, मस्तक लटकाए चुपचाप गंधार लौट जाए। ... गांधारी समझती है कि अब शकुनि की आवश्यकता नहीं है; किंतु दुर्योधन तो अभी ऐसा नहीं सोचता। ... इससे पहले कि दुर्योधन भी कुछ ऐसा ही सोचने लगे, शकुनि को कुछ करना होगा। क्या कर सकता है, शकुनि ? दुर्योधन के सम्मुख अब वह कौन–सा ऐसा प्रलोभन रख सकता है, जिससे शकुनि दुर्योधन के लिए परम आवश्यक बना रहे ?... और यदि शकुनि दुर्योधन के लिए आवश्यक बना रहेगा, तो उस पर गांधारी का आदेश नहीं चल सकता। शायद गांधारी यह नहीं जानती है कि हस्तिनापुर में आज्ञा ही नहीं, इच्छा भी दुर्योधन की ही चलती है : राजा चाहे कोई भी हो, और महारानी चाहे गांधारी ही क्यों न हो।

और शकुनि के मन में एक योजना आकार ग्रहण करने लगी ... विषधर का सा एक विचार उसके मन में निःशब्द रेंगा, और फिर क्रमशः उसके अंग-प्रत्यंग स्पष्ट होने लगे। उस जीव की आँखें खुल कर चारों ओर देखने लगीं। फन तन कर सीधा हो गया और उसकी जिह्वा लपलपाने लगी।... लोभ का अस्तित्व बाहर किसी भौतिक पदार्थ में होता है, अथवा मनुष्य के अपने मन में ?... मनुष्य का अहंकार अपनी उपलब्धियों से अधिक तृप्त होता है, अथवा अपने शत्रुओं की वंचना से ? ... दुर्योधन के लिए अपना वैभव अधिक सुखद है अथवा युधिष्ठिर की अकिंचनता ? शत्रु को अभावों के कष्ट में तड़पते देखने में जो सुख है, वह अपनी बड़ी से बड़ी उपलब्धि में भी नहीं है। ... ठीक है कि शकुनि अब दुर्योधन को और कुछ भी उपलब्ध नहीं करवा सकता; किंतु वह उसे पांडवों की पीड़ा का सुख तो प्राप्त करवा ही सकता है।...

शकुनि की दृष्टि में एक दृश्य जन्म ले रहा था ... एक बालक एक सर्प

को ढेला मारता है। सर्प अपने घाव की पीड़ा से तड़पता है। बालक उसकी पीड़ा देख-देखकर प्रसन्न होता है। थोड़ी देर में सर्प अपनी पीड़ा से निढाल हो कर अपना सिर टेक देता है। बालक की क्रीड़ा समाप्त हो जाती है। उसका सुख जैसे तिरोहित हो जाता है। उसे अच्छा नहीं लगता। वह एक छड़ी ले कर सर्प को उकसाता है, उसे कोंचता है, उसके घावों को अपनी छड़ी से कुरेदता है, छीलता है ... और सर्प अपनी असह्य पीड़ा में भी अपना सिर उठा लेता है। बालक को फिर से क्रीड़ा का-सा सुख मिलने लगता है। वह सर्प को छड़ी से नहीं अपनी अंगुली से छेड़ना चाहता है। वह अपना हाथ उसके निकट ले जाता है। सर्प क्रोध में उसे दंश मारता है। अब तड़पने की बारी बालक की है ... बालक सर्प विष से तड़प-तड़पकर मर जाता है; और सर्प, सिर में लगे अपने घाव से।...

शकुनि मन ही मन मुस्कराया ... गांधारी कुरुओं की रक्षा करना चाहती है। उन कुरुओं की, जिन्होंने गांधारों का अपमान किया था। उस अपमान के प्रतिशोध का अवसर पाने के लिए शकुनि ने जीवन भर उनकी सेवा की। अब, जब वह अवसर इतना निकट है, उसके सामने खड़ा है, तो गांधारी चाहती है कि वह चुपचाप गंधार लौट जाए। ...वह भूल गई है कि वह गांधारी है, गांधार राजकन्या। शायद अपने आपको कौरवी समझने लगी है।...

शकुनि की आँखों में एक कठोर भाव जन्मा। ... यदि उसकी अपनी बहन गांधारी से कौरवी हो गई है, तो उसे भी शकुनि की क्रोधाग्नि में जलना होगा ... शकुनि के लिए तो बस एक ही काम शेष रह गया है ... दुर्योधन के हाथ में एक छड़ी पकड़ा देने भर का। वह स्वयं ही पांडवों को कोंचने के लिए द्वैत वन जा पहुँचेगा ... और पांडवों को कोंचने का परिणाम ...

शकुनि की इच्छा हुई कि वह जोर का एक अट्टहास करे। इतने जोर का कि वह गांधारी के कानों में ही नहीं, उसके मन में भी देर तक गूँजता रहे........

2

शकुनि आज दुर्योधन के भवन में आया, तो अपने साथ अपना एक सेवक भी लाया था। यह सेवक स्थानीय नहीं था। उसे देख कर उसकी आकृति से ही पहचाना जा सकता था कि वह गंधार प्रदेश का ही निवासी है। हस्तिनापुर में भी शकुनि के पास स्थाई रूप से अनेक गांधार सेवक थे; और प्रायः वहाँ से अनेक राजकर्मचारी उसके पास आया-जाया करते थे। आज जो सेवक उसके

साथ था, उसने अपनी पीठ पर एक गठरी लाद रखी थी।

दुर्योधन घर पर नहीं था, इसलिए सूचना मिलने पर दुर्योधन की बड़ी रानी काशिका ने बाहर निकलकर उसका स्वागत किया, "पधारें मातुल ! आर्यपुत्र तो इस समय घर पर नहीं हैं।"

"मैं जानता हूँ पुत्रि !" शकुनि बहुत मधुर भाव से बोला, "वस्तुतः आज मैं तुमसे ही भेंट करने आया हूँ।"

काशिका का मन उद्विग्न हो उठा : यह धूर्त मातुल, आज उससे भेंट करने क्यों आया है, वह भी उसके पति की अनुपस्थिति में ? ... जाने क्यों शकुनि के निकट आते ही उसके मन में आशंका के घंटे इतनी जोर से बजने लगते थे कि उसकी कनपटियों में पीड़ा होने लगती थी।... किंतु वह उसका तिरस्कार नहीं कर सकती थी। वह दुर्योधन का निकटतम संबंधी तथा प्रियतम सभासदों में से एक था। हस्तिनापुर में कौन नहीं जानता कि दुर्योधन पर धृतराष्ट्र से भी अधिक अधिकार और प्रभाव शकुनि का था।...

काशिका का मन हो रहा था कि शकुनि को बैठने का निवेदन करने से भी पहले पूछे कि वह उससे भेंट करने क्यों आया है। काशिका की तो कभी ऐसी कोई इच्छा रही नहीं ।... तभी उसकी दृष्टि शकुनि के सेवक पर पड़ी। उस सेवक में जैसे उसे अपने लिए एक ढाल दिखाई दी। वह शकुनि के सम्मुख उपस्थित होते हुए भी, उसे कुछ देर के लिए चर्चा में अनुपस्थित कर सकती थी।

"आज इसे कहाँ ले आए मातुल ?" उसने सयत्न हँसकर पूछा, "लगता है, सीधा ही गंधार से चला आ रहा है। अभी उसी वेशभूषा में है। हस्तिनापुर की उष्ण जलवायु में यह इतने वस्त्रों को कैसे लादे हुए है ?"

शकुनि प्रसन्न हो गया : काशिका ने वार्तालाप, ठीक उसी की वांछित दिशा में मोड़ दिया था। अब उसे अपना मनोवांछित कहने में कोई कठिनाई नहीं होगी।

उसने आसन ग्रहण करने के लिए काशिका के अनुरोध की कोई प्रतीक्षा नहीं की। न वह इस भवन में पहली बार आया था, न इस परिवार में। तो इतनी औपचारिकता की क्या आवश्यकता थी। इस कक्ष में उसका आना-जाना लगा ही रहता था। जब आता था, द्वार के दाहिनी ओर के आसन पर बैठता था।

वह अपने उसी आसन पर बैठ गया; और उसने अपने सेवक को आदेश दिया, "गठरी उतार और सुखपूर्वक बैठ जा।"

उसने अपनी अंगुली से भूमि की ओर संकेत किया।

"नहीं ! नहीं !! वहाँ क्यों बैठाते हैं।" काशिका शीघ्रतापूर्वक बोली, "उस आस्तरण पर बैठ जाओ।"

सेवक ने उसकी आज्ञा का पालन किया।

"यह कल ही पहुँचा है।" शकुनि ने बताया, "अपने साथ कुछ गांधार वस्त्र लाया है। महाराज ने भिजवाए हैं। मैंने सोचा कदाचित् वे तुम्हारी रुचि के हों। इसलिए बँधी गठरी ही यहाँ ले आया।" उसने काशिका की प्रतिक्रिया की प्रतीक्षा नहीं की, सीधे अपने सेवक से बोला, "खोल गठरी। बिज्जू के समान मेरा मुख क्या ताक रहा है।"

"पर ये वस्त्र तो महारानी ने अपनी पुत्रवधू के लिए भेजे हैं युवराज !" सेवक कुछ संकुचित भाव से बोला, "साधारण उत्तरीय नहीं हैं। ऊनी स्कंधावरण हैं; रुरु मृगों के कोमल रोमों से बुने हुए।"

"जानता हूँ।" शकुनि ने कुछ उत्तेजना दिखाई, "साधारण उत्तरीय होते, तो मैं उन्हें हस्तिनापुर की युवराज्ञी को भेंट करता ? मूर्ख ! युवराज्ञी के वस्त्र सदा ही असाधारण होते हैं। प्रत्येक असाधारण वस्त्र पर युवराज्ञी का ही प्रथम अधिकार है।"

"पर महारानी ने तो ये स्कंधावरण अपनी पुत्रवधू के लिए भेजे हैं।" सेवक पुनः बोला।

शकुनि ने अट्टहास किया, "उन्होंने अपनी पुत्रवधू के लिए भेजे हैं, तो मैं भी तो अपनी पुत्रवधू को ही दे रहा हूँ।"

शकुनि ने जैसे झपटकर, उसके हाथ से वह गठरी ले ली; और उसे खोल कर सारे वस्त्र फैला दिए। वह जैसे एक-एक वस्त्र को उलटता-पलटता रहा। फिर उसने काशिका की ओर देखा, "तुम्हें इसमें जो भी प्रिय लगे, उठा लो पुत्रि !" वह क्षण भर रुका और पुनः बोला, "प्रिय लगने का क्या है। लो, तुम ये सारे वस्त्र ही रख लो।"

उसने गठरी को पुनः लपेटना आरंभ कर दिया था।

"नहीं ! नहीं !! मातुल, यह आप क्या कर रहे हैं।" काशिका न केवल आगे बढ़ आई, वरन् उसने अपने हाथ फैलाकर शकुनि को गठरी बाँधने से रोक दिया, "मातामही ने अपने जिस स्नेह के साथ ये वस्त्र मातुला के लिए भेजे हैं, उसे देखते हुए तो मुझे इनमें से एक भी वस्त्र स्वीकार नहीं करना चाहिए।..."

"नहीं पुत्रि ! ऐसी बातं ..."

"पर मैं आपके आग्रह को अस्वीकार नहीं कर सकती।" काशिका ने शकुनि को वाक्य के मध्य में ही रोक दिया, "आप स्वेच्छा से इसमें से एक स्कंधावरण मुझे दे दें। मैं उसे आपके प्रेम का प्रसाद समझकर अपने सिर माथे पर ग्रहण करूँगी।"

शकुनि की आँखों में जैसे कृतज्ञता के अश्रु आ गए, "तुम धन्य हो पुत्रि !"

उसने बारी-बारी सारे वस्त्रों को पुनः उलटा-पलटा, और एक स्कंधावरण उठा लिया, "यह लो। इसे ग्रहण करो। यह गंधार की शीत ऋतु में भी व्यक्ति

को पूर्णतः सुरक्षित रखता है, हस्तिनापुर की तो बात ही क्या। रुरु मृगों के कोमल रोमों से बुना हुआ, यह स्कंधावरण, कोमल से कोमल तथा मृदुल से मृदुल त्वचा को भी सुखद लगेगा। इसका वर्ण भी मनोहर है।"

"अरे मातुल ! आप तो बहुत अच्छे व्यवसायी भी हो सकते हैं।" काशिका हँस पड़ी, "किसी ग्राहक के सम्मुख वस्त्रों का बखान करें, तो वह सारे ही क्रय कर लेगा। मुझे यह सब क्या देखना है। मैं तो आपके उपहार को आपके स्नेह का प्रसाद समझकर ग्रहण कर रही हूँ।"

शकुनि अपने चेहरे पर एक मूर्ख सी हँसी ले आया, "पुत्रि ! अपने उपहार की प्रशंसा नहीं करनी चाहिए; किंतु जहाँ इतना कहा है, वहाँ यह भी कह दूँ... ।" और वह रुक गया।

"कहिए।"

"इंद्रप्रस्थ में, राजसूय यज्ञ के समय, पांचाली जिस स्कंधावरण को धारण किए हुए थी, उसकी लोग आज भी प्रशंसा करते हैं।"

काशिका की आँखों के सामने भी वह दृश्य जैसे जीवंत हो उठा ... पांचाली धर्मराज युधिष्ठिर के साथ, राजसिंहासन पर आसीन थी। उसका वह रूप, केश सज्जा, आभूषण और वह स्कंधावरण ... अब स्मरण नहीं है काशिका को कि वह किस पार्वत्य राजा का उपहार था ... किंतु उस पर दृष्टि पड़ते ही, जैसे स्तब्ध रह जाती थी। ऐसा स्कंधावरण !... बाद में काशिका ने उसका स्पर्श किया था, उसे अपने हाथों में ले कर भी देखा था। पांचाली ने तो उसे एक बार अपने कंधों से उता कर, उसे ओढ़ा भी दिया था, "जाओ, दर्पण में देखो। कैसी मनोहरा लग रही हो।"

"यह उससे भी श्रेष्ठ स्कंधावरण है पुत्रि।" शकुनि कह रहा था, "गंधार से श्रेष्ठतर सूचीशिल्प और कहीं नहीं मिलेगा; और सूचीशिल्पी तो फिर बाहर से ला कर, अपने राज्य में बसाए भी जा सकते हैं, किंतु इस जाति के रुरु मृग तो अन्य किसी प्रदेश में जीवित ही नहीं रह सकते। ये गंधार की ही विशेषता हैं।"

काशिका का ध्यान शकुनि तथा गंधार की ओर नहीं था। वह तो मन ही मन पांचाली को खोज रही थी, ताकि उसे अपना स्कंधावरण दिखा सके, "देखो !..."

"पांचाली कहाँ है आज कल ?" सहसा उसके मुख से निकला; किंतु तत्काल ही उसने स्वयं को सँभाला, "मेरा तात्पर्य है, पांडव आज कल कहाँ निवास कर रहे हैं ?"

शकुनि की आत्मा में जैसे अमृत के झरने झरने लगे... यही तो चाहता था वह। ...यही...एकदम यही...

"वे लोग द्वैतवन में द्वैत सरोवर के निकट, कहीं अपने दिन व्यतीत कर रहे हैं।" उसने अत्यंत तटस्थ भाव से कहा, "क्यों ? क्या तुम उनसे मिलना चाहती हो, काशिका ?"

"नहीं ! नहीं !! ऐसी तो कोई बात नहीं है।" काशिका शीघ्रता से बोली, "आपने उनकी चर्चा की तो ध्यान आ गया ...।"

"हाँ। वैसे भी आजकल उनसे मिलने कौन जाता है।" शकुनि बोला, "बेचारों के पास अपने खाने के लिए तो अन्न तक नहीं है, अतिथियों का सत्कार कैसे करेंगे।"

काशिका के मन में सागर के प्रबलतम ज्वार के समान, एक तीव्र आकांक्षा उठी कि वह अपनी उस जेठानी की दुर्दशा के विषय में कुछ और सुने, जो इंद्रप्रस्थ के राजसूय यज्ञ में महारानी थी, और द्यूत क्रीड़ा के समय सर्वाधिक महत्त्वपूर्ण अतिथि।...

उसने अपने चेहरे पर अवसाद का आवरण डाल लिया और सहानुभूति प्रकट करती हुई बोली, "अच्छा, ऐसी दुर्दशा है उनकी ? क्या सचमुच उनके पास भोजन और वस्त्र भी नहीं हैं ? एक भी दासी नहीं है, महारानी के पास ?"

"नहीं । दासी तो कदाचित् कोई नहीं है; किंतु उनके कुछ स्वामिभक्त,पूर्व सेवक, सपरिवार उनके निकट रहते हैं; और उनकी सेवा करते हैं।" शकुनि बोला, "वैसे पांडव वन में कुटिया बनाकर रहते हैं; वल्कल पहनते हैं; और वन के कंद मूल, अथवा आखेट से प्राप्त भोजन करते हैं। बस, जैसे साधारण अरण्यवासी वनों में रहते हैं।"

काशिका के लिए अपनी प्रसन्नता को अव्यक्त रखना जैसे संसार की कठोरतम तपस्या थी। अपने उल्लास को किसी प्रकार अपने भीतर भींच कर बोली, "क्या पांचाली अब कौशेय साड़ियाँ नहीं पहनती ? अपनी केश सज्जा नहीं करती ? उसके पतियों को असमर्थ देखकर उसके पिता उसका भरण-पोषण नहीं करते ?"

"तुम बहुत भोली हो काशिका !" शकुनि बोला, "अपनी प्रतिज्ञा के अधीन, उन्हें वल्कल धारण कर वनवास करना है। यदि द्रुपद अथवा कृष्ण, उन्हें धन संपत्ति देंगे, और वे लोग उसका भोग करेंगे, तो उनकी प्रतिज्ञा भंग होगी; और उन्हें पुनः बारह वर्षों का वनवास करना पड़ेगा। ... और जहाँ तक पांचाली की केश सज्जा का प्रश्न है, उसने तो कभी वेणी भी नहीं बाँधी। तुम शायद भूल गईं कि पांचाली ने तब तक अपने केश खुले रखने की प्रतिज्ञा की है, जब तक वह दुःशासन के रक्त से उनको स्नान नहीं करवा लेती।"

"ओह। हाँ।"

"कोई बात नहीं पुत्रि ! तुम अपना यह स्कंधावरण सँभालो।" शकुनि ने

अपने सेवक को शेष वस्त्र गठरी में बाँधने का संकेत किया, "कभी तो उनका वनवास समाप्त होगा; और पांचाली अपने सर्वोत्तम वस्त्रों में तुमसे भेंट करने आएगी। तब तुम भी उसे दिखा सकती हो कि तुम्हारा स्कंधावरण, उसके स्कंधावरण से भी श्रेष्ठतर है। ..." शकुनि उठ खड़ा हुआ, "चलता हूँ।"

"अरे मातुल !" काशिका चौंकी, "आप ऐसे ही कैसे चले जाएँगे। मैंने आपका कोई सत्कार तो किया ही नहीं है।"

अब काशिका के मन में शकुनि के लिए कोई वितृष्णा शेष नहीं थी। वह उसे अपना कोई अत्यंत आत्मीय परिजन लग रहा था...

"नहीं पुत्रि ! उसके लिए फिर आऊँगा।" शकुनि बोला, "जब दुर्योधन भी उपस्थित होगा; और तब सत्कार क्या, पान गोष्ठी का आनंद उठाऊँगा।"

शकुनि ने काशिका को और कुछ कहने का अवसर ही नहीं दिया। काशिका खड़ी देखती रह गई; और वह अपने सेवक को खदेड़ता-सा बाहर निकल गया।

तब काशिका ने जैसे पहली बार उन्मुक्त मन से उस स्कंधावरण को देखा, उसकी कोमल ऊष्मा का स्पर्श किया; और उसे अपने वक्ष के साथ भींच लिया, ताकि शरीर ही नहीं, उसका हृदय भी उसके सुख का अनुभव कर सके।... काश ! वह इसे आज ही द्रौपदी को दिखा सकती ! ...

दिन भर काशिका की भेंट दुर्योधन से नहीं हुई। रात को वह बड़ी अधीरता से उसकी प्रतीक्षा अपने कक्ष में करती रही। अंततः जब दुर्योधन आया तो काशिका का धैर्य पूर्णतः समाप्त हो चुका था। दुर्योधन को देखते ही उसने कहा, "सुना है, पांडव हिमालय से नीचे उतर, हमारे निकट ही कहीं निवास कर रहे हैं।"

दुर्योधन के चेहरे पर वितृष्णा के भाव प्रकट हुए, "सारे दिन के पश्चात् इस समय मिली हो; और तुम्हारे पास चर्चा का कोई सुखद विषय नहीं है ?"

"विषय तो बहुत सारे हैं।" काशिका अपने आनंद में जैसे इठलाई, "प्रेम प्रसंग, सुरा प्रसंग, युवराज की वीरता और उनके वैभव का प्रसंग—एक से एक आकर्षक विषय हैं; किंतु मैंने सोचा कि यह तो जान लूँ कि आपके जो भाई संकटों को झेल कर आपके निकट आ गए हैं, उनकी सूचना आपको है या नहीं।"

दुर्योधन के मन में आक्रोश का ज्वार उठा, यह मूर्खा इतना भी नहीं जानती कि पति दिन भर के श्रम से थक कर आए तो उससे रति प्रसंग की चर्चा करनी चाहिए, न कि शत्रु प्रसंग की। उसने एक उदासीन-सी दृष्टि काशिका पर डाली, "हाँ। द्वैत वन में द्वैत सरोवर के निकट उन्होंने अपने कुटीर बनाए हैं।" उसने उस पर एक वक्र दृष्टि डाली, "तुम्हें उनसे भेंट करने जाना है क्या ?"

"हैं तो आपके भाई ही।" काशिका भी उतने ही वक्र स्वर में बोली, "इस समय संकट में हैं, तो कोई और तो नहीं हो जाएँगे। क्या हमें यह देखने नहीं जाना चाहिए कि सम्राट् और साम्राज्ञी, जब वनवास करते हैं, तो कैसे प्रासादों में रहते हैं, कैसे वस्त्राभूषणों से अपना श्रृंगार करते हैं, और कितना स्वादिष्ट भोजन करते हैं।"

"मूर्ख हो तुम !" दुर्योधन ने उसे झिड़क दिया, "लोग देखना चाहते हैं कि सम्राट् कैसे रहते हैं; और ये देखेंगी कि अरण्यवासी कैसे रहते हैं। चली जाना आखेटकों के किसी दल के साथ, और देख आना कि अरण्यवासियों की जीवन पद्धति क्या है।" उसने एक उपेक्षापूर्ण दृष्टि काशिका पर डाली, "इतनी कठिनाई से तो उनसे पिंड छुड़ाया है, और अब इसे स्मरण हो आया है कि वे हमारे भाई हैं। ..."

काशिका जानती थी कि दुर्योधन की संभाषण शैली यही रहेगी। उससे रुष्ट हो कर काशिका की मनोकामना पूर्ण नहीं हो सकती थी।... स्वयं को साध कर बोली, "आपकी रानियाँ कुछ ऐसी चर्चा कर रही थीं कि बहुत दिनों से आर्यपुत्र ने राज-काज से अवकाश ले कर विश्राम नहीं किया है। भ्रमण के लिए भी कहीं नहीं गए हैं। न वनविहार किया है, न जलविहार। रानियों को भी अवसर नहीं मिला कि वे किसी के सम्मुख अपने-अपने वस्त्राभूषणों की प्रदर्शनी लगा सकें।"

"रानियाँ हैं कि कोई हाट-आपण कि आभूषणों की प्रदर्शनी लगाना चाहती हैं।" दुर्योधन ने वितृष्णा से मुँह फेर लिया, "उहँ ! ये स्त्रियाँ ..."

"आभूषण तो आप भी पहनते हैं।" काशिका तत्काल बोली, "आप समझते हैं कि आभूषण कोई अपने लिए पहनता है ?"

"नहीं स्वर्णकारों के लिए पहनता है।" दुर्योधन बोला।

काशिका तनिक भी हतोत्साहित नहीं हुई, "अपने कानों और नासिका में छिद्र करा, उनमें भार लटकाने का कष्ट कोई इसलिए तो सहन नहीं करता कि वह अपने आप में कोई बहुत सुखदाई अनुभूति है।"

"तो ?"

"आप नहीं जानते ?"

"नहीं ! तुम बताओ।"

"अन्य लोगों के सम्मुख अपने वैभव का प्रदर्शन कर, उन्हें हीन और तुच्छ सिद्ध करने के लिए। स्वयं को उनसे धनी और संपन्न सिद्ध करने के लिए। अपने अहंकार की तुष्टि के लिए ...।" काशिका बोली, "सारा श्रृंगार, वेशभूषा, अलंकरण—क्या है, यह सब। आत्म-प्रदर्शन ही तो है। देखनेवाला कोई न हो, तो व्यक्ति क्यों आत्मालंकरण में इतना समय, धन, और श्रम लगाए ?"

"तो तुम लोग वहाँ उन कंगले पांडवों को रिझाने के लिए जाना चाहती

हो ?'' दुर्योधन का स्वर कुछ और तीखा हो आया।

''कंगले पांडवों को क्यों, उन अरण्यवासी भिक्षुक तपस्वियों को कहिए।'' काशिका ने कटाक्ष किया, ''पांडवों को यह तो ज्ञात है, कि कौन-सा आभूषण क्या है; और किस आभूषण का क्या नाम है। हम उन तपस्वियों के पास जाएँगी और पहले उन्हें पीतल और स्वर्ण का अंतर समझाएँगी; और फिर उनके सामने कंगन और भुजबंद का भेद स्पष्ट करेंगी।''

दुर्योधन ने स्वयं को नियंत्रित करने का प्रयत्न त्याग दिया। उसने एक क्रुद्ध दृष्टि काशिका पर डाली और बोला, ''सर्वथा अनर्गल हो रही है, तुम्हारी जिह्वा। सामान्य शिष्टाचार का भी ध्यान नहीं है, तुम्हें। तुम अपने पति से बात कर रही हो, जो हस्तिनापुर का युवराज है।''

काशिका सँभली। बात बनने के स्थान पर बिगड़ती जा रही थी। दुर्योधन का क्या पता था, कब पल्ला झाड़ कर उठ खड़ा हो। कब उसका अहंकार फूत्कार करने लगे, और कब उसका मस्तिष्क तर्क सुनना अस्वीकार कर, जड़ हो बैठ जाए।

वह एक सायास मुस्कान अपने अधरों पर लाई, नयनों में मद उँड़ेला; और बोली, ''अब आपको यह भी समझाना पड़ेगा कि नारी अपने पति को क्यों अपना श्रृंगार दिखाना चाहती है।''

''अपने पति को अपना श्रृंगार दिखाना !'' दुर्योधन ने जैसे काशिका के हाव-भाव को झटक दिया, ''पति यहाँ बैठा है और पत्नियाँ अपना श्रृंगार प्रदर्शित करने के लिए द्वैतवन में जाना चाहती हैं।''

''प्रकृति के सुंदर परिवेश में ही नारी का सुंदर श्रृंगार, पुरुष के मन में काम उद्दीप्त करता है; अन्यथा लोग वनविहार और जलविहार को क्यों जाते।'' काशिका बोली, ''यहाँ आप राज-काज में लगे रहते हैं। प्रजा की समस्याओं का समाधान करते रहते हैं। युद्धों के अभ्यास और योजनाओं में लगे रहते हैं। इस राजकीय नागरिक परिवेश में, कब आपको अवकाश मिला है, अपनी पत्नियों के यौवन और नारीत्व को देखने का।''

रानियों के यौवन और नारीत्व को निरखने की चर्चा से दुर्योधन के मन की क्लांति कुछ छँटी। उत्साह जागा। कुछ मुस्कराकर बोला, ''ओह ! तो यह सारा आयोजन, इस उपालंभ के लिए था।'' वह हल्के से हँसा, ''तुम सरल स्पष्ट शब्दों में यह ही कह देतीं कि मेरी व्यस्तता तुम्हें अपनी उपेक्षा लगने लगी है और तुम स्वयं को तिरस्कृत अनुभव करने लगी हो। व्यर्थ ही इतना दर्शनशास्त्र और कामशास्त्र पढ़ाया।'' दुर्योधन ने अपनी बाँहें उसकी ओर बढ़ा दीं, ''आओ ! आज तुम्हारा पूर्ण निरीक्षण कर लूं।''

काशिका ने एक उन्माद की सी स्थिति में अपना शरीर दुर्योधन के उन्मत्त

शरीर को सौंप दिया। वह जानती थी कि कामलिप्त पुरुष से कोई भी वरदान पाना नारी के लिए तनिक भी कठिन नहीं होता।

''मैं आपका आशय पूर्णतः समझ गया मातुल !'' कर्ण ने आह्लाद से छलछलाती आँखों से शकुनि की ओर देखा, ''मैं आपको कैसे बताऊँ कि आपकी योजना मेरे लिए कितनी बहुमूल्य है। वैसे तो मेरा विचार है कि काशिका ही दुर्योधन को मना लेगी; किंतु किसी कारण से यदि वह उसे सहमत नहीं कर सकी, तो यह दायित्व मैं पूर्ण करूँगा।''

''तुम्हारे जैसा सहयोगी, हस्तिनापुर में और कहाँ मिलेगा।'' शकुनि का स्वर मद्य के प्रभाव में कुछ लड़खड़ा रहा था, ''तुम्हें कम बताओ, तो भी तुम अधिक समझ लेते हो। दुर्योधन पर तुम्हारा प्रभाव भी बहुत है। युधिष्ठिर को अपने भाइयों, भीम और अर्जुन पर जितना विश्वास है, उससे भी कहीं अधिक, दुर्योधन तुम पर विश्वास करता है।''

''मैं जानता हूँ कि दुर्योधन मेरी बात नहीं टालेगा।'' कर्ण बोला, ''किंतु आप स्वयं यह बात, उससे क्यों नहीं कहते ?''

शकुनि के कंठ से एक विचित्र प्रकार की हँसी फूटी; और उसने अपने हाथ में पकड़ा चषक अपने कंठ में उँड़ेल लिया, ''तुम नहीं समझ पाओगे अंगराज ! तुम नहीं समझ पाओगे।''

''क्या नहीं समझ पाऊँगा मातुल !'' कर्ण ने उसकी आँखों में देखा, ''कोई बहुत जटिल सिद्धांत है अथवा मैं ही मंदबुद्धि हूँ ?''

शकुनि ने उसे देखा, ''नहीं। ये दोनों बातें नहीं हैं। बस यह मान लो कि शकुनि ही अभागा है। ऐसा भाग्य लेकर आया हूँ मैं कि किसी के लिए अपने प्राण भी दे दूँ, तो वह यही कहेगा कि तुमने अपने प्राण दे कर मुझे कलंकित कर दिया है।''

''मैं समझा नहीं मातुल !'' कर्ण सचमुच बड़े असमंजस में था। शकुनि ने मदिरा अवश्य पी रखी थी; किंतु इतनी नहीं कि उसकी चेतना सुषुप्त हो जाती और वह अनर्गल बकने लगता। हाँ ! मदिरा से इतना अवश्य हुआ था कि शकुनि का सतर्क और सजग बौद्धिक भाव कदाचित् मदिरा में घुल गया था; और उसके मन में कहीं नीचे दबा कर रखे गए भाव, उठ कर उसकी जिह्वा पर आने लगे थे।... इस समय उसकी आँखों में जो आहत भाव था, वह किसी पीड़ा की ओर स्पष्ट संकेत कर रहा था।

''यही तो कह रहा हूँ अंगराज ! तुम समझोगे नहीं ।'' शकुनि पुनः बोला, ''किसी के दुर्भाग्य को समझना कठिन होता है। बहुत कठिन होता है। कुछ लोग

जन्म से ही ऐसे अभागे होते हैं। उन्हें बहुत चतुर माना जाता है और उनकी यह ख्याति ही उनकी शत्रु हो जाती है। अपने जिस आत्मीय के लिए, वे अपने प्राण दे देते हैं, वह आत्मीय भी समझता है कि वे उसके साथ चतुराई कर रहे हैं। ..." शकुनि ने कर्ण की भुजा थाम ली, "प्राण देना कठिन नहीं है। क्या कठिनाई है, प्राण देने में ? बस क्षण भर की ही तो बात है। दे दिए प्राण। जब तक किसी को पता लगता है कि प्राण देने हैं, तब तक प्राण दिए भी जा चुकते हैं। सब कुछ समाप्त। उसमें पीड़ा सहन करने की अवधि ही कितनी है। कठिन होता है, किसी के लिए अपना सारा जीवन समर्पित करना। आप एक-एक क्षण कर, तिल-तिल जल कर, अपना जीवन किसी को समर्पित करते चलते हैं ; और जब आप समझते हैं कि आपको अपने त्याग का पुरस्कार मिलना चाहिए, वह आपको बताता है कि आप उसके लिए अपना जीवन नहीं दे रहे थे, चतुराई कर रहे थे। वह न आप का पिछला जीवन लौटा सकता है; न आप अपना शेष जीवन उसके लिए समर्पित करना चाहते हैं।... किंतु क्या करेंगे आप, अपने उस थोड़े से बचे हुए जीवन का ? न चाहते हुए भी, उसी को तो समर्पित कर देंगे न ! नहीं करेंगे, तो वह आपको और भी चतुर प्रमाणित कर देगा।" शकुनि ने कर्ण का हाथ छोड़कर, सीधे उसकी आँखों में देखा, "चतुराई का अर्थ समझते हो अंगराज ! चतुराई का अर्थ बुद्धिमत्ता नहीं है। चतुराई का अर्थ है, धूर्तता। उसमें विश्वसनीयता का कोई भाव नहीं होता। उसमें संदेह है, संशय है, स्वार्थ का आरोप है।..."

कर्ण ने शकुनि के दोनों कंधे पकड़ लिए, "आप यह सब क्या कह रहे हैं मातुल ! क्या राजा दुर्योधन ने आपसे कुछ कहा है ?"

"दुर्योधन मुझसे क्या कहेगा।" शकुनि ने उत्तर दिया, "मुझसे तो मेरे भाग्य ने कहा है। चुपके से कहा है, मेरे इस कान में।" शकुनि ने अपना दाहिना कान पकड़कर हिलाया, "किंतु तुम्हें उससे क्या लेना देना। तुम तो कल्पना करो उस दृश्य की, जहाँ पांचाली वल्कल वस्त्रों में खड़ी होगी और दुर्योधन की रानियाँ अपने वस्त्राभूषणों की प्रदर्शनी लगाती-सी उसके सामने से निकलेंगी। तुम उसे द्यूत सभा में भी जितना क्लेश नहीं दे पाए, उससे अधिक कष्ट होगा उसे, अपनी देवरानियों के वैभव को देख कर। उसका हृदय लपटों में जलेगा, उसका शरीर अंगारों पर लोटेगा; उसकी जिह्वा अपने पतियों पर रौरव नरक की अग्नि की वर्षा करेगी। तुम नारी के मन की ईर्ष्या को नहीं जानते, तो जान जाओगे। वह एक बार दुर्योधन की रानियों का हार श्रृंगार देख ले, तो अपने पतियों को एक रात्रि में इतना पीड़ित कर देगी, जितना तुम लोग, उन्हें जीवन भर में नहीं कर पाए। ..."

शकुनि मौन हो गया। वह उसके आगे बोलना नहीं चाहता था। कहीं

ऐसा न हो कि वह यह भी कह जाए कि इस प्रकार पांचाली की वह प्रताड़ना, पांडवों को युद्ध के लिए कितना प्रेरित करेगी ...और कुरुकुल का विनाश कैसे और कितना निकट आ जाएगा ...

3

कर्ण ने सभा भवन में दुर्योधन के एकांत कक्ष में प्रवेश किया तो शकुनि और दुःशासन वहाँ पहले से ही उपस्थित थे। उसके लिए इसमें कुछ भी अनपेक्षित नहीं था। रात्रि को शकुनि से जो चर्चा हुई थी, उससे ही स्पष्ट था कि शकुनि यहाँ अवश्य उपस्थित होगा। प्रातः ही दुर्योधन का संदेश भी मिल गया था कि वह अपने एकांत कक्ष में उसकी प्रतीक्षा करेगा।

"आओ मित्र !" दुर्योधन ने उसका स्वागत किया, "क्या बात है, इतना विलंब कर दिया ? क्या रात भर पांडवों के विषय में कोई स्वप्न देखते रहे ?"

कर्ण हँसा, "लगता है, युवराज ने पांडवों के विषय में अपना कोई स्वप्न सुनाने के लिए ही सबको एकत्रित किया है।"

"देखो मातुल !" दुर्योधन ने शकुनि की ओर देखा, "मैं न कहता था, हम सब लोग रात भर पांडवों के ही विषय में स्वप्न देखते रहे हैं।" उसने क्षण भर रुक कर जैसे देखे गए अपने स्वप्न का मन ही मन रस लिया, "मैंने देखा कि वन में भोजन न मिलने के कारण, पांडव अत्यंत दुर्बल और क्षीण हो गए हैं; और वह पांचाली, उनकी ताड़ना करती हुई कह रही है कि इससे अधिक सुखी तो वह दुर्योधन की दासी बन कर ही रहती।"

"अरे यह पांचाली तो स्वप्न में भी सत्य ही बोलती है।" शकुनि अपनी पूर्ण आनंदावस्था में हँसा, "वह तो रहती ही।"

"देखो राजेन्द्र !" कर्ण गंभीर स्वर में बोला, "चारों ओर पांडवों की यह चर्चा अकारण ही नहीं है। जब तक वे लोग हिमालय के उच्च क्षेत्रों में विचरण कर रहे थे, हमसे दूर थे। तब न उनकी चर्चा होती थी और न कोई उनके विषय में स्वप्न ही देखता था। अब जैसी कि सूचनाएँ मिल रही हैं, वे लोग हस्तिनापुर के पर्याप्त निकट आ गए हैं। परिणाम यह है कि वे लोग हमें अपना समाचार भेजें न भेजें, कोई न कोई व्यक्ति उनके विषय में कोई न कोई सूचना ले ही आता है। इन सूचनाओं ने उनका अस्तित्व जैसे ला कर हस्तिनापुर के वक्ष पर खड़ा कर दिया है। परिणाम यह है कि हस्तिनापुर पर उनकी एक प्रकार की बृहदाकार भयावह छाया पड़ रही है। ... और यह उचित नहीं है।"

कर्ण ने रुक कर दुर्योधन की ओर देखा। दुर्योधन उसकी बात बहुत ध्यान से सुन रहा था ...

"होना यह चाहिए कि उनकी दृष्टि हस्तिनापुर की दिशा में उठे तो उनके नयनों में अश्रु आ जाएँ; उनके पग इस दिशा में उठें तो वे भय से लड़खड़ा कर गिर पड़ें; उन पर हस्तिनापुर की ऐसी छाया पड़े कि उनके चेहरे पीले पड़ जाएँ।"

दुर्योधन की आँखों में सहमति थी, "पर यह कैसे होगा मित्र ?"

"आपने चाहे स्वप्न ही देखा हो, किंतु संभावना यही है ... और संभावना क्या, सत्य यही है कि वनवास करते-करते, पांडव मन और शरीर से अत्यंत दुर्बल हो चुके होंगे। अपने आपको तो वे प्रतिदिन देखते ही हैं, एक बार वे आप का वैभव भी देखें। इस समय आप इतने विस्तृत और समृद्ध राज्य के स्वामी हैं, और वे राज्यभ्रष्ट वनवासी। मैं उनको आरण्यक भी नहीं मानता। आरण्यक तो वे होते हैं, जो अपनी इच्छा से किसी कारणवश अरण्य में अपनी गृहस्थी स्थापित करते हैं। ... किंतु ये तो वे लोग हैं, जिनसे उनका सर्वस्व छीन कर उन्हें वन में रहने को बाध्य किया गया है, इसलिए वे लोग वनवासी भी नहीं हैं, वे तो वनचर हैं।" कर्ण जैसे साँस लेने के लिए रुका, "आप संसार की सर्वोत्कृष्ट श्री से संपन्न हैं और वे सर्वथा श्रीहीन। आप विपुल समृद्धिशाली हैं और वे सर्वथा निर्धन। इस समय आप राज्यलक्ष्मी से सुशोभित हो कर, वहाँ चलें; और जिस प्रकार भुवन भास्कर भगवान दिवाकर, तपन बन कर संसार को तपाते हैं, उसी प्रकार आप पांडवों को संताप दें। वे एक बार आपका वैभव देख लेंगे तो कदाचित् ही कभी इस दिशा में दृष्टि उठाकर देखने का साहस कर सकेंगे।"

शकुनि मुग्ध भाव से कर्ण को देख रहा था। उसे विश्वास नहीं था कि रात को जो चर्चा वह कर्ण से करके आया था, उसे कर्ण इस गंभीरता से ग्रहण करेगा; और उसे पूर्णकाम करना अपना लक्ष्य ही बना लेगा।... वह उसे एक मद्यप वृद्ध का प्रलाप मान कर विस्मृत भी तो कर सकता था। पर नहीं ! वह तो उसे अपनी पूरी क्षमता से दुर्योधन के सम्मुख इस प्रकार प्रस्तुत कर रहा था, जिससे वह दुर्योधन का अपना स्वप्न ही बन जाए।... अब इस चर्चा को आगे बढ़ाने में, शकुनि को असावधान नहीं रहना चाहिए था...।

"पर्वत शिखर पर खड़ा व्यक्ति, जब भूतल की ओर देखता है, तो उसे सब कुछ आकार में भी बहुत छोटा दिखाई देता है, और महत्त्व और स्वभाव में बहुत हीन और तुच्छ। स्वयं को उन सबसे बहुत ऊँचा पा कर, उसे जो सुख मिलता है, उसकी संसार में कोई तुलना नहीं है। वैसे ही राजन् ! जो मनुष्य सुख-सुविधा, सत्ता अधिकार के पर्वतशृंग पर खड़ा हो कर, अपने शत्रुओं को

संकट और विपन्नता की स्थिति में देखता है—उसके लिए इससे बढ़कर अन्य किसी सुख की कल्पना नहीं की जा सकती।" शकुनि बोला, "पांडव जब तुम्हें समृद्धि और सुख के इस शिखर पर देखेंगे, तो कदाचित् ही कभी हस्तिनापुर की ओर दृष्टि उठाकर देख पाएँगे।"

"अपने शत्रुओं की दुर्दशा देख कर मनुष्य को जो प्रसन्नता होती है, वह धन, पुत्र तथा राज्य मिलने से भी नहीं होती।" कर्ण पुनः बोला, "हम लोगों में से जो भी सिद्ध मनोरथ होकर वन में अर्जुन को मृगछाल पहने देखेगा, उसे कौन-सा सुख प्राप्त नहीं हो जाएगा। अपने स्वर्ण आभूषणों को स्वयं दर्पण में देख-देखकर अब कोई रोमांच नहीं होता। उन्हें कोई और देखे, कष्ट पाए, कराहे, तो हमें किसी प्रकार के रोमांच का अनुभव हो।"

दुर्योधन चुपचाप उन दोनों को देखता रहा : कैसा विचित्र संयोग है कि ये सब लोग एक ही स्वर में बोल रहे हैं।

"कल रात काशिका भी यही कह रही थी कि मेरी रानियों की हार्दिक इच्छा है कि वे लोग अपने वस्त्राभूषणों से सज्जित हो कर, अपने वैभव का प्रदर्शन उस पांचाली के सम्मुख करें।" दुर्योधन बोला, "किंतु मुझे लगा कि राजनीति में स्त्रियों की यह ईर्ष्या, उनका यह कलह क्लेश ... हमारे लिए कोई संकट ही उत्पन्न न कर दे। ..."

"यह स्त्रियों की ईर्ष्या का प्रश्न नहीं है मित्र !" कर्ण ने उसे मध्य में ही टोक दिया—"तुम सोचो, वे तुम्हारी रानियाँ हैं। उनका वैभव प्रदर्शन, तुम्हारे वैभव का ही प्रदर्शन है। उस सुख की कल्पना तो करो, कि तुम्हारी रानियाँ स्वर्ण और रजत की तारों से बुनी साड़ियाँ पहनकर चलें, उनके शरीर पर स्वर्ण में जड़े अमूल्य रत्नों के आभूषण जगमगा रहे हों,... और वल्कल तथा मृगचर्म लपेट कर दुःख में डूबी, वह अहंकारिणी द्रुपदपुत्री, कृष्णा अपनी कुटिया के द्वार पर खड़ी हो कर उन्हें देखे और देख-देख कर संताप करे। वह अनुभव करे कि इतनी अपमानित तो वह सर्वथा नग्न हो कर भी नहीं होती। पांडव, अपनी और अपनी पत्नी की वह दुर्दशा देखें और अपने नखों से अपना वक्ष छील लें।"

दुर्योधन को लगा, रात को वह काशिका का मंतव्य समझ नहीं पाया था: वह तो उसी के वैभव के प्रदर्शन और उससे प्राप्त सुख की बात कह रही थी। ... कंगले पांडवों के सम्मुख महाराज दुर्योधन का वैभव प्रदर्शन। उस वैभव की सार्थकता ही क्या थी, यदि उसे देखकर पांडवों के वक्ष पर साँप न लोटें।...

दुर्योधन को लगा कि उसकी शिराओं में रक्त नहीं कोई मदिरा प्रवाहित हो रही थी। अपने इस मद को वह कैसे सँभाल पाएगा ?...

किंतु अगले ही क्षण, उसका मद, पानी के झाग के समान बैठ गया। शिराओं में दौड़नेवाली ऊष्मा जैसे शीतल हो गई। मन अवसाद से घिर गया,

"पिताजी हमें उस वन में जाने की अनुमति नहीं देंगे, जहाँ पांडव निवास करते हैं।"

"क्यों ?" कर्ण कुछ अधिक ही उग्रता से बोला, "क्या द्वैतवन पांडवों के बाप का है ?"

दुर्योधन ने एक उदासीन-सी दृष्टि, कर्ण पर डाली, "नहीं, किंतु पिताजी का मत है कि पांडवों को असहाय दशा में अपने सम्मुख पाकर, हम अपनी मर्यादा भूल जाते हैं, और उन्हें इतना अपमानित करते हैं, जितना हमारी अपनी सुरक्षा के लिए संकटपूर्ण है।"

"क्यों, महाराज धृतराष्ट्र नहीं चाहते कि पांडवों का राज्य और उनकी धन संपदा, तुम्हें मिल जाए ?" शकुनि की भृकुटि वक्र हो गई, "क्या वे पांडवों को तुमसे अधिक समृद्ध, सुखी और शक्तिशाली देखना चाहते हैं ?"

"नहीं । ऐसा तो नहीं है।" दुर्योधन बोला, "वे चाहते हैं कि पांडवों से सब कुछ छीन तो लिया जाए, किंतु उन्हें पीड़ा का अनुभव न होने दिया जाए। उनसे ऐसा व्यवहार किया जाए कि वे अपने हाथों अपना राज्य हमें सौंप कर स्वयं वन में जाकर निवास करें; और इस विश्वास के साथ जीवित रहें कि वे अपने धर्म का निर्वाह कर रहे हैं, और उस धर्म का परिणाम अत्यंत शुभ होनेवाला है। ... महाराज चाहते हैं कि यदि पांडवों को पीड़ा का अनुभव हो ही, तो उन्हें समझाया जाए, कि उस पीड़ा के लिए कोई अन्य व्यक्ति दोषी नहीं है। उसके लिए वे लोग स्वयं ही उत्तरदायी हैं।"

"पर इतना श्रम करने की आवश्यकता ही क्या है ?" दुःशासन ने सारे वार्तालाप में पहली बार अपना मुँह खोला।

"ताकि सब कुछ छिन जाने पर भी पांडव हमसे रुष्ट न हों। वे हमें अपना शत्रु न मानें; वे हमें अपना भाई ही न मानते रहें, संकट आने पर हमारी सहायता भी करें।"

"मेरी तो समझ में यह नहीं आता कि महाराज इन पांडवों के रोष से इतने चिंतित क्यों रहते हैं।" कर्ण ने अपनी वितृष्णा प्रकट की।

"वे चिंतित नहीं, भयभीत हैं।" दुर्योधन बोला, "मैं उन्हें आज तक यह नहीं समझा पाया कि हम पांडवों से दुर्बल नहीं हैं। वे आज भी यही मानते हैं कि भीम मुझसे कहीं अधिक शक्तिशाली है। वे समझते हैं कि अर्जुन संसार का सर्वाधिक दक्ष धनुर्धर है। उसके पास गांडीव धनुष है, जो स्वयं देव अग्नि ने उसे दिया है।... और अब तो वह देवलोक से दिव्यास्त्र भी ले आया है। ..."

"तो क्या हो गया ?" कर्ण बोला, "हमारे पास भी बहुत कुछ है। फिर पितामह भीष्म तथा गुरु द्रोण हमारे साथ हैं; और उनके पास भी दिव्यास्त्रों का अभाव नहीं है।"

"पिताजी को आज तक यह विश्वास ही नहीं हो पाया कि वास्तविक युद्ध की स्थिति में, पितामह और आचार्य हमारे ही पक्ष से युद्ध करेंगे।" दुर्योधन बोला, "वस्तुतः वे नहीं चाहते कि जिन्हें वे मन ही मन अपना परम शत्रु मानते हैं, उन लोगों को भी यह भनक पड़े कि वे उनके शत्रु हैं। उनके लिए कूटनीति तथा गोपनीयता का बहुत महत्त्व है। उन्होंने अपना सारा जीवन इसी नीति के अनुसार व्यतीत किया है। उनके भाई पांडु तक को ज्ञात नहीं था कि उनके मन में क्या है। वे घोषित रूप से किसी का भी विरोध नहीं करते। उनका विचार है कि हमारे संबंध प्रकटतः सबसे ही अत्यंत मधुर होने चाहिए। किसी के प्राण भी लिए जाएँ, तो इस माधुर्य से कि वह समझे कि हम उसके परम मित्र हैं।"

"पिताजी का विश्वास किसी से छीनने में नहीं, मात्र ठगने में है।" दुःशासन जोर से हँसा, "वे युद्ध में नहीं, मात्र अपहरण में विश्वास करते हैं। वह भी अत्यंत गोपनीय ढंग से, चतुराई से। उनका क्षत्रियत्व सारे संसार से निराला है।"

"मेरी तो समझ में ही नहीं आता कि यह सब क्या है।" कर्ण बोला, "हम पांडवों से इतने शक्तिशाली हैं कि जब चाहें, उन्हें मसल डालें। फिर महाराज उनसे इतने भयभीत क्यों रहते हैं।"

"महाराज हस्तिनापुर के गुप्तचरों से सीधा संपर्क रखते हैं; और कभी-कभी उन्हें बुलवाकर उनसे चर्चा भी करते हैं।" दुर्योधन ने बताया, "पिछले दिनों द्वैतवन से एक गुप्तचर आया था, जो पर्याप्त समय से एक साधारण ब्राह्मण के वेश में पांडवों के निकट रह रहा था।"

"वह कोई नई सूचना लाया था क्या ?" शकुनि ने कुछ उत्कंठा से पूछा।

"सूचना तो कोई ऐसी नहीं लाया।" दुर्योधन ने उत्तर दिया, "बस यह बता गया कि पांडव लोग बहुत कष्ट में हैं। उन्हें सम्यक् आहार नहीं मिलता। हिम आतप सह कर वे लोग बहुत क्षीण हो गए हैं।"

"तो ?" कर्ण ने हुंकार किया।

"यह तो बहुत शुभ समाचार है।" शकुनि बोला, "वे क्षीण हो गए हैं, तो अज्ञातवास के अंत तक रोग-शोक से गल कर, स्वयं ही मर जाएँगे।"

"ऐसा तो आप सोचते हैं न मातुल !" दुर्योधन बोला, "महाराज तो यह मानते हैं कि सिंह भूखा रह कर, कष्ट पा कर और भी हिंस्र हो जाता है।..."

"तो क्या पांडव सिंह हैं।" दुःशासन ने अट्टहास किया, "वह मोटा भैंसा भीम क्या सिंह हो सकता है।"

"पिताजी तो यही मानते हैं न !" दुर्योधन बोला, "मैंने उन्हें समझाने का बहुत प्रयत्न किया है; किंतु वे सहमत ही नहीं होते। इस समय वे पांडवों से भयभीत ही नहीं पूर्णतः त्रस्त हैं। वे मानते हैं कि द्यूत सभा में, उनके साथ हुए व्यवहार से पांडव बहुत क्रुद्ध हैं। उस समय तो युधिष्ठिर ने उन्हें किसी प्रकार

धर्म की दुहाई दे कर रोक लिया था; किंतु अब, जब भी हम पांडवों के निकट जाएँगे, युधिष्ठिर अपने भाइयों को रोक नहीं पाएगा। उसने यदि अर्जुन को किसी प्रकार रोक भी लिया तो वह भीम को नियंत्रित नहीं कर पाएगा। और क्रुद्ध तथा अनियंत्रित भीम, हमारा काल ही सिद्ध होगा। वह अपनी प्रतिज्ञा के अनुसार अवश्य ही दुःशासन के वक्ष का रक्त पी जाएगा, और मेरी जंघा भी तोड़ देगा। उसकी सफलता में उन्हें तनिक भी संदेह नहीं है।"

शकुनि का मन भीतर ही भीतर बुझता जा रहा था ...यदि दुर्योधन इसी प्रकार सोचता रहा, तो उसके सारे किए धरे पर पानी फिर जाएगा। दुर्योधन को अपने अंधे पिता से इस प्रकार सहमत नहीं होना चाहिए। उसकी इच्छा-अनिच्छा की इस प्रकार चिंता नहीं करनी चाहिए; किंतु शकुनि उसे यह तो नहीं कह सकता था कि वह अपने पिता की आज्ञाओं का पालन न करे।... गांधारी पहले ही कह चुकी है कि उसका सान्निध्य दुर्योधन के लिए अच्छा नहीं है। ... अब यदि कहीं उसने दुर्योधन से कह दिया कि वह अपने पिता की आज्ञा का पालन न करे... तो...

सहसा दुःशासन ने कर्ण की ओर देखा, "अंगराज ! तुम इतने बड़े–बड़े युद्धों की योजनाएँ बना सकते हो, एक से एक जटिल व्यूहों की रचना कर सकते हो, क्या तुम ऐसी कोई युक्ति नहीं सोच सकते, जिससे युवराज अपनी रानियों के साथ, द्वैतवन की यात्रा कर सकें ?"

कर्ण की दृष्टि भी दुःशासन की ओर उठी : दुःशासन के नयनों में एक चुनौती थी; और कर्ण, चुनौती की उपेक्षा नहीं कर सकता था।

"तत्काल कुछ कहना कठिन है, राजकुमार।" कर्ण बोला, "किंतु युक्ति की क्या बात है, कल तक कोई ऐसी व्यवस्था कर दूँगा कि युवराज अपने दल बल सहित द्वैतवन की यात्रा करें।"

"वचन देते हो ?" दुर्योधन ने पूछा।

"हाँ। वचन देता हूँ। आप अपनी रानियों सहित, अपने संपूर्ण वैभव से युक्त हो कर द्वैतवन की यात्रा करेंगे; और हम सब आपके साथ होंगे।"

दुर्योधन प्रसन्नता से उछल कर खड़ा हो गया। उसने अपनी दोनों भुजाएँ, कर्ण की ओर फैला दीं। कर्ण ने उसकी भुजाएँ थामीं और उसके कंठ से आ लगा।

शकुनि के अधरों पर एक हल्की-सी मुस्कान थी। कल रात्रि कर्ण के आवास पर हुई पानगोष्ठी सार्थक हुई थी।... उसे कर्ण को कुछ और अधिक महत्त्व देना चाहिए। वह, उसके लिए दुर्योधन से कम उपयोगी नहीं था।...

4

राजसभा में प्रथम आगंतुक के रूप में समंग ग्वाले का नाम सुन कर, धृतराष्ट्र का मन आशंकित हो उठाः यह सुबह ही सुबह कहाँ से आ गया ?...हस्तिनापुर के राजवंश का जो गोधन वनों में विचरता था, उनकी देख-भाल करनेवाले ग्वालों का मुखिया था समंग। इससे पहले भी वह दो बार धृतराष्ट्र के लिए चिंता का विषय बन चुका था—अपनी उपस्थिति से भी और अपनी अनुपस्थिति से भी। एक बार तो वह, वन में गोधन के साथ विचरनेवाले अनेक ग्वालों के साथ, यह माँग ले कर उपस्थित हो गया था कि उन्हें वन में निवास करते हुए, बहुत समय हो गया था, अब उन्हें नगर में निवास करने का अवसर दिया जाए।

"किंतु गोधन नगर में कैसे रहेगा ? यहाँ इतना स्थान ही कहाँ है ?" धृतराष्ट्र ने चकित होकर पूछा था।

"महाराज !" उसने उत्तर दिया था, "गोधन तो वहीं वन में ही रहेगा। मैंने तो केवल अपने और अपने अधीन काम करनेवाले इन गोपालों के लिए हस्तिनापुर में निवास करने की सुविधा की याचना की है।"

"तो गोधन को वन में हिंस्र पशुओं और चोरों के भरोसे छोड़ दिया जाए ?" धृतराष्ट्र ने पूछा था।

"नहीं महाराज ! ऐसी अनुचित बात तो मैं कभी सोच भी नहीं सकता," उसने उत्तर दिया था, "राजप्रासाद की गोशाला में नियुक्त लोगों को कुछ वर्षों के लिए वन में भेज दिया जाए।"

उसकी बात धृतराष्ट्र की समझ में आ गई थी। वह एक प्रकार से अपने साथियों और राजप्रासाद की गोशालाओं में कार्यरत गोपालों के लिए स्थानांतरण की माँग कर रहा था। किंतु हस्तिनापुर की गोशालाओं के कर्मचारियों को वन में कैसे भेजा जा सकता था ? पहले तो ऐसा कभी नहीं हुआ ...

"जब तुम्हें यह कार्य सौंपा गया था, और तुमने राजकोष से वृत्ति स्वीकार की थी, तो क्या इस प्रकार का कोई आश्वासन तुम्हें दिया गया था कि तुम्हें हस्तिनापुर की गोशालाओं में स्थानांतरित भी किया जाएगा ?" धृतराष्ट्र ने पूछा था।

"नहीं महाराज !"

"तो फिर इस माँग का क्या अर्थ है ?" धृतराष्ट्र ने कुछ क्रुद्ध हो कर पूछा था, "तुमने वृत्ति स्वीकार करते समय यह माँग क्यों नहीं रखी थी ?"

समंग राजा के क्रोध से तनिक भी भयभीत नहीं हुआ था। वह तो इस प्रकार निर्भीक तथा आश्वस्त खड़ा था, जैसे अपनी मित्र मंडली में खड़ा कोई

साधारण-सी चर्चा कर रहा हो।

"महाराज ! परिस्थितियाँ बदलती रहती हैं।" उसने उत्तर दिया था, "तब मेरे पास आजीविका नहीं थी। मैं केवल आजीविका से ही संतुष्ट हो गया था। अब मेरे पास आजीविका है; और मैं वर्तमान से श्रेष्ठतर परिस्थितियों में जीना चाहता हूँ।"

धृतराष्ट्र सोच ही रहा था कि वह उससे कहे कि उसकी आजीविका फिर से छीनी भी जा सकती है, ताकि वह पुनः जीविका मात्र से ही संतुष्ट हो सके कि विदुर ने उनके संवाद में हस्तक्षेप कर दिया था।

"तुम अपने लिए तो श्रेष्ठतर जीवन के लिए महाराज से याचना कर भी सकते हो, किंतु तुम राजप्रासाद की गोशालाओं के गोपालों के लिए वनवास की माँग कैसे कर सकते हो ? उन्हें भी तो अपने लिए श्रेष्ठतर परिस्थितियों की कामना करने का अधिकार है।"

"तो उन्हें वन में मत भेजिए," उसने पूर्णतः आश्वस्त स्वर में उत्तर दिया था, "हमें ही हस्तिनापुर में बुला लीजिए।"

"और वन में गोधन की रक्षा और देखभाल कौन करेगा ?"

"वन में नए कर्मचारियों को नियुक्त कर लीजिए।" समंग ने कहा था।

"ठीक है।" महामंत्री विदुर ने सहमति जताई थी, "आज से हम वन में नए कर्मचारी नियुक्त करते हैं और तुम्हें सेवा मुक्त करते हैं।"

"तो मैं हस्तिनापुर की किस गोशाला में जाऊँ ?" समंग ने सहज भाव से पूछा था, जैसे विदुर ने सेवामुक्ति की बात कही ही न हो।

"तुम्हारी ही सहमति के अनुसार, हस्तिनापुर की गोशाला के कर्मचारी स्थानांतरित नहीं किए गए हैं, इसलिए वहाँ तो किसी नए कर्मचारी के लिए स्थान है नहीं ।" विदुर ने उत्तर दिया था।

"लो !" अब चकित होने की बारी समंग की थी, "वन से मैं कार्यमुक्त कर दिया गया, और हस्तिनापुर में मेरे लिए स्थान नहीं है।"

"ठीक समझे।" विदुर ने कहा था, "तुम वन में नहीं रहना चाहते, इसलिए तुम्हारी इच्छा के अनुसार वहाँ से तुम्हें कार्यमुक्त किया गया। जिस दिन हस्तिनापुर के किसी कर्मचारी की इच्छा होगी कि उसे हस्तिनापुर की गोशाला से कार्यमुक्त कर वन में भेज दिया जाए, उस दिन तुम्हें हस्तिनापुर बुला लिया जाएगा।"

"मुझे मेरी वृत्ति कहाँ से मिलेगी ?"

"वृत्ति उसको मिलती है, जो कार्य करता है।" विदुर ने कहा था, "तुम्हें कार्यमुक्त कर दिया गया है।"

"इससे तो कहीं अच्छा है कि आप मुझे वन में गोधन के निकट ही भेज

दें। मेरी आजीविका तो बनी रहेगी।'' समंग का स्वर पहली बार कुछ दीन हुआ था।

''तुम्हारी इच्छा के विरुद्ध तुम्हें वन में रखा जाएगा, तो तुम नित्य कोई गाय बेच दोगे अथवा किसी को उपहार में दे दोगे; और हमें यह सूचना भिजवा दोगे कि उसे कोई हिंस्र पशु उठा कर ले गया है। मैं गोधन की उस क्षति का कारण नहीं बनना चाहता। अनिच्छुक कर्मचारी अपने स्वामी के लिए कभी हितकर नहीं होता।''

समंग ने आगे बढ़ कर धृतराष्ट्र के चरण पकड़ लिए थे, ''स्वामी ! मैं अपनी मूर्खता को समझ गया हूँ। मुझे क्षमा करें।''

वही समंग, फिर से सभा में उपस्थित हुआ था। ... अब क्या चाहता था वह ?

समंग ने राजा के सम्मुख उपस्थित हो कर प्रणाम किया, ''महाराज की जय हो। महाराज ! हमारे गोवृंद, आजकल द्वैतवन में आए हुए हैं। यह स्थान राजधानी के पर्याप्त निकट है। और महाराज ! ऋतु भी अनुकूल है। यही समय है, जब गो-गणना होती है, नवजात गोवत्सों को देखा-परखा जाता है, उनका नामकरण किया जाता है, उनके गोत्र बनाए जाते हैं और उनको चिन्हित किया जाता है; और गोधन संबंधी आंकड़ों को राजकीय अभिलेखों में अंकित किया जाता है। निवेदन है कि युवराज स्वयं अपनी उपस्थिति में यह सारा कार्य करवाएँ, ताकि कोई अन्य कर्मचारी संख्याओं में फेरबदल न कर सके, किसी भी ओर से किसी प्रकार की अनियमितता न हो।'' समंग कुछ रुक कर बोला, ''मैं पहले ही बहुत लांछित और कलंकित हो चुका हूँ महाराज ! पिछली बार महामंत्री महात्मा विदुर ने इसी राजसभा में कहा था कि मुझे मेरी इच्छा के विरुद्ध वन में रखेंगे तो मैं गोवत्स बेच दूँगा और कह दूँगा कि वन में कोई हिंस्र पशु उन्हें खा गया है। ... मैं नहीं चाहता महाराज ! कि उनकी आशंका को किसी प्रकार का कोई बल मिले। आप या स्वयं युवराज मेरे साथ घोषयात्रा पर चलें और यह आवश्यक कार्य निपटा दें।...''

दुर्योधन ने प्रायः मुग्धावस्था में कर्ण की ओर देखा : द्वैतवन जाने के लिए महाराज की स्वैच्छिक आज्ञा प्राप्त करने के लिए, ऐसी निर्दोष युक्ति की तो उसने कल्पना भी नहीं की थी। यह कर्ण तो विधाता की अद्‌भुत देन है। मातुल शकुनि भी पीछे छूट गए चतुराई में। ...

''तुम ठीक कहते हो समंग !'' दुर्योधन तत्काल बोला, ''तुम गोवृंदों के पास लौट जाओ और हमारी प्रतीक्षा करो। हम यथाशीघ्र यहाँ से चल देंगे।''

''दुर्योधन !'' धृतराष्ट्र के मुख से अनायास ही निकल गया। उसने और कुछ नहीं कहा, किंतु कोई भी समझ सकता था कि उस क्षुब्ध स्वर में निषेध

का ही भाव था।

"क्या बात है महाराज !"

धृतराष्ट्र ने तत्काल कोई उत्तर नहीं दिया। उसने अपना दाहिना हाथ कुछ इस मुद्रा में उठा दिया, जिससे प्रतीक्षा अथवा निषेध, कुछ भी ध्वनित हो सकता था।

धृतराष्ट्र का मस्तिष्क बहुत वेग से दौड़ रहा था, यह सब क्या था ? ...यह समंग जब भी आता है, कोई न कोई बखेड़ा अपने साथ लाता है। पहली बार वह राजा को यह बताने आया था कि प्रशासन को अपने कर्मचारियों का स्थानांतरण करना चाहिए; और आज यह बताने आया है कि गोधन की गणना, वर्ग विभाजन, चयन तथा अभिलेखांकन इत्यादि का काम कब करना चाहिए। यह राज्य का एक साधारण कर्मचारी है, अथवा राज्य का नीति निर्धारक धर्माधिकारी ?...और इस उच्छृंखलता के लिए उसकी प्रताड़ना करने के स्थान पर, उससे तत्काल सहमत हो कर, दुर्योधन ने उसे वन में आने का वचन दे दिया है।... ऐसे तो कोई भी सेना नायक किसी भी समय आकर राजा से अनुरोध करेगा कि तत्काल सेना का निरीक्षण कर लिया जाए, क्योंकि उसके पश्चात् सैनिक विश्राम करना चाहते हैं।...

पिछली बार विदुर ने इस समंग की उच्छृंखलता को उसी के तर्क में बाँध दिया था। इस बार दुर्योधन ने उसका अवसर ही नहीं आने दिया। अब सभा का कोई सभासद समंग का विरोध कैसे कर सकता है, जब स्वयं युवराज ने उसका प्रस्ताव स्वीकार कर लिया है। ... पर दुर्योधन ने ऐसा क्यों किया ?

"युवराज चाहेंगे तो हिंस्र पशुओं का आखेट भी कर सकेंगे।..." समंग ने परम आह्लाद की स्थिति में पुनः कहा।

"चुप रहो समंग !" धृतराष्ट्र ने कठोर स्वर में कहा, "तुम अपना निवेदन कर चुके, अब हमें विचार करने दो।"

"मैंने कुछ अनुचित कहा महाराज !" समंग का स्वर पर्याप्त धृष्ट था। निश्चित रूप से उसे युवराज की सहमति का बल प्राप्त था, अन्यथा वह इतना दुस्साहस नहीं कर सकता था।

शकुनि बहुत प्रसन्न था। उसे लग रहा था, यह ग्वाला समंग, उसके किसी अज्ञात वरदान का साक्षात् रूप था। इतनी चतुराई से तो राजा के मंत्री भी, राजा को अपनी इच्छा के विरुद्ध निर्णय करने को बाध्य नहीं कर सकते। ...

विदुर, समंग के इस आकस्मिक आगमन के पीछे, दुर्योधन की इच्छा को स्पष्ट देख रहे थे। निश्चित रूप से दुर्योधन द्वैतवन में जाने का कोई व्याज ढूँढ़

रहा था। उसी ने यह योजना बनाई होगी।... वे जानते थे कि दुर्योधन की राज्य के गोधन में कोई रुचि नहीं है। वह तो पांडवों की स्थिति को अपनी आँखों से देखना चाहता होगा। संभवतः उन्हें चिढ़ाना चाहता हो। उन्हें पीड़ित कर सुखी होना चाहता हो।...

"क्या बात है महाराज !" दुर्योधन ने पूछा।

धृतराष्ट्र अब तक स्वयं को पूर्णतः नियंत्रित कर चुका था। बहुत आश्वस्त स्वर में बोला, "युवराज ! तुम इस समय द्वैतवन में नहीं जाओगे।"

"क्यों महाराज ?" दुर्योधन अनायास ही कह गया; किंतु तत्काल स्वयं को संयत कर वह बोला, "मेरा तात्पर्य है कि मेरा द्वैतवन में जाना, कुछ अनुचित है क्या ?"

"इस समय पांडव द्वैतवन में निवास कर रहे हैं।" धृतराष्ट्र ने स्पष्ट शब्दों में कह दिया, "इस समय तुम्हारा वहाँ जाना सर्वथा अनुचित है। उनकी भावनाओं का विचार करो पुत्र !" धृतराष्ट्र का स्वर अत्यंत कोमल और स्नेहयुक्त हो गया था, जिसका अर्थ था कि वह अपना मार्ग खोज चुका था; नीति निर्धारित कर चुका था, "यद्यपि शकुनि ने पांडवों को द्यूत में धर्मपूर्वक हराया है; और उनके साथ किसी प्रकार का अनुचित व्यवहार नहीं किया गया है; किंतु वे दुखी हैं और कष्ट में हैं। वे अपने उस सारे कष्ट का कारण तुम्हें मानते हैं। ऐसे में तुम्हारा उनके निकट जाना, उन्हें उत्तेजित कर सकता है, उनके मन में उनके कष्ट को रेखांकित कर सकता है। तुम क्यों उनकी पीड़ा बढ़ाना चाहते हो ?"

"मैं किसी की पीड़ा बढ़ाना नहीं चाहता महाराज !" दुर्योधन बोला, "किंतु किसी से भयभीत होना भी मेरी प्रकृति में नहीं है। यदि वे द्वैतवन में निवास कर रहे हैं, तो द्वैतवन उनकी संपत्ति तो नहीं हो जाएगा। यदि हम मान लें कि पांडव जहाँ-जहाँ निवास करेंगे, वह स्थान उनका होगा; और अन्य कोई राजा उनके निकट भी नहीं जाएगा, तो पांडवों के लिए एक साम्राज्य का निर्माण करना क्या कठिन रह जाएगा। अन्य किसी राजा को तो राज्य जीतने के लिए सेना की आवश्यकता होती है, युद्ध करना पड़ता है। पांडवों के तो वहाँ उपस्थित होने भर से, वह भूमि उनकी हो जाएगी।" दुर्योधन के स्वर की सारी शालीनता समाप्त हो चुकी थी; और वह क्रमशः धृष्टता की ओर बढ़ रहा था।

"मैं उनका आधिपत्य स्वीकार करने के लिए नहीं कह रहा हूँ।" धृतराष्ट्र का स्वर अपना तेज खो चुका था, "मैं तो केवल इतना कह रहा हूँ कि मैं नहीं चाहता कि तुम उनके निकट जाओ। तुमसे कुछ न कुछ ऐसा हो ही जाएगा, जिससे उनको पीड़ा होगी। तुम कुछ नहीं भी करोगे, तो तुम्हारा कोई सैनिक, कोई सेना नायक, अपने व्यवहार से उन्हें असंतुष्ट कर देगा।" धृतराष्ट्र

के स्वर में अतिरिक्त माधुर्य आ मिला था, "वे भी तो मेरे पुत्र हैं युवराज! मैं नहीं चाहता कि उन्हें किसी भी प्रकार का कोई मानसिक अथवा शारीरिक कष्ट हो।"

"तो गो-गणना न की जाए ? राज्य के सामान्य कार्यों का निषेध कर दिया जाए, क्योंकि उससे पांडवों को मानसिक संताप होता है ?" दुर्योधन का स्वर अशालीनता की सीमा तक पहुँच चुका था।

"नहीं ! बस तुम स्वयं मत जाओ।" धृतराष्ट्र ने कुछ मंद स्वर में कहा, "अपने किसी राजपुरुष को भेज दो। आवश्यक कार्य भी हो जाएगा और किसी प्रकार की कोई कटुता भी उत्पन्न नहीं होगी।"

"इसका अर्थ तो यह हुआ कि पांडव द्यूत में हारे थे, इसलिए वे सारी पृथ्वी पर कहीं भी जाने को स्वतंत्र हैं। वे हिमालय के शृंगों पर भी जा सकते हैं, और सागर के तल में भी; किंतु द्यूत जीत कर भी, दुर्योधन हस्तिनापुर का बंदी हो गया। वह गोगणना के लिए नहीं जा सकता, वह मृगया के लिए नहीं जा सकता, वह अपनी रानियों के साथ वनविहार के लिए नहीं जा सकता ...।"

"ऐसा तो मैंने नहीं कहा।" अब तक धृतराष्ट्र की सारी आक्रामकता समाप्त हो चुकी थी।

"तो और क्या कह रहे हैं महाराज ! कि मेरी उपस्थिति मात्र से आपके वे भ्रातुष्पुत्र सुरक्षित नहीं हैं; इसलिए मुझे उनके निकट नहीं जाना चाहिए।"

"नहीं ! मैं तो इसके विपरीत यह कह रहा था कि उनके निकट जाकर तुम सुरक्षित नहीं हो।" धृतराष्ट्र बोला, "भीम और अर्जुन विरोध का भाव लिए, युद्ध की तैयारी कर रहे हैं। कहीं तुम उनके सामने पड़ गए और युधिष्ठिर उन्हें रोक नहीं पाया, तो वे तुम्हारा वध कर देंगे।"

दुर्योधन ने आहत सर्प का सा फूत्कार किया, "बच्चों का खेल नहीं है, दुर्योधन का वध।" और सहसा उसने अपने स्वर को कोमल बना लिया, "महाराज ! आप मेरी ओर से निश्चिंत रहें। मैं ऐसा कुछ नहीं करूँगा, जिससे पांडवों का उत्पीड़न हो। आप कहें तो मैं अपनी रानियों को भी साथ ले जाऊँ। एक ओर उनका वनविहार हो जाएगा; और दूसरी ओर युद्ध का वातावरण ही नहीं बन पाएगा।..."

"किंतु तुम्हारी सुरक्षा ?" धृतराष्ट्र बोला ।

"तो फिर रक्षा के लिए थोड़ी सेना भी ले जाता हूँ।" दुर्योधन बोला, "आवश्यकता हुई तो रानियों की सुरक्षा के लिए सैनिक नियुक्त किए जा सकेंगे।..."

धृतराष्ट्र ने कुछ नहीं कहा । सबकी दृष्टि उसी पर टिकी हुई थी।

शकुनि मुस्करा रहा था। वह जानता था कि सारे निषेधों और प्रतिबंधों के पश्चात् भी धृतराष्ट्र उन सारी बातों की अनुमति दे देगा, जो दुर्योधन चाहता है। कर्ण और दुर्योधन—दोनों ने ही अपने-अपने दाँव बहुत कौशल से जीत लिए थे।

5

कुंती को अपने घर आया देखकर काशिका चकित रह गई। उसने कभी कल्पना भी नहीं की थी कि इन शत्रुतापूर्ण परिस्थितियों में किसी निमंत्रण के अभाव में, बिना किसी प्रकार की कोई विशेष औपचारिकता किए, बिना कोई सूचना भिजवाए, कुंती इस प्रकार सहज भाव से उसके घर भी आ सकती है; जैसे उन दोनों परिवारों के बीच किसी प्रकार का कोई वैमनस्य ही न हो।... कहीं वह किसी प्रकार का झगड़ा करने तो नहीं आई ?... नहीं ! यदि कुंती को किसी प्रकार का कोई झगड़ा करना होता, विरोध जताना होता, अथवा किसी प्रकार की कोई याचना ही करनी होती, तो वह गांधारी के पास जाती...यहाँ काशिका के घर ?...

काशिका कुछ निश्चय नहीं कर पा रही थी कि वह कुंती का किस प्रकार स्वागत करे ... एक ओर जहाँ वह द्यूत सभा और पांडवों के वनवास की घटनाओं को नहीं भूल पा रही थी, वहाँ वह इस बात की भी उपेक्षा नहीं कर पा रही थी कि कुंती उसके पति की चाची तथा उसकी पुत्री लक्ष्मणा के ससुर की बूआ थी।

उसने आगे बढ़कर कुंती के चरणों को स्पर्श किया और धीरे से बोली, "आपको काकी माँ कहूँ कि राजमाता ?"

कुंती सहज मधुर ढंग से हँसी, "उसका निर्णय बाद में कर लेंगे, पहले बैठने को तो कहो।"

काशिका की दृष्टि से चूका नहीं कि कुंती के मन में किसी प्रकार की कोई उद्विग्नता नहीं थी। इसका अर्थ है कि वह किसी प्रकार का मनोमालिन्य ले कर नहीं आई है। मन वैमनस्य से आंदोलित होता, तो उसका व्यवहार ऐसा नहीं हो सकता था। वह पूर्णतया सामान्य भाव से, आत्मीयतापूर्वक बातें कर रही थी। काशिका ही थी कि अटपटाई हुई थी; और अपनी भूमिका के विषय में निश्चित नहीं थी। ...न पिछली घटनाओं को भूल पा रही थी, न सामान्य व्यवहार कर पा रही थी। वह हस्तिनापुर की युवराज्ञी थी, उसके तो तेज से ही कुंती जैसे

साधारण लोगों को भस्म हो जाना चाहिए था।

कुंती बैठ गई, और मुस्कराकर बोली, "मैं राजकुमारी भी रही हूँ, महारानी भी और राजमाता भी; किंतु अब उनमें से कुछ भी नहीं हूँ। दूसरी ओर तुम्हारी काकी मैं थी; और अब भी हूँ। पद तो कभी होता है और कभी नहीं होता, किंतु पुत्रि ! संबंध तो ईश्वर के बनाए हुए हैं, वे नष्ट नहीं हो सकते। कल यदि दुर्योधन मेरे पुत्रों का वध भी कर दे, अथवा वह मेरे पुत्रों के हाथों वीर गति को प्राप्त हो, तो भी संसार में यही कहा जाएगा कि एक भाई ने दूसरे भाई का वध किया। इन नैसर्गिक संबंधों को तो अस्वीकार नहीं किया जा सकता।"

काशिका को लगा कि कुंती के विषय में उसके मन की जिज्ञासा को उत्तर मिल गया है। शायद कुंती सदा इसीलिए इतनी सहज रह पाती थी।... न उसका महत्त्व किसी पद के कारण था, न उसके संबंध पद के कारण थे। यह तो उसका अपना नैसर्गिक व्यक्तित्व ही था, जो सामने खड़े व्यक्ति को प्रभावित करता था।

"कहिए, आज इधर आने का कष्ट कैसे किया ?" काशिका को अपने मन की कटुता अपनी वाणी में भी सुनाई पड़ रही थी।

"सोचा, हस्तिनापुर में रहते हुए भी यदि मेरी पुत्रवधुएँ मुझसे मिलने नहीं आ सकतीं, तो मैं ही उनसे मिल आऊँ।" कुंती ने रुककर उसकी ओर देखा, "यदि बहुत असुविधा न हो तो दुःशासन और विकर्ण की पत्नियों को भी यहीं बुला लो। उनके भवन तो निकट ही हैं न ? ... और भानुमती कहाँ है ?"

काशिका की दृष्टि सहज भाव से निकट खड़ी दासी की ओर उठ गई। दासी ने अभ्यस्त रूप में मुस्कराकर 'सब ठीक है' का संकेत कर दिया।

"किसी को बुलाने की आवश्यकता नहीं है काकी !" काशिका बोली, "आपको आते देख कर दासियाँ अपने आप भाग-भाग कर सबको सूचनाएँ दे आई होंगी और थोड़ी देर में वे सब यहीं आपके सम्मुख होंगी।" इस बार काशिका का स्वर कुछ सहज रूप लिए हुए था।

"मैं समझी नहीं," कुंती ने कहा, "क्या तुम्हारी ऐसी कोई व्यवस्था है ?"

"व्यवस्था क्या काकी ! यह तो दासियों की सहज चंचलता है। उन्हें कोई भी नई-सी बात लगती है, तो वे अपनी व्यग्रता छिपा नहीं पातीं और इसी प्रकार बालकों के समान भाग-भाग कर सब ओर सूचना प्रसारित कर आती हैं।"

"तो मेरा तुम्हारे पास आना कोई अद्‌भुत बात है क्या ?" कुंती ने पूछा।

"नहीं । ऐसा तो कुछ नहीं है।" काशिका ने उत्तर दिया, "किंतु आपका इधर आना होता नहीं न।"

तभी भानुमती ने आकर कुंती का अभिवादन किया; और दुःशासन की पत्नी, ज्योत्स्ना भी आकर सामने खड़ी हो गई। उसने न कुंती को प्रणाम किया,

न उससे संबोधित हुई। उसने कुंती पर एक वितृष्णा भरी दृष्टि डाली और काशिका की ओर उन्मुख होकर बोली, "यह वृद्धा कौन है ?"

कुंती समझ गई, ज्योत्स्ना उसे अपमानित और उत्तेजित करने का प्रयत्न कर रही थी। बोली, "यहाँ बैठ जाओ वधू ! तो तुम्हें बताऊँ कि यह वृद्धा कौन है।"

ज्योत्स्ना ने उपेक्षापूर्वक अपने सिर को एक झटका दिया और एक ओर बैठ गई।

"जिस व्यक्ति में दूसरों की तुलना में किसी प्रकार की वृद्धि होती है, वही वृद्ध होता है, जानती हो न !" कुंती ने उसकी ओर देखा, "मैं वृद्धा हूँ, अवस्था में, अनुभव में, लोकाचार में ... और भी बहुत सारे क्षेत्रों में। मैं स्मरण शक्ति में भी वृद्धा हूँ, क्योंकि तुम्हें स्मरण नहीं है कि मैं कौन हूँ, और मुझे स्मरण है कि तुम उस दुःशासन की पत्नी ज्योत्स्ना हो, जिसके रक्त की प्रतीक्षा में द्रुपदपुत्री कृष्णा के केश वेणीबद्ध नहीं होते। अब तुम्हें स्मरण आया कि मैं कौन हूँ, अथवा यह भी बताऊँ कि मैं उस महावीर भीम की माता हूँ, जिसने तुम्हारे पति का वक्ष फाड़ कर उसका रक्त पीने की प्रतिज्ञा की है ?"

"उन प्रसंगों को न ही छेड़ें काकी !" भानुमती अपेक्षाकृत कोमल स्वर में बोली।

"ठीक कहती हो पुत्री !" कुंती धीरे से बोली, "वे प्रसंग किसी के लिए भी मधुर नहीं हैं; पर अपने सम्मान की रक्षा तो करनी ही पड़ती है।"

ज्योत्स्ना के मुख का स्वाद जैसे कड़वा हो गया था; किंतु वह कुंती की बात को पी जाने के लिए प्रस्तुत नहीं थी। बोली, "हाँ। स्मरण आ गया। तो आप हैं, इंद्रप्रस्थ की विगत राजमाता, महामहिमामयी कुंती।"

"ठीक पहचाना।" कुंती ने उत्तर दिया, "संबंध में तुम्हारे पति की काकी हूँ। यदि तुम तनिक भी सुसंस्कृत परिवार में जन्मी हो और तुम्हें शिष्टाचार का किंचित भी ज्ञान है, तो तुम मुझे काकी माँ कह कर संबोधित कर सकती हो।"

"मैंने तो समझा था विगत राजमाता ! कि आप अपने शूरवीर पुत्रों के साथ वनवास कर रही होंगी। आप अभी तक यहीं हैं, हस्तिनापुर में ही।"

"क्या कर रही हो ज्योत्स्ना !" काशिका ने उसे टोका।

"रहने दो वधू !" कुंती ने कहा, "उसको भी अपने पति के समान अन्य नारियों की मर्यादा का उल्लंघन करने का अवसर दो। यह सब नहीं करेगी, तो पति के गुण उसमें प्रतिबिंबित कैसे होंगे।"

ज्योत्स्ना ने तमककर कुंती की ओर देखा। वह कुछ कहने ही जा रही थी, पर भानुमती ने उसे बोलने का अवसर नहीं दिया। वह बोली, "वैसे काकी माँ ! यह जिज्ञासा तो मेरे मन में भी है कि आप अपने पुत्रों के साथ न जाकर

यहाँ हस्तिनापुर में कैसे रह गईं ? ऐसी स्थिति में तो कोई भी माता अपने पुत्रों के साथ रहना ही अधिक श्रेयस्कर मानती।"

कुंती ने पहचाना कि भानुमती का प्रश्न, एक सहज प्रश्न मात्र था, उसके पीछे किसी प्रकार की कोई दुर्भावना नहीं थी।

"सुख किसको अच्छा नहीं लगता !" कुंती के कुछ कहने से पहले ही ज्योत्स्ना बोली, "वन में यह सब कहाँ मिलता, जो कुछ यहाँ उपलब्ध है।"

"तुम्हारा तात्पर्य यदि सुविधाओं से है, तो काकी द्वारका जा सकती थीं। अपनी किसी भी पुत्रवधू के साथ उसके मायके जा सकती थीं। हस्तिनापुर में ही रहना था तो स्वयं महाराज से किसी भी प्रकार की सुख–सुविधा से संपन्न कोई प्रासाद ले कर रह सकती थीं।" भानुमती ने कहा, "महामंत्री विदुर के घर में क्या है।"

विकर्ण की पत्नी मृदुला ने आकर कुंती के चरण स्पर्श कर प्रणाम किया, "सूचना मिली कि आप यहाँ आई हुई हैं तो मैंने सोचा, मैं भी आपके दर्शन कर आऊँ।"

"तुम चाहो तो तुम्हें दर्शन देने ये तुम्हारे घर भी आ जाएँगी। बस जरा अच्छा सा भोजन करवा देना।" ज्योत्स्ना बोली।

"तुमने कभी काकी के घर का भोजन किया होता, तो तुम्हें ज्ञात होता कि स्वादिष्ट भोजन क्या होता है।" मृदुला ने कहा, "काकी तो काकी, मैं तो अपने महावीर जेठ भीमसेन के हाथ के पकाए भोजन का स्वाद भी नहीं भूलती।"

"भीम ने भी तो भोजन पकाना काकी से ही सीखा है।" भानुमति ने हस्तक्षेप किया।

"उसे रहने दो मृदुला।" कुंती ने मुस्कराकर कहा, "उसके मुख में इस समय जले हुए करेलों का स्वाद है। वह अन्य किसी भी स्वाद का अनुभव नहीं कर पाएगी–न वात्सल्य का, न सौहार्द का, और न शांति का। ..." कुंती ने कुछ रुक कर ज्योत्स्ना की ओर देखा; किंतु जब ज्योत्स्ना कुछ नहीं बोली, तो कुंती ने पुनः कहा, "हममें चर्चा चल रही थी कि मैं यदि वनवास की असुविधाओं से बचने के लिए अपने पुत्रों के साथ नहीं गई तो मुझे हस्तिनापुर में उस घर में रहना चाहिए था जहाँ सबसे अधिक सुख उपलब्ध था।"

"हाँ काकी ! विदुर काका के ही घर क्यों रहीं ?"

"पुत्रि ! यदि यह निर्णय मैंने किया तो अपने सुख के लिए ही किया। अब पहले हम यह निश्चय कर लें कि सुख क्या है, तब मैं तुम्हारे प्रश्न का उत्तर दे पाऊँगी।" कुंती ने कहा, "अब मुझे तुम बताओ कि सुख है क्या ?"

"सुख वही है, जो आपके पुत्रों से छिन गया है और हमारे पास है।" ज्योत्स्ना ने सबसे पहले उत्तर दिया।

"मेरे पुत्रों से जो छिना, वह उनका सुख नहीं था।" कुंती ने कहा, "वे उनकी सुविधाएँ थीं। उनका सुख उनके धर्म में था, इसलिए उन्होंने अपने धर्म का पालन किया। फिर भी हम मान लेते हैं कि कुछ लोगों के अनुसार सुविधा ही सुख है। जिसके पास जितनी सुविधाएँ हैं, वह उतना ही सुखी है।"

"हाँ ! यही मान लेते हैं।" मृदुला ने कहा।

"तो मुझे बताओ कि महाराज धृतराष्ट्र के पास अधिक सुविधाएँ हैं अथवा महात्मा विदुर के पास ?" कुंती ने पूछा।

"महाराज के पास।" काशिका ने कहा।

"पर ऐसा कितनी बार हुआ कि उद्विग्न हो कर महाराज ने विदुर को उसके घर से बुलाया कि वह आकर उनके मन को किसी प्रकार शांत करे ?"

"अनेक बार हुआ है। प्रायः हुआ है।" भानुमती ने कहा।

"और ऐसा कितनी बार हुआ कि दुखी हो कर, विदुर शांति अथवा सुख की याचना करने महाराज के पास पहुँचा हो ?" कुंती ने पुनः पूछा।

"ऐसा तो कदाचित् कभी नहीं हुआ।" मृदुला ने कहा।

"आपका तात्पर्य है कि अपने पास कोई धन संपत्ति ही न रखे, क्योंकि उसमें कोई सुख नहीं है।" ज्योत्स्ना बोली, "तो फिर आपके पुत्र अपना राज्य त्याग वन जाने के नाम पर इतने दुखी क्यों थे ?"

"वे अपने अपमान के कारण दुखी थे। अपनी पत्नी के अपमान के कारण दुखी थे। अपनी सुविधाओं और अधिकारों के छिन जाने के कारण दुखी थे।" कुंती ने कहा, "अभी थोड़ी देर के लिए मेरे पुत्रों को भूल जाओ। उन्हीं को ध्यान में रखो, जिनके पास सारी सुविधाएँ हैं। हम इस पर विचार करें कि जिसे सामान्यतः सुख मान लिया जाता है, वह पदार्थ में है अथवा अपने मन में ?"

"मैं समझी नहीं काकी !" काशिका बोली।

"तुम्हारे पास असाधारण मणियों का एक हार हो, तो तुम उसे अपनी पेटिका में रख कर अधिक सुखी होंगी, अथवा उसे धारण कर सभा में सम्मिलित हो ?" कुंती ने पुनः पूछा, "तुम्हारे सुख के लिए, वह मणियों का हार ही अपने आप में पर्याप्त होगा, अथवा उसे तुम्हारी संपत्ति के रूप में देख कर स्वयं को हीन समझ, अपमानित होनेवाला व्यक्ति भी आवश्यक है ?"

"उसे पेटिका में बंद कर रखने का क्या सुख है काकी ?" काशिका बोली, "हम सब, आभूषण क्यों पहनती हैं। एक तो इसलिए कि हमारा रूप निखरे, दूसरे इसलिए कि लोग देखें कि हमारे पास क्या-क्या है।...प्रदर्शन ही न कर पाएँ, तो उस पदार्थ का क्या सुख ?"

"प्रदर्शन का तात्पर्य है कि देखो, यह हमारे पास है, और तुम्हारे पास नहीं है।" कुंती बोली, "तो सुख न पदार्थ में है, न पदार्थ के स्वामित्व में। सुख

न उसको धारण करने में है, न अपने रूप सौंदर्य में। सुख तो अहंकार की वृद्धि में है। वह तो हमारा अहंकार ही है, जो अपने वैभव के प्रदर्शन से तृप्त होता है, और हम सुखी होते हैं।''

''कैसे काकी ?'' मृदुला ने पूछा।

''आभूषण के प्रदर्शन से क्या होता है ? दूसरे को हीन सिद्ध कर अपने अहंकार की तुष्टि।'' कुंती बोली, ''किंतु वस्तुतः वह सुख नहीं है। वह तो सुख का भ्रम मात्र है। वह स्वतःपूर्ण नहीं है, स्वतंत्र नहीं है, वह किसी अन्य पर निर्भर है। उसके लिए किसी अन्य का अस्तित्व भी अनिवार्य है।'' उसने रुक कर उनकी ओर देखा, ''मेरी एक बात सुनो पुत्रियो ! सागर की लहरें बहुत सुंदर और बलशाली होती हैं। वे सुखी हैं, अतः वे अपने स्थान पर रह कर, आत्ममग्न हो कर ही सुखी हैं। उन्हें सुखी होने के लिए, किसी अन्य को हीन भाव में ग्रस्त करने की आवश्यकता नहीं है। ... यदि वे अपना सौंदर्य दिखाने के लिए, धरती की यात्रा आरंभ कर दें, तो सारी सृष्टि नष्ट हो जाएगी। हिमालय के हिम ढके शृंग बहुत सुंदर हैं; किंतु वे अपने स्थान पर शांत खड़े हैं। वे अपने सौंदर्य का वैभव दिखाने, और जलहीन मरुभूमि को अपमानित करने के लिए यदि मरुभूमि के पास चले जाएँ, तो सारा हिम गल कर बह जाएगा; और उन शृंगों का सारा सौंदर्य नष्ट हो जाएगा। सरोवर में खड़ा सौगंधिक पद्‌म बहुत सुंदर है; किंतु उसके पास संतोष है। उसके सौंदर्य को देखने के लिए कोई उस दुर्गम सरोवर के तट पर स्वयं आए, वह चल कर कहीं नहीं जाता। यदि वह कमल अपना सौंदर्य प्रदर्शित करने के लिए सरोवर से बाहर आ जाए, तो उसका सौंदर्य ही नहीं उसका अस्तित्व भी नष्ट हो जाएगा।''

''आपके उदाहरण तो पूर्णतः सटीक हैं, किंतु आप कहना क्या चाहती हैं काकी ?'' मृदुला ने सहज भाव से पूछा।

''मैं तो मात्र इतना कहना चाहती हूँ पुत्रि ! कि यदि तुम्हारे पास कोई विभूति है, तो उसके लिए ईश्वर की कृतज्ञ हो कर सात्विक भाव से उस विभूति का सुख उठाओ। मन में सात्विकता न हो, तो संपत्ति, सुविधाएँ तथा अधिकार, किसी को कोई सुख नहीं दे सकते।'' कुंती ने उनकी ओर देखा, ''अब मैं तुम्हें बताना चाहती हूँ कि हस्तिनापुर में रहने के लिए मैंने विदुर का घर और परिवार ही क्यों चुना।''

''क्यों चुना काकी ?'' भानुमती ने पूछा।

''विदुर की जीवन-शैली देखी है कभी तुमने !'' कुंती ने कहा, ''वे हस्तिनापुर जैसे विराट् राज्य के महामंत्री होते हुए भी, वैभव का नहीं साधना का जीवन व्यतीत कर रहे हैं। उनका घर प्रासाद न हो कर एक तपस्वी के आश्रम जैसा है। गंगा के तट पर एक आरण्यक रहता है वहाँ, जो साम्राज्य की नीतियाँ भी

निर्धारित करता है; किंतु उससे अधिक वह विदुर-नीति का निर्माण कर रहा है, ताकि उसके माध्यम से एक सात्विक और सुखी जीवन जीना संभव हो, राज्य संपन्न हो; और साधारण नागरिक समृद्ध हो। समृद्धि ईर्ष्या का कारण न बने, ईश्वर को प्राप्त करने का साधन बने।'' कुंती फिर ठहरी, ''विदुर के परिवार के विषय में क्या जानती हो तुम लोग ? उसकी संतानों के विषय में क्या ज्ञात है तुम्हें ?''

''मेरी तो कुछ समझ में नहीं आता काकी !'' भानुमती बोली, ''कोई तो कह देता है कि उनका कोई पुत्र ही नहीं है, और दूसरी ओर उनके परिवार की भी चर्चा होती रहती है। ठीक-ठीक पता ही नहीं चलता कि उनकी कोई संतान है भी कि नहीं । मैं कभी उनके घर गई नहीं । उनके परिवार से कभी कोई हमारे घर आया नहीं ।''

''विदुर की कोई औरस संतान नहीं है; किंतु नगर के कितने ही अक्षम पुरुष, असहाय स्त्रियाँ तथा अनाथ बच्चे, विदुर के परिवार जन के रूप में पल रहे हैं। उस दंपती के मन में कहीं अपने और पराये का कोई भाव नहीं है। उनको देख कर कोई नहीं कह सकता कि वह विदुर का परिवार नहीं है। इसलिए विदुर को स्नेह सबसे है, मोह किसी से नहीं है। उस परिवार में सात्विकता का जो परिवेश है, उसमें रह कर कोई भी व्यक्ति सुखी हो जाता है, क्योंकि मन शांत रहता है। रजोगुणी अशांति वहाँ नहीं है। वहाँ महाराज धृतराष्ट्र के प्रासाद की-सी सुविधाएँ चाहे नहीं हैं; किंतु सुख की अनुभूति तो है। और फिर भौतिक दृष्टि से भी मैं कहीं भी रहती, अपनी हो कर भी पराई ही रहती। विदुर के घर में जब पराए भी पराए नहीं हैं, तो मैं पराई कहाँ से होती। मैं वहाँ सुख ही प्राप्त नहीं करती, आत्मीयता की भी कोई कमी नहीं है मुझे। वहाँ कोई नहीं पूछता कि यह वृद्धा कौन है। विदुर के घर में पराए लोगों को भी आत्मीय बना लिया जाता है, क्योंकि उससे एक सात्विक सुख की प्राप्ति होती है; और तुम्हारे राजप्रासादों में आत्मीय जनों को भी पराया माना जाता है और उन्हें पराया बनाने का उपक्रम किया जाता है।'' कुंती ने ज्योत्स्ना की ओर देखा; और उठ खड़ी हुई, ''अब मैं चलूँगी पुत्रि।''

''अरे, ऐसे ही कैसे चली जाएँगी काकी माँ !'' काशिका बोली, ''अभी तो मैंने आपका कोई सत्कार ही नहीं किया, बातों में ही बैठी रह गई।''

''मैं कुछ बातें करने ही आई थी युवराज्ञी !'' कुंती ने उत्तर दिया, ''बातें हो गईं। अब देखना है कि उन बातों का तुम्हें कितना लाभ होता है।''

कुंती चली गई।

''पता नहीं काकी क्या कह रही थीं।'' भानुमती ने कहा, ''वे कैसे सुख की चर्चा कर रही थीं, जिसमें व्यक्ति सर्वथा आत्मनिर्भर होता है, उसे और किसी

की आवश्यकता ही नहीं होती।"

"कह क्या रही थीं।" ज्योत्स्ना ने तुनककर कहा, "कह रही थीं कि उनकी बहू को अपने वस्त्रालंकार दिखाने हम लोग द्वैतवन न जाएँ।"

"ओह ! तो मूल बात यह थी। मैं भी कहूँ कि आज काकी इधर कैसे भूल पड़ीं।" काशिका बोली, "पांचाली को तो कभी नहीं कहा था कि अपने वस्त्राभूषण पेटिका में छिपा कर रखे। हमें ही समझाने आ गईं।"

"हमें समझाने नहीं धमकाने आई थीं।" ज्योत्स्ना बोली, "आपने ध्यान नहीं दिया युवराज्ञी ! कह रही थीं न कि सौगंधिक पद्म यदि अपना सौंदर्य दिखाने सरोवर से बाहर आ जाएगा तो उसका सौंदर्य ही संकट में नहीं पड़ेगा, उसका जीवन भी नष्ट हो जाएगा।"

"अब हमारे संबंध जो भी हों; किंतु उनकी बात में सत्य का अंश तो था।" मृदुला ने कहा।

"तो तुम भी आज से महात्मा विदुर के आश्रम में भरती हो जाओ।" ज्योत्स्ना ने एक ग्राम्य अट्टहास किया।

6

वृषाली ने हाथ जोड़ कर प्रणाम किया तो काशिका ने अपने स्थान से उठ कर, स्वयं वृषाली के निकट जाकर, उसका स्वागत किया। उसकी भुजा पकड़कर आग्रहपूर्वक अपने साथ ला, सबसे अधिक सुखद मंच पर बैठाया; और स्वयं भी उसके निकट ही बैठ गई।

"कहो सखि ! कैसी हो ?"

वृषाली अपनी उत्फुल्ल मुद्रा में थी, "क्या कहूँ महारानी ! आर्यपुत्र ने तो केवल यह सूचना दी कि हमें द्वैतवन चलना है। और कुछ बताया ही नहीं। वे तो चले गए हैं, सैन्य संगठन करने। अब मेरे लिए तो समस्या हो गई कि ...।"

"अरे तो समस्या क्या है ?" काशिका हँसकर बोली, "वेशभूषा की ? वस्त्राभूषण की ? श्रृंगार और प्रसाधन की ?"

"हाँ महारानी !" वृषाली हँसी, "कहने को तो वन में जा रही हैं; किंतु किरात कन्याओं के समान तो नहीं जा सकतीं न ! वहाँ बैठी है, पांचाली कृष्णा। वस्त्राभूषणों की विशेषज्ञा। आपको तो स्मरण ही होगा महारानी ! जब राजसूय यज्ञ के अवसर पर हम इंद्रप्रस्थ गई थीं, तो उसने अपने वैभव का कैसा प्रदर्शन

किया था।... और जब हस्तिनापुर आई थी, तो अपने साथ वस्त्राभूषणों का कैसा भंडार लाई थी, जैसे सारा पण्य ही उठा लाई हो। स्मरण है न आपको उसका वह सारा वैभव और उस वैभव का प्रदर्शन।"

"स्मरण है।" काशिका तिक्ततापूर्वक हँसी, "उसका वह वैभव भी स्मरण है, जो उसने द्यूत सभा में प्रदर्शित किया था।"

काशिका के संकेत को समझकर वृषाली जैसे क्षण भर को अवाक् रह गई। फिर वह भी हँसी, "बेचारी क्या जानती थी कि द्यूत के पांसे, किस प्रकार भाग्य के साथ खिलवाड़ करते हैं। ...जो कुछ दिखाने लाई थी, वह सारा का सारा यहीं हस्तिनापुर में रह गया, और सभा में वह किसी और ही वेश में जा पहुँची। ...अब द्वैतवन में वह अकेली वहाँ देखनेवाली, और हम सब इतनी सारी प्रदर्शन करनेवाली। ... मेरी तो कुछ समझ में ही नहीं आ रहा। मेरी सपत्नियाँ, मेरी देवरानियाँ, मेरी सखियाँ—शकट के शकट भर कर वैभव सामग्री ले जा रही हैं। कोई साड़ी पीछे छूटने नहीं देंगी शायद। कुछ के विषय में तो मैंने सुना है कि जाने से पहले वे हस्तिनापुर के पण्यों को ही बटोरने में लग गई हैं। पांचाली के पास तो वहाँ प्रदर्शित करने के लिए कुछ होगा नहीं । हम आपस में ही स्पर्धा करने जा रही हैं क्या ?"

काशिका हँसी, "बहुत दया आ रही है, तुम्हें उस बेचारी पर। यह न हो कि अपने भंडार में से चुन-चुन कर श्रेष्ठ साड़ियाँ उसी को भेंट कर आओ। वर्तमान कुछ भी हो, किंतु अतीत में वह इंद्रप्रस्थ की साम्राज्ञी रही है और भविष्य में पुनः साम्राज्ञी बनने के स्वप्न देख रही है।"

द्रौपदी के पुनः साम्राज्ञी बनने की चर्चा मात्र से वृषाली सहम गई, "मैं कभी-कभी सोचती हूँ कि उसका यह स्वप्न सत्य हो गया, यदि उन्होंने अपना राज्य लौटा लिया, तो हस्तिनापुर का क्या होगा ? जो व्यवहार उसके साथ किया गया है, उसे वह न तो कभी विस्मृत कर सकती है, न क्षमा।"

"महावीर कर्ण की पत्नी इस प्रकार सोचती है।" काशिका हँसी; किंतु वह अगले ही क्षण गंभीर हो गई, "वैसे मुझे पूर्ण विश्वास है कि महाराज धृतराष्ट्र पांडवों का राज्य उन्हें कभी नहीं लौटाएँगे। और धर्मराज राज्य के लिए या तो युद्ध करेंगे नहीं, करेंगे तो पराजित होंगे। इसलिए इन दुश्चिंताओं में मत पड़ो; और द्वैतवन जाने की तैयारी करो।"

"आप क्या ले कर जा रही हैं महारानी !" वृषाली ने पूछ तो लिया; किंतु पूछ कर सहम गई, "क्षमा कीजिएगा।..."

"भय त्यागो।" काशिका ने मुस्कराकर उसकी ओर देखा, "हर समय इस प्रकार भयभीत मत रहा करो। हमारे पति परस्पर मित्र हैं, घनिष्ठ मित्र। उसी प्रकार हम भी सखियाँ हैं। तुम पूछ सकती हो; कुछ भी पूछ सकती हो।"

वृषाली कुछ आश्वस्त हुई, "मैं पूछ रही थी कि हमें कितने दिन वहाँ ठहरना होगा ? कितनी संख्या में और कैसे वस्त्र ले जाएँ ?"

"यह तो मैं भी नहीं जानती सखि !" काशिका बोली, "आर्यपुत्र से इस प्रकार के प्रश्नों का उत्तर पाना बहुत कठिन है। पूछूँगी तो कह देंगे, जितने दिनों का कार्य है, उतने दिन रुकेंगे। ... और इस बार जा तो कार्य के बहाने से रहे हैं; किंतु मैं जानती हूँ कि होगा आखेट और वनविहार ही।... इसलिए यह सब क्या पूछना। जो मन में आए, ले चलो। मन ऊब गया अथवा कुछ नया पहनने की इच्छा हुई तो, पण्य साथ होगा ही; वहीं से क्रय कर लेंगे...।"

"सेना के साथ पण्य भी जाएगा ?" वृषाली ने पूछा।

"पण्य तो सेना के साथ सदा ही होता है; किंतु वह सैनिकों की आवश्यकता के लिए होता है।" काशिका बोली, "इस बार तो युवराज के साथ कामदेव की सेना भी जा रही है न !"

"फिर तो मुझे चिंता करने की कोई आवश्यकता नहीं है।" वृषाली बोली, "वहीं क्रय करेंगे, वहीं पहनेंगे। ...और पण्याटन में समय भी अच्छा बीतेगा।"

"बस अंगराज को कहना, अपना स्वर्ण भंडार साथ ले चलें।"

"तो क्या हुंडी नहीं चलेगी ?" वृषाली ने कुछ चकित भाव से पूछा, "हस्तिनापुर लौटकर मूल्य चुका देंगे।"

"पता नहीं मूल्य कौन चुकाता है और कैसे चुकाता है।" काशिका अबोध भाव से बोली, "वणिक और श्रेष्ठी यहाँ आते हैं। वस्तुएँ दिखते हैं। मैं इंगित कर देती हूँ और वे उन वस्तुओं को छोड़ जाते हैं। मूल्य चुकाने की पद्धति क्या है, यह तो मैंने पूछा ही नहीं ।"

वृषाली कुछ नहीं बोली। उसका मन किसी धृष्ट कौवे के समान बार बार एक ही बात कह रहा था... मूल्य कभी चुकाया हो, तब न ! श्रेष्ठी बेचारे भय के मारे, मूल्य माँगते ही नहीं होंगे। पर सब लोग राजा दुर्योधन और उसकी रानी जैसे तो नहीं हो सकते न ! ...जिसके पति स्वयं इतना दान करते हों, वे वणिकों और श्रेष्ठियों को इस प्रकार लूट नहीं सकते। राजा ही वणिक को लूटने लगेगा तो वणिक प्रजा को क्यों नहीं लूटेगा। उसे तो अपना मूल्य किसी न किसी से वसूलना ही है।

"सुना है पांडवों की माता यहाँ आई थीं।"

"हाँ ! आई तो थी।"

"क्या करने आई थी ?"

"यह शास्त्रार्थ करने कि सुख क्या होता है।"

"निष्कर्ष क्या निकला ?"

"यह कि यदि हम द्वैतवन गईं तो हमारा ऐश्वर्य देखकर पांडवों को कष्ट

होगा। इसलिए हमें द्वैतवन नहीं जाना चाहिए।"

"यह निष्कर्ष तो दुख का स्वरूप स्पष्ट करता है, सुख का नहीं ।"

"सुख और दुख तो सापेक्ष हैं न। एक का सुख दूसरे का दुख ही होता है।" काशिका बोली, "मुझे तो ऐसा कोई सुख दिखता नहीं, जो सबके लिए हो।"

"सुना है, कुंती माता गांधारी के पास भी गई थी।"

"पता नहीं ।" काशिका कुछ उदासीन से स्वर में बोली, "मुझे सूचना नहीं है। गई होगी तो यही कहने गई होगी। तब माता गांधारी ने कहा होगा कि यदि मेरे पुत्रों का वैभव देख कर तेरे पुत्रों को दुख होता है, तो मेरे पुत्रों के कारण नहीं, तुम्हारे पुत्रों के मन में बैठी ईर्ष्या के कारण है। तो अपने पुत्रों को समझा कि वे अपने मन से ईर्ष्या निकाल दें। अपने मन के दुर्भावों के लिए किसी दूसरे को दोषी न ठहराएँ।"

वृषाली कुछ क्षण मौन बैठी रही, फिर बोली, "अच्छा ! अनुमति दें महारानी !"

वृषाली उठ खड़ी हुई।

काशिका ने भी उसे और रुकने का अनुरोध नहीं किया।

"जाओ प्रवीरा !" काशिका ने दासी को आदेश दिया, "देवी को रथ तक पहुँचा आओ।"

प्रवीरा मार्ग दिखाती हुई चल पड़ी थी; और दो दासियाँ मार्ग में पुष्प पंखुड़ियाँ बिखेर रही थीं। यह वह असाधारण सम्मान था, जो राजप्रासाद के अत्यंत विशिष्ट अतिथियों को दिया जाता था ... किंतु वृषाली का मन प्रसन्न नहीं था। काशिका ने उसे अंगदेश की महारानी के स्थान पर केवल देवी कहा था।...

प्रवीरा को राजप्रासाद से अवकाश मिला, तो वह अपने भवन में न लौट कर, सीधे जगत् श्रेष्ठी की अट्टालिका की ओर चल पड़ी। वह पर्याप्त सावधान थी कि किसी परिचित की दृष्टि उस पर न पड़े। ... किंतु अपरिचित लोगों के विषय में वह कैसे कह सकती थी, कि उनमें से कोई किसी का गुप्तचर नहीं होगा। ... किंतु राजप्रासाद की एक साधारण दासी के पीछे कोई गुप्तचर क्यों लगेगा ? ... फिर भी उसे पूर्णतः गुप्त रूप से ही जगत् श्रेष्ठी तक पहुँचना था ...

वह सीधी मुख्य अट्टालिका तक न जाकर, घेर के भीतर बने भृत्यों के आवास-समूह में गई। सारी सावधानी के बाद भी यदि कोई उसे यहाँ आते देख ले, तो वह कह सकती थी कि वह अपने किसी परिचित से मिलने आई है। एक

दासी का जगत्श्रेष्ठी की अट्टालिका में जाना संदेहास्पद हो सकता है, किंतु किसी भृत्य के साथ मिलने जाना कोई असाधारण बात नहीं थी। ... यदि बात बढ़ ही गई, और उसे कहना ही पड़ा, तो कह देगी कि वह अपने प्रेमी से मिलने आई है।...

अनंतसुख ने गवाक्ष में से उसे अपने द्वार की ओर आते देख लिया था। उसने चुपके से कपाट खोल दिए और प्रवीरा भीतर आ गई।

"कोई समाचार लाई हो ?" अनंतसुख ने पूछा।

"हाँ ! समाचार तो लाई हूँ; किंतु कह नहीं सकती कि वह कितने महत्त्व का है।"

"कोई बात नहीं ।" अनंतसुख बोला, "यह देखना श्रेष्ठी का काम है, हमारा नहीं । ... आओ।"

वह अपने आवास के पिछले द्वार से निकला, जो अट्टालिका के भृत्यों के आने-जाने का निजी मार्ग था। यहाँ किसी गुप्तचर अथवा भेदिए का कोई भय नहीं था।

अनंतसुख ने भीतर सूचना भिजवाई और वे तत्काल भीतर बुलवा लिए गए।

"बोलो प्रवीरा ! क्या समाचार लाई हो।" जगत्श्रेष्ठी ने उसके अभिवादन का उत्तर देते हुए कहा।

"श्रेष्ठि ! राजा दुर्योधन अपनी सेना सहित द्वैतवन में जा रहे हैं। जा तो वे घोषयात्रा के लिए रहे हैं; किंतु उनकी रानियाँ उनके साथ जा रही हैं। आज अंगराज कर्ण की रानी हमारी महारानी से मिलने आई थीं। उनके संवाद में ऐसी चर्चा थी कि वे लोग द्वैतवन में लगे पण्य में से वस्त्राभूषण क्रय करेंगी। ... मैंने सोचा, यह सूचना आप तक पहुँचनी चाहिए। ऐसा न हो कि आपकी योजना में घोषयात्रा के संग जाने का विचार ही न हो।..."

"यह तो तुम बहुत ही अर्थवान समाचार लाई हो प्रवीरा !" श्रेष्ठी के मुख पर प्रसन्नता के चिह्न प्रकट हुए, "घोषयात्रा। द्वैतवन। राजा, उनके मित्र, सामंत, धनी मानी और सैनिक अधिकारी—सब एक साथ और वह भी अपनी पत्नियों, प्रियाओं; और अपनी रक्षिताओं के संग। जब प्रिया मचलकर एक रत्नजटित मुद्रिका की माँग करेगी, तो संसार का कौन-सा प्रेमी उसका तिरस्कार कर पाएगा। ... फिर प्रेमिकाओं और प्रियाओं में होड़ भी तो लगेगी कि किस प्रेमी ने अपनी किस प्रिया को कितना बड़ा उपहार दिया।... तुम चिरायु होओ प्रवीरा; और सदा सुखी भी रहो। अनंतसुख !" श्रेष्ठी ने अनंतसुख की ओर देखा, "आज के समाचार

के लिए प्रवीरा को एक के स्थान पर पाँच स्वर्णमुद्राएँ दिलवाओ। इसे भी तो महारानी के साथ, द्वैतवन जाना होगा। यह भी तो वहाँ कुछ न कुछ क्रय करेगी ही। ..."

जगत्श्रेष्ठी भानुमल अपने वणिक समाज के साथ दुर्योधन के सम्मुख उपस्थित हुआ।

"हमने सुना है महाराज! कि स्वामी वनविहार और आखेट के लिए द्वैतवन जा रहे हैं।"

दुर्योधन ने उसे तीखी दृष्टि से देखा, "श्रेष्ठी को ज्ञात होना चाहिए कि अभी तक हस्तिनापुर के महाराज कुरु सम्राट् धृतराष्ट्र ही हैं। मैं तो मात्र युवराज हूँ और महाराज धृतराष्ट्र की ओर से उनके आदेशानुसार ही कार्य करता हूँ।"

भानुमल बहुत शालीनता से अतिरिक्त माधुर्यलिप्त चाटूकारितापूर्वक हँसा, "हमारे युवराज हों, महाराज हों, सम्राट् हों—सब कुछ आप ही हैं। हम तो आपकी सभा को ही जानते हैं। ... और युवराज।" भानुमल ने रुककर प्रतिक्रिया देखी : दुर्योधन ने उसके कथन का बुरा नहीं माना था, "राजनीति की बात करनी हो तो महाराज धृतराष्ट्र को कष्ट देने का कोई कारण भी बनता है; किंतु मुझे तो बहुत ही पारिवारिक सी चर्चा करनी है!"

"पारिवारिक ...?" दुर्योधन चौंका... यह श्रेष्ठी जाने उसे कहाँ घेरना चाहता है ...

"हाँ महाराज! अब आप वनविहार के लिए जाएँगे तो अकेले तो नहीं जाएँगे न! साथ में महारानी जी भी होंगी। उनकी सखियाँ भी होंगी। ..."

"होंगी तो।" दुर्योधन बोला।

"ऐसे में उस वन में यदि उन्हें कोई मुक्ताहार क्रय करने का मन हो आया, किसी रत्न का स्मरण हो आया। किसी विशेष देश के विशेष प्रकार के वस्त्र पहनने की इच्छा जाग गई ...।" भानुमल ने रुक कर दुर्योधन की ओर देखा, "तो वहाँ उनकी सुविधा और सहायता के लिए कोई पण्य तो होना चाहिए। वनविहार को भी जाएँ और महारानी जी का मन भी प्रसन्न न रहे, तो आपको क्या आनन्द आएगा।"

दुर्योधन की समझ में उसकी बात आ गई, "तो तुम लोग चाहते हो कि तुम्हारा सार्थ भी साथ चले?"

"सार्थ की क्या बात है महाराज! समझिए कि हस्तिनापुर की सारी पण्यवीथिकाएँ, आपके साथ होंगी।" भानुमल बोला, "बस आपकी अनुमति...।"

"तुम्हें राजकीय सुरक्षा का आश्वासन चाहिए?" दुर्योधन ने पूछा।

"आप वहाँ होंगे अन्नदाता ! तो हमारी ओर आँख उठाकर कौन देखेगा।"

"तो क्या चाहते हो ?"

"बस ! यह आश्वासन मिल जाए कि सैनिक लोग, बिना मूल्य चुकाए, किसी हट्ट से कोई द्रव्य नहीं लेंगे। ..."

"वे अवश्य मूल्य चुकाएँगे।" दुर्योधन बोला, "किंतु एक बात मेरे मन में आ रही है भानुमल ! रानियाँ तो बहुमूल्य वस्त्राभूषण क्रय करेंगी ... संभव है, वहाँ रत्नों तथा मुक्ताओं का भी व्यापार हो; किंतु साधारण सैनिक तो इतनी बहुमूल्य वस्तुएँ क्रय नहीं कर पाएँगे। सेना में सबसे अधिक संख्या तो साधारण सैनिकों की ही होगी; और उनके क्रय के लिए ही कुछ न हो। तुम्हारी पण्य वीथिकाओं में, प्रत्येक व्यक्ति की क्रय क्षमता के भीतर कुछ न कुछ होना ही चाहिए। अन्यथा उन्हें वहाँ कोई आनन्द नहीं आएगा; और वे कुछ न कुछ उच्छृंखलता कर ही बैठेंगे।..."

"आप आदेश करें महाराज ! सब कुछ उपलब्ध हो सकता है।" भानुमल प्रसन्न हो गया था ...।

"कुछ साधारण वस्त्रों के भी हट्ट हों...कुछ खान-पान की व्यवस्था... ।"

"वस्त्रों के लिए तो कोई कठिनाई ही नहीं है महाराज !" भानुमल तत्काल सहमत हो गया, "मद्य, मदिरा, सुरा, कादंब, मैरेय ...इनकी भी कोई कठिनाई नहीं है। ... किंतु खाद्य सामग्री का वहन कर वहाँ ले जाना तथा वहाँ पकवान्न तथा मिष्टान्न तैयार करना बड़ा महँगा काम है महाराज ! वन में वे पदार्थ उसी मूल्य पर उपलब्ध नहीं हो सकेंगे, जिस मूल्य पर वे हस्तिनापुर में उपलब्ध हैं। तनिक सी असावधानी से वे अखाद्य हो जाते हैं। हम अखाद्य पदार्थों का विक्रय कर महाराज के सैनिकों को रुग्ण तो नहीं कर सकते।"

"ठीक है। मैं समझ गया।" दुर्योधन बोला, "जो मूल्य तुम निश्चित् कर दोगे, उसमें कोई आपत्ति नहीं करेगा।"

भानुमल की बाछें खिल गईं : यह तो बहुत बड़ा आश्वासन था। इस एक यात्रा में ही, उनकी आय, अनेक यात्राओं के बराबर हो जाएगी। ... वह दुर्योधन को और अधिक सोचने अथवा अपने निर्णय पर पुनः विचार करने का अवसर नहीं देना चाहता था। वह तत्काल उठ खड़ा हुआ, "तो महाराज ! हमें प्रस्थान की अनुमति का दान मिले।"

भानुमल के साथ आए सारे वणिक उठ कर हाथ जोड़, पंक्ति बाँध कर खड़े हो गए।

दुर्योधन ने हाथ के एक संकेत से उन्हें अनुमति दी; और उसकी आँखें अपने निकट बैठे कर्ण पर टिक गईं ... उसकी कल्पना अनेक सुनहरे स्वप्न बुन रही थी।

कर्ण भी समझ गया था कि दुर्योधन के मन में कोई नई बात आई है। ...वह चुपचाप नगर श्रेष्ठियों के द्वार से बाहर निकलने की प्रतीक्षा करता रहा। उधर वे कक्ष से बाहर निकले और कर्ण की प्रश्नमयी आँखें, घूम कर दुर्योधन के चेहरे पर टिक गईं।

"अंगराज !" दुर्योधन बोला, "यह स्थिति तो वैसे ही बहुत अनुकूल बनती जा रही है।"

कर्ण कुछ बोला नहीं । प्रतीक्षा करता रहा कि दुर्योधन अपनी बात पूरी कर ले।

"मैंने सोचा था कि वन में जाकर पांडवों को थोड़ा अपना ऐश्वर्य दिखा आऊँ। उनकी दरिद्रावस्था को अपनी आँखों से निहार, अपने मन को कुछ शीतलता प्रदान कर लूँ। पर यह नहीं सोचा था कि मैं वन में वल्कलधारिणी द्रौपदी के सम्मुख जगत् श्रेष्ठी का रत्नों तथा मणियों से भरा हाट लगाकर, उसमें से मणियाँ क्रय कर अपनी संरक्षिताओं को भेंट करने का सुख प्राप्त कर सकूँगा।" दुर्योधन का आह्लाद अपनी चरम सीमा पर था, "तुम भी अपनी पत्नियों से कह देना। यहाँ से कम ले जाएँ। अधिक क्रय वहीं करें—उस पांचाली के सम्मुख। उसके सम्मुख इतना क्रय विक्रय व्यापार हो कि वह स्वयं को विस्मृत कर किसी मूल्यवान पदार्थ के लिए अपने पतियों से अनुरोध कर बैठे। यदि मैं द्रौपदी का ऐसा असफल अनुरोध और उस धर्मराज का असामर्थ्य में लटका हुआ चेहरा देख पाया, तो समझ लो मित्र ! कि मुझे एक राजसूय यज्ञ की पूर्णता का सा सुख मिल गया। मैंने जगत् जीत लिया ...। और कहीं पांचाली ने उस मोटे भीम से अनुरोध कर दिया, तो वह असामर्थ्य में चेहरा नहीं लटकाएगा। वह उन श्रेष्ठियों से वह उपहार छीनने का प्रयत्न करेगा। और तब हम श्रेष्ठियों की रक्षा के नाम पर उस मोटे को मार गिराएँगे।" दुर्योधन क्षण भर रुका, "अभी-अभी मेरे मन में आया है कि क्यों न हम अपने साथ नर्तकियाँ और गणिकाएँ भी ले जाएँ। संगीतज्ञ और गायक भी ले जाएँ। युधिष्ठिर यज्ञ कर रहा हो; और हम उसके सम्मुख अप्सराओं की प्रदर्शनी लगा दें ... वहाँ वैभव, भोग, मनोरंजन, विलास, सत्ता तथा अधिकार का ऐसा प्रदर्शन करें कि युधिष्ठिर ईर्ष्या से स्वयं ही हवनकुंड बन जाए, अपनी ईर्ष्याग्नि में ही जल कर क्षार हो जाए।"

कर्ण के मन में भी जैसे अनेक इंद्रधनुष अवतरित हो गए थे। उसने भी तो यह सब नहीं सोचा था ... यह तो अयाचित ही आकाश से किसी असाधारण सुख की वर्षा होने लगी थी ...

7

प्रातः ही दो गंधर्व अश्वारोही युधिष्ठिर के सम्मुख उपस्थित हुए। लगता था कि वे रात्रि भर, अश्व की पीठ पर ही यात्रा करते रहे हैं; और बिना किसी विश्राम के यहाँ तक पहुँचे हैं।

"हम गंधर्वराज चित्रसेन के संदेशवाहक हैं महाराज !" उन्होंने प्रणाम कर कहा, "हम आपकी सेवा में यह निवेदन करने के लिए, प्रस्तुत हुए हैं कि महाराज चित्रसेन आपके दर्शन करने के लिए, इस ओर आ रहे हैं। वे द्वैतवन के पर्याप्त निकट आ चुके हैं; और आज दिन के किसी भी समय, आपके आश्रम में उपस्थित हो सकते हैं। उन्होंने पूछा है कि क्या उन्हें आपके दर्शनों की अनुमति है ?"

युधिष्ठिर हँसे, "तुम्हारे महाराज चित्रसेन हमारे मित्र हैं; और मित्रों को न अनुमति लेने की आवश्यकता होती है, न देने की। वे परायों के समान इस प्रकार अनुमति क्यों माँग रहे हैं। वे ऐसा क्यों नहीं सोचते कि यदि इस वन में हमें अपना कोई सुहृद मिल जाता है, तो वह हमारे लिए आह्लाद का ही विषय होता है।"

"सम्राट् ! वे आपको अपना मित्र ही नहीं परिजन भी मानते हैं। आपके लिए उनके मन में पूजा का सा भाव है। वे नहीं चाहते कि उनके कारण, आपको तनिक भी असुविधा हो अथवा आपके किसी आयोजन में उनके कारण किसी प्रकार की कोई बाधा पड़े।" एक दूत ने कहा, "उन्हें सूचना मिली है कि आप यहाँ कठोर तपस्या कर रहे हैं; अत्यन्त नैष्ठिक जीवन व्यतीत कर रहे हैं। आप का दैनिक क्रम पूर्वनिश्चित होता है। ऐसे में बिना किसी पूर्व सूचना के अकस्मात् आपके सम्मुख उपस्थित हो कर, वे आपके लिए किसी प्रकार का कोई धर्म संकट उत्पन्न न कर दें।"

"नहीं दूत ! ऐसी कोई बात नहीं है।" युधिष्ठिर बोले, "ठीक है कि हमारा एक नित्यक्रम है। मेरे भाई आश्रम की व्यवस्था देखते हैं। भोजन के लिए वे वन द्वारा प्रस्तुत खाद्य पदार्थों का संग्रह करते हैं; और अपने आश्रमवासियों के भोजन और रक्षा के लिए आखेट भी करते हैं। कुछ समय साधना में भी व्यतीत होता है। मेरा क्रम उनसे कुछ थोड़ा-सा ही भिन्न है। मैं आजकल एकदिवसीय साद्यस्क राजर्षि यज्ञ करने में संलग्न हूँ। यज्ञवेदी पर बैठ जाऊँ, तो यज्ञ को पूर्ण किए बिना, आसन से उठ नहीं सकता। और किसी प्रकार का कोई बंधन नहीं है। तुम गंधर्वराज से कहो कि उनका आगमन, हमारे इस नीरस जीवन में सुखद परिवर्तन ही होगा।"

दूतों ने प्रणाम किया, "तो महाराज ! हमें अनुमति मिले। हम अपने स्वामी

के पास शीघ्र लौट जाएँ। वे इस ओर आ ही रहे हैं। हम मार्ग में ही, आपके इन उदार भावों को उन तक संप्रेषित कर देंगे।"

दूत अपने अश्व दौड़ाते हुए लौट गए।

युधिष्ठिर ने अर्जुन की ओर देखा, "तुम्हारे मित्र और गुरु आ रहे हैं। उनके स्वागत की उचित व्यवस्था करो। यदि उस समय तक मैं यज्ञवेदी पर बैठ चुका हुआ, तो उनके सत्कार के लिए मेरा उठना कठिन होगा। देखना उनके सत्कार में किसी प्रकार की कमी न हो।"

पांडवों को बहुत प्रतीक्षा नहीं करनी पड़ी। चित्रसेन का रथ संध्या से पूर्व ही, उनके आश्रम के द्वार पर आ रुका।

अर्जुन को, वैजयंत की सभा में व्यतीत किए हुए, अपने दिन स्मरण हो आए। नृत्य और संगीत तो उसने सीखा ही चित्रसेन से था। इसलिए चित्रसेन उसका मित्र होने के साथ-साथ उसका गुरु भी था।

अर्जुन ने आगे बढ़कर उसका स्वागत किया; और उसे सीधा, युधिष्ठिर के निकट ले आया।

"कैसे हो मित्र !" युधिष्ठिर ने उसके अभिवादन का उत्तर देते हुए पूछा, "इन दिनों यहाँ आना कैसे हुआ ? किसी विशेष अभियान पर निकले हो क्या ?"

एक बार तो चित्रसेन के मन में आया कि कह दे कि उन्होंने सुबाहु की बात न मान कर अच्छा नहीं किया था। उन्हें या तो अपनी रक्षा का प्रबंध स्वयं करना चाहिए था, या फिर सुबाहु का प्रस्ताव मान कर उसे पार्वत्य राजाओं पर छोड़ देना चाहिए था। उन्होंने दोनों में से कुछ भी नहीं किया था; और अपने परिवार सहित, साधारण आरण्यकों के समान यहाँ रह रहे थे। अब भी समय था, उन्हें चेत जाना चाहिए। दुर्योधन अपनी सेना सहित आ रहा था ...

किंतु चित्रसेन ने स्वयं को रोक लिया।... कहीं ऐसा न हो कि धर्मराज उसका कोई प्रस्ताव स्वीकार न करें और उनकी सुरक्षा के लिए किए जानेवाले उसके प्रयत्नों का भी निषेध कर दें। जो कुछ गुप्त रूप से हो सकता था, उसे प्रकट कर उसकी सफलता को संदिग्ध क्यों बनाया जाए।

"हम तो गंधर्व हैं महाराज !" चित्रसेन सहज भाव से बोला, "भ्रमण और विहार हमारी प्रकृति में है। मैं अपनी रानियों के साथ भ्रमण के लिए निकला हूँ। हमारी इच्छा है कि हम द्वैत सरोवर के तट पर कुछ समय व्यतीत करें। सोचा था कि आप लोगों की संगति का लाभ भी प्राप्त होगा। ... किंतु देख रहा हूँ कि आप लोग तो तपस्या कर रहे हैं। ऐसे में हमारे साथ विहार में कैसे सम्मिलित होंगे। हमारा राग रंग, नृत्य संगीत इत्यादि आपकी जीवन पद्धति के बहुत अनुकूल

नहीं बैठेगा।"

"तुमने उचित ही कहा है।" युधिष्ठिर बोले, "हम तुम्हारे विहार में सम्मिलित नहीं हो पाएँगे। कदाचित् तुम भी हमारे यज्ञ कार्य में हमारे साथ सम्मिलित नहीं हो सकोगे। जिस राजा की रानियाँ विहार के लिए सरोवर तट पर उसकी प्रतीक्षा कर रही हों, वह यज्ञवेदी पर कैसे बैठ सकता है।"

"मैं तो बैठ भी जाऊँ; किंतु भोग और तपस्या, परस्पर बहुत अनुकूल नहीं हैं।" चित्रसेन शालीन ढंग से हँसा, "ऐसा न हो कि मेरी रानियाँ मुझे खोजती यहाँ आ जाएँ; और उनके नूपुरों की ध्वनि आपके मंत्रोच्चारण में बाधा बने। हमारा आपके बहुत निकट रहना उचित नहीं है।"

"अरे नहीं !" धर्मराज ने चित्रसेन की भुजा पकड़कर आग्रहपूर्वक कहा, "हमारे कारण तुम्हारी रानियाँ द्वैत सरोवर का आनन्द न उठा सकें, यह धर्म-संगत नहीं है। अपनी शांति के लिए किसी अन्य को उसके सुख से वंचित करना धर्म नहीं है। हम इतनी नृशंसता नहीं कर सकते। तुम लोग अपने मनोनुकूल स्थान पर रहो और अपना मनभावन विहार करो। मुझे कोई आपत्ति नहीं है। द्वैत सरोवर बहुत विशाल है गंधर्वराज ! अनेक लोग बिना एक-दूसरे के लिए बाधक हुए, उसके तट पर निवास कर सकते हैं; और प्रकृति के सौंदर्य का आनन्द उठा सकते हैं। हम इस सरोवर के स्वामी नहीं हैं कि हमारे कारण तुम यहाँ प्रवास न कर सको ...।"

"हम स्वामी होते और तुम हमारे अतिथि होते तो हम तुम्हारे ठहरने की व्यवस्था उसके तट के सबसे मनोरम भाग में ही करते।" अर्जुन ने कहा।

"हाँ। अर्जुन ने ठीक ही कहा।" धर्मराज बोले, "हम सरोवर के स्वामी नहीं हैं, इसलिए तुम स्वतंत्र रूप से अधिकारपूर्वक उसके तट पर प्रवास करो। ... और यदि हम स्वामी होते, तो तुम हमारे अनुरोध पर हमारे अतिथि हो कर, यहाँ निवास करते।"

"वह तो जब करते, तब करते। अब इस समय तो हमारे आश्रम के अतिथि हो कर कुछ वन्य भोजन कर लो।" भीम ने कहा, "पांचाली इस बात को प्रमाणित करने पर तुली हुई है कि अरण्य में भी स्वादिष्ट भोजन की व्यवस्था हो सकती है। अब गंधर्वराज यह आपको निर्णय करना है कि ऐसा संभव है अथवा नहीं।"

भीम उन्हें साथ बने हुए कुटीर में ले गया, जहाँ द्रौपदी ने अपनी सहायिकाओं की सहायता से भोजन की व्यवस्था कर रखी थी।

वे लोग बैठ गए तो चित्रसेन ने अपनी ओर से बात आरंभ की, "धर्मराज ! आप जानते ही हैं कि हम गंधर्व रत्नों के पारखी भी होते हैं और उनके लोभी भी। भगवान ने जितने रत्न हमारी भूमि में संजो रखे हैं, उतने कदाचित् और कहीं भी उपलब्ध न हों। हमारी भूमि के कारण ही इस पृथ्वी का रत्नगर्भा नाम

सार्थक होता है।"

"अच्छा !" भीम ने हँस कर कहा, "और मैं समझता रहा कि चित्रसेन जैसे रत्नों के कारण तुम्हारी भूमि रत्नगर्भा है।"

"वह भी असत्य नहीं है मध्यम !" अर्जुन ने गंभीर स्वर में कहा, "गंधर्वराज जैसा रत्न और कहाँ मिलेगा। ये धनुष को ले कर युद्ध क्षेत्र में खड़े हो जाएँ, तो कोई कल्पना नहीं कर सकेगा कि ये मृदंग भी इतना ही अच्छा बजाते हैं। इनको नृत्य करते देख लो तो कोई विश्वास नहीं करेगा कि यह व्यक्ति योद्धा भी हो सकता है।"

"आप लोग मेरी चर्चा को किधर ले गए।" चित्रसेन हँसा, "मैं तो केवल इतना कह रहा था कि आज कल हस्तिनापुर के व्यापारी, रत्नों को खोजने और खरीदने में गंधर्व रत्न-व्यवसायियों को भी पीछे छोड़ रहे हैं। उनमें जैसे एक से बढ़ कर एक मूल्यवान रत्न खरीदने की होड़ लगी हुई है। इसी संदर्भ में हस्तिनापुर के श्रेष्ठियों के प्रतिनिधि हमारे प्रदेश में भी घूम रहे हैं। सुना है कि उनके यहाँ कोई बहुत बड़ा मेला लगनेवाला है, जिसमें उनके युवराज, राजकुमार, उपराज, उनके मंत्री और सेनानायक अपने परिवारों और बंधु-बांधवों के साथ सम्मिलित होंगे और उनकी पत्नियाँ, प्रेमिकाएँ और रक्षिताएँ, मन भर कर अपनी रुचि की वस्तुएँ खरीदेंगी।"

"क्या स्वयं महाराज और महारानी उसमें सम्मिलित नहीं होंगे ?" भीम ने पूछा।

"नहीं । वह मेला वन में होगा। उसे वनविहार का रूप दिया जा रहा है।" चित्रसेन ने कहा, "महाराज और महारानी वन तक की यह यात्रा नहीं कर पाएँगे।"

"तो कुरुवंश किस वन को सुशोभित करने जा रहा है ?" द्रौपदी ने पूछा।

"बस ! आपके ही निकट आ रहे हैं, वे लोग। द्वैतवन में ही विहार होगा।" चित्रसेन बोला।

"वे लोग हमें हमारी निर्धनता के लिए अपमानित करने आ रहे हैं।" सहसा सहदेव बोला।

"किसी की धर्मसंगत निर्धनता उसके अपमान का कारण तो नहीं हो सकती।" धर्मराज बोले, "अधर्म के बल पर एकत्रित किया गया वैभव लज्जा का विषय हो सकता है। उनके वनविहार और क्रीड़ा से हम कैसे अपमानित हो सकते हैं।"

चित्रसेन ने द्रौपदी की ओर देखा : उसका चेहरा क्रोध और विवशता से जैसे तमतमा आया था। द्रौपदी स्वयं को सँभाल नहीं पाई और उठ कर कुटीर से बाहर चली गई।

"धर्मराज ! मेरा निश्चित मत है कि दुर्योधन और उसके मित्र आपको पीड़ित करने के विचार से ही आ रहे हैं।" चित्रसेन ने अत्यंत विनीत भाव से कहा।

युधिष्ठिर भी मधुर ढंग से हँसे, "यदि दुर्योधन अपने वैभव के प्रदर्शन से सुख प्राप्त करता है, तो वह मेरे कारण सुख प्राप्त नहीं कर रहा, वह अपनी मानसिक विकृति को अपना सुख मान कर प्रसन्न हो रहा है। ...और यदि मैं उसके वैभव को देख कर पीड़ित हो रहा हूँ, तो मेरी पीड़ा का कारण उसका वैभव नहीं मेरे मन में स्थित ईर्ष्या का भाव है। मैं अपनी ईर्ष्या से पीड़ित होता हूँ, तो उसके लिए दोषी दुर्योधन कैसे हो सकता है। उस पीड़ा से बचने के लिए, मुझे दुर्योधन को द्वैतवन में आने से रोकने की आवश्यकता नहीं, अपने मन में स्थित ईर्ष्या को जीतने की आवश्यकता है।"

चित्रसेन समझ गया कि वह युधिष्ठिर को कुछ भी नया नहीं समझा सकता था। वह न उनके चिंतन को बदल सकता था, न उनके निर्णयों को।

प्रहर भर का समय पांडवों के साथ व्यतीत कर, चित्रसेन विदा हो गया। थोड़ी ही देर में उसका रथ अपनी प्रतीक्षारत वाहिनियों के निकट पहुँच गया। उसके सेनानायक उसके आदेश की प्रतीक्षा में वहाँ ठहरे हुए थे।

"मेरा विचार सत्य ही है। पांडवों को दुर्योधन के अभियान की कोई सूचना नहीं थी।" चित्रसेन बोला, "मैंने धर्मराज को सारी स्थिति से अवगत करा दिया है; किंतु न तो वे दुर्योधन के वैभव-प्रदर्शन से आतंकित हैं, न वे उसे किसी प्रकार का सैनिक आक्रमण मानने को प्रस्तुत हैं। अतः वे शायद ही प्रतिरोध की कोई व्यवस्था करें। इसलिए हमें गुप्त रूप से ही उनकी रक्षा करनी होगी । हमारे किसी प्रकट प्रयत्न का वे विरोध भी कर सकते हैं। इसलिए हमें उनसे किसी प्रकार के सहयोग की अपेक्षा भी नहीं करनी चाहिए।"

कुछ समय तक चित्रसेन मन ही मन, अपनी योजना बनाता रहा, और फिर बोला, "सबसे पहले तो तीव्रगामी संदेशवाहकों को सुबाहु के पास भेजो। उन्हें यहाँ की परिस्थितियों की सूचना दो उन्हें मेरी ओर से आश्वस्त करो कि उन्हें चिंता करने की आवश्यकता नहीं है। हम दुर्योधन से पहले यहाँ पहुँच चुके हैं। पांडवों तक पहुँचनेवाले सारे मार्गों को हम अपने अधिकार में कर रहे हैं। दुर्योधन द्वैतवन में प्रवेश ही नहीं कर पाएगा। न वह पांडवों तक पहुँच पाएगा, और न द्वैत सरोवर तक। पांडव पूर्णतः सुरक्षित रहेंगे; और वह दुष्ट दुर्योधन यदि अपनी हठ नहीं छोड़ेगा, तो हमारे हाथों भीषण दुर्गति को प्राप्त होगा।" चित्रसेन ने रुक कर अपने सेनानायकों की ओर देखा, "तुम लोग अपनी-अपनी वाहिनियों को द्वैतवन में प्रवेश करनेवाले मार्गों के निकट वन के भीतर की ओर रखोगे। पांडवों से अपनी इतनी दूरी बनाए रखोगे कि उन्हें हमारी गति-विधि का कोई आभास न हो। दुर्योधन के सैनिकों के साथ संघर्ष हो, तो उसका

कोलाहल भी पांडवों तक न ही पहुँचे तो अच्छा है।"

"यदि उन्हें उसकी सूचना हो ही जाए कि उनकी रक्षा के लिए हम युद्ध कर रहे हैं, तो इसमें हानि ही क्या है ?" एक नायक ने पूछा।

"मुझे शंका है कि ऐसी स्थिति में धर्मराज हमें युद्ध करने नहीं देंगे। वे स्वयं को अपनी रक्षा में समर्थ मानते हैं। ..."

"यदि वे समर्थ हैं, तो हम उन्हें अपनी रक्षा कर ही क्यों नहीं लेने देते ?" एक अन्य नायक ने पूछा।

"वे अपने स्वाभिमान की रक्षा कर रहे हैं और हम अपने धर्म की।" चित्रसेन ने कहा, "हमें अपने मित्रों की रक्षा करनी ही है, वे चाहे इसकी आवश्यकता मानें या न मानें।"

"यदि वे इसकी आवश्यकता नहीं समझते, तो हम युद्ध की तैयारी क्यों कर रहे हैं ?" पहले सेनानायक ने पुनः पूछा।

"किसी मित्र की आवश्यकता देखकर हम अपनी ओर से ही कार्य करते हैं।" चित्रसेन ने उत्तर दिया, "मैत्री में इस बात की प्रतीक्षा नहीं की जाती कि आपका मित्र आपसे प्रार्थना करे, याचना करे ...।" चित्रसेन का स्वर आदेशात्मक हो गया, "अब न कोई प्रश्न, न कोई आपत्ति। हम दुर्योधन से पहले पहुँच गए हैं, अतः हमें समय का लाभ उठाना है। अपनी सुविधा के सारे स्थानों पर व्यूह रचना कर लो। सैनिक दृष्टि से लाभकारी कोई स्थान दुर्योधन को उपलब्ध ही न हो सके। द्वैतवन के बाहर मत जाना, किंतु इसका पक्का प्रबंध कर लो कि दुर्योधन का एक भी रथ अथवा अश्व, द्वैतवन में प्रवेश न कर पाए। उनके द्वैतसरोवर के निकट पहुँचने का तो प्रश्न ही नहीं उठना चाहिए। पांडवों के अति निकट का क्षेत्र छोड़ कर इस समय सारा द्वैतवन तुम्हारा है। अपनी सुविधा से अपने शिविर खड़े कर लो। तुम्हें अपने आमोद-प्रमोद की पूरी स्वतंत्रता है; बस दुर्योधन के सैनिकों के निकट आते ही, सावधान हो जाना। युद्ध में किसी प्रकार का कोई प्रमाद नहीं होना चाहिए। ..."

नायक अपनी-अपनी विधि से आदेश देने के लिए अपनी-अपनी वाहिनियों को हटा ले गए। चित्रसेन उन्हें जाते हुए देखता रहा और सोचता रहा, वह उन्हें कैसे समझा सकता था कि संसार में युधिष्ठिर जैसे लोग भी थे, जिन्हें मानव के मूलभूत गुणों पर इतना अधिक विश्वास था कि वे कल्पना भी नहीं कर सकते थे कि दुर्योधन अथवा कोई भी मनुष्य इतनी नीचता भी कर सकता था। दुर्योधन इतनी बार पांडवों के प्राण लेने के षड्यंत्र कर चुका है, फिर भी धर्मराज अभी तक उससे अपनी रक्षा के लिए कोई प्रबंध करने को उद्यत नहीं हैं।...और चित्रसेन अपने सेनानायकों को कैसे समझाता कि मानवता के लिए, नैतिकता के लिए और धर्म के लिए पांडवों का जीवन कितना आवश्यक था। निकट भविष्य में

जब ये सारे अधर्मी राजा सारी पृथ्वी पर रक्त का तांडव करेंगे, तो गंधर्वों को भी अपनी रक्षा के लिए, युधिष्ठिर और उसके भाइयों की आवश्यकता पड़ेगी। ...कोई अपने रक्षकों की रक्षा नहीं करेगा, तो समय पर उसकी अपनी रक्षा कैसे होगी।

और सहसा ही चित्रसेन का अपना मन ही बदल गया। उसे लगा कि न केवल उसके सेनानायक युधिष्ठिर के मन को नहीं समझ पा रहे हैं, वह स्वयं भी शायद युधिष्ठिर को समझ नहीं पा रहा है। धर्मराज कदाचित् यह तो समझते हैं कि कोई सेना उन पर आक्रमण तो कर सकती है, किंतु शायद यह नहीं समझते कि कोई व्यक्ति अपने वैभव का प्रदर्शन कर उनको पीड़ित करने की योजना भी बना सकता है। ... जिस व्यक्ति के अपने मन में ईर्ष्या का कण भी न हो, वह दुर्योधन के मन की ईर्ष्या को कैसे समझ सकता है। संसार भर का वैभव देख कर जिसके मन में लोभ का कण नहीं जागता, तृष्णा का अंकुर नहीं फूटता, वह यह कल्पना कैसे कर सकता है कि दुर्योधन उसे अपना वैभव दिखाकर पीड़ित और अपमानित करने आ रहा है। धर्मराज तो सहज भाव से कह सकते हैं कि उन्हें इससे तनिक भी पीड़ा नहीं होगी। ... यदि कहीं वे इस भाव से परिचित होते, तो वे अपने राजसूय यज्ञ के अवसर पर उपहारों को स्वीकार करने और सँभालने का दायित्व दुर्योधन को क्यों देते। ...तो फिर उन्हें कोई कैसे समझाए कि ईर्ष्या, तृष्णा, तुलना, स्पर्धा और लोभ में भी पीड़ा होती है। धर्मराज युधिष्ठिर का तो इन भावों से परिचय ही नहीं है। ...

समंग अपने कुटीर में क्लांत-सा बैठा था। उसके निकट ही उसकी पत्नी, चपला, अपना सिर पकड़े बैठी थी। पिछले तीन-चार दिनों के तीव्र घटनाक्रम से, जैसे दोनों ही तन मन से बुरी तरह थक गए थे ...और फिर ऊपर से यह हताशा...

"तुम्हें किस मूर्ख ने कहा था कि तुम बैठे बैठाए, अपना घर परिवार उजाड़ लो ?" चपला ने धिक्कार बरसाती एक दृष्टि उस पर डाली, "वैसे तो तुम अपने को बहुत बुद्धिमान गिनते हो। गए थे कि राजा को मूर्ख बना कर बहुत सारा धन कमा कर लाऊँगा। कमा लाए धन की गठरी। हो गया कलेजा ठंडा। ...मैं कहती हूँ,इस प्रकार अपना घर उजाड़ना तो कोई बुद्धिमत्ता नहीं है।"

"क्या बताऊँ, लोभ ने मेरी मति भ्रष्ट कर दी थी; और क्या।" समंग निर्जीव से स्वर में बोला, "पत्थर पड़ गए थे, मेरी बुद्धि पर। राजकुमार के उस मित्र अंगराज कर्ण की बातों में आ गया। बहुत जीवन देखा था, किंतु यह नहीं देखा था कि किसी हरे-भरे शांत वन में राजा का पड़ाव पड़ता है, तो उसका परिणाम क्या होता है।..."

"लोभ होता है कुछ पाने का, गँवाने का नहीं ।" चपला ने अपने कपाल पर हाथ मारा, "किंतु तुम्हारी तो बुद्धि ही निराली है। शांति तो जैसे तुम्हें भाती ही नहीं । बैठे बैठाए, आ बैल मुझे मार। पहली बार गए तो चाकरी जाते-जाते बची। इस बार उठे तो हस्तिनापुर जाकर बुला लाए, उस विनाश-लीला को। घर में से बेटा-बहू गए। फूल-सी कोमल बच्ची गई। अपनी गौओं की गणना भी राजा की गौओं में करवा दी। ... तनिक बाहर निकलकर देखो, लगता है, आधा वन ही कट गया है ...। राजा का पड़ाव तो उठ गया, पर अब हमारे घर और इस वन का रूप-रंग कभी लौट भी पाएगा ?"

"तो भलीमानस ! इस वन को उजाड़ने का अपराधी भी मैं ही हूँ ?" समंग कुछ क्षुब्ध स्वर में बोला, "राजा क्या मेरे आदेश से चलता है ? मैं राजा और उसकी सेना को वन में आने से रोक सकता था क्या ?"

"गए तो तुम यही सोच कर थे कि राजा की बुद्धि को घास चरा आओगे। तब नहीं सोचा कि बुद्धि तो तुम्हारी गई हुई है घास चरने।" चपला तमककर बोली।

"तो अब बता न, मैं क्या करूँ ?" समंग ने घुटने पूर्णतः टेक दिए।

पर चपला अपने आवेश में जैसे उसकी बात ही नहीं सुन रही थी।

"मैं यह नहीं कहती कि सेना को वन में आने से रोक देते; किंतु सेना को न्यौतने तो न जाते।" वह बोली, "अब मेरी फूल-सी बच्ची उस मुच्छड़ अधेड़ के साथ चली गई। बताओ तो क्या होगा अब उसका जीवन। जाने वह मुच्छड़ है कौन। संभव है विवाहित हो, बाल बच्चोंवाला हो। ...और यह उठ कर उसके साथ चल दी, 'वे मेरे बिना जी नहीं सकेंगे।' जैसे आज तक तो वह जी ही न रहा हो। वह उसका शव ही था, जो उठ कर यहाँ तक चला आया। जाने कौन है वह मुआ। हमारी भोली-भाली बच्ची को बहकाकर ले गया ..."

"देखो ! अपनी बच्ची से मुझे भी बहुत प्रेम है।" समंग बोला, "किंतु सारा दोष उस मुच्छड़ का ही तो नहीं है। उसके प्रेम-व्रेम का तो मुझे पता नहीं किंतु उसके स्वर्णाभूषण बहुत आकर्षक थे। तुम्हारी बच्ची उन आभूषणों की चमक में ही भुला गई।"

"तो तुम्हीं ने तो अपने बच्चों के मन में सदा लोभ का विष-वृक्ष रोपा। कभी कहा तुमने उनसे कि हम यहाँ सुखी हैं। सदा एक ही रट कि हस्तिनापुर बहुत सुंदर नगर है। वहाँ के लोग बहुत धनी हैं, बहुत सुखी हैं। वह स्वर्ग है। हमें भी प्रयत्न करना चाहिए कि किसी प्रकार हस्तिनापुर में जा बसें। लो अब जा बसो हस्तिनापुर में। वहीं मिल जाएगी तुम्हें, तुम्हारी बेटी भी।"

"अब मेरा पीछा छोड़ो मेरी अम्मा। मैं स्वयं ही बहुत दुखी हूँ।" समंग ने अपने हाथ जोड़ कर उन पर अपना माथा टिका दिया।

"वह तो ठीक है।" चपला का स्वर कुछ शांत हुआ, "किंतु उस **मुच्छड़** ने हस्तिनापुर पहुँचकर उसे अपने साथ न रखा तो उसके पास, सिवाय किसी धनी-मानी की दासी हो जाने, अथवा किसी की भोग्या बन कर जीवन काटने के और कोई मार्ग नहीं रहेगा।"

समंग को अपनी पुत्री का यह भविष्य तनिक भी नहीं सुहाया। रुष्ट हो कर बोला, "उसके लिए ऐसी अशुभ बातों की कल्पना क्यों कर रही हो तुम! कोई भली बात नहीं सोची जाती तुमसे ?"

"अरे तो मैं कोई इसकी कामना कर रही हूँ।" चपला भी तुनककर बोली, "स्वयं तो जाकर उन्हें हस्तिनापुर से बुला लाए। अब सारा दोष मेरे सिर मढ़ रहे हैं।"

"मैं जाकर बुला लाया।" समंग का स्वर भी ऊँचा हो गया, "वह दिन भूल गई, जब हस्तिनापुर से बुलाए जाने की बात सुन कर, तुम ही झाड़ू ले कर मेरे पीछे पड़ गई थीं कि मुझे राजा की बात मान लेनी चाहिए। राजा को रुष्ट नहीं करना चाहिए। तब तो राजा की प्रसन्नता में तुम्हें स्वर्ग का आकर्षण दिखाई पड़ रहा था।"

"राजा की आज्ञा सुन आने के लिए कहा था, उसे सेना सहित बुला लाने को तो नहीं कहा था।"

"मैं भी तो राजा को बुला कर ही लाया था, तुम्हारी पुत्री को उस मुच्छड़ के संग भाग जाने के लिए तो नहीं कहा था।"

"ऐ। मेरी बेटी ने एक सैनिक के साथ गांधर्व विवाह किया है।... उसके संग भाग जाने से क्या अभिप्राय है तुम्हारा ?" वह रुकी, "और जब मैं कहती थी कि नगर जाते हो तो कभी-कभार उसके लिए भी कोई स्वर्णाभूषण ले आया करो, तो हर बार टाल गए तुम। तुम चाहते थे कि वनस्पतियों के पुष्पों और पत्रों से वह अपना शृंगार करे। अब ऐसे में वह उस सैनिक के स्वर्णाभूषणों पर रीझ गई, तो उसमें उसका क्या दोष ? किसी का भी मन द्रवित हो सकता था।..."

समंग ने एक तीखी दृष्टि उस पर फेंकी, "तो क्या मैं मान लूँ कि तुम्हारा मन भी द्रवित हो गया था; किंतु तुम्हें भगा ले जाने को कोई सैनिक तैयार ही नहीं हुआ ?"

"धत्त।" चपला ने अपनी लज्जा प्रकट करने-करने में समंग को एक धौल जमा दी।

कुछ क्षणों के लिए वे दोनों ही मौन रहे। लगा कि दोनों का क्षोभ कुछ मंद पड़ा है और विरोध विरल हो गया है। एक-दूसरे को दोष देने का कोई लाभ नहीं था। दोनों ही समान रूप से छले गए थे। ...

"चलो ! पुत्री को तो एक दिन ससुराल जाना ही था।" कुछ देर के पश्चात् समंग बोला, "उसका विवाह तो करना ही था। सैनिक से न करते, किसी ग्वाले से करते, किसी राजकर्मचारी से करते। हमारे साथ तो वह नहीं ही रहती... किंतु पुत्र और पुत्रवधू को तो हमारे साथ ही रहना था। वे क्यों चले गए, उस वणिक के साथ ?"

"तुम चाहते थे कि पुत्र और पुत्रवधू हमारे साथ रहें; किंतु पुत्रवधू तो कब से चाह रही थी कि या तो हम यमपुर चले जाएँ अथवा वह हमारे पुत्र को भगा कर हमसे कहीं दूर ले जाए।" चपला बोली, "उसे तो अपनी कामनापूर्ति के लिए सुनहला अवसर दिखाई दिया होगा। मेरा पुत्र तो है ही अबोध। पत्नी ने उकसा दिया तो उठ कर चल दिया उसके साथ। मैंने तुमसे पहले भी कहा था, उस घर में नाता मत करो। उसकी माँ भी ऐसी ही थी ...।"

"लो !" समंग ने उसे टोक दिया, "फिर पड़ गईं अपनी समधन के पीछे। यह क्यों नहीं मान लेतीं कि खोट तो अपने ही पुत्र में है। वह स्वयं न जाता तो बहू उसे गोद में उठा कर तो नहीं ले जाती। तुम्हारे पुत्र की आँखें ही उस वैभव को देख कर फट पड़ी थीं। उसे ही लगा था कि उस श्रेष्ठी के साथ चला जाएगा, तो वह भी वैसा ही श्रेष्ठी बन जाएगा। यह नहीं सोचा उस मूर्ख ने कि वणिक का शकट खींचनेवाला गधा कभी वणिक नहीं बनता। वह गधे का गधा ही रहता है।"

"चलो ! ठीक है !" चपला बोली, "उस वैभव को देख कर वह आकृष्ट हो गया उस ओर। लोभ में चला गया वणिक के साथ। श्रेष्ठी नहीं बन पाएगा, तो भी अपना पेट पालने भर को तो कमा ही लेगा। यहाँ रह कर भी गौओं का गोबर ही उठाता जीवन भर। मैं तो कहती हूँ, जहाँ भी रहे, सुखी रहे। तुम तो अब अपनी चिंता करो। गोशाला की देखभाल के लिए किसी की सहायता तो लेनी ही पड़ेगी। घर के तीन प्राणी कम हो गए हैं।"

"हाँ ! ठीक कह रही हो। किसी न किसी की सहायता तो लेनी ही पड़ेगी।..." समंग कुछ देर तक मौन रह कर बोला, "मुझे तो दूसरी चिंता भी है। ... उन सैनिकों ने तो वन को जैसे नंगा ही कर दिया है। इतने वृक्ष काटे हैं कि उनकी गणना ही न हो सके। अब गौओं को खिलाने के लिए यहाँ तो जैसे कुछ बचा ही नहीं है। ... लगता है कि अपना अन्न-जल भी यहाँ से उठ ही गया है।"

"मैं तो सोच रही हूँ कि जहाँ-जहाँ यह राजा जाता होगा, ऐसे ही लोगों के घर उजड़ते होंगे।" चपला बोली, "राजा को तो अपना ही सुख प्यारा है, लोगों के घर उजड़ते हों तो उजड़ें।"

"वह दूसरों के घर न उजाड़े तो उसके पास इतना वैभव कहाँ से आए।"

समंग जैसे अपने आपसे बोला, "यह तो अच्छा है कि हम वन में पड़े हैं। कहीं हस्तिनापुर में होते, तो लोभ और ईर्ष्या से जल-जल कर ही मर गए होते।..."

"क्या सारे राजा ही ऐसे होते हैं ?"

"मैं क्या जानूँ। मैं कोई किसी राजपरिवार में रहा हूँ।" समंग झल्लाकर बोला; पर तत्काल ही उसका स्वर कुछ कोमल हो गया, "पर नहीं । वे इनके ही तो भाई हैं—पांडव। सुना है, इसी वन में आरण्यकों के समान रहते हैं। लोग उनके कारण उजड़ते नहीं, उनकी छत्रछाया में सुरक्षित बसते हैं।"

8

काशिका की मुँह लगी दासी, प्रवीरा अपनी स्वामिनी को बहुत देर से खोज रही थी। वह सारा पण्य मंडप घूम गई थी; और जो-जो सामने पड़ा, उन सबसे पूछ चुकी थी। अंततः जब वह काशिका तक पहुँची तो काशिका जगत्श्रेष्ठी भानुमल के आपण के विशेष प्रकोष्ठ में बैठी बहुमूल्य रत्नजटित, कुछ आभूषण देख रही थी।

प्रवीरा को अपने सम्मुख देखकर उसका ध्यान इस ओर नहीं गया कि वह हाँफ रही थी। वह भागती हुई आई थी, और स्वेद से नहा चुकी थी। उसने केवल यह देखा कि प्रवीरा उसके सम्मुख खड़ी थी और काशिका उससे इस आभूषण के विषय में परामर्श कर सकती थी, जो इस समय उसके हाथ में पकड़ा हुआ था।

"देख तो प्रवीरा ! यह कर्णफूल कैसा लगेगा इस केश-विन्यास के साथ ?"

प्रवीरा की स्थिति ऐसी हो गई, जैसे बहुत वेग से आती धारा के सम्मुख अकस्मात् ही कोई ऐसी बाधा आ जाए, जिससे वह टकराना न चाहती हो; और उसको बचाने के लिए, अपने प्रवाह के वेग में ही उसे सौ-सौ बल खाकर स्वयं को नियंत्रित करना पड़ा हो।

"कर्णफूल तो बहुत सुंदर हैं महारानी !" प्रवीरा जल्दी से बोली, "किंतु महारानी ! शिविर में आपकी ढूँढ़ मची हुई है। प्रस्थान के लिए युवराज तैयार खड़े हैं। मुझे तो भय है कि कहीं वे आपको छोड़ कर ही न चल दें।"

काशिका ने जैसे उसकी बात सुनी ही नहीं । उसने उसकी बाँह पकड़ कर खींचा, "बैठ यहाँ, और बता कि ये कर्णफूल अच्छे लगते हैं अथवा वे कुंडल।" और वह श्रेष्ठी की ओर घूम गई, "श्रेष्ठि ! वे कुंडल कहीं सँभाल दिए क्या ?

मैं तो आरंभ से ही समझ रही हूँ कि आप वे कुंडल किसी और के लिए बचा कर रखना चाहते हैं।..."

"महारानी ! प्रस्थान में विलंब हो रहा है।" प्रवीरा ने धीरे से उसके कान के पास मुँह ले जाकर कहा, "युवराज रुष्ट होंगे। ..."

"चुप।" काशिका ने उसे डपट दिया, "यह कोई सैनिक अभियान है क्या कि प्रस्थान में विलंब होगा तो हमारी पराजय हो जाएगी। मूर्खे ! यह तो प्रदर्शनी अभियान है। मैं भी तो किसी अभियान के लिए ही तत्पर हो रही हूँ। आर्यपुत्र रुष्ट नहीं होंगे। यदि होंगे तो मुझसे होंगे, तुझे किस बात की इतनी चिंता है।"

"मैं किसी और के लिए कोई आभूषण क्यों बचाकर रखना चाहूँगा।" श्रेष्ठी ने विछिन्न वार्तालाप का सूत्र पुनः जोड़ते हुए बहुत मधुर ढंग से कहा, "मेरे लिए आपसे महत्त्वपूर्ण और कौन हो सकता है।"

"मुझसे यह सारा वाग्छल मत करो।" काशिका बोली, "राजा दुर्योधन की पत्नी मैं अकेली ही तो नहीं हूँ। और भी हैं। ..." वह बहुत रहस्यमय ढंग से मुस्करा रही थी, जैसे उसने श्रेष्ठी का कोई बहुत गोपनीय रहस्य जान लिया हो।

श्रेष्ठी भी बहुत आत्मीय और शिष्ट ढंग से मुस्कराया, जैसे काशिका ने उसके किसी अद्‌भुत गुण की प्रशंसा की हो; और उसने सम्मुख रखे हुए आभूषणों के ढेर में से वे कुंडल निकाल कर उसके सम्मुख रख दिए।

काशिका ने इठला कर वे कुंडल उठा लिए; और प्रवीरा से बोली, "दोनों पहनाकर, ध्यान से देख; और बता कि कौन से अच्छे लगते हैं। जहाँ तक मैं जानती हूँ, ये दोनों ही न भानुमती के पास हैं और न वृषाली के पास।"

प्रवीरा ने उसकी आज्ञा का पालन किया। दोनों को बारी-बारी पहनाया और ध्यान से देख कर निर्णय दिया, "देवि ! दोनों में से अधिक सुंदर तो कर्णफूल ही हैं; किंतु आपके मुख चंद्र पर तो ये कुंडल ही अधिक सुशोभित होते हैं। फिर यह इस पर भी निर्भर करता है कि उस दिन आपके केश-विन्यास का स्वरूप क्या है।"

"चल गई न तू फिर वही अपनी दोहरी चाल।" काशिका ने उसे स्नेह छलकाती वाणी में डाँटा, "अब मैं किसी एक को तो नहीं खरीद सकती न !"

"तो आप दोनों ही स्वीकार करें महारानी।" श्रेष्ठी ने मुस्कराकर कहा।

"मैं तुम्हारा सारा आपण ही न उठा कर ले जाऊँ, ताकि पुनः आना ही न पड़े।"

"महारानी की कृपा बनी रहे।" श्रेष्ठी मुस्कराया, "आपण तो है ही आप का। हम तो केवल आपकी सुविधा के लिए उसे उठाए-उठाए आपके साथ चलते हैं।"

"बातों के धनी हो श्रेष्ठी।" काशिका बोली, "वैसे अब इस दुष्टा ने मुझे ऐसी द्विविधा में डाल दिया है कि मुझे दोनों ही क्रय करने पड़ेंगे। मैंने न लिए, तो श्रेष्ठी, उसे यह कह कर किसी रानी के सम्मुख बेच देंगे कि युवराज्ञी आई तो थीं लेने। लेना भी चाहती थीं; किंतु उनके पास इसका मूल्य चुकाने के लिए धन नहीं था। यह सुनते ही दूसरी रानी इसे तत्काल क्रय कर लेगी, ताकि सिद्ध कर सके कि वह काशिका से अधिक साधन संपन्न है। और उसके पश्चात् मैं अपना प्रिय आभूषण दूसरी रानी को धारण करते देखूँगी और आजीवन ईर्ष्या से दग्ध होती रहूँगी।"

"स्वामिनी ! विलंब हो रहा है।" प्रवीरा ने उसे पुनः चेताया।

"चल ! चल !! अब हो गया।" काशिका बोली, "तुम्हें तो विलंब नहीं हो रहा श्रेष्ठी ?"

"नहीं महारानी ! महाराज के आदेश के अनुसार हमारे कुछ लोग तो पहले ही आगे जा चुके हैं, ताकि जब आप अगले पड़ाव पर पहुँचें तो आपको वहाँ भी पण्य मंडप तैयार मिले।"

श्रेष्ठी ने दोनों आभूषण एक मंजूषा में सहेजकर प्रवीरा को थमा दिए। प्रवीरा बहुत शीघ्रता में थी। वह तत्काल उठी और लपककर प्रकोष्ठ से बाहर निकल गई।... तभी उसे स्मरण हो आया कि राजा का सार्थ उसके लिए नहीं, रानी के लिए रुका हुआ है। वह जल्दी पहुँच भी गई तो उसका किसी को कोई लाभ नहीं होगा। वह रुक गई। उसने देखा कि काशिका ने भी शीघ्रतापूर्वक कुछ डग भरे; किंतु उसके पश्चात् वह पुनः रुक गई।

"क्या बात है महारानी ! कुछ और स्मरण हो आया ?" वह पूछे बिना नहीं रह सकी।

"हाँ प्रवीरा ! यह तो मैंने सोचा ही नहीं कि ये आभूषण आर्यपुत्र को भी प्रीतिकर लगेंगे या नहीं ।"

प्रवीरा जैसे अपना नियंत्रण खो बैठी थी। बोली, "महारानी ये आभूषण आप धारण करेंगी। महाराज को इनका क्या करना है।"

"मूर्ख है तू !" काशिका के स्वर में क्रोध तनिक भी नहीं था, "धारण तो मैं ही करूँगी; किंतु किस के लिए धारण करूँगी ? आर्यपुत्र के लिए ही न। उन्हें लुभाने के लिए ही तो। उन्हें ही न भाए, और इनके कारण मैं ही उन्हें अप्रिय लगने लगी तो फिर इनका क्या लाभ ?"

"तो आप इन्हें सँभालकर अपनी किसी पेटिका में रख दीजिएगा। मत पहनिएगा।"

"ये मेरे पास होंगे, तो मैं इन्हें धारण किए बिना रह पाऊँगी क्या ?"

"तो मुझे दान कर दीजिएगा। मेरा प्रेमी मेरे वश में रहेगा और मैं आपके

गुण गाऊँगी।"

"अच्छा।" काशिका कुछ झपटकर बोली, "अपनी किसी सपत्नी को तो इन्हें धारण किए मैं देख नहीं सकती, और तू इन्हें धारण किए मेरे निकट रहेगी ? क्यों अपने ही प्राणों की ग्राहक बनी है।"

काशिका आपण में वापस लौट गई।

"श्रेष्ठी ! इन आभूषणों को तुम वापस स्वीकार करो।"

"क्या हो गया महारानी ! इतनी ही देर में मन से उतर गए ?"

"नहीं श्रेष्ठि ! मन से तो नहीं उतरे; किंतु मैं चाहती हूँ कि तुम इन्हें अपने पास ही रखो। इन्हें किसी को बेचना मत। मैं आर्यपुत्र को साथ ले कर आऊँगी। उन्हें दिखा लूँगी। उन्हें भा गए तो ले जाऊँगी; अन्यथा इनका मोह छोड़ दूँगी।"

पीछे से आकर साथ खड़ी हो गई प्रवीरा को यह सब बहुत विचित्र लगा। बोली, "आप आभूषण ले चलें स्वामिनी ! स्वामी को रुचिकर नहीं होंगे तो मैं आकर लौटा जाऊँगी।"

"दासी का कथंन उचित ही है देवि !" श्रेष्ठी बोला, "आभूषणों का क्या है, आप जब चाहें, लौटा दें।"

"चुप मूर्खे !" काशिका ने दासी को डपट दिया, "मैं चाहती हूँ, युवराज स्वयं मेरे साथ आएँ और अपनी रुचि से ये ही आभूषण स्वयं क्रय कर मुझे भेंट करें। तू समझती भी है कि तू क्या कह रही है ?"

प्रवीरा को रानी के स्वर में वास्तविक रोष की ध्वनि मिली। उसने अत्यंत विनीत हो कर पूछा, "मुझसे कोई भूल हो गई स्वामिनी ?"

"भूल तो तुझसे होती ही रहती है। मूर्ख जो ठहरी।" काशिका ने कहा, "समझती भी है कि कह क्या रही है। एक बार मैं आभूषण ले जाकर लौटाऊँ तो सारे हस्तिनापुर को यह ज्ञात होगा कि युवराज्ञी ने आभूषण खरीदे और युवराज ने उनकी स्वीकृति नहीं दी। बाध्य हो कर युवराज्ञी को वे आभूषण लौटाने पड़े। क्या सम्मान रह जाएगा मेरा, राजप्रासाद में ?"

"पर महारानी यह बात किसी तक जाएगी ही कैसे ? इसे जानता ही कौन है। मेरे अधर तो सिले हुए ही समझिए और यह तो आपकी प्रिय दासी है।" श्रेष्ठी ने अपना बचाव किया।

"इसे तो तुम रहने ही दो।" काशिका ने कहा, "वहाँ बहुत लोग हैं, प्रचार-प्रसार के लिए। तुम तो बस इतना करो कि जब तक मैं आर्यपुत्र के साथ आकर इन आभूषणों को पुनः न देख लूँ, तुम इन्हें बेचना नहीं ।"

श्रेष्ठी के चेहरे पर सहज स्वीकृति नहीं उभरी। स्वयं को संयत कर बोला, "युवराज को प्रिय लगे, तो आप ये दोनों ही स्वीकार कर लेंगी ?"

"हाँ।" काशिका बोली।

"उन्हें रुचिकर न लगने की भी कोई संभावना है ?" उसने भीत स्वर में पूछा।

"क्यों नहीं ।"

"यदि आप आग्रह करेंगी, तो भी ?"

"पर मैं आग्रह करूँगी ही क्यों ?" काशिका बोली, "मैं चाहती हूँ कि युवराज स्वेच्छा से ये आभूषण मुझे भेंट करें। तुम्हें अपनी वाग्चातुरी पर विश्वास नहीं है क्या ?"

श्रेष्ठी समझ रहा था कि वह घिर गया है। यदि वह यह कह दे कि उसे अपने वाग्चातुर्य पर विश्वास है तो उस पर यह आरोप लगाया जा सकता है कि वह युवराज का निष्ठापूर्ण सेवक न हो कर, अपनी वाग्चातुरी से उन्हें प्रवंचित करने की बात कह रहा है। और यदि वह कह दे कि उसे अपनी वाग्चातुरी पर विश्वास नहीं है, तो उस पर दोनों प्रकार के आरोप लग सकते हैं : वह चातुरी करता तो है, किंतु उसको उस पर विश्वास नहीं है, तथा इस वक्तव्य के माध्यम से वह युवराज्ञी की इच्छा का एक प्रकार से अपमान कर रहा है। ...

"जैसी युवराज्ञी की इच्छा।" अंततः वह बोला, "किंतु इस बीच यदि किसी अन्य रानी ने इन आभूषणों को पसंद कर लिया तो ?"

"तुम ये आभूषण तब तक किसी को दिखाओगे ही क्यों ?"

पहले तो श्रेष्ठी स्तब्ध-सा ही खड़ा रह गया। वह युवराज्ञी से कैसे कहे कि वह तो व्यापारी है। घर से ये आभूषण बेचने के लिए ही निकला है। किसी को दिखाएगा नहीं, तो इन्हें बेचेगा कैसे। स्वयं वे ले नहीं रही हैं, तथा दूसरों को देने से मना कर रही हैं। यह तो अपने अधिकारों का दुरुपयोग है। ...

उसने स्वयं को सँभाला और बोला, "युवराज्ञी ! मुझे आपकी आज्ञा मानने में क्या आपत्ति हो सकती है; किंतु ..."

"किंतु क्या ?" काशिका ने उसे कुछ कठोर दृष्टि से देखा।

"अन्य अधिकार संपन्न लोग हमें बाध्य करें और कहें कि मैंने अपने पास श्रेष्ठ आभूषण होते हुए भी उन्हें वे नहीं दिखाए, तो मैं कठिनाई में पड़ जाऊँगा। हम पर तो सब ओर से ही दबाव रहता है न देवि ! हम तो आपके ही संरक्षण में जीवन व्यतीत कर रहे हैं। अब आप जैसा आदेश करें।"

"कोई कुछ नहीं कहेगा तुम्हें। न तुम्हें बाध्य करेगा।" काशिका ने कहा और वहाँ से चल पड़ी।

दुर्योधन अपने इच्छित सैन्य वेग से आगे नहीं बढ़ पा रहा था। उसके साथ उसकी अपनी रानियों के अतिरिक्त, अपने भाइयों तथा मित्रों के रनिवास भी

चल रहे थे। यह संभव ही नहीं था कि सैनिक आदेश के समान, प्रस्थान का समय घोषित कर दिया जाए और सचमुच उसी समय के अनुसार प्रस्थान भी हो जाए। जब प्रस्थान का समय हो जाता था तो पता चलता था कि अनेक रानियाँ अभी हाट मंडप से ही नहीं लौटी हैं। उन्हीं के कारण श्रेष्ठीगण भी, अपना सामान बटोर कर, समय से शकट नहीं लाद सकते थे।...और सब कुछ हो भी जाए तो व्यापारियों के शकट, राजा के रथों की गति से तो नहीं चल सकते थे। ...

दुर्योधन को अपने लिए कोई त्वरा नहीं थी। वह तो वनविहार के लिए ही निकला था। न वह अपनी रानियों को रुष्ट करना चाहता था, न अपनी अनुज-वधुओं तथा मित्र-पत्नियों को। ... किंतु पांडवों के सम्मुख पहुँचकर, अपना वैभव प्रदर्शित कर, उन्हें पीड़ित और अपमानित करने की शीघ्रता में वह अवश्य था। यह कल्पना करते ही कि उसके वहाँ शीघ्र न पहुँच पाने के कारण पांडव द्वैतवन में सुख-चैन से अपना समय व्यतीत कर पा रहे हैं, उसका मन जैसे रौरव की अग्नि में जलने लगता था। ... ऐसे में अनेक बार वह विलंब करनेवालों के प्रति अपना रोष भी प्रकट कर चुका था ...

संध्या हो गई थी और द्वैत सरोवर अभी दूर था। ... रात्रि से पहले न वहाँ पहुँचा जा सकता था, और न ही मंडपों की व्यवस्था हो सकती थी। ... आज भी पांडवों के सम्मुख जा पहुँचने की दुर्योधन की इच्छा पूरी नहीं हुई थी।

उपयुक्त स्थान देखकर सार्थ रुक गया। रथों से अश्व खोल दिए गए। अस्थायी मंडपों की व्यवस्था कर दी गई। अपने मंडप में अपने आसन पर बैठते ही, दुर्योधन का मन विचलित को उठा। ... आज की रात्रि भी व्यर्थ ही जाएगी।...

उसने कादंब के तीन-चार चषक अपने भीतर उँड़ेल लिए, तो मन कुछ स्थिर हुआ।

"दासी !" सहसा उसने कहा, "किसी को दुःशासन के पास भेजो और कहो कि वह तत्काल यह आदेश प्रचारित करे कि हमारी कोई वाहिनी यहाँ विश्राम नहीं करेगी। सैनिक पूर्णतः सन्नद्ध रहें; और वाहिनियों के नायक, इसी समय हमारे मंडप में एकत्रित हों।"

दासी आज्ञा का पालन करने चली गई और दुर्योधन ने दो पात्र और पी लिए। ... अब वह और प्रतीक्षा नहीं कर सकता था। ... उन्हें शीघ्रातिशीघ्र पांडवों के निकट पहुँचना था ... पांडवों की शांति दुर्योधन के लिए विष के समान थी; और दुर्योधन अधिक देर तक विषपान नहीं कर सकता।... वह स्वयं यदि तत्काल पांडवों के सम्मुख प्रस्तुत नहीं हो सकता, तो उसका वैभव ही वहाँ पहुँचे।...

उसका आदेश बहुत त्वरित ढंग से प्रचारित हुआ था। सेनानायकों को

वहाँ एकत्रित होने में अधिक समय नहीं लगा।

"युवराज !"

"हमारी वाहिनियाँ यहाँ विश्राम नहीं करेंगी।" दुर्योधन आदेशात्मक स्वर में बोला, "तुम लोग अपनी यात्रा जारी रखोगे। आज रात को ही यथाशीघ्र द्वैत सरोवर के तट पर पहुँचो और रात्रि का जो समय शेष बचे, उसमें विश्राम करो। कल प्रातः से द्वैत सरोवर के तट पर क्रीड़ा मंडपों का निर्माण कार्य आरंभ हो जाना चाहिए। ... हम रात्रि को यहाँ विश्राम करेंगे। प्रातः प्रस्थान करेंगे। हम दिन के जिस किसी प्रहर में भी वहाँ पहुँचें, हमें अपने मंडप तैयार मिलने चाहिए।" दुर्योधन रुका, "एक भी काष्ठकार पीछे छोड़ने की आवश्यकता नहीं है। सबको ले जाओ। ... किंतु पांडवों के आश्रम के ठीक सामने हमारे क्रीड़ा-मंडप यथाशीघ्र तैयार होने चाहिए।"

दुर्योधन ने अपना पात्र उठा लिया। यह संकेत था कि उसकी बात समाप्त हुई। सेनानायक अपनी-अपनी वाहिनियों में लौट गए।

सहसा दुर्योधन को स्मरण हो आया ...सार्थ के साथ अनेक नर्तकियाँ और गणिकाएँ भी चल रही थीं। क्या किया है उन्होंने इस सारी यात्रा में। खाती रही हैं और सोती रही हैं।

"दासी !" उसने पुकारा।

"जी महाराज !"

"अंगराज से कहो कि हमने उन्हें स्मरण किया है। दुःशासन, गंधारराज शकुनि तथा अन्य मित्रों को भी पानगोष्ठी के लिए आमंत्रित करो।" उसने रुक कर दासी की ओर देखा, "नर्तकियों और गणिकाओं से कहो कि रात्रि सोने के लिए नहीं होती। वे अपने उत्तेजक रूप और मादक नृत्य के साथ तत्काल उपस्थित हों।"

"जो आज्ञा महाराज !"

"और सुनो।" दुर्योधन पुनः बोला, "हमारे राज्य के प्रमुख श्रेष्ठियों को भी आमंत्रित करो। बेचारे यात्रा का इतना कष्ट उठा रहे हैं, राजा के प्रसाद के रूप में थोड़ा सुख भी तो पाएँ।"

वृषाली ने काशिका के मंडप में प्रवेश किया, तो पाया कि काशिका किसी उत्तेजना से विक्षिप्त हो रही थी।

"बैठो सखि !"

यद्यपि काशिका का स्वर पर्याप्त संयत था; किंतु उसके नेपथ्य का हाहाकार वृषाली से छुपा नहीं रह सका। निश्चित रूप से इस समय काशिका के मन

में कोई महासमर चल रहा था। वह अपने आक्रोश से लड़ रही थी। उसका सारा धैर्य और संयम भी उसकी उत्तेजित मनःस्थिति को संयत करने में सक्षम नहीं था।

"क्या बात है महारानी ! ! मुझसे कोई अपराध हुआ ?" वृषाली ने विनीत किंतु आशंकित स्वर में पूछा।

"प्रश्न मत पूछो। केवल मेरे प्रश्नों का उत्तर दो।" काशिका संयत किंतु क्षुब्ध स्वर में बोली, "मुझे बताओ ! क्या करने आई थीं, तुम इस वन में ? अंगराज तुम्हें क्या कह कर अपने साथ लाए थे ?"

"विहार के लिए।" वृषाली बहुत सँभलकर उत्तर दे रही थी—जाने महारानी के मन में क्या है; जाने वे कैसा उत्तर चाहती हैं।

"विहार से क्या तात्पर्य था उनका ?" काशिका ने पुनः पूछा, "विहार का स्वरूप क्या है ? तुम्हें किस सुख का प्रलोभन दिया था उन्होंने ?"

"उन्होंने कहा था, हम नगर की इस कृत्रिमता से दूर, प्रकृति के क्रोड़ में विहार करेंगे। संगीत, नृत्य, खान-पान, भ्रमण और काम सुख ... सब प्रभूत मात्रा में भोगेंगे ...सार्थ के साथ जगत्श्रेष्ठियों के आपण होंगे। मैं अपनी इच्छानुसार अपने मन-भावन वस्त्राभूषण क्रय कर सकूँगी...।"

"और हो क्या रहा है ?" काशिका उत्तेजना से विक्षिप्त स्वर में बोली, "दिन भर हम इस ऊबड़-खाबड़, असम और विषम मार्ग पर यात्रा करती रही हैं। संध्या से अपना शृंगार कर अपने मंडप में प्रतीक्षारत बैठी हैं। विहार के लिए हमें लाए थे अथवा उन गणिकाओं को ? वहाँ तो कहा, तुम अपने वस्त्राभूषणों की प्रदर्शिनी से पांचाली को ईर्ष्या से दग्ध कर क्षार कर देना; और यहाँ गणिकाओं का शृंगार और वैभव देख कर मैं क्षार होती जा रही हूँ।"

काशिका मौन तो हो गई किंतु शांत नहीं हुई थी। न ही यह लग रहा था कि वह अपना कथ्य पूरा कर चुकी।...या तो उसके मन में अभी उपयुक्त शब्द नहीं उभर रहे थे, या फिर उसकी मर्यादा उसको आगे बोलने से रोक रही थी।

"हमारे वश में है ही क्या महारानी !" वृषाली का स्वर अब भी दुर्बल और विनीत था।

"हमारे वश में सचमुच कुछ नहीं है; क्योंकि हमारे पति हमारे वश में नहीं हैं।" काशिका बोली, "वे गणिकाएँ तुमसे अधिक सुंदर हैं या मुझसे ? वे अधिक बुद्धिमती हैं अथवा हम ? वे हमसे अधिक सुशिक्षित हैं क्या ?"

"नहीं । न वे स्त्री के रूप में हमसे अधिक आकर्षक हैं, न मनुष्य के रूप में हमसे श्रेष्ठ।"

"वे अधिक निष्ठावान हैं या हम ?" काशिका ने पूछा।

"उनमें निष्ठा तो नाम मात्र की भी नहीं है।"

"फिर भी वे वहाँ विहार कर रही हैं और हम यहाँ मंडप में प्रतीक्षारत बैठी हैं।" काशिका बोली, "और अब वे जब हमारे पास आएँगे, आकंठ मदिरापूरित होंगे, नयनों की पलकें तक उठाने का सामर्थ्य नहीं होगा उनमें ... और रात्रि भी विदाई के कगार पर पहुँच चुकी होगी।"

वृषाली कुछ नहीं बोली।

"जानती हो, हमारी ऐसी दुर्दशा क्यों है ?"

"क्यों देवि ?"

"क्योंकि हमने अपने नारीत्व का उच्छृंखल और आक्रामक प्रयोग कभी नहीं किया।" काशिका बोली, "उनके इस सारे रात्रिविहार के पश्चात् यदि मैं विवाद करूँगी, तो वे यही मानेंगे कि मैं एक फूहड़ पत्नी हूँ, जो हस्तिनापुर के युवराज को अपने पल्लू से बाँध कर रखना चाहती है।..."

"तो ?"

"तो क्या ! उन्हें आकृष्ट करने के लिए, मुग्ध करने के लिए, आसक्त करने के लिए, अपना और अधिक शृंगार करूँगी। अपने रूप वैभव को उनके सम्मुख और उद्घाटित करूँगी। निष्क्रियता प्रकृति की शक्ति को जड़ कर देती है; और वही जब सक्रिय हो उठती है, तो उसकी मादकता की कोई सीमा नहीं रहती। प्रकृति के वे सारे गुण मुझमें भी हैं, तुम में भी हैं।"

"तो क्या हम भी गणिकाओं से स्पर्धा करें ?" वृषाली कुछ संकुचित हो कर बोली।

"गणिकाओं से स्पर्धा क्यों ?" काशिका बोली, "गणिकाएँ वह सारा व्यापार केवल धन के लिए करती हैं। हम अपने प्रेम को प्राप्त करने के लिए करेंगी। गणिकाओं में निष्ठा नहीं होती; हम पूर्णतः निष्ठावान रहेंगी। ...किंतु हम मात्र पत्नियाँ बन जाएँ, नारियाँ न रहें—तो वे हमारी ओर आकृष्ट क्यों होंगे।"

"ठीक कहती हैं महारानी !"

"किंतु वह सब बाद में होगा। आज के कृत्य के लिए तो उन्हें किसी न किसी सीमा तक दंडित करना ही पड़ेगा।"

वृषाली कुछ नहीं बोली : जाने काशिका के मन में क्या योजना थी। वह किस प्रकार की उच्छृंखलता करने पर उतारू थी। ... वह अपने पति से रुष्ट थी, तो ठीक ही था; किंतु वृषाली अपने पति से क्यों रुष्ट होती। उसके पति तो बेचारे राजा की आज्ञा से उस नृत्योत्सव में बैठने को बाध्य थे। राजा की आज्ञा का उल्लंघन तो वे नहीं कर सकते थे।...

"यदि तुम साथ दो तो हम लोग, इस समय उनके रंग में भंग डाल दें। उनके उस नृत्योत्सव में से सारे श्रेष्ठियों को बुलवा लें। ऐंठ कर रह जाएँगे

युवराज भी।"

"कैसे युवराज्ञी ?"

"हम लोग इस समय पण्यशाला में चलें ?"

"रात्रि के इस समय पण्यशाला में कौन होगा महारानी ?" वृषाली बोली, "और अभी तो स्कंधावार भी ठीक से स्थापित नहीं हुआ। सार्थ व्यवस्थित नहीं हुआ। या तो पण्यशाला ही नहीं होगी, होगी तो कोई आपण खुला नहीं होगा।"

"तुम चलो तो।" काशिका बोली, "पण्यशाला तो मैं अभी व्यवस्थित करवा देती हूँ। आपण भी खुलवा देती हूँ।"

वृषाली ने चकित हो कर पूछा, "वह कैसे महारानी ?"

"दासी !" काशिका ने पुकारा।

दासी प्रकट हुई, "महारानी !"

"जगत्श्रेष्ठी भानुमल को सूचित करो कि मैंने उन्हें तत्काल बुलाया है। इसी समय। एक क्षण का भी विलंब नहीं होना चाहिए।"

"क्षमा करें महारानी ! यदि वे इस समय युवराज के मंडप में हों तो ?"

"उन्हें वहीं सूचित किया जाए।" काशिका ने कुछ इस प्रकार कहा कि दासी का और कुछ पूछने का साहस नहीं हुआ।

काशिका ने पाँसा तो फेंका था किंतु वह नहीं जानती थी कि परिणाम क्या होगा। इसलिए जब भानुमल तत्काल उसके सम्मुख उपस्थित हो गया तो उसे आश्चर्य भी हुआ।

"क्या आदेश है महारानी का ?" उसने पूछा।

"आदेश नहीं है जगत्श्रेष्ठी ! मात्र एक सूचना है।" काशिका बोली, "आप जानते ही हैं कि कल प्रातः के प्रस्थान के पश्चात् हम द्वैतवन में पहुँच जाएँगे।"

"जानता हूँ महारानी ! और यह भी समझता हूँ कि मात्र इतनी सूचना देने के लिए ही महारानी ने मुझे युवराज के मंडप से उठवाने का कष्ट नहीं किया होगा।"

"श्रेष्ठी ठीक कह रहे हैं।" काशिका ने उत्तर दिया, "आप यह भी जानते हैं कि वहाँ इंद्रप्रस्थ की भूतपूर्व साम्राज्ञी द्रुपदपुत्री पांचाली कृष्णा विद्यमान हैं। उनके सम्मुख जाने से पहले हमें यह देख लेना है कि हम हस्तिनापुर के राजकुल के सम्मान और वैभव के अनुकूल वस्त्राभूषणों से सज्जित हैं अथवा नहीं । यहाँ बात केवल युवराज्ञी के सम्मान की नहीं है। हस्तिनापुर का समस्त गौरव दाँव पर लगा है। इसलिए श्रेष्ठि ! मैंने इसी समय, द्वैतवन में पहुँचने से पहले ही, सबसे मूल्यवान रत्नों से जटित आभूषणों का क्रय करने का मन बनाया

है। सोचा, यदि इसकी सूचना आपको नहीं होगी, तो संभवतः आपको बुरा लगे। आपने हमारे साथ आने का इतना कष्ट उठाया है; इसलिए मैं नहीं चाहती कि इस समय आपको व्यापार के लाभ से केवल इसलिए वंचित कर दिया जाए क्योंकि आप युवराज के आदेश से बाध्य हो कर उनके मंडप में साधारण गणिकाओं का उच्छृंखल नृत्य देख रहे हैं।" काशिका ने रुक कर श्रेष्ठी की ओर देखा, "मेरी बात समझ रहे हैं न ! यह संदर्भ केवल मेरी रुचि का नहीं है। हस्तिनापुर की नाक नीची नहीं होनी चाहिए। प्रश्न किसी एक रानी का नहीं, हस्तिनापुर के राजपरिवार और उसके वैभव का है। अब अपना हानि-लाभ आप देख लें।"

"आप चिंता न करें महारानी !" श्रेष्ठी पूर्ण सम्मान के साथ बोला, "मैं आपकी बात समझ गया हूँ। हस्तिनापुर के गौरव की रक्षा न कर पाए तो हम जगत् श्रेष्ठी कहलाने के अधिकारी नहीं हैं। न हम हस्तिनापुर की नाक नीची होने देंगे, न हम अपने व्यापार की क्षति होने देंगे। आपको इसी समय पण्य मंडप में सब कुछ उपलब्ध होगा। सारे आपण तत्काल खुल जाएँगे और जब आप वहाँ पहुँचेंगी तो पण्यवीथि अपने पूरे यौवन पर होगी।"

"आपसे यही अपेक्षा थी जगत् श्रेष्ठि !" काशिका ने मुस्कराकर वृषाली की ओर देखा।

वृषाली भी मुस्कराई। मन ही मन सोचा, 'यह है उस युवराज की सम्यक् युवराज्ञी !'

प्रातः दुर्योधन की नींद कुछ विलंब से टूटी; पर नींद खुल जाने पर भी, उसकी इच्छा अभी उठने की नहीं हो रही थी। सिर भारी था। रात्रि को मदिरा और मैरेय की मात्रा कुछ अधिक ही हो गई थी।... फिर नृत्य के बीच ही अनेक श्रेष्ठी उसके मंडप से उठकर चले गए थे। दुर्योधन को उनका इस प्रकार उठना, तनिक भी अच्छा नहीं लगा था। किंतु उस समय तक मदिरा इतनी नहीं चढ़ पाई थी कि वह उनसे कह सकता कि महारानी जाए भाड़ में, नृत्य के मध्य से उठ कर कोई नहीं जाएगा। श्रेष्ठी उठ गए थे और सभा का उत्साह भंग हो गया था... वह कोई कला-पारखी तो था नहीं कि नर्तकियों के नृत्य का सूक्ष्म अध्ययन करता रहता। वह तो एक आवेश के रूप में उस सुख के लिए वहाँ बैठा था, जो आरोह में ही सुख देता है। आवेश भंग हो जाए, अथवा अवरोह पर आ जाए तो बहुत कष्ट देता है। और मदिरा उस कष्ट को और भी बढ़ा देती है।

दासी ने दुर्योधन की पलकें खुलती देखीं तो उसने प्रणाम किया, "महाराज की जय हो। अंगराज महाराज के दर्शनों की प्रतीक्षा कर रहे हैं। उनके लिए

क्या आज्ञा है ?"

"कर्ण ! क्यों क्या हुआ ? कर्ण को नींद नहीं आई ?" वह बोला, "मैं देखता हूँ कि क्या बात है ?"

उत्तरीय सँभालता हुआ, दुर्योधन अपने शयन-मंडप से बाहर निकला।...

द्वार के सम्मुख ही कर्ण के साथ-साथ अनेक वाहिनियों के नायक भी खड़े थे।... पर उन्हें तो वह रात को ही द्वैतवन भेज चुका था...

"क्या बात है ?" दुर्योधन ने कुछ चकित स्वर में पूछा, "तुम लोगों ने अभी द्वैतवन के लिए प्रस्थान नहीं किया अथवा वहाँ से लौट भी आए हो ?"

"महाराज ! हम वहाँ से लौट आए हैं।" दुर्योधन का प्रमुख सेनानायक हकलाया, "हमें लौटना पड़ा महाराज !"

"क्यों ?"

"द्वैतवन के प्रत्येक संभावित प्रवेश मार्ग पर गंधर्व सैनिक विद्यमान हैं। वे सशस्त्र भी हैं और व्यूहबद्ध भी।" प्रमुख सेनानायक बोला, "उनका कहना है कि उनके महाराज चित्रसेन द्वैत सरोवर में अपनी रानियों के साथ विहार कर रहे हैं। इसलिए किसी को भी द्वैतवन में प्रवेश की अनुमति नहीं है। ..."

"द्वैतवन चित्रसेन के बाप का है क्या ?" दुर्योधन पर्याप्त अभद्र ढंग से बोला, "उन्होंने कहा और तुम लौट आए। तुम्हारे पास शस्त्र नहीं थे अथवा तुम योद्धा नहीं हो ?" दुर्योधन का स्वर क्रोध से विकृत हो गया था।

"वह ऐसा है महाराज !" नायक का सारा आत्मविश्वास ध्वस्त हो गया था, "हम लोग युद्ध की तैयारी से तो गए नहीं थे। वैसे भी महाराज की आज्ञा के अभाव में युद्ध का निर्णय हम नहीं ले सकते थे। आपके मन में उनके प्रति मित्र अथवा अमित्र भाव के विषय में हमें कोई ज्ञान नहीं था महाराज !"

"मित्र भाव !" दुर्योधन ने क्रोध से अपना पाँव पटका, "जो व्यक्ति मेरी आज्ञाओं का मार्ग रोक कर खड़ा हो, उसके प्रति मित्र भाव।" दुर्योधन ने कुछ क्षण रुक कर उसकी ओर देखा, "उल्टे पाँव लौट जाओ। उनसे कहो कि यह मेरा आदेश है—दुर्योधन का, हस्तिनापुर के युवराज का।"

"हमने कहा था महाराज !" नायक बोला, "किंतु ...।"

"किंतु क्या ?"

"उन्होंने आपके लिए अपशब्द कहे; और कहा कि हम भी अपने राजा के समान मूर्ख हैं। हमारी बुद्धि मारी गई है कि हम मरने के लिए द्वैतवन में घुसने का प्रयत्न कर रहे हैं।" सेनानायक मंद स्वर में बोला।

"इतना सब सुनकर भी कह रहे हो कि कहीं मेरे मन में चित्रसेन के लिए मित्र भाव न हो।" दुर्योधन बोला, "जाओ। तुम लोग इसी क्षण लौट जाओ। उन सारे गंधर्वों को मारकर भगा दो। चित्रसेन लड़ने आए, तो उसका वध मत

करना। उसे बाँध कर मेरे पास लाना। गंधर्व सैनिकों ने कहा है कि उनका राजा चित्रसेन वहाँ अपनी रानियों के साथ जलविहार कर रहा है ?"

"हाँ महाराज !"

"तो उसकी उन सारी रानियों को भी पकड़ लो। सबको बाँध कर रखो। द्वैत सरोवर के तट पर ही, उनसे अपनी नर्तकियों के स्थान पर नृत्य करवाऊँगा। गंधर्व लोग नृत्य और संगीत में बहुत निपुण होते हैं, तो चित्रसेन की रानियां भी कूल्हे तो मटका ही लेती होंगी।"

"युवराज !" कर्ण ने धीरे से दुर्योधन के कान में कहा, "युवराज ! तनिक सावधानी से। ये गंधर्व जाने क्या करते हैं। इसी क्षेत्र के आसपास गंधर्व राजा चित्रांगद ने आपके पितामह चित्रांगद का वध किया था।"

क्षण भर के लिए दुर्योधन निःशब्द रह गया; किंतु फिर जैसे उसका क्रोध गंधर्वों पर ही केन्द्रित हो गया, "जाओ सेनानायक ! मार कर भगा दो, उन गंधर्वों को। जो न भागे, उसका वध कर दो। चित्रसेन और उसकी रानियों को बंदी कर लो। सिवाय रानियों के अन्य गंधर्व स्त्रियाँ दासियों के रूप में अपने सैनिकों में बाँट दो। तुम्हारे सैनिक भी प्रसन्न हो जाएँगे।" दुर्योधन ने उसकी ओर देखा, "हम भी प्रहर भर में यहाँ से प्रस्थान करेंगे। समझो कि हम भी आए ही खड़े हैं।..."

9

पांडवों के आश्रम के दैनिक क्रम में कोई व्यतिक्रम नहीं हुआ था। वे लोग ब्रह्ममुहूर्त में उठे थे। शौच तथा स्नान इत्यादि से निवृत्त होकर, वे ध्यान के लिए बैठ गए थे। उन्होंने आश्रमवासियों और कुछ आरण्यकों के साथ प्रातः हवन किया था। उस दिन की आवश्यकता के अनुसार पीने के लिए जल भर कर रखा था। वन से फल एकत्रित किए थे।

प्रायः अपराह्न का समय था। युधिष्ठिर यज्ञवेदी पर बैठे हुए थे। उनके साथ अनेक आरण्यक ब्राह्मण भी थे। धौम्य पौरोहित्य कर रहे थे। ... भीम अपने शस्त्र ले कर आखेट के लिए जाने की तैयारी में ही था कि उसने दूर से आते किसी मंद कोलाहल का शब्द सुना। लगता था कि मनुष्यों का कोई विशाल समूह अनियंत्रित कोलाहल कर रहा था। उनके साथ बहुत से शकट अथवा पशु भी थे। अश्वों के हिनहिनाने का स्वर भी हो रहा था।

भीम सावधान हो गया। ... वन की सामान्य गतिविधि से इस प्रकार का

कोलाहल संभव नहीं था। यह कोलाहल पूर्णतः भिन्न था। उनके आश्रम के निकट ही कहीं कुछ असाधारण घटित हो रहा था। ... उसने अर्जुन की ओर देखा: अर्जुन ही नहीं नकुल और सहदेव भी शस्त्र बाँध रहे थे। द्रौपदी आकर कुटीर के द्वार पर खड़ी हो गई थी। इंद्रसेन तथा विशोक के परिवार भी, अपने कुटीरों से बाहर निकल आए थे। यज्ञवेदी के निकट बैठे अनेक साधकों के चेहरों पर उत्कंठा और भय के लक्षण प्रकट हो गए थे। ... एक युधिष्ठिर ही थे, जो शांत मन से अपना कर्म करते जा रहे थे।

कोलाहल कुछ निकट आ गया और यज्ञ करनेवालों का भय पूर्णतः स्पष्ट हो गया, तो युधिष्ठिर बोले, "आप लोग तनिक भी विचलित न हों। आवश्यक नहीं कि यह कोलाहल आपके लिए किसी संकट का कारण हो। मुझे तो कोलाहल करनेवाले लोग ही कुछ भयभीत लग रहे हैं। संभव है कि व्यापारियों के किसी सार्थ पर किसी सिंह अथवा गज-समूह ने आक्रमण कर दिया हो। ... किंतु यदि किसी कारण से यह कोलाहल आपके लिए, किसी प्रकार के भय का कारण बना, तो भी मेरे भाई किसी भी संकट से आपकी रक्षा करने का सामर्थ्य रखते हैं। ..."

"यदि यह कोई सैनिक अभियान हुआ तो ?" एक आरण्यक ने पूछा।

युधिष्ठिर हँसे, "वे किसी भी बड़े से बड़े सैनिक अभियान से आपकी रक्षा कर सकते हैं। आप निश्चिंत होकर अपना ध्यान यज्ञ की ओर लगाएँ।"

यज्ञ कर्म चलता रहा; किंतु एक आशंका-सी जैसे सारे परिवेश में व्याप्त हो गई थी। कोलाहल न केवल निरंतर बढ़ता जा रहा था, स्पष्टतः वह निकट भी आता जा रहा था।

कोलाहल एकदम निकट आ गया था और जब वे अपेक्षा कर रहे थे कि उसका कारण प्रकट हो कर सामने आ जाएगा। सहसा वह एकदम शांत हो गया। लगा कि आश्रम के द्वार पर आकर कोलाहल जैसे थम गया था। तब तक चारों पांडव आश्रम के द्वार की ओर बढ़ गए थे।

भीम ने उस अनियंत्रित जनसमूह में हस्तिनापुर के जगत्श्रेष्ठी भानुमल को पहचाना : इस व्यक्ति का इस समय यहाँ क्या काम ? और उसके साथ यह अपार जनसमूह एकत्रित हो कर यहाँ क्यों आ गया था ? उसमें सुखद तत्त्व एक ही था कि वे लोग तनिक भी आक्रामक नहीं लग रहे थे। ... अब तक तो उनका कोलाहल भी जैसे थम गया था। ...धीरे-धीरे चेहरे कुछ स्पष्ट होते गए। उनमें से अनेक व्यवसायियों तथा व्यापारियों को भीम पहचान रहा था। एक क्षण को तो उसे लगा कि कहीं वह हस्तिनापुर की किसी पण्यवीथि में तो नहीं पहुँच गया है !... उसी भीड़ में दुर्योधन के दो मंत्री कुवलय और महापद्म भी दिखाई दे रहे थे। ...

भीम ने जोर का अट्टहास किया, "हस्तिनापुर का कोई सार्थ द्वैतवन में आया है क्या ? आरण्यक लोगों से भी अब व्यापार किया जाएगा ? अथवा तुम लोग ये वृक्ष और सारे वन भी खरीद लेना चाहते हो, ताकि हमें प्रकृति से भोजन भी न मिले।"

अर्जुन ने भीड़ की ओर देखा। उनमें से किसी चेहरे पर रंच मात्र भी उल्लास नहीं था। मध्यम तो अपनी मस्ती में देखते ही नहीं कि किसी के मन में क्या बीत रहा है। वे सार्थ की बात सोच रहे हैं; और उन सबकी तो ऐसी रुदन मुद्रा बनी हुई थी कि अब रोए कि अब रोए।...

"मध्यम ! ये लोग किसी संकट में फँस जाने के कारण यहाँ आए लगते हैं।"

"जानता हूँ।" भीम ने पुनः अट्टहास किया, "जब हम अपनी विपत्ति में हस्तिनापुर छोड़ रहे थे, तो इन लोगों ने भी तो इसी प्रकार अपनी प्रसन्नता प्रकट की थी। क्या उस समय तुम्हारी आँखों में अश्रु नहीं थे अथवा कृष्णा दुखी नहीं थी ?"

"युवराज ! हमारी रक्षा करें युवराज !" भानुमल ने अत्यंत दीन स्वर में कहा, "गंधर्वो ने बहुत उत्पात मचा रखा है। राजा दुर्योधन बंदी हो गए हैं। सेना नष्ट हो चुकी है। अंगराज कर्ण युद्ध छोड़ कर भाग गए हैं। गंधर्व लोग कुरु राजकुमारों और उनकी रानियों को बंदी बना चुके हैं। यदि उन्हें रोका न गया युवराज ! तो वे हमारी सारी धन संपत्ति भी छीन लेंगे। हम हस्तिनापुर के सब से मूल्यवान रत्नाभूषण ले कर आए हैं। वे सब गंधर्वों के हाथ पड़ जाएँगे।"

भीम ने प्रसन्नतापूर्वक आकाश की ओर देखा, "मेरा मन ईश्वर के प्रति कभी इतना कृतज्ञ नहीं हुआ, जितना आज है। ईश्वर ने आज ही तो पूर्ण न्याय किया है। हम यहाँ वन में कंदमूल खाकर तपस्या कर रहे हैं; और दुर्योधन वहाँ हमारे धन का भोग कर रहा है। हम अपना प्रतिशोध नहीं ले सके तो क्या हुआ, हमारे किसी मित्र ने हमारा प्रतिशोध ले लिया है। ईश्वर बड़ा ही न्यायी है।"

भानुमल का मुख खुला का खुला रह गया। उसने कल्पना भी नहीं की थी कि भीम के सम्मुख उसे इस प्रकार मुँह की खानी पड़ेगी। वह उसे कुरुकुल की दुर्दशा की सूचना दे रहा था; और भीम था कि परम सुख की स्थिति में अट्टहास कर रहा था। पता नहीं उसने कैसे सुन लिया था कि युद्ध का नाम सुन कर ही भीम अपनी गदा उठा कर चल पड़ता है। ...

भानुमल को स्तब्ध देख कर महापद्म आगे बढ़ आया, "युवराज ! हमें धर्मराज से मिलने की अनुमति दीजिए। कुरुकुल इस समय अत्यंत संकट की स्थिति में है। अंगराज कर्ण तो भाग गए हैं; किंतु राजा दुर्योधन, उनके भाई राजकुमार दुःशासन, दुर्विषय, दुर्मुख, दुर्जय, विविंशति, विंद्य तथा अविंद्य—सब

बंदी हो चुके हैं। राजकुमार विकर्ण भी गंधर्वों के बंदी हो गए होते; किंतु अंगराज कर्ण उनके रथ पर कूद आए थे और रथ समेत उनको भगा कर ले गए थे। यदि धर्मराज ने सहायता न की तो कुरुकुल को तो सदा के लिए नष्ट हुआ ही समझिए।"

भीम की इच्छा हुई कि इस दुष्ट महापद्म को उठा कर कहीं दूर फेंक आए। यह आज सहायता की बात कर रहा है। जब पांडवों पर संकट आया था, तब तो इसे कुछ दिखाई ही नहीं दिया था। पांडवों का संकट कुरुकुल का संकट नहीं था ? दुर्योधन पर आया संकट ही कुरुकुल का संकट है ? जिसे यह कुरुकुल का संकट बता रहा है, वह तो पांडवों के लिए अत्यंत प्रसन्नता का विषय है। उनके लिए तो यह एक वरदान है। ...

उसकी तनिक भी इच्छा नहीं थी कि इनमें से कोई एक भी व्यक्ति आश्रम के भीतर जाकर धर्मराज के सम्मुख सहायता की गुहार करे... किंतु यह आश्रम धर्मराज का था । वे आश्रम के कुलपति थे। आश्रम के द्वार पर आए किसी व्यक्ति को धर्मराज से मिलने से रोका नहीं जा सकता था। भीम की इच्छा-अनिच्छा प्रजा और धर्मराज के मध्य खड़ी हो कर किसी को रोक नहीं सकती थी।

"हम आपकी शरण में आए हैं, युवराज !" भानुमल बोला, "यदि क्षत्रिय भी शरणागत की रक्षा नहीं करेंगे, तो संसार किसके भरोसे टिकेगा युवराज !"

भीम जोर से हँसा, "तुम्हारे मूल्यवान रत्नाभूषणों के भरोसे भानुमल !" और फिर उसकी मुद्रा कठोर हो गई, "तुम व्यापार करने आए थे। धन अर्जित करने। तब तो तुमने धर्मसंगत ढंग से महाराज युधिष्ठिर को कोई कर देने की बात नहीं सोची थी। अब लुट जाने की आशंका सामने खड़ी दिखाई दे रही है, तो तुम्हें क्षत्रिय धर्म और क्षत्रियों की शरणागत-वत्सलता स्मरण हो आई है ?" भीम ने एक ओर हट कर उन्हें मार्ग दे दिया, "जाओ। धर्मराज से मिल लो; किंतु मुझसे किसी प्रकार की कोई आशा मत रखना। मैं तुम्हारी रक्षा के लिए कुछ नहीं करूँगा।"

अर्जुन और भीम के पीछे-पीछे वे लोग आश्रम के भीतर चले आए।

भानुमल को पूर्ण विश्वास था कि भीम का यह सारा आक्रोश और विरोध, युधिष्ठिर के एक आदेश से धोया जा सकता है। उनका संकट देखकर युधिष्ठिर स्वयं युद्ध के लिए उठ खड़े होंगे, तो भीम युद्ध से विमुख नहीं रह सकेगा। ... किंतु जो दृश्य उसके सामने था, उसे देख कर वह स्तब्ध रह गया था : धर्मराज युधिष्ठिर धौम्य तथा अन्य ब्राह्मणों के साथ बैठे, यज्ञ कर रहे थे।... ऐसे में उन्हें युद्ध करने के लिए कैसे कहा जा सकता था ?

महापद्म अपनी तथा अपने राजा की दुर्दशा से व्याकुल तो था; किंतु युधिष्ठिर को इस प्रकार बैठे यज्ञ करते देख उसकी इच्छा हुई कि जोर से हँस

पड़े ... सिर पर युद्ध मँडरा रहा था। उनके निवास से कुछ ही दूरी पर गंधर्व सेना अपना तांडव कर रही थी। दुर्योधन को वे पराजित कर ही चुके थे। यहाँ तक आने में उन्हें समय ही कितना लग सकता था ... और इंद्रप्रस्थ का यह सम्राट् जाने कैसा राजनीतिज्ञ था, और कैसा यह युद्धविद्या विशारद था कि ब्राह्मणों के साथ बैठा यज्ञ कर रहा था। अभी कोई योद्धा यहाँ पहुँच इसका मस्तक काट कर हवनकुंड में डाल देगा, तो सारा यज्ञ एक साथ ही हो जाएगा। ... यह इतना मूर्ख न होता तो दुर्योधन इतनी सुविधा से इसका सारा साम्राज्य कैसे हथिया लेता ?...

युधिष्ठिर ने एक बार सिर उठा कर देखा तो कि लोगों का एक विशाल समूह, अर्जुन और भीम के साथ आया है; किंतु वे धैर्यपूर्वक अपने अनुष्ठान में लगे रहे।

अर्जुन धीरे से आगे बढ़ा और उसने युधिष्ठिर के निकट जाकर, उन्हें सारी स्थिति समझाई; और तब युधिष्ठिर ने ध्यान से उस भीड़ को देखा। सचमुच वे लोग बहुत घबराए हुए लग रहे थे। व्यापारियों की उस भीड़ में अनेक भगोड़े सैनिक भी दिखाई पड़ रहे थे। उन सारे चेहरों पर इस समय केवल याचना का भाव दिखाई पड़ रहा था।

"महापद्म ! हमें विस्तार से बताओ कि यह सब क्या है ? हुआ क्या है ?"

महापद्म के मन में कोई भी भाव युधिष्ठिर के अनुकूल नहीं था; किंतु इस समय और कोई संबल भी तो नहीं था। युधिष्ठिर अपने आप में कैसा भी हो, किंतु उसके ये दोनों भाई, भीम और अर्जुन पूर्णतः समर्थ थे। अभी यह अर्जुन अपना गांडीव उठा ले, अथवा भीम अपनी गदा उठा कर उनके आगे-आगे चल पड़े तो कौरव सैनिकों में भी फिर से प्राण आ जाएँगे।

महापद्म अपने स्थान से आगे बढ़ आया और बोला, "महाराज ! राजा दुर्योधन अपने भाइयों, मित्रों, पत्नियों तथा सखियों के साथ वनविहार करने आए थे। उनके साथ नर्तकियाँ और गणिकाएँ भी थीं। ये श्रेष्ठी लोग व्यापार की संभावना देख कर, साथ आए थे। ... किंतु जाने कहाँ से गंधर्व सैनिक पहले ही आकर मार्ग रोक कर, खड़े हो गए ।..."

युधिष्ठिर को स्मरण हो आया कि विदा होते हुए सुबाहु ने कहा था कि वे आज्ञा नहीं भी देंगे तो तो भी पार्वत्य राजा उनकी रक्षा के प्रति सजग रहेंगे। ... और आज प्रातः ही चित्रसेन भी उनसे भेंट करने आया था; किंतु उसके साथ सेना तो नहीं थी।...कहीं यह सब उसी योजना का अंग तो नहीं, जिसकी ओर सुबाहु ने संकेत किया था ? ... किंतु दुर्योधन यहाँ युद्ध करने तो आया ही नहीं था। वह तो वनविहार के लिए आ रहा था, नहीं तो वह अपने साथ अपनी और

अपने भाइयों की रानियों को क्यों लाता ? गणिकाओं और नर्तकियों को साथ ले कर कोई युद्ध अभियान पर नहीं निकलता।...

"महाराज ! गंधर्व सैनिकों से झड़प हो गई। राजा दुर्योधन ने अपने सैनिकों को, गंधर्वों को मार भगाने का आदेश दे दिया; किंतु जब वास्तविक युद्ध हुआ तो गंधर्वों ने ही कुरुओं को मार भगाया। कौरव सेना पराजित ही नहीं, सर्वथा छिन्न-भिन्न हो गई। अधिकांश राजकुमार युद्ध से पलायन कर गए। अंगराज कर्ण ने वैसे तो बड़ी वीरता से युद्ध किया; किंतु गंधर्वों ने उन्हें क्षत-विक्षत ही नहीं कर दिया, उनके रथ को भी खंड-खंड कर दिया। कर्ण बहुत डर गए थे। अपने प्राण बचाने के लिए वे भाग कर राजकुमार विकर्ण के रथ में जा चढ़े। किंतु वे पुनः युद्ध करने का साहस नहीं कर सके। स्वयं तो उन्होंने युद्ध किया ही नहीं, उस रथ को राजकुमार विकर्ण सहित भगा कर युद्ध क्षेत्र से कहीं दूर ले गए। इसी कारण से राजकुमार विकर्ण भी युद्ध नहीं कर सके।"

"उस समय तुम्हारा राजा दुर्योधन क्या कर रहा था ?" भीम ने वक्र वाणी में पूछा।

"राजा दुर्योधन ने उनके साथ बड़ी वीरतापूर्वक युद्ध किया युवराज ! किंतु गंधर्वों ने उनका रथ भी भंग कर दिया और उनको इतना आहत किया कि वे अचेत हो कर भूमि पर गिर पड़े ...।"

"और तुम सब उसके इतने निष्ठावान सैनिक हो कि उसे वहाँ धरती पर पड़ा छोड़ कर अपने प्राण बचाने के लिए यहाँ चले आए।"

"हम लोग और कर भी क्या सकते थे महाराज !" दुर्योधन का दूसरा मंत्री, कुवलय युधिष्ठिर से संबोधित हुआ, "सारी वाहिनियाँ ध्वस्त हो चुकी हैं। राजकुमार बंदी हो चुके हैं। राजा दुर्योधन की मित्रता का ध्वजवाहक, और उनके लिए अपने प्राण दे देने की घोषणा करनेवाला कर्ण युद्धक्षेत्र से भाग गया है। गंधर्वों ने कुरुकुल की सारी स्त्रियों को बंदी कर लिया है। हम अपने प्राणों के लिए उतने भयभीत नहीं हैं। हमारी गंधर्वों से कोई शत्रुता नहीं है। हम योद्धा भी नहीं हैं; और युद्धक्षेत्र में उनके सम्मुख खड़े भी नहीं हैं। किंतु यदि आपने रक्षा नहीं की तो राजा दुर्योधन के प्राण नहीं बचेंगे;... और महाराज ! कुरुकुल की रानियाँ, गंधर्वों के प्रासादों में दासियाँ बनकर जीवन व्यतीत करेंगी।"

"दुर्योधन ने भी तो कृष्णा को दासी बनाना चाहा था। आज यदि उसकी रानी, गंधर्वों की दासी बनती है, तो हमें उसका कोई दुख नहीं है। दुर्योधन की ये ही रानियाँ थीं, जो हमारी दुर्दशा और कृष्णा के अपमान पर, बहुत उल्लसित हुई थीं। और मैं तो यह समझता हूँ महाराज !" भीम ने मुड़कर युधिष्ठिर की ओर देखा, "कि वनविहार का तो बहाना मात्र था। वस्तुतः दुर्योधन हमारी इस निर्धनता को अपने वैभव के प्रदर्शन से और अधिक पीड़ादायक बनाने आया था।

वह हमारा उपहास करने आया था। अच्छा हुआ, उसे उसका दंड मिल गया।''

युधिष्ठिर मौन असहमति में भीम की ओर देखते रहे। उसके पश्चात् उन्होंने एक-एक कर अर्जुन, नकुल और सहदेव की ओर भी देखा। अंततः उनकी दृष्टि आकर महापद्म पर ठहर गई, ''गंधर्वों का नायक कौन है ?''

महापद्म अभी कोई उत्तर भी नहीं दे पाया था कि आश्रम के निकट ही कहीं वन में एक नया कोलाहल सुनाई देने लगा, जैसे कोई सेना प्रयाण कर रही हो; और अनेक रथ, एक-दूसरे से आगे बढ़ जाने की होड़ में लगे हों। ...

''धर्मराज ! मुझे लगता है कि गंधर्व लोग बंदियों को ले कर अपने राज्य की ओर जा रहे हैं।'' महापद्म ने घबराकर कहा, ''यदि वे लोग राजा दुर्योधन को अपने राज्य में ले गए तो अनर्थ हो जाएगा।''

कोलाहल बढ़ता जा रहा था। वे लोग आश्रम की ओर नहीं आ रहे थे, निकट ही कहीं वृक्षों के पीछे वह मार्ग था, जिस पर उनके रथ दौड़ रहे थे।

सहसा उस सारे कोलाहल के ऊपर एक और स्वर सुनाई दिया, ''धर्मराज ! सम्राट् युधिष्ठिर ! भीम, मेरे भाई ! मेरी रक्षा करो।...''

''यह स्वर राजा दुर्योधन का है धर्मराज !'' भानुमल बोला, ''देखिए, वे आपको पुकार रहे हैं।''

''हम भी पहचानते हैं इस दुष्ट स्वर को।'' भीम कुछ झपटकर बोला, ''इस स्वर में बहुत सारी कठोर बातें सुनी हैं हमने, अब उसकी याचना भी सुन लेने दो।''

''सम्राट् !'' कुवलय घबरा कर बोला, ''वे राजा दुर्योधन को कहीं दूर ले जाएँगे, तो फिर उनको छुड़ाना बहुत कठिन हो जाएगा। विलंब हमारे लिए घातक भी हो सकता है सम्राट्।''

''शरणागत की रक्षा अवश्य की जाएगी, तुम चिंता मत करो।'' युधिष्ठिर बोले, ''और फिर, ये तो हमारे भाई भी हैं। परस्पर विरोध में हम पाँच और सौ हो सकते हैं; किंतु गंधर्वों के लिए तो हम एक सौ पाँच कौरव ही हैं।'' वे रुके, ''गंधर्वों का नेतृत्व कौन कर रहा है ? चित्रसेन तो नहीं ?''

''हाँ महाराज ! स्वयं राजा चित्रसेन अपने गंधर्वों का नेतृत्व कर रहे हैं।'' महापद्म ने उत्तर दिया।

''ओह !'' युधिष्ठिर के मुख से निकला; और उन्होंने अर्जुन की ओर देखा, ''अर्जुन तुम्हारा मित्र चित्रसेन। मेरा विचार है कि कुरुकुल की स्त्रियों को मुक्त कराने में, हमें कोई विशेष कठिनाई नहीं होनी चाहिए। जाने किस भ्रम में चित्रसेन ने यह क्रूर कर्म किया है।''

अर्जुन ने भीम की ओर देखा : भीम के मुख का स्वाद जैसे कसैला हो

गया था। अर्जुन समझ रहा था कि भीम के लिए, यह समाचार अत्यंत सुखद था; क्योंकि यह उसके परम शत्रु दुर्योधन के कष्ट का समाचार था।... किंतु धर्मराज का कभी भी यह दृष्टिकोण नहीं रहा। वे किसी के भी दुख से सुखी नहीं हो सकते; चाहे वह उनका कोई परम शत्रु ही क्यों न हो। ...और फिर दुर्योधन को वे आज भी अपना भाई ही मानते हैं। उसे अपना शत्रु तो वे कभी मान ही नहीं पाए। ...

धर्मराज क्या मानते थे और क्या चाहते थे, वह पृथक् बात थी। अर्जुन का अपना मन भी इस बात से प्रसन्न नहीं था कि चित्रसेन कुरुकुल की रानियों को इस प्रकार बंदी कर ले जाए। वे स्त्रियाँ युद्ध करने नहीं आई थीं, इसलिए युद्धबंदियों के रूप में उन्हें दंडित करना न्याय नहीं था। ...

"वे बंदिनी स्त्रियाँ, साधारण स्त्रियाँ हैं; योद्धा नहीं । उनकी रक्षा तो मानवीय दृष्टि से ही होनी चाहिए। यह दंड उनके व्यक्तिगत व्यवहार के लिए नहीं, उनके स्त्री होने मात्र के लिए है। यह नारीत्व का अपमान है।" अर्जुन ने कहा, "इसलिए ..."

"दुर्योधन ने जो कुछ मेरे साथ द्यूतसभा में किया था, वह भी मेरे व्यक्तिगत व्यवहार के कारण नहीं था।" द्रौपदी अपने कुटीर से बाहर निकल आई थी, "वह भी तो नारीत्व का ही अपमान था। दुर्योधन को दंडित करने के लिए आवश्यक है कि उसकी पत्नियों के साथ भी वही व्यवहार किया जाए, जो उसने मेरे साथ किया। तभी तो वह समझ पाएगा कि नारी का अपमान करने का अर्थ क्या होता है ?"

धर्मराज हँस पड़े, "तुम्हारी पीड़ा मैं समझता हूँ पांचाली ! किंतु गंधर्वों द्वारा किए गए नारीत्व के अपमान से दुर्योधन द्वारा किए हुए नारीत्व के अपमान का प्रतिकार कैसे हो जाएगा ? दंडित दुर्योधन को होना चाहिए कि उसकी रानियों को ?"

युधिष्ठिर ने द्रौपदी की ओर देखा, "पांचाली ! हमारा व्यवहार, धर्म से परिचालित होना चाहिए, दुर्योधन जैसे लोगों के अधर्म कृत्यों से उपजी प्रतिक्रियाओं से नहीं । अन्यथा दुर्योधन जो कुछ आज करेगा, वही हम कल करेंगे। उसमें और हममें कोई भी अंतर नहीं रह जाएगा।"

"तो क्या अपने विरुद्ध किए गए अपराधों का प्रतिशोध लेना क्षत्रिय का धर्म नहीं है ?" भीम ने तड़पकर पूछा।

"नहीं। प्रतिशोध तो अपरिपक्व मन की क्रूर हिंसा है।" धर्मराज बोले, "धर्म तो संकट में पड़े मनुष्य की रक्षा करना है; और इस समय संकट में दुर्योधन की रानियाँ हैं। उनकी रक्षा क्षत्रिय का प्रथम कर्तव्य है।"

"जिस समय द्यूत सभा में मेरा अपमान हो रहा था, तब क्यों आपको अपना

यह क्षत्रिय धर्म स्मरण नहीं हो आया। तब आप क्षत्रिय नहीं थे अथवा मैं असहाय अबला नहीं थी।''

''उस समय हम असहाय दास थे। अपने धर्म में बँधे थे।'' धर्मराज बोले, ''और उसकी पीड़ा हमें आज भी है। तुम समझती हो कि दुर्योधन की रानियों के अपमान से हमारी वह पीड़ा धुल जाएगी ? नहीं पांचाली ! यह दूसरी पीड़ा होगी कि समर्थ होते हुए भी हमने अधर्मियों द्वारा पीड़ित होती हुई स्त्रियों की रक्षा नहीं की।''

द्रौपदी ने कुछ नहीं कहा। वह जानती थी कि धर्मराज का मत क्या है। वन में आने के पश्चात् से अनेक बार इन सब विषयों पर उनके विवाद हुए हैं। धर्मराज ने कभी क्षमा का त्याग नहीं किया था; और द्रौपदी अपने मन में जलती उस ज्वाला को तनिक सा भी शांत नहीं कर पाई थी। वह जानती थी कि वे लोग इस विषय में कभी भी सहमत नहीं हो सकते। न विवाद का कोई लाभ था, न संवाद का। न वह अपने मन को बदल सकती थी, न धर्मराज की प्रकृति को।...और कहीं मन ही मन वह यह भी जानती थी कि मानव मन की उत्कृष्टता की दृष्टि से धर्मराज का चिंतन ही श्रेष्ठ था।

अब तक युधिष्ठिर जैसे पूर्ण निर्णय कर चुके थे। उन्होंने अर्जुन की ओर देखा और बोले, ''मैं समझ रहा हूँ कि युवराज भीम की इच्छा क्या है। वह उनके स्वधर्म के अनुकूल ही है। पर अर्जुन ! क्या तुम भी यही समझते हो कि कुलवधुओं का यह अपमान हमें किसी प्रकार का कोई सुख दे गा ? क्षत्रिय का धर्म यह तो नहीं है कि अबला स्त्रियों का अपमान होता रहे; और वह अपने शस्त्र थामे निष्क्रिय बैठा रहे ? क्या तुम्हारी भी यही धारणा है कि हमें कुरुकुल की इस दुर्गति से प्रसन्न होना चाहिए ? दुर्योधन और उसके मित्रों का ही व्यवहार कुरुकुल को कलंकित करने के लिए पर्याप्त नहीं है क्या कि हम भी उसी प्रकार का अशोभनीय व्यवहार करने लगें ? भीम स्वयं को दुर्योधन से पृथक् मान कर, इस सारी घटना को, देख रहा है; किंतु सारा संसार तो इस प्रसंग को इस रूप में नहीं देखेगा। लोग तो यही कहेंगे कि कुरुकुल पराजित हुआ और कुरुकुल की रानियों को गंधर्व बंदी बना कर ले गए। कोई इस बात की चर्चा नहीं करेगा कि गंधर्व पांडवों के मित्र थे। क्या हमारे लिए यह स्थिति अपमानजनक नहीं होगी ?''

युधिष्ठिर ने अर्जुन के चेहरे को देखा : वह कदाचित् उनके कथन पर विचार कर रहा था।

''तुम लोगों से इतनी चर्चा करने के स्थान पर मैं स्वयं ही चित्रसेन से युद्ध कर कुरुकुल की रानियों को छुड़ा लाता; किंतु मैं इस समय यज्ञ की दीक्षा ले कर यहाँ बैठा हूँ। अपना आसन त्याग नहीं सकता। अब यह तुम लोगों पर

निर्भर है कि तुम लोग अपने बड़े भाई की मर्यादा की रक्षा करोगे या नहीं ।"

"आप अपनी मर्यादा की नहीं, अपने शत्रुओं की रक्षा करना चाहते हैं।" द्रौपदी ने कहा।

"नहीं । ये जो लोग हमारी शरण में आए हैं, मैं इनकी रक्षा करना चाहता हूँ। मैं कुरुवंश की उन स्त्रियों की रक्षा करना चाहता हूँ, जिन्हें क्रूर गंधर्वों ने बाँध लिया है।" धर्मराज की दृष्टि अर्जुन की ओर घूम गई, "जाओ अर्जुन ! अपनी शरण में आए इन लोगों की रक्षा करो और उन स्त्रियों को गंधर्वों के बंधनों से मुक्त कराकर कुरुकुल को कलंकित होने से बचाओ।"

भीम ने अपना मुख दूसरी ओर मोड़ लिया। धर्मराज ने उसे कोई प्रत्यक्ष आदेश नहीं दिया था। उसके द्वारा धर्मराज की अवज्ञा का कोई प्रश्न ही नहीं था। अपना विरोध और अप्रसन्नता तो वह जता ही सकता था; और वही वह कर भी रहा था।

अर्जुन स्वयं को एक विचित्र स्थिति में पा रहा था। ... एक सात्विक पुरुष का वही चिंतन होगा, जो इस समय धर्मराज का था। अपने वंश के प्रति तो स्वयं अर्जुन भी, अभी इतना निर्मोही नहीं हुआ था कि कुरुओं को अपमानित होते देख उसे कोई कष्ट ही न होता। भीम और पांचाली की भावनाएँ भी अपने स्थान पर बहुत स्वाभाविक थीं। मनुष्य अपने अपमान से पीड़ित होता है। उसे स्मरण रखता है। उसका प्रतिशोध लेना चाहता है।...किंतु यह भी सत्य है कि यह मनुष्य का कोई उदात्त रूप नहीं है। यह मान-अपमान, यह प्रतिशोध और क्रूरता ...मनुष्य की दुर्बलताएँ ही तो हैं। धर्मराज यदि स्वयं को उनसे मुक्त कर पाए हैं, उन पर जय पा ली है उन्होंने; तो यह उनका सामर्थ्य ही है, उनकी दुर्बलता नहीं । वह तो वैसे भी अपने बड़े भाई और अपने राजा के आदेश का पालन करने जा रहा था। स्वतंत्र रूप से तो उसे कोई कर्म करना ही नहीं था। हाँ ! यदि धर्मराज के आदेश के पश्चात् भी वह नहीं जाता तो अपने बड़े भाई तथा अपने राजा की अवज्ञा का दोषी वह हो सकता था। ... उसे और सोचने की आवश्यकता नहीं थी। ... संभव है, युद्ध का अवसर ही न आए। चित्रसेन अपने मित्र की इच्छा का सम्मान करते हुए, बिना किसी युद्ध के ही अपने बंदियों को मुक्त कर दे। ...

अर्जुन ने गांडीव उठा लिया।

"मैं जा रहा हूँ महाराज !" उसने कहा।

उसने अपनी दृष्टि धर्मराज पर ही टिकाए रखी। वह समझ रहा था कि उसके इस निर्णय से न भीम प्रसन्न होगा, न द्रौपदी। वे सब लोग किसी न किसी प्रकार के ऊहापोह में फँसे हुए थे। उनके आदर्श, संस्कार, उनका चिंतन, उनका धर्म-बोध—सब कुछ धर्मराज के आदेश के साथ था; किंतु मन

में बैठे कुछ सहज नैसर्गिक भाव, मनुष्य की प्रवृत्तियाँ, उनका अहंकार, उनका मान-अपमान बोध, उनका प्रतिशोध भाव,उनका प्रेय, उनका अपना शरीर बोध ...ऐसा बहुत कुछ था, जो उनको धर्मराज के आदर्शों पर नहीं चलने देता था। वे अभी धर्मराज के समान, अपने इन प्राकृतिक बंधनों से मुक्त नहीं हो पाए थे। ...

"यदि चित्रसेन ने तुम्हारा परामर्श स्वीकार न किया तो ?" धर्मराज ने पूछा।

"मैं आपको वचन देता हूँ कि कुरुओं को अपयश का भागी नहीं बनना पड़ेगा।" अर्जुन ने कहा, "यदि चित्रसेन ने मेरी बात नहीं सुनी, तो आज धरती गंधर्वों का रक्त पिएगी।"

युधिष्ठिर मुस्कराए, "मुझे तुमसे यही आशा थी सव्यसाची !"

भीम की तनिक भी इच्छा नहीं थी कि उनके कारण दुर्योधन अथवा उसके परिवार को किसी भी प्रकार का कोई लाभ हो; किंतु हर बार वही होता था। धर्मराज की प्रकृति ही ऐसी थी कि वे किसी व्यक्ति के दोष स्मरण नहीं रखते थे। इसलिए अपने शैशव से ले कर आज तक पांडवों का अपमान करते रहने के बाद भी दुर्योधन को पांडवों से जो लाभ उठाना होता था, वह उठा लेता था। भीम ने कभी नहीं चाहा था कि राजसूय यज्ञ में दुर्योधन को उपहार स्वीकार करने का महत्त्वपूर्ण तथा सम्मानजनक दायित्व दिया जाए; किंतु धर्मराज ने कहा कि कौरवों का विभाजन नहीं होना चाहिए। और सारे कौरवों में युधिष्ठिर के बाद दुर्योधन ही सबसे बड़ा था। अतः यह उसी का अधिकार बनता था कि वह अतिथियों से उपहार ग्रहण करे। ... आज फिर वही स्थिति थी। भीम यहाँ खड़ा रह जाएगा और अर्जुन जाकर दुर्योधन को छुड़ा लाएगा। ... छुड़ा लाएगा ? ... वहाँ विजयिनी गंधर्व सेना खड़ी है। अर्जुन अकेला उनका सामना करेगा। उसका मन अर्जुन के लिए आशंकित हो उठा ...। धर्मराज और अर्जुन समझ रहे थे कि अर्जुन के जाने मात्र से गंधर्व दुर्योधन, उसकी संपत्ति तथा उसकी रानियों को मुक्त कर देंगे। ... पता नहीं ये लोग मानव प्रकृति को क्यों नहीं समझते। ...भीम को पूर्ण विश्वास था कि ऐसा नहीं होगा। चित्रसेन चाहे अर्जुन का मित्र हो; किंतु वह धर्मराज नहीं है कि हाथ आया विजय का ऐसा अवसर व्यर्थ ही गँवा दे। वहाँ उनसे संघर्ष भी हो सकता है। उस सारे रक्तपात में एक पूरी सेना और उसके नायकों से युद्ध करने के लिए अकेले अर्जुन को कैसे जाने दिया जा सकता है। उसकी अपनी इच्छा चाहे कुछ भी हो किंतु वह धर्मराज की मर्यादा को ठेस लगने देने के पक्ष में भी नहीं था।....उसने नकुल और सहदेव की ओर देखा : सारे निर्णय आँखों ही आँखों में हो गए। अगले ही क्षण वे चारों कवच

धारण कर, दुर्योधन के मंत्रियों के साथ आए हुए शस्त्रपूरित रथों पर आरूढ़ हो गए।

अर्जुन ने महापद्म तथा कुवलय की ओर देखा, "युद्धस्थल तक यदि हमारा मार्ग-दर्शन कर सको तो कुरुओं की यातना का अंत शीघ्र ही हो जाएगा।"

"आइए राजकुमार !" महापद्म और कुवलय ने अपने रथ बढ़ा कर अर्जुन के रथ के आगे लगा लिए।

अर्जुन को चित्रसेन के समीप पहुँचने में अधिक समय नहीं लगा। गंधर्व सैनिकों ने किसी एक स्थान पर भी उसका मार्ग नहीं रोका। अर्जुन के रथ के आगे-आगे यह सूचना यात्रा करती जा रही थी कि गंधर्वराज चित्रसेन के मित्र कौंतेय अर्जुन उनसे मिलने आ रहे हैं।

अर्जुन को देखते ही चित्रसेन ने आलिंगनबद्ध होने के लिए अपनी भुजाएँ आगे बढ़ा दीं। वह परम प्रसन्न दिखाई दे रहा था। ... . और तभी उसकी दृष्टि महापद्म और कुवलय पर जा पड़ी, "तुम लोग फिर लौट आए ?"

"इन्हें कुछ न कहो मित्र !" अर्जुन ने मुस्कराकर कहा, "इस समय ये लोग मेरे मार्गदर्शक का कार्य कर रहे हैं।"

प्रगाढ़ आलिंगन के पश्चात् अर्जुन और चित्रसेन पृथक् हुए, तो अर्जुन ने कहा, "हम तो यही मान रहे थे कि तुम यहाँ वनविहार के लिए आए हो; किंतु यह युद्ध कैसे आरंभ हो गया ?"

चित्रसेन हँसा, "धर्मराज को युद्ध की कोई संभावना ही नहीं दीख रही थी; किंतु हम तो युद्ध की प्रेरणा से ही यहाँ आए थे।"

अर्जुन प्रश्नवाचक दृष्टि से उसे देखता ही रहा, कुछ बोला नहीं ।

"हमें यह सूचना थी कि दुर्योधन अपने परिवार, अपने भाइयों, अपने मित्रों तथा उन सबकी रानियों और क़ौरव सेना की अनेक विकट जुझारू वाहिनियों के साथ इस ओर आ रहा है। हमें यह भी ज्ञात हुआ था कि वह पांडवों की इस विपदा में उनके सम्मुख अपना वैभव, अपनी सत्ता और अपना बल प्रदर्शित कर, उन्हें अपमानित और मानसिक रूप से त्रस्त करना चाहता है। हमारी सूचनाओं के अनुसार उसकी योजना आक्रमण अथवा युद्ध की नहीं थी। फिर भी वह इतनी वाहिनियाँ ले कर आ रहा था कि यदि पांडवों की ओर से तनिक भी उत्तेजना हो, तो वह युद्ध में उन्हें पराजित कर सके; और यदि पांडवों का वध ही हो जाए, तो उसकी मनोकामना पूर्ण हो जाए। युद्ध न भी होता, तो भी वह तथा उसके सैनिक, इतनी उद्दंडता तो करते ही, जिससे पांडव, स्वयं को और अधिक पीड़ित और अपमानित अनुभव करते।"

"तो तुमने हमें यह सब बताया क्यों नहीं ?" अर्जुन ने कुछ चकित हो कर पूछा।

"यदि मैं यह सब बता देता, तो क्या धर्मराज मुझे यह अनुमति देते कि मैं द्वैतवन में अपनी सेना के साथ निवास करूँ और पांडवों की उनके शत्रुओं से रक्षा करूँ ?" चित्रसेन हँसा, "पांडव स्वीकार कर लेते कि उनकी रक्षा के लिए कोई और युद्ध करे ?"

"मैं तो कर लेता।" भीम धीरे से बोला, "यदि कोई मेरे लिए युद्ध करे और मैं उसको देखने का आनन्द ले सकूँ तो मुझे क्या आपत्ति हो सकती है।"

"हाँ युवराज ! किंतु धर्मराज और आप में बहुत अंतर है। अंततः तो आप भी उनके ही आदेश का पालन करते न !"

"तुम ठीक कहते हो मित्र।" अर्जुन बोला, "तुम्हारे व्यवहार से हमें तुम्हारे प्रगाढ़ प्रेम का प्रमाण मिल गया है। तुम्हारे इस युद्ध का एक लाभ तो हुआ कि दुर्योधन का अहंकार खंडित हुआ। उसके मद का भांड फूटा। उसे ज्ञात हो गया होगा कि वह स्वयं कितना शक्तिशाली है; उसके भाइयों की वीरता किस कोटि की है; और उसकी सेना और नायकों की रण-क्षमता कितनी है। और सबसे बड़ी बात, अपने जिस मित्र—कर्ण—पर उसे इतना भरोसा है, वह कैसा योद्धा है। कर्ण ने अपने मित्र को संकट में छोड़ कर, रणक्षेत्र से पलायन किया, अपने मित्र के लिए प्राण नहीं दिएं। अपने राजा को शत्रुओं के घेरे में छोड़ कर, वह अपने प्राण बचाने के लिए भाग गया। महावीर अंगेश कर्ण ने अपने राजा के प्रति निष्ठा का निर्वाह तो खूब किया।"

"अच्छा धनंजय ! मैं अपने सैनिकों की व्यवस्था देख लूँ; और युद्धबंदियों के विषय में अपने मंत्रियों से परामर्श कर लूँ।" चित्रसेन बोला, "फिर आश्रम पर आकर धर्मराज के दर्शन करूँगा।"

"अपने सैनिकों की व्यवस्था तो ठीक है।" अर्जुन बोला, "किंतु अपने युद्धबंदियों के विषय में क्या परामर्श करना है तुम्हें ?"

"क्यों ! उन्होंने हम पर आक्रमण किया है। हमारे सैनिकों को हताहत किया है। इन सब कृत्यों का दंड नहीं पाएँगे वे ?" चित्रसेन बोला, "हमें देखना होगा कि हमारी क्षतिपूर्ति के लिए क्या करने, और हमें कितना धन देने के लिए प्रस्तुत है दुर्योधन। अपनी स्त्रियों को वे लौटा ले जाना चाहते हैं, अथवा वे हमारी ही संपत्ति हुई ? ले जाना चाहते हैं, तो वे उनका कितना मूल्य देने को प्रस्तुत हैं ?..."

अर्जुन आश्चर्यचकित खड़ा, चित्रसेन के मुख की ओर देखता रहा : उसका यह मित्र क्या कह रहा था।

"धर्मराज का विचार है कि दुर्योधन को उसकी करनी का पर्याप्त दंड मिल

गया है। उनकी इच्छा है कि तुम अपने इन सारे युद्धबंदियों को मुक्त कर दो।" अर्जुन बोला, "और तुम उनके माध्यम से कोई बड़ा लाभ उठाने की सोच रहे हो।"

चित्रसेन हँसा, "तुम सारे ही भाई बड़े विचित्र हो। तुम्हारी कोई भी नीति मेरी समझ में नहीं आती। तुम्हारे सामने लाभ का कोई अवसर आता है तो तुम लोग सोचने लगते हो कि उससे कैसे पीछा छुड़ाया जा सकता है। उर्वशी स्वयं चल कर आई तुम्हारे पास, और तुमने अवसर का आनन्द उठाने के स्थान पर उसका तिरस्कार किया। उसे संयम का पाठ पढ़ाना आरंभ कर दिया और अपनी सखी बनाने के स्थान पर उसे अपना शत्रु बना लिया। ... यहाँ भी देख रहा हूँ, तुम लोगों में न तो आत्मरक्षा का उद्यम है, न प्रतिशोध का उपक्रम। किंतु हम तो इसे स्वीकार नहीं कर सकते कि कोई भी सेना, हम पर आक्रमण करे, हमारे जितने सैनिकों का वध कर सके कर जाए; और हम समर्थ होते हुए भी उनकी कोई क्षति न करें और अपने शेष बचे सैनिकों को ले कर शांतिपूर्वक लौट जाएँ।"

"इसका अर्थ इतना ही है कि तुम हम जैसे मूर्ख नहीं हो।" भीम ने मुस्कराकर कहा।

चित्रसेन समझ नहीं पाया कि भीम उसका समर्थन कर रहा था अथवा विरोध।

"मैं समझा नहीं युवराज !" उसने कहा।

"अरे आज तक हम ही नहीं समझे, तो तुम इतनी जल्दी कैसे समझ जाओगे भाई।" भीम ने कहा।

अर्जुन समझ रहा था कि भीम कुछ तो दुर्योधन के अपमान से प्रसन्न था, कुछ धर्मराज के व्यवहार से खिन्न, इसलिए वह स्वयं भी नहीं जानता था कि उसे क्या कहना है, क्या नहीं कहना है।

"तो क्या स्वीकार्य है तुम्हें ?" अर्जुन ने पूछा।

"हमारी नीति है कि यदि कोई हम पर आक्रमण करता है और हम पराजित होते हैं, तो प्रयत्न करते हैं कि हमारी कम से कम हानि हो। अपना जितना बचाव कर सकते हैं करें। ... किंतु यदि हम आक्रांता को पराजित करने में सफल हो जाते हैं, तो उससे भरपूर क्षतिपूर्त्ति करवाते हैं। उस पर दंड लगाते हैं। प्रयत्न करते हैं कि यथासंभव उसे इतना अपमानित करें कि उसका मनोबल सर्वथा टूट जाए। उसे साधनों की दृष्टि से इतना दुर्बल कर देते हैं कि वह पुनः सिर न उठा सके। न युद्ध-क्षेत्र में ठहर सके, न पुनः आक्रमण कर सके।"

"किंतु हमारी नीति यह नहीं है।" अर्जुन बोला, "हम युद्ध केवल उनसे करते हैं, जो हमारे सम्मुख सशस्त्र खड़े हों और युद्ध के लिए तत्पर हों। बंदियों

के साथ न तो हम दुर्व्यवहार करने की सोचते हैं, न उनसे क्षतिपूर्ति की संभावना पर विचार करते हैं; और न उनके वध की कल्पना करते हैं। इसलिए मित्र ! धर्मराज की इच्छा के अनुसार तुम अपने बंदियों को मुक्त कर दो।''

भीम अपने भाई के मोह में अर्जुन के साथ चला तो आया था; किंतु उसे अर्जुन की यह नीति न तो समझ में आ रही थी और न वह उससे सहमत हो पा रहा था। वह तो यह मान कर आया था कि अर्जुन कुरुकुल की स्त्रियों की स्वतंत्रता की माँग करेगा; किंतु वह तो सारे कौरवों की मुक्ति की माँग कर रहा है।

वह कुछ कहने की सोच ही रहा था कि उसे लगा कि अर्जुन की बात से चित्रसेन सहसा ही खीझ उठा है। वह अपनी मर्यादित खीझ के साथ बोला, ''मेरी बात समझने का प्रयत्न करो धनंजय ! दुर्योधन ने तुम लोगों का सर्वस्व हरण किया है। उसने तुम लोगों को सार्वजनिक रूप से अपमानित किया है। उसने तुम्हारी पत्नी को जितना अपमानित और पीड़ित किया है, उतना तो कदाचित् आज तक किसी भी राजरानी को नहीं किया गया होगा। आज दुर्योधन और उसके भाई हमारे बंदी हैं। उनकी रानियाँ हमारे अधिकार में हैं। तुम चाहो तो दुर्योधन की रानियों को दुर्योधन और उसके भाइयों के सम्मुख उसी प्रकार नग्न कर सकते हो, जैसे उसने तुम्हारी पत्नी को निर्वस्त्र करने का प्रयत्न किया था।''

भीम को लगा जैसे किसी अत्यंत भद्र समाज के सात्विक परिवेश में किसी असभ्य व्यक्ति ने उच्च स्वर में किसी अश्लील गाली का उच्चारण कर दिया हो; और उपस्थित लोगों की गर्दनें लज्जा से झुक गई हों।... यह चित्रसेन ऐसी अश्लील कल्पना भी कैरो कर सकता है कि पांडव किसी स्त्री से इस प्रकार का अभद्र और क्रूर व्यवहार करेंगे। पांडवों के विषय में ऐसी धारणा है उसकी ? कैसा मित्र है यह अर्जुन का ?

''चित्रसेन !'' अर्जुन ने क्षुब्ध स्वर में कहा, ''मैं समझ रहा हूँ कि तुम हमारे मित्र हो; और मित्र के रूप में ही हमारे अपमान से पीड़ित हो कर, मुझसे सहानुभूति के कारण मेरे अपमान का प्रतिशोध लेना चाहते हो, अथवा मुझे उस प्रतिशोध का अवसर उपलब्ध करा रहे हो। ... किंतु मित्र ! हम यह मानते हैं कि न तो प्रतिहिंसा मनुष्य का श्रेय है, न प्रतिशोध। यदि धर्मराज किसी प्रकार दुर्योधन से उसके दुष्कृत्यों का प्रतिशोध लेने को सहमत हो भी जाएँ; उसने हमारा अपमान किया था इसलिए वे उसे अपमानित करने का आदेश दे भी दें, तो वे चाहेंगे कि हम दुर्योधन को अपमानित करें। तुम जो मार्ग सुझा रहे हो, उसमें दुर्योधन का अपमान हो या न हो, काशिका और भानुमती का अपमान होगा। अपमान दुर्योधन का नहीं होगा, वह तो मात्र उन स्त्रियों से अपने संबंध के कारण, अपनी

पत्नियों के अपमान से पीड़ित होगा। सोचो, काशिका और भानुमती ने तो हमारा कोई अपमान नहीं किया है। पांचाली के अपमान में उनका तो कोई सहयोग नहीं था। फिर उनके साथ इस दुर्व्यवहार का क्या औचित्य है ?''

''अरे भाई !'' चित्रसेन शांत स्वर में बोला, ''कहीं ऐसा भी हुआ है कि पत्नी का अपमान हो तो पति का अपमान न हो। वस्तुतः पत्नी का अपमान है ही उसके पति का अपमान।''

''हम परिवार तथा दांपत्य जीवन में पार्थक्य तथा विभाजन को श्रेयस्कर नहीं मानते,'' सहदेव ने कहा, ''किंतु इस बात से सहमत नहीं हो सकते कि पति से पृथक् पत्नी का कोई व्यक्तित्व ही नहीं है, उसका अपना कोई सुख-दुख नहीं है।''

अर्जुन ने तत्काल कोई उत्तर नहीं दिया। वह चुपचाप चित्रसेन की ओर देखता रहा; और जब वह बोला तो उसका स्वर चिंतन की गरिमा लिए हुए था, ''यदि पत्नी का अपमान हुए बिना, पति का अपमान होता हो, तो किसी सीमा तक मैं तुम्हारी बात स्वीकार कर सकता था।...किंतु यदि पत्नी के अपमान के माध्यम से पति का अपमान होता है, तो जैसे कि सहदेव ने कहा है कि एक निरपराध स्त्री का ही अपमान होता है; और पति अपनी संवेदना के कारण, उसकी पीड़ा का अनुभव करता है। अपने संबंधों के कारण सारा परिवार उस पीड़ा को झेलता है। पर ऐसा नहीं होता कि पति को पीड़ा होती है और पत्नी को पीड़ा नहीं होती; वंश कलंकित होता है और वह स्त्री कलंकित नहीं होती। हमारी आपत्ति यही है कि उन्होंने हमें अपमानित करने के लिए कृष्णा का अपमान किया। अब तुम भी हमें वही अपराध करने का परामर्श दे रहे हो। ... और अपमान भी कैसा ? व्यक्ति का अपमान पृथक् बात है; किंतु नारीत्व का अपमान भयंकरतम अपराध है, पाप है। दुर्योधन ने वही किया है; और तुम हमसे भी वही करवाना चाहते हो। तुम चाहते हो कि दुर्योधन के द्वारा किए गए सारे घृणित कार्यों को धर्मराज भी करें। वे भी एक और दुर्योधन बन जाएँ। विरोध हमारा हो और अपमानित नारीत्व हो, उस पक्ष से भी और इस पक्ष से भी। नहीं चित्रसेन ! यह नहीं हो सकता। तुम्हें शायद ज्ञात नहीं है कि नारीत्व का अपमान करने पर माता गांधारी ने महाराज धृतराष्ट्र को परामर्श दिया था कि वे अपने परमप्रिय पुत्र दुर्योधन का त्याग कर दें। तुम हमसे वही जघन्य अपराध करवाना चाहते हो ?''

चित्रसेन ने अर्जुन की बात पूरे ध्यान से शांतिपूर्वक सुनी थी; किंतु वह उससे तनिक भी सहमत अथवा प्रभावित प्रतीत नहीं हो रहा था। उसे लग रहा था जैसे अर्जुन किसी अन्य लोक की वायवीय बातें कर रहा था। हाड़ माँस का बना कोई प्राणी इस प्रकार नहीं सोचता।...

"हमारे इस प्रकार के व्यवहार से दुर्योधन अपमानित हो न हो, हम स्वयं अवश्य अपमानित हो जाएँगे।" सहदेव ने कहा।

"अच्छा ! इस सारी स्थिति को एक अन्य कोण से देखें।" सहदेव की बात की पूर्ण उपेक्षा कर चित्रसेन बोला, "यदि दुर्योधन और उसकी रानियों को मुक्त करने का हम कोई शुल्क माँगें तो ?"

"कैसा शुल्क ?"

"वे पांडवों को उनका राज्य लौटा दें।" चित्रसेन बोला, "धर्मराज इन बंदियों के प्रत्यार्पण के रूप में, वह सब कुछ प्राप्त कर सकते हैं, जो उन्होंने द्यूतसभा में खोया है। अपने प्राणों और अपनी रानियों के सम्मान के बदले में दुर्योधन कुछ भी देने को तत्पर हो जाएगा।"

अर्जुन ने आश्चर्य से चित्रसेन की ओर देखा : इस व्यक्ति ने धर्मराज को इतना ही समझा था ?

"तुम क्या समझते हो गंधर्वराज ! कि यदि धर्मराज युधिष्ठिर किसी भी प्रकार अपना राज्य प्राप्त करना चाहते, तो अब तक प्राप्त कर न चुके होते ?" नकुल कुछ आवेश में बोला।

"धर्मराज चाहते तो द्यूतसभा में अपना राज्य त्यागते ही नहीं । वे चाहते तो सम्मुख युद्ध में अपना राज्य धार्तराष्ट्रों से लौटा लेते। कृष्ण ने कहा था कि यादव सेनाएँ कौरवों से युद्ध कर, पांडवों का राज्य दुर्योधन से छीन कर धर्मराज की गोद में डाल देंगी। ... किंतु धर्मराज ने सबको एक ही उत्तर दिया था कि वे अपना वचन भंग नहीं करेंगे, अपना धर्म नहीं छोड़ेंगे। तुम इन दोनों स्थितियों का अंतर समझते हो ? उन दो व्यक्तियों में भेद कर सकते हो, जिन में से एक भोग और सत्ता के लिए जीवन धारण करता है, और दूसरा अपने वचन के निर्वाह के लिए; एक अत्यंत स्थूल धरातल पर जीता है, दूसरा अत्यंत सूक्ष्म पर। एक सांसारिक भोग के लिए शरीर धारण करता है, दूसरा धर्म का आचरण करने के लिए।"

चित्रसेन ने कुछ नहीं कहा।

"हम पाँचों भाइयों का जीवन, धर्म के लिए है। हम अधर्मपूर्वक ग्रहण के स्थान पर धर्मपूर्वक त्याग करेंगे।" अर्जुन बोला, "इसलिए वनवास के बारह वर्ष तथा अज्ञातवास का एक वर्ष पूरा किए बिना, न हम अपना राज्य माँगेंगे, न किसी के द्वारा प्रदान किए जाने पर ग्रहण करेंगे।"

चित्रसेन के मुख का स्वाद कसैला हो गया : कैसे लोग हैं ये, जो न तो स्वयं अपने अधिकारों की रक्षा करते हैं, न अपने मित्रों को करने देते हैं। शत्रुओं से तो लड़ते नहीं, मित्रों का विरोध करने को तत्पर रहते हैं। ये तो जैसे अपने शत्रुओं को प्रेरित करते रहते हैं कि वे लोग इन्हें वंचित और त्रस्त करते

रहें। ऐसे लोगों की रक्षा तो भगवान भी नहीं कर सकता ...

"इन तेरह वर्षों के पश्चात् अपना राज्य माँगोगे ?" चित्रसेन ने किसी प्रकार स्वयं को नियंत्रित करके कहा।

"हाँ। क्यों नहीं माँगेंगे ?" अर्जुन ने उत्तर दिया, "वह तो धर्मानुकूल ही है।"

"और तुम्हें अनुमान तो होगा मित्र ! कि दुर्योधन तुम्हारा राज्य तब भी नहीं लौटाएगा।" चित्रसेन बोला, "और तब ?"

"मुझे अनुमान है कि वह कुछ ऐसा ही करना चाहेगा; किंतु कर नहीं पाएगा।"

"क्यों नहीं कर पाएगा ? कौन रोकेगा उसे ?"

"भीष्म पितामह तथा कुरुकुल के अन्य वृद्ध उसे ऐसा नहीं करने देंगे।" अर्जुन ने उत्तर दिया।

"नहीं ।" चित्रसेन ने दृढ़ स्वर में कहा, "उसकी उद्दंडताओं को कोई रोक नहीं पाएगा। वह परम स्वतंत्र तथा अत्यंत उच्छृंखल हो चुका है।"

"तो हम अपने शस्त्रों के बल पर उससे अपना राज्य छीन लेंगे।" भीम ने सतेज स्वर में कहा।

"मैं यही तो बता रहा हूँ तुम्हें।" चित्रसेन बोला, "तुम धर्म पर टिके रहोगे, अपने वचन का निर्वाह करोगे; किंतु दुर्योधन अपने वचन का निर्वाह नहीं करेगा। वह अधर्म का सहारा लेगा। फिर युद्ध की स्थिति आएगी। तुम्हें वह युद्ध जीतना होगा, क्योंकि तुम्हें अपना राज्य लौटाना है। उसे भी यह युद्ध जीतना है, क्योंकि उसे वह राज्य किसी भी प्रकार अपने आधिपत्य में रखना है। तुम समझते हो कि तुम अपने शस्त्र बल के आधार पर उसे जीतने में समर्थ हो। कदाचित् वह भी यही समझता है। इसलिए वह अपने पक्षधर एकत्रित करेगा, सैन्य संगठन करेगा। तब तुमसे अधिक शक्तिशाली हो जाएगा। तुम उससे भी समर्थ होने के लिए अपने मित्रों से सहायता माँगोगे। इस प्रकार दोनों ओर सेनाओं का जमावड़ा होगा। एक अति भयंकर युद्ध होगा। जाने उस युद्ध में ईश्वर के बनाए कितने जीव मारे जाएँगे। तब भी तुम्हें राज्य मिल पाएगा या नहीं, कहा नहीं जा सकता।"

अर्जुन ने यद्यपि कोई उत्तर नहीं दिया, किंतु वह चित्रसेन से असहमत नहीं था।

"मैं तुम्हें एक इतना भयंकर युद्ध टालने का अवसर दे रहा हूँ।" चित्रसेन ने कहा, "आज, इसी क्षण, दुर्योधन से वह सब कुछ प्राप्त किया जा सकता है, जो तुम्हें उस भयंकर युद्ध के पश्चात् प्राप्त होगा।"

"नहीं ! वह अधर्म होगा।" अर्जुन बोला, "हम अपना वचन पूरा किए बिना,

वह राज्य ग्रहण नहीं करेंगे।"

"विचित्र जीव हो तुम !" चित्रसेन ने स्नेहपूर्वक उसके कंधे पर हाथ रखा, "बात को समझने का प्रयत्न करो। युद्ध होगा तो कितना रक्तपात होगा, कितनी हिंसा होगी। तुम धर्मराज से पूछ कर तो देखो। क्या वे उस युद्ध में संभावित हिंसा को बचाना नहीं चाहेंगे ?"

"हम उस नृशंसता को अवश्य रोकना चाहेंगे। जब युद्ध का क्षण आ ही जाएगा, तो उस नृशंसता को रोकने का प्रयत्न भी किया जाएगा। अन्यथा क्षात्र धर्म के अनुसार युद्ध किया जाएगा।" अर्जुन बोला, "उस संभावित नृशंसता से बचने के लिए, आज तुम्हारा यह क्षात्रधर्म विरोधी प्रस्ताव स्वीकार नहीं किया जा सकता। इस समय तो महाराज युधिष्ठिर की यही इच्छा है कि तुम कुरुकुल के बंदियों को स्वतंत्र कर दो।"

चित्रसेन ने पहली बार अपना रोष प्रकट किया, "आज तुम्हारे मन में कुरुकुल का स्नेह क्यों इतना जाग्रत हो रहा है कि अपनी मैत्री को सर्वथा तिलांजलि दे कर, मुझसे वह सब करने को कह रहे हो, जो करने की मेरी तनिक भी इच्छा नहीं है।"

"क्या तुम कौरवों को मुक्त करना नहीं चाहते ?" अर्जुन ने भी कुछ चकित भाव से पूछा।

"पूछना तो मुझे चाहिए था," चित्रसेन बोला, "कि तुम अपने उन शत्रुओं को दंडित करना क्यों नहीं चाहते ? तुम क्यों नहीं चाहते कि उन्हें उनके किए का ऐसा कठोर दंड दिया जाए कि भविष्य में उसकी कभी पुनरावृत्ति न हो सके ?"

अर्जुन ने चित्रसेन की आँखों में देखा : उसके व्यवहार से स्पष्टतः चित्रसेन प्रसन्न नहीं था। युद्ध को जय करने के पश्चात् उसकी उपलब्धि से कौन वंचित होना चाहेगा। ...

"हम दुर्योधन को उसके पापों का दंड देंगे; किंतु इस प्रकार नहीं...इस समय तो तुम उनको मुक्त कर दो।"

"यदि मैं यह कहूँ कि मैंने तुम्हारे प्रति किए गए अपराधों के लिए नहीं, स्वयं अपने ऊपर किए गए सैनिक आक्रमण के प्रतिशोध के लिए उन सब लोगों को बंदी किया है, तो ?" चित्रसेन बोला, "दुर्योधन ने अपनी सेना सहित मुझ पर आक्रमण किया था। मुझे पूर्ण विश्वास है कि यदि कहीं वह युद्ध में विजयी हो गया होता, तो वह मुझे और मेरी रानियों को बाँध कर अपने साथ ले गया होता। वैसी स्थिति में हमें मुक्त कराने के लिए न तुम इस प्रकार आग्रह करते, न धर्मराज। न तुम लोग बल प्रयोग की धमकी देते, न बल प्रयोग करते।"

"क्यों नहीं करते।" भीम का स्वर कुछ अधिक ही मुखर था, "तुम एक बार किसी के बंदी हो कर धर्मराज की शरण में आकर तो देखो कि हम तुम्हारे लिए क्या करते हैं।"

अर्जुन हँसा, "तुमने एक स्थिति की कल्पना कर ली कि यदि वैसा होता, तो हम लोग कैसा व्यवहार करते। और उस कल्पना को अपना तर्क बना कर तुम कह रहे हो कि हम तुमसे कुरुकुल की स्त्रियों को मुक्त करने का आग्रह न करें।"

चित्रसेन का ध्यान इस ओर गया : अर्जुन ने कुरुकुल की स्त्रियों को कुरुकुल के पुरुषों से पृथक् किया था ...

"यदि मैं दुर्योधन और उसके भाइयों को मुक्त कर दूँ?..." उसने पूछा।

"उन्हें मुक्त किया तो क्या?" अर्जुन बोला, "जिनकी स्त्रियाँ तुम्हारे पास बंदिनी होंगी, वे पुरुष स्वयं को मुक्त कैसे मान सकते हैं।"

"ठीक कहते हो तुम।" चित्रसेन हँसा, "इसीलिए तो मैं उनको मुक्त करना नहीं चाहता। दुर्योधन की सुंदर पत्नियों को अपने अधिकार में पा कर कौन पुरुष उन्हें मुक्त करना चाहेगा। चाहो तो गणिकाओं और नर्तकियों को अपने साथ ले जाओ।"

अर्जुन चौंका : चित्रसेन दुर्योधन को तो मुक्त कर देने का संकेत कर रहा था; किंतु उसकी रानियों को नहीं। यह व्यक्ति तो पूर्ण रूप से लंपटता पर उतरा हुआ था।

"तो स्पष्ट रूप से सुनो मित्र!" अर्जुन बोला, "धर्मराज का आदेश है कि उन स्त्रियों को मुक्त करो; और इस आदेश का तुम्हें पालन करना होगा।"

चित्रसेन क्षुब्ध हो उठा, "हम तुम्हारी रक्षा के लिए, तुम्हारे शत्रुओं से लड़ते हैं, अपने प्राणों को संकट में डालते हैं; और तुम अपने उन्हीं शत्रुओं का पक्ष ले कर हमसे, अपने मित्रों से, लड़ने आ जाते हो।"

"आज की स्थिति को तो कुछ इसी प्रकार के शब्दों में कहा जा सकता है।" अर्जुन स्थिर भाव से बोला, "किंतु यदि हम यह न करें तो हमारे ही मित्र अपनी मैत्री के आवरण अथवा भ्रम में, हमारे नाम पर, कुछ भी मनमाना करते रहेंगे। हम तो अपने शत्रुओं से भी अपेक्षा करते हैं कि वे धर्म पर चलें; तो फिर अपने मित्रों से ऐसा आग्रह क्यों न करें। वनविहार के लिए आई स्त्रियों को कोई सेना अपने शस्त्र बल के आधार पर बाँध कर ले जाए—यह धर्म नहीं है। और किसी स्त्री को इस आधार पर बंदी बनाना कि वह हमारे शत्रु की पत्नी है, सर्वथा धर्मविरुद्ध अशोभनीय कृत्य है। इसलिए हम नहीं चाहते कि हमारे मित्र इस प्रकार का कार्य करें और फिर उसके लिए हमारा

समर्थन भी चाहें।"

"तो फिर मैं भी तुम्हें स्पष्ट रूप से बता दूँ मित्र!" चित्रसेन शुष्क स्वर में बोला, "इतने श्रमपूर्वक लड़े गए युद्ध के परिणामस्वरूप हाथ में आई राजवंश की सुंदर नारियों को मैं धर्म के नाम पर यों ही त्याग नहीं सकता। हम गंधर्वों में ऐसी कोई परंपरा नहीं है। सुंदर स्त्री तो वह सर्वाधिक मूल्यवान धन है, जो हम अपने शत्रुओं से छीन सकते हैं।"

अर्जुन के मन में बहुत कुछ स्पष्ट हो रहा था : निश्चित रूप से चित्रसेन का यह रूप उसके लिए नया था। इस चित्रसेन में उसके मित्र की छवि कम, एक नारी लोलुप, युद्ध-विजेता का ही स्वरूप अधिक प्रकट हो रहा था।...

"हम ऐसा नहीं मानते।" सहदेव ने कहा, "हमारी दृष्टि में नारी सदा ही रक्षणीया है।"

"अब मैं तुमसे स्पष्ट रूप से कह रहा हूँ धनंजय!" चित्रसेन बोला, "यदि मैं तुम्हारा आग्रह मानकर, धर्मराज की प्रसन्नता के लिए, अपने सैनिकों को आदेश दूँ कि वे उन स्त्रियों को स्वतंत्र कर दें, तो वे मेरा आदेश नहीं मानेंगे। वे विद्रोह कर सकते हैं।... और इतना तो तुम समझ ही सकते हो कि मैं दुर्योधन जैसे राजा के लाभ के लिए, अपने सैनिकों को न रुष्ट करना चाहूँगा, न उनके दमन के लिए सहमत होऊँगा।"

अर्जुन के लिए जैसे सब कुछ बदल गया था... थोड़ी देर पूर्व तक जो उसका मित्र था, जो उनके हित के लिए उनके शत्रुओं से युद्ध कर रहा था, वही इस समय एक स्त्री अपहरणकर्ता आततायी बन कर उसके सम्मुख खड़ा था। गंधर्वों की यह सेना, उसे अपने मित्रों की सेना नहीं लग रही थी। यह तो धर्मविरोधिनी, दुर्बल, पीड़क, उच्छृंखल सेना थी, जिस पर उसके अपने स्वामी का भी नियंत्रण नहीं था।...

"तुम उन्हें आदेश तो दो।" अर्जुन ने कुछ कठोर स्वर में कहा, "यदि वे तुम्हारी आज्ञा का उल्लंघन करेंगे, तो मेरा गांडीव इसी क्षण उन्हें तुम्हारे अनुकूल कर देगा।"

चित्रसेन हँसा, "नहीं! उसकी आवश्यकता नहीं है। मुझे स्वयं ही अपने सैनिकों का दमन प्रिय नहीं है। ..."

"तो इस पाप के संरक्षक तो स्वयं तुम हो।" अर्जुन ने कहा, "तुमने कदाचित् कल्पना भी नहीं की होगी, कि तुम लंपटों की एक सेना का नेतृत्व कर रहे हो। वैसे तो क्रूरता सदा ही पाप है, किंतु असहाय स्त्रियों के प्रति क्रूरता जघन्यतम पाप है। हम इसके प्रबल विरोधी हैं। द्यूतसभा में हम पांचाली की रक्षा नहीं कर पाए, क्योंकि हम धर्म बंधन में बँधे थे। इस समय हम स्वतंत्र हैं, और हमारा

धर्म ही हमें प्रेरित कर रहा है कि हम तुमसे और तुम्हारे सैनिकों से, उन स्त्रियों की रक्षा करें ...।"

"तुम जानते हो न धनंजय ! कि यदि दुर्योधन और उसके मित्रों की स्त्रियों की रक्षा करोगे, तो भी दुर्योधन तुम्हारा कोई उपकार नहीं मानेगा।" चित्रसेन बोला, "किंतु गंधर्वों के मन में तुम्हारे विरुद्ध एक रोष व्याप्त हो जाएगा। संभव है कि भविष्य में तुम्हें हमारी सहायता न मिल सके। तुम उससे वंचित भी हो सकते हो।"

अर्जुन हँसा, "धर्म का आचरण करनेवाले, केवल धर्म को देखते हैं; अपना हानि-लाभ नहीं । उनका सबसे बड़ा लाभ उनका धर्म ही है। यदि हम अधर्म के मार्ग से मित्र एकत्रित करेंगे, तो हममें और दुर्योधन में, अंतर ही क्या रह जाएगा।" अर्जुन ने उसकी ओर देखा, "अंतिम बार पूछ रहा हूँ, तुम अपने बंदियों को मुक्त करोगे या नहीं ?"

"नहीं !" चित्रसेन सहज रूप से हँस रहा था।

"इसे परिहास मत समझना।" अर्जुन ने गंभीर स्वर में कहा, "मैं उन्हें मुक्त कराने के लिए बल का प्रयोग करूँगा।"

चित्रसेन थोड़ी देर तक मौन खड़ा उसे देखता रहा और फिर बिना कुछ कहे, उसके एकदम निकट आ गया जैसे कोई अत्यंत गोपनीय बात कहना चाहता हो। वह धीमे स्वर में बोला, "धनंजय मेरी रंच मात्र भी इच्छा नहीं है कि मैं अपने इन बंदियों को मुक्त करूँ; किंतु यह भी जानता हूँ कि धर्मराज के आदेश के बाद मैं इन्हें ले कर जा भी नहीं सकता।" वह रुका, "मेरा कोई सैनिक यह जान कर प्रसन्न नहीं होगा कि हाथ आए बंदियों को हम बिना किसी शुल्क के मुक्त कर रहे हैं। इसलिए युद्ध का कुछ नाटक तो करना ही होगा, जिससे मेरे सैनिक यह मानें कि हमने तुमसे पराजित होकर, बंदियों को मुक्त किया है। क्या तुम्हें यह स्वीकार्य होगा कि मेरे सैनिक अपने बंदियों को साथ ले कर निकल भागने का एक प्रयास करें, यदि तुम उन्हें रोक सको तो बंदियों को छुड़ा लो, न रोक सको तो फिर अन्यथा न मानना। रानियाँ न सही, पर मेरे सेनानायक अपने हाथ आई गणिकाएँ और नर्तकियाँ तो अपने साथ निकाल ले जाने का प्रयत्न करेंगे ही। तुम अपने बंदी छुड़ा लो; किंतु मेरे सैनिकों का संहार मत करना। ..."

अर्जुन को स्पष्ट दीख रहा था कि चित्रसेन उसके साथ चतुराई कर रहा है; किंतु उसकी उसे चिंता नहीं थी। वह यहाँ कुरुकुल की स्त्रियों को छुड़ाने आया था, गंधर्वों का संहार करने नहीं ।...

"स्वीकार है।" अर्जुन ने अपनी सहमति दे दी, "तुम अपने सैनिकों को आगे बढ़ने का आदेश दो।"

अर्जुन अपने भाइयों के निकट आ गया; और चित्रसेन अपनी सेना में लौट गया।

चित्रसेन ने अपने सारे सेनानायकों को संकेत से निकट बुलाया, "पांडव चाहते हैं कि हम अपने बंदी उनको सौंप दें। वे कुरुकुल के लोगों को हमारे बंदियों के रूप में नहीं देख सकते। अब हमें यह निर्णय करना है कि हम क्या करें—पांडवों से युद्ध करें, उनका व्यूह तोड़ कर निकल भागने का प्रयत्न करें; ... अथवा समर्पण कर दें ?"

चित्रसेन के चारों ओर एक मौन छा गया : अधिकांश सेनानायक तो चकित भाव से उसकी ओर देख रहे थे। पांडव तो उनके राजा के मित्र थे, फिर इस विरोध का क्या अर्थ ?

अंततः प्रमुख सेनानायक बोला, "हम एक युद्ध जीत चुके हैं। पराजित पक्ष की संपत्ति, स्त्रियाँ तथा स्वामी, हमारे आधिपत्य में हैं। हम जीत के अधिकतम लाभ प्राप्त कर चुके हैं। अब हमें और कुछ प्राप्त होने की कोई संभावना नहीं है। युद्ध में हमसे कुछ छिनेगा ही। युद्ध से हमें कोई लाभ नहीं होगा, हानि ही हो सकती है। ऐसे में न तो हमारे सैनिकों में युद्ध का उत्साह होगा, न कोई उद्देश्य। अतः युद्ध का कोई लाभ नहीं है; और समर्पण की हमें क्या आवश्यकता है। समर्पण तो निश्चित हार है। युद्ध हम करना नहीं चाहते, समर्पण हम करेंगे नहीं । ऐसे में हमारे सामने एक ही मार्ग है—सुरक्षित पलायन। जो कुछ बचा कर निकल सकते हैं, निकल जाएँ। दुर्योधन को छोड़ना पड़े तो छोड़ दीजिए, किंतु रानियों को क्यों छोड़ा जाए; और हाथ आया कंचन भी क्यों गँवाया जाए। सबसे व्यर्थ पदार्थ तो दुर्योधन ही है।" उसने रुक कर अपना निश्चित मत दिया, "हमने एक बार अपने अश्व दौड़ा दिए, तो पांडव हमारा क्या कर लेंगे।"

"ठीक है।" चित्रसेन बोला, "गुप्त आदेश प्रसारित कर दो कि युद्ध की मुद्रा बनाए हुए, प्रयाण की तैयारी करो। लगना यह चाहिए कि हम व्यूह रचना में व्यस्त हैं; किंतु जैसे ही संकेत मिले, एक साथ वेगपूर्वक प्रस्थान कर दो। हमारी गति इतनी अधिक होनी चाहिए कि जब तक पांडव यह समझ पाएँ कि हमारा लक्ष्य क्या है, तब तक हम उनसे बहुत दूर निकल चुके हों। इस समय वेग ही हमारा एक मात्र शस्त्र हो सकता है।..."

अर्जुन देख रहा था कि चित्रसेन अपने नायकों के साथ कोई योजना बना रहा है। योजना युद्ध की भी हो सकती है और पलायन की भी। अर्जुन को दोनों

के लिए ही तैयार रहना चाहिए। चित्रसेन तथा उसके सैनिकों की कल्पना में भी नहीं होगा कि जिन पांडवों की रक्षा के लिए वे बिना बुलाए भी युद्ध करने आए हैं, वे पांडव शस्त्र सज्जित हो कर उनके सम्मुख युद्ध की चुनौती बन कर खड़े हो जाएँगे। ... इसलिए चित्रसेन सहज ही तो उसकी बात नहीं मान जाएगा। संभव है कि वह उससे कोई छल करने का प्रयत्न करे। ... उसने यह तो कहा ही है अर्जुन से कि वह उसके सैनिकों का संहार न करे ... उसने नाटक की बात कही है। अब पता नहीं कि नाटक किसके साथ होगा। कहीं अर्जुन ही नाटक का दर्शक न बना रह जाए।... सचमुच चित्रसेन को बुरा लगा होगा कि उसका मित्र ही, अपनी रक्षा के लिए उसके प्रति कृतज्ञता व्यक्त करने के स्थान पर, अपने आयुद्ध ले कर शत्रुओं के समान उनके सामने युद्ध के लिए प्रस्तुत हो गया है।... किंतु अर्जुन भी यह कैसे सहन कर सकता था कि उनके मित्र हो कर उनकी सहायता के नाम पर, कुरुकुल की स्त्रियों को कोई दासियाँ बना कर अपने साथ ले जाए। यह तो कुछ वैसा ही है कि यदि कोई गाय अर्जुन को सींग मार दे तो अर्जुन का कोई मित्र, प्रतिशोध के नाम पर गाय की हत्या ही कर दे।...ऐसी विकृत सहायता का क्या करना है पांडवों को ?

सहसा अर्जुन ने देखा कि चित्रसेन ने अपनी भुजा उठा कर अपने सेना नायकों को कोई संकेत किया। सेनानायकों द्वारा वही संकेत अपने अधीनस्थ अधिकारियों को दिया गया। गंधर्वों के सारथि सन्नद्ध हुए; और उनके रथ वेग से चल पड़े। रथों के साथ ही अश्वों ने भी पग उठाए और सपाटे से दौड़ चले।...

भीम, नकुल और सहदेव ने अपने रथ आगे बढ़ा कर जैसे अर्जुन के बचाव के लिए एक व्यूह-सा रच दिया। अर्जुन उनके पीछे रह गया था। उसने अपना गांडीव उठाया और बाणों की वर्षा होने लगी। पहली बौछार से अर्जुन ने अपने भाइयों के लिए एक कवच का सा निर्माण कर दिया था। दूसरी बौछार हुई तो गंधर्वों के भागते हुए अश्वारोहियों तथा सारथियों ने वल्गाएँ खींच लीं। उनके सामने अर्जुन ने अपने बाणों का एक जाल-सा बुन दिया था।...

चित्रसेन स्पष्ट देख रहा था कि अर्जुन ने अपने वचन की रक्षा की थी। वह न गंधर्वों पर आक्रमण कर रहा था, न उनका संहार कर रहा था; किंतु उसने उनके निकल भागने के लिए भी कोई अवकाश नहीं छोड़ा था। वह गंधर्वों का संहार नहीं कर रहा था; किंतु यदि गंधर्व उससे चतुराई करने का प्रयत्न करेंगे, यदि अपने बंदी, पांडवों को समर्पित किए बिना निकल भागने का प्रयत्न करेंगे, तो उन सबके वक्ष में अर्जुन के बाण बिंधे हुए दिखाई पड़ेंगे। ...यह मात्र चेतावनी थी कि यदि वे आगे बढ़े तो अर्जुन के बाण, उनके कवचों को फाड़ कर, उनके शरीर में प्रवेश भी कर सकते हैं।

चित्रसेन ने अपनी भुजा उठा कर सेना को रुकने का संकेत किया। उसके सेनानायक उसके निकट आए, तो वह बोला, "हम पांडवों से पार नहीं पा सकेंगे। व्यर्थ ही अपनी सेना कटवाने का कोई लाभ नहीं है।...यदि हममें से कुछ लोग इन बाणों से बच निकलने में सफल हो भी गए, तो वे भीम की गदा और नकुल सहदेव के खड्गों से सुरक्षित निकल नहीं पाएँगे। ... मेरा विचार है कि हम पांडवों की इच्छानुसार अपने बंदी उन्हें समर्पित कर दें और मैत्री के वातावरण में चुपचाप यहाँ से सुरक्षित निकल जाएँ।"

"स्वामी का विचार ही उचित है।" उसके सेनानायक तत्काल सहमत हो गए।

10

कुंती के रथ ने दुर्योधन के भवन में प्रवेश किया तो कुंती ने देखा, कर्ण अपने रथ में चढ़, तल्प पर बैठ रहा था; और दुर्योधन उसे विदा करने के लिए उसके निकट ही खड़ा था।

कुंती का मन अजाने ही विह्वल हो आया... हस्तिनापुर में निवास करते हुए एक अनाम-सी अनुभूति, उसके मन में बनी ही रहती थी।...उसके पाँच पुत्र वन में थे; किंतु उसका एक पुत्र, यहीं उसके आस-पास हस्तिनापुर में भी था। वह दृष्टि उठाए तो उसे देख सकती थी। अपनी भुजा बढ़ाए तो उसे छू सकती थी।... आवश्यक तो नहीं कि वह उसकी माता बन कर ही उसे मिले। वह एक सामान्य परिचिता के रूप में भी तो उसे मिल सकती थी। राजपरिवार की एक सामान्य सदस्या के रूप में...। किंतु जब कभी उनका आमना-सामना होता था,कर्ण को शायद यह स्मरण हो आता था कि वह पांडवों की माता है, उसके शत्रुओं की माता।...और कुंती भी कभी यह विस्मृत नहीं कर पाती कि यह वही कर्ण है, जिसने द्यूतसभा में पांचाली को वेश्या कहा था। इसी ने उसे निर्वस्त्र करने का प्रस्ताव रखा था ...उसके मन में अपने इस पुत्र के लिए, वितृष्णा जाग उठती है। कर्ण के मन में भी, अपने शत्रुओं की माता के प्रति कोई ऐसा ही भाव जन्मता होगा।

कुंती अपने रथ पर बैठी रही और उसके देखते-देखते ही कर्ण का रथ चला गया। दुर्योधन कुंती को देख लेने पर भी उसकी अगवानी के लिए नहीं रुका। न ही उसने कोई अभिवादन किया। वह इस प्रकार भवन के भीतर चला गया, जैसे या तो कुंती वहाँ थी ही नहीं, या फिर उसने उसे देखा नहीं था।

सारथि ने रथ को, भवन के मुख्य द्वार के सम्मुख की सीढ़ियों से लगा कर रोक दिया। कुंती तल्प से उठ खड़ी हुई।

"तुम कितनी देर में मुझे लेने आओगे ?" कुंती ने सारथि से पूछा।

"मैं आपकी प्रतीक्षा करूँगा राजमाता !"

कुंती मन ही मन हँसी : यह भला आदमी आज तक उसे राजमाता ही कहता है। ... वैसे कोई और नया और उपयुक्त संबोधन खोजने से तो सरल यही है कि वह उसे 'राजमाता' ही कहता चला जाए। इसमें न तो किसी का कुछ व्यय होता है, और न किसी की कोई हानि होती है।

"विदुर को रथ की आवश्यकता होगी।" कुंती ने कहा।

"अब तक तो महामंत्री दूसरा रथ ले कर चले भी गए होंगे।" सारथि बोला, उन्होंने मुझे आदेश दिया था कि मैं आपके लिए यहाँ प्रतीक्षा करूँ; और आपको ले कर ही लौटूँ।"

"अच्छा ! ठीक है। कहीं वृक्षों की शीतल छाया देख कर रथ को खड़ा कर लो। न स्वयं धूप में जलना, न अश्वों को ही तपाना।"

"बहुत अच्छा राजमाता !"

दासियों ने बाहर निकलकर कुंती की अगवानी की। अंतःपुर में पहुँचकर उसने देखा, काशिका उसकी प्रतीक्षा ही कर रही थी। कुंती ने मुस्कराकर उसकी ओर देखा; किंतु काशिका ने सहज शिष्ट मुस्कान के साथ प्रणाम करने के स्थान पर अश्रुपूर्ण आँखों से उसकी ओर देखा, दौड़ती हुई आई और कुंती के चरण पकड़कर जैसे बैठ ही गई।

कुंती चकित दृष्टि से उसकी ओर देखती रह गई। फिर कुछ सँभलकर बोली, "तुम्हारा कल्याण हो बहू ! उठो ! यह क्या कर रही हो।"

काशिका ने अपना चेहरा ऊपर उठाया। उसकी आँखों से दो अश्रु ढलके; किंतु मुख से वह कुछ बोली नहीं।

कुंती ने उसकी भुजा पकड़कर उसे बलपूर्वक उठाया, "उठो बहू।"

काशिका खड़ी हुई तो कुंती के कंठ से लग गई और फिर उसके कंधे पर अपना सिर टेक कर सशब्द रो पड़ी।...

अपनी भुजाओं में भर कर कुंती उसे कक्ष के भीतर ले आई। दासियों ने सहायता की। कुंती ने उसे एक मंच पर बैठाया; और स्वयं उसके साथ बैठ गई। उसकी पीठ को सस्नेह थपका और बोली, "धैर्य धारण करो बहू ! बताओ, क्या हुआ।"

"काकी !" काशिका ने बिना कोई औपचारिक संबोधन जोड़े, आत्मीयतापूर्वक कहा, "अब मैं अनुभव कर पाई हूँ कि कृष्णा को इन लोगों ने द्यूतसभा में निर्वस्त्र करने का प्रयत्न किया था, तो उसके मन को क्या सहना

पड़ा होगा।''

कुंती चुपचाप उसे देखती रही।

''काकी !...'' काशिका पुनः रो पड़ी।

कुंती ने भुजा बढ़ा कर उसे अपने कंधे से लगा लिया।

तभी भानुमती ने कक्ष में प्रवेश कर कुंती के चरण छुए।

''कल्याण हो बहू !''

''अटल सौभाग्य की आशीष नहीं देंगी काकी महाराज !''

''क्या अटल सौभाग्य तुम्हारे कल्याण से बाहर है बहू ?''

''नहीं ।'' दासियों द्वारा रखे गए आसन पर बैठ कर, भानुमती ने कहा, ''किंतु जिन घटनाओं में से हो कर हम घर लौटी हैं, उसके पश्चात् बुद्धि शायद निर्णय नहीं कर पा रही कि क्या कल्याणकारी है और क्या नहीं ।''

''काकी !'' काशिका स्वयं को संयत कर बोली, ''हमारे पति राजा दुर्योधन, हस्तिनापुर के महाबली युवराज दुर्योधन, रस्सियों में बँधे हुए बिलख-बिलख कर रो रहे थे, चिल्ला रहे थे कि धर्मराज मुझे बचाओ, मेरी रक्षा करो, मैं तुम्हारा भाई हूँ। कुरुकुल की लाज रखो। ... और गंधर्व चित्रसेन, धनंजय तथा मध्यम पांडव भीमसेन को स्मरण करा रहा था कि दुर्योधन ने कैसे द्रौपदी को बीच सभा में निर्वस्त्र करने का प्रयत्न किया था।... सोचिए काकी ! हमारी क्या स्थिति थी। यदि आपके पुत्रों के मन में, एक क्षण के लिए भी द्वेष की भावना जाग उठती। वे कुछ न भी करते, बस मौन खड़े रहते, तो गंधर्व हमारी स्थिति, द्रौपदी कृष्णा की उस स्थिति से भी अधम कर देते।'' काशिका ने पुनः कुंती के चरण पकड़ लिए, ''आप हमें क्षमा कर सकेंगी काकी ! हम लोग वहाँ द्रौपदी के सम्मुख अपने वस्त्राभूषणों की प्रदर्शनी लगा कर, अपना वैभव प्रदर्शित कर, उसे लज्जित और पीड़ित करने के लक्ष्य से गई थीं।''

''शांत हो जाओ बहू !'' कुंती ने स्थिर वाणी से कहा, ''मेरे पुत्रों ने मात्र अपने धर्म का निर्वाह किया है। कोई भला मानस तो किसी वेश्या को भी, इस प्रकार अपमानित नहीं करेगा। नारी की लज्जा की रक्षा करना तो धर्म है—चाहे वह नारी स्वयं में कितनी ही पतित क्यों न हो।'' ...और सहसा कुंती का मन कर्ण की ओर भटक गया।... यदि कहीं वह उसे भी, नारीत्व का सम्मान करना सिखा पाती।

''महावीर कर्ण के होते हुए, महाराज दुर्योधन की यह दुर्दशा कैसे हुई ?''

''मैं समझ नहीं पा रही काकी ! कि इसे इन लोगों की मूर्खता कहूँ अथवा कायरता।'' भानुमती बोली, ''पहले तो बिना सोचे समझे, बिना शत्रु की शक्ति आँके, बिना शस्त्रों और व्यूह की क्षमता की परीक्षा किए, अहंकारवश अपने सेनानायकों को आदेश दे दिया कि गंधर्वों को मार कर भगा दो। और जब गंधर्वों

ने आक्रमण किया, तो कौरव राजकुमार, साधारण सैनिकों से भी पहले, शत्रु को पीठ दिखाकर भाग गए। अपनी पत्नियों और रक्षिताओं के सम्मुख उन्होंने ऐसी वीरता का प्रदर्शन किया कि हम सब उनकी बलिहारी ही जा सकती हैं। ... उसके पश्चात् जब गंधर्वों ने कर्ण का रथ तोड़ दिया, तो कर्ण कूद कर विकर्ण के रथ पर जा चढ़ा; और स्वयं तो रण छोड़ कर भागा ही, विकर्ण को भी अपने साथ भगा ले गया, जो तब तक पूर्ण निष्ठा से युद्ध कर रहा था।"

"तो कर्ण लौट कर रण में नहीं आया ?" कुंती ने पूछा।

"कहाँ !" काशिका बोली, "वह तो जब चारों पांडवों ने हमारी रक्षा कर ली, गंधर्व हमें मुक्त करके चले गए... राजा दुर्योधन रोते-झींकते, सिर पीटते लौट रहे थे, तो महावीर कर्ण 'मैं तो बस लौट ही रहा था। इस बार तो मैं गंधर्वों के टुकड़े ही कर देता।... ' इत्यादि, आत्मप्रशस्ति करता हुआ मार्ग में आ मिला।"

"दुर्योधन ने उससे यह नहीं पूछा कि कोई भला आदमी अपने मित्र और स्वामी को शत्रुओं के सम्मुख इस प्रकार असहाय छोड़ कर भाग जाता है क्या ?" कुंती ने पूछा।

"उस समय तो काकी ! हमारे आर्यपुत्र किसी से कुछ पूछने की स्थिति में नहीं थे। वे तो पूर्णतः विक्षिप्त हो रहे थे।" भानुमती बोली, "विचार कीजिए, जिस एक धनंजय के भय से गंधर्व हमें मुक्त कर चुपचाप चले गए, उसके साथ उसके चारों भाई तथा अन्य सहायक होंगे, तो क्या करेंगे राजा दुर्योधन; और क्या कर लेंगे उनके भाई और मित्र। आर्यपुत्र अपनी भर्त्सना कर रहे थे। स्वयं को अभागा बता रहे थे। हस्तिनापुर लौटते हुए मार्ग में वे तो प्रायोपवेशन के लिए बैठ गए थे। वे अपने प्राण त्याग देना चाहते थे। जिन पांडवों की कृपा से उन्हें अपना जीवन, राज्य और सम्मान वापस मिला, उन्हीं पांडवों की शक्ति से क्षुब्ध हो कर, उन्हें नष्ट न कर पाने की हताशा में अपने प्राण त्याग देना चाहते थे। एक बार भी उनके मन में धर्मराज और उनके भाइयों के प्रति कृतज्ञता का भाव नहीं जागा। स्नेह का उदय नहीं हुआ, सम्मान उत्पन्न नहीं हुआ। नीचता की भी कोई सीमा होती है काकी ! इन लोगों में मनुष्यता नाम का तो कोई तत्त्व ही नहीं है। जिनकी कृपा से जीवित बचे थे, जिनकी शक्ति से इनकी पत्नियों के सम्मान की रक्षा हुई थी, उन्हीं को नष्ट करने के उपाय सोचते रहे, उन्हीं की भर्त्सना करते रहे, उन्हीं को कोसते रहे। ... और यह महावीर कर्ण ! इसने एक बार भी यह संकल्प नहीं किया कि वह उन गंधर्वों से इस अपमान का प्रतिशोध लेगा। वह बार-बार पांडवों को नष्ट करने की ही प्रतिज्ञा करता रहा। बलिहारी इनकी बुद्धि की ! ..."

कुंती मौन रह कर भानुमती की बात सुनती रही ... ठीक ही तो कह रही

है भानुमती। ये मूर्ख अपने भाइयों, अपने शुभचिंतकों, अपने रक्षकों के ही शत्रु बने बैठे हैं। इनकी रक्षा कौन कर सकता है।

कुंती घर लौटी तो विदुर सम्मुख पड़ गए, "भाभी ! सुन आईं व्यथा-कथा अपनी बहुओं की ?"

कुंती मुस्कराई, किंतु उसके चेहरे का अवसाद धुल नहीं सका, "हाँ ! दुखी हैं बेचारियाँ। अपने अपमान का कष्ट तो है ही; कुछ अंतरात्मा का दंश भी है कि किसे पीड़ित करने गई थीं। उधर पति की कृतघ्नता की असीमता देख कर भी ग्लानि से मरी जा रही हैं।"

"पता नहीं, उन्होंने तुम्हें बताया या नहीं, "विदुर बोले, "कि जब गंधर्व उन्हें मुक्त कर चले गए, तो युधिष्ठिर ने तो स्नेह जताया और कहा कि जाओ, अब निर्भय हो कर घर जाओ। द्वेष, ईर्ष्या तथा मात्सर्य को मन से निकालो और ईश्वर ने जो दिया है, उसका सुख से भोग करो; किंतु दुर्योधन ने पांडवों के प्रति कृतज्ञता का एक शब्द भी नहीं कहा। उसकी इंद्रियाँ जैसे शिथिल हो गई थीं। मस्तिष्क काम नहीं कर रहा था। वह द्वेष में ग्रस्त, वहाँ से चुपचाप चला आया। मार्ग में एक स्थान पर, जहाँ प्रकृति सुंदर थी तथा घास, जल और वृक्षों की छाया उपलब्ध थी, वह ठहर गया।

"वहीं कर्ण उससे आकर मिला। कर्ण ने दुर्योधन को उसकी वीरता और विजय पर बधाई दी कि उसने इतनी प्रचंड गंधर्व वाहिनी पर विजय पाई थी। अपने विषय में उसने कहा कि उसे गंधर्वों की कई वाहिनियों ने घेर लिया था। वह गंभीर रूप से घायल हो गया था। सारे शरीर से रक्त बह रहा था। रथ खंड-खंड हो चुका था। सारथि मारा जा चुका था। अश्वों ने घुटने टेक दिए थे। ऐसे में यदि वह पलायन न करता, तो व्यर्थ ही मारा जाता। अपने पलायन का उसे दुख तो था; किंतु इस बात की उसे प्रसन्नता थी कि दुर्योधन और उसके भाइयों ने अपनी वीरता के बल पर, शक्तिशाली गंधर्व राजा चित्रसेन पर विजय पाई थी।"

"कर्ण को दुर्योधन तथा अन्य लोगों की स्थिति देख कर समझ नहीं आ रहा था कि वह विजयिनी सेना का रूप नहीं था ?" कुंती ने पूछा।

"मुझे लगता है कि अपने कायरतापूर्ण पलायन को ढाँपने के लिए, वह दुर्योधन की वीरता की अधिक से अधिक प्रशंसा कर देना चाहता था।" विदुर बोले।

पारंसवी भी अपना काम निबटाकर उनकी चर्चा में सम्मिलित हो गई, "दुर्योधन ने उसे बताया नहीं ?"

"जो सूचनाएँ मुझे भानुमल और महापद्म से मिली हैं, उनके अनुसार दुर्योधन ने सब कुछ बहुत स्पष्ट रूप से कह सुनाया।" विदुर बोले, "अपनी पराजय की चर्चा तो उसने की; किंतु यह कहा कि उसके शत्रुओं के हाथों उसकी रक्षा हुई है—यह उसके लिए बहुत लज्जा की बात है। इससे तो अच्छा था कि वह युद्ध में ही गंधर्वों के हाथों वीरगति प्राप्त करता।"

"लो।" कुंती हँसी, "काशिका और भानुमती बता रही थीं कि बंदी हो जाने पर, पांडवों को सहायता के लिए पुकार-पुकारकर, दुर्योधन ने आकाश सिर पर उठा लिया था। वीरगति का इतना ही इच्छुक था तो पांडवों को पुकारने की क्या आवश्यकता थी। उसके स्थान पर गंधर्वों को ललकारता, तो वीरगति मिली ही मिली थी।"

"इतना ही नहीं, उसने इस पराजय के पश्चात् हस्तिनापुर जाने से इंकार कर दिया।" विदुर बोले, "उसने कहा कि इस लज्जाजनक पराजय के पश्चात् वह हस्तिनापुर में किसी को मुख भी नहीं दिखा सकता। इसलिए वह वहीं बैठ कर अन्न-जल त्याग प्राण दे देगा। उसने दुःशासन के सिर पर हाथ रख कर कहा कि वह हस्तिनापुर का राज्य उसे दे रहा है।"

पारंसवी उच्च स्वर में हँसी, "हस्तिनापुर का राज्य। अरे, अभी तो सिंहासन पर महाराज धृतराष्ट्र बैठे हैं। उन्होंने राज्य तो अभी दुर्योधन को भी नहीं दिया, और वह उस अनपाए राज्य को दुःशासन को दे रहा है।"

"उसने ऐसे ही तो कर्ण को अंगदेश का राज्य दे दिया था।" विदुर बोले, "जो भी हो। दुःशासन ने उसका दिया हुआ राज्य स्वीकार नहीं किया। उसने उससे प्रायोपवेशन का विचार त्याग देने का बहुत आग्रह किया। दुर्योधन ने संकल्प से टलने का कोई लक्षण नहीं दिखाया तो कर्ण ने एक अद्‌भुत तर्क दे कर, उसकी ग्लानि दूर करने का प्रयत्न किया।..."

"कैसा तर्क ?" कुंती ने पूछा।

"उसने कहा क़ि यदि गंधर्वों के वश हो जाने पर पांडवों ने उसे मुक्त कराया है, तो उस पर कोई कृपा नहीं की है।" विदुर ने बताया, "उसका कहना था कि पांडव उसके राज्य में सुरक्षित रह रहे हैं। अतः अपने राजा की रक्षा उनका धर्म था। कई बार राजा अथवा सेनापति बंदी अथवा हताहत हो जाते हैं; किंतु साधारण सैनिक युद्ध करते रहते हैं, और अंततः उन साधारण सैनिकों के कारण राजा युद्ध जीत जाता है...।"

"अर्थात् पांडव साधारण सैनिक हैं और दुर्योधन उनका राजा है। पांडव साधारण सैनिकों के रूप में लड़े, और उन्होंने अपने राजा को मुक्त कराया ?" कुंती ने पूछा।

"निर्लज्ज ही नहीं, नीच भी है यह कर्ण।" पारंसवी जैसे अपने आपसे बोली।

कुंती को कुछ बुरा लगा; किंतु वह पी गई। पारंसवी क्या जानती थी कि कर्ण भी उसी का पुत्र था।...और फिर काम तो कर्ण ने नीचता का ही किया था।...कुंती को भी अपने मन में यह स्पष्ट कर लेना चाहिए था कि या तो कोई पांडवों का पक्ष ले सकता था, या फिर कर्ण का।...कोई दोनों का पक्ष कैसे ले सकता था ? अवसर आने पर कुंती भी दोनों का पक्ष कैसे लेगी ?...

"फिर उसने यह तर्क भी दिया कि जितना अपमान पांडवों का हुआ था, उतना दुर्योधन का नहीं हुआ। पांडवों ने तो आत्महत्या नहीं की। तो फिर दुर्योधन ही क्यों, आत्महत्या करने पर तुला हुआ है।"

"कर्ण ने यह नहीं कहा कि यदि दुर्योधन प्रायोपवेशन का विचार त्याग दे तो कर्ण चित्रसेन को बाँध कर, उसके चरणों में डाल देगा ?" पारंसवी हँस रही थी।

"नहीं । उस दिन उसने अपनी वीरता की डींग नहीं मारी।" विदुर ने बताया, "हाँ। उसने अपनी दीनता प्रदर्शित की और कहा कि यदि दुर्योधन अपनी हठ नहीं छोड़ेगा, तो वह भी उसकी सेवा में वहीं रह जाएगा और उसके साथ ही अपने प्राण त्याग देगा।" विदुर रुके, "किंतु सबसे विचित्र बात तो शकुनि ने कही।"

"उसने क्या कहा ?" कुंती ने पूछा।

"विचित्र नहीं कहना चाहिए; किंतु जो कुछ उसने कहा, वह उससे किंचित भी अपेक्षित नहीं था।" विदुर बोले, "उसने कहा कि पांडवों ने तुम्हारा सत्कार किया, तो तुम इतने दुखी हो। यदि कहीं वे तुम्हारा तिरस्कार करते, तो तुम क्या करते ? पांडवों ने सद्व्यवहार किया है, तो तुम उनसे संतुष्ट हो कर, उनका राज्य उन्हें लौटा दो। इससे तुम कृतज्ञ माने जाओगे। उनसे तुम्हारे संबंध मधुर हो जाएँगे; और तुम सुखी रहोगे।"

"यह सब उस धूर्त्त शकुनि ने कहा ?" पारंसवी ने आश्चर्य से पूछा।

"नहीं । मैं नहीं मानती।" कुंती बोली, "शकुनि ऐसी बात कह ही नहीं सकता।"

"मैं तुम दोनों से सहमत हूँ कि यह शकुनि की नीति नहीं है। वह ऐसा कह ही नहीं सकता।" विदुर बोले, "किंतु सत्य यही है कि उसने यह सब कहा। अब प्रश्न यह है कि उसने ऐसा क्यों कहा ? क्या सत्य ही वह यह चाहता है कि दुर्योधन पांडवों का राज्य उन्हें लौटा दे ? पांडवों और दुर्योधन में सौहार्द उपजे, और कौरवों में शांति स्थापित हो जाए ? या ..."

"ऐसा तो संभव ही नहीं है।" कुंती बोली।

"मेरा विचार है कि उसने दुर्योधन की मनःस्थिति देखते हुए, उसे उत्तेजित करने के लिए ही ऐसा प्रस्ताव रखा होगा।" विदुर बोले, "दुर्योधन, पांडवों की

श्रेष्ठता, उत्कृष्टता, उनका वैभव, उनका सुख—कुछ भी सहन नहीं कर सकता। उनके सम्मुख याचक बनने की बाध्यता से पीड़ित हो कर प्राण त्यागना चाहता था; किंतु गहन हताशा की स्थिति में भी, वह सारा राज्य दुःशासन को देना चाहता था। वरन् अपने प्राण त्यागने से पहले वह सारा राज्य दुःशासन के हाथों में सुरक्षित कर जाना चाहता था। ऐसी स्थिति में शकुनि ने उसके सामने प्रस्ताव रखा कि राज्य पांडवों को दे दिया जाए। शकुनि जानता था कि इस पराजय के पश्चात् भी दुर्योधन का मन परिवर्तित नहीं हुआ था। वह द्वेष की पराकाष्ठा में जल रहा था। शकुनि जानता था कि ऐसे में पांडवों के तनिक से उत्कर्ष की चर्चा भी दुर्योधन की पीड़ा को दोगुना कर देगी। वह इस कल्पना को भी सहन नहीं कर पाएगा कि उसकी मृत्यु के पश्चात् इंद्रप्रस्थ का राज्य पांडवों को मिल जाए। इसलिए दुर्योधन, अपने सुख के लिए जीवन धारण करे न करे; किंतु पांडवों को पीड़ित करने के लिए वह जीवित रहेगा। ..."

"हाँ ! यह संभव है।" कुंती बोली।

"तो क्या दुर्योधन शकुनि की बात मान गया ?" पारंसवी ने पूछा।

"नहीं ।" विदुर बोले, "वह अपने संकल्प पर टिका रहा। उसने स्वच्छ जल से आचमन कर, स्वयं को पवित्र किया और प्रायोपवेशन का संकल्प कर, आसन पर बैठ गया। वह रात भर आसन पर बैठा रहा और प्रातः उठ कर हस्तिनापुर की ओर प्रस्थान के लिए तैयार हो गया।"

"अरे !" पारंसवी चकित थी, "रात को प्राण देने के लिए आसन पर बैठा और प्रातः उठ कर हस्तिनापुर की ओर चल दिया। ... किसी ने उसका कारण नहीं पूछा ?"

"कारण। हाँ, कारण तो बताया गया।" विदुर मुस्करा रहे थे, "हुआ यह कि जब दुर्योधन अपने प्राण देने को तत्पर हो गया, तो पाताल के दानवों में खलबली मच गई। वे देवताओं के विरोधी हैं। वे लोग यह मान रहे थे कि दुर्योधन की वृत्तियाँ उन्हीं के समान हैं। इसलिए वे दुर्योधन के माध्यम से देव शक्तियों को जय कर लेंगे। अब, जब यह निश्चित् हो गया कि दुर्योधन ही जीवित नहीं रहेगा, तो उनका चिंतित होना स्वाभाविक ही था। ... उन्होंने भयंकर मंत्रों से एक भयंकर यज्ञ किया और उसमें से एक कृत्या उत्पन्न की। उस कृत्या को दुर्योधन के पास भेजा गया। कृत्या दुर्योधन को उठा कर पाताल लोक ले गई। उन दानवों ने दुर्योधन को समझाया कि सृष्टि में सद् और असद् शक्तियों के इस संघर्ष में दुर्योधन असद् शक्तियों का सेनापति है। वह स्वयं को असहाय क्यों मान रहा है। वे सब लोग उसकी सहायता करेंगे। वस्तुतः दुर्योधन का युद्ध वे लड़ेंगें। सबसे बड़ी बात तो यह है कि श्रीकृष्ण के द्वारा वध किए जाने के पश्चात् से भौमासुर की प्रेतात्मा अपने प्रतिशोध के लिए व्याकुल होकर भटक

रही थी। उसने अब अपने वाहन के रूप में कर्ण का चयन किया था। कर्ण अब भौमासुर का प्रतिरूप होगा और पांडवों के विरुद्ध दुर्योधन की ओर से युद्ध करेगा। शेष दैत्य विभिन्न प्रकार से संसार के अन्य योद्धाओं को अपने प्रभाव में लेंगे, उनकी आत्माओं, उनकी बुद्धि तथा मन पर अधिकार प्राप्त करेंगे और उन सबको पांडवों के विरुद्ध लड़ने के लिए, दुर्योधन की सहायता करने के लिए प्रेरित करेंगे। इसलिए पांडवों के विरुद्ध होनेवाले आगामी युद्ध में, दुर्योधन की पराजय की कोई संभावना नहीं है। दैत्यों ने उसे यह भी बताया कि वे लोग भीष्म, द्रोण तथा कृपाचार्य की आत्मा पर पहले ही आंशिक रूप में अधिकार कर चुके हैं और वे लोग अब पांडवों से पहले जैसा प्रेम नहीं करते।... इस प्रकार सृष्टि की समस्त शक्तियों का यह आश्वासन प्राप्त कर, कि सम्मुख युद्ध में दुर्योधन की ही विजय होगी—दुर्योधन ने प्रायोपवेशन का संकल्प छोड़ दिया और हस्तिनापुर आ गया।...''

कुंती की दृष्टि जैसे सत्य के शोधन के लिए, विदुर के चेहरे को टटोलती रही; और पारंसवी उन्हें मात्र आश्चर्य से देखती रही, जैसे उसने कोई अद्भुत कथा सुनी हो...

''इस सबका क्या अर्थ है विदुर ?'' अंततः कुंती ने पूछा।

''भाभी ! यह वह कथा है, जो दुर्योधन के प्रायोपवेशन त्यागने और हस्तिनापुर लौटने के कारण स्वरूप सुनाई गई।'' विदुर बोले, ''अब हमारी जिज्ञासा है कि यह कथा किसने कही; और कहनेवाले का अभिप्राय क्या है ?'' विदुर ने रुककर उन दोनों को बोलने का अवसर दिया; किंतु उन दोनों ने ही, कोई उत्तर नहीं दिया। तब विदुर ही बोले, ''इसमें पहली संभावना तो यह है कि दुर्योधन ने जब कुछ समय के लिए कुछ भी नहीं खाया पिया, तो शरीर में जल तत्त्व के कम होने से उसे जो कष्ट हुआ होगा, उसे उसने शरीर त्यागने के कष्ट का प्रथम चरण समझा होगा। उसी के आधार पर उसने मृत्यु के विकराल रूप की कल्पना की होगी। वह भयभीत हो गया होगा। उसमें जीवन के सुखों तथा भोगों के प्रति लालसा जगी होगी; और उसने मन ही मन, इस कथा का निर्माण कर, स्वयं को अपनी विजय का विश्वास दिला, प्रायोपवेशन का संकल्प त्याग दिया।...''

''इस प्रकार तो यह भी हो सकता है विदुर ! कि अपनी उस अर्द्धचेतना की अवस्था में दुर्योधन के मन ने सचमुच ही कोई माया रची हो, और उसे इस प्रकार का कोई भ्रम हुआ हो।'' कुंती बोली, ''जब इंद्रियाँ शिथिल हो जाती हैं, तो मनुष्य को इस संसार के यथार्थ का भान नहीं रहता, उसकी मरणासन्न चेतना जाने किन-किन काल्पनिक लोकों की यात्रा करती रहती है।...''

''मुझे तो लगता है कि उसने निद्रा में कोई स्वप्न देखा होगा।'' पारंसवी

बोली, "मनुष्य प्रायः अपनी सुषुप्त इच्छाओं को अपने स्वप्नों में सजीव रूप में देखता है।"

"तो क्या निद्रा भंग होने पर दुर्योधन स्वप्न और यथार्थ में भेद नहीं कर सका ?" विदुर मुस्करा रहे थे।

"ईश्वर जाने, यह भेद वह कर नहीं सका अथवा करना नहीं चाहता था।" पारंसवी ने उत्तर दिया, "जब प्रायोपवेशन छोड़ने के लिए उसे कोई बहाना चाहिए ही था, तो वह यह भेद क्यों करता।"

विदुर ने कोई उत्तर नहीं दिया, वे आत्मलीन से बैठे सोचते रहे।

"क्या सोच रहे हो विदुर ?" कुंती ने पूछा।

"मैं यह सोच रहा हूँ कि यदि यह कथा दुर्योधन की नहीं, किसी और की गढ़ी हुई है, तो उसका अर्थ क्या है ?"

"इसका अर्थ वही है, जो दुर्योधन प्रचारित करना चाहता है।" पारंसवी ने तत्काल कहा, "कोई अन्य अर्थ होता, तो दुर्योधन उसे प्रचारित ही क्यों करता।"

"ठीक है।" विदुर बोले, "किंतु यह भी तो संभव है कि दुर्योधन जो अर्थ समझ कर उस कथा को प्रचारित कर रहा है, कथाकार का वास्तविक अर्थ वह न हो।" विदुर जैसे नए उत्साह से बोले, "अब देखो ! इस कथा में कहा जा रहा है कि दुर्योधन का पक्ष सृष्टि की सात्विक शक्तियों का नहीं, तामसिक शक्तियों का है। उसकी सहायता करनेवालों को आसुरी और दैत्य शक्तियों से प्रभावित बताया जा रहा है। सबसे बड़ी बात यह है कि कहा जा रहा है कि अपने व्यक्तित्व के तामसिक अंशों के कारण पितृव्य भीष्म, आचार्य द्रोण तथा कृपाचार्य, पांडवों से प्रेम नहीं करते... और कर्ण के विषय में क्या कहा जा रहा है ? कर्ण में भौमासुर की आत्मा है और वह इस समय संसार में वर्तमान, सबसे उत्कृष्ट सात्विक शक्ति—श्रीकृष्ण—के घोरतम शत्रुओं में से एक की प्रेतात्मा के प्रभाव में है। वह धर्म का शत्रु है, अधर्म का सहायक है। ... क्या तुम्हें नहीं लगता भाभी ! कि कथाकार ने अपने मन में उपस्थित कर्ण के प्रति घोरतम घृणा को शब्दों में प्रकट कर दिया है ? यह कथा कर्ण के प्रति धिक्कार और तिरस्कार है। यह कर्ण के चरित्र तथा कृत्यों का जन सामान्य द्वारा किया गया मूल्यांकन है ... दुर्योधन से मिल कर जो कुछ वह कर रहा है, उसके प्रति अपनी वितृष्णा प्रकट करने के लिए लोक मानस ने इस रूप में कर्ण के चरित्र को यह दर्पण दिखाया है।..."

कुंती के मन पर एक अनाम-सा अवसाद घिर आया, "शायद तुम ठीक कह रहे हो विदुर !"

इस चर्चा में कुंती का और मन नहीं लगा।... ऐसा क्यों है कि कर्ण अपनी भूल समझ नहीं पा रहा ? क्यों वह पतन के गर्त में गिरता जा रहा है ? क्यों

वह पांडवों से घृणा करता है ? क्यों वह कृष्ण का विरोधी है ? वह उस दुर्योधन से कैसे प्रेम कर सकता है, जिसमें प्रेम करने योग्य कुछ भी नहीं है ?

कुंती को जैसे रात भर नींद नहीं आई। जो थोड़ी देर वह सोई भी, उसे लगता रहा कि वह सो नहीं रही, कठिन श्रम का कोई बहुत जटिल काम कर रही है। एक अनन्त यात्रा, अनवरत यात्रा ...। वह यात्रा भी बड़ी विचित्र थी। उसके पास न कोई अश्व था, न कोई रथ; किंतु वह निरंतर गतिशील थी। वह समझ नहीं पाई कि जब न उसके पास कोई वाहन था और न ही वह चल रही थी, तो वह गतिशील कैसे थी। उसे जैसे इच्छागति का कोई वरदान मिल गया था। उसका मन जहाँ, जिस ओर जाना चाहता था, वह उसी ओर प्रवाहित हो जाती थी, जैसे मनुष्य का शरीर न हो, पवन का कोई झकोरा हो।... वह उन स्थानों पर घूम रही थी, जिन्हें वह पहचानती भी नहीं थी। वहाँ वह पहले कभी नहीं गई थी। फिर भी वह वहाँ इस प्रकार आ-जा रही थी, जैसे उस सारे क्षेत्र का उसे पूरा ज्ञान हो। उसके साथ मार्गदर्शक कोई नहीं था; किंतु फिर भी वह बिना किसी असुविधा के अपना मार्ग खोज लेती थी।

और फिर कुंती ने देखा कि वह हिमालय के किसी बहुत ऊँचे श्रृंग पर पहुँच गई है। स्थान बहुत ही पवित्र है, बहुत सात्विक। वहाँ पहुँचकर जैसे मनुष्य के मन का सारा मल कहीं तिरोहित हो जाता है। उसके मन में कोई कलुष रह ही नहीं पाता। कोई कामना नहीं, कोई वासना नहीं । मन भी जैसे पारदर्शी धवल हिम का ही एक अंग हो जाता है। ... उसी स्थान का एक हिमखंड सहसा पिघलने लगा। वह जल पहले तो कुछ दूर तक एक ही धारा के रूप में बहता रहा; किंतु फिर एक शिलाखंड से टकराकर वह अनेक धाराओं में बँट गया।... कुंती ने उन्हें गिना। वह धारा अब छह खंडों में बँट गई थी, फिर भी बड़ी शांति से प्रसन्नतापूर्वक बहती जा रही थी।... और फिर वह हिमालय क्षेत्र समाप्त हो गया। अब समतल भूमि आ गई थी। सामने मिट्टी भी थी, मल भी था। अब मन में उस पवित्रता का भान नहीं होता था। जल की धारा के वहाँ पहुँचते ही जैसे वह मिट्टी उसमें घुलने को तत्पर हो उठी। ... जल में से चीत्कार उठा, '...माँ ! हमें बचाओ। हमारी रक्षा करो माँ। हमें मलिन होने से बचाओ।... '

कुंती को बहुत आश्चर्य हुआ ... वे धाराएँ उसे माँ कह कर पुकार रही थीं। वह उनकी माँ कैसे थी ? ... पर नहीं ! वह शायद उनकी माँ ही थी। ... उसके मन में उन धाराओं के लिए वात्सल्य का ही भाव उपजा था... वह उन धाराओं के मध्य चली गई। उसने उन्हें दुलराया और कहा, 'डरो मत मेरे पुत्रो ! जो मिट्टी पर चला ही नहीं, उसकी सात्विकता कोई अर्थ नहीं रखती। तुम लोग

निःशंक हो कर इस धूल-धूसरित धरती पर अपनी यात्रा करो, फिर भी स्वयं को मलिन होने से बचाए रहो, तो ही तुम्हारी सात्विकता और पवित्रता का कोई महत्त्व होगा।...'

धाराएँ शांत हो गईं। वे अपने मार्ग पर चलती रहीं; और कुंती ने देखा कि उनका जल वैसा का वैसा ही स्वच्छ है। गंगा जल जैसा। मिट्टी उनमें घुल नहीं रही है। धाराओं के नीचे ही बैठी हुई है। जल अलिप्त भाव से बहता जा रहा है और मिट्टी उसमें घुलने का साहस ही नहीं कर पा रही है।

...और सहसा उनमें से एक धारा ने अपना मार्ग बदल लिया। वह किसी और ही दिशा में बहने लगी। कुंती के मुख से चीख निकल गई। किंतु उस धारा ने पलटकर भी उसकी ओर नहीं देखा। कुंती उसके पीछे भागी; किंतु धारा का वेग, उसकी गति से कहीं अधिक था। वह दौड़ कर उसके मार्ग में खड़ी न हो सकी। धारा उससे बहुत दूर निकल गई थी।...कुंती रुक गई... मनुष्य जल के समान नहीं बह सकता। ... उसने पुकारकर कहा, 'तुम कहीं भी, किसी भी दिशा में प्रवाहित हो पुत्र; किंतु स्वयं को मलिन मत करना। '

धारा ने एक प्रबल अट्टहास किया, और कुंती ने देखा कि उस धारा का जल गंदला होने लगा था। उसमें गंदे पानी के कई नाले आकर मिल गए थे। उस जल में से दुर्गंध उठने लगी थी।...

कुंती ने दुख भरे स्वर में उसे पुकारा, "यह तुमने क्या किया पुत्र ?"

"मैं ऐसे ही प्रसन्न हूँ माँ ! तुम मेरी चिंता मत करो।"

"कोई इस मलिनता में प्रसन्न कैसे रह सकता है ?" कुंती ने दुखी हो कर पूछा।

"मैं ऐसे ही प्रसन्न रह सकता हूँ माँ !" धारा ने अट्टहास किया...और कुंती ने देखा कि उस धारा ने कर्ण का रूप ग्रहण कर लिया है।...

कुंती का स्वप्न ही नहीं टूटा, उसकी नींद भी टूट गई थी ... वह उठ कर बैठ गई...यह तुमने क्या किया कर्ण ?...

कुंती अपने पर्यंक पर अँधेरे में चुपचाप बैठी रही। वह जैसे अवसाद के सागर में डूबी जा रही थी। वह समझ रही थी कि यह उचित नहीं हो रहा है। किंतु उपाय ही क्या था ? वह कर्ण को समझा ही तो सकती थी। पर जिन गुरुओं के पास उसने शिक्षा पाई है, क्या उन्होंने उसे उचित-अनुचित का बोध नहीं दिया ?... अवश्य दिया होगा। वह तो परशुराम सरीखे गुरु के पास भी रह आया है। तो वह गंगा जल और गंदे नाले के जल का अंतर क्यों नहीं समझता। लोग अपने उस कुटीर को भी स्वच्छ रखना चाहते हैं, जिसमें वे रहते हैं; और यह अपने सारे जीवन को ही मलिन करता जा रहा है।...कुंती को लग रहा था कि जैसे उसके अपने मन का कोई अंश मलिन और तन का कोई अंग गलित हो

गया है।...

कुंती उठ खड़ी हुई।...अभी ब्रह्म मुहूर्त में विलंब था। उसने अँधेरे में ही मुँह हाथ धो कर स्वयं को स्वच्छ किया और आकर मंदिर में बैठ गई। उसने आँखें मूँद लीं। किसी मंत्र का उच्चारण नहीं किया, कोई प्रार्थना नहीं की। ध्यान करने का भी कोई प्रयत्न नहीं किया। फिर भी उसे लगा कि उसका एक-एक रोम प्रार्थना कर रहा है, "हे प्रभु ! उसे धर्म के मार्ग पर लाओ। हे प्रभु ! मेरे पुत्र की रक्षा करो ...।"

सहसा वह स्तब्ध-सी रह गई। ... उसके मन में कोई कह रहा था, "कुंती ! क्या वह तेरा ही पुत्र है, मेरा नहीं है। तू तो इस प्रकार प्रार्थना कर रही है, जैसे तेरा सृजन तो प्रभु ने किया है, और उसका सृजन तूने किया है। मेरे और उसके मध्य, तू कैसे आ गई कुंती ? उसका भी मुझसे वही संबंध है, जो तेरा मुझसे है।"

कुंती की समझ में नहीं आया कि यह क्या हो गया। क्या उसे अपने पुत्रों की रक्षा की प्रार्थना भी प्रभु से नहीं करनी चाहिए ?

उसके मन में फिर उसके प्रश्न का उत्तर जन्मा ..."सारी सृष्टि का सृजन मैंने ही किया है। उन सबका संबंध मुझसे एक-सा ही है। तुझे क्या अधिकार है कि तू कुछ लोगों को अपना समझे और कुछ को पराया ? तू तो सर्वहित की प्रार्थना कर। धर्म की जय की कामना कर। सबके लिए सुख और शांति माँग। ... शरीर संबंधों से कोई अपना और कोई पराया नहीं हो जाता। सब में समान दृष्टि का विकास कर। तेरा कुछ नहीं है। तेरा कोई नहीं है। जो कुछ है, मेरा है। जो कोई है, मेरा है। उन सबके सुख-दुख के लिए मैं उत्तरदायी हूँ। आत्मा ने वासनावश शरीर धारण किया है। वासनाओं को भोग कर, उनसे मुक्त हो, वह पुनः अपना स्वरूप ग्रहण करेगी। उस आत्मा को तू पहचान लेगी कुंती ! कि उनमें कौन तेरा पुत्र है और कौन तेरा नहीं है ?"

"पर प्रभु !" कुंती के मन ने तर्क किया, "कैसा स्वच्छ रूप था उसका और कैसा मलिन हो गया है।"

"सागर में भी वही जल है, कुंती ! जो हिमालय के पवित्र शृंगों पर आकाश से बरसता है। वह सरिताओं के रूप में बहुत आतुर हो कर सागर से मिलने के लिए दौड़ता है। जब सागर में पहुँचता है, तो पाता है कि वह अमृत-सा मीठा न हो कर क्षार से ओतप्रोत हो चुका है। इतना खारा हो चुका है कि मनुष्य उसे पी भी नहीं सकता। ..."

"उसका तो अस्तित्व ही व्यर्थ हो गया प्रभु ! जीवन नष्ट हो गया।"

"क्यों सागर का जल क्या व्यर्थ हो गया ? यहाँ कुछ भी नष्ट नहीं होता।" कुंती के कानों में जैसे कोई मधुर संगीत गूँजा, "सूर्य उस जल को तपाएगा।

उस ताप से खौल-खौल कर जल, उस मल का त्याग कर, वाष्प बन जाएगा। वह पुनः उतना ही मीठा और उतना ही पवित्र हो जाएगा, जितना वह आरंभ में था। ..."

"उसे तपना तो पड़ेगा प्रभु ! उतना ताप अंगीकार करना होगा, जितना अग्नि करती है। जल को खौल-खौल कर वाष्प बनना पड़ेगा।"

"तपस्या से मन के विकार छूटते हैं, ताप से जल के।"

"पर वह किसके पापों का दंड भोग रहा है ? वह ऐसा क्यों है ? उसे धर्म का मार्ग क्यों दिखाई नहीं पड़ता ?"

"कोई किसी के पापों का फल नहीं भुगतता। प्रत्येक जन अपने लिए उत्तरदायी है। वासना मल संचित करती है, और तपस्या उसे धो कर कलुषमुक्त करती है।..."

सहसा पारंसवी की पग ध्वनि सुनाई दी, "अरे आज तो अँधेरे में ही ध्यान करने बैठ गईं भाभी !"

"हाँ ! आज नींद जल्दी ही टूट गई।" कुंती ने कहा।

वह उठ कर अपने कक्ष में आ गई; किंतु खौल-खौल कर वाष्प बनते सागर के जल में उसे कर्ण का चीत्कार सुनाई देता ही रहा।...

11

शकुनि के आने का समाचार सुनकर दुर्योधन को तनिक भी प्रसन्नता नहीं हुई। एक बार तो उसके मन में आया कि वह उससे मिलने से ही मना कर दे। पर फिर उसने अपना विचार बदल दिया। अपमान की तुलना में, मातुल के लिए उपेक्षा ही अधिक कष्टदायी होगी। मना करने के स्थान पर मातुल को प्रतीक्षा कराना ही उपयुक्त होगा। ... पर पता नहीं कि प्रतीक्षा से मातुल को कोई कष्ट होगा भी या नहीं । संभव है कि मातुल मदिरा का चषक ले कर अपने आनन्द लोक में डूब जाएँ; और यदि किसी दासी को बुलाकर अपने पास बैठा लिया तो उनका तो दिन ही सार्थक हो जाएगा। उन्हें न उपेक्षा का पता लगेगा, न प्रतीक्षा का। दुर्योधन उनको जो यातना देना चाहता है, उसका तो उनको आभास भी नहीं हो पाएगा।

"उनको मेरे एकांत कक्ष में बैठाओ।" उसने सूचना लानेवाली दासी को आदेश दिया, "किंतु इस समय न तो उनको मदिरा देना; और न ही कोई दासी

उनके एकांत को बाधित करने वहाँ जाए। उन्हें वहाँ एकांत में बैठ कर विचार करने की सुविधा दो।"

"जो आज्ञा महाराज !"

दासी चली गई; किंतु दुर्योधन भी पहले के समान सहज नहीं रह सका। शकुनि के आने मात्र से उसकी सारी विचार तरंगें, अव्यवस्थित हो गई थीं। ... जब से वह द्वैतवन से लौट कर आया था, उसकी सारी प्रसन्नता उसका साथ छोड़ गई थी। उसे अपनी पत्नियों की ओर देखते हुए भी डर लगता था। उनके मन में उसके प्रति क्या सम्मान रह गया होगा। सारा हस्तिनापुर जानता था कि चित्रसेन ने उसे पराजित कर, रस्सियों से बाँध लिया था; और तब पांडवों ने उसकी रक्षा की थी। उसके शत्रुओं ने उसकी रक्षा की थी। वह जिन्हें अपमानित करने गया था, उन्होंने उसके सम्मान की रक्षा की थी। वह जिन्हें पीड़ित करने गया था, उन्हें ही मन भर कर आनन्दित कर आया था। ... अब तो, उसकी उपस्थिति में कोई दासी मुस्कराती भी थी, तो उसे लगता था कि वह उसका उपहास कर रही है। कह रही है, ये वही हैं, जो द्वैतवन से पिट कर आए हैं।...इसी मातुल ने उसे इस प्रकार उपहास का पात्र बना दिया था।...इस प्रकार का कोई परामर्श देने से पहले मातुल को इतनी जानकारी तो प्राप्त कर ही लेनी चाहिए थी कि पांडवों ने अपने लिए किस प्रकार की सुरक्षा व्यवस्था कर रखी है। ...

पर तत्काल ही उसका चिंतन दूसरी दिशा में चल पड़ा ...मातुल न तो हस्तिनापुर के राजा थे, न युवराज। वे तो मात्र एक जुआरी थे, जो द्यूत की गोटियाँ बैठाया करते थे। वे तो कोई बड़े योद्धा, सेनापति अथवा युद्धविद्या विशारद भी नहीं थे कि उनका ध्यान इन बातों की ओर जाता कि पांडवों की अपनी सेना के अभाव में गंधर्वों की सेना उनकी रक्षा कर रही होगी। ... यह सब सोचना तो राजा दुर्योधन का ही काम था। ... यह तो अच्छा हुआ कि इसी व्याज से उसे मालूम हो गया कि पांडवों की क्षमता क्या है और उनके मित्र कहाँ-कहाँ हैं। ...

वह उठकर शकुनि के पास चला आया।

उसे यह देखकर आश्चर्य हुआ कि कर्ण और दुःशासन भी वहाँ आए बैठे थे। उनके आने की सूचना किसी ने उसे नहीं दी थी। उसने अपनी ओर से शकुनि को एकांत कारावास का दंड दिया था और यहाँ जैसे आत्मीय मित्रों की आनन्द गोष्ठी जमी हुई थी। उसके अपने ही प्रासाद में उसकी इच्छा का इस प्रकार उपहास होगा, इसकी उसने कभी कल्पना भी नहीं की थी। क्या उसका आदेश होता है और कैसा उसका पालन होता है ...पर वह किसी से कहता भी तो क्या, उसने स्वयं ही तो दुःशासन, कर्ण और शकुनि

को इतने अधिकार दे रखे थे कि वे भी इस भवन में स्वामी का सा ही व्यवहार करते थे।...

दुर्योधन आकर बैठा तो उसे देखते ही सबकी समझ में आ गया कि वह अभी तक अपनी खिन्नता से नहीं उबरा था।

"अंगराज! मुझे लगता है कि युवराज की प्रसन्नता अभी लौटी नहीं है।" शकुनि ने कहा, "क्यों न इन्हें प्रमाणकोटि के क्रीड़ा भवन में ले जाया जाए।"

"हाँ! ले चलो प्रमाणकोटि में और वहाँ मुझे गंगा पर रहनेवाले, पांडवों के संबंधी उन नागों को समर्पित कर लौट आना।" दुर्योधन का रोष उसके एक-एक शब्द में अपनी पूर्ण कटुता के साथ विद्यमान था।

दुर्योधन का यह एक ही वाक्य उन्हें स्तब्ध कर देने के लिए पर्याप्त था। किसी ने आशा नहीं की थी कि अपनी खिन्नता में भी, वह उनसे इस प्रकार का व्यवहार करेगा; उनके साथ, जो उसके परम मित्र और हितैषी थे।

"समंग ग्वाले का प्रबंध करने से पहले उससे यह भी तो पूछ लेना चाहिए था, अंगराज! कि द्वैतवन में गोधन तो हमारा है; किंतु सैन्यबल किसका है।" उसने कटु स्वर में कहा।

कर्ण को स्वयं पर किया गया यह प्रहार अत्यधिक आकस्मिक और अप्रत्याशित लग रहा था। घोषयात्रा से लौट कर वह दुर्योधन से मिल चुका था। उनमें ढेर सारी बातें हो चुकी थीं। वह अपनी ओर से सारा स्पष्टीकरण दे चुका था। वह मान चुका था कि अब उस विषय में दुर्योधन के मन में उसके प्रति कोई मैल नहीं है। पर ...

"मैं समझता हूँ युवराज! कि यह प्रमाद हम लोगों से हुआ।" कर्ण ने ग्रीवा झुकाकर कहा, "युवराज को वहाँ ले जाने से पूर्व, हमें विस्तृत सूचनाएँ प्राप्त कर लेनी चाहिए थीं। इस असावधानी के कारण युवराज की घोषयात्रा आनन्ददायक नहीं रही।"

"आनन्ददायक!" दुर्योधन निर्णय नहीं कर पाया कि इस शब्द के प्रयोग के लिए, वह कर्ण के साथ कैसा व्यवहार करे।

"आनन्द न मिलता तो कोई बात नहीं थी।" दुर्योधन स्वयं को कुछ संयत कर बोला, "इस प्रकार अपमानित तो न होना पड़ता। यहाँ हस्तिनापुर में बैठे क्या बुरे थे कि अपनी रानियों और रक्षिताओं के सम्मुख, उन गणिकाओं और नर्तकियों की उपस्थिति में, अपने सैनिकों और परिचारकों के मनोरंजन के लिए अपमानित होने के लिए, हम वहाँ चले गए।"

उन तीनों ने दुर्योधन की ओर देखा अवश्य; किंतु किसी ने कुछ कहा नहीं। दुर्योधन की मानसिकता देखते हुए, कुछ भी कहने का कोई लाभ नहीं था।

"हम वहाँ पांडवों को पीड़ित करने गए थे या उन्हें आनन्दित करने। उस मोटे भीम को जीवन का अन्यतम सुख देने ?" दुर्योधन बोला, "पांडवों का सर्वस्व हरण कर भी मुझे उतना सुख नहीं मिला होगा, जितना आनन्द हम उन्हें वन में जाकर दे आए। उन्होंने तो नहीं कहा था कि वे हमारे बिना बहुत उदास हैं। यह तुम ही लोगों का परामर्श था कि इस प्रकार हम उनको पीड़ित कर पाएँगे और उनको अपमानित और पीड़ित कर सुखी होंगे। हो गए हम सुखी ? भीम की गर्व भरी दृष्टि अभी भी मेरे वक्ष में शूल के समान चुभ रही है। उस धर्मराज को अवसर मिल गया, मुझे उपदेश देने का। अपना उपकार जताने का।"

"वह सब तो ठीक है युवराज !" अंततः शकुनि ने साहस कर कहा, "पर तुम्हारा ध्यान इस ओर भी जाना चाहिए कि हमने बहुत सारी पीड़ा और अपमान सहन कर कुछ बहुत लाभकारी सूचनाएँ और निष्कर्ष भी प्राप्त किए हैं।"

दुर्योधन ने उसकी ओर देखा अवश्य, किंतु मुख से कुछ नहीं कहा।

"हमने जाना कि पांडव अपनी सुरक्षा की ओर से असावधान नहीं हैं।" शकुनि बोला, "ऐसा संभव नहीं है कि हम सैनिक अभियान करें और उनका वध कर सकें। उनकी चतुराई तो देखो। हम तो समझते रहे कि वे वन में आरण्यक लोगों के समान अपने दिन व्यतीत कर रहे हैं; और उन्होंने अपनी रक्षा के लिए सेनाएँ नियुक्त कर रखी हैं। हम यदि यह कल्पना भी करते कि कोई सेना उनकी सहायता को आएगी, तो हम यादवों की सेना की बात सोचते ! बहुत होता तो पांचालों की सेना की बात सोचते।... गंधर्व उनकी रक्षा कर रहे होंगे, इसकी तो हम कल्पना भी नहीं कर सकते थे। ..."

"तो इसका लाभ क्या हुआ ? हमें मालूम हो गया कि हमारा चिंतन बहुत सीमित और संकीर्ण है ? हम कूप मंडूक के समान सोचते हैं और अपने कुएँ को ही सागर मान लेते हैं।" दुर्योधन झल्लाकर बोला।

"नहीं !" शकुनि ने अपना धैर्य नहीं छोड़ा, "हमें ज्ञात हुआ कि हमें पांडवों के उन अज्ञात मित्रों के विषय में भी सूचनाएँ एकत्रित करनी हैं, जिन का आज तक हमारे लिए कोई अस्तित्व ही नहीं था। उनके मित्र केवल वे ही नहीं हैं, जो उनके संबंधी हैं अथवा उनके विभिन्न आयोजनों में आमंत्रित पाहुने रहे हैं। ..."

"तो इसमें ऐसी कौन-सी असाधारण बात है, जिसके लिए हमारा इस प्रकार अपमानित होना भी महत्त्वपूर्ण नहीं है ?"

"दुर्योधन ! अपने वर्तमान बल से संतुष्ट मत रहो। अपने और भी मित्र बनाओ। पांडवों के मित्रों को तोड़ो।" शकुनि बोला, "जो उनके बहुत प्रिय

हैं, उनसे भी अच्छे संबंध बनाओ, ताकि समय आने पर हम उन्हें अपनी ओर से युद्ध करने के लिए आमंत्रित कर सकें अथवा उनसे सैनिक सहायता माँग सकें।"

"आपकी इच्छा है कि हम यह मान लें कि युद्ध का अवसर आने पर पांचाल हमारे पक्ष से पांडवों के विरुद्ध शस्त्र उठाएँगे ?" दुर्योधन की वाणी अभी भी उतनी ही कटु थी।

"मैं विश्वासपूर्वक यह नहीं कह सकता, किंतु इतना तो कह ही सकता हूँ कि अपनी ओर से किसी को भी अमित्र मत मानो, जब तक कि वह स्वयं ही वैसा सिद्ध न कर दे। यदि पांडव गंधर्वों को अपना मित्र बना सकते हैं, ऐसे मित्र, जो उनके लिए अपने प्राणों का पण लगा सकते हैं, तो हम क्यों अपने अज्ञात मित्रों को खोज नहीं निकाल सकते। तुमने यादवों को अपना विरोधी मान लिया है; किंतु यह मत भूलो कि कृष्ण की एक पुत्रवधू है लक्ष्मणा। वह तुम्हारी पुत्री है। तुम क्यों कृष्ण के मित्र नहीं हो सकते ? तुम क्यों उससे सहायता नहीं ले सकते ? बलराम तुम्हें अपना शिष्य मानते हैं। तुम उन पर निर्भर क्यों नहीं रह सकते ? यादवों में भी अनेक लोग परस्पर विरोधी हैं। मैं स्वयं जानता हूँ कि सात्यकि और कृतवर्मा में तनिक भी सौहार्द नहीं है। यादवों में हमें कृष्ण के विरोधी भी मिल जाएँगे। ... सहायता तो कहीं से भी आ सकती है, बस बात तो प्रयत्न करने की है।..."

लगा, दुर्योधन का मन कुछ शांत हुआ है और वह कुछ सोचने लगा है।

"इस घोषयात्रा से यह भी ज्ञात हुआ कि युधिष्ठिर किन्हीं भी परिस्थितियों में न तुम्हारा वध करेगा, न होने देगा। तुम उसे कौरव मानो या न मानो किंतु उसके मन में कुरुकुल का मोह पूर्ण रूप से विद्यमान है। वह किसी भी प्रकार कुरुकुल की कोई क्षति नहीं होने देगा। इसलिए उसके हाथों में तुम पूर्णतः सुरक्षित हो।" शकुनि ने कहा, "हमें यह भी ज्ञात हुआ कि यदि तुम सेना ले कर उसकी ओर बढ़ोगे, तो उसके मित्र तुम्हें मार्ग में ही रोक लेंगे। इसलिए स्वयं तुम्हें पांडवों की ओर उसी समय बढ़ना चाहिए, जब सैनिक दृष्टि से तुम पूर्णतः समर्थ हो। तुम यह भी स्मरण रखो कि जिस सेना ने हम सबको निस्तेज कर दिया था, उसे उन चार पांडवों ने पराजित किया...। और चार भी क्यों, उसे तो अकेले अर्जुन ने पराभूत कर दिया था।"

"मिथ्या है यह।" कर्ण आक्रोशपूर्ण स्वर में बोला, "अर्जुन तो गंधर्वों से लड़ा ही नहीं । चित्रसेन ने उसकी बात मान ली और युवराज को मुक्त कर दिया। मैं अर्जुन को इतना समर्थ नहीं मानता कि उस गंधर्व सेना को वह अकेला ही पराजित कर लेगा, जिसने हमारे युवराज को भी असहाय कर दिया था... ।"

दुर्योधन बैठा कुछ सोचता रहा।

"इसका अर्थ तो यह है कि पांडव हमसे इतने अधिक शक्तिशाली हैं कि हमें पांडवों से कभी लड़ना ही नहीं चाहिए।" दुःशासन ने कहा।

"नहीं ।" कर्ण जैसे तड़पकर बोला, "उस अर्जुन के लिए तो अकेला मैं ही पर्याप्त हूँ।"

शकुनि मन ही मन हँसा : कैसा तड़प रहा था यह कर्ण। शायद वह जान गया था कि उसका महत्त्व क्या था। वह अर्जुन-विरोध की भूमि पर ही दुर्योधन को प्रिय हो सकता था। इसलिए अपना महत्त्व बनाए रखने के लिए, वह न तो दुर्योधन के मन में अर्जुन का भय कम होने देगा, न अपनी शक्ति को उससे कम आँकने देगा।... कुछ लोगों का अस्तित्व अपनी उपयोगिता पर नहीं, दूसरों के विरोध पर ही आधृत होता है...

"इसका अर्थ यह है कि तुम्हें भीष्म और आचार्य द्रोण को प्रयत्नपूर्वक सदा अपने पक्ष में रखना चाहिए।" शकुनि ने कहा, "पांडव उनसे या तो युद्ध करेंगे नहीं, करेंगे तो उन्हें पराजित नहीं कर पाएँगे।"

" अर्जुन को तो मैं अकेला ही सँभाल लूँगा।" कर्ण ने तड़पकर पुनः कहा।

"ठीक है।" शकुनि उपेक्षापूर्वक हँसा, "हमें यह भी तो देखना है कि कहीं अर्जुन ही तुम्हें न सँभाल ले।"

शकुनि को कोई बहुत कठोर उत्तर देने से पहले कर्ण ने दुर्योधन की प्रतिक्रिया जान लेना आवश्यक समझा। दुर्योधन इस बार भी कुछ नहीं बोला था। वह जैसे वहाँ उपस्थित ही नहीं था।

"क्या सोच रहे हैं भैया ?" दुःशासन ने उसे टोका।

"सोच रहा हूँ ! मातुल के निष्कर्षों का परीक्षण भी कर लिया जाए।"

"कैसे ?" कर्ण ने पूछा।

"फिर किसी को उन्हें अपमानित करने के लिए भेजा जाए।" दुर्योधन बोला।

"मैं जाऊँ युवराज !" कर्ण ने न केवल आतुरता से कहा, वरन् वह उठ कर खड़ा भी हो गया।

"नहीं ।" शकुनि बलपूर्वक बोला, "तुम नहीं ।"

"मैं क्यों नहीं ।" कर्ण के स्वर में उग्र विरोध था, "मैं इस बार यह सिद्ध कर दूँगा कि अर्जुन उतना महान् धनुर्धारी नहीं है, जितनी कि उसे मान्यता प्राप्त हो गई है। मैं उसे पराजित करके ही आऊँगा।"

शकुनि मन ही मन मुस्करा रहा था ... कैसे तड़प रहा है यह कर्ण। इसके जीवन का एक मात्र लक्ष्य, अर्जुन को पराजित करना है, और अवसर आते ही यह उसके सामने से भाग भी खड़ा होता है।...

"मातुल को मेरे सामर्थ्य का विश्वास नहीं है।" कर्ण का आक्रोश उसके चेहरे पर प्रकट होने लगा था।

"मैंने कहा था कि युधिष्ठिर के अधिकार क्षेत्र में दुर्योधन सुरक्षित है। यह नहीं कहा था कि तुम भी सुरक्षित हो।" शकुनि ने कहा, "तुम कौरव नहीं हो, कि वे तुम्हारी रक्षा करेंगे।"

"मैं युधिष्ठिर के हाथों अपनी सुरक्षा नहीं चाहता।" कर्ण बोला, "मैं युवराज के अपमान का प्रतिशोध चाहता हूँ। युवराज की सुरक्षा चाहता हूँ। मैं उस अर्जुन से सम्मुख-युद्ध का एक अवसर चाहता हूँ। मैं आपको वचन देता हूँ युवराज! कि मैं उसका वध करूँगा। यह मेरी प्रतिज्ञा है। आप मेरा विश्वास कीजिए, मैं उसका वध करके लौटूँगा और आपको उन लोगों की ओर से पूर्णतः निर्भय कर दूँगा।"

उन्होंने देखा कि दुर्योधन का अवसाद जैसे छँटता जा रहा था। वह अब न तो पहले के समान अन्यमनस्क लग रहा था और न ही उसके चेहरे पर हताशा का भाव था।

"तुम्हें भी अवसर मिलेगा अंगराज! किंतु उससे पूर्व मैं एक और प्रयोग करना चाहता हूँ।" शकुनि बोला, "मैं चाहता हूँ कि इस बार हस्तिनापुर से कोई न जाए। जो योद्धा जाए, वह किसी और दिशा से चले और पांडवों तक जा पहुँचे, ताकि एक तो उसे पांडवों के मित्रों के क्षेत्र और दिशा से हो कर यात्रा न करनी पड़े; और दूसरे, उनको किसी प्रकार का कोई संदेह भी न हो। जो जाए, वह सेना सजाकर न जाए। वह किसी और प्रयोजन से जाता हुआ मालूम पड़े। ... और फिर वह व्यक्ति ऐसा हो, जो दुर्योधन की तुलना में भी, युधिष्ठिर के हाथों और अधिक सुरक्षित हो।..."

"कौन हो वह ?" दुर्योधन और दुःशासन ने लगभग एक ही समय में पूछा।

"मेरे मन में कुछ लोग हैं तो अवश्य, किंतु अभी कुछ विचार करना शेष है।" शकुनि बोला, "मैं चाहता हूँ कि तुम लोग भी इस विषय में विचार करो और ऐसे संभावित लोगों के विषय में सोचो।"

सहसा द्वार पर एक दासी प्रकट हुई।

"क्या है ?" दुर्योधन ने कठोर स्वर में पूछा, "मैंने तुमसे कहा नहीं था कि हम एकांत वार्ता में हैं।"

"क्षमा करें अन्नदाता !" दासी लगभग धरती तक ही झुक गई, "कुरुकुल गौरव पितामह भीष्म आपसे भेंट करने के लिए आए हैं।"

दुर्योधन को लगा कि बाहर ही नहीं, उसके अपने भीतर भी जैसे एक सन्नाटा छा गया था। वह चिंतित मुद्रा में उठ खड़ा हुआ, "आओ मित्रो ! अब यह भी सुन लें कि पितामह क्या संदेश लाए हैं।" उसने रुक कर उन लोगों

की ओर देखा, "ध्यान रहे, पितामह ने मुझे अपने भवन में नहीं बुलाया है, और न ही राजसभा में मिलने तक की प्रतीक्षा की है। वे स्वयं चल कर मेरे भवन में आए हैं।"

पितामह को भवन के सबसे बड़े और सुसज्जित कक्ष में बैठाया गया था। चारों ओर दासियाँ विभिन्न प्रकार के व्यंजनों के थाल लिए खड़ी थीं। काशिका और भानुमती, उनके आतिथ्य के लिए आतुरता दिखा रही थीं; किंतु पितामह उन सबसे उदासीन, आत्मलीन से बैठे थे।

उन चारों ने जाकर पितामह को प्रणाम किया तो पितामह जैसे अपनी समाधि से बाहर आए। दुर्योधन के साथ उन तीनों को भी देख कर उनके मुख पर एक मुस्कान उभरी, किंतु उस मुस्कान में प्रसन्नता का लेश भी नहीं था।

"तो पूरी चांडाल चौकड़ी यहीं विद्यमान है।..." किंतु पितामह के चेहरे पर विनोद का भाव नहीं था।

"आपने मुझे ही बुला लिया होता पितामह !" दुर्योधन उनके कथन की पूरी तरह उपेक्षा कर गया।

"इच्छा तो मेरी भी वही थी," पितामह के स्वर की कटुता छिपी नहीं रही, "किंतु मैं जानता था कि युवराज को इतना अवकाश ही नहीं होगा कि वे मेरे पास आ सकें। इसलिए स्वयं ही चला आया। स्वयं चले आने का एक कारण और भी था।"

दुर्योधन ने पितामह की ओर देखा।

"कुछ लोगों ने यह मान लिया है कि भीष्म इतना वृद्ध हो गया है कि उसके जीवित रहने और न रहने में कोई अंतर नहीं है।" पितामह बोले, "मैं चाहता हूँ कि लोग मुझे चलते-फिरते देख लें, ताकि उन्हें यह ज्ञात हो जाए कि भीष्म अभी जीवित है और समर्थ है। युवराज ! मैं अभी रथारूढ़ हो सकता हूँ। धनुष धारण कर सकता हूँ। इतना अभ्यास आज भी करता हूँ कि पूरी की पूरी सेनाओं का मुँह मोड़ सकूँ। मेरा आयुद्ध ज्ञान भी अभी समयातीत नहीं हुआ है। जिन आयुद्धों को पा कर आज के महान योद्धा स्वयं को अजेय समझने लगते हैं, वे अभी भी मेरे लिए खिलौने हैं।..."

"मैं आपका प्रयोजन नहीं समझा पितामह !"

"वही समझाने आया हूँ।" पितामह बोले, "हमारे कुल की कुछ परंपराएँ हैं। तुम उनमें से एक का साक्षात्कार करके अभी लौटे हो।..."

"कौन-सी परंपरा पितामह !"

"तुम जब द्वैतवन जा रहे थे, मुझे तब भी कुछ अनुमान था कि तुम किसी

शोभनीय अभियान पर नहीं जा रहे हो। जो कुछ तुमने वहाँ किया, वह तो लज्जाजनक था ही। फिर भी युधिष्ठिर ने तुम्हारी रक्षा की। क्यों की ? क्योंकि कुरुकुल के गौरव के लिए वह आवश्यक था। यही हमारी परंपरा है कि अपने निजी सुख-दुख की चिंता न कर हम अपने कुल की दृष्टि से सोचें। हम अपने वंश के लोगों को अपना मित्र मानें, अपना बंधु। वे तुम्हारे भाई हैं और तुम उनके शत्रु बने हुए हो। अब किसी को भी भ्रम नहीं है कि तुम क्या करना चाहते हो। तुम्हारे वश में होता तो तुम कब से उनका वध कर चुके होते। किंतु तुम इतने शक्तिशाली नहीं हो। क्षत्रिय का गौरव इसमें नहीं है कि वह स्वयं से निर्बल लोगों का वध करे और स्वयं से शक्तिशाली की चाकरी करे। उसका धर्म है कि धर्म की रक्षा करे। निर्बल को अत्याचारी से बचाए। तुम ऐसा करोगे, ऐसी आशा मुझे नहीं है। किंतु मैं इतना अवश्य चाहता हूँ कि तुम अपनी रक्षा करो। तुम पांडवों का वध नहीं कर सकते। इसलिए, अपनी रक्षा के लिए ही सही, उनसे संधि करो और इस आत्मघाती, परिवार घाती, वंशघाती अभियान को त्याग दो।..."

पितामह ने रुक कर दुर्योधन की ओर देखा। दुर्योधन के मुख पर कहीं लज्जा नहीं थी, केवल विरोध था।

"मैं जानता हूँ कि कौन तुम्हें यह मंत्र देता रहता है। किसके बल पर तुम इतने निर्भीक बने हुए हो। तुम्हारा यह मित्र ..." पितामह ने सीधे कर्ण की ओर देखा, "यह सूतपुत्र कर्ण कितना बड़ा वीर है, तुम देख ही चुके हो। डींग हाँकने की प्रतियोगिता में यह सदा प्रथम है, किंतु युद्ध का अवसर आने पर यह सबसे पहले अपने प्राण ले कर भागता है। इसके भरोसे लड़ना चाहते हो तुम, अर्जुन से ? भीम से ? धनुर्वेद हो, शौर्य हो अथवा धर्माचरण—किसी भी क्षेत्र में यह उन पांडवों का एक चौथाई भी नहीं है। तुम देखोगे, और बार-बार देखोगे कि इससे बड़ा कायर संसार में कोई नहीं है।..."

"आप यहाँ क्या कर्ण की निन्दा करने आए हैं पितामह ?" दुर्योधन का चेहरा तमतमाया हुआ था।

"नहीं । मैं तो केवल यह कहने आया हूँ कि यदि अपना और अपने कुल का अभ्युदय चाहते हो तो उन महात्मा पांडवों से संधि कर लो।...यही हम सबके लिए सर्वश्रेष्ठ मार्ग है ..."

सहसा दुर्योधन उठा और कक्ष के बाहर चला गया। उसे जाता देख, शकुनि, दुःशासन और कर्ण भी उसके पीछे-पीछे चले गए।

भीष्म हतप्रभ से बैठे रह गए। ... ठीक है कि दुर्योधन ने उनके प्रति कोई अपमानजनक शब्द नहीं कहा था। किंतु, उनकी अवज्ञा कर इस प्रकार चले जाना ... इससे बढ़ कर भी कोई अपमान हो सकता है ?... क्या करें वे अपने

इस उद्दंड पौत्र का ? ... कितनी बार लज्जित होंगे वे उसके व्यवहार से ?...

काशिका और भानुमती उनसे रुकने का आग्रह करती रहीं; किंतु उसका क्या लाभ था ? जिसे समझाने के लिए वे आए थे, वह तो सुनने को भी प्रस्तुत नहीं था, तो वे और रुक कर अपना कौन-सा सत्कार करवाना चाहते थे ?...

भीष्म अपने भवन की ओर चले, तो उनके मन में अनेक प्रश्न थे। ...उनकी अनुभवी आँखें देख रही थीं कि जिस कुरुकुल के हित के लिए उन्होंने अपने सारे सांसारिक अधिकार त्याग दिए थे, उसका अहित उनकी आँखों के सामने उस कुल के लोग ही कर देंगे। दुर्योधन न अपना हित समझता है, न अपने कुल और राज्य का। उपदेश, तर्क, परामर्श, आदेश—कुछ भी तो उस पर कोई प्रभाव नहीं छोड़ता। वह केवल अपना स्वार्थ जानता है। पर क्या स्वार्थ भी जानता है ? अपना स्वार्थ तो अपने हित में ही होना चाहिए; किंतु दुर्योधन के संदर्भ में स्पष्ट दिखाई दे रहा है कि वह केवल अपने स्वार्थ को जानता है, अपने हित को नहीं । शायद यही बात धृतराष्ट्र के लिए भी सत्य थी। उसने भी सदा अपना स्वार्थ ही साधा, अपना हित नहीं देखा। स्वार्थ तो मूर्ख होता ही है। ...वही मूर्खता यह दुर्योधन कर रहा है। वह कोई और भाषा नहीं समझता; केवल बल की भाषा समझता है। यदि उसे विश्वास हो जाए कि वह पांडवों से जीत नहीं सकेगा, तो ही वह उनसे संधि करेगा। किंतु नहीं ! जब उसे विश्वास हो गया था कि वह युद्धक्षेत्र में उनसे जीत नहीं पाए गा, तो उसने द्यूत का जाल रचा था। ... और अब तो पांडवों का सारा धन उसी के पास था, तो क्या करने गया था वह द्वैतवन में ? रोगी मन है एक दम। न तो दूसरों को सुख दे कर सुखी होना जानता है, न दूसरों के साथ सुखी होना। सुखी होना चाहता है, दूसरों को दुख दे कर। ...शकुनि तो आरंभ से ही ऐसा है। जाने सृष्टि वृश्चिक का सृजन क्यों करती है, कि वह अपने मार्ग पर चलते व्यक्ति को दंश मारे और प्रसन्न हो। वैसा ही वृश्चिक है, यह शकुनि ! और ऊपर से यह कर्ण आकर मिल गया है इससे, जिसका परम पुरुषार्थ दुर्योधन को पांडवों के विरुद्ध भड़काने में है।...

पर भीष्म क्या कर सकते हैं ? कोई भी कुलवृद्ध ऐसे समय में क्या कर सकता है ? क्या वे बलप्रयोग कर सकते हैं ? बलप्रयोग का अर्थ क्या ? वे दुर्योधन से राज्य छीन कर युधिष्ठिर को दे दें ? पर उससे तो समस्या का समाधान नहीं हो पाएगा। दोनों के पास अपना-अपना राज्य था, तो भी दुर्योधन शांत नहीं बैठा था। सारा राज्य दुर्योधन के पास है, तो वह शांत नहीं है। ऐसे में उससे राज्य छीन लिया जाएगा, तो क्या वह शांत हो कर,

निष्क्रिय बैठ जाएगा ? पांडवों को पीड़ित करना बंद कर देगा ? क्यों पांडवों के पीछे पड़ा है वह ? क्या उसे राज्य की भूख है ? पर राज्य तो उसके पास है। तो क्या उसको राज्य का मद है ? मद ही होता, तो वह स्वयं से शक्तिशाली पांडवों से वैर न बढ़ाता। वह तो मात्र ईर्ष्या का रोगी है। जिससे ईर्ष्या करता है, उसको किसी प्रकार शांत नहीं रहने देगा। वह उनका वध किए बिना किसी प्रकार शांत नहीं हो सकता। उनका वध कर पाया, तब भी शांत होगा अथवा नहीं, कहना कठिन है। कौन जाने, तब वह किसी और को अपना आखेट चुन ले।

संभवतः पांडवों से उसकी शत्रुता का कारण, उसके मन में जमा पांडवों का भय है। क्या उसे लगता है कि यदि पांडव जीवित रहेंगे, तो उसका राज्य जीत लेंगे। किंतु यह तो सत्य नहीं है। ... यद्यपि भीष्म आज भी मानते हैं कि हस्तिनापुर का सारा राज्य युधिष्ठिर का है; फिर भी पांडव मात्र खांडवप्रस्थ ले कर ही शांत हो गए थे। तब भी तो दुर्योधन के मन से पांडवों का भय समाप्त नहीं हुआ था। ... तो भय तो उसके अपने मन का है। ईर्ष्या है तो वह भी उसके अपने मन की है। पर-पीड़न का सुख है, तो वह भी उसके अपने मन का है। ... और इन रोगों के रहते, वह तब तक शांत नहीं हो सकता, जब तक वह पांडवों को समाप्त न कर ले।...पर उसे यह स्वतंत्रता कैसे दी जा सकती है कि वह अपनी रुग्ण मानसिकता के कारण, जिसका जो अहित करना चाहे, कर ले ? निर्दोष पांडवों को भी तो अपनी रक्षा करने का अधिकार है। अपने सुख को माँगने और पाने का अधिकार है। तो क्या भीष्म उन दोनों को मुक्त छोड़ दें कि वे आपस में ही शस्त्रों के आधार पर निर्णय कर लें ? वे सब कुछ सोचते-समझते हुए भी कौरवों का यह आत्मघाती युद्ध होने दें ? तटस्थ भाव से देखते रहें कि यह मूर्ख दुर्योधन, पांडवों को नष्ट कर दे, अथवा स्वयं नष्ट हो जाए ? वर्षों से वे देखते ही तो आ रहे हैं ? उससे तो अच्छा है कि वे ही दुर्योधन के हाथ बाँध दें। किंतु दुर्योधन कोई बालक तो है नहीं कि वे उसे डपट देंगे और वह मान जाएगा। उसे बाँधने का अर्थ है, उसे उसके सारे अधिकारों से वंचित करना, उसे कारागार में डालना; अथवा उसका वध करना। कर पाएँगे वे यह सब ? राजा धृतराष्ट्र के होते हुए, क्या यह सब संभव हो पाएगा ? यदि वे दुर्योधन के साथ तनिक भी कठोर होना चाहते हैं, तो उन्हें पहले धृतराष्ट्र को उसके सारे अधिकारों से वंचित करना होगा। राज-काज में हस्तक्षेप। सारे अधिकारों को अपने हाथ में लेना होगा। तो उनकी प्रतिज्ञा का क्या होगा ? वे अपनी प्रतिज्ञा से स्खलित होना चाहते हैं ? यही करना होता, तो वे इसे वर्षों पहले भी कर सकते थे।...नहीं राज-काज में वे हस्तक्षेप नहीं करेंगे। तो ?...

एक पितामह को अपने पौत्र को शिक्षा देने के लिए राज-काज में हस्तक्षेप क्यों करना पड़ेगा ? एक कुलवृद्ध को अपने वंश की रक्षा करने के लिए राजकीय अधिकारों की क्या आवश्यकता है ? पर पितामह के रूप में, वे दुर्योधन को क्या दंड दे सकते हैं ? वे उससे चर्चा करना चाहेंगे, तो वह आज के ही समान उठ कर चला जाएगा। ... वे वर्षों से देख रहे हैं कि उस पर किसी उपदेश का कोई प्रभाव नहीं होता। अब वे कौन-सा नया तर्क प्रस्तुत कर उसे समझाना चाहते हैं। ... उनकी समझ में कुछ नहीं आ रहा। वे तो स्वयं को इतना समर्थ मानते हैं, और अपने परिवार को ही सँभाल नहीं पा रहे। ... ऐसा क्या हो जाता है कि पिछली पीढ़ी अपनी ही अगली पीढ़ी के सम्मुख इतनी असमर्थ हो जाती है ? यह उनका ही मोह है कि सबके ही साथ ऐसा होता है ?

तो क्या वे दुर्योधन का त्याग कर दें ? दुर्योधन का त्याग ? क्या वे उसे हस्तिनापुर से निष्कासित कर सकते हैं ? नहीं ! वे उसे निष्कासित नहीं कर सकते, किंतु स्वयं तो हस्तिनापुर से निष्कासित हो सकते हैं। वे तो हस्तिनापुर को त्याग, कहीं और जा सकते हैं। कहीं भी। किसी वन में। किसी आश्रम में। ... किंतु वह दुर्योधन का त्याग नहीं हुआ। वह तो समस्त कुरुकुल का त्याग हुआ। समस्त कुरुकुल का त्याग, अर्थात् सब कुछ दुर्योधन की इच्छा पर छोड़ देना। ... वे यदि आज हस्तिनापुर छोड़ दें, तो वे सुनेंगे कि अगले ही दिन विदुर को हस्तिनापुर से निष्कासित कर दिया गया है। फिर कुंती को भी या तो अपने पुत्रों के पास जाना होगा अथवा किसी वन में अपना कुटीर बनाना होगा। ... सारी राजसत्ता—सारी सेना, सारा कोष सब कुछ दुर्योधन के अधिकार में होगा। और वह उनका प्रयोग पांडवों को नष्ट करने में करेगा। पांडवों को ही क्यों, वह तो सारी सद्‌वृत्तियों को नष्ट करेगा। तो वे दुर्योधन का त्याग कर रहे हैं, अथवा उसे संसार से सद्‌वृत्तियों का नाश करने का मनमाना अधिकार दे रहे हैं ?

नहीं । भीष्म इतना भाग्यशाली नहीं है कि वह अपनी इच्छा से वन की किसी एकांत कुटिया में जा बैठे। वह व्यास नहीं हो सकता कि अपनी इच्छानुसार वनों और पर्वतों पर भ्रमण कर सके। वह जीवन का मर्म पाने के लिए साधना नहीं कर सकता। वह सृष्टि के सत्य का अनुसंधान करने के लिए कुरुकुल की राजनीति से मुक्त नहीं हो सकता।... उसे तो हस्तिनापुर में ही रहना होगा, राजयंत्र पर अधिकार किए बिना, उसे जितना संभव हो सके, नियंत्रित करना होगा। यदि कभी ऐसा अवसर आया कि कुरुकुल के उत्तराधिकारी शस्त्र ले कर आमने-सामने डट जाएँ, तो बहुत संभव है कि भीष्म को उनके शस्त्रों को रोकने के लिए, जा, उनके मध्य खड़ा होना होगा।

दुर्योधन अपने एकांत कक्ष में आकर बैठ गया। शकुनि और दुःशासन भी चुपचाप उसके साथ चले आए थे; किंतु कर्ण के लिए अब शांत रहना संभव नहीं रह गया था। उसने किसी प्रकार उस कक्ष तक आने भर तक तो स्वयं को नियंत्रण में रखा; किंतु उसके पश्चात् वह स्वयं को रोक नहीं पाया।

"युवराज ! इस कुरुकुलाधम दुर्बुद्धि भीष्म द्वारा अपना अपमान मैं और नहीं सह सकता।" कर्ण साक्षात् आक्रोश का रूप धारण कर चुका था, "वह सदा मेरी निन्दा करता है। मुझे अपमानित करता है। वह अप्रशंसनीय की प्रशंसा करने तथा अनिन्दनीय की निन्दा करने का अपराधी है। जाने मुझसे उसे क्या शत्रुता है कि सदा ही मेरा निषेधात्मक आकलन करता है। वह तुमसे द्वेष करता है, अतः तुम्हारा मित्र मान कर मुझसे भी द्वेष करता है। समझता है कि अर्जुन बहुत वीर है और मैं कायर हूँ, तो अब मैं सिद्ध कर ही देता हूँ कि मैं किस योग्य हूँ।"

दुर्योधन ने उसकी ओर देखा : क्या करना चाहता है कर्ण !

"मुझे सेना दो, वाहन दो, धन दो। जिस पृथ्वी को चार वीर पांडवों ने मिल कर जीता था, उस सारी पृथ्वी को मैं अकेला ही तुम्हारे लिए जय करके आऊँगा।" कर्ण बोला, "मैं इस वसुधा का सारा धन-धान्य ला कर तुम्हारे चरणों में डाल दूँगा युवराज ! वह दुर्बुद्धि भीष्म अपनी आँखों से मेरा पराक्रम देखे और अपने आपको धिक्कारे।" कर्ण निमिष भर को रुका, "मैं प्रतिज्ञापूर्वक सत्य कहता हूँ; और अपने शस्त्रों का स्पर्श कर शपथ लेता हूँ कि बिना दिग्विजय किए मैं तुम्हारे सम्मुख नहीं आऊँगा।"

कर्ण ने अपना धनुष दाईं भुजा में पकड़कर उसे अपनी भुजा की पूरी ऊँचाई तक ऊपर उठा दिया।

दुर्योधन के मन में अकस्मात् ही बहुत कुछ घटित हो गया। उसने कभी कल्पना भी नहीं की थी कि पितामह के आगमन मात्र से सहसा एक ऐसा महान् अवसर स्वयं आकर उसके सम्मुख प्रस्तुत हो जाएगा। दिग्विजय की योजना तो उसके मन में अनेक बार जन्मी थी, किंतु उसे अपने पास कभी पर्याप्त साधन दिखाई नहीं दिए थे। युधिष्ठिर के भाइयों को उसके लिए दिग्विजय करने के लिए जाते देख, उसके मन में भी यह कल्पना बार-बार जागी थी। उसने परीक्षक दृष्टि से अपने भाइयों को देखा भी था; किंतु वहाँ ऐसा कोई नहीं था, जिसको वह इतने संकट के कार्य पर भेज देता। भेजने को वह आचार्य द्रोण को भी भेज सकता था ... किंतु उसमें कई बाधाएँ थीं। आचार्य उसके सेनापति नहीं, गुरु थे। अपनी गुरु दक्षिणा माँगने के समय, वे युद्ध के लिए स्वयं सामने नहीं आए थे। उन्होंने चाहा था कि युद्ध करने का काम उनके शिष्य करें। ऐसे में उनको दिग्विजय का काम कैसे सौंपा

जा सकता था। जब पांडवों ने द्रुपद को पराजित कर उनके चरणों में डाल दिया था, तो उस विजय के पुरस्कार स्वरूप आचार्य ने द्रुपद का आधा राज्य स्वयं हस्तगत कर लिया था। ऐसे में यदि उसके कहने से आचार्य दिग्विजय के लिए जाते तो जो भूमि वे जीतते, उसमें से कितनी दुर्योधन की होती और कितनी वे स्वयं रखना चाहते, इसके विषय में कुछ कहना कठिन था। ... कर्ण के विषय में उसने कभी बहुत गंभीरता से सोचा नहीं था। द्रुपद के साथ हुए उस युद्ध में भी कर्ण पराजित ही हुआ था। पांचाली के स्वयंवर में भी कर्ण ने अर्जुन और भीम क़ा सामना पूरी गंभीरता से नहीं किया था। गंधर्वों के साथ युद्ध में भी वह आहत हो कर युद्धक्षेत्र छोड़ भागा था। ऐसे में उसे दिग्विजय के लिए भेजने की बात वह कैसे सोच सकता था। ... किंतु आज वह स्वयं ही यह प्रतिज्ञा कर बैठा है। उसकी क्षमता का परीक्षण करने में कोई हानि नहीं है। वह विजयी रहा तो गंधर्वों से पराजित होने का कलंक कुछ धुलेगा। थोड़ी सफलता भी कम लाभदायक नहीं होती। और कुछ नहीं तो कर्ण और कौरव सेना का युद्ध का अनुभव ही बढ़ेगा। युद्धाभ्यास ही होगा...

"वीर ! मैं धन्य हुआ।" दुर्योधन बोला, "तुम मेरे लिए दिग्विजय की बात सोचते हो, इससे मेरे प्रति तुम्हारा स्नेह ही झलकता है। मेरी ओर से दिग्विजय पर जाने की तुम्हें पूरी स्वतंत्रता है। सेना, सेवक और वाहन, सब तुम्हारे ही हैं। उन्हें अपनी आवश्यकता की दृष्टि से संगठित करो। उन्हें अभ्यास करवाओ; और अपनी इच्छानुसार प्रयाण करो।"

दुर्योधन के मन से सारी हताशा पूर्णतः धुल चुकी थी।

12

आचार्य द्रोण ने आज बहुत दिनों के पश्चात् अपने अतीत को पलटा था; अंतर्मुखी हो कर अपने भीतर झाँक कर देखा था। ... वे तो जैसे उस सारे काल को ही भूल गए थे। पर उनके भूलने से ही तो किसी काल-खंड का अस्तित्व समाप्त नहीं हो जाता। उसमें उत्पन्न हुई परिस्थितियाँ नष्ट नहीं हो जातीं। वे परिस्थितियाँ ही उन्हें स्मरण कराती रहेंगी कि वे कौन हैं; और किन परिस्थितियों में वे किन लोगों के मध्य रह रहे हैं...

हस्तिनापुर में वे आजीविका के लिए आए थे; किंतु हस्तिनापुर ही क्यों ? क्योंकि जीविका उपार्जित करने के साथ-साथ द्रुपद से प्रतिशोध भी

लेना था उनको।... तब भीष्म ने उन्हें कुरु राजकुमारों का गुरु नियुक्त किया था। उन राजकुमारों की प्रतिभा, उनकी भक्ति और शक्ति देख कर वे प्रसन्न हो गए थे। उन्होंने स्वयं युद्ध नहीं किया था, द्रुपद से; किंतु जब अर्जुन और उसके भाई, द्रुपद को बाँध कर ले आए थे, तो द्रोण को पहली बार अपनी शक्ति का अनुभव हुआ था। उस बोध से ही जैसे उनको मद चढ़ आया था। उन्होंने द्रुपद जैसे शक्तिशाली राजा का आधा राज्य छीन लेने का साहस किया था।

तब से अब तक हस्तिनापुर की राजनीति ने कई करवटें ली थीं। और आचार्य ने हर बार सावधान हो कर उस सत्ता समीकरण को साधा था। युधिष्ठिर का युवराज्याभिषेक हुआ था, तो भी उन्हें बहुत संकट का अनुभव नहीं हुआ था। यद्यपि युधिष्ठिर का चिंतन उनके बहुत अनुकूल नहीं था; किंतु युधिष्ठिर उनका शिष्य था। और फिर अर्जुन था वहाँ। अर्जुन के बिना युधिष्ठिर हस्तिनापुर पर शासन नहीं कर सकता था; और अर्जुन किन्हीं भी परिस्थितियों में द्रोण का विरोध नहीं कर सकता था। अर्जुन के रहते उन्हें युधिष्ठिर से किसी प्रकार की कोई आशंका नहीं हो सकती थी।...किंतु जब उनकी समझ में आ गया कि धृतराष्ट्र, युधिष्ठिर को हस्तिनापुर में टिकने नहीं दे गा; तो उनके लिए दुर्योधन के निकट हो कर उसे अपने अनुकूल रखना ही, अधिक लाभकारी था। वे भली प्रकार समझते थे कि डूबती नाव में बैठे रहनेवाले लोग नदी के पार नहीं उतरा करते।

दुर्योधन भी अपने सहायकों को ढूँढ़ रहा था। अश्वत्थामा से उसकी मित्रता थी ही। उसे आचार्य द्रोण अपना संबल लगने लगे थे...

वारणावत प्रसंग के पश्चात् जब पांडव हस्तिनापुर लौटे थे, तो वे द्रोण के परम शत्रु द्रुपद के जामाता बन चुके थे। द्रोण ने अपने भाग्य को सराहा था कि उन्होंने समय रहते, दुर्योधन का समर्थन आरंभ कर दिया था, अन्यथा वे कहीं के भी न रहते। पांडव, द्रुपद और द्रोण दोनों का एक साथ न तो समर्थन कर सकते थे, न दोनों से एक साथ सहायता पा सकते थे। और अपने ससुर का पक्ष छोड़ कर पांडव अपने आचार्य का समर्थन कैसे कर सकते थे। दूसरी ओर दुर्योधन, पांडवों के किसी समर्थक को हस्तिनापुर में टिकने नहीं देता। यदि उन्होंने पांडवों का मोह न छोड़ा होता, तो द्रौपदी के राज्य में द्रोण रह नहीं सकते थे, और दुर्योधन उन्हें अपने राज्य में रहने नहीं देता। अच्छा ही हुआ कि उन्होंने वारणावत की घटना से पहले ही अपनी पाली बदल ली थी।...

किंतु न तो वे अपने मन में दुर्योधन को अर्जुन का स्थान दे पाए, न दुर्योधन ही उन्हें अर्जुन की सी भक्ति दे पाया। अर्जुन उनसे प्यार करता था; और दुर्योधन उनको अपने लिए उपयोगी मानता था। अश्वत्थामा भी, दुर्योधन का वैसा मित्र

नहीं हो पाया, जैसा कि उसे हो जाना चाहिए था। दुर्योधन अपने लाभ की दृष्टि से सारी घटनाओं को देख रहा था।... अश्वत्थामा और अर्जुन में न कोई प्रतिस्पर्धा थी, न ईर्ष्या। तो दुर्योधन अर्जुन के वध के लिए, अश्वत्थामा पर कैसे निर्भर रह सकता था। उसे उस कार्य के लिए कर्ण ही अधिक उपयोगी लगता था। कर्ण की क्षमता किसी भी रूप में अश्वत्थामा से अधिक नहीं थी; किंतु कर्ण के मन में अर्जुन के प्रति जैसी घृणा थी, वैसी अश्वत्थामा के मन में कैसे हो सकती थी। और दुर्योधन के लिए पांडवों के प्रति कर्ण की घृणा, अधिक मूल्यवान थी, कर्ण का धनुष नहीं ।

हस्तिनापुर के सत्ता समीकरण में अन्य लोगों के उतार-चढ़ाव से द्रोण को उतना अंतर नहीं पड़ता था, जितना कर्ण के अभ्युदय से। कर्ण वह व्यक्ति था, जिसे द्रोण ने धनुर्वेद का ज्ञान देना अस्वीकार किया था। उन्होंने कर्ण का तिरस्कार किया था। अब यदि कर्ण दुर्योधन पर अपना प्रभाव जमा लेता है, तो उसका अर्थ है कि सत्ता पर द्रोण के एक विरोधी का प्रभाव। और यह स्थिति हस्तिनापुर में द्रोण के महत्त्व के लिए कभी भी संकटपूर्ण हो सकती थी।...

अश्वत्थामा ने कक्ष में प्रवेश कर पिता को प्रणाम किया।

"क्या समाचार है ?"

"यह सत्य है पिताजी ! हस्तिनापुर की अधिकांश वाहिनियाँ युद्धाभ्यास कर रही हैं।"

"तुमने सेनापति से पूछा कि यह सब किसकी आज्ञा से हो रहा है ?" द्रोण ने प्रश्न किया।

"युवराज की आज्ञा से।"

"कारण ?"

"अंगराज महावीर कर्ण दिग्विजय के लिए प्रस्थान करनेवाले हैं।" अश्वत्थामा ने बताया।

द्रोण ने लक्ष्य किया कि अश्वत्थामा ने कर्ण के नाम से पूर्व ये सारे विशेषण सम्मान के कारण नहीं जोड़े थे। वह उसका उपहास कर रहा था।

"हाँ। पांडवों ने दिग्विजय की थी तो दुर्योधन उसके बिना कैसे रह सकता था। अब यह राजसूय यज्ञ भी करना चाहेगा।" द्रोण जैसे सशब्द चिंतन कर रहे थे।

अश्वत्थामा अपने पिता की गंभीर मुद्रा देखता रहा। कुछ बोला नहीं । वह समझ रहा था कि इन शब्दों में दुर्योधन का समर्थन नहीं था।

"अश्वत्थामा ! तुम भी तो दुर्योधन के मित्र हो; किंतु उसके साथ अधिक समय व्यतीत नहीं करते। उसके मनोरंजन इत्यादि में तुम उसके साथ सम्मिलित

नहीं होते। तुम उसके साथ घोषयात्रा पर भी नहीं गए।" द्रोण ने ध्यानपूर्वक अपने पुत्र की ओर देखा, "ऐसे तुम युवराज के प्रिय कैसे हो सकते हो ?"

अश्वत्थामा ने अपने पिता की ओर देखा : क्या था यह—मात्र एक जिज्ञासा अथवा कोई लक्ष्य प्रेरित निर्देश ? पर द्रोण कदाचित् अधिक खुलना नहीं चाह रहे थे। वह उनकी प्रवृत्ति नहीं थी।

"आरंभ में तो मैं दुर्योधन की ओर बहुत आकृष्ट हुआ था; किंतु एक ऐसा समय आया जब न केवल उस आकर्षण का विकास रुक गया, वरन् कुछ ह्रास भी हुआ। ..." अश्वत्थामा बोला।

"वही तो जानना चाहता हूँ कि ऐसा क्यों हुआ ?" द्रोण बोले, "कर्ण के ही समान तुम्हारी मैत्री भी दिन प्रतिदिन प्रगाढ़ क्यों नहीं होती गई ?"

"तब शायद नहीं जानता था; किंतु आज जानता हूँ। वह मेरी बाल्यावस्था थी। मैं युवराज के वैभव और उसकी सत्ता से प्रभावित हो कर उसकी ओर आकृष्ट हुआ था, उसके व्यक्तित्व के गुणों के कारण नहीं ।" अश्वत्थामा बोला, "मस्तिष्क के परिपक्व होने पर वैभव मेरे लिए आकर्षण का कारण नहीं रहा; और युवराज तथा उनके मित्रों की गोष्ठियों में कोई ऐसा उदात्त तत्त्व नहीं था, जो मुझे आकृष्ट करता। उनके निकट रह कर कोई अपनी आत्मा का विकास नहीं कर सकता, उसका हनन अवश्य कर सकता है।... और विशेष रूप से उनका यह परमप्रिय मित्र, कर्ण। उसकी उपस्थिति में मुझे एक ऐसी मलिनता की अनुभूति होने लगती है, कि मेरा मन विद्रोह कर उठता है और किसी न किसी बात पर हमारा विवाद हो उठता है। मेरे लिए कर्ण और दुःशासन—दोनों ही विस्फोटक का कार्य करते हैं।"

अश्वत्थामा ने हँस कर बात को कुछ हल्का करने का प्रयत्न किया।

"तुम ठीक ही कहते हो पुत्र !"

द्रोण ने और अधिक कुछ नहीं कहा। वे फिर से अपने भीतर डूब गए। ... ठीक ही कह रहा था अश्वत्थामा, वे भी तो हस्तिनापुर का वैभव देख कर ही यहाँ आए थे। अपनी दरिद्रता से इतने घबराए हुए थे कि और कुछ देख ही नहीं पाए। अश्वत्थामा बालक था उस समय; किंतु द्रोण तो बालक नहीं थे। अश्वत्थामा को आज उस मलिनता का आभास हो रहा है, किंतु द्रोण तो अब तक उस मलिनता के अभ्यस्त हो चुके हैं। उन्हें तो अब वह आभास भी नहीं होता।... किंतु कर्ण का इस प्रकार दिग्विजय पर जाना ...। द्रोण अब मात्र राजगुरु नहीं थे। वे सैनिक प्रशिक्षण तथा सैनिक अभियानों के नियंत्रक परामर्शदाता थे। उनसे पूछें बिना कर्ण को इतना बड़ा अभियान सौंप देने के पीछे दुर्योधन का अभिप्राय क्या है ? क्या अब सारी सैनिक मंत्रणा दुर्योधन और कर्ण के मध्य ही होगी; और जो कुछ वे दोनों निर्णय कर देंगे, वही राजाज्ञा होगी ? ... द्रोण

के चरणों के नीचे की स्थिर धरती अब उतनी स्थिर नहीं रह गई थी ...

"पुत्र ! किसी को भेजो। जाकर रथ तैयार करवाए। मुझे भीष्म से मिलने जाना है।"

भीष्म ने आचार्य का स्वागत बहुत तत्परता से किया था और समारोहपूर्वक उनको ला कर बैठाया था। किंतु जब दोनों बैठ गए, तो द्रोण को लगा कि इन दो दिनों में ही, भीष्म बहुत वृद्ध हो गए हैं।

"क्या बात है गांगेय ! आप कुछ शिथिल दिखाई पड़ रहे हैं।"

"अपनी अवस्था के लिए क्या मैं पर्याप्त स्वस्थ नहीं हूँ।" भीष्म ने हँस कर चर्चा को विनोदपूर्ण बनाने का प्रयत्न किया, "इस अवस्था में, जब कि अधिकांश लोग परलोक गमन करते हैं, मैं रथसंचालन करता हूँ। युद्धाभ्यास करता हूँ। अधुनातम शस्त्रास्त्रों का परिचालन करता हूँ। लोग तो आश्चर्य करते हैं कि इस अवस्था में भी मेरी शारीरिक क्षमताएँ अक्षुण्ण कैसे हैं; और आप मुझे शिथिल बता रहे हैं आचार्य।"

द्रोण भी हँसे, "मैंने यह तो नहीं कहा कि आप किसी और से शिथिल है, मैंने तो केवल इतना कहा कि आप अपने आपसे कुछ शिथिल हो गए लगते हैं।"

इस बार भीष्म हँसे नहीं । जैसे उनकी कोई व्यथा उभर आई थी, "सत्य कहते हैं आचार्य ! व्यक्ति शिथिल भी अपने आपसे ही होता है, वृद्ध भी अपने आपसे ही होता है, और पराजित भी होता है तो अपने आपसे ही।"

आचार्य ने देखा : भीष्म निश्चित रूप से व्यथित थे। पर यह वह व्यक्ति था, जो अपनी व्यथा किसी से नहीं कहेगा। आश्चर्य की बात तो यह थी कि उन्होंने स्वयं अपने आपसे शिथिल होने की बात ही कैसे मान ली थी। अन्यथा भीष्म का मन तो जैसे लौह कवच में बंदी था। वहाँ का कोई श्वास निकलकर बाहर नहीं आता था।

"कोई विशेष बात है गंगापुत्र !"

"विशेष तो कुछ भी नहीं है आचार्य ! प्रकृति का नियम है कि व्यक्ति अपनी संतान से ही हारता है।" भीष्म बोले, "सारा प्रयत्न कर चुका, किंतु न धृतराष्ट्र को रंच मात्र समझा सका, न दुर्योधन को। अब इन्होंने कुरुकुल के सम्राट् युधिष्ठिर के जीवित होते, सूतपुत्र कर्ण को दिग्विजय के लिए जाने का आदेश दिया है। एक कुल में दो सम्राट् होते हैं क्या ?"

तो भीष्म भी कर्ण की दिग्विजय के पक्ष में नहीं हैं ... द्रोण ने सोचा।

"मैं तो हस्तिनापुर में सैनिक गतिविधियाँ देख कर कुछ चकित था कि

यह क्या हो रहा है।" द्रोण धीरे से बोले, "यदि हस्तिनापुर से दिग्विजय जैसा कोई महत्त्वपूर्ण अभियान हो रहा है, तो उसके मार्ग में कहीं मेरा भी घर होना चाहिए। मेरी तो आज तक यही मान्यता रही है कि मैं हस्तिनापुर के सैनिक प्रशिक्षण तथा सैनिक अभियानों का नियंत्रक हूँ।"

भीष्म वेदना से हँसे, "हमारी मान्यताएँ कुछ पुरानी हो गई हैं आचार्य! मैं भी आज तक यही समझता रहा हूँ कि मैं दुर्योधन का पितामह हूँ।"

"तो इसमें मिथ्या क्या है ?" द्रोण ने कुछ आश्चर्य से पूछा।

"मेरी दृष्टि से तो इसमें कुछ भी मिथ्या नहीं है।" भीष्म ने उत्तर दिया, "किंतु यदि दुर्योधन से पूछेंगे तो वह बताएगा कि मैं उसका पितामह नहीं हूँ, वह मेरा पितामह है।" भीष्म रुके, "जब दुर्योधन के साथ घोषयात्रा के लिए वाहिनियाँ गई थीं, तो किसी ने आपसे परामर्श किया था क्या ?"

"किंतु वह तो सैनिक अभियान नहीं था। राजपरिवार की सुरक्षा के लिए कुछ वाहिनियाँ अवश्य साथ गई थीं।" आचार्य ने कहा, "राजा को अधिकार है कि वह किसी की रक्षा के लिए कुछ सैनिक नियुक्त कर दे।"

"वह सैनिक अभियान नहीं था, तो गंधर्वों से युद्ध कैसे हो गया ? दुर्योधन बंदी कैसे हो गया ?" भीष्म बोले, "वैसे यदि आप दुर्योधन अथवा धृतराष्ट्र से इस विषय में प्रश्न करेंगे, तो उनका उत्तर होगा कि राजा और युवराज को किसी से पूछने की क्या आवश्यकता है। मंत्री को मंत्रणा का अधिकार तभी है, जब राजा उसकी आवश्यकता समझे।"

"तो फिर मैं किसलिए हूँ ?"

"आज्ञाओं का पालन करने के लिए।"

आचार्य स्तब्ध रह गए।

भीष्म हँसे, "आश्चर्य हुआ ? पर सत्य यही है आचार्य। मुझ जैसे वृद्ध के मन में आपका सम्मान है कि आप मेरे पौत्रों के आचार्य हैं, किंतु मेरा पौत्र तो आपको अपना वेतन-भोगी कर्मचारी ही मानता है।" भीष्म ने रुककर आचार्य को देखा, "वह आपको ही नहीं, मुझे भी अपनी उपयोगिता की कसौटी पर तौलता है। यदि मैं उसके लिए उपयोगी हूँ तो उसका पितामह हूँ, अन्यथा एक अनावश्यक प्राचीन पदार्थ, जो अपनी काल-सीमा का अतिक्रमण करने का अपराध कर रहा है।..."

द्रोण के मन में बड़ी प्रबल प्रतिक्रिया हो रही थी; किंतु उन्होंने स्वयं को साध रखा था।

"यदि यह सत्य है तो दुर्योधन मुझे कार्यभार से मुक्त ही क्यों नहीं कर देता ?"

भीष्म ने उनकी ओर देखा, और बोले, "बड़े भोले हो आचार्य। इतना भी

नहीं समझते। कार्यमुक्त तो वह आपको तब करे, जब उसने आपको सचमुच उस कार्य के लिए नियुक्त किया हो। उसने आपको परामर्श लेने के लिए नियुक्त ही नहीं किया। वह तो बस आपकी क्षमताओं का मूल्य चुका रहा है, ताकि जब आवश्यकता हो, अपने पक्ष में आपका उपयोग कर सके। वस्तुतः उसे परामर्श देनेवाले और लोग हैं—शकुनि और कर्ण। आप और मैं तो उसके उपकरण हैं। वह हमसे परामर्श नहीं माँगता। वह हमें मात्र आदेश देना चाहता है।''

द्रोण को स्वयं अपने आप पर आश्चर्य हो रहा था। उनको भी भीष्म के ही समान विश्लेषण करना चाहिए था; किंतु जाने क्यों वे इतने दिनों तक यही भ्रम पालते रहे कि वे हस्तिनापुर में राजगुरु के आसन पर विराजमान हैं।...

''आप भी अपने आपको हस्तिनापुर में असहाय पाते हैं कुरुश्रेष्ठ ?'' एक लंबे मौन के पश्चात् उन्होंने भीष्म से पूछा।

भीष्म ने तत्काल कोई उत्तर नहीं दिया, जैसे वे अपना उत्तर निश्चित न कर पा रहे हों; और फिर बोले, ''मैं भी असहाय हूँ; किंतु दुर्योधन की सत्ता के सम्मुख नहीं, मैं अपने-आपसे विवश हूँ।''

द्रोण का समाधान नहीं हुआ था। वे प्रश्नवाचक दृष्टि से भीष्म की ओर देखते रहे।

''दुर्योधन ने अपनी ओर से पूर्णतः स्पष्ट कर दिया है कि वह स्वयं पर मेरा कोई नियंत्रण अथवा अधिकार नहीं मानता है। उसे न मेरी भावनाओं की चिंता है, न मेरे आहत मन की। न मेरे मान की, न मेरे अपमान की। वह तो बस अपने ही मार्ग पर ही चलेगा। मैं उसके साथ चलना चाहूँ तो चलूँ। न चलना चाहूँ तो उसका साथ छोड़ दूँ।''

''तो आपने क्या सोचा है ?'' आचार्य ने पूछा।

''मैंने कहा न ! कि मैं अपने मोह के हाथों विवश हूँ।'' भीष्म बोले, ''छोड़ सकता, तो कब से छोड़ गया होता; किंतु शायद मैं अब किसी वन में कुटिया बना कर रह सकने के योग्य नहीं रहा।'' भीष्म ने रुक कर उनकी ओर देखा, ''यह नहीं कि मेरा शरीर कष्ट नहीं सह सकता, अथवा मैं तपस्या नहीं कर सकता। तपस्या तो मैं अब भी कर ही रहा हूँ। दुर्योधन से भी बहुत प्रेम नहीं है मुझे।...किंतु आचार्य ! कुरुकुल के प्रति मेरा मोह नहीं छूटता। मैं इस वंश को इसके भाग्य पर छोड़ कर, तटस्थ और निष्क्रिय नहीं हो सकता। राज्य दुर्योधन का है, किंतु वंश तो यह मेरा ही है।''

''वंश ही नहीं, राज्य भी आपका ही है कुरुश्रेष्ठ !'' आचार्य ने कुछ भावुक हो कर कहा, ''आप राजतंत्र को अपने हाथ में लें। दुर्योधन को दंडित करें।''

भीष्म मुस्कराए, ''इसीलिए तो कह रहा हूँ कि अपने मोह के हाथों विवश हूँ। मैं न उन्हें त्याग सकता हूँ, न दंडित कर सकता हूँ। मैं तो केवल उनकी

रक्षा कर सकता हूँ।"

द्रोण चकित भाव से भीष्म की ओर देखते रहे : यह कैसा समर्थ पुरुष है, जो कर सकता है, करना चाहता है; और फिर भी कुछ करता नहीं ।...

"आप सौभाग्यशाली हैं आचार्य ! कि आपको अपने भीतर इस संघर्ष का सामना नहीं करना पड़ रहा।" भीष्म बोले, "न तो अपनी संतान की उपेक्षा सहना सरल है; न किनारे खड़े हो कर देखना कि वे अपने ही वंश का गौरव कैसे ध्वस्त करते हैं। आत्महंता संतानों के साथ जीवित रहना बड़ा कठिन होता है आचार्य !"

द्रोण के मन में झंझावात के समान एक प्रश्न उमड़ रहा था, "तो मैं क्या करूँ ?" किंतु उन्होंने उस प्रश्न को अपने अधरों पर आने नहीं दिया। जाने भीष्म उनके प्रश्न का कितना भयानक उत्तर दें। फिर उनके लिए कोई विकल्प रहे न रहे।

"अच्छा ! चलता हूँ गांगेय।" द्रोण उठ खड़े हुए।

"आप किसी विशेष कार्य से आए थे आचार्य ?"

द्रोण मुस्कराए, "अपना घाव दिखाने आया था; किंतु जान गया कि हस्तिनापुर में एक अकेला मैं ही तो आहत नहीं हूँ। कुछ लोग मुझसे भी कहीं अधिक भयंकर रूप में क्षत-विक्षत हैं। और आप तो शायद शूल-शैया पर ही सो रहे हैं।..."

भीष्म के अधरों पर शब्द नहीं आए, उनकी आँखों में जल आ गया।

वे दोनों साथ-साथ बाहर आए। द्रोण अपने रथ में बैठे और चले गए। भीष्म खड़े, उन्हें जाते हुए देखते रहे। वे समझ रहे थे कि द्रोण क्यों आए थे। किस बात से आहत थे वे। अपने अधिकारों का हनन किसे अच्छा लगता है। कर्ण को दिए गए इस महत्त्व से आहत थे द्रोण। कर्ण उनका शिष्य नहीं था। बनना चाहता था; किंतु द्रोण ने उसे अपना शिष्य नहीं बनाया था। उन्होंने एकलव्य को भी शिक्षा देने से इंकार किया था। लोग कहते हैं कि उन्होंने एक निषाद को अपनी विद्या देनी नहीं चाही थी। पर उन्होंने उसका अंगूठा क्यों ले लिया था ? लोग कहते हैं कि उन्हें भय था कि वह उनके प्रिय शिष्य अर्जुन से भी अधिक समर्थ धनुर्धर बन जाएगा। उसकी प्रतिभा को पहचान लिया था आचार्य ने। पर कर्ण को क्यों शिक्षा नहीं दी थी आचार्य ने ? वह राजकुमार नहीं था; किंतु राजकुल के संरक्षण में तो था। सूतपुत्र भी तो क्षत्रिय राजकुमारों के साथ ही शस्त्र शिक्षा पाते हैं। क्या आचार्य ने उसकी भी प्रतिभा पहचान ली थी अथवा उसके शील से परिचित हो चुके थे वे ? वे समझ गए थे कि वह गुरु के प्रति समर्पित शिष्य कभी नहीं हो सकता। वह गुरु से झूठ बोल सकता है। गुरु को प्रवंचित कर सकता है। ... और आज वही कर्ण दुर्योधन को अपने गुरु से अधिक

महत्त्वपूर्ण लग रहा है। शायद दुर्योधन भी समझता है कि आचार्य उसके प्रति प्रेम के कारण नहीं, द्रुपद के विरोध के कारण हस्तिनापुर में टिके हुए हैं।... आचार्य को इससे बहुत पीड़ा हुई है, किंतु आचार्य यह नहीं जानते कि दुर्योधन ने भीष्म के साथ कैसा व्यवहार किया है। उन्होंने कर्ण का विरोध किया, इसलिए दुर्योधन ने कर्ण को दिग्विजय का सम्मान दिया।...पता नहीं दुर्योधन ने कर्ण को सम्मान दिया अथवा मात्र भीष्म का अपमान किया।...

13

घर लौटते हुए, मार्ग में आचार्य के मन में केवल एक ही विचार घुमड़ रहा था, क्या भीष्म ने प्रकारांतर से उन्हें यह संकेत दिया है कि अब हस्तिनापुर में किसी को उनकी आवश्यकता नहीं है ? अब यहाँ उनका पहले जैसा सम्मान नहीं होगा ? उन्होंने कहा कि वे स्वयं कुरुकुल का मोह नहीं छोड़ सकते, इसलिए बाध्य हैं; अन्यथा शायद वे हस्तिनापुर छोड़ जाते। पर क्या इसका यह अर्थ भी है कि द्रोण के साथ वैसा कोई बंधन नहीं है, इसलिए द्रोण हस्तिनापुर का त्याग कर, यहाँ से जा सकते हैं ? यदि हस्तिनापुर में उनका सम्मान नहीं है, तो वे अब यहाँ क्यों रहें ?...

सहसा आचार्य का मन भीष्म से कृपाचार्य तक की दूरी पार कर गया। इन परिस्थितियों में कृप का क्या निर्णय होगा। कृप, भीष्म के मन को बहुत निकटता से जानता है। और उन्होंने सारथि को संकेत किया, "कृप के पास चलो।"

सारथि ने रथ मोड़ा और गुरुकुल के उस क्षेत्र की ओर चल पड़ा, जहाँ कृपाचार्य का आवास था।... द्रोण देख रहे थे कि कृप अब भी एक आरण्यक के ही समान जीवन व्यतीत कर रहे थे। उन्होंने अपनी जीवन-पद्धति को तनिक भी परिवर्तित नहीं किया था। जाने क्यों उन्होंने अपने जीवन में, वैभव का स्पर्श ही नहीं होने दिया था।

कृपाचार्य ने द्रोण को इस प्रकार अचानक अपने द्वार पर देखा तो चकित रह गए, "आचार्य आप !"

द्रोण मुस्कराए, जैसे वे जानते ही थे कि कृपाचार्य की ऐसी ही प्रतिक्रिया होगी। उन्होंने आसन ग्रहण कर जल पिया और तब बोले, "कृप ! तुम्हें हस्तिनापुर

में रहते कितने वर्ष हो गए ?"

कृपाचार्य हँस पड़े, "मैंने तो अपनी आँखें ही हस्तिनापुर में खोली हैं आचार्य! मुझे तो स्मरण भी नहीं कि महाराज शांतनु कब और कहाँ से मुझे और कृपी को लाए थे। हमारे जनक शरद्वान ऋषि बाद में आकर मिले थे। उन्होंने मुझे धनुर्वेद की शिक्षा भी दी थी। किंतु पालन-पोषण का सारा काम तो महाराज शांतनु ने ही किया; और उनके पश्चात् गंगा-पुत्र भीष्म ने।"

"ओह ! हाँ ! इस ओर मेरा ध्यान ही नहीं गया। तुम्हारी स्थिति मुझसे कुछ भिन्न है।" आचार्य बोले, "तुम तो हस्तिनापुर के राजपरिवार के ही अंग हो।"

"आप नहीं हैं ?" कृपाचार्य ने सहज भाव से पूछा।

"नहीं । मैं राजतंत्र का अंग हूँ। राजपरिवार का नहीं ।"

"दोनों में व्यावहारिक अंतर क्या है आचार्य !"

"परिवार में सबके संबंध स्थिर रहते हैं, जबकि राजतंत्र में समीकरण बदलते रहते हैं।" द्रोण बोले, "मुझे देखना होगा कि किस समय हस्तिनापुर के राजतंत्र का मेरे प्रति क्या दृष्टिकोण है।"

"आप ठीक ही कह रहे हैं; किंतु माता-पिता और गुरु अपनी संतान तथा अपने शिष्यों के प्रति अपने कर्तव्य का पालन कर चुकने के पश्चात् शासन की चाकरी के समान अवकाश तो ग्रहण नहीं कर लेते। उनका सम्मान चंद्रमा की कलाओं के समान घट-बढ़ कैसे सकता है। हमने जब आवश्यक था, राजकुमारों को शिक्षा दी और अब भी कुलवृद्धों के समान अपना जीवन व्यतीत कर रहे हैं। इसमें शासन तंत्र को क्या करना है। आज यदि दुर्योधन अपने पुत्र-पौत्रों के लिए किसी नए गुरु की नियुक्ति करना चाहता है, तो मुझे क्या आपत्ति हो सकती है। मैंने दुर्योधन को शिक्षा दी है। आवश्यक तो नहीं कि मैं उसकी संतान को भी शिक्षा दूँ। मैं उसकी संतान को शिक्षा देने का कार्य नहीं करूँगा, तो भी मैं राजगुरु ही रहूँगा, क्योंकि मैंने दुर्योधन को शिक्षा दी है।"

द्रोण ने उनकी ओर इस प्रकार देखा, जैसे कृप ने कोई घोर मूर्खता की बात कही हो, "तुम समझते हो कि तुम अब भी राजगुरु हो ?"

"और मैं हो ही क्या सकता हूँ।" कृपाचार्य हँस रहे थे।

"तो तुम्हें आग्रह करना चाहिए कि गुरुकुल में तुम्हारा पहले के समान महत्त्व भी रहे। दुर्योधन और उसके भाइयों के पुत्र तुमसे उसी प्रकार शिक्षा ग्रहण करें, जैसे स्वयं दुर्योधन और उसके भाइयों ने ग्रहण की थी।"

कृपाचार्य उन्मुक्त कंठ से हँसे, "क्यों ? क्या मुझे उससे अवकाश नहीं चाहिए ? क्या जीवन में मुझे और कुछ नहीं करना है ? मेरा जन्म क्या कुरुकुल के राजकुमारों को शस्त्र-शिक्षा देने के लिए ही हुआ है ?"

"और क्या करना चाहते हो तुम ?" द्रोण कुछ चकित थे।

"कुछ अपना विकास भी करना है आचार्य।" कृप बोले, "आजीवन कुरु राजकुमारों को शस्त्रविद्या ही देता रहूँगा, तो अपना जीवन कब जिऊँगा ? अपने आपसे कब मिलूँगा ? अपने आपको कब पहचानूँगा ?"

द्रोण उन्हें ऐसी दृष्टि से देख रहे थे, जैसे सोच रहे हों कि इस मूर्ख को कुछ समझाएँ या न ही समझाएँ। अंततः उन्होंने उसे समझाने का ही निर्णय किया, "तुम समझते भी हो कि क्या कह रहे हो ?"

कृपाचार्य ने उनकी बात को बहुत गंभीरता से नहीं लिया। बोले, "अपने आपको समझने का ही तो प्रयत्न कर रहा हूँ।"

"अपने आपको समझने के लिए बहुत समय पड़ा है। अभी तो तुम दुर्योधन को समझने का प्रयत्न करो।" द्रोण बोले, "कभी तुमने ध्यान भी दिया है कि हस्तिनापुर में क्या हो रहा है ?"

"हस्तिनापुर में कुछ विशेष घटित हो रहा है क्या ?" कृप बोले, "वैसे सत्य तो यह है आचार्य ! कि मेरी इस बात में भी कोई विशेष रुचि नहीं है कि हस्तिनापुर में क्या हो रहा है।"

"क्यों ? तुम्हारी इसमें भी रुचि नहीं है कि दुर्योधन किन लोगों को महत्त्व दे रहा है और किन लोगों का अवमूल्यन कर रहा है ?"

"यदि मेरा ध्यान दुर्योधन की ओर लगा रहेगा आचार्य ! तो फिर मैं अपनी ओर कब देख पाऊँगा।" कृपाचार्य बोले, "सत्य तो यह है कि मेरी समझ में आ गया है कि जो महत्त्व दुर्योधन किसी को देता है, अथवा दे सकता है; उस महत्त्व का कोई वास्तविक महत्त्व ही नहीं है। वास्तविक महत्त्व तो कुछ और है, जिसकी उपलब्धि के लिए हमें यह जीवन मिला है।"

"तुम साधना की चर्चा कर रहे हो कृप ! किंतु साधना करने से कोई तुम्हें रोक तो नहीं रहा। गुरुकुल में काम ही कितना होता है। उसमें समय ही कितना लगता है। चाहो तो वह काम भी अपने किसी अधीनस्थ कर्मचारी को सौंप दो; और उन्मुक्त हो कर अपनी साधना करते रहो।..."

कृपाचार्य को लगा कि उनके मन में आचार्य द्रोण के विरुद्ध एक गंभीर असंतोष उठ रहा है। आचार्य से उन्हें ऐसी आशा नहीं थी। वे तो इस प्रकार कह रहे थे, जैसे कृप वर्तमान से कुछ अधिक सांसारिक वैभव और महत्त्व प्राप्त करने का प्रयत्न कर रहे हों। व्यक्ति अपना सारा समय और ध्यान संसार की ओर लगाए रहेगा, तो आत्म को कब देख पाएगा। कृप क्या कहना चाह रहे हैं और आचार्य उन्हें क्या समझाना चाह रहे हैं। जिस महत्त्व को कृप निःसार मान कर छोड़ रहे हैं, द्रोण उन्हें उसी के पीछे भागने का परामर्श दे रहे हैं।

"आचार्य साधना का तो प्रथम चरण ही है, इस सारे मायाचक्र की नश्वरता

को समझकर उससे मुक्त होने का प्रयत्न करना, तो फिर उन महत्त्वों से चिपके रहकर साधना कैसे होगी ?"

द्रोण के लिए अब स्वयं को शांत रखना असंभव हो गया। कुछ आवेश में बोले, "तुम तो मुझे कुछ इस प्रकार समझा रहे हो, जैसे मैंने कभी साधना ही न की हो। बहुत तपस्या की है मैंने भी। तुमने तो अपनी आँखें ही राजाश्रय में खोली हैं; पर मैंने निर्धनता में जन्म लिया है। अभावों में पला हूँ मैं। मैं जानता हूँ कि अपरिग्रह का जीवन क्या होता है। भिक्षा पर जीने का अर्थ क्या होता है। मेरी उस साधना का ही परिणाम था कि अश्वत्थामा को कृपी ने दूध के स्थान पर आटा घोल कर पिलाया था।... तुम मुझे समझाना चाह रहे हो कि साधना क्या होती है और तपस्या किसे कहते हैं।"

द्रोण के दर्प से परिचित थे कृपाचार्य। बात बढ़ाने का कोई लाभ भी नहीं था। द्रोण को अपने जीवन का जो मार्ग चुनना था, वे चुन चुके थे। जीवन के संबंध में वे अपनी धारणाएँ बना चुके थे। और द्रोणाचार्य से शास्त्रार्थ कर कृप को करना भी क्या था। वे अपना मार्ग टटोल रहे थे; दूसरों को अपने मार्ग पर ले चलने का प्रयत्न नहीं कर रहे थे ... वैसे कहने को उनके मन में बहुत कुछ था। वे कहना चाहते थे कि जब अर्जित करने का समय था, तब तो आचार्य समाधि लगा कर बैठ गए थे, इसलिए उनकी पत्नी को पुत्र के लिए आटा घोल कर दूध बनाना पड़ा था; और अब, जब उनके पास वह सारा कुछ था, जो आवश्यक था तो वे वैभव और महत्त्व की मृगमरीचिका के पीछे भाग रहे थे।...पर यह सब उन्होंने कहा नहीं ।

"नहीं ! मैं ऐसा कोई प्रयत्न नहीं कर रहा।" कृपाचार्य बोले, "शायद मेरी भौतिक महत्त्वाकांक्षाएँ ही नहीं, भौतिक आवश्यकताएँ भी बहुत कम हैं। ..."

"कम ही सही, पर हैं तो।" द्रोण ने कृप की बात मध्य में ही काट दी, "कल जब दुर्योधन तुम्हें इस गुरुकुल से बाहर निकाल देगा। तुम्हारे पास न यह स्थान रहेगा, न यह गोधन होगा, न सेवा के लिए ब्रह्मचारी और गुरुकुल के सेवक, तब क्या करोगे तुम ?"

"वैसे तो ऐसे समय के लिए ईश्वर के बनाए हुए इतने वन हैं कि मैं कहीं भी कुटिया बना सकता हूँ, वृक्षों के फल खा सकता हूँ, सरिता का जल पी सकता हूँ; किंतु दुर्योधन मुझे यहाँ से निकालेगा ही क्यों ?" कृपाचार्य ने सहज भाव से पूछा।

"दुर्योधन स्वयं चाहे न भी निकाले; किंतु उसके ऐसे परामर्शदाता हैं, जो उससे ऐसे काम करवा सकते हैं।" द्रोण बोले, "इसलिए हमें ध्यान रखना होगा कि हस्तिनापुर में ऐसे लोग महत्त्वपूर्ण न हों, जो हमारे विरोधी हैं।"

कृपाचार्य की इच्छा हुई कि वे सशब्द हँस पड़ें; किंतु वे जानते थे कि

द्रोण उससे रुष्ट हो सकते हैं।

"क्यों ! तुम मुझसे सहमत नहीं हो कृपाचार्य ?"

"मैं नहीं जानता कि आपके मन में क्या है।" कृप बोले, "किंतु मुझे लगता है कि मैंने, आपने तथा कुरुश्रेष्ठ भीष्म ने उस समय सक्रियता नहीं दिखाई, जब हमारे वास्तविक शुभचिंतक हस्तिनापुर से निष्कासित किए जा रहे थे। यदि हमने युधिष्ठिर के साथ हुए व्यवहार का विरोध किया होता, और उन्हें हस्तिनापुर में उनका वास्तविक अधिकार दिलाया होता, तो आज हमें किसी भी प्रकार की चिंता करने की आवश्यकता नहीं होती।"

"जो कुछ हमने किया, उसके भी कुछ कारण थे कृपाचार्य !" द्रोण का स्वर उत्तेजित था।

"कारण तो थे ही।" कृप बोले, "अब मुझे कोई कारण नहीं दिखता, जिसके लिए मैं इन चिंताओं को पालूँ। मुझे लगता है आचार्य ! मैं कुरुकुल की पर्याप्त चाकरी कर चुका। अब मुझे उसकी आवश्यकता नहीं है। यदि वे मुझे शांति से यहाँ रहने देंगे, तो ठीक है, अन्यथा मैं कहीं और चला जाऊँगा। अब मेरी अवस्था ग्रहण की नहीं, त्याग की है। व्यक्ति यह तो जानता है कि उसे कब क्या चाहिए, उसे यह भी ज्ञात होना चाहिए कि कब उसके लिए क्या अनावश्यक हो गया है। उसे आवश्यक का ग्रहण आता है, तो उसे अनावश्यक का त्याग भी आना चाहिए। ... तेन त्यक्तेन भुंजीथा : ..."

"मुझे शास्त्र मत पढ़ाओ।" द्रोण का स्वर कुछ अशिष्ट को चला था, "त्यागोगे क्या, यदि कुछ ग्रहण ही नहीं करोगे।" सहसा उन्होंने अपने स्वर की कठोरता को पहचाना और जैसे स्वयं को बलात् शांत किया, "त्याग तो किसी भी क्षण किया जा सकता है, स्वेच्छा से किया जा सकता है; किंतु उपलब्धि सदा अपनी इच्छा के क्षण में नहीं होती। इसलिए कह रहा हूँ कि हस्तिनापुर में प्रतिकूल होती हुई परिस्थितियों को पहचानो। इससे पहले कि सब कुछ हमारे विरुद्ध हो जाए, हमें इतना तो संचित कर ही लेना चाहिए कि बाद में पश्चात्ताप न करना पड़े। जिस वृक्ष के नीचे तुम बैठे हो, वह फलों से लदा हुआ है। उसकी छाया को छोड़ने से पहले, उससे प्राप्त हो सकनेवाले फलों की एक गठरी तो बाँध लो।"

कृपाचार्य का मन हुआ कि वे भी अपना पक्ष आचार्य के सम्मुख रख ही दें, "संसार में सब ही किसी न किसी प्रकार के फल के वृक्ष के नीचे बैठे हैं। और सब ही जानते हैं कि उन्हें उसके नीचे से उठना ही है। स्वयं नहीं भी उठना चाहेंगे, तो उठा दिए जाएँगे। मुझे लगता है आचार्य ! कि संसार में दो प्रकार के जीव होते हैं। पहली प्रकार के वे, जो उस वृक्ष के नीचे से उठने के पूर्व उसके सारे फल झाड़ कर अपनी गठरी में बाँध लेना चाहते हैं। दूसरे वर्ग के

वे लोग हैं, जो अपनी आवश्यकता भर ही लेते हैं और उठ जाते हैं, चाहे उस समय वृक्ष फलों से लदा हुआ ही क्यों न हो और पवन उसको पूरे वेग से झकझोर ही क्यों न रहा हो। ... मुझे अब यह अनुभूति होने लगी है कि मेरी आवश्यकता भर का मेरे पास हो गया है, तो मैं व्यर्थ ही उस वृक्ष के नीचे बैठे रहना और झंझावात की धूल से मलिन होना अथवा वर्षा की बौछार से भीग कर अस्वस्थ होना पसंद नहीं करता। मुझे न तो औरों की तुलना में अधिक चाहिए, न अधिकतम चाहिए। मुझे तो अपनी आवश्यकता भर चाहिए।"

द्रोणाचार्य ने कृप पर एक हताश दृष्टि डाली, "तुम्हें कुछ समझाने का प्रयत्न करना व्यर्थ है। अपनी बहन के ही समान हठी हो। जो व्यक्ति अपना लाभ ही नहीं समझता ..."

कृपाचार्य ने पहली बार द्रोण की बात बीच में ही काट दी, "अपनी बहन के समान नहीं हूँगा तो किसके समान हूँगा। उसका भाई जो ठहरा। और आचार्य ! अंतर तो लाभ की अवधारणा का है। हम अपना लाभ किसे मानें ? जब आप हस्तिनापुर आए थे, तो मैं अपना लाभ किसे मानता ? यदि मैं यह मानता कि कुरुकुल के राजाओं से मुझे अधिकतम धन, मान और अधिकार प्राप्त करना है, तो मेरा प्रयत्न होता कि आप हस्तिनापुर में टिक भी न पाएँ; क्योंकि आपको जो कुछ भी मिलेगा, वह मेरे अंश में से ही तो मिलेगा; किंतु मैं समझता था कि मेरी आवश्यकतानुसार मुझे मिलता ही रहेगा। आप यहाँ नहीं भी रहेंगे, तो भी मैं उतना ही ग्रहण कर पाऊँगा, जितनी मेरी क्षमता है। अधिक से तो मुझे अजीर्ण ही होगा। ... और यदि आप यहीं रहते हैं, तो मेरे शिष्यों को आपके ज्ञान का लाभ होगा। कुरुओं को एक योग्य आचार्य और गुरु मिलेंगे। मेरी बहन मेरे पास रहेगी। अश्वत्थामा सदा मेरी आँखों के सामने रहेगा। और वह अवस्था, तो मेरे ग्रहण की अवस्था थी। आज तो मैं उस अवस्था में पहुँच गया हूँ, जब त्याग की तैयारी करनी है। अब तो समय आ गया है कि अपना सब कुछ किसी को दे डालूँ। अपना धन दे दूँ, अपना ज्ञान दे दूँ, अपना पद दे दूँ, आवश्यकता हो तो अपने प्राण दे दूँ।"

"अपने प्राण दे सकते हो ?" द्रोणाचार्य ने कठोर दृष्टि से कृप की ओर देखा।

कृपाचार्य को द्रोण की वह मुद्रा स्मरण हो आई, जब उन्होंने एकलव्य से उसका अंगूठा माँग लिया था। कृप का मन क्षण भर के लिए अस्थिर हो उठा; किंतु उन्होंने स्वयं को नियंत्रित किया, "हाँ। किसी का कोई काम मेरे प्राणों से ही बनता हो, तो अपने प्राण भी दे सकता हूँ। आपको चाहिए ?"

द्रोण का मन हिल गया। कृपाचार्य का यह रूप तो उन्होंने पहले कभी नहीं देखा था। बोले, "नहीं ! अभी नहीं चाहिएँ। किंतु ध्यान रहे कि तुम्हारे प्राण

अब मेरी धरोहर हैं। मैंने तुमसे माँग लिए हैं। मुझे अपने लिए नहीं चाहिए तुम्हारे प्राण; किंतु मेरे न रहने पर अश्वत्थामा को तुम्हारे प्राणों की आवश्यकता पड़ सकती है। ध्यान रहे कि तुम्हें सदा अश्वत्थामा का ध्यान रखना है। तुम्हें और कुछ न मिलने का भय नहीं है कृप ! किंतु मेरे मन में मेरा सब कुछ छिन जाने का भय भी समाया हुआ है। इसलिए ध्यान आता है कि कहीं फिर से अश्वत्थामा को किसी दिन गोरस के स्थान पर आटा घोल कर न पीना पड़े। मैंने जब कर्ण का तिरस्कार किया था, तब हस्तिनापुर में राज्य चाहे धृतराष्ट्र का था, किंतु सत्ता भीष्म के हाथों में थी। आज भी राज्य चाहे धृतराष्ट्र का ही है, किंतु सत्ता दुर्योधन के हाथों में है।"

"तो क्या हुआ आचार्य ! दुर्योधन आपका शिष्य है। वह आपका सम्मान करता है। प्रेम करता हो न करता हो; किंतु वह आपका महत्त्व समझता है। वह आप का अनादर नहीं करेगा।..."

"मैं दुर्योधन से भयभीत नहीं हूँ कृप ! मैं आशंकित हूँ, दुर्योधन पर पड़नेवाली कर्ण की छाया से।" द्रोण बोले, "और तुम जानते ही हो कि कर्ण न तो मेरा शिष्य है, न वह मेरा सम्मान करता है। अवसर मिलते ही वह मेरा और अश्वत्थामा का अहित कर सकता है। प्रतिशोध उसके जीवन का मूल मंत्र है। उसमें उदारता नाम मात्र को भी नहीं है। ऐसे समय के लिए मैं चाहता हूँ कि हमें समर्थ बने रहना है और आत्मरक्षा के लिए सन्नद्ध भी।"

"आप उसकी दिग्विजय के समाचार से तो आशंकित नहीं हो उठे हैं आचार्य ?"

"तुम्हें उसकी सूचना है ?" द्रोण चकित थे।

"हाँ ! आज हस्तिनापुर में कौन नहीं जानता कि दुर्योधन अपनी दिग्विजय के लिए कर्ण को भेज रहा है।" कृपाचार्य शांत मन से बोले, "पर दुर्योधन को ऐसी भूल करनी नहीं चाहिए थी।"

द्रोण ने प्रश्नवाचक दृष्टि से उनकी ओर देखा।

कृपाचार्य के मुख पर कुछ विनोदी भाव उभरा, "युद्ध की स्थिति में कहीं वह अपनी सेना को छोड़ कर भाग गया तो ?"

आचार्य द्रोण की इच्छा हुई कि वे भी कृपाचार्य के साथ अट्टहास करें; किंतु वे अपनी उत्तेजित मानसिकता में, बस मुस्करा भर ही सके।

"उसके युद्धों के इतिहास में पलायन का अंश बहुत अधिक है।" कृपाचार्य बोले, "किंतु वह जय प्राप्त करे न करे, उसके दूत दुर्योधन के पास आ-आकर नित नई विजयों की सूचना देते रहेंगे।"

"तुम समझते हो कि ऐसा भी संभव है ?"

"संभव ! मुझे इसी की अधिक अपेक्षा है।" कृपाचार्य बोले।

आचार्य द्रोण थोड़ी देर तक मौन बैठे रहे और फिर जैसे किसी निश्चय पर पहुँचकर उन्होंने पूछा, "यदि ऐसी ही बात है कृप ! तो दुर्योधन ने कर्ण को ही क्यों भेजा, दिग्विजय के लिए ? वह किसी और को भी तो भेज सकता था। इसका अर्थ तो यह हुआ कि दुर्योधन को कर्ण के सामर्थ्य पर पूर्ण विश्वास है।"

"इस बात पर मुझे भी कुछ आश्चर्य है।" कृपाचार्य ने कहा, "किंतु एक बात और भी मेरे ध्यान में आती है।... आपने दुर्योधन के प्रायोपवेशन की कथा सुनी होगी। आज कल वह हस्तिनापुर की प्रत्येक वीथि में दुहराई जा रही है।"

"सुनी है, मैंने भी।" द्रोण बोले।

"शायद उस कथा ने ही दुर्योधन को यह विश्वास दिलाया है कि केवल कर्ण ही उसका मित्र हो सकता है, क्योंकि दुर्योधन असद् शक्तियों का सेनापति है और कर्ण में भौमासुर की प्रेतात्मा है।" कृपाचार्य बोले, "और कर्ण के सामर्थ्य पर उसके विश्वास का भी यही कारण है। वस्तुतः वह कर्ण पर नहीं, भौमासुर पर विश्वास करता है।"

"कैसा मूर्ख है यह दुर्योधन, कथाओं पर विश्वास करके भी कभी कोई युद्ध जीता है।"

कृपाचार्य कुछ नहीं बोले।

"इतना कुछ जानते बूझते भी तुम हस्तिनापुर की परिस्थितियों को अपने अनुकूल बनाना नहीं चाहते ?"

कृपाचार्य हँस पड़े, "इन परिस्थितियों को अपने अनुकूल बनाने का अर्थ है, दुर्योधन का सेनापति बनना। वह मेरी महत्त्वाकांक्षा नहीं है आचार्य ! मैं अब कोई पद नहीं लेना चाहता। मैं तो बस अपना शेष जीवन केवल कृप हो कर जी लेना चाहता हूँ।"

द्रोण कुछ झल्ला गए, "केवल कृप हो कर जीने का क्या अर्थ है ?"

"जिस समय जो मेरा धर्म होगा, वह कर्म तो करूँगा। उससे अधिक कुछ पाने की कोई कामना नहीं है। न कुछ खो जाने का भय है।" कृपाचार्य ने कहा, "मैं तो चाहूँगा कि मैं अंतर्मुखी हो कर अपनी आत्मा के आदेश पर चलूँ। किसी राजा के आदेशों का पालन कर अपना महत्त्व बढ़ाने की कामना नहीं है मुझको।"

द्रोण न केवल कृपाचार्य से सहमत नहीं हो पा रहे थे, उन्हें क्रोध भी आ रहा था; किंतु कृप उनके शिष्य नहीं थे कि दोण उनको किसी प्रकार का आदेश दे सकते। वे उठ खड़े हुए।

"मुझे मालूम नहीं है कृप ! कि तुम किस लोभ में इस प्रकार का व्यवहार कर रहे हो।" द्रोण बोले, "किंतु मैं समझता हूँ कि यह चिंतन तुम्हारा कोई हित

नहीं साधेगा। आज तुम मेरी बात नहीं मान रहे हो, किंतु मुझे पूरा विश्वास है कि तुम इसके लिए पछताओगे।"

कृपाचार्य ने कोई उत्तर नहीं दिया। किंतु एक प्रश्न उनके मन में देर तक गूँजता रहा : पता नहीं लोग क्यों यह मान लेते हैं, कि उनकी जीवन-शैली ही संसार की एक मात्र जीवन-शैली है। क्या कोई किसी से भिन्न हो ही नहीं सकता ?

14

दुर्योधन ने, कर्ण को एक चक्रवर्ती सम्राट् का सा सम्मान देते हुए, दिग्विजय के लिए विदा किया था। इतनी धूमधाम से कदाचित् ही कभी किसी सेना ने हस्तिनापुर से विजय के लिए प्रयाण किया हो। जाते-जाते दुर्योधन ने कर्ण को अपने वक्ष में भींचते हुए कहा, "युधिष्ठिर के लिए, जो कुछ उसके चारों भाई और कृष्ण मिल कर हैं, मेरे लिए वह अकेले तुम हो।"

कर्ण का मन उस समय किसी ऐसे बालक के समान प्रफुल्लित था, जिसे अपने मुहल्ले में सदा धिक्कार मिलता रहा हो, और आज उसे अपने विद्यालय के उत्सव में कोई महत्त्वपूर्ण पुरस्कार मिल रहा हो। उसकी आँखें पूरी व्याकुलता से उस सारे उपस्थित समुदाय में चारों ओर ढूँढती हैं कि उसके मुहल्लेवालों में से वहाँ कोई उपस्थित है अथवा नहीं । कोई देखनेवाला है कि नहीं कि जिसे आज तक उन्होंने दुत्कारा है, वह कितना महिमावान व्यक्ति है। ...कर्ण की इच्छा हो रही थी कि कहीं इस समय पांडव यहाँ उपस्थित होते। वह अहंकारिणी द्रुपदपुत्री कृष्णा यहाँ होती और अपने उन बड़े-बड़े नेत्रों से स्वयं देखती कि कर्ण क्या है। पांडवों के मित्र कृष्ण देखते कि कर्ण किस शोभा और सम्मान के साथ, किस गौरव और अधिकार के साथ, दिग्विजय के लिए, अपनी इस यात्रा पर जा रहा है। ... वे यहाँ नहीं थे, तो आचार्य द्रोण ही यहाँ आ जाते। कुरुवृद्ध भीष्म ही देखते कि कर्ण का महत्त्व क्या है। ... किंतु उनमें से कोई भी नहीं था वहाँ। केवल दुर्योधन ही था, उसे विदा करने के लिए; या फिर दुर्योधन के मित्र और कर्मचारी थे। कोई राजकीय तंत्र किसी को जितना सम्मान दे सकता था, उतना कर्ण को प्राप्त हो रहा था।

कर्ण सोच रहा था ...दुर्योधन ने उसके लिए बहुत कुछ किया था; किंतु उसके लिए एक रंगभूमि का निर्माण वह भी कभी नहीं करवा पाया।

रंगभूमि तो शायद बन भी जाती, किंतु वह परिवेश कहाँ से आता ... सारा कुरुकुल, सारे कुरुवृद्ध, उल्लसित प्रजा, सेनाएँ और मंत्रिमंडल ... लगता था सारा ब्रह्मांड वहाँ एकत्रित था।...सबने कुरु राजकुमारों का शस्त्र-कौशल देखा था और उन्हें भूरि-भूरि सराहा था। एक अभागा कर्ण ही था, जिसे अपनी विद्या का प्रदर्शन करने का अवसर नहीं मिला।...उससे भूल इतनी ही हुई थी कि उसने यह नहीं कहा था कि वह भी अपना शस्त्र-कौशल दिखाना चाहता है। जाने कैसा मद चढ़ गया था उसके मस्तक पर कि वह ललकार कर एक ही बात कह रहा था कि अर्जुन ने ऐसा क्या महत्त्वपूर्ण कर दिखाया था, जो वह नहीं कर सकता था; और फिर उसने अर्जुन से द्वन्द्व युद्ध की इच्छा ही प्रकट नहीं की, उसकी माँग रखी थी। रंगभूमि में उस दिन किसी ने किसी से द्वन्द्व युद्ध नहीं किया था, तो उसे ही द्वन्द्व युद्ध का अवसर कैसे दे दिया जाता। ... यह बात तो बहुत बाद में उसकी समझ में आई थी कि वहाँ अर्जुन का शस्त्र-कौशल प्रदर्शित नहीं हो रहा था। वहाँ तो गुरु द्रोण का शस्त्र-ज्ञान प्रदर्शित हो रहा था। वहाँ सारे हस्तिनापुर को एकत्रित कर यह दिखाया जा रहा था, कि आचार्य ने कुरु राजकुमारों को क्या-क्या सिखा दिया है। आचार्य ने कर्ण को कुछ नहीं सिखाया था, तो उसका शस्त्र-कौशल, आचार्य के यश का प्रसार नहीं कर सकता था। तो फिर उसे क्यों अवसर दिया जाता, अपनी योग्यता प्रदर्शित करने का। वह समझ रहा था कि वह अर्जुन से स्पर्धा का अवसर माँग रहा है, किंतु वह स्पर्धा कर रहा था, आचार्य द्रोण से। वह समझ रहा था कि वह अपनी योग्यता के प्रदर्शन का अवसर माँग रहा था; और माँग रहा था वह, अर्जुन से द्वन्द्व युद्ध का अवसर। द्वन्द्व युद्ध, जिसमें दो योद्धाओं में से एक की मृत्यु निश्चित् होती है। कैसी विरोधी बातें थीं। शायद उसकी माँगने की शैली ही ऐसी थी जो उसका आशय कभी भी ठीक-ठीक प्रकट नहीं कर पाती थी।

उसके मन में एक अन्य दृश्य भी उभर रहा था... यह गंगा तट पर कांपिल्य नगर था। द्रौपदी के स्वयंवर का अवसर था। कर्ण ने अपने जीवन में तब तक शायद वैसा कोई समारोह नहीं देखा था।... जैसे सारा संसार उमड़ आया था वहाँ। पूर्व से जरासंध भी आया था वहाँ; और पश्चिम से यादव भी। ...कर्ण चाहता था कि उस समारोह में वह भी अपना कौशल दिखाए। ईश्वर की बनाई हुई यह सारी सृष्टि देखे कि कर्ण क्या कर सकता है। ... पर पांचाली ने पुकार कर कह दिया कि वह सूतपुत्र से विवाह नहीं करेगी। वह वीर्यशुल्का का स्वयंवर था। अपनी वीरता प्रमाणित करने के लिए प्रत्याशियों को एक अद्भुत प्रतिज्ञा पूरी करनी थी; और स्वयंवर होने के कारण सब कुछ पांचाली की इच्छा पर निर्भर भी था।... पांचाली ने उसे शक्ति-परीक्षण

की अनुमति ही नहीं दी थी। ...उस दिन भी उसका मन हुआ था कि वह पुकार कर कहे, "मत करना मुझसे विवाह राजकुमारी! किंतु मुझे अपने कौशल का प्रदर्शन तो कर लेने दो। मैं प्रतियोगी नहीं हूँ। प्रतिद्वंद्वी भी नहीं हूँ किसी का। यदि मैंने प्रतिज्ञा पूरी कर ली, तो भी तुम्हारा विवाह मुझसे नहीं, युवराज दुर्योधन से ही होगा। मैं उसे ही समर्पित कर दूँगा तुम्हें।... किंतु मुझे अपनी धनुर्विद्या का प्रदर्शन कर लेने दो। मेरे लिए एक कृपाचार्य ही पर्याप्त है। तुम दूसरी कृपाचार्य मत बनो।"

...पर यह सब कह नहीं पाया था वह। चुपचाप धनुष रख कर लौट आया था।...मुख से कुछ बोला ही नहीं । बोलता तो जाने क्या-क्या कह जाता। उसकी जिह्वा चलती है, तो उस पर उसका कोई नियंत्रण ही नहीं रह जाता। उसका मन भी आवेश के सोपान चढ़ता ही चला जाता है। उसका अहंकार स्फीत होता जाता है। फिर वह कहनी और अनकहनी में अंतर नहीं कर पाता। ...

उसे रोक दिया था, पांचाली ने। कर्ण ने स्वयंवर का धनुष वापस रख दिया था। किंतु दुर्योधन ने न अपनी कामना छोड़ी थी, न अपना प्रयत्न। ...यही तो विशेषता थी दुर्योधन की। जब सारा संसार मान लेता था कि निर्णय हो चुका है, तो भी दुर्योधन नहीं मानता था। दुर्योधन तो तब ही मानता था, जब परिणाम उसके मन के अनुकूल हो जाए, अन्यथा वह किसी निर्णय अथवा परिणाम को स्वीकार नहीं करता था। ... तभी तो दुर्योधन यह चाहता था कि पांचाली को प्राप्त करने का प्रयत्न न छोड़ा जाए। उसके लिए धर्म वही था, जो उसके पक्ष में जाए। उसकी इच्छा के विरुद्ध कुछ घट जाए तो दुर्योधन को धर्म स्मरण ही नहीं रहता था। दुर्योधन चाहता था कि विजयी ब्राह्मण से पांचाली छीन ली जाए। ...कर्ण तब तक नहीं जानता था कि दुर्योधन बहुत दूर तक की सोच कर आया था। उसे पांचाली का भी मोह था; और वह द्रुपद का जामाता बन कर, द्रुपद की शक्ति पर आधिपत्य जमा कर, स्वयं शक्तिशाली हो, हस्तिनापुर में भी भीष्म तथा आचार्य द्रोण को दुर्बल करना चाहता था। ... पर कर्ण स्वयं भी समझ नहीं पा रहा था कि वह स्वयं क्या चाहता था। इतना निश्चित् था कि वह अपनी धनुर्विद्या के प्रदर्शन का अवसर चाहता था। जीवन में फिर कभी ऐसा अवसर आए न आए। इतने लोग कहीं एकत्रित हों, न हों। ... दुर्योधन की इच्छा पूरी करने के बहाने उसे एक ऐसा ही अवसर मिल रहा था। स्वयंवर विजेता उस ब्राह्मण को जय कर लेना; स्वयंवर को जय कर लेने से भी बड़ी विजय थी। सर्वश्रेष्ठ वीर को पराजित करने का अर्थ था, स्वयं को सहज ही संसार का सबसे महान् धनुर्धारी प्रमाणित कर देना।...किंतु यह बहुत शीघ्र ही स्पष्ट हो गया था कि वह एक असफल प्रयत्न कर रहा था—धर्माचरण की दृष्टि से भी और सफलता की दृष्टि से

भी। इस अधर्म के लिए कृष्ण उसे क्षमा करनेवाले नहीं थे। यादव वहाँ अपनी पूरी शक्ति के साथ विद्यमान थे। वे कौरवों से ही नहीं जरासंध से भी टकरा सकते थे। ...और उस धनुर्धारी ब्राह्मण से कुछ सीखा ही जा सकता था, उसे जीता नहीं जा सकता था।... उससे टकराकर कर्ण की शक्ति कम, उसकी दुर्बलता ही अधिक प्रमाणित होने जा रही थी ... तो फिर क्या लाभ था उस युद्ध का ?... उससे तो न वह दुर्योधन के लिए ही कुछ प्राप्त कर सकता था, न अपने लिए।

उन घटनाओं के वर्षों बाद आज दुर्योधन ने उसके लिए एक रंगशाला बनवा दी थी। ठीक है कि इस समय उसका महत्त्व देखनेवाला उनमें से कोई नहीं था, जिन्हें वह दिखाना चाहता था। और यहाँ कर्ण से अधिक तो दुर्योधन का ही महत्त्व था, जो उसे दिग्विजय पर भेज रहा था। ... पर दुर्योधन ने उसके लिए एक रंगशाला का निर्माण तो कर दिया था, जिस पर कर्ण अपना शौर्य, अपना रणकौशल और धनुर्विद्या प्रदर्शित कर सकेगा। उसके इन सारे प्रतिद्वन्द्वियों में से, युद्धक्षेत्र में, उसका कौशल देखने को तो कोई उपस्थित नहीं होगा; किंतु कर्ण की यशोगाथा तो उन लोगों के कानों में पड़ेगी ही। वे स्वयं नहीं भी सुनेंगे, तो भी दुर्योधन उन्हें सुनाएगा। वे उसका महत्त्व तो जानेंगे।...

दुर्योधन के प्रति कृतज्ञता के भाव से कर्ण का मन विह्वल हो रहा था। एक ओर उसकी इच्छा हो रही थी कि वह दुर्योधन के चरणों में गिर पड़े; और दूसरी ओर उसका विवेक उसे निरंतर रोक रहा था; अन्यथा अब तक वह उसके चरण छू ही चुका होता। यह किसी दिग्विजयी सेनापति के लिए उपयुक्त आचरण नहीं होता। ऐसे अवसरों पर चरण तो अपने माता-पिता के छुए जाते हैं, अथवा फिर अपने गुरु के। न कोई मित्रों के चरण छूता है, न राजाओं और युवराजों के। ...पर कर्ण को लग रहा था कि आज दुर्योधन ने उसके लिए वह सब कर दिया है, जो उसके माता-पिता और गुरु मिल कर भी नहीं कर पाए ...इसके प्रतिदान में वह दुर्योधन के लिए कुछ भी कर सकता था।... और वह यह भी जानता था कि दुर्योधन उससे क्या चाहता था... अर्जुन का वध। वह भी करेगा कर्ण। दुर्योधन की प्रसन्नता के लिए वह अर्जुन का वध भी करेगा ...

कर्ण को हस्तिनापुर से विदा हुए कई दिन व्यतीत हो चुके थे; किंतु हस्तिनापुर का कोई भी गुप्तचर द्रोण के लिए कोई समाचार नहीं लाया था। कर्ण के जो भी दूत आ रहे थे, वे सीधे दुर्योधन के पास ही जा रहे थे; दुर्योधन ही सारे समाचार

सुन रहा था। वह ही आदेश दे रहा था; और वह ही कर्ण को और सैनिक सहायता भेज रहा था। अपनी सेनाओं की प्रगति के विषय में दुर्योधन जो सूचनाएँ प्रचारित कर रहा था, वे अत्यंत उत्साहवर्धक थीं। कर्ण एक राज्य के पश्चात् दूसरे राज्य को ध्वस्त कर आगे बढ़ रहा था। मार्ग में आए सारे राजाओं को पराजित कर, वह उनसे कर ग्रहण कर रहा था। एक दिशा को पूर्णतः जय कर वह दूसरी दिशा की ओर बढ़ रहा था।...

द्रोण व्याकुल मनःस्थिति में अपने कक्ष में टहल रहे थे और दुर्योधन द्वारा प्रचारित सूचनाओं पर विचार कर रहे थे। ... सहसा ऐसा क्या हो गया कि युवराज को यह दायित्व भी अपने कंधों पर लेना पड़ा ? युवराज यह काम किसी और पर क्यों छोड़ नहीं सकते ? ...कर्ण जिन लोगों को पराजित कर आगे बढ़ रहा था, उनमें कोई बड़ा नाम नहीं आ रहा था। यदि वह शक्तिशाली लोगों से लड़ ही नहीं रहा था तो दिग्विजय कैसे होगी ?

अश्वत्थामा कक्ष में आया तो आचार्य का ध्यान भंग हुआ।

"क्या समाचार है पुत्र ?"

"किसका समाचार जानना चाहते हैं पिताजी ?"

"हस्तिनापुर की सेनाओं का, जिन का उत्तरदायित्व मुझ पर है, किंतु जिनकी सूचनाएँ तक सीधी मुझ तक नहीं पहुँच रही हैं।"

"वे सेनाएँ झंझावात से भी अधिक वेग से आगे बढ़ रही हैं—दुर्योधन ऐसी घोषणाएँ कर रहा है।" अश्वत्थामा मुस्करा रहा था।

द्रोण की दृष्टि अपने पुत्र पर ठहर गई, "क्या बात है पुत्र ! तुम गंभीर नहीं हो। सेना की सूचना देते हुए मुस्करा रहे हो।"

"बात तो मुस्कराने की ही है पिताजी !" अश्वत्थामा बोला, "दुर्योधन जो सूचनाएँ प्रचारित कर रहा है, वे सब केवल प्रजा को प्रसन्न कर सकती हैं कि उनके राजा की सेना, संसार की सब से वीर सेना है, जो निरंतर आगे बढ़ रही है और अन्य राजाओं पर विजय प्राप्त कर रही है। किसी सैनिक को तो उससे संतोष होगा नहीं । वह कह रहा है कि कर्ण ने आज पूर्व दिशा को जीत लिया। वह अपनी विजय की घोषणा करने को इतना आतुर है कि यह भी सोच नहीं रहा है कि इतनी शीघ्रता से तो सेना के अश्व निर्विघ्न दौड़ भी नहीं सकते, जितनी शीघ्रता से वह कर्ण की विजयों की घोषणा कर रहा है।"

"बिना विजय पाए हुए तो वह विजय की घोषणा नहीं कर सकता।" द्रोण बोले।

"करने को तो वह कुछ भी कर सकता है।" अश्वत्थामा बोला, "आप उसके जीते हुए राज्यों के नामों पर विचार करें। उनमें अंग और अहिछत्र

का भी नाम है।..."

"अहिछत्र और अंग देश।" द्रोण चकित हो कर बोले, "अंग उसका अपना राज्य है; और अहिछत्र तो हमारा है। वहाँ वह किसके विरुद्ध लड़ा ? हम तो यहाँ बैठे हैं; और अहिछत्र को द्रुपद से बचाने का दायित्व तो हस्तिनापुर का ही है।"

"इसीलिए तो मैं हँस रहा हूँ।" अश्वत्थामा बोला, "मुझे तो लगता है कि दुर्योधन अपनी प्रजा के मनोरंजन के लिए ऐसी घोषणाएँ कर रहा है। पर उसे अपनी घोषणाओं में कुछ सावधानी बरतनी चाहिए।"

द्रोण अश्वत्थामा के समान हँस नहीं पाए। उनका मन सशंक हो उठा था।

"दुर्योधन इतना मूर्ख नहीं हो सकता।" वे बोले, "इन घोषणाओं के पीछे कोई और प्रयोजन भी तो हो सकता है। कौरवों का मन पांचालों के राज्य पर कई पीढ़ियों से लुब्ध है। यह संयोग ही था कि अहिछत्र को द्रुपद से मैंने छीन लिया। अहिछत्र द्रोण का था और द्रोण कौरवों के थे। दुर्योधन द्रुपद से कांपिल्य तो छीन नहीं सकता था; किंतु वह अहिछत्र पर तो अपना आधिपत्य जमा ही सकता था। ... बात मात्र घोषणा तक ही रहे तो मुझे भी ऐसी कोई विशेष असुविधा नहीं है; किंतु यदि दुर्योधन इसी बहाने अहिछत्र को अपने राज्य में मिलाना चाहे तो मैं उसे इसकी अनुमति नहीं दूँगा।"

"आपको इन घोषणाओं में कोई गंभीरता दिखाई देती है पिताजी !" अश्वत्थामा बोला, "मैं तो यही मानता हूँ कि राजा लोग अनेक घोषणाएँ मात्र अपनी प्रजा को भ्रमित करने के लिए करते हैं।"

"मैं तुमसे सहमत हो जाता, यदि दुर्योधन की घोषणा में द्वारका, विराटनगर, मद्र, सिंधु सौवीर अथवा कांपिल्य को अपने राज्य में सम्मिलित करने की चर्चा होती।" द्रोण बोले, "तुम ध्यान दो कि उसकी घोषणाओं में उन सारे राजाओं तथा राज्यों का नाम भी नहीं लिया गया है, जो उस पर भारी पड़ सकते हैं।"

"आप जो कह रहे हैं, उसका तर्क मेरी समझ में आता है, किंतु इस बात का मुझे विश्वास नहीं होता कि वह आपसे, आपका नगर छीनने की कल्पना भी कर सकता है।" अश्वत्थामा ने उत्तर दिया, "यदि वह उसकी कल्पना भी करता है, तो उसके समान महामूर्ख और कौन होगा।"

द्रोण न तो अश्वत्थामा से सहमत हो पा रहे थे, न अपने मन की व्याकुलता को शांत ही कर पा रहे थे। ... वे टहलते रहे और अपने मन ही मन विचार करते रहे। अंततः वे अपने पुत्र की ओर मुड़े, "मेरा विचार है कि हमें इस संदर्भ में भीष्म से चर्चा कर लेनी चाहिए।"

"भीष्म क्या करेंगे ?" अश्वत्थामा चकित भाव से बोला, "आप जानते ही हैं कि भीष्म का न तो दुर्योधन पर कोई नियंत्रण है और न ही उनके पास कोई अधिकार है। उनसे चर्चा का लाभ ?"

"मैं जानना चाहता हूँ कि भीष्म इस विषय में क्या जानते हैं और क्या सोचते हैं।" द्रोण बोले, "आओ ! तुम भी मेरे साथ आ जाओ।"

आचार्य कुछ इतने व्याकुल हो उठे थे कि उन्होंने सारथि की भी प्रतीक्षा नहीं की। उन्होंने अश्वत्थामा को भी रथ संचालन के लिए नहीं कहा। घोड़ों की वल्गा हाथ में ली और बोले, "आओ। बैठो।"

अश्वत्थामा रथ में बैठ गया।

"मैं आपकी इस व्याकुलता का कारण नहीं समझ पा रहा हूँ।" अश्वत्थामा पुनः बोला, "मुझे पूर्ण विश्वास है कि दुर्योधन हमसे अहिछत्र छीनने की मूर्खता नहीं कर सकता। वह तो इन दिनों पांडवों से युद्ध की तैयारी के संदर्भ में अपने शत्रुओं से भी मैत्री कर रहा है। ऐसे में वह अपने मित्रों को अपना शत्रु बनाने का साहस कैसे कर सकता है ?"

"मैं तुम्हारे समान संतुष्ट नहीं रह सकता।" द्रोण बोले, "दुर्योधन का स्वार्थ उससे कुछ भी करवा सकता है। जो व्यक्ति पांडवों जैसे भाइयों के साथ ऐसा व्यवहार कर सकता है, उससे कुछ भी अनपेक्षित नहीं है। वह लोभ और दंभ का साक्षात् रूप है। उसके लोभ का कहीं कोई अंत नहीं है।" उन्होंने रुक कर पुत्र पर एक दृष्टि डाली, "तुम्हारी और मेरी अवस्था में भी बहुत अंतर है। तुम अभी तक मनुष्य की मूलभूत आदर्शवादिता में विश्वास करते हो; किंतु मेरा अनुभव मुझे बताता है कि मनुष्य की मूल प्रकृति स्वार्थी और आत्मकेंद्रित होने की है। वह किसी दबाव के कारण ही आदर्शवादी बना रह सकता है।"

अश्वत्थामा जानता था कि ऐसे समय में पिता से विवाद करने का कोई लाभ नहीं था। उनके मन में यदि किसी आशंका का अंकुर फूटा था तो उस आशंका को निर्मूल करने के लिए मात्र तर्क पर्याप्त नहीं था। वे अपनी ओर से जितनी भी सावधानी बरत सकते हैं, वे बरतेंगे ही। वे दूसरे की सदाशयता से अधिक अपनी युक्ति पर ही विश्वास करेंगे। इसलिए उन्हें अपना व्यूह रच लेने दिया जाना चाहिए।

मार्ग में दोनों ही मौन रहे। अश्वत्थामा के मन में तो कोई समस्या थी ही नहीं । इस सारी स्थिति को वह अपने पिता का एक भ्रम मात्र मान सकता था। वह यह मानता था कि दुर्योधन अपना कोई लक्ष्य पूर्ण करने के लिए हत्या भी कर सकता था, मिथ्या भाषण तो कोई बड़ी बात ही नहीं थी। प्रजा के सम्मुख झूठी घोषणाओं को वह अपनी राजनीति मानता था। प्रजा

के मन में राजा की छवि बनाए रखने के लिए मिथ्या घोषणाएँ, कभी पूरे न किए जानेवाले वरदान तथा अपनी सच्चरित्रता का प्रचार तो उसकी राजनीति के अनिवार्य तत्त्व थे। उसे लगा होगा कि अहिछत्र को अपने राज्य में मिला लेने की घोषणा अत्यंत सुरक्षित घोषणा है। पूछे जाने पर वह हँस कर कह देगा, "आचार्य ! जो कुछ मेरा है, वह सब भी तो आपका ही है। ऐसे में जो कुछ आप का है, क्या वह मेरा नहीं है। आप चिंतित क्यों होते हैं? अश्वत्थामा और मुझमें अंतर ही क्या है। हम मित्र हैं। भाई हैं। उसके और मेरे राज्य में कोई भेद है क्या। दोनों राज्यों के रक्षक समान रूप से आप ही तो हैं। बाहर से आक्रमण हो तो हम ही तो युद्ध करेंगे। आक्रमण चाहे हस्तिनापुर पर हो, अथवा अहिछत्र पर।..."

ऐसे ही सहस्रों तर्क होंगे उसके पास। किंतु पिताजी के आशंकित मन का क्या किया जा सकता है। वे भीष्म के पास जा रहे हैं, संभव है कि भीष्म के पास उनकी समस्या का कोई समाधान हो।...

"यह सब क्या है कुरुश्रेष्ठ !" द्रोण ने कहा, "हस्तिनापुर में कर्ण की विजय के नगाड़े बज रहे हैं और मेरी समझ में नहीं आ रहा, कि हस्तिनापुर की सेनाओं का प्रयोग अपने ही मित्रों के विरुद्ध क्यों किया जा रहा है ?"

भीष्म ने प्रतिरोध के से भाव से आचार्य की ओर देखा, "किस मित्र के विरुद्ध हस्तिनापुर की सेना का प्रयोग हो रहा है ? मैं तो समझता हूँ कि उसका प्रयोग किसी शत्रु के विरुद्ध भी नहीं हो रहा।"

द्रोण को कुछ आश्चर्य हुआ : इस वृद्ध को अब कोई हस्तिनापुर के समाचार नहीं देता अथवा ये भी किसी भ्रष्ट राजनीतिज्ञ के समान सत्य न् बोलने की शपथ ले चुके हैं।

"हस्तिनापुर में प्रतिदिन कर्ण की दिग्विजय के नगाड़े गूँज रहे हैं। समाचार आए हैं कि उसने कांपिल्य को घेर कर द्रुपद से कर ग्रहण किया है। उसने अहिछत्र को अपने राज्य में मिला लिया है। उससे पिताजी कुछ चिंतित हो उठे हैं। क्या कर्ण की दिग्विजय का कोई समाचार आप तक नहीं पहुँचा ?" अश्वत्थामा ने पूछा।

भीष्म की मुद्रा में कोई परिवर्तन नहीं आया। वे उसी प्रकार आश्वस्त रूप से बोले, "पाखंड को सत्य मत समझो आचार्य !"

"तो यह सब क्या है ? जो नहीं हो रहा, उसका प्रचार क्यों हो रहा है ? क्या, यह सब दुर्योधन का मिथ्या प्रचार है ?" द्रोण ने पूछा।

भीष्म कुछ देर मौन रहे। फिर बोले, "प्रचार तो प्रचार ही है। वह सत्य

है भी और नहीं भी। यह मिथ्या का वह रूप है, आचार्य ! जिसे सत्य प्रमाणित करने में दुर्योधन को कोई कठिनाई नहीं होगी।"

"जो सत्य प्रमाणित हो सके, वह मिथ्या कैसे हो सकता है ?"

इस बार भीष्म हँस पड़े, "आप अपने शिष्य को भी नहीं पहचानते। उसकी घोषणाओं के शब्दों पर ध्यान दीजिए। वह कह रहा है कि कर्ण ने द्रुपद का सुंदर नगर चारों ओर से घेर लिया।..."

द्रोण और अश्वत्थामा चुपचाप भीष्म के आगे बोलने की प्रतीक्षा करते रहे।

"इसमें कहीं नगर का नाम है ?"

"नहीं ।"

"तो आपने कैसे समझ लिया कि कर्ण ने कांपिल्य को घेर लिया अथवा उसे जय कर लिया ?" भीष्म नटखट दृष्टि से आचार्य की ओर देख रहे थे।

आचार्य ने कोई उत्तर नहीं दिया।

"इसमें कहीं भी तो यह नहीं कहा गया कि कर्ण ने कांपिल्य नगर को घेरा। जाने उसने द्रुपद का कौन-सा सुंदर नगर घेरा। फिर दुर्योधन कहता है कि कर्ण ने महान् युद्ध करके वीर द्रुपद को अपने वश में कर लिया। प्रश्न यह है कि महान् युद्ध किससे हुआ ? द्रुपद से ? धृष्टद्युम्न से ? शिखंडी से ?? ... पर इसमें किसी का भी नाम नहीं लिया गया है। इसका अर्थ क्या यह नहीं हो सकता कि कर्ण का इनमें से किसी से भी युद्ध नहीं हुआ। पांचालों के किसी छोटे सामान्य सुंदर नगर को, जहाँ उनकी सैनिक शक्ति अधिक न हो, घेर कर, वहाँ की प्रजा को बाँध कर, अथवा उन्हें लूट कर, अथवा उन्हें किसी प्रकार का कष्ट देकर भी तो प्रजावत्सल राजा को अपने वश में किया जा सकता है। तो कर्ण ने द्रुपद को अपने वश में कर लिया; और द्रुपद को बाध्य किया कि अपने उन प्रजाजनों को कष्ट से मुक्त करवाने के लिए वह उसे कुछ धन दे, जो द्रुपद ने दे दिया होगा।"

आचार्य ने कुछ चकित हो कर अपने पुत्र की ओर देखा : यह क्या था—अश्वत्थामा और भीष्म दोनों एक ही भाषा बोल रहे थे।

"किंतु धन की माँग पर, द्रुपद युद्ध भी तो कर सकता था," आचार्य बोले, "यदि वह पराजित नहीं हुआ था तो उसने धन क्यों दिया ?"

"आपका प्रश्न उचित ही है आचार्य ! किंतु किसी प्रजावत्सल राजा को यह कहा जाए कि तुम्हारी प्रजा हमारे वश में है; और यदि तुम सेना ले कर युद्ध करने आए तो हम तुम्हारी प्रजा का वध कर देंगे, अथवा नगर को अग्निसात् कर देंगे, तो वह राजा अपनी प्रजा को मुक्त कराने के लिए क्या आक्रांता सेनापति की बात नहीं मान लेगा ?"

आचार्य को लगा कि भीष्म का तर्क ठीक हो सकता है। दुर्योधन की घोषणा की जो भाषा है, उसका यह अर्थ भी तो हो ही सकता है। और जिस त्वरा से कर्ण की दिग्विजय ने प्रगति की है, उससे तो इसी व्याख्या की संभावना अधिक लगती है। द्रुपद, धृष्टद्युम्न तथा शिखंडी से युद्ध करके तो कर्ण इस प्रकार उनसे धन प्राप्त नहीं कर सकता था। पर आचार्य इस तथ्य को कैसे भूल जाते कि कर्ण के विषय में भीष्म की धारणा कभी अच्छी नहीं रही। उनकी दृष्टि में कर्ण कोई महान् योद्धा नहीं है। बहुत संभव है कि वे अपने पूर्वाग्रहों के कारण कर्ण की इन विजयों को स्वीकार करना ही न चाहते हों।

"किंतु दुर्योधन ने यह भी तो कहा है कि कर्ण ने द्रुपद के अनुयायी राजाओं को अपने अधीन कर, उनसे कर ग्रहण किया है।"

"क्या उसने कहा कि कर्ण ने द्रुपद के अनुयायी राजाओं से युद्ध कर उन्हें पराजित किया और उनसे कर ग्रहण किया ?" भीष्म ने पूछा।

"नहीं ।" द्रोण बोले।

"वह कहता है कि उसने द्रुपद को जीत कर उसके अनुयायी राजाओं को अपने अधीन किया। यह तो वही मान्यता है कि यदि सम्राट् ने किसी कारण कर दे दिया तो उसके करद राजा स्वतः ही कर दे देंगे।" भीष्म बोले, "दुर्योधन की घोषणाएँ कहती हैं कि कर्ण ने उत्तर दिशा में जाकर वहाँ के सब राजाओं को जय किया। उसने हिमालय क्षेत्र के राजाओं को जीता। उसने हिमालय से सब दिशाओं में जाकर सारे राजाओं को जीता।... आपको इसमें कोई सार दिखाई देता है ?"

"हाँ ! इसमें एक बात तो खटकती ही है कि कर्ण ने जिन राज्यों और राजाओं को जीता है, उनके स्पष्ट नाम क्यों नही बताए जा रहे।" आचार्य ने उत्तर दिया।

"मैं भी यही कहना चाहता हूँ।" भीष्म उनसे सहमत हो गए, "विजेता उन सारे राजाओं के नाम इतनी बार घोषित करता है, जो उससे पराजित हुए हैं कि सुननेवालों को वे सदा के लिए हृदयस्थ हो जाते हैं; और यहाँ दुर्योधन केवल दिशाओं की चर्चा कर रहा है।" वे कुछ रुक कर बोले, "जो थोड़े से नाम उसने लिए हैं, वे या तो अपने मित्र राज्यों के हैं, जहाँ युद्ध हुआ ही नहीं होगा, अथवा उन अकिंचन राजाओं के हैं जिन्हें जीतना किसी भी शक्तिशाली राजा के लिए कोई महत्त्व ही नहीं रखता।"

"पर उसकी घोषणाओं में रुक्मी का नाम भी है।" अश्वत्थामा ने आपत्ति की।

भीष्म हँस पड़े, "पर उसने यह घोषणा नहीं की है कि कर्ण ने रुक्मी को पराजित किया। युद्ध आरंभ हुआ और फिर मित्रता हो गई। वैसे ही यादवों

से भी युद्ध नहीं किया गया। उनसे कर्ण हिलमिल गया और पश्चिम दिशा को विजय कर लिया। मैं पूछता हूँ कि जब यादवों को ही जय नहीं किया तो पश्चिम दिशा कैसे जीत ली। वह तो है ही यादवों की भूमि। वैसे ही रुक्मी को जीते बिना दक्षिण दिशा में आगे नहीं बढ़ा जा सकता। ..."

"किंतु यादवों से दुर्योधन की सेना की मित्रता कैसे हो सकती है ?" द्रोण बोले, "कृष्ण तो स्पष्टतः पांडवों के पक्ष में हैं।"

"कृष्ण की पुत्रवधू लक्ष्मणा, दुर्योधन की पुत्री है; और फिर द्वारका में कृष्ण ही नहीं बलराम भी है। वह दुर्योधन का गुरु है; और कौन-सा गुरु अपने शिष्य की विनती पर पिघल नहीं जाता ?"

"कुरुश्रेष्ठ ! कर्ण ने किसी राजा को तो पराजित किया ही होगा।" अश्वत्थामा ने कहा।

"हाँ ! शिशुपाल के पुत्र का नाम आया है। उसे हराया होगा। भगदत्त को हराया होगा। अंग, बंग, कलिंग इत्यादि राज्यों में सेना घुमा ली होगी।" भीष्म बोले, "मैं नहीं समझता कि वस्तुतः उसने शक्तिशाली और प्रबल राजाओं को पराजित कर कोई बड़ी विजय प्राप्त की होगी। वास्तविक दिग्विजय की होती तो यादवों से लड़ना पड़ता, पांचालों से लड़ना पड़ता, मत्स्यों से लड़ना पड़ता, उन गंधर्वों से भी लड़ना पड़ता, जिनके सम्मुख पड़ते ही वह भाग आया था। उसकी इस दिग्विजय में, इनमें से किसी का नाम नहीं है।"

"तो मैं इसे क्या समझूँ ?" आचार्य जैसे कुछ कहने के लिए कह गए।

"आपकी जो इच्छा हो, समझ सकते हैं।" भीष्म ने उत्तर दिया, "मैं तो इतना ही जानता हूँ कि दुर्योधन पांडवों के प्रति अपनी ईर्ष्या से विक्षिप्त हो रहा है; और कर्ण अपनी जयजयकार सुनने का अनन्त काल से भूखा है। इसलिए वे दोनों मिल कर कुछ स्वयं को भ्रमित कर रहे हैं, कुछ अपनी प्रजा को।"

"और कहीं सत्य ही दुर्योधन ने अहिछत्र को अपने राज्य में मिलाने का प्रयत्न किया तो ?" द्रोण जाने के लिए उठ खड़े हो गए।

भीष्म असाधारण रूप से गंभीर दिखाई पड़े, "यदि दुर्योधन ने अहिछत्र पर अपनी कुदृष्टि डाली, तो आप उसकी रक्षा के लिए बलप्रयोग करने को स्वतंत्र हैं। भीष्म भी अपने मन से ही असमर्थ है आचार्य ! उसके शस्त्र अभी असमर्थ नहीं हुए हैं। अहिछत्र आपका है। यह मेरा वचन है।"

15

दुर्योधन ने बहुत सम्मानपूर्वक धृतराष्ट्र को प्रणाम किया और उसके बाद भी वह खड़ा ही रहा।

"बैठो पुत्र !" धृतराष्ट्र ने कहा, "आज तुम्हारा स्वर कुछ सहज नहीं है।"

"मैं बहुत प्रसन्न हूँ महाराज ! दिग्विजय के पश्चात् कर्ण आज हस्तिनापुर लौट रहा है।"

"तुम प्रसन्न हो युवराज ! इसका मुझे हर्ष है; किंतु, दिग्विजय कर जब कोई हस्तिनापुर लौटता है, तो मैं उससे आशंकित ही होता हूँ। प्रसन्न नहीं हो पाता।"

दुर्योधन कई बार मन ही मन सोच चुका था कि यह वृद्ध व्यक्ति जाने क्यों सदा उसकी अपेक्षा के विरुद्ध ही चलता है। जब दुर्योधन उपलब्धि के आकाश को छू रहा होता है तो महाराज को लगने लगता है कि सब कुछ सर्वनाश की ओर जा रहा है। और जब दुर्योधन को लगता है कि सब कुछ नष्ट हो रहा है, तो उसके पिता को कहीं आशा की कोई किरण अवश्य दिखाई दे रही होती है। उन दोनों की प्रतिक्रियाओं में ही इतना अंतर है या उसके पिता को सामने खड़े व्यक्ति को अपनी प्रतिक्रिया से हतप्रभ करना अच्छा लगता है।

"क्या आप कर्ण से भी आशंकित हैं महाराज !"

"इसमें प्रश्न कर्ण अथवा विकर्ण का नहीं है। बात तो केवल इतनी है कि जो दिग्विजय कर लौटता है, उसे न केवल अपनी शक्ति का ज्ञान हो जाता है, वरन् उसकी महत्त्वाकांक्षाएँ भी जाग उठती हैं। सत्ता की पीठ के आस-पास महत्त्वाकांक्षी लोगों का होना, राजा के लिए बहुत सुरक्षित नहीं है पुत्र !" धृतराष्ट्र ने उत्तर दिया।

दुर्योधन, अपने पिता के कथन के सत्य को समझता था; किंतु वह यह भी कहना चाहता था कि इस सिद्धांत को आँखें बंद कर प्रत्येक व्यक्ति पर लागू नहीं करना चाहिए। कुछ व्यक्ति कर्ण जैसे भी होते हैं, जो जिसे अपना स्वामी मान लेते हैं, उसके लिए अपने प्राण दे देते हैं। उसके लिए उनकी महत्त्वाकांक्षाएँ आड़े नहीं आती। कर्ण की महत्त्वाकांक्षाओं को जानता है, दुर्योधन ! इसीलिए तो वह कर्ण को समझाता रहता है कि कर्ण की महत्त्वाकांक्षा अर्जुन के वध में है।...

"कर्ण से इस प्रकार आशंकित होने की आवश्यकता नहीं है, पिताजी !" दुर्योधन ने विवाद करना उचित नहीं समझा, "वह तो मेरे लिए दिग्विजय करके आया है ..."

धृतराष्ट्र के कान मानों यह वाक्य सुनने के पश्चात् बंद हो गए। आगे के वाक्य उसे सुनाई ही नहीं पड़े।...दुर्योधन कह रहा था कि कर्ण उसके लिए दिग्विजय करके लौटा है। उसने यह नहीं कहा कि वह महाराज के लिए दिग्विजय करके लौटा है; अथवा वह कुरुओं के लिए दिग्विजय करके लौटा है।...

"तो क्या चाहते हो पुत्र ! उसे कोई बड़ा पुरस्कार दिया जाए ?"

"नहीं महाराज ! मैं तो केवल इतना ही चाहता हूँ कि आप चल कर नगर द्वार पर उसका स्वागत करें। हमें गुणी व्यक्ति के गुण का सम्मान करना चाहिए।"

धृतराष्ट्र ने कोई उत्तर नहीं दिया।

"क्या बात है पिताजी ! कोई द्विविधा है ?"

"तुमने शायद अपने कुल और इस सिंहासन की मर्यादा का विचार नहीं किया।" धृतराष्ट्र ने उत्तर दिया, "सम्राट् अपने सेनापतियों का स्वागत करने के लिए नगरद्वार पर नहीं जाया करते।"

"आप का विचार बहुत उचित है पिताजी ! किंतु कर्ण हमारा साधारण सेनापति नहीं है। वह मेरा मित्र है—भाइयों जैसा मित्र। वह मेरे लिए दिग्विजय करके आ रहा है। मैं चाहता हूँ कि उसका ऐसा स्वागत किया जाए, जैसा आज तक किसी का नहीं हुआ। उसे वह सम्मान दिया जाए, जैसा आज तक किसी को नहीं दिया गया।"

धृतराष्ट्र के मन में आया कि अपने पुत्र से पूछे कि वह चाहता है कि उसका पिता और हस्तिनापुर का सम्राट् अपनी इच्छा पर न चल कर दुर्योधन की इच्छाओं पर चले और अपनी मर्यादाएँ भंग करता रहे। ... किंतु उसने यह पूछा नहीं । जिह्वा से दुर्योधन अब जो भी कहे, किंतु उसके मन की भावना तो बहुत स्पष्ट हो कर उसके सामने आ ही गई थी। वह कर्ण को कृतार्थ करने के लिए अपने पिता और कुरुओं के सम्राट् को भी उसकी मर्यादा से च्युत करना चाहता है।...लोग कहते हैं कि कर्ण बहुत कृतज्ञ है दुर्योधन का; और धृतराष्ट्र के सामने स्पष्ट है कि दुर्योधन कितना कृतज्ञ है, कर्ण का।...

"तो तुम्हारी इच्छा पूरी हो पुत्र ! तुम कर्ण को अंतःपुर में ले आओ।" धृतराष्ट्र ने कहा, "हम उसका स्वागत सभा में नहीं अपने अंतःपुर में करेंगे। वह अंतःपुर में आकर हमारे और महारानी गांधारी के चरण छुए, जैसे वह हमारा सेनापति न हो, हमारा पुत्र हो।"

दुर्योधन की समझ में नहीं आया कि वह क्या कहे। उसकी इच्छा पूरी नहीं हुई थी; किंतु धृतराष्ट्र ने कर्ण को असाधारण सम्मान दे दिया था। उसे अपना पुत्र कह दिया था। यदि दुर्योधन उसे अपना भाइयों जैसा मित्र मानता था तो क्या कारण था कि धृतराष्ट्र उसे अपना पुत्र न मानें। वे उसकी ही इच्छा

पूरी कर रहे थे। ... किंतु वे नगरद्वार पर जाने के लिए सहमत नहीं थे। इस से उसका महत्त्व तो बढ़ेगा किंतु उसका सार्वजनिक सम्मान नहीं होगा।

दुर्योधन ने बहुत आग्रह नहीं किया। वह अपने भाइयों तथा अन्य मित्रों को ले कर हस्तिनापुर के प्रमुख द्वार वर्द्धमान पर जा पहुँचा। मंत्रिगण तथा सैनिक अधिकारी वहाँ पहले से ही वर्तमान थे। नगरद्वार को ही नहीं, सारे नगर को ऐसे सजाया गया था, जैसे हस्तिनापुर के सम्राट् राजधानी में लौट रहे हों।

कर्ण के आने से पूर्व उसके अश्वारोही उसके आने का समाचार ले कर आए; उनके पश्चात् ध्वजारोहियों की जैसे पूरी वाहिनी ही प्रकट हुई; और तब स्वयं कर्ण का रथ आता दिखाई दिया।

नगरद्वार पर आकर रथ रुक गया। कर्ण के उतरने की देर थी कि दुर्योधन ने उसे अपनी भुजाओं में भर लिया और बोला, "तुम सा नाथ पा कर मैं सनाथ हुआ मित्र।"

कर्ण का मन जैसे कातर हो कर दुर्योधन के चरणों में लोट जाना चाहता था ... उसका राजा उसको अपना नाथ कह रहा था। इससे बड़ा पुरस्कार उसके लिए क्या हो सकता था। वह अपनी कृतज्ञता प्रकट करने के लिए अभी शब्द ही खोज रहा था कि दुर्योधन पुनः बोला, "आज मुझे विश्वास हो गया कि आगामी युद्ध में पांडव अवश्य पराजित होंगे। अर्जुन का तुम्हारे हाथों यमलोक की यात्रा करना निश्चित है।"

कर्ण को लगा कि उसका सारा श्रम सार्थक हो गया। उसे अपने किए का भरपूर पारिश्रमिक मिल गया। जीवन में उसको इससे अधिक और कुछ चाहिए ही कहाँ था।

"तुम्हारी कृपा बनी रहे युवराज! तो यह तनिक भी कठिन नहीं है।" कर्ण बोला।

"यह होगा मित्र!" दुर्योधन बोला, "और मेरी कृपा से नहीं, तुम्हारी शक्ति से होगा। तुम्हारे बाहुबल से। तुम्हारी धनुर्विद्या से।"

दुःशासन, शकुनि, कणिक तथा ब्राह्मणों ने कर्ण की आरती उतारी।

"अश्वत्थामा नहीं आया।" कर्ण ने पूछा।

"पूछना ही था, तो पूछते कि कृपाचार्य नहीं आए।" शकुनि ने कहा, "राजपुरोहित हैं वे, तुम्हारी आरती उतारने के लिए उन्हें आना चाहिए था।"

"कृपाचार्य ने न आने की कृपा की।" दुःशासन बोला।

"बहुत सारे लोग नगरद्वार पर नहीं पहुँच सके; और अन्य बहुत सारे लोगों का देर से पहुँचने का स्वभाव है।" दुर्योधन ने उत्तर दिया, "अब तुम न आचार्य द्रोण की प्रतीक्षा करो, न कृपाचार्य की। मेरे साथ आओ। पिताजी अपने अंतःपुर में आतुरतापूर्वक तुम्हारी प्रतीक्षा कर रहे हैं।"

द्रोणाचार्य का नाम सुन कर, कर्ण का मन कुछ खट्टा हो गया। युवराज ने चुन कर द्रोणाचार्य का ही नाम क्यों लिया, जिन्होंने उसकी बाल्यावस्था से उसका तिरस्कार किया है। वह दिग्विजय से लौट कर नगरद्वार पर उनकी प्रतीक्षा क्यों करेगा ? कदाचित् इसलिए कि उसने अश्वत्थामा के विषय में पूछ लिया था। ...पर दुर्योधन के वाक्य का अंतिम खंड उसे प्रसन्न करने के लिए पर्याप्त था। स्वयं महाराज धृतराष्ट्र अपने अंतःपुर में उसकी प्रतीक्षा कर रहे थे।

दुर्योधन ने उसकी भुजा पकड़कर उसे अपने रथ में चढ़ा लिया था; और सारथि को हटाकर, स्वयं वल्गा पकड़ ली थी।... कर्ण का हृदय चरम विह्वलता की स्थिति में था।

नगर के मार्गों को जिस ढंग से सजाया गया था, उसे देख-देखकर कर्ण जैसे दिग्विजय का पुरस्कार पाता जा रहा था। दुर्योधन की आतुरता भी देखनेवाली थी। मार्ग में आनेवाली नगण्य-सी बाधा भी उसे व्याकुल कर देती थी, चाहे वह किसी उत्साही प्रशंसक की फेंकी हुई पुष्पमाला ही क्यों न हो। वह कदाचित् कर्ण को शीघ्रातिशीघ्र सम्राट् के सम्मुख पहुँचा देना चाहता था।

धृतराष्ट्र के प्रासाद के द्वार पर ही उसकी अगवानी के लिए अप्सराओं-सी सजी, सुंदर दासियाँ खड़ी थीं। वे उसके मार्ग में पुष्पों की सुगंधित पंखुड़ियाँ बिखेरती हुई आगे-आगे चलीं। कक्ष के कपाट खोल कर वे मार्ग से हट गईं; और दुर्योधन तथा कर्ण ने कक्ष में प्रवेश किया। कर्ण ने देखा, गांधारी तथा धृतराष्ट्र जैसे उसकी प्रतीक्षा में ही बैठे थे।

"पिताजी ! मैं महावीर कर्ण को ले कर आया हूँ।" दुर्योधन ने कहा।

"आओ पुत्र !"

कर्ण समझ नहीं पाया कि ये शब्द किसके लिए थे। संभवतः ये युवराज के लिए ही थे; किंतु तब तक दुर्योधन ने उसे आगे बढ़ने का संकेत कर दिया। ... सम्राट् उसे ही अपना पुत्र कह रहे थे।

कर्ण जैसे आज तक इसी क्षण के लिए प्राण धारण कर रहा था। वह धृतराष्ट्र के एक वाक्य से ही पूर्णकाम हो गया था। उसके भीतर की किसी शक्ति ने जैसे उसे धकेल कर धृतराष्ट्र के चरणों में डाल दिया। उसने पुत्र के समान सम्राट् के चरण छुए और धृतराष्ट्र ने अपने हाथों में थाम कर उसका माथा सूँघा।

"वैसे तो शैशव से आप ही मेरे पालक रहे हैं। मैं आपके अन्न से ही पला हूँ। किंतु यह तो आज ही मेरी समझ में आया है कि आप मेरे स्वामी नहीं, पिता हैं।" कर्ण का स्वर आर्द्र हो उठा था।

"मुझे सूचना मिली है कर्ण ! कि हस्तिनापुर का गौरव बढ़ाने के लिए, तुमने बहुत कष्ट सहा है।" गांधारी ने कहा।

दुर्योधन कुछ चौंका। माता ने दुर्योधन, धृतराष्ट्र अथवा कुरुकुल का गौरव

बढ़ाने की बात नहीं कही थी। उन्होंने हस्तिनापुर के गौरव की बात कही थी। माता कदाचित् बहुत आत्मीय नहीं होना चाहती थीं। वे औपचारिक ही बनी रहना चाहती थीं। पर क्यों ? उन्हें कर्ण से दुर्योधन की घनिष्ठता प्रिय नहीं थी क्या ?

"आपके दर्शन मात्र से सारे कष्ट समाप्त हो गए माता !" कर्ण ने भक्ति भाव से गांधारी के चरण छुए, "शरीर पर जो घाव हैं, वे कुछ दिनों के विश्राम से अपने आप भर जाएँगे।"

दुर्योधन को संतोष हुआ। कर्ण का ध्यान महारानी के शब्दों पर नहीं अटका था।

"राधा बहुत सौभाग्यशालिनी है कर्ण ! जो उसे तुम जैसा पुत्र मिला।" गांधारी ने कहा, "दुर्योधन ! कर्ण का उचित सत्कार करो और उसे विश्राम का भी अवसर दो पुत्र।"

दुर्योधन भीतर ही भीतर जैसे स्तब्ध रह गया। माता ने एक बार भी कर्ण को पुत्र नहीं कहा था, वरन् उसे स्मरण भी करा दिया था कि वह राधा का पुत्र था। ... और फिर एक प्रकार से उसे हटा ले जाने का संकेत भी कर दिया था।

दुर्योधन और कर्ण प्रणाम कर चले गए और गांधारी भी दासी का सहारा ले कर अपने कक्ष में चली आई। धृतराष्ट्र ने वहीं रहना उचित समझा। दासी ने पूछा भी कि महाराज कहीं जाना चाहेंगे; तो उसने उत्तर देने के स्थान पर उसे संकेत से चुप करवा दिया, जैसे उसके चिंतन में दासी के बोलने से किसी प्रकार की बाधा पड़ती हो।

धृतराष्ट्र देख रहा था कि उसका मन आशंकित भी था और उल्लसित भी। कर्ण के वर्द्धमान महत्त्व और शक्ति को देख कर वह आशंकित था। आज वह हस्तिनापुर के लिए दिग्विजय करके आया है, कल वह अंगराज न रह कर मगधराज होना चाहे; और फिर उसके मन में जरासंध बनने की कल्पनाएँ हिलोरें लेने लगें, तो कोई उसको कैसे रोक लेगा।... किंतु अभी हस्तिनापुर के पास भीष्म तथा द्रोण जैसे योद्धा थे। इतना तो विश्वास के साथ कहा जा सकता था कि भीष्म राज्य को हस्तगत करने के लोभ से मुक्त थे, अन्यथा हस्तिनापुर के सिंहासन पर वे ही विराजमान होते।... और द्रोण, द्रुपद और धृष्टद्युम्न के भय से हस्तिनापुर से बाहर निकलने का साहस नहीं कर सकते थे।... वे दोनों, कर्ण की उच्छृंखलताओं को रोकने में समर्थ थे। इसलिए कर्ण से भयभीत होने का कोई कारण नहीं था।... हाँ ! चिंता का विषय यह अवश्य हो सकता है कि वह दुर्योधन का मित्र है। उस पर धृतराष्ट्र का कोई नियंत्रण नहीं है। उसे धृतराष्ट्र के अधीन होना चाहिए। ... वह तो शायद राजा का पुत्र होने को अधीर है। किंतु यह गांधारी क्यों उससे इस प्रकार परायों का सा व्यवहार कर रही थी।

यह समझती क्यों नहीं कि कर्ण यदि राधा के स्थान पर गांधारी का पुत्र हो जाएगा, तो वे लोग लाभ में ही रहेंगे।...

हाँ ! एक बात से धृतराष्ट्र को बहुत संतोष हुआ था। अब दुर्योधन के पास एक ऐसा योद्धा अवश्य था, जो अर्जुन का वध करने को व्याकुल था—दुर्योधन को प्रसन्न करने के लिए भी और अपनी ईर्ष्या के कारण भी। बहुत संभव है कि किसी समय उसके लिए दुर्योधन की प्रसन्नता उतनी महत्त्वपूर्ण न रहे; किंतु वह अपनी ईर्ष्या और घृणा से कभी छुटकारा नहीं पा सकेगा। पांडवों के वध के लिए, धृतराष्ट्र, भीष्म और द्रोण पर कभी विश्वास नहीं कर सकता। उनका धनुष अर्जुन पर बाण बरसाने से पहले ही झुक जाएगा।...किंतु कर्ण के साथ ऐसा नहीं होगा। कर्ण के हाथों दुर्योधन, अर्जुन से सुरक्षित हो गया था; किंतु धृतराष्ट्र स्वयं को दुर्योधन के हाथों तभी सुरक्षित मानेगा, जब कर्ण दुर्योधन का मित्र ही नहीं, धृतराष्ट्र का सेवक भी बन जाए।...

अपने कक्ष में आकर गांधारी, पर्यंक पर लेट गई। दासी ने पूछा भी कि महारानी कहीं चलना चाहेंगी, अथवा किसी को बुलाना चाहेंगी, तो उसने उसे मना कर दिया।...

इस घर में युद्ध और हत्या की चर्चा कोई नई नहीं थी। हस्तिनापुर में योद्धाओं का भी कोई अभाव नहीं था। यहाँ भीष्म और द्रोण जैसे योद्धा थे। कृपाचार्य और अश्वत्थामा भी कुछ कम नहीं थे। ... पर ये सारे लोग दुर्योधन को युद्ध से दूर रहने का परामर्श देते थे। ऐसा न होता, तो हस्तिनापुर की सेनाएँ सदा युद्ध ही करती रहतीं। शकुनि ही कम भड़कानेवाला नहीं है। उसे वह चेतावनी भी दे चुकी है। पर गांधारी जानती है कि शकुनि के भरोसे दुर्योधन कोई युद्ध नहीं कर सकता। शकुनि ने कदाचित् युद्ध का परामर्श कभी दिया भी नहीं है। वह तो द्यूत के भरोसे संसार को जीत लेना चाहता है।...

गांधारी का मन कैसी तो व्याकुलता का अनुभव कर रहा था। कर्ण के सान्निध्य में उसे केवल मृत्यु की गंध आ रही थी। उसे लग रहा था कि वह उसके पुत्रों के लिए विजय का उपहार नहीं लाया था, मृत्यु का संदेश लाया था। दुर्योधन के पास इस प्रकार के योद्धा एकत्रित होते जाएँगे, तो वे दुर्योधन की महत्त्वाकांक्षाओं को और भड़काएँगे। उन्हें दुर्योधन के महत्त्व से अधिक अपने महत्त्व की चिंता होगी। योद्धाओं का महत्त्व युद्ध से ही बनता है। वे निरंतर युद्ध करना चाहेंगे। युद्ध होगा तो उनके राजा को उनकी आवश्यकता होगी।... और गांधारी यह अच्छी प्रकार जानती है कि पांडवों से युद्ध दुर्योधन के लिए हितकारी

नहीं है। कर्ण वैसे तो सदा अपनी वीरता बखानता है, किंतु गांधारी जानती है कि दुर्योधन उसका उपयोग कर पाए न कर पाए, वह अपने लक्ष्य के लिए दुर्योधन का उपयोग कर डालेगा।...

गांधारी के मन में एक बड़ा स्पष्ट-सा दृश्य उभरता है।... युद्धक्षेत्र है। दुर्योधन और पांडव आमने-सामने खड़े हैं। युधिष्ठिर कह रहा है कि वह युद्ध नहीं चाहता—उसे उसका राज्य दे दिया जाए। दुर्योधन कर्ण की ओर देखता है और कर्ण कहता है, "किसी को कुछ देने की आवश्यकता नहीं युवराज ! इनसे कहो, जिसमें साहस हो, वह हमसे लड़ कर राज्य ले ले।" दुर्योधन वही बात दोहराता है और गदा उठा कर भीम को लड़ने के लिए ललकारता है। भीम आगे बढ़ता है; किंतु युधिष्ठिर अपने संकेत से उसे पीछे हटाकर अर्जुन को सामने भेज देता है। दुर्योधन भी पीछे हट जाता है और कर्ण को आगे आने का आदेश देता है। कर्ण आगे आता है और धनुष तान कर बाण संधान करता है। अर्जुन के बाणों की एक झड़ी आती है। कर्ण के धनुष की प्रत्यंचा कट जाती है। उसका सारथि मारा जाता है। कर्ण एक बार दुर्योधन की ओर देखता है और टूटा हुआ धनुष फेंककर भाग जाता है। दुर्योधन उसे पुकारता ही रह जाता है और कर्ण कहीं दिखाई ही नहीं देता।... तब अर्जुन एक बाण दुर्योधन के वक्ष में मारता है और भीम आगे बढ़कर अपनी गदा के प्रहार से उसका सिर कुचल देता है...

गांधारी के मुख से चीख निकल गई।

दासी दौड़ी हुई आई, "क्या हुआ महारानी ?"

"कुछ नहीं । तू जा।" गांधारी अनुभव कर रही थी कि उसकी सारी देह स्वेद से भीग गई थी।

दुर्योधन, कर्ण को अपने कोषागार में ले आया था। वहीं उसके अन्य मित्र भी आ गए थे। दुःशासन ने सारा प्रबंध कर रखा था। विजयिनी सेना के साथ आनेवाले छकड़े अपना सामान यहीं उतार रहे थे। कोषागार के विभिन्न अधिकारी और दुर्योधन के भाई बहुत सावधानी से उन वस्तुओं को विभिन्न वर्गों में विभाजित कर रहे थे और उनको सँजो कर उचित स्थानों पर रख रहे थे।

"तुम यहाँ बैठो मित्र !" कर्ण ने दुर्योधन को एक आसन पर बैठा दिया, "मैं तुम्हें दिखाता हूँ कि मैं अपने बाहुबल से विभिन्न राजाओं को पराजित कर, उनसे, तुम्हारे लिए क्या-क्या छीन लाया हूँ।"

दुर्योधन की आँखों के सामने जैसे एक पण्यशाला ही खुली हुई थी। उसमें न स्वर्ण की कमी थी, न बहुमूल्य मणि-माणिक्यों की। कर्ण ने अनेक बहुमूल्य

रत्नों को स्वयं अपने हाथों में उठा-उठा कर उसे दिखाया। उनके गुण बताए। उनका मूल्य आँका। विभिन्न देशों के विभिन्न प्रकार के वस्त्र दिखाए। स्वर्ण मुद्राओं के तो जैसे ढेर ही लग गए थे। कर्ण ने अटूट धनराशि ला कर उसके चरणों में डाल दी थी। ...

दुर्योधन का मन बहुत प्रसन्न था। जैसे-जैसे वह उस धन को निहारता था और उसका मूल्य आँकता जाता था, वैसे-वैसे उसके मन में कर्ण का महत्त्व बढ़ता जाता था। कर्ण ने उसके लिए वह कर दिखाया था, जो भीष्म, द्रोण, कृप, अश्वत्थामा तथा उसके अपने भाइयों ने भी कभी नहीं किया।...

"तुमने मेरे लिए एक ऐसा महान् कार्य कर दिखाया है कर्ण ! कि मेरी समझ में नहीं आ रहा कि मैं तुम्हारे लिए इसके समकक्ष क्या कर सकता हूँ।"

कर्ण जैसे साकार अकिंचनता बन गया, "तुम्हारे बिना मैं हूँ ही क्या मित्र ! तुमने मुझे अपनी मैत्री न दी होती, यह महत्त्व न दिया होता, तो क्या मैं यह सब कर पाता। समझो कि यह सब मैंने नहीं किया। यह सब तुमने ही किया है।"

"ठीक है।" दुर्योधन मुस्कराया, "फिर भी इस घटना की स्मृति में तुम मुझसे कुछ तो माँग लो।"

"मुझे नया तो कुछ भी नहीं माँगना है।" कर्ण बोला, "एक ही वरदान माँगता हूँ कि मुझे इसी प्रकार अपना स्नेह देते रहना। तुम्हारी मैत्री ही मेरे जीवन की सबसे बड़ी उपलब्धि है।"

दुर्योधन को समझ नहीं आया कि कर्ण उससे क्या माँग रहा है। यह तो दुर्योधन को उससे माँगना था।

"लगता है कि तुम्हें मुझसे कुछ नहीं चाहिए।" दुर्योधन हँसा, "किंतु इसका यह अर्थ नहीं है कि मुझे भी तुमसे कुछ नहीं चाहिए।"

"यदि तुम्हारा कोई कार्य मैं कर सकता हूँ, तो तुम्हें वचन देता हूँ कि अपने प्राण दे कर भी उसे करूँगा।"

दुर्योधन को कहने के लिए कोई शब्द नहीं मिले। उसने आगे बढ़ कर कर्ण को अपने वक्ष से लगा लिया।

16

काशिका प्रायः सो ही चुकी थी, जब दुर्योधन उसके कक्ष में आया। उसने दुर्योधन को देखा तो लगा, जैसे वह मदमत्त हो।...उसके पग तो भूमि पर ठीक ही पड़

रहे थे। उसके नयन भी मदिरा का प्रभाव परिलक्षित नहीं कर रहे थे। ...किंतु वह वहाँ होते हुए भी जैसे वहाँ नहीं था। नहीं ! यह अन्यमनस्कता भी नहीं थी। वह चिंतित तो था ही नहीं । बस, शायद अत्यधिक प्रसन्नता के कारण, अपने आपे में नहीं था। आज हस्तिनापुर की विजयिनी सेना नगर में लौटी थी। सुना था कि कर्ण अपने साथ अटूट धन लाया था; और दुर्योधन ने सारी संध्या कर्ण तथा उसके लाए हुए धन के साथ व्यतीत की थी। तो राजा को मद तो चढ़ना ही था।

"मुझे लगता है रानी ! कि इस समय संसार में सबसे अधिक धनी राजा मैं ही हूँ। कर्ण मेरे लिए जो संपत्ति लाया है, वह कदाचित् कुबेर के पास भी न हो।" दुर्योधन बोला, "मेरा धन किसी को भी अपना क्रीतदास बना सकता है। सोचो, इतना सारा धन केवल कर्ण के कारण मेरा हो गया है।"

काशिका को न तो दुर्योधन की यह स्थिति अच्छी लग रही थी और न कर्ण की प्रशंसा। बोली, "धन कब किसका हुआ है ?"

दुर्योधन को काशिका के ये तेवर अच्छे नहीं लगे; किंतु अपनी प्रसन्नता की इस घड़ी में वह उससे किसी प्रकार का झगड़ा नहीं चाहता था। उसने काशिका की उक्ति को गंभीर विवेचन के योग्य नहीं माना। बोला, "धन कब किसका हुआ, इस पर शोध करने की आवश्यकता नहीं है मुझे। मैं तो केवल यह जानता हूँ कि इस समय वह मेरा है।"

"तो फिर किस-किसको क्रीतदास बनाने का निश्चय किया है आपने कर्ण के लाए अपने धन से ?"

"बोलो !" दुर्योधन कुछ मचलकर बोला, "किसे क्रय करूँ ?"

"यदि क्रय कर सकें तो अपने उस धन से अंगराज महावीर कर्ण के लिए कहीं से थोड़ा-सा साहस क्रय कर लें, ताकि वह अगले युद्ध में आपको असहाय छोड़ कर भाग न जाए, किसी और का क्रीतदास बनने के लिए।"

दुर्योधन का सारा मद हरण हो गया। क्या कह रही है यह काशिका। इसको दुर्योधन की कोई उपलब्धि सुहाती नहीं । सत्य ही पत्नी, पति के लिए वामा ही होती है।

दुर्योधन कुछ नहीं बोला तो काशिका को भी लगा कि शायद उसने दुर्योधन को उसके अपराध से भी अधिक दंड दे दिया है। फिर अब उसका उन्माद भी विलीन हो गया था। अब कदाचित् वह उसकी बात सुन पाएगा।

"धन किसी को क्रीतदास नहीं बना सकता, युवराज !" काशिका का स्वर भीग आया था, "हम लोग अपना धन ही तो दिखाने गए थे धर्मराज को; और बंदी बन गए, चित्रसेन के। उसको तो क्रय कर नहीं पाए हम ! ..."

दुर्योधन के मन में कटुता भरती जा रही थी ...कैसी स्त्री है यह ! पति

की इस असाधारण उपलब्धि के अवसर पर भी, ऐसी जली-कटी सुना रही है।

"चित्रसेन हमें मुक्त तो करना ही नहीं चाहता था; उल्टे वह अर्जुन को परामर्श दे रहा था कि पांडव हमसे वही व्यवहार करें, जो द्यूतसभा में आप लोगों ने पांचाली के साथ किया था..."

"ज्ञात है मुझे वह सब कुछ।" दुर्योधन चिल्लाया, "आज वही कथा ले कर क्यों बैठ गईं तुम ?"

"आपको स्मरण कराने के लिए कि धन किसी का नहीं होता। धन से कुछ नहीं होता।" काशिका बोली, "धन तो हमारे पास ही था, किंतु हमारे सम्मान और प्राणों की रक्षा, निर्धन पांडवों ने की। और जिस कर्ण के गुण गाते आप थकते नहीं हैं, वही कारण बना था आपकी पराजय और हमारे अपमान का।"

"तुम उसे व्यर्थ ही दोष दे रही हो।" दुर्योधन कुछ ढीला पड़ा, "जितना धन वह लाया है, उसे देखोगी तो पता चलेगा कि कितना विराट् हृदय है उसका। नहीं तो इतना धन ला कर कौन अपने राजा को दे देता है। आधा तो मार्ग में ही इधर-उधर हो गया होता। यह सब उसके कारण ही तो है। पांडवों को राजसूय के समय भी इतना धन नहीं मिला होगा।"

काशिका जैसे तड़पकर उठ बैठी। वह इतनी उत्तेजित हो चुकी थी कि भूल ही गई कि वह किस से बात कर रही है; और दुर्योधन को रुष्ट करने का परिणाम क्या हो सकता है। बोली, "पांडवों के धन की बात कर रहे हैं आप। देखा था, धर्मराज के द्वार पर कैसे पृथ्वी भर के राजा करबद्ध, पंक्ति में खड़े अपनी बारी की प्रतीक्षा कर रहे थे। कुछ पाने के लिए नहीं । देने के लिए। वे चाहते थे कि धर्मराज उनकी भेंट स्वीकार करें। धर्मराज उस धन को ग्रहण कर लेते तो वे राजा स्वयं को गौरवान्वित अनुभव करते। वह धन किसी से छीना नहीं गया था। स्वतः बह कर आया था धर्मराज के पास। और जो धन आया था—कर अथवा उपहार के रूप में, वह अपने स्वामी को प्रसन्न करने अथवा किसी को क्रीतदास बनाने के लिए नहीं था। वह सारा धन पांडवों ने प्रजा के हित में लगा दिया था। राजसूय के बहाने आने-जाने के लिए मार्ग बने थे। सरिताओं पर सेतु बाँधे गए थे। निर्धनों के लिए आवास बनाए गए थे। विद्वानों को दान दिया गया था। उस सारे प्राप्त धन में से पांडवों ने शायद कुछ भी नहीं रखा था अपने लिए। है ऐसी महिमा कर्ण के लाए हुए इस धन की ?"

दुर्योधन को धरती डोलती-सी लगी ... यह स्त्री थी अथवा कृत्या ? बोलती है तो व्यक्ति का वक्ष जैसे चीर कर रख देती है। वह इसी प्रकार बोलती रही तो, जिस धन को वह अपने वक्ष से लगाए हुए था, वह उसे सर्प के समान विषैला लगने लगेगा।... युधिष्ठिर का राजसूय उसे भी स्मरण था। उसने ही तो पांडवों की ओर से ग्रहण किए थे वे सारे उपहार, जिनका बखान यह स्त्री कर रही

है। उस रात्रि को भी दुर्योधन को नींद नहीं आई थी। ... और लगता था कि आज भी नहीं आएगी। वह कर्ण की इस विजय यात्रा और धन प्राप्ति में अपने उस अपमान को भूलने का प्रयत्न कर रहा था और यह थी कि घोष-यात्रा ही नहीं पांडवों के राजसूय तक को स्मरण करा रही थी।...

"तुम चाहती क्या हो ?" उसके स्वर में वितृष्णा थी।

"मैं तो कुछ भी नहीं चाहती। आप ही मुझे बताने आए थे कि कर्ण बहुत सारा धन लाया है और उसे अपनी पत्नियों को देने के स्थान पर वह आपको दे गया है। मैंने तो आपको धन का महत्त्व भर स्मरण करा दिया।" काशिका बोली, "आपको पांडवों का महत्त्व सहन नहीं होता ..."

"अब इसमें पांडव कहाँ से आ गए।" दुर्योधन का रोष भरा स्वर गूँजा।

"वह पांडवों का ही महत्त्व तो था, जिसने आपको अथवा कर्ण को इस दिग्विजय के लिए प्रेरित किया था। उन्होंने दिग्विजय की थी तो आपको भी करनी थी।" काशिका बोली, "अन्यथा आपको कमी किस बात की थी।"

दुर्योधन का मस्तक भन्ना गया ... जिसे देखो वह उसे यही उपदेश दे रहा है कि उसे कमी किस बात की है। उसने तो कभी नहीं कहा कि उसे किसी पदार्थ की कमी है, इसलिए वह पीड़ित है। उसे तो शीर्ष पर बैठने की कामना है। वह किसी से कम नहीं रह सकता। किसी से पीछे नहीं रह सकता। वह चाहता है कि धन, सत्ता, शक्ति, धर्म, जो कुछ भी है, वह उसके मित्रों के पास रहे, उसके शत्रुओं के पास नहीं । उसे किसी पदार्थ की कमी कहाँ है; किंतु वह पांडवों को सुखी नहीं देख सकता। उसके पास कुछ हो, न हो; किंतु पांडवों के पास क्यों हो ?.... और आज उसकी अपनी पत्नी, उपलब्धि के इस महान् अवसर पर, उसके उन्हीं शत्रुओं का बखान कर रही है। यह उसकी किस जन्म की वैरिन है, जो इस जन्म में उसकी पत्नी बन, उसके जीवन के केन्द्र में आ गई।...

"किंतु आप यह भूल गए महाराज !" काशिका अपनी बात कहती चली गई, "कि युधिष्ठिर अन्य राजाओं से धन छीनने के कारण चक्रवर्ती सम्राट् नहीं कहलाते हैं ...।"

दुर्योधन का मन हुआ कि वह उठ कर अपने पैर की एक ऐसी ठोकर इस स्त्री को लगाए कि जीवन भर इसके मुख से कोई शब्द न फूट पाए ...किंतु अपनी इच्छा के ठीक विपरीत, वह उठा और उसके कक्ष से निकल गया।

वह इस समय अपनी पत्नी अथवा किसी और से झगड़ना नहीं चाहता था। झगड़ कर, विवाद कर, मार पीट कर वह अपनी पीड़ा से मुक्त नहीं हो सकेगा। वह उसके भीतर और गहरी धँसती जाएगी। ... युधिष्ठिर इंद्रप्रस्थ में था, तो भी चक्रवर्ती सम्राट् था; और आज द्वैतवन में बैठा है, तो भी चक्रवर्ती

सम्राट् है।... उसके पास कुछ नहीं है, तो भी उसका राजसूय यज्ञ स्मरण किया जाता है।...

अपने कक्ष में प्रवेश करते ही उसने पुकारा, "दासी !"

दासी ने प्रकट हो हाथ जोड़े, "युवराज !"

"नगर की सबसे सुंदर गणिका को बुलाओ; और यहाँ आपानक का प्रबंध करो।"

"इस समय ?" दासी ने कुछ आश्चर्य से पूछा।

"इस समय नहीं तो क्या मेरे राज्याभिषेक पर ?" दुर्योधन झल्लाकर बोला।

दासी सँभल गई, "क्षमा मिले महाराज ! मेरा तात्पर्य वह नहीं था। मेरी जिज्ञासा तो मात्र इतनी थी कि क्या कोई अतिथि भी आएँगे।"

"नहीं ! जाओ।"

प्रातः दुर्योधन ने सबसे पहले कर्ण को बुला भेजा।

कर्ण किसी अत्यंत आनन्दमयी स्थिति की कल्पना करके आया था, किंतु दुर्योधन को देख कर वह स्तब्ध रह गया, "क्या बात है मित्र ! रात्रि को सो नहीं पाए अथवा सुरापान का अतिरेक हो गया ? सब कुछ ठीक तो है ?"

"रात्रि को जब अपने भवन में पहुँचा तो बहुत सुखी था मैं।" दुर्योधन बोला, "इसलिए अपनी पत्नी के कक्ष में गया। सोचा था, उसके साथ एक अत्यंत आह्लादकारी रात्रि व्यतीत करूँगा; किंतु ..."

कर्ण शेष वाक्य की प्रतीक्षा में उसकी ओर देखता रहा।

"किंतु पाया कि मेरे ही भवन में, मेरी पत्नी के कक्ष में मेरा नहीं, सम्राट् युधिष्ठिर का आधिपत्य था। काशिका के मन में मुझसे अधिक धर्मराज का सम्मान है।"

"क्या !"

"हाँ। मैं क्रोध में वहाँ से उठ आया; किंतु वह मुझे मनाने, मेरा मनुहार करने भी नहीं आई। जिसके प्रति थोड़ा प्यार जता दो, वही सिर पर चढ़ने का प्रयत्न करती है।" दुर्योधन बोला, "मैंने गणिका देवसुंदरी को अपने कक्ष में बुला लिया; और आपानक का प्रबंध भी किया। सोचा, न सही अपनी पत्नी, इस गणिका के साथ ही अपनी आह्लादपूर्ण रात्रि व्यतीत की जाए।... पर वह भी न हो सका।"

"क्यों ? उसके हृदय में भी युधिष्ठिर का सम्मान था क्या ?"

"नहीं। इस बार स्वयं मेरे मन में युधिष्ठिर आ बैठा था; और वह गणिका उसे वहाँ से निकाल पाने में असफल रही।" दुर्योधन बोला, "यह प्रयत्न भी किया कि युधिष्ठिर को लिए दिए ही मैं स्वयं को मदिरा में डुबा दूँ। युधिष्ठिर स्वयं

ही घबराकर भाग जाएगा। ... वह भी नहीं हुआ। परिणामतः मैं देवसुंदरी को भी अधिक देर तक सहन नहीं कर सका। वह अपने हाव-भाव दिखाने लगी तो मैंने रुष्ट होकर उसे भी कक्ष से निकाल दिया और सारी मदिरा भूमि पर उँड़ेल दी।"

"तो सारी रात तुम यातना ही भोगते रहे युवराज !"

"हाँ।" दुर्योधन बोला, "बस ! यह समझ लो कि सारी रात मैं युधिष्ठिर के राजसूय यज्ञ में खड़ा रहा। उसकी स्तुति सुनता रहा। भीम की दर्पपूर्ण उक्तियाँ सहता रहा। अर्जुन को स्वयं अपने पर मुग्ध होता देखता रहा।... शत्रुओं की प्रशंसा सुनने और उनके अभ्युत्थान को देखते रहने को बाध्य होने की यातना की कल्पना कर सकते हो तुम !"

"पर मित्र ! वे तो वन में अपने कुटीरों में पड़े निर्धनता की यातना सह रहे हैं; और तुम दिग्विजय कर, हस्तिनापुर के राजसिंहासन पर बैठे हो।" कर्ण बोला, "ऐसे में उन्हें स्मरण करने की आवश्यकता ही क्या है ?"

"मुझे कोई आवश्यकता हो और मैं उन्हें स्मरण करूँ, तो तुम मुझसे यह प्रश्न पूछ सकते हो; किंतु यहाँ प्रश्न यह नहीं है। प्रश्न यह है कि वे मुझे अपना सुख क्यों भोगने नहीं देते। वे अपनी कुटिया में जैसे मन हो, रहें; वे मेरे प्रासाद में क्यों आ जाते हैं। मेरे और मेरी पत्नी के मध्य उनकी उपस्थिति का क्या अर्थ है।"

"क्या तुम स्वप्न देखते रहे हो ?"

"नहीं । स्वप्न तो तब देखता, जब सो पाता।" दुर्योधन बोला, "उन्होंने तो मुझे सोने ही नहीं दिया।... और एक ओर से सोचता हूँ कि अच्छा ही हुआ कि मैं रातभर सो नहीं पाया। अब तक सोता ही तो रहा हूँ मैं। इतना सोना भी अच्छा नहीं है। अब मुझे जाग जाना चाहिए। ... और तुम्हें भी जगा देना चाहिए।"

"मुझे ?" कर्ण ने चकित भाव से पूछा।

"हाँ। मेरा प्रश्न यह है कि क्या तुम मुझे इस यातना से बाहर निकालना चाहते हो ? क्या तुम चाहते हो कि मेरा सुख मेरे पास लौट आए ? मेरी पत्नी के मन में से यदि युधिष्ठिर का सम्मान कम नहीं हो सकता, तो मेरा सम्मान कुछ बढ़ जाए ?"

कर्ण ने उसे पुनः आश्चर्य से देखा, "ऐसा प्रश्न ही क्यों ? मेरे वश में हो तो मैं अभी, इसी क्षण तुम्हारे लिए अमृत का कलश ले आऊँ, मेरे प्राण देने से भी संभव हो तो मैं तुम्हारा कष्ट दूर कर दूँ।"

"तो मेरा एक काम करो मित्र !"

"आदेश करो युवराज !"

"मैं जानता हूँ कि तुम्हारे जैसा सहायक पा कर मेरे लिए कुछ भी असंभव नहीं है। फिर भी कह रहा हूँ कि मेरा एक मनोरथ पूर्ण करो। मेरे लिए राजसूय यज्ञ की व्यवस्था कर दो।" दुर्योधन बोला, "मैंने देखा है कि क्रतुश्रेष्ठ राजसूय करने के पश्चात् चाहे युधिष्ठिर इस समय द्वैतवन में बैठा है, किंतु तब भी उसका सम्मान मुझसे अधिक है। मेरी पत्नी तक मानती है कि दिग्विजय करने मात्र से, मैं उस महत्त्व का भागी नहीं हो सकता। अब मेरे लिए एक ही मार्ग है, कि मैं भी राजसूय यज्ञ करूँ।"

कर्ण हँस पड़ा, "तो उसमें कठिनाई ही क्या है। ये सारे राजा तुम्हारे वश में हैं, उन्हें आदेश दो कि वे तुम्हारे लिए धन प्रस्तुत करें। कृपाचार्य को कहो कि वे विधिपूर्वक यज्ञ की सामग्री और उपकरणों की व्यवस्था करें और तुम्हारे लिए विशाल दक्षिणाओंवाले राजसूय यज्ञ का आयोजन करें।"

"कृपाचार्य !" दुर्योधन का मन इस नाम पर अटक गया। जाने क्यों उसको लग रहा था कि यह नाम बहुत छोटा है। ... युधिष्ठिर के राजसूय में तो नारद, कृष्ण द्वैपायन व्यास, अंगिरस, याज्ञवल्क्य, सुमंतु, कठ, महातेजस्वी कलाप, जैमिनी, पैल, वैशम्पायन और धौम्य जैसे ऋषिगण उपस्थित थे; और दुर्योधन के राजसूय में कृपाचार्य... राजा के वेतन-भोगी कृपाचार्य ! उसके अपने अन्न से पल रहे कृपाचार्य। नहीं । यदि उसे अपने राजसूय की कुछ भी गरिमा बनानी है, तो कृपाचार्य से काम नहीं चलेगा।...

"कृपाचार्य कुरुकुल के राजपुरोहित अवश्य हैं, वे विद्वान् भी हैं और आचरण से शुद्ध भी; किंतु वे तपस्वी नहीं माने जाते। वे शस्त्र-व्यवसायी हैं। ऋषि समाज में उनका कोई महत्त्व नहीं है। राजसूय में उनका पौरोहित्य मेरे लिए बहुत गौरव का विषय नहीं होगा।" दुर्योधन बोला, "कोई और बड़ा नाम चाहिए।"

कर्ण समझ नहीं पा रहा था कि इसमें इतने सोच-विचार की क्या आवश्यकता है। मंत्र ही तो पढ़वाने थे। जो पढ़ सकता हो, उससे पढ़वा लो। फिर भी वह दुर्योधन का मन नहीं दुखाना चाहता था। पिछली सारी रात तो वह वैसे ही दुखी रहा था।

"यदि हम दूर न भी जाएँ, तो व्यास तक तो जा ही सकते हैं।" दुर्योधन बोला।

"तो संदेशवाहक भेज कर उनको आज ही बुलवा लो।"

"नहीं मित्र ! उन्हें निमंत्रित करना है, तो स्वयं ही जाना पड़ेगा।" दुर्योधन बोला, "संदेशवाहक से निमंत्रण पा कर तो वे अपनी समाधि टूटने पर ही आएँगे। और उनकी समाधि जाने कितनी लंबी हो।"

"समाधि क्या लंबी होगी।" कर्ण बोला, "सब टाल-मटोल का बहाना होता है।"

"मेरा भी अभिप्राय वही है।" दुर्योधन बोला, "यदि तुम सहमत हो तो हम आज पहले यही काम निपटा लें।"

कर्ण को क्या आपत्ति हो सकती थी। वह तो दुर्योधन की प्रत्येक इच्छा से सहमत था।

वेदव्यास ध्यान पूरा कर, उठ कर अपने कुटीर से बाहर आए तो उन्हें सूचना मिली कि दुर्योधन और कर्ण उनकी प्रतीक्षा में बैठे हैं।

"कहो राजकुमार कैसे आए ?"

दुर्योधन ने उनके चरणों का स्पर्श कर प्रणाम किया और मान सा करता हुआ बोला, "आप मुझे पुत्र न कह कर राजकुमार क्यों कहते हैं महर्षि !"

महर्षि मुस्कराए, "पुत्र भाव से आओगे तो पुत्र ही कहूँगा। इस समय तो तुम राजकुमार भी नहीं राजा के रूप में आए हो। बोलो मैं तुम्हारा क्या प्रिय कर सकता हूँ।"

दुर्योधन ने कोई विवाद खड़ा करना उचित नहीं समझा। विनयपूर्वक बोला, "पितामह ! आप जानते ही होंगे कि कर्ण मेरे लिए दिग्विजय करके लौटा है।"

"मुझ तक तो किसी ने ऐसी कोई सूचना नहीं पहुँचाई; किंतु यदि वह सचमुच दिग्विजय कर आया है तो वह बधाई का पात्र है। भगवान् उसे सद्बुद्धि दें।"

"आप भी तो राजधानी की सूचनाएँ प्राप्त करने का कोई प्रयत्न नहीं करते।" कर्ण बोला, "नहीं तो कोई भी आपको बता देता।"

"ठीक कहा तुमने राधेय ! मेरी रुचि धर्म में है, राजधानी में नहीं ।" महर्षि ने उसे सहास देखा, "इस समय मेरी रुचि यह जानने में है कि तुम्हारा यहाँ आना क्या उस दिग्विजय का ही अंग है।"

दुर्योधन सायास हँसा, "नहीं पितामह ! आपका आश्रम जीतने में कर्ण को कोई रुचि नहीं हो सकती। इस समय हम लोग दूसरे ही कारण से आए हैं।..." वह रुका, "मैं राजसूय यज्ञ करना चाहता हूँ।"

"तुमने युवराज को कैसी कठिनाई में डाल दिया है अंगराज !" महर्षि के स्वर में विनोद था।

उन दोनों ने चकित हो कर महर्षि की ओर देखा।

"पति स्वर्ण ला दे, तो पत्नी को अपने कान छिदवाने पड़ते हैं।" महर्षि हँस रहे थे, "तुम दिग्विजय कर आए तो अब दुर्योधन को राजसूय यज्ञ भी करना पड़ेगा।"

"नहीं ऐसी बात तो नहीं है।" दुर्योधन ने तत्काल प्रतिकार किया, "मैं तो वैसे ही सोच रहा था।"

"हाँ तुम वैसे ही सोच रहे थे।" व्यास मंद-मंद मुस्कराते जा रहे थे, "गंगा पुत्र ने कर्ण का तिरस्कार किया, तो कर्ण आवेश में भीष्म को नीचा दिखाने के लिए दिग्विजय के लिए चल पड़ा।" व्यास ने रुक कर कर्ण की ओर देखा, "क्षत्रिय राजा किसी का अपमान करने के लिए दिग्विजय नहीं करते अंगराज !"

"किसी को नीचा दिखाए बिना दिग्विजय हो कैसे सकती है महर्षि !" कर्ण के स्वर में भयंकर तिरस्कार था।

"दिग्विजय धर्मस्थापना के लिए होती है, लूटपाट करने अथवा अपने अहंकार को स्थापित करने के लिए नहीं।" महर्षि बोले, "दिग्विजय के माध्यम से सम्राट् उस सारे क्षेत्र के शासकों की उच्छृंखलता का दमन करता है। प्रजा को अभय देता है। जन सामान्य के आवागमन के लिए मार्ग बनवाता है। तीर्थयात्रा, देश भ्रमण तथा व्यापार इत्यादि की सुविधाएँ उपलब्ध कराता है। सब ओर शांति की स्थापना करता है।... उस धर्मस्थापना की घोषणा करने के लिए वह राजसूय यज्ञ करता है। तुम धर्मबुद्धि से नहीं, अपने आहत अहंकार के दंश से दिग्विजय करने गए थे, और धर्मस्थापना के स्थान पर विनाश करके लौटे हो।"

"वह जो हुआ, सो हुआ।" दुर्योधन बोला, "मैं तो अब धर्मस्थापना के लिए राजसूय यज्ञ करना चाहता हूँ। आप हमारा वह यज्ञ करवा दें।"

वेदव्यास खिलखिलाकर हँसे, "तुम्हारे मन में धर्म है दुर्योधन ?"

"हाँ आर्य !"

"कोई कामना तो नहीं है ?"

"नहीं आर्य !"

"पांडवों को नीचा दिखाने के लिए अहंकार की भावना तो नहीं है ?"

"नहीं महर्षि !"

"युधिष्ठिर ने राजसूय किया, इसलिए तुम भी राजसूय करो, ऐसी ईर्ष्या तो नहीं है ?"

"नहीं आर्य !"

"मैं फिर पूछता हूँ, दुर्योधन ! क्या तुम धर्म-प्रेरणा से राजसूय करना चाहते हो ?"

"हाँ पितामह ! पर आप यह सब क्यों पूछ रहे हैं ? आपको मुझ पर विश्वास नहीं है ?"

"विश्वास है, इसीलिए पूछ रहा हूँ।" महर्षि बोले, "राजसूय करते हुए राजा के मन में धर्म होता है। वह समझ रहा होता है कि इस नामरूपात्मक जगत् में जो कुछ भी है, वह सब उस परम ब्रह्म का ही आधान है। मूल तत्त्व तो एक

ही है, भेद केवल भासमान है। इसलिए वह उन बाह्य रूपाकारों का त्याग कर, अपने मूल स्वरूप में स्थित हो, स्वयं को उस परम ब्रह्म का ही अंश जान, उसी के समान व्यवहार करता है। वह आदरणीय का आदर करता है। पूज्यपूजन के कर्तव्य का निर्वाह करता है। अपना अहंकार स्थापित नहीं करता। ईश्वर के समान भर्ता का रूप धारण कर अपना सब कुछ विद्वानों और अकिंचनों को दान कर देता है। वह भर्ता-स्वरूप होता है, हर्ता-स्वरूप नहीं ।..."

"जानता हूँ पितामह !"

"जानते तो हो, किंतु मानते भी हो ?"

"मानता भी हूँ पितामह !"

"तो फिर धर्म के मार्ग पर चलो दुर्योधन !" महर्षि बोले, "अधर्म का त्याग करो। जो जिसका देय है, उसे दे दो।"

"दे दूँगा पितामह !" दुर्योधन बोला, "दान के भाव से ही तो यज्ञ करना चाहता हूँ।"

"तो फिर सबसे पहले युधिष्ठिर का राज्य उसे दे दो। लोभ मत करो।"

दुर्योधन ने चौंक कर महर्षि की ओर देखा : उसने कल्पना भी नहीं की थी कि व्यास इस सारी चर्चा को यह मोड़ दे देंगे।

"मैं यज्ञ अपने लिए कर रहा हूँ, युधिष्ठिर के लिए नहीं ।" उसके मुख से अनायास ही निकल गया।

"नहीं । तुम यज्ञ युधिष्ठिर के लिए कर रहे हो।" महर्षि हँस रहे थे।

"आपको किसने कहा ?"

"कहने की क्या बात है।" व्यास बोले, "यह दूसरी बात है कि तुम यज्ञ युधिष्ठिर के प्रेम के कारण नहीं, उससे ईर्ष्या के कारण कर रहे हो। यदि तुम उसके प्रति ईर्ष्या से न जल रहे होते, तो तुम्हारे मन में राजसूय यज्ञ करने की इच्छा कभी न जागती।"

"चलिए युधिष्ठिर के प्रति स्पर्धा के भाव से ही सही, किंतु मैं एक धर्म कार्य करना चाहता हूँ, तो उसमें क्या दोष है ?"

"होनी तो स्पर्धा भी नहीं चाहिए; किंतु स्पर्धा भी होती तो कदाचित् उतना दोष न होता।"

"आप इसे स्पर्धा क्यों नहीं मान सकते ?"

"यदि अपने आचरण के कारण युधिष्ठिर तुम्हारा आदर्श होता, यदि तुम उसका अनुकरण करने का प्रयत्न कर रहे होते, तो मैं इसे तुम्हारी स्पर्धा मान लेता," व्यास बोले, "किंतु, तुम उसे अपना आदर्श नहीं मानते। तुम इस यज्ञ के माध्यम से पांडवों को अपनी क्षमता दिखाना चाहते हो। उन्हें नीचा दिखाना चाहते हो। यह तो मात्र अहंकार की परछाईं है। मन में अहंकार हो तो धर्म का

स्वरूप कभी प्रकट नहीं होता। ऐसे में तुम राजसूय यज्ञ जैसा धार्मिक अनुष्ठान कैसे कर सकते हो। मेरी बात मानो दुर्योधन ! पहले अपने मन का कलुष दूर करो। स्वच्छ मन ले कर आओ, सात्विक संकल्प ले कर आओ, निरहंकार हो कर आओ, तो तुम्हारा साधारण यज्ञ भी तुमको राजसूय यज्ञ का फल देगा। राजा लोग राजसूय और अश्वमेध यज्ञ तो स्वयं को अकिंचन बना कर ही कर सकते हैं। तुमने कदाचित् ध्यान नहीं दिया कि युधिष्ठिर के राजसूय यज्ञ में अग्र पूजा के रूप में श्रीकृष्ण के चरण धोए गए थे। राजसूय यज्ञ करनेवाला सम्राट् अथवा उसका प्रतिनिधि उस व्यक्ति के चरण धो रहा था, जिसने सारे यज्ञ में ऋषियों के चरण धोए थे।'' उन्होंने रुक कर दुर्योधन को देखा, ''ऋषियों के चरण धो कर अपनी अकिंचनता सिद्ध करनेवाले के चरण धोता है सम्राट्; तब कहीं वह राजसूय यज्ञ करने की योग्यता प्राप्त करता है।''

''पर उस सबकी क्या आवश्यकता है।'' दुर्योधन खीझ कर बोला, ''आप जिसको जितना दान कहेंगे, मैं दे दूँगा।''

''दान दे दोगे, और अहंकार से फूल जाओगे।'' व्यास हँसे, ''मनुष्य को धन नहीं त्यागना है, त्यागना तो अहंकार है। अहंकार गल गया तो धन का मोह तो अपने आप छूट जाएगा। तुम अपने राजसूय में युधिष्ठिर के चरण धो सकोगे ? उसकी अग्रपूजा कर सकोगे ?''

''यह असंभव है।'' दुर्योधन बोला, ''पर आप क्यों चाहते हैं कि मैं युधिष्ठिर की अग्रपूजा करूँ ? इसलिए कि कोई भी उसे मूर्ख बना सकता है ?''

''इसलिए कि उसकी अधर्म की ओर प्रवृत्ति नहीं है, इसलिए कि उसके मन में हिंसा नहीं है, लोभ नहीं है, काम नहीं है, क्रोध नहीं है, अहंकार नहीं है।'' व्यास बोले, ''उसके मन में उस राज्य के लिए भी आसक्ति नहीं है, जिसके लिए तुम प्राण लेने और देने पर तुले हुए हो।...''

''यह तो क्षात्र धर्म है।'' दुर्योधन उद्दंड भाव से बोला।

''यह भ्रम है। क्षात्र धर्म की भ्रमित व्याख्या है यह।'' व्यास बोले, ''क्षात्र धर्म का मूल तत्त्व, त्याग है, लोभ नहीं । क्षत्रिय अपने प्राणों पर खेल कर समाज में न्याय स्थापित करता है। अपने शस्त्रबल से लोगों का स्वत्व नहीं छीनता। छीनना दस्यु का काम है। जिस दिन तुम वास्तविक क्षत्रिय हो जाओगे, उस दिन चले आना, मैं तुम्हारा राजसूय यज्ञ करवा दूँगा।''

कर्ण ने संकेत किया और दुर्योधन उठ खड़ा हुआ, ''तो मैं चलता हूँ पितामह !''

''जाओ राजन् ! प्रभु तुम्हारा कल्याण करें।''

बहुत दूर तक दुर्योधन और कर्ण ने बिना किसी संवाद के मौन भाव से यात्रा की। दोनों के मन में आवेश उमड़ रहा था; किंतु एक तो वे पहले आश्रम की सीमाओं से दूर निकल जाना चाहते थे, और फिर कुछ सोच-विचार कर ही मुख खोलना चाहते थे।

"देख लिया इनका पाखंड।" अंततः कर्ण बोला, "तुम्हारे राज्य में रहेंगे। तुमसे सहायता, दान और अनुदान पाएँगे; और एक छोटा-सा काम करने का अवसर आएगा, तो संसार भर के सिद्धांत झाड़ने लगेंगे।"

"जिस थाली में खाते हैं, उसी में छिद्र करते हैं।" दुर्योधन बोला, "मेरा संकट यह है कि इनसे मेरा संबंध ही कुछ ऐसा है कि मैं अधिक कुछ कह नहीं सकता। एक ये और एक वे मेरे पितामह भीष्म ! इन लोगों के विषय में कुछ निर्णय करना ही कठिन है। कब ये निस्पृह, अनासक्त तपस्वी हो जाएँगे, कब राजनीतिज्ञ, कब राजपुरुष और कब मेरे पितामह, कुछ पता ही नहीं चलता। ये लोग हमारे अन्न पर पलेंगे भी और हमें उपदेश भी देते रहेंगे।"

"तो अब क्या करना है ?" कर्ण ने पूछा।

"कुछ भी करना हो, उनकी बात नहीं माननी है। वे चाहते हैं कि मैं युधिष्ठिर बन जाऊँ, ताकि कोई भी मुझे मूर्ख बना सके। मैं तो उनके पास इसलिए गया था कि वे आएँगे तो अपने साथ सौ पचास और संन्यासियों को भी ले आएँगे। कुछ मेरे यज्ञ की शोभा रहेगी और कुछ उन निर्धनों को थोड़ा धन मिल जाएगा। अब नहीं है उनके भाग्य में, तो मैं क्या कर सकता हूँ।"

"ठीक है। पर प्रश्न यह है कि अब करना क्या है ?"

"करना क्या है," दुर्योधन कुछ ऊब के साथ बोला, "मैं ही कुछ ऊँचा उड़ना चाह रहा था। यह तो मुझे पहले ही सोच लेना चाहिए था कि व्यास न मेरे नियंत्रण में हैं, न वे मेरा अनुशासन मानेंगे। और अपनी इच्छा से तो वे मेरे लिए कुछ करना ही क्यों चाहेंगे।"

दुर्योधन मौन हो गया और कर्ण चुपचाप उसके पुनः बोलने की प्रतीक्षा करता रहा।

"यह काम तो कृपाचार्य ही करेंगे, जो हमारे राजपुरोहित हैं; और फिर उन्हें कोई आपत्ति हो भी तो अश्वत्थामा के माध्यम से उनसे आग्रह किया जा सकता है। ये व्यास तो वही बोली बोलेंगे, जो युधिष्ठिर और कृष्ण बोलते हैं।" दुर्योधन बोला।

"पता नहीं, ये सारे ऋषि-मुनि, पांडवों का ही पक्ष क्यों लेते हैं। दान-दक्षिणा तो उन्हें हस्तिनापुर से ही अधिक मिलती है।" कर्ण बोला।

"पांडवों का पक्ष लेते हैं, इसीलिए तो वनों में बैठे हैं।" दुर्योधन हँस पड़ा, "जो लोग हमारा पक्ष लेते हैं, वे हस्तिनापुर की राजसभा में विराजते हैं।"

दुर्योधन ने सारथि को संकेत किया, "गुरुकुल में चलो। कृपाचार्य के आवास पर।" और फिर उसने मुड़ कर कर्ण की ओर देखा, "तुम्हें कृपाचार्य के निवास पर जाने में कोई आपत्ति तो नहीं है ?"

"क्यों ? आपत्ति क्यों होगी ?" कर्ण ने पूछा, "वर्षों पहले उन्होंने रंगशाला में अर्जुन का पक्ष लेते हुए मेरा विरोध किया था; किंतु वह तो बहुत पुरानी बात है।"

"हाँ। बात तो पुरानी ही है, पर तुम अपने प्रति किया गया किसी का विरोध भूलते तो हो नहीं ! इसलिए पूछ लिया।" दुर्योधन बोला, "वैसे तुम जाना नहीं चाहते तो भी मैं तुमसे चलने का आग्रह करता। तुम्हारे जाने से उन्हें यह लगेगा कि तुमने उनका विरोध त्याग दिया है। सौहार्द की स्थापना करने के लिए आवश्यक है कि हम अपनी सहिष्णुता और उदारता के प्रमाण देते रहें। व्यास के मना करने पर यह भावना मेरे मन में और प्रबल हो गई है कि हमें इन साधकों, संन्यासियों, तपस्वियों को भी प्रसन्न कर अपने पक्ष में करते रहना चाहिए। समय-समय पर इनकी आवश्यकता भी पड़ेगी। और कुछ नहीं तो पांडवों का समाचार ही इन लोगों से मिलता रहेगा।"

कर्ण को यह सारी चर्चा तनिक भी रुचिकर नहीं लग रही थी। बोला, "मेरा विचार है कि अश्वत्थामा को भी साथ ले लें। वार्तालाप में सुविधा रहेगी।"

"क्यों उसे इतना महत्त्व देते हो। वह समझेगा कि उसके बिना हमारा कोई काम ही नहीं होता।" दुर्योधन अपनी खिन्नता से मुक्त होने का प्रयत्न कर रहा था, "राजसूय यज्ञ मैं करूँगा, और उसका सारा श्रेय वह स्वयं ले लेगा।"

"जैसी तुम्हारी इच्छा। मुझसे तो वैसे ही उसका झगड़ा हो जाता है।" कर्ण ने उत्तर दिया।

वे लोग कृपाचार्य के आवास पर पहुँचे तो वे अध्ययनरत थे; किंतु उन्होंने दुर्योधन को प्रतीक्षा नहीं करवाई। तत्काल भीतर बुलवा लिया।

"आप इस अवस्था में भी इतना श्रम करते हैं आचार्य !" दुर्योधन ने कहा।

"आचार्य भी कहते हो और इस अवस्था में अध्ययन पर आश्चर्य भी प्रकट करते हो।" कृपाचार्य बोले, "अध्ययन न करनेवाला भी कभी आचार्य होता है क्या ?"

"मेरा तात्पर्य था कि आपको ज्ञान की क्या कमी है और अब यह श्रम आपको ऊबा भी देता होगा।"

"तुम्हारा तात्पर्य भी समझ रहा हूँ और तुम्हारा प्रयोजन भी।" कृपाचार्य बोले, "तुम मुझे प्रसन्न करने का प्रयत्न कर रहे हो। किंतु उसकी आवश्यकता नहीं है। तुम अपना कार्य कहो। आचार्य का धर्म है कि वह अपने शिष्यों को

उनके विकास में सहायता दे, चाहे उसकी और उसके शिष्यों की अवस्था कुछ भी क्यों न हो।"

दुर्योधन को कृपाचार्य की वाणी में स्निग्ध अनौपचारिकता के स्थान पर रूक्षता ही अधिक दिखाई पड़ी। पर हतोत्साहित होना तो उसका स्वभाव नहीं था। बोला, "आचार्य ! मैं राजसूय यज्ञ करना चाहता हूँ।"

"क्योंकि कर्ण दिग्विजय कर आया है ?"

"इसलिए नहीं कि कर्ण दिग्विजय कर आया है, वरन् इसलिए कि राजसूय के लिए दिग्विजय अनिवार्य है। अब जब हम पहला सोपान चढ़ चुके हैं, तो दूसरे की ओर पग बढ़ाने में कोई आपत्ति नहीं होनी चाहिए।" दुर्योधन ने उत्तर दिया।

"तुम्हें किसी ओर भी पग बढ़ाने से कोई नहीं रोक सकता युवराज !" कृपाचार्य बोले, "किंतु तुम मुझे निमंत्रित कर रहे हो, सूचना दे रहे हो, अथवा कोई और प्रयोजन है ?"

"मैं चाहता हूँ कि आप यह यज्ञ करवाने का दायित्व स्वीकार करें।"

"यज्ञ करवाने में मुझे प्रसन्नता होती युवराज ! किंतु शास्त्रों के अनुसार राजसूय यज्ञ करने का अधिकार तुमको नहीं है।"

"क्यों ?" दुर्योधन का धैर्य चुकता जा रहा था।

कृपाचार्य ने उसे अनुशासित करने के लिए उस पर एक कठोर दृष्टि डाली, "इसलिए कि तुम्हारे ही कुल में धर्मराज युधिष्ठिर ने राजसूय यज्ञ किया है; और युधिष्ठिर के जीवित रहते तुम्हें यह यज्ञ करने का कोई अधिकार नहीं है।"

दुर्योधन के मन में आया कि वह चीख कर कहे, "तो युधिष्ठिर को मर जाना चाहिए।" किंतु यह सब कहने का कोई अर्थ नहीं था। पता नहीं कृपाचार्य समझ रहे थे या नहीं कि वे दुर्योधन को, युधिष्ठिर का वध करने के लिए प्रेरित कर रहे थे।

"पर मैं वह यज्ञ करना चाहता हूँ आचार्य !"

"बिना उसकी पात्रता प्राप्त किए ?" कृपाचार्य की दृष्टि में भयंकर तिरस्कार था।

"कौन निश्चित करता है, यह पात्रता ?" दुर्योधन ने पूछा।

"क्यों ? उसकी हत्या कर दोगे ?"

और सहसा दुर्योधन हँस पड़ा, "नहीं आचार्य ! केवल अपना ज्ञानवर्धन कर रहा हूँ। ऐसा क्यों होता है कि मेरी प्रत्येक इच्छा की पूर्ति के मार्ग में कोई न कोई ऐसा शास्त्र आ ही खड़ा होता है, जो मुझे उसका पात्र नहीं रहने देता।"

"कोई भी तुम्हारे मार्ग में नहीं खड़ा है राजकुमार ! किंतु यह संसार मात्र

तुम्हारी इच्छाओं की पूर्ति के लिए ही नहीं बना है। यहाँ ईश्वर के उत्पन्न किए हुए असंख्य जीव हैं; और उनके मन में भी कुछ इच्छाएँ जन्म लेती हैं। शास्त्र सबको समान रूप से मान्यता देता है; और तुम अपनी इच्छा के सिवाय और किसी की इच्छा का अस्तित्व ही स्वीकार नहीं करते। शास्त्र के मार्ग में तुम खड़े हो। तुम्हारे मार्ग में कोई नहीं खड़ा है।''

दुर्योधन ने कोई उत्तर नहीं दिया। वह प्रणाम कर उठ आया।

रथ में बैठते ही उसने कर्ण की ओर देखा, ''जब तक यह युधिष्ठिर मरेगा नहीं, तब तक मेरी कोई इच्छा पूरी नहीं होगी।''

''मैं तो कब से कह रहा हूँ कि यदि स्वतंत्र और सुखी रहना चाहते हो तो पहले इन पांडवों का नाश करो।'' कर्ण ने निदर्द्वंद्व भाव से कहा।

''मेरे हाथ में होता, तो मैं कब से उन्हें यमपुर पहुँचा चुका होता।'' दुर्योधन बोला, ''किंतु इन कुलवृद्धों ने मुझे ऐसे बाँध रखा है कि मैं अपने मन का कुछ भी कर नहीं पाता। एक ओर से देखो तो सारे अधिकार मेरे हाथ में हैं, और दूसरा पक्ष यह है कि मैं कुछ भी नहीं कर पाता।''

''तुम इतने असहाय भी तो नहीं हो युवराज !'' कर्ण बोला, ''जब करने पर आते हो, तो महाराज से कुछ भी करवा लेते हो।''

''ठीक कहते हो।'' दुर्योधन बोला, ''किंतु युद्ध के संदर्भ में महाराज के किए तो कुछ नहीं होगा। उसके लिए हमें आवश्यकता पड़ेगी, पितामह की, आचार्य द्रोण की, कृपाचार्य की।... और उनमें से कोई भी नहीं चाहता कि मैं सेना ले कर पांडवों पर आक्रमण करूँ।''

''तो क्या हम उनकी सहायता के बिना पांडवों से युद्ध नहीं कर सकते ?'' कर्ण का दंभ अत्यंत मुखर हो आया था, ''यदि मैं अपने बल पर दिग्विजय कर सकता हूँ तो मैं पांडवों से युद्ध भी कर सकता हूँ।''

''कहते तो ठीक हो मित्र !'' दुर्योधन बोला, ''किंतु तुम्हारी दिग्विजय के मार्ग में भीष्म और द्रोण नहीं खड़े थे। यदि तुम पांडवों के विरुद्ध सेना ले कर जाओगे, तो अधिक संभावना इस बात की है कि पहले तुम्हें हमारे पितामह से ही, युद्ध करना पड़ेगा।''

कर्ण ने कोई उत्तर नहीं दिया। वह दुर्योधन की बात पर विचार कर रहा था। घोषयात्रा के लिए भी बहाना बनाना पड़ा था और तब भी उनकी इच्छा पूरी नहीं हो पाई थी। वे लोग पांडवों तक तो पहुँच ही नहीं पाए थे। उसी प्रकार यदि वे फिर पांडवों पर आक्रमण करते हैं और उन्हें पांडवों से पहले भीष्म, द्रोण तथा कृपाचार्य से युद्ध करना पड़ता है, तो एक प्रकार से उन्हें हस्तिनापुर की सेना के ही विरुद्ध पहले लड़ना पड़ेगा।... यह तो सचमुच न संभव था, न श्रेयस्कर। यदि दुर्योधन और उसके मित्रों की वाहिनियाँ, भीष्म, द्रोण, कृपाचार्य

तथा अश्वत्थामा के विरुद्ध लड़ कर उन्हें नष्ट करती हैं, तो वे स्वयं ही हस्तिनापुर की सेना को इतना दुर्बल कर देंगी कि पांडवों से लड़ने का न उसमें उत्साह रहेगा, न सामर्थ्य ... दुर्योधन ठीक ही कहता है, वे लोग इन वृद्धों की सहमति के बिना पांडवों से नहीं लड़ पाएँगे।...

"हम भीष्म, द्रोण तथा कृपाचार्य के विरुद्ध तो नहीं लड़ सकते, किंतु हम व्यास और कृपाचार्य के विरुद्ध तो लड़ ही सकते हैं।" कर्ण बोला, "हम वही क्यों नहीं करते ?"

"व्यास और कृपाचार्य के विरुद्ध लड़ने का क्या अर्थ है ? व्यास कोई योद्धा हैं क्या ?" दुर्योधन हँसा, "अच्छा किया कि तुमने इनमें विदुर का नाम नहीं जोड़ा।"

"अपने ढंग से तो व्यास भी योद्धा ही हैं। उन्होंने भी तो तुम्हें बाँध ही दिया है, न तुम्हें राजसूय करने की अनुमति दी, न तुम्हारे लिए यज्ञ करने को प्रस्तुत हुए।" कर्ण बोला, "हम उनके इस व्यूह को तोड़ सकते हैं। उनका यह व्यूह तोड़ना ही चाहिए। हमें उनकी सहायता के बिना ही राजसूय यज्ञ कर दिखाना चाहिए।"

दुर्योधन ने एक गंभीर दृष्टि कर्ण पर डाली : कर्ण के मन में कोई योजना है क्या ?

"इन राजगुरुओं और राजपुरोहितों का विचार छोड़ो और अपनी सेवा करनेवाले, सेवा का अवसर ढूँढ़नेवाले साधारण ब्राह्मणों को बुलाओ।" कर्ण बोला, "उन्हें आदेश दो कि वे तुम्हारे लिए क्रतुश्रेष्ठ राजसूय का आयोजन करें। मुझे विश्वास है कि बड़ी-बड़ी दक्षिणाओं का ऐसा अवसर वे कभी हाथ से नहीं जाने देंगे।"

दुर्योधन को कर्ण की बात में सार दिखाई दिया : ठीक कह रहा है कर्ण। कृपाचार्य और द्रोण जैसे लोग वृत्ति लेते हुए तो राजा की कृपा का आह्वान करेंगे, और राजा की इच्छापूर्ति का समय आते ही शास्त्र की चाकरी करने लगेंगे। साधारण ब्राह्मण यह नहीं करेगा। वह तो कब से बैठा प्रतीक्षा कर रहा है कि वह किसी प्रकार राजा को प्रसन्न कर द्रोण और कृपाचार्य का स्थान ले सके।

अपने भवन में पहुँचकर दुर्योधन ने ब्राह्मण-पल्ली के मुखिया को बुलाया। मुखिया ने आने में तनिक भी विलंब नहीं किया।

"महाराज पर प्रभु की कृपा हो।"

"यह सब मत बोला करो।" दुर्योधन ने उसे डाँटा, "मुझे विजयी होने का आशीर्वाद दिया करो। अपने शत्रुओं का नाश करने में सफल होने का आशीर्वाद

दिया करो।"

"वह भी तो भगवान् की कृपा से ही होगा महाराज !"

"वह सब मैं नहीं जानता; और न इस विषय में तुमसे शास्त्रार्थ करना चाहता हूँ।" दुर्योधन बोला, "मैं तो केवल इतना जानता हूँ, कि जो लक्ष्य प्राप्त करना हो, उसके लिए किसी शक्ति को प्रसन्न करना पड़ता है, जैसे तुम्हें दक्षिणा लेनी हो तो मेरी जय बोलते हो, भगवान की नहीं । मैं भी इस समय अपनी इच्छापूर्ति के लिए तुम्हें प्रसन्न करने को प्रस्तुत हूँ। इसका अर्थ यह भी है कि दक्षिणा में यदि बड़ी राशि चाहिए तो पहले मेरी इच्छापूर्ति करो।"

"महाराज का क्या आदेश है ?" ब्राह्मण ने पूछा।

"मैं राजसूय यज्ञ करना चाहता हूँ।"

"क्रतुश्रेष्ठ राजसूय !" ब्राह्मण जैसे स्तब्ध रह गया।

"हाँ।"

"पर युवराज ! राजसिंहासन पर तो अभी महाराज धृतराष्ट्र आसीन हैं। उनके वर्तमान रहते, आप राजसूय कैसे कर सकते हैं ?"

अब स्तम्भित होने की बारी दुर्योधन की थी। धृतराष्ट्र के जीवित रहते भी वह कुछ नहीं कर सकता ? युधिष्ठिर के लिए तो वह मृत्यु की कामना कर सकता था, अपने पिता के लिए तो वह भी नहीं कर सकता। अपने पिता से न वह स्पर्धा कर सकता था, न ईर्ष्या, न उनसे कुछ छीन सकता था, न उनके अहित की कामना कर सकता था। तो ? कैसी स्थिति थी उसकी। उसकी इस दिग्विजय का भी क्या अर्थ ? पता नहीं उसके पिता भी राजसूय कर सकते थे अथवा नहीं । और कर भी लेते तो दुर्योधन, युधिष्ठिर की समता कैसे कर सकता था ? युधिष्ठिर के समकक्ष तो वह तब ही हो सकता था, जब वह स्वयं राजसूय यज्ञ करता। वह स्वयं सम्राट् बनता।...

"मैं राजसूय यज्ञ नहीं कर सकता ?" उसने ब्राह्मण की ओर देखा।

"कैसे कर सकते हैं युवराज ! सिंहासन पर अभिषिक्त हुए बिना आप सम्राट् कैसे बन सकते हैं।"

दुर्योधन को युवराज शब्द कभी इतना नहीं चुभा था। रुष्ट स्वर में बोला, "तो मैं तुम्हें दक्षिणा कैसे दे सकता हूँ ? मुझसे तुम वृत्ति कैसे पा सकते हो ?"

दुर्योधन को यह देखकर आश्चर्य हुआ कि ब्राह्मण उसकी बात से तनिक भी विचलित नहीं हुआ। वह मुस्कराकर बोला, "युवराज आप वैष्णवी यज्ञ करें। आप अपनी वर्तमान स्थिति में भी वैष्णवी यज्ञ कर सकते हैं; और मैं अपनी दक्षिणा पा सकता हूँ।"

दुर्योधन ने कर्ण की ओर देखा, कर्ण ने मुस्कराकर स्वीकृति में सिर हिला दिया।

"उसका क्या महत्त्व है ?" दुर्योधन ने पूछा।

"युवराज! उसे राजसूय की भूमिका ही समझें।" ब्राह्मण बोला, "यह उससे कम महत्त्वपूर्ण नहीं है। आप अपने अधीनस्थ सारे भूपालों को आदेश दीजिए, वे आपको स्वर्ण अथवा स्वर्ण के बने आभूषण कर के रूप में दें। उन आभूषणों तथा स्वर्ण से आप सोने का एक हल बनवाएँ। उस हल से यज्ञ के लिए भूमि जोतें। उसी पवित्र भूमि पर उत्तम संस्कारों से संपन्न, प्रचुर अन्न पान से युक्त तथा सर्वसाधारण के लिए अबाध प्रवेशवाला अनवरत यज्ञ कीजिए।"

"यह कौन-सा यज्ञ है ब्राह्मण ?" कर्ण ने पूछा।

"इसका नाम वैष्णवीयज्ञ है अंगराज !" ब्राह्मण ने बताया।

"आज तक किन-किन राजाओं ने इस यज्ञ का आयोजन किया है ?" दुर्योधन ने पूछा।

"भगवान् विष्णु के अतिरिक्त आज तक और किसी ने भी इस यज्ञ को नहीं किया है।" ब्राह्मण बोला, "इससे इसका महत्त्व अपने आप में ही सिद्ध है।"

"तो ठीक है अंगराज ! हम वह यज्ञ करेंगे, जो आज तक किसी राजा ने नहीं किया है।" दुर्योधन बोला, "तत्काल इस यज्ञ की तैयारी आरंभ कर दी जाए।"

17

इस दूत को युधिष्ठिर ही नहीं, सारे पांडव पहचानते थे। दुःशासन का बहुत मुँहलगा दूत था, प्रभुदत्त। वह प्रणाम कर शांत भाव से खड़ा हो गया था।

भीम को तो हस्तिनापुर से किसी दूत का आना ही अच्छा नहीं लगता था। वहाँ से उसके मन के अनुकूल तो कोई समाचार आता ही नहीं था। जब भी कोई समाचार आया, कष्टकारक ही आया। इससे तो अच्छा था कि कोई समाचार ही न आए। वह जानता था कि यदि अभी इसी दूत से वह पूछेगा कि माँ कैसी हैं, तो वह यही उत्तर देगा कि महारानी कुंती से उसकी बहुत दिनों से भेंट नहीं हुई है। वह तो वही बोलेगा, जो उससे कहने को कहा गया है। और पांडवों की दृष्टि से कोई सुखद समाचार देने के लिए तो दुःशासन ने उसे भेजा नहीं होगा; तो भीम के मन के अनुकूल कोई बात वह कहेगा ही कैसे।

"कहो प्रभुदत्त ! क्या समाचार लाए हो।" युधिष्ठिर ने मधुर भाव से पूछा।

"धर्मराज !" प्रभुदत्त बोला, "अंगराज कर्ण के नेतृत्व में हस्तिनापुर की सेना दिग्विजय करके लौटी है। संसार के सारे राजाओं से कर के रूप में जो

स्वर्ण प्राप्त हुआ है, उससे महाराज दुर्योधन ने एक हल तैयार करवाया है। हस्तिनापुर नगर के बाहर गंगा तट पर उसी हल से महाराज ने भूमि जोती है। वहाँ एक महान् यज्ञ के लिए वेदी तैयार की गई है और महाराज दुर्योधन यज्ञ की दीक्षा ले कर वहाँ बैठ गए हैं। देश-विदेश के राजा-महाराजाओं, विद्वानों तथा महाजनों को आमंत्रित करने के लिए चारों दिशाओं में दूत भेज दिए गए हैं। आशा है कि असंख्य लोग उसमें सम्मिलित होंगे। महाराज दुर्योधन ने आपको भी, अपने भाइयों तथा पत्नी सहित उस यज्ञ में सम्मिलित होने का निमंत्रण भेजा है। राजकुमार दुःशासन ने विशेष रूप से कहलवाया है कि महारानी द्रौपदी के बिना इस यज्ञ की कोई शोभा नहीं होगी। अतः वे अवश्य आएँ।''

पांडवों ने एक-दूसरे की ओर देखा : इस निमंत्रण की ध्वनि स्पष्ट थी। दुःशासन उन्हें द्यूतसभा में हुए द्रौपदी के अपमान का स्मरण करा रहा था।

''सेना ले कर दिग्विजय करने क्या दुःशासन गया था ?'' भीम ने युधिष्ठिर के कुछ कहने से पूर्व ही पूछ लिया।

''नहीं आर्य ! अंगराज कर्ण गए थे !''

''हाँ ! दुर्योधन और दुःशासन इतना साहस कैसे करते। उनका सारा साहस तो घोष-यात्राओं तक ही सीमित है। वैसे दूत ! आजकल हस्तिनापुर का राजा कौन है ?'' भीम ने पुनः पूछा।

प्रभुदत्त ने आश्चर्य से भीम की ओर देखा : क्यों पूछ रहा है भीम, यह सब ? पर फिर भी उत्तर तो उसको देना ही था।

''महाराज धृतराष्ट्र आर्य !''

''और यज्ञ कर रहा है दुर्योधन।'' भीम जोर से हँसा, ''राजा धृतराष्ट्र हैं, दिग्विजय हस्तिनापुर की सेना ने की है; और माना यह जा रहा है कि दिग्विजय दुर्योधन ने की है।''

''कौन-सा यज्ञ कर रहा है, दुर्योधन ?'' अर्जुन ने प्रश्न किया।

''वैष्णवी यज्ञ।''

''इससे पहले भी किसी राजा ने यह वैष्णवी यज्ञ किया है क्या ?'' अर्जुन ने पुनः पूछा।

''ब्राह्मणों का कहना है कि भगवान् विष्णु के पश्चात् यह यज्ञ किसी ने भी नहीं किया है।'' प्रभुदत्त ने बताया।

''अर्थात् हस्तिनापुर के ब्राह्मणों ने इस यज्ञ का आविष्कार दुर्योधन की सुविधा के लिए किया है।'' सहदेव ने कहा, ''शास्त्रों में तो ऐसे किसी क्षत्रियोचित यज्ञ की चर्चा है नहीं, जो बिना सिंहासनाभिषिक्त हुए,दिग्विजय कर, किया जा सके।''

''करना तो वे राजसूय यज्ञ ही चाहते थे राजकुमार ! किंतु शास्त्र उसकी

अनुमति नहीं देता।" दूत ने उत्तर दिया, "ब्राह्मणों का कहना है कि वैष्णवी यज्ञ भी क्रतुश्रेष्ठ राजसूय के ही समान महान् है।"

"यज्ञ कोई भी हो," युधिष्ठिर ने विवाद को आगे बढ़ने से रोका, "हर्ष का विषय यह है कि दुर्योधन इस व्याज से प्रभु का भजन करेगा। शास्त्र किसी को प्रभुस्मरण से तो रोकता नहीं है। कोई किसी भी प्रकार से अपना उत्थान कर सकता है।"

शेष पांडवों के प्रश्नों के व्यूह में घिर गए दूत ने चैन की साँस ली, "तो उक्त अवसर पर महाराज हस्तिनापुर में पधारेंगे न ?"

"प्रभुदत्त !" युधिष्ठिर बोले, "महाराज धृतराष्ट्र तथा माता गांधारी को हमारी ओर से बधाई देना और कहना कि हमें इस यज्ञ में सम्मिलित होने में बहुत प्रसन्नता होती; किंतु हम अपने धर्म से बँधे हैं। हमें बारह वर्षों का वनवास और एक वर्ष का अज्ञातवास करना है। इस समय हम वनवासवाली अवधि में चल रहे हैं। हमारा हस्तिनापुर नगर में आना और वास करना धर्मविरुद्ध होगा। इसलिए हम यज्ञ में तो सम्मिलित हो नहीं पाएँगे; किंतु हमें इस बात का अथाह संतोष है कि दुर्योधन धर्म की ओर प्रवृत्त हो रहा है। भगवान उस पर अपनी कृपा बनाए रखें।"

दूत ने हाथ जोड़ कर प्रणाम किया और वह जाने के लिए मुड़ा, तो भीम ने उसे रोक कर कहा, "एक बात मेरी ओर से भी कह देना दूत !"

"जी राजकुमार !"

"दूत !" भीम ने कहा, "दुर्योधन को कहना कि वह निराश न हो। हम उसका निमंत्रण अस्वीकार नहीं कर रहे हैं। उपयुक्त समय पर पांडव हस्तिनापुर अवश्य आएँगे। यज्ञ के अवसर पर ही आएँगे। किंतु वह राजसूय अथवा वैष्णवी यज्ञ नहीं होगा। वह रणयज्ञ होगा। उस समय पांडव अपने शस्त्रास्त्रों से प्रज्वलित रोषाग्नि में दुर्योधन की आहुति देंगे। उस अग्नि में जलते दुर्योधन, उसके मित्रों, भाइयों तथा पुत्रों पर हम अपने क्रोध के घी की आहुति डालने को उद्यत हो कर आएँगे।"

दूत स्तब्ध खड़ा भीम की बात सुनता रहा।

"जाओ दूत !" युधिष्ठिर ने कहा, "राजकुमार का संदेश यदि दुर्योधन से कहोगे, तो मेरी ओर से यह भी जोड़ देना कि व्यक्ति का धर्मपूर्ण आचरण, उसके प्रति अन्य लोगों के रोष और विरोध का नाश कर देता है। न्यायपूर्ण व्यवहार विरोधियों के मन की युद्ध भावना को ही समाप्त कर देता है। इसलिए दुर्योधन को पांडवों से भयभीत होने की कोई आवश्यकता नहीं है। उसे अन्याय, अधर्म तथा अत्याचार से भयभीत होना चाहिए।"

"जैसी महाराज की आज्ञा।"

दूत चला गया।

"यह दुर्योधन कब से धर्म की ओर प्रवृत्त हो गया ?" प्रभुदत्त के जाने के पश्चात् द्रौपदी ने जैसे चर्चा आरंभ करने के लिए कहा।

"मैं नहीं समझता कि वह धर्म की ओर प्रवृत्त हुआ है।" अर्जुन बोला, "यज्ञों का मूल आशय तो धर्मप्रधान ही है; किंतु उसका एक सामाजिक पक्ष भी है। सामाजिक सम्मान के लिए भी तो लोग बड़े-बड़े समारोह करते हैं। लोगों को बुलाते हैं। निर्धनों को भोजन कराते हैं। विद्वान् ब्राह्मणों को दान-दक्षिणा देते हैं। किंतु उसका कोई आध्यात्मिक आधार नहीं होता। वे वह सारा प्रपंच सामाजिक मान-प्रतिष्ठा की कामना से कर रहे होते हैं।"

"कोई किसी कामना से यज्ञ करे अथवा कराए।" युधिष्ठिर बोले, "किंतु इतना जन-कल्याण तो उससे होता ही है न कि भगवान् की चर्चा होती है, सत्संग होता है, निर्धनों को अन्न मिलता है। विद्वानों का ज्ञान जन सामान्य के सम्मुख उद्घाटित होता है, विद्वानों का सम्मान होता है। प्रजा का हित होता है।"

"यह सब होता तो है," द्रौपदी बोली, "किंतु यदि यज्ञ करनेवाला राजा सात्विक वृत्ति से, निष्काम हो कर यह सब नहीं कर रहा, तो आपने ध्यान दिया है कि उसके द्वारा कौन लोग आमंत्रित होते हैं, कौन लोग सम्मानित होते हैं। ... सबसे बड़ी बात तो यह है कि ऋषियों द्वारा रची गई पवित्र ऋचाएँ किस प्रकार उस कलुषित वातावरण में मलिन होती हैं। अहंकार का प्रचार-प्रसार होता है। जिन लोगों को किसी भी प्रकार सामाजिक मान्यता नहीं मिलनी चाहिए, उन्हें सामाजिक मान्यता मिलने लगती है और सामाजिक अहित वहीं से आरंभ हो जाता है।"

"ठीक कहती हो प्रिये ! धार्मिक अनुष्ठानों से ही क्या, तपस्या से भी वही मिलता है, जिसकी मनुष्य कामना करता है।" युधिष्ठिर बोले, "जो कुछ वह चाहता ही नहीं, वह उसे कैसे मिल सकता है ?"

"इसीलिए तो मैं कह रहा हूँ कि इस यज्ञ से दुर्योधन न प्रजा का हित चाहता है, न अपना कल्याण। वह तो अपने वैभव का प्रदर्शन कर अपना अहंकार पुष्ट करना चाहता है।" अर्जुन ने कहा।

"तो उसको वही मिलेगा।" युधिष्ठिर बोले, "रावण भी तो अपनी तपस्या के पश्चात् अपने अहंकार के कारण राक्षस ही हो गया था।"

"यदि दुर्योधन का लक्ष्य इतना ही है, तो हमें आपत्ति नहीं होनी चाहिए।" सहदेव बोला, "किंतु वह तो इसके माध्यम से राजाओं को एकत्रित कर, उन्हें अपना मित्र नहीं, हमारा शत्रु बनाने का प्रयत्न करेगा।"

"तो तुम क्या कर सकते हो।" युधिष्ठिर हँसे, "कोई संसार में अपने लिए

अमृत खोजता है, कोई दूसरों के लिए विष। ज़िसकी जो प्रकृति है, वह वही करेगा।"

"जब हम जानते हैं कि वह हमारे लिए विष एकत्रित कर रहा है, तो हमें सावधान तो रहना ही होगा।" द्रौपदी बोली।

"हम असावधान हैं ही कहाँ पांचाली !" भीम बोला, "हम सावधान ही हैं, इसलिए हम जानते हैं कि हस्तिनापुर में जो कुछ भी हो रहा है वह सब पाखंड है। सूतपुत्र की दिग्विजय कोई वास्तविक दिग्विजय नहीं है। जितने समय में वह दिग्विजय कर आया है, उतने समय में तो कोई चारों दिशाओं की यात्रा भी नहीं कर सकता। ..."

"मेरे मन में एक दूसरा ही प्रश्न है।" अर्जुन ने कहा।

"क्या ?" द्रौपदी ने उसकी ओर देखा।

"यदि महाराज धृतराष्ट्र वास्तविक दिग्विजय चाहते थे तो, हस्तिनापुर के सारे योद्धा योजनाबद्ध रूप से सारी दिशाओं में क्यों नहीं गए ? क्यों अकेले कर्ण पर यह सारा भार डाल दिया गया ? हस्तिनापुर की सेना में पितामह भीष्म तथा आचार्य द्रोण का कोई स्थान नहीं है ? और फिर यदि हस्तिनापुर की सेना वस्तुतः दिग्विजय करके लौटी है तो दिग्विजय का श्रेय सिंहासनस्थ महाराज धृतराष्ट्र को न दे कर दुर्योधन को क्यों दिया जा रहा है ?"

"इसलिए कि यह न तो धृतराष्ट्र की योजना है।" भीम बोला, "न यह वास्तविक दिग्विजय है। किसी महत्त्वपूर्ण राजा को कर्ण ने पराजित किया हो, ऐसी कोई सूचना किसी दिशा से नहीं आई है। और न ही यह वास्तविक यज्ञ है। शास्त्र के अनुसार अभी दुर्योधन राजाओं के करने योग्य कोई भी महत्त्वपूर्ण यज्ञ कर नहीं सकता, इसलिए इस वैष्णवी यज्ञ को कर रहा है, जिसे आज तक पृथ्वी के किसी राजा ने नहीं किया है। उसके मन की ईर्ष्या उसे शांत बैठने नहीं देती, इसलिए कुछ न कुछ ऐसा करता रहता है, जिससे वह पांडवों के समकक्ष होने का दर्प कर सके। वही कर रहा है वह।"

"यह तो निश्चित ही है कि जो कुछ वह कर रहा है, वह धर्म नहीं उसकी राजनीति है।" युधिष्ठिर बोले, "इसीलिए पितामह तथा आचार्य उससे सहमत नहीं होंगे।"

"तो फिर हमें कुछ करना चाहिए न !" द्रौपदी ने कहा।

"हमें इसमें क्या करना है पांचाली।" अर्जुन ने कहा, "हम तो राजनीति में भी धर्म खोज रहे हैं; और वह धर्म के माध्यम से भी राजनीति कर रहा है।"

"वस्तुतः वह राजनीति भी नहीं कर रहा, वह अपनी महत्त्वाकांक्षा की उस मृगतृष्णा के पीछे दौड़ रहा है, जिसकी परिणति केवल थक कर गिर जाने में होती है।" युधिष्ठिर बोले, "वह इतना भी समझ नहीं पा रहा है कि उसके शत्रु

पांडव नहीं, उसके अपने मन में स्थित पांडवों के प्रति ईर्ष्या का भाव है। वह पांडवों का सब कुछ छीन ले, झूठी नहीं वास्तविक दिग्विजय कर ले, किंतु सुख तो उसे अपने मन को इस रोग से स्वच्छ करके ही मिलेगा। धर्म से ही मिलेगा। और धर्म लोभ में नहीं, अस्तेय और अपरिग्रह में है। यदि सुख राज्य में होता, तो उग्रसेन को कृष्ण से अधिक सुखी होना चाहिए था। ..."

"मैंने कृष्ण को कभी दुखी अथवा हताश नहीं देखा।" नकुल बोला, "तो उनसे अधिक सुखी कोई हो कैसे सकता है ?"

"मेरा विचार है कि कृष्ण ने अपने जीवन में इतने कष्ट देखे हैं कि अब वे किसी कष्ट से विचलित नहीं होता।" भीम ने कहा।

"मध्यम कदाचित् ठीक ही कह रहे हैं।" द्रौपदी ने भीम का समर्थन किया, "गोविन्द का जन्म मृत्यु की छाया में, कारागार के भीतर हुआ। सारा शैशव हत्या करने आए राक्षसों से लड़ते हुए व्यतीत हुआ। किशोरावस्था में ही मृत्यु का सामना करने के लिए मथुरा जाना पड़ा। कंस का वध कर देने पर भी मथुरा में रहना संभव नहीं हुआ। द्वारका में भी निरंतर एक से बढ़ कर एक, शक्तिशाली शत्रुओं से लड़ना पड़ा। कौन-सा संकट है, जो उन्होंने नहीं झेला। जिन यादवों की रक्षा की, उन्होंने भी लांछन लगाए और शत्रुतापूर्ण व्यवहार किया। फिर भी केशव ने किसी से शत्रुता नहीं पाली। किसी को अपना विरोधी नहीं माना। किसी से कुछ माँगा नहीं, और जिसने जो माँगा, उसे वह देने को तैयार रहे।"

"बस यही कारण है, जिससे वे कभी हताश नहीं होते ? कभी उदास नहीं होते ?" नकुल ने पुनः पूछा।

"कृष्ण के मन में कोई कामना नहीं है; फिर भी वे सदा क्रियाशील हैं।" युधिष्ठिर बोले, "अपने लिए द्वारका का राज्य भी नहीं चाहिए; किंतु सारे जंबुद्वीप के राज्यों की चिंता में सदा सक्रिय रहते हैं। कामना नहीं होगी, तो दुःख निकट भी नहीं आएगा।"

"मुझको तो लगता है कि कृष्ण का मन है ही नहीं । वह उनकी बुद्धि में ही समा गया है।" अर्जुन बोला, "बुद्धि ऐसी है, जो तनिक भी संशयशील नहीं है। स्थिर बुद्धि है उनकी, निष्कंप दीपशिखा-सी। निर्द्वन्द्व, सरल और निश्छल। उसे साधारण बुद्धि नहीं, प्रज्ञा कहना चाहिए।"

"पर बुद्धि में द्वंद्व क्यों नहीं है ? संशय क्यों नहीं है ? केशव क्या तर्क-वितर्क नहीं करते ? पक्ष-विपक्ष नहीं देखते ? उनकी बुद्धि कैसे कभी भ्रम में नहीं पड़ती ?" द्रौपदी बोली।

"क्योंकि उसमें आसक्ति नहीं है। किसी के प्रति मोह नहीं है।" युधिष्ठिर बोले, "जिस प्रकार उन्होंने अपने मातुल का वध किया, अपने मौसेरे भाई शिशुपाल के पापों का दंड देने के लिए उसका वध किया, उससे स्पष्ट है कि कृष्ण की

बुद्धि न्याय को देखती है, संबंधों को नहीं ।"

"तो क्या किसी से प्रेम नहीं है उनको ? माया-ममता नहीं है उनके मन में ?" नकुल जैसे अपने आपसे पूछ रहा था, "हृदयहीन, शुष्क व्यक्ति हैं वे ? भावना की स्निग्धता नहीं है उनमें ?"

"जितना प्रेम कृष्ण के मन में है, उतना किसी और के मन में संभव ही नहीं है।" अर्जुन बोला, "सारी सृष्टि से एक साथ प्रेम कर सकते हैं कृष्ण। हाँ ! मोह नहीं है उनको। उनके मन में विभाजन नहीं है; और न ही किसी अपने का अन्याय स्वीकार्य है उनको। कृष्ण न्याय रूप भी हैं, और प्रेम रूप भी। तो फिर उनकी प्रज्ञा क्यों भ्रमित होगी, वे हताश क्यों होंगे।"

"हाँ ! प्रेम जताने में तो दक्ष है कृष्ण।" भीम हँसा, "कहीं भी लोगों को एकत्रित कर उन पर प्रेम लुटाने लगता है। कहीं बाँसुरी बजाकर वृद्धाओं को लुभाने लगता है ..."

द्रौपदी ने भीम को कुछ कठोर दृष्टि से देखा, "मध्यम ! किसी के गुणों का उपहास करना कोई अच्छी बात नहीं है। मुझे तो लगता है कि कृष्ण हमारे समान साधारण मनुष्य हैं ही नहीं । वे नारायण की विशिष्ट विभूतियों को ले कर उत्पन्न हुए हैं। वे बहुत विकसित पुरुष हैं। बहुत उन्नत।"

"हाँ ! तुम्हारे तो सखा हैं। क्यों नहीं कहोगी यह सब। हमारे क्या लगते हैं कि हम उनका इस प्रकार गुणगान करें।" भीम अब भी हँस रहा था।

"पांचाली ! तुम भी मध्यम के परिहास को नहीं समझ पा रहीं।" अर्जुन बोला, "मध्यम क्या कम प्रेम करते हैं, केशव से ?"

"जानती हूँ, फिर भी उनको केशव का उपहास तो नहीं करना चाहिए। कौन है केशव के समान, जो दरिद्र, वृद्ध, रोगी ... किसी से भी इतना प्रेम कर सके। सबसे प्रेम कर सके। निःस्वार्थ प्रेम कर सके। जो उनसे प्रेम करे, उन सबको उनके प्रेम की शतगुणित प्रतिध्वनि दे सके ?"

"हम सब तुमसे सहमत हैं पांचाली ! कृष्ण की असाधारणता और महानता की कौन उपेक्षा कर सकता है।" युधिष्ठिर बोले, "और फिर हमसे अधिक कौन इस तथ्य को जानता है। हम जब-जब कठिनाई में घिरे हैं, कृष्ण दौड़े हुए आए हैं। बिना किसी लोभ के, बिना किसी अपेक्षा के।"

धर्मराज के कथन ने द्रौपदी को मौन कर दिया था, किंतु उसका आवेश अभी जैसे चुका नहीं था। धीरे से बोली, "कोई माने या न माने, मैं तो यह भी मानने लगी हूँ कि स्वयं नारायण ही आए हैं, केशव के रूप में जन्म ले कर, संसार के पाप से लड़ने के लिए।"

भीम की इच्छा थी कि वह द्रौपदी को अभी कुछ और खिझाए, किंतु उसका सात्विक आवेश और समर्पण भाव देख कर वह जैसे स्तंभित हो कर रह गया

था। उसे लगा, अब वह परिहास नहीं कर सकेगा। उसका अपना मन भी कृष्ण से अभिभूत हो कर उसके विषय में कुछ सोचना चाहता था। ...

18

यज्ञ पूर्ण कर दुर्योधन वेदी से उठा तो उसके मुख पर सात्विकता के स्थान पर भयंकर रजोगुण था। उसके मन में आत्मसमर्पण अथवा आत्मविस्मृति के भाव नहीं थे। वह तो दर्प से इस प्रकार मत्त हो रहा था, जैसे यज्ञ वेदी से न उठा हो, कोई असाधारण युद्ध जय कर, युद्धक्षेत्र से लौटा हो।

याचकों ने उसकी जयजयकार की और ब्राह्मणों ने उसे आशीर्वाद दिया। किंतु अब उसमें और धैर्य नहीं था कि वहाँ रुकता और किसी की बात सुनता। उसने यज्ञ, दान के लिए नहीं, प्राप्ति के लिए किया था।

दुर्योधन ने ब्राह्मणों के मुखिया जिज्ञासु की ओर देखा, "मेरे साथ आओ।"

"भैया ! याचकों को क्या देना है ?" दुःशासन ने पूछा।

"उन्हें संतुष्ट कर दो।" दुर्योधन बोला, "धन का अभाव नहीं है हमारे पास। वे लोग असंतुष्ट न जाएँ।" उसने रुक कर इधर-उधर देखा, "विदुर का ध्यान रखना। वह स्थिति का लाभ उठा कर सब कुछ अपने ही लोगों में न बाँटता रहे।"

"मैं भी अपनी दक्षिणा ले लूँ युवराज !" जिज्ञासु के पग थम गए।

"तुम मेरे साथ चलो ब्राह्मण देवता ! तुमसे कुछ बातें करनी हैं।" दुर्योधन बोला, "तुम्हारी दक्षिणा कहीं भाग नहीं जाएगी। ज़ब साधारण याचकों को संतुष्ट करने के लिए कह रहा हूँ तो इसका यह अर्थ तो नहीं है कि तुम्हें संतुष्ट नहीं किया जाएगा।"

जिज्ञासु मन मार कर उसके साथ चल पड़ा।

दुर्योधन के आगे-आगे उसके भाई चल रहे थे। उसके साथ कर्ण और शकुनि थे। दुःशासन पीछे रह गया था, व्यवस्था के लिए। चारों ओर लोगों की भीड़ थी। कुछ लोग दूर से ही युवराज पर पुष्प उछाल कर उसकी जयजयकार कर रहे थे और कुछ की इच्छा थी कि वे निकट आकर अपने हाथों से युवराज को पुष्पहार समर्पित करें, ताकि यदि कोई संभाषण न भी हो सके तो भी वे युवराज के आमने-सामने तो हो ही जाएँ। युवराज भी देख लें कि उनके यज्ञ की पूर्णता पर किन लोगों ने गला फाड़ कर उनका जयकार किया था और उनको पुष्पों का भारी-भरकम हार पहनाया था।

"युवराज की जय हो।" एक व्यक्ति ने चिल्लाकर कहा, "ऐसा भव्य यज्ञ आज तक हस्तिनापुर के किसी राजा ने नहीं किया।"

दुर्योधन ने उसकी ओर देखा भी नहीं । उसे अपने रथ तक पहुँचने की जल्दी थी।

जिज्ञासु मन ही मन झुंझला रहा था। वह इतने दिनों तक किसी प्रकार स्वयं और अपने साथी ब्राह्मणों को सँभाले यज्ञ कराता रहा था और अब जब दक्षिणा प्राप्त करने का समय आया था तो युवराज में इतना भी धैर्य नहीं था कि वे यज्ञस्थान पर थोड़ी देर और रुक जाते और अपनी देख-रेख में निर्धन ब्राह्मणों को दक्षिणा भी दिलवा देते। इतनी भी श्रद्धा नहीं थी, तो यज्ञ ही क्यों करवाया था।... और भीड़ में खड़ा वह व्यक्ति चिल्ला रहा था कि हस्तिनापुर के किसी राजा ने आज तक इतना भव्य यज्ञ नहीं किया था, जैसे वह हस्तिनापुर की स्थापना के दिन से बैठा सारे राजाओं और उनके यज्ञों को देखता रहा हो।... लोग समझते हैं कि वे इतनी-सी चाटूकारिता से राजा को मूर्ख बना कर उससे ढेर सारी दक्षिणा प्राप्त कर लेंगे। ...मूर्ख लोग यह नहीं समझते कि ये तथाकथित बड़े लोग माँगते अधिक हैं, देते कम हैं। ... युवराज को तो उस जिज्ञासु की भी कोई चिंता नहीं है, जिसने यह सारा यज्ञ करवाया है।...

"धर्मराज के यज्ञ की सी गरिमा नहीं थी, इस यज्ञ में।" जिज्ञासु के कानों में एक और स्वर आया।

जिज्ञासु ने दुर्योधन की ओर देखा, पर उसका ध्यान इस ओर नहीं था। जिज्ञासु को कुछ संतोष हुआ। जाने कौन अभागा था, जो भीड़ में खड़ा ऐसी बात कह रहा था। युवराज सुन लेते, तो उसके प्राण चाहे बच भी जाते, किंतु हस्तिनापुर में उसका रहना संभव नहीं रह जाता। ... अरे, नहीं है युधिष्ठिर का सा यज्ञ, तो तुम क्यों अपने प्राणों के ग्राहक हो रहे हो। अवश्य ही यह व्यक्ति वात रोग से पीड़ित रहा होगा, जो यह भी नहीं समझता कि कहाँ क्या कहना चाहिए और क्या नहीं कहना चाहिए। ...

वे लोग युवराज के रथ के निकट आ गए थे। दुर्योधन ने रथ में चढ़ कर जिज्ञासु को अपने साथ आने का संकेत किया।

जिज्ञासु को रथारूढ़ होने के लिए कुछ प्रयत्न करना पड़ा। वह पहले कभी इतने विराट् रथ में नहीं बैठा था। वह अभी मुँह खोले, रथ को निहार ही रहा था कि दुर्योधन ने कहा, "आओ।"

जिज्ञासु तल्प पर बैठ गया। उसने नहीं देखा कि कब दुर्योधन ने सारथि को चलने का संकेत किया और रथ चल पड़ा।

"सुनो ब्राह्मण।" दुर्योधन बोला, "तुमने मेरा यह यज्ञ करवाया, यह एक बड़ा काम किया। उसके लिए तुम्हें उचित पुरस्कार मिलेगा। अब तुम्हें मेरा एक

और काम करना है।"

"आदेश दें महाराज !" जिज्ञासु बोला।

"तुम्हारी इच्छा के अनुसार तुम्हें धन दे दिया जाए तो क्या तुम मेरे कहने के अनुसार एक कार्य कर सकते हो ?"

"काम क्या है महाराज ?"

"उससे तुमको क्या ?" दुर्योधन बोला, "तुम अपनी दक्षिणा लो और मेरा काम करो।"

"धर्म यदि आड़े न आए और काम मेरे सामर्थ्य के भीतर हो तो अवश्य कर दूँगा।"

दुर्योधन रुक गया ... यह भी धर्म की बात कह रहा था। यदि इसे भी धर्म ने रोक लिया तो ?

"क्या कोई ऐसा व्यक्ति नहीं है, जो मुझ पर प्रसन्न हो जाए तो फिर धर्म-अधर्म की चिंता न करे और मेरी इच्छा पूरी कर दे ?"

"ऐसा ब्राह्मण खोजना तो कठिन है महाराज ! ब्राह्मण धर्म छोड़ देगा तो फिर जिएगा किस आधार पर ?"

दुर्योधन क्रुद्ध नहीं हुआ, चिंतित हो गया। सहसा उसने जिज्ञासु की ओर देखा, "क्यों, जब भगवान आशुतोष किसी पर प्रसन्न हो कर उसे वर देते हैं, तो क्या वे धर्म-अधर्म का बहाना करते हैं ?"

"वे सर्वशक्तिमान महादेव हैं महाराज ! फिर भी वे अधर्मसंगत कोई कार्य नहीं करते।" जिज्ञासु बोला, "हम लोग तो साधारण जीव हैं।..."

"क्या धर्मशास्त्र तुम्हें धन कमाने का आदेश नहीं देता ?" दुर्योधन ने पूछा।

"धन तो मनुष्य के जीवन के चार पुरुषार्थों में से एक है। उसका विरोध कोई शास्त्र कैसे कर सकता है। दरिद्रता वरेण्य नहीं है, वह तो जीवन का अभिशाप है।" जिज्ञासु बोला, "किंतु महाराज ! धनोपार्जन के साधन तो धर्म संगत ही होने चाहिए। अधर्म से धन कमाने की अनुमति तो नहीं है शास्त्र में। वैसे भी मात्र धन के हेतु कार्य करना तो अधम व्यक्ति का काम है महाराज।"

"क्यों कार्य करने की कोई प्रेरणा तो होनी ही चाहिए।" दुर्योधन बोला।

"जब तक धन प्रयोजन है, तब तक तो मनुष्य का पतन नहीं होता महाराज ! किंतु उसकी प्रेरणा ही धन हो जाए, तो फिर वह धर्म के मार्ग पर नहीं चल सकता। और मनुष्य को तो धर्म के मार्ग पर ही चलना चाहिए महाराज !"

दुर्योधन ने जिज्ञासु की बात का कोई उत्तर नहीं दिया। उसे अभी तक तो यह ब्राह्मण शुद्ध रूप से धन के लिए काम करता दिखाई दे रहा था और अब यह भी धर्म की हाँकने लगा था।

"मेरा कार्य कुछ अधिक ही महत्त्वपूर्ण है," दुर्योधन बोला, "इसलिए उसकी

दक्षिणा की राशि भी तुम्हारी कल्पना से कुछ अधिक ही होगी। इतनी कि जिसे भी दी जाएगी, वह धर्म-अधर्म को भूल जाएगा। बोलो, प्रस्तुत हो।"

जिज्ञासु कुछ देर तक सोचता रहा। उसके मन में बार-बार आ रहा था कि उसे अभी पिछली दक्षिणा भी नहीं मिली है। ऐसा न हो कि वह लोभ में दुर्योधन के काम तो करता जाए और अंत में वह उसे अंगूठा ही दिखा दे। तब हस्तिनापुर के युवराज का क्या बिगाड़ सकता है जिज्ञासु।...पर दूसरी ओर, युवराज स्पष्ट रूप से उसे धन का लोभ दिखा रहा था। यह अवसर था कि युवराज की बात मान ली जाए और एक बार में ही इतना धन प्राप्त कर लिया जाए कि जीवन में फिर किसी के सम्मुख हाथ फैलाने की आवश्यकता ही न रहे।

"कार्य क्या है युवराज ?" अंततः उसने पूछा।

"जिसके घर भेजूँ, वहाँ उसका अपमान करके आओ। उसे धर्म से भ्रष्ट करो। उसे धर्मभ्रष्ट घोषित करो। कुछ ऐसा करो कि वह अपने धर्म पर न चल पाए।"

जिज्ञासु ने चौंक कर दुर्योधन की ओर देखा : यह भी कोई काम था ! किंतु वह दुर्योधन को मना नहीं कर सकता था। उसे तो अभी पिछली दक्षिणा भी नहीं मिली थी।

"पर यदि आपको वैसा ही कोई ब्राह्मण चाहिए, जो जहाँ चाहे, जा सके। जिसके घर जाए, आतिथेय उसका अनादर भी न कर सके। वह अपने आतिथेय के घर में रहे, उसका दिया खाए, और उसका अपमान भी कर सके।..."

"हाँ ! ऐसा ही।" दुर्योधन बोला।

"तो फिर आपको कोई विकट ब्राह्मण चाहिए महाराज ! साधारण ब्राह्मण से तो यह काम होगा भी नहीं । ऐसा कार्य तो दुर्वासा जैसा ही कोई कर सकता है। वे वर भी दे सकते हैं और शाप भी। प्रसन्न हो कर आपका प्रिय भी कर सकते हैं और क्रुद्ध हो कर, आपको पीड़ा भी दे सकते हैं।..." जिज्ञासु बोला, "किंतु महाराज ! वे आपके धन के लोभ से कुछ नहीं करेंगे। करेंगे तो अपने मन से ही करेंगे।"

"अपने मन से करेंगे तो मेरे मन का तो नहीं होगा न !"

"आपसे प्रसन्न हो जाएँगे, तो अपने मन से, आपके मन का करेंगे।"

"दुर्वासा।" दुर्योधन ने मन ही मन दोहराया। ... उसे यह नाम पहले क्यों नहीं सूझा। जिज्ञासु तो साधारण-सा ब्राह्मण था। दुर्वासा ! दुर्वासा ही ठीक हैं, जिनका न कोई आतिथ्य करना चाहे और न उनका तिरस्कार करने का साहस करे। ...

अब उसे जिज्ञासु की तनिक भी आवश्यकता नहीं रह गई थी। उसकी

इच्छा हुई कि वह जिज्ञासु को रथ से यहीं उतार दे। पर फिर कुछ सोच कर रुक गया। भविष्य में भी उसकी आवश्यकता हो सकती है। वह उसके काम का व्यक्ति है ...

दुर्योधन सभा से कुछ दूर ही रथ से उतर गया था। उसके भाई और मित्र उसका जयजयकार करते हुए उसे सभा तक लाए थे। मार्ग के दोनों ओर खड़ी दासियाँ, पुष्पों की पंखुड़ियाँ बिखेर रही थीं। असंख्य जोड़ी आँखें उस पर लगी हुई थीं।

दुर्योधन ने दर्पपूर्वक आँखें उठा कर देखा : आज सभा में वस्तुतः बहुत भीड़ थी। अतिथि राजा तो आए ही हुए थे, राजपरिवार तथा प्रजा के प्रतिनिधि भी अधिकतम संख्या में उपस्थित थे।

धृतराष्ट्र के सिंहासन के निकट एक विशाल सिंहासन दुर्योधन के लिए रखा गया था। दुर्योधन ने एक दृष्टि सभा पर डाली। सबसे पहले उसने धृतराष्ट्र और गांधारी के चरण छू, उन्हें प्रणाम किया। फिर बारी-बारी भीष्म, द्रोण और कृपाचार्य को प्रणाम किया। अपने भाइयों में घिरा वह बैठने के लिए अपने सिंहासन की ओर बढ़ा। सहसा उसने रुक कर एक दृष्टि विदुर पर डाली; और फिर कुछ सोच कर उसने सिर झुका कर, उनका भी अभिवादन किया।

किसी ने धृतराष्ट्र की ओर नहीं देखा। आज सभा का संचालन जैसे दुर्योधन के मित्रों के हाथों में आ गया था।

सबसे पहले कर्ण आगे बढ़ा। आज वैसे भी उसका विशेष महत्त्व था। दिग्विजय का सूत्रधार वही था। दुर्योधन के इस सारे गौरव का आधार वही था। कर्ण के हाथों में एक दीर्घाकार माला थी, जो कृष्ण की वैजयंती माला का स्मरण करा देती थी। कर्ण ने माला दुर्योधन के कंठ में डाली और बोला, "भरतश्रेष्ठ ! सौभाग्य की बात है कि तुम्हारा वैष्णवी यज्ञ निर्विघ्न समाप्त हो गया है, और उस उपलक्ष्य में मैं तुम्हारा अभिनन्दन कर रहा हूँ।" उसका स्वर सहसा ऊँचा हो गया, "नरश्रेष्ठ ! यद्यपि तुमने यह यज्ञ भी दिग्विजय करने के पश्चात् ही किया है; फिर भी अभी हमारे शत्रु निःशेष नहीं हुए हैं। जब सम्मुख युद्ध में सारे पांडव मारे जाएँगे, उस समय तुम क्रतुश्रेष्ठ राजसूय का अनुष्ठान करोगे; और उस यज्ञ की सफल संपन्नता पर मैं पुनः इसी प्रकार तुम्हारा अभिनन्दन करूँगा।"

विदुर ने धृतराष्ट्र को देखा : वह अपनी प्रसन्नता छिपा नहीं पा रहा था। उसके मुख पर जैसे अलौकिक आनन्द की अनुभूति अंकित थी। गांधारी अवश्य कुछ चिंतित दिखाई पड़ रही थी। कदाचित् उसे कर्ण का यह उद्‌घोष प्रिय नहीं लगा था।

भीष्म के मुख का स्वाद जैसे कड़वा हो गया।... यह सूतपुत्र कर्ण ! क्यों यह हस्तिनापुर के प्रत्येक मांगलिक उत्सव को ध्वंस यज्ञ बना देता है। यह प्रत्येक आयोजन में इसी प्रकार का कोई न कोई अमानवीय व्यवहार करेगा ही। अशुभ ग्रह है यह कुरुकुल का। धूमकेतु। द्यूतसभा में भी इसी ने द्रौपदी को वेश्या कहा था; और उसे निर्वस्त्र कर देने का प्रस्ताव रखा था। उस दिन इसने धार्तराष्ट्रों और पांडवों में युद्ध की भूमिका बनाई थी; और आज फिर यह दुर्योधन का अभिनन्दन करने के नाम पर पांडवों के वध की घोषणा कर इस वंश को गृहयुद्ध की ओर धकेल रहा है। दुर्योधन यदि पांडवों से न भी लड़ना चाहे, तो भी यह उन्हें लड़वाए बिना नहीं मानेगा। ... सब जानते हैं कि युधिष्ठिर के जीवन काल में दुर्योधन राजसूय नहीं कर सकता। फिर भी यह कर्ण उसे राजसूय करने को उकसाता रहेगा, युधिष्ठिर के वध के लिए प्रेरित करता रहेगा। यह पांडवों का ही वैरी नहीं है, यह तो सारे कुरुकुल का काल है ...यदि कभी कुरुकुल में गृहयुद्ध हुआ तो इसी के कारण होगा। ... और यह धृतराष्ट्र कितना प्रसन्न है, पांडवों की मृत्यु की चर्चा पर। जिस युधिष्ठिर ने इसे सदा अपना पिता ही माना। इसके किसी आदेश का उल्लंघन नहीं किया। केवल इसकी बात मान कर द्यूत के लिए बैठ गया और अपना सर्वस्व इसको सौंप गया, यह नीच उसकी मृत्यु का प्रस्ताव सुन कर इतना प्रसन्न हो रहा है। प्रसन्नता छिपाए नहीं छिपती इससे। बाछें खिली जा रही हैं।... अभी कोई इसे भीम की प्रतिज्ञा का स्मरण करा दे तो इसके प्राण छूटने लगेंगे। इसकी शारीरिक विकृति, क्या मानसिक विकृति में बदल गई है ? क्यों चाहता है यह कि पांडव जीवित न रहें। अपने पुत्रों का कितना मोह है, और अपने भाई के पुत्रों का।... क्या यह इतनी सी बात भी नहीं समझता कि पांडवों के वध के प्रयत्न में इसके अपने पुत्र भी मारे जा सकते हैं।...

दुर्योधन अपने सिंहासन से उठ कर खड़ा हो गया और उल्लसित स्वर में बोला, "तुम्हारा कथन सत्य है मित्र अंगराज ! जब पापात्मा पांडव मारे जाएँगे, तो मैं प्रचुर धन से संपन्न होनेवाले राजसूय यज्ञ का अनुष्ठान करूँगा। उसकी सफल संपन्नता पर तुम फिर इसी प्रकार मेरा अभिनन्दन करोगे।..." दुर्योधन ने आगे बढ़ कर कर्ण को अपने कंठ से लगा लिया, जैसे वह कर्ण न हो, दुर्योधन की विजयश्री हो।

और फिर दुर्योधन ने सभा में चारों ओर खड़े अपने भाइयों पर दृष्टि डाली, "कुरुकुल के राजकुमारो ! कब तक हम अपने शत्रुओं की कीर्ति सुन-सुन कर पीड़ित होते रहेंगे। कब तक हम उन्हें फलते-फूलते देख कर अपना ही रक्त पीते रहेंगे ? कब आएगा वह समय, जब हम पांडवों का वध कर, उनके शवों को अपने पैरों से रौंदते हुए,महान् राजसूय का अनुष्ठान करेंगे।"

इससे पहले कि कोई कौरव कुछ कहता, कर्ण पुनः आगे बढ़ आया, "राजन्! वह समय अब अधिक दूर नहीं है। पांडवों की सारी शक्ति अर्जुन की धनुर्विद्या में है। अर्जुन न हो तो पांडवों को तो तुम मृत ही समझो। वह मोटा भीम अपनी उस गदा से मेरे धनुष का सामना कैसे करेगा। युधिष्ठिर का शूल किसी का कुछ नहीं बिगाड़ सकता। नकुल, सहदेव तनिक सा कष्ट पा कर रो देनेवाले बालक हैं। मैं आज इस सभा में तुम्हारी जय की घोषणा करता हूँ। मैं तुम्हारी जय के लिए उस अर्जुन का वध करूँगा। उसके प्रमाण स्वरूप मेरी यह प्रतिज्ञा सुनो। मैं कौरवों की इस राजसभा में सबके सम्मुख यह प्रतिज्ञा करता हूँ कि जब तक अर्जुन मेरे हाथों से मारा नहीं जाता, तब तक मैं किसी से अपने ये चरण नहीं धुलवाऊँगा। तब तक जल में उत्पन्न किसी पदार्थ का सेवन नहीं करूँगा। तब तक आसुरव्रत धारण नहीं करूँगा। तब तक मैं किसी भी याचक को कुछ देने से मना नहीं करूँगा। ..."

लगा कि दुर्योधन के भाई मिल कर विक्षिप्त हो गए। वे सब उन्मादियों के समान चीत्कार कर रहे थे, जैसे उन्होंने वस्तुतः अपने सारे शत्रुओं को नष्ट कर डाला हो। सभाभवन युद्धक्षेत्र में परिणत हो गया लगता था।

भीष्म की इच्छा हुई कि वे अपना सिर पीट लें। यह कर्ण युद्ध का उन्माद फैला रहा था। युद्ध का कोई कारण हो या न हो, कोई लड़ना चाहे, न चाहे, यह युद्ध करवा कर रहेगा। क्यों ? क्योंकि वह दुर्योधन को प्रसन्न करना चाहता है। दुर्योधन, राजसूय करना चाहता है; और दुर्योधन की इच्छा संसार में सर्वोपरि है। उसके लिए युधिष्ठिर को मरना होगा। बिना उसके भाइयों का वध किए, ये युधिष्ठिर का वध नहीं कर सकते, इसलिए ये अन्य पांडवों का भी वध करेंगे। ... राजसूय ! राजसूय नाश का झंझावात है क्या, जिसके लिए कुरुकुल को अपनी बलि देनी ही होगी ... और यह बात न धृतराष्ट्र समझ रहा है, न दुर्योधन कि यह सूतपुत्र, पांडवों की नहीं, इनकी अपनी मृत्यु का प्रबंध कर रहा है।...

सभा के पश्चात् दुर्योधन अपने भवन की ओर चला, तो उसने जयद्रथ को अपने रथ में अपने साथ बैठा लिया। उसके भाई तथा मित्र भी उसके ही भवन में चल रहे थे। वहाँ आपानक और भोज की व्यवस्था थी। ... वैष्णवी यज्ञ की समाप्ति पर सारे हस्तिनापुर में एक पर्व का सा वातावरण बन गया था। राजभवनों में तो उत्सव था ही, साधारण जन भी उस परिवेश का लाभ उठा रहे थे।... किंतु दुर्योधन को तो कर्ण की प्रतिज्ञा सुनने के पश्चात् से एक प्रकार का उन्माद हो गया था। ... वह राजसूय यज्ञ करना चाहता था, स्वयं को युधिष्ठिर के समकक्ष स्थापित करने के लिए। वह नहीं कर सका तो वैष्णवी यज्ञ किया। उसके मन

के किसी कोने में यह विचार नहीं था कि यज्ञों के करने से कर्ता को किसी प्रकार की कोई दैविक सहायता प्राप्त होती है।... किंतु कर्ण की प्रतिज्ञा तथा उससे उत्पन्न उन्माद से न जाने क्यों उसे लगने लगा था कि यह एक प्रकार की दैवी सहायता है, जो उसे इस यज्ञ के फलस्वरूप प्राप्त हुई है; और इसी सहायता से कर्ण की प्रतिज्ञा भी अवश्य ही सफलकाम होगी।...

दुर्योधन को यह भी लग रहा था कि आज जितनी योजनाएँ वह बना लेगा, उन सबको दैवी शक्तियों का बल मिलेगा।... किंतु बीच-बीच में उसके मन में इस विश्वास का विरोधी स्वर भी उठ रहा था। युधिष्ठिर ने भी तो राजसूय पूर्ण किया था, उसे क्यों नहीं मिली वह सहायता ? वह क्यों अपना राज्य गँवा कर अपने भाइयों सहित वन में बैठा है ? ... पर इस आपत्ति का समाधान उसके मन ने सहज ही खोज लिया था।... दैवी सहायता मिली तो थी उसको। उसके राजसूय के अवसर पर, भरी सभा में शिशुपाल जैसा योद्धा मारा गया था। किसी यज्ञ का फल आजीवन तो नहीं रह सकता न। अंततः तो उसके प्रभाव को नष्ट होना ही था... और कोई युधिष्ठिर के समान मूर्ख ही बना रहना चाहे, तो किसी भी यज्ञ का फल क्या कर सकता है। अपने राजसूय के अनुष्ठान में ही युधिष्ठिर ने जरासंध तथा शिशुपाल जैसे दो योद्धाओं को मार गिराया था। यदि दुर्योधन एक अर्जुन पर विजय पा लेगा, तो क्या असंभव घट जाएगा।...

"सुना है घोषयात्रा के अवसर पर तुम्हें बहुत अपमानित होना पड़ा दुर्योधन!" जयद्रथ ने उसकी ओर अन्वेषक दृष्टि से देखा।

"हाँ ! कुछ ऐसा ही हो गया।" दुर्योधन को आज के दिन यह प्रसंग प्रिय नहीं लगा; किंतु उसे एक प्रकार से संतोष भी हुआ कि जयद्रथ ने अपनी ओर से यह चर्चा आरंभ कर उसको अपने मनभावन विषय तक पहुँचने का मार्ग दे दिया था, "वस्तुतः हम पांडवों की चतुराई को समझ नहीं पाए थे।"

"पांडवों की चतुराई ?" जयद्रथ को कुछ आश्चर्य हुआ, "पांडव तो अपनी चतुराई के लिए कभी प्रसिद्ध नहीं रहे। वे लोग तो अपनी मूर्खताओं के लिए ही जाने जाते हैं।"

"कह तो ठीक ही रहे हो सिंधुराज ! किंतु इस बार उन्होंने चतुराई ही की थी। हम तो यह समझते रहे कि वे लोग वन में आरण्यकों के समान रह रहे हैं, साधना और तपस्या कर रहे हैं; और वे लोग अपने मित्रों के माध्यम से अपनी सुरक्षा का ही नहीं, उधर से आनेवाले लोगों पर आक्रमण करने का भी प्रबंध किए बैठे थे। हम तो अपनी सरलता में सीधे-सीधे विहार के लिए वहाँ जा पहुँचे; और उनके मित्र गंधर्व, अपनी पूरी सैनिक तैयारी के साथ वहाँ बैठे थे। हम वहाँ पहुँचे और उन्होंने हमें दबोच लिया।"

"तो तुम्हें चाहिए था कि हस्तिनापुर से सैनिक सहायता मँगाते, अथवा हस्तिनापुर लौट कर पूरी तैयारी से पांडवों पर आक्रमण करते।" जयद्रथ बोला, "हमें संदेश भिजवाते। हम अपनी सेना ले कर आते। हम भी देखते कि पांडवों के ऐसे कौन से मित्र हैं, जो सम्मुख युद्ध में हमारा सामना कर सकते हैं।"

"मैं तो कब से कह रहा हूँ कि हमें पांडवों पर आक्रमण कर उन्हें मृत्यु के घाट उतार देना चाहिए; किंतु वह सब संभव नहीं है।" दुर्योधन ने कहा।

"क्यों ? संभव क्यों नहीं है ?" जयद्रथ ने कुछ उत्तेजित स्वर में पूछा, "क्या उन्हें स्वयं से अधिक वीर अथवा शक्तिशाली मानते हो ?"

"नहीं ! वह सब नहीं है।" दुर्योधन धीरे से बोला, "हस्तिनापुर में ही सारे कुलवृद्ध नहीं चाहते कि हम पांडवों को किसी प्रकार की क्षति पहुँचाएँ। वे लोग तो हमें पांडवों के निकट भी नहीं जाने देते। वह तो हमने ही घोषयात्रा का बहाना बनाया और द्वैतवन पहुँच गए। यदि प्रकट रूप से मैं पांडवों के विरुद्ध सैनिक अभियान करना चाहूँ, तो महाराज ही मुझे उसकी अनुमति नहीं देंगे। उनसे अनुमति ले लूँगा तो मुझे भय है कि पितामह, आचार्य द्रोण तथा कृपाचार्य अपने शस्त्र ले कर मेरे विरुद्ध खड़े हो जाएँगे।"

"हुँ !" जयद्रथ बोला, "पर क्या यह संभव नहीं कि कुलवृद्धों को बिना बताए, सेना इस अभियान पर जाए ?"

"पहली बात तो यह है कि हस्तिनापुर में सैनिक अधिकार मेरे पास नहीं हैं। मैं जो कुछ भी कर पाता हूँ, वह कोष के बल पर ही करता हूँ। सेनाएँ आचार्य द्रोण की आज्ञा से चलती हैं; या फिर राजा के रूप में पिताजी यह आदेश दे सकते हैं।" दुर्योधन बोला, "और यह कैसे संभव है कि हस्तिनापुर से सेना प्रयाण करे और हस्तिनापुर के ही लोगों को उसकी सूचना न हो ?" दुर्योधन ने रुक कर जयद्रथ की ओर देखा, "एक यही समस्या नहीं है। यदि हम हस्तिनापुर से निकलें तो हम नहीं जानते हैं कि पांडवों के किस मित्र की सेना कहाँ खड़ी है। उनके गुप्तचर कहाँ-कहाँ हैं। घोषयात्रा के समय क्या हम जानते थे कि गंधर्वों की सेना वहाँ खड़ी है।"

"तो तुम्हारे गुप्तचर क्या कर रहे हैं ?" जयद्रथ का स्वर कुछ कठोर हो गया था।

"वैसे तो मुझे कभी भी नहीं लगा कि मेरी गुप्तचर व्यवस्था बहुत उत्तम है; फिर भी मुझे सदा ही लगता रहा है कि हमें पांडवों की कोई सूचना मिले या न मिले, पांडवों को किसी भी प्रकार से हमारी सारी सूचनाएँ मिल जाती हैं।" दुर्योधन ने उत्तर दिया।

"तो क्या तुम्हारा विचार है कि पांडवों को पाठ पढ़ाने के लिए हम कुछ भी नहीं कर सकते ?"

"नहीं ! ऐसा तो नहीं है।" दुर्योधन बोला, "किंतु जो कुछ भी करना होगा, अत्यंत सावधानी से करना होगा।"

"क्या ?"

"सेना हस्तिनापुर से न जाए; क्योंकि यहाँ से सेना के निकलते ही, पांडव और उनके मित्र चौकन्ने हो जाएँगे।" दुर्योधन बोला, "सेना किसी और राज्य से, किसी और दिशा से चले। जहाँ से भी चले, उसका प्रयोजन युद्ध से कुछ इतर दिखाई पड़े। वह किसी अन्य प्रयोजन से किसी अन्य दिशा में जाती हुई प्रतीत हो, ताकि पांडवों और उनके मित्रों को यह आभास भी न हो पाए कि वह सेना किस प्रयोजन से किस ओर जा रही है।" दुर्योधन ने जयद्रथ की ओर देखा, "मेरी बात समझ रहे हो सिंधुराज !"

जयद्रथ के अधरों पर एक कूट मुस्कान जागी, "सब समझता हूँ मैं युवराज ! निश्चिंत रहो। तुम्हारी यह योजना अवश्य ही सफल हो कर रहेगी।"

19

सभा से बाहर आते हुए, सीढ़ियों पर भीष्म को विदुर मिल गए। भीष्म ने उनकी ओर भुजा बढ़ाई तो विदुर निकट आ गए। भीष्म ने अपनी भुजा उनके कंधे पर रख दी।

विदुर सावधान हो गए। पितृव्य को सीढ़ियाँ उतरने के लिए भी सहारे की आवश्यकता पड़ने लगी क्या ?

"कोई कष्ट है पितृव्य ?" उन्होंने भीष्म को सहारा दिया।

"कष्ट तो बहुत है।" भीष्म के अधरों पर पीड़ा भी थी और मुस्कान भी, "किंतु शारीरिक कष्ट नहीं, जो तुम समझ रहे हो।"

"तो ?" विदुर सीढ़ियाँ उतरते रहे।

"क्या हो रहा है कुरुकुल में ?" भीष्म बोले, "राजसभा है अथवा अपराधकर्मियों का अड्डा ?"

विदुर ने अपने आस-पास देखा,कदाचित् पितृव्य कोई विशेष बात करना चाहते थे।

पर भीष्म ने अपनी बात आगे नहीं चलाई। बोले, "विदुर तुम बहुत दिनों से मेरे घर नहीं आए। आज चलो। थोड़ी चर्चा करेंगे। देखता हूँ कि कुरु साम्राज्य का महामंत्री क्या सोचता है।"

"जैसी आपकी इच्छा।"

वे लोग सीढ़ियों के नीचे पहुँचे तो दोनों के सारथि उनके रथ ले आए।

"तुम जाओ आयुष्मान !" विदुर ने अपने सारथि से कहा, "मैं पितृव्य के साथ उनके निवास पर जा रहा हूँ। थोड़ी देर में लौट आऊँगा। तुम्हें वहाँ आने की आवश्यकता नहीं है।"

वे दोनों भीष्म के रथ में बैठ गए। रथ चल पड़ा।

"आज जैसे तुमने समझा विदुर ! कि मैं दुर्बल हो गया हूँ और मुझे सहारे की आवश्यकता है, वैसे ही दुर्योधन भी समझता है। अंतर केवल यह है कि तुम मुझे सहारा देने आए और दुर्योधन मेरे गिरने की प्रतीक्षा कर रहा है।" भीष्म बोले, "किंतु प्रभु की कृपा है कि मैं शारीरिक रूप से पूर्णतः समर्थ हूँ; किंतु लगता है कि मानसिक पीड़ा से मैं विक्षिप्त हो जाऊँगा।" भीष्म ने रुक कर विदुर की ओर देखा, "आज सभा में जो कुछ हुआ, उसका क्या अर्थ है ?"

"जहाँ तक मैं समझता हूँ पितृव्य ! दुर्योधन बहुत स्पष्ट रूप से अपनी नीति की घोषणा कर रहा है कि बारह वर्षों के वनवास और एक वर्ष के अज्ञातवास के पश्चात् जब पांडव लौटेंगे तो दुर्योधन उनको उनका राज्य नहीं लौटाएगा।"

"पर क्या किसी ने पूछा कि वह क्यों नहीं लौटाएगा ?" भीष्म बोले, "कुरुओं की जिस सभा में सदा धर्म की चर्चा होती थी, उस सभा में आज किसी ने नहीं पूछा कि द्यूत की प्रतिज्ञा के अनुसार पांडव जब तेरह वर्षों का निष्कासन पूरा करके लौटेंगे, तो दुर्योधन अपने वचन का पालन क्यों नहीं करेगा। उनका राज्य उन्हें क्यों नहीं लौटाएगा ? कर्ण ने अर्जुन के वध की प्रतिज्ञा क्यों की ? क्या औचित्य है अर्जुन के वध का ? उसने कौन-सा अपराध किया है कुरु साम्राज्य का, दुर्योधन का अथवा कर्ण का ? ये लोग योद्धा हैं अथवा हत्यारे ? केवल अपनी ईर्ष्या के कारण एक व्यक्ति राजसभा में दूसरे के वध की प्रतिज्ञा करता है और कोई उससे यह नहीं पूछता कि उसे किसी के वध का क्या अधिकार है, क्योंकि राजा की रुचि इसमें है कि वह हत्यारा अपनी प्रतिज्ञा पूरी करे।"

विदुर के मन में भी तब से यही प्रश्न उमड़-घुमड़ रहा था। बोले, "मैं भी यही सोच रहा था पितृव्य ! कि यह राजसभा है अथवा दस्युओं की बैठक ? युवराज यह घोषणा कर रहा है कि वह संधि की प्रतिज्ञा पूरी नहीं करेगा; और उसके मित्र तथा भाई प्रसन्नता से इतना कोलाहल करते हैं कि और कोई बोल ही नहीं पाता। राजा प्रसन्नतापूर्वक युवराज का समर्थन करता है, तो ऐसे में कोई सभासद बोलेगा भी क्या। यह तो साम्राज्य की नीति हो गई। जो राजा स्वयं दूसरों का स्वत्व छीन रहा हो, वह किसी और को न्याय के नाम पर उसका स्वत्व कैसे दिला सकता है ?"

"मैं कई बार सोचता हूँ विदुर !..."

रथ रुक गया। वे लोग अपने गंतव्य पर पहुँच चुके थे।

भवन के भीतर आकर भीष्म जब अपने आसन पर बैठ गए तो विदुर ने पूछा, "आप कई बार क्या सोचते हैं पितृव्य ?"

"कई बार सोचता हूँ कि जिन लोगों को अपने अपराधों के लिए या तो राज्य से निष्कासित होना चाहिए था अथवा कारागार में बंदी का जीवन व्यतीत करना चाहिए था, वे लोग राजसभा और राजसिंहासन पर आधिपत्य जमाए कैसे बैठे हैं ?"

विदुर के मन में जैसे स्फूर्ति जागी : भीष्म ने यह वाक्य अकस्मात् ही नहीं कह दिया था। यह तो बहुत सुचिंतित तथा सुविचारित वाक्य लगता था।

"पर धृतराष्ट्र को राज्य तो आपने ही दिया है।" विदुर ने कहा।

"ऊपर से देखने पर तो यही लगता है।" भीष्म बोले, "किंतु मैंने न कभी धृतराष्ट्र को राजा बनने के योग्य समझा और न कभी राजा बनाया। धृतराष्ट्र ने अपने षड्यंत्रों से इस राज्य पर अपना आधिपत्य जमाया है। जिस प्रकार षड्यंत्र कर उसने पांडु को हस्तिनापुर से दूर रख कर सिंहासन पाया था, वैसे ही उसने पांडु के पुत्रों को भी वन भेज दिया है और अब धृतराष्ट्र का पुत्र यह घोषणा कर रहा कि वह न केवल उनका राज्य लौटाएगा नहीं, वरन् उनका वध भी करेगा। यह विचित्र लीला है कि पांडव तो धर्म पर चलें और दंडित हों; किंतु धार्तराष्ट्र सदा ही अधर्म करें और भोग सुख पाएँ।"

"आप इसमें कोई हस्तक्षेप नहीं कर सकते पितृव्य ?"

भीष्म चिंतामग्न मौन बैठे रहे।

"आप इसमें कोई हस्तक्षेप नहीं कर सकते पितृव्य ?" विदुर ने पुनः पूछा।

"कई बार सोचा है मैंने।" भीष्म बोले, "पर कैसा हस्तक्षेप ? पितृव्य अथवा पितामह के रूप में ? कुरुवृद्ध के रूप में ? राज सभासद के रूप में ? जब कभी मैंने दुर्योधन को परामर्श दिया है, उसने न केवल उसको अस्वीकार किया है, वरन् मेरा अनादर और अपमान भी किया है। वे पिता पुत्र, मुझसे केवल समर्थन चाहते हैं। अपने मत के विरुद्ध दिए गए किसी परामर्श को मानने को वे प्रस्तुत नहीं हैं, और न ही हम उन्हें उसके लिए बाध्य कर सकते हैं। द्यूतसभा में तुमने दोनों हाथ उठा-उठा कर दुहाई दी, धृतराष्ट्र से बार-बार द्यूत रुकवाने के लिए कहा। एक भी मानी उसने तुम्हारी ?"

"नहीं पितृव्य।"

"जिस प्रकार तुम असहाय हो, उसी प्रकार मैं भी असहाय हो चुका हूँ।" भीष्म बोले, "अब, यदि मैं राजा की नीति से सहमत नहीं हूँ तो क्या विकल्प है मेरे पास ? हस्तिनापुर छोड़ कर चला जाऊँ ?"

"नहीं । उससे क्या लाभ होगा ?" विदुर बोले, "उस दृष्टि से तो मुझे आपसे भी पहले हस्तिनापुर ही नहीं धृतराष्ट्र का राज्य छोड़ कर कहीं चले जाना

चाहिए। मैं इस राज्य का महामंत्री होते हुए भी, राजा से असहमत हो कर, पद छोड़ कर जाना नहीं चाहता, क्योंकि उससे तो राजसभा में विरोधी स्वर पूर्णतः मौन हो जाएगा। तब तो यह कहनेवाला भी कोई नहीं रह जाएगा कि वे लोग अन्याय कर रहे हैं।"

"तुममें और मुझमें एक ही अंतर है विदुर ! कि तुम शस्त्र नहीं उठा सकते और मैं बलप्रयोग भी कर सकता हूँ। वृद्ध अवश्य हो गया हूँ; किंतु जहाँ तक युद्ध करने का प्रश्न है, अपने सारे दिव्य शस्त्रास्त्रों के होते हुए भी युधिष्ठिर और दुर्योधन के पक्ष के सारे योद्धा मुझे परास्त करने में असफल रहेंगे। हाँ! श्रीकृष्ण अपवाद हैं।" भीष्म बोले, "मैं जानता हूँ कि बहुत सारे लोग यह मानते हैं कि दुर्योधन मेरी शक्ति पर आश्रित हो कर अन्याय कर रहा है, पर यह सत्य नहीं है। मेरी प्रतिज्ञा सारे कुरुवंश की रक्षा की है। दुर्योधन की रक्षा मैं कर सकता हूँ; किंतु उसकी इच्छा से मैं किसी प्रकार का अन्याय करने नहीं चल पडूँगा। उसकी दुष्टता में मैं उसका सहायक नहीं हूँ। यह सब कुछ वह कर्ण के बल पर कर रहा है।"

"यदि आप आज भी इतने समर्थ हैं तो आप दुर्योधन को रोकते क्यों नहीं हैं ?" विदुर के वचन में जिज्ञासा नहीं प्रस्ताव का सा भाव था।

"बलपूर्वक ?"

"न सही बलपूर्वक।" विदुर बोले, "असहयोगपूर्वक।"

भीष्म हँसे, "उसके कामों में कहीं तुम्हें मेरा सहयोग दिखाई पड़ता है ? असहयोग ही तो कर रहा हूँ। बस हस्तिनापुर छोड़ कर नहीं गया। छोड़ जाऊँ, तो वह और भी स्वतंत्र हो जाएगा।"

"तो बलपूर्वक ही सही।" विदुर ने कहा।

"बलपूर्वक का अर्थ यह नहीं है कि मैं दुर्योधन की भुजा पकड़कर मरोड़ दूँ।" भीष्म हँसे, "उसका अर्थ है शस्त्रप्रयोग। तुम समझते हो कि यदि मैं शस्त्र उठाऊँगा तो दुर्योधन और उसके संगी-साथी, उसके ये सहयोगी, शस्त्र नहीं उठाएँगे ? कर्ण चुपचाप बैठा रहेगा ? दुर्योधन और दुःशासन कुछ नहीं करेंगे। शकुनि और जयद्रथ निष्क्रिय रहेंगे ? किस-किसका नाम गिनाऊँ विदुर ! शस्त्र उठाने का अर्थ है, सारी राजसत्ता को चुनौती। सेना में विभाजन होगा। निष्ठाओं का परीक्षण होगा। हस्तिनापुर युद्धक्षेत्र बन जाएगा। संभव है कि मैं अपने लक्ष्य में सफल हो जाऊँ, किंतु किस मूल्य पर ? कुरुवंश को नष्ट करके। और मैं तो कुरुकुल का रक्षक हूँ। मैं उसको नष्ट कैसे कर सकता हूँ।"

"तो फिर क्या करेंगे आप ? मौन बैठे दुर्योधन का सारा अत्याचार देखते रहेंगे ?" विदुर के स्वर में आवेश था, "पांडवों को दुर्योधन के हाथों मर जाने देंगे ? द्यूतसभा की घटनाओं की पुनरावृत्ति देखेंगे। पांडवों को दास बनते और

पांचाली को निर्वस्त्र होते देखेंगे ?"

"विदुर !" भीष्म उठ कर खड़े हो गए, "यदि मेरे जीवित रहते, दुर्योधन जैसे अधर्मी को प्राणों का कोई भय नहीं है, तो धर्म के स्तंभ पांडवों को कोई भय कैसे हो सकता है ?"

"क्या ?" विदुर कुछ चौंक गए।

"हाँ !" भीष्म बोले, "मैं धृतराष्ट्र के ही नहीं पांडु के पुत्रों का भी रक्षक हूँ। मेरे जीते जी दुर्योधन पांडवों का वध नहीं कर सकता। मेरे अज्ञान में उसने पांडवों के वध के प्रयत्न किए हैं। वह सब मुझे ज्ञात नहीं था। मैं उन्हें छोटे बालक समझता रहा और कभी कल्पना भी नहीं कर सका कि वह सब संभव था; किंतु युद्ध की स्थिति में वह सब संभव नहीं है। पांडवों के वध के प्रयत्न के लिए यदि मैं दुर्योधन को मृत्यु दंड नहीं दे सका, क्योंकि वह मेरा रक्षणीय है, तो मैं उसके हाथों पांडवों को भी मरने नहीं दूँगा, क्योंकि वे भी मेरे रक्षणीय हैं।"

भीष्म मौन हो कर अपने आसन पर बैठ गए।

"मेरी विडंबना आज तक यही है कि मैं मध्यस्थ हूँ। इन दोनों पक्षों के बीच में स्थित हूँ। किसी एक का पक्ष ले कर दूसरे का शत्रु नहीं हो सकता। न मैं स्वयं उनमें से किसी का वध कर सकता हूँ, न उनमें से किसी एक को दूसरे का वध करते देख सकता हूँ।" भीष्म बोले, "भय केवल यही है कि कहीं इस द्वंद्व में मैं दोनों को ही नष्ट होता न देखूँ।..."

विदुर के पास भी भीष्म के इस द्वंद्व का कोई समाधान नहीं था। वे क्या कहते, मौन बैठे रहे।

"कुंती कैसी है ?" सहसा भीष्म ने पूछा, "वह बेचारी जाने कैसे अपने पुत्रों के शत्रुओं के नगर में अपने दिन काट रही है।"

"वे ठीक ही हैं।" विदुर बोले, "मैंने कुंती भाभी को शायद ही कभी हताश होते देखा हो; और अब तो बारह वर्ष पूरे होने जा रहे हैं।"

"बहुत धैर्य है कुंती में। धैर्य ही क्यों, साहस भी है और सहिष्णुता भी।" भीष्म बोले, "नहीं तो कोई अन्य स्त्री इस प्रकार सब कुछ जानते-बूझते, दुर्योधन और उसके परिवार से मिलना-जुलना रख सकती थी।"

"अब तो मुझे लगने लगा है पितृव्य !" विदुर बोले, "कि दुर्योधन के अंतःपुर में कुंती भाभी का पर्याप्त सम्मान है।"

"किसके मन में ? दुर्योधन की पत्नियों के मन में ?"

"हाँ आर्य !"

"आश्चर्य है।" सहसा भीष्म ने विषय बदला, "तुम्हें क्या लगता है विदुर ! पांडव जब अज्ञातवास से लौट कर आएँगे, और दुर्योधन उनको उनका राज्य

नहीं लौटाएगा, तो क्या उन दोनों में युद्ध होगा ?"

"क्या कहा जा सकता है पितृव्य ! अभी तो उनका अज्ञातवास शेष है। मुझे तो भय यह है कि कहीं अज्ञातवास में दुर्योधन ने पांडवों को खोज निकाला तो उन बेचारों को पुनः तेरह वर्षों का निष्कासन हो जाएगा। दुर्योधन कितना भी अधर्म पर चले, युधिष्ठिर अपना धर्म नहीं छोड़ेगा। वह अपनी प्रतिज्ञा भंग नहीं करेगा।"

"यह भी संभव है, किंतु यदि पांडव सारी प्रतिज्ञाओं को पूर्ण कर लौट आए तो क्या होगा?" भीष्म बोले।

"यदि वे अपनी प्रतिज्ञा सफलतापूर्वक पूर्ण कर लौट आए तो अपना राज्य तो वे वापस माँगेंगे ही; और यह भी निश्चित है कि दुर्योधन उनका राज्य नहीं लौटाएगा।" विदुर बोले, "तो फिर युधिष्ठिर के पास सिवाय युद्ध के और मार्ग ही कौन-सा बच जाएगा।"

"किसी प्रकार की कोई संधि।" भीष्म बोले, "पहले भी तो एक बार युधिष्ठिर खांडवप्रस्थ ले कर शांत हो गया था।"

विदुर ने कुछ आश्चर्य से भीष्म की ओर देखा, "आप चाहते हैं कि शांति बनाए रखने के लिए युधिष्ठिर अपना अधिकार छोड़ दे ?"

"मैं ऐसी कामना नहीं करता," भीष्म बोले, "किंतु कई बार सोचता हूँ कि मानवता को एक भयंकर युद्ध से बचाने के लिए क्या ऐसा संभव नहीं है कि पांडव थोड़ा कष्ट और सह लें।"

विदुर को इस संभावना के विषय में सोचने में भी कष्ट हो रहा था, फिर भी बोले, "जितना मैं युधिष्ठिर को जानता हूँ, वह इस बात के लिए भी तैयार हो सकता है। शांति बनाए रखने के लिए वह अपना राज्य छोड़ कर सदा के लिए भी वनवास कर सकता है; किंतु भीम यह कदापि स्वीकार नहीं करेगा। ऐसी स्थिति में भीम, युधिष्ठिर से विद्रोह भी कर सकता है। और पितृव्य ! यदि कहीं भीम युधिष्ठिर के अनुशासन से मुक्त हो गया, तो वह दुर्योधन के लिए और भी भयंकर होगा। उसकी प्रतिज्ञाएँ स्मरण हैं न आपको ?" विदुर ने रुक कर भीष्म की ओर देखा, "आप एक बात की ओर और ध्यान दें पितृव्य !"

"क्या ?"

"यदि युधिष्ठिर सब कुछ त्याग कर वनवास करने भी चला जाए, तो दुर्योधन उसे वहाँ भी जीवित रहने नहीं देगा। वह तब तक उनका पीछा नहीं छोड़ेगा, जब तक उनके प्राण ही नहीं ले लेगा।"

"मैं कदापि नहीं चाहता कि पांडवों को उनका अधिकार न मिले, अथवा दुर्योधन उनकी हत्या करने में सफल हो जाए; किंतु मैं यह अवश्य चाहता हूँ कि कुरुकुल किसी भी प्रकार इस गृह युद्ध से बचा रहे।" भीष्म बोले।

"एक प्रश्न मेरे मन में भी है पितृव्य !"

"पूछो विदुर !"

"यह निश्चित है कि अपनी प्रतिज्ञा पूरी कर पांडव हस्तिनापुर में आकर अपना राज्य माँगेंगे।" विदुर बोले, "यह भी निश्चित है कि दुर्योधन उनको उनका राज्य नहीं लौटाएगा। ऐसे में युद्ध अनिवार्य हो जाएगा।"

"संभवतः यही होना है।" भीष्म प्रसन्न नहीं थे।

"आज दुर्योधन आपका अनादर और अपमान कर रहा है; किंतु युद्ध की स्थिति में, वह आपके चरण पकड़ेगा। वह चाहेगा कि आप उसकी सेना में सम्मिलित हों। संभव है कि युधिष्ठिर भी आपके पास सहायता के लिए आए। ऐसी स्थिति में आपका क्या निर्णय होगा ?"

"मेरा मन टटोल रहे हो ?" भीष्म ने हँसने का प्रयत्न किया।

"यही समझ लीजिए।" विदुर बोले, "यह स्थिति न आकस्मिक है, न अस्वाभाविक।"

"मैंने कहा न, कि मैं मध्यस्थ हूँ। इसलिए ऐसी स्थिति से डरता हूँ, जिस में मुझे अपनी समग्रता को खंडित कर किसी एक पक्ष में सीमित करना पड़े।"

"पितृव्य ! मैं भी नहीं चाहता कि ऐसी स्थिति आए; किंतु आज राजसभा में जो कुछ हुआ है, उससे इस प्रश्न की संभावना बढ़ गई है।" विदुर बोले, "आप हस्तिनापुर के राजतंत्र के अंग हैं। इसलिए राजा की ओर से तो आपसे यही अपेक्षा होगी कि आप हस्तिनापुर की सेना के ही अंग हों। यदि आप मध्यस्थ होने के नाते किसी एक पक्ष से न लड़ना चाहें और मध्यस्थ के स्थान पर तटस्थ हो जाएँ, तो इसे राजद्रोह भी माना जा सकता है। प्रश्न यह भी है कि आप स्वयं को इस राजतंत्र से कितना स्वतंत्र मानते हैं ?"

"यह सब कुछ संभव है विदुर !" भीष्म बोले, "किंतु फिर भी अभी वह स्थिति आई नहीं है। इसलिए इन सारे प्रश्नों का ठीक-ठीक उत्तर देना संभव नहीं है। हाँ ! मेरे मन में इतना तो स्पष्ट है कि मैं हस्तिनापुर के राजपरिवार का अंग हूँ। राज्य मेरा भरण-पोषण करता है, इसमें भी कोई संदेह नहीं है; किंतु मैं राजा का कर्मचारी हूँ, इस स्थिति को मैं स्वीकार नहीं करूँगा। मैं हस्तिनापुर के राजतंत्र का अंग हूँ, अतः हस्तिनापुर और उसके राजपरिवार की रक्षा मेरा दायित्व है, किंतु मैं यह स्वीकार नहीं करूँगा कि हस्तिनापुर का राजा, मुझे मेरी इच्छा के विरुद्ध युद्ध करने को बाध्य कर सकता है। ... और तुम्हारा अंतिम प्रश्न !... इस विषय में मैं सबसे अधिक स्पष्ट हूँ कि मैं मध्यस्थ हूँ, मध्यस्थ ही रहूँगा। मैं उन दोनों को परस्पर युद्ध करने को उन्मुक्त छोड़ कर तटस्थ नहीं हो सकता।" भीष्म ने रुक कर विदुर की ओर देखा, "मुझे यह निश्चय नहीं करना हैं कि युद्ध की स्थिति में मुझे किसका पक्ष लेना है, मुझे यह प्रयत्न करना

है कि युद्ध की स्थिति ही न आए।''

''निश्चित रूप से हम सबका वही प्रयत्न है।'' विदुर उठ खड़े हुए, ''अच्छा मैं चलता हूँ पितृव्य !''

''जाओ।'' और भीष्म की मुद्रा कुछ बदल गई, ''किसी भी प्रकार, युधिष्ठिर के पास कर्ण की प्रतिज्ञा का समाचार भिजवा दो। उन्हें सावधान रहना चाहिए और अर्जुन की रक्षा का विशेष ध्यान रखना चाहिए।''

विदुर अपने घर पहुँचे, तो पारंसवी ही सबसे पहले सामने पड़ गई, ''पितृव्य के साथ चले गए थे ? कोई विशेष बात ?''

''पितृव्य के घर जाने में क्या विशेष बात हो सकती है। राज-काज की सहस्रों बातें होती ही रहती हैं।'' विदुर बोले, ''भाभी कहाँ हैं ?''

''उस ओर पीछे गंगा तट पर बैठी हैं। बुलाऊँ क्या ?''

''नहीं बुलाना क्या है। थोड़ा विश्राम कर लूँ, तब तक तो वे स्वयं ही आ जाएँगी।''

''विश्राम तो नहीं कर पाएँगे आप।'' पारंसवी हँसी, ''प्रातः ही आपका एक पाहुना आ गया है। वह पर्याप्त विश्राम कर चुका है अब तक। पहले उससे चर्चा कर लें; और तब तक यदि भाभी गंगा तट से न लौटें, तो विश्राम कर लीजिएगा।''

''कौन है ?''

''कहता है कि आपका कोई पुराना परिचित है। अपना नाम समंग बताता है।''

''समंग !'' विदुर को वह ग्वाला स्मरण हो आया, जो दो बार राजसभा में आ चुका था, ''वह यहाँ क्या करने आया है। वह तो दुर्योधन और कर्ण का प्रिय व्यक्ति है।''

''यह सब तो आप ही जानें।'' पारंसवी बोली, ''संभव है, अब उसने दल बदल लिया हो; और आपका प्रिय व्यक्ति बनना चाहता हो। राजनीति में तो कुछ भी संभव है।''

विदुर समझ गए कि पारंसवी उसको झेलते-झेलते अब तक काफी खीझ चुकी होगी। है भी तो वह भयंकर दुष्ट। चिपक जाता है तो चिपक ही जाता है। उससे तो उनको ही निबटना पड़ेगा।

वे वहाँ आए, जहाँ पारंसवी ने समंग को बैठा रखा था। ... हाँ ! यह वही व्यक्ति था।

उसे पहचानने में वे भूल नहीं कर सकते थे। किंतु अब वह पहले जैसा नहीं लग रहा था। थोड़े से ही समय में बहुत बदल गया लगता था। पहले से

बहुत दुर्बल प्रतीत हो रहा था। अस्वस्थ हो गया था क्या ?

विदुर को आते देख कर समंग अपने स्थान से उठ बैठा और दौड़कर सीधे उनके चरणों में लोट ही गया।

"अरे, अरे, क्या कर रहे हो !" विदुर बोले, "उठो। अपनी बात कहो।"

समंग उठा, तो विदुर ने देखा कि उसकी आँखों में अश्रु थे। नहीं ! वह चाहे कितना भी पाखंडी क्यों न हो, किंतु ये अश्रु झूठे नहीं हो सकते। वह इतना नाटक नहीं कर सकता। वह अवश्य ही बहुत दुखी होगा।

"क्या बात है समंग !"

"आर्य मैं अपना दुखड़ा रोने आया हूँ।" उसने स्वयं को सँभालने का प्रयत्न किया।

"बोलो ! विदुर आज तक यहाँ इसीलिए बैठा है कि यदि किसी दुखी व्यक्ति की वह कोई सहायता कर सके तो अवश्य करे।"

"आपको ज्ञात ही है महामंत्री ! कि मैं युवराज को आमंत्रित कर द्वैतवन ले गया था।"

"ज्ञात है।"

"पर आपको यह ज्ञात नहीं है कि उसके पश्चात् क्या हुआ।" उसने अपनी कथा आरंभ की, "युवराज अपने दलबल के साथ द्वैतवन में आए और सब कुछ उजाड़ कर चले गए।"

"अर्थात् ?"

"युवराज के सार्थ के पास इतना वैभव था, जिसकी कल्पना भी कभी मेरे बच्चों ने नहीं की थी। परिणाम यह हुआ कि मेरी पुत्री को एक अधेड़ मुच्छड़ सैनिक से प्रेम हो गया और वह उससे विवाह करने के लिए उसके साथ चली गई।" समंग ने बताया, "कहती तो वह यही रही कि उसे उससे प्रेम हो गया है; किंतु मैं जानता हूँ कि उसे उस सैनिक ने कुछ आभूषण इत्यादि दिखाकर लुभा लिया था..."

"तुम यह कैसे कह सकते हो ?" विदुर ने पूछा, "संभव है कि उन दोनों को वस्तुतः प्रेम हो गया हो।"

"मान लेता हूँ कि उनको वस्तुतः इतना प्रेम हो गया था कि वे दो दिन भी प्रतीक्षा नहीं कर पाए और मेरी पुत्री बिना विवाह कराए ही उसके साथ चली गई। कह गई कि उसने उसके साथ गांधर्व विवाह कर लिया है।" समंग बोला, "तब से अब तक वह कभी लौट कर हमसे मिलने नहीं आई, न ही उसका कभी कोई संदेश अथवा कोई पत्र ही आया। प्रेम ही हुआ था। बहुतों को होता है। पर... कोई अपने माता-पिता के साथ ऐसा व्यवहार तो नहीं करता।"

वह विदुर की प्रतिक्रिया जानने के लिए रुका, किंतु विदुर कुछ नहीं बोले।

"दूसरी ओर मेरे पुत्र को एक वणिक की समृद्धि ने लुब्ध कर लिया और वह अपनी पत्नी को साथ ले कर, यह कह कर चला गया कि वह उस वणिक के आपण में चाकरी करेगा, वन में ऐसा क्या रखा था, जिसके लिए वह वहाँ पड़ा रहे।" समंग बोला, "वह भी चला गया। बहू भी चली गई। और पीछे रह गया मैं, अपनी पत्नी के साथ। कुछ दिन तो वह मुझसे लड़ती-झगड़ती रही, बकती-झकती रही; और फिर एकदम विक्षिप्त हो गई। मुझे घर में टिकने ही नहीं देती, हर समय धकियाती रहती, 'जाओ, मेरे बच्चों को लाओ। तुमने ही राजा को बुला कर मेरे बच्चे उन्हें सौंप दिए हैं।' मेरे पास अब कोई विकल्प नहीं था कि मैं उन्हें खोजने के लिए हस्तिनापुर आता। मेरा अपना मन भी उनके बिना बहुत दुखी है, और फिर संभव है कि अपने बच्चों को देख कर मेरी बुढ़िया का मन कुछ संतुलित हो जाता।"

"तो तुम अपने बच्चों को खोजने हस्तिनापुर आए हो ?"

"हाँ। आर्य !"

"पत्नी को कहाँ छोड़ आए ?"

"वह भी साथ आई है।" समंग बोला।

"कोई मिला ?"

"पुत्री का तो कोई पता नहीं मिला। वह सैनिक भी जाने कहाँ चला गया। उसके कुछ संगी मिले थे, उन्होंने बताया कि वह तो सेना की चाकरी छोड़ गया है और हस्तिनापुर में नहीं है।" समंग बोला, "हाँ। पुत्र और पुत्रवधू का पता मिल गया है।"

"कहाँ हैं वे लोग ?"

"यहीं हैं, हस्तिनापुर में। पुत्र एक श्रेष्ठी के पास उसके आपण में चाकरी करता है और पुत्रवधू, दासीवत् जिसका जो काम कर सकती है, कर देती है। कुछ धन पा जाती है। एक कोठरी में रहते हैं, घोर दरिद्रता की स्थिति में। मैंने कहा कि घर लौट चलो। उनकी माँ भी बहुत रोई, गिड़गिड़ाई। पर वे कुछ सुनते ही नहीं हैं। उन्हें अपनी माँ की स्थिति पर भी दया नहीं आती। कहते हैं, वहाँ वन में जाकर वे अपना जीवन नष्ट करना नहीं चाहते। मैंने धमकाया कि मैं राजा के पास गुहार करूँगा और उन्हें दंडधरों की सहायता से बँधवा कर अपने साथ ले जाऊँगा। वे मेरी संतान हैं, मेरी इच्छा के विरुद्ध नहीं चल सकते। पुत्र तो मौन रहा; किंतु पुत्रवधू ने कहा कि यदि मैंने ऐसा कुछ किया तो वह वन के किसी वृक्ष से लटककर आत्महत्या कर लेगी। न तो हस्तिनापुर का वैभव छोड़ कर वन में रहेगी, न अपनी इस विक्षिप्त वृद्धा सास के साथ हस्तिनापुर में रहेगी। ... पता नहीं हस्तिनापुर में उसका कौन-सा वैभव है।"

"तो तुम मेरे पास क्या करने आए हो ?" विदुर ने पूछा।

''मेरी सहायता करें महामंत्री।''

''बोलो, क्या सहायता करूँ।'' विदुर बोले, ''अपनी इच्छा से वे तुम्हारे साथ जाएँगे नहीं और राजशक्ति की सहायता तुम लेना नहीं चाहते।''

''मेरे लिए हस्तिनापुर में रहने की कोई व्यवस्था कर दें। यहाँ रह कर हम कभी-कभी अपने बच्चों को देख सकेंगे और संभव है कि मेरी पत्नी का कोई उपचार हो सके।''

''तुम अपनी पुरानी माँग ले कर आए हो।'' विदुर मुस्कराए, ''तुम बहुत हठी हो समंग।''

''नहीं आर्य ! वह बात तनिक भी नहीं है। मैं तो आपका आश्रय चाहता हूँ।''

''अपने पुत्र के साथ नहीं रह सकते ?''

''उसके पास न स्थान है, न धन। और फिर साथ रहने पर उसकी पत्नी आत्महत्या तो यहाँ भी कर सकती है। न हस्तिनापुर में वृक्षों की कमी है, न गंगा में जल की।''

''तुमने कर्ण और दुर्योधन के कहने पर वह सब नाटक किया था—गो-गणना का। तो उनके पास ही क्यों नहीं जाते ?'' विदुर बोले, ''क्या वे तुम्हारी कोई सहायता नहीं करेंगे ?''

''युवराज के दर्शन करने गया था। उनके सैनिकों ने पीट-पीट कर मुझे मार्ग पर फेंक दिया।'' उसने बताया, ''फिर अंगराज के पास भी गया था। वे नहीं चाहते कि मैं हस्तिनापुर में कहीं दिखाई भी पड़ूँ। बोले कि मैं युवराज के एक भेद को प्रकट करने की धमकी दे रहा हूँ। ऐसे में यदि युवराज को क्रोध आ गया, तो मेरे प्राण ही चले जाएँगे।''

''यह उन्होंने तुम्हें तुम्हारी सहायता और राजभक्ति का पुरस्कार दिया है ?''

''नहीं आर्य ! यह भगवान ने मुझे मेरे लोभ और दुष्टता का दंड दिया है।'' समंग की आँखों में अश्रु थे, ''मैं पांडवों को पीड़ित कर सुखी होने चला था न ! यह उसी का दंड है।''

''समंग ! आज राजसभा में कर्ण ने एक प्रतिज्ञा की है कि वह माँगे जाने पर याचक को कुछ भी मना नहीं करेगा। तुम चाहो तो उससे अब कोई भी सहायता माँग सकते हो।''

''संभव है, अब वे मना न करें, किंतु अब मैं उनसे कोई सहायता नहीं लूँगा। आप न कर देंगे, तो लौट जाऊँगा, उसके पश्चात् चाहे मेरी पत्नी उन्मादिनी ही हो जाए और मुझे कहीं डूब मरना पड़े। अब और कहीं नहीं जाऊँगा।''

''यदि मैं तुम्हारे यहाँ रहने का प्रबंध कर दूँ, तो वन में दुर्योधन के गोधन

की रक्षा कौन करेगा ?"

"वह दायित्व तो मैंने छोड़ दिया है।" समंग ने बताया, "मुझसे स्वतंत्र हो कर शेष गोपवृंद प्रसन्न ही हैं।"

विदुर कुछ चिंतन करते रहे। फिर बोले, "अच्छा, जब तक तुम्हारी कोई और व्यवस्था नहीं हो जाती, मैं अपने आवास पर ही तुम्हारे रहने की व्यवस्था कर देता हूँ। देखो, अधिक उत्पात् मत करना, नहीं तो मेरी पत्नी भी अपने स्वामिनी के अधिकार का भरपूर प्रयोग करेगी।"

"नहीं आर्य ! मैं कुछ नहीं करूँगा। आपको कष्ट दूँ तो मुझ जैसा पापी और कौन होगा। आप तो देवता हैं आर्य। जो कुछ सुना था, आपको उससे भी बढ़ कर पाया।" वह विदुर के चरणों से लिपट गया।

विदुर ने समंग को एक सेवक को सौंपा और स्वयं आकर अपने कक्ष में बैठ गए। उनको आया देख, उनका निजी परिचारक आकर खड़ा हो गया।

"कोई अश्वारोही विश्वसनीय दूत उपस्थित है ?"

"द्वैतवन जाना है स्वामी ?"

"हाँ !"

"अभी तो स्वयं विशोक यहीं है।"

"तो उसी को बुलाओ।"

वह चला गया और थोड़ी ही देर में विशोक हाथ बाँधे उनके सम्मुख उपस्थित हो गया, "आज्ञा महामंत्री !"

"द्वैतवन लौट रहे हो ?"

"हाँ आर्य।"

"तो युधिष्ठिर को बताना कि आज राजसभा में कर्ण ने सार्वजनिक रूप में, अर्जुन के वध की प्रतिज्ञा की है। वे लोग सावधान रहें और अर्जुन की रक्षा करें।"

"जो आज्ञा आर्य !" विशोक प्रणाम कर चला गया।

20

सभा में कर्ण द्वारा की गई प्रतिज्ञा के विषय में विदुर ने कुंती को बता दिया था। कुंती ने सुना और सुन कर चुप रह गई। विदुर को कुछ आश्चर्य भी हुआ कि भाभी ने कर्ण की भर्त्सना में एक शब्द भी नहीं कहा। क्या भाभी को बुरा नहीं लगा ? कर्ण पर क्रोध नहीं आया ?

"भगवान् जाने, दुर्योधन को प्रसन्न करने के लिए, इस कर्ण का किस सीमा तक पतन होगा ?" विदुर ने कहा।

"जब एक बार पतन आरंभ हो जाता है, तो फिर उसका कोई अंत नहीं होता विदुर !" कुंती ने कठोर मुद्रा और स्थिर, निष्कंप वाणी में एक वाक्य कहा और अपने कक्ष में चली गई।

विदुर ने मान लिया कि कुंती अपने मन की इस विह्वल स्थिति को किसी के सम्मुख प्रकट नहीं करना चाहती।

कुंती का मन, आज सचमुच रोने को हो रहा था। दुर्योधन ऐसी सहस्र प्रतिज्ञाएँ करता, उसे तनिक भी कष्ट नहीं होता।... पर, कर्ण। उसका अपना पुत्र, अपने ही भाई की हत्या की प्रतिज्ञा कर रहा है। ... पर वह तो नहीं जानता कि वह अपने भाई की हत्या की प्रतिज्ञा कर रहा है। जानती तो केवल कुंती ही है। कुंती ने उसे बताया ही नहीं तो, उसका क्या दोष।

...पर क्या बात इतनी ही है कि वह अपने अज्ञान में अपने भाई को अपना शत्रु मान रहा है ? यदि इतना ही होता, तो वह उसे इसी क्षण जाकर यह सूचना दे देती। ... वह क्यों यह देख नहीं पा रहा कि अर्जुन उसका शत्रु नहीं है। अर्जुन अथवा किसी भी पांडव ने उसे अपना शत्रु न कहा, न माना। कर्ण ने रंगशाला में अर्जुन को द्वन्द्व युद्ध की चुनौती दी; वह द्रौपदी के स्वयंवर में उनसे लड़ा; उसने द्यूत सभा में पांचाली के अपमान का भयंकर प्रस्ताव रखा। तब भी पांडवों ने उसके वध की प्रतिज्ञा नहीं की। वन जाने से पूर्व जिस समय पांडवों ने वल्कल वस्त्र पहने, और दुःशासन ने पुनः उनका अपमान किया, तब कहीं भीम ने अपने क्रोध में दुःशासन तथा दुर्योधन के विषय में अपनी प्रतिज्ञा और अर्जुन द्वारा कर्ण, तथा सहदेव द्वारा शकुनि के वध की प्रतिज्ञा की। उस पर भी अर्जुन ने स्पष्ट किया कि वह भीम को प्रसन्न करने के लिए, उसकी प्रतिज्ञा को सत्य करके दिखाएगा; किंतु यह भी कह दिया कि चौदहवें वर्ष में, यदि दुर्योधन ने सत्कारपूर्वक उनका राज्य वापस न किया तो वह युद्ध में कर्ण का वध अवश्य करेगा। उसने उसके वध की प्रतिज्ञा नहीं की, युद्ध में उसके वध की प्रतिज्ञा की, वह भी कब ? यदि दुर्योधन ने चौदहवें वर्ष में उनका राज्य उनको लौटा न दिया तो।... तो आज ऐसा क्या हो गया है कि कर्ण ने अर्जुन के वध की प्रतिज्ञा कर ली है ? युद्ध में अर्जुन से आत्मरक्षा की प्रतिज्ञा उसने नहीं की है। युद्ध में उसने अर्जुन को पराजित करने की प्रतिज्ञा नहीं की है। उसने तो अर्जुन के वध की प्रतिज्ञा की है।...युधिष्ठिर के जीवन-काल में दुर्योधन राजसूय नहीं कर सकता, इसलिए युधिष्ठिर को मर जाना चाहिए ? अर्जुन के जीते जी, दुर्योधन युधिष्ठिर को हानि नहीं पहुँचा सकता, इसलिए अर्जुन को मर जाना चाहिए ? कर्ण दुर्योधन को प्रसन्न करना चाहता है ? ... वह सूतपुत्र कहलाने का प्रतिशोध

लेना चाहता है ? पर इसमें अर्जुन का क्या दोष ? दोष यदि किसी का है, तो केवल कुंती का है। कर्ण उसका दंड अर्जुन को क्यों देना चाहता है ? ... नहीं ! ये सब केवल ऊपरी बातें हैं। मूल तो है उसके अपने मन में बैठी, ईर्ष्या। उसका लोभ—चाहे यश का हो, चाहे धन का, चाहे सत्ता का। क्यों नहीं कर्ण समझता कि उसे अपनी इस ईर्ष्या का वध करना चाहिए, अर्जुन का नहीं । उसे अपने इस लोभ को पहचानना है, अपने वंश को नहीं । उसकी अपराधिनी न कुंती है, न राधा। अपराधिनी है उसकी अपनी वासना। उसका दोषी न युधिष्ठिर है, न दुर्योधन; उसका दोषी उसका अपना मोह है। वह न न्याय चाहता है, न धर्म। वह न दुर्योधन का मित्र है, न कुरुकुल का। वह तो बस अपनी जयजयकार सुनना चाहता है। अंगराज की जय सुनना चाहता है। जय सुनने की यह भूख इतनी प्रबल है कि उसके लिए वह किसी का भी वध कर देगा। किसी का भी राज्य छीन लेगा। किसी भी स्त्री का अपमान कर देगा। किसी के भी वस्त्र उतरवा देगा। ... वह नहीं जानता कि उसके अपने मन में कितने शत्रु बैठे हैं उसके। उन सर्पों को वह दूध नहीं, अपने हृदय का रक्त पिला-पिला कर पाल रहा है; और उन पांडवों को अपना शत्रु समझ रहा है, जिन्होंने उसका कुछ भी नहीं बिगाड़ा। ... जाने प्रभु यह कैसी लीला रच रहे हैं।...

तभी पारंसवी अपने साथ चपला को ले कर आई। पीछे-पीछे समंग भी आ रहा था।

"भाभी ! यह चपला आपसे मिलना चाहती है।"

कुंती को अपने मन के गह्वर से निकलने में थोड़ा समय लगा।

"आओ बहन !" कुंती ने उसे देखा। इस समय उसमें उन्माद का कोई लक्षण नहीं था। वह थकी-सी एक साधारण वृद्धा लग रही थी।

कुंती के निकट आ, प्रणाम कर, चपला भूमि पर ही बैठ गई।

"अरे, यहाँ मंच पर बैठो।" कुंती ने एक मंच की ओर संकेत किया, "भूमि पर बैठोगी तो हस्तिनापुर के महामंत्री विदुर मुझसे रुष्ट हो जाएँगे। वे मुझ पर समाज में विभाजन और वैषम्य को प्रोत्साहित करने का आरोप लगाएँगे।"

"नहीं देवि ! हमारी स्थिति तो आपके निकट बैठने की ही नहीं है। भूमि पर भी बैठ गए, तो समझो कि सिंहासन पर बैठ गए।" चपला बोली, "मेरी किसी बात का बुरा न मानना। मेरा जी आज कल मेरे वश में नहीं है।"

समंग आकर, प्रणाम कर, चौखट के बाहर ही बैठ गया था। वह यह देख कर संतुष्ट था कि चपला इस समय एक भली स्त्री के समान वार्तालाप कर रही थी। नहीं तो उसके साथ जब अकेली होती थी, तो कितना उत्पात् करती थी।

"विदुर कह रहे थे कि तुम कुछ अस्वस्थ हो।" कुंती ने कहा।

"अस्वस्थ क्या हूँ, माँ का हृदय है देवि ! वही कष्ट दे रहा है।" चपला बोली, "कभी किसी ने सोचा था कि भगवान ऐसी भी संतान को जन्म देंगे, जो वृद्ध माता-पिता को असहाय छोड़ कर चली जाएगी। क्या होगा इस संसार का। सृष्टि बचेगी या नष्ट हो जाएगी। मेरे मन में तो ईश्वर के लिए भी शाप उठता है। संतान दी थी तो उसका विरह क्यों दिया। विरह दिया था, तो ऐसा मन क्यों दिया। रात-रात भर उनको स्मरण कर रोती हूँ। सो नहीं पाती तो विक्षिप्त हो जाती हूँ। इच्छा होती है कि उन सबकी हत्या कर दूँ, जिनके बच्चे उनके साथ रहते हैं। इस संसार को ही आग लगा दूँ, तब भगवान को भी पता चले कि जिसे जनम दिया है, वह आँखों के सामने न रहे तो कितना कष्ट होता है। कभी-कभी सोचती हूँ कि अपनी बहू का ही झोंटा पकड़कर उसे घसीट लाऊँ। वही कुलच्छनी है, जो मेरे पुत्र को अपने मोह जाल में बाँध कर यहाँ ले आई है; और अब न तो लौटने को राजी होती है, और न हमें ही अपने साथ रखती है।... फिर सोचती हूँ कि इसमें बहू का भी क्या दोष ! पुत्र ऐसा कपूत न होता, तो बहू का साहस ही कैसे होता कि वह ऐसा सोचती।..."

"अब बस भी करेगी कि बोलती ही जाएगी।" चौखट के बाहर से ही समंग ने कहा, "राजमाता का भी भेजा चाट खाएगी क्या ?"

"कोई बात नहीं समंग ! बोलने दो।" कुंती ने बहुत धैर्यपूर्वक कहा, "उसे अपना दुखड़ा कह लेने दो। मन हल्का हो जाएगा। मैं समझती हूँ, उसका दुख।"

"इसी कारण तो आपके पास आई हूँ देवि !" चपला श्रद्धा भाव से बोली, "सोचा, उस देवि के दर्शन करके आऊँ, जो बारह वर्षों से अपने पाँच-पाँच पुत्रों का विरह सह रही है। आपका हृदय फट नहीं गया देवि ! इतने दिनों में। मैं तो इतने थोड़े से ही समय में उन्मादिनी हो गई हूँ।"

"तुम्हें यह तो नहीं लगता चपला कि मैं बड़ी हृदयहीन माता हूँ, जो पाँच पाँच पुत्रों को ही नहीं, सारी पुत्रवधुओं और अपने पौत्रों को त्याग कर बारह वर्षों से यहाँ निश्चिंत बैठी हूँ ?"

"नहीं ! नहीं !! मैं ऐसा क्यों सोचूँगी देवि !" चपला ने अपनी हथेलियों से अपने दोनों गाल पीट डाले।

"सोच सकती हो, क्योंकि मुझे, मेरे पुत्रों ने न तो अपने साथ ले जाना अस्वीकार किया था और न मेरी पुत्रवधुओं को मेरे साथ रहने अथवा मुझे अपने साथ रखने में कोई आपत्ति है।" कुंती बोली, "माँ का हृदय तो मेरे भी वक्ष में है। पर मैंने इस प्रकार उनसे पृथक् रहने के लिए न अपने आपको अभागिनी माना है; और न इसके लिए कभी उनको दोष दिया है।"

"शायद मैं भी न देती, यदि मेरा पुत्र भी आपके पुत्रों के समान धर्म कमाने

गया होता।" चपला बोली, "वह तो थोड़ा-सा धन कमाने के लिए अपने वृद्ध माता-पिता को इस प्रकार अकेला और असहाय छोड़ कर हस्तिनापुर में डेरा डाले बैठा है। धन उसे माँ से भी अधिक प्यारा है। है कोई और ऐसी अभागिनी माता, जिस-का पुत्र उससे भी अधिक धन से प्यार करे।"

कुंती का ध्यान कर्ण की ओर चला गया।... यह स्त्री इतनी दुखी है कि उसका पुत्र माँ से अधिक धन से प्रेम करता है। वह स्वयं को संसार की सब से अधिक अभागिनी माता समझती है। ... पर क्या वह जानती है कि कर्ण जैसा पुत्र भी होता है, जो सारे धन-वैभव के होते हुए भी, केवल ईर्ष्यावश वध कर सकता है। अपने राजा को प्रसन्न मात्र करने के लिए, धर्म पर चलनेवाले चरित्रवान लोगों की हत्या कर सकता है। अपनी जयजयकार सुनने के लिए निर्दोष लोगों के प्राण ले सकता है।

"धन का लोभ किसे नहीं होता चपला ?" कुंती बोली, "किंतु तुम्हारा दुख क्या यह है कि तुम्हारा पुत्र धन अर्जित करना चाहता है ? क्या तुमने अपने पति से कभी यह माँग नहीं की थी कि वह और अधिक धन कमाए। तुम्हें और अधिक सुख से रखे ?"

"नहीं ! इस कारण से मैं क्यों दुखी हूँगी ? किसको अपने पुत्र का वैभव बुरा लगता है।"

"तो क्या तुम दुखी इसलिए हो कि तुम्हारा पुत्र अपनी पत्नी से प्रेम करता है ?"

"नहीं ! यह मुझे क्यों बुरा लगेगा। बेटा-बहू परस्पर प्रेम से रहें, यह तो अच्छी बात है।"

"तो फिर तुम दुखी क्यों हो ? तुम्हारे दुख का कारण क्या है ?"

"वह हमारे साथ क्यों नहीं रहता ? मैं चाहती हूँ कि वह सदा मेरी आँखों के सामने रहे। मैं उससे इतना प्रेम करती हूँ कि उसको देखे बिना जी नहीं सकती, तो वह मेरी इतनी उपेक्षा क्यों कर रहा है ?"

"मेरी बात पर ध्यान दो चपला !" कुंती ने मंद स्वर में कहा, "जरा गंभीर हो कर सोचो। जहाँ दुख होता है, वहाँ कोई दोष भी होता है। हम लोग प्रायः अपने दुख को देखते हैं, किंतु उस दोष को देखने का प्रयत्न नहीं करते। सब ही। यह मनुष्य का स्वभाव है। मैं भी ऐसा ही करती हूँ। तुम भी सोचो। तुम्हारा यह जो दुख है, उसका कारण्र तुम्हारा ही कोई दोष है। तुम दुखी इसलिए हो कि तुम्हारा पुत्र तुम्हारी उपेक्षा कर रहा है; अथवा तुमको तुम्हारी अपनी कोई वासना कष्ट दे रही है।"

"लो। अब पुत्र के निकट रहने की इच्छा भी वासना हो गई।"

"इच्छा मात्र को ही वासना कहते हैं, चपला। मेरे पुत्र वन में रह रहे हैं,

किंतु द्वैतवन में रहते हुए भी तुम्हारी कभी यह इच्छा नहीं हुई कि तुम उनको देख आओ, उनको मिल आओ, उनके निकट रहो। क्यों ? क्योंकि तुम्हारे मन में उनके प्रति कोई मोह नहीं है। अपने पुत्र के प्रति तुम्हारे मन में मोह है। वह मोह ही तुमको कष्ट दे रहा है। तुम्हारे दुख का कारण तुम्हारे पुत्र का धन के प्रति लोभ, अपनी पत्नी के प्रति प्रेम, तुम्हारे प्रति उपेक्षा का भाव—कुछ भी नहीं है। तुम्हारे दुख का कारण तो तुम्हारा पुत्र-मोह है। तुम्हारा अपराधी तुम्हारा पुत्र नहीं, तुम्हारा अपना मोह है।''

''लो !'' चपला ने जैसे कोई तर्क-विरोधी बात सुन ली थी, ''अब अपने पुत्र के प्रति प्रेम भी, मोह हो गया। संसार में किस माता को अपने पुत्र से प्रेम नहीं होता।''

''चुप कर। अब तू राजमाता से भी कलह करेगी दुष्टे !''

''नहीं । रहने दो समंग। तर्क नहीं करेगी, तो बात स्पष्ट कैसे होगी।'' कुंती ने कहा, ''हाँ चपला। संसार में प्रत्येक माता अपने पुत्र से प्रेम करती है।''

''हाँ ! भगवान ने माता का हृदय ही ऐसा बनाया है। उसका दुख कोई और कैसे समझ सकता है।'' चपला बोली, ''तो फिर वह मोह कैसे हो सकता है। पुत्र के प्रति इतना प्रेम न होता, तो माता उसका पालन-पोषण ही कभी न कर पाती।''

''ठीक कहती हो चपला ! सत्य ही ईश्वर ने माँ के मन में संतान के प्रति इतना प्रेम संचित न किया होता, तो न तो वह संतान को जन्म देने का कष्ट उठाती और न ही उसका पालन-पोषण कर पाती।'' कुंती मुस्कराई, ''इतना प्रेम दिया है ईश्वर ने कि माँ का हृदय अपनी संतान को देखते ही पिघल कर, दूध में परिणत हो, उसके स्तनों में उतर आता है। इतना प्रेम दिया है विधाता ने कि उसे अपनी संतान का मल, मल ही नहीं लगता। संतान को स्वच्छ रखने के लिए, वह उसका मल-मूत्र भी साफ करती है। ... किंतु माँ के स्तनों में दूध इसलिए आता है चपला ! क्योंकि सद्यःजात शिशु और कुछ भी खा-पी नहीं सकता। माँ का स्तन्य ही उसका प्राण है। किंतु, अब यदि अपने पुत्र प्रेम के कारण तुम्हारे स्तनों में दूध उतरेगा तो क्या तुम्हारा पुत्र उसका पान करेगा ? तुम स्तनपान कराओगी उसको ? इस अवस्था में अपने पुत्र का मलमूत्र साफ करोगी ?''

''नहीं !'' चपला ने बिना सोचे समझे, तत्काल उत्तर दिया, ''वयस्क पुत्र के लिए उसकी आवश्यकता नहीं है।''

''तो फिर तुम्हारे उस मोह की भी, जिसे तुम प्रेम कह रही हो, अब कहाँ आवश्यकता है ?'' कुंती ने कहा, ''जो प्रेम स्तन्य के लिए आवश्यक था, तुम चाहती हो कि तुम्हारा वह प्रेम तो बना रहे, किंतु स्तन्य सूख जाए। जो प्रेम

तुम्हारा पुत्र तुमसे उस समय करता था, जब वह स्तनपान करता था, वह प्रेम तो बना रहे, किंतु वह स्तनपान न करे।"

"मोह है तो मोह ही सही।" चपला कुछ उग्र हो कर बोली, "ईश्वर ने वह मोह बनाया ही क्यों ?"

कुंती हँस पड़ीं, "ईश्वर ने इस परिवर्तनशील संसार में बहुत सारे भाव और बहुत सारे पदार्थ बनाए हैं, और उन सबकी आवश्यकता भी है; किंतु इतनी बुद्धि भी मनुष्य को दी है कि वह निर्णय कर सके कि उसे किसका उपयोग कब करना है; और कब तक करना है। उसने स्त्री-पुरुष को काम भाव दिया है। कौन नहीं जानता कि यह काम भाव न होता, नारी-पुरुष एक-दूसरे की ओर आकृष्ट न होते, तो संतान का जन्म न होता; और संसार आगे न चलता। सत्य है न !"

"सत्य है राजमाता।" चपला तत्काल सहमत हो गई।

"किंतु उस काम को संयत और परिमित करना कल्याणकारी है अथवा नहीं ?" कुंती ने पूछा।

"है।"

"यदि कोई पुरुष यह कह कर किसी स्त्री के साथ व्यभिचार करना चाहे कि ईश्वर ने काम भाव बनाया है, इसलिए उसे यह अधिकार है कि वह किसी भी स्त्री को काम-निमंत्रण दे, तो क्या यह उचित होगा ?"

"नहीं राजमाता !"

"तुम्हारी इस अवस्था में, तुम्हारा अपना पति ही यदि तुमसे तुम्हारी युवावस्था के काम-व्यवहार की अपेक्षा करे, तो क्या यह उचित होगा ?"

"नहीं ।" चपला के चेहरे पर लज्जा की लाली आ गई।

"तो फिर पुत्र प्रेम के लिए ही, तुम वही स्थिति क्यों बनाए रखना चाहती हो ? केवल वह स्थिति ही बनाए रखना नहीं चाहतीं, उसे माँ का हृदय कह कर गौरवान्वित भी करना चाहती हो ?"

चपला ने कोई उत्तर नहीं दिया। वह किसी गहरी सोच में डूब गई थी।

"सुनो चपला !" कुंती ने पुनः कहा, "हमारा जीवन एक धारा के समान है। अपने उद्‌गम से ले कर अपने संगम तक की यात्रा की परिस्थितियाँ एक-सी नहीं होतीं। यात्रा का प्रत्येक पड़ाव एक नई चुनौती ले कर आता है, और हमारे कर्तव्य परिवर्तित होते रहते हैं। संबंध बदलते रहते हैं। जीवन का रूप बदलता रहता है। हमें इस परिवर्तन को स्वीकार करना चाहिए और स्वयं को उसके अनुरूप ढालना चाहिए, न स्वयं विक्षिप्त होना चाहिए और न किसी और को विक्षिप्त करना चाहिए।"

"आप ठीक कहती हैं, राजमाता !" चपला रो पड़ी, "पर मैं क्या करूँ ?

मेरा तो समय ही नहीं कटता। मेरी आँखों के सामने पुत्र का मुखड़ा घूमता रहता है।''

''तुम्हारा समय नहीं कटता, तुम्हारी एक इच्छा पूरी नहीं होती, इसलिए तुम अपने पुत्र को बाँध कर अपने साथ रखना चाहती हो ?'' कुंती बोली, ''तुम्हारा पुत्र तुम्हारा खिलौना है क्या ?''

''तो क्या संतान का धर्म नहीं है कि जिस माता-पिता ने उनको जन्म दिया, उनका पालन-पोषण किया, उनका ध्यान रखें, उनकी सेवा करें ?''

कुंती हँस पड़ी, ''पहले तुम यह निश्चय कर लो कि तुम अपने पुत्र से रुष्ट क्यों हो, तुम्हारा कष्ट क्या है ? तुम चाहती हो कि वह तुम्हारे पास रहे, क्योंकि तुम्हारा समय नहीं कटता, अथवा तुम अपनी देखभाल करने में असमर्थ हो, और तुम्हारा पुत्र तुम्हारी सेवा नहीं कर रहा।''

''नहीं राजमाता !'' समंग बोला, ''इसकी मैं भरपूर सेवा कर रहा हूँ। जब असमर्थ हो जाऊँगा, तब की नहीं कह सकता।''

''नहीं । सेवा की कोई बात नहीं है।'' चपला बोली, ''उसके बिना मेरा जीवन इतना खाली-खाली हो गया है कि मेरी समझ में ही नहीं आता कि मैं क्या करूँ। मेरा मन किसी काम में लगता ही नहीं ।''

''तुम अपना स्वतंत्र और आत्मनिर्भर जीवन जीओ चपला ! पराश्रित जीवन क्यों जीना चाहती हो। लोगों को उनके बंधनों से मुक्त करने का काम करो, उन्हें बाँधने का संकल्प क्यों कर रही हो ?'' कुंती बोलीं, ''तुमने अपनी संतान के प्रति अपना कर्तव्य पूर्ण किया। अब अपना विकास करो, समाज का विकास करो। अपना वह जीवन जीओ, जो तुम बच्चों के पालन-पोषण के दायित्व के कारण अब तक जी नहीं सकी थीं। हम अपनी संतान को समर्थ इसलिए नहीं बनाते कि अपने मोह के बंधनों में उनको बाँधकर उनके सामर्थ्य को कुंठित करेंगे।''

चपला ने एक असहाय-सी दृष्टि कुंती पर डाली और धीरे से बोली, ''मैं समझती तो सब कुछ हूँ राजमाता ! किंतु मेरा मन है कि मानता ही नहीं । उसे कितना समझाती हूँ, दोनों भुजाओं में पकड़-पकड़ कर उसे नीचे उतारती हूँ, किंतु वह है कि फिर से बलात् मोह के वृक्ष पर जा चढ़ता है, और मैं उसके सम्मुख असहाय हो जाती हूँ।''

इस बार समंग आगे बढ़ आया, ''आपकी बड़ी कृपा है राजमाता ! आपकी बातें सुन कर मुझे लगता है कि यह आज नहीं तो कल, समझ ही जाएगी और इसका उन्माद उतर जाएगा।''

''भगवान तुम्हारा कल्याण करें।'' कुंती का स्वर एक प्रकार का अलौकिक आह्लाद लिए हुए था।

21

विशोक हस्तिनापुर से लौट आया था। युधिष्ठिर को सारे समाचार दे कर वह विश्राम के लिए चला गया था; किंतु पांडव विश्राम करने नहीं जा सके। युधिष्ठिर गहरी चिंता में डूबे वहीं बैठे रह गए।

"क्या बात है भैया ! चिंता किस बात की कर रहे हैं ?" भीम ने कहा, "अथवा माँ की स्मृति आपको व्याकुल कर रही है ?"

"यह कर्ण क्यों अर्जुन के पीछे पड़ा है ?" युधिष्ठिर बोले, "अब तो उसने अर्जुन के वध की प्रतिज्ञा भी कर ली है।"

"तो क्या हो गया।" भीम अविचलित ही रहा, "प्रतिज्ञा तो आज की है, वह अर्जुन की हत्या तो उस दिन से ही करना चाहता था, जब से उसने आचार्य द्रोण को अर्जुन की ओर अधिक आकृष्ट पाया। दुर्योधन भी मुझे अपनी बाल्यावस्था से ही मार डालना चाहता था। तो क्या हो गया ? मार दिया क्या उसने मुझे, अथवा हम सबको ?"

"वह तो ठीक है, मध्यम !" युधिष्ठिर बोले, "किंतु हमें अर्जुन की रक्षा की विशेष चिंता करनी चाहिए। चिंता ही नहीं प्रबंध भी करना चाहिए।"

"मैं तो आज तक यही मानती आई हूँ कि हमारी रक्षा अर्जुन करेंगे।" द्रौपदी बोली।

"युद्ध में अर्जुन हमारी रक्षा करेंगे, यह तो सत्य ही है; किंतु यह आवश्यक नहीं कि दुर्योधन और कर्ण, युद्ध में ही अर्जुन पर आक्रमण करें। वे छुप कर भी घात कर सकते हैं। वे वन में अकेले अर्जुन को घेर कर भी प्रहार कर सकते हैं।" युधिष्ठिर बोले, "अब तो मुझे यह भी लगने लगा है कि घोषयात्रा के व्याज से भी वे हमें किसी प्रकार की क्षति पहुँचाने ही आए थे।"

"और विशोक हस्तिनापुर में यह कैसी चर्चा सुन कर आया है कि कर्ण के शरीर पर एक अभेद्य, दिव्य कवच है, जो जन्म से ही उसके शरीर पर था।" द्रौपदी बोली, "आज तक तो मैंने इसकी चर्चा नहीं सुनी। यदि ऐसा कोई कवच उसके शरीर पर था तो उसे मेरे स्वयंवर के अवसर पर कांपिल्य में धनंजय से युद्ध करते हुए, पीछे हट जाने की क्या आवश्यकता थी ?"

"चर्चा तो तब सुनतीं, जब ऐसा कोई कवच होता।" भीम ने हँस कर कहा, "तुम नहीं जानतीं कि हस्तिनापुर में अधम कोटि के मिथ्याभाषी निवास करते हैं।"

"किंतु इस मिथ्या प्रचार से उनको लाभ क्या होगा ?" नकुल ने पूछा।

"लाभ तो होना आरंभ भी हो गया। देखो, पाँचाली भयभीत भी हो गई।"

भीम ने उत्तर दिया, "वैसे, ऐसा कोई कवच होने की स्थिति में उसे गंधर्वों के हाथों घायल नहीं होना चाहिए था ? बताया तो यही गया है कि गंधर्वों से युद्ध करते हुए, उसके अंग-प्रत्यंग क्षत-विक्षत हो गए थे। और यदि कवच के कारण वह घायल होने से बच गया था, तो युद्धक्षेत्र छोड़ भाग जाने की क्या आवश्यकता थी ?"

"कवच तो केवल वक्ष पर ही होता है," नकुल ने कहा, "संभव है कि उसकी भुजाएँ, टाँगें, मस्तक और ग्रीवा इत्यादि क्षत-विक्षत हो गए हों।"

"आपत्ति तो नकुल की भी ठीक है, किंतु मुझे मध्यमका पक्ष अधिक तर्कसंगत लग रहा है।" अर्जुन ने कहा, "यदि मानव निर्मित कवच हो तो वह वक्ष पर ही होता है; किंतु मनुष्य उसी के अनुरूप अन्य अंगों के लिए भी तो कवच बनाता है। भुजाओं के लिए, जंघाओं के लिए। शिरस्त्राण भी होता है। मनुष्य पूर्ण शरीर के लिए कवच नहीं बना सकता, यह उसकी सीमा अथवा बाध्यता है। अब यदि ईश्वर ने वह कवच जन्म के समय ही कर्ण को दिया हो, तो वह केवल वक्ष पर ही क्यों होगा। जिन पशुओं को ईश्वर ने मोटी और कठोर खाल दी है, वह उनके सारे शरीर पर है, केवल वक्ष अथवा पीठ पर नहीं ।... हाँ! इतना मैं मान लेता हूँ कि कर्ण की त्वचा का वर्ण कुछ इतना सुनहला है कि उसको कोई व्यक्ति अपने किसी भ्रम के कारण किसी पीली धातु का बना हुआ कवच मान सकता है।..."

"किंतु उसके तो चेहरे का भी वही वर्ण है।" सहदेव बोला, "ऐसे में उसे कोई किसी पीली धातु की बनी हुई मूर्ति क्यों नहीं मान लेता ?"

"शायद उसका कोई लाभ दिखाई नहीं दिया होगा दुर्योधन को।" अर्जुन ने उत्तर दिया।

"तो इसका ही क्या लाभ है ? भ्रम से क्या लाभ होगा। भ्रम भी कैसा, जो अधिक समय टिकनेवाला नहीं है।"

"साधारण जन के लिए तो इस प्रकार के मिथ्या प्रचार का स्थायी महत्त्व है।" युधिष्ठिर बोले, "सोचो, जिस समाज में से तुम्हें सैनिक चाहिए, जब उस समाज में यह भ्रम प्रचारित होगा, तो कितने सैनिक कर्ण और दुर्योधन की सेना में जाना चाहेंगे, जिनका नेतृत्व एक देवपुरुष कर रहा है, जिसे ईश्वर ने एक अलौकिक कवच दे रखा है; और कितने सैनिक तुम्हारी सेना में आएँगे, जिन्हें उस देवपुरुष से लड़ना है ?"

"धर्मराज का कथन सत्य है।" द्रौपदी बोली, "जन सामान्य तो ऐसी बातों को तत्काल सत्य मान लेगा और उसके विरुद्ध किसी तर्क को स्वीकार नहीं करेगा।"

"अरे तो साधारण सैनिकों से डरता ही कौन है।" भीम ने कहा, "यह अकेला

भीमसेन कर्ण के सारे सैनिकों को सँभाल लेगा; और अर्जुन ! तुम कर्ण को सँभाल लेना।" भीम के मुख पर किसी भी प्रकार की चिंता का कोई भाव नहीं था, "अर्जुन के तर्क से मेरे मन में एक बड़ी रोचक कल्पना जागी है—यदि कर्ण के शरीर पर वस्तुतः कोई प्राकृतिक कवच होता तो वह कैसा होता ?"

"कैसा होता," द्रौपदी ने पूछा।

"अर्जुन ने कठोर खालवाले पशुओं का उदाहरण दिया है।" भीम हँसा, "तो गैंडे के अनुरूप खाल कैसी रहेगी ? अथवा कच्छप के समान ?"

"मध्यम ! किसी भले मानस की अनुपस्थिति में उसका उपहास करना कोई अच्छी बात नहीं है।" युधिष्ठिर ने उसे टोका।

"लो !" भीम हँसा, "धर्मराज कर्ण को भला मानस कह रहे हैं।"

"अब तुम मेरा भी उपहास करने का प्रयत्न कर रहे हो।"

भीम ने अपनी जिह्वा अपने दाँतों में दबा ली और दोनों हाथों से अपने कान पकड़ लिये, "अब आप इतना भी पाप मुझ पर न चढ़ाएँ। कर्ण का उपहास तो क्या, मैं उसका अपमान भी सहस्र बार कर सकता हूँ; किंतु आपका उपहास तो मेरे लिए अकल्पनीय है।" भीम पुनः अपनी विनोदी मुद्रा में आ गया, "चलो। छोड़ो कर्ण को। हम एक सामान्य कल्पना करते हैं कि यदि ईश्वर मनुष्य को मोटी खाल देते, तो उसका रूप कैसा होता।"

"ऐसे में उसके शरीर के आकार में क्या-क्या परिवर्तन होते, और उसकी गतिविधि पर उसका क्या प्रभाव होता। युद्ध में आक्रमण की स्थिति में वह गैंडे के समान बिफर जाता, अथवा कछुए के समान सिकुड़ जाता। ..." सहदेव सहसा चुप हो गया। उसकी दृष्टि युधिष्ठिर पर टिकी हुई थी, "आपको कुछ अनुचित लग रहा है ?"

"मैं यह सोच रहा हूँ कि तुम लोग आनेवाले संकट के विषय में कुछ नहीं सोच रहे हो। कल्पना लोक में विचरण कर अपना मनोरंजन कर रहे हो।" युधिष्ठिर बोले, "जबकि दुर्योधन ने कदाचित् अपना सैनिक अभियान आरंभ कर दिया है।"

"सैनिक अभियान कैसे ?" द्रौपदी ने पूछा।

"जब कोई राजा अपने अद्भुत शस्त्रों अथवा अपनी शक्ति का प्रचार करता है, तो उसके पीछे उसका लक्ष्य अपने शत्रुओं को भयभीत करना ही होता है।" युधिष्ठिर बोले, "यह सत्य है कि मैंने दुर्योधन और उसके भाइयों को कभी अपना शत्रु नहीं माना; किंतु इसमें कुछ भी असत्य नहीं है कि वे हमें अपना शत्रु ही मानते हैं। ऐसे में हमको अपनी रक्षा का प्रबंध तो करना ही चाहिए। प्रतिशोध और प्रतिहिंसा में हमारी आस्था नहीं है, किंतु प्रतिकार तो हमें करना ही चाहिए।"

"महाराज ! जहाँ तक मेरा चिंतन है, मैं तो यह कहता हूँ कि आप प्रतिकार

ही क्यों प्रतिशोध की बात कीजिए," भीम बोला, "किंतु इस समय तो मैं यह नहीं समझ रहा हूँ कि कर्ण द्वारा की गई अर्जुन को मारने की प्रतिज्ञा से आप इतने व्याकुल क्यों हो गए हैं ? आप उसके उस नैसर्गिक कवच को भी सत्य मान बैठे हैं, जिसका कोई अस्तित्व नहीं है। वैसे जो प्रतिभा अर्जुन में है, वह भी तो ईश्वर की ही दी हुई है। जो शक्ति मुझमें है, वह भी तो ईश्वर की ही दी हुई है। हमें भय किस बात का है।"

"मैं तुम्हारे तर्कों से असहमत नहीं हूँ, न ही तुम लोगों के बल, कौशल और वीरता से मेरी कोई असहमति है।" युधिष्ठिर ने उत्तर दिया, "किंतु तुम लोग मेरी आज्ञा के अधीन हो, अतः तुम्हारा दायित्व मुझ पर है। वह दायित्व और अपने भाइयों के प्रति मेरा प्रेम अथवा मोह मुझे दुर्बल बना देता है। मुझे सोचना पड़ता है कि हम जान-बूझ कर तो संकट के मुख में नहीं जा रहे हैं।..." युधिष्ठिर कुछ रुक कर बोले, "एक बात और। दुर्योधन की प्रतिज्ञाओं से मैं इतना विचलित नहीं होता; किंतु कर्ण के मन का विष कहीं अधिक भयंकर लगता है मुझे। वह जाने हमारे प्रति अपने किस जन्म का वैर ले कर आया है इस संसार में।"

"तो हम युद्धाभ्यास आरंभ कर दें ? अथवा सैन्य संचय करें ? अथवा अपने मित्रों को संदेश भिजवाएँ कि वे लोग हमारी रक्षा करें ?" भीम बोला।

"नहीं !" युधिष्ठिर बोले, "सबसे पहले तो हम अपने रहने के लिए द्वैत वन से अधिक सुरक्षित कोई और स्थान खोजें। यह स्थान हस्तिनापुर के बहुत निकट पड़ता है। उनके और हमारे बीच कोई अन्य राज्य नहीं पड़ता, जो हस्तिनापुर से आनेवाली सेना का प्रतिरोध करे, अथवा उसके अभियान पर आपत्ति करे। ऐसा लगता है कि वहाँ से यहाँ तक सीधा और खुला मार्ग है।..."

"वह तो अब तक भी था ही; किंतु न कभी आप ने आपत्ति की और न कभी उससे आशंकित हुए, तो अब ऐसा क्या हो गया है ?" भीम ने पूछा।

"अब तक मैंने इस रूप में कभी नहीं सोचा था कि वे अकस्मात् ही आक्रमण कर मेरे किसी भाई को एकांत में घेर कर उसका वध कर सकते हैं; किंतु अब कर्ण की इस प्रतिज्ञा से मुझे इस प्रकार का भय भी होने लगा है।" युधिष्ठिर बोले, "अतः हमें उस प्रकार की किसी दुर्घटना से पहले ही अपनी सुरक्षा की व्यवस्था कर लेनी चाहिए।"

"कहाँ जाना चाहते हैं आप ?"

"वैसे तो अभी कुछ निश्चित नहीं किया है," युधिष्ठिर बोले, "किंतु सोचता हूँ कि हम उनसे कुछ दूर तो हो ही जाएँ; और मार्ग में यदि सेना न खड़ी कर सकें तो ईश्वर की बनाई कोई सीमा तो रखें ही। यदि हम मरुभूमि के शीर्ष पर काम्यकवन में तृणबिंदु सरोवर के तट पर चले जाते हैं, तो दुर्योधन के लिए

कुछ कठिनाई तो उत्पन्न कर ही सकते हैं। मार्ग में जल की इतनी सुविधा नहीं होगी, इसलिए एक बड़ी सेना सहित उस सारे क्षेत्र को पार करना भी इतना सरल नहीं होगा।"

किसी ने कोई आपत्ति नहीं की।

सबसे पहले भीम ही बोला, "सामरिक दृष्टि से तो वह स्थान बहुत ही उपयोगी है। पीठ पीछे मरुभूमि है, इसलिए उधर से आनेवाला कदाचित् ही कोई हो। इस ओर से भी वही जाएगा, जिसे मरुभूमि पार कर उस ओर जाना हो। ऐसे कितने लोग हैं, जिन्हें मरुभूमि पार करनी है ? शायद ही कोई हो। इसलिए इधर से भी कोई आएगा, तो उसकी सूचना हमें पहले ही हो जाएगी। जल का बाहुल्य नहीं है, इसलिए उधर अधिक लोगों का निवास भी नहीं होगा कि उनमें मिल कर दुर्योधन के गुप्तचर छिप सकें। जो कोई भी होगा, वह हमारी दृष्टि में रहेगा।"

"यह तो बहुत अच्छा हुआ मध्यम ! कि तुमको मेरा प्रस्ताव भा गया, नहीं तो तुम इसका यह कह कर ही विरोध करने लगते कि हम कोई दुर्योधन अथवा कर्ण से डरते हैं कि यह स्थान छोड़ कर कायरों के समान भाग जाएँ।" युधिष्ठिर मुस्करा रहे थे।

"मध्यम का क्या है। इनकी जाने की इच्छा होगी तो कह देंगे कि काम्यकवन क्या दुर्योधन के बाप का है कि हम वहाँ न जाएँ। न जाने की इच्छा होगी तो कह देंगे, हम दुर्योधन से डरते हैं कि द्वैतवन छोड़ कर चले जाएँ।" द्रौपदी बोली।

"देखा ! यह है चतुराई।" भीम बोला, "मध्यम कुछ बोले न बोले, आपके मन में जो आए, चिपका दीजिए मध्यम के नाम पर कि मध्यम ऐसा कहेगा।"

"पांचाली आपकी प्रशंसा ही तो कर रही है मध्यम ! आप इतने बुद्धिमान हैं कि अपनी प्रत्येक इच्छा के समर्थन में कोई न कोई तर्क खोज ही निकालते हैं।" सहदेव ने कहा।

"तो आप भी !" भीम ने मुस्कराकर उसे मुष्टिका दिखाई।

पांडवों को काम्यक वन में तृणाबिंदु सरोवर के तट पर अपना आश्रम स्थापित किए हुए सप्ताह भर ही हुआ होगा कि अकस्मात् ही उन्होंने महर्षि वेदव्यास को अपने आश्रम के द्वार पर खड़े देखा।

"पितामह आप !" उनको प्रणाम करते हुए युधिष्ठिर को अपने भाव व्यक्त करने के लिए शब्द नहीं मिल रहे थे।

"क्यों ? मुझे देख कर आश्चर्य हुआ ?"

"नहीं पितामह ! आपको देख कर ही आश्चर्य नहीं हुआ। कोई और होता तो अवश्य ही आश्चर्य होता।" द्रौपदी बोली, "यह स्थान एक प्रकार से ऐसा दुर्गम है कि जहाँ हमसे मिलने के लिए, हमारा कुशल-क्षेम जानने के लिए कोई बहुत अपना ही आने का कष्ट कर सकता है। आपके सिवाय और कौन है, जो यहाँ तक आकर भी हमारी खोज खबर लेगा।"

"देखा युधिष्ठिर ! यह है पंडिता कृष्णा। तुम्हें जब कहने के लिए उपयुक्त शब्द नहीं मिले, तो इसने कितने सुंदर शब्दों में मेरा स्वागत किया है। मेरे स्नेह के विषय में वह कुछ मिथ्या भी नहीं कह रही। पर उसका शब्द और भाव चयन देखो।" व्यास ने अपना दायाँ हाथ उठा कर द्रौपदी को आशीष दी।

"आप ठीक कहते हैं पितामह ! कृष्णा वस्तुतः पंडिता है।" युधिष्ठिर बोले, "मुझे स्मरण है कि अगम्य से अगम्य स्थान पर भी आप हमारे पास पहुँचे हैं। यह स्थान तो उस दृष्टि से उतना बीहड़ भी नहीं है, जितने बीहड़ यात्री आप हैं।"

व्यास हँस पड़े, "वस्तुतः यह जीवन ही एक बीहड़ यात्रा है पुत्र ! कैसे-कैसे उतार-चढ़ाव आते हैं। यात्री तो वही है, जो निरंतर ऊपर चढ़ता जाए। कहीं पतित न हो। कहीं स्खलित न हो। स्वयं ऊपर चढ़ने के लिए किसी और को धक्का न दे। स्वयं आगे बढ़े और ऐसा मार्ग बनाए, जिससे अन्य लोग भी अपनी चढ़ाई चढ़ सकें।"

तब तक धौम्य मुनि तथा अन्य चारों पांडव भी आ गए थे। इंद्रसेन और विशोक ने भी सपरिवार आकर महर्षि को प्रणाम किया। द्रौपदी, धात्रेयिका को ले कर महर्षि के सत्कार की व्यवस्था करने चली गई और शेष लोग उन्हें घेर कर बैठ गए।

"हस्तिनापुर का क्या समाचार है पितामह !"

"युधिष्ठिर ! तुम प्रतीक्षा कर रहे हो कि वनवास के बारह वर्ष समाप्त हो जाएँ, तो तुम एक वर्ष का अज्ञातवास करो। जब वह भी धर्मपूर्वक पूर्ण हो जाए, तो तुम हस्तिनापुर जाकर अपना राज्य दुर्योधन से वापस लो और अपने भाइयों के साथ इंद्रप्रस्थ में सुखपूर्वक रहो।"

"हाँ महर्षि ! यही इच्छा है मेरी कि मैं अपने भाइयों सहित धर्मपूर्वक अपना जीवन व्यतीत करूँ।"

"पर क्या तुम जानते हो धर्मराज ! कि वह तुम्हें तुम्हारा राज्य वापस नहीं देगा ?" महर्षि बोले।

युधिष्ठिर कुछ देर के लिए जैसे स्तब्ध रह गए। इस पर तो उन्होंने कभी विचार ही नहीं किया था। जब कभी भीम अथवा किसी और ने उनका ध्यान इस ओर दिलाना चाहा, उन्होंने सहमत होना स्वीकार नहीं किया और उनको

चुप करा दिया। आज वही बात वेदव्यास कह रहे हैं। युधिष्ठिर उनको अपने भाइयों के समान चुप नहीं करा सकते।

"आपको ऐसा क्यों लगता है पितामह ? क्या उसने आपसे ऐसा कुछ कहा है ?" युधिष्ठिर ने पूछा।

"नहीं । उसने मुझसे नहीं कहा है। शायद कहेगा भी नहीं । कोई नहीं कहता। कहने की आवश्यकता ही क्या है।" व्यास बोले, "किंतु लक्षण यही हैं। कोई भी व्यक्ति इन दिनों हस्तिनापुर का कुछ सूक्ष्म निरीक्षण करे तो कुछ बातें उसकी समझ में आ जाती हैं। कर्ण ने दुर्योधन के लिए एक प्रकार की दिग्विजय की है। दिग्विजय अपना सैनिक तथा राजनीतिक वर्चस्व स्थापित करने के लिए ही की जाती है। कर्ण की दिग्विजय से धर्म की स्थापना हुई अथवा नहीं, कहना कठिन है, किंतु यह तो स्पष्टतः दिखाई दे रहा है कि उसका राजनीतिक लाभ दुर्योधन को मिला ही है। वह कर्ण को एक असाधारण महावीर के रूप में प्रतिष्ठित करना चाहता है। उसे एक दिव्य पुरुष बनाना चाहता है। मुझे लगता है कि वह कर्ण को कुरुश्रेष्ठ भीष्म का विकल्प बनाना चाहता है। शायद इसलिए कि भीष्म उसके अधीन होते हुए भी, उसके नियंत्रण में नहीं है। कर्ण उसके नियंत्रण में तो है ही, वह उसकी प्रसन्नता के लिए कुछ भी कर सकता है। अपना चर्म भी उधेड़ कर दे सकता है।" व्यास रुककर मुस्कराए, "इतना ही नहीं, दुर्योधन भीष्म और द्रोण को भी प्रसन्न करने के लिए सब कुछ कर रहा है। अब वह उनकी उपेक्षा नहीं करता, उनके प्रति आदर का प्रदर्शन करता है। ... मुझे उसमें एक और भारी परिवर्तन दिखाई दे रहा है।"

"क्या ?"

"उसने वैष्णवी यज्ञ तो किया ही है। अब वह ब्राह्मणों का मन जीतने का भी प्रयत्न कर रहा है। कुछ ऋषियों-मुनियों की ओर भी उसने मित्रता का हाथ बढ़ाया है।" व्यास बोले, "इन दिनों वह बहुत धर्मपरायण हो गया लगता है। धर्मपरायण से मेरा तात्पर्य उसकी आत्मा से नहीं, मात्र कर्मकांड से ही है। दान की मात्रा में वृद्धि हुई है। ब्राह्मणों का आवागमन भी बढ़ गया है।"

"मैंने तो समझा था कि वह अपनी सैनिक शक्ति बढ़ा रहा होगा, पर ..." युधिष्ठिर ने कहा।

"सैनिक शक्ति तो वह बढ़ा ही रहा है।" महर्षि ने उत्तर दिया, "किंतु वह कर्मकांड तथा तपस्वियों की सद्भावना से भी कुछ पाना चाहता है। क्या पाना चाहता है, यह अभी स्पष्ट नहीं है। पर तुम्हें सावधान रहने की आवश्यकता है।"

"यदि दुर्योधन धर्म की ओर बढ़ रहा है, तो उसमें मुझे सावधान रहने की क्या आवश्यकता है ?"

"वह जो कुछ भी कर रहा है, वह तुम्हारे लिए शुभ नहीं है।" व्यास बोले,

"वह तुम्हें क्षति पहुँचाने का प्रयत्न अवश्य करेगा।"

"अब क्या क्षति पहुँचाएगा।" युधिष्ठिर मुस्करा रहे थे, "मेरा सर्वस्व तो उसने छीन ही लिया है।"

व्यास जैसे अपने भीतर कहीं डूब गए। थोड़ी देर में उबरे तो बोले, "प्रथम स्थिति यह थी कि दुर्योधन तुम्हें कुछ देना नहीं चाहता था। वह तुमसे कोई संबंध नहीं रखना चाहता था, क्योंकि तुम्हें अपना भाई मानते ही उसके हाथ से हस्तिनापुर का राज्य चला जाता। उसने तुम लोगों की हत्या करने का प्रयत्न किया, क्योंकि वह राज्य चाहता था। फिर जब तुम्हें खांडवप्रस्थ देकर एक किनारे कर दिया गया और हस्तिनापुर उसके लिए आरक्षित हो गया, तो उसकी चिंता दूर हो गई। यह द्वितीय स्थिति थी। तुम्हारे राजसूय में उसने देखा कि तुम्हारे पास कितना धन है, तो वह अपना राज्य पा कर ही संतुष्ट नहीं रह पाया। उसने तुम्हारा धन छीनने का षड्यंत्र रचा। यह तीसरी स्थिति थी। तुम्हें वंचित कर उसका लोभ एक दूसरी ओर बढ़ा। वह तुम्हें अपमानित करना चाहता था। उसके लिए उसे तुम्हारे प्राण लेने की आवश्यकता नहीं थी। तुम लोगों के जीवित न रहने से उसे कोई लाभ नहीं था। वह चाहता था कि तुम लोग जीवित रहो और उसका वैभव देख कर कष्ट पाओ। तुम्हें तड़पाने के लिए भी आवश्यक था कि तुम जीवित रहो। यह चौथी स्थिति थी। ... किंतु जब से उसके मन में राजसूय करने की इच्छा जागी है और उसे ज्ञात हुआ है कि तुम्हारे जीवित रहते वह राजसूय नहीं कर सकता, तब से वह तुम्हारे प्राणों का ग्राहक हो गया है। उसके राजसूय के लिए आवश्यक है कि युधिष्ठिर जीवित न रहे। इसलिए अब बात न तुम्हें कुछ देने की है, न तुमसे कुछ छीनने की, न तुम्हें तुम्हारी निर्धनता में अपमानित करने की, अब तो वह किसी भी प्रकार तुम्हारा अस्तित्व ही समाप्त करना चाहेगा।"

पाँचों पांडव और द्रौपदी ही नहीं, धौम्य मुनि के साथ विशोक तथा इंद्रसेन और उनके परिवार भी जैसे निस्पंद हो गए थे।

"किंतु चिंतित होने की बात नहीं है युधिष्ठिर ! मैं तुम्हें चेतावनी देने तो आया हूँ, परंतु हताश करने नहीं आया।" महर्षि मुस्कराए, "हस्तिनापुर में रह कर कोई देखे तो लगता है कि सारा जंबुद्वीप जैसे दुर्योधन की मुट्ठी में है। सारे राजा उसके साथ, सारे योद्धा उसके साथ, सारी सेनाएँ उसके साथ; किंतु यदि हस्तिनापुर से बाहर निकल आया जाए, सारे महाद्वीप का भ्रमण किया जाए, तो ज्ञात होता है कि इन अधर्मपरायण शक्तियों से जूझने के लिए, धर्मपरायण शक्तियाँ भी अपने पर तौल रही हैं। वे सब दुर्योधन को, उसके संगी-साथियों को पराजित देखना चाहती हैं। अभी यह कहना कठिन है, कि यदि युद्ध हुआ तो कौन किस ओर होगा; किंतु इतना आश्वासन मैं तुम्हें देता हूँ कि तुम्हें मित्रों

का अभाव नहीं होगा। वासुदेव कृष्ण तुम्हारे साथ हैं, तो धर्म तुम्हारे साथ है। और जहाँ धर्म होता है, वहीं जय भी होती है धर्मराज ! यदि तुम्हारा पक्ष पराजित हो गया तो संसार से धर्म मिट जाएगा, जो संभव नहीं है। इसलिए विजय तुम्हारी ही होगी। मैं केवल इतना ही कहना चाहता हूँ कि तुम सावधान रहो और युद्ध की तैयारी की दृष्टि से भी कुछ विचार कर लो।''

''जैसी आपकी आज्ञा पितामह !'' युधिष्ठिर ने हाथ जोड़ दिए।

22

दुर्योधन ने अति विनीत भाव से दुर्वासा के चरणों को स्पर्श ही नहीं किया, उन्हें जैसे थाम ही लिया। लगा, वह उनके चरणों को कभी छोड़ेगा ही नहीं।

''उठो वत्स !'' दुर्वासा बोले, ''आज तक तो मैंने यही सुना था कि तुम्हें तपस्या और तपस्वियों में कोई रुचि ही नहीं है। सामान्य जन न तुम्हें आस्तिक मानता है,न भक्त। फिर मुझमें तुम्हारी इतनी भक्ति कैसे जाग्रत हो गई ?''

दुर्योधन ने उनके चरण तो छोड़ दिए, किंतु उठ कर खड़ा नहीं हुआ। हाथ जोड़े, घुटनों के बल, उनके सम्मुख बैठा रहा, ''भक्ति का क्या कारण हो सकता है ऋषिवर ! ये तो आपके ही गुण हैं कि मुझ जैसा अकिंचन भी भक्त बन गया। मैंने उस अदृश्य ईश्वर के विषय में चिंतन किया हो या न किया हो; किंतु देहधारी ईश्वर के गुणों का तो सदा ही प्रशंसक रहा हूँ।''

''मुझे मूर्ख मत समझो दुर्योधन !'' दुर्वासा बोले, ''मुझे ज्ञात है कि आज तक किसी भी तपस्वी के प्रति तुम्हारा व्यवहार सम्मानजनक नहीं रहा। तुमने हृदय से कभी किसी साधक का आदर सत्कार नहीं किया; किसी को आमंत्रित करना तो बहुत दूर की बात है। फिर भी इतने आग्रहपूर्वक तुमने मुझे बार-बार आमंत्रित किया है। मैं इसे क्या समझूँ ? मेरे प्रति तुम्हारा ऐसा भाव क्यों है ?''

''आप कुछ दिन यहाँ निवास कर देखें महाराज !'' दुर्योधन, उनका प्रश्न एक प्रकार से टाल गया, ''आप देखेंगे कि मैं आपका कितना निष्ठावान भक्त हूँ।''

दुर्वासा ने अपनी आँखें ऊपर उठाईं, तो उनमें तनिक भी कोमलता नहीं थी।

''मेरी बात ध्यान से सुनो, राजा दुर्योधन !'' दुर्वासा बोले, ''न तो मैं अपने विषय में किसी भ्रम में हूँ, न तुम्हारे विषय में। मैं जानता हूँ कि जो लोग, मेरे प्रति श्रद्धा और भक्ति दर्शाते हैं, उनके मन में या तो भय होता है, अथवा लोभ।

उन्हें भय होता है कि अप्रसन्न हो कर कहीं मैं उनका कोई अहित न कर बैठूँ। या फिर वे अपने मन में कोई कामना ले कर मेरे प्रति भक्ति प्रकट करते हैं।'' दुर्वासा ने रुक कर दुर्योधन को देखा, ''भयभीत तो वे होते हैं, जिनके द्वार पर मैं स्वयं प्रकट हो जाता हूँ। तुम्हारे द्वार पर मैं स्वयं नहीं आया हूँ। तुमने बार-बार मुझे निमंत्रण भेजा है। सेवा का अवसर देने का आग्रह किया है। इसलिए तुम मुझसे भयभीत नहीं हो। भयभीत होते तो मुझे दूर रखना चाहते, इस प्रकार बार-बार आमंत्रित न करते। इसका अर्थ है कि तुम्हारे मन में कोई कामना है। तुम्हारे एक-एक स्पर्श में सौ-सौ वासनाएँ हैं, याचनाएँ हैं।...''

दुर्योधन का चेहरा विवर्ण हो गया। उसने दुर्वासा को बुला तो लिया था ... किंतु जो कुछ भी वे कह रहे थे, उसमें से पहले ही अप्रसन्नता झलक रही थी ...

''किंतु तुम्हें भयभीत होने की कोई आवश्यकता नहीं ।'' दुर्वासा ने जैसे आश्वासन दिया, ''मैं सकाम भक्ति को भी बुरा नहीं मानता। यदि मन में कोई कामना ले कर तुम मेरे सम्मुख आए हो, तो इसका अर्थ है कि तुम मेरे सामर्थ्य को स्वीकार करते हो, उसे सम्मान दे रहे हो। ... किंतु यह तो देखना ही पड़ेगा कि तुम अपनी कामना सिद्धि का कितना मूल्य चुका सकते हो। ...''

दुर्योधन समझ नहीं पाया कि दुर्वासा का संकेत किस मूल्य की ओर था। ... ऋषि को धन की कामना नहीं हो सकती। ... तो और क्या मूल्य हो सकता है ?

''चिंता मत करो।'' दुर्वासा स्वयं ही बोले, ''मुझे न धन चाहिए, न राज्य, न सत्ता। इसलिए मैं ऐसा कुछ नहीं माँगूँगा, जिससे तुम स्वयं को वंचित अनुभव करो। मुझे भी अपने निकट आए याचक के प्रति कोई आशंका नहीं होती, क्योंकि मेरे पास ऐसी कोई सांसारिक संपदा नहीं है, जिससे मैं वंचित किया जा सकूँ। हम तो केवल यह देखते हैं कि किसने हमारा कितना आदर और कितना अनादर किया।...'' दुर्वासा ने रुक कर दुर्योधन की ओर देखा, ''इसलिए सोच-विचार कर लो राजन् ! अभी मैं तुम्हारे द्वार पर आया ही हूँ। तुम्हारा आतिथ्य अभी मैंने स्वीकार नहीं किया है। अभी मैं लौट भी सकता हूँ; किंतु टिक गया तो अपनी घोरतम उच्छृंखल इच्छाओं का अनादर भी मुझे सहन नहीं होगा।''

दुर्योधन को क्या सोचना था। वह तो पहले ही सब कुछ निश्चित कर चुका था। बोला, ''अहो भाग्य। आपने मेरा निमंत्रण स्वीकार किया। अब मुझे क्या सोचना-विचारना है ऋषिवर ! अब तो बस आप मुझे अपनी सेवा करने की अनुमति दें।''

''मेरे सहस्रों शिष्य भी मेरे साथ यहीं निवास करेंगे।'' दुर्वासा बोले, ''चाहो तो अब भी अस्वीकार कर सकते हो, क्योंकि तुमने निमंत्रित तो केवल मुझे ही

किया था। तुम नहीं जानते थे कि मेरे इतने सारे शिष्य मेरे साथ यात्रा कर रहे हैं।''

''आप तनिक भी चिंता न करें तपस्विश्रेष्ठ !'' दुर्योधन अत्यंत मधुर ढंग से बोला, ''हस्तिनापुर राज्य में इतना सामर्थ्य तो है ही कि वह ऋषियों तथा उनके प्रिय शिष्यों की सेवा कर सके।... सचमुच मैं नहीं जानता था कि आपके साथ आपके इतने शिष्य यात्रा कर रहे हैं। यह तो मेरा सौभाग्य है कि आपके निकट रहनेवाले, आपके कृपापात्र इतने शिष्यों की चरण-धूलि मेरे घर में पड़ी।...''

दुर्योधन की मुस्कान उसके अधरों पर ही जम गई : दुर्वासा के चेहरे से वितृष्णा टपक रही थी। उसकी किस बात से ऋषि का मुख कसैला हो गया ?

''मुझे इस प्रकार की शब्दावली से बहुत घृणा है।'' दुर्वासा बोले, ''न तो हम इतने गंदे हैं कि अपने पैरों के साथ धूल मिट्टी लाकर तुम्हारे प्रासाद का प्रांगण गंदा करें; और न तुमको धूल इतनी प्रिय है कि हमारे चरणों के साथ आई जान कर, तुम अपने प्रासाद की सफाई नहीं करवाओगे और उस धूलि को उठवाकर बाहर नहीं फिंकवाओगे।'' दुर्वासा ने रुक कर उसकी ओर देखा, ''अब तत्काल हमारे ठहरने की व्यवस्था करो; और भोजन भी तत्काल। मैं और मेरे शिष्य बहुत भूखे हैं।...''

''आपके लिए तो मैंने अपने प्रासाद में ही व्यवस्था कर दी है।'' दुर्योधन बोला, ''आपके शिष्यों के लिए नगरद्वार के बाहर गंगा तट पर ...''

''नहीं !'' दुर्वासा बोले, ''मेरे शिष्य मेरे साथ ही रहेंगे। वैसे तो उचित था कि तुम हमें अपने प्रासाद में, अपने निकट ही ठहराते; किंतु लगता है कि तुम्हारे पास कोई इतना बड़ा प्रासाद ही नहीं है, जिस में सहस्रों व्यक्ति ठहर सकें। तो तुम नगर द्वार के बाहर गंगा तट पर ही हमारे ठहरने की व्यवस्था करो। ... किंतु व्यवस्था के लिए जिस व्यक्ति को भी नियुक्त करो, वह तुम्हारा प्रिय हो, विश्वसनीय हो, अधिकारयुक्त हो; और प्रबंधपटु हो। हम कुछ माँग बैठे और वह यही कहता रहा कि मैं युवराज से पूछ आऊँ, तो मुझे तनिक भी अच्छा नहीं लगेगा।''

दुर्योधन के प्राण उसके नखों में समा रहे थे : कहीं यह औघड़ ऋषि अपने शिष्यों सहित, राजप्रासाद में ही ठहरने की हठ न ठान ले। उसे आज तक किसी ने नहीं बताया था कि दुर्वासा के संग उनके शिष्यों की इतनी बड़ी सेना चलती है। यदि पहले से ही प्रबंध न कर लिया गया हो, तो किसी भी राजप्रासाद में अकस्मात् ही सहस्रों संन्यासी नहीं ठहराए जा सकते।... किंतु गंगा तट पर इसका प्रबंध हो सकता है। उसमें कोई कठिनाई नहीं है।

"आप चिंता न करें ऋषिवर !" दुर्योधन ने अपने स्वर में असाधारण माधुर्य मिश्रित किया, "मैं स्वयं आपके निकट रहूँगा। संचित कर्मों के पुण्यस्वरूप हाथ में आया, आपकी सेवा का यह सौभाग्य नहीं छोड़ूँगा।"

"तुम अपना राजप्रासाद छोड़ कर हमारे साथ रहोगे ?" दुर्वासा के स्वर में पूर्ण अविश्वास ही नहीं, वितृष्णा का भाव भी था, "अपना राजप्रासाद त्याग कर, अपनी रानियों का सुख छोड़ कर, हमारे निकट रहोगे?"

"हाँ ऋषिवर ! आपके चरण धोने का सुख मैं किसी और को नहीं दे सकता।" दुर्योधन बोला, "आपकी सेवा के सुख के सम्मुख राजप्रासाद का सुख अत्यंत तुच्छ है महाराज !"

"वैसे तो तुम सर्वथा मिथ्या-भाषण कर रहे हो दुर्योधन !" दुर्वासा सहज भाव से बोले, "जिन्हें ऋषियों के चरण धोने में, राजप्रासादों के भोग भोगने से अधिक सुख अनुभव होता है, वे द्यूतसभाओं में अपने ही भाइयों के राज्य का अपहरण नहीं करते ... पर मुझे तुम्हारी व्यक्तिगत नीतियों से क्या लेना-देना।" वे रुके, "तुम यह तो नहीं समझ रहे कि हम दो-तीन दिनों में चले जाएँगे ?"

"नहीं महाराज ! दो-तीन दिनों में मेरी तृप्ति कैसे होगी।"

"मेरे वास की कोई सीमा नहीं होती।" दुर्वासा बोले, "मैं लंबे समय के लिए भी ठहर सकता हूँ; और एक आध प्रहर में भी प्रस्थान कर सकता हूँ।"

"मैं हस्तिनापुर में आपके दीर्घकालीन आवास का इच्छुक हूँ महाराज !"

दुर्वासा चुपचाप उसे देखते रहे, फिर बोले, "तुम्हारी कामना तुम्हारे प्रासाद से भी बड़ी लगती है।"

कुंती ने सुना कि दुर्योधन ने अपने प्रासाद में, दुर्वासा को आमंत्रित किया है; और दुर्वासा अपने सहस्रों शिष्यों के साथ हस्तिनापुर पधारे हैं। ... उसका हृदय किसी बड़े अनिष्ट की आशंका से कराह उठा। दुर्वासा को कभी कोई अपने घर पर आमंत्रित नहीं करता ... जिसके द्वार पर वे पहुँच जाते हैं, वह मान लेता है कि ग्रहों की कुदृष्टि के कारण, उस पर कोई महान् संकट आया है, जिसे उसे धैर्यपूर्वक सहन करना है।... जिस दिन दुर्वासा किसी के घर से विदा होते हैं, उस दिन लोग हाथ जोड़ कर प्रभु का धन्यवाद करते हैं कि एक दुष्ट ग्रह टल गया।... उस दुर्वासा को दुर्योधन ने स्वयं अपने घर पर आमंत्रित किया था।...

दुर्योधन के मन में न तप-त्याग के लिए कोई सम्मान है, न सात्विकता के लिए। वह आज तक अपने घर में बैठे भीष्म, व्यास और विदुर का सम्मान नहीं कर पाया। घर आए तपस्वियों का उसने अपमान किया। कृष्ण से समधी

का नाता तो जोड़ लिया, किंतु उससे प्रेम नहीं कर पाया। ... वही दुर्योधन दुर्वासा को आमंत्रित कर, उनकी सेवा करना चाहता है ?

हस्तिनापुर के आसपास, तपस्वियों की कमी नहीं थी। महर्षि वेदव्यास का आश्रम कौन-सा दूर था। अन्य किसी सात्विक ऋषि को आमंत्रित नहीं किया दुर्योधन ने। दुर्वासा को ही क्यों चुना ? इसलिए कि उनकी ख्याति एक अत्यंत क्रुद्ध तपस्वी की है ? ... स्मरण है कुंती को, जब वे कुंतिभोज के प्रासाद में आए थे।...कुंती को बार-बार कहा था कुंतिभोज ने, "पुत्रि ! स्मरण रहे, कुछ हो जाए, किंतु दुर्वासा अप्रसन्न न हों। उनकी अप्रसन्नता से बचने के लिए कोई मूल्य अधिक नहीं है।..." कुंती जानती है, दुर्वासा के प्रति किसी के मन में श्रद्धा नहीं है। लोग उनसे भयभीत रहते हैं। ऋषि अप्रसन्न न हों, ऋषि शाप न दे दें। ... कुंती ही जानती है कि ऋषि को प्रसन्न रखने के लिए, उसे क्या-क्या प्रयत्न करना पड़ा था... कितना और कैसा मूल्य चुकाया था उसने ...

पर उस तपस्या का भी क्या लाभ, जिससे तपस्वी अपना क्रोध ही न जीत पाए। तितिक्षा तो तपस्या का पहला लक्षण है... और दुर्वासा में वही नहीं है। ... वे तो कुछ भी सहन नहीं कर सकते। अपने आदेश की अवज्ञा और असम्मान तो बहुत दूर की बात है, वे तो अपनी इच्छा के विरोध की संभावना मात्र की आशंका से ही, क्रोध से जल उठते हैं। उनसे किसी प्रकार की सज्जनता की अपेक्षा नहीं की जा सकती। कैसी तपस्या है उनकी, जिसने न क्रोध को जीता, न अहंकार को।... लोग साधना तो करते हैं, किंतु यह नहीं जानते कि साधना का लक्ष्य क्या है। मार्ग अवरोधकों को ही वे अपनी उपलब्धि मान कर, उन्हीं पर मुग्ध हो जाते हैं।... कुछ ऐसा ही हुआ है, दुर्वासा के साथ भी। साधक तो वे हैं, उग्र तपस्वी भी हैं। कदाचित् उन्होंने प्रकृति से कुछ असाधारण शक्तियाँ भी प्राप्त कर ली हैं... किंतु उनके व्यक्तित्व का विकास नहीं हुआ।... प्रभु की लीला तो अद्‌भुत है ... प्रभु धन देते हैं, तो एक व्यक्ति दान करता है और दूसरा व्यक्ति उसी धन को पा कर भोग में आकंठ लिप्त हो जाता है। सत्ता मिलती है, तो एक न्याय करता है, अत्याचार का दमन करता है; और दूसरा उसी सत्ता का दुरुपयोग कर, अन्याय को बल प्रदान करता है, स्वयं अत्याचारी हो जाता है। शारीरिक बल मिलता है तो एक दुर्बलों की रक्षा करता है, और दूसरा उसी बल से दुर्बलों का दमन करता है। ज्ञान मिलता है तो एक में विनय प्रस्फुटित होती है, वह अपने ज्ञान से अपने और दूसरों के बंधन काटता है; और दूसरा उसी ज्ञान से अहंकारी हो कर, अबोध लोगों का शोषण करता है, उन्हें भ्रम में डालता है। ... कितने ही उदाहरण हैं, इतिहास में कि एक व्यक्ति ने उग्र साधना की, स्वयं को तपाया, ईश्वर को प्रसन्न किया, किंतु उससे उसकी भक्ति न माँग, अपने लिए कोई शक्ति माँग ली ... और फिर उसी शक्ति के अहंकार में वह

राक्षस हो गया।... तपस्या कर, साधना कर, भक्ति कर, अंत में व्यक्ति राक्षस हो जाए—इससे बड़ा दुर्भाग्य और क्या हो सकता है। हे प्रभु ! ... तू और कुछ दे, न दे, मनुष्य को सात्विक बुद्धि अवश्य दे, ताकि वह अपनी क्षमताओं का उचित उपयोग कर सके।...

प्रातः दुर्योधन की आँखें खुलीं, तो वह एक असाधारण प्रकाश देख कर चौंक उठा। वह अपने मंडप से बाहर निकला, तो देखा कि महर्षि दुर्वासा और उनके शिष्यों के लिए निर्मित सारे कुटीर, धू धू जल रहे थे।... उसकी समझ में नहीं आया कि वह क्या देख रहा था। ... किसी की असावधानी से एक आध कुटीर का जल जाना एक बात थी, किंतु यह ... सहस्रों कुटीरों का इस प्रकार एक साथ जल जाना ... सर्वथा असंभव। किंतु असंभव क्यों ? वह अपनी आँखों के सम्मुख, वह सब कुछ घटित होते देख रहा था। सहस्रों कुटीर उसके सम्मुख जल रहे थे...

दुर्योधन के मेरुदंड पर जैसे एक साथ ही सहस्रों ततैये काटने लगे... जाने ऋषि कहाँ हैं, और क्या कर रहे हैं। संभव है, निकट के घाट पर स्नान करने गए हों। अभी उनकी दृष्टि इस अग्निकांड पर पड़ेगी और वे स्वयं भी इन्हीं कुटीरों के समान ही धधक उठेंगे।.... तब दुर्योधन का क्या होगा ? और यदि उनका कोई एक आध शिष्य भी इसी अग्नि में स्वाहा हो गया, तो ???

अकस्मात् ही उसके मन ने एक युक्ति सोच ली ... संभव है कि यह अग्निकांड पांडवों ने किया हो। ... किंतु पांडव तो यहाँ हैं नहीं । वे रातों-रात काम्यक वन से आकर यहाँ ऐसा कांड कर जाएँ—ऐसा तो संभव नहीं है। संभवतः यह उनके किसी मित्र ने किया हो। ... विदुर अथवा किसी और ने ... कुंती भी तो यहीं है, हस्तिनापुर में। ... उन्होंने खांडववन में ऐसा ही अग्निकांड किया था। जो लोग एक पूरा वन जला सकते हैं, वे क्या कुछ सहस्र कुटीर नहीं जला सकते ?...

पांडवों ने किया हो या न किया हो, यह आरोप तो उन पर मढ़ा ही जा सकता है। फिर यदि दुर्वासा पांडवों से क्रुद्ध हो कर उनका कुछ अनिष्ट कर बैठें ...

दुर्योधन को लगा कि इस अग्निकांड में भी उसके लिए एक वरदान छिपा हुआ है।

अपने शिष्यों में घिरे दुर्वासा उसे अपनी ओर आते दिखाई दिए। वे लोग आग

में जलते उन कुटीरों के मध्य में से आ रहे थे; किंतु न वे क्षुब्ध थे, न रुष्ट। वे तो परम संतुष्ट दिखाई दे रहे थे।

दुर्योधन ने प्रणाम किया तो दुर्वासा ने हाथ उठा कर उसे आशीर्वाद दिया, "तुम्हारी मनोकामना पूर्ण हो पुत्र !"

"गुरुदेव ! यह अग्नि।" दुर्योधन ने अपनी ओर से आश्चर्य प्रकट किया।

"हाँ। आज अपने शिष्यों को पंचाग्नि ताप का अभ्यास कराने की प्रेरणा हुई, इसलिए इन कुटीरों को अग्निदेव को समर्पित कर दिया। तुम जानते ही हो दुर्योधन ! कि पंचाग्नि ताप में अग्नि की आवश्यकता होती है। तो इसी से कार्य हो जाएगा। वैसे भी यदि यहाँ कुटीर खड़े रहते, तो कोई साधक अपनी कुटिया में आश्रय ले सकता था। कुटीरों के कारण इस क्षेत्र में छाया रहती। छाया में बैठ कर पंचाग्नि साधना का क्या अर्थ। इसलिए मैंने इन सारे कुटीरों को अग्निदेव को समर्पित कर दिया।" वे रुके, "अब जो दो-तीन काम तुम्हें करने हैं, उन्हें सुनो।"

"आदेश करें महाराज !"

"संध्या समय तक मेरे शिष्यों का पंचाग्नि-ताप चलेगा; किंतु रात को तो उनको विश्राम करने के लिए कुटीरों की आवश्यकता होगी। तुम ऐसी व्यवस्था करो कि रात्रि तक उनके लिए कुटीर बन कर तैयार हो जाएँ।"

दुर्योधन को लगा कि यदि उसने स्वयं को संयत नहीं रखा तो उसके हाथ इस वृद्ध तपस्वी का कंठ मरोड़ देंगे। ... क्या अर्थ है इस सबका। कल संध्या को कुटीर बने और आज प्रातः वे अग्निसात कर दिए गए, क्योंकि उनको अपने शिष्यों को पंचाग्नि ताप का अभ्यास कराना था।... और अब रात्रि तक उनको फिर सहस्रों कुटीर चाहिए। यदि कहीं दुर्योधन ने उन्हें अपने प्रासाद में ठहरा लिया होता, अथवा उनके लिए एक नया प्रासाद बनवा दिया होता, तो वे उसे भी इसी प्रकार अग्निसात् कर बड़े अबोध और निर्मल भाव से कह देते कि संध्या समय तक उनके लिए नए प्रासाद का निर्माण करवा दिया जाए। ...

"पुत्र ! एक बात और।" दुर्वासा बोले, "संध्या समय हमें पाँच सहस्र लोगों के लिए भोजन चाहिए।"

"क्यों ?" अनायास ही दुर्योधन के मुख से निकल गया; किंतु उसने तत्काल ही स्वयं को सँभाला, "मेरा अभिप्राय है कि क्या आपके पास इतने अतिथि आ रहे हैं ? यदि इतने अतिथि आ रहे हैं, तो केवल भोजन से ही तो काम नहीं चलेगा। उनके आवास की भी तो व्यवस्था करनी होगी।"

दुर्योधन का मन थर-थर काँप रहा था... कहीं इस हठी संन्यासी ने कह दिया कि हाँ ! मेरे अतिथियों के लिए पाँच सहस्र कुटीरों का निर्माण और करवा दो ... तो वह दुर्योधन के लिए भी संभव नहीं हो पाएगा।

"नहीं ! अतिथि नहीं आ रहे हैं।" दुर्वासा ने कहा, "हठयोग के अंतर्गत मैं अपने शिष्यों को अति भोजन का अभ्यास कराना चाहता हूँ। उस अभ्यास में एक व्यक्ति अपने नियमित भोजन से पाँच गुना अधिक खाता है।" दुर्वासा ने रुक कर उसकी ओर देखा, "किंतु यह भी सोचता हूँ कि पंचाग्नि ताप के पश्चात् यदि अति भोजन के लिए उनमें क्षमता ही न बची, तो वे उस भोजन को खा नहीं पाएँगे। ऐसे में पाँच सहस्र व्यक्तियों का वह अतिरिक्त भोजन कहाँ जाएगा ?"

अवाक् दुर्योधन, दुर्वासा की ओर देखता रहा ... क्या कहे वह इस उग्र तपस्वी को—पाँच सहस्र व्यक्तियों का वह भोजन क्या फेंक दिया जाएगा ?

"वह साधकों के लिए पकाया गया भोजन होगा। उसे गंगा की मछलियों को नहीं खिलाया जा सकता। उसे तो नैष्ठिक ब्राह्मणों के ही उदर में जाना चाहिए। इसलिए तुम पाँच सहस्र नैष्ठिक ब्राह्मण भी तैयार रखना, ताकि यदि मेरे शिष्य वह भोजन न करें, तो वे नैष्ठिक ब्राह्मण, उस भोजन को सम्मानपूर्वक खा सकें। ..."

दुर्वासा आदेश दे कर चले गए और दुर्योधन मन ही मन ऐंठता खड़ा रह गया ... यह क्या किया दुर्योधन तू ने ? यह तपस्वी नहीं, कोई भयंकर कृत्या है। यह तो तेरा सारा रक्त पी कर टलेगा, यहाँ से।

संध्या समय तक एक सहस्र कुटीरों का निर्माण होना है। जहाँ वर्तमान कुटीर थे, वहाँ ऋषि के शिष्य संध्या तक पंचाग्नि ताप का अभ्यास कर रहे होंगे। इसलिए यहाँ तो कुटीर सूर्यास्त के पश्चात् ही बनाए जा सकते हैं।... तो इसका अर्थ है कि कुटीर कहीं और बनाने पड़ेंगे। अर्थात् कुटीर-निर्माण के साथ-साथ भूमि को समतल करने के लिए, वृक्ष काटने के लिए, व्यर्थ सामग्री को हटाने के लिए, भी समय और श्रमिकों की आवश्यकता है। और वह भोजन ! पाँच सहस्र लोगों का भोजन। यदि ऋषि के शिष्यों ने खा लिया तो ठीक यदि ऋषि ने यह निर्णय कर लिया कि उनके शिष्यों को अति भोजन अभ्यास की आवश्यकता नहीं है, तो पाँच सहस्र नैष्ठिक ब्राह्मण पहले से ही आमंत्रित होने चाहिए। ... और यदि दुर्योधन ने पाँच सहस्र नैष्ठिक ब्राह्मण आमंत्रित कर लिए, और ऋषि के शिष्यों ने अति भोजन अभ्यास कर लिया, तो उन पाँच सहस्र आमंत्रित ब्राह्मणों को, उस समय भोजन कहाँ से दिया जा सकेगा। ...'ओह दुर्वासा !'... दुर्योधन का मन हुआ कि वह उस उग्र तपस्वी को, उसके जटाजूट से पकड़, घसीटता हुआ ले जाए और गंगा में डुबो आए।

अब दुर्योधन की समझ में आ रहा था कि दुर्वासा को औघड़ ऋषि क्यों कहा जाता है। क्यों अपने द्वार पर दुर्वासा को देख कर गृहस्थ घबरा जाता है। ... पर दुर्योधन की भी तो यह तपस्या ही थी—उसका हठयोग। यदि कहीं

वह सफल हो जाता है, तो अपने शत्रुओं को नष्ट करने का उसे एक अमोघ अस्त्र हाथ लग जाएगा। ... इस सारे कष्ट को भी युद्धाभ्यास के कष्ट के रूप में ही सहन करना पड़ेगा।...

किंतु पाँच सहस्र व्यक्तियों का अतिरिक्त भोजन? ... दुर्योधन की उत्तेजना कुछ शांत होने लगी थी ... वह केवल भोजन की व्यवस्था करेगा ... पाँच सहस्र नैष्ठिक ब्राह्मणों को आमंत्रित नहीं करेगा ... यदि ऋषि के शिष्यों ने उस भोजन को उदरस्थ नहीं किया, तो वह कल प्रातः उस भोजन को हस्तिनापुर के निकट के गुरुकुलों में भिजवा देगा। वहाँ आचार्य भी होंगे और उपाध्याय भी; गुरुकुल के कर्मचारी भी होंगे और ब्रह्मचारी भी। उनमें से किसी का भी स्थान नैष्ठिक ब्राह्मणों से हीन नहीं है।...दुर्वासा के सारे आदेश यथातथ्य रूप में स्वीकार करते जाने का कोई अर्थ नहीं है। उनसे भी कुछ न कुछ चतुराई करनी ही होगी। ... गुरुकुल में वह भोजन स्वीकार कर लिया गया, तो ठीक, अन्यथा गंगा में विचरण करनेवाली मछलियों तक उसे पहुँचाने का कर्म अथवा दायित्व उन गुरुकुलों का ही होगा। ...

दुर्योधन को लगा कि अब वह दुर्वासा से उतना भयभीत भी नहीं है।... वस्तुतः दुर्वासा से भयभीत होने का कोई कारण भी नहीं था। वह दुर्वासा के शाप से भयभीत नहीं था। वह इन तपस्वियों के शाप और वरदान की शक्तियों में विश्वास ही नहीं करता। ... यदि इनमें ऐसी कोई शक्ति होती, तो ये कब से सब राजाओं को शाप दे कर, उन्हें मृग बना कर, किसी वन में छोड़ आए होते और स्वयं उनके सिंहासनों पर बैठे जीवन का सुख भोग रहे होते। ... वह तो मात्र इतना चाहता था कि दुर्वासा का उपयोग युधिष्ठिर के विरुद्ध कर सके। यदि वह दुर्वासा को प्रसन्न करने में सफल हो गया, तो वह उन्हें युधिष्ठिर के पीछे लगा देगा। युधिष्ठिर मानता है इन तपस्वियों को ईश्वर का अवतार। वह प्रसन्न करता रहे उन्हें। दुर्वासा उसे उसके अपने धर्म की कसौटी पर असफल सिद्ध करेंगे। उसके पश्चात् युधिष्ठिर अपने प्रायश्चित् के लिए चाहे तपस्या करे अथवा आत्महत्या।

... और यदि दुर्योधन, दुर्वासा को प्रसन्न करने में असफल रहा, तो वह कोई और माध्यम खोजने का प्रयत्न करेगा।...

संध्या समय विदुर घर लौटे तो पारंसवी ने पूछा, "आर्यपुत्र ! आज दिन भर गंगा तट पर क्या होता रहा है ?"

"क्या होता रहा है ?" विदुर मुस्कराए, "तुम बताओ।"

"मैं क्या जानूँ क्या होता रहा है।" विदुर की मुस्कान से आश्वस्त हो कर

पारंसवी बोली, "बाहर से आनेवालों से जो सूचनाएँ मुझे मिलती रही हैं, वे कहती हैं कि गंगा तट पर दिन भर अग्निदाह होता रहा है। कुछ लोग अग्नि पर उल्टे भी लटकाए गए।..."

"चीत्कारों से तो ऐसा लगता था कि कुछ लोगों को जीवित ही अग्निसात् किया जा रहा था।" कुंती बोली।

विदुर ने उन्हें दुर्वासा के दिन भर के कार्यक्रम के विषय में बताया।

"ओह यह दुर्वासा !" कुंती जैसे अपने आपसे बोली, "मेरी तो समझ में नहीं आता कि लोग इस ऋषि से इतने भयभीत क्यों रहते हैं। क्या प्राप्त करना चाहते हैं वे इस औघड़ से ?"

"क्यों तुम्हारे विवाह से पूर्व, उन्होंने तुम्हें भी तो एक मंत्र दिया था।" विदुर बोले, "तुम्हारे पाँचों पुत्र उसी मंत्र का प्रसाद नहीं हैं ?"

कुंती की आँखों के सम्मुख वे दिन घूम गए : कितने त्रस्त थे पिता कुंतिभोज। और कितनी पीड़ित थी स्वयं कुंती।...

"मेरे पुत्र देवप्रदत्त हैं। वह ईश्वर की अनुकंपा है। दुर्वासा का मंत्र होता या न होता, इन पुत्रों का जन्म तो होना ही था। ईश्वर के मन में अपनी सृष्टि के संदर्भ में अपनी योजना होती है। वह जीवों को विशेष प्रयोजन से जन्म देता है। जो कार्य उसको जिसके माध्यम से करना होता है, उसे वह करता ही है। वे सब उसके उपकरण मात्र हैं।... यदि इन उपकरणों की उसे आवश्यकता थी, तो उसने इनका निर्माण किया। इस सारी प्रक्रिया के बीच, दुर्वासा का क्या महत्त्व है ? या मेरा ही क्या अधिकार है ?" कुंती ने कहा, "मेरे मन में आता है विदुर ! कि मनुष्य व्यर्थ ही अपने अहंकार में, स्वयं को कर्ता समझता है। अपने मोह में देह संबंधों को इतना महत्त्वपूर्ण मान लेता है। मैं मान लेती हूँ कि ये मेरे पुत्र हैं। उन्हें मैंने जन्म दिया है। उनका पालन-पोषण मैंने किया है। मैं उनके कल्याण के लिए चिंतित रहती हूँ। अशुभ से उनकी रक्षा करना चाहती हूँ। ईश्वर से उनकी संस्तुति करती हूँ कि वह उनकी रक्षा करे ..."

"तो इसमें अनुचित क्या है भाभी !" पारंसवी बोली, "अपनी संतान के लिए कौन नहीं करता।"

"इसमें सबसे पहले तो अनुचित यह है कि मैं ईश्वर के जीव को अपनी संतान समझे बैठी हूँ। जीव उसका है और मैं समझती हूँ कि वह मेरा है। जिसे उस जीव की सबसे अधिक चिंता है, उस ईश्वर के सम्मुख मैं उस जीव के कल्याण की कामना करती हूँ।" कुंती रुकी, "वह ईश्वर हम पर हँसता होगा। और हमसे भी अधिक उन पर हँसता होगा,जो किसी का अहित करने का प्रयत्न कर रहे हैं, योजनाएँ बना रहे हैं, संकल्प कर रहे हैं, सहायता जुटा रहे हैं।..."

"ऐसा क्यों सोचती हो भाभी !" पारंसवी ने शिशुवत् अबोध भाव से पूछा।

"मुझे पूरा विश्वास है कि दुर्योधन इस ऋषि दुर्वासा के हाथों, ये सारी यातनाएँ केवल इसलिए सहन कर रहा है कि वह ऋषि को प्रसन्न कर, उनके माध्यम से पांडवों का कोई अहित साध सके। साधारण राग-द्वेष तो ईश्वर ने प्रत्येक जीव के मन में उत्पन्न किया है; किंतु जब उनके अतिरेक से कोई, दुर्योधन के समान मनोरोगी हो जाता है, तो उसके सारे प्रयत्न किसी एक बिंदु पर आकर अटक जाते हैं। उसके विचारों की गतिशीलता समाप्त हो जाती है। दुर्योधन आठों प्रहर, जागते-सोते केवल पांडवों के अहित की बात सोचता है... दुर्वासा के हस्तिनापुर आगमन का संबंध भी उसी प्रयोजन से है।..."

"कहीं ऐसा तो नहीं भाभी ! कि तुम्हारे विचारों की गतिशीलता भी समाप्त हो चुकी है और वे भी आकर एक बिंदु पर अटक गए हैं।" विदुर बोले, "तुम्हारी इस आशंका का भी कोई कारण होना चाहिए।"

"कारण तो है मेरा मन। हाँ, मेरे पास इसका कोई भौतिक प्रमाण नहीं है।" कुंती ने उत्तर दिया, "किंतु इस प्रकार का कोई प्रमाण तो ईश्वर के अस्तित्व का भी नहीं है।"

विदुर मौन हो गए। वे मन ही मन कुंती की आशंका से सहमत तो हो चुके थे, फिर भी यह जानने का प्रयत्न कर रहे थे कि क्या कुंती के पास इसका कोई छोटा-मोटा प्रमाण भी था ?

"अब दुर्योधन के मन की तो वही जाने।" पारंसवी ने कहा।

"नहीं । ऐसी बात नहीं है।" कुंती ने धीरे से प्रतिवाद किया, "यदि विदुर दुर्योधन के मित्रों पर दृष्टि रखें, तो उन लोगों के पारस्परिक वार्तालाप में कोई न कोई प्रमाण अवश्य मिल जाएगा।"

"तुम ठीक कहती हो भाभी।" विदुर बोले, "कठिनाई केवल यह है कि दुर्योधन आजकल अधिकांशतः दुर्वासा की सेवा में ही रहता है। इसलिए वह अपने मित्रों के साथ आपानकों में सम्मिलित नहीं होता; अन्यथा आपानकों में उपस्थित दासियों के माध्यम से अब तक सब कुछ ज्ञात हो गया होता।"

"फिर भी विदुर ! प्रयत्न तो करना ही चाहिए।" कुंती ने कहा, "आपानक न भी हों, दुर्योधन के मित्रों के प्रासादों में उनकी निजी दासियाँ हैं। उनसे कुछ भी गोपनीय नहीं है। तुम यदि कहो कि दुःशासन के मन की बात उसकी रानी नहीं जानती, तो मैं तुम्हारा विश्वास कर लूँगी; किंतु यदि तुम यह कहो कि उसके मन की बात कामवल्लरी नहीं जानती, तो मैं तुम्हारा विश्वास नहीं करूँगी।..."

विदुर स्तब्ध से खड़े कुंती की ओर देखते रह गए। कुछ क्षणों में उनमें सक्रियता जागी। उनके नयनों में कुंती के प्रति प्रशंसा का भाव था और अधरों पर मुस्कान, "भाभी ! तुम्हें तो किसी बड़े साम्राज्य की गुप्तचर विभाग की

अधिनायक होना चाहिए था। ... तुम तो यह तक जानती हो कि राजकुमार के मन में कौन-सी दासी कहाँ तक धँसी हुई है।..."

"मैं तुमसे अत्यंत प्रसन्न हूँ दुर्योधन ! तुमने मेरी अद्‌भुत सेवा की है।" दुर्वासा ने प्रसन्नता प्रकट करने के लिए, अपने दोनों हाथ ऊपर उठा दिए, "मेरी प्रसन्नता व्यर्थ नहीं जा सकती। वह अमोघ है। इसलिए तुम मुझसे एक वरदान माँग लो।"

"वरदान !" दुर्योधन अत्यधिक प्रसन्न था।... उसका लक्ष्य आज पूर्ण हुआ था। उसने इस औघड़ ऋषि के विक्षिप्त मन के सारे उतार-चढ़ावों के पश्चात् भी दुर्वासा को अप्रसन्न होने नहीं दिया था।... और आज विदा होते हुए, वे उसे एक वरदान देने को तत्पर थे।

'क्या वह ऋषि से वरदान के रूप में पांडवों की मृत्यु माँग ले ?' उसने सोचा, 'शायद नहीं । संभव है कि ऋषि को यह अच्छा न लगे।... राज-समाज भी इसको नहीं सराहेगा। ... इसमें योद्धा के रूप में दुर्योधन को यश भी क्या मिलेगा ?... और फिर दुर्वासा तो वही वरदान दे सकते हैं, जो उनके सामर्थ्य में हो।... किसी का जीवन और मृत्यु उनके वश में नहीं है। यदि वे अपने मुख से ऐसी बात कहें भी, तो वह उनका विश्वास नहीं करेगा ...

"यदि आप मुझ पर सचमुच प्रसन्न हैं महाराज ! दुर्योधन अपने चेहरे पर एक छद्‌म विनय ले आया, "तो हमारे समग्र कुटुंब पर अपनी दया-दृष्टि रखें। हमारे परिवार में धर्मराज युधिष्ठिर सबसे ज्येष्ठ हैं। वे मेरे अग्रज हैं। इस समय वे अपना राज्य त्याग कर वन में साधना कर रहे हैं। वे धर्म के मर्मज्ञ हैं। भक्ति भावना से पूर्ण हैं। वे ईश्वर के बहुत निकट हैं। उन पर महात्माओं की दया दृष्टि होनी ही चाहिए। आपने जिस प्रकार मुझ पर दया कर, मेरे घर पधारने की कृपा की है, उसी प्रकार उन पर भी कृपा करें। उनके आश्रम पर पधार कर, उन्हें अपने दर्शन दें। उनका आतिथ्य ग्रहण करें। अपने सहस्र शिष्यों के साथ, उनके पास कुछ दिन निवास करें।"

दुर्वासा इतने अबोध नहीं थे कि दुर्योधन की पांडवों के प्रति शत्रुता को न जानते हों। न ही वे राज-समाज से इतने कटे हुए थे कि हस्तिनापुर की द्यूतसभा की घटनाओं से अनभिज्ञ रहे हों। उन्हें आश्चर्य हुआ कि दुर्योधन युधिष्ठिर के प्रति इतना सौहार्द दिखा रहा है। दुर्वासा जैसे ऋषि को प्रसन्न करके भी, वह उनसे अपने लिए कुछ नहीं माँग रहा था। वह युधिष्ठिर के लिए याचना कर रहा था। उस पर कृपा करने के लिए कह रहा था।...

पिछले कुछ दिनों के साहचर्य में दुर्वासा ने दुर्योधन को कुछ-कुछ पहचाना था। वह न सरल था, न ऋजु। भयंकर कुटिल था वह। मन में कालकूट विष

को संजोए हुए भी वह अपने अधरों से मधु की वर्षा कर सकता था। यह संस्कार कदाचित् उसने अपने पिता से पाया था। वह किसी अन्य के विकास के लिए चाहे एक दमड़ी न दे सके, किंतु किसी के विनाश के लिए अपना साम्राज्य भी दाँव पर लगा सकता था। वह अपने लिए वरदान माँग रहा था कि दुर्वासा अपने सहस्र शिष्यों के साथ युधिष्ठिर के पास वन में जाएँ और उसका आतिथ्य ग्रहण करें।...

"युधिष्ठिर वन में साधना कर रहा है ?" दुर्वासा ने पूछा।

"हाँ महाराज !" दुर्योधन बोला, "उनके निकट निवास करने में आपको कोई असुविधा नहीं होगी। वन में कुटीर निर्माण के लिए बहुत भूमि होती है।"

"और भोजन के लिए फलों का भी अभाव नहीं होता।" दुर्वासा बोले।

"हाँ महाराज !" दुर्योधन बोला, "पांडवों का क्या है। वृक्षों से फल तोड़ लेंगे, मृगों का आखेट कर लेंगे। वन में रहते हैं किंतु राजाओं के समान रहते हैं। आरण्यक ब्राह्मण उनके साथ हैं, जो प्रतिदिन उनकी स्तुति करते हैं। पांडव राजाओं के समान उन ब्राह्मणों को दान देते हैं। उनके सेवक और सेवकों के परिवार उनके साथ रहते हैं। उनके पास रथ और अश्व हैं। अस्त्र और शस्त्र हैं। ठीक है कि वन में रहते हैं, इसलिए राज्य नहीं है, सेना नहीं है, कोष नहीं है; किंतु न भिक्षुकों के समान रहते हैं, न तपस्वियों के समान। राजाओं के समान नहीं तो राजर्षियों के समान तो रहते ही हैं। उनका धर्म है आप जैसे ऋषियों की सेवा करना। उनका आतिथ्य ग्रहण करने में आपको क्या असुविधा है महाराज !"

"वे तो द्यूत में अपना सर्वस्व हार गए थे, तो फिर ...।" दुर्वासा ने कुछ और कुरेदा।

"वे अपना सर्वस्व हार गए थे," दुर्योधन बोला, "किंतु कृष्ण और धृष्टद्युम्न तो अपना सर्वस्व नहीं हारे थे। हमने द्रौपदी को तो अपनी दासी बनाया था, किंतु सुभद्रा, करेणुमती तथा पांडवों की अन्य रानियाँ तो हमारी दासियाँ नहीं बनी थीं। उनके पास अपने सेवक थे, रथ थे, अश्व थे।...युधिष्ठिर ने अपने दास तो दाँव पर लगाए थे; किंतु उनके वेतन-भोगी कर्मचारी तो हमने द्यूत में नहीं जीते थे। अब वे लोग वन में उनके निकट जाकर रहें, उनकी सेवा करें, तो हम क्या कर सकते हैं।"

दुर्वासा शांत भाव से मौन खड़े रहे, जैसे परिस्थितियों का विश्लेषण कर रहे हों, अथवा दुर्योधन के मन का अध्ययन कर रहे हों। अंततः वे बोले, "दुर्योधन ! मैंने तुम्हें वरदान दिया है, इसलिए तुम्हारी इच्छा तो पूरी करूँगा ही। तुम्हें न नहीं कहूँगा।...किंतु जानना चाहता हूँ कि तुम्हारा प्रयोजन क्या है ? मिथ्याभाषण की आवश्यकता नहीं है। अपने मन की बात कहो। भयभीत मत हो। मैं तुमसे

प्रसन्न हूँ, तो मेरे द्वारा तुम्हारा कोई अनिष्ट नहीं होगा।''

दुर्वासा के आश्वासन के बाद भी, दुर्योधन के मन में संशय शेष था। ... उसका मंतव्य सुन कर, यदि दुर्वासा बिदक गए ? इतने दिनों का श्रम व्यर्थ नष्ट हो जाएगा। ... किंतु वे दुर्वासा थे। उनके लिए धर्म का वह अर्थ नहीं था, जिसे सामान्य जन स्वीकार करता था। न ही सात्विकता पर उनका इतना बल था। तभी तो वे किसी को भी किसी भी समय धर्म-संकट में डाल सकते थे, उसे शाप से भयभीत कर सकते थे, सहयोग करनेवाले का ही रक्तपान कर सकते थे। ..

''जिन्हें मैंने भिक्षुकों से भी हीनतर स्थिति में हस्तिनापुर से निकाला था, वे वन में भी राजर्षियों के समान रह रहे हैं—यह क्या मेरे लिए कम कष्ट का कारण है ?'' अंततः दुर्योधन बोला, ''मेरी इच्छा है कि आप उनका आतिथ्य ग्रहण करें, ताकि उन्हें अपने असामर्थ्य की अनुभूति हो। वे आपका आतिथ्य करने में असफल रहें। आपसे क्षमा माँगें। अपनी निर्धनता पर रोएँ, झींकें; और समझ सकें कि राजा दुर्योधन के सम्मुख उनकी क्या स्थिति है।''

''बस इतनी ही कामना है तुम्हारी ?'' दुर्वासा ने पूछा।

''हाँ महाराज ! इतना ही चाहता हूँ कि युधिष्ठिर अपने आतिथ्य धर्म से स्खलित हो। अपमानित हो।'' दुर्योधन बोला, ''वह अपनी निर्धनता पर रोए। उसकी दरिद्रता उसकी अंतड़ियाँ काटे और उसके हृदय से पीड़ा का हाहाकार उठे। मैं एक बार उसे रोते हुए देखना चाहता हूँ।'' दुर्योधन ने रुक कर दुर्वासा की ओर देखा, ''मैंने युधिष्ठिर को द्यूत में पराजित किया, उसको अपमानित किया, उसकी पत्नी का सार्वजनिक अपमान किया, किंतु युधिष्ठिर की आँखों में न तो अश्रु आए, न वह मेरे सम्मुख घुटनों पर गिर कर गिड़गिड़ाया। ... यहाँ तक कि वह पांचाली भी धर्म की गुहार करती रही, दया की भीख उसने भी नहीं माँगी। ... मैं एक बार युधिष्ठिर को कष्ट के मारे सिर पटक-पटक कर रोते हुए देखना चाहता हूँ ऋषिवर !''

दुर्वासा की गंभीर दृष्टि दुर्योधन की ओर उठी, ''मैंने तुम्हें वरदान दिया है कि मैं अपने शिष्यों के साथ, युधिष्ठिर के आश्रम पर जाऊँगा। यह वचन मैं नहीं दे सकता कि तुम युधिष्ठिर को पीड़ा से कराहते हुए उस प्रकार देख सकोगे, जिस प्रकार तुम देखना चाहते हो।...''

''क्यों ऋषिवर ?''

''वह कदाचित् मेरे सामर्थ्य में नहीं है। वह शायद तुम्हारे सामर्थ्य में भी नहीं है।'' दुर्वासा का स्वर कुछ पारदर्शी होता जा रहा था, ''मुझे लगता है दुर्योधन कि न तो किसी को बाहर से सुख दिया जा सकता है, न दुख। ये दोनों ही भाव हमारे अपने हृदय में विद्यमान रहते हैं। युधिष्ठिर के हृदय में संतोष और

शांति विराजमान है, इसलिए वह सब कुछ खो कर भी सुखी है। तुम्हारे हृदय में ईर्ष्या और द्वेष का नाग कुंडली मार कर बैठा है, इसलिए सब कुछ पा कर भी तुम दुखी हो। तुम्हारे हृदय में संचित विष तुम्हें सुख कैसे दे सकता है। युधिष्ठिर को सुखी होने के लिए बाहर से कुछ नहीं चाहिए। तुम उसकी हथेलियाँ तो खाली कर सकते हो, किंतु उसके हृदय को संतोष से रिक्त करना, तुम्हारे वश में नहीं है।''

''आप प्रयत्न करके तो देखें।'' दुर्योधन जैसे तड़पकर बोला। ... इस दुर्वासा ने तो अंत में उसकी सारी सफलता को असफलता में परिणत कर दिया था ...

''आप जाएँगे तो, अपने सहस्र शिष्यों के साथ ?'' दुर्योधन ने आतुरता से पूछा।

दुर्वासा ने उस पर एक प्रतिरोधात्मक दृष्टि डाली, ''तुम जानते हो कि मेरे साथ एक सहस्र शिष्य हैं। सहस्र शिष्यों का पालन-पोषण कठिन होता है... ।'' वे रुके, ''और फिर काम्यकवन में तृणबिंदु सरोवर तक पहुँचने का मार्ग सरल नहीं है। मार्ग में मरुभूमि का सा भूगोल है। जल का अभाव है। जल के अभाव के कारण वृक्षों और विशेषकर फलदायक वृक्षों का भी अभाव है।...''

''जहाँ पांडव रह रहे हैं, वहाँ तृणबिंदु सरोवर भी है और देव नदी भी। आप वहाँ जल का अभाव बता रहे है ?''

''मैं मार्ग की बात कर रहा हूँ दुर्योधन !'' दुर्वासा बोले, ''इतनी बड़ी संख्या में साधारण तपस्वी वहाँ नहीं पहुँच सकते।''

दुर्योधन तनिक भी विचलित नहीं हुआ, ''आप जाने का वचन दें और शेष दायित्व मुझ पर छोड़ दें।...''

''मैंने तुम्हें वचन दिया है कि मैं युधिष्ठिर के आश्रम में जाऊँगा,'' दुर्वासा उसका मन पढ़ कर बोले, ''इसलिए जाऊँगा ही। किंतु तुम्हारा ध्येय भी पूरा होगा, यह वरदान तुम्हें नहीं दे सकता। मैं तुम्हें तुम्हारे कर्म का वरदान दे सकता हूँ, किंतु उसका फल तो युधिष्ठिर की प्रकृति के अनुकूल ही होगा।''

दुर्वासा ने आशीष की मुद्रा में हाथ उठा दिया। दुर्योधन के लिए अब कुछ कहने का कोई अवकाश नहीं रह गया था। ...

23

युधिष्ठिर को निरंतर सूचना मिल रही थी कि बहुत बड़ी संख्या में एक जनसमूह, वन में उनके आश्रम की दिशा में बढ़ रहा था। वन में सब ओर उथल-पुथल

का वातावरण था। पशु-पक्षी अपने स्थान छोड़ कर इधर-उधर भाग रहे थे। ऐसे में वन में रह रहे तपस्वी और साधक भी अपने आपको सुरक्षित नहीं पा रहे थे। पशुओं के वे झुंड अपनी घबराहट में न जाने किस ओर चल पड़ें और उन्हें तथा उनके कुटीरों को रौंदते हुए निकल जाएँ। उनमें हिंस्र पशु भी हो सकते हैं और विषैले जंतु भी। ...कुछ समय के पश्चात् यह सूचना भी मिली कि आनेवाले लोग तपस्वी वेश में हैं। उनके पास शस्त्रास्त्र नहीं हैं। वे छद्म सैनिक भी नहीं हो सकते, क्योंकि उनका नेतृत्व दुर्वासा ऋषि कर रहे हैं। दुर्वासा क्रोधी हों, या कुटिल, किंतु दुर्योधन की सेना को पांडवों पर आक्रमण की योजना से, छद्म तपस्वियों के रूप में इस प्रकार लाना, उनके वश का नहीं था। ऐसा वे कभी नहीं करेंगे। ...

आगंतुकों का इतना परिचय पा लेने के पश्चात् पांडव कुछ निश्चिंत हो गए थे। सैनिक दृष्टि से यह विपत्ति का काल नहीं था; किंतु यह जिज्ञासा युधिष्ठिर के मन में अवश्य थी कि इतनी बड़ी संख्या में अपने शिष्यों को साथ ले कर, दुर्वासा कहाँ जा रहे हैं ? कहीं उन्हीं के आश्रम की ओर तो नहीं आ रहे ? ... युधिष्ठिर का मन आशंकित था।... कहीं दुर्वासा उनके ही द्वार पर आ गए तो इतने सारे लोगों के आवास और भोजन की व्यवस्था कैसे होगी ?... आशंका के साथ-साथ, वे एक प्रकार की ग्लानि का भी अनुभव कर रहे थे। यदि कुछ तपस्वी उनके पास आ रहे हैं, तो वे इतने आशंकित क्यों हैं ? किसी ऋषि का अपने शिष्यों के साथ उनके द्वार पर आना,गौरव की बात थी; किंतु जिन परिस्थितियों में युधिष्ठिर रह रहे थे, उनमें इतनी बड़ी संख्या में आए, अतिथियों का सत्कार नहीं हो सकता था...

संध्या समय तक दुर्वासा उनके द्वार पर नहीं आए तो, तो युधिष्ठिर ने मान लिया कि ऋषि अब आज रात्रि तो नहीं आएँगे। वे मार्ग में कोई उपयुक्त स्थान देख कर, विश्राम के लिए रुक गए होंगे। अब कदाचित् कल प्रातः चलेंगे और कल पूर्वाह्न में उनके पास पहुँचेंगे।

रात्रि को भोजन के पश्चात् द्रौपदी और पाँचों पांडव एक साथ बैठे, तो भीम ने बात आरंभ की, "ज्येष्ठ ! मेरा विचार है कि हमें अपनी ओर से दुर्वासा ऋषि को अपने आश्रम में आमंत्रित करने का प्रयत्न नहीं करना चाहिए।"

"क्यों, अपने आवास के निकट आए ऋषि की उपेक्षा उचित है क्या ? और हम आमंत्रित नहीं करेंगे तो वे कहाँ जाएँगे।" युधिष्ठिर बोले, "हमें अपनी मर्यादा की रक्षा तो करनी होगी।"

"मर्यादा की रक्षा करने से कौन रोक रहा है आपको।" भीम ने उत्तर दिया, "किंतु स्वयं आगे बढ़ कर विपत्ति को आमंत्रित करना, तो बुद्धिमत्ता नहीं है न।"

युधिष्ठिर, थोड़ी देर मौन बैठे सोचते रहे, फिर धीरे से बोले, "मैं तुम्हारी

बात समझ रहा हूँ भीम ! किंतु मेरे मन में जो द्वन्द्व है, उसे भी समझने का प्रयत्न करो। घर पर आए ऋषि का सत्कार न करना, हमारी मर्यादा नहीं है। दूसरी ओर मैं यह भी जानता हूँ कि ऋषि के साथ जिस प्रकार शिष्यों की सेना आ रही है, उन सबका उचित सत्कार करना तो दूर, वर्तमान परिस्थितियों में हम कदाचित् उनके भोजन के लिए मात्र अन्न भी उपलब्ध नहीं करा सकते।''

''इसीलिए तो कह रहा हूँ कि स्वयं आगे बढ़ कर संकट आमंत्रित करने की क्या आवश्यकता है ?'' भीम ने कहा, ''मैं तो यहाँ तक कहने को तैयार हूँ कि हमारे शत्रुओं में से ही किसी ने ऋषि को इतने शिष्यों के साथ हमारे स्थान पर आने के लिए प्रेरित किया है।''

''हमारे शत्रु कौन ?'' द्रौपदी ने पूछा।

''संभव है कि दुर्योधन नें ही यह षड्यंत्र रचा हो।'' सहदेव मंद स्वर में बोला।

''यदि ऐसा हो तो मुझे कोई आश्चर्य नहीं होगा।'' अर्जुन ने टिप्पणी की।

युधिष्ठिर ने उन सबकी ओर एक बार देखा और धीरे से बोले, ''मेरे मन में अब कुछ बातें स्पष्ट हो रही हैं। महर्षि व्यास विशेष रूप से यह चेतावनी दे कर गए थे कि हम दुर्योधन से सावधान रहें। वह इन दिनों ऋषि मुनियों में अपना प्रभाव बढ़ा रहा है। अब दुर्वासा के आने के समाचार से यह स्पष्ट हो रहा है कि वे कदाचित् दुर्योधन की इसी योजना की सूचना देने आए थे।''

''मेरा तो विचार है कि दुर्वासा हमारे आश्रम के निकट आएँ भी, तो हम स्वयं उन्हें आमंत्रित न करें। यही मान लें कि हमें उनके आने की कोई सूचना नहीं है। उन्होंने स्वयं तो अपने आने की कोई सूचना भिजवाई नहीं है। वन में अनेक लोग आते-जाते रहते हैं। सबको सबकी सूचना नहीं होती।'' भीम ने कहा, ''यदि वे हमारे द्वार पर आ ही जाएँ, तो हम केवल उनके भोजन की व्यवस्था करें और स्पष्ट रूप से कह दें कि उनके सहस्रों शिष्यों के भोजन की व्यवस्था करना हमारी क्षमता से बाहर है। हम इस समय इंद्रप्रस्थ के राजा तो हैं नहीं, वनवासी हैं। सहस्रों लोगों का आतिथ्य करना वनवासियों के वश का काम नहीं है।''

''मेरा विचार है कि मध्यम ठीक कह रहे हैं।'' नकुल ने टिप्पणी की, ''और यदि महाराज को यह उचित नहीं जँचता, तो हम प्रातः ही यहाँ से प्रस्थान करने की व्यवस्था करें। न हम यहाँ होंगे, न ऋषि के सत्कार का धर्म हमारे कंधों पर पड़ेगा।''

सब लोग मौन रह कर युधिष्ठिर की ओर देख रहे थे : क्या वे नकुल का प्रस्ताव स्वीकार करेंगे ?

युधिष्ठिर के मन का द्वन्द्व उनके चेहरे पर भी परिलक्षित होने लगा था।

वे न भीम से असहमत थे, न नकुल से; किंतु यह सब उनकी प्रकृति के अनुकूल नहीं था।

"इन युक्तियों से हम व्यवहार-क्षेत्र में तो सफल हो सकते हैं। समाज को तो हम उत्तर दे सकते हैं कि हमने ऋषि का सत्कार क्यों नहीं किया; किंतु हम धर्म से आँखें नहीं मिला सकते, अपनी अंतरात्मा को उत्तर नहीं दे सकते। धर्म में छल कपट का अवलंब नहीं लिया जा सकता। यह किसी राज्य अथवा संविधान का नियम तो है नहीं, जिसकी कोई काट ढूँढ़ी जाए। यह तो स्वच्छ मन से धर्म के सम्मुख खड़े हो कर, आत्मपरीक्षण करना है। ऐसे में युक्तियों से काम नहीं चलेगा।..."

"ठीक है, धर्म में चतुराई और युक्तियों से काम नहीं चलता," द्रौपदी बोली, "किंतु हम व्यावहारिक कठिनाइयों से मुख कैसे मोड़ सकते हैं ? हमारे पास अन्न का कितना भंडार है। यहाँ कितने प्राणी अपने भोजन के लिए हम पर निर्भर हैं। हमें अपने संचित अन्न को कितने दिनों तक चलाना है। हम आखेट और फलों के माध्यम से, कितनी खाद्य सामग्री उपलब्ध कर सकते हैं।.. अर्थात् अपना सामर्थ्य आँक कर ही तो हम अतिथि सत्कार का दायित्व ग्रहण कर सकते हैं। मान लीजिए कि पांडव अपने संपूर्ण सामर्थ्य को संचित कर, दुर्वासा को एक समय का भोजन करा भी देते हैं; किंतु फिर और खाद्य सामग्री का प्रबंध होने तक क्या इस आश्रम के अंतेवासी निरन्न रहेंगे ? भूखे रहेंगे ? ऋषि का सत्कार हमारा धर्म है, तो आश्रमवासियों को अन्न उपलब्ध कराना भी तो हमारा ही धर्म है। दुर्वासा को अन्न दें और धौम्य तथा अन्य नैष्ठिक आरण्यक ब्राह्मणों को भूखा रखें ?" द्रौपदी क्षण भर के लिए रुकी, "इतना ही नहीं । एक समय के भोजन के पश्चात् यदि ऋषि हमारे आश्रम में एक सप्ताह रुकने का प्रस्ताव करते हैं, तो ? तो क्या करेंगे हम ? दूसरे समय का भोजन कहाँ से जुटाएँगे ?"

"पांचाली ठीक कह रही है।" भीम ने कहा, "हमें अपने धर्म का आचरण करना है—इस बात से किसी को विरोध नहीं है; किंतु हम इन सब व्यावहारिक कठिनाइयों की उपेक्षा नहीं कर सकते।"

तभी इंद्रसेन ने आकर हाथ जोड़, प्रणाम किया, "महाराज की जय हो। एक अत्यावश्यक सूचना के लिए, विघ्नस्वरूप उपस्थित हुआ हूँ महाराज! अनुमति मिले तो निवेदन करूँ।"

"कहो इंद्रसेन !" युधिष्ठिर बोले।

"हमारे मित्रों के गुप्तचरों ने यह संदेश भेजा है कि ऋषि दुर्वासा, इस दिशा में प्रयाण करने से पूर्व, हस्तिनापुर में कई दिनों तक दुर्योधन के अतिथि थे। जब वे दुर्योधन के पास पहुँचे थे, तो उनके साथ प्रायः एक सहस्र शिष्य थे। वहाँ से विदा होते हुए, उनकी संख्या कई गुना बढ़ गई थी।" इंद्रसेन बोला,

"उन लोगों का अनुमान है कि दुर्योधन की ही किसी योजना के अंतर्गत **ऋषि** अपने शिष्यों सहित हमारे आश्रम की ओर आ रहे हैं।"

"इसका क्या अर्थ हुआ ?" युधिष्ठिर जैसे अपने आपसे पूछ रहे थे।

आत्मलीन और उनीन्दा-सा बैठा अर्जुन सहसा पूर्णतः सजग हो गया, "इसका अर्थ वही है, जो कुछ समय पूर्व महर्षि वेदव्यास आपको सूचित करने आए थे। जब दुर्योधन अपनी राजकीय सेना लाकर हमें अपमानित नहीं कर सका तो अब वह संन्यासियों की सेना भेज रहा है। प्रत्यक्ष युद्ध में असफल रहा तो परोक्ष युद्ध कर रहा है। अपने वैभव के प्रदर्शन से हमें पीड़ित नहीं कर सका तो हमारी निर्धनता और अकिंचनता को प्रदर्शित ही नहीं रेखांकित कर, हमें मानसिक यातना देना चाहता है।"

"धनंजय ठीक कह रहे हैं," द्रौपदी बोली, "दुर्वासा ऋषि और उनके शिष्य नहीं आ रहे, दुर्योधन की सेना आ रही है। प्रश्न है कि क्या हम दुर्योधन की सेना का सत्कार करेंगे और अपने मित्रों तथा आश्रितों को भूखे रख कर स्वयं भी भूखे रहेंगे ?"

"यह युद्ध है धर्मराज ! इसलिए हमें आत्मरक्षा के लिए तत्पर होना ही होगा।" अर्जुन पुनः बोला, "संन्यासियों को भोजन कराने के लिए नहीं, युद्ध करने के लिए तत्पर हो जाइए।"

युधिष्ठिर तत्काल तो कुछ नहीं बोले, किंतु अपना मत प्रकट करने में, उन्हें अधिक समय नहीं लगा, "इतना तो मैं भी मानता हूँ कि ऋषि यदि दुर्योधन द्वारा प्रेरित हो कर इधर आ रहे हैं, तो उसका प्रयोजन पूर्णतः स्पष्ट है। दुर्योधन हमारा उपहास करना चाहता है कि हम संन्यासियों को भोजन कराने की भी स्थिति में नहीं हैं। ... यदि हम ऋषि और उनके शिष्यों को भोजन नहीं कराते तो हम दुर्योधन की इच्छा की ही पूर्ति करते हैं। वह यही तो चाहता है कि हम ऋषि को भोजन न करवाएँ। और यदि उसकी चुनौती को स्वीकार कर हम अपने सारे साधनों को एकत्रित कर, काठ की हंडिया को एक बार चूल्हे पर चढ़ा देते हैं, तो भी हम उसी के षड्यंत्र को सफल करने में उसकी सहायता करेंगे।... हम दोनों प्रकार से ही उसकी चाल में आ रहे हैं। अब प्रश्न अपनी आत्मा, अपने धर्म और अपने व्यवहार का है : क्या अपने द्वार पर आए भोजनकामी संन्यासियों के संग, युद्धरत शत्रु सैनिक का सा व्यवहार करना उचित होगा ? जब वह हम पर शस्त्र से प्रहार नहीं कर रहा, तो हम उस पर शस्त्र से प्रहार कैसे कर सकते हैं।"

"उन पर शस्त्र से प्रहार करने की आवश्यकता ही नहीं है," भीम ने कहा, "हमें तो केवल अपनी खाद्य सामग्री की रक्षा करनी है। जो कुछ हमारे पास है, उसे हम शत्रु भाव से आए हुए तपस्वियों को खिला भी दें, अपने स्वजनों

और मित्रों को भूखा भी रखें, और अपमानित भी हों। इसका क्या लाभ ? दुर्वासा तो हमारे अन्न भंडार को समाप्त करनेवाला, दुर्योधन का भेजा हुआ एक टिड्डी दल है। हम टिड्डी दल को अपना अन्न भंडार नहीं सौंप सकते। यदि अपनी रक्षा के लिए हम उस टिड्डी दल का वध नहीं करना चाहते तो उन्हें भोजन न दे कर, प्रत्यावर्तित करना तो हमारा धर्म है ही।"

"तुम्हारा कथन अपने स्थान पर उचित ही है भीम !" युधिष्ठिर बोले, "किंतु धर्मशास्त्र के अनुसार दान वह नहीं होता, जो सुविधापूर्वक दिया जा सके, जिसे दे कर स्वयं को कष्ट न हो, असुविधा न हो, ... तुम्हें पता है न कि रोगी और दूध न देनेवाली गो का दान करने पर नचिकेता ने अपने पिता से क्या कहा था। उसने कहा था कि ऐसा व्यर्थ का दान करनेवाला व्यक्ति निरानंद लोकों में जाता है। वस्तुतः दान तो उसी वस्तु का करना चाहिए, जो स्वयं को सुख देनेवाली हो, प्रिय हो और उपयोगी हो। जिसे वह दी जाए, उसे भी सुख और लाभ पहुँचानेवाली हो। ...जो अन्न अपने उपयोग के अतिरिक्त हो उसका दान करना तो कोई साधना नहीं है।..."

"नचिकेता ने कुछ अनुचित नहीं कहा था।" द्रौपदी बोली, "किंतु उसके पिता ने अपनी इच्छा से दान करने के लिए, यज्ञ किया था। यहाँ हमारे शत्रुओं से प्रेरित हो कर एक ऐसा टिड्डी दल आ रहा है, जो हमारी इच्छा के विरुद्ध हमारा सारा अन्न भंडार खाकर हमें पीड़ित और अपमानित करना चाह रहा है। मैं जानती हूँ कि पांडव फिर भी भूखे नहीं मरेंगे। अपने उद्यम और उद्योग से वे अपने लिए भोजन जुटा ही लेंगे, किंतु उनके आश्रित तो निराश्रित हो ही जाएँगे। हम अपने शत्रु की इच्छा तो पूर्ण कर ही देंगे।"

"ठीक है पांचाली ! तुम ठीक ही कह रही हो।" युधिष्ठिर बोले, "किंतु वास्तविक दान वही है, जहाँ आप स्वयं भूखे रह कर याचक को अपना भोजन दे देते हैं। वस्तुतः यह हमारे धर्म की ही परीक्षा है। ..." उन्होंने रुक कर इंद्रसेन की ओर देखा, "जाकर धौम्य मुनि से पूछो, क्या वे इस समय यहाँ आ सकते हैं ? यदि आ सकते हों, तो तुम उन्हें अपने साथ लिवा लाओ।"

"जो आज्ञा महाराज !" इंद्रसेन चला गया।

"अब इस समय धौम्य मुनि क्या हमें युद्ध के लिए व्यूहबद्ध होना सिखाएँगे ?" भीम ने कुछ चिढ़ कर कहा।

"नहीं ।" युधिष्ठिर शांत स्वर में बोले, "वे केवल यह बताएँगे कि इस समय हमारा धर्म क्या है।"

स्पष्टतः भीम को युधिष्ठिर का यह निर्णय अच्छा नहीं लग रहा था। शत्रुओं से निबटने के लिए धौम्य मुनि, उनकी क्या सहायता कर सकते हैं ?...

"यदि धौम्य मुनि कह देते हैं कि हमारा धर्म यही है कि द्वार पर आए

दुर्वासा और उनके शिष्यों को हम भोजन करवाएँ ही—चाहे उनके आने का लक्ष्य कुछ भी हो; तो क्या हम उनकी बात मान लेंगे ?'' द्रौपदी ने कुछ प्रखर स्वर में पूछा।

युधिष्ठिर हँसे, ''यदि हमने पहले से ही यह निश्चय कर लिया कि मुनि का कौन-सा परामर्श हम स्वीकार करेंगे और कौन-सा नहीं; तो फिर उनसे परामर्श करने का लाभ ही क्या है।''

धौम्य मुनि इंद्रसेन के साथ आ गए। लगता था, उनके लिए युधिष्ठिर द्वारा इस प्रकार बुलाया जाना कुछ भी अप्रत्याशित नहीं था। संभवतः वे स्वयं भी इस स्थिति पर विचार कर रहे थे।

''आइए मुनिवर !'' वे सब लोग उनके सम्मान में उठ कर खड़े हो गए।

मुनि जब आसन पर बैठ गए तो युधिष्ठिर ने उनके सामने अपनी समस्या रखी।

''इस संदर्भ में दो टूक यह कह देना कि धर्म क्या है, मेरे लिए संभव नहीं है।'' मुनि मुस्कराए, ''वस्तुतः धर्म विचार में कुछ और तथ्यों पर भी ध्यान देना होगा।''

''वे क्या हैं मुनिवर !'' युधिष्ठिर ने पूछा।

''ब्राह्मण के लिए दान का अर्थ है, जो कुछ भी उसके अपने पास है, वह याचक को दे दे, उसके पश्चात् चाहे अपने परिवार के साथ भूखा मर जाए।'' मुनि ने उत्तर दिया, ''वस्तुतः उसके लिए यह शरीर धर्म-निर्वाह का साधन मात्र है। इसलिए यदि धर्म की पूर्ति होती हो, और शरीर नष्ट होता हो, तो वह धर्म की रक्षा करेगा, शरीर की नहीं । दूसरी ओर क्षत्रिय का धर्म दुष्ट-दलन के लिए अपने शरीर का उपयोग करने में है। इसलिए शरीर की रक्षा भी आवश्यक है। यदि वह अपने शरीर की रक्षा नहीं करेगा, तो दुष्ट-दलन का धर्म कैसे पूर्ण होगा। ...''

''हमें क्या करना चाहिए मुनिवर !'' भीम ने उन्हें टोक दिया, ''हम तो क्षत्रिय हैं।''

''तुम क्षत्रिय हो—वंश से, व्यवसाय से, प्रवृत्ति और स्वधर्म से।'' मुनि मुस्कराए, ''किंतु महाराज युधिष्ठिर स्वधर्म से क्षत्रिय नहीं हैं। उनकी धातु ब्राह्मण की है। वे मात्र आत्मरक्षा और दुष्ट-दलन से प्रसन्न हो पाएँगे क्या ? जब वे वारणावत जा रहे थे, तब भी वे जानते थे कि वहाँ उनको उनके भाइयों के साथ जलाने का पूरा प्रबंध किया गया है। जब द्यूत के लिए आमंत्रित हो कर वे हस्तिनापुर आए, तो भी वे जानते थे कि वहाँ क्या होनेवाला है; फिर भी उन्होंने

धृतराष्ट्र की आज्ञा का उल्लंघन नहीं किया। आत्मविसर्जन की यह प्रवृत्ति उनकी ब्राह्मण वृत्ति का ही परिणाम है... ।'' मुनि ने युधिष्ठिर की ओर देखा, ''इस समय भी महाराज के मन में आत्मविसर्जन और आत्मरक्षा की प्रवृत्तियों में ही संघर्ष चल रहा है। अब निर्णय तो महाराज को ही करना है। ...''

''ठीक है मुनिवर ! आपने धर्म की स्थिति स्पष्ट कर दी। अब निश्चय तो हमें ही करना है।'' युधिष्ठिर बोले, ''जाओ इंद्रसेन ! मुनिवर को उनके कुटीर तक पहुँचा दो; और अब तुम भी विश्राम करो।''

धौम्य मुनि उठ कर इंद्रसेन के साथ चले गए।

''अब ?'' सहदेव ने पूछा।

''मैं अब भी कहता हूँ कि यह युद्ध की स्थिति है और हमें इसे युद्ध ही मान कर व्यूह-रचना करनी चाहिए।'' अर्जुन बोला।

''कैसी व्यूह-रचना ?'' युधिष्ठिर ने पूछा।

''हम भीतर से क्षत्रिय धर्म के लिए तत्पर रहें और ऊपर से ब्राह्मण धर्म के अनुरूप कर्म करते चले जाएँ।'' अर्जुन ने कहा, ''यदि दुर्वासा और उनके शिष्य, हमारे आश्रम के द्वार पर आ ही जाएँ, तो हम उन्हें भोजन के लिए आमंत्रित करें; क्योंकि यह हमारा धर्म है। यदि वे हमारा निमंत्रण स्वीकार कर लें और हमारे भोजन करने से पूर्व पंक्तिबद्ध हो कर बैठ जाएँ, तो हम अपने लिए पकाया गया सारा भोजन उन्हें परोस दें, कि हमारे आश्रम में एक दिन के लिए इतना ही भोजन उपलब्ध है। हमने अपना दान-धर्म पहचान कर, अपना सारा भोजन उन्हें अर्पण किया। हम एक दिन का उपवास करेंगे। अब वे लोग अपने गुरुकुल के नियमों के अनुसार, उस भोजन को परस्पर बाँट लें। जितना गुरु को देना चाहें, गुरु को दे दें और जितना शिष्यों में वितरित करना चाहें, उनमें वितरित कर लें।''

''और यदि वे हमारे भोजन कर लेने के पश्चात् आश्रम में आए ?'' नकुल ने पूछा।

''तो हम, आश्रम में एक दिन में पकाया जानेवाला अन्न उन्हें समर्पित कर दें। वे लोग स्वयंपाकी ब्राह्मणों के समान, पकाएँ और खाएँ।'' अर्जुन ने उत्तर दिया, ''इस रूप में हमने अपना अन्न भंडार लुट जाने से बचा कर, क्षत्रिय धर्म का पालन किया; और अपना सारा भोजन उन्हें दान कर, स्वयं निराहार रह, धर्मराज के ब्राह्मण धर्म का निर्वाह किया।''

''अर्थात् ज्येष्ठ और मध्यम, दोनों के ही धर्मों का निर्वाह हो गया।'' नकुल ने कहा।

किंतु युधिष्ठिर निश्चिंत दिखाई नहीं दे रहे थे, ''प्रकटतः यह योजना चाहे किसी व्यूह के समान स्वतःसंपूर्ण तथा सर्वथा निर्दोष दिखाई दे, किंतु इसमें धर्म

की दृष्टि से छद्म है, अतः यह छल है। हम जानते हैं कि हमारे घर में अतिथि आ रहे हैं, और फिर भी हम उनके भोजन की व्यवस्था नहीं कर रहे; वरन् भोजन की व्यवस्था का छल कर रहे हैं।"

"वैसे महाराज ! यदि आप यह छल न भी करें, तो क्या कर सकते हैं ?" सहदेव कुछ तेजस्वी स्वर में बोला, "आप अपने सच्चे मन से अपना संपूर्ण अन्न भंडार तथा अन्य भोजन सामग्री, उनको समर्पित कर दें, तो भी क्या हो जाएगा। जितनी बड़ी संख्या उनकी बताई जा रही है,उसके लिए तो आपका सारा अन्न भंडार एक समय के भोजन के लिए भी पर्याप्त नहीं होगा। तब भी आपके धर्म का निर्वाह नहीं होगा; और आश्रम में भीषण अकाल पड़ जाएगा। पाँच पांडव और पांचाली तो वृक्षों तथा पशुओं के सहारे, अपना पेट भर भी लेंगे; किंतु आपके आश्रित आश्रमवासियों का क्या होगा ?"

"यही तो धर्म संकट है।" युधिष्ठिर बोले।

"आपके लिए व्यक्तिगत रूप से कोई संकट नहीं है।" अर्जुन ने कहा, "आप परिवार के मुखिया के रूप में उन्हें भोजन के लिए आमंत्रित करेंगे; और पांचाली को भोजन परोसने का आदेश देंगे। हम चारों भाई पांचाली की रसोई से अन्न ले जाकर ऋषि और उनके शिष्यों को समर्पित करेंगे।"

युधिष्ठिर हँस पड़े, "परिवार का जो मुखिया जानता है कि रसोई में अन्न नहीं है और फिर भी वह अपनी पत्नी को, सहस्रों ब्राह्मणों के लिए अन्न परोसने का आदेश दे रहा है, वह यह भी जानता है कि वह पाखंड कर रहा है।"

"तो फिर और विकल्प ही क्या है ?" भीम ने कुछ तीखे स्वर में पूछा, "हम पाँचों भाई और पांचाली अपने भाग का सारा अन्न उन्हें समर्पित कर सकते हैं। हम लोग, जैसा कि धनंजय ने कहा है, वृक्षों के फलों और मृगों के आखेट पर, जीवित रह सकते हैं; किंतु अन्य आश्रमवासियों का क्या होगा ? और आप एक आध दिन के लिए यह व्यवस्था चला भी लें; किंतु दुर्वासा को उनकी इच्छा के विरुद्ध, एक ही दिन में आप लौटा देंगे क्या ?"

"नहीं ।" युधिष्ठिर बोले, "किंतु इस प्रकार का छल।"

"यह छल नहीं, युद्ध है महाराज।" अर्जुन ने कहा।

"यदि आप यह भी नहीं करना चाहते तो प्रातः जाइए और दुर्वासा को खोज कर कह आइए कि वे हमारे आश्रम में न आएँ, क्योंकि हमारे पास उन्हें खिलाने के लिए अन्न नहीं है। यह न हो कि वे अपने शिष्यों के साथ यहाँ आ जाएँ और हम उनको भोजन भी न दे पाएँ और उनको तथा उनके शिष्यों को भूख का कष्ट सहना पड़े।" भीम ने कहा।

"नहीं । यह संभव नहीं है।" युधिष्ठिर निश्चित स्वर में बोले।

"तो क्या करेंगे आप ?" द्रौपदी ने अधैर्यपूर्वक पूछा।

युधिष्ठिर मन ही मन विचार करते रहे, जैसे किसी अंतिम निर्णय पर पहुँचने का प्रयत्न कर रहे हों। अंततः बोले, "मैं अपने धर्म का निर्वाह करूँगा और शेष अपने भगवान पर छोड़ दूँगा।"

"अर्थात् ?" सहदेव साक्षात् प्रश्न बन गया था।

"मैं अपनी ओर से उन्हें आमंत्रित करने, कहीं नहीं जाऊँगा। यदि वे आश्रम के द्वार पर आ गए, तो भोजन का प्रस्ताव अवश्य करूँगा," युधिष्ठिर बोले, "और शेष सारा कुछ आश्रम के भंडारी भीम तथा अन्नपूर्णा पांचाली पर छोड़ दूँगा। प्रभु की इच्छा पूर्ण हो। जाने उसने क्या नियत कर रखा है।"

युधिष्ठिर उठ खड़े हुए, "जाओ, अब तुम लोग भी विश्राम करो।"

सब लोग अपने-अपने कुटीरों की ओर बढ़ रहे थे कि भीम ने अर्जुन से पूछा, "यदि दुर्वासा अपने शिष्यों के साथ यहाँ टिक गए तो हम कितने दिनों तक अपने भाग का अन्न उन्हें दे कर स्वयं निराहार रहेंगे ?"

"हम निराहार क्यों रहेंगे ?" अर्जुन हँसा, "दुर्वासा के शिष्यों को दो दिन पर्याप्त और स्वादिष्ट भोजन न मिला, तो वे स्वयं ही यहाँ से भाग जाएँगे। वे लोग कोई वास्तविक तपस्वी तो हैं नहीं । मालपूए खाने के चक्कर में दुर्वासा जैसे ऋषि के साथ भटक रहे हैं। देखते हैं कि उपवास करने की क्षमता किस में अधिक है—हममें अथवा उनमें ?"

"अच्छी युक्ति सोची है तुमने।" भीम ने अर्जुन की पीठ पर एक धौल जमाई।

युधिष्ठिर ने बहुत प्रयत्न किया कि वे दुर्वासा को भूल कर अपनी दिनचर्या में अपना मन लगाएँ; किंतु मन था कि दौड़-दौड़ कर वापस अपने खूँटे पर चला जाता था और दुर्वासा के आगमन को ले कर कुछ न कुछ बुनने लगता था। ... यद्यपि कल रात उन लोगों ने एक प्रकार से अपनी नीति तय कर ली थी; और अब यदि दुर्वासा आ भी जाएँ, तो युधिष्ठिर को विशेष कुछ नहीं करना था। उन्हें तो उनके भाइयों ने सबसे सरल और सम्मानजनक कार्य दिया था। उन्हें तो ऋषि को पूरे सम्मान से भोजन के लिए आमंत्रित करना था। बस ! ... उससे अधिक कुछ भी नहीं । फिर जो कुछ भी करना था, वह भीम, अर्जुन और द्रौपदी को करना था।...किंतु युधिष्ठिर यह सोच कर भी संतुष्ट नहीं हो पा रहे थे कि परीक्षा उनकी नहीं, भीम, अर्जुन और पांचाली की होगी। ... परीक्षा उनकी हो, उनके भाइयों की हो, अथवा उनकी पत्नी की। बात तो एक ही थी। वे एक-दूसरे से पृथक् नहीं थे। पांचाली को परीक्षा में डालकर वे संतुष्ट कैसे हो सकते थे। ... पांचाली ने उनके कारण अनेक असहनीय कठिनाइयाँ झेली थीं, उनके लिए अनेक अमानवीय परीक्षाएँ दी थीं ... वह सब युधिष्ठिर की बाध्यता

थी; किंतु अब युधिष्ठिर जानबूझकर उसको ऐसी कठिन परीक्षा में डालकर एक ओर हो जाएँ ? ...

द्वार पर आए ऋषि और उनके शिष्यों का उचित सत्कार कर पाने के असामर्थ्य की पीड़ा क्या युधिष्ठिर, पांचाली अथवा भीम की अलग-अलग पीड़ा है ? अपमान की बात तो सोचनी ही नहीं चाहिए। पांचाली का सम्मान अथवा युधिष्ठिर का सम्मान पृथक्-पृथक् नहीं है। पांचाली को अपमानित करने का सारा प्रयत्न युधिष्ठिर को अपमानित करने के लिए ही तो है। वे परिवार के मुखिया हैं और यह उनका धर्म है कि वे परिवार के प्रत्येक व्यक्ति के धर्म की रक्षा करें। उनके लिए क्या यह धर्म संकट ही कम था कि उनकी पत्नी और उनके भाई, उनके धर्म की रक्षा के लिए, स्वयं को धर्म संकट में डाल रहे हैं ? ...

ओह ! दुर्योधन ने यह कैसा वार किया है। वह अपनी सेना भेजता, तो पांडव अपने शस्त्रों से उसका प्रतिकार तो करते।... पांडव अपने शस्त्रों और अपनी वीरता के सहारे निःशस्त्र तापसों का सामना कैसे करेंगे। तो फिर युधिष्ठिर कर ही क्या सकते हैं। पता नहीं, ईश्वर की क्या इच्छा है। कैसी परीक्षा लेना चाहता है वह। और यदि वह परीक्षा लेना ही चाहता है, तो पांडवों को परीक्षा देनी होगी। उत्तीर्ण अथवा अनुत्तीर्ण करना तो ईश्वर के अपने हाथ में है। उसकी अपनी इच्छा पर है ... तो फिर युधिष्ठिर किस बात की चिंता कर रहे हैं ? स्वयं को प्रभु के हाथों में सौंप कर निश्चिंत क्यों नहीं हो जाते ? ईश्वर के प्रति उनका प्रेम और विश्वास इतना कच्चा है क्या ? वे उस पर विश्वास नहीं करते क्या?...

और सहसा युधिष्ठिर का मन शांत हो गया। उनका सबसे बड़ा सुख तो ईश्वर की इच्छा से तादात्म्य करना था। तो फिर वे वही करें ...

प्रातः भी दुर्वासा उनके आश्रम के निकट प्रकट नहीं हुए। पांडवों के सहचर सूचनाएँ ला रहे थे कि दुर्वासा पांडवों से बहुत दूर नहीं हैं। यदि वे सामान्य गति से भी चलें तो वे प्रहर भर में उनके आश्रम तक पहुँच सकते थे। ... किंतु यह कोई नहीं जानता था कि वहाँ से वे कब चलेंगे। वे ध्यान में बैठे हुए थे। समाधि लग गई तो वे कई दिनों तक इसी प्रकार बैठे रह सकते हैं। ... और न लगी तो वे निमिष भर में उठ कर खड़े भी हो सकते हैं। उनके शिष्यों में ऐसा कोई नहीं था, जो इतना भी कह सकता कि वे चलने से पहले, कुछ समय पूर्व, उन्हें चेतावनी तो दें, ताकि वे लोग चलने के लिए अपने मन को तैयार कर सकें ...

पांडव मन ही मन प्रतीक्षा करते रहे; किंतु बाहर से उनकी दिनचर्या सर्वथा सामान्य थी। दुर्योधन के गुप्तचर यदि उन्हें देखते, तो यही सूचना देते कि उन्हें अपने आसन्न संकट का पता ही नहीं था। वे कदाचित् जानते ही नहीं थे कि दुर्वासा ऋषि एक महान् संकट के रूप में, उनके सम्मुख शून्य से प्रकट होनेवाले

थे...

पांडवों के आश्रम में समय से भोजन तैयार हुआ और खाया गया; किंतु दुर्वासा कहीं प्रकट नहीं हुए। ... और जब सारे आश्रमवासियों को भोजन कराकर द्रौपदी भी भोजन कर चुकी, तो इंद्रसेन सूचना लाया कि दुर्वासा अपने स्थान से चल चुके हैं। सूचना लानेवाला धावक, दुर्वासा और उनके शिष्यों के साथ ही चला था; किंतु भागता हुआ आया था, इसलिए उनसे कुछ पहले यहाँ पहुँच गया था। अब दुर्वासा और उनके शिष्य किसी भी क्षण उनके आश्रम के सम्मुख प्रकट हो सकते थे ...

युधिष्ठिर के मन में कण भर भी जो विश्वास था कि दुर्वासा, ऋषि हो कर, पांडवों के साथ किसी प्रकार का छल-छद्म नहीं कर सकते—समाप्त हो गया। ... निश्चित रूप से वे दुर्योधन की इच्छा के अनुसार, कार्य कर रहे थे; वरन् इस समय तो वे उसके उपकरण ही बने हुए थे। वे दुर्योधन की गदा के रूप में, पांडवों पर प्रहार करने आ रहे थे। वे जान बूझ कर उस समय आ रहे थे, जब उनकी रसोई, भोजन के पश्चात् लीप-पोत कर स्वच्छ कर दी गई थी। वे इतने लोगों को अपने साथ ला रहे थे कि अकेली द्रौपदी ही क्यों, आश्रम का प्रत्येक अंतेवासी भी यदि भोजन तैयार करने में लग जाए, तो दिन भर लगा कर भी, उतने लोगों का भोजन तैयार न किया जा सके। ... ठीक कहते हैं, अर्जुन और भीम। यह एक ऋषि का किसी सद्गृहस्थ के द्वार पर जाना नहीं है, यह तो पांडवों पर दुर्योधन का प्रच्छन्न आक्रमण ही है। इसके विरुद्ध तो पांडवों की ओर से भी, सैनिक अभियान ही होना चाहिए ... किंतु क्रोध युधिष्ठिर के स्वभाव में नहीं था। वे तो अब तक सब कुछ ईश्वर पर ही छोड़ चुके थे। ईश्वर की इच्छा पूरी हो। ...

पांडवों की अपेक्षा के अनुसार ही, दुर्वासा अपराह्न में उनके आश्रम के निकट उपस्थित हुए। वे सीधे उनके आश्रम में नहीं आए। आश्रम से कुछ दूरी पर वन में ही टिक गए। संभवतः वे वहाँ टिक कर देखना चाहते थे कि युधिष्ठिर कैसा व्यवहार करते हैं। युधिष्ठिर कुछ समय तक तो अपने कुटीर में शांत भाव से बैठे रहे कि यदि दुर्वासा उनके द्वार पर आए ही नहीं, तो उनका सत्कार भी युधिष्ठिर के दायित्व क्षेत्र में नहीं आता। ... किंतु वे यह भी जानते थे कि इस तर्क से कोई और बहल भी जाए, उनका अपना मन ही नहीं बहलेगा। जब वे जानते हैं कि एक ऋषि अपने सहस्रों शिष्यों के साथ उनके आश्रम के निकट भूखा-प्यासा बैठा है, तो उसकी उपेक्षा उनका धर्म नहीं है। यह नृशंसता है। उनकी अंतरात्मा इतनी व्याकुल क्यों है, क्योंकि वे उचित व्यवहार नहीं कर रहे हैं ...। ऋषि चाहे अपने मन में कोई दुर्भावना ले कर ही आए हों, युधिष्ठिर को तो अपना मन स्वच्छ रखना होगा। वे आज तक दुर्योधन के प्रति ही कभी

दुर्भावनापूर्ण व्यवहार नहीं कर सके, तो दुर्वासा तो फिर एक ऋषि हैं।...

युधिष्ठिर अपने भाइयों को साथ ले कर, ऋषि की अगवानी के लिए पहुँचे। ऋषि के चरण स्पर्श कर उन्हें प्रणाम किया। आसन बिछा कर उनके बैठने का प्रबंध किया; और फिर हाथ जोड़ कर उनके सम्मुख स्वयं भी बैठ गए।

"ऋषिश्रेष्ठ ! कहाँ से आगमन हुआ है ?" युधिष्ठिर ने पूछा।

दुर्वासा स्वयं को बहुत निर्भीक बनाए हुए थे; किंतु अपनी सारी उद्दंडता का आह्वान करके भी नहीं कह सके कि वे हस्तिनापुर से आए हैं, जहाँ वे दुर्योधन के अतिथि थे। वे सीधे युधिष्ठिर की आँखों में भी नहीं देख पाए। शून्य में ताकते हुए बोले, "अपने पावसपूर्व भ्रमण पर निकला हूँ। वर्षा तक भ्रमण करना मेरा नियम है।"

"आपका शिष्य समुद्राय तो बहुत विशाल है ऋषिवर !" युधिष्ठिर ने बात आगे बढ़ाई, "क्या सदा ही इतने शिष्यों के साथ भ्रमण करते हैं ?"

युधिष्ठिर के साथ ही उनके भाइयों ने दृष्टि उठा कर देखा...जहाँ तक दृष्टि जाती थी, दुर्वासा के शिष्य सुखासन लगा कर बैठे हुए दिखाई पड़ रहे थे। ... भोजन तो भोजन, इतने लोगों के ठहराने की भी व्यवस्था करनी पड़े, तो पांडवों को कई मास लग जाएँगे। इतने सारे कुटीर बनाने में वन के सारे वृक्ष कट जाएँगे।

दुर्वासा की भृकुटि तन गई, "तुम्हारे इस प्रश्न का अर्थ ? क्या इन बातों के लिए मुझे तुम्हारी अनुमति लेनी पड़े गी ?"

युधिष्ठिर जानते थे कि दुर्वासा अपनी उद्दंडता के लिए प्रसिद्ध हैं। इस समय भी वे युधिष्ठिर के प्रश्न को टालने के लिए, उसी उद्दंडता का सहारा ले रहे थे; किंतु उस वाणी में तुच्छता का फूत्कार चाहे हो, उसमें सत्य का बल नहीं था।

"नहीं ।" युधिष्ठिर मुस्कराए, "ऋषि को तो राजा की भी अनुमति नहीं लेनी पड़ती; और मैं तो इस समय राजा भी नहीं हूँ।"

"तुम क्या मेरे इन शिष्यों के लिए आवास की व्यवस्था करोगे ? इन्हें भोजन दोगे ? क्या अधिकार है, तुम्हें यह सब पूछने का ?" दुर्वासा अपने क्रोध का सायास प्रदर्शन कर रहे थे।

"प्रजा के आवास तथा भोजन की व्यवस्था राजा करता है, ब्रह्मचारियों के लिए कुलपति, परिवार के लिए परिवार प्रमुख तथा अतिथि के लिए गृह स्वामी।" युधिष्ठिर शांत स्वर में बोले, "ऋषिवर ! आप इन रूपों में जिसे आदेश देंगे, वह आपके लिए व्यवस्था कर देगा। मुझे तो यह आभास ही नहीं था कि आवास तथा भोजन की व्यवस्था के अभाव में, ऋषि का मन व्याकुल है।"

युधिष्ठिर के कथन से ऋषि का क्रोध कुछ और मुखर हो गया, "तो मैं

अतिथि के रूप में तेरे द्वार पर आया हूँ। तू हमारे लिए एक समय के ही भोजन की व्यवस्था कर।"

अर्जुन के अधरों पर मुस्कान आ गई : दुर्वासा से अपना कपटजाल बुनने में चूक हो गई थी। उन्होंने केवल एक समय के भोजन की व्यवस्था के लिए कहा था। यदि कहीं वे कुछ अधिक माँग बैठते ... निश्चित् रूप से दुर्वासा अपने इस कृत्रिम क्रोध में भी, स्वयं को संतुलित नहीं रख पाए थे...

दुर्वासा ने कहा और अपने कहे का प्रभाव देखने के लिए रुक गए : युधिष्ठिर का चेहरा पर्याप्त शांत और संतुलित लग रहा था। उस पर वह घबराहट, खीझ अथवा विरोध का भाव कहीं नहीं था, जो वे देखना चाहते थे।

"आप अपने नित्य कर्मों से निवृत्त हो कर भोजन के लिए पधारें ऋषिवर !" युधिष्ठिर ने पर्याप्त मधुर स्वर में कहा, "हम आपकी सेवा कर कृतकृत्य हो जाएँगे।"

दुर्वासा को इस बार सचमुच आश्चर्य हुआ : युधिष्ठिर के चेहरे पर असुविधा की एक रेखा भी प्रकट नहीं हुई। यह कैसे संभव है ? युधिष्ठिर के पास इतने लोगों को भोजन कराने की व्यवस्था है क्या ? ... दुर्वासा का मन भीतर ही भीतर कुछ डर गया...वे तो युधिष्ठिर को त्रस्त करने आए थे, कहीं ऐसा न हो कि युधिष्ठिर ही उन्हें त्रस्त कर दे। ... यदि ऐसा हुआ, तो न दुर्योधन ही प्रसन्न हो पाएगा, न दुर्वासा और उनके शिष्यों का इतना श्रम सार्थक हो पाएगा।

"निमंत्रित तो कर रहा है," दुर्वासा कुछ कठोर स्वर में बोले, "किंतु मेरे शिष्यों की संख्या देख ले। फिर कहीं अन्न का टोटा पड़ गया, तो हमें भूखे मत उठा देना।"

युधिष्ठिर ने एक दृष्टि अपने भाइयों पर डाली : वे लोग न केवल आश्वस्त बैठे थे, वरन् अपने नयनों की द्युति और अधरों की मुस्कान से उन्हें बल भी प्रदान कर रहे थे।

"जो कुछ हमारा है, वह सब आपका है ऋषिवर !" युधिष्ठिर बोले, "हम आपको पूरा अन्न दे देंगे, सारा का सारा।"

युधिष्ठिर के आत्मबल ने दुर्वासा को कँपा दिया। उन्हें पुनः लगा कि उन्होंने यहाँ आ भूल की है। वे युधिष्ठिर को धर्म संकट में डालने आए थे। कहीं ऐसा न हो कि वे स्वयं ही किसी संकट में फँस जाएँ। धर्मराज युधिष्ठिर के प्रति यह विरोध उन्हें बहुत महँगा पड़ सकता है।... दुर्योधन यहाँ से बहुत दूर बैठा है। वे यहाँ पूर्णतः पांडवों की दया पर हैं।... यह भीम, जो इस समय एक आनंदित बालक के समान बैठा है—वही योद्धा है, जिसने दुर्योधन की जंघा तोड़ने और दुःशासन का वक्ष फाड़ कर, उसका रक्त पीने की प्रतिज्ञा की है। ... और इनके आश्रम में, अपनी कुटिया में वह पांचाली बैठी होगी, जिसने दुःशासन के वक्ष

के रक्त से अपने केशों को धो कर, वेणी करने की प्रतिज्ञा कर रखी है। वह अपने केश बिखेरे, अपनी रसोई में बैठी होगी। युधिष्ठिर समझे या न समझे, पांचाली को यह समझने में तनिक भी कठिनाई नहीं होगी, कि दुर्योधन की ही प्रेरणा से दुर्वासा पांडवों को धर्म संकट में डालने आए हैं।...दुर्वासा के शाप से यहाँ कौन भयभीत होगा ... युधिष्ठिर स्वयं धर्मराज हैं, अर्जुन निर्विकल्प समाधि प्राप्त साधक है, और इनके साथ कृष्ण हैं ... दुर्वासा ! तू ने किस बुरी घड़ी में दुर्योधन का आतिथ्य स्वीकार किया ...

"ठीक है। हम लोग स्नान तथा मंत्र जाप कर, अभी आते हैं।" दुर्वासा ने जैसे युधिष्ठिर को डराने का पुनः प्रयत्न किया, "किंतु स्मरण रखना धर्मराज ! यदि तुमने मुझे संतुष्ट नहीं किया, तो मेरा क्रोध फिर मर्यादाओं को नहीं पहचानता।"

"हम आपको भोजन के लिए आमंत्रित कर रहे हैं," सहसा भीम बीच में बोला, "और आप हमें धमका रहे हैं, जैसे कोई कोटपाल किसी अपराधी को धमकाता है।..."

दुर्वासा की दृष्टि भीम की ओर घूमी : वह सहज भाव से मुस्करा रहा था। उसके चेहरे पर न क्रोध था, न उत्तेजना। ... किंतु दुर्वासा का मन कल्पना कर रहा था कि यही भीम जब क्रुद्ध होता होगा, तो कैसा लगता होगा। उसने जब दुःशासन का वक्ष फाड़ कर उसका रक्त पीने की प्रतिज्ञा की थी, तो उस समय वह कैसा भयंकर दिखाई दे रहा होगा ...

दुर्वासा के मुख से एक भी शब्द नहीं निकला। वे उठ खड़े हुए और उन्होंने अपने शिष्यों को अपने पीछे आने का संकेत किया। उन्हें लगा कि उनके अपने पाँव भी धरती पर सीधे नहीं पड़ रहे हैं। ...

धात्रेयिका निरंतर द्रौपदी को समाचार पहुँचा रही थी।... दुर्वासा के आश्रम के निकट आने की, पांडवों का उन्हें निमंत्रित करने जाने की, दुर्वासा का अपने शिष्यों सहित देव नदी में स्नान करने जाने की; और पांडवों के आश्रम में लौट आने की सूचना उसे मिल चुकी थी।... द्रौपदी को लग रहा था कि युद्ध में जैसे सबने अपने-अपने व्यूह की रक्षा कर ली थी, और अब युद्ध उसके द्वार की ओर मुड़ रहा था। अब उसे अपना रण कौशल दिखाना था। ... दुर्वासा अपने शिष्यों के साथ नदी से लौटेंगे, उसकी रसोई के सामनेवाले इस खुले मैदान में बैठेंगे।... पांडवों के पास तो सहस्रों लोगों को बैठाने के लिए भूमि पर बिछाने के लिए उतने आसन भी नहीं थे। ... यदि उन ब्रह्मचारियों के पास अपने-अपने आसन होंगे, तो वे उन्हें बिछा कर बैठ जाएँगे, अन्यथा चाहे वे वृक्षों के पत्ते तोड़ कर

बिछाएँ, अथवा धरती की मिट्टी पर ही बैठ जाएँ– पांडव कुछ नहीं कर सकते।

द्रौपदी का मन कल्पना कर रहा था वे लोग किसी प्रकार बाहर बैठ गए थे। रसोई का यह तथाकथित आँगन उनकी संख्या के लिए पर्याप्त नहीं था। अतः वे एक के पीछे एक पंक्तियाँ बनाते हुए, वन के वृक्षों के मध्य इतनी दूर तक बैठते चले गए थे, जहाँ तक द्रौपदी की दृष्टि भी नहीं जाती थी। ... उन्होंने अपने गुरु के स्वर में स्वर मिलाकर कुछ मंत्र पढ़े। प्रभु को स्मरण किया। अन्न देने के लिए उसका धन्यवाद किया; और फिर अपनी दृष्टि उठा कर, भोजन की ओर देखा... किंतु भीम और अर्जुन ने उनके सम्मुख पत्तल बिछा कर भोजन परोसने के स्थान पर, कुछ बड़े टोकरों में, सूखा अन्न दुर्वासा के सम्मुख रख दिया ...

दुर्वासा कुछ समझ नहीं पाए, "यह क्या है ?" उन्होंने कड़ककर पूछा।

"आश्रम में उपलब्ध एक दिन का सारा का सारा अन्न।" भीम ने कहा, "हमने इसे पकाया नहीं है, क्योंकि जाने, आप में से कितने स्वयंपाकी ब्राह्मण हैं...और फिर हमारे पास इतना ईंधन भी नहीं है।..."

"इतने सारे ब्रह्मचारियों के लिए बस इतना सा अन्न ?" दुर्वासा ने क्रुद्ध स्वर में पूछा।

"ब्राह्मण को अति भोजन से बचना चाहिए।" भीम ने उत्तर दिया, "उसे बौद्धिक कर्म करना होता है। अधिक खाने से व्यक्ति सोता अधिक है, चिंतन कम करता है।"

दुर्वासा की आँखों से जैसे अग्नि स्फुलिंग छूटने लगे, "तुम हमें अपने द्वार पर आमंत्रित कर हमारा अपमान कर रहे हो।"

सामने से युधिष्ठिर आ रहे थे। द्रौपदी अपनी कल्पनाओं से मुक्त हुई। युधिष्ठिर तो सर्वथा शांत लग रहे थे। कल कितने व्याकुल थे, किंतु आज तो तनिक से उद्विग्न भी दिखाई नहीं पड़ रहे थे।

"नकुल कहाँ है ? उसे भेजो। नदी तट पर जाकर देख आए कि ऋषि अभी तक क्यों नहीं आए।"

"आप तनिक भी विचलित नहीं हैं ?" द्रौपदी ने चकित स्वर में पूछा, "आप उन्हें बुलाने के लिए इतने आतुर क्यों हैं ? ऋषि का आना सुखद तो नहीं होगा। आपको उनसे भय नहीं लगता ?"

युधिष्ठिर मुस्कराए, "मुझे केवल अधर्म से भय लगता है। आज भी मैं भयभीत हूँ, इसलिए नहीं कि ऋषि मुझे शाप दे देंगे, वरन् इसलिए कि मैं अपने आतिथेय धर्म की रक्षा नहीं कर पाऊँगा।..." युधिष्ठिर रुके, "और अब तो मैं

उस भय से भी मुक्त हो गया हूँ। मैंने अपना धर्म और अपना भय–दोनों ही ईश्वर को सौंप दिए हैं। जो उसकी इच्छा होगी, वह हो जाएगा। यदि वह यही चाहता है कि मेरा धर्म भंग हो, मैं धर्म से स्खलित होऊँ–तो भी उसकी इच्छा पूर्ण हो।"

युधिष्ठिर नकुल को खोजते हुए आगे बढ़ गए।

द्रौपदी को लगा कि युधिष्ठिर, नकुल को खोजने नहीं आए थे, वे उसे मार्ग दिखाने आए थे। सचमुच किसी भौतिक क्षति का भय तो कोई भय ही नहीं है। पांडवों ने अपना इंद्रप्रस्थ का साम्राज्य खो दिया, अपना सारा स्वर्ण, धन-वैभव खो दिया–तो क्या हो गया ? आज भी वे लोग एक सुखी परिवार के समान, इस वन में जीवनयापन कर रहे हैं। वे लोग यदि अपने अपमान को भुला सकें, तो उन्हें क्या कष्ट है, इस वन में ? स्वच्छ सात्विक और उल्लसित जीवन। एक-दूसरे का प्रेम कितना बड़ा संबल है।... भगवान राम ने भी तो सीता अपहरण से पहले तक, वन में अपनी पत्नी, भाई तथा वनवासी संगी-साथियों के साथ आनन्दमय जीवन ही व्यतीत किया था। ... जीवन की आवश्यकताएँ तो बहुत थोड़ी सी ही हैं। प्रकृति उन सबकी पूर्ति कर देती है। ... किंतु यदि अपने धर्म से स्खलित होना पड़े, अपनी मर्यादाओं का उल्लंघन करना पड़े, व्यक्ति अपने सत्य का पालन न कर सके, तो वस्तुतः जीवन एक यातना हो जाए। ... ठीक कहते हैं धर्मराज ! प्रभु जिस स्थिति में रखना चाहता है, उसे तो स्वीकार करना ही पड़ता है... तो फिर हम अपनी चिंताएँ, अपने दुख, अपनी समस्याएँ, उसी को सौंप कर, क्यों निश्चिंत नहीं हो जाते ? ... कृष्ण ने कितनी बार कहा है उन लोगों से कि अपने कर्म कर, निश्चिंत हो जाओ, परिणाम की चिंता मत करो ... धर्मराज कदाचित् वही कर रहे हैं।... वैसे भी मनुष्य जब सर्वथा असहाय हो जाता है, तभी तो ईश्वर को पुकारता है। अपनी अक्षमता की घड़ी में ही तो ईश्वर के सामर्थ्य के दर्शन होते हैं। जब तक मनुष्य का अपने सामर्थ्य का भ्रम नहीं टूटता, तब तक उसे ईश्वर की शक्ति के दर्शन कहाँ होते हैं...

द्रौपदी की दृष्टि अपनी रसोई का सर्वेक्षण कर गई ... दुर्वासा पूर्वाह्न में आ गए होते, तो दस-बीस लोगों को वह फिर भी भोजन करवा देती; किंतु इस समय तो वह एक व्यक्ति को भी भोजन नहीं करवा सकती। स्वयं कृष्ण आ जाएँ, तो भी द्रौपदी के पास कुछ नहीं है, उन्हें खिलाने के लिए। ... और युधिष्ठिर द्रौपदी को अन्नपूर्णा कहते हैं। यह रसोई द्रौपदी की रसोई कहलाती है... इस संकट से कौन उबारेगा उसको ? ईश्वर ? ... किंतु वह तो किसी ईश्वर को नहीं जानती। ... वह जानती है तो बस अपने सखा कृष्ण को। कुछ लोग कहते हैं कि अर्जुन और कृष्ण, नर और नारायण के अवतार हैं। ... हैं या नहीं, द्रौपदी नहीं जानती। वह तो बस इतना ही जानती है कि उसे प्रत्येक

संकट में कृष्ण का ही स्मरण आता है, वही उसकी अक्षुण्ण शक्ति का स्रोत है, वह उसका सहारा और संबल है, वही उसकी श्रद्धा और भक्ति है, वही उसका बल और ईश्वर है, कृष्ण कहाँ हो तुम ? कृष्ण !... कृष्ण !!

24

"विदुर !" कुंती का स्वर पर्याप्त चिंतित था।

"हाँ भाभी !"

"काम्यकवन से कोई समाचार आया है क्या ?"

"मेरे अपने दूतों में से तो कोई नहीं लौटा भाभी !" विदुर बोले, "किंतु दुर्योधन के मित्रों में काम्यकवन की बहुत चर्चा है।"

"कैसी चर्चा ?" कुंती के नेत्र पूरी तरह खुल गए, "कैसी चर्चा है, उन लोगों में ?"

"दुर्वासा को पांडवों के आश्रम की ओर प्रेरित कर, दुर्योधन बहुत प्रसन्न था। उसने तो यहाँ तक घोषणा कर दी थी कि अब कोई पांडवों की रक्षा नहीं कर सकता। वे अन्न के अभाव में भूखे तो मरेंगे ही, दुर्वासा के क्रोध के भाजन भी बनेंगे। अपने धर्म से स्खलित होंगे। जिस तपस्वी समाज का उन्हें बहुत समर्थन प्राप्त है, उसी तपस्वी समाज में वे घृण्य माने जाएँगे।... और सारा आरण्यक तथा तापस समाज़, अपने-अपने प्रभाव क्षेत्र में पांडवों के विरुद्ध कार्य करेगा।"

"उसकी तो सदा से यही इच्छा रही है।" कुंती बोली, "किंतु आज क्या चर्चा होती रही, दुर्योधन के मित्रों में?"

"काम्यकवन के समाचारों को ले कर।"

"क्या समाचार है, यही तो पूछ रही हूँ।" कुंती के स्वर में उद्वेग का समावेश भी हो गया था।

विदुर मौन रहे, जैसे बोलने से पहले शब्दों का चयन कर रहे हों।...

"बोलते क्यों नहीं विदुर ?"

"वस्तुतः वह समाचार नहीं हैं भाभी ! सूचनाओं में स्पष्टता नहीं है। इस लिए वह एक प्रकार की कथा है।" विदुर बोले, "दुर्योधन के दूत सीधे पांडवों तक तो पहुँचे नहीं, वे उनके निकट के आरण्यकों से कुछ कथाएँ सुन कर लौट आए हैं, और उन्हीं की चर्चा हो रही है, दुर्योधन की चांडाल चौकड़ी में।"

"क्या चर्चा है, यही तो पूछ रही हूँ।"

"वे सुन कर आए हैं कि जब पांडव ऋषि की प्रतीक्षा कर रहे थे और

द्रौपदी अपनी रसोई में अत्यंत व्याकुल बैठी थी, तब उसने अत्यधिक विह्वल हो कर कृष्ण को पुकारा और कृष्ण वहाँ प्रकट हो गए।"

"कृष्ण प्रकट हो गए ?" पारसवी चकित थी।

"चलो यह कह लो कि कृष्ण वहाँ आ गए।" विदुर बोले, "कृष्ण को अपने सम्मुख देख कर द्रौपदी ने यह नहीं सोचा कि कृष्ण सहसा आ कैसे गए, अथवा प्रकट कैसे हो गए ? वह तो बस प्रसन्न हो गई कि उसके सखा आ गए हैं, तो उसका संकट कट जाएगा। न उनका सारा अन्न भंडार समाप्त होगा, न उनका आतिथेय धर्म स्खलित होगा, न दुर्वासा की अप्रसन्नता का भय रहेगा।" विदुर ने कहा, "पांचाली ने कृष्ण को बताया कि दुर्वासा अपने दस सहस्र शिष्यों के संग, उनके आश्रम पर पधारे हैं। पता नहीं सचमुच दस सहस्र हैं, अथवा यह संख्या कुछ अतिशयोक्तिपूर्ण है; किंतु यह सत्य है कि एक बहुत बड़ी संख्या में उनके शिष्य उनके साथ हैं। वे लोग स्नान करने गए हैं। अभी लौट कर आएँगे। उन सबको भोजन कराना है। इस समय द्रौपदी की रसोई में एक व्यक्ति के लिए भी भोजन नहीं था और भीम के भंडार में इतना अन्न नहीं था। उसके प्राण सूख रहे थे कि वह उनको भोजन कैसे कराएगी।... द्रौपदी अपनी उलझन की बात कह रही थी, और कृष्ण थे कि कुछ सुन ही नहीं रहे थे। वे अपनी प्रकार का उधम मचाए हुए थे कि वे बहुत दूर से आए हैं। उन्होंने प्रातः से ही कुछ नहीं खाया है। उन्हें बहुत भूख लगी है। वे कृष्णा के लिए तब तक कुछ नहीं कर सकते, जब तक कृष्णा पहले उन्हें भोजन न करा दे। द्रौपदी ने उन्हें बहुत समझाया कि इस समय उसके पास कुछ भी तैयार नहीं है। ... किंतु कृष्ण कुछ सुन ही नहीं रहे थे। जब यह बवंडर कुछ देर चल लिया, तो द्रौपदी रो पड़ी, 'तुम मेरी बात समझते क्यों नहीं हो सखा ! कि मैं इसी कारण से इस उलझन में हूँ कि मेरे पास किसी को खिलाने के लिए कुछ नहीं है। तुम्हें खिलाने के लिए भी नहीं।' द्रौपदी के नयनों में अश्रु देख कर भी कृष्ण नहीं पसीजे, तनिक भी नहीं । उसी प्रकार निष्ठुर भाव से बोले, 'तुम मुझे खिलाना नहीं चाहती हो कृष्णे ! इसलिए झूठ बोल रही हो।' द्रौपदी के लिए यह आरोप किसी निष्ठुर और नृशंस आघात के समान था। आँखों में अश्रु, अधरों पर पीड़ा, और वाणी में क्रोध भर कर बोली, 'तुम कितने निर्दयी हो केशव ! मैं तुमसे झूठ बोलूँगी ? तुमसे, जो मेरे सबसे बड़े हितैषी हो, जो मेरे सखा हो, मेरे ईश्वर हो। तुम्हें खिलाना नहीं चाहूँगी, जिसके मुख में एक ग्रास डालकर, मेरे जन्म-जन्मांतर तृप्त हो जाते हैं। तुम्हारा सत्कार नहीं करूँगी, जिसके चरणों को अपनी बरौनियों से स्वच्छ करूँ, तो मेरी आत्मा अपनी सार्थकता पा जाए। ... ' किंतु कृष्ण कहाँ माननेवाले थे। उन्होंने जैसे द्रौपदी की वह करुण वाणी सुनी ही नहीं थी। बोले, 'जब तक तुम मुझे रसोई का खाली भांड नहीं दिखाओगी, तब तक मैं तुम्हारी बात का

विश्वास कैसे करूँगा।' 'मत करो मेरा विश्वास।' द्रौपदी ने भी अपना रोष दिखाया, 'मैं भी अब तुमसे तुम्हारे प्रत्येक कथन का प्रमाण माँगा करूँगी। मैं भी तुम्हारे वचन का विश्वास नहीं करूँगी। ...' "

"कैसे कह सकती है, पांचाली यह सब।" पारंसवी बोली, "मैं तो कृष्ण को अपने सामने पाती हूँ, तो बस निहारती ही रह जाती हूँ। मुख से एक शब्द भी नहीं निकलता।"

"यही तो भक्ति का महात्म्य है। भक्त अपने भगवान से लड़ भी लेता है।" विदुर बोले।

"तो पांचाली ने वह भांड कृष्ण को दिखाया ?" कुंती ने पूछा।

"हाँ। पांचाली बहुत क्षुब्ध थी। अपने सम्मान की चिंता। दुर्वासा के माध्यम से संभावित अनिष्ट की आशंका। धर्मच्युत होने का भय। ... और फिर कृष्ण का यह व्यवहार।" विदुर बोले, "वह धुला धुलाया भांड उठा लाई। 'यह देखो ! अब भी विश्वास करना है, करो; न करना हो, मत करो।' पांचाली बोली, 'किंतु मुझे बताओ, मैं ऋषि और उनके दस सहस्र शिष्यों के लिए भोजन कहाँ से लाऊँ ?' कृष्ण द्रौपदी की चिंता से तनिक भी चिंतित नहीं दीखे। उन्होंने ध्यान से उस भांड का निरीक्षण किया; और उसके एक किनारे पर, असावधानीवश लगा रह गया, शाक का एक पत्ता ढूँढ़ निकाला।'मैं न कहता था, तुम झूठ बोल रही हो।' कृष्ण बोले। उन्होंने शाक के उस पत्ते को अपने मुख में डाल लिया। उसे चबाया, जैसे भोजन कर रहे हों। और फिर तृप्ति की एक डकार ली, जैसे उनका उदर भर गया हो। वे मुस्कराकर बोले, "तुम्हारे परोसे हुए भोजन से संपूर्ण सृष्टि का उदर भर गया है कृष्णे ! अब यदि दुर्वासा और उनके शिष्य यहाँ आएँ। भोजन माँगें। तुम उनको छत्तीस व्यंजन भी परोसोगी, तो वे एक ग्रास भी नहीं खा सकेंगे।' "

"क्या ऐसा संभव है ?" कुंती ने क्षण भर भी रुके बिना पूछा, "कृष्ण ने यदि शाक का एक पत्ता खा लिया, तो सारी सृष्टि की भूख शांत हो गई ?"

विदुर कुछ उत्तर देते, उससे पहले ही पारंसवी अधीरता से बोली, "दुर्वासा और उसके शिष्यों का क्या हुआ ? वे लोग पांडवों के आश्रम पर भोजन करने आए, तो उन्हें क्या कहा गया ?"

"कथा तो यही है कि स्नान करते-करते ही, दुर्वासा और उनके शिष्यों को अपने-अपने उदर के अफरने की अनुभूति हुई, जैसे वे भोजन से आकंठ पूरित हों।" विदुर ने कहा, "दुर्वासा ने अपने शिष्यों की भी अपने जैसी ही स्थिति देखी, तो बोले, 'अब यदि हम पांडवों के आश्रम पर गए और उनके द्वारा परोसा हुआ भोजन खा नहीं पाए, तो पांडव हमसे अवश्य ही रुष्ट होंगे। युधिष्ठिर धर्मराज हैं। उनका मन दुखाना उचित नहीं । ऐसा न हो कि हम वहाँ जाएँ, भोजन न

कर पाएँ, और अनादर और अपमान के साथ, हमारा कोई अनिष्ट भी हो जाए।' दुर्वासा और उनके शिष्य, पांडवों के आश्रम में गए ही नहीं। शायद उस आश्रम की विपरीत दिशा में ही कहीं विलुप्त हो गए। जब नकुल उन्हें बुलाने गया, तो वे नदी के तट पर अथवा उसके आस-पास कहीं दिखाई ही नहीं दिए। पांडवों ने उनकी बहुत प्रतीक्षा की कि शायद दुर्वासा अपनी प्रकृति के अनुसार, असमय में आकर उन्हें धर्म संकट में डालें; किंतु दुर्वासा और उनके शिष्य, पांडवों के आश्रम के निकट कहीं दिखाई ही नहीं दिए।"

विदुर मौन हो गए। कुंती और पारंसवी भी कुछ आत्मलीना सी ही थीं। कोई भी कुछ नहीं बोला।

अंत में कुंती ही बोली, "क्या तुम इस कथा को सत्य मानते हो विदुर ! क्या ऐसा होना संभव है ? कृष्ण शाक का एक पत्ता खा ले तो दुर्वासा और उसके दस सहस्र शिष्यों का पेट अफर जाए ?"

"इतना तो यथार्थ है भाभी ! दुर्योधन की प्रेरणा से दुर्वासा, अपने दस सहस्र, अथवा ऐसी ही किसी बड़ी संख्या में, अपने शिष्यों के साथ, पांडवों के आश्रम में पहुँचे थे। यह भी यथार्थ है कि उनके भोजन के लिए युधिष्ठिर का निमंत्रण था और पांडवों ने दुर्वासा की प्रतीक्षा भी की थी। यह भी यथार्थ है कि किसी भी प्रकार कृष्ण वहाँ पहुँच गए थे; और यह भी यथार्थ है कि दुर्वासा भोजन के लिए पांडवों के आश्रम पर नहीं पहुँचे थे।... सारा रहस्य यह है कि कृष्ण के पहुँच जाने पर उन लोगों के मध्य ऐसा क्या हुआ कि दुर्वासा पांडवों से मुँह छिपा कर, वहाँ से भाग निकले और लौट कर कभी उनके आश्रम पर नहीं गए ?"

"हाँ। रहस्य तो इतना ही है।" कुंती बोली, "मेरी जिज्ञासा है कि क्या तुम मानते हो कि कृष्ण में ऐसी अलौकिक शक्ति है, कि काम्यकवन में अपनी कुटिया में रोती हुई द्रौपदी उसे पुकारे और कृष्ण उसे द्वारका में अपने भवन में बैठा सुन ही नहीं ले, कुछ क्षणों में द्वारका से, काम्यकवन में पांडवों के आश्रम में प्रकट हो जाए ?... और फिर उसके द्वारा शाक का एक पत्ता खाने भर से सारे विश्व का उदर भर जाए ?"

विदुर ने अपनी आँखें बंद कर लीं, जैसे ध्यानलीन होने लगे हों। कुंती और पारंसवी उनकी ओर देखती रहीं ... क्या कर रहे हैं वे ?

और तब विदुर ने अपनी आँखें खोलीं।

"कृष्ण चमत्कारी पुरुष हैं, यह तो मैं आरंभ से ही मानता आया हूँ।" विदुर बोले, "कुछ लोग उन्हें योगीराज और योगेश्वर भी मानते हैं। योगशास्त्र कहता है कि योग की सिद्धि से मनुष्य, मानव शरीर की सीमाओं का अतिक्रमण कर, अपने मूल स्वरूप, अर्थात् ईश्वर के निकट पहुँच जाता है। कार्य-कारण संबंध और प्रकृति के सामान्य नियम, उस पर लागू नहीं होते। ... उससे व्यक्ति की

क्षमताएँ असीम हो जाती हैं। वह ईश्वर के समान ही सर्वव्यापक हो जाता है। वह सहस्रों योजन दूर का शब्द सुन सकता है। एक ही समय में एक से अधिक स्थानों पर प्रकट हो सकता है।... संभव है, कृष्ण ने यह सब अपने योगबल से किया हो।"

"योगीराज ही क्यों, हमारे हस्तिनापुर में तो कुछ लोग श्रीकृष्ण को ईश्वर का अवतार ही नहीं, स्वयं साक्षात् नारायण का रूप भी मानते हैं।" पारंसवी बोली।

"मानने को तो अनेक लोग बहुत कुछ मानते हैं। कुछ वनवासी तपस्वियों ने मुझसे यह भी कहा था कि अर्जुन और कृष्ण नर तथा नारायण के अवतार हैं।" विदुर बोले, "व्यक्तिगत रूप में मुझे उन्हें इनमें से कुछ भी मान लेने में कोई आपत्ति नहीं है।"

"आपत्ति न होना एक बात है।" कुंती बोली, "और किसी बात का दृढ़ विश्वास होना, दूसरी बात ! वैसे तो मुझे ही क्या आपत्ति है—कृष्ण मेरा भ्रातुष्पुत्र है।"

"मैं यह मानता हूँ भाभी ! कि वैसे तो सारी प्रकृति, ईश्वर का ही रूप है।... फिर भी ईश्वर को पृथ्वी पर प्रकट होना होता है, तो वह कोई न कोई रूप तो धारण करता ही होगा। वह अपने लिए तो पृथ्वी पर आता नहीं । आता तो वह हम जैसे मनुष्यों के लिए ही है। ... तो उसे उसी रूप में आना होगा, जिसे हम जैसे मनुष्य समझ सकें, पहचान सकें। ... कृष्ण, ईश्वर के अवतार हैं अथवा नहीं, वे स्वयं ईश्वर हैं अथवा नहीं—यह तो मैं नहीं जानता; किंतु इतना तो मैं पूरी निष्ठा से मानता हूँ कि संसार में यदि धर्म कहीं है, तो वह कृष्ण के रूप में ही है। इसलिए अधर्म उनके निकट नहीं फटक सकता। यदि कृष्ण पांडवों के आश्रम में उपस्थित थे, तो दुर्वासा जैसा अधर्म वहाँ फटक ही नहीं सकता था।"

"तुम कहना चाहते हो विदुर ! कि पांडवों के आश्रम में कृष्ण की उपस्थिति की सूचना पा कर, दुर्वासा का कुटिल मन डर गया ? उसका साहस नहीं हुआ कि कृष्ण की उपस्थिति में वह पांडवों को वंचित करने के लिए वहाँ आ सके ?"

"बहुत संभव है कि ऐसा ही कुछ हुआ हो भाभी !" विदुर बोले, "द्यूतसभा में भी तो पांचाली के मुख से कृष्ण का नाम सुन कर ही दुःशासन को चक्कर आ गया था। दुर्वासा, दुःशासन से अधिक दुःसाहसी तो नहीं हो सकते।"

"हाँ ! हठी और कुटिल होते हुए भी, हैं तो वे एक तपस्वी ही।" कुंती बोली, "सात्विक शक्तियों के अस्तित्व को तो स्वीकार करते ही होंगे।"

"चलो, यही स्वीकार किया कि कृष्ण द्वारा शाक का पत्ता खा लेने पर, दुर्वासा और उनके शिष्यों का उदर पूरित हुआ हो या न हुआ हो, वे कृष्ण की उपस्थिति से भयभीत हो कर, भोजन के लिए आने का साहस नहीं कर पाए;

और वहाँ से उल्टे पाँव भाग गए।" पारंसवी बोली, " किंतु प्रश्न यह है कि द्रौपदी का आह्वान कृष्ण तक कैसे पहुँचा ? क्या उनमें सचमुच कोई ऐसी शक्ति है कि वे सहस्रों योजन दूर से, किसी की करुण पुकार सुन सकते हैं... क्या वे योग शक्ति से, एक ही समय में एक से अधिक स्थानों पर प्रकट हो सकते हैं ?"

"मैं इस घटना को द्रौपदी के चीरहरणवाली घटना से जोड़ कर देखना चाहती हूँ।" कुंती ने कहा, "वहाँ भी द्रौपदी की करुण पुकार थी, यहाँ भी। वहाँ भी कुछ लोगों को लगा था कि कृष्ण सभा में वर्तमान था, यहाँ भी कृष्ण के उपस्थित होने की बात कही जा रही है।"

"हाँ ! दोनों स्थितियों में पर्याप्त समानता है।" विदुर बोले।

"किंतु तुमने ही बताया था विदुर ! कि द्यूत की घटना के पश्चात् वन में कृष्ण जब मेरे पुत्रों से मिला तो उसने कहा कि वह शाल्व से युद्ध में व्यस्त था। इसलिए वह हस्तिनापुर नहीं आ सका, अन्यथा वह घटनाओं को इस प्रकार घटित नहीं होने देता।" कुंती ने विदुर की ओर देखा।

"हाँ ! कृष्ण ने ऐसा ही कहा था।" विदुर ने स्वीकार किया।

"तो स्पष्ट है कि कृष्ण द्यूतसभा में उपस्थित नहीं था।" कुंती बोली, "उसका आभास वहाँ चाहे वर्तमान रहा हो।"

"आप ठीक कह रही हैं भाभी ! हम कृष्ण के कथन की अवमानना नहीं कर सकते।" विदुर बोले, "किंतु दुर्वासावाली इस घटना में कृष्ण पांडवों के आश्रम में उपस्थित थे। मैं इसका कोई स्पष्टीकरण नहीं दे सकता कि ऐसा कैसे हुआ। यह मेरे लिए भी एक रहस्य ही है। बस इतना मान लो कि कृष्ण कुछ न कुछ तो मायावी हैं ही। कोई न कोई माया तो वे रचते ही रहते हैं।"

"यदि ऐसा भी है तो कृष्ण के इतने प्रिय हो कर भी, मेरे पुत्र इतना कष्ट क्यों पा रहे हैं ?" कुंती बोली।

"यह सृष्टि तो माया की सृष्टि है भाभी ! और ईश्वर भयंकर मायावी है।" विदुर हँसे, "तुम यह भी पूछ सकती थीं कि यदि कृष्ण ईश्वर हैं अथवा ईश्वर की शक्ति ले कर उत्पन्न हुए हैं, तो उनका जन्म कारागार में क्यों हुआ था ? जिसके गर्भ से स्वयं ईश्वर जन्म लेनेवाला था, उस माता को इतना कष्ट क्यों सहना पड़ा ? उसकी इतनी संतानों का वध क्यों हुआ ? पर भाभी ! मूल प्रश्न तो यह है कि ईश्वर क्या सुख में ही बसता है ?"

"नहीं ! यह तो मैं नहीं कह सकती।" कुंती बोली, "धन में संपत्ति में, सत्ता में, शक्ति में, इंद्रिय सुख में ... अधिकांशतः पाप बसता है। धृतराष्ट्र को ही देखो।"

"तो भाभी ! ईश्वर अपने प्रिय जनों को तो इस मल से दूर ही रखेगा।" विदुर बोले, "वह उन्हें धर्म देगा, सात्विकता देगा, दिव्यता और उदात्तता देगा। स्थूल सांसारिक सुख तो मनुष्य को ईश्वर से दूर ही करते हैं ... तो वह अपने

प्रिय जनों को वह पदार्थ क्यों दे, जिससे वे उससे दूर चले जाएँ ?''

''ठीक कहते हो विदुर ! मन में संसार हो तो ईश्वर नहीं मिलता।'' कुंती बोली, ''पर वह मेरे पुत्रों की इतनी कठोर परीक्षा क्यों ले रहा है ?''

''उसने ईश्वर होते हुए भी, क्या कम कठोर परीक्षा दी है ?'' विदुर बोले, ''भाभी ! मुझे तो ऐसा लगता है कि जब तक मनुष्य कहता है कि यह काम मेरा है, उसे मैं स्वयं अपनी शक्ति से कर लूँगा, प्रभु खड़ा मुस्कराता रहता है; और जब मनुष्य स्वयं को पूर्णतः असहाय पा कर, सब कुछ उसी पर छोड़ देता है, तो ईश्वर स्वयं प्रकट हो कर उसका काम कर देता है ...।''

''तुम कहना चाहते हो कि स्वयं प्रकट होने से पहले, प्रभु अपने भक्त को सर्वथा असहाय, अकिंचन तथा सर्वस्व वंचित कर देता है ?'' कुंती ने पूछा।

''कुछ ऐसा ही लगता है भाभी ! मुझे।'' विदुर बोले, ''ईश्वर को पाने के लिए भक्त अपना सर्वस्व अर्पण करता है। अपना संसार, अपने प्राण ! जब उसके और ईश्वर के मध्य कोई व्यवधान नहीं रह जाता, जब उसके प्रत्येक श्वास में वही होता है, तभी तो ईश्वर प्रकट होते हैं।'' विदुर ने रुक कर कुंती की ओर देखा, ''तुम तो वहाँ नहीं थीं...''

''कहाँ ?''

''द्यूतसभा में।'' विदुर ने उत्तर दिया, ''मैंने स्वयं अपनी आँखों से देखा था। द्रौपदी को अपनी विद्वत्ता का अवलंब त्यागना पड़ा। पिता द्रुपद तथा भाई धृष्टद्युम्न उसके लिए कुछ नहीं कर सकते थे। पितृव्य भीष्म ने अपना सिर एक ओर डाल दिया था। महावीर भीमसेन एड़ियाँ रगड़कर रह गया। अर्जुन का गांडीव कुंठित हो गया। धर्मराज का धर्म असहाय हो गया। द्रौपदी भरी सभा में निर्वस्त्र हो रही थी। यह स्थिति आ गई कि उसे अपनी भुजाएँ उठा कर कहना पड़ा कि सिवाय ईश्वर के उसका कोई नहीं है। उस समय कोई नहीं था, उसके और प्रभु के मध्य—शासन, समाज, संबंधी, पति, पद, सत्ता, संपत्ति, सहायक... कोई नहीं । द्रौपदी तो क्या, हम सबके प्रत्येक श्वास का यही स्वर था, 'हे प्रभु ! तू ही है।' और वह प्रकट हुआ। उसने द्रौपदी की ही नहीं, पांडवों की, धर्म की, सबकी लाज की रक्षा की ...।''

''किंतु मुझे तो बताया गया था कि कृष्ण के नाम से दुःशासन घबरा उठा था।'' पारंसवी बोली।

''कृष्ण के नाम से दुःशासन घबरा गया था,'' विदुर बोले, ''दुर्योधन तो नहीं घबरा गया था। शकुनि, कर्ण और धृतराष्ट्र तो नहीं घबरा गए थे। ... पर ऐसा क्या हो गया कि फिर किसी का साहस ही नहीं हुआ कि द्रौपदी को हाथ लगाए। सब उससे क्षमा माँगते रहे। धृतराष्ट्र तक उसकी प्रशंसा कर, उसको वरदान देने को आतुर हो उठे।''

''कुछ ऐसा ही तो इस बार भी हुआ है कि जब पांडव असहाय हो गए,'' कुंती बोली, ''और द्रौपदी को लगा कि वह गृहस्वामिनी की मर्यादा की रक्षा नहीं कर पाएगी, तो उसने कृष्ण को पुकारा...।''

''मुझे तो यह, भक्त की ईश्वर के निकट जाने की प्रक्रिया को, स्पष्ट करनेवाली कोई कथा-सी लगती है।'' पारंसवी बोली, ''भक्त का भगवान के प्रति पूर्ण आत्मसमर्पण, एकाग्रता, भावना की उत्कटता, ईश्वर निर्भरता ...। कौन मानेगा कि मनुष्य के हाड़ मांस में खड़े, हमारे संबंधी कृष्ण, ईश्वर हैं अथवा ईश्वर के अवतार हैं। वे भी तो हम जैसे एक मनुष्य ही तो दीखते हैं।''

''देखने के लिए ही तो आँखें चाहिए पारंसवी !'' विदुर बोले, ''मनुष्य के शरीर में आया प्रत्येक जीव, ऊपर से देखने में एक जैसा ही लगता है; किंतु उसकी प्रकृति, प्रवृत्तियों और आकांक्षाओं का अंतर देखो। कोई कहता है कि ईश्वर मुझे धन दे।' और कोई कहता है कि ईश्वर मुझे धन से मुक्ति दे।' दुर्योधन अधर्मपूर्वक पांडवों का राज्य पाने के लिए कितनी बार उनकी हत्या का प्रयत्न कर चुका; और युधिष्ठिर ने अनायास चित्रसेन के बंदी हो गए दुर्योधन को सायास मुक्त कराया। कोई अपने विलास के लिए दूसरे के मुख का कौर छीन लेता है, और कोई दूसरे का पेट भरने के लिए, अपना अन्न उसे दे देता है। दृष्टि हो तो ईश्वर दिखाई देने लगता है, पारंसवी ! ... कृष्ण हमारे प्रिय हैं, हमारे संबंधी हैं, हम जैसे मनुष्य ही हैं ... किंतु कृष्ण का एक-एक काम कहता है कि वे मानवता के उद्धारक हैं, स्वयं ईश्वर हैं। यदि कृष्ण ईश्वर नहीं हैं, तो ईश्वर और कैसा होगा भाभी ?''

''आप का अभिप्राय है कि कृष्ण ईश्वर हैं। तो क्या उनकी यह देह अक्षय है ? उन्हें कभी कोई दुख नहीं होगा ? उनकी कभी पराजय नहीं होगी ?'' पारंसवी ने पूछा।

''यह सब मैंने कब कहा ?'' विदुर हँसे, ''यह तो तुम्हारी बुद्धि में आई ईश्वरत्व की अवधारणा है, ईश्वरत्व के लक्षण नहीं ।''

''तो ?''

''तो यह कि दुख उसके लिए होता है, जिसके लिए सुख भी होता है। कृष्ण तो परम आनंदमय हैं। उनके लिए सुख और दुख का भेद नहीं है।'' विदुर बोले, ''ईश्वर जब अपनी माया के माध्यम से प्रकट होता है, तो प्रकृति के नियमों के अधीन ही शरीर धारण करता है; और उन्हीं नियमों के अधीन देह का त्याग भी करता है। कृष्ण ने शरीर धारण किया है, तो वे उसका त्याग भी करेंगे। ... और जय पराजय तो उसकी अपनी लीला है। लीला और आकांक्षा में बहुत भेद होता है। जो मार्ग उसने नियत किया है, वह उस पर चलाएगा ही। वह पांडवों के लिए वे सारे द्वार बंद कर देगा, जो उनके लिए अहितकर हैं। केवल

वही एक द्वार खुला रखेगा, जो उनके लिए कल्याणकारी है। इस कठोर और यातनामयी यात्रा में, वह उनकी आत्मा का मल, धो धो कर स्वच्छ करता रहेगा। और तुम पाओगी भाभी ! कि तुम्हारे पुत्र मानवों से कुछ अधिक बड़े हो गए हैं। मानवता से ऊँचे उठ गए हैं। वे दिव्य कर्म करेंगे, और दिव्य यश के भागी होंगे।''

''शायद तुम ही ठीक कहते हो विदुर !'' कुंती बोली, ''मेरे पास न तो तुम्हारे जैसी दृष्टि है, न बुद्धि। इसलिए यह सब पहले न सोच सकी, न देख सकी।''

''पर इस कथा में ...'' सहसा पारंसवी बोली, ''आप ने ही इसे कथा कहा है। ... लगता है कि पांडवों ने, घर में एक भी व्यक्ति का भोजन न होते हुए दुर्वासा को उसके शिष्यों के साथ आमंत्रित कर लिया; और उनके आतिथ्य का सारा दायित्व अकेली पांचाली पर डाल दिया। वह असहाय अपनी रसोई में रोती रही और कृष्ण को पुकारती रही। वे लोग उसके पति हैं कि शत्रु ?''

''तुमने ठीक कहा पारंसवी !'' विदुर मुस्कराए, ''इसीलिए इस सारे प्रसंग को मैंने सूचना न कह कर कथा कहा है। लगता है कि इस कथा के माध्यम से सायास, द्रौपदी की भक्ति और कृष्ण की लीला को रेखांकित करने का प्रयास किया गया है।'' विदुर रुके, ''और सूचना यह है कि वहाँ पाँच पांडव और पांचाली, तो एक प्राण हो कर रह रहे हैं। उनके आश्रम में रहनेवाला कोई मनुष्य तो दूर, कोई पशु भी अपने दुख में अकेला नहीं है। इसलिए यह तो हम कल्पना भी नहीं कर सकते कि युधिष्ठिर ने दुर्वासा जैसे ऋषि को उनके दस सहस्र शिष्यों के साथ आमंत्रित कर लिया होगा और उनके भोजन का सारा दायित्व पांचाली पर डाल, स्वयं तटस्थ हो, निश्चिंत हो कर बैठ गया होगा।''

''इस कथा में, द्रौपदी के प्रति उसके पतियों की संवेदनशून्यता नहीं, गृहस्थी में स्त्री के अपने अन्नपूर्णा रूप की चिंता ही प्रकट हो रही है।'' कुंती बोली, ''वह यह मानती है कि उसका पति, उसके विश्वास पर, कितने भी लोगों को भोजन के लिए आमंत्रित कर सकता है। वह अन्नपूर्णा है, इसलिए अन्न की चिंता वह ही करेगी।''

''जाने वास्तविकता क्या है। हम सब तो इस कथा में से अपने अनुमानों के सहारे, अपने-अपने स्पष्टीकरण ढूँढ़ रहे हैं।'' विदुर बोले।

''अच्छा ! अब मैं चलती हूँ। थोड़ा विश्राम करूँगी।'' कुंती उठ खड़ी हुई। वह अपने कक्ष में आ गई। लेटने लगी थी कि कुछ सोच कर आसन पर बैठ गई। उसने अपनी आँखें बंद कर लीं, जैसे ध्यान करना चाहती हो।

... उसे लगा कि उसकी पलकों के भीतर, पलकों के ऊपर, उसके मस्तक पर, उसके हृदय में, उसके आसपास बस कृष्ण ही कृष्ण थे, और कुछ भी नहीं।...

25

दुर्योधन से अपनी व्याकुलता सँभाली नहीं जा रही थी। वह न केवल कक्ष के एक कोने से दूसरे कोने तक अधैर्यपूर्वक चक्कर लगा रहा था, वरन् अपनी भिंची मुट्ठियों का भी इधर-उधर प्रहार करता जा रहा था। उसे देख कर भय होता था कि कहीं वह अपना मस्तक ही भित्ति पर न दे मारे।

"इतनी व्याकुलता का कारण क्या है युवराज ?" अंततः शकुनि ने कुछ साहस कर पूछा।

"मातुल, अभी तक आपको मेरी व्याकुलता का कारण ही समझ में नहीं आया ?" दुर्योधन झपट कर बोला, "वह दुर्वासा !..."

"हाँ ! हाँ ! मुझे ज्ञात है कि दुर्वासा पांडवों को किसी प्रकार की कोई क्षति नहीं पहुँचा सका, किंतु उसके कारण अब अपना सिर फोड़ने से क्या लाभ ? तुम स्वयं घोषयात्रा के लिए गए थे, तो उनकी कोई क्षति नहीं कर सके। तो क्या हो गया ? वही बात दुर्वासा के साथ भी है।" शकुनि बोला, "उसने तुम्हें वचन दिया था कि वह दस सहस्र शिष्यों के साथ युधिष्ठिर के आश्रम पर जाएगा। उसने अपना वचन निभाया। वह उनके आश्रम पर गया था। यह सूचना तो तुम्हारे अपने गुप्तचर लाए हैं।"

दुर्योधन ने रोषपूर्ण दृष्टि से शकुनि की ओर देखा, "अब आप अपनी बातों से मुझे उन्मत्त ही बना देंगे। मैंने क्या उसकी इतनी सेवा इसलिए की थी कि वह काम्यकवन तक की यात्रा कर पांडवों के दर्शन करे ? तीर्थयात्रा पर भेजा था क्या मैंने उसे ?"

"अब वह उनके यहाँ भोजन करने की स्थिति में नहीं था, तो ..." दुःशासन ने कुछ कहना चाहा।

"चुप ! एक दम चुप !!" दुर्योधन और भी भड़ककर बोला, "उन लोगों को अपना पेट भरा-भरा लगने लगा था। ... सुन चुका मैं सौ बार ! यह भी सुन लिया कि कृष्ण ने वहाँ पहुँच कर द्रौपदी के हाथों शाक का एक पत्ता खा लिया था। तुम लोग चाहते हो कि मैं इन मूर्खतापूर्ण बातों पर विश्वास कर लूँ। सीधी-सी बात है कि लंबी यात्रा करके गए थे दुर्वासा ! मार्ग में जल का बाहुल्य नहीं है। पीने को पानी नहीं मिला होगा। प्यासे होंगे। नदी में नहाने उतरे तो इतना पानी पी लिया कि पेट ही अफर गया। पेट अफर गया था, तो सो जाते। बुद्धि तो नहीं अफरी थी। उठ कर पांडवों के आश्रम पर पहुँचते और भोजन माँगते। उस समय नहीं खा सकते थे, तो संध्या समय खाते। अगले दिन खाते। नहीं खा सकते थे, तो उनका भोजन ले कर फेंक देते, नदी में बहा देते। यहाँ

क्या नहीं किया उस दुर्वासा ने। कुटीर बनवाए और जलाए। भोजन बनवाया और नहीं खाया। बिना पूर्व सूचना दिए, सहस्रों लोगों के लिए भोजन माँगा। मुझे इतना व्याकुल कर सकता था, तो उनके पास ठहर कर एक अथवा दो समय का भोजन भी नहीं माँग सकता था ?"

"युवराज ठीक कह रहे हैं।" कर्ण बोला, "वहाँ से भाग जाने की क्या आवश्यकता थी ?"

"भाग जाने की ?" दुर्योधन कुछ और क्षुब्ध हो कर बोला, "विलुप्त हो जाने की। कहाँ है दुर्वासा और कहाँ हैं उसके शिष्य ? लौट कर क्यों नहीं आए वे लोग ?"

"क्या दुर्वासा ने तुम्हें वचन दिया था कि वे लोग लौट कर हस्तिनापुर आएँगे ?" शकुनि ने पूछा।

"नहीं ऐसा कोई वचन तो नहीं दिया था" दुर्योधन बोला, "किंतु जो वरदान दिया था, जब वह पूरा नहीं किया, तो स्वयं आता न आता, कोई सूचना तो भिजवाता। और फिर उसके वे शिष्य ..."

"शिष्य भी तो वहीं होंगे भैया ! जहाँ उनके गुरु जी हैं।" दुःशासन बोला, "गुरु ही नहीं लौटे, तो शिष्य क्या लौटते।"

"गुरु जाएँ भाड़ में और उनके शिष्य जाएँ भट्ठी में।" दुर्योधन का स्वर और ऊँचा हो गया, "मेरे सैनिकों को तो लौटना चाहिए था।"

कक्ष में पूर्ण सन्नाटा हो गया। वे तीनों स्तब्ध से दुर्योधन की ओर देख रहे थे।

दुर्योधन का ध्यान उनकी ओर गया। उसने स्वयं को सँभाला और बोला, "इस प्रकार क्या देख रहे हो मुझे, जैसे मैं विक्षिप्त हो गया हूँ। अरे इतनी-सी बात नहीं समझते कि कोई ऋषि दस सहस्र शिष्यों का पालन कर सकता है क्या ? उन्हें अपने साथ यात्रा पर ले जा सकता है ? उनकी रक्षा कर सकता है ? उनका भरण-पोषण कर सकता है ? उनको आच्छादन दे सकता है ? जब दुर्वासा हस्तिनापुर आए थे, तो उनके साथ केवल एक सहस्र शिष्य थे, जब उन्होंने यहाँ से प्रस्थान किया, तो उनके साथ दस सहस्र शिष्य थे। वे शेष नौ सहस्र कहाँ से आए ?" दुर्योधन ने रुक कर उन लोगों की ओर देखा, " वे मेरे सैनिक थे, जो मैंने तपस्वियों के वेश में उनके साथ कर दिए थे, ताकि वे भोजनभट्ट सैनिक वहाँ जाकर उन पांडवों का सारा अन्न भंडार चट कर जाएँ; और पांडव अन्न के अभाव में भूखे मर जाएँ। जिस स्थान को वे अपने लिए बहुत सुरक्षित समझ कर वहाँ जाकर छिप गए हैं, वह स्थान खाद्य सामग्री के अभाव में उनका काल बन जाए। ..."

"यह बात आपने हमें तो बताई ही नहीं युवराज !" कर्ण की वाणी तथा

मुद्रा में दुर्योधन के लिए प्रशंसा ही प्रशंसा थी ...।

"सोचा था कि भूख से बिलबिलाते हुए पांडव यह सब बताएँगे; किंतु देख रहा हूँ कि यहाँ तो मैं ही बिलबिला रहा हूँ।"

"है तो यह रहस्य की ही बात !" शकुनि बोला, "वे सैनिक कहाँ चले गए ? और क्यों चले गए ?"

"मेरे लिए तो यह सारा प्रसंग ही रहस्य हो गया है।" दुर्योधन कुछ शांत स्वर में बोला, "मेरे अपने गुप्तचर जो कथा मुझे सुना रहे हैं, मुझे उस पर तनिक भी विश्वास नहीं है।"

"किस बात का विश्वास नहीं है, तुम्हें ?" शकुनि ने पूछा।

"किसी बात का भी नहीं ।" दुर्योधन बोला, "मेरी तो समझ में यह ही नहीं आता कि युधिष्ठिर अपनी उस स्थिति में, जब उसके पास सौ लोगों के लिए भी भोजन न हो, दुर्वासा को उसके दस सहस्र शिष्यों के साथ भोजन के लिए आमंत्रित करने का साहस ही कैसे कर सकता है ?"

"पांडवों के पास सूर्य का दिया हुआ अक्षयपात्र है न !" दुःशासन बोला।

"फिर वही बात !" दुर्योधन ने उसे घुड़का, "सूर्य ने तो सारे संसार को अक्षयपात्र दे रखा है। अक्षयपात्र की कथा, पांडवों के समर्थकों द्वारा गढ़ी गई, वैसी ही कथा है, जैसी मैंने कर्ण के स्वर्ण कवच-कुंडल की गढ़ी है।"

"उस अक्षयपात्र के अभाव में वे ऐसा दुस्साहस तो नहीं कर सकते।" कर्ण उससे सहमत हो गया।

"देखो ! न तो मैं उस अक्षयपात्र को मानता हूँ, न दुर्वासा के वरदान और शाप को। न यह मानता हूँ कि कृष्ण के द्वारा शाक का एक पत्ता खा लेने के पश्चात् अब दुर्वासा को आजीवन भोजन करने की आवश्यकता नहीं होगी।" दुर्योधन बोला, "इस सारी कथा में रहस्य यह है कि कृष्ण वहाँ कैसे पहुँच गया और उसने ऐसा क्या किया कि दुर्वासा उन दस सहस्र लोगों के साथ किसी अंधे कुएँ में जा गिरा।"

"यह कृष्ण कोई न कोई जादू जानता है।..." दुःशासन बोला।

दुर्योधन ने उसे घूर कर देखा और दुःशासन की शेष बात उसके मुख में ही रह गई।

"युवराज की जय हो।"

दुर्योधन ने दृष्टि उठा कर देखा : द्वार पर उसकी प्रिय दासी वर्तिका खड़ी थी।

"युवराज ! गुरुपुत्र अश्वत्थामा पधारे हैं।"

"लिवा लाओ।" शकुनि ने कहा और दुर्योधन की ओर देखा।

दुर्योधन ने कुछ नहीं कहा। वर्तिका लौट गई।

अश्वत्थामा के आने तक वे लोग मौन ही रहे।

दुर्योधन ने अश्वत्थामा को बैठने भर का समय दिया और पूछा, "गुरुपुत्र! क्या तुम संसार में चमत्कारों का अस्तित्व मानते हो ?"

"मैं चमत्कारों को नहीं मानता; किंतु सृष्टि के नियमों का ज्ञान न होने के कारण लोग ऐसी अनेक घटनाओं को चमत्कार मान लेते हैं, जो प्रकृति के नियमों के अधीन अवश्यंभावी रूप में घटित हो सकती हैं।" अश्वत्थामा बोला, "तुम लोग इस समय क्या चमत्कारों पर विवाद कर रहे हो ?"

"हाँ।" दुर्योधन बोला, "हम लोग यह जानना चाहते हैं कि संसार में चमत्कार संभव हैं क्या ? एक व्यक्ति जो काम नहीं कर सकता, क्या दूसरा व्यक्ति वह कर सकता है ?"

"हाँ ! क्यों नहीं !" अश्वत्थामा मुस्कराकर बोला, "तुम्हारी दासी भोजन पका सकती है, तुम नहीं पका सकते; या कोई भी साधारण स्त्री गर्भ धारण कर सकती है, किंतु हस्तिनापुर के युवराज वह नहीं कर सकते।"

"मैं गंभीरता से पूछ रहा हूँ।" दुर्योधन बोला, "तुम इसे परिहास समझ रहे हो ?"

"नहीं ! इसमें परिहास की क्या बात है। मैं भी पूरी गंभीरता से ही कह रहा हूँ।" अश्वत्थामा ने कहा।

"मैं पूछ रहा हूँ कि कृष्ण क्या कुछ ऐसा असाधारण प्राणी है कि वह मनुष्य न हो कर भगवान् हो गया है ?" दुर्योधन बोला, "वह साधारण मनुष्य नहीं है क्या ?"

"जहाँ तक मानव रूप में जन्म लेने की बात है, कृष्ण भी साधारण मनुष्य ही हैं। उनका भी हमारे जैसा ही शरीर है। वैसी ही आवश्यकताएँ और सीमाएँ हैं, जैसी अन्य मनुष्यों की हैं।" अश्वत्थामा बोला, "किंतु यदि उनकी आत्मा के विकास की बात कहो, तो वे असाधारण हैं। महामानव हैं। उनके सारे कर्म कहते हैं कि वे किसी सामान्य मनुष्य के समान लोभ, मोह, काम, क्रोध इत्यादि का जीवन नहीं जी रहे। वे एक दिव्य जीवन जी रहे हैं। इस दृष्टि से वे असाधारण हैं। महामानव हैं। उनमें इतनी ईश्वरीय विभूतियाँ हैं कि वे स्वयं ईश्वर हो गए लगते हैं। हम जिस प्रकार बंधनों में बँधे हैं, वैसे बद्ध जीव नहीं हैं कृष्ण। वे मुक्त हैं, सारे प्राकृतिक बंधनों से मुक्त हैं।..."

"लो ! यह भाई तो युधिष्ठिर का भी गुरु निकला।" दुर्योधन बोला, "जितना मुक्त है कृष्ण, वह उस दिन पता चलेगा, जिस दिन वह मेरे हत्थे चढ़ गया। न मैंने उसे बंदी किया, न रस्सियों में बाँध कर उसे घसीटा, तो कहना मुझे। उस दिन पूछूँगा कि वह ईश्वर है अथवा ईश्वर का अवतार।"

"मेरी एक बात सुनो दुर्योधन !" अश्वत्थामा ने एक प्रकार से उसे डाँट

दिया, "तुम्हें जो करना हो, करते रहना। पर यह समझ लो कि जो पदार्थ स्थूल हो कर मिट्टी के रूप में वर्तमान है, वही जल, वायु तथा सूर्य की रश्मियों की सहायता से, वृक्ष के माध्यम से स्वादिष्ट से स्वादिष्ट फल के रूप में प्रस्तुत किया जाता है। यह वही अन्न है, जो तुम खाते हो और तुम्हारे शरीर में वह रक्त भी बनता है, और मल भी। वही अन्न है जो गो के शरीर में जाकर स्वादिष्ट दूध बनता है, जिससे तुम्हारे शरीर का पोषण होता है। वैसे ही इस मानव शरीर में जो आत्मा है, वह उसे घृणित भी बना देती है और दिव्य भी। मनुष्य अपना विकास कर ईश्वर के समान दिव्य हो सकता है। वह मनुष्य की ही विकसित स्थिति है। इसमें कोई चमत्कार नहीं है। यह तो प्रकृति का नियम मात्र है।"

"मेरा युद्ध पांडवों से ही नहीं है," दुर्योधन बोला, "मुझे तुम्हारे उस लाड़ले कृष्ण से भी निबटना है। उसका सारा ईश्वरत्व झाड़ कर रख दूँगा। मेरी ही मूर्खता थी कि मैंने दुर्वासा जैसे व्यक्ति पर भरोसा किया। इस बार एक ऐसे व्यक्ति को भेजूँगा, जो दुर्वासा जैसा मूर्ख न हो। जिसका पेट कृष्ण का नाम सुन कर ही न अफर जाए। देखता हूँ, कृष्ण कैसे बचाता है पांडवों को।"

सबके मन में प्रश्न था कि दुर्योधन क्या सोच रहा है, किंतु किसी ने भी पूछा नहीं । अश्वत्थामा को विश्वास नहीं था कि दुर्योधन उसे कुछ बताएगा और शेष लोग अश्वत्थामा की उपस्थिति में दुर्योधन से इस विषय में कुछ पूछना नहीं चाहते थे।

एक संक्षिप्त मौन के पश्चात् अश्वत्थामा ने ही पूछा, "तो तुम क्या समझते हो, युवराज ! दुर्वासा भोजन के लिए पांडवों के आश्रम में क्यों नहीं लौटे ?"

"यह तो स्पष्ट ही है कि वह कृष्ण से डर गया।" दुर्योधन ने कहा, "मुझे जानना यह है कि कृष्ण वहाँ पहुँच कैसे गया और उसने ऐसा क्या किया, क्या कहा कि दुर्वासा भयभीत मूषक के समान काँपते-काँपते भाग गया।"

"यह तो तुम्हें कृष्ण ही बता सकेंगे या फिर दुर्वासा।" अश्वत्थामा बोला, "मैं तो तुम्हें पिता जी का यह संदेश देने आया था कि अपनी सेना के लिए उन्होंने कुछ नवीन व्यूहों के प्रशिक्षण की योजना तैयार की है। वे चाहते हैं कि तुम किसी समय उनके साथ बैठ कर उनको समझ लो और विचार-विमर्श कर लो।"

अश्वत्थामा उठ खड़ा हुआ, "अच्छा चलता हूँ।"

दुर्योधन ने उसे रोकने का प्रयत्न नहीं किया। वह चुपचाप उसे जाते हुए देखता रहा।

"इन पिता पुत्र का पांडवों के प्रति मोह, तथा कृष्ण के प्रति भक्ति देख कर मन होता है कि इन्हें इसी क्षण हस्तिनापुर से निष्कासित कर दूँ, किंतु फिर स्मरण हो आता है कि युद्ध हुआ तो इन दोनों की हमें बहुत आवश्यकता होगी।"

"तुम्हें यह नहीं लगता दुर्योधन ! कि युद्ध का अवसर उपस्थित होते ही, ये पिता पुत्र तुम्हें त्याग कर पांडवों के पक्ष में जा सकते हैं ?" शकुनि ने पूछा।

"वही उनके लिए अधिक स्वाभाविक है; किंतु पांडवों का पक्ष द्रुपद का पक्ष है।" दुर्योधन बोला, "पांडव द्रुपद का त्याग नहीं कर सकते और द्रुपद, आचार्य द्रोण को क्षमा नहीं कर सकता। यह आचार्य भी जानते हैं कि यदि वे पांडवों की सेना में जा भी मिलें, तो भी द्रुपद तथा धृष्टद्युम्न, सबसे पहले, उनका ही वध करेंगे।"

"युवराज ! तुम किसी और को पांडवों की सेवा में भेजने की चर्चा कर रहे थे।" कर्ण बड़े मधुर ढंग से मुस्करा रहा था।

"हाँ। इस बार किसी ऐसे व्यक्ति को भेजना चाहता हूँ, जो मरुभूमि से कुछ परिचित हो। उससे घबराए नहीं । कुछ समय तक प्यासा रह सकता हो, ताकि नदी में नहाने उतरे, तो भोजन करने से पहले ही पानी पी-पी कर अफर न जाए।"

26

स्नान के लिए सरिता तट पर जाने के लिए द्रौपदी ने धात्रेयिका को पुकारा। धात्रेयिका आ तो गई, किंतु वह एकदम सहज नहीं थी। उसकी आँखों में जैसे भय समाया हुआ था, और चेहरे का वर्ण उड़ा-उड़ा सा प्रतीत हो रहा था।

"क्या बात है धात्रेयिका ! स्वस्थ तो हो ?"

"स्वस्थ तो हूँ देवि !"धात्रेयिका अत्यंत दुर्बल स्वर में बोली, "किंतु मैं सत्य कह रही हूँ।"

"क्या सत्य कह रही हो !" द्रौपदी हँसी, "अभी तो तुमने कुछ कहा ही नहीं है।"

"आपसे नहीं कहा, किंतु अपने पति से कहा था।" वह बोली, "वे मेरा विश्वास ही नहीं करते। कहते हैं कि मैंने कोई सपना देखा होगा।"

"किंतु वह स्वप्न नहीं था ?"

"नहीं स्वामिनी !"

"अच्छा क्या देखा था तुमने ?" द्रौपदी ने सरिता की दिशा में पग बढ़ाते हुए पूछा, "जो तुम्हारे अनुसार सत्य है, और इंद्रसेन के अनुसार स्वप्न है ?"

धात्रेयिका ने एक संकोचपूर्ण दृष्टि उस पर डाली और फिर साहस कर बोली, "आज प्रातः, समय से कुछ पूर्व ही मेरी निद्रा उचट गई थी। मैं कुटीर

से बाहर निकली, तो मुझे ऐसा आभास हुआ कि हमारे द्वार पर, कोई पशु खड़ा था, जो मेरे कपाट खोलने के कारण वहाँ से हट गया था। ... अभी कुछ अंधकार था, इसलिए मन में यह भी आया कि संभवतः मुझे भ्रम ही हुआ होगा। किसी वृक्ष की छाया को मैंने बड़ा पशु मान लिया होगा। हमारे आश्रम क्षेत्र में कोई पशु आ कैसे सकता है ? फिर भी मैंने इधर-उधर दृष्टि दौड़ाई। मैंने देखा कि एक सिंह और सिंहनी हमारे आश्रम क्षेत्र से निकल कर, सघन वन की ओर जा रहे थे। वे न ही आक्रमण की मुद्रा में थे और न ही भयभीत लग रहे थे। उनकी गति बहुत वेगवान भी नहीं थी, जैसी कि किसी लक्ष्य तक पहुँचने के लिए होती है। वे तो जैसे अपने लिए कोई ठौर-ठिकाना ढूँढ़ रहे थे।''

वे दोनों देव नदी के तट पर पहुँच गई थीं। नदी में इन दिनों जल अधिक नहीं था। उसका पाट भी संकीर्ण हो गया था और वह कुछ उथली भी हो गई थी। पर वन में अभी जल का इतना संकट भी नहीं हुआ था कि वन में से निकल कर हिंस्र पशु जल की खोज में नदी के उन तटों पर भी आने लगें, जहाँ मनुष्यों का आवागमन था।

जल में प्रवेश करने से पहले, द्रौपदी ने रुक कर धात्रेयिका की ओर देखा, ''तो उस सिंह युगल को देख कर, तुमने क्या किया ?''

''मैं स्तंभित खड़ी रह गई स्वामिनी !'' धात्रेयिका बोली, ''कितने ही समय तक न मेरे पग उठे, न मेरी जिह्वा हिली। मैं सोचती ही रही कि ये सिंह हमारे आश्रम के किसी भी कुटीर में प्रवेश पा गए होते, तो अब तक क्या घटित हो गया होता ! ... जब कुछ सँभली तो मैं कुटीर में लौट आई। मैंने अपने पति को बताया। उनकी नींद अभी पूरी नहीं हुई थी, इसलिए उन्होंने इसे मेरा स्वप्न कह कर टाल दिया और सो गए।''

''तेरा अब भी विचार है कि वे सिंह ही थे ?''

''हाँ स्वामिनी !''

''अच्छा अब तू निर्भय हो कर स्नान कर।'' द्रौपदी ने जल में प्रवेश किया, ''लौट कर मैं धर्मराज से कह दूँगी। वे कोई व्यवस्था कर देंगे, जिससे देखा जा सके कि आश्रम के आसपास कहीं कोई हिंस्र पशु तो नहीं है। मध्यम पांडव का तो मनोरंजन यही है कि वे ऐसे हिंस्र पशुओं का संधान कर उनका आखेट करें।''

धात्रेयिका का भय कुछ कम हुआ। देवी पांचाली ने उसका अविश्वास नहीं किया था। उनके कहने पर धर्मराज कुछ करें अथवा न करें, किंतु मध्यम पांडव अवश्य ही सिंह की खोज में निकल पड़ेंगे।

और सहसा द्रौपदी ही चौंक पड़ी : दो अश्वारोही वन में से कहीं से अपने अश्व दौड़ाते हुए आए; और अश्वों को जल पिलाने के लिए नदी की धारा तक

पहुँच गए।

उनकी दृष्टि भी वहाँ स्नान करती द्रौपदी और धात्रेयिका पर पड़ी। वे लोग क्षण भर को तो स्तब्ध खड़े रह गए, किंतु अगले ही क्षण अपने अश्वों के मुँह मोड़ कर उन्हें सरपट दौड़ाते हुए लौट गए।

द्रौपदी और धात्रेयिका ने आश्चर्य से एक-दूसरे की ओर देखा : कौन हो सकते थे वे ? ये अश्व तथा अश्वारोही उनके आश्रम के तो थे ही नहीं। उनके आश्रम का कोई पुरुष इस ओर नहीं आता। और आया होता तो उन्हें देख कर इस प्रकार भाग क्यों जाता ? अपने रथों के अश्वों को द्रौपदी भली प्रकार पहचानती थी। ये अश्व उनके नहीं थे। और फिर अपने अश्वों की देख-भाल तो पांडव स्वयं करते थे। नकुल तो अपना प्रमुख कार्य यही मानते थे। या फिर इंद्रसेन और विशोक उनकी सेवा टहल करते थे। तो फिर ...

उनका मन न स्नान में लगा और न ही जलक्रीड़ा में। वे यथाशीघ्र जल से निकल आईं और आश्रम की ओर लौट पड़ीं। मार्ग में उन्हें कुछ भी असाधारण दिखाई नहीं दिया। न कोई अपरिचित व्यक्ति दिखाई दिया; न कोई वन्य पशु; और न ही अश्वों के सुमों के चिह्न।...

भीम ने द्रौपदी को आश्रम में लौट आई देख कर कुछ आश्चर्य से कहा, "बहुत जल्दी लौट आईं आज ! क्या नदी का जल एकदम सूख गया है, अथवा देव नदी के प्रवाह ने अपना स्थान बदल लिया है ?"

द्रौपदी ने उसे सारी घटना बताई। वह धात्रेयिका वाली घटना बतानी भी नहीं भूली।

भीम गंभीर हो गया, "दोनों घटनाएँ, एक-दूसरे की पूरक हैं। इसका अर्थ इतना ही है कि हमारे आश्रम के आसपास मनुष्यों का कोई बड़ा समूह आया है। उन्हीं के कारण ये वन्य पशु अपने स्थानों से विस्थापित हुए हैं और अपने लिए नए स्थान खोजने के लिए अनजानी दिशाओं में घूम रहे हैं। ... किंतु वे अश्वारोही इस प्रकार भागे क्यों, जैसे उनका यहाँ आना गोपनीय हो और वे किसी के सामने प्रकट न होना चाहते हों।" उसने द्रौपदी को आश्वस्त करती दृष्टि से देखा, "तुम चिंता मत करो देवि ! हम अभी जाएँगे और उन मनुष्यों को भी खोजेंगे तथा उन वन्य पशुओं को भी। हमारा आश्रम सुरक्षित रहना चाहिए।"

धर्मराज यज्ञ में पूर्णाहुति दे कर उठ खड़े हुए। अर्जुन भी अपना ध्यान पूर्ण करके आ गया था। थोड़ी ही देर में पाँचों पांडवों में परामर्श हो गया। रथ प्रस्तुत हो गए। उनमें शस्त्रास्त्र रख दिए गए। उनकी जाने की दिशाएँ निश्चित् हो गईं।

जाने से पूर्व युधिष्ठिर ने धौम्य से पूछा, "मुनिवर ! आप आशंकित तो नहीं

हैं ? वैसे हम लोग दूर तो जा ही नहीं रहे। चारों दिशाओं में देखेंगे कि सचमुच कुछ असाधारण है, अथवा वह सब पांचाली के भीरु मन की कल्पना ही थी।"

"नहीं । आश्रम की ओर से आप निश्चिंत रहें।" धौम्य बाले, "पीछे मैं हूँ। मुनि तृणबिंदु हैं। कुछ और साधक भी अपने कुटीरों तथा आसपास के क्षेत्र में होंगे। वैसे भी आश्रम के निकट यदि कोई संकट होगा, तो वह आप लोगों की दृष्टि से छिपा नहीं रहेगा। अभी तक कोई आरण्यक भी हमें यह सूचना देने नहीं आया है कि मनुष्यों का कोई समूह, इस ओर आया है, अथवा आ रहा है।..."

पांडव निश्चिंत हो कर चले गए।

काम्यकवन के दूसरे कोने में वृक्षों के पीछे अतिगोपनीय रूप से जयद्रथ के रथ तैयार खड़े थे। उसके गुप्तचर उसे लगातार सूचनाएँ पहुँचा रहे थे।

"पाँचों पांडव तथा उनके विश्वस्त सेवक, आश्रम से निकल चुके हैं महाराज !"

जयद्रथ ने अपने गुप्तचर की ओर देखा, "किस दिशा में गए हैं ?"

"वे लोग चारों दिशाओं में गए हैं।" गुप्तचर ने बताया।

"यदि वे चारों ही दिशाओं में गए हैं, तो हमारे लिए तुमने कौन-सी दिशा निश्चित की है ?"

"वे चारों दिशाओं में गए हैं महाराज ! इसलिए दिशासंधियाँ तो निर्विघ्न हैं। आपकी यात्रा प्रचलित मार्गों से नहीं है। आप हमारे अश्वारोहियों द्वारा निर्मित नए मार्गों से जाएँगे। उस मार्ग का तो पांडवों को अभी ज्ञान ही नहीं है।"

"तो यह ध्यान रहे कि उन सब लोगों को कोई न कोई ऐसा प्रमाण मिलता रहे, जिससे वे हमारी खोज में आगे से आगे बढ़ते जाएँ और कम से कम आधे दिन तक आश्रम में न लौट सकें।" जयद्रथ ने रुक कर उसे देखा, "अब आश्रम में कौन है ?"

"आश्रम के भीतर तो हमारे किसी गुप्तचर ने प्रवेश नहीं किया है महाराज ! किंतु पाँचों पांडवों को बाहर जाते देखा गया है। इसका अर्थ है कि आश्रम में कोई पुरुष होगा भी तो योद्धा नहीं होगा।" गुप्तचर ने बताया।

"ठीक है। तुम अब जाओ।" जयद्रथ बोला।

गुप्तचर प्रणाम कर चला गया। जयद्रथ वहीं खड़ा उसे जाते देखता रहा। फिर उसने पलट कर अपने रथ की ओर देखा। सारथि तैयार था। शिविनरेश सुरथ का पुत्र कोटिकास्य उसके रथ के निकट खड़ा प्रश्नवाचक दृष्टि से उसकी ओर देख रहा था।

"आओ कोटिक !" जयद्रथ ने उसे पुकारा, "चलने का समय हो गया।"

"और शेष लोग ?"

"अब शेष लोगों की वहाँ क्या आवश्यकता है ?" जयद्रथ बोला, "आश्रम में पांडव हैं नहीं । वहाँ कोई योद्धा नहीं है। बस जाकर पांचाली को उठा ही तो लाना है। तो फिर उसके लिए इतने लोगों का क्या काम ? हम दो व्यक्ति ही चलते हैं। शेष लोग यहाँ प्रस्तुत रहें। यदि पांडव इधर से अपने आश्रम की ओर लौटते दिखाई पड़ें, तो वे उन्हें रोकें। अन्यथा हमारे लौटते ही, हमारे साथ प्रयाण करें। हम एक बार काम्यक पार कर अपने मरुप्रदेश में प्रवेश कर जाएँ, तो फिर पांडवों का कोई भय नहीं है।"

"यह तो कोई बात न हुई सिंधुराज !" त्रिगर्त का राजा क्षेमंकर आगे बढ़ आया, "हम भी तो तुम्हारी वरयात्रा में आए हैं। अब हम ही उस सुंदरी का अपहरण न देखें, तो क्या आनन्द ! हम तो साथ ही चलेंगे मित्र ! युद्ध करना पड़ेगा तो युद्ध कर लेंगे, अन्यथा उस सुंदरी के साथ तुम्हारी खींचतान ही देख लेंगे। हम कांपिल्य में हुआ पांचाली का स्वयंवर तो देख नहीं पाए, अब वन में हुआ उसका अपहरण तो देखें।"

"इसे अपहरण क्यों कहते हो ?" जयद्रथ के भाई बलाहक ने कहा, "यह भी तो एक प्रकार का स्वयंवर ही है।"

"स्वयंवर कैसे है यह ?" कोटिकास्य ने पूछा, "इसमें अन्य प्रतिस्पर्धी कहाँ हैं ? और पांचाली को चयन की सुविधा भी नहीं है।"

"देखो भाई ! यदि तुम समझ सको, तो यह स्वयंवर ही है। और स्वयंवर भी कैसा ? वीर्यशुल्का का।"

"कैसे ?" क्षेमंकर ने पूछा।

"सिंधुराज ने संसार की अन्य सारी अविवाहिता राजकुमारियों को छोड़, इस विवाहिता का वरण स्वयं ही तो किया है। तो स्वयंवर हुआ न !" बलाहक बोला, "और फिर देखो कैसे वीरतापूर्वक उसका हरण होगा। जिसका अपहरण किया जाए, वह तो होती ही वीर्यशुल्का है। वीरता का शुल्क चुकाए बिना आज तक किसी का अपहरण हुआ है।" बलाहक ने अट्टहास किया।

"तुमने तो एक नए शास्त्र का ही प्रणयन कर दिया ऋषिवर !" कोटिकास्य हाथ जोड़ कर उसके सम्मुख धरती पर बैठ गया, "हम तो आज तक अपने अज्ञानवश कुछ और ही समझे बैठे थे।"

"यह चयन मेरा नहीं, युवराज दुर्योधन का है मित्रो ! मैं तो बस अपने श्यालक की इच्छा पूर्ण कर रहा हूँ।"

"चयन किसी का भी हो। स्वयंवर की इस परिभाषा से तो विवाहिताओं की माँग बहुत बढ़ जाएगी।" क्षेमंकर बोला, "कन्या अपने स्वयंवर में जिस राजा

का वरण नहीं करेगी, राजा बाद में इस नई परिभाषा के अनुसार अपना स्वयंवर कर उसका अपहरण कर लिया करेगा।"

"यह एक प्रकार से अबला-उद्धार भी है।" बलाहक बोला, "देखो तो कितना अत्याचार है कि एक राजकुमारी से विवाह कर उसे वनवासिनी बना दिया जाए। बेचारी पांचाली कितनी दुखी होगी। सिंधुराज उसका उद्धार करेंगे और उसे फिर से सौभाग्यशाली जीवन व्यतीत करने का अवसर देंगे।"

इस बार जयद्रथ का अट्टहास सबसे ऊँचा था, "मैं तो समझ रहा था कि मैं दुर्योधन की इच्छा पूर्ति मात्र कर रहा हूँ। यह तो मुझे आज ही ज्ञात हुआ कि मैं एक अबला का उद्धार भी कर रहा हूँ।"

"देखो मित्र ! अब इतना बनो भी मत।" अनीक ने कहा।

"अपना अभिप्राय स्पष्ट करो।" जयद्रथ मुस्कराकर बोला।

"यह अपहरण-प्रस्ताव युवराज दुर्योधन का रहा हो सकता है; किंतु हमें पूरी सूचना है कि कांपिल्य में पांचाली के स्वयंवर के अवसर पर ही उसके एक अपांग मात्र से तुम ऐसे आहत हुए थे कि आज तक वह घाव भरा ही नहीं । ... पर बंधु ! अब पांचाली वह पांचाली तो हो नहीं सकती। कहाँ अविवाहित किशोरी पांचाली और कहाँ पाँच पतियों की भार्या, पाँच किशोर पुत्रों की माता पांचाली। दोनों में बहुत अंतर है।" अनीक बोला।

"लगता है तुमने कभी पांचाली के दर्शन नहीं किए।" क्षेमंकर उससे असहमत हो गया, "एक बार उसे देख लो तो अपनी नई-नवेली को भी भूल जाओगे।"

"चलो भाई चलो। तुम लोग भी किस विवाद में पड़ गए।" जयद्रथ को सहसा जल्दी मच गई थी, "शेष लोगों से भी पूछ लो। जिस-जिस को चलना हो, साथ चलो। जो न चलना चाहे, वह यहीं से आगे चलने को प्रस्तुत मिले।"

वे सब ही तैयार थे। कोई भी पीछे रुकना नहीं चाहता था। कुलिंद राजकुमार, इक्ष्वाकुवंशी सौबल, सौवीर के बारहों राजकुमार, ... कोई भी तो पीछे रहना नहीं चाहता था। ...

जयद्रथ ने गुप्तचर से दिशा और स्थान ठीक-ठीक समझ लिया था; किंतु यह वन था, नगर तो था नहीं कि नाक की सीध चलता और ठीक-ठीक स्थान पर जा पहुँचता। सावधान रहना आवश्यक था। संभव है कि पांडवों ने अपनी सुरक्षा के कुछ गुप्त प्रबंध भी कर रखे हों, जिसका उसके गुप्तचरों को पता न चला हो। समय भी व्यर्थ नहीं खोना था। ठीक है कि उसने पांडवों को दूर ले जाने

की व्यवस्था कर रखी थी; किंतु किसी भी कारण से वह व्यवस्था पूर्णतः सफल न हो पाई और पांडव लौट आए तो उसकी योजना असफल भी हो सकती थी।...

... ठीक है। यह आश्रम जैसा ही कोई स्थान था, जिसके मध्य में यह कुटीर था।

जयद्रथ ने सारथि को संकेत किया और रथ रुक गया। उसने स्वयं रथ से उतर कर दो एक चक्कर लगा निरीक्षण किया। चलता-चलता वह कुटीर के पर्याप्त निकट चला गया। यह कैसे निश्चित हो कि यह पांडवों की ही कुटिया है। यह किसी साधारण वनवासी की कुटिया भी तो हो सकती थी। या फिर पांडवों के किसी सहयोगी की। ...

तभी उसे कुटिया के द्वार पर एक स्त्री दिखाई दी।... कौन है यह ? इतनी दूर से वह उसे बहुत स्पष्टता से नहीं देख सकता था। जहाँ तक वह उसे देख पा रहा था,उसकी वेशभूषा साधारण आरण्यकों की सी ही थी। ... किंतु उसका रूप साधारण आरण्यकों का सा नहीं था। ... वह असाधारण सुंदरी थी। इस वन में ऐसा रूप ! अवश्य ही वह पांचाली ही थी। जयद्रथ सर्वथा उपयुक्त स्थान पर पहुँचा था। ... कांपिल्य में उसके स्वयंवर के समय उसे देखा था। राजसूय यज्ञ के अवसर पर भी वह उसके रूप को देख-देख कर पीड़ित हुआ था। द्यूतसभा में उसके रूप को ही नहीं, उसके आकार को देखने का भी अवसर मिला था। किंतु उस बात को भी अब बारह वर्ष होने को आए। इतने समय में कुछ परिवर्तन तो होना ही था। ... किंतु यह स्त्री तो सर्वथा युवती लग रही है। यह पांचाली की अवस्था की तो लग ही नहीं रही है।...

जयद्रथ ने अपने होंठ काटे ... यदि यह पांचाली नहीं है, तो भी वह इसको छोड़ेगा नहीं । पांचाली मिले न मिले। वह इसे तो अपने साथ ले ही जाएगा। ऐसी स्त्री मिल जाए, तो फिर पांचाली के लिए भी भटकने की क्या आवश्यकता थी ?...पर यह है कौन ? यह कोई मुनि कन्या नहीं हो सकती। कन्या तो यह है ही नहीं । कोई ऋषिपत्नी, इतनी सुंदर नहीं हो सकती। ... है भी तो क्या ? जयद्रथ को उसकी आवश्यकता है। ऐसी देव सुंदरियाँ आरण्यकों के कुटीरों में रहेंगी, तो राजमहलों के लिए राजरानियाँ कहाँ से आएँगी ? ...

जयद्रथ मन ही मन सहस्रों प्रश्नों से जूझता हुआ, अपने रथ के पास लौट आया।

"तुमने कुछ देखा कोटिक ?" उसने कोटिकास्य से पूछा।

"हाँ। एक अप्सरा देखी तो है।" कोटिकास्य बोला, "पर क्या वह पांचाली है ?"

"कोटिक ! तुम उसके पास जाओ। उससे पूछो, वह कौन है। उसके पति और पिता का नाम पूछो।" जयद्रथ अधीरता से बोला।

"उसने अपने पति का नाम बता दिया, तो प्रेम निवेदन कैसे करोगे उस विवाहिता से ?" कोटिकास्य हँस रहा था।

"वह सब मैं कर लूँगा। कह दूँगा कि वह विवाहिता है; किंतु अपने पति के साथ प्रसन्न नहीं है। महत्त्वपूर्ण यह नहीं है कि वह विवाहिता है अथवा नहीं । महत्त्वपूर्ण यह है कि वह प्रसन्न है या नहीं । जाओ, तुम केवल पता लगा कर आओ कि वह है कौन।" जयद्रथ बोला, "वह पांचाली है तो ठीक है। नहीं है, तो भी मुझे यह स्त्री चाहिए ही। विवाहिता है, तो; अविवहिता है तो। मेरे जीते जी, अब वह यहाँ नहीं रह सकती। जाओ। उसका परिचय प्राप्त कर, शीघ्र लौटो।"

कोटिकास्य रथ से उतर आया। उसने घूम कर कुटीर का परिदृश्य देखा। चारों ओर एक प्रकार की बाड़ लगा कर कुटीर का घेर बनाया गया था। घेर के भीतर प्रवेश के लिए द्वार भी बनाया गया था। भीतर पहुँचने के मार्ग में बाधा कोई नहीं थी, किंतु मार्ग संकेतित अवश्य था। वह उचित मार्ग से चलता हुआ, प्रवेशद्वार पर आया। द्रौपदी कुटिया के द्वार के निकट खड़ी थी। घेर के प्रवेशद्वार तथा उसमें बीस-पच्चीस हाथ की दूरी रही होगी। कोटिकास्य ने पुकार कर द्रौपदी का ध्यान अपनी ओर आकृष्ट किया। वह स्पष्ट कर देना चाहता था कि वह चोरी छिपे नहीं आया है और उसका कोई अन्यथा उद्देश्य भी नहीं है।

द्रौपदी ने उसकी ओर देखा : वह चौंकी। आज प्रातः से ही वह अपरिचित लोगों को देख रही थी। इस समय उसके पति भी आश्रम में नहीं थे। यह व्यक्ति राजसी वेशभूषा में था। कौन था वह ? यात्री था ? आखेटक था ? राजा था ? राजपुरुष था ? व्यापारी तो वह नहीं हो सकता। राजकर्मचारी जैसा भी नहीं लग रहा था कि वह मान लेती कि वह हस्तिनापुर से कोई संदेश लाया है ...

वह सहज रूप से चलता हुआ द्रौपदी के पर्याप्त निकट आ गया था।

"मैं शिवि नरेश सुरथ का पुत्र कोटिकास्य हूँ। अपने मित्रों के साथ आया हूँ।" उसने दौपदी के सम्मुख खड़े हो कर कहा, "हम लोग अपने एक मित्र के काम से आए हैं। वह मित्र भी हमारे साथ ही है। वस्तुतः हम लोग एक आश्रम खोज रहे हैं। हमें बताया गया था कि वह आश्रम यहीं कहीं है। पर..."

द्रौपदी ने कोटिकास्य को पहचाना : हाँ! वह शैव्य सुरथ का पुत्र कोटिकास्य ही था। किंतु...

"आप किसका आश्रम खोज रहे हैं आर्य ?" द्रौपदी ने पूछा, "यहाँ अनेक आरण्यक लोग रहते हैं।"

"हमें बताया गया था कि वह यहीं कहीं है।" कोटिकास्य ने कहा।

द्रौपदी को हँसी आ गई : यह मूर्ख आश्रम के विषय में पूछ रहा है और आश्रमवालों का नाम तक नहीं ले रहा है।

"आप जिनका आश्रम खोज रहे हैं, उनका कोई नाम भी तो होगा।"

"वस्तुतः हम लोग धर्मराज युधिष्ठिर का आश्रम खोज रहे हैं।" उसने कहा और अत्यंत त्वरित ढंग से जोड़ दिया, "किंतु लगता नहीं कि वह यहाँ कहीं होगा।"

"आपको ऐसा क्यों लगता है कि धर्मराज का आश्रम यहाँ नहीं होगा ?" द्रौपदी कुछ परिहासपूर्ण स्वर में बोली, "यहाँ आपको कहीं अधर्म दिखाई दे रहा है क्या ?"

"नहीं ! ऐसी तो कोई बात नहीं है देवि !" वह बोला, "किंतु पांडवों का आश्रम हो और उसमें कहीं कोई शस्त्रधारी न दिखाई पड़े, कोई प्रहरी न हो, आगामी सूचना देनेवाला कोई धावक न हो—ऐसा विश्वास नहीं होता।"

"यह पांडवों का आश्रम है शैव्य ! उनका राजप्रासाद नहीं।" द्रौपदी ने कहा, "शस्त्र तो शस्त्रधारियों के पास हैं, वे आश्रम में टँगे नहीं रहते।"

"तो क्या उनका आश्रम यही है ?" कोटिकास्य ने इस प्रकार उल्लसित स्वर में कहा, जैसे बहुत लंबे संधान के पश्चात् उसको अपना गंतव्य मिल गया हो।

"आश्रम तो यह पांडवों का ही है," द्रौपदी ने कहा, "किंतु आप उन लोगों को क्यों खोज रहे हैं ?"

"तो आप देवि पांचाली हैं क्या ?" उसने आतुरता से पूछा, "धर्मराज कहाँ हैं ?"

"हाँ ! मैं महाराज द्रुपद की पुत्री कृष्णा हूँ।" वह बोली, "मेरे पति इस समय आखेट के लिए गए हैं। वे लोग आते ही होंगे। पर आप बताएँ कि आपके मित्र कौन हैं और वे पांडवों से क्यों मिलना चाहते हैं ?"

"ओह मेरे मित्र ! वे पांडवों के निकट संबंधी हैं।" वह बोला, "आप सिंधुराज जयद्रथ को तो जानती ही होंगी। वे सम्राट् धृतराष्ट्र के जामाता हैं।"

"हाँ ! वे मेरी ननद दुःशला के पति हैं।" द्रौपदी ने उत्तर दिया, "क्या वे धर्मराज से मिलने आए हैं?"

"हाँ !" कोटिकास्य ने कहा, "किंतु आपने बताया नहीं कि आपके पति कहाँ हैं ? वे लोग आश्रम में तो दिखाई नहीं देते। यदि वे लोग बाहर कहीं गए हैं, तो आश्रम में कब तक लौटेंगे ?"

द्रौपदी को लगा कि वह एक विकट संकट में फँस गई है। जयद्रथ और उसके मित्र ऐसे लोग नहीं हो सकते, जिनका पांडवों की अनुपस्थिति में इस

आश्रम में ठहरना स्वागत योग्य हो... किंतु जयद्रथ उसका नंदोई था। वह उनके द्वार पर आया था। वह उसकी उपेक्षा नहीं कर सकती थी। पांडवों को, और विशेष रूप से धर्मराज को यह तनिक भी अच्छा नहीं लगेगा।

"वे लोग आखेट के लिए गए हैं। शीघ्र ही लौटेंगे।" द्रौपदी नहीं चाहती थी कि जयद्रथ को यह आभास भी मिले कि पांडव आश्रम से लंबे समय के लिए अनुपस्थित भी रह सकते हैं।

"यदि वे लोग शीघ्र ही लौटनेवाले हैं, तो सिंधुराज यहीं प्रतीक्षा कर लेंगे। पांडव दो-चार दिनों के लिए बाहर गए होते, तो कदाचित् उनकी अनुपस्थिति में, आप अकेली महिला के निकट हम लोगों का इस प्रकार ठहरना उचित न होता।" कोटिकास्य मुस्कराया।

द्रौपदी की इच्छा हुई कि वह अपना सिर पीट ले। उसके उत्तर ने तो उसके लिए सर्वथा अवांछित परिस्थितियाँ उत्पन्न कर दी थीं।

"तो मैं सिंधुराज को सूचना दे दूँ कि यह पांडवों का ही आश्रम है।" कोटिकास्य ने द्रौपदी के उत्तर की प्रतीक्षा नहीं की। उसकी मुस्कान, द्रौपदी को किसी राक्षस के अट्टहास के समान लग रही थी।

कोटिकास्य बाहर निकला और द्रौपदी ने धात्रेयिका को पुकारा। उसका निकट रहना आवश्यक था। वह निकट रहेगी तो द्रौपदी का आत्मबल भी बना रहेगा और आवश्यकता होने पर वह धौम्य मुनि को बुलाने भी जा सकती है।

धात्रेयिका भागती हुई आई, "क्या बात है स्वामिनी ! आप इतनी घबराई हुई क्यों लग रही हैं ?"

"वह जो बड़ा-सा हिंस्र पशु तुमने प्रातः देखा था न ! वह हमारे आश्रम में आ गया है।" द्रौपदी ने उत्तर दिया।

"क्या ?"

"चिल्ला मत और मेरी बात ध्यान से सुन। है तो वह हिंस्र पशु ही, किंतु इस समय वह मित्र के रूप में आया है। बाहर रथ में बैठा है। दो-चार क्षणों में यहीं होगा। तुम मेरे निकट ही रहना। मैं जाने को कहूँ भी तो कहीं मत जाना। हाँ ! संकट देख कर भाग कर धौम्य मुनि को बुला लाना।"

"मैं समझ गई स्वामिनी !" धात्रेयिका ने उत्तर दिया।

द्रौपदी उसकी स्थिति समझ रही थी। वह ऊपर से चाहे कितना भी साहस दिखा रही हो; किंतु मन ही मन बहुत डर गई थी।

जयद्रथ ने आने में तनिक भी देर नहीं लगाई। उसके साथ उसके सारे मित्र भी कुटीर के घेर के भीतर आ गए थे।

"वरारोहे !" उसने मुग्ध दृष्टि से द्रौपदी की ओर देखा, "तुम सकुशल तो हो ? तुम्हारे पति, पिता और भ्राता सब सकुशल तो हैं न ?"

"हम सब लोग ईश्वर की कृपा से सकुशल हैं सिंधुराज ! आशा है, आप भी ईश्वर की कृपा से धर्म के मार्ग पर चल रहे होंगे।"

जयद्रथ को द्रौपदी का मंतव्य समझने में तनिक भी कठिनाई नहीं हुई। जानता था कि उसके अस्तित्व को घेर कर चलनेवाले अधर्म को रोकने का द्रौपदी के पास और कोई उपाय नहीं था, इसलिए वह धर्म की चर्चा कर रही थी।

"मेरे मित्रों से मिलो कमलनयने !" जयद्रथ ने अपने साथियों पर एक दृष्टि डाली, "कोटिकास्य से तो तुम मिल ही चुकी हो। मुझे विश्वास है कि उसने अपना परिचय तुम्हें अवश्य ही दे दिया होगा। सुंदरियों को अपना परिचय देने में वह तनिक भी नहीं चूकता।" द्रौपदी को अपने मुखमंडल पर उसकी मलिन दृष्टि के स्पर्श का सा आभास हुआ, "ये त्रिगर्त के राजा वीर क्षेमंकर हैं, जो अपने स्वर्ण के रथ पर विराजमान होते हैं तो वेदी में घी की आहुति पड़ने से प्रज्वलित अग्नि के समान प्रकाशित होते हैं। ये जो एक विराट् धनुष तथा अमूल्य पुष्पों की अनेक मालाएँ धारण किए हुए हैं, ये कुलिंदराज के ज्येष्ठ पुत्र हैं। कुलिंदराज तो पांडवों के बहुत बड़े सहायक हैं, किंतु ये हमारे मित्र हैं; क्योंकि इन्हें साधारण लोगों की मैत्री रुचिकर नहीं लगती। और सुंदरांगि ! ये श्याम वर्ण के अत्यंत दर्शनीय युवक है, ये इक्ष्वाकुवंशी राजा सुबल के पुत्र हैं। ये अकेले ही अपने समस्त शत्रुओं का संहार करने में समर्थ हैं ..."

द्रौपदी समझ रही थी कि जयद्रथ अपने मित्रों का ऐसा परिचय क्यों दे रहा है। वह उनके रूप का बखान कर रहा है। वह उनके धन और पद की चर्चा कर रहा है। वह उनकी वीरता की प्रशंसा कर रहा है। ... दुर्योधन भी तो घोषयात्रा के बहाने आकर यही सब दर्शाना चाहता था। ... स्वयं नहीं कर पाया तो अब इस धूर्त्त को भेज दिया।

"और लाल रंग के घोड़ों से जुते रथों पर बैठ कर तेजस्विनी अग्नि के समान सुशोभित होनेवाले सौवीर देश के ये बारह राजकुमार हाथों में ध्वज ले कर मेरे रथ के आगे चलते हैं और इनकी सहायता के लिए बारह सहस्र योद्धा मेरे रथ के पीछे चलते हैं।" जयद्रथ ने मुस्कराने का प्रयत्न किया, "तुम पूछोगी कि वे सब इस समय कहाँ हैं। वे सब यहीं हैं। इसी वन में हैं। हम उन्हें अपने साथ नहीं लाए कि पांडवों की कुटिया में इतना स्थान तो होगा नहीं कि मेरी अंगरक्षक वाहिनियाँ वहाँ ठहर सकें। दुर्वासा के साथ तो दस सहस्र शिष्य आए थे तो पांडवों को संकट का अनुभव होने लगा था। ..."

'मुझ पर अपनी शक्ति का प्रभाव डाल रहा है।' द्रौपदी ने सोचा, 'नहीं जानता कि मेरे एक वीर पति ने अपने शस्त्र उठा लिए तो इसके बारह सहस्र योद्धा अपने प्राण बचाने के लिए दूर मरुभूमि में लोटते दिखाई देंगे।' ... उसके मन में एक और विचार शृंखला समानांतर चल रही थी...'तो वे दो अश्वारोही

जो प्रातः सरिता तट पर मिले थे, इसी के सैनिक थे। वन में इन्हीं लोगों की उपस्थिति से वन्य जीव विस्थापित हुए होंगे और अपने लिए स्थान खोजने निकले होंगे। प्रातः से इस आश्रम के आसपास जो कुछ भी विचित्र घटित हो रहा था, सब इन लोगों के कारण ही था।... तो क्या ये लोग किसी पूर्व निर्धारित षड्यंत्र के अनुसार यहाँ वन में आकर छिप गए हैं ? इन्होंने कहीं जान बूझ कर तो उसके पतियों को बहका कर दूर नहीं भेज दिया, जैसे रावण ने श्रीराम को भेज दिया था और फिर मारीच ने लक्ष्मण को भी पुकार लिया था ? जाने पांडव इन लोगों की खोज में कहाँ भटक रहे होंगे और ये लोग यहाँ उनके आश्रम में आ घुसे हैं। ... पर पांडव चारों दिशाओं में इन्हें खोजने निकले हैं, तो ये लोग उनकी दृष्टि से बच कैसे गए ? और सहसा द्रौपदी की समझ में आ गया।... पांडवों ने काम्यकवन के इस भाग को अपना निवास बनाने के लिए इस कारण से चुना था कि इसकी पीठ पर मरुभूमि का आरंभ है। उस मार्ग से कोई यात्रा नहीं करता। पांडव उस ओर से अवश्य असावधान रहे होंगे और ये दुष्ट उसी दिशा से आकर मरुभूमि के निकट ही कहीं गोपनीय रूप से ठहर गए होंगे। इस समय भी पांडवों ने उस क्षेत्र की उपेक्षा की होगी। ...उस मार्ग से आने के कारण पांडवों के किसी मित्र राजा की भी उन पर दृष्टि नहीं पड़ी होगी। यह तो किसी ने सोचा ही नहीं कि कोई इस मार्ग से भी आ सकता है।... जिस मरुभूमि को उन्होंने अपनी रक्षिका माना था, उसी ने उन्हें इस समय प्रवंचित किया था। इस से पूर्व उसके अपने ध्यान में भी कभी नहीं आया था कि दुर्योधन का मित्र तथा बहनोई यह जयद्रथ सिंधुप्रदेश का निवासी होने के कारण मरुभूमि से परिचित ही नहीं होगा, उसे मरुभूमि में यात्रा का अभ्यास भी होगा। उसका आवागमन उस ओर से भी संभव था।...

सहसा जयद्रथ अपने साथियों की ओर मुड़ा, "तुम लोग अपने रथों में बैठ कर प्रतीक्षा करो। मैं अभी अपना संदेश दे कर आता हूँ।"

द्रौपदी चौंकी ... यह किसका संदेश लाया है? और किसके लिए लाया है ? यदि वह पांडवों अथवा धर्मराज के लिए कोई संदेश लाया है, तो उसे पांडवों की प्रतीक्षा करनी चाहिए। पांचाली को संदेश दे कर चले जाने का तो कोई अर्थ ही नहीं है। उसे ऐसी क्या जल्दी है कि वह पांडवों की अनुपस्थिति में आकर उनके लौटने की प्रतीक्षा भी नहीं कर सकता ? ... और संदेश ही देने आया था, तो इतनी सारी सेना और इतने मित्रों को साथ लाने की क्या आवश्यकता थी ? नहीं ! यह व्यक्ति इतना सरल नहीं है। उस पर किसी भी रूप में विश्वास नहीं किया जा सकता।

"नहीं रथों में बैठ कर प्रतीक्षा करने का तो कोई कारण नहीं है।" द्रौपदी ने कहा, "आप लोग आश्रम में वृक्षों की छाया में थोड़ा विश्राम करें ! मेरे पति

अभी आते ही होंगे। वे आप का यथायोग्य सत्कार करेंगे। धर्मराज युधिष्ठिर तो अतिथि को देव के समान पूजते हैं। मध्यम पांडव तो आप लोगों के दर्शन कर मानों अपना मनभावन ही पा जाएँगे। मेरा विचार है कि आप लोगों को तनिक भी कष्ट नहीं होगा।"

भीम का नाम जयद्रथ को कुछ डोला गया। वह समझ रहा था कि द्रौपदी उसे एक प्रकार की चेतावनी दे रही थी। किंतु भीम इस समय आश्रम में नहीं था और उसके लौटने की प्रतीक्षा वह नहीं करेगा। न ही यहाँ इतना विलंब करेगा कि पांडवों के लौटने का समय हो जाए।

धात्रेयिका जल का घट ले आई थी।

"यह जल है। आप अपने हाथ-पैर धो लें और आसन ग्रहण करें।" द्रौपदी ने कहा।

जयद्रथ के सारे मित्र कुटीर के घेर से निकल कर, चुपचाप अपने रथों की ओर लौट गए थे और जयद्रथ अकेला द्रौपदी के सम्मुख खड़ा था। उसकी धृष्ट दृष्टि से घबराकर द्रौपदी बोली, "आपके मित्र चले गए; किंतु आप तो आसन ग्रहण करें।"

जयद्रथ तब भी आसन की ओर नहीं बढ़ा। वह द्रौपदी के कुछ और निकट आ गया था।

"तुम्हें इस अवस्था में देख कर मुझे बहुत कष्ट हो रहा है कृष्णे।" वह बोला, "तुम्हारी यह कंचन की-सी काया इस प्रकार कष्ट सहने के लिए नहीं बनी थी। तुम्हारी यह दुर्दशा देख कर मुझे पांडवों पर भी बहुत क्रोध आता है ..."

उसकी मुद्रा का कलुष द्रौपदी को सावधान कर रहा था। उसकी दृष्टि का मल और वाणी का छल द्रौपदी को चेतावनी दे रहा था। वह झपटकर बोली, "मेरी इस दुर्दशा के लिए पांडव नहीं, दुर्योधन उत्तरदायी है, तुम्हें उस पर क्यों क्रोध नहीं आता ?"

"उस पर भी थोड़ा-सा क्रोध आता है, किंतु उसने तो तुम्हें वन जाने और आरण्यकों के समान रहने को बाध्य नहीं किया था सुंदरी ! उसने तो तुम्हें दूसरा पति चुन कर सुख संपत्ति से युक्त जीवन व्यतीत करने के लिए कहा ही था..."

द्रौपदी के मन का सारा आक्रोश उमड़कर उसके कंठ में आ समाया। किंतु उसके कुछ कहने से पूर्व ही जयद्रथ बोला, "अब भी कुछ नहीं बिगड़ा है सुनयने ! आओ, मेरे साथ आओ। मेरा रथ बाहर खड़ा है। हम अभी इसी क्षण यहाँ से अपने राज्य में जा सकते हैं। तुम्हें मैं संसार का सारा सुख दूँगा। उन कंगले पांडवों के साथ अपना जीवन नष्ट करने का क्या लाभ है ? तुम्हारे समान विदुषी नारियाँ निर्धन पतियों की उपासना नहीं करतीं। स्त्री को पुरुष

के साथ, तभी तक रहना चाहिए, जब तक उसके पास धन हो।..."

"जयद्रथ !" द्रौपदी का आक्रोशपूर्ण स्वर फूटा, "तुम दुःशला के पति हो। इस संबंध से तुम मेरे भाई हो। तुम्हें तो मेरी रक्षा करनी चाहिए और तुम इस प्रकार का निन्दनीय प्रस्ताव कर रहे हो। यह तो तुम्हारे कुलशील के अनुकूल व्यवहार नहीं है।"

"ऐसी बात है तो मैं दुःशला को त्याग दूँगा।" जयद्रथ उसके कुछ और निकट आ गया था, "मेरी भार्या बन जाओ। तुम्हारी रक्षा का दायित्व मुझ पर होगा। मैं इन दुष्ट पांडवों के समान तुम्हें वन में इस प्रकार अकेली छोड़ कर कहीं नहीं जाऊँगा। दुर्योधन भी तुम्हें कोई कष्ट नहीं दे पाएगा। मेरी प्रिया हो कर रहोगी तो संपूर्ण सिंधु और सौवीर का राज्य तुम्हारा होगा। ये सारे वीर जो बाहर खड़े हैं, तुम्हारी सेवा करने में अपना सौभाग्य मानेंगे।"

"बहुत देखा है मैंने राज्य और राज्यबल।" द्रौपदी कड़ककर बोली, "मैं उन महावीर पांडवों की पत्नी हूँ, जिनके राजसूय यज्ञ में तुम्हारे जैसे सैकड़ों राजाओं ने मेरे इन चरणों पर अपने मणि जड़ित मुकुट झुकाए थे।"

"ठीक कहती हो वरारोहे !" जयद्रथ बोला, "तुम्हें फिर से वही सम्मान प्राप्त होगा। आओ मेरी अंकशायिनी हो कर जीवन का सारा सुख भोगो। संसार के मनीषियों का कहना है कि रत्न तथा स्त्री, अमूल्य वस्तुएँ हैं, अतः उन पर बलशाली पुरुषों का अधिकार है। पांडवों में बल था, तो वे तुम्हें कांपिल्य से ले आए। आज मेरे पास बल है, मैं तुम्हें ले जा रहा हूँ।"

द्रौपदी ने धात्रेयिका की ओर देखा और धात्रेयिका उसका संकेत समझ कर तत्काल धौम्य मुनि को बुला लाने के लिए कुटिया से निकल गई।

"बहुत अहंकार है तुम्हें अपने बल का तो पांडवों की प्रतीक्षा करो।" द्रौपदी बोली, "जब महावीर भीमसेन अपना चरण तुम्हारे कंठ पर रख कर तुम्हारी वीरता का प्रमाण माँगेंगे, तो उन्हें बताना कि तुम कितने वीर हो। अब धनंजय का बाण तुम्हारे कंठ को विदीर्ण करेगा तो उन्हें बताना कि तुम कितने वीर हो। पांडवों द्वारा सुरक्षित मुझ द्रौपदी के सम्मुख अपनी वीरता का बखान कर रहे हो। चोरों के समान एकांत घर में घुस कर एक अबला स्त्री को अपनी वीरता बता रहे हो। वीर हो तो ठहरो और पांडवों का सामना करो।"

"मैं वीर हूँ किंतु मूर्ख नहीं ।" जयद्रथ हँसा, "हाथ आए अमूल्य पदार्थों को त्याग, किसी की प्रतीक्षा में बैठा नहीं रह सकता। पांडव आएँगे तो उनसे भी निबट लिया जाएगा। पांडवों के पराजित होने पर मुझसे दया की भीख माँगती घिसटती मेरे साथ चलोगी। उससे तो कहीं अधिक सम्मानजनक है कि अपनी इच्छा से चल कर मेरे रथ पर बैठ जाओ। अब यह निर्णय तुमको करना है कि अपने चरणों पर चल कर रथ में बैठोगी अथवा मेरे कंधे पर झूलती हुई, हाथ-पैर

पटकती तथा चीत्कार करती हुई रथ तक पहुँचोगी। जो भी निर्णय तुम करोगी, मुझे स्वीकार होगा।"

क्षण भर को तो द्रौपदी स्तब्ध रह गई। वह समझ सकती थी कि जयद्रथ जो कुछ भी कह रहा था, वह करने में वह समर्थ था। इस समय आश्रम में ऐसा कोई नहीं था, जो जयद्रथ से उसकी रक्षा कर सके। धौम्य मुनि आ भी जाएँगे तो जयद्रथ, उसके मित्रों तथा उसकी सेना से युद्ध तो नहीं कर सकेंगे। अधिक से अधिक वे उसे धिक्कार भर पाएँगे। यदि अधिक कुछ करने का प्रयत्न करेंगे, तो यह जयद्रथ उनका वध भी कर सकता है।... उससे क्या लाभ होगा। लौट कर आए उसके पतियों को सूचना देनेवाला भी कोई नहीं होगा। ... तो क्या करे द्रौपदी ? ... अधिक से अधिक वह जयद्रथ को थोड़ी देर और बातों में उलझाए रख सकती है। उसे प्रयत्न तो करना ही चाहिए कि वह अधिक से अधिक समय तक उसे बातों में उलझाए रखे, कदाचित् उसके पति लौट ही आएँ। जब उन्हें उनमें से कोई नहीं मिलेगा, जिनकी खोज में वे गए थे, तो वे आश्रम की ओर लौटेंगे ही।...

"जयद्रथ ! मुझे भगवान पर पूर्ण विश्वास है। उनकी शरण में जाने से कोई मेरा तनिक सा भी अहित नहीं कर सकता।" उसका स्वर तेजस्वी हो उठा, "यदि मैंने अपने पतियों के प्रति पूर्ण निष्ठा निभाई है तो मैं बहुत शीघ्र अपनी इन्हीं आँखों से देखूँगी कि पांडव तुम्हें परास्त कर रस्सियों में बाँध कर भूमि पर घसीट रहे हैं।"

"वे तो जब घसीटेंगे, तब देखा जाएगा।" जयद्रथ बोला और उसने आगे बढ़ कर द्रौपदी के उत्तरीय का एक सिरा पकड़ लिया।

स्वयं को छुड़ाने के प्रयत्न में द्रौपदी ने उसे बलपूर्वक धक्का दिया और असावधान जयद्रथ भूमि पर गिर पड़ा।

द्रौपदी कुटीर से बाहर निकल आना चाहती थी; किंतु जयद्रथ द्वार के ठीक मध्य में गिरा हुआ था। गिर कर उसने द्रौपदी का मार्ग तो रोक ही लिया था। द्रौपदी की दृष्टि बाहर की ओर उठी।... उसने देखा कि धौम्य मुनि धात्रेयिका के साथ-साथ वेग से उसके कुटीर की ओर आ रहे हैं; किंतु तब तक जयद्रथ के सारे साथी भी अपने रथों को त्याग, कुटीर के घेर में प्रवेश कर चुके थे। उन्होंने एक प्रकार से कुटीर को चारों ओर से घेर लिया था। ... द्रौपदी भाग कर 'कहीं नहीं जा सकती थी।

जयद्रथ उठ खड़ा हुआ। उसकी आँखों में सर्वथा राक्षसी भाव था। वह पहले से कहीं अधिक सावधान भी हो गया था। अब द्रौपदी शायद उसे धक्का भी नहीं मार सकती थी। ...

जयद्रथ ने आगे बढ़ कर द्रौपदी की भुजा पकड़ ली और उसे अपनी ओर

घसीटा। द्रौपदी ने एक अंतिम प्रयास किया और पूरे बल से झटका दे कर स्वयं को जयद्रथ की पकड़ से मुक्त कर लिया; किंतु वह बाहर नहीं जा सकती थी। ... उसने धौम्य के चरण पकड़ लिए...

"सिंधुराज !" धौम्य कठोर स्वर में बोले, "तुम क्षत्रिय धर्म को कलंकित कर रहे हो ? न तुम्हें धर्म का भय है, न अपने प्राणों का।"

जयद्रथ ने झुक कर द्रौपदी की कलाई थाम कर उसे अपनी ओर खींचा। उसके मित्रों में से प्रायः आधे लोग कोशों से अपने खड्ग निकाल चुके थे। ऐसा नहीं लगता था कि वे ब्रह्म-हत्या से भयभीत थे। स्पष्ट ही अपने मार्ग में आनेवाली प्रत्येक बाधा को हटाने के लिए, वे किसी का भी वध कर सकते थे।...

"जीवन का प्रत्यक्ष सुख छोड़ कर किसी काल्पनिक धर्म का महत्त्व मुझे नहीं चाहिए। उसे तुम अपने लिए संचित करते रहो।" जयद्रथ बोला, "और जहाँ तक प्राणों के भय का प्रश्न है, मेरे शस्त्र मेरे हाथ में हैं और मेरे मित्र मेरे साथ हैं, ऐसे में कौन ऐसा क्षत्रिय है, ज़ो युद्ध में मुझे पराजित कर सके।"

"तो फिर ठहरो, पांडवों को आ जाने दो।" धौम्य बोले, "उनको चुनौती देना। उनसे युद्ध करना। उनको पराजित कर, पांचाली को ले जाना। कम से कम चोरी के कलंक से तो बच ही सकते हो, पापी तो तब भी कहलाओगे ही तुम।"

"युद्ध तो मुझे पांडवों से करना ही है।" जयद्रथ ने द्रौपदी को घसीटा, "किंतु उसके लिए मैं क्यों उनकी प्रतीक्षा करूँ। पांडव मुझे ढूँढ़ें और युद्ध करें।"

द्रौपदी घिसटती जा रही थी और धौम्य अपने स्थान पर स्तब्ध खड़े थे। जयद्रथ के साथियों ने अपने शस्त्रों को हाथों में ले लिया था और उन्होंने द्रौपदी को घसीटते हुए जयद्रथ को घेर लिया था। वे सब उस जयद्रथ की रक्षा कर रहे थे, जिसके हाथ में शस्त्र था, और जो एक निःशस्त्र अबला को घसीट रहा था ...

वे लोग कुछ दूर निकल गए, तो धौम्य धात्रेयिका की ओर मुड़े, "तुम यहीं ठहरो धात्रेयिका ! पांडव लौट कर आएँ, तो उन्हें यह सारा समाचार देना। मैं जयद्रथ के पीछे जा रहा हूँ।"

धात्रेयिका ने दृष्टि उठा कर उस ओर देखा, जिधर जयद्रथ के रथ खड़े थे। ... जयद्रथ ने घसीट कर द्रौपदी को रथ में चढ़ा लिया था। उसके मित्र अपने-अपने रथों में आरूढ़ हो गए थे। और वे लोग किसी विजयी राजा का गौरव ओढ़े, अपने नेता को घेरे हुए, अपने रथ हाँक कर ले गए।

"आप कहाँ जाएँगे महामुनि ! उनके रथ तो गए।" धात्रेयिका हताश भाव से बोली।

"मुझे पूर्ण विश्वास है कि उसकी पदाति सेना भी यहीं कहीं आस-पास

ही होगी। मैं उनके पीछे चलूँगा। मार्ग देखता रहूँगा और पांचाली को सांत्वना देता रहूँगा।"

"किंतु कहीं उन्होंने आपका वध कर दिया तो?"

"डरो मत धात्रेयिका!" धौम्य बोले, "महर्षि वेदव्यास के शिष्य का वध करने का साहस, दुर्योधन के इस मित्र में भी नहीं है, अन्यथा वह मेरी हत्या यहाँ भी कर सकता था।"

धात्रेयिका खड़ी की खड़ी रह गई और धौम्य प्रायः भागते हुए से आश्रम से निकल गए।

27

वन में कुछ दूर तक जाते ही युधिष्ठिर समझ गए कि द्रौपदी तथा धात्रेयिका की आशंकाएँ, भ्रम मात्र नहीं थीं। वन में आज बहुत कुछ असाधारण था। वन्य पशुओं के जीवन में तो अवश्य ही कुछ बहुत भयंकर घटित हुआ था। किसी न किसी कारण से एक बड़ी संख्या में वे अपने स्थान से विस्थापित हुए थे। किंतु उसका कारण? अभी तक कोई कारण दिखाई नहीं पड़ रहा था। इस क्षेत्र में कोई अपरिचित मनुष्य दिखाई नहीं दिया था; किंतु इतना तो स्पष्ट ही था कि वन में सब कुछ सामान्य नहीं था।

युधिष्ठिर सावधान हो गए। वन में बाहर से मनुष्यों का आना तनिक भी अस्वाभाविक नहीं था। वन तो ईश्वर की संपत्ति थे, जिसका लाभ कोई भी व्यक्ति उठा सकता था। अभी तक तो राजाओं ने भी इतनी सद्बुद्धि दिखाई ही थी कि वे वनों पर निजी अधिकारों का न समर्थन कर रहे थे, और न उस पर किसी प्रकार का आधिपत्य जमाने का प्रयत्न कर रहे थे। इसलिए इन वनों में आरण्यक जन अपनी सुविधा से तपस्या और साधना का स्वच्छंद जीवन व्यतीत कर सकते थे। व्यापारी, तीर्थयात्री तथा अन्य प्रकार के लोग अपनी यात्राओं का मार्ग वन में से भी बना लेते थे। अपनी यात्राओं तथा सैनिक अभियानों के लिए राजा लोग भी इन वनों में से आया-जाया करते थे। अनेक लोगों की आजीविका वनों पर ही निर्भर थी। यहाँ इतनी प्रकार की प्राकृतिक संपदा थी कि जो चाहता था, माँ प्रकृति से याचना कर अपनी झोली भर कर ले जाता था। ... इसलिए वनों में किसी का आना अस्वाभाविक नहीं था। अस्वाभाविक था, छुप कर आना और गोपनीय ढंग से निवास करना। ...

अभी तक कोई अपरिचित मनुष्य दिखाई नहीं दिया था, किंतु मनुष्य की

गतिविधि के प्रमाण निरंतर मिल रहे थे। अनेक स्थानों पर लताएँ अपने स्वाभाविक स्थानों से हटी हुई थीं। पशु यहाँ से हो कर गए होते, तो लताएँ छिन्न-भिन्न हुई होतीं। पशु लताओं अथवा शाखाओं को हटाए बिना अपना मार्ग बनाता है, जिससे उसके शरीर की रगड़ से लताएँ और वृक्षों की टहनियाँ टूटती हैं। मनुष्य अपना मार्ग बनाने के लिए अपने हाथों से लताओं और टहनियों को हटाता है। परिणामतः लताएँ अपने स्वाभाविक स्थान से हट जाती हैं, छिन्न-भिन्न नहीं होतीं। टहनियाँ या तो किसी एक स्थान से प्रयत्नपूर्वक तोड़ी हुई दिखाई पड़ती हैं अथवा मनुष्य के आगे बढ़ जाने पर पुनः वहीं लौट आती हैं, जहाँ वे पहले थीं।

युधिष्ठिर देख रहे थे कि वृक्षों की शाखाएँ, मनुष्य के हाथों तोड़ी गई दिखाई पड़ रही थीं। भूमि पर अश्वों के सुमों के स्पष्ट चिह्न थे। मार्ग के साथ-साथ अग्नि प्रज्वलित करने के भी प्रमाण विद्यमान थे, जैसे वहाँ रुक कर किसी ने भोजन पकाया हो। ... किंतु सारे मार्ग में कहीं कोई मनुष्य दिखाई नहीं दिया था। ... युधिष्ठिर निरंतर अपने आस-पास किसी अज्ञात अस्तित्व का अनुभव कर रहे थे, जैसे कोई छुप कर उनका पीछा कर रहा हो, अथवा स्वयं अदृश्य रह कर उनका निरीक्षण कर रहा हो। कोई न भी हो, किंतु यहाँ अपरिचित मनुष्यों के आने और अपनी उपस्थिति को गुप्त रखने के प्रयत्न के अनेक प्रमाण उनके सम्मुख थे। ...

युधिष्ठिर का मन कुछ उद्विग्न होने लगा था। ... यहाँ किसी प्रकार का कोई षड्यंत्र चल रहा था। अपने आस-पास मनुष्यों की उपस्थिति से कोई विचलित नहीं होता; किंतु जब किसी को मनुष्य की छाया तो दिखाई पड़े, पर जिसकी वह छाया है, वह मनुष्य दिखाई न पड़े, तो उसका व्याकुल होना स्वाभाविक ही था। ... युधिष्ठिर चकित थे कि उनके किसी मित्र राजा अथवा उनके अपने गुप्तचरों ने भी उन्हें इस वन की ओर आते हुए किसी बड़े जन समूह की सूचना नहीं दी थी। जो लोग आए हैं, उन्होंने स्वयं को गुप्त रखा, किंतु अन्य लोगों ने कैसे आँखें खुली रखते हुए भी उन्हें नहीं देखा ?

पांडवों ने भी तो उन्हें नहीं देखा। वे लोग किस मार्ग से आए होंगे ? क्यों आए होंगे ? अपने आपको गुप्त क्यों रखे हुए हैं ? क्या वे छिप कर घात करना चाहते हैं ? क्या वे दुर्योधन के लोग हैं ? ... युधिष्ठिर के मन में अनेक प्रश्न झनझनाने लगे। यदि उनके चारों ओर उनके अज्ञात शत्रु हैं, जो न उनके सम्मुख प्रकट हो रहे हैं और न पांडव उनको खोज पा रहे हैं, तो पांडवों को अधिक सावधान रहने की आवश्यकता है।... युधिष्ठिर उन्हें नहीं देख रहे हैं; किंतु वे युधिष्ठिर को देख रहे हैं। यदि वे लोग केवल निरीक्षण कर रहे हैं, तो एक बात है; किंतु यदि वे किसी विशेष प्रयोजन से आए हैं और युधिष्ठिर तथा पांडवों के मार्ग में किसी प्रकार का व्यवधान खड़ा नहीं कर रहे हैं, तो इसका

अर्थ हुआ कि वे वही चाहते हैं, जो पांडव कर रहे हैं। क्या वे चाहते हैं कि पांडव अपना आश्रम छोड़ कर उन्हें वन में इधर-उधर ढूँढ़ते फिरें ?...।

"ओह ! मेरे ईश्वर !" सहसा उनके मुख से निकला, "मैं यह समझ क्यों नहीं पाया कि वे हमें आश्रम से दूर रखना चाहते हैं। और आश्रम से दूर क्यों रखना चाहते हैं ?... ताकि आश्रम में पांचाली अकेली रह जाए ? वे पाँचों भाई बाहर हैं और प्रहरों तक आश्रम से बाहर ही नहीं रहेंगे, उससे निरंतर दूर भी होते जाएँगे। इंद्रसेन भी उनके ही साथ हैं। विशोक आश्रम में है नहीं । आज तो उनके गुप्तचर भी द्वारका और कांपिल्य गए हुए हैं। उन्हें लौटने में कई दिन लग सकते हैं। ... आश्रम में धौम्य मुनि हैं, अथवा मुनि तृणबिंदु। एक भी सशस्त्र आक्रांता आश्रम में आ जाए तो उसका प्रतिकार करनेवाला वहाँ कोई नहीं है। और पांचाली वहाँ अकेली है। ... जो लोग यह सारा खेल खेल रहे हैं, वे वन के हिंस्र पशुओं से भी अधिक भयंकर हो सकते हैं।...

"इंद्रसेन !" सहसा युधिष्ठिर ने कहा, "आश्रम की ओर लौटो; और आरण्यकों को संदेश दो कि वे जिस पांडव को देखें, उसे सूचित करें कि मैंने यह आदेश दिया है कि वे सब लोग तत्काल आश्रम में लौट आएँ।"

इंद्रसेन ने चकित भाव से युधिष्ठिर की ओर देखा, "महाराज स्वस्थ तो हैं ?"

"हाँ ! मैं पूर्णतः स्वस्थ हूँ।" युधिष्ठिर बोले, "वस्तुतः मुझे उन हिंस्र पशुओं की परछाइयाँ दिखाई दे गई हैं, जिन्हें हम वन में खोज रहे हैं। संभवतः वे लोग हमारे आश्रम के निकट अथवा आश्रम में ही हों।"

इंद्रसेन कुछ समझा, कुछ नहीं समझा। किंतु यह तो समझ ही गया कि धर्मराज को अपने आश्रम में किसी अनिष्ट का आभास हुआ है। उसने अश्वों को संकेत किया। अश्व रुके। उनकी दिशा बदली और गति तीव्र कर दी। मार्ग में कहीं अपनी गति धीमी कर और कहीं थोड़ा रुक कर आरण्यकों को शेष पांडवों के लिए संदेश दिया और आश्रम की ओर बढ़ता चला गया।

आरण्यकों को दिया गया संदेश जैसे थोड़ी ही देर में वन में गूँजने लगा। कई बार स्वयं युधिष्ठिर को आश्चर्य होता था कि वन में भी, जहाँ माना जाता है कि कोई रहता ही नहीं, संदेश संचार कितनी शीघ्रता से हो जाता है। ... पर तभी उनको अपने मन का वही पुराना प्रश्न व्याकुल करने लगा, तो फिर वन में आए इन अपरिचित व्यक्तियों के विषय में उन्हें कोई सूचना क्यों नहीं मिली ?... क्या ये आगंतुक निशाचर हैं ? क्या उन आगंतुकों की गतिविधि केवल रात्रि के समय होती है, जब प्रत्येक आरण्यक अपने कुटीर के कपाट बंद कर सो रहा होता है ? अथवा उनकी गतिविधि का क्षेत्र ही ऐसा है, जहाँ उनका किसी आरण्यक से साक्षात्कार नहीं होता ? ...

और सहसा धर्मराज के मन में एक और आशंका ने सिर उठाया : उनके वे शत्रु, जो कोई भी हैं ... शत्रु ? उन्होंने यह कैसे मान लिया कि वे उनके शत्रु ही हैं ? ... जो स्वयं गुप्त रह कर वन में उनके आस-पास षड्यंत्र कर रहे हैं, वे उनके शत्रु ही हो सकते हैं। मित्र तो नहीं हो सकते। ... तो उनके वे शत्रु, जो यह प्रयत्न कर रहे हैं कि वे लोग अपना आश्रम छोड़ कर वन में दूर चले जाएँ, उनके आश्रम में ही तो घात लगाए नहीं बैठे कि एक-एक कर पांडव अपने आश्रम में लौटें और वे लोग असावधान पांडवों पर घातक प्रहार कर सकें ? ... नहीं ! ऐसा हो या न हो किंतु पांडवों का एक-एक कर आश्रम में पहुंचना उचित नहीं है। उन्हें एक साथ आश्रम में पहुँचना चाहिए। पृथक्-पृथक् नहीं ।

"इंद्रसेन !" उन्होंने पुनः कहा, "मेरे भाइयों को संदेश दो कि जो भी पहले पहुँचे, वह आश्रम के बाहर रुक कर मेरी प्रतीक्षा करे। आश्रम में अकेला प्रवेश न करे।"

"जो आज्ञा महाराज !"

भीम को धर्मराज का आदेश प्राप्त हुआ तो उसकी पहली प्रतिक्रिया खीझ की हुई। क्या करते हैं, धर्मराज ! जब कोई कार्य सुचारु रूप से चल रहा हो और ठीक मझधार में हो, तो उसे समेटने का आदेश दे देंगे। यह नहीं सोचते कि अपनी ऊर्जा लगा कर जिस कार्य को गति प्रदान की गई, उसके वेग को रोकने के लिए और भी अधिक ऊर्जा का व्यय करना पड़ता है। ...

भीम को अपने आस-पास कुछ मानवी गतिविधि का भी प्रमाण मिला था, किंतु उससे कहीं अधिक उसे हिंस्र पशुओं के आस-पास होने का आभास हुआ था। कुछ की तो त्वरित झलक भी दिखाई पड़ गई थी। अब, जबकि किसी भी क्षण उन पशुओं से उसका आमना-सामना हो सकता था, धर्मराज आश्रम में लौटने का आदेश दे रहे थे। पता नहीं उन्हें किस बात की इतनी जल्दी मच गई थी।

भीम ने अपना रथ मोड़ लिया।

उसने प्रायः अनुभव किया था कि धर्मराज के ऐसे आदेशों पर वह खीझता अवश्य था; किंतु आदेश का उल्लंघन करने की बात उसके मन में कभी नहीं आई। प्रायः अपनी तात्कालिक खीझ से उबरकर उसे धर्मराज के आदेश का महत्त्व दिखाई देने लगता था।... किंतु इस समय वन में सिंह को अपने सम्मुख पा कर उससे आमने-सामने युद्ध कर उसका आखेट करने का रोमांच छिन जाने के कारण, उसमें आश्रम की ओर लौटने का तनिक भी उत्साह नहीं था।

"भद्र ! तनिक रुको।"

भीम ने सिर उठा कर देखा : सामने एक तपस्वी अपना हाथ उठाए खड़ा उसे रुकने का संकेत कर रहा था। भीम ने उसे पहचाना। वह सोमप्रभ था, जो कभी-कभी आश्रम में धौम्य मुनि और धर्मराज के पास धर्म-चर्चा करने के लिए आया करता था।

भीम ने रथ रोक लिया, "क्या बात है तपस्वी ?"

"धर्मराज का आदेश है कि जो पांडव पहले पहुँचे, वह आश्रम के बाहर उनकी प्रतीक्षा करे। आश्रम में कोई अकेला प्रवेश न करे।"

भीम ने और कुछ नहीं सुना। उसने अश्व हाँक दिए।

... धर्मराज समझते हैं कि आश्रम पर कोई संकट आया है। क्या हो गया है वहाँ ? क्या किसी शत्रु ने उस पर आक्रमण कर वहाँ अपना आधिपत्य स्थापित कर लिया है ? वह वन में बने कुटीरों का समूह नहीं है, किसी राजा की राजधानी है कि उस पर आधिपत्य स्थापित कर किसी को अकूत संपदा प्राप्त हो जाएगी ?... और सहसा वह चौंका ... अकूत संपदा ही तो है, उनके आश्रम में। वहाँ पांचाली है।... पांचाली से अधिक मूल्यवान भी कुछ है क्या संसार में। उसे प्राप्त करने के लिए संसार भर के राजा एक-दूसरे का रक्त बहा सकते हैं।... क्या धर्मराज को ऐसी कोई सूचना मिली है ? और यदि ऐसा कुछ है अथवा ऐसा कुछ हो गया है तो आश्रम के बाहर रुकने का क्या अर्थ ? ऐसे में तो यह होना चाहिए कि जो जितनी जल्दी हो सके, आश्रम में पहुँचे।...देखे कि पांचाली सुरक्षित है अथवा नहीं ? यदि उस पर कोई संकट आया है तो उसकी रक्षा करे।...

भीम ने अपने वक्ष पर अपनी ही मुष्टिका का प्रहार किया।... वह हिंस्र पशुओं को मारने के उत्साह में इस गति से रथ दौड़ाता वन में इतनी दूर क्यों निकल आया ? अब यह इंद्रप्रस्थ का राजमार्ग तो है नहीं कि रथ सरपट भागता जाए। वन में बने इन कच्चे मार्गों पर, अन्य सारी विघ्न-बाधाओं के साथ किस गति से चल पाएगा वह ?

आश्रम के निकट पहुँचते ही भीम ने प्रवेशद्वार पर अर्जुन का रथ खड़ा पाया। वह स्वयं रथ के पास खड़ा जैसे अन्य लोगों की प्रतीक्षा कर रहा था। ..'हाँ ! क्यों करेगा यह भीतर प्रवेश। उसे बड़े भाई की अनुमति जो नहीं है। इस जैसा भाई का आज्ञाकारी और कर ही क्या सकता है ?' भीम ने सोचा।

"और लोग अभी नहीं आए क्या ?" भीम ने पूछा।

"नहीं ! अभी-अभी सब आ पहुँचे हैं। आपकी ही प्रतीक्षा थी मध्यम !" अर्जुन बोला, "लगता है कि आश्रम में कुछ उत्पात् हुआ है।"

आश्रम के पीछे से घूम कर दो रथ सामने आते दिखे। वे धर्मराज और नकुल-सहदेव के रथ थे। धर्मराज ने अपना रथ रुकवाया नहीं । उन्होंने अपनी

भुजा लहराकर उन लोगों को साथ आने का संकेत किया और आश्रम में प्रवेश कर गए।

इंद्रसेन ने द्रौपदी के कुटीर के सामने रथ रोका।

कुटीर के सामने ही भूमि पर धात्रेयिका अस्त-व्यस्त बैठी थी। उसकी आँखों से अश्रु बह रहे थे। उसने पांडवों के रथों को आते देखा तो उसका भयभीत रुद्ध कंठ फूट पड़ा। वह उच्च स्वर में रो पड़ी।

रथ में से सबसे पहले इंद्रसेन कूद कर नीचे आया। उसने धात्रेयिका को सँभाला, ''क्या हुआ ? देवी पांचाली कहाँ हैं ?''

''सिंधुराज जयद्रथ अपने अनेक मित्रों के साथ आया था। वह बलात् देवी का अपहरण कर उन्हें अपने रथ पर बैठा कर भगा ले गया है।'' वह बोली, ''धौम्य मुनि भी उनके पीछे ही गए हैं। आप लोग जल्दी जाइए। ऐसा न हो कि देवी के साथ कोई अनहोनी घट जाए।''

''वे लोग रथों पर हैं, तो धौम्य मुनि न उनके साथ चल पाएँगे, न उनका पीछा कर पाएँगे।'' भीम बोला।

''उनके साथ पैदल सेना भी होगी—ऐसा धौम्य मुनि ने कहा था।'' धात्रेयिका बोली।

''किधर गए हैं वे लोग ?'' युधिष्ठिर ने पूछा।

''वे कह रहे थे कि अपने देश लौट जाने के लिए वे लोग शीघ्र ही मरुभूमि में प्रवेश करेंगे।'' धात्रेयिका ने उत्तर दिया।

युधिष्ठिर के मन में बहुत कुछ स्पष्ट हो गया।

''हमने सदा उस दिशा की यह मान कर उपेक्षा की कि उस ओर मरुभूमि है, उधर से न कोई आएगा, न कोई उस ओर जाएगा। इस दुष्ट जयद्रथ ने उसी मार्ग का प्रयोग किया।'' युधिष्ठिर बोले, ''इसीलिए वह हमसे तथा सारे आरण्यकों से छुपा रहने में सफल भी हो गया।''

भीम सब से पहले अपने रथ में आरूढ़ हुआ। तत्काल ही अन्य भाई भी अपने-अपने रथों में पहुँच गए। भीम का रथ सबसे आगे निकल गया। आरंभ में तो उसे उस दिशा में जाता कोई मार्ग दिखाई नहीं दिया; किंतु कुछ ही दूर चल कर कहीं कुचली हुई लताओं तथा घास इत्यादि से वहाँ से गए रथों की यात्रा का मार्ग ज्ञात होने लगा। यह भी लगा कि इस मार्ग पर रथ पहली बार नहीं दौड़े थे। इससे पहले भी यहाँ किसी न किसी प्रकार का आवागमन होता रहा है। अश्वों के सुमों तथा रथचक्रों के चिह्नों के साथ, पदाति सैनिकों के पद-चिह्न भी मिलने लगे थे। लग रहा था कि आरंभ से उनके साथ पदाति सैनिक नहीं थे; किंतु कुछ दूर से वे भी उनके साथ आ मिले थे। थोड़ी-थोड़ी दूरी के पश्चात् से उन पद-चिह्नों की संख्या बढ़ती जा रही थी। संभवतः उन्होंने

आश्रम की ओर आते हुए अपने पदाति सैनिक थोड़ी-थोड़ी दूर पर खड़े कर दिए थे, जिन्हें लौटते हुए वे अपने साथ लेते गए थे।

थोड़ी देर में धर्मराज की दृष्टि भूमि अथवा लताओं में खोंसी गई वृक्षों की टहनियों पर पड़ी।... यह क्या ? पाँचों पांडव अपने अथवा अपने भाइयों के लिए मार्ग की पहचान हेतु वृक्षों की टहनियाँ तोड़ कर इसी प्रकार खोंसते चलते थे। ... तो क्या धौम्य मुनि ने भी यह मान कर कि पांडव द्रौपदी की खोज में आएँगे ही, मार्ग की पहचान के लिए ये टहनियाँ इस प्रकार खोंस दी हैं।

"यह तो मुनि ने सामरिक नीति से काम लिया है।" वे इंद्रसेन से बोले, "यदि किसी कारण से धरती के चिह्न मिट जाएँ, स्पष्ट न रहें; अथवा कुछ और हो जाए, तो भी धौम्य मुनि द्वारा छोड़े गए ये चिह्न हमारा लिए मार्ग का निर्देश करेंगे।"

"मैं तो मुनि को मात्र ध्यान लगानेवाला तपस्वी ही समझता था।" इंद्रसेन बोला, "किंतु मुनि तो युद्ध में भी हमारे सहायक हो सकते हैं।"

थोड़ी ही देर में पांडवों को, आगे जाती सेना के स्पष्ट प्रमाण मिलने लगे। घोड़ों की टापों के स्वर और उनके पगों से उड़ी हुई धूल बता रही थी कि जयद्रथ की सेना अब बहुत दूर नहीं थी। सबसे बड़ा आश्चर्य तो यह था कि उस सेना के साथ युद्धक गज होने के भी प्रमाण मिल रहे थे।

"जयद्रथ हाथी भी ले कर आया है ?" युधिष्ठिर ने जैसे इंद्रसेन से कहा।

"हाँ महाराज ! लगता तो है। गज की चिंघाड़ सुनाई पड़ रही है।" इंद्रसेन बोला, "पदाति सैनिकों और गजों के कारण ही कदाचित् वह अधिक दूर नहीं जा पाया।"

"वह पापी ही नहीं मूर्ख भी है।" युधिष्ठिर बोले।

भीमसेन का रथ सबसे आगे चल रहा था। उसने ही सबसे पहले धौम्य मुनि का स्वर सुना, "भीमसेन दौड़ो। पांचाली को बचाओ।"

तो भीम को आते हुए मुनि ने देख लिया था। भीम के मन में उत्साह भर आया।

पदाति सैनिकों की भीड़ में से उसे मुनि का स्वर तो सुनाई पड़ रहा था; किंतु वे स्वयं दिखाई नहीं पड़ रहे थे। उन्हें देखने का प्रयत्न करने पर उसे जयद्रथ का रथ दिखाई पड़ गया था। उसमें द्रौपदी कैसी अपमानित और असहाय-सी बैठी थी। द्रौपदी की उस पीड़ित मुद्रा को देखते ही, भीम का मन जैसे सारी सीमाओं का अतिक्रमण कर गया। उसकी शिराओं में अग्नि प्रवाहित होने लगी थी।

उसके सम्मुख सबसे पहले पदाति सैनिक ही पड़ रहे थे। वे सेना के अंतिम छोर पर थे। पहले उन्हें मारने में भीम की कोई रुचि नहीं थी। वह तो पहले जयद्रथ से ही निबटना चाहता था। उसका रथ जैसे ही आगे बढ़ा, पदाति सैनिक दो भागों में विभाजित हो गए, जैसे धरती फट कर दो भागों में बँट गई हो।

युधिष्ठिर ने यह देखा, तो चिंतित हो उठे। ये पदाति सैनिक दो भागों में बंट कर क्या भीम को घेरने का प्रयत्न कर रहे हैं ? और भीम का तो उस ओर ध्यान ही नहीं था। वह तो जयद्रथ की ओर बढ़ता ही जा रहा था। उसके हाथ में शैक्य नामक लोहे से बनाई गई उसकी भारी गदा थी और मार्ग में आया प्रत्येक विघ्न उससे कुचला जा रहा था। ... किंतु तभी युधिष्ठिर ने यह भी देखा कि वे पदाति सैनिक न तो व्यूह बद्ध हो रहे थे और न ही वे लोग भीम को घेर रहे थे। उनमें से आधे तो जैसे धौम्य मुनि को भीम को पुकारते सुन कर ही युद्ध से पलायन कर गए थे। शेष जो कुछ धैर्य कर खड़े भी थे; उन्होंने भीम की गदा के प्रहार देखे तो युद्धक्षेत्र छोड़ गए।

कोटिकास्य ने भीम को इस तीव्रता से जयद्रथ पर झपटता देखा तो उसने अपने मित्रों को संकेत किया। उन्होंने अपने सारे रथ लाकर जयद्रथ की ओर बढ़ते भीम के सामने अड़ा दिए। उनके रथों के उस पार जयद्रथ जैसे कुछ सुरक्षित हो गया था। अब भीम को न जयद्रथ दिखाई पड़ रहा था और न ही वह द्रौपदी को देख पा रहा था; किंतु जयद्रथ के रथ में बैठी असहाय द्रौपदी की जो एक झलक उसने देखी थी, उसका रक्त खौला देने के लिए वही पर्याप्त था। अब उसकी गदा के प्रहारों को रोकना कठिन ही था। उसका आवेश दुर्दमनीय था। कोटिकास्य का अस्थाई व्यूह बहुत सफल होता नहीं लग रहा था। उसके मित्रों के रथ एक-एक कर टूटते जा रहे थे।

दूसरी ओर से आकर कुलिंद राजकुमार ने अपने सारे सैनिक, पांडवों की गति अवरुद्ध करने के लिए झोंक दिए थे।

अर्जुन का गांडीव तन गया और बाणों की वर्षा होने लगी। कुलिंद राजकुमार बहुत शीघ्र ही समझ गया कि वह अर्जुन के बाणों का प्रतिकार नहीं कर सकता। उसने सौवीर के राजकुमारों की ओर देखा। वे बारहों तत्काल उसकी सहायता को आ गए थे; किंतु उनकी सहायता भी अर्जुन के बाणों के सामने कुछ नहीं कर सकी।

क्षेमंकर ने अपने रथ से उतर कर युधिष्ठिर के चारों घोड़ों पर प्रहार कर उनको मार डाला, किंतु युधिष्ठिर के अर्द्धचंद्राकार बाण ने तत्काल उसके वक्ष को फाड़ दिया। युधिष्ठिर और इंद्रसेन उस रथ से उतर कर सहदेव के विशाल रथ पर चढ़ गए।...

नक़ुल के एक ही विपाठ ने महामुख के प्राण हर लिए थे। गज पर बैठ

कर अपनी ओर बढ़ते त्रिगर्त राजकुमार को देख, उसने अपना खड्ग खींच लिया। त्रिगर्त राजकुमार तक पहुँचना कठिन था, इसलिए उसने उसके गज के सूँड को ही काट डाला ...

अर्जुन ने सौवीर के बारहों राजकुमार धराशायी कर दिए थे और अपने सारथि के मारे जाने से कोटिकास्य अपने घोड़ों का नियंत्रण खो चुका था। उसे युद्ध से भागते देख भीम ने एक प्राश से उसको मार डाला ...

जयद्रथ का रथ एक प्रकार से कोटिकास्य तथा अन्य लोगों के टूटे रथों की ओट में था। उसने अपनी आँखों से इस थोड़े से समय में अपने प्रायः मित्रों को धराशायी होते देख लिया था। अब जो लोग बचे थे, वे भी भागने के प्रयत्न को युद्ध का रूप दिए हुए थे। कोई अवसर अथवा ओट मिलते ही वे भी युद्धक्षेत्र छोड़ कर भाग जाएँगे। जयद्रथ का स्वयं युद्ध करने का सारा उत्साह समाप्त हो गया था। वह स्पष्ट देख रहा था कि वह न भीम से पार पा सकेगा, न अर्जुन से। अभी तक तो उन दोनों को उसके मित्रों ने रोक रखा था, किंतु यह स्थिति अधिक देर तक नहीं चल सकती। और यदि वह एक बार भीम के हाथों में पड़ गया तो वह उसे मृत्यु से भी भयंकर यातना देगा। किस मोहजाल में फँस गया वह भी। ...जब दुर्योधन ने उसके सामने यह प्रस्ताव रखा था, तो उसे लगा था कि जिस द्रौपदी की अभिलाषा वह वर्षों से अपने वक्ष में पाल रहा था, वह सहज ही उसके हाथ लग जाएगी। ... किसी युक्ति से एक बार उसके सूने आश्रम से उसे उठा कर अपने रथ में डालना भर ही तो था। उसके पश्चात् तो दुर्योधन निबटता रहेगा उन लोगों से। वह क्या जानता था कि वह मार्ग में ही पकड़ा जाएगा और उसके सारे मित्र और सहायक उसकी आँखों के सामने इस प्रकार कट-कट कर गिरेंगे। ... यह तो कोई युद्ध न हुआ। वह जिस सरलता से पांचाली को उठा लाया था, उसी सरलता से पांडवों ने उसके सारे मित्रों को समाप्त कर दिया था। ...

उसने पांचाली की ओर देखा ... उसका ध्यान जयद्रथ की ओर नहीं था। वह तो जैसे भूल ही गई थी कि जयद्रथ उसका अपहरण कर लाया था और वह अभी उसके रथ में ही नहीं बैठी थी, जयद्रथ अभी जीवित था और उसी रथ में वर्तमान था। वह तो बालकों के समान जैसे कोई क्रीड़ा देख रही थी, जिसमें उसके पक्ष की विजय हो रही थी; और विरोधी धड़ाधड़ हारते जा रहे थे। जयद्रथ उसके चेहरे पर खेलते विजय के उल्लास को देख कर काँप उठा। ... अभी थोड़ी ही देर में पांडव उसके शेष साथियों तथा सैनिकों को समाप्त कर देंगे और तब द्रौपदी का ध्यान उसकी ओर जाएगा। एक ओर असहाय जयद्रथ होगा और दूसरी ओर पाँचों पांडव। वे पांचाली से पूछेंगे कि जयद्रथ को क्या दंड दिया जाए ? और पांचाली कहेगी कि पाँचों पांडव जयद्रथ के शरीर

का एक-एक अंग काट कर उसे उपहार स्वरूप ला दें। अथवा उनमें से कोई उसके हाथ-पैर बाँध कर अपने रथ से बाँध ले और उसे तब तक घसीटता चले, जब तक कि उसका शरीर भूमि की घर्षण से बोटी-बोटी हो कर धरती में ही न मिल जाए। ...

और जयद्रथ जानता है कि भीमसेन वही कर दिखाएगा। वह द्रौपदी की कोई बात नहीं टालता। द्रौपदी ने उससे एक सौगंधिक पद्म माँगा था तो वह कुबेर के सरोवर के सारे रक्षकों को मार, मानों वह सरोवर ही जीत लाया था। ... जयद्रथ के जीवित रहने की अब कोई संभावना नहीं थी।

उसकी इच्छा हुई कि वह द्रौपदी को लिए-दिए अपना रथ इस वेग से दौड़ाए कि पांडव उसकी धूल भी न पा सकें। ... पर उसका विक्षिप्त मन भी जानता था कि यह संभव नहीं है। वे लोग उसे एक योजन भी नहीं जाने देंगे और जा लेंगे। ...सिंधुदेश तो अभी बहुत दूर है। किसी प्रकार वह अपने देश पहुँच भी गया तो क्या पांडव वहाँ तक नहीं पहुँचेंगे ? वहाँ भी इसी प्रकार का घमासान होगा और उसके सैनिक, उसके परिजन, सब इसी प्रकार कट-कट कर गिरेंगे। ... उसकी दृष्टि पुनः द्रौपदी पर पड़ी ... कितने भयंकर थे उसके नयन। रक्त देख कर कैसी प्रसन्न थी वह। यह तो जैसे साधारण भीरु नारी नहीं थी, रक्त की प्यासी देवी चामुंडा थी। इसका तो मानों जन्म ही इसलिए हुआ था कि धरती की रक्त पिपासा शांत हो। वह रक्त की नदी में तैरती हुई कितनी सहज थी। कैसा मूर्ख था जयद्रथ कि दुर्योधन का प्रस्ताव सुन कर इस स्त्री की कामना कर बैठा। यह स्त्री नहीं थी, यह तो चारा था, जिसकी ओर आकृष्ट हो कर क्षत्रिय एक-दूसरे से युद्ध करते-करते कट मरेंगे। जिसे भीम की गदा के आघात से पिसना होगा, वह इस पांचाली की कामना करेगा। जिसे अर्जुन के बाणों से कटना होगा, वह इस स्त्री की कामना करेगा। ...

उसने एक अनियंत्रित आवेश में द्रौपदी को अपने रथ से धकेला और अपने अश्वों पर उन्मत्त के समान कशा बरसा दिए। अश्व मानों अपने प्राण ले कर भागे। रथ आकस्मिक वेग से चला। जयद्रथ ने मुड़ कर यह भी नहीं देखा कि द्रौपदी कहाँ गिरी है ? कैसे गिरी है ? जीवित बची है अथवा किसी के रथ अथवा किसी पशु के पैरों तले कुचली गई है ? कोई उसकी सहायता को आया भी है या नहीं ?...

द्रौपदी के कंठ से एक प्रबल चीत्कार फूटा और युद्ध जैसे थम गया।

"मध्यम !" अर्जुन ने कहा, "जयद्रथ भाग गया है, अब इन निरीह सैनिकों का वध करने का क्या लाभ ?"

भीम का हाथ भी रुक गया। युधिष्ठिर और नकुल-सहदेव भी जहाँ के तहाँ थम गए। जयद्रथ की सेना के जीवित लोग भी अपने प्राणों को लिए-दिए

पृथक्-पृथक् दिशाओं में निकल भागे।

पाँचों पांडव, धौम्य मुनि तथा इंद्रसेन, द्रौपदी के चारों ओर घिर आए। भीम ने द्रौपदी को अपनी भुजाओं में उठा कर सहदेव के रथ में बैठा दिया।

"सहदेव ! पांचाली के बंधन खोलो।" वह युधिष्ठिर की ओर मुड़ा, "आप पांचाली तथा मुनिवर को ले कर आश्रम में लौटें। मैं और अर्जुन जयद्रथ के पीछे जाते हैं। आप चिंता न करें, हम संध्या से पूर्व ही उसको इसी प्रकार रस्सियों में बाँध लाकर आपके चरणों में डाल देंगे, जैसे उसने पांचाली को रस्सियों से बाँध रखा था।"

सहदेव ने पांचाली के बंधन खोल दिए थे। वह अपने मुक्त हुए अंगों को अपने हाथों से बड़े कोमल भाव से सहला रही थी; किंतु उसके नयनों में जैसे विनाशानल धधक रहा था।

"उसे जीवित लाने की कोई आवश्यकता नहीं है। और धर्मराज के चरणों में डालने से तो वह एक क्षमा माँग कर स्वतंत्र हो जाएगा।" वह बोली, "उसका वहीं वध कर देना।"

"नहीं !" युधिष्ठिर तत्काल बोले, "वह जो भी है, जैसा भी है, दुःशला का पति है। माता गांधारी का विचार करो। उसे दंडित करना, किंतु उसके प्राण मत लेना।"

"मैंने कहा था उससे कि वह दुःशला का पति होने के नाते मेरा भाई है, और इस नाते से उसे मेरी रक्षा करनी चाहिए।" द्रौपदी बोली, "उत्तर में वह हँसा पिशाच के समान। उसने मुझे परामर्श दिया कि मैं उसकी अंकशायिनी हो जाऊँ और संसार का सारा वैभव भोगूँ, क्योंकि विदुषी स्त्रियाँ, पुरुष के साथ तब तक ही रहती हैं, जब तक कि पुरुष के पास संपत्ति होती है। उसे तो एक बार भी स्मरण नहीं आया कि मैं उसकी पत्नी दुःशला के भाइयों की पत्नी हूँ। उसे तो माता कुंती का स्मरण नहीं हुआ, आपको ही क्यों प्रत्येक अवसर पर माता गांधारी स्मरण हो आती हैं ?"

"क्योंकि मैं जयद्रथ नहीं हूँ।" युधिष्ठिर बोले, "मैं मनुष्य हूँ, इसलिए मानवीय संबंध मेरे लिए महत्त्वपूर्ण हैं। मैं अपने शत्रुओं को भी कष्ट दे कर कोई सुख नहीं पाता। क्रूरता मेरे मन को आह्लादित नहीं करती। न्याय तथा अपनी रक्षा के लिए हम क्षत्रिय धर्म का अवलंब ग्रहण करते हैं, किंतु हाथ में शस्त्र आ जाने पर और अपने सम्मुख एक अक्षम मनुष्य को देख कर हमें राक्षस नहीं बन जाना है।"

"तो सारा दया धर्म हमारे ही भाग में क्यों है ?" द्रौपदी तड़पकर बोली, "लोग हम पर अत्याचार करते जाएँ और हम उन्हें क्षमा करते जाएँ ?"

"और नहीं तो क्या, उन दुष्टों का अनुकरण कर हम भी राक्षस हो जाएँ ?"

युधिष्ठिर बोले, "सारे विरोधी परिवेश में भी हम अपने धर्म पर टिके रहें, इसी में हमारा श्रेय है पांचाली ! हमें अपना धर्म नहीं छोड़ना है।"

"आप लोग आश्रम में चलें। हम अभी आते हैं।" भीम ने कुछ उतावली में कहा, "आओ अर्जुन !"

भीम अपने रथ की ओर मुड़ चुका था कि द्रौपदी ने चिल्लाकर कहा, "उस नराधम का वहीं वध कर देना मध्यम पांडव ! वह जीवित रहने योग्य नहीं है। वह जीवित रहा तो जाने कितनी असहाय नारियों का अपमान और अपहरण करेगा। सारी स्त्रियों के पति इतने वीर और समर्थ नहीं होते कि अपनी पत्नी के सम्मान की रक्षा कर सकें। उस नराधम का वध कर देना।"

नकुल,सहदेव, द्रौपदी तथा धौम्य के साथ युधिष्ठिर अपने आश्रम में प्रविष्ट हुए तो देखा कि अनेक आरण्यक उनके आश्रम में एकत्रित थे; और कदाचित् उनके लौटने की प्रतीक्षा कर रहे थे। लगता था कि द्रौपदी के अपहरण की बात दूर-दूर तक फैल गई थी और आरण्यक समाज सहानुभूतिवश, सहायता के भाव से उनके आश्रम में एकत्रित हो गया था। युधिष्ठिर को सबसे अधिक आश्चर्य ऋषि मार्कण्डेय को देख कर हुआ।

वे लोग स्वाध्याय के लिए बनाए गए पर्णकुटीर को घेर कर बैठे थे। जयद्रथ ने यहीं से द्रौपदी का अपहरण किया था। कुटीर में भयंकर अव्यवस्था थी। कोई भी वस्तु ठीक ठिकाने नहीं थी। स्पष्ट ही द्रौपदी ने आत्मरक्षा के लिए जितना संघर्ष किया था, जयद्रथ ने उतना ही उत्पात् मचाया था।

मार्कण्डेय ने द्रौपदी को सकुशल लौटी देख अपना संतोष प्रकट किया। उन्होंने धौम्य की भी प्रशंसा की, जिन्होंने समय के अनुकूल आचरण किया और योद्धा न होते हुए भी अपने संरक्षण में छोड़ी गई द्रौपदी की सुरक्षा की दृष्टि से उसका साथ नहीं छोड़ा।

"ऋषिवर !" धर्मराज बोले, "मेरे मन में बार-बार एक प्रश्न उठता है कि द्रुपदपुत्री कृष्णा जैसी धर्म की ज्ञाता, धर्म का आचरण करनेवाली तथा पवित्र स्त्री को, अपहरण का अपमान और कलंक क्यों सहना पड़ा ? मैंने और मेरे भाइयों ने ऐसा क्या किया कि हमें अपने ही बंधुओं के हाथों अपने राज्य से निष्कासित होना पड़ा ? विधाता क्यों हमें इतना तपा रहा है ? कभी-कभी तो मैं अपने आपसे पूछता हूँ कि क्या संसार में मुझसे भी अधिक दुखी कोई व्यक्ति है ? कोई मुझसे भी अधिक अभागा कभी उत्पन्न हुआ है, इस धरती पर ?"

मार्कण्डेय हँसे, "क्या तुम श्रीराम से अधिक धर्माचरण करते हो ? अपने राज्य से तो वे भी निष्कासित हुए थे। तुम्हारे साथ तो तुम्हारे ये चार-चार वीर

भाई हैं; और यदि आज दुर्योधन से तुम्हारा युद्ध हो तो तुम्हें असंख्य सहायक भी मिलेंगे; किंतु रावण से युद्ध करने के लिए, देखो राम को अपने सहायक कहाँ खोजने पड़े। द्रौपदी, जनकसुता सीता से अधिक पवित्र है क्या ? अपहरण का अपमान और कष्ट तो सीता को भी सहना पड़ा था। सावित्री के विषय में सोचो। वह तो वैधव्य के द्वार तक जाकर लौटी।..." उन्होंने रुक कर धर्मराज की ओर देखा, "युधिष्ठिर हमें अपने दुर्भाग्य के विषय में नहीं, अपने सौभाग्य के विषय में सोचना चाहिए। यह मत सोचो कि तुम्हें क्या नहीं मिला, तुम्हें यह सोचना चाहिए कि प्रभु ने तुम्हें क्या-क्या दिया है। हमें प्रभु के प्रति कृतज्ञ होना चाहिए धर्मराज !" मार्कण्डेय ने युधिष्ठिर पर एक ठहरी सी दृष्टि डाली, "तुमने यह तो सोचा कि द्रौपदी इतनी पवित्र है, फिर भी उसे अपहरण का अपमान सहना पड़ा; किंतु यह सोच कर प्रभु के प्रति कृतज्ञता का अनुभव नहीं किया कि उसने द्रौपदी को इतना पवित्र बनाया। तुमने यह क्यों नहीं सोचा कि वे तुम पर कितने कृपालु हैं कि उन्होंने तुम्हारा मन दुर्योधन जैसा नहीं बनाया; अन्यथा तुम भी अपने भाइयों की संपत्ति छीनने के लिए षड्यंत्र रच रहे होते।"

युधिष्ठिर के नेत्रों में जल छलक आया, "कभी-कभी सोचता तो हूँ ऋषिवर ! किंतु क्या करूँ, यह मन बार-बार संसार की ओर देखता है और उससे प्रभावित हो जाता है। अपने कर्मों का नहीं ईश्वर के कर्मों का विश्लेषण करने लगता है। अपने दोष नहीं देखता, उसके दोष ढूँढ़ने लगता है। पर उस विराट् की लीला को समझ नहीं पाता, और उसके प्रति कोई न कोई विरोध पाल लेता है।"

"कठिनाई तो यही है धर्मराज !" मार्कण्डेय बोले, "कि हम अपनी उस बुद्धि से ईश्वर को समझने का प्रयत्न करते हैं, जो अपनी क्षमता में, उस विराट् की तुलना में बहुत ही छोटी है। हम यह अहंकार क्यों पालते हैं कि हमारी बुद्धि उस चैतन्य को भी उसी प्रकार देख और समझ सकती है, जैसे हम सांसारिक व्यापारों को देख और समझ सकते हैं। वस्तुतः जैसे एक चींटी अपनी बुद्धि से मनुष्य के मन और मनुष्यों के संसार के कार्यव्यापार को नहीं समझ सकती, वैसे ही मनुष्य की बुद्धि भी उस सृष्टिकर्ता चैतन्य को नहीं समझ सकती। उस चैतन्य के एक कण को जानने और समझने के लिए भी हमें उसी की शरण में जाना पड़ता है।" वे तनिक रुके, "मनुष्य अपनी बुद्धि से जो देखता, सोचता और समझता है, उसी के आधार पर उस प्रभु का एक चित्र अपने मन में बना लेता है और उस पर सारे मानवीय गुण और दोष आरोपित करने लगता है। वह प्रभु में भी सारे मानवीय तर्क-वितर्कों की कल्पना करता है, और उससे वैसे ही व्यवहार की अपेक्षा करता है। उसकी बाध्यता यह है कि उसके पास सोचने समझने के जो उपकरण हैं, वे इतने सीमित और संकुचित हैं कि उनसे ईश्वर

को, उस सृष्टिकर्ता चैतन्य को, समझा नहीं जा सकता; और उस उपकरण को त्याग कर अपने अंतःकरण से वह ईश्वर को जानना नहीं चाहता। मनुष्यों में सब के अपने-अपने आकाश होते हैं और उनकी अपनी-अपनी ऊँचाई होती है। दुर्योधन की तुच्छ बुद्धि यह कभी समझ नहीं पाएगी कि तुम हस्तिनापुर इसलिए आए, क्योंकि धृतराष्ट्र का निमंत्रण अस्वीकार करना तुम्हारे लिए अधर्म था। दुर्योधन मानता है कि तुम मूर्ख हो; इसलिए उनके निमंत्रण में छिपे षड्यंत्र को भाँप नहीं पाए। तुम द्यूत खेलने इसलिए नहीं बैठे कि अपने पितृव्य की आज्ञा का पालन करना तुम्हारा धर्म था, वह मानता है कि तुम द्यूत खेलने इसलिए बैठे, क्योंकि तुम्हें द्यूत का व्यसन है। वह मानता है कि तुम वन इसलिए नहीं चले आए क्योंकि यह तुम्हारा धर्म था, तुम वन इसलिए चले आए, क्योंकि तुम दुर्बल और भीरु हो। तुममें क्षत्रियों के समान लड़ मरनेवाला तत्त्व ही नहीं है। वह यह नहीं मानता कि तुम युद्ध से इसलिए बचना चाहते हो क्योंकि तुम नृशंस नहीं हो और शांति से प्रेम करते हो। वह मानता है कि तुम युद्ध से इसलिए बचना चाहते हो, क्योंकि तुम दुर्बल और कायर हो।'' मार्कण्डेय रुके, ''इसलिए धर्मराज ! मनुष्य को पहले अपना आकाश ऊँचा करना होगा, फिर सात्विकता का मूल्यांकन करना होगा। ईश्वर को समझने के लिए तो उसी की शरण में जाना होगा ...''

आश्रम के निकट ही कहीं अश्वों की टापों की ध्वनि सुनाई पड़ रही थी। युधिष्ठिर ने देखा, वहाँ एकत्रित हुए लोगों में एक प्रकार की सतर्कता आ गई थी। उसमें घबराहट भी थी और सावधानी भी। कदाचित् वे आशंकित थे कि कहीं जयद्रथ अथवा उसके मित्र फिर से तो नहीं आ गए थे।...

''आप लोग चिंतित न हों'' युधिष्ठिर बोले, ''संभवतः भीम और अर्जुन लौट आए हैं।''

युधिष्ठिर का अनुमान ठीक था। वे भीम तथा अर्जुन के ही रथ थे। सबकी प्रश्नवाचक दृष्टि उस ओर उठ गई थी।

भीम ने रथ रोका और घसीट कर जयद्रथ को बाहर निकाला, जैसे कोई भारी वस्तु उतारी जाती है। उसने उसे धक्का दिया और वह युधिष्ठिर के चरणों में आ गिरा।

युधिष्ठिर ने देखा : जयद्रथ का सारा शरीर धूलि-धूसरित था, जैसे वह बार-बार भूमि पर गिरा हो। मिट्टी में बार-बार लोटा हो या घसीटा गया हो। उसके वस्त्र अस्तव्यस्त और मलिन हो चुके थे। उसके सिर के केश मूँड दिए गए थे और बीच-बीच में शिखाएँ छोड़ दी गई थीं। उसका स्थान-स्थान से रक्त में भीगा शरीर रस्सियों से बँधा हुआ था। उसने हाथ जोड़ रखे थे; और भय से काँप रहा था।

"यह क्या भीमसेन !" युधिष्ठिर विस्मय से बोले, "तुमने इसकी यह क्या गति कर दी।"

"मैंने आपकी आज्ञा का पूरा-पूरा पालन किया है। मैंने इस नीच के अधम प्राण नहीं लिए। न ही इसकी वह भुजा भंग की, जिसने द्रौपदी का स्पर्श किया था। मैंने इसकी वह जिह्वा भी यथास्थान छोड़ दी है, जिससे इसने पांचाली को अपशब्द कहे थे।" भीम ने कहा, "अब आप पांचाली को सूचना दे सकते हैं कि जयद्रथ पांडवों का दास है। यह जहाँ भी जाएगा, अपना परिचय इसी रूप में देगा कि यह महाराज युधिष्ठिर का दास है।"

"इसे मुक्त कर दो भीम !" युधिष्ठिर बोले, "मुझे तो इस पर दया आ रही है।"

"यही तो कठिनाई है कि जब मैं किसी दुष्ट को पकड़ कर उसे दंडित करने लगता हूँ, आपको उस पर दया आने लगती है।" भीम रोषपूर्ण स्वर में बोला, "हमने श्रमपूर्वक युद्ध कर जब इस भगोड़े को पकड़ा और दंड देने का समय आया तो अर्जुन को स्मरण हो आया कि आप ने इसका वध न करने का आदेश दिया है। मैं तो इसका बध कर देना चाहता था; किंतु आपकी दया और अर्जुन की बाल-बुद्धि द्वारा उत्पन्न बाधाओं के कारण अपनी इच्छा भर इसको पीट भी नहीं सका।"

"वह तो स्पष्ट ही है," धर्मराज हँसे, "यदि तुमने अपनी इच्छा भर इसे पीटा होता, तो इसके प्राण ही निकल गए होते। अच्छा, अब इसे मुक्त कर दो।"

भीम की तनिक भी इच्छा नहीं थी; किंतु वह जानता था कि युधिष्ठिर इसे मुक्त कर ही देंगे। उसने नकुल की ओर देखा, "पांचाली को सूचित करो कि हम जयद्रथ को बाँध कर लाए हैं; और वह पांडवों का दास हो गया है।"

द्रौपदी अब तक कुटीर से बाहर आ चुकी थी। उसने जयद्रथ को देखा।

"यह आपने बहुत अच्छा किया कि इस नराधम का सिर मूँड कर पाँच चोटियाँ बना दीं। यही इसका वास्तविक रूप है—पाप और वासनाओं के इस दास का।" द्रौपदी बोली, "अब आप इसे मुक्त कर दें, ताकि यह भी देख ले कि यह नीच मेरे जिन पतियों को कंगले, निर्धन तथा लक्ष्मीहीन कह कर त्याग देने का उपदेश दे रहा था, उनका सामर्थ्य क्या है। यह मुझे कह रहा था कि जब यह अपने बाहुबल से पांडवों को पराजित कर देगा तो मैं अनुनय विनय करती हुई, घिसटती हुई इसके रथ के पीछे चलूँगी। ... देखे यह मेरी अनुनय विनय कि मैं स्वामिनी के रूप में इसे क्षमा किए बिना भी इसको मुक्त कर रही हूँ, क्योंकि यह पापाचारी तथा नीच दुःशला का पति है। यह देखे कि मेरे पति कितने वीर हैं। वे इसको पराजित कर सकते हैं। इसका वध भी कर सकते हैं, किंतु करते नहीं । वे सारा जीवन इसे अपना दास बना कर रख सकते हैं,

किंतु वे कितने महान् हैं कि इसे मुक्त भी कर सकते हैं। इस अपवित्र मांस पिंड को जितनी जल्दी संभव हो अपने इस पवित्र आश्रम से बाहर निकाल दीजिए मध्यम पांडव।''

भीम को बहुत कष्ट हुआ कि धर्मराज की क्षमा का यह रोग द्रौपदी को भी क्यों लग गया। वह एक बार उसे दंडित करने को कहती तो वह इन सारे उपस्थित लोगों के सम्मुख इस जयद्रथ को अपनी भुजाओं की ऊँचाई से एक बार धरती पर ऐसा पटकता कि उसके प्राण ही निकल जाते। पर अब क्या हो सकता था। उसने आगे बढ़ कर उसके बंधन खोल, उसे मुक्त कर दिया और कहा, ''फिर कभी तू मुझे अपने आश्रम के आस-पास दिखाई भी दे गया तो धर्मराज के सम्मुख भी नहीं लाऊँगा तुझे। वहीं मार कर पशुओं के खाने के लिए छोड़ दूँगा।''

जयद्रथ ने एक अत्यंत भीत दृष्टि भीम पर डाली। उसे विश्वास ही नहीं हो रहा था कि कभी भीम अपने ही हाथों से उसके बंधन खोल सकता है; किंतु वह देख रहा था कि भीम ने उसके बंधन खोल दिए थे और वह मुक्त था।...पांडवों के प्रति अब भी उसके मन में कृतज्ञता का भाव नहीं था। वहाँ तो मात्र भय था। कहीं वे उसे पुनः बंदी न बना लें। युधिष्ठिर की ओर मुख कर, हाथ जोड़, उसने उन्हें प्रणाम किया। सामने बैठे तपस्वियों को प्रणाम किया और सिर झुकाए खड़ा हो गया।

''जाओ सिंधुराज ! हमारी ओर से तुम मुक्त हो। पर पापाचारी राजन् ! यह स्मरण रखो कि प्रभु ने किसी को शक्ति इसलिए नहीं दी है कि वह पर-स्त्रियों का अपहरण करे। उसे शक्ति इसलिए मिली है कि वह दुर्बलों की रक्षा करे। मैं जानता हूँ कि तुम्हारे व्यसन क्या हैं, तुम्हारे संगी साथी कैसे हैं। भीम ने ठीक ही कहा है। यदि तुमने फिर ऐसा कोई प्रयत्न किया, अपने मन से अथवा दुर्योधन की इच्छा से हमें कष्ट देने का प्रयत्न किया, तो वह तुम्हारा अंत ही होगा। तब मैं भी तुम्हारी रक्षा नहीं कर सकूँगा। जाओ। भगवान तुम्हें सद्बुद्धि दें।''

जयद्रथ सिर झुकाए हुए, जितनी जल्दी संभव था, वहाँ से बाहर निकल गया।

28

विशोक कई दिनों के पश्चात् हस्तिनापुर से आश्रम में वापस लौटा था; किंतु वह अपने परिवार के पास अपने कुटीर में न जाकर सीधे धर्मराज के पास जा

पहुँचा।

वह प्रणाम कर उनके सम्मुख बैठ गया तो युधिष्ठिर ने ध्यान से उसकी ओर देखा। उसके वस्त्र तथा केश बता रहे थे कि वह लंबी यात्रा से लौटा है। उसके चेहरे की क्लांति स्पष्ट कह रही थी कि उसे विश्राम की बहुत आवश्यकता थी।

"सीधे मेरे पास ही आ रहे हो ?"

"हाँ महाराज !"

"अपनी पत्नी और बच्चों से भी मिलने नहीं गए ? स्नान इत्यादि भी नहीं किया ?"

"नहीं महाराज ! इतना ही नहीं, मार्ग में भी बहुत कम विश्राम किया है मैंने।"

"कारण ? कोई चिंताजनक समाचार है ?" युधिष्ठिर ने पूछा।

"चिंताजनक तो नहीं; किंतु कुछ महत्त्वपूर्ण समाचार हैं।" विशोक ने कहा, "सोचा, पहले आपको सूचित कर दूँ, फिर एक ही बार स्नान, ध्यान कर भोजन कर विश्राम करूँगा।"

युधिष्ठिर ने ध्यान से उसकी ओर देखा, "चिंताजनक नहीं हैं, किंतु महत्त्वपूर्ण समाचार हैं ?"

"हाँ महाराज !"

"बोलो।"

"महाराज ! यहाँ से जाने के पश्चात् सिंधुराज जयद्रथ आज तक हस्तिनापुर नहीं पहुँचे।"

"संभवतः अपने राज्य में लौट गए होंगे—सिंधुदेश।"

"हस्तिनापुर में जो समाचार सुनने को मिले हैं, उनके अनुसार वे वहाँ भी नहीं पहुँचे।" विशोक बोला, "कुछ लोगों का विचार है कि वे यहाँ से सीधे हरिद्वार अथवा ऐसे ही किसी स्थल पर चले गए हैं।"

"संभव है कि मन की ग्लानि दूर करने के लिए, उसको उसकी आवश्यकता हो।" युधिष्ठिर बोले।

"कुछ लोगों का कहना है कि उन्होंने ग्लानि के मारे, कहीं गंगा में कूद कर, अपने प्राण दे दिए हैं।"

"नहीं ! ऐसा संभव नहीं है।" युधिष्ठिर ने बीच में ही उसकी बात काट दी, "जयद्रथ में न इतना आत्मसम्मान है और न इतनी धर्मबुद्धि कि वह ग्लानि के मारे अपने प्राण दे दे। ऐसा ही लज्जाशील होता तो वह पांचाली के अपहरण जैसा नीच कर्म कभी न करता। करता तो उसे छोड़ कर इस प्रकार भागता नहीं । युद्ध में अपने प्राण दे देता।"

"कुछ लोगों की यह भी मान्यता है कि वे किसी दुर्गम स्थान पर एकांत में तपस्या कर रहे हैं, ताकि उनका मन शुद्ध हो सके।" विशोक ने एक और सूचना दी।

युधिष्ठिर कुछ देर तक मौन बैठे कुछ सोचते रहे फिर बोले, "मेरा मन यह स्वीकार नहीं कर पा रहा है कि जयद्रथ अपने मन की शुद्धि के लिए तपस्या कर रहा है। मुझे तो उसमें पश्चात्ताप का कोई लक्षण दिखाई नहीं पड़ा था। यदि उसे स्वयं को शुद्ध करने के लिए तपस्या ही करनी थी, तो यहीं हमारे आस-पास आरण्यकों के मध्य अथवा सब से पृथक् रह कर तपस्या करता। पश्चात्ताप था, तो अपनी शत्रुता को धोने के लिए, उनकी ही सेवा करता, जिनका वह अपराधी था।"

"वे यहाँ कैसे रह सकते थे महाराज !" विशोक बोला, "युवराज भीम ने कहा था कि यदि सिंधुराज यहाँ दिखाई भी पड़ेंगे, तो वे उनका वध कर देंगे।"

"भीम ने यह कहा अवश्य था; किंतु वह ऐसा करता नहीं । पश्चात्ताप तो ऐसा भाव है, जिसके सम्मुख पत्थर पिघल जाता है।" युधिष्ठिर कुछ रुक कर बोले, "कहीं ऐसा तो नहीं कि वह मूर्ख तपस्या कर कुछ अलौकिक शक्तियाँ प्राप्त करना चाहता हो, ताकि हमें किसी प्रकार की क्षति पहुँचा सके।"

विशोक ने युधिष्ठिर को ऐसी दृष्टि से देखा, जैसे वे अकस्मात् ही सत्य तक पहुँच गए हों, "संभवतः ऐसा ही हो महाराज !"

युधिष्ठिर के मस्तक से चिंता की रेखाएँ बहुत शीघ्र मिट गईं, "कैसे-कैसे मूर्ख होते हैं, इस संसार में। जिस तपस्या से ईश्वर मिल सकता है, उस तपस्या को वे मात्र अपनी शत्रुता का विस्तार करने का माध्यम बनाते हैं।"

"क्या सिंधुराज इसमें सफल हो पाएँगे महाराज ?" विशोक चिंतित था।

"चिंता की कोई बात नहीं विशोक ! उस सर्वमंगलकर्ता से किसी का अनिष्ट माँगने से वह नहीं मिलता, क्योंकि वह किसी का अनिष्ट करता ही नहीं।" युधिष्ठिर मुस्कराए, "उसे भूल जाओ विशोक ! मुझे बताओ कि तुम हस्तिनापुर से क्या विशेष समाचार लाए हो। निश्चित् रूप से तुम यह बताने के लिए हस्तिनापुर से बिना विश्राम किए हुए भागते दौड़ते नहीं आ रहे हो कि जयद्रथ वहाँ नहीं पहुँचा है।"

"महाराज ! सत्य कह रहे हैं।"

युधिष्ठिर ने निकट खड़े इंद्रसेन की ओर देखा, "जाओ। द्रौपदी और अन्य पांडवों को बुला लाओ। उन्हें कहना कि विशोक हस्तिनापुर से लौट आया है।"

चारों पांडवों और द्रौपदी के साथ धौम्य भी आ गए।

"हाँ विशोक !" युधिष्ठिर ने कहा।

"हस्तिनापुर में राजमाता तथा महामंत्री सकुशल हैं। पितामह भीष्म भी स्वस्थ और प्रसन्न हैं। आचार्य द्रोण तथा गुरुपुत्र अश्वत्थामा से भी मैंने भेंट की थी। उन्होंने आपके लिए अपना आशीर्वाद भेजा है।"

"महाराज धृतराष्ट्र स्वस्थ हैं ?" युधिष्ठिर ने पूछा।

"मैंने उनसे व्यक्तिगत रूप से भेंट नहीं की है; किंतु महात्मा विदुर ने मुझे बताया था कि वे स्वस्थ और प्रसन्न हैं।"

"अब तुम वह समाचार भी कह डालो, जिसके कारण तुम व्याकुल हो।" युधिष्ठिर बोले।

"महाराज ! महात्मा विदुर ने मुझे विशेष रूप से यह समाचार निवेदित करने के लिए कहा है।"

"कहो।"

"आज कल हस्तिनापुर की वीथियों, पण्यशालाओं तथा क्रीड़ास्थलियों में एक कथा बहुत प्रचारित हो रही है।"

"क्या ? एक कथा ?" भीम का कौतूहल जाग उठा था।

"अंगराज कर्ण को स्वप्न में सूर्यदेव ने दर्शन दिए हैं।"

भीम ने जोर का अट्टहास किया, "अच्छा ! हमें तो वे प्रतिदिन साक्षात् दर्शन देते हैं। कर्ण ने अब पहली बार सूर्य के दर्शन किए हैं, वह भी स्वप्न में। मनुष्य को इतने भी अंधकार में नहीं रहना चाहिए।"

"नहीं युवराज ! मेरा तात्पर्य यह नहीं था।" विशोक बोला, "भगवान भास्कर ने मनुष्य के रूप में, ब्राह्मण वेश में उसे दर्शन दिए।"

"क्या चाहते थे वे कि कर्ण उनकी इंद्र से रक्षा करे ?" भीम ने पुनः पूछा।

"नहीं । वे चाहते थे कि कर्ण इंद्र से अपनी रक्षा करे।"

"क्या ?" द्रौपदी ने आश्चर्य से पूछा, "क्या कर्ण देवराज से द्वन्द्व युद्ध करने जा रहा है ?"

"भगवान भास्कर ने उससे कहा कि इंद्र पांडवों की रक्षा करना चाहते हैं, इसलिए वे कर्ण को दुर्बल करना चाहते हैं। अतः निकट भविष्य में किसी समय देवराज इंद्र, ब्राह्मण का वेश बना कर कर्ण के पास आएँगे और उससे दान में उसके कवच और कुंडल मांग लेंगे। ..."

"तो उससे कर्ण दुर्बल कैसे हो जाएगा ?" अर्जुन ने पूछा, "क्या उसके पास दूसरा कवच नहीं है ? अथवा वह नए कवच का निर्माण नहीं कर सकता ? अथवा अब नए कवच बनते नहीं ? और कुंडलों का क्या है; प्रत्येक संपन्न व्यक्ति के पास कई-कई कुंडल होते हैं। फिर कुंडल न होने से कोई व्यक्ति दुर्बल

कैसे हो सकता है। युद्ध के अवसर पर तो वैसे भी योद्धा लोग अपने आभूषण उतार ही देते हैं।''

''मेरे मन में भी कुछ ऐसे ही प्रश्न आए थे राजकुमार ! किंतु वहाँ प्रचारित कथा में यह उस कवच-कुंडल की चर्चा है, जो जन्म के समय उसके शरीर पर थे।''

''ओह ! यह कथा तो हम पहले भी सुन चुके हैं कि कर्ण के शरीर पर एक अलौकिक कवच है ...''

''जो आज तक हमें दिखाई नहीं दिया और जिस को धारण कर कर्ण अनेक युद्धों में पराजित होता रहा, अनेक युद्धों से भागता रहा।'' भीम ने सहदेव की बात बीच में ही काट दी।

''हाँ ! यह उसी कवच कुंडल की चर्चा है।'' विशोक बोला, ''कथा के अनुसार वे कुंडल स्वर्ण के नहीं, अमृत के बने हुए हैं और उनको धारण करनेवाला व्यक्ति अवध्य होता है।''

''यदि ऐसा ही होता, तो कर्ण कब से उन्हें दुर्योधन को दे चुका होता, ताकि वह अवध्य हो सके।'' नकुल ने टिप्पणी की।

''कथा कहती है कि वे कवच और कुंडल कर्ण के शरीर का अंग हैं, अतः उन्हें शरीर से पृथक् करने के लिए मांस काटने जैसा काम करना होगा। शरीर को छीलना पड़ेगा। ...''

''अच्छा तो सूर्यदेव ने कर्ण को बताया कि इंद्र ब्राह्मण का वेश धारण करके आएँगे और कर्ण से उसके कवच कुंडल माँग लेंगे ?'' युधिष्ठिर बोले।

''हाँ महाराज !'' विशोक ने कहा।

''तो इतना सारा नाटक करने की क्या आवश्यकता है,'' सहदेव ने कहा, ''इंद्र जब चाहें, कर्ण को युद्ध में पराजित कर उसके कवच-कुंडल छील कर ले जाएँ। धर्मराज ने बीच में पड़ कर धनंजय को न भेजा होता तो यह काम गंधर्वराज चित्रसेन ही कर डालता। इंद्र कर्ण से दुर्बल हैं, अथवा उससे भयभीत हैं?''

''पर हमने तो इंद्र से कोई सहायता माँगी ही नहीं है।'' भीम ने कहा।

''मुझे तो आश्चर्य इस बात का है कि जिस पदार्थ का अस्तित्व ही नहीं है, उसके विषय में इस प्रकार की कथाओं के प्रचार का क्या अर्थ।'' अर्जुन ने अपनी टिप्पणी दी।

''तुम पूरी कथा सुनाओ विशोक !'' युधिष्ठिर बोले, ''उसके पश्चात् देखा जाएगा कि यह क्या है और इसका अर्थ क्या है।''

''सूर्यदेव ने कर्ण को यह चेतावनी दी; किंतु कर्ण ने उसे स्वीकार नहीं किया। वह बोला कि उसने यह प्रण किया है कि जब तक वह अर्जुन का वध

नहीं कर लेता, तब तक उसका कुछ भी ब्राह्मणों को अदेय नहीं है। यदि इंद्र उसके पास ब्राह्मण का रूप धारण करके आएँगे, तो वह उनका तिरस्कार नहीं कर सकता। तब सूर्यदेव ने कहा कि यदि ऐसा ही है तो वह इंद्र को अपना कवच-कुंडल देते हुए, उसके विपर्यय में इंद्र से उनकी अमोघ शक्ति माँग ले। कर्ण ने कहा कि उसका प्रण है कि वह अपनी दी हुई वस्तु के बदले कुछ भी स्वीकार नहीं करेगा। सूर्यदेव ने उसे बहुत समझाया कि वह ऐसी भूल न करे, अन्यथा उसके प्राण संकट में पड़ जाएँगे। अंततः वह उनकी बात मान गया।..."

"कर्ण ने यह नहीं पूछा कि सूर्यदेव उसके लिए इतने चिंतित क्यों हैं ? और तो किसी की रक्षा के लिए वे आज तक आकाश से उतर कर नहीं आए। हस्तिनापुर की द्यूतसभा में जब कर्ण मुझे निर्वस्त्र कर देने का प्रस्ताव कर रहा था, तब भी वे उसे समझाने नहीं आए कि यह अधर्म है। उसका पतन क्या उसकी मृत्यु से कम भयंकर था। तो अब ऐसा क्या हो गया कि वे उसे चेतावनी देने आ गए ?"

"कर्ण ने पूछा था, उनसे।" विशोक ने बताया, "तो भगवान भास्कर ने बताया कि वह उनका भक्त है इसलिए वे उसकी रक्षा करना चाहते हैं।"

"हाँ ! भक्त तो वह है ही।" भीम ने कहा, "जिसके मन में इतनी ईर्ष्या और इतनी नीचता है, उसके मन में भक्ति के तो खेत के खेत लहरा रहे होंगे। जहाँ कण भर सात्विकता नहीं है, वहीं तो भक्ति की निर्मल धारा बहती होगी। सूर्यदेव आए थे, तो इतना तो उसे समझा ही जाते कि सात्विकता के बिना भक्ति का बीज भी प्रस्फुटित नहीं हो सकता।"

"तो कर्ण सूर्यदेव के कहने पर अपना संकल्प तोड़ने पर सहमत हो गया ?" अर्जुन ने पूछा।

"हाँ। कर्ण सहमत हो गया और देवराज के आने की प्रतीक्षा करने लगा।" विशोक ने बताया, "एक दिन जब वह गंगा स्नान कर सूर्य को अर्घ्य दे रहा था, तो देवराज एक ब्राह्मण का वेश धारण कर आ गए। ... कर्ण ने उन्हें एक साधारण ब्राह्मण मान कर पूछा कि उन्हें क्या चाहिए। देवराज ने उससे उसके कवच और कुंडल माँगे, तो वह समझ गया कि वे ही देवराज हैं। उसने उन्हें टालने का बहुत प्रयत्न किया ..."

"ब्राह्मणों के लिए कुछ भी अदेय नहीं है, इस घोषणा के बाद भी ?" भीम ने पूछा।

"हाँ ! किंतु देवराज नहीं माने। उसने कहा कि वे उससे सारी पृथ्वी का राज्य ले लें ..."

नकुल जोर से हँसा, "सारी पृथ्वी कर्ण की संपत्ति है कि वह उसका दान कर देगा। ऐसे तो वह सारा ब्रह्माण्ड ही किसी दिन किसी ब्राह्मण को दान कर

देगा; और ब्राह्मण बेचारा ब्रह्मांड पर आधिपत्य जमाने के लिए टापता ही रह जाएगा। जो अपना है नहीं, उसका दान करने से तो दान की महिमा अनन्त हो जाती है।''

''देवराज नहीं माने, तो कर्ण बोला, 'मैं जानता था कि आप मुझसे मेरे कवच-कुंडल माँगने आएँगे। मेरे लिए यह कितने गर्व का विषय हैं कि देवराज इंद्र को याचक के रूप में मेरे पास आना पड़ा। मैं आपको न नहीं कहूँगा; किंतु आप जानते हैं कि मैं इस कवच के कारण अवध्य हूँ। आपको यह कवच दे देने के पश्चात् मैं अवध्य नहीं रह जाऊँगा। इसलिए मैं आपको निष्फल दान नहीं दूँगा। उससे आपकी महिमा घट जाएगी। मैं आपको अपने कवच- कुंडल दे दूँगा किंतु उसके बदले में आप मुझे अपनी अमोघ शक्ति दें।' इंद्र सहमत हो गए और उन्होंने उसे अपनी अमोघ शक्ति देते हुए कहा, 'मैं युद्ध में इसका उपयोग करता हूँ तो शत्रु सेना के सहस्रों योद्धा मारे जाते हैं और यह शक्ति लौट कर मेरे पास आ जाती है। जब तुम इसका प्रयोग करोगे तो यह केवल एक योद्धा का संहार कर लौट आएगी; किंतु तुम्हारे पास नहीं, मेरे पास। इसलिए इसका प्रयोग तब तक मत करना, जब तक कि तुम पूर्णतः असहाय न हो जाओ तथा तुम्हारे प्राणों पर वास्तविक संकट ही न आ गया हो।' कर्ण ने देवराज के नियम मान लिए और उनकी वह अमोघ शक्ति स्वीकार कर ली। तब उसने एक प्रखर कृपाण ले कर, अपने शरीर को छील-छील कर उस पर से वह कवच उतारा। अपने कानों को काट कर, वे कुंडल पृथक् किए। रक्त से सने हुए वे कवच और कुंडल देवराज को दे दिए। ...''

''इस घटना का कोई साक्षी है ? किसी ने देखा है, कर्ण को यह सब करते हुए ?'' सहदेव ने पूछा।

''नहीं । सूर्यदेव तो कर्ण के स्वप्न में आए थे, अतः उस समय वहाँ किसी के उपस्थित होने का कोई प्रश्न ही नहीं था; और देवराज ने भी कर्ण का यह दान एकांत में लिया था।'' विशोक ने उत्तर दिया।

''यह सब करने में कर्ण का सारा शरीर घायल हो गया होगा।'' सहदेव ने पुनः कहा, ''उसके शरीर का बहुत सारा रक्त बह गया होगा। वह अत्यन्त दुर्बल हो गया होगा। वह हस्तिनापुर के राजवैद्य से महीनों उपचार करवाता रहा होगा। उसका शरीर और मुख मंडल—दोनों ही अब बहुत कुरूप हो गए होंगे ?''

''नहीं । ऐसा कुछ नहीं हुआ राजकुमार !'' विशोक बोला, ''कवच छीलने से पहले, उसने देवराज से यह वरदान माँग लिया था कि कवच देने के कारण वह कुरूप न हो। उसका शारीरिक सौन्दर्य वैसा का वैसा ही बना रहे।''

''विशोक ! तुम हस्तिनापुर से यह जो कथा सुन कर आए हो, मैं उसको

तनिक भी विश्वसनीय नहीं मानता।'' सहदेव तेजस्वी वाणी में बोला, ''**हम वर्षों** से कर्ण को देख रहे हैं। हमें उसके शरीर पर इस प्रकार का कोई अलौकिक कवच दिखाई नहीं दिया। इस प्रकार के कवच का जैसा प्रभाव होना चाहिए था, वैसा किसी युद्ध में भी दिखाई नहीं दिया। अब सूर्यदेव के समझाने तथा देवराज द्वारा उसका कवच ले लेने की घटनाओं का न कोई साक्षी है और न ही उसका कोई प्रमाण कहीं दिखाई दे रहा है। फिर उसका विश्वास कैसे किया जाए ?''

''राजकुमार ! मैं भी तो यही कह रहा हूँ कि यह कथा हस्तिनापुर में बहुत प्रचारित है; और महात्मा विदुर ने विशेष रूप से कहा है कि यह कथा मैं आपको सुना दूँ।''

''ठीक है विशोक ! तुमने अपना दायित्व पूर्ण किया।'' युधिष्ठिर बोले, ''अब तुम अपने परिवार के पास जाओ। अपनी पत्नी और बच्चों से भेंट करो। स्नान ध्यान करो। कुछ खाओ पियो; और विश्राम करो।''

विशोक ने युधिष्ठिर की आज्ञा का पालन किया। वह प्रणाम कर अपने कुटीर की ओर चला गया।

''इस कथा का क्या अर्थ हुआ ? व्यर्थ ही तो कोई कथा प्रचारित नहीं की जाती।'' द्रौपदी ने सबसे पहले कहा।

''मैं तो इसे एक काल्पनिक कथा मात्र कह सकता हूँ ।'' सहदेव बोला, ''संभवतः कर्ण को कुछ गौरवान्वित करने के लिए इस कथा को गढ़ा गया है।''

''हमारा सहदेव अत्यंत प्रतिभाशाली है।'' भीम ने कहा, ''मैं सहदेव से सहमत हूँ। वह कथा कर्ण का महत्त्व बढ़ाने के लिए है। संभवतः हमें डराने के लिए भी है। कर्ण के पास कोई दिव्यास्त्र नहीं था। इस बात से वह पीड़ित भी था। उसने आचार्य द्रोण से ब्रह्मास्त्र के लिए प्रार्थना की थी। वे नहीं माने। वह गुरु परशुराम के पास गया। वहाँ भी उसे ब्रह्मास्त्र नहीं मिला। अब उसने सोचा होगा, दिव्यास्त्र नहीं है तो क्या हुआ। ऐसी कथा से यह ख्याति तो प्राप्त कर ही लेनी चाहिए कि उसके पास दिव्यास्त्र है। एक अमोघ शक्ति है, देवराज इंद्र की दी हुई। पांडवों को उससे डर कर रहना चाहिए।''

''सहदेव और मध्यम का निश्चित मत है कि इस कथा में सत्य का कोई अंश नहीं है। संभव है कि इनका निष्कर्ष सत्य ही हो। मेरे मन में एक बात आती है कि कर्ण के पास दिव्यास्त्र हों न हों, किंतु उसका ध्यान नित्य ही दिव्यास्त्रों की ओर लगा रहता है। वह उनका महत्त्व समझता है।'' अर्जुन ने कहा, ''उसके पास दिव्यास्त्र नहीं हैं, तो वह कहीं न कहीं से प्राप्त कर ही लेगा। उचित-अनुचित किसी न किसी मार्ग से ले ही आएगा।...''

''कर ही नहीं लेगा, मेरा विचार है कि उसने सचमुच इंद्र से वह शक्ति

प्राप्त कर ली है।'' युधिष्ठिर बोले।

''यदि आप यह मान लेंगे कि उसके पास सत्य ही वह शक्ति है, तो आपको यह भी स्वीकार करना पड़ेगा कि वह उसने देवराज से ही प्राप्त की है।'' भीम ने कहा, ''यदि उसने वह शक्ति इंद्र से प्राप्त की है, तो उसका अर्थ है कि उसके शरीर पर कोई दिव्य कवच था। तब आप यह भी स्वीकार करेंगे कि उसने ब्राह्मणवेशी देवराज को अपने शरीर से छील कर वह कवच दिया। आप उसकी दान-वीरता भी स्वीकार करेंगे, उसके व्रत को भी स्वीकार करेंगे, जबकि वह कथा स्वयं स्वीकार करती है कि कर्ण ने उस कवच-कुंडल का दान नहीं किया, उसका इंद्र के साथ व्यापार किया। उसे दे कर उसके स्थान पर अमोघ शक्ति प्राप्त की। इसका अर्थ हुआ कि जिस व्रत का वह व्रती था, उस व्रत को भी उसने तोड़ा। करेंगे आप यह सब स्वीकार ?'' भीम ने एक विजयिनी दृष्टि युधिष्ठिर पर डाली।

''मैं इसके एकदम विपरीत बात कह रहा हूँ।'' धर्मराज ने कहा, ''मुझे लगता है कि अब कर्ण के पास एक ऐसा अमोघ अस्त्र आ गया है। वह कहाँ से आया है, किस प्रकार प्राप्त किया गया है, इस विवाद में मैं नहीं पड़ता। पर पहले यह प्रचारित किया गया कि कर्ण के शरीर पर एक दिव्य कवच है और उसके कानों में दिव्य कुंडल हैं। अब यह प्रचारित किया जा रहा है कि उसके पास एक दिव्यास्त्र है, एक अमोघ शक्ति है। अब यदि तुम पूछोगे कि वे कवच-कुंडल कहाँ हैं, तो उत्तर मिलेगा कि वे देवराज इंद्र ले गए। तुम दूसरा प्रश्न पूछोगे कि यह दिव्य शक्ति कहाँ से आई, तो तुम्हें उत्तर मिलेगा कि यह देवराज से मिली। देवराज कर्ण को ऐसा शस्त्र क्यों देंगे ? उत्तर है कि पांडवों की रक्षा करने के लिए वे कर्ण का कवच-कुंडल लेना चाहते थे, इसलिए उन्हें यह अमोघ शक्ति देनी पड़ी।'' धर्मराज ने उन लोगों की ओर देखा, ''समझ रहे हो मेरी बात ! इस कथा से जनमत कर्ण के पक्ष में होगा कि उस बेचारे को वंचित किया गया। यह बताया जाएगा कि देवराज इंद्र तक पांडवों की सहायता कर रहे हैं। जब कि हम जानते हैं कि खांडव वन में इंद्र हमारे विरुद्ध तक्षक की रक्षा कर रहे थे। अर्जुन जब उनका अतिथि था तो उर्वशी के माध्यम से उसे भी प्रवंचित करने का प्रयत्न देवराज ने ही तो किया था। अब तुम यह भी नहीं कह सकते कि कर्ण के दिव्य कवच की बात मिथ्या थी, क्योंकि अब तो उसे देवराज ले गए। अब वह कर्ण के शरीर पर है ही नहीं, तो तुम्हें दिखाई कैसे पड़े। तुम यह भी नहीं कह सकते कि कर्ण किसी अनुचित पद्धति से कहीं से यह शक्ति प्राप्त कर लाया है, क्योंकि वह तो उसे देवराज ने दी है। जो नहीं है, उसकी भी व्याख्या हो गई और जो है, उसका भी स्पष्टीकरण हो गया।''

''अब मेरी समझ में आया कि महात्मा विदुर ने क्यों विशोक से कहा कि

वह यह कथा हमें अवश्य सुनाए।" द्रौपदी ने कहा, "इसका अर्थ यह भी है कि यदि वह शक्ति एक ही व्यक्ति के प्राण ले सकती है, तो कर्ण उसे धनंजय के लिए सँभाल कर रखेगा। अतः हमें धनंजय की रक्षा की चिंता करनी चाहिए। ऐसा अवसर कभी न आए कि धनंजय कर्ण के प्राणों के लिए संकट हो जाएँ, नहीं तो कर्ण उसी अमोघ शक्ति का प्रयोग कर धनंजय के प्राण ले लेगा।"

"तुम्हारी आशंका सत्य है देवि !" युधिष्ठिर ने कहा।

"पर तब मेरे मन में एक प्रश्न उठता है कि यदि कर्ण के पास वे कवच-कुंडल थे ही नहीं, तो देवराज उसे वह शक्ति क्यों देंगे ?"

"तुम कर्ण को नहीं जानतीं पांचाली !" भीम ने कहा, "जब वह किसी चीज़ के पीछे पड़ जाता है तो उसे प्राप्त करके ही छोड़ता है, चाहे उसके लिए उसे अपनी खाल ही क्यों न बेचनी पड़े। ... और इस कथा में भी तो उसने अपनी खाल ही बेची है।" भीम ने अट्टहास किया।

"मेरे मन में एक और प्रश्न है।" द्रौपदी ने कहा।

सबने उसकी ओर देखा।

"कर्ण देवराज तक कैसे पहुँचा होगा ?"

"इसका उत्तर तो तब मिले, जब यह कहा जाए कि कर्ण देवराज तक पहुँचा। जब कहा ही यह जा रहा है कि देवराज कर्ण के पास आए, तो स्पष्ट है कि वे उसके कवच-कुंडल के लिए आए।" सहदेव ने कहा, "हम जब उन दिव्य कवच-कुंडलों का ही अस्तित्व स्वीकार नहीं कर रहे हैं, तो हमारे लिए इस कथा की व्याख्या करना बड़ा कठिन है। वैसे इन महाशक्तियों के विषय में भी जानना बड़ा कठिन है कि वे किस को कौन सा शस्त्र किस उद्देश्य से दे रहे हैं। कहा तो यह जा रहा है कि देवराज इंद्र पांडवों की सहायता करना चाहते थे, इसलिए उन्होंने कर्ण को दुर्बल करने का प्रयत्न किया; किंतु सत्य यह भी हो सकता है कि श्रीकृष्ण से अपने विरोध के कारण इंद्र ने कृष्ण के मित्रों को दुर्बल करने के लिए, कर्ण को अपनी अमोघ शक्ति दे दी।"

"हाँ ! संभावनाएँ तो अनन्त हैं; किंतु यथार्थ मात्र इतना ही है कि हमें युद्ध में यह ध्यान रखना होगा कि उस दिव्यास्त्र के कारण कहीं धनंजय के प्राणों पर संकट न आए।" युधिष्ठिर ने कहा।

29

ऋतु में कुछ परिवर्तन हो गया था। चैत्र समाप्त हो गया था और वैशाख के भी कुछ दिन व्यतीत हो चुके थे। देव नदी अब कुछ तन्वंगी हो चली थी; और

तृणबिंदु सरोवर में भी जल का स्तर नीचे चला गया था। ग्रीष्म के प्रकोप के साथ-साथ निकट भविष्य में उसमें जल की मात्रा और कम हो जाने की संभावना थी। ज्येष्ठ के आरंभ होने तक उसके जल के स्वच्छ रहने की आशा नहीं थी। सघन वन में जल के अन्य स्रोतों के सूख जाने से वन के पशु जल की खोज में वन से बाहर भी आ सकते थे। तब आश्रम की सुरक्षा की ओर से भी इतने निश्चिंत नहीं रहा जा सकता था।

युधिष्ठिर के मन में निरंतर ऊहापोह की प्रक्रिया चल रही थी।

घोषयात्रावाली घटना के पश्चात्, द्वैतवन उन्हें सुरक्षित नहीं लगा था, इसलिए वे काम्यकवन में आ गए थे। काम्यक हस्तिनापुर से दूर था और मार्ग भी उतना सरल तथा सुविधापूर्ण नहीं था। उसके पृष्ठ पर मरुभूमि का आरंभ था। सोचा था कि उधर से आश्रम सुरक्षित रहेगा; किंतु जयद्रथ उधर से ही आ गया था। काम्यक की वह सुविधा उन्हें नहीं मिली थी; और अब इस ऋतु में जल के अभाव की असुविधा भी सामने थी। ... तो क्या वे पुनः द्वैतवन की ओर लौट जाएँ ?

जाने को तो पृथ्वी पर न स्थान की कमी थी, न दिशाओं की; किंतु बारहवाँ वर्ष समाप्त हो रहा था। द्यूत की प्रतिज्ञा के अनुसार तेरहवाँ वर्ष उन्हें मानव समाज के मध्य अज्ञात रह कर व्यतीत करना था। वे नहीं चाहते थे कि वे किसी अज्ञात दिशा में किसी ऐसे स्थान पर जा पहुँचें, जहाँ अज्ञातवास असुविधाजनक हो। तो क्या वे द्वैतवन में ही लौट जाएँ ? ...किंतु हस्तिनापुर ?...

वैसे तो हस्तिनापुर में दुर्योधन जमा बैठा था; किंतु युधिष्ठिर को उससे भी अधिक चिंता कर्ण की थी। कर्ण ने अर्जुन के वध की प्रतिज्ञा की थी; और अब उसने इंद्र से एक अमोघ शक्ति भी प्राप्त कर ली थी। ठीक है कि वह शक्ति केवल एक ही व्यक्ति का वध कर, इंद्र के पास लौट जाएगी; किंतु अर्जुन भी तो एक ही है। ... इस संकट को न अर्जुन समझ रहा था, न भीम। बहुत संभव है कि नकुल और सहदेव भी इस संकट की गंभीरता को समझने से इंकार कर दें। उन्होंने तो अभी यह भी स्वीकार नहीं किया था कि कर्ण के पास ऐसी कोई शक्ति है, तो फिर वे यह कैसे स्वीकार कर लेते कि अर्जुन के प्राणों को कर्ण की ओर से गंभीर संकट था।...

युधिष्ठिर को लगा कि अकस्मात् ही उनके मन की चिंता कहीं विलुप्त हो गई, और उसके स्थान पर उनका अपना ही कोई विचित्र सा प्रतिरूप आ बैठा। वह शांत नहीं था। चंचलतापूर्वक मुस्करा रहा था। उन्होंने उसकी ओर देखा तो वह जैसे चुनौती देता हुआ बोला, "क्यों बहुत भयभीत हो ?"

युधिष्ठिर ने स्वीकार किया, "हाँ ! मेरे भाई के प्राणों पर ऐसा संकट हो, जिसका कोई प्रतिकार न सूझ रहा हो, तो भय तो लगेगा ही।"

प्रतिरूप की मुद्रा गंभीर हो गई, "अर्जुन के प्राणों के लिए क्यों चिंतित हो ?"

"अर्जुन मेरा भाई है। मैं उससे प्रेम करता हूँ। वह मेरे संरक्षण में है। उसकी रक्षा की चिंता मैं नहीं करूँगा, तो कौन करेगा।"

प्रतिरूप हँस पड़ा, "भाई के प्रेम के कारण चिंतित हो या अपनी मृत्यु की संभावना से डर गए हो ?"

युधिष्ठिर कुछ समझ नहीं पाए। उसकी ओर देखते रह गए।

"नहीं समझे ?" प्रतिरूप ने पूछा।

"नहीं !" युधिष्ठिर ने स्वीकार किया।

"तुम्हें भय है कि यदि अर्जुन ही जीवित न रहा तो तुम्हारी रक्षा कौन करेगा। तुम अर्जुन के लिए नहीं, अपने प्राणों के लिए चिंतित हो।"

युधिष्ठिर के मन में विरोध जागा। उनका प्रतिरूप उन पर मिथ्या लांछन लगा रहा था। वे अपने प्राणों के लिए चिंतित नहीं थे। अपने प्राणों की क्या चिंता। जिसने भी इस संसार में जन्म लिया है, वह मृत्यु को भी प्राप्त होगा ही। जिसने शरीरं धारण किया है, वह शरीर का त्याग करेगा ही। तो फिर चिंता क्या ?

और युधिष्ठिर स्वयं ही हँस पड़े। ... कौन नहीं जानता कि जो जन्म लेता है, वह मृत्यु को भी प्राप्त होता ही है; किंतु कितने आश्चर्य की बात है कि प्रत्येक व्यक्ति अपने मन में यही धारणा बनाए बैठा है कि उसकी मृत्यु कभी नहीं होगी। कभी किसी को स्मरण आती है अपनी मृत्यु ? ... कैसा मोह है कि जिस मृत्यु को हम संसार में नित्य ही देखते हैं, उसे अपने संदर्भ में सदा ही भुलाए बैठे रहते हैं। जो दुर्योधन, कर्ण और शकुनि नित्य सोते-जागते, पांडवों की मृत्यु की कामना करते रहते हैं, क्या उन्होंने कभी अपनी मृत्यु के विषय में भी सोचा है ? क्या है यह ? अज्ञान ? नहीं ! अज्ञान तो तब हो, जब वे इसे जानते न हों। क्या वे नहीं जानते कि प्राणी के जन्म में ही उसकी मृत्यु भी निहित है, शरीर के निर्माण में ही उसका क्षय भी सम्मिलित है। ... जानते तो वे हैं, किंतु इसे भूले बैठे हैं। मोह है यह। मोह आँखें तो खुली रखता है; किंतु उन्हें सत्य का साक्षात्कार नहीं करने देता। ... मोह ही क्यों ? अहंकार भी तो है। मोह के कारण अहंकार है, अथवा अहंकार के कारण मोह है ? ... पर अहंकार दुर्योधन में ही तो नहीं है। अहंकार तो भीम में भी है, अपने बल का। दुर्योधन दंभी भी है। भीम में दंभ नहीं है, किंतु अहंकार तो है ही।... अहंकार, व्यक्ति के चैतन्य का हरण कर लेता है। व्यक्ति एक प्रकार से अचेत हो जाता है। सामने उपस्थित सत्य दिखाई नहीं देता। कई बार युधिष्ठिर को भीम के विषय में भी यही लगता है। उसका चैतन्य नष्ट हो जाता है। शारीरिक रूप से वह अचेत

नहीं होता, किंतु उसका चैतन्य लुप्त हो जाता है। ऐसा व्यक्ति मृत तो नहीं होता, किंतु उसे जीवित भी कैसे कहा जाए।...

चैतन्य शून्यता रूपी इस मृत्यु में जीवन लौटा लाने के लिए, ज्ञान की आवश्यकता है। शास्त्र ज्ञान की !... युधिष्ठिर का चिंतन जैसे स्तब्ध हो कर खड़ा रह गया। ... भीम को क्या शास्त्र का ज्ञान नहीं है ? शास्त्रों का अध्ययन तो उसने भी किया है। उसने ही क्या सहस्रों लोगों ने शास्त्रों को पूरी तरह चाट रखा है। शास्त्र घोंट कर भी वे मूर्ख के मूर्ख ही रह गए हैं। उनके आचरण पर उस ज्ञान का कोई प्रभाव दिखाई नहीं पड़ता। वे शास्त्र से कुछ भी ग्रहण नहीं करते, केवल अपना व्यसन पूरा करते हैं। व्यसन किसी का विकास नहीं करता। विकास करता है आचरण। जब तक आचरण में सात्विकता नहीं आएगी, जब तक आचरण में से अहंकार लुप्त नहीं होगा, तब तक शास्त्रों का ज्ञान किस काम का। ...जिसने अपने मानसिक मलों का त्याग करने जैसा महास्नान नहीं किया, जिसने सबके सुख की कामना करने जैसी दया अपने मन में विकसित नहीं की, जो सारे द्वंद्वों के मध्य रह कर अपने मन की दया के बनाए रखने का साहस नहीं कर पाया, जो अपने धर्म में तत्पर रहने का तप नहीं करता, उसके शास्त्राभ्यास का क्या लाभ ...

युधिष्ठिर का प्रतिरूप पुनः हँस पड़ा, "धर्म पर विचार कर रहे हो ?"

"बस ऐसे ही।" युधिष्ठिर ने अनायास ही उत्तर दे दिया।

"धर्म क्या है ? चार पुरुषार्थों में से एक। काम भी पुरुषार्थ और धर्म भी पुरुषार्थ ! अर्थ भी पुरुषार्थ ! काम-सुख प्राप्त करना हो तो धर्म की रक्षा होगी तुमसे ?" प्रतिरूप जैसे उनका उपहास कर रहा था, "पत्नी की इच्छा को धर्मविरोधी कह कर टाल दोगे, तो काम-सुख कैसे पाओगे ?... वह कहेगी या तो धर्म के साथ ही रह लो, या फिर मेरा संग कर लो। वह माँगेगी धन। उस धन को व्यय करना चाहेगी। धन भी कभी धर्म से कमाया जाता है ? धर्म पर टिके रहे, तो अर्जित कर लिया तुमने धन। ब्राह्मण को धर्म चाहिए, इसलिए वह भिक्षा पर जीवित रहता है। धर्म न धन के साथ रहता है, न काम के साथ; और तुम हो कि तीनों को एक साथ रखना चाहते हो। ..."

युधिष्ठिर को खीझ का सा अनुभव हुआ। आज उनके अपने भीतर ये कैसे प्रश्न उठ रहे हैं। यह तो ऐसा लगता है कि उनके भीतर कहीं से कोई दुर्योधन आ बैठा है। ...

किंतु फिर वे अपने प्रतिरूप के समान ही हँस दिए। रोचक प्रश्न है। ...जैसे भर्ता धर्म से च्युत हो जाए तो भार्या को कष्ट होता है, वैसे ही भार्या धर्म की विरोधिनी हो जाए, तो भर्ता को कष्ट होगा। ... मूल प्रश्न तो यह है कि भर्ता और भार्या एक-दूसरे के विरोधी हैं अथवा अविरोधी। युधिष्ठिर को तो

आज तक नहीं लगा कि उनका और पांचाली का पक्ष एक दूसरे का विरोधी है। देविका ने कभी उन्हें धर्म के विरुद्ध चलने को नहीं कहा। ... पत्नी ऐसा कैसे कर सकती है। पत्नी तो, पति की दैवकृत सहचरी है। गृहवासी की सबसे घनिष्ठ मित्र है, उसकी पत्नी। तो भार्या अपने भर्ता की विरोधिनी कैसे हो सकती है। जब भार्या और धर्म एक-दूसरे के अविरोधी हो जाते हैं, तो भर्ता को कामसुख भी मिलता है, अर्थ का उपार्जन भी होता है और उसका सुख भी मिलता है। पत्नी ही तो है, जो काम को आंदोलित भी करती है और मर्यादित भी। पत्नी ही तो है, जो अर्थोपार्जन में नियोजित भी करती है, और लोभ का निराकरण कर संतोष का आह्वान भी। ...वास्तविक रोग तो लोभ है। धर्म का विरोधी लोभ है, पत्नी नहीं । अनन्त रोग है लोभ; लोभ चाहे किसी भी क्षेत्र का क्यों न हो...

"महाराज ! धर्मराज !!"

युधिष्ठिर ने अपना सिर उठा कर देखा : एक बहुत घबराया हुआ ब्राह्मण उनको बड़ी व्याकुलता से पुकार रहा था।

"क्या बात है ब्राह्मण ! इतने व्याकुल क्यों हो ?"

"महाराज ! एक महामृग मेरी अरणि ले कर भाग गया है।" उसने कहा।

भीम ने अट्टहास किया, "वह महामृग नहीं, दुर्योधन होगा। वही है, जो दूसरों की संपत्ति ले कर भाग जाता है।"

युधिष्ठिर को भीम का यह परिहास अच्छा नहीं लगा। किसी के दुख का उपहास करना तो अच्छा नहीं; किंतु धर्मराज ने अनुभव किया कि उन्होंने भीम को वर्जित करने के लिए जो कुछ कहा, वह उनके अपने मन के भीतर ही रह गया। कंठ से स्वर फूटा ही नहीं ।

"नहीं युवराज ! वह महामृग ही था।" ब्राह्मण बोला, "मैंने उसे अपनी इन्हीं आँखों से देखा है।"

युधिष्ठिर को वे आँखें भी बड़ी विचित्र लगीं। वे जैसे किसी विराट् यक्ष की आँखें थीं...जटासुर की आँखें भी वैसी ही थीं।

"तो क्या हो गया," इस बार अर्जुन बोला। उसके स्वर में तनिक भी गंभीरता नहीं थी, "वह जयद्रथ होगा। वह पांचाली का अपहरण कर सकता है तो क्या तुम्हारी अरणि का हरण नहीं कर सकता ? तुम्हारी अरणि पांचाली से तो भारी नहीं हो सकती।"

"अर्जुन !" युधिष्ठिर ने उसे डाँट कर चुप करा दिया। उन्हें अपने भाइयों का यह अहंकारी रूप तनिक भी अच्छा नहीं लग रहा था। उन्होंने ब्राह्मण से पूछा, "अरणि कहाँ रखी थी ब्राह्मण ?"

"मैंने अपनी अरणि एक वृक्ष पर टाँग रखी थी।"

"तो क्या मृग उस वृक्ष पर चढ़ गया ?" भीम पुनः हँस पड़ा, "और अरणि ले कर भाग गया। उसके हाथ क्या मनुष्य के समान थे ?"

"नहीं युवराज ! उसने वृक्ष से अपने शरीर को रगड़ा तो ऊपर रखी अरणि गिर पड़ी; और उसके सींगों में फँस गई।"

"तुमको कुछ भ्रम हुआ है ब्राह्मण !" नकुल बोला, "मृग के सिर पर सींग थे अथवा झाड़, जिससे बच्चे पतंग लूटते हैं।"

युधिष्ठिर को फिर खीझ चढ़ी। जाने क्या हो गया है उनके भाइयों को आज। ऐसा व्यवहार तो वे कभी नहीं करते। उन्हें डाँटने का मन हुआ; किंतु डाँटा नहीं । बोले, "अपना मनोविनोद बाद में करना। अभी चलो, हम लोग ब्राह्मण की अरणि खोज कर लाएँ।"

युधिष्ठिर स्वयं भी उठ खड़े हुए। ब्राह्मण वहीं बैठा रह गया और वे पाँचों भाई उसकी बताई हुई दिशा में वेगपूर्वक चल दिए।

वे पाँचों आगे-पीछे भागते जा रहे थे और युधिष्ठिर सोचते जा रहे थे, यह वे लोग अच्छा नहीं कर रहे हैं। अभी कुछ दिन पहले ही तो पांचाली को आश्रम में अकेली छोड़ कर वे पाँचों एक साथ वन में चले गए थे और पीछे से जयद्रथ ने पांचाली का अपहरण कर लिया था। आज फिर वे लोग वही भूल कर रहे हैं। उनमें से एक न एक भाई को पांचाली की रक्षा के लिए आश्रम में रहना चाहिए था। यदि वह ब्राह्मण ही कोई धूर्तता कर रहा हो, तो आज फिर पांचाली का अपहरण हो जाएगा। ...

पर न तो युधिष्ठिर स्वयं आश्रम की ओर मुड़े और न ही उन्होंने किसी और भाई को पांचाली की रक्षा के लिए लौटाया। उनका मन पीछे की ओर भागता रहा और पग आगे की ओर। वे समझ ही नहीं पा रहे थे कि आज वे इतने असहाय क्यों थे। उनका अपना ही मन, मस्तिष्क और शरीर एक-दूसरे से इस प्रकार विद्रोह क्यों कर रहा था।

जिस दिन जयद्रथ ने द्रौपदी का अपहरण किया था, उस दिन तो वे लोग अपने-अपने रथ पर वन में गए थे। बाद में जयद्रथ को खदेड़ने के लिए भी वे रथों पर ही गए थे। आज उनके रथ भी न जाने कहाँ चले गए थे। इंद्रसेन भी साथ नहीं था। धौम्य कहाँ थे आज। ...किंतु उनका मस्तिष्क किसी भी प्रश्न का उत्तर नहीं दे रहा था। सब कुछ अव्यवस्थित था। ऐसे में वे न तो उस महामृग को पकड़ पाएँगे, न पांचाली की रक्षा कर पाएँगे। ...पता नहीं वह ब्राह्मण भी कौन था। ठीक कह रहा था भीम, क्या आवश्यकता थी अरणि को वृक्ष पर टाँगने की। अरणि ही तो थी, कोई सारिका तो थी नहीं कि उसे वृक्ष पर अपना घोंसला बनाना था। ... पर यह तो भीम ने नहीं कहा था। किसी और ने कहा होगा।

किसने कहा था ? किसी ने भी कहा हो। उन्हें इस बात से क्या लेना-देना। बात तो इतनी ही थी कि वह महामृग, उस ब्राह्मण की अरणि ले कर भाग गया था। अब पता नहीं वह ब्राह्मण उसी अरणि के पीछे क्यों पड़ा था। दूसरी क्रय कर लेता। शायद दूसरी क्रय नहीं कर सकता था। या तो यहाँ अरणि पण्य में कहीं बिकती नहीं होगी, या फिर उसके पास इतना धन नहीं होगा। देखने से ही निर्धन लग रहा था।...

पर वे लोग कहाँ भागते जा रहे हैं। वे तो ऐसे भाग रहे हैं, जैसे किसी महामृग को न खोज रहे हों, भागने की किसी स्पर्धा में भाग ले रहे हों। यह क्षेत्र तो उनका पहचाना हुआ नहीं था। पता नहीं वे लोग अपने आश्रम तक लौटने का मार्ग भी खोज पाएँगे या नहीं । यदि उन्हें मार्ग ही न मिला तो ? मार्ग मिल भी गया और अरणि न मिली तो ? और अरणि भी मिल गई, ब्राह्मण ही न मिला तो ?

युधिष्ठिर बहुत थक गए थे। वे रुक गए।

"भीम थोड़ा विश्राम कर लिया जाए ?"

"हाँ ! कर ही लें, ताकि वह महामृग भी थोड़ा विश्राम कर सके।" भीम बोला, "किसी असहाय मूक पशु को इस प्रकार निरंतर खदेड़ते जाना नृशंसता है। हमें थोड़ी जीव-दया भी दिखानी चाहिए। यह क्या कि प्रातः से ही उस बेचारे महामृग के पीछे भागते जा रहे हैं।"

युधिष्ठिर समझ रहे थे कि भीम उनका उपहास कर रहा था; किंतु वे कुछ बोले नहीं । उन्हें बहुत प्यास लग रही थी। इस समय वे अपने भाइयों से उलझना नहीं चाहते थे।

"मैं भी यही सोच रहा था कि वह ब्राह्मण भी कहीं विश्राम कर रहा होगा, और वह महामृग भी अपने डेरे पर अपनी मृगी के पास पहुँच गया होगा। उसने वह अरणि अपनी प्रिया को भेंट भी कर दी होगी। एक हम ही हैं कि इस वन में दौड़ने की स्पर्धा करते जा रहे हैं।" सहदेव बोला।

"ठीक है। ठीक है।" युधिष्ठिर ने क्लांत और चिड़चिड़ाए हुए स्वर में कहा, "पहले यह सोचो कि हम कहाँ हैं। यहाँ आस-पास कोई सरोवर इत्यादि है अथवा नहीं । मुझे प्यास लगी है।"

तब सबने पहली बार ध्यान दिया कि वे लोग एकदम अपरिचित स्थान पर पहुँच गए हैं। वे यहाँ इससे पूर्व कभी नहीं आए। इसलिए यहाँ के जल स्रोतों के विषय में भी उन्हें कुछ ज्ञात नहीं है। पर कैसी विचित्र बात थी कि वन के कण-कण को पहचाननेवाले पांडव इस स्थान से सर्वथा अनभिज्ञ थे। ...और इस समय तो वे पाँचों ही थक गए थे और विकट प्यास उन्हें सता रही थी। जल की आवश्यकता उन सबको ही थी।

सहदेव निकट के एक ऊँचे वृक्ष पर चढ़ गया। उसने चारों ओर देखा। उसे लगा कि सामने जो वृक्ष हैं, वे जल के निकट ही पाए जाते हैं। और ये कुछ पक्षी भी तो थे, जो सरोवर के निकट ही रहते थे। उनके पंख भी भीगे हुए थे। लगता था कि वे अभी-अभी किसी सरोवर में जल क्रीड़ा करके लौटे हैं। ... पर वे कौन से पक्षी थे ? उन्हें उसने कहाँ देखा था ? उसे कैसे मालूम था कि ये पक्षी जल के निकट ही रहते हैं ? उन वृक्षों के नाम भी वह नहीं जानता था। पर वह यह जानता था कि ये वृक्ष और ये पक्षी जल की निकटता के प्रतीक थे। शायद भीषण प्यास के कारण उसे कुछ भी स्मरण नहीं आ रहा था।

वह वृक्ष से उतर आया। उसने अपनी खोज के विषय में युधिष्ठिर को बताया और वह जल लेने के लिए चल पड़ा।

चारों भाई प्रतीक्षा करते रहे, किंतु सहदेव नहीं लौटा। युधिष्ठिर प्यास के मारे व्याकुल हो रहे थे। उन्होंने नकुल की ओर देखा, "जाओ। देखो, सहदेव कहाँ रह गया। कहीं ऐसा न हो कि मार्ग भटक गया हो। कितना भी बड़ा हो जाए; किंतु है तो अभी बच्चा ही न !"

नकुल ने अपना तूणीर उठाया, ताकि उसमें जल भर कर ला सके; और जल्दी से उसी दिशा में चल पड़ा, जिधर सहदेव गया था।

युधिष्ठिर की व्याकुलता बढ़ती जा रही थी। नकुल भी लौट कर नहीं आया था। युधिष्ठिर ने इस बार अर्जुन को भेजा, "देखो। ये दोनों छोटे कहाँ सो गए हैं।"

अर्जुन को गए भी बहुत देर हो गई तो युधिष्ठिर ने भीम को कहा।

"मैं उन सबको अभी उनकी गर्दन से पकड़ कर लाता हूँ।" भीम उठा और झूमता-झामता उसी दिशा में चला गया।

बहुत देर हो गई तो युधिष्ठिर स्वयं उठे। उनके भाई ऐसा तो कभी नहीं करते थे। आज जाने क्या हो गया था। चारों ही कुछ विचित्र व्यवहार कर रहे थे।

अब तक युधिष्ठिर को यह सारा क्षेत्र अपरिचित लग रहा था; किंतु जब चले तो जैसे अपने-आप ही मार्ग का ज्ञान होता गया। वे थोड़ी ही देर में सरोवर के तट पर पहुँच गए।

सरोवर का जल स्वच्छ और पारदर्शी था... उनके चारों भाई सरोवर के तट पर ऐसे लेटे हुए थे, जैसे इच्छा भर जल पी कर, तृषा मिट जाने के पश्चात् विश्राम कर रहे हों। युधिष्ठिर भागते हुए उनके पास पहुँचे। उन्हें ध्यान से देखा। नहीं ! वे विश्राम नहीं कर रहे थे। वे लोग तो अचेत थे।

कहीं दुर्योधन ने ही तो कोई प्रपंच नहीं रचा ?... युधिष्ठिर का मन पीड़ा से फटने लगा।... उनके चारों के चारों वीर भाई इस प्रकार बिना किसी युद्ध

के अकस्मात् धराशायी हो गए थे। ... क्या शकुनि अथवा कर्ण उनसे पहले यहाँ आ पहुँचे थे ? वह ब्राह्मण, जो उनके पास सहायता के लिए आया था, कहीं दुर्योधन का ही भेजा हुआ तो नहीं था ?

युधिष्ठिर ने एक-एक कर सारे भाइयों की नाड़ी का परीक्षण किया। ... बड़ी विचित्र स्थिति थी। वे जीवित तो थे, किंतु न तो उनकी नाड़ी सक्रिय थी और न ही उनका श्वास चल रहा था। युधिष्ठिर की समझ में नहीं आ रहा था कि वे कैसे कह सकते थे कि वे जीवित थे। क्या प्रमाण था युधिष्ठिर के पास उनके जीवित होने का ? ...किंतु वे जानते थे कि उनके भाई अभी तक जीवित हैं। ... भाइयों का जीवित होना निश्चित हो गया तो उन्हें अपनी प्यास स्मरण हो आई। वे आगे बढ़े। पहले पानी पी लें। फिर तूणीर में जल लाकर अपने भाइयों को पिलाने का प्रयत्न करेंगे। संभव है कि वे लोग प्यास से ही अचेत हो गए हों ...यद्यपि यह बात भी युधिष्ठिर के मन में निरंतर बनी हुई थी कि उनके भाई इतने सुकुमार तो थे नहीं कि इतनी-सी देर में प्यास के कारण अचेत हो कर भूमि पर गिर पड़ें।

युधिष्ठिर जल की ओर बढ़े।

"ठहरो।"

युधिष्ठिर ने अपना सिर उठा कर ऊपर देखा : कहीं कोई नहीं था, किंतु उन्होंने स्पष्ट सुना था कि कोई उन्हें ठहरने को कह रहा था।

"कौन हो भाई ?" युधिष्ठिर ने पूछा।

"मैं एक यक्ष हूँ।" और यक्ष उनके सम्मुख प्रकट हो गया। वह ताड़ के वृक्ष के बराबर ऊँचा, अमावस्या के समान काला और किसी भयंकर शस्त्र के समान क्रूर लग रहा था। उसकी आँखें बड़ी-बड़ी और भयंकर थीं, "और यह सरोवर मेरा है। मेरी अनुमति के बिना तुम इसका जल नहीं पी सकोगे।"

युधिष्ठिर ने एक विचित्र प्रकार की व्याकुलता का अनुभव किया। आज तक तो जल और वायु जैसे पदार्थ ईश्वर की संपत्ति थे। अब यदि उन पर भी यक्षों और मनुष्यों का आधिपत्य हो जाएगा, वे उसके स्वामी हो जाएँगे; तो साधारण व्यक्ति जल और वायु कैसे प्राप्त करेगा ? वह उनके बिना जीवित कैसे रहेगा ? जल और वायु तो ऐसे पदार्थ नहीं, जिनके बिना मनुष्य का जीवन चल सके। तो यह सृष्टि कैसे चलेगी ?

"तुम्हारे इन भाइयों को मैंने जल पीने से रोका था; किंतु अपने बल के अहंकार में वे रुके ही नहीं, इसलिए मैंने उनकी यह स्थिति कर दी है।" यक्ष ने कहा, "यदि तुमने भी मेरी अनुमति के बिना जल पीने का प्रयत्न किया तो तुम्हारी भी वही स्थिति हो जाएगी।"

हाँ ! अहंकार ! ...युधिष्ठिर स्वयं सोच रहे थे कि भीम को अपने बल

का बहुत अहंकार हो गया था। उसने कुबेर के सरोवर में से सौगंधिक पद्म लाते हुए भी, किसी की अनुमति नहीं ली थी और रक्षकों को मार कर फेंक दिया था। तो उस अहंकार का यह फल मिला उसे... धनंजय को भी...नकुल, सहदेव को भी। ...

"नहीं । मैं आपकी अनुमति के बिना जल नहीं पियूँगा।" युधिष्ठिर ने कहा, "अब बताइए कि आपकी अनुमति प्राप्त करने के लिए क्या करना पड़ेगा।"

"मेरे कुछ प्रश्नों का उत्तर देना होगा। यदि मेरे प्रश्नों का संतोषजनक उत्तर दे दोगे, तो तुम इस सरोवर का जल पी सकोगे।"

युधिष्ठिर को यह सब कुछ बड़ा विचित्र लग रहा था। जल पीने के लिए अपने ज्ञान की परीक्षा देनी होगी। ... नहीं ! अपने ज्ञान की परीक्षा नहीं । संभव है, यक्ष को कुछ सूचनाओं की आवश्यकता हो, जिनके अभाव में उसका कोई काम रुका हुआ हो। तो क्या जल पीने का भी मूल्य देना पड़ेगा ?

"पूछो।" युधिष्ठिर ने कहा।

"पृथ्वी से भारी क्या है ?"

ओह ! भूगोल का प्रश्न। इस यक्ष को जल के मूल्य के रूप में भूगोल की जानकारी क्यों चाहिए ? उसे कहीं भूगोल की परीक्षा देनी थी क्या ?...

सारी पृथ्वी से युधिष्ठिर का परिचय नहीं है। वे तो अपनी उसी धरती को जानते हैं, जिसके अन्न से उनके इस शरीर का पोषण हुआ है। युधिष्ठिर के मन में धरती के प्रति कृतज्ञता का भाव उदित हुआ। मनुष्य धरती पर जन्म लेता है, उस पर विचरण करता है। उसमें से अन्न उगाता है और अपना उदर भरता है। धरती हमारी माता है। ... पर वास्तविक माता तो कुंती है। यदि माँ ने युधिष्ठिर को जन्म न दिया होता, तो धरती किसका भरण-पोषण करती ? धरती वनस्पति को जन्म दे सकती है, मनुष्य को नहीं ...

"माता का गौरव पृथ्वी से भी अधिक गरिमापूर्ण है।" युधिष्ठिर उसे भूगोल क्षेत्र से बहकाकर भावना के क्षेत्र में ले आए। देखें यक्ष क्या कहता है।

यक्ष ने उनके उत्तर से न सहमति जताई, न असहमति। बोला, "आकाश से ऊँचा क्या है ?"

आकाश से ? ... युधिष्ठिर ने सोचा ... क्या था, जिसकी ऊँचाई तक उनकी दृष्टि उठती नहीं थी ? कौन था, जिस की ऊँचाई तक उठना उनका आदर्श था ? कौन था, जिसको पार कर जाना जीवन का सपना था। कौन था, जिसकी ऊँचाई उनके लिए चुनौती थी ? कौन था, जिसकी ऊँचाई उनका आदर्श थी ?....

"पिता आकाश से भी ऊँचा है।" युधिष्ठिर ने उत्तर दिया।

"वायु से भी अधिक गति से कौन चलता है ?" लगता था, यक्ष की रुचि

प्रश्न पूछने में अधिक थी, उत्तर सुनने में कम।

अभी-अभी युधिष्ठिर का मन माता कुंती के पास हस्तिनापुर में जा पहुँचा था। वायु तो अभी तक इस सरोवर के उस पार ही पहुँची होगी।

"मन वायु से भी तीव्रगामी है।" वे बोले।

"तिनकों से भी अधिक संख्या किस की है ?"

ओह ! यह यक्ष तो लगता है, घर से ही सारे प्रश्न सोच कर आया है। ... युधिष्ठिर सोच रहे थे... तिनकों से अधिक संख्या तो उसकी ही होगी, जो अनन्त है, असंख्य है...ब्रह्म अनन्त तो है, किंतु असंख्य नहीं है। ... तो क्या है वह, जिसकी संख्या तो हो, किंतु उसकी गणना कभी समाप्त ही न हो। ... कैसी चिंता में डाल दिया, इस यक्ष ने उनको। ... हाँ ! चिंता ! चिंता अनन्त है। किस-किस प्रकार की चिंता है। उनके जीवन में चिंताएँ कभी समाप्त ही नहीं हुईं। और वे तो केवल अपने जीवन की बात सोच रहे हैं। सारी सृष्टि की चिंताएँ ली जाएँ, तो ?

"चिंताओं की संख्या तिनकों से भी अधिक है।"

यक्ष ने उन्हें घूर कर देखा, "प्रवासी का मित्र कौन है ?"

कौन हो सकता है प्रवासी का मित्र ? ... कौन था उनका मित्र, जब वे यात्राओं पर गए थे ? कौन था उनका मित्र, जब वे वनों में रहे थे ? ... निश्चित रूप से, वे लोग, जो उनके साथ यात्रा कर रहे थे। मित्र तो वे ही हैं, जो साथ थे। ...

"प्रवासी का मित्र उसका सहयात्री ही होता है।" युधिष्ठिर बोले, "हम अर्जुन के भाई हैं, किंतु जब वह प्रवास कर रहा था, तो हम तो उसके किसी काम नहीं आ सकते थे। तब तो उसके सहयात्री ही उसके मित्र हो सकते थे।"

"और गृहवासी का मित्र कौन है ?"

गृहवासी का ? ...युधिष्ठिर ने स्वयं को परीक्षक दृष्टि से देखा ... जब वे घर में हैं, तो कौन मित्र है उनका ? उनके भाई ? उनकी पत्नी ? उनके पुत्र ? माता ? मंत्री ? सहपाठी ?... नहीं ! जब किसी का विवाह हो जाता है तो सब से अधिक निकट और सबसे अधिक समय तक साथ तो पत्नी ही रहती है। पत्नी भाई से भी अधिक निकट होती है। मूर्ख से मूर्ख पत्नी भी अपने पति को परामर्श देती है। उसके तर्कों को काटने का साहस करती है। उसे अपना समझती है। उसके अधिकारों को अपना अधिकार मानती है। उसके धर्म और पुण्य तक में उसकी भागीदार है। उससे लड़ सकती है। उससे माँग सकती है। उसके कष्टों को सुन सकती है। पति असमर्थ दिखाई दे तो स्वयं समर्थ बन उसका अवलंब बन सकती है। संतान की दृष्टि से उन दोनों से अधिक निकट कोई नहीं होता।... अन्य लोग भी इनमें से कुछ न कुछ कर सकते हैं;

किंतु इतने सारे क्षेत्रों का सहभागी और कोई नहीं हो सकता। उनके भाई, उनके अधीन हैं। वे उनसे समानता का अधिकार नहीं माँग सकते।...

"गृहवासी की मित्र उसकी पत्नी है।" युधिष्ठिर बोले।

पहली बार यक्ष ने आपत्ति की, "पत्नी मित्र कैसे हो सकती है ?"

"क्यों नहीं हो सकती ?" उनके मन में क्षण भर में ही द्रौपदी और देविका के संदर्भ में अनेक घटनाएँ जीवंत हो उठी थीं। अनेक भावनाएँ उभर आई थीं।..."

"भार्या तो अपने कामाकर्षण से पति को धर्म से विचलित करती है।" यक्ष ने कहा, "पति धर्म की ओर चलना चाहे, तो वह उससे अर्थ की माँग करती है। पति की धन संबंधी आवश्यकता ही कितनी होती है ? वह उसी के अनुसार अपनी आकांक्षा को भी सीमित कर लेता है। उसके आगे वह धर्म और मोक्ष को प्राप्त करने का प्रयत्न करता है।... पत्नी इन सारे कामों में उसके मार्ग की बाधा है।... वह पति की मित्र कैसे हो सकती है ?"

युधिष्ठिर कुछ उत्साह में बोले, "आप मात्र स्त्री की बात कर रहे हैं, मैं पत्नी की बात कर रहा हूँ। जो पुरुष, पुरुष के रूप में कठोर होता है, वह प्रेमी के रूप में कितना कोमल होता है। जो पुरुष के रूप में वंचक हो सकता है, वही पुरुष पति के रूप में संरक्षक हो जाता है। स्त्री माँ के रूप में स्त्री ही रह जाती है क्या ? स्त्री पत्नी बन जाए तो मित्र हो जाती है। पत्नी तो पति की दैवकृत सहचरी है। पत्नी ही काम को आंदोलित करती है, और पत्नी ही उसे मर्यादित करती है। पत्नी ही अर्थोपार्जन में नियोजित करती है और पत्नी ही लोभ का निराकरण कर संतोष करना सिखाती है। ... जिस पुरुष की पत्नी उसकी मित्र नहीं है, उसका कोई मित्र नहीं हो सकता। भार्या और धर्म अविरोधी हो जाते हैं, तो गृहवासी को धर्म, अर्थ और काम—तीनों, एक ही स्थान पर मिल जाते हैं। उसका जीवन सुखी हो जाता है।"

पता नहीं, यक्ष इस उत्तर से संतुष्ट हुआ या नहीं, अथवा उसने युधिष्ठिर को पत्नी का दास मान लिया; किंतु उसने इस विषय में विवाद नहीं किया।

"संसार का सबसे बड़ा आश्चर्य क्या है ?" उसने पूछा।

युधिष्ठिर की दृष्टि भूमि पर अचेत लेटे अपने भाइयों की ओर चली गई। ... लगता है कि उनकी मृत्यु हो गई है ...किंतु युधिष्ठिर का मन तो इसको स्वीकार नहीं कर रहा है। उन्होंने कभी कल्पना भी नहीं की कि उनके भाइयों की कभी मृत्यु भी हो सकती है। अपनी मृत्यु के विषय में तो उन्होंने कभी कुछ सोचा ही नहीं ।... वे तो फिर भी कभी सोचते हैं, पर क्या धृतराष्ट्र ने कभी सोचा है कि जिस राज्य के लिए वह ये सारे षड्यंत्र कर रहा है, वह यहीं रह जाएगा और उसे संसार छोड़ कर जाना होगा ...

"संसार में प्रत्येक जीव को मरते देख कर भी व्यक्ति इस भ्रम में जीता

है कि उसकी मृत्यु कभी नहीं होगी।''

यक्ष कुछ संतुष्ट दिखाई दिया। बोला, ''समाज की रक्षा कौन करता है ?''

''राज्य की रक्षा राजा करता है,'' युधिष्ठिर बोले, ''किंतु राष्ट्र और समाज की रक्षा ब्राह्मण करता है।''

''ब्राह्मण कौन है ?'' यक्ष ने पूछा, ''जिसने ब्राह्मण पिता के घर जन्म लिया है ? जो व्यवसाय से ब्राह्मण है ? जिसकी प्रकृति ब्राह्मण की है ?''

युधिष्ठिर को आश्चर्य हुआ, यक्ष को यह कैसे ज्ञात हुआ कि युधिष्ठिर के मन में भी इस प्रकार का कुछ मंथन चल रहा है ? बोले, ''जो व्यक्ति जन्म, स्वधर्म तथा व्यवसाय–तीनों से ब्राह्मण हो, सर्वश्रेष्ठ तो वह ही है। किंतु ऐसा होता नहीं है। इसलिए न तो ब्राह्मणत्व कुल में है, न स्वाध्याय में, न शास्त्र श्रवण में। ब्राह्मणत्व का हेतु आचरण है, इसमें कोई संशय नहीं । इसलिए प्रयत्नपूर्वक सदाचार की रक्षा करनी चाहिए। जिसका आचरण नष्ट हो गया, वह तो स्वयं ही नष्ट हो गया। वह ब्राह्मण कैसे हो सकता है ? रावण जैसा आचरण हो तो कोई ब्राह्मण कैसे हो सकता है; और दूसरी ओर विदुर हैं, जिनको ब्राह्मण के सिवाय और कुछ माना ही नहीं जा सकता। ...तो वंश क्या करेगा। व्यक्ति ब्राह्मण तो अपने आचरण से ही कहला सकता है।...''

''तुम्हारा अभिप्राय है कि शास्त्रों का अभ्यास अथवा वेदों का स्वाध्याय ब्राह्मण होने के लिए पर्याप्त नहीं है ?'' यक्ष ने पूछा।

''पढ़नेवाले, पढ़ानेवाले तथा शास्त्र का विचार करनेवाले–ये सब तो व्यसनी और मूर्ख ही हैं। पंडित तो वही है, जो अपने कर्तव्य का पालन करता है। चारों वेद पढ़ कर भी जो दुराचारी है, वह अधम शूद्र है। जो अग्निहोत्र में तत्पर और जितेन्द्रिय है, वही ब्राह्मण कहा जाता है।''

''तुम कहते हो कि शास्त्र पढ़ कर भी व्यक्ति ब्राह्मण नहीं कहला सकता, तो फिर जीवन का उत्तम मार्ग कौन-सा है ?'' यक्ष ने पूछा।

युधिष्ठिर बोले, ''संसार में सब लोग अपनी बुद्धि से चलते हैं। किंतु बुद्धि हो तो व्यक्ति प्रत्येक तर्क को अपनी इच्छानुसार तोड़-मोड़ लेता है। इसलिए तर्क की कहीं स्थिति नहीं है। शास्त्र एक नहीं है। शास्त्र अनेक हैं और नए भी रचे जा सकते हैं। ऋषि कोई एक ही नहीं है, जिसके मत को प्रमाण माना जाए। इसलिए मार्ग वही है, जिससे महापुरुष जाते हैं।''

यक्ष कुछ देर मौन रहा, फिर बोला, ''मैं तुम्हारे उत्तरों से संतुष्ट हूँ। तुम चाहो तो सरोवर में से अपनी इच्छानुसार जल पी सकते हो।''

''और मेरे भाई ?'' युधिष्ठिर ने पूछा।

''ओह हाँ !'' यक्ष बोला, ''तुम इनमें से जिस एक भाई को जीवित करना चाहो, मैं उसको जीवित कर दूँगा।''

"केवल एक को ?"

"हाँ ! केवल एक को।"

"तो फिर आप इस श्यामवर्ण, अरुणनयन, सुविशाल शाल वृक्ष के समान ऊँचे कदवाले, पृथुल वक्षवाले महाबाहु नकुल को जीवित कर दें।" युधिष्ठिर ने कहा।

यक्ष ने चकित हो कर युधिष्ठिर की ओर देखा, "भीम और अर्जुन तुम्हारे सहोदर भ्राता हैं युधिष्ठिर !"

इसे मेरा नाम कहाँ से मालूम हो गया ? युधिष्ठिर चौंके ... अभी-अभी तो उन्होंने स्वयं ही नकुल का नाम लिया था। संभव है, युधिष्ठिर के सरोवर तट पर आने से पहले उनके भाइयों के साथ वार्तालाप में उन लोगों के नामों और संबंधों की चर्चा हो गई हो।...पर वह तो यह भी जानता है कि कौन किसका सहोदर है।

"जानता हूँ।" युधिष्ठिर बोले।

"अर्जुन संसार का सर्वश्रेष्ठ धनुर्धारी है। भीम असाधारण योद्धा है। नकुल में क्या रखा है ? वह तुम्हारी क्या सहायता कर पाएगा ?" यक्ष ने पूछा।

"मेरी दो माताएँ हैं।" युधिष्ठिर बोले, "कुंती का एक पुत्र मेरे रूप में जीवित है। यदि मैं कुंती के ही दूसरे पुत्र को जीवित करने का आग्रह करूँगा, तो माता माद्री के प्रति यह क्रूरता होगी। मैं अनृशंसता का व्रती हूँ यक्ष ! किसी के प्रति नृशंस होना नहीं चाहता।"

यक्ष प्रसन्न हो कर हँसा, "तुमने अर्थ और काम से भी अधिक, दया और समता का आदर किया। तुमने सिद्ध किया है कि तुम्हें शास्त्र का ज्ञान ही नहीं है, तुम उस पर आचरण भी कर रहे हो। इसलिए तुम्हारे सभी भाई जीवित हो जाएँगे।"

यक्ष की बात सुन कर युधिष्ठिर की जान में जान आई। उनकी स्फूर्ति लौटी ...चारों ओर से जैसे कोई माया का आवरण उठ गया। वे यथार्थ के संसार में लौट आए थे।...

ओह ! तो यह उनकी मध्याह्न की तंद्रा थी, जो निद्रा में परिवर्तित हो गई थी, अथवा मन के ऊहापोह ने ही इतना जीवंत रूप ले कर उनकी चेतना को आच्छादित कर लिया था ? ... उनके मन में कहीं अपने भाइयों के अहंकार के प्रति आक्रोश था। वे पत्नी के महत्त्व के विषय में सोचते रहे थे। ... ब्राह्मण के स्वरूप के विषय में भी उनका मन कुछ बुनता ही रहता था। तो उसने यह रूप ग्रहण कर लिया ... हाँ ! वे काम्यक वन में इस ऋतु में जल के अभाव

को ले कर भी चिंतित थे ... तो ऐसे सरोवर पर जा पहुँचे, जहाँ का पानी वे पी नहीं सकते थे... मन भी कैसा मायावी होता है...किन विचारों को ले कर क्या का क्या बुन दिया उसने ...

पर जैसे अपने ही मन के भीतर झाँक कर वे स्तब्ध रह गए। ... उन्हें अपने भाइयों के संभावित अहंकार से विरोध था; और वे स्वयं अपने मन में यह कैसा अहंकार पाल रहे थे ... वे शास्त्र के ज्ञाता ही नहीं हैं, उस पर आचरण भी कर रहे हैं ?... उन्हें अपने इस अहंकार से मुक्ति कैसे मिलेगी ? कब मिलेगी ? ... उनकी अंतरात्मा जैसे पुकार-पुकार कर उनसे कह रही थी ... अहंकार तो सात्विकता का भी हो सकता है युधिष्ठिर ! सदाचार तुम्हें तुम्हारे अहंकार से मुक्त नहीं कर सकता, उससे तो तुम्हें भक्ति ही बचा सकती है। ...भक्ति ... भक्ति

30

युधिष्ठिर के मन में बहुत देर से तर्क-वितर्क चल रहा था।... वे लोग हिमालय के उच्च शिखरों से नीचे उतरे थे, तो इंद्रसेन तथा विशोक से जो सूचनाएँ मिली थीं, वे अत्यंत महत्त्व की थीं। ... कहाँ-कहाँ तिरस्कार हुआ था, उनके भेजे हुए लोगों का; और कहाँ-कहाँ सत्कार हुआ था। ...सबसे विचित्र स्थिति तो विराट्नगर की थी। राजा विराट् ने उनके लोगों को अपनी सेवा में नियुक्त कर लिया; और सेनापति कीचक ने उन सबकी नियुक्तियाँ निरस्त कर दीं। ...क्या समझें युधिष्ठिर ? वहाँ उनके अनुचरों का स्वागत हुआ अथवा तिरस्कार ? मत्स्यराज को वे अपना मित्र मानें या शत्रु ? पर शायद इस समय उनके लिए यह तथ्य इतना महत्त्वपूर्ण नहीं था कि वे मत्स्यराज को अपना मित्र मानें अथवा शत्रु। अधिक महत्त्वपूर्ण तो यह था कि दुर्योधन का इस विषय में क्या दृष्टिकोण था। यदि वह यह मानेगा कि मत्स्यराज पांडवों के मित्र हैं, तो वह पांडवों की खोज वहाँ करवाएगा; और यदि वह उन्हें पांडवों का शत्रु मानेगा, तो उसे उनके वहाँ होने का संदेह नहीं होगा...

मत्स्यराज ! ... जहाँ तक युधिष्ठिर को ज्ञात था, मत्स्यराज धर्मपरायण और प्रजापालक राजा थे। ...कायर नहीं थे; किंतु असमर्थ अवश्य थे। उनके पुत्र शंख तथा उत्तरकुमार भी कोई वीर योद्धा नहीं बन पाए थे। उनकी पहली पत्नी सुरथा के पुत्र श्वेत का कोई महत्त्व ही नहीं था।...किंतु इन सब परिस्थितियों के लिए उत्तरदायी कौन था। संभवतः राजा विराट का अपनी पत्नी के प्रति

अतिरिक्त मोह ! और महारानी सुदेष्णा की अपने पितृगृह के प्रति असाधारण आसक्ति। ...नहीं तो, राजा विराट को कोई आवश्यकता नहीं थी कि अपने श्यालक, रानी सुदेष्णा के भाई, कीचक को सेनापति बनाते; तथा उसे अपनी सभा में इतना महत्त्व देते। विराट इतने असमर्थ तो नहीं थे कि अन्य राजाओं के समान, विभिन्न शक्तियों से संधि कर अपनी प्रजा की रक्षा न कर पाते, अथवा प्रजा-पालन के धर्म का संगत ढंग से निर्वाह न कर सकते।... या फिर क्या विराट को राजधर्म का उचित ज्ञान नहीं था ?... राजा की शक्ति या तो उसके धर्म में होती है, या फिर उसकी सेना में। विराट ने जब धर्म अपनी पत्नी को समर्पित कर दिया; और सैन्य शक्ति कीचक को सौंप दी, तो कीचक को सेवाधर्म से मुक्त हो कर उच्छृंखल होना ही था। सेनापति, राजा के बंधन से मुक्त हो, परम स्वतंत्र हो जाए, तो राज्य, राजा की आज्ञा से नहीं, सेनापति की आज्ञा से ही चलता है।

...युधिष्ठिर विराटनगर को अपने लिए सुरक्षित मानें या न मानें ? विराटराज धर्मपरायण तो हैं; किंतु दुर्बल हैं। इच्छा होने पर भी वे युधिष्ठिर और उनके भाइयों तथा द्रौपदी की रक्षा कर पाएँगे ?...

सहसा युधिष्ठिर का मन एक नई दिशा में चल पड़ा। ... उन्हें विराटराज से अपने प्राणों की रक्षा की अपेक्षा नहीं है। उन्हें यह भय नहीं है कि वहाँ कोई उन पर आक्रमण कर, उन्हें शारीरिक क्षति पहुँचाएगा। अपनी रक्षा के लिए तो वे स्वयं ही पर्याप्त समर्थ थे; और फिर भीम और अर्जुन जैसे भाई उनके साथ थे। ... उन्हें तो केवल अपनी पहचान को गुप्त रखना था। विराट उन्हें पहचान न पाएँ। विराटनगर की राजसभा में किसी को उनके पांडव होने का संदेह न हो, तो वे सुरक्षित ही थे। ... फिर राजा जैसा चाहे, उनके साथ व्यवहार करे ...किंतु वे पाँचों भाई एक साथ नहीं रह सकते थे। उन पाँचों को एक साथ देख कर किसी को भी संदेह हो सकता था कि वे पांडव ही हैं। और पांचाली ? पांचाली उनमें से किसी के साथ रहे, अथवा अकेली ? पाँच पतियों के होते हुए भी वह अकेली क्यों रहे ? उसकी अपनी सुरक्षा के लिए तो सर्वोत्तम मार्ग यही था कि वह अकेली रहे। ... किंतु पति की अनुपस्थिति में पत्नी सुरक्षित नहीं रहती। किसी भी पुरुष की दृष्टि उस पर पड़ कर लुब्ध हो सकती है। द्रौपदी का रूप है भी तो ऐसा। यदि किसी प्रकार वह राजा के अंतःपुर में प्रवेश पा जाए, और केवल स्त्रियों में रहे, तो कदाचित् वह पुरुष की रूप-लोभी दृष्टि से सुरक्षित रह सकती है। ... किंतु वह अंतःपुर में पहुँचेगी कैसे ? किस रूप में रहेगी ? किस प्रकार रहेगी ?

"क्या बात है धर्मराज ?" द्रौपदी ने उन्हें टोका, "देख रही हूँ, बहुत देर से आप किसी चिंता में लीन हैं।"

"हाँ पांचाली ! सोच रहा था कि अब अज्ञातवास का भी प्रबंध कर लिया जाए। बारह वर्ष पूरे होने को हैं। यदि तेरहवाँ वर्ष यहीं आरंभ हो गया तो दुर्योधन यह घोषणा कर देगा कि उसने अज्ञातवास के काल में, हमें पहचान लिया है।"

"तो हम तेरहवें वर्ष में यहाँ रहेंगे ही क्यों महाराज !" द्रौपदी बोली, "सोच-विचार कर अब यह निर्णय कर लेना चाहिए कि हमें किस रूप और वेश में कहाँ रहना है।"

"ठीक कहती हो पांचाली ! कुछ ऐसी ही प्रक्रिया मेरे मन में भी चल रही थी। पहला प्रश्न तो यही है कि हम वन में रहें या नगर में ?" युधिष्ठिर बोले, "अज्ञात रहने के लिए वन ही उत्तम स्थान है, जहाँ सामान्य जन का आवागमन होता ही नहीं ।... किंतु जिस प्रतिज्ञा के अंतर्गत हमें अज्ञातवास करना है, उसमें स्पष्ट है कि हम जन-समाज में रह कर ही अज्ञातवास करेंगे। अतः हम वन में नहीं रह सकते। हमें किसी नगर का ही चयन करना पड़ेगा; अन्यथा दुर्योधन हमारे अज्ञातवास को स्वीकार नहीं करेगा।" युधिष्ठिर क्षण भर रुक कर बोले, "हम अपने स्नेह तथा अपनी सुरक्षा के विचार से एक साथ रहना चाहेंगे; किंतु हमारी सबसे बड़ी पहचान भी यही है : एक साथ पाँच पुरुष और एक स्त्री। जहाँ कहीं पाँच पुरुषों और एक स्त्री को एक साथ देखा जाएगा, तत्काल उन पर संदेह किया जाएगा कि कहीं वे पाँचों पांडव और पांचाली तो नहीं । इसलिए हमें एक-दूसरे से विलग होना होगा। हमारा दूसरा परिचय है भीम के शरीर का आकार और पांचाली का रूप। ये दोनों लाखों मनुष्यों में भी पहचाने जा सकते हैं।"

"इसका अर्थ है कि यह महत्त्वपूर्ण नहीं है कि हम कहाँ रहते हैं। महत्त्वपूर्ण यह है कि हम कैसे रहते हैं।" सहदेव ने कहा।

"कैसे रहते हैं से क्या तात्पर्य है तुम्हारा ?" भीम के स्वर में एक अस्पष्ट-सी आपत्ति थी।

"हम किस रूप में रहते हैं।" सहदेव ने उत्तर दिया, "हमारा वह रूप हमारी पहचान को छिपा सकता है या नहीं । सामने बैठा व्यक्ति हमारी आकृति-प्रकृति, वेश-भूषा, कार्य-कलाप इत्यादि को देख कर हम पर संदेह तो नहीं करता। यदि वह जान जाता है कि हम पांडव हैं, तो भी हम पहचाने गए; और यदि वह इतना संदेह भी करने लगता है कि हम वह नहीं हैं, जो बन कर बैठे हैं, तो भी हमारे पहचाने जाने की संभावना है। तीसरी बात यह कि आवश्यक नहीं है कि दुर्योधन के गुप्तचर ही हमें पहचानें। समाज का एक साधारण-सा अज्ञात व्यक्ति भी यदि हमारी पहचान पर संदेह करता है, तो हमारी चर्चा कहीं न कहीं तो होगी ही। वह सूचना राजपुरुषों तक जाएगी। राजपुरुषों से वह राजसभा में पहुँचेगी; और उस सूचना का लाभ दुर्योधन के गुप्तचरों को भी होगा।"

"मैं सहदेव से पूर्णतः सहमत हूँ।" युधिष्ठिर बोले, "किंतु उसके अतिरिक्त भी एक बात मेरे मन में है।"

"क्या ?" अर्जुन ने पहली बार प्रश्न किया।

"हम अपनी प्रकृति और स्थिति से तो सोचें ही; किंतु हमें इस बात का भी ध्यान रखना है कि दुर्योधन अपने स्थान पर बैठा हुआ क्या सोच सकता है। मेरे मन में यह बात बार-बार आती है कि वह हमें खोजने का प्रयत्न तो करेगा ही; साथ ही वह कुछ ऐसे तर्क भी खोज निकालेगा, जिनके आधार पर वह हमें पुनः बारह वर्षों के लिए वनवास दे सके।..."

"जैसे ?" द्रौपदी ने पूछा।

"उदाहरण के रूप में, हमें काल-गणना का भी ध्यान रखना होगा। हम अपनी दृष्टि से, अज्ञातवास की समय सीमा निश्चित करेंगे; किंतु वह किसी भी प्रकार उस गणना को अपने अनुरूप बनाना चाहेगा। इसलिए लुप्त होने और प्रकट होने की तिथियों की गणना हमें सावधानी से करनी पड़ेगी।"

"यह कार्य तो धौम्य मुनि पर छोड़ देना चाहिए।" सहदेव बोला, "और समय से पूर्व लुप्त हो कर समय के पश्चात् ही प्रकट होना चाहिए, ताकि दुर्योधन किसी भी प्रकार की चतुराई न कर सके।"

"हम पहचान लिए जाने के भय से एक साथ नहीं रह सकते।" युधिष्ठिर बोले, "किंतु मैं यह भी नहीं चाहता कि हम पृथक्-पृथक् राज्यों अथवा नगरों में रहें। मेरी इच्छा है कि हम एक ही नगर में इस प्रकार पृथक्-पृथक् रहें कि इच्छा होने पर परस्पर भेंट भी कर सकें और सहायता भी।"

"किंतु यह आवश्यक तो नहीं कि हममें से किसी एक को जिस राजसभा में स्थान मिलेगा, शेष को भी उसी राजा के यहाँ नियुक्ति मिल जाए।" द्रौपदी ने शंका प्रकट की, "ऐसे में हम क्या करेंगे ?"

"किसी मित्र राजा की सभा में जाएँगे, तो सबको स्थान मिल जाएगा।" अर्जुन ने कहा, "किंतु वह मैत्री ही हमें अज्ञात नहीं रहने देगी।"

"क्यों ?" भीम ने आपत्ति की, "हम उसे बता देंगे कि हम अज्ञातवास कर रहे हैं।..."

"ठीक है मध्यम !" अर्जुन ने उत्तर दिया, "मान लो कि तुम कांपिल्य में द्वारपाल अथवा राजा के अंगरक्षक के रूप में नियुक्त हुए, तो क्या महाराज द्रुपद तथा धृष्टद्युम्न तुमसे अपने साधारण कर्मचारी के समान व्यवहार कर पाएँगे ? वे तुम्हारी किसी भूल पर तुम्हारी ताड़ना कर पाएँगे ?" वह रुका, "वे एक क्षण के लिए भी भूल नहीं पाएँगे कि तुम महावीर भीमसेन हो। वे तुम्हारी सुविधाओं का ध्यान रखेंगे; और तुम्हारी तनिक भी उपेक्षा नहीं कर पाएँगे। उनके इस विशिष्ट व्यवहार से ही, अन्य कर्मचारियों को संदेह हो जाएगा कि तुम द्वारपाल अथवा

अंगरक्षक नहीं हो। वे लोग बिना किसी प्रयोजन के भी, मात्र अपनी जिज्ञासा की शांति के लिए, तुम्हारी वास्तविकता खोज निकालने के पीछे पड़ जाएँगे। ... और हम सबके लिए संकट खड़ा हो जाएगा।"

"नहीं ! हम कांपिल्य अथवा द्वारका तो जाएँगे ही नहीं ।" द्रौपदी बोली, "हमें उसी राजा की सभा में जाना चाहिए, जो हमें पहचानता भी न हो। जो हमसे अपने वास्तविक कर्मचारियों के समान ही व्यवहार कर सके। राजा दुष्ट न हो, धर्मपरायण हो; और दुर्योधन का मित्र न हो।"

"एक प्रश्न मेरे मन में भी है।" नकुल बोला, "हम जिस राजा की सभा में हों, वह तो हमें न जानता हो; किंतु क्या हमारे सुहृदों को ज्ञात हो कि हम कहाँ हैं ?"

"यह अत्यंत महत्त्वपूर्ण प्रश्न है।" युधिष्ठिर तत्काल बोले, "यदि हमारे पुत्रों को हमारे सखाओं को और हमारे बंधुओं को यह ज्ञात होगा कि हम कहाँ हैं, तो वे भी हमारा कुशल-क्षेम जानने के प्रयत्न करते रहेंगे। ... ऐसे में अन्य लोगों को भी संदेह होने लगेगा कि कोई तो बात है कि हममें ऐसी रुचि ली जा रही है। दुर्योधन की दृष्टि हमारे परिवार के प्रत्येक व्यक्ति पर होगी कि वह हमसे कहाँ सम्पर्क साध रहा है। ऐसे में हमारे परिवार का कोई व्यक्ति हम तक पहुँचे या न पहुँचे, दुर्योधन के गुप्तचर अवश्य पहुँच जाएँगे। इसलिए, हम कहाँ हैं और किस रूप में रह रहे हैं, इसका ज्ञान केवल हम छह लोगों को ही हो। यहाँ तक कि धौम्य मुनि और इंद्रसेन भी इससे अवगत न हों।"

"मेरे मन में जो बड़ी समस्या है, वह यह है कि हम किस रूप में किसी राजसभा में सहज स्वाभाविक समय व्यतीत कर सकते हैं। आज तक हम, या तो क्षत्रिय कर्म करते आए हैं, अथवा तपस्या।" अर्जुन बोला, "इन दोनों रूपों में हमारे पहचाने जाने की पूरी संभावना है। हमारा नया रूप ऐसा होना चाहिए, जो राजा के लिए उपयोगी हो, हम उस कार्य में दक्ष भी हों; और कम से कम दुर्योधन को यह अपेक्षा न हो हम वह कार्य कर भी सकते हैं।"

"मैंने भी इस विषय में पर्याप्त चिंतन किया है।" युधिष्ठिर बोले, "मुझे सबसे अधिक चिंता पांचाली की है। पांचाली ने कभी सेवा-कर्म नहीं किया; और हम चाहते भी नहीं हैं कि उसे कभी दासी बन कर रहना पड़े। तो ऐसा कौन-सा काम हो सकता है, जो उसे राजा और राजपरिवार के लिए उपयोगी भी सिद्ध करे; और उसकी स्थिति भी दासी की सी न हो।" युधिष्ठिर मौन हो गए। उनकी दृष्टि अपने सम्मुख बैठे अपने भाइयों और अपनी पत्नी के नयनों में कोई समाधान खोज रही थी।

सबसे पहले द्रौपदी ही बोली, "मैं अभी यह तो नहीं जानती कि हम किस राजा की सभा अथवा परिवार में जा रहे हैं; और वहाँ किस काम का सम्मान

अधिक है; किंतु, इतना तो स्पष्ट ही है कि अंतःपुर में प्रवेश का सरलतम मार्ग, राजमहिषियों के प्रसाधनव्यापार में से हो कर जाता है। यदि मैं यह सिद्ध कर पाई कि श्रृंगार कर्म की मेरी दक्षता, उनके रूप और सौंदर्य को और अधिक आकर्षक बना सकती है, तो मुझे वहाँ स्थान पाने में तनिक भी कठिनाई नहीं होगी।"

उन पाँचों में से किसी ने भी, द्रौपदी की बात पर टिप्पणी नहीं की। सब ही जैसे अपने आप में डूब गए थे। ...महारानी द्रौपदी, देवी पांचाली, साम्राज्ञी कृष्णा क्या अब अन्य राजपरिवारों की स्त्रियों का केशविन्यास करेगी ? उनकी त्वचा को और सुंदर तथा आकर्षक बनाने के लिए, अपने हाथों से उनकी त्वचा पर लेप करेगी ? उनके नखों को रूपाकार तथा सुंदर, आकर्षक वर्ण देने के लिए, उनके चरणों को अपने हाथों में लेकर नखकर्तन करेगी ? ...

किसी ने कुछ कहा नहीं; किंतु सबके मन की आपत्ति उनके चेहरों पर लिखी हुई थी। द्रौपदी ने उन सबको इस प्रकार भौचक देखा, तो हँस कर बोली, "आप लोग चाहते हैं कि मैं चाकरी भी करूँ और दासी भी न कहलाऊँ। ये दोनों बातें तो एक साथ हो नहीं सकतीं। या तो मैं रानी ही हो सकती हूँ, या फिर दासी ही। मेरे मन में तो एक दूसरी ही शंका है कि यदि मुझे इस प्रकार का कोई काम मिल ही गया, तो मुझसे यह पूछा जाएगा कि मैं दूसरों के केशों का तो इतना आकर्षक श्रृंगार करती हूँ; किंतु अपनी वेणी का संहार भी नहीं करती। कहीं मेरे खुले केश मेरी प्रतिज्ञा की कथा न कह दें। ऐसे में हमारा रहस्य उद्घाटित हो जाएगा।" वह जैसे सायास हँसी, "मैं अपनी चिंता बाद में कर लूँगी। इस समय तो यह जानना चाहती हूँ कि धर्मराज के मन में क्या है ? वे जहाँ भी जाएँगे, किस रूप में राजा की सेवा करना चाहेंगे।" अर्जुन अपनी तल्लीनता से बाहर आया और बोला, "यदि हम सचमुच सफल अज्ञातवास करना चाहते हैं तो हमें अपने प्रियजनों को अपमानजनक स्थिति में, निकृष्ट कार्य करते हुए भी देखना ही पड़ेगा। जैसे यह संभव नहीं है कि महारानी द्रौपदी, सैरंध्री कर्म करते हुए भी, महारानी बनी रहे, वैसे ही यह भी संभव नहीं है कि किसी राजसभा में राजकर्मचारी के रूप में काम करते हुए, धर्मराज युधिष्ठिर की सम्राट् की मर्यादा बनी रहे। मेरे मन में यह बात आती है कि हम उस रूप में अज्ञातवास करें, जिसकी हमारे शत्रु कल्पना भी न कर सकें। जो हमारी प्रकृति के सर्वथा प्रतिकूल हो।"

"आप कोई उदाहरण दे सकते हैं ?" नकुल ने पूछा।

अर्जुन थोड़ी देर मौन ही रहा, फिर बोला, "मैं अपने विषय में सोचता हूँ कि दुर्योधन धनुर्धर अर्जुन की किस रूप में कल्पना नहीं कर सकता। सहज तो यह होता कि मैं किसी राजकुल के राजकुमारों को धनुर्विद्या की शिक्षा देता

और उन्हें व्यूह रचना में प्रशिक्षित कर रहा होता; किंतु इस रूप में तत्काल पहचान लिया जाऊँगा। इसलिए मैंने अपनी कल्पना अंतःपुर की बालाओं को नृत्य और संगीत सिखानेवाले एक नपुंसक के रूप में की है। मैं बृहन्नला बन कर उन्हें नृत्य की मुद्राएँ सिखाऊँगा। नपुंसक वेश बनाने के लिए अपनी कलाइयों में ढेर सारी चूड़ियाँ पहनूँगा ताकि मेरी कलाइयों पर धनुष की प्रत्यंचा द्वारा बनाए गए, ये सारे चिह्न छिप जाएँ; और मेरी कठोर मांस पेशियों पर किसी की दृष्टि न पड़ सके।"

भीम अट्टहास कर उठा, "क्या अपरूप होगा हमारे धनंजय का। तुम्हें यह विचार ही कैसे आया ?"

"इंद्रकील पर्वत पर तपस्या करने और निर्विकल्प समाधि का अनुभव करने के पश्चात् मैंने स्वयं को पूर्णतः परिवर्तित पुरुष रूप में देखा है।" अर्जुन ने पूरी गंभीरता से उत्तर दिया, "शायद मैं स्वयं इस विषय में कभी सजग न हुआ होता; यदि वैजयंत इंद्र के प्रसाद में स्वयं उर्वशी ने आकर, आत्मनिवेदन न किया होता। उसके काम-आह्वान और समर्पण के प्रयत्न के पश्चात् मैंने पाया कि उस असाधारण सुंदरी और दिव्य रूपवती नारी के शरीर के प्रति मेरे मन में तनिक भी आकर्षण नहीं जागा। जिस आनन्द का आस्वादन मैं निर्विकल्प समाधि में कर चुका था, उसके पश्चात् नारी-संग एक जुगुप्सापूर्ण कृत्य ही रह गया था। मेरे मन में उस मांसल स्थूलता के प्रति कोई रुचि नहीं थी। उर्वशी ने मुझे धिक्कार के रूप में नपुंसक कहा था; किंतु मेरे लिए उस पौरुष के लिए तनिक भी गर्व शेष नहीं रह गया था, जिसे वह धिक्कार रही थी।" अर्जुन ने उन सबकी ओर देखा, "जब अज्ञातवास के लिए छद्म वेश की बात उठी, तो मुझे लगा कि मुझे उर्वशी के कथन को स्मरण रखना चाहिए। यदि उर्वशी का मादक शरीर मेरे मन में कोई आकर्षण नहीं जगा पाया, तो अन्य साधारण स्त्रियों के संदर्भ में भी, मैं पुंसत्वहीन ही रहूँगा। ऐसी स्थिति में यदि मैं नपुंसक वेश का अपमान पी जाऊँ, तो कोई मुझे पहचान नहीं सकेगा।"

द्रौपदी के मुख पर परस्पर विरोधी भावनाएँ खेल रही थीं... उसके नयनों में एक ललित चंचलता जागी थी, कदाचित् अर्जुन के बृहन्नला वेश की कल्पना करके... और मुख पर एक प्रकार का संतोष था अर्जुन की सुरक्षा की भावना से; किंतु साथ ही एक गहरे विषाद की परछाईं भी उभर आई थी। ...अब किसी भी नारी का सौन्दर्य अर्जुन के मन में कामना नहीं जगा सकता ... क्या स्वयं द्रौपदी का सौंदर्य भी ?...

"हाँ ! तो मेरा प्रश्न यह था कि धर्मराज वहाँ किस रूप में स्वयं को प्रस्तुत करेंगे; क्योंकि भैया यदि अपनी अपमानजनक स्थिति झेल भी जाएँ, तो हमारे लिए भी वह सहनीय होगी क्या ?" अर्जुन ने अपने भाइयों की ओर देखा।

"तुम ठीक कह रहे हो अर्जुन!" भीम ने सबसे पहले उसका समर्थन किया।

"देखो! अपने प्रति तुम्हारे स्नेह को मैं जानता हूँ; किंतु ये असाधारण स्थितियाँ हैं। जो सबके साथ होगा, वही मेरे साथ भी होगा।" युधिष्ठिर बोले, "तुम सब अपमान झेलोगे, पांचाली भी दासी के रूप में रहेगी, तो अकेला मैं ही कैसे गरिमापूर्ण जीवन जी सकता हूँ। जो सबके साथ होगा, वही मेरे साथ भी होगा। तुम सब अपमान झेलोगे, तो मैं भी झेलूँगा और तुम सबको एक बात का विशेष ध्यान रखना होगा।"

सबने प्रश्नवाचक दृष्टि से उनकी ओर देखा।

"कहीं ऐसा न हो कि मेरी अवज्ञा या उपेक्षा देख कर, तुम लोग अपनी उत्तेजना और आक्रोश में कोई ऐसा कार्य कर बैठो, जो हमारे लिए हानिकारक सिद्ध हो। हमें सब कुछ सहन करने का अभ्यास होना चाहिए। साधना के लिए तितिक्षा का बहुत महत्त्व है। यदि ईश्वर की यही इच्छा है कि हम किसी साधारण राजा की सभा में चाकर बन कर रहें, तो हमें उसकी इच्छा के सम्मुख सहर्ष सिर झुका देना चाहिए। हमें अभिनय ही तो करना है, कभी राजा का कभी चाकर का। वस्तुतः न हम राजा हैं, न चाकर। अभिनय तो तभी सजीव होता है, जब उस पात्र के जीवन को हम सहज रूप में जी सकें। यदि अपमान, चाकरी का अनिवार्य अंग है, तो हमें यह भुलाकर कि हम कौन हैं, क्या हैं, उस अपमान को अंगीकार करना होगा।"

"वह ठीक है धर्मराज!" द्रौपदी ने उन्हें टोक दिया, "प्रश्न यह है कि आप किस प्रकार की चाकरी करेंगे?"

"यदि भगवान सफल कर दें तो एक सुविधाजनक चाकरी की बात सोच रहा हूँ।" युधिष्ठिर बोले, "मेरे विषय में सारे जंबुद्वीप को ज्ञात है कि मुझे द्यूत-विद्या का ज्ञान नहीं है। इसीलिए शकुनि मुझे इतने अपमानजनक ढंग से पराजित कर पाया।"

"किंतु अब तो आप बृहदश्व ऋषि की कृपा से द्यूतविद्या में निष्णात हो चुके हैं।" नकुल ने कहा।

"हाँ! यह घटना तो वनवास की अवधि में हमारे आश्रम में घटित हुई है। उसकी सूचना अभी जंबुद्वीप के राजसमाज में प्रचारित तो नहीं हुई है। इसलिए किसी सफल द्यूतकर्मी पर युधिष्ठिर होने का संदेह कोई नहीं करेगा।"

"तो आप द्यूतकर्मी हो कर रहना चाहते हैं?" द्रौपदी ने सहज रूप से जिज्ञासा की; किंतु यह किसी से भी छिपा नहीं रह सका कि उसके स्वर में अनिष्ट की आशंका थी।

"भय त्यागो पांचाली!" युधिष्ठिर मुस्कराकर बोले, "पहली बात तो यह है कि द्यूत में न तब मेरी कोई रुचि थी, न अब है। तब भी मैं महाराज धृतराष्ट्र

की आज्ञा में बँध कर खेला था, अब भी विपत्तिवश अज्ञातवास करने के लिए राजा के द्यूत-सहचर की चाकरी पाने का इच्छुक हूँ। मैं राजा के मनोरंजनार्थ, उनका द्यूत-सहचर बन कर रहूँगा, द्यूतकर्मी बन कर नहीं । वैसे भी अब मेरे पास ऐसा है ही क्या, जिसे दाँव पर लगाऊँगा।''

''मैं जानती हूँ, द्यूतक्रीड़ा आपका व्यसन नहीं है, न ही आपको उसमें तनिक सी भी आसक्ति है। अपनी इच्छा से आप कभी द्यूत की ओर अग्रसर नहीं होंगे।'' द्रौपदी बोली, ''किंतु आपको धर्म-बंधन में बाँधा जा सकता है। आपको आपकी इच्छा के विरुद्ध दाँव लगाने को बाध्य किया जा सकता है। ... और संपत्ति के रूप में आपके पास आपके भाई और आपकी पत्नी तो हैं ही।''

धर्मराज हँस पड़े, ''ठीक कहती हो भद्रे ! किंतु जहाँ कहीं भी हम जाएँगे, वहाँ न मैं युधिष्ठिर हूँगा, न मेरे साथ मेरे चार भाई होंगे, न वहाँ मेरी पत्नी द्रौपदी होगी। हम सबके छद्म नाम होंगे। परस्पर हमारा कोई संबंध नहीं होगा। हमारा एक-दूसरे से कोई परिचय भी नहीं होगा। तो फिर वहाँ मेरे भाई और मेरी पत्नी, मेरी संपत्ति कैसे होंगे। यदि यह सब प्रकट हो ही गया, तो फिर हमारा अज्ञातवास अज्ञात कैसे रहेगा।''

सब लोगों ने एक जोरदार ठहाका लगाया और द्रौपदी का स्वर उन सबमें से ऊँचा था।

''मैं समझता हूँ कि हम सबको अपने लिए दो-दो नाम चुन लेने चाहिए।'' युधिष्ठिर पुनः बोले, ''एक तो वह नाम, जो हम सार्वजनिक रूप से सबको बताएँगे; और दूसरा वह, जिससे हम एक-दूसरे को जानेंगे। वहाँ हम भूल कर भी अपने अथवा एक-दूसरे के वास्तविक नामों का प्रयोग नहीं करेंगे। मेरी इच्छा है कि अपने निजी प्रयोग के लिए, हमारे नाम जय, जयंत, विजय, जयत्सेन तथा जयद्वल हों।'' युधिष्ठिर रुके, ''और सार्वजनिक रूप से मैं अपना नाम कंक घोषित करूँगा।''

द्रौपदी पुनः उच्च स्वर में हँसी, ''आप अपना रहस्य स्वयं ही उद्‌घाटित कर देंगे ?''

''अरे हाँ !'' सहदेव बोला, ''यदि 'कंक' का अर्थ 'धर्म' अथवा 'यम' के रूप में लें तो आप धर्मराज हो गए। यदि 'क्षत्रिय' अथवा 'छद्‌मवेशी ब्राह्मण' लें, तो भी वह आपका परिचय हो गया। 'बक' के रूप में भी वह शब्द कृत्रिमता और छद्‌म का आभास देता है।''

''इसीलिए तो मैंने यह नाम चुना है अपने लिए।'' युधिष्ठिर मुस्कराए, ''अज्ञातवास की भी रक्षा हो, और मिथ्याभाषण का पाप भी न हो।''

''मैंने भी कुछ सोच कर ही अपने नपुंसक रूप को 'बृहन्नला' नाम दिया है।'' अर्जुन बोला, ''इस नाम में 'ल' और 'र' अक्षरों का अभेद मान लो, तो 'बृहत्

नला' का रूप भी बृहत् नरा अर्थात् बृहत् नर हो जाएगा।''

''ठीक सोचा है अर्जुन ने।'' युधिष्ठिर बोले, ''अर्जुन वस्तुतः बृहत् नर ही है। है न विरोधाभास। कहाँ नरत्व-शून्य षण्ढक और कहाँ बृहत् नर।'' युधिष्ठिर ने रुक कर भीम की ओर देखा, ''और तुम मध्यम ?''

''मैं ! मैं !!'' भीम ने दुहराया, ''मैं 'पुरोगु' का पुत्र 'पैरोगव'।''

''साधु !'' युधिष्ठिर बोले, ''वायुपुत्र।''

''मैं कितनी ही बार सोचती हूँ कि पुरोगु का पुत्र पैरोगव तो ठीक है; किंतु पुरोगु का अर्थ वायु है, तो पैरोगव का अर्थ वायुपुत्र न हो कर, रसोइया क्यों हो जाता है ?'' द्रौपदी हँसी, ''आज समझ में आया कि यह इसलिए होता है कि वायुपुत्र हो कर भी मध्यम पांडव, राजा की रसोई के अधीक्षक बन सकें। सुंदर प्रयोग है, पैरोगव शब्द का।''

''पर मेरा नाम पैरोगव नहीं होगा। यह मेरा पद होगा।'' भीम ने जोड़ा, ''मेरा नाम होगा 'बल्लव'। मैं इस नाम के अर्थ के ही अनुसार राजा की रसोई में रसोइए का काम करूँगा।''

''हाँ ! आज तक तो हमारे मध्यम भोजन करने के लिए ही प्रसिद्ध थे,'' नकुल बोला, ''अब वे भोजन पकाने में भी ख्याति पाएँगे।''

''ख्याति ही तो नहीं चाहिए।'' युधिष्ठिर बोले, ''ख्याति अज्ञातवास के लिए अत्यंत घातक है।''

''मैंने भी कुछ ऐसा ही सोचा है।'' भीम ने कहा, ''करने को तो मैं मल्ल अथवा बैल नाथनेवाले का काम भी कर सकता हूँ; किंतु वे सारे काम, खुले क्षेत्र में सार्वजनिक रूप से किए जाते हैं। उसमें जनसमुदाय आपको देखता है। शक्ति और कौशल पर मुग्ध होता है। आपके निकट आना चाहता है, आपके विषय में अधिक जानना चाहता है। ऐसे में अपना परिचय छिपाना और भी कठिन हो जाता है। रसोई में छिपे हुए व्यक्ति को क्या तो कोई जानेगा और क्या कोई जानना चाहेगा।''

''मध्यम ने बहुत ठीक सोचा है।'' अर्जुन ने उसका समर्थन किया।

''और नकुल तुम ?'' युधिष्ठिर ने पूछा।

''मैं अश्वों के पालन-पोषण का काम प्रसन्नतापूर्वक कर सकता हूँ।'' नकुल बोला, ''यदि यह काम मिल जाए, तो मुझे कोई कठिनाई नहीं है। अश्वों के साथ अश्वशाला में रहूँगा, तो लोकसंपर्क का संकट ही नहीं रहेगा। राजा मेरी अश्वपालन-दक्षता से प्रसन्न हो जाएगा—यह मैं जानता हूँ।''

''तुम अपना नाम ग्रंथिक रख लेना नकुल !'' अर्जुन ने कहा, ''क्यों पांचाली !''

''हाँ ! आयुर्वेद तथा अध्वर्युविद्या का जाननेवाला ग्रंथिक ही हो सकता है।''

द्रौपदी ने पुष्टि कर दी।

"और मैं 'तंतिपाल'।" सहदेव ने कहा, "राजा की गोशाला में काम करने का इच्छुक हूँ।"

" 'तंति' के किस अर्थ को तुम ग्रहण कर रहे हो ?" द्रौपदी ने हँस कर पूछा, " 'वाणी' अथवा 'बैलों को बाँधनेवाली रस्सी' ?"

"दोनों ही अर्थों को ग्रहण करो देवि !" सहदेव ने मुस्कराकर, सहज रूप में उत्तर दिया, "वाणी के अर्थ में मैं आज्ञापालक हूँ और दूसरे अर्थ में बैलों की रस्सी को सुरक्षित रखनेवाला हूँ। राजा को किसी भी रूप में मुझसे कोई असंतोष नहीं होगा।"

"ठीक है।" युधिष्ठिर बोले, "ये सारे नाम सार्वजनिक रूप से व्यवहार के लिए हैं। अब यदि नकुल के विषय में तुममें से किसी से कोई जिज्ञासा करनी होगी और मैं पूछूँगा कि ग्रंथिक का क्या समाचार है, तो कोई भी पूछ सकता है कि मेरा ग्रंथिक से क्या संबंध है। ... कोई न भी पूछे, तो संदेह तो कर ही सकता है। इसलिए अपने संबंध को गोपनीय रखने के लिए, हम परस्पर अपने वार्तालाप में इन नामों का व्यवहार नहीं करेंगे। अपने गुप्त प्रयोग के लिए मेरा नाम जय होगा, भीम का जयंत, अर्जुन का विजय, नकुल का जयत्सेन, तथा सहदेव का जयद्बल।"

"और पांचाली का ?" भीम ने पूछा।

"पांचाली का नाम सैरंध्री ही ठीक रहेगा।" युधिष्ठिर ने द्रौपदी की ओर देखा।

"ठीक है।" द्रौपदी ने अपना सिर हिलाकर अपनी सहमति दे दी।

कुछ समय के लिए, उनके मध्य मौन छा गया, जैसे सब कुछ निश्चित हो गया हो और अब कुछ भी कहने को शेष न हो।

"पर हमें जाना किस राजा की सभा में है ?" सहदेव ने पूछा।

"हम कहाँ-कहाँ जा सकते हैं ?" युधिष्ठिर ने अर्जुन की ओर देखा।

"भौगोलिक रूप से हमारे निकट के राज्यों में पांचाल, चेदि, मत्स्य, शूरसेन, पटच्चर, दशार्ण, नवराष्ट्र, मल्ल, शाल्व, युगंध, विशाल, कुंतिराष्ट्र, सौराष्ट्र तथा अवंती हैं।" अर्जुन बोला, "अब हमें निर्णय यह करना है कि कहाँ जाना, हमारे लिए सर्वाधिक हितकर और सुरक्षित होगा।"

"जहाँ तक मुझे ज्ञात है, इनमें से सबसे अच्छी स्थिति पंचाल की है, किंतु पंचाल में हमें जाना नहीं है।" भीम ने कहा, "उसके पश्चात् मत्स्य देश है, जहाँ का राजा हमारा शत्रु नहीं है। राजा विराट स्वभाव से दयालु और धार्मिक हैं।"

"मेरे मन में भी बार-बार विराटनगर का ही ध्यान आता है।" युधिष्ठिर

बोले, "राजा के व्यक्तिगत गुण तो जो हैं, वे हैं ही; विचारणीय तथ्य तो यह है कि पिछली बार जब हमारे लोग वहाँ गए थे, तो राजा विराट ने उन सबको अपने यहाँ कोई न कोई काम दे दिया था।"

"राजा तो हमारे अनुकूल ही लगते हैं।" द्रौपदी बोली, "किंतु उनका वह सेनापति भी तो है, जिसने उन सब लोगों को अपने राज्य से निष्कासित कर दिया था। उस घटना की पुनरावृत्ति भी तो हो सकती है।"

"हाँ ! हो तो सकती है; किंतु इस समय तो हम संभावनाओं की बात कर रहे हैं।" अर्जुन बोला, "विचारणीय यह है कि राजा विराट, उनके परिवारजन तथा उनकी सभा के सदस्य हमें नहीं पहचानते। दूसरी बात, पांडवों के प्रति उनकी सहानुभूति असंदिग्ध है। किंतु उनका सेनापति कीचक नहीं चाहेगा कि राजा को कोई समर्थ सहायक मिले। इसलिए प्रथम तो वह हमारी नियुक्ति नहीं होने देगा; और यदि नियुक्ति हो गई, तो वह उसे निरस्त करने का प्रयत्न करेगा।"

"किंतु यह स्थिति तो किसी भी राजसभा में हो सकती है।" सहदेव बोला, "यदि हम पांचालों अथवा यादवों की सभा में भी रहना चाहें, तो क्या वहाँ हमारे विरोधी नहीं होंगे ? सुभद्रा के विवाह के समय ही यह निश्चित् हो गया था कि पांडवों का विरोध कर, दुर्योधन का समर्थन करनेवाले लोग वहाँ भी वर्तमान हैं।"

"ठीक कहते हो सहदेव !" युधिष्ठिर बोले, "जब हमारे अपने संबंधियों की राजसभाओं में हमारा विरोध हो सकता है, तो अपरिचित राजाओं की सभाओं में क्यों नहीं हो सकता। विराट के संबंध में महत्त्वपूर्ण यह है कि वे हमसे अपरिचित हैं और फिर भी उनके मन में हमारे प्रति सहानुभूति है। इन दो बातों के आधार पर, हमें सबसे पहले वहीं चलना चाहिए। यदि वहाँ कोई ऐसी कठिनाई आ गई कि हमारा वहाँ रहना कठिन लगने लगे, अथवा हमारे पहचान लिए जाने का कोई संकट उठ खड़ा हो, तो हमें अपने इस निर्णय पर पुनर्विचार करना पड़ सकता है।"

"धर्मराज ठीक कह रहे हैं।" अर्जुन ने समर्थन किया, "हमें कहीं से तो आरंभ करना ही है।"

"क्या कहती हो भद्रे ?" युधिष्ठिर ने द्रौपदी की ओर देखा।

"मैं सहमत हूँ।" द्रौपदी ने उत्तर दिया, "हमें कहीं से तो आरंभ करना ही है। यहाँ बैठे हुए, न हम सब कुछ जान सकते हैं, न पा सकते हैं। हमें कहीं न कहीं तो जाना ही होगा। कुछ न कुछ अनिश्चितता और किसी न किसी संकट का सामना तो करना ही होगा।"

"तो ठीक है। हमारा निर्णय यही है कि पहले हम राजा विराट की सभा में जाएँ। यदि विकट प्रतिकूलता दिखाई पड़े तो कहीं और जाएँ; अन्यथा वहीं अपने अज्ञातवास का समय व्यतीत कर दें।" युधिष्ठिर बोले।

"यही ठीक है।" भीम भी सहमत हो गया, "किंतु यहाँ से वहाँ तक की यात्रा को गुप्त रखने के लिए भी हमें कोई युक्ति करनी होगी। यदि हमारी यात्रा और गंतव्य संबंधी सूचनाएँ यहाँ गुप्त न रहीं, तो वहाँ भी गुप्त नहीं रहेंगी।"

"मध्यम का विचार सर्वथा उपयुक्त है।" सहदेव बोला, "यहाँ की गतिविधि सामान्य रूप से चलती रहनी चाहिए। दुर्योधन के गुप्तचरों को ही नहीं, आस-पास के किसी भी व्यक्ति को यही आभास होना चाहिए कि पांडव यात्रा पर निकलने वाले हैं। मैं तो यही उचित समझता हूँ कि हमारे चले जाने के लगभग एक सप्ताह बाद तक, यहाँ हमारी यात्रा की तैयारियाँ होती रहें। उसके पश्चात् यहाँ से दो दल, पृथक्-पृथक् द्वारका और कांपिल्य की ओर, कुछ इस प्रकार प्रस्थान करें, जैसे हम भी उनके साथ ही चल रहे हों। यह सारा अभिनय इस दक्षता से हो कि दुर्योधन के गुप्तचर, यह तो जान ही न पाएँ कि हम यहाँ से जा चुके हैं, वे यह भी न जान पाएँ कि हम उन दोनों में से किसी सार्थ के साथ नहीं हैं; ताकि यदि वे दोनों सार्थों का पीछा करना चाहें, तो उन्हें भी स्वयं को दो दलों में विभाजित करना पड़े।"

"हमारा सहदेव तो चमत्कारी योजनाकार है।" भीम ने अपने स्थान से उठ कर, सहदेव को प्रोत्साहन की थपकी के रूप में, जोर का एक धौल जमा दिया।

31

पांडवों के आश्रम में बहुत सारी गतिविधियाँ एक साथ चल रही थीं, जैसे किसी विराट् आयोजन की तैयारी हो।

इंद्रसेन और विशोक अपने सहयोगियों की सहायता से, पांडवों के रथों को किसी लंबी यात्रा के लिए तैयार कर रहे थे। वे दोनों ही कुछ इतने आतुर और घबराए हुए थे कि समय-समय पर अपनी मर्यादा भूल कर, अपने सहयोगियों को इस प्रकार डाँट देते थे, जैसे सामान्यतः इस आश्रम में किसी को नहीं डाँटा जाता था। दूसरी ओर अश्वों को नहला-धुलाकर तैयार किया जा रहा था। रथ तैयार हो जाएँगे, तो उनमें अश्व जोत दिए जाएँगे। चारों ओर शीघ्र प्रयाण का सा वातावरण था; और किसी को किसी से बात तक करने का अवकाश नहीं था।

एक अपरिचित संन्यासी ने आकर इंद्रसेन के सम्मुख खड़े हो कर, आशीर्वाद की मुद्रा में हाथ उठाया, "कल्याण हो आयुष्मान ! कोई इस संन्यासी की बात सुनेगा ?"

इंद्रसेन ने एक उचटती-सी दृष्टि उस पर डाली, जैसे उसे उसकी ओर देखने तथा उसकी बात सुनने का भी अवकाश न हो, "आप अपनी बात कहते रहिए, तपस्वीप्रवर ! जिसे सुनना होगा, वह सुन लेगा। आपकी बात सुनने के लिए न तो आपके इस सुदर्शन रूप को देखना अनिवार्य है और न अपने हाथ के काम को रोकना।"

"जिसे सुनाना है, उसका पता पूछना है वत्स !" संन्यासी बोला, "तुम्हें सुना कर मुझे कोई लाभ होनेवाला नहीं है।"

"किसे सुनाना चाहते हैं ?"

"मैं धर्मराज युधिष्ठिर से कुछ धर्म-चर्चा करने के लिए बहुत दूर से उपस्थित हुआ हूँ। ईश्वर के स्वरूप से संबंधित कुछ सूक्ष्म गुत्थियाँ सुलझानी हैं। संभव है, इसमें धर्मराज मेरी कोई सहायता कर सकें।... और यदि हम दोनों मिल कर ये गुत्थियाँ सुलझा पाए, तो उससे धर्मराज को भी बहुत लाभ होगा। बहुत संभव है कि वे मोक्ष के कुछ और निकट हो जाएँ; अथवा उनके हृदय-दर्पण में ईश्वर का रूप आभासित होने लगे।" संन्यासी बोला, "वे कहाँ मिलेंगे ?"

इंद्रसेन समझ रहा था कि न तो यह व्यक्ति संन्यासी था; और न वह संन्यासियों के विधि-विधान को जानता था। वह संन्यासी होता तो आश्रम तथा उसके आस-पास निवास करनेवाले संन्यासियों का सत्संग करता और कुछ दिनों तक यहाँ की दिनचर्या देख कर उपयुक्त अवसर पर धर्मराज से चर्चा करता। यह तो इस आतुरता से धर्मराज की शरण में आया है, जैसे धर्म-चर्चा न करना चाहता हो, किसी राक्षस से अपने प्राणों की रक्षा करने के लिए धर्मराज की सहायता लेने आया हो। ...

"महाराज के हृदय में कोई दर्पण नहीं है," इंद्रसेन बोला, "जहाँ आप ईश्वर को आभासित करना चाहते हैं संन्यासीप्रवर !"

"सबके हृदय में होता है। तू क्या मुझसे अधिक जानता है ?" संन्यासी ने अपना तेज दिखाया।

"अधिक न जानता तो आप मुझसे क्यों पूछ रहे होते महाराज ! दर्पण वह होता है, जो दर्प बढ़ाता है। महाराज में दर्प है ही नहीं, तो दर्पण भी नहीं होगा।" इंद्रसेन बोला, "वैसे उनकी रुचि ईश्वर का स्वरूप निर्धारित करने में नहीं है। उनका बल तो आचरण की शुद्धता पर है। धर्माचरण करने पर है। आचरण शुद्ध होगा तो ईश्वर स्वयं ही दर्शन देंगे। ..."

"तू मुझे ज्ञान दे रहा है।" संन्यासी क्रोध से बोला।

"नहीं महाराज ! मैं ऐसी मूर्खता क्यों करूँगा।"

"तो शीघ्र बता कि धर्मराज कहाँ हैं ?"

"इस समय महाराज या तो अपने भाइयों के साथ सरिता तट पर स्नान

करने गए होंगे या फिर धौम्य मुनि अपनी कुटिया के अवरोध में; उनसे यात्रा संबंधी कोई कर्मकांड करवा रहे होंगे।" इंद्रसेन बोला, "यदि उनसे स्नान करते हुए मिलना हो, तो आप भी घाट पर चले जाएँ। और यदि वे लोग स्नान कर चुके हों, तो आप भी धौम्य मुनि के कर्मकांड में सम्मिलित हो जाएँ।"

"अरे भाई, क्यों संन्यासी को बहका रहे हो।" विशोक बोला, "धौम्य मुनि पांडवों की यात्रा संबंधी किसी कर्मकांड में व्यस्त हैं। वे इस समय न इन्हें धर्मराज से मिलने देंगे; और न कर्मकांड में ही बैठने देंगे। ये वहाँ बैठ गए तो यात्रा संबंधी सारी गोपनीय सूचनाएँ इन्हें नहीं मिल जाएँगी ? पांडव इतने असावधान तो नहीं हो सकते। आज तपस्या कर रहे हैं, तो क्या हुआ, हैं तो क्षत्रिय राजा ही।"

दोनों ने एक संक्षिप्त सी दृष्टि संन्यासी पर डाली। बहुत तटस्थ रहने का प्रयत्न करते हुए भी संन्यासी अपनी प्रसन्नता नहीं छिपा पा रहा था। कुछ आतुर हो कर उसने पूछा, "धर्मराज यात्रा पर जा रहे हैं क्या ?"

"हाँ ! जा तो यात्रा पर ही रहे हैं, परंतु यह मत पूछना कि कहाँ जा रहे हैं।" विशोक ने कहा, "हमें तो इतना ही आदेश हुआ है कि उनके रथों को, यात्रा के लिए प्रस्तुत कर दें। अब जब वे आकर रथ में बैठ जाएँगे, तो ही बताएँगे कि रथों को किस ओर जाना है।"

"यदि अज्ञातवास की दृष्टि से उन्हें अपनी यात्रा को गुप्त ही रखना है, तो रथ में बैठते ही, यह घोषणा करने की उन्हें क्या आवश्यकता है कि उन्हें किस नगरी में जाना है।" इंद्रसन ने उसे टोका, "यह भी तो संभव है कि रथ में बैठ कर सारथि से मात्र इतना ही कहें, 'चलो !'। वे मार्ग में भी तो सारथि को बता सकते हैं कि कहाँ जाना है; और यह भी संभव है कि वे सारथि को कुछ बताएँ ही नहीं। मार्ग भर उसे यही कहते रहें कि दाएँ चलो, बाएँ चलो अथवा सीधे चलो। ... और यह भी हो सकता है कि यहाँ से तो रथ में बैठ कर चलें, और मार्ग में पड़नेवाली पहली नदी के घाट पर उतर जाएँ। वहाँ से नाव में बैठ जाएँ और सारथि को आदेश दें कि रथों को लौटा कर आश्रम में ले जाए, ताकि धौम्य मुनि को अपनी यात्रा में कोई कष्ट न हो। ..."

"तुम उनको इतना ही असावधान समझते हो कि वे इन बंद रथों में बैठ कर, गुप्त रूप से यात्रा करने के स्थान पर, खुली नौकाओं में यात्रा करेंगे, ताकि कोई भी उन्हें देख कर जान सके कि वे लोग कहाँ जा रहे हैं।"

"अरे भाई !..." संन्यासी ने कुछ कहना चाहा।

"अभी शांत रहिए।" इंद्रसेन ने उसे डाँट दिया, "पहले हम यह निर्णय कर लें कि उन्हें रथों में यात्रा करनी है अथवा नौकाओं में।"

"पर जाना तो निश्चित है न ?" संन्यासी ने पूछा।

"देखो संन्यासी !" इस बार इंद्रसेन अपना हाथ रोक कर उसकी ओर

मुड़ा, "तुम जो कुछ पूछ रहे हो, उसका कोई अर्थ भी है ? यदि यात्रा न करनी होती तो हमें इन रथों और अश्वों की इतनी सेवा करने की क्या आवश्यकता थी। अब यदि तुम पूछोगे कि वे कहाँ जाएँगे, तो वह हमें ज्ञात नहीं है। यदि यह जानना चाहोगे कि कब जाना है, तो हमारे पास एक ही उत्तर है कि जब पाँचों पांडव तथा महारानी पांचाली स्नान इत्यादि कर, यात्रा संबंधी कर्मकांड इत्यादि संपन्न कर लेंगे; और आकर रथ में बैठ जाएँगे, तो ही यात्रा आरंभ होगी।" उसने एक कठोर दृष्टि संन्यासी पर टिकाई, "तुम्हें और कुछ पूछना है ? यह भी इसलिए बता दिया कि तुम संन्यासी हो। यदि दुर्योधन के गुप्तचर होते तो हम तुम्हें इतना भी नहीं बताते।"

निमिष भर के लिए संन्यासी हतप्रभ रह गया; किंतु उसने तत्काल स्वयं को सँभाल लिया, "मुझे धर्मराज के दर्शन कर उनसे कुछ याचना भी करनी है। क्या मैं तुम्हारे पास बैठ कर, उनकी प्रतीक्षा कर सकता हूँ ? संभवतः उनके प्रस्थान से पहले उनसे भेंट हो जाए।"

"तुम हमारे पास बैठ कर भी उनकी प्रतीक्षा कर सकते हो और हमसे दूर रह कर भी।" इंद्रसेन बोला, "किंतु मेरी एक चेतावनी सुन लो। पांडवों में से जो मध्यम कहलाते हैं, वे युवराज भीमसेन, कुछ अधिक ही क्रोधी हैं। आज कल तो उनका धैर्य और संयम एकदम ही समाप्त हो गया है। दुर्योधन से कुछ इतने डरे हुए हैं कि किसी भी नए अथवा अपरिचित व्यक्ति को देखते हैं, तो उसे दुर्योधन का गुप्तचर मान लेते हैं।" इंद्रसेन ने रुक कर, एक अर्थपूर्ण दृष्टि संन्यासी पर डाली, "और यदि यह संदेह पुष्ट हो जाए, तो फिर वे उस व्यक्ति को जीवित नहीं छोड़ते। ... और वैसे भी तुम हमारे काम में व्यवधान बने हुए हो। वे लोग अपनी पूजा-उपासना पूरी कर यदि आ गए और रथ उन्हें तैयार न मिला, तो हमारी कुशल भी सुनिश्चित नहीं है; तुम्हारा तो कहना ही क्या।"

इंद्रसेन की दृष्टि से छुपा नहीं रहा कि संन्यासी के भयभीत होने के अभिनय के पीछे, कहीं उल्लास की मुस्कान भी छिपी थी।

"भीमसेन तो क्रोधी हैं; किंतु मैंने सुना है कि धर्मराज बहुत दयालु हैं। क्या वे अपने युवराज को यह अन्याय करने की अनुमति देंगे ?" वह बोला।

"कौन-सा अन्याय ?" विशोक ने पूछा।

"यही। एक अपरिचित व्यक्ति को केवल संदेह के आधार पर कठोरतापूर्वक दंडित करना।" संन्यासी कुछ सावधान हो गया, "किंतु मुझे क्या ! मुझे तो कुछ दार्शनिक गुत्थियाँ सुलझानी हैं, भीमसेन के चरित्र का विश्लेषण नहीं करना है।"

"तो फिर ठीक है।" इंद्रसेन ने कहा, "वहाँ जाकर उस वृक्ष की छाया में सुख से बैठो।"

संन्यासी कुछ नहीं बोला। कुछ पग चल कर, एक वृक्ष की छाया में बैठ गया और वहीं से उच्च स्वर में बोला, "मैं यहीं उनकी प्रतीक्षा करूँगा; क्योंकि मुझे धर्मराज से जो याचना करनी है, वह मैं किसी और से नहीं कर सकता।"

इंद्रसेन और विशोक की दृष्टि एक-दूसरे से मिली; और एक अत्यंत सूक्ष्म मुस्कान उनके अधरों पर फैल गई।

संन्यासी अपने स्थान पर बैठा देखता रहा कि रथों को धोया गया, पोंछा गया। उनका पूर्ण निरीक्षण हुआ। उनके तल्पों पर वस्त्र बिछाए गए और फिर सहसा उन पर यवनिकाओं के रूप में तृणों के आवरण डाल दिए गए। ...

संन्यासी अपने स्थान पर टिक नहीं पाया। वह उठ कर पुनः उनके पास चला आया और बोला, "ये आवरण क्यों डाले जा रहे हैं ? क्या वीर पांडव अवगुंठनवती स्त्रियों के समान यात्रा करेंगे ?"

इंद्रसेन उसकी ओर देख कर मुस्कराया, "मुझे अशिष्टता के लिए क्षमा करना संन्यासी ! किंतु मैं कहे बिना नहीं रह सकता कि तुम कुछ मूर्ख हो। अरे, तुम इतनी-सी बात नहीं समझते कि पांडव अज्ञातवास के लिए जानेवाले हैं। यदि वे प्रत्यक्ष रूप से यात्रा करेंगे, तो क्या पहचान नहीं लिए जाएँगे। उनका प्रयत्न तो यही है कि इन प्रच्छन्न रथों में यात्रा करें, ताकि अपने परिचित नगरों में से भी हो कर निकलें, तो किसी को आभास भी न हो सके कि इन रथों में पांडव जा रहे हैं।"

संन्यासी ने पर्याप्त तटस्थ दिखने का प्रयत्न किया, "हम वनवासी तपस्वी, इन राजनीतिक पाखंडों को क्या जानें। हम ठहरे सीधे-सादे लोग। न किसी से कोई दुराव, न छिपाव। न रहस्य न अलगाव।"

"तो इतना अलगाव तो रखो संन्यासी ! कि वहीं वृक्ष के नीचे धैर्यपूर्वक बैठे रहो।" विशोक बोला, "बार-बार यहाँ आकर यह मत पूछो कि रथ में भोजन क्यों रखा जा रहा है। शस्त्र क्यों रखे जा रहे हैं ? बैठने के साथ-साथ किसी के सोने की व्यवस्था क्यों की जा रही है ? क्या कोई रोगी भी यात्रा करेगा ?" वह रुका, "अरे भाई यदि कोई लंबी यात्रा होगी, तो साथ में भोजन इत्यादि की व्यवस्था भी करनी ही पड़ेगी। सब स्थानों पर भोजन उपलब्ध भी तो नहीं होता; और वे तुम्हारे समान संन्यासी तो हैं नहीं कि भिक्षा पर निर्भर रहें। और देवी पांचाली सारी यात्रा बैठ कर तो नहीं करेंगी। उनके विश्राम की व्यवस्था भी तो करनी ही पड़ेगी।"

संन्यासी पर्याप्त संतुष्ट दिखाई दे रहा था। वह पुनः जाकर वृक्ष के नीचे बैठ गया। ... किंतु बैठते ही, उसके मुख पर एक प्रकार की व्यग्रता प्रकट हो

गई। लगा कि अब वह वहाँ बैठना नहीं चाहता; किंतु बाध्य हो कर बैठा हुआ है। उसकी बाध्यता भी उसे अधिक देर तक बाँध नहीं पाई। वह पुनः उठ खड़ा हुआ।

"कहीं जा रहे हो संन्यासी ?" इंद्रसेन ने पूछा।

"हाँ ! सोचता हूँ, कहीं से थोड़ा भोजन कर आऊँ।"

"पांडवों को आ लेने दो, भोजन तो तुम्हें हम यहीं करवा देंगे।" इंद्रसेन बोला।

"नहीं ! यात्रा के समय, उन पर क्या बोझ डालना।" संन्यासी रुका नहीं।

"और तुम्हारे पीछे से पांडव अपनी यात्रा पर निकल गए तो अपनी दार्शनिक गुत्थियाँ किसके सामने खोलोगे ?" विशोक ने पूछा।

"नहीं ! मैं शीघ्र ही आ जाऊँगा।" संन्यासी रुका नहीं। वह जाने के लिए अत्यंत आतुर हो उठा था।

संन्यासी बड़े वेग से चला; और पांडवों के आश्रम के संन्यासियों के कुटीरों की ओर जाने के स्थान पर, वह सघन वन की ओर मुड़ गया। कुछ देर तक तो वह शीघ्रतापूर्वक चलता रहा, और फिर जैसे अपनी गति से संतोष न होने के कारण भागने लगा। ... वह अब और विलंब नहीं कर सकता था। कुछ दूर जाकर वह रुका। सावधानी से चारों ओर देखा और फिर एक कुंज में घुस गया। भीतर उसके तीन सहयोगी बैठे थे।

"क्या हुआ ?" एक ने पूछा।

"हम बहुत समय से पहुँचे हैं।" संन्यासी वेशधारी ने हाँफते हुए कहा, "वे लोग प्रस्थान की तैयारी में हैं। हमें एक भी दिन का विलंब हो जाता, तो वे लोग निकल गए होते।"

वह चुप हो गया।

"अब क्या स्थिति है ?" उसके सहयोगियों में से एक ने पूछा।

"रथ कसे जा रहे हैं। अश्वों को तैयार किया जा रहा है। वे लोग स्नान करने गए हुए हैं; अथवा कुटीर के भीतर धौम्य उनके लिए कर्मकांड करवा रहे हैं।" संन्यासी वेशधारी बोला, "अपनी ओर से वे बहुत सावधानी बरत रहे हैं; पर हम कौन से मूर्ख हैं।"

"क्या सावधानी ?" दूसरे सहयोगी ने पूछा।

"प्रच्छन्न रथों में यवनिकाएँ लगा कर, गुप्त रूप से यात्रा करेंगे; जैसे रथ में बैठा व्यक्ति दिखाई न दे तो उसका पीछा ही न किया जा सकता हो।"

उन्होंने एक सम्मिलित अट्टहास किया और सहसा किसी की पदचाप सुन

कर चुप हो गए। आनेवाला भी उन्हीं का सहयोगी था।

"क्या सूचना लाए हो ?"

"वे लोग जाने की तैयारी में हैं। सारे तपस्वी अपना बोरिया बिस्तर बाँध रहे हैं।" आगंतुक बोला, "हम सावधान रहें, तो उनके साथ ही उनके अगले ठिकाने पर पहुँच सकते हैं।"

"कैसे ?"

"अरे, हम भी उन्हीं तपस्वियों में मिल जाएँ। उनके सार्थ में ही यात्रा करें। जहाँ वे ठहरें, हम भी वहीं ठहरें; और जहाँ वे जाएँ, वहीं हम भी जाएँ। प्रत्येक पड़ाव से हस्तिनापुर सूचनाएँ भेजते जाएँ। फिर युवराज जो चाहें, करें। जहाँ और जब उचित समझें, पांडवों को पकड़ लें; और फिर भेज दें, बारह वर्षों के वनवास को।" उसने एक वज्र अट्टहास किया।

"चुप !" दूसरे ने उसकी बाँह पकड़ ली, "क्या कर रहे हो। हम मूषक के समान बिल में छुपे बैठे हैं और तुम अट्टहास कर, उन्हें बता रहे हो कि हम यहाँ हैं।"

"अरे तो यह वन ही तो है।" पहला बोला।

"इसीलिए तो अधिक सावधानी बरतनी है मूर्ख !" दूसरे ने डाँटा, "नगर में सहस्रों लोग होते हैं, कोई किसी की ओर ध्यान नहीं देता। यहाँ तो पक्षी भी चौंक कर देखेंगे कि इस कुंज में कौन छिपा बैठा है।"

"ठीक है। मुझसे भूल हो गई। आओ, अब चलने की तैयारी करें।"

32

कृतवर्मा ने बलराम के घर में प्रवेश किया तो देखा वहाँ उद्धव पहले से ही बैठा था। उसका मन कुछ बुझ-सा गया। उद्धव के सामने वह खुल कर बात नहीं कर पाएगा। यद्यपि उसका न उद्धव से कोई विरोध था, न कृष्ण से, किंतु उद्धव हो या सात्यकि, ये लोग न तो उसकी बात ठीक से समझ पाते थे और न ही वह उनके सामने अपनी बात कह पाता था। जाने क्यों वे लोग उसे कृष्ण-विरोधी सिद्ध करने पर तुले रहते थे; और यह उसे एकदम अच्छा नहीं लगता था। जाने वे क्यों यह मानते थे कि कृष्ण के प्रति सारी सद्भावना उन्हीं तक सीमित है। इतना ही नहीं, वे तो यह भी मानते थे कि कृष्ण से तनिक सा मतभेद प्रकट करना भी जैसे कोई अपराध था।... पता नहीं कि वे ऐसा मानते थे या नहीं मानते थे; किंतु कृतवर्मा को तो ऐसा ही लगता था।...

"आओ कृतवर्मा !" बलराम ने उल्लसित मन और वाणी से उसका स्वागत किया। कृतवर्मा ने, जितना उसके लिए संभव था, उतना विनीत हो कर बलराम का अभिवादन किया और आसन पर बैठ गया। उसने प्रयत्नपूर्वक मुस्कराकर उद्धव की ओर भी देखा, "कैसे हो उद्धव ?"

उद्धव ने भी मुस्कराकर सिर हिला दिया, विशेष कुछ कहा नहीं।

उसके आने से पहले, वे लोग शायद किसी गंभीर विषय पर चर्चा कर रहे थे और कृतवर्मा के आ जाने पर न उस विषय से मुक्त हो पा रहे थे और न ही उसके सामने उस विषय की चर्चा करना चाह रहे थे।

"सुना है कि अपना अज्ञातवास का समय व्यतीत करने के लिए पांडव यहाँ, द्वारका में आ रहे हैं।"कृतवर्मा से और चुप नहीं रहा गया।

"तो इसमें आश्चर्य की क्या बात है ? यहाँ नहीं आएँगे तो कहाँ जाएँगे ?" बलराम सहज भाव से बोले, "यहाँ जैसी सुरक्षा उन्हें और कहाँ मिलेगी। न यहाँ दुर्योधन के गुप्तचर झाँक सकते हैं, न यहाँ उन्हें किसी प्रकार का शारीरिक आघात पहुँचाया जा सकता है। कृष्ण के होते कोई उनकी ओर आँख उठा कर नहीं देख सकता। और सुभद्रा तथा पांडवों के पुत्र तो पहले ही यहाँ हैं। सारे परिवार का मिलन यहीं तो हो सकता है।"

"द्यूत प्रसंग के पश्चात् जब सुभद्रा द्वारका आ गई थी, तो मैं तब ही समझ गया था कि पांडवों की द्वारका में अज्ञातवास की योजना बन गई है।" कृतवर्मा बोला, "और क्यों न हो। उनका ससुराल द्वारका में। उनके पिता का ससुराल द्वारका में। तो फिर और कहीं जाने की आवश्यकता ही कहाँ है।"

"ऐसा लगता है कृतवर्मा ! कि तुम पांडवों के द्वारका आने से प्रसन्न नहीं हो।" उद्धव ने अपनी चिरपरिचित मुस्कान के साथ कहा, "तुम्हारी वाणी में उल्लास के स्थान पर परिहास है।"

"क्यों ? इसमें मेरी प्रसन्नता और अप्रसन्नता का प्रश्न कहाँ से आ गया।" कृतवर्मा अपने चेहरे पर सायास एक आक्रामक मुस्कान ले आया, "न वे मेरे घर आ रहे हैं, न उनकी रक्षा का दायित्व मुझ पर है।"

"क्यों, ऐसा कैसे कह सकते हो तुम ?"बलराम बोले, "क्या द्वारका के अतिथि तुम्हारे अतिथि नहीं हैं ? यदि वे तुम्हारे घर न आकर कृष्ण के घर आ रहे हैं, तो इसका अर्थ यह है कि उनकी रक्षा का दायित्व तुम्हारा नहीं है ? तुम जाकर दुर्योधन को सूचना दे दोगे कि पांडव किसी छद्म वेश में यहाँ अज्ञातवास कर रहे हैं ?"

कृतवर्मा को लगा कि अपने कुछ असावधान शब्दों के कारण वह व्यर्थ ही फँसता जा रहा है। उद्धव और सात्यकि के विरोध की उसे कोई चिंता नहीं है; किंतु न वह बलराम को रुष्ट करना चाहता है, न उनका विरोध मोल लेना

चाहता है।

"नहीं ऐसी तो कोई बात नहीं है, किंतु मैं अब तक यही मानता आया हूँ कि दुर्योधन और युधिष्ठिर के संदर्भ में हमारी स्थिति मध्यस्थ की सी है। कौरवों का झगड़ा कौरवों का ही रहे। उसमें यादवों को टाँग अड़ाने की क्या आवश्यकता है। यादवों के अपने ही झगड़े कम हैं क्या।"

"यही तो अंतर है हममें और कृष्ण में, "उद्धव कृतवर्मा का सीधा विरोध टाल गया, "कृष्ण के लिए कोई झगड़ा किसी कुल, समाज अथवा राज्य का नहीं होता। वे तो प्रत्येक विवाद को, प्रत्येक मतभेद को, प्रत्येक संघर्ष को मात्र धर्म और अधर्म की दृष्टि से देखते हैं। वे कहीं भी मध्यस्थ नहीं हैं। वे सदा धर्म के साथ हैं।"

"उद्धव हो या सात्यकि, इनके सम्मुख कुछ भी ऐसा नहीं बोलना चाहिए, जो कृष्ण से कुछ भिन्न होने का आभास भी देता हो।" बलराम हँसे, किंतु स्पष्ट था कि उस हँसी में परिहास की नहीं उपहास की ही ध्वनि अधिक थी, "तुम निश्चिंत रहो उद्धव ! कृतवर्मा ऐसा कुछ नहीं करने जा रहा है जिसमें पांडवों अथवा कृष्ण की कोई हानि होती हो।"

"मैं फिर वही कहूँगा बलराम भैया !" उद्धव अपनी मधुर मुस्कान के साथ बोला, "प्रश्न कृष्ण अथवा पांडवों की हानि का नहीं है, प्रश्न है धर्म की हानि का। हमारा आरंभ से यही दृष्टिकोण रहा है कि किसी की हानि हो जाए किंतु धर्म की रक्षा होनी चाहिए।"

"अच्छा उठो ! चल कर देखते हैं कि पांडवों के रथ आ पहुँचे हैं या नहीं।" बलराम उठ खड़े हुए। निश्चित रूप से उनकी इस वाग्युद्ध में कोई रुचि नहीं थी।

कृष्ण के प्रासाद के बाहरी भाग में खड़े वे लोग पांडवों के रथों को आते हुए देखते रहे। रथ इस समय भी बड़ी अच्छी स्थिति में थे। अश्व भी हृष्टपुष्ट और प्रसन्न थे। पांडवों के वनवास तथा उनकी निर्धनता का उन पर कहीं कोई प्रभाव दिखाई नहीं पड़ रहा था। लगता था कि उनकी वैसी ही देख भाल हो रही थी, जैसी उनके अच्छे दिनों में हुआ करती होगी।

रथों में से उतर-उतर कर बहुत सारे लोग आए...दास-दासियाँ, रसोइये, सारथि, अनुचर, वन के साथी... किंतु उनमें से एक भी वह व्यक्ति नहीं उतरा, जिसकी बलराम प्रतीक्षा कर रहे थे। अंत में जब इंद्रसेन ने आकर उन्हें प्रणाम किया तो बलराम ने कुछ चकित स्वर में पूछा, "जिनको आना था, वे सब आ गए क्या ? या अभी कुछ लोग पीछे आ रहे हैं ?"

"नहीं महाराज ! बस इतने ही लोग मेरे साथ थे।"

"तो क्या पांडव कांपिल्य चले गए ?" कृतवर्मा कुछ कुटिल स्वर में बोला, "उन्हें यादवों पर चाहे विश्वास न हो; किंतु उन्हें श्रीकृष्ण तथा बलराम भैया पर तो विश्वास करना ही चाहिए, या उन्हें वासुदेव बलराम पर भी विश्वास नहीं है। पर चलो कोई बात नहीं। वहाँ भी तो उनका ससुराल है। इस दृष्टि से वह स्थान भी पर्याप्त सुरक्षित है।" वह कुछ रुका, "पर इस व्यवहार से सुभद्रा को यह नहीं लगने लगेगा कि पांडवों के लिए उसके मायके से अधिक द्रौपदी का मायका विश्वसनीय है !"

"धर्मराज अपने भाइयों तथा महारानी द्रौपदी के साथ अज्ञातवास के लिए गए हैं आर्य !" इंद्रसेन आदरपूर्वक बोला।

"हाँ ! हाँ ! गए तो अज्ञातवास के लिए ही हैं, किंतु तुम्हें तो बता कर ही गए होंगे कि कहाँ जा रहे हैं।" कृतवर्मा बोला।

इंद्रसेन हँस पड़ा, "मुझे बता कर गए होते तो अज्ञातवास ही क्या होता आर्य !"

"ओह ! बहुत अच्छी प्रकार पढ़ा कर गए हैं।" कृतवर्मा की हँसी में कुछ-कुछ खिसियाहट का भाव था।

"नहीं आर्य ! आप मेरा विश्वास करें। हममें से कोई भी नहीं जानता कि वे लोग कहाँ गए हैं।' 'इंद्रसेन पूरी निष्ठा से उन्हें विश्वास दिला रहा था।

"तुम व्यर्थ ही इंद्रसेन को उलझाने का प्रयत्न कर रहे हो कृतवर्मा।" उद्धव इंद्रसेन की सहायता के लिए आगे बढ़ आया, "वे लोग सचमुच किसी को कुछ बता कर नहीं गए होंगे।"

बलराम ने कृतवर्मा को संकेत से मौन रह जाने का आदेश दिया। उन्होंने इंद्रसेन की पीठ पर हाथ रख उसकी सराहना की, "ठीक है। जाओ। बहुत दूर से यात्रा करके आए हो। जाओ विश्राम करो।"

वे कृतवर्मा को एक ओर ले गए, "तुम भी क्या मूर्खता का काम कर रहे हो। यदि वह इस प्रकार जिज्ञासा का उत्तर देने लगा तो कैसे तो पांडव अज्ञातवास करेंगे और कैसा वह आज्ञाकारी सेवक होगा।..."

"नहीं। मैंने सोचा कि हमसे क्या दुराव। वैसे वे नहीं बताना चाहते तो उनकी इच्छा। जिसे ज्ञात होगा कि वे कहाँ हैं, वही तो उनकी रक्षा का दायित्व भी पूरा कर सकता है।"

"उसकी चिंता तुम्हें नहीं करनी है। तुम जाओ अब।"

कृतवर्मा समझ नहीं पाया कि बलराम उसे जाने के लिए क्यों कह रहे हैं। पर जब उनकी रुचि उसे वहाँ और ठहराने में नहीं है तो उसे भी वहाँ रुक कर क्या करना है। वह सबको अभिवादन कर चुपचाप चला गया।

बलराम ने दृष्टि उठा कर देखा : वे जब कृतवर्मा को एक ओर ले गए थे, शायद उसी समय कृष्ण आ गए थे और उद्धव उन्हीं के पास चला गया था।

कृष्ण बहुत ध्यान से पांडवों के रथों और अश्वों को देख रहे थे, जैसे उनमें से कोई गोपनीय संदेश पढ़ रहे हों। फिर उन्होंने आए हुए प्रत्येक व्यक्ति से उसका समाचार पूछा।

बलराम आज तक समझ नहीं पाए थे कि कृष्ण यह क्या करते हैं। किसी सम्राट् की वे उपेक्षा कर जाएँ तो कर जाएँ; किंतु कर्मकरों, सारथियों, सेवकों से उनका समाचार अवश्य पूछेंगे, जैसे वे लोग सबसे अधिक महत्त्वपूर्ण हों...और उस जिज्ञासा में कहीं कोई कृत्रिमता नहीं होती, कोई औपचारिकता नहीं होती। कैसा स्नेह होता है, जैसे वे ही उनके सबसे प्रिय लोग हों... पता नहीं कृष्ण प्यार जताता भर है या प्यार लुटाता भी है। बलराम को तो आश्चर्य यही है कि कृष्ण एक साथ इतने लागों से प्यार कैसे कर पाता है, इतने लोगों की चिंता कैसे कर लेता है ... पर कृष्ण के लिए यह कोई नई बात तो नहीं। वह तो अपने शैशव से यही करता आया है।

कुछ एकांत देख कर बलराम कृष्ण के पास पहुँच गए, "पांडव नहीं आए ?"

कृष्ण ने कुछ चकित दृष्टि से उनकी ओर देखा, "क्या आप यह अपेक्षा कर रहे थे कि पांडव अपने अज्ञातवास का समय व्यतीत करने के लिए यहाँ आएँगे ! यहाँ तो एक-एक बच्चा उन्हें पहचानता है। यहाँ वे अज्ञातवास कैसे कर सकते थे।" कृष्ण कुछ रुके, "वे यहाँ आए होते तो वह उनके जीवन की सबसे बड़ी भूल होती।"

"तो वे कहाँ गए हैं ?"

"यह तो वे ही लोग जानें।" कृष्ण पूर्णतः आश्वस्त थे।

बलराम देख रहे थे कि पांडवों का जो निर्णय उनके लिए सर्वथा अनपेक्षित और अप्रत्याशित था, कृष्ण के लिए सहज और स्वाभाविक था। पता नहीं उनके और कृष्ण की चिंतन-पद्धति में इतना अंतर क्यों था ...

"जब हमें यह ज्ञात ही नहीं होगा कि वे लोग कहाँ हैं, तो उनकी रक्षा हम कैसे कर पाएँगे ?"

"अज्ञातवास में उन्हें अपनी रक्षा स्वयं ही करनी है।" कृष्ण मुस्कराकर बोले, "एक बार अज्ञातवास से वे सुरक्षित लौट आएँ तो फिर उनकी रक्षा का दायित्व आपका ही है।"

बलराम को लगा कि जिस कृतवर्मा को उन्होंने अभी-अभी यहाँ से भेजा है, वह कहीं गया नहीं, उनके अपने ही मन में आ बैठा है। वे यह नहीं मानते कि पांडवों को उन पर विश्वास नहीं है, किंतु कृतवर्मा कह रहा था कि अपने

इस संकट-काल में पांडव, सुभद्रा के मायके न आकर, द्रौपदी के मायके गए हैं। कृतवर्मा कहता है कि पांडव यदि यादवों पर विश्वास नहीं करते तो उन्हे कृष्ण और बलराम पर तो विश्वास करना चाहिए। तो क्या पांडव सचमुच उन पर विश्वास नहीं करते ?... नहीं वे ऐसा नहीं मान सकते, किंतु कृतवर्मा ऐसा मानता है। वे उस पर विश्वास करें न करें, किंतु वह ऐसा कहता है। और उसके ऐसा कहने का कोई आधार तो होगा। अभी कृतवर्मा यहाँ होता तो कहता कि वे व्यर्थ ही अपना सिर मार रहे हैं। कृष्ण उन्हें कुछ नहीं बताएँगे। वे नहीं मानते किंतु कृतवर्मा तो यही मानता है कि कृष्ण उन्हें सब कुछ बताते ही कहाँ हैं। अपना काम निकलवाने के लिए जितना आवश्यक होता है, उतना भर बता देते हैं। आज बताना नहीं चाहते हैं इसलिए कह दिया कि अज्ञातवास में पांडवों को अपनी रक्षा स्वयं करनी है, और कल जब युद्ध की स्थिति आएगी तो कृष्ण कह देगा, आप नहीं लड़ेंगे तो कौन लड़ेगा। पांडवों की रक्षा कौन करेगा। ऐसा क्यों है कि पांडवों की रक्षा भी वे अपने मन से नहीं कर सकते, पांडवों की इच्छा से ही कर सकते हैं। जब कृष्ण कहेगा कि आओ हम पांडवों की रक्षा करें, तब वे भी कह देंगे कि अब पांडव अपनी रक्षा में समर्थ हो गए हैं, तो कर लें अपनी रक्षा। जब वे अज्ञातवास में अपनी रक्षा स्वयं कर सकते हैं तो साधारण वास में क्यों नहीं कर सकते। पता नहीं, वे लोग उनको इतना पराया क्यों समझते हैं।...

बलराम चौंके ... क्या सोचते जा रहे हैं वे ? कौन पराया समझता है उन्हें। सब उनके अपने हैं। क्या कृष्ण कभी उनके लिए पराया हो सकता है ? नहीं कोई उन्हें पराया नहीं समझता; किंतु यदि कृतवर्मा यहाँ होता तो कहता।

... ठीक है, वे लोग उन्हें पराया न भी समझते हों, तो भी पांडवों की इस नीति से कभी सहमत नहीं हुआ जा सकता। उन्हें चाहिए था कि वे अपने मित्रों एवं शुभचिंतकों को अपने पते-ठिकाने से अवगत रखते। अब अपने इस अज्ञातवास में उनका कोई अनिष्ट हो जाए तो कोई क्या कर सकता है। जब कोई अपने ही पैरों पर कुल्हाड़ी मारना चाहे तो हर क्षण उसकी बाँह तो नहीं पकड़ी जा सकती ...। और पांडव तो हर क्षण कुएँ में कूदने जैसा कुछ न कुछ करते ही रहते हैं। इस समय यदि बलराम को पता होता कि पांडव कहाँ हैं तो वे चुपचाप थोड़े बैठे रहते। उनकी खोज-खबर रखते। उनकी सुरक्षा का प्रबंध करते। पांडव निश्चिंत हो कर एक वर्ष भर का अज्ञातवास कर सकते थे, पर किसी के भाग्य में ही सुख न हो तो कोई क्या कर सकता है।...

बलराम फिर एक बार चौंके... वे यह सब क्या सोच रहे हैं। वे पांडवों के प्रति ही नहीं कृष्ण के प्रति भी अपने मन में रोष पाल रहे हैं। ...'नहीं !'

उन्होंने अपने मन को समझाया, 'वे स्वयं यह सब कहाँ सोच रहे थे। वे तो मात्र इतना सोच रहे थे कि यदि कृतवर्मा यहाँ होता तो यह सब कहता।...उन्हें यह सब नहीं सोचना है। उन्हें कृष्ण पर भी पूरा विश्वास है और पांडवों पर भी। कोई उन पर अविश्वास नहीं कर रहा और न ही उनसे कुछ छिपाया जा रहा है।...

"अच्छा केशव ! मैं चलता हूँ।" वे बोले।

"क्यों कुछ देर रुकेंगे नहीं ?" कृष्ण ने बड़े स्नेह से पूछा।

"नहीं ! वह तो मैं अर्जुन से मिलने के मोह में चला आया था।"

"कोई बात नहीं। अब आए हैं तो रुक्मिणी से भी मिलते ही जाइए। बच्चे भी प्रायः स्मरण करते हैं कि आज कल ताया जी इधर आते ही नहीं।"

"नहीं ! इस समय चलूँगा। फिर किसी समय आ जाऊँगा। मेरा मन भी बच्चों से मिलने का करता रहता है।"

बलराम वहाँ से तो चले आए, किंतु अपने भवन में जाने का उनका मन नहीं हुआ। एक बार मन में आगा कि कृतवर्मा के घर ही चलें। वह तो उनके पास ही आया था। जाना भी नहीं चाहता था। उन्होंने स्वयं ही उसे उसकी इच्छा के विरुद्ध विदा कर दिया था। ...

पर अगले ही क्षण उनका मन फिर बदल गया। नहीं ! वे कृतवर्मा के घर भी नहीं जाएँगे। कई बार उन्हें लगता है कि कृतवर्मा उनके मन को बहुत विषाक्त कर देता है। नहीं उन्हें उसके घर नहीं जाना है। उन्हें कहीं भी नहीं जाना है।

और सहसा उन्होंने पाया कि वे कृष्ण के भवन के उस खंड में प्रवेश कर रहे हैं, जिसमें इन दिनों सुभद्रा निवास कर रही थी।

उनके मन में जैसे एक लंबा एकालाप चल रहा था ... कोई और करे तो करे, सुभंद्रा उन पर अविश्वास नहीं कर सकती, और ऐसा हो नहीं सकता कि अर्जुन ने सुभद्रा को भी अपने अज्ञातवास के विषय में अँधेरे में रखा हो। पति के तो श्वास भी उसी ओर चलने लगते हैं, जिस ओर उसकी पत्नी हो। और सुभद्रा तो अपने ही नहीं पांडवों के सारे ही पुत्रों का पालन-पोषण कर रही है। क्या अपने पुत्रों को भी नहीं बताएँगे कि वे कहाँ हैं। न बताएँ किंतु यह तो जानना चाहेंगे न कि उनके पुत्र कैसे हैं। और यदि जानना चाहेंगे तो उन्हें यह समाचार कहाँ भेजा जाएगा ? किसी के पास तो उन्होंने अपना कोई सूत्र छोड़ा होगा।...

सुभद्रा ने इस प्रकार अकस्मात् बलराम को आया देखा तो कुछ अटपटा गई, "अरे भैया आप ?"

"क्यों ? क्या इस समय मुझे नहीं आना चाहिए था ?" बलराम ने अपना असंतोष व्यक्त किया।

"नहीं। ऐसी तो कोई बात नहीं है। आप सामान्यतः इस प्रकार आया नहीं करते न। यह तो कृष्ण भैया की शैली है कि किसी भी समय कहीं भी प्रकट हो गए।"

"ठीक है मैं कृष्ण जैसा मायावी तो नहीं हूँ किंतु ऐसे छोटे-मोटे चमत्कार तो मैं भी कर ही सकता हूँ।"

"कर तो सकते हैं, पर करते नहीं हैं।" सुभद्रा हँसी, "यह समय आपकी मित्र-मंडली के जुटने का है। आज यह व्यतिक्रम कैसे हो गया ?"

"व्यतिक्रम होना तो नहीं चाहिए था, किंतु सुना कि तुम्हारे पति आ रहे हैं तो उनसे मिलने चला आया।" बलराम आसन पर बैठ कर मुस्करा रहे थे।

"मेरे पति !" सुभद्रा चकित स्वर में बोली, "यहाँ ? पर उन्हें तो अज्ञातवास के लिए किसी अज्ञात स्थान पर जाना था।"

"कहाँ जाना था ?"

"यह तो धर्मराज और उनके भाई ही जानते हैं या फिर कृष्णा दीदी जानती हैं, जो उनके संग हैं।" सुभद्रा सहज भाव से कह रही थी, "वे लोग द्वारका में आकर अज्ञातवास कैसे करेंगे, यहाँ का तो बच्चा-बच्चा उन्हें जानता है।"

बलराम का मुँह जैसे कड़वा हो गया : ठीक कृष्ण की शैली में कह रही है ...'यहाँ का तो बच्चा-बच्चा उन्हें जानता है। सब एक ही उत्तर दे रहे हैं। ... पर उनका मन था कि यह मानने को तैयार ही नहीं हो रहा था। ... यह उनका अपना मन ही था कि यह उनके मन में बैठा कृतवर्मा था, जो यह मानना नहीं चाहता था ?... शायद था तो यह कृतवर्मा ही, किंतु वह इस समय आकर उनके मन में बैठ गया था ...

"बात यह है सुभद्रे !" वे बोले, "कि जब मैंने सुना कि पांडवों के रथ द्वारका आ रहे हैं, तो यह कल्पना भी नहीं कर सका कि पांडवों के रथों में उनके सारथि और सेवक होंगे।" वे रुके, "अच्छा बताओ क्या पांडवों ने उचित किया कि किसी को भी नहीं बताया के वे कहाँ हैं। ऐसे में अब यदि शत्रु उनका कुछ अहित करते हैं तो उनके मित्र उनकी रक्षा कैसे कर पाएँगे ?"

सुभद्रा मुस्कराई, "पांडव यदि मात्र एक वर्ष के लिए भी अपनी रक्षा नहीं कर सकते तो वे अपना राज्य कैसे वापस लेंगे।"

बलराम को झटका-सा लगा, ... कृष्ण ने कम से कम यह तो कहा था

कि अज्ञातवास के पश्चात् पांडवों की रक्षा आप करेंगे। सुभद्रा को तो उसकी भी आवश्यकता नहीं लगी।

"और अपना राज्य भी वे अपने बल पर प्राप्त कर लेंगे ?" वे समझ नहीं पाए कि यह उनका अपना आहत अपमान बोल रहा था अथवा यह भी उनके मन में बैठा कृतवर्मा ही सोच रहा था।

बलराम का यह प्रश्न सुभद्रा को आहत कर गया, "मैं आपको वचन देती हूँ भैया ! कि यदि दुर्योधन अपने ही बल पर लड़ेगा तो पांडव भी किसी से सहायता माँगने नहीं जाएँगे। और फिर मेरे ये पुत्र किस दिन की प्रतीक्षा कर रहे हैं।"

सामने से अभिमन्यु आ रहा था।

"प्रणाम मातुल !" उसने बलराम के चरण स्पर्श किए।

बलराम ने अभिमन्यु को आशीर्वाद तो दिया, किंतु उनके अपने मन का धुंधलका छँट नहीं पाया ... सुभद्रा तो आरंभ से कुछ चतुर और चंचल थी। वह सदा आत्मनिर्भर और स्वाधीन रही है। कभी-कभी तो वह उन्हें परम स्वतंत्र भी लगी है;... किंतु वह उन्हें उद्‌दंड कभी नहीं लगी थी। वे अपने स्नेह में उसकी उच्छृंखलता की उपेक्षा कर जाते थे अथवा तब वह उच्छृंखल थी ही नहीं ? आज कल उसकी वाणी में बलराम को कभी अपनी उपेक्षा, कभी उद्‌दंडता, और कभी अहंकार क्यों सुनाई पड़ने लगा है ? उनके मन में ही उसके प्रति अब वह बालकोंवाला स्नेह भाव नहीं रहा अथवा पांडवों के संपर्क में आकर वह ही बदल गई है ?...

"कैसे हो अभिमन्यु !" बलराम ने उस पर एक परीक्षक दृष्टि डाली, "कैसी चल रही है तुम्हारी शस्त्र-शिक्षा ?"

"आपकी कृपा है मातुल !" अभिमन्यु बोला, "आज कल व्यूह-रचना सीख रहा हूँ। लगता है कि व्यूह रचने की तुलना में व्यूह तोड़ना कुछ अधिक कठिन है।"

"ऐसा क्यों सोचते हो पुत्र ?" बलराम ने पूछा, "जरासंध से हुए अपने युद्धों में हम व्यूह रचते भी रहे हैं और तोड़ते भी। ऐसा कौन-सा व्यूह है, जो कृष्ण ने न तोड़ा हो।"

"आप ठीक कहते हैं मातुल !" अभिमन्यु बोला, "किंतु मैं तो इसलिए कह रहा था कि व्यूह रचने से आपको कोई रोकता नहीं है; किंतु व्यूह तोड़ने से आपको रोकने के लिए सेनाएँ की सेनाएँ सामने खड़ी होती हैं। और जहाँ तक मातुल कृष्ण का संबंध है, वे अपनी योजना के अनुसार चल रहे हैं। मैं चक्रव्यूह की रचना पहले सीखना चाहता हूँ और वे हैं कि उसे टालते जा रहे हैं। उसमें प्रवेश करना तो लगभग मुझे आता ही है, किंतु उसमें से निकल आना अभी मेरे लिए कुछ कठिन है।"

"तुम चक्रव्यूह में प्रवेश कर सकते हो ?" बलराम ने कुछ आश्चर्य से पूछा।

"हाँ मातुल। साथ कोई अच्छा सहायक हो, पीछे से आनेवाले प्रहारों को कोई किसी सीमा तक झेलता चले तो मैं भीतर प्रवेश कर सकता हूँ।"

"किसने सिखाया ? तुम्हारे पिता ने ?"

"नहीं ! पिता जी से जब मैं पृथक् हुआ था, तब तो मैं मात्र तीन ही वर्षों का था। तब वे कैसे सिखाते, किंतु उन्होंने कभी माँ से इस व्यूह की चर्चा की थी। वह चर्चा किन्हीं कारणों से पूरी नहीं हो पाई थी, तो माँ ने भी केवल प्रवेश ही सीखा था। माँ ने वही मुझे सिखा दिया है। अब मातुल कृष्ण उसको तोड़ कर बाहर आना सिखाएँ तो मेरा प्रशिक्षण पूरा हो।"

बलराम ने कुछ आश्चर्य से सुभद्रा की ओर देखा : उसकी क्षमताओं को वे जानते थे; किंतु यह नहीं जानते थे कि वह चक्रव्यूह जैसे जटिल व्यूहों को वेधना भी जानती है और अपने इस बालक पुत्र को भी सिखा सकती है। उनकी इच्छा हुई कि वे पुराने समय के ही समान सुभद्रा के सिर पर अपनी हथेली रख कर उसकी सराहना करें ... किंतु जाने वह क्या था, जो उनकी भुजा और जिह्वा दोनों को ही थामे हुए था। सुभद्रा के मुख की उस मुस्कान में उन्हें पांडवों का अहंकार और अपनी अवगुंठित उपेक्षा दिखाई पड़ रही थी।

"तुम सीखने को इतने आतुर हो तो कृष्ण तुम्हें पहले चक्रव्यूह के विषय में ही शिक्षा क्यों नहीं देता ?"

बलराम मुस्करा रहे थे। वे अपने प्रश्न का उत्तर जानते थे। वे जानते थे कि अभिमन्यु अभी छोटा था। वह चक्रव्यूह के वेग को झेल नहीं सकता था।

"मातुल कहते हैं कि माँ ने मुझे यह तब सिखाया था, जब मैं यहाँ अकेला था। मेरे शेष भाई कांपिल्य में थे। अब, जब वे सब लोग यहीं हैं, मुझ अकेले को अलग से कुछ नहीं सिखाया जा सकता।"

"तो उन सबको भी सिखा दें।" बलराम बोले, "वास्तविक बात यह है कि या तो वह तुम्हें सिखाना नहीं चाहता, या फिर तुममें अभी उसे सीखने की क्षमता विकसित नहीं हुई है।"

बलराम की यह बात न सुभद्रा को अच्छी लगी, न अभिमन्यु को ही। वे दोनों ही समझ रहे थे कि यह बलराम का विनोद नहीं था। वे सचमुच ही अभिमन्यु की क्षमता को कम आँक रहे थे। सुभद्रा चुप रही: जाने क्यों इस समय बलराम अभिमन्यु की प्रशंसा करना नहीं चाहते थे। ... किंतु अभिमन्यु मौन नहीं रहा।

"नहीं मातुल ! मातुल कृष्ण कहते हैं कि मेरे अन्य भाई पहले ही प्रशिक्षण में मुझसे पीछे चल रहे हैं। ऐसे में मुझ अकेले को और आगे का पाठ पढ़ाना उचित नहीं है। मेरे लिए भी इतना स्वार्थी होना शोभनीय नहीं है। जब वे लोग मेरे समकक्ष आ जाएँगे और मेरे साथ-साथ सीख सकेंगे तो मातुल मुझे चक्रव्यूह संबंधी सारा ज्ञान दे देंगे। अभी तो बस मैं भीतर प्रवेश ही कर सकता हूँ।"

बलराम को अभिमन्यु का उत्तर अपनी धारणा के सर्वथा विरुद्ध लगा। निश्चित् रूप से सदा अपनी प्रशंसा सुनने का अभ्यस्त अभिमन्यु यथार्थ को स्वीकार नहीं कर पा रहा था। उचित था कि बलराम उसे उसकी वास्तविकता बता ही दें।

"तुम ऐसा समझते हो कि चक्रव्यूह को वेध कर भीतर प्रवेश करने की क्षमता तुम में है; किंतु वस्तुतः प्रवेश करके तुमने देखा तो नहीं है न ! बहुत संभव है कि वास्तविक युद्ध में तुम्हारी यह विद्या सफल न हो पाए। तुमने न अभी किसी युद्ध में इसका प्रयोग करके देखा है, और न तुमने उसे किसी विश्वसनीय युद्धाचार्य से सीखा है।"

"भैया ! आशीर्वाद न देना चाहें तो न दें; किंतु ऐसा शाप तो न दें।" बहुत चाहने पर भी सुभद्रा अपने मन की कटुता छुपा न सकी।

"इसमें शाप की क्या बात है सुभद्रे ! योद्धाओं को अपने विषय में **भ्रम** में नहीं रहना चाहिए। ऐसे भ्रम कभी-कभी बहुत घातक प्रमाणित होते हैं।" बलराम अपनी बात पर टिके रहे, "तुमने भी अर्जुन से इसकी चर्चा ही सुनी है। न अर्जुन ने युद्ध में इसका प्रयोग कर तुम्हें दिखाया, न तुमने किसी युद्ध में इसका प्रयोग करके देखा, तो फिर यह कैसे मान लिया जाए कि सिखानेवाले ने उसे त्रुटिहीन ढंग से सिखाया और सीखनेवाले ने उसे पूर्णता से सीखा।"

सहसा सुभद्रा हँस पड़ी। समझ गई कि इस समय बलराम अपनी बात पर अड़ने की मुद्रा में हैं।

"अब तो एक ही विधि है भैया ! अभिमन्यु की क्षमता प्रमाणित करने की।"

"क्या विधि हो सकती है ?" बलराम अपनी सफलता पर प्रसन्न थे।

"आप चक्रव्यूह रचें और अभिमन्यु उसमें प्रवेश करके दिखाए।"

"ओह !" बलराम अट्टहास कर उठे, "तुम बहुत चतुर हो सुभद्रा ! तुम चाहती हो कि इस विधि से अभिमन्यु चक्रव्यूह में प्रवेश करने का अभ्यास कर ले। फिर वह हठ कर, मुझसे चक्रव्यूह की शेष विधियाँ सीख ले। कृष्ण सिखाना नहीं चाहता, इसलिए उसकी इच्छा के विरुद्ध यह मुझसे सीख ले और कृष्ण को अंगूठा दिखा दे।"

"आपकी कल्पना तो इस समय असाधारण रूप से उर्वर हो रही है भैया!" सुभद्रा ने बलराम की बात में से कोई गंभीर अर्थ ग्रहण नहीं किया, "जो कुछ कहनेवाले के भी मन में न हो, आप उसकी भी कल्पना कर सकते हैं।"

"हाँ! मैं तो यह भी कल्पना कर रहा हूँ कि पांडवों के अज्ञातवास संबंधी सूचनाओं के चारों ओर तुमने चक्रव्यूह रच लिया है और मैं अपने सारे प्रयत्नों के पश्चात् भी उसे वेध नहीं पाया हूँ। किसी के रचे हुए चक्रव्यूह में अभिमन्यु प्रवेश कर सकता है; किंतु तुम्हारे रचे हुए चक्रव्यूह का वेधन मुझसे नहीं हो सका।"

बलराम हँस रहे थे और हँसते-हँसते उठ कर वे चले गए। सुभद्रा और अभिमन्यु चुपचाप खड़े उन्हें जाते हुए देखते रहे।

"आज मातुल का मन किस ओर चल पड़ा है ?" अभिमन्यु बोला।

"कभी-कभी इनके साथ ऐसा भी होता है।" सुभद्रा ने उत्तर दिया, "मन हठ पकड़ लेता है तो हिलता ही नहीं। ऐसी दशा में इन्हें केशव ही सँभाल सकते हैं। सोचती हूँ तो डर जाती हूँ कि जिस दिन इन्होंने केशव की भी न मानी, उस दिन द्वारका का क्या होगा।"

अभिमन्यु ने माँ की ओर कुछ ऐसी दृष्टि से देखा, जो कह रही थी, कि न वह मातुल की बात समझ पाया था, और न वह अब अपनी माँ की बात समझ रहा था। उसने अपने कंधे उचकाए और निश्चिंत भाव से आगे बढ़ गया।

किंतु सुभद्रा की चिंता दूर नहीं हुई। बलराम निश्चित् रूप से अपने मन में एक गाँठ लेकर गए थे; और बलराम के मन की यह गाँठ उनमें से किसी के लिए भी हितकर नहीं हो सकती थी।

आत्मलीन से बलराम चलते हुए कब सांब के भवन में प्रवेश कर गए, उन्हें पता ही नहीं चला। उन्होंने अपने आपसे पूछा भी कि वे सांब के भवन में क्या करने जा रहे हैं; किंतु न ही उनके प्रश्न का कोई उत्तर मिला, और न ही उनके पग थमे। पग तब रुके, जब सांब की पत्नी, दुर्योधन-पुत्री लक्ष्मणा ने आकर उनके चरण स्पर्श कर उन्हें प्रणाम किया।

"कैसी हो बहू ?"

"आपका आशीर्वाद है ताया जी।"

उसने आसन रख दिया और दासी के हाथ से लेकर, स्वयं जल का चषक उनकी ओर बढ़ाया।

"सांब कहाँ है ?" बलरामं ने जल का चषक थाम लिया।

"बता कर नहीं गए।" लक्ष्मणा बोली, "बस यही कह गए हैं कि संध्या

तक ही लौट पाएँगे।"

"ऐसा कौन-सा स्थान है, जहाँ वह जाता है और तुम्हें बताना नहीं चाहता। तुम्हें ध्यान रखना चाहिए कि किसी अनुचित स्थान पर तो नहीं जाता।"

"ध्यान रखती हूँ ताया जी ! और यह भी ध्यान रखती हूँ कि इस प्रकार पति-पत्नी में झगड़ा करवाना आपकी क्रीड़ा है।" लक्ष्मणा हँस कर बोली।

"इसका अर्थ है कि उस दुष्ट ने तुम्हें मेरे विषय में वह सब भी बता दिया, जो मात्र उसके और मेरे बीच का रहस्य था।"

"नहीं ताया जी ! अब यह उनके और आपके बीच का ही रहस्य नहीं है। अब तो इस रहस्य को सारी द्वारका जानती है।" लक्ष्मणा बोली।

"अच्छा ! और मुझे पता भी नहीं चला कि द्वारकावासी मेरी क्रीड़ाओं में भी इतनी रुचि रखते हैं।" बलराम फिर से कुछ आत्मलीन हो गए, "हाँ ! मैं भी तो दूसरों में इतनी रुचि रखता हूँ। अब प्रातः से इसी व्यसन में घूम रहा हूँ कि पांडव द्वारका आए या नहीं आए।"

"तो क्या पता लगा, ताया जी ! पांडव द्वारका आए या नहीं आए ?"

"पांडवों के रथ और सारथि तो द्वारका में आए हैं; किंतु अभी पांडवों के दर्शन किसी को नहीं हुए हैं।"

"इसका क्या अर्थ है ताया जी !" लक्ष्मणा ने पूछा।

बलराम ने उसके प्रश्न की ओर ध्यान नहीं दिया। वे जैसे शून्य में कुछ खोजते रहे और फिर सहसा लक्ष्मणा की ओर घूमे, "लक्ष्मणा क्या तुम जानती हो कि अज्ञातवास के लिए पांडव कहाँ गए हैं ?"

"नहीं ताया जी ! मैं कैसे जानूँगी।" लक्ष्मणा सकपका गई, "मेरा तात्पर्य है कि यह तो गोपनीय सूचना है। यह किसी को भी ज्ञात नहीं होनी चाहिए। यदि यह सूचना भी प्रचारित हो गई तो फिर अज्ञातवास ही क्या रहेगा।"

"हाँ है तो गोपनीय ही।" बलराम से कहे बिना नहीं रहा गया, "और तुम जानोगी भी कैसे। तुम तो दुर्योधन की पुत्री हो।"

अकबकाई सी लक्ष्मणा, फटी-फटी आँखों से बलराम की ओर देखती रही... क्या कह रहे हैं वे। वे उसे सांब की पत्नी अथवा कृष्ण की पुत्रवधू न कह कर, दुर्योधन की पुत्री कह रहे हैं।... उसके मन में तो यह पूर्णतः स्पष्ट है कि अज्ञातवास संबंधी सूचना, पांडवों की अत्यंत गोपनीय निधि है। उस गोपनीयता से उनका सारा राज्य और धन संपत्ति ही नहीं, मान-सम्मान और कदाचित् उनके प्राण भी अनुबंधित हैं। ...ऐसे में वे सूचनाएँ, द्वारका में सार्वजनिक रूप से प्रचारित कैसे हो सकती हैं।...जहाँ तक लक्ष्मणा समझती थी, स्वयं बूआ सुभद्रा भी नहीं जानती थीं कि इस समय पांडव कहाँ हैं; तो लक्ष्मणा यह कैसे जान सकती थी। ... तो फिर ताया जी यह सब क्यों कह

रहे हैं ?...

जब तक कि वह संभलती, बलराम का दूसरा प्रश्न किसी तीक्ष्ण बाण के समान उसके वक्ष में आ लगा, "द्वारका में तो तुम्हें किसी ने कुछ नहीं बताया, तो क्या दुर्योधन ने भी तुम्हें कोई सूचना नहीं दी ?"

लक्ष्मणा के मन और मस्तिष्क जैसे स्तब्ध खड़े कुछ समझने का प्रयत्न कर रहे थे। ...यह भी ताया जी का कोई परिहास ही था ? कोई क्रीड़ा थी, अथवा वे सचमुच विश्वास करते थे कि उसमें और उसके पिता में कोई ऐसा संपर्क था, जिसके माध्यम से उसे हस्तिनापुर से सूचनाएँ भिजवाई जाती थीं, अथवा भिजवाई जा सकती थीं ? ... यह संदेह था ? आरोप था ?? अथवा मात्र क्रीड़ा थी ???

बलराम ने और कुछ नहीं कहा। बिना किसी पूर्व संकेत अथवा चेतावनी के वे अकस्मात् ही उठ खड़े हुए। जब तक कि लक्ष्मणा उनसे कुछ पूछने की बात सोच पाती, वे बाहर की ओर चल पड़े थे। वह चुपचाप खड़ी उन्हें जाते हुए देखती रही। वे द्वार से बाहर निकल गए और उनका अनुसरण करती हुई दासी ने, उनके पीछे कपाट भिड़ा दिए।

बाहर खुले में ठंडी बयार बह रही थी। बलराम को लगा कि भवन के बाहर आकर, वे कुछ अधिक सुखद स्थिति का अनुभव कर रहे हैं। उनका मन भी कुछ अधिक सजग हो उठा था ..."यह वे क्या कह आए लक्ष्मणा को ? ... कहीं लक्ष्मणा के मन में यह बात जम गई कि यादव उस पर विश्वास नहीं करते, क्योंकि वह दुर्योधन की पुत्री है—तो क्या परिवार में कलह नहीं होगी ? ... वे अपने ही परिवार में ऐसा विभाजन क्यों कर रहे हैं ?...

किंतु अगले ही क्षण, मन का कोई अन्य अंश अधिक सबल हो उठा ... वे विभाजन कर रहे हैं ? वे कहाँ चाहते हैं कोई विभाजन ?...पर कोई उन्हें क्यों नहीं बताता कि पांडव कहाँ हैं ? क्या किसी ने उन्हें परिवार का अंग माना ?

उन्होंने चकित होकर अपने मन में झाँका : यह क्या हो रहा है उन्हें ? पांडवों के सबसे बड़े शत्रु दुर्योधन की पुत्री भी समझती है कि यह सारा प्रसंग गोपनीय है ...तो उनका ही मन क्यों नहीं मान रहा कि यह पांडवों का अपना रहस्य है, जिसे और कोई नहीं जानता। अपनी रक्षा के लिए ही पांडव इस रहस्य की रक्षा कर रहे हैं। कोई बलराम से कुछ नहीं छुपा रहा। कोई उन्हें पराया नहीं समझ रहा। कोई उनकी उपेक्षा नहीं कर रहा ?...

बलराम सोचते रहे और चलते रहे। कभी बाहर दृष्टि डाल लेते थे और कभी मन के भीतर झाँक लेते थे ... वहाँ उन्हें कभी लक्ष्मणा बैठी दिखाई दे जाती थी और कभी कृतवर्मा।... बलराम निर्णय नहीं कर पा रहे थे कि दोनों

में से कौन सत्य के अधिक निकट था...लक्ष्मणा या कृतवर्मा ... या फिर उनका अपना मन ही किसको अपने अधिक निकट पा रहा था ...

33

बलराम चले गए तो उद्धव ने कृष्ण की ओर देखा, "लगता है भैया को पांडवों का द्वारका न आना अच्छा नहीं लगा।"

"प्रश्न यह है कि क्या उन्हें पांडवों का यहाँ आना अच्छा लगता ?" कृष्ण के अधरों पर उनकी मायावी हँसी थी, जो उनके मंतव्य को अभिव्यक्त भी कर रही थी और रहस्यमय भी बना रही थी।

"मैं समझा नहीं।" उद्धव बोला, "भैया क्या चाहते हैं, पांडव यहाँ आएँ या न आएँ।"

"भैया के मन की तो भैया ही जानें।" कृष्ण बोले, "मैं तो अपने मन से पूछ रहा हूँ कि यदि पांडव यहाँ आ जाते और हमसे अज्ञातवास के उपयुक्त सुविधाओं की अपेक्षा करते, तो क्या हम उन्हें वे सुविधाएँ दे पाते; और उस स्थिति में भैया प्रसन्न रहते ?"

"तुम क्या समझते हो कि भैया उससे प्रसन्न नहीं होते ?"

"नहीं। मैं ऐसा नहीं समझता।" कृष्ण बोले, "किंतु मुझे यह लगता है कि कई बार भैया दो ऐसी बातों की कामना कर रहे होते हैं, जो एक साथ संभव नहीं होतीं।"

उद्धव कुछ देर तक चुपचाप कृष्ण को देखता रहा, फिर धीरे से बोला, "तुम अपनी इस बात को कुछ और स्पष्ट करोगे ?"

"इसमें स्पष्ट करने को क्या है भाई !" कृष्ण बोले, "भैया ने अपने मुख से कभी कहा नहीं; किंतु मेरा अनुमान है कि वे पांडवों का कोई अनिष्ट नहीं चाहते, पर वे यह भी नहीं चाहते कि अज्ञातवास के इस खेल में दुर्योधन पांडवों से पराजित हो। ये दोनों बातें एक साथ संभव नहीं हैं। यथार्थ यह है कि इंद्रप्रस्थ का राज्य या तो दुर्योधन के पास रह सकता है या युधिष्ठिर के पास। यह तो संभव नहीं है कि दुर्योधन से कुछ छिने नहीं और पांडवों का राज्य उन्हें मिल जाए। वे अपने न्याय से पांडवों के पक्ष में हैं और अपने मोह से दुर्योधन के साथ।"

उद्धव ने कोई उत्तर नहीं दिया। वह कृष्ण की बात पर विचार कर रहा था। उसे लग रहा था कि कृष्ण ने शायद बलराम के चरित्र के मूल तत्त्व को

रेखांकित कर दिया है। जो लोग न्याय के साथ होते हैं और अपने मार्ग में मोह को नहीं आने देते, उनके मार्ग में ऐसी कोई कठिनाई नहीं आती। जो मोह के पाश में बँध कर न्याय को भूल जाते हैं, वे भी अपने इस द्वंद्व से मुक्त हो जाते हैं, किंतु बलराम उन दोनों के ही साथ चल रहे हैं।

"क्या भैया इस बात को जानते हैं ?"

"कह नहीं सकता कि जानते नहीं हैं या मानते नहीं हैं।" कृष्ण पुनः उसी मोहक ढंग से हँसे।

उद्धव को इस बार पूछने की आवश्यकता नहीं पड़ी। वह कृष्ण का तात्पर्य समझ रहा था। बलराम शायद अपने मन की इस स्थिति को जानते नहीं थे और यदि उन्हें बताया जाएगा तो संभवतः वे इसे स्वीकार नहीं करेंगे। यदि समझाना संभव होता तो कृष्ण से अधिक उपयुक्त समझानेवाला और कौन हो सकता था।

"अच्छा भैया की बात छोड़ भी दें तो क्या हमें पांडवों की रक्षा की दृष्टि से उनकी खोज नहीं करनी चाहिए, ताकि वे जहाँ भी हों, आवश्यकता होने पर हम उनकी रक्षा कर सकें।"

"दुर्योधन पांडवों को खोज ही रहा होगा।" कृष्ण बोले, "अब यदि मैं पांडवों को खोजने निकलूँ तो दुर्योधन को कुछ भी नहीं करना है, बस मेरे पीछे अथवा मेरे गुप्तचरों के पीछे अपने गुप्तचरों को लगा देना है। क्या स्वयं पांडवों की खोज में जाकर अथवा अपने गुप्तचरों को पांडवों की खोज में भेज कर हम दुर्योधन की ही सहायता नहीं करेंगे ? एक मृग वन के एकांत में कहीं छुपने का प्रयत्न कर रहा हो और उसका आखेट करने के लिए जितनी अधिक दिशाओं से अहेरी उसके पीछे जाएँगे, वह उतनी ही जल्दी अपना साहस खो देगा और पकड़ा जाएगा।" कृष्ण ने रुक कर उद्धव की ओर देखा, "मुझे यह जान कर तनिक भी आश्चर्य नहीं होगा कि दुर्योधन ने अपने गुप्तचर पांडवों के पीछे भेजने के स्थान पर द्वारका में फैला रखे हों।"

"हाँ ! बात तो कुछ ऐसी ही है।" उद्धव ने कहा, "अब मेरी समझ में आया कि तुम इतनी शांति से द्वारका में क्यों बैठे हो।"

"मुझे तो यह भी लगता है उद्धव ! कि मैं स्वयं जाऊँ अथवा अपने गुप्तचरों को भेजूँ; पांडवों को खोजने में हम दुर्योधन की तुलना में किसी भी स्थिति में अधिक सफल होंगे। क्योंकि हम उनकी तुलना में पांडवों को कहीं अधिक जानते और समझते हैं। इसलिए हमें सावधान रहना है कि कहीं अनायास ही हमारी अंगुली उस दिशा में न उठ जाए, जिधर पांडवों के होने की संभावना है।"

"अच्छा ! चलता हूँ। मुझे सात्यकि के पास भी जाना है।" उद्धव उठ खड़ा

हुआ।

"ठीक है। सात्यकि से कहना मैं भी उसे स्मरण कर रहा था।"

उद्धव को एक अनाम-से विषाद ने घेर लिया था। जाने क्यों वह एक भीषण असंतोष का अनुभव कर रहा था। वह अपने मन में किसी प्रत्यक्ष कारण को खोज नहीं पाया तो मान लिया कि संभव है कि यह भी बलराम की मानसिकता के ही कारण हो। किंतु उससे उद्धव क्यों इतना प्रभावित है। निश्चित रूप से इससे पांडवों का कोई अहित नहीं होने जा रहा है। कृष्ण के होते हुए पांडवों का कोई अहित नहीं कर सकता, चाहे वे स्वयं बलराम ही क्यों न हों। और फिर बलराम पांडवों का अहित क्यों करेंगे ?

सात्यकि के भवन में पहुँच कर उद्धव ने देखा कि वह कहीं जाने की तैयारी में था; किंतु उद्धव को देखते ही उसने अपनी योजना बदल दी। उद्धव ने कहा भी कि वे किसी विशेष प्रयोजन से नहीं आया है, इसलिए सात्यकि अपने आवश्यक कार्यों की हानि न करे; किंतु अब सात्यकि कहीं जाना नहीं चाहता था। उद्धव जैसे व्यक्ति जो कभी-कभी ही किसी के घर जाते हैं। वह सात्यकि के घर आए और सात्यकि गोशाला जाने जैसा अपना साधारण काम भी न छोड़े—यह कैसे संभव था।

सात्यकि ने उत्साहपूर्वक उद्धव की भुजा पकड़ ली और उसे परिवार की साधारण बैठक में न बैठा कर अपने निजी कक्ष में ले आया।

"आज तो मेरा कोई महान् पुण्य फलीभूत हुआ है।" सात्यकि का आंदोलित उत्साह प्रकट रूप से उमड़ता हुआ दिखाई पड़ रहा था, "आज श्रीमान उद्धव हमारे घर पधारे हैं।"

"अब अधिक लज्जित मत करो युयुधान !" उद्धव ने भी उतने ही स्नेह से कहा, "अब मैं अपनी प्रकृति का क्या करूँ। तुम जानते ही हो कि मैं घर से अधिक नहीं निकलता हूँ।"

"नहीं ! वह तो मैं जानता हूँ कि आपको मुझसे कोई वितृष्णा नहीं है। आप यदि मेरे घर नहीं आते तो उसे मैं आपके स्नेह का अभाव नहीं मानता; पर आप मेरे घर आए हैं, इसे मैं आपका अनुग्रह तो मान ही सकता हूँ।"

"जो तुम्हारी इच्छा हो, मानो बंधु ! पर अब तुम मुझे अधिक लज्जित मत करो।" उद्धव ने धीरे से कहा, "मैं बलराम भैया से मिलने गया था। वहाँ संयोग से कृतवर्मा भी आ गया और तब हम लोग कृष्ण की ओर चले गए। आज पांडवों के सारथि उनके रथ इत्यादि लेकर द्वारका पहुँचे हैं। बलराम भैया का व्यवहार मेरी कुछ समझ में नहीं आया। मन कुछ खिन्न-सा हो गया है। ऐसे में मुझे

तुम्हारी याद आई। खिन्नता दूर कर मन को स्वस्थ करने के लिए तुमसे बढ़ कर अच्छा वैद्य और कौन हो सकता है।''

''साधु ! साधु ! मैं कृतार्थ हो गया।'' सात्यकि प्रकट उत्फुल्लता से बोला, ''किंतु भैया ! क्या मैं पूछ सकता हूँ कि स्वयं योगीराज कृष्ण के साक्षात् उपस्थित होते हुए आपको अपना मन स्वस्थ करने के लिए मेरी ही सार्थकता क्यों अनुभव हुई ?''

उद्धव ने तत्काल कोई उत्तर नहीं दिया। थोड़ी देर विचार करके बोला, ''यह प्रश्न मुझे स्वयं अपने आपसे पूछना चाहिए था। जाने क्यों, सूझा ही नहीं। अब तुम्हारे पूछने पर ध्यान आया।''

''तो कोई उत्तर मिला ?''

''कोई उत्तर नहीं है, सिवाय इसके कि कृष्ण से भैया के व्यवहार के विषय में चर्चा करने में मैं स्वयं संकोच कर गया। चर्चा आरंभ तो हुई थी; किंतु मैंने अधिक चलाई नहीं। भय था कि मेरे मुख से निन्दा के कुछ शब्द न निकल जाएँ। मुझे उसमें औचित्य की कुछ कमी दिखाई दी।''

''मेरा विचार है कि आप चर्चा करते तो केशव खुले मन से उस पर प्रकाश डालते।''

''संभव है कि ऐसा ही होता।'' उद्धव ने कहा, ''किंतु मैं साहस नहीं कर सका। अब तुम्हारे पास आया हूँ, बताओ तुम क्या कहते हो।''

''मेरा विचार है कि बलराम भैया के मन को समझने के लिए हमें कृतवर्मा के मन को समझना पड़ेगा।''

''कारण ?''

''मेरा अनुमान है कि वासुदेव बलराम किन्हीं कारणों से पांडवों से अप्रसन्न हैं। उसका कारण कुछ भी हो सकता है। अर्जुन के द्वारा किया गया सुभद्रा का हरण भी...''

''नहीं !'' उद्धव ने उसे टोक दिया, ''सुभद्रा का तो हरण ही इसलिए हुआ था क्योंकि भैया उसका विवाह दुर्योधन से करने का मन बना चुके थे। इसलिए भैया का यह तथाकथित पांडव-विरोध उससे भी पहले का होना चाहिए।''

''किंतु उससे पहले तो पांडवों ने ऐसा कुछ किया ही नहीं था कि बलराम जी उनसे रुष्ट होते।'' सात्यकि बोला, ''पर हाँ ! मेरे मन में यह बात भी आती है कि कहीं ऐसा तो नहीं कि केशव के प्रति अपना विरोध जताने के लिए वे पांडवों का विरोध करने लगते हों।''

''पहली बात तो यही है कि उनके मन में केशव का ही विरोध क्यों होगा और यदि होगा तो वे केशव के प्रति अपना विरोध न जता कर, पांडवों के प्रति

अपना विरोध क्यों जताएँगे ?"

"मानव मन को क्या कहा जाए।" सात्यकि बोला, "स्यमंतक मणि की चोरी के पश्चात् जब दोनों भाइयों ने शतधन्वा का पीछा किया था और शतधन्वा के वध के पश्चात् भी उसके पास से स्यमंतक मणि नहीं निकली थी तो बलराम भैया ने केशव पर भी चोरी का संदेह किया था।"

"मैं जानता हूँ कि सत्य यही है; किंतु यह मानने के लिए मन सहमत नहीं हो पाता कि भैया, स्वयं कृष्ण पर भी चोरी का संदेह कर सकते हैं।" उद्धव का मन कुछ क्षुब्ध हो उठा था।

"मैं यह भी अच्छी प्रकार जानता हूँ कि बलराम केशव से असीम प्रेम करते हैं।" सात्यकि बोला, "यही कारण है कि वे कभी केशव के विरोध में खड़े नहीं हुए। उनके मन में केशव का प्रेम सदा ही केशव के विरोध से संघर्ष करता है, और केशव के विरोध को धराशायी कर देता है; किंतु ऐसा नहीं होता कि उनके मन में केशव का विरोध जन्म ही नहीं लेता। और जब तक उनका प्रेम उनके विरोध से लड़ता है, वे सीधे केशव पर कोई आघात नहीं कर सकते, तो केशव के किसी प्रिय पर आघात कर बैठते हैं। उसके पीछे भी प्रयोजन तो केशव को ही कष्ट देना होता है। परिणाम यह होता है कि केशव के प्रति उनके आक्रोश को केशव के किसी प्रिय को झेलना पड़ता है।"

"इसका कोई प्रमाण भी है तुम्हारे पास अथवा अनुमान का तुरंग ही हाँकते चल रहे हो ?" उद्धव ने पूछा।

"प्रमाण तो कोई तब ही दे सकता है, जब वह बलराम के मन में प्रवेश कर सके; वह कोई कर नहीं सकता। पता नहीं रेवती भाभी भी कर पाई हैं अथवा नहीं।" सात्यकि हँसा, "अनुमान ही है मेरा; किंतु निराधार नहीं है।"

"क्या है आधार ?"

"जहाँ तक मैं समझता हूँ," सात्यकि बोला, "शतधन्वावाले ही प्रसंग में बलराम भैया केशव से रुष्ट हुए, तो उनको छोड़ कर दूर चले गए। कहाँ गए और क्या किया ?" सात्यकि ने रुक कर उद्धव की ओर देखा, "केशव को कष्ट पहुँचाने के लिए उनके प्रिय पांडवों के परम शत्रु दुर्योधन को अपना शिष्य बनाया, उसे अपनी गदा-विद्या दी और उसके प्रति अपना मोह बढ़ाया। मेरा विचार है कि अपनी उसी मानसिकता में उन्होंने सुभद्रा का विवाह दुर्योधन से करने की योजना बनाई होगी।"

"किंतु केशव ने स्यमंतक मणि के विषय में उनके संदेह को निराधार सिद्ध कर दिया तो फिर पांडवों के प्रति विरोध का कारण ही कहाँ रह जाता है ?" उद्धव ने पूछा।

"पांडवों अथवा केशव के विरोध का कारण तो कोई नहीं रह जाता, इसलिए

उनका केशव-विरोध तो समाप्त हो गया, किंतु दुर्योधन के प्रति जो मोह उन्होंने विकसित कर लिया था, उसे तो समाप्त नहीं किया न!" सात्यकि बोला, "परिणाम यह है कि जैसे ही केशव अथवा पांडवों के प्रति उनके मन में कोई असुविधा सिर उठाती है, उनका मन बड़ी ललक से किसी आकर्षक खिलौने के समान दुर्योधन की ओर लपक चलता है।... और इधर तो एक और नई प्रक्रिया आरंभ हो गई है।"

"वह क्या ?" उद्धव का मन स्वयं को एक और अप्रिय बात सुनने के लिए तैयार कर रहा था।

"कृतवर्मा के विषय में सबको ही ज्ञात है कि स्यमंतक मणि के प्रसंग में वह भी कम दोषी नहीं है; किंतु केशव ने यादवों की परस्पर कलह टालने के विचार से उसे क्षमा कर दिया था। कृतवर्मा में परिवर्तन भी बहुत आया है। वह श्रीकृष्ण से प्रेम भी करता है। किंतु यह तो सभी जानते हैं कि मैंने उस सारे प्रसंग के लिए कृतवर्मा को क्षमा नहीं किया है। केशव के ही नहीं सव्यसाची धनंजय के प्रति भी मेरी निष्ठा किसी से छिपी हुई नहीं है। ऐसे में बलराम जब केशव का विरोध करना चाहते हैं तो उनका प्रत्यक्ष विरोध न कर, मेरा विरोध करते हैं; और मेरा विरोध करने की उनकी पद्धति यह है कि वे कृतवर्मा का समर्थन आरंभ कर देते हैं। इसलिए आजकल उन्हें कृतवर्मा भी बहुत प्रिय है। कृतवर्मा की प्रत्येक बात वे न केवल बड़े ध्यान से सुनते हैं, वरन् उससे तत्काल प्रभावित भी होते हैं।"

उद्धव को लगा कि अब उसके मन में, सात्यकि से पूछने के लिए कोई प्रश्न नहीं है; किंतु उसका पूर्ण समाधान हो गया हो, ऐसा भी नहीं लग रहा था। पता नहीं मन में कोई जिज्ञासा थी अथवा मात्र असंतोष था। थोड़ी देर मौन रह कर वह बोला, "सोचता हूँ कि यदि भैया को पांडवों से कोई शिकायत है तो वे पांडवों का पीछा छोड़ क्यों नहीं देते। पांडव तो द्वारका में आए नहीं हैं। तो यह खोजते रहने की क्या आवश्यकता है कि वे लोग कहाँ गए हैं।"

"इस विषय में मैं ठीक-ठीक क्या कह सकता हूँ; किंतु सोचता हूँ कि कदाचित् कुछ लोग ऐसे होते हैं जो अपने आपको भी ठीक-ठीक नहीं समझ पाते हैं। वे नहीं जानते कि वे लोग स्वयं क्या चाहते हैं। यदि उनके पास कोई सहायता माँगने जाए तो उन्हें लगने लगता है कि उनसे अनुचित लाभ उठाने का प्रयत्न किया जा रहा है; और यदि उनसे सहायता न माँगी जाए तो उन्हें लगने लगता है कि उनकी उपेक्षा की जा रही है। मेरा अनुमान है कि बलराम भैया भी कुछ इसी प्रकार के द्वंद्व से पीड़ित हैं। जब पांडवों की सहायता करने का अवसर आता है तो उन्हें लगने लगता है कि पांडव यादवों

पर अनावश्यक भार डाल रहे हैं; और जब पांडव उनसे कुछ नहीं माँगते तो उन्हें लगता है कि पांडव उनकी उपेक्षा कर रहे हैं। मेरा मन कहता है कि आजकल की उनकी मानसिकता के पीछे तो निश्चित रूप से कृतवर्मा का ही हाथ है। वह बड़ी सुविधा से उन्हें विश्वास दिला सकता है कि पांडव द्वारका में सबसे अधिक सुरक्षित रह सकते थे; किंतु वे द्वारका नहीं आए क्योंकि वे यादवों पर विश्वास नहीं करते। ऐसे में बलराम भैया एक बार भी नहीं सोचेंगे कि यादव तो केशव भी हैं। उनकी उपेक्षा पांडव कैसे कर सकते हैं। और यदि वे यादवों पर अविश्वास कर भी रहे हैं तो किस यादव पर अविश्वास कर रहे हैं। वे तो तत्काल मान लेंगे कि यादवों पर अविश्वास का अर्थ है, उन पर अविश्वास। और यह उन्हें कभी भी अच्छा नहीं लगेगा। इसलिए बहुत संभव है कि उनके मन का संचित पांडव-विरोध उनके हाथों कोई अनिष्ट ही करवा दे।"

उद्धव के मन में एक विचार आया और उसने कुछ कहने की मुद्रा में सात्यकि की ओर देखा; किंतु फिर कुछ सोच कर चुप ही रह गया : पूछे या न पूछे, कहे या न कहे ?...

"क्या बात है ?" सात्यकि ने पूछा।

"सोच रहा हूँ कि तुम भैया के मन का विश्लेषण तो बहुत सटीक कर रहे हो; किंतु कहीं ऐसा तो नहीं कि तुम्हारा कृतवर्मा के प्रति विरोध ही बलराम-विरोध में परिणत हो रहा हो ? तुम बलराम भैया के प्रति बहुत कठोर हो रहे हो। ऐसे में तुम्हारे मन का विश्लेषण भी आवश्यक है।"

"मैंने तो एक दृष्टिकोण ही प्रस्तुत किया है। मेरी ईश्वर से प्रार्थना है कि मेरा अनुमान सत्य न हो।" सात्यकि हँस पड़ा, "किंतु यदि भविष्य में किसी अवसर पर बलराम ने दुर्योधन को केशव के हाथों से बचाने का प्रयत्न किया तो कम से कम मैं तो यही मानूँगा कि मेरा अनुमान ही सत्य है।"

उद्धव ने कोई उत्तर नहीं दिया। वह बैठा मन ही मन कुछ सोचता रहा।

34

दुर्योधन का गुप्तचर-प्रमुख, शर्वनाग उसके सम्मुख हाथ बाँधे खड़ा था, "युवराज ! आप मेरा विश्वास करें। हमारे गुप्तचर उस समय वहीं थे, जब पांडव यात्रा की तैयारी कर रहे थे।"

"तो फिर पांडव लुप्त कैसे हो गए ?" दुर्योधन क्रोधपूर्वक बोला, "वे उनके

पीछे क्यों नहीं गए ?''

''उनके पीछे क्या महाराज ! वे तो उनके सार्थ के अंग रूप में उनके साथ ही यात्रा करते रहे। स्थान-स्थान से सूचनाएँ भिजवाते रहे कि वे लोग कहाँ पहुँच गए हैं और क्या क्या कर रहे हैं। किंतु...''

''किंतु क्या ?'' दुर्योधन अपना धैर्य खोता जा रहा था, ''जब हमारे गुप्तचर उसी सार्थ में यात्रा कर रहे तो पांडव कहाँ विलुप्त हो गए ?''

''महाराज ! यही तो समझ में नहीं आ रहा।''

''तुम्हारी समझ में इतनी-सी बात क्यों नहीं आ रही कि वे तुम्हारे गुप्तचरों को मूर्ख बना कर निकल गए; और तुम्हारे दक्ष गुप्तचर सोते रह गए।'' दुर्योधन का चेहरा क्रोध से तप रहा था।

''महाराज ! हमारे गुप्तचर मार्ग में बहुत कम सोए हैं, और यदि सोए भी हैं तो बारी-बारी सोए हैं।'' गुप्तचर प्रमुख बोला।

''सोए नहीं तो क्या अप्सराओं का नृत्य देखते रहे ?''

''पांडवों के सार्थ में अप्सराएँ कहाँ हैं महाराज !'' शर्वनाग ने हँस कर वातावरण को हल्का करना चाहा।

दुर्योधन और भी भड़क उठा, ''जब प्रमाद का कोई कारण ही नहीं था तो वे इनकी आँखों से ओझल कैसे हो गए ?''

''कुछ समझ ही नहीं आ रहा महाराज ! हमने तो कहीं कोई भूल की ही नहीं ...।''

''भूल तुमने नहीं, मैंने की है।'' दुर्योधन बोला, ''जिस व्यक्ति को अब तक काल कोठरी तक पहुँच जाना चाहिए था, उसे अबतक मैंने गुप्तचर-प्रमुख बना रखा है।''

शर्वनाग काँप कर रह गया। राजा के लिए क्या कठिन था। अभी पुकार कर कह देंगे, इसे काल कोठरी में डाल दो, तो वह काल कोठरी में डाल दिया जाएगा। फिर कोई देखने भी नहीं आएगा कि उसके प्राणपखेरू हैं या उड़ गए ...

''नहीं अन्नदाता ! आपने कोई भूल नहीं की है। मैं और मेरे अनुचर पूर्ण निष्ठा से आपकी सेवा कर रहे हैं। हम आपके आज्ञाकारी और निष्ठावान सेवक हैं। यह तो हमारे भाग्य का ही प्रपंच है कि आपके शत्रु इस प्रकार हमारे हाथ में आकर निकल गए हैं।''

''हाथ में आकर निकल गए।'' दुर्योधन ने उसके शब्दों को दोहराया, ''तुम्हारे हाथ में वे आए ही कब थे मूर्ख ! तुम मुझे बताओ कि तुम्हारे उन मूर्ख अनुचरों ने उनका पीछा करना कहाँ से आरंभ किया।''

''हमारे गुप्तचर तो उस समय ही पांडवों के आश्रम में पहुँच गए थे, जब

पांडव यात्रा की तैयारी कर रहे थे। हमारे गुप्तचरों ने प्रायः सारा वन ही घेर लिया था कि पांडव किसी भी दिशा से वन से बाहर निकलें, उन पर दृष्टि रखी जा सके। जब पांडवों का सार्थ चला तो सारे तपस्वी और मुनि धौम्य भी उनके साथ ही थे। किंतु पैदल चलनेवाले लोग मार्ग में पिछड़ते जा रहे थे, इसलिए पांडवों ने अपने सार्थ के दो दल कर दिए। रथोंवाला दल उनके सारथि इंद्रसेन के नेतृत्व में चलता रहा; और पैदल चलनेवाले लोगों का नेतृत्व स्वयं धौम्य मुनि कर रहे थे।..."

"तो तुम्हारे वे मूर्ख अनुचर किसके साथ चल पड़े ?" दुर्योधन ने उत्तर की प्रतीक्षा नहीं की, "उन्हें पदाति चलना अच्छा नहीं लगा होगा। सोचा होगा, अश्व बहुत मूल्यवान हैं, उन्हें कैसे त्याग दें। महाराज को अश्वों से बहुत प्रेम है। अश्वों की अवज्ञा न हो जाएगी। यह सब सोच कर वे पांडवों के रथों के पीछे-पीछे चलते गए होंगे और पांडव अपने रथ दौड़ाते सुरक्षित अपने गंतव्य पर पहुँच गए होंगे।"

" नहीं ! ऐसा नहीं हुआ महाराज !" शर्वनाग बड़ी ललक से बोला, "आप के गुप्तचरों ने बड़ी सावधानी से स्वयं को दो दलों में बाँटा और पांडवों के दोनों ही दलों के साथ अंत तक यात्रा करते रहे। मार्ग में एक स्थान पर दोनों दलों ने अपनी-अपनी दिशाएँ भी बदल लीं।"

"और तुम्हारे गुप्तचर दोनों के ही साथ गए।" दुर्योधन के स्वर में जिज्ञासा नहीं, प्रताड़ना थी।

शर्वनाग तनिक भी हतप्रभ नहीं हुआ। कुछ अधिक ही उत्साह से बोला, "हाँ महाराज ! हमारे गुप्तचरों ने दोनों ही दलों के साथ अंत तक यात्रा की; किंतु जब वे अपने-अपने गंतव्य पर पहुँचे तो उन्हें पांडवों में से कोई भी कहीं दिखाई नहीं दिया।"

"गंतव्य से क्या अभिप्राय है तुम्हारा ? कहाँ गए वे दोनों दल ? एक ही स्थान पर गए, अथवा पृथक्-पृथक् स्थानों पर पहुँचे ?" दुर्योधन ने पूछा।

"इंद्रसेन रथों को द्वारका ले गया महाराज ! और धौम्य मुनि अपने साथियों को कांपिल्य ले गए।" शर्वनाग ने बताया।

"इस लंबी यात्रा में तुम्हारे इन योग्य गुप्तचरों ने कहीं भी पांडवों में से किसी को अपनी आँखों से देखा ? किसी ने उनमें से किसी से बात की ?" दुर्योधन ने पूछा।

"नहीं महाराज ! मार्ग में तो कहीं कोई पांडव दिखाई नहीं दिया। वे सब लोग यवनिकाओं से ढँके आवरणयुक्त रथों में यात्रा कर रहे थे।..."

दुर्योधन जैसे अपना समस्त नियंत्रण खो बैठा, "मैंने आज तक तुम जैसा

गधा नहीं देखा। इतनी लंबी यात्रा में, सारे मार्ग में तुम्हारे उन मूर्ख अनुचरों को एक बार भी पांडव दिखाई नहीं दिए, तो वे लोग पीछा किसका करते रहे ? अपनी मूर्खता का ?"

"महाराज ! पांडव तो रथों के भीतर थे।" शर्वनाग बोला, "आपके अनुचर उन रथों का पीछा करते रहे। यही कर सकते थे वे लोग। हम तो संदेह मात्र पर पीछा करते हैं। अब पता नहीं, पांडव उन रथों से कब और कहाँ उतर गए।"

"तुम्हारे पास क्या प्रमाण है कि उन रथों में पांडव यात्रा कर रहे थे ?" दुर्योधन ने पूछा।

"महाराज ! प्रत्येक पड़ाव पर धात्रेयिका उन रथों में भोजन पहुँचाती रही। पांचाली से आदेश लेती रही।"

लगा, दुर्योधन या तो शर्वनाग का कंठ दबा कर उसकी हत्या कर देगा, अथवा अपने खड्ग से उसका वध कर देगा। शर्वनाग के प्राण सूख रहे थे। वह उस दुर्भाग्यपूर्ण घड़ी को कोस रहा था, जब उसने यह पद स्वीकार किया था। उसे यह देख कर कुछ धैर्य हुआ कि दुर्योधन अपने क्रोध को पी कर किसी चिंता में डूब गया था।

"तुम्हारे गुप्तचरों में से किसी ने पांडवों में से किसी को रथ में बैठते हुए भी देखा था ?"

"हाँ महाराज ! धौम्य मुनि ने अपने कुटीर के एकांत में पांडवों की यात्रा के लिए कुछ कर्मकांड किया था। वहीं से वे लोग यवनिकाओं की ओट में रथों में प्रवेश कर गए थे और वहीं से हमारे गुप्तचर उनके पीछे लगे हुए थे। उन्होंने उन्हें निमिष मात्र के लिए भी अपनी आँखों से ओझल नहीं होने दिया।"

दुर्योधन ने एक गंभीर दृष्टि अपने गुप्तचर-प्रमुख पर डाली। शर्वनाग को संतोष हुआ कि इस बार युवराज आपे से बाहर नहीं हुए थे। संभवतः उन्हें अपने गुप्तचरों की क्षमता और उनके प्रयत्नों से उतना असंतोष नहीं रह गया था।

"धौम्य मुनि के साथ तो रथ नहीं थे न ?" दुर्योधन ने पूछा।

"नहीं महाराज !"

"तो गुप्तचरों का जो दल उनके साथ गया, क्या उनमें से किसी ने पांडवों की झलक पाई ? वे तो खुले वन में चल रहे थे ?" दुर्योधन ने पूछा।

"वे सब बड़ी-बड़ी घनी श्मश्रुवाले साधु संन्यासी थे महाराज ! उनमें तो किसी पर भी कोई एक पांडव होने का संदेह हो सकता था और किसी को भी पहचानना संभव नहीं था।" शर्वनाग बोला।

दुर्योधन का अधैर्य अब एक साथ ही प्रकट हुआ, "यदि मुझे तनिक भी

अनुमान होता कि मेरा गुप्तचर-प्रमुख संसार का सबसे बड़ा मूढ़ है, तो मैं अपना कोई और प्रबंध कर लेता"

शर्वनाग मुँह बाए खड़ा अपने युवराज को देखता रहा, उसकी समझ में ही नहीं आ रहा था कि उससे भूल कहाँ हुई।

"तुम अब भी नहीं समझ पा रहे हो महामूर्ख कि पांडव न उन रथों में थे, न उन तपस्वियों की टोली में। संभवतः वे लोग तुम्हारे चरों के वहाँ पहुँचने से पहले ही अपने आश्रम से विदा हो चुके थे। उनकी यात्रा के लिए किया जानेवाला वह कर्मकांड तथा रथों आदि की वह सारी तैयारी तुम्हारे उन मूर्ख चरों को वहाँ अटकाए रखने का नाटक मात्र था। तुम अपने उन चरों पर विश्वास कर प्रवंचित होते रहे और मैं तुम पर निर्भर रह कर हर प्रकार से वंचित होता रहा।" दुर्योधन ने उसकी ओर देखा, "मेरे हाथ में आया इंद्रप्रस्थ का राज्य तुम्हारी इस वज्र मूर्खता के कारण मेरे हाथ से निकल गया है। तुम यदि शीघ्र ही पांडवों के विषय में कोई निश्चित सूचना नहीं लाए, तो तुम जानते ही हो, तुम्हारा अंत क्या होगा।"

35

पांडव सारी रात चलते रहे थे; और अब ब्रह्ममुहूर्त में एक स्थान पर बैठ कर विश्राम कर रहे थे।

वन में उन्हें कोई भी परिचित-अपरिचित व्यक्ति नहीं मिला था। जिस ओर से कोई स्वर आया अथवा जिस दिशा में अग्नि के होने का कोई आभास हुआ, उस ओर वे लोग गए ही नहीं। वैसे रात्रि के समय वनों में सिवाय निशाचरों के और कोई निकलता भी नहीं है। आरण्यक लोग तो अंधकार होते ही अपनी कुटिया में बंद हो जाते हैं। इस क्षेत्र में कोई ऐसा बड़ा आश्रम भी नहीं था, जिसके अंतेवासी मिल कर रात्रि को भी साधना करते हों, अथवा एक साथ बैठ कर कोई चर्चा ही चलाते हों।

"हमें तो मार्ग में कोई निशाचर भी नहीं मिला।" नकुल ने कहा।

"यह हमारा नहीं, उनका सौभाग्य था; अन्यथा वे मध्यम पांडव के हाथों मारे जाते।" द्रौपदी बोली, "अच्छा अब क्या विचार है ?"

युधिष्ठिर ने मुड़ कर द्रौपदी की ओर देखा और भीम से बोले, "क्या तुम्हें लगता नहीं भीम ! कि बिना तनिक भी विश्राम किए, सारी रात निरंतर चलते रहना, पांचाली के लिए पर्याप्त क्लांतिकारक हो चुका है। अब हमें नहीं तो उसे

तो थोड़ा विश्राम कर लेने दो।"

"बस थोड़ी दूर और चले चलिए भैया !" भीम बोला, "सूर्योदय से पूर्व ही हम लोग वन में खंडहर हो गए एक मंदिर के निकट पहुँच जाएँगे। वहाँ एक कुआँ और पोखर भी है। इस ऋतु में वहाँ कितना जल होगा कह नहीं सकता; किंतु वहाँ जल के होने की संभावना है। दिन भर वहाँ गुप्त रूप से विश्राम कर लेंगे और अंधकार होते ही फिर निकल पड़ेंगे।... क्यों पांचाली ! चल सकोगी या मैं अपने कंधे पर बैठा लूँ ?"

"नहीं ! ऐसी तो कोई बात नहीं है। अभी तो मैं चल सकती हूँ।" द्रौपदी बोली, "किंतु इस यात्रा में पुत्र घटोत्कच का स्मरण निरंतर बना रहा है।"

"हाँ ! वह साथ होता तो सुविधा होती।" भीम बोला, "किंतु अज्ञातवास में उसका साथ रहना तो कठिन है। मेरा ही आकार-प्रकार हमारे अज्ञात रहने में कठिनाई उत्पन्न कर रहा है, वह भी साथ हो, तो समस्या और बढ़ जाएगी।"

भीम के मन की स्थिति सब लोग समझ रहे थे। द्रौपदी को भी लगा कि उसने व्यर्थ ही एक वाक्य कह दिया और भीम के मन में जाने कितनी स्मृतियों और भावनाओं की एक लहर उत्पन्न कर दी। जब तक कुछ ऐसा घटित ही नहीं हो जाता तब तक किसी का ध्यान ही इस ओर नहीं जाता कि ऊपर से अत्यंत शुष्क और कठोर दिखाई देनेवाला यह व्यक्ति अपने संबंधों को लेकर भीतर से असाधारण रूप से संवेदनशील भी है।

"हम लोग अपना वेश अब परिवर्तित न कर लें ?" सहसा सहदेव ने जैसे उन सबका ध्यान दूसरी समस्याओं की ओर मोड़ने के लिए कहा, "कब तक हम अपने वास्तविक रूप में ही चलते रहेंगे। एक बार किसी ने भी पहचान लिया तो आश्रम से इतनी गोपनीयता बरत कर इस प्रकार रात को भागने का सारा श्रम व्यर्थ हो जाएगा।"

"कोई लाभ नहीं है।" अर्जुन ने कहा, "जब तक हम लोग इन शस्त्रास्त्रों से लदे हुए हैं, तब तक हमें देख कर कोई भी पहचान सकता है। जब तक मेरे हाथ में यह गांडीव है, मैं बृहन्नला नहीं बन सकता, न ही मध्यम इस गदा, धनुष और खड्ग के साथ पैरोगव लग सकते हैं। तुम लोग अपने हाथों में खड्ग तथा धनुष थामे हुए ग्रंथिक अथवा तंतिपाल लग सकते हो ?"

"और अभी शस्त्र-त्याग हम कर नहीं सकते।" भीम ने कहा।

"क्यों ?" नकुल ने सहज भाव से पूछा।

"बुद्धू ! हम सदा के लिए तो शस्त्र-त्याग नहीं कर रहे कि उन्हें कहीं भी फेंक कर उनसे मुक्त हो जाएँ।" भीम ने कहा, "हम नहीं जानते कि कब हमें उनकी पुनः आवश्यकता पड़ जाएगी। इसलिए वे जहाँ कहीं भी हों, हमारे इतने निकट होने चाहिए कि संकट के समय हम तत्काल उन्हें प्राप्त कर सकें।

यदि हमने अपने शस्त्र यहाँ कहीं छिपा दिए और स्वयं हम विराटनगर में निवास करते रहे तो शस्त्र हमसे कम से कम एक दिन की यात्रा की दूरी पर होंगे।''

''मैं तो अभी तक यही सोच नहीं पाया हूँ कि ऐसा कौन-सा सुरक्षित स्थान हो सकता है, जहाँ हमारे शस्त्र गुप्त भी रहें, सुरक्षित भी हों और हमारी पहुँच भी उन तक बनी रहे।'' युधिष्ठिर ने जैसे अपने आपसे कहा।

''मेरे मन में एक योजना है।'' भीम ने उनकी ओर देखा, ''हमें अपने शस्त्र उस स्थान पर रखने चाहिए, जो नगर से निकट तो हो, किंतु जहाँ सामान्यतः लोग जाते न हों।''

''ऐसा कौन-सा स्थान हो सकता है मध्यम ?'' द्रौपदी ने पूछा।

''मध्यम का संकेत कदाचित् श्मशान की ओर है।'' अर्जुन ने कहा, ''वह नगर से बहुत दूर नहीं होता; किंतु सामान्यतः लोग वहाँ जाते नहीं हैं और जो लोग वहाँ जाते हैं, वे न्यूनतम समय में अपना कार्य संपन्न कर वहाँ से चले जाते हैं। वहाँ कोई टहलता नहीं। कोई निरीक्षण नहीं करता कि कहाँ क्या है। वहाँ जानेवाला व्यक्ति ऐसी मानसिकता में ही नहीं होता।''

''विचार तो उत्तम है।'' युधिष्ठिर ने समर्थन किया, ''किंतु क्या श्मशान होने मात्र से वहाँ हमारे शस्त्र सुरक्षित हो जाएँगे ?''

''नहीं मात्र इतना तो पर्याप्त नहीं है।'' सहदेव ने कहा।

''शेष वहीं चल कर सोच लेंगे।'' भीम उठ कर खड़ा हो गया, ''अब चलो, नहीं तो भगवान भास्कर यहीं प्रकट हो जाएँगे।''

दूसरी रात चलने के पश्चात् वे लोग वन से निकलकर मत्स्यों के जनपद में प्रवेश कर गए थे। अब मार्ग में जो भी मिला, उसने उनकी ओर कुछ आश्चर्य से देखा। उनका वेश मलिन हो गया था; श्मश्रु बढ़ गए थे; और वे लोग थक भी गए थे।

''नगर अभी दूर दिखाई देता है।'' द्रौपदी ने कहा, ''क्या ऐसा नहीं हो सकता कि हम एक दिन वन में अथवा किसी ग्राम में विश्राम कर लें और कल मत्स्यों की राजधानी में प्रवेश करें ?''

युधिष्ठिर ने भीम की ओर देखा : वह रुकने की मुद्रा में नहीं था। द्रौपदी निश्चित रूप से और चल नहीं सकती थी, अन्यथा वह विश्राम की चर्चा ही न करती।

''धनंजय !'' युधिष्ठिर बोले, ''तुम पांचाली को कंधे पर उठा कर वहाँ तक तो ले चलो, जहाँ मध्यम आज विश्राम करना चाहता है।''

''मैं अब विश्राम तो करना चाहता हूँ; किंतु इस समय हम निर्जन अथवा

एकांत प्रदेश में नहीं हैं। यहाँ हम अपने शस्त्रों को अधिक देर तक छिपा नहीं पाएँगे। इसलिए आवश्यक है कि हम सबसे पहले इन्हें कहीं विश्राम करा दें और फिर स्वयं भी विश्राम करने की सोचें।'' भीम ने कहा।

अर्जुन ने अपने शस्त्र नकुल को पकड़ाए और बिना कुछ कहे ही क्लांत द्रौपदी को अपनी भुजाओं में उठा लिया। द्रौपदी को कुछ विचित्र लग रहा था कि थके तो वे सब लोग ही थे, फिर वह अर्जुन का बोझ क्यों बन गई थी। ... किंतु सुहाग का सौभाग्य यही तो था। उसका प्रिय उसे अपनी भुजाओं में उठा कर चल रहा था। अपने प्रेम के गर्व के साथ प्रिय के बल और क्षमता का भी गर्व आ मिला था। वह असहाय नहीं थी। अर्जुन उसे उठा कर इस प्रकार चल रहा था, जैसे उसने कोई हल्का-सा पदार्थ उठा रखा हो।

''प्रिय ! बहुत भारी बोझ तो नहीं लग रहा ?'' द्रौपदी ने धीरे से पूछा।

''एक पुष्पमाला से अधिक बोझ नहीं है तुम्हारा।'' अर्जुन ने मधुर ढंग से मुस्कराकर कहा, ''तुम्हें उठा कर इतना-सा चलने से यदि थक जाऊँगा तो युद्ध में इतना भारी गांडीव सारा दिन मुझसे कैसे सँभाला जाएगा।''

सहसा द्रौपदी ने अपनी नाक बंद कर ली, ''कैसी दुर्गंध है यह ?''

सब जानते थे कि गंध को अनुभव करने की क्षमता द्रौपदी में ही सबसे अधिक थी।

''हाँ ! कुछ है तो !'' अर्जुन ने समर्थन किया।

''मेरा तो विचार है कि यह किसी शव के सड़ने की गंध है।'' सहदेव ने कहा।

''जाकर देखो तो कि वस्तुतः यह है क्या।'' भीम ने कहा।

वे लोग रुक गए।

सहदेव थोड़ी ही देर में लौट आया।

''वन के भीतर यह एक प्रकार का श्मशान ही है।'' उसने बताया, ''वहाँ कोई है तो नहीं, पर लगता है कि कभी-कभी लोग आते होंगे और अभिचार करते होंगे। वहाँ कुछ अपवित्र साधनाओं के प्रमाण हैं।''

''क्या प्रमाण हैं ?'' अर्जुन ने पूछा।

''एक भयंकर शमी वृक्ष के नीचे अस्थियाँ इत्यादि हैं और सिंदूरपुता एक शव लटक रहा है। कुछ अधगले और अधजले शव भी हैं।'' सहदेव बोला, ''किसी ने किसी प्रकार की कोई शव-साधना की है। भयंकर दुर्गंध है।''

''मेरा विचार है कि अपने शस्त्र छुपाने का यही उचित स्थान है।'' अर्जुन ने भीम की ओर देखा।

"ठीक है।" भीम ने उत्तर दिया, "साधारण जन तो इधर आएँगे ही नहीं। एक तो वन है। दूसरे श्मशान का सामीप्य है। इतनी दुर्गंध है और अभिचार का भय। इतने सारे कारण एक साथ और कहाँ मिलेंगे।"

वे लोग शमी वृक्ष की ओर चल पड़े। युधिष्ठिर और द्रौपदी दूर ही बैठ गए। सब ने अपने-अपने धनुष की प्रत्यंचा उतार ली। सारे धनुष एक श्वेत धोती में लपेट दिए गए। खड्गों को और भी सावधानी से लपेटा गया।

नकुल उस शमी वृक्ष पर चढ़ गया। उसने धोती में लिपटे धनुषों का बोझ, शमी की शाखाओं में कुछ इस प्रकार फँसा कर टाँग दिया कि दूर से तो वह दिखाई ही न पड़े किंतु कोई निकट आकर बहुत ध्यान से देखे तो उसे लगे कि जैसे कोई लंबा-सा शव सीधा लेटा दिया गया हो। उसके निकट के कुछ कोटरों में विपाठ बाण छिपा दिए और खड्गों को कुछ पतली शाखाओं के साथ इस प्रकार बाँध दिया कि वृक्ष के पत्ते उन्हें भली प्रकार ढँक लें।

सबने देखा और संतुष्ट हो कर नकुल के कौशल को सराहा।

"अब हम भी अपना वेश बदल लें।" अर्जुन ने कहा।

"तुम बदलो, जिसे साड़ी धारण करनी है।" भीम ने जैसे उसे चिढ़ाया, "किसकी साड़ी लाए हो—पांचाली की, अथवा धात्रेयिका की ?"

"मेरे पास साड़ी कहाँ है। मैं तो स्वयं धात्रेयिका की साड़ी धारण कर रही हूँ।" द्रौपदी बोली, "धनंजय तो सुभद्रा की साड़ी लाए हैं।"

"मैं तो बना बनाया पैरोगव बल्लव हूँ।" भीम बोला, "लग ही रहा होगा कि अभी भाड़ के सामने से उठ कर आया हूँ। पांचाली ! तुम्हें कुछ शृंगार तो करना होगा। सैरंध्री बन कर जा रही हो।"

"बन कर तो सैरंध्री ही जा रही हूँ; किंतु संकट में हूँ। पति पराए देश गए हैं। श्वसुर ने घर से निकाल दिया है। ऐसे में शृंगार करके कैसे जाऊँगी।" द्रौपदी ने उत्तर दिया।

"मुझे तो भद्र पुरुष बनना है।" युधिष्ठिर बोले, "नकुल और सहदेव को यद्यपि कोई विशेष प्रसाधन नहीं करना है; किंतु साफ-सुथरे तो उन्हें भी बनना ही है। चलो, सरिता में स्नान तो कर लें। क्लांति भी मिटेगी और वेश भी कुछ स्वच्छ होगा।"

"चलो।" भीम सबसे आगे-आगे चल पड़ा।

36

युधिष्ठिर ने अपनी दृष्टि दौड़ाई : कुछ कहने अथवा करने से पहले उन्हें अच्छी प्रकार इस सभा को जान लेना चाहिए था। यह न हो कि अपने अज्ञान में कुछ ऐसा कह अथवा कर बैठें, जिसके लिए बाद में पछताना पड़े।...सभा का कार्य-व्यापार आरंभ हो गया था। विराट अपने सिंहासन पर विराजमान थे। मंत्री तथा अन्य अधिकारी अपने-अपने स्थानों पर सन्नद्ध बैठे थे। राजा अथवा मंत्रियों के व्यवहार और सभा के कार्य-व्यापार से कहीं यह आभास नहीं हो रहा था कि इस राज्य में राजा पूर्णतः स्वतंत्र नहीं था, राजा के अधिकारों पर किसी प्रकार का कोई अंकुश था, अथवा राजा को अपने निर्णय करने में पूर्ण स्वाधीनता प्राप्त नहीं थी। ... और तब युधिष्ठिर की दृष्टि सेनापति के आसन पर पड़ी। सेनापति का आसन रिक्त था। तो क्या राजा इसलिए इतने निश्चिंत और स्वाधीन थे ? क्या सेनापति की उपस्थिति में भी वे इतने ही स्वतंत्र और आत्मनिर्भर थे ? ...अथवा युधिष्ठिर को मिली सूचना ही भ्रामक थी ?...पर इंद्रसेन बिना समुचित प्रमाण के उन्हें इस प्रकार की सूचना नहीं दे सकता था।...

राजा उस समय आगंतुकों से भेंट कर रहे थे। उनकी बातें सुन रहे थे और उन्हें समुचित आश्वासन दे रहे थे, तभी तो वे लोग संतुष्ट हो कर लौट रहे थे। ... किंतु राजा का सिंहासन, अपने मंत्रियों, राज-कर्मचारियों तथा आगंतुकों के आसनों से इतनी दूर था कि किसी भी अन्य व्यक्ति के लिए राजा तथा आगंतुक में हुई चर्चा को सुन पाना संभव नहीं था।

"यह कैसी राज-सभा है, जहाँ कुछ सुनाई ही नहीं देता।" युधिष्ठिर ने जैसे अपने आपसे कहा। किंतु इतने ऊँचे स्वर में तो कहा ही कि उनके आस-पास खड़े दो-चार लोग उसे सुन सकें, और अपनी टिप्पणी कर सकें।

परिणाम उनकी इच्छा के अनुकूल ही हुआ। उनके साथ ही खड़ा व्यक्ति धीरे से बोला, "क्यों कोलाहल कर रहे हो। राजा इस समय लोगों के कष्ट सुन रहे हैं, ऐसे में यदि सारी सभा उनकी बात सुन लेगी तो जिन अधिकारियों के विरुद्ध अभियोग है, वे भी तो सुन लेंगे। कीचक के समर्थक भी सुन लेंगे। तो फिर राजा ही क्या कर पाएँगे और अभियोक्ता ही क्या पालेगा। उल्टे कीचक उसका चाम उधेड़ कर नगरद्वार पर टाँग देगा।"

बात युधिष्ठिर की समझ में आ गई : प्रजा अपने राजा को अपने कष्ट सुनाने आई थी। राजा यह जानता था कि उसके सभासदों और अधिकारियों के हाथों में ही उसकी प्रजा सुरक्षित नहीं थी। राजा स्वयं कीचक के हाथों प्रताड़ित था... और आज कीचक सभा में उपस्थित नहीं था।

"कीचक कौन है ?" युधिष्ठिर ने अबोध बन कर पूछा।

"किसी अन्य राज्य से आए हो।" वह व्यक्ति अपना स्वर दबा कर बोला, "नहीं तो यह संभव नहीं है कि विराटनगर में रहो भी और कीचक को न जानो।"

"हाँ ! मैं विराटनगर का निवासी नहीं हूँ।" युधिष्ठिर ने कहा।

"महाराज का श्यालक है कीचक, महारानी सुदेष्णा का भाई... और विराटनगर का सेनापति भी। यहाँ उसकी इच्छा के बिना कुछ नहीं हो सकता। आज वह दुष्ट, सभा में उपस्थित नहीं है, इसलिए महाराज निश्चिंत हो कर अपना राज-काज चला रहे हैं।"

"क्या वह महाराज के अधीन नहीं है ?" युधिष्ठिर बोले, "महाराज उसे उसके पद से मुक्त भी तो कर सकते हैं।"

"वह ही न महाराज को उनके पद से मुक्त कर देगा।" वह व्यक्ति बहुत धीरे से हँसा; और सहसा ही वह सजग हो गया, "अच्छा भैया ! तुम अपने काम से काम रखो और मुझे भी अपना काम करने दो। ऐसा न हो कि तुम्हें विराटनगर का परिचय देता-देता मैं ही किसी कठिनाई में फँस जाऊँ।"

वह व्यक्ति फिर से युधिष्ठिर के लिए अपरिचित हो गया और युधिष्ठिर भी आत्मलीन हो गए।

अपनी बारी आने पर युधिष्ठिर भी राजा के सम्मुख जा खड़े हुए, "महाराज! मेरा नाम कंक है। मैं इंद्रप्रस्थ के सम्राट् युधिष्ठिर की सभा में था ...।"

विराट ने सावधानी से उनकी ओर देखा, और धीरे से कहा, "उतनी दूर खड़े मत रहो। निकट आओ और जो कुछ कहना है, धीरे से कहो।"

युधिष्ठिर देख रहे थे कि विराट सावधान हो गए हैं। उनकी रुचि भी युधिष्ठिर में बढ़ गई है; वे उनकी बात सुनना भी चाहते हैं और यह भी नहीं चाहते कि उनका वार्तालाप कोई और व्यक्ति सुने।

"जी महाराज !" युधिष्ठिर, विराट के और निकट आकर खड़े हो गए ।

"और निकट आओ कंक !"

"महाराज ! प्रजा को राजा के इतने निकट भी नहीं जाना चाहिए कि राजा के सम्मान की क्षति हो।" युधिष्ठिर बोले, "सम्मान के लिए दूरी आवश्यक है महाराज !"

विराट ने युधिष्ठिर को कुछ चकित भाव से देखा और फिर अपने स्वर को कुछ अतिरिक्त मधुर बनाते हुए बोले, "मेरी आज्ञा है कि कुछ और निकट आओ। राजा की आज्ञा मानी जाए तो राजा का सम्मान कम नहीं होता।"

युधिष्ठिर संकोच प्रदर्शित करते हुए कुछ और आगे बढ़ आए।

"धर्मराज की सभा में तुम क्या करते थे कंक ?" राजा ने पूछा।

"महाराज ! मैं धर्मराज के द्यूत-सहयोगी के रूप में काम करता था।"

"किंतु धर्मराज तो द्यूत में ही पराजित हुए।"

"सत्य है महाराज! उससे मेरी अयोग्यता सिद्ध नहीं होती, उससे तो शकुनि की धूर्तता ही सिद्ध होती है। पांसा एक बार भी धर्मराज के हाथ में नहीं आया तो धर्मराज जीत भी कैसे पाते। ... और मैं तो सहयोगी मात्र था, महाराज ! मैं उनका शिक्षक तो नहीं था।"

"पर मुझे तो शिक्षक की ही आवश्यकता है।" विराट ने कहा, "एक दक्ष शिक्षक की, ताकि समय आने पर शकुनि भी मुझसे न जीत सके।"

"महाराज मेरी परीक्षा कर लें।"

"शिक्षक के रूप में ?"

"महाराज मुझे जो दायित्व देंगे, मुझे स्वीकार होगा।"

"अपनी योग्यता प्रमाणित कर पाओगे ?"

"अवश्य महाराज !"

"न कर पाए तो ?"

"महाराज मुझे मिथ्या-भाषण के अपराध में दंडित कर सकते हैं।"

विराट मौन हो गए। उनके मन में विचारों के झंझावात चल रहे थे।... कुछ वर्ष पूर्व भी उन्होंने युधिष्ठिर के कुछ कर्मचारियों को अपने यहाँ नियुक्ति दी थी। उस समय भी कीचक राजधानी में नहीं था। नगर में लौटते ही उसने वे सारी नियुक्तियाँ निरस्त कर दी थीं और उन लोगों को अपने नगर से प्रायः निकाल ही दिया था। उस समय तो विराट समझ नहीं पाए थे कि कीचक ने ऐसा क्यों किया था; किंतु बाद में सारी बात उनकी समझ में आ गई थी। कीचक यह मानता था कि उसकी अनुपस्थिति में राजा ने अपने विश्वसनीय और अपने प्रति निष्ठावान लोगों को राजसभा में नियुक्ति दे दी थी और वह एकदम नहीं चाहता था कि विराटनगर की राजसभा में राजा के प्रति निष्ठावान लोगों की संख्या बढ़े; और फिर युधिष्ठिर के कर्मचारी तो अपने स्वामी के प्रति निष्ठा के लिए विशेष रूप से प्रसिद्ध थे। ऐसे में वह नहीं चाहता था कि युधिष्ठिर के पूर्व कर्मचारियों की विराटनगर में नियुक्ति हो और वह भी स्वयं राजा के द्वारा।...एक बार फिर वैसा ही अवसर आ उपस्थित हुआ था। यदि वे ऐसी कोई नियुक्ति करते हैं, तो वह न केवल उन नियुक्तियों को निरस्त करेगा, वरन् राजा के प्रति अपना रोष भी प्रकट करेगा। तो राजा उसके रोष के भागी क्यों होना चाहते हैं ? उन्हें क्या लेना-देना है, इस कंक से और क्या लाभ है युधिष्ठिर के प्रति उनकी सहानुभूति का ?...कीचक के मन में अपने प्रति विरोध बढ़ा कर उन्हें क्या मिलेगा।... और तभी उनके मन में एक दूसरा ही विचार आया ... कीचक

और उनका विरोध अब मात्र मतभेद नहीं है। यह तो सत्ता-प्राप्ति का खेल है। कीचक क्यों सत्ता अपने हाथ में रखना चाहता है ? वह राजसभा में अपने समर्थकों की संख्या क्यों बढ़ाना चाहता है ? क्यों मनमानी करता रहता है वह ? क्यों राजा को समझाना चाहता है कि उसकी इच्छा के बिना, राजा राज्य नहीं कर सकता ? इस प्रकार निरीह बन कर कब तक शासन कर पाएँगे विराट ? एकचक्रा नगरी में राजा की सहायता के नाम पर जो कुछ बकासुर कर रहा था, क्या वही विराटनगर में कीचक नहीं कर रहा ? बकासुर तो प्रजा को ही खा रहा था, यह कीचक तो राजा और प्रजा दोनों को ही खा रहा था। ... आज वे अपने मन में एक आकांक्षा पाल रहे हैं कि कुछ समय में उनके पुत्र शंख और उत्तर इस योग्य हो जाएँगे कि वे विराटनगर को कीचक से मुक्त करा सकें; किंतु उनके समर्थ होने से पहले ही यदि कीचक ने सब कुछ अपने अधिकार में कर लिया तो ? विराट राजा तो हैं, संभवतः उनके पुत्र राजा भी नहीं रह पाएँगे। विराटनगर पर कीचक और उसके भाई राज्य करेंगे। शंख तथा उत्तर का भाग्य ?...जरासंध से डरते रहे विराट; और जरासंध को शायद उनकी ओर देखने का भी अवकाश नहीं था।... किंतु यहाँ तो उनके अपने ही घर में एक जरासंध उत्पन्न हो गया है। ...

आज सौभाग्य से उनके हाथ एक अवसर लगा है। यदि वे अपने पक्ष के नहीं तो अपने मन के कुछ लोगों को अपने आस-पास नियुक्त कर सकते हैं। उन्हें यह अवसर छोड़ना नहीं चाहिए।... कदापि नहीं ...

"तुम्हारी नियुक्ति राजा के द्यूत-सहचर और द्यूत-शिक्षक के रूप में हुई।" विराट अत्यंत आकस्मिक रूप से बोले, जैसे उन्हें भय हो कि उनका यह साहस कहीं क्षीण ही न हो जाए, "जाओ ! अपने स्थान पर बैठो। सभा उठ जाए तो मुझसे एकांत में मिलना।"

युधिष्ठिर ने राजा को प्रणाम किया और लौट कर सभा के पीछे की ओर लगे आसनों में से एक पर आकर बैठ गए। राजा ने उन्हें सभा उठ जाने के पश्चात् एकांत में मिलने के लिए कहा था। क्या सभा के पश्चात् राजा द्यूत खेलना चाहते थे ? ... या युधिष्ठिर की द्यूत संबंधी योग्यता को परखना चाहते थे ? ... जो भी हो, युधिष्ठिर को तो अब राजा की आज्ञा का पालन करना ही था।

अपने स्थान पर बैठे युधिष्ठिर, सभा की कार्यवाही देखते रहे। यहाँ बैठ कर कुछ भी सुन पाना सर्वथा असंभव था। सुनना उनके लिए आवश्यक भी नहीं था। ...वे विराट की सभा में बैठे अवश्य थे; किंतु उनका मन भटक कर अपने भाइयों के पास चला गया था। वे लोग उनकी प्रतीक्षा में होंगे।...

सभा की कार्यवाही पूरी हुई और राजा उठ कर सभा कक्ष के साथ बने अपने एकांत कक्ष में चले गए। युधिष्ठिर सोच ही रहे थे कि अब उन्हें राजा से भेंट कर लेनी चाहिए कि एक द्वारपाल आकर उनके सम्मुख हाथ जोड़ कर खड़ा हो गया, "आइए आर्य ! महाराज आपकी प्रतीक्षा कर रहे हैं।"

युधिष्ठिर उठ कर उसके पीछे चल पड़े। द्वारपाल द्वार पर रुक गया और युधिष्ठिर ने भीतर प्रवेश किया। उनके प्रणाम के उत्तर में राजा ने उनके बैठने के लिए एक आसन की ओर संकेत किया।

युधिष्ठिर बैठ गए।

"तुम्हारे साथ कोई और भी आया है ?" राजा ने बिना तनिक भी विलंब किए पूछा।

युधिष्ठिर सावधान हो गए ... क्यों पूछ रहे हैं, विराटराज यह प्रश्न ? कहीं युधिष्ठिर पहचाने तो नहीं गए ?

"महाराज ! राजा युधिष्ठिर के अपने भाइयों के साथ अज्ञातवास के लिए चले जाने के कारण अनेक लोग निराश्रित हुए हैं। वे सब कहीं न कहीं तो अपनी आजीविका की खोज में जाएँगे ही। संभव है कि कुछ लोग मेरे ही समान आपकी शरण में आ जाएँ।"

"युधिष्ठिर को वनवास करते हुए बारह वर्ष हो चुके हैं कंक। उनके कर्मचारी इन बारह वर्षों में कहीं न कहीं अपनी आजीविका खोज चुके होंगे। वे अब तक भटक तो रहे नहीं होंगे।"

"महाराज का कथन उचित ही है। जो लोग महाराज को बारह वर्ष पूर्व छोड़ गए थे, वे तो अपनी आजीविका के लिए किसी न किसी अन्य राजा की सेवा में नियुक्त हो ही चुके होंगे; किंतु जो लोग वन में भी राजा युधिष्ठिर के साथ थे, वे तो अभी विचार ही कर रहे होंगे कि वे किस राजा को अपनी सेवाएँ अर्पित करें।"

विराट के मुख पर विस्मय का भाव जागा। मुझे बताओ कंक ! कि युधिष्ठिर के कर्मचारी वन में भी उनके साथ क्यों थे ?"

"निष्ठावान कर्मचारी तो सदा राजा के साथ ही रहते हैं महाराज ! राजा वन में हो या राजसभा में। राजा तो राजा ही रहता है।"

"तो इसमें युधिष्ठिर का कोई गुण नहीं है ? कर्मचारी ही अपनी निष्ठा के कारण उनके साथ थे ?"

युधिष्ठिर को लगा, वे घिर रहे हैं। यदि वे युधिष्ठिर की प्रशंसा करते हैं तो आत्मप्रशंसा के पाप के भागी होते हैं और यदि नहीं करते हैं तो विराट को किसी प्रकार का संदेह हो सकता है।

"महाराज युधिष्ठिर का तो सबसे बड़ा गुण यह था कि वे स्वयं भी धर्म

के मार्ग पर चलते थे और अपने सहयोगियों को धर्म के मार्ग पर चलने की पूरी छूट देते थे।'' युधिष्ठिर ने धीरे से कहा, ''धर्म पर चलनेवाले किसी कर्मचारी को उनसे तनिक भी भय नहीं था।''

विराट कुछ देर तक मौन चिंतन करते रहे और फिर धीरे से बोले, ''मैं भी एक द्यूत खेलना चाहता हूँ कंक ! मैं चाहता हूँ कि धर्मराज युधिष्ठिर के जितने कर्मचारी उपलब्ध हो सकें, मैं उन्हें अपने राज्य में नियुक्त कर लूँ। मेरी सूचना के अनुसार युधिष्ठिर के सारे ही सेवक अत्यंत स्वामीभक्त हैं।''

युधिष्ठिर इस प्रकार की किसी स्थिति के लिए तैयार नहीं थे। इस आकस्मिकता को झेल कर प्रकृतस्थ होने में उन्हें कुछ समय लगा। वे राजा की सज्जनता से जैसे अभिभूत हो गए थे। फिर भी सावधान रहे और बोले, ''मैं महाराज का तात्पर्य नहीं समझा।''

''मैं चाहता हूँ, कंक ! कि धर्मराज के साथ काम करनवाले न्यायप्रिय और धर्मभीरु किंतु साहसी लोग मेरे राज्य में आ बसें ताकि यहाँ कुछ अच्छे लोगों का वास हो और यह राज्य कीचक की राजनीति का प्रतिरोध करने की स्थिति में आ सके।'' विराट बोले, ''इसे मेरा द्यूत समझो। तुम्हें नियुक्त कर दिया है, यदि धर्मराज के कुछ और कर्मचारी आए तो उन्हें भी रख लूँगा; किंतु प्रतिज्ञा करो कि तुम इस तथ्य को गुप्त ही रखोगे कि तुम यहाँ आने से पूर्व धर्मराज युधिष्ठिर की सभा में थे ?''

'' इसका क्या लाभ होगा महाराज !''

''यह जानना तुम्हारे लिए आवश्यक नहीं है।''

''मैं प्रतिज्ञा करता हूँ महाराज !'' युधिष्ठिर बोले।

''मैं यह मानता हूँ कंक ! कि युधिष्ठिर अपने धर्म में बँधे चाहे आज कहीं अज्ञातवास कर रहे हों; किंतु वे कोई राजनीतिक तथा सैनिक युद्ध कभी नहीं हारे। अपने परिवार के लोगों की मानवीय दुर्बलताओं के कारण उन्हें कभी किसी कठिनाई में नहीं पड़ना पड़ा।...''

''क्यों महाराज ! दुर्योधन उनका भाई ही तो है, जिसके कारण उन्हें ये सारे कष्ट उठाने पड़ रहे हैं।'' युधिष्ठिर बोले।

विराट ने विस्फारित आँखों से युधिष्ठिर की ओर देखा, ''यह देखो ! यह देखो ! धर्मराज की सभा का एक साधारण कर्मचारी आज भी दुर्योधन को उनका भाई कह रहा है तो धर्मराज तो निश्चित रूप से उसे अपना भाई मानते ही होंगे। यह उनकी उदारता ही तो है। किंतु मेरा संकेत उस ओर नहीं था। सोचो तो वे पाँच भाई हैं और उनकी एक पत्नी है। उन भाइयों में उस पत्नी के कारण भी कभी मन-मुटाव नहीं हुआ। धर्मराज ने अपना राज्य हार दिया और किसी भाई ने उनका साथ नहीं छोड़ा। ये साधारण बातें नहीं हैं।'' ...विराट ने रुक

कर उनकी ओर देखा, "तुम यहाँ रहोगे तो देख ही लोगे, कि क्या अंतर है, मेरे और युधिष्ठिर के भाग्य में।" विराट ने युधिष्ठिर की ओर देखा, "पांडवों में योद्धा कौन है—युधिष्ठिर अथवा उनके भाई ?"

"वैसे तो वे पाँचों ही शस्त्र-संचालन कर लेते हैं; किंतु वास्तविक योद्धा तो भीम और अर्जुन ही हैं।"

"सैन्य बल किसके नियंत्रण में था ?"

"सेनाओं के महानायक तो मध्यम पांडव भीम ही थे।"

"यही तो कह रहा हूँ मैं।" विराट बोले, "योद्धा भीम और अर्जुन हैं। सेनाओं का महानायक भीम है और युधिष्ठिर को तनिक भी भय नहीं है कि उनका राज्य छिन सकता है और सिंहासन पर बैठ कर भी वे सत्ताविहीन हो सकते हैं। और यहाँ एक अभागा विराट है कि राजा होते हुए भी वह अपनी इच्छा से अपनी सभा में एक नियुक्ति तक नहीं कर सकता।"

"क्या आपको अपने सेनापति से कोई भय है महाराज ?"

"अभी तक ऐसा तो कोई प्रमाण नहीं है कि उसने मेरा राज्य छीनने का कोई प्रयत्न किया हो; किंतु मेरी सत्ता का हरण उसने अवश्य कर लिया है। तुम्हें यह बताने में मुझे संकोच हो रहा है कंक ! कि मेरे अनेक आदेशों को वह निरस्त कर देता है और मेरी सभा में विरोध अथवा प्रतिरोध का एक स्वर भी नहीं उठता। मैं स्वयं साहस नहीं कर पाता हूँ कि उसका विरोध कर सकूँ।"

"तो ऐसे व्यक्ति को आपने सेनापति नियुक्त ही क्यों किया महाराज !"

"अपनी पत्नी की इच्छा का सम्मान किया। तब क्या जानता था कि यह स्थिति भी आ सकती है कि सेवक ही स्वामी बन जाएगा।"

"क्या अब आप उसे पद-मुक्त नहीं कर सकते ?"

"सेना उसके अधिकार में है। वह स्वयं योद्धा है और मेरे पास और कोई ऐसा योद्धा नहीं है, जो उससे लोहा ले सके। और अब उसके अनेक भाई विराटनगर में अपने पग जमा चुके हैं। यदि सेना मेरे साथ हो भी जाए तो वह अपने भाइयों के साथ मिल कर मेरी सेना को पराजित कर सकता है।"

"तो आप के अधिकार में क्या है महाराज ?"

"ऊपर से देखने पर तो सब कुछ मेरे ही अधिकार में है, किंतु वास्तविकता यह है कि मेरा अंतःपुर भी मेरे अधिकार में नहीं है। वहाँ महारानी सुदेष्णा का शासन है; और वह कीचक की बहन है। वह मेरी प्रत्येक इच्छा का विरोध कर सकती है, किंतु कीचक की किसी इच्छा का विरोध नहीं कर सकती।" महाराज विराट का मुख क्षोभ से ताम्रवर्णी हो रहा था।

"यह भी तो संभव है महाराज ! कि महारानी का व्यवहार भी अपने भाई

के प्रेम से नहीं, उसके भय से ही संचालित होता हो।'' युधिष्ठिर ने कहा।

विराट के चेहरे पर कुछ ऐसे भाव थे, जैसे इस पक्ष पर उन्होंने कभी विचार ही न किया हो।

''संभव है कि ऐसा ही कुछ हो, किंतु जब तक यह स्थिति है, मैं किसी पर भी विश्वास नहीं कर सकता।''

''आप ठीक कहते हैं महाराज !'' युधिष्ठिर बोले, ''ऐसी स्थिति में आप द्यूत की पहली चाल के रूप में राजसत्ता के स्थान पर अपनी गृह-सत्ता पर अपना पूर्ण और दृढ़ नियंत्रण स्थापित करने का प्रयत्न करें महाराज ! पहले उन स्थानों और विभागों पर अपनी पकड़ कसें, जिन पर कीचक अपने नियंत्रण की आवश्यकता ही न समझता हो।''

''ऐसा कौन-सा स्थान अथवा विभाग हो सकता है कंक ?''

''यदि आपको अपने प्राणों का भी भय है तो सबसे पहले तो आपको यह प्रबंध करना चाहिए कि आपका भोजन सुरक्षित हो। आपको भोजन में विष न दिया जा सके। अतः पाकशाला में आपके विश्वसनीय लोग होने चाहिए।...'' युधिष्ठिर ने विराट पर एक दृष्टि डाली। विराट कुछ ऐसे भाव से उनकी ओर देख रहे थे, जैसे कोई किसी बहुत बड़े संकट की सूचना देनेवाले की ओर देखता है। युधिष्ठिर अपनी बात कहते गए, ''पाकशाला कीचक की महत्त्वाकांक्षा का क्षेत्र नहीं हो सकती। फिर यदि सेना आपके नियंत्रण में नहीं है, तो आप अश्वशाला पर अपना अधिकार स्थापित कीजिए। अश्वों के बिना न रथ चल पाएँगे, न अश्वारोही। समझिए कि आधी सेना आपके अधिकार में हो गई। ऐसे ही ...।'' युधिष्ठिर मौन हो गए।

विराट ने उन्हें भरपूर प्रशंसा की दृष्टि से देखा, ''तुम तो बहुत ही काम के व्यक्ति हो कंक ! द्यूतक्रीड़ा के विषय में तो मैं अभी कुछ नहीं कह सकता; किंतु राजनीतिक द्यूत में तो तुम बहुत दक्ष प्रतीत होते हो। ये सारी बातें तो मैंने कभी सोची भी नहीं थीं।'' वे कुछ रुके और पुनः बोले, ''अभी थोड़ी देर पहले जब मैं तुमसे उन सब बातों की चर्चा कर रहा था, जो एक प्रकार से गोपनीय थीं, तो मेरा अपना ही मन मुझसे प्रश्न कर रहा था कि मैंने तुममें ऐसा क्या पाया है कि मैं तुम पर इतना विश्वास कर रहा हूँ कि तुम्हें अपनी वे योजनाएँ बता रहा हूँ, जो खुल जाएँ तो मेरी हानि अवश्यंभावी थी।...''

''हाँ ! यह बात तो मेरे भी मन में आई थी महाराज ! कि किस कारण से आप मुझपर इतना विश्वास कर रहे हैं।'' युधिष्ठिर ने धीरे से कहा।

विराट हँस पड़े, ''पहली बात तो यह थी कि किसी पर तो मुझे भरोसा करना ही था। इसीलिए मैंने आरंभ में ही कहा था कि मैं एक जूआ खेल रहा

हूँ। यदि मेरी कही हुई बातें तुम तक ही सीमित रहतीं, तो मैं मान लेता कि तुम एक विश्वसनीय व्यक्ति हो; और यदि वे बातें कहीं कीचक तक जा पहुँचतीं, तो भी मुझे तुम्हारी प्रकृति का ज्ञान हो जाता।... किंतु अब मुझे यह नहीं लग रहा कि में द्यूत खेल रहा हूँ, मुझे लग रहा है कि मैंने अपनी विजयक्रीड़ा आरंभ कर दी है।" विराट सचमुच बहुत प्रसन्न दिखाई पड़ रहे थे।

37

पिछले कुछ दिनों से अपनी पाकशाला को लेकर विराट की चिंता बढ़ती जा रही थी। उनकी समझ में नहीं आ रहा था कि जब राज-परिवार के सदस्यों की संख्या में कोई वृद्धि नहीं हो रही; जब उनके सेवकों और कर्मचारियों की संख्या भी स्थिर है, तो भोजन सामग्री का व्यय क्यों बढ़ता जा रहा है। क्या उनके राज्य में महँगाई बढ़ रही थी ? क्या वस्तुओं के मूल्य स्थिर नहीं हो पा रहे थे ?... किंतु हाट से तो ऐसा कोई समाचार नहीं आ रहा था। राज-कर्मचारियों ने भी अपना वेतन अपर्याप्त होने की चर्चा उनके सम्मुख कभी नहीं की... तो फिर पाकशाला का ही व्यय क्यों बढ़ता जा रहा है ?

क्या उनका पाकशालाध्यक्ष निष्ठाविहीन हो गया है ? संभव है कि वह व्यय के लिए ली गई राशि का कोई अंश अपने पास ही रख लेता हो। किंतु वह तो अत्यंत सरल और ऋजु व्यक्ति है। धार्मिक है, स्वभाव से साधु है; वह इस प्रकार की दुष्टता नहीं कर सकता। किंतु राजा ने उससे इस विषय में जब भी जानना चाहा, उसने प्रत्येक बार यही कहा कि महाराज स्वयं पाकशाला में आकर देख लें कि वह उनके प्रति पूर्णतः निष्ठावान है और उसके मन में अधर्म के लिए तनिक भी स्थान नहीं है। वह तो यहाँ तक कहता था कि राजा उसके स्थान पर किसी और को पाकशाला का अध्यक्ष बना दें, वह एक साधारण सेवक के रूप में ही राजा की सेवा करके प्रसन्न रहेगा।... किंतु राजा ऐसा कर नहीं सकते थे। जब तक किसी व्यक्ति का दोष प्रमाणित ही न हो जाए, वे उसे उसके पद से कैसे हटा सकते हैं ?...

विराट ने इस विषय में कंक से चर्चा की, "अब तुम ही बताओ कंक ! क्या किसी राजा को यह शोभा देता है कि वह अपनी पाकशाला का भी निरीक्षण करता फिरे।"

"इसमें हानि ही क्या है महाराज !" कंक ने कहा, "मैं तो समझता हूँ कि राजा को अपने प्रासाद के ही नहीं अपने राज्य के भी साधारण से साधारण स्थान

का निरीक्षण करते रहना चाहिए, ताकि कर्मचारी उसे उपेक्षित स्थान मान कर उसके क्षय का कारण न बनें। महाराज यदि अपनी पाकशाला का निरीक्षण करेंगे, तो कर्मचारियों को ध्यान रहेगा कि महाराज यहाँ भी आ सकते हैं, अतः वह स्थान स्वच्छ रहेगा। भोजन और भी अधिक शुचिता से पकाया जाएगा।''

राजा, कंक की बात पर विचार कर ही रहे थे कि कंक पुनः बोले, ''महाराज आपको देखना चाहिए कि आपका वह निष्ठावान सेवक आपको बार-बार पाकशाला के निरीक्षण के लिए क्यों आमंत्रित करता रहता है। संभव है कि वहाँ कुछ ऐसा घटित हो रहा हो, जिसे अपनी जिह्वा से बताना उसके लिए संभव न हो और वह चाहता हो कि आप स्वयं अपने नेत्रों से उसे घटित होते हुए देखें।''

विराट को लगा, कंक ठीक ही तो कह रहा है। यह विचार उनके मन में कभी नहीं आया कि उनका कोई राजभक्त कर्मचारी उनके राज्य में इतना अवश भी हो सकता है कि अपना कष्ट अपने राजा के सम्मुख भी न कह सके।

''ठीक है कंक !'' विराट ने कहा, ''तुम पाकशाला के अध्यक्ष को सूचना भिजवा दो कि आज हम अपराह्न में पाकशाला का निरीक्षण करने आएँगे।''

''जैसी महाराज की इच्छा।'' कंक ने पूरे सम्मान से कहा, ''किंतु महाराज घोषित रूप से जाएँगे तो वे लोग भी तो सावधान हो जाएँगे, जो लोग पाकशाला की अनियमितताओं के लिए उत्तरदायी हैं।''

विराट हँसे, ''तुम तो यह मान कर ही चल रहे हो कंक ! कि पाकशाला में कुछ अनियमितताएँ हैं।''

''मुझे तो पूर्ण विश्वास है महाराज !'' कंक ने कहा, ''यदि ऐसा न होता तो आपका वह निष्ठावान पाकशालाध्यक्ष आपको न तो यह कहता कि आप उसे उसके पद से मुक्त कर दें और न ही निरीक्षणार्थ आने के लिए वह बार-बार आपसे आग्रह करता।''

''वस्तुतः किसी प्रकार का संदेह करना मेरी प्रकृति में ही नही है।'' विराट बोले, ''अब तुम कह रहे हो तो चल कर देख लेते हैं।''

''महाराज अन्यथा न मानें तो एक बात कहूँ।''

''कहो कंक !''

''महाराज ! संदेह करना तो राजा का धर्म है।'' कंक ने कहा, ''राजधर्म के अनुसार तो राजा का भाई और राजा का पुत्र भी राजा के संदेह के वृत्त से बाहर नहीं होना चाहिए। हाँ ! प्रमाण के अभाव में राजा को उन संदेहों को सत्य नहीं मान लेना चाहिए।''

विराट ने चकित हो कर कंक की ओर देखा, ''तुम धर्मराज के द्यूत सचिव थे अथवा उनके राजधर्म परामर्शदाता।''

कंक ने संकुचित होने का अभिनय किया, "महाराज मुझे अकारण ही इतना महत्त्व दे रहे हैं। जो व्यक्ति राजा का द्यूत-सहचर होगा, वह राजा के मनोरंजन के क्षणों का सहचर होगा। ऐसे में खुले मन से चर्चाएँ होती रहती हैं। उन्हीं क्षणों में धर्मराज से बहुत कुछ सीखने को मिला है। उसी अभ्यासवश महाराज के सम्मुख भी यह कहने का दुस्साहस कर बैठा। महाराज मेरी बात को किसी भी अन्य रूप में ग्रहण न करें।"

"नहीं ऐसी कोई बात नहीं है कंक ! तुमने तो बहुत ही उत्तम परामर्श दिया है। मुझे लगता है कि तुम्हारी संगति से मैं द्यूत सीखूँ न सीखूँ, धर्मराज का राजधर्म अवश्य सीख जाऊँगा।" विराट ने रुक कर कंक की ओर देखा, "ठीक है। कल प्रातः हम अपनी पाकशाला का निरीक्षण करने जाएँगे। तुम भी हमारे साथ चलना।"

प्रातः विराट अपनी पाकशाला में पहुँचे। कंक और राजकुमार उत्तर उनके साथ थे।

पाकशालाध्यक्ष चतुरसेन, राजा को देखते ही जैसे अपना मनभावन पा गया। उनका स्वागत कर बोला, "महाराज आज मेरी मनोकामना पूर्ण हुई। आप पाकशाला में पधारे, यह मेरे लिए एक वरदान हो गया। महाराज ! आप एक भी दिन पहले आए होते, तो यहाँ स्थिति कुछ और पाते। तब मैं आपसे यही कहता कि मुझे इस पाकशाला से मुक्त कर दीजिए। आज स्थिति कुछ परिवर्तित हो गई है अन्नदाता ! आज मैं आपसे प्रार्थना कर रहा हूँ कि मुझे अपनी सेवा से मुक्त न करें, किंतु मुझे मेरे पद से अवश्य मुक्त कर दें। उस पद के लिए मैंने एक उपयुक्त पात्र भी खोज लिया है अन्नदाता ! उसे पाकशालाध्यक्ष नियुक्त कर दें। मैं उसके अधीन रह कर आपकी सेवा करता रहूँगा।"

विराट चकित थे। उनकी समझ में नहीं आ रहा था कि चतुरसेन क्या चाहता था। यह तो संभव है कि कोई कर्मचारी यह कहे कि उसके लिए एक योग्य सहकर्मी नियुक्त कर दिया जाए। किंतु यह तो स्वयं किसी और का अधीनस्थ कर्मचारी बन कर काम करने की इच्छा प्रकट कर रहा था।

"तुम किसी और को पाकशालाध्यक्ष बना कर स्वयं अपनी अवनति क्यों चाहते हो चतुरसेन ! तुमने वर्षों तक इस पाकशाला का स्वतंत्र संचालन किया है। अब ऐसा क्या हो गया है कि तुम स्वतंत्रता छोड़ कर किसी के अधीन हो जाना चाहते हो ?"

"मेरे लिए अपनी उन्नति अथवा अवनति, स्वतंत्रता अथवा अधीनता महत्त्वपूर्ण नहीं है महाराज ! मेरे लिए महत्त्वपूर्ण है अपने स्वामी का हित। आपका

सम्मान महाराज ! मैं जो कुछ भी कह रहा हूँ, उसका तात्पर्य मुझसे न पूछें। यदि आपको अपने इस सेवक पर भरोसा हो तो मेरी प्रार्थना स्वीकार कर लें।''

''विचित्र प्राणी हो तुम। भला कोई व्यक्ति अपने मुख से स्वयं अपनी अवनति की प्रार्थना करता है ?'' राजकुमार उत्तर से रहा नहीं गया।

''मैंने निवेदन किया न राजकुमार ! कि अभी आप मुझसे इस विषय में कुछ न पूछें।''

''चलो हम तुमसे कुछ भी नहीं पूछते।'' विराट बोले, ''किंतु तुमसे यह तो पूछ ही सकते हैं न ! कि तुम पाकशाला का निरीक्षण क्यों करवाना चाहते थे ?''

''महाराज ! आज आप आ गए। अब आप देखेंगे कि पाकशाला का व्यय कम हो जाएगा। भोजन और अधिक स्वादिष्ट तथा पौष्टिक हो जाएगा; और सबसे बड़ी बात तो यह है महाराज ! कि पाकशाला अब एकदम सुरक्षित स्थान है। अब हमें यहाँ न तो दंडधर ही चाहिए और न ही यहाँ किसी सैनिक की आवश्यकता है।...''

कंक ने चौंक कर चतुरसेन की ओर देखा; किंतु तत्काल ही स्वयं को सँभाल लिया। कहीं ऐसा न हो कि कोई भेद प्रकट हो जाए।... किंतु उन्हें विश्वास था कि इस सारी स्थिति के पीछे कहीं न कहीं भीम का हाथ अवश्य है।

विराट जैसे कोई कौतुक देख कर हँस रहे थे। उन्हें विश्वास ही नहीं हो रहा था कि वास्तविक जीवन में भी ऐसा कुछ हो सकता है। बोले, ''अच्छा बताओ चतुरसेन ! तुम किसको पाकशाला के अध्यक्ष के रूप में नियुक्त करवाना चाहते हो।''

''पाकशाला में प्रवेश करें महाराज !''

उन लोगों ने पाकशाला में प्रवेश किया और जिस व्यक्ति ने सबसे पहले सम्मुख आकर उन्हें प्रणाम किया, वह भीम था, बल्लव के वेश में।

''यह कौन है ?'' राजकुमार उत्तर ने पूछा, ''मैंने इसे कभी नहीं देखा।''

''यह बल्लव है राजकुमार !'' चतुरसेन ने बताया, ''इसके समान दक्ष रसोइया मैंने आज तक नहीं देखा। ''इसके हाथ का पकाया खाएँगे तो अपने इस पुराने सेवक को भी भूल जाएँगे। महाराज ! मैं इन्हें ही पाकशालाध्यक्ष बनाने की प्रार्थना कर रहा हूँ।''

''मुझे तो यह रसोइया नहीं किसी अखाड़े का मल्ल दिखाई पड़ता है।''

''राजकुमार ने ठीक पहचाना।'' बल्लव ने स्वीकार किया, ''मुझे मल्लविद्या में रुचि भी है और उसका अभ्यास भी है।''

कंक की दृष्टि विराट के चेहरे पर टिकी हुई थी : वे स्पष्ट रूप से देख रहे थे कि राजा इस सारी रहस्यमयता को समझ रहे थे; किंतु उन्होंने कदाचित्

कुछ भी न पूछने का निर्णय किया था। बोले, "बल्लव ! आज से तुम हमारे पाकशालाध्यक्ष हुए। चतुरसेन अपनी इच्छा से तुम्हारा सहयोगी बन कर कार्य करेगा।" वे रुके, "संध्या समय आकर हमारे कक्ष में हमसे मिलो।"

"जैसी महाराज की आज्ञा।" बल्लव ने कुछ इतनी शालीनता से कहा कि कंक का मन चकित रह गया।

बल्लव ने महाराज विराट के एकांत कक्ष में प्रवेश किया और प्रणाम कर शांत भाव से एक ओर खड़ा हो गया।

विराट की दृष्टि से यह बात छुपी नहीं रह सकी कि राजा के कक्ष में राजा के सम्मुख पहली बार इस प्रकार उपस्थित होने पर भी वह तनिक भी आतंकित नहीं लग रहा था। वह तो इस प्रकार सहज भाव से खड़ा था, जैसे राजा का सान्निध्य उसके लिए तनिक भी असाधारण बात न हो।

"क्या तुमने चतुरसेन को अपने शारीरिक बल से भयभीत कर दिया है ?" विराट ने बिना किसी भूमिका के पूछा; और बल्लव को उत्तर देने का समय दिए बिना पुनः कहा, "क्या तुमने उसे किसी अनिष्ट की धमकी दी है ?"

बल्लव तनिक भी चिंतित नहीं हुआ, "महाराज ! इतना तो मेरे जैसा अल्पज्ञ भी जानता है कि विराटराज जैसे न्यायप्रिय राजा के राज्य में किसी दुर्बल व्यक्ति को डरा-धमका कर कोई निश्चिंत नहीं रह सकता।"

"चाटूकारिता से काम नहीं चलेगा बल्लव !" विराट का स्वर कुछ कठोर हो गया, "क्या तुम स्पष्ट कर सकते हो कि चतुरसेन क्यों चाहता है कि उसे पाकशालाध्यक्ष के पद से हटा कर वह पद तुमको दे दिया जाए ?"

"अच्छा तो यही था कि इसका कारण चतुरसेन ही आपको बताता, किंतु शायद वह यह साहस कर नहीं पा रहा है।" बल्लव हँसा, "महाराज ! मैं व्यवसाय से पाचक हूँ,रसोइया। मुझे खाने में भी बहुत रस आता है और पकाने में भी। इसलिए मैंने जीवन भर किसी और व्यवसाय के विषय में सोचा ही नहीं। आप के नगर में आकर भी आजीविका के लिए मैं पाकशाला में ही गया।"

"आजीविका के लिए तुम मेरे पास क्यों नहीं आए ? चतुरसेन के पास क्यों गए ?"

"महाराज ! मुझे आपकी राजसभा में तो स्थान चाहिए नहीं था। न मुझे मंत्री बनना था, न सभासद। ऐसे में राजा के पास क्या करने जाता।"

"पाकशाला तो राजा की ही है न !" विराट बोले, "वहाँ की नियुक्तियाँ भी राजा ही करते हैं।"

"जानता हूँ महाराज !" बल्लव बोला, "वस्तुतः मैं पाकशालाध्यक्ष के पद

की तो आशा ही नहीं कर रहा था। उसके लिए आया होता तो आपके पास ही आता। मैं तो एक साधारण रसोइए की चाकरी की आकांक्षा लेकर आया था, इसलिए पाकशालाध्यक्ष के पास ही चला गया।''

''तो वहाँ ऐसा क्या हो गया कि तुम्हारी पाकशालाध्यक्ष बनने की इच्छा जाग उठी ?'' विराट का स्वर पर्याप्त व्यंग्यात्मक हो उठा था।

बल्लव के ललाट पर बल पड़ गए, ''महाराज मेरे प्रति किसी आशंका से ग्रसित हैं ?''

''मुझे आशंका नहीं संदेह है कि तुमने उस भीरु चतुरसेन को डराया-धमकाया है और वह तुम्हारे शरीर के इस रूपाकार को देख कर तुमसे त्रस्त हो गया है। अपनी रक्षा के लिए ही उसने तुम्हें पाकशालाध्यक्ष का पद दिलवाने का यह सारा प्रयत्न किया है। पर तुम शायद यह नहीं जानते कि यह भय तब तक ही है, जब तक सेनापति कीचक राजधानी में नहीं है। उसके आते ही विराटनगर का प्रत्येक प्राणी निर्भय को जाएगा। तब चतुरसेन जैसे लोगों को इस प्रकार स्वेच्छा से अपना पद नहीं छोड़ना पड़ेगा।''

बल्लव इस बार खुल कर हँसा, ''तो महाराज ! मैं आपको वह सब कुछ बता देता हूँ, जो बताने का साहस चतुरसेन जाने कब से नहीं कर सका है।''

राजा कुछ नहीं बोले। चुपचाप उसकी ओर देखते रहे।

''जब मैं पाकशाला में पहुँचा तो भोजन तैयार हो चुका था। चतुरसेन आप के लिए भोजन ले जाने की तैयारी में था।'' बल्लव बोला, ''पाकशाला और चतुरसेन की रक्षा के लिए नियुक्त किए गए सैनिक न केवल उसके साथ झगड़ रहे थे, वरन् उसका अपमान भी कर रहे थे। चतुरसेन उनसे कह रहा था कि पहले राजपरिवार का भोजन चला जाए, फिर वह उन लोगों को भी भोजन दे देगा।''

''पर वे तो कीचक की वाहिनी के सैनिक हैं, उन्हें तो भोजन, सेना की पाकशाला से मिलता है, वे राजपरिवार की पाकशाला से भोजन क्यों माँग रहे थे ?''

''यह तो वे ही जानें महाराज !'' बल्लव बोला, ''किंतु ऐसी ही कुछ बात चतुरसेन ने भी कही थी। उसके उत्तर में सैनिकों ने कहा कि उसे राजा का इतना निष्ठावान बनने की कोई आवश्यकता नहीं है। उसकी रक्षा सैनिक करते हैं, राजा नहीं। चतुरसेन ने कहा, कोई किसी की रक्षा नहीं कर रहा। सब अपना-अपना काम कर रहे हैं, इसलिए राजा सबको उनकी आजीविका देते हैं। उन लोगों को भी उनकी वृत्ति मिलती है, तो फिर वे लोग प्रतिदिन पाकशाला में इतना ऊधम क्यों मचाते हैं। पर सैनिक उसकी बात नहीं मान रहे थे। वे लोग प्रायः छीना-झपटी पर आ गए थे। चतुरसेन और उसके

सहयोगियों ने उन्हें रोकने का प्रयत्न किया तो सैनिकों ने उन्हें धक्के मार कर भूमि पर गिरा दिया। मुझसे और देखा नहीं गया। मैंने चतुरसेन को थाम लिया और सैनिकों को कहा कि अब यदि उन लोगों ने चतुरसेन को हाथ भी लगाया तो मैं उनको बाँध कर राजा के सम्मुख उपस्थित कर दूँगा। सैनिकों ने मेरा उपहास करते हुए कहा, 'देखो तो सही इस महावीर को, यह सेनापति कीचक के सैनिकों को मार कर धराशायी कर देगा। ' मुझे उत्तेजित करने के लिए उन्होंने चतुरसेन के एक सहयोगी के हाथ से भोजन का थाल छीन लिया। क्रोध तो मुझे पहले ही आ रहा था, अब मुझसे सहन नहीं हुआ और मैंने उन सैनिकों के शस्त्रों की चिंता न करते हुए, उन पर अपनी मुष्टिकाओं से प्रहार किया। आवेश में मुझसे यह अपराध तो अवश्य हुआ महाराज ! किंतु मुझसे उस दुर्बल से चतुरसेन के साथ सैनिकों का वह व्यवहार देखा नहीं गया। आप चाहें तो मुझे उसका उचित दंड दे सकते हैं; किंतु आप चतुरसेन से पूछ सकते हैं कि मैंने जो कुछ भी किया उसकी रक्षा के लिए ही किया। यदि मैं उन्हें बलपूर्वक नहीं रोकता तो वे लोग अवश्य ही चतुरसेन को शारीरिक क्षति पहुँचाते और राजपरिवार की वह पाकशाला उस दिन अवश्य ही लूट ली जाती। आप चाहें तो चतुरसेन से पूछ लें महाराज..."

"मुझे जो कुछ पूछना होगा, वह मैं पूछ लूँगा।" विराट बोले, "पहले तुम बताओ कि फिर क्या हुआ।"

"होना क्या था महाराज !" बल्लव निश्चिंत भाव से बोला, "सैनिकों ने ढेर सारी धमकियाँ दीं। यह भी कहा कि सेनापति के लौट आने पर मुझे और चतुरसेन को अपने प्राणों से हाथ धोने पड़ेंगे। और उन्होंने यह भी कहा महाराज !..." बल्लव कुछ कहता-कहता रुक गया।

"क्या कहा उन्होंने बल्लव !" विराट ने बहुत आतुर हो कर पूछा।

"उन्होंने यह भी कहा कि जिस राजा के बल पर हम लोग कूद रहे हैं। वे लोग उन्हें भी देख लेंगे। एक बार सेनापति नगर में लौट आएँ, फिर हमें भी पता चलेगा कि हमने किस पर हाथ उठाया है।..."

"तुम भयभीत तो नहीं हो बल्लव ?" राजा ने पूछा।

"किस बात के लिए महाराज ?"

"कि वे सैनिक इस घटना का तुमसे प्रतिशोध लेंगे।"

"नहीं महाराज ! मुझे इस प्रकार का कोई भय नहीं है।" बल्लव बोला, "यहाँ आने से पहले मैं जहाँ था, वहाँ भी मैंने यही सीखा था कि राजा न्यायी हों तो किसी आततायी से भयभीत होने की कोई आवश्यकता नहीं है। हाँ ! यदि मैंने कुछ अनुचित किया हो तो आप जो दंड मुझे देंगे, वह मुझे स्वीकार है।"

"नहीं तुमने कुछ भी अनुचित नहीं किया।" राजा बोले, "किंतु तुम जानते हो कि कीचक कौन है ?"

"नहीं महाराज ! मैं उसे नहीं जानता और महाराज ! उसे जान कर मुझे करना भी क्या है। वे सैनिक जो कुछ उसकी प्रशंसा में कह रहे थे, उससे तो लगता है कि वह व्यक्ति जो कोई भी है, दुष्ट है; और इस योग्य है कि महाराज उसे दंडित करें। जिसके सैनिक राजा की ही पाकशाला में लूटपाट करें और राजा के लिए अपमानजनक शब्दों का व्यवहार करें, उसे तो तत्काल राज्य से निष्कासित कर देना चाहिए, वह सेनापति या कुछ भी हो। जो राजा के सम्मान और उनकी पाकशाला की रक्षा नहीं कर सकता, वह राजा की रक्षा क्या करेगा।" बल्लव ने रुक कर राजा की ओर देखा, "मैं शायद कुछ अधिक ही कह गया महाराज ! क्षमा करें। मेरी प्रकृति ही कुछ ऐसी है। बोलने लगता हूँ तो जो मन में आता है, बोल जाता हूँ।"

"नहीं ऐसी कोई बात नहीं है बल्लव !" विराट बोले, "मुझे बताओ, यहाँ आने से पहले तुम कहाँ थे ?"

"मैं धर्मराज महाराज युधिष्ठिर की पाकशाला का अध्यक्ष था महाराज !" बल्लव बोला, "उन्हें मेरे हाथ का भोजन बहुत प्रिय था। वे मेरे हाथ का बना भोजन रस लेकर खाते थे और चटखारे लेकर मेरी बातें सुना करते थे।"

विराट कुछ बोले नहीं और गंभीरतापूर्वक कुछ सोचते हुए, बल्लव की ओर देखते रहे। अंततः बोले, "इस सारी घटना के पश्चात् चतुरसेन ने क्या कहा ?"

"ओह ! उसने महाराज ! वह पहले तो बहुत प्रसन्न हुआ। मेरी बहुत प्रशंसा की। आपसे पुरस्कार दिलाने की बात भी कही, किंतु फिर कुछ खिन्न हो गया। बोला, आज जो भी हुआ, बहुत अच्छा हुआ, किंतु ये दुष्ट कदाचित् तुम्हें तो कुछ न कहें, किंतु ये लोग मुझसे प्रतिशोध लेने के लिए अवश्य आएँगे। मैंने कहा, 'काका चिंता न करो, मेरे होते ये लोग तुम्हारे निकट आने का भी साहस नहीं कर सकते। आज तो मैंने उन्हें एक प्रकार से धमकाया ही है। अगली बार उनके सिर फोड़ दूँगा।' पर चतुरसेन का भय दूर नहीं हुआ। बोला, 'वे लोग तुम्हारी हत्या कर देंगे, तो ? ''क्यों ? मेरे क्या हाथ-पैर नहीं हैं।' मैंने कहा। उसने पूछा, 'क्या तुम उनकी हत्या कर सकते हो ?' मैंने कहा, 'मैं हत्या व्यवसायी तो नहीं हूँ, किंतु झगड़ा हुआ तो मैं तुम्हारी रक्षा के लिए उनकी हड्डियाँ तो तोड़ ही सकता हूँ।' 'पर तुम सदा मेरे पास ही तो नहीं रहोगे।' उसने कहा। मैंने उत्तर दिया, 'काका ! मैं तो तुम्हारे पास आजीविका के लिए ही आया हूँ। तुम मुझे आजीविका दे दो। बस तुम्हारे ही चरणों में पड़ा रहूँगा।' उसने उसी दिन कहा था कि वह महाराज से निवेदन करेगा कि महाराज उसका पद मुझे दे दें, ताकि जब कीचक के वे लुटेरे सैनिक लूटपाट करने आएँ तो पाकशालाध्यक्ष के रूप में उन्हें मेरा

सामना करना पड़े; और चतुरसेन उन लुटेरों के रोष से बच कर महाराज की सेवा करता रहे।''

विराट जितना सोचते जाते थे, उनके सम्मुख उतनी ही गुत्थियाँ खुलती जा रही थीं ...आज स्पष्ट हो रहा था कि पाकशाला का व्यय बढ़ता क्यों जा रहा था। आज स्पष्ट हुआ कि उनका प्रिय चतुरसेन अपना पद क्यों छोड़ना चाहता था। आज स्पष्ट हुआ कि वे ही अपने सेनापति से त्रस्त नहीं हैं, उनकी प्रजा भी प्रत्येक स्तर पर कीचक से त्रस्त है। प्रजा में इतना साहस भी नहीं रह गया है कि मुँह खोल कर राजा के सम्मुख अपना अभियोग ही प्रस्तुत कर सके। महाराज विराट अपने ही घर में कितने असहाय हुए बैठे हैं। वे राजा हैं, किंतु उनके पास सत्ता नहीं है। सत्ता है उस दुष्ट कीचक के पास। कीचक तो अकेला ही है, किंतु उसके ये कितने ही रूप, रावण के सिरों के समान राज्य के विभिन्न भागों में छाए हुए हैं।...

''अच्छा तुम जाओ बल्लव !'' वे बोले, ''पाकशाला की रक्षा के लिए, अब सैनिक नियुक्त नहीं किए जाएँगे। आवश्यकता होने पर तुम पाकशाला की रक्षा कर लोगे, ऐसा मेरा विश्वास है। पर यदि किन्हीं स्थितियों में तुम्हें लगे कि तुम पाकशाला की रक्षा नहीं कर सकते तो मुझे सूचित करने का साहस कर सकोगे ? तुम चतुरसेन के ही समान कीचक अथवा उसके सैनिकों के भय से मौन तो नहीं रह जाओगे ?''

''नहीं महाराज ! हम तो धर्मराज के सेवक रहे हैं। वे कहा करते थे, मनुष्य को केवल धर्म से डरना चाहिए। अधर्म से तो टकराना चाहिए।''

''तुम्हारे राजा बहुत महान् पुरुष हैं बल्लव ! जाने वे इस समय कहाँ होंगे।''

विराट कंक के आने की बड़ी व्यग्रता से प्रतीक्षा कर रहे थे। बीच-बीच में उन्हें झुंझलाहट भी होने लगती थी कि यह कंक इतना शिथिल क्यों है। उसे कब का आ जाना चाहिए था।

''द्वारपाल।'' राजा ने पुकारा, और उसके प्रकट होते ही उसके प्रणाम की भी प्रतीक्षा किए बिना अधैर्य से कहा, ''कंक को बुलाने कौन गया है ? कोई गया भी है या नहीं। अब तक तो उनको आ भी जाना चाहिए था।''

द्वारपाल कुछ सहम गया; किंतु यदि वह उत्तर न देता तो राजा का क्रोध कुछ और उद्दीप्त हो उठता। अत्यंत भीरु स्वर में बोला, ''अश्वारोही गया है महाराज ! बस आर्य कंक के निवास पर पहुँचने ही वाला होगा।''

विराट कुछ सँभले : द्वारपाल कह रहा है कि अश्वारोही गया है और वह अभी कंक के घर तक पहुँचा भी नहीं होगा। ऐसे में विराट यह अपेक्षा कैसे कर

सकते हैं कि कंक को अब तक उनके पास पहुँच जाना चाहिए। सूचना मिलने से पहले ही कोई कहीं कैसे पहुँच सकता है। वे स्वयं ही कुछ अधिक अधीर हो रहे हैं। ... वे अधीर ही तो हो सकते थे, और कर ही क्या सकते थे। वे जानते थे कि राजा होते हुए भी सत्ता उनके हाथ में नहीं थी; किंतु वे तो इतना ही जानते थे न, कि केवल कीचक उनकी सत्ता का हरण और अतिक्रमण कर रहा है। वे यह तो नहीं जानते थे कि उनकी सेना का प्रत्येक सैनिक ही उनकी सत्ता को अस्वीकार कर रहा है और उनके अपने स्वामी-भक्त और निष्ठावान सेवक दंडित और अपमानित हो रहे हैं। चतुरसेन न उनके धन की रक्षा कर पा रहा था, न उनके अधिकार की; और उनको सूचित करने तक का साहस नहीं था उसमें। कहाँ से आता यह साहस ? कर्मचारियों का साहस तो राजा की सत्ता और उसके अधिकार से ही उत्पन्न होता है। यदि उनके निष्ठावान कर्मचारियों में ही यह साहस नहीं है, तो इसका अर्थ तो एक ही है कि उनके राजा के पास न सत्ता है, न शक्ति...कैसे राजा हैं विराट ? ... पर क्या उन्हें इस बल्लव के कथन का इस प्रकार विश्वास कर लेना चाहिए ? उन्होंने क्यों मान लिया कि वह जो कुछ कह रहा है वह सब सत्य ही है ? ... सत्य तो मानना ही पड़ेगा, सारे तथ्य उसके कथन के अनुकूल पड़ रहे हैं। जो गुत्थियाँ अब तक सुलझ नहीं रही थीं, वे उसकी सूचनाओं के आधार पर ही तो स्पष्ट हो रही हैं ... चतुरसेन यह तो बताता रहा कि पाकशाला का व्यय बढ़ रहा है, किंतु वह यह तो कभी नहीं बता पाया कि वह खर्च क्यों बढ़ रहा है। ... किंतु बल्लव यह बता रहा है कि अकारण ही पाकशाला का व्यय क्यों बढ़ रहा था।...चतुरसेन यह तो कह रहा था कि उसे उसके पद से हटा दिया जाए, किंतु यह नहीं बता रहा था कि ऐसा क्यों किया जाए। ... बल्लव बता रहा है कि चतुरसेन ऐसा क्यों चाहता था।...बल्लव बता रहा था कि चतुरसेन को उन आततायी सैनिकों से जो रक्षा चाहिए थी, वह राजा नहीं दे पा रहा था, बल्लव उसे वह सुरक्षा दे रहा था...

द्वारपाल ने प्रवेश किया, "महाराज ! आर्य कंक पधारे हैं।"

"भीतर आने दो।" विराट बोले।

कंक ने आकर प्रणाम किया तो विराट को लगा कि कंक न केवल बहुत शीघ्रता में आए हैं, वरन् वे बहुत शीघ्र आ भी पहुँचे हैं।

"बैठो कंक ! आसन ग्रहण करो।"

कंक बैठ तो गए, किंतु बैठते ही बोले, "अश्वारोही ने बताया कि महाराज बहुत अधीरता से मेरी प्रतीक्षा कर रहे हैं। कोई बहुत आवश्यक कार्य आ पड़ा है महाराज !"

"हाँ कंक !" राजा बोले, "तुमने मेरे साथ पाकशाला में बल्लव नाम के उस व्यक्ति को देखा था।"

"हाँ महाराज ! देखा था।"

"क्या तुम उसे पहचानते हो ? उसका कहना है कि यहाँ आने से पूर्व वह धर्मराज युधिष्ठिर की पाकशाला में रसोइया था। यदि वह वहाँ था तो तुम्हारी दृष्टि उस पर पड़ी ही होगी।"

"हाँ महाराज ! मैंने उसे वहाँ देखा तो है। यह संभव नहीं है कि कोई धर्मराज की सभा अथवा प्रासाद में रहा हो और मैंने उसे देखा भी न हो।" कंक बोले, "किंतु कंक का उससे विशेष परिचय नहीं है।"

विराट चौंके, यह कंक बोल किस प्रकार रहा है, जैसे अपने विषय में नहीं किसी और के विषय में बात कर रहा हो। पर कुछ लोगों की शैली होती है, वे अपने विषय में भी अन्य पुरुष के समान बोलते हैं।

"नहीं तुम्हारा उससे परिचित होना तो आवश्यक नहीं है। इतना ही पर्याप्त है कि वह धर्मराज की पाकशाला में रसोइया था। वह यदि वहाँ था, तो निश्चित रूप से अच्छा रसोइया होगा और उनका निष्ठावान सेवक तो होगा ही। नहीं तो वहाँ टिक कैसे पाता। प्रत्येक राजा, विराट तो नहीं होता न। वहाँ तो भीम था, अर्जुन था, यदि कोई सेवक निष्ठावान न होता तो उसे तत्काल राज्य से निष्कासित किया जा सकता था, दंडित किया जा सकता था।"

"आपने उसे पाकशाला में नियुक्त कर दिया है ?"

"हाँ कंक !" राजा बोले, "यह तो मुझे बल्लव से ही ज्ञात हुआ कि जिस प्रकार मैं कीचक से पीड़ित हूँ, वैसे ही मेरा पाकशालाध्यक्ष कीचक के सैनिकों से पीड़ित था। बल्लव ने ही उसे उन सैनिकों के आतंक से मुक्ति दिलाई है।"

कंक देख रहे थे कि राजा प्रसन्न थे, जैसे कीचक के आतंक से मुक्त हो गए हों। वे धीरे से बोले, "महाराज अन्यथा न मानें तो एक बात कहूँ।"

"कहो कंक !"

"महाराज ! बल्लव ने चतुरसेन को उन सैनिकों के आतंक से तब तक के लिए ही मुक्त किया है, जब तक कि स्वयं कीचक राजधानी में लौट कर नहीं आता। कीचक के आते ही ये सैनिक उसके पास जाकर दुहाई देंगे। कीचक बल्लव को दंडित करना चाहेगा। ऐसी स्थिति में बल्लव क्या करेगा और महाराज क्या करेंगे।"

विराट चिंतित हो उठे : क्या कहें वे ? क्या वे कीचक को ऐसा करने से रोक पाएँगे ? शायद नहीं। वे कीचक की इच्छा का विरोध नहीं कर पाएँगे। तो ?...उन्होंने समाधान पाने के लिए याचक दृष्टि से कंक की ओर ही देखा।

"आप ऐसा करें महाराज ! आप बल्लव से कहें कि वह आवश्यकतानुसार

पाकशाला तथा वहाँ काम करनेवाले लोगों की, उन सैनिकों से रक्षा तो करे, किंतु व्यर्थ ही सैनिकों अथवा कीचक से उलझने का प्रयत्न न करे।''

विराट को लगा कि किसी और समाधान के अभाव में एक यही उत्तम विधि हो सकती है। रक्षा भी होती रहे और कीचक से उलझना भी न पड़े ...''ठीक है, मैं कह दूँगा।'' विराट ने रुक कर उसकी ओर देखा, ''तुमने देखा कंक ! मेरी अपेक्षा के ही अनुसार धर्मराज युधिष्ठिर के कर्मचारी हमारे राज्य की ओर आ रहे हैं। कल हमारे पास एक नपुंसक भी आया था। उसका नाम बृहन्नला है। उसका कहना है कि वह धर्मराज युधिष्ठिर के अंतःपुर में था और उनके परिवार की स्त्रियों को संगीत और नृत्य की शिक्षा दिया करता था।''

कंक समझ रहे थे कि राजा का अगला प्रश्न क्या होगा : क्या तुम उसे पहचानते हो कंक ? किंतु राजा के कुछ पूछने से पहले ही कंक ने पूछा, ''वह आपके ही पास आया था महाराज ?''

''हाँ। आया तो मेरे ही पास था, किंतु मैंने उसे अंतःपुर में भेज दिया था, ताकि दासियाँ उसकी परीक्षा कर लें कि वह वस्तुतः नपुंसक ही था अथवा कोई पुरुष ही नपुंसक का छद्म वेश धर कर आया था।''

कंक का मन जैसे स्तब्ध रह गया : कहीं अर्जुन का भेद प्रकट तो नहीं हो गया ?

''विभिन्न परीक्षणों और परीक्षाओं के पश्चात् दासियों ने बताया कि वह वस्तुतः पुंसत्वहीन ही है।'' विराट बोले, ''मैंने उसे राजकुमारी उत्तरा के नृत्य और संगीत-शिक्षक के रूप में नियुक्त कर दिया है।''

कंक कुछ आश्वस्त हुए। उन्हें बृहन्नला का काम ही सबसे कठिन लग रहा था। अर्जुन की अभिनय क्षमता में उन्हें संदेह नहीं था, किंतु दासियों द्वारा ये पुंसत्व के परीक्षण ! अर्जुन स्वयं को कितना भी संयत रखता, किंतु सुंदर नारी शरीर के मोहक आकर्षणों के सम्मुख किसी भी प्रकार के काम-विकार को उत्पन्न भी न होने देना, साधारण कार्य नहीं था। पर, विराट बता रहे हैं कि उनकी दासियों का कहना है कि वह वस्तुतः पुंसत्वहीन ही है। अर्जुन अपनी इस अग्नि परीक्षा में सफल हुआ था। ... अब कंक समझ सकते थे कि वैजयंत के प्रासाद में अर्जुन ने किस प्रकार उर्वशी के काम निमंत्रण के प्रलोभन को निरस्त कर दिया होगा। ...

''बृहन्नला को नृत्य और संगीत का सम्यक ज्ञान है राजन् ?'' कंक ने पूछा, ''अथवा साधारण हिजड़ों के समान उछल-कूद भर कर लेता है ?''

विराट ने कुछ चकित हो कर कंक की ओर देखा, ''जिसे मैंने राजकुमारी के गुरु के रूप में नियुक्त किया है, उसके विषय में पूछ रहे हो कि वह उस विषय का ज्ञान भी रखता है या नहीं।''

"मेरा अभिप्राय है महाराज ! कि आपने राजकुमारी से पूछ लिया है कि उसके गुरु को अपने विषय का कितना ज्ञान है ?"

"उत्तरा अत्यंत प्रसन्न है।" विराट बोले, "मुझे तो लग रहा है कि अंतःपुर की लड़कियों में संगीत और नृत्य को लेकर एक नया उत्साह उत्पन्न हो गया है। उन्हें इस प्रकार का जीवंत शिक्षक पहले कभी नहीं मिला। उनका कहना है कि बृहन्नला का कंठ किन्नर कंठ है। उससे संगीत की जो धारा बहती है, वह दिव्य है। मैं तो सोचता हूँ कंक ! कि महाराज युधिष्ठिर की सभा में कैसे-कैसे दिव्य रत्न थे। मैं तो उनका थोड़ा-सा उच्छिष्ट पा कर ही धन्य हुआ जा रहा हूँ। वह व्यक्ति कितना महान् था जिसे इन सबके मध्य रह कर भी तनिक-सा अहंकार तक नहीं हुआ। और उस महान् पुरुष को दुष्ट दुर्योधन ने नष्ट कर दिया।"

कंक को यह निर्णय करने में कुछ समय लगा कि इस अवसर पर उन्हें क्या कहना चाहिए। फिर कुछ संकुचित स्वर में बोले, "मैं उनके विषय में क्या कह सकता हूँ राजन् ! सेवक को तो अपने स्वामी के गुणों का ही स्मरण करना चाहिए; और इस समय तो मेरे स्वामी आप हैं महाराज !"

विराट उन्मुक्त मन से हँसे, "यदि तुम धर्मराज की प्रशंसा में संकोच करोगे, तो मैं समझूँगा कंक ! कि यदि कभी विधि के विधान से तुम मुझसे वियुक्त हो गए, तो तुम मेरी प्रशंसा भी नहीं करोगे। तब तुम अपने तत्कालीन स्वामी की ही प्रशंसा में मग्न रहोगे।"

कंक ने अपनी जिह्वा को दाँतों तले दबा लिया, "ऐसा शाप न दें महाराज ! मेरी तो भगवान से प्रार्थना है कि आपकी सेवा से वंचित हो जाऊँ, तो ईश्वर किसी और स्वामी की सेवा न करवाए।"

विराट मन ही मन प्रसन्न हुए : उन्होंने जिस अपेक्षा से युधिष्ठिर के सेवकों को बटोरने का संकल्प किया था, वह पूरी होती दिखाई दे रही थी। कंक जैसा बुद्धिमान सभासद उनके पश्चात् और किसी राजा की सेवा करना नहीं चाहता था।...

"ठीक है कंक ! तुम कुछ मत कहो, यह भी तो धर्मराज के सेवकों का ही गुण है।" वे कुछ रुके, "अच्छा बताओ। बल्लव विश्वसनीय व्यक्ति तो है न !"

"मैंने इंद्रप्रस्थ में उसके विषय में ऐसी कोई बात नहीं सुनी महाराज ! जिसके आधार पर कह सकूँ कि वह विश्वसनीय नहीं है।" कंक ने कहा, "यह अवश्य सुना है कि जिससे स्नेह करता है अथवा जिसका सम्मान करता है, उसके प्रति उसका पूर्ण समर्पण होता है।"

"तो इससे अधिक और कोई सेवक कर ही क्या सकता है कंक ?" विराट

बोले, "तुमने मेरे मन पर से एक बहुत बड़ा बोझ उतार दिया। मेरे मन के किसी निभृत कोने में एक आशंका थी कि इतने बलिष्ठ दिखनेवाले व्यक्ति को, जो मल्ल अथवा योद्धा हो सकता है, मैंने अपनी पाकशाला में स्थान देकर कोई भूल तो नहीं की।"

कंक कुछ नहीं बोले। अब कुछ भी और कहना घातक हो सकता था। अधिक प्रशंसा से भी विराट को किसी प्रकार का संदेह हो सकता था और प्रशंसा न करते तो भी विराट आशंकित हो सकते थे।...

"अच्छा कंक! अब तुम चलो। तुम्हें इस प्रकार शीघ्रता में बुलाने का प्रयोजन पूर्ण हुआ। मैं पूर्णतः संतुष्ट हूँ। मुझे तो लग रहा है कि अब किसी ने आकर मुझसे कहा कि वह धर्मराज की सेवा में रह चुका है तो कदाचित् मैं तुमसे भी पूछने की आवश्यकता नहीं समझूँगा। उसे अपनी सभा में स्थान दे दूंगा।"

"महाराज अत्यंत दयालु हैं।"

कंक ने उठ कर प्रणाम किया; और बाहर चले आए। वे भीम और अर्जुन की ओर से पूर्णतः संतुष्ट थे। उन्हें विराटनगर में कोई कठिनाई नहीं होगी। नकुल और सहदेव भी कदाचित् सुविधापूर्वक अपने लिए स्थान बना लेंगे। ... किंतु पांचाली?... पांचाली के लिए यह सब कितना कठिन होगा। हे ईश्वर उसकी लाज रखना...

38

रानी सुदेष्णा ने ध्यान से अपने सामने खड़ी उस स्त्री को देखा, जिसे अभी-अभी राजप्रासाद की रक्षिकाएँ पकड़ कर लाई थीं। उन्हें यह स्त्री प्रासाद की रक्षा करनेवाले सैनिकों ने सौंपी थी। उसे प्रासाद के सम्मुख निष्प्रयोजन डोलते फिरने तथा भीड़ इकट्ठी कर यातायात के आवागमन में विघ्न उपस्थित करने के अपराध में पकड़ा गया था। प्रहरी समझ नहीं पाए थे कि यह स्त्री लोगों का ध्यान अपनी ओर आकृष्ट करना चाहती थी; अथवा सैनिकों का ध्यान अपनी ओर आकृष्ट कर, उनको किसी अन्य दिशा से असावधान कर देना चाहती थी। आजकल सेनापति कीचक नगर में नहीं थे; सेना का एक बड़ा भाग भी सेनापति के साथ ही बाहर गया हुआ था। ऐसे में अनेक शत्रुओं द्वारा नगर में उत्पात् रचे जा सकने की संभावना हो सकती थी। और फिर एक इतनी असाधारण रूपवती स्त्री, स्वयं को जन साधारण की दृष्टि से छिपाने के स्थान पर, बीच राजमार्ग में खड़ी हो कर, लोगों का ध्यान अपनी ओर आकृष्ट करे, तो सैनिकों को किसी

षड्यंत्र की आशंका का होना स्वाभाविक ही था।

रानी की दृष्टि कह रही थी कि यह कोई साधारण नारी नहीं थी। उसका रूप असाधारण था। ऐसी स्त्रियाँ मार्गों में व्यर्थ ही मँडराती नहीं फिरतीं। उसके वस्त्र इस समय अवश्य मलिन थे। केश भी वेणी बद्ध नहीं थे। ... किंतु कैसे केश थे वे। किसी भी स्त्री को सहज ही ईर्ष्या होगी उसके इन केशों से। घुटनों तक लंबे और लहराते हुए ऐसे सुंदर केश, कि कोई भी स्त्री उसे देखती ही रह जाए; और पुरुष का मन उसमें बँध-बँध जाए। कौन उनका स्पर्श नहीं चाहेगा। अमावस्या से घने काले केश। रानी का अपना मन ही मुग्ध होता जा रहा था ... अभी तो इस स्त्री ने अपना सारा वेश मलिन बना रखा था।... किंतु कौन नहीं देख सकता था कि नील कमल सा उसका वर्ण था। लगता था, यात्रा अथवा किसी अन्य कारण से, वह इस समय मलिन तथा रेणु आच्छादित सी दिख रही है। लगता नहीं था कि कई दिनों से मुख भी धोया हो...

"कौन हो तुम ?" रानी ने पूछा।

"कोई भी होऊँ, पहले तो मुझे तुमसे यह पूछना है कि मुझे इस प्रकार पकड़ कर क्यों लाया गया है, जैसे मैं कोई अपराधिनी हूँ ?" उस स्त्री ने सतेज स्वर में पूछा।

"ऐ।" एक रक्षिका ने आगे बढ़ कर उसे, एक झटका दिया, "महारानी को 'तुम' कह कर संबोधित कर रही हो। सामान्य शिष्टाचार भी नहीं जानतीं।"

सुदेष्णा ने अपने हाथ के संकेत से रक्षिका को रोक दिया, "क्या आरोप है इस पर ?"

"महारानी ! यह स्त्री मुख्य मार्ग पर डोलती फिर रही थी। इसने अपने आस-पास भीड़ एकत्रित कर रखी थी; और सैनिकों के अनेक बार कहने पर भी न यह मार्ग से हट रही थी और न ही मार्ग पर इस प्रकार डोलने और भीड़ एकत्रित करने का कोई कारण बता रही थी। सैनिकों की पूंछताछ के उत्तर में इसने न केवल उन्हें कोई संतोषजनक उत्तर नहीं दिया, उलटे उनसे झगड़ा किया। एक आध का तो मुँह ही नोच लिया।"

"मैंने तो मुँह ही नोचा है, यदि मेरे पति आस-पास होते तो उन सैनिकों में से अनेक की हत्या अवश्यंभावी थी।" वह स्त्री बोली, "क्या मत्स्यराज इसी प्रकार का शासन करते हैं, जिसमें संकट में पड़ी किसी अकेली स्त्री को देख कर राज्य के सैनिक उसे गणिका मान कर उसका अपमान करने लगते हैं; और यदि वह स्त्री आत्मरक्षा में उनका प्रतिरोध करे तो वह बंदी कर ली जाती है। संसार के किसी सभ्य समाज में ऐसा नहीं होता। यहाँ धर्मात्मा राजा मत्स्यराज का शासन है अथवा किसी राक्षस का ?"

"शांत हो जाओ।" सुदेष्णा ने कहा, "यहाँ कोई तुम्हारे साथ अन्याय नहीं

करेगा।''

''अन्याय नहीं करेगा, किंतु दुर्व्यवहार तो करेगा ही।'' वह स्त्री बोली, ''जब से आपके राज्य में आई हूँ, मेरे साथ यही हो रहा है।''

''नहीं! अब तुम्हारे साथ कोई दुर्व्यवहार भी नहीं करेगा।'' रानी ने कहा, ''मुझे बताओ कि तुम कौन हो।''

''कौन हूँ ? सैरंध्री हूँ। महारानी द्रौपदी मुझे मालिनी कह कर पुकारा करती थीं।'' स्त्री ने कहा।

''महारानी द्रौपदी !'' रानी सुदेष्णा ने कुछ आश्चर्य से पूछा, ''उनसे तुम्हारा क्या संबंध है ?''

''संबंध क्या होना है। मैं उनकी सेवा में थी।'' स्त्री ने कुछ उद्दंडता से कहा; और फिर धीरे से जोड़ दिया, ''मैं कुछ समय तक श्रीकृष्णप्रिया सत्यभामा की सेवा में भी रही हूँ।''

''तो फिर अब यहाँ क्या करती डोल रही हो ?'' रानी ने कुछ ऊँचे स्वर में कहा, ''नाम तो इतने बड़े-बड़े ले रही हो, और यहाँ राजमार्ग पर तमाशा कर रही हो।''

''महाभाग पांडवों का राज्य छिन गया। वे लोग अज्ञातवास के लिए चले गए। महारानी द्रौपदी उनके साथ अज्ञात स्थान को चली गईं, तो मैं अब क्या करूँ ? आप ही बता दें कि वे लोग कहाँ हैं तो मैं उन्हीं के पास चली जाऊँ। सेवक की यही तो कठिनाई है। स्वामी पर संकट आए, तो सेवक अपने आप ही मारा जाता है।''

''भौंकती बहुत हो।'' एक रक्षिका उसकी ओर बढ़ी।

''पर तुम्हारे समान सबको काटती तो नहीं।''

''बहुत ठीक कहा।'' सुदेष्णा हँस पड़ीं। अपने संकेत से आगे बढ़ती रक्षिकाओं को वहीं रोक दिया और कोमल स्वर में सैरंध्री से पूछा, ''घर कहाँ है तुम्हारा ? यहाँ किसी संबंधी के पास आई हो ?''

मालिनी उदास हो गई। कुछ देर के पश्चात् उसने अपने नयन उठा कर रानी की ओर कुछ इस प्रकार देखा, जैसे कहना चाह रही हो कि मुझसे यह सब मत पूछो। फिर स्वयं ही धीरे से बोली, ''नहीं ! यहाँ मेरा कोई संबंधी नहीं है। महारानी ! मुझसे मेरे घर-द्वार का पता और मेरे पति का नाम इत्यादि न पूछें ।''

रानी की उत्सुकता जाग उठी थी ... जिनकी सेवा की, उनका नाम-पता तो बिना पूछे बता दिया और अपने विषय में कुछ बताना ही नहीं चाहती ...

''विवाहिता हो अथवा अपने वियुक्त प्रेमी की ख़ोज में यहाँ-वहाँ भटक रही हो ?'' रानी ने पूछा।

सैरंध्री ने पूरी खुली आँखों से रानी की ओर देखा, "विवाहिता हूँ। मेरे पति किसी विपत्ति में फँस कर विदेश गए हैं; और उनकी अनुपस्थिति का लाभ उठा कर मेरे श्वसुर ने मुझे घर से निकाल दिया है। अपने पति के लौटने तक मैं सर्वथा निराश्रित हूँ। उनके आने तक कहीं आश्रय खोज रही हूँ। ..."

"कौन हैं तुम्हारे पति ?"

"किसी सैरंध्री के पति इतने प्रसिद्ध व्यक्ति तो नहीं हो सकते कि उनका नाम सुनते ही आप उन्हें पहचान जाएँगी, फिर भी मैं उनका नाम पता नहीं बताना चाहती।" सैरंध्री बोली।

"क्यों ?" रानी ने कुछ चकित भाव से पूछा, "इसमें इतना गोपनीय क्या है ? क्या गांधर्व विवाह किया है ?"

"नहीं।" सैरंध्री पहली बार तनिक मुस्कराई।

रानी स्तब्ध रह गई : यह सैरंध्री तो जैसे कोई उल्का थी। उसकी दंत-पंक्ति देख कर किसी का भी हृदय पिघल कर बूँद-बूँद बह जाएगा; और यदि कहीं वह पुरुष हृदय हुआ तो उसका स्पंदित होना ही कठिन था। सैरंध्री की मुस्कान थी या शरद पूर्णिमा की उजास।... रानी ने पहली बार उसके अधरों को ध्यान से देखा था ...कामदेव का पुष्पधनुष ही साक्षात प्रकट हो गया था... प्रकट क्या हो गया था, सामने खड़े व्यक्ति के हृदय को अपनी प्रत्यंचा में फँसा कर अपनी ओर खींचने लगता था। न खड़ा रहने देता था न गिरने देता था। न मुक्त करता था, न मुक्त होने की कामना जगने देता था। ...

"तो पति का नाम क्यों नहीं बताना चाहती ?"

"उससे मेरे श्वसुरकुल का अपयश फैलेगा।"

"जिस श्वसुर ने तुम्हें घर से निकाल दिया, उसके कुल के यश की चिंता क्यों है तुम्हें ?" रानी ने जैसे प्रश्न नहीं पूछा था, सैरंध्री के व्यवहार के प्रति अपनी आपत्ति प्रकट की थी।

"मुझे चिंता अपने श्वसुर के कुल की नहीं महारानी ! अपने पति के कुल की है।" सैरंध्री बोली, "मुझे श्वसुर ने घर से निष्कासित किया है, पति ने नहीं। मेरे पति के लौटते ही मुझे सब कुछ मिल जाएगा, चाहे मेरे श्वसुर को ही घर से क्यों न निकलना पड़े।"

"बहुत विचित्र है तेरा श्वसुरकुल।" सुदेष्णा ने कहा, "जहाँ पिता और पुत्र में इतना भेद है कि पुत्र के उपस्थित न होने पर श्वसुर अपनी पुत्रवधू को घर से निकाल देता है; और पुत्र लौटता है तो अपनी पत्नी को घर में प्रतिष्ठित करता है और अपने पिता को निष्कासित कर देता है।"

"कुछ ऐसा ही है महारानी।" सैरंध्री बोली।

"और यदि तेरे पति ने लौट कर भी अपने पिता का विरोध न किया तो ?"

रानी मुस्करा रही थी।

"तो मैं आपको उनका नाम-गाम, सब कुछ बता दूँगी।" सैरंध्री का आत्मविश्वास उसके शब्द-शब्द से टपक रहा था।

"क्या तुम प्रमाणित कर सकती हो कि तुम सचमुच वैसी अच्छी सैरंध्री हो, जो सत्यभामा और द्रौपदी की सेवा में रह सके ?" सुदेष्णा ने कहा, "अपने बालों की तो तुमने वेणी तक नहीं कर रखी। कौन मानेगा कि तुम्हें केश शृंगार की कला का कोई ज्ञान है।"

"मैं अपना केश विन्यास केवल अपने पति के लिए करती हूँ महारानी !" सैरंध्री बोली, "वे लौट आएँगे और मुझसे प्रसन्न होंगे, तो उनको रिझाने के लिए वेणी भी करूँगी और अपना शृंगार भी।" वह रानी के निकट चली आई, "महारानी ! वैसे तो सैरंध्री का कार्य एक साधारण दासी भी कर लेती है, किंतु वास्तविक कला का पता तो तब लगता है, जब सैरंध्री का हाथ लगते ही आपका रूप दोगुना हो उठता है। आप स्वयं को दर्पण में निहार-निहार कर अपने ही रूप पर मुग्ध होने लगती हैं और सोचती हैं कि इतनी सुंदर तो मैं पहले कभी नहीं थी।.."

"बातें तो बहुत लुभावनी कर लेती हो।" रानी भी मुस्कराई, "किंतु अपनी बात का प्रमाण दो तो जानूँ।"

सैरंध्री ने जैसे चुनौती स्वीकार की, "अनुमति हो तो अपनी कला का चमत्कार प्रस्तुत करूँ।"

"चल धानुके !" रानी ने अपनी एक दासी को संबोधित किया, "बैठ जा सैरंध्री के सम्मुख। यह तुम्हारा केश शृंगार करेगी।"

"क्षमा हो महारानी !" सैरंध्री तत्काल बोली, "मालिनी की कला दासियों के भाग्य में नहीं है। यदि मेरी कला का चमत्कार देखना हो तो या तो आप ही यह कष्ट करें; अथवा राजकुमारी को अनुमति दें।"

रानी के मन में रोष जागा, यह सैरंध्री अपने आपको समझती क्या है ... इसका अहंकार क्या रानी सुदेष्णा की आज्ञा का तिरस्कार करेगा ? ...किंतु रानी ने स्वयं को संयत किया : किसी की कला को परखे बिना, उसके विषय में अपनी धारणाएँ नहीं बना लेनी चाहिए। कलाकार अत्यंत संवेदनशील होता है। उसकी कला का अपमान हो तो वह राजाओं और राजाज्ञाओं तक का तिरस्कार कर सकता है।...

"अच्छा धानुके ! मेरी ही प्रसाधन सामग्री ले आ। मैं अपने ही केशों पर इसकी कला का चमत्कार देखूँगी।"

दासियाँ दौड़ पड़ीं और तत्काल सामग्री और उपकरण प्रस्तुत कर दिए गए।

रानी ने दर्पण अपने हाथ से नहीं छोड़ा और उनकी दृष्टि दर्पण से हट नहीं पाई।...एक क्षण में लग रहा होता था कि सैरंध्री इस कला में निपट अनाड़ी है, उसे इस कर्म का तनिक भी अभ्यास नहीं है; और अगले ही क्षण उसका हाथ रानी के केशों को कुछ इस प्रकार व्यवस्थित कर देता था कि लगता था, इस सैरंध्री से श्रेष्ठ सज्जाकर्मी इस संसार में नहीं है।... जैसे-जैसे सैरंध्री अपने काम में तल्लीन होती जाती थी, रानी सुदेष्णा उसकी कला पर मुग्ध होती जाती थीं। ... और जब सैरंध्री ने अपना काम समाप्त कर एक निरीक्षक दृष्टि उनके केशों पर डाली तो स्वयं रानी को लगा कि दर्पण में वे स्वयं नहीं कोई और ही रूपसी बैठी हुई थी। रानी चमत्कृत हो अपने दर्पण से पूछ रही थीं कि यदि यह उनका ही रूप था तो उस धृष्ट दर्पण ने उसे अब तक कहाँ छिपा रखा था ? यदि कहीं यह सैरंध्री उनके यौवन में उनके पास आई होती तो कदाचित् रानी सुदेष्णा संसार की सर्वश्रेष्ठ सुंदरी के रूप में प्रसिद्ध हुई होतीं; किंतु अब इस ढलते वयस में वे उसका क्या लाभ उठा पाएँगी ? ... और सहसा रानी का मन बदल गया ... यौवन में उन्हें किसी सैरंध्री की क्या आवश्यकता थी ? उनका अपना रूप ही पर्याप्त था, विराट के मन में झंझावात उठा देने के लिए।... सैरंध्री की आवश्यकता तो वस्तुतः अब ही थी, जब उनके ढलते रूप को किसी बैसाखी की आवश्यकता थी।... ठीक ही समय पर आई थी यह सैरंध्री। आज उन्हें उसकी सबसे अधिक आवश्यकता थी, जब उनका रूप विराट को आकृष्ट करने में असफल होता प्रतीत हो रहा था। ... वे कीचक से रुष्ट थे, और सुदेष्णा का रूप उन्हें यह भुला देने को बाध्य नहीं कर पा रहा था कि कीचक सुदेष्णा का भाई था। यह सुदेष्णा के रूप की असफलता ही तो थी। ... और अब उन्हें मिल गई है यह सैरंध्री ! इस रूप में तो वे कदाचित उत्तरा से भी अधिक आकर्षक दीख रही हैं।... उत्तरा में उसके वयस का आकर्षण तो है; किंतु इस समय कोई उन्हें देखे तो वह मानने को प्रस्तुत नहीं होगा कि वे उत्तरा की जननी हैं। अधिक से अधिक तो कोई यही कह सकता है कि वे उसकी भगिनी हैं।...

"महारानी यदि आप इस केश-सज्जा के साथ अपने कानों में कर्णफूलों के स्थान पर कर्णवलय धारण कर लें तो आपका वयस कम से कम पाँच वर्ष और भी कम हो जाएगा।"

सुदेष्णा ने सैरंध्री की बात सुनी, उस पर विचार भी किया, किंतु उससे सहमत नहीं हो सकीं। वे रानी हैं, सैरंध्री नहीं; किंतु प्रसाधन विद्या का कुछ ज्ञान उनको भी है। सैरंध्री की यह बात उनको उचित प्रतीत नहीं हो रही थी; परंतु प्रयोग करने में हानि ही क्या थी ? यदि सैरंध्री का कथन असत्य प्रमाणित हो गया, तो उसका अहंकार खंडित होगा और सत्य निकला तो रानी का रूप और निखर आएगा।...

रानी ने अपनी प्रसाधिका की ओर देखा, "कर्णवलय लाओ।"

"महारानी ! जब मँगवाने ही लगी हैं तो एक पद्मवर्णा साड़ी भी मँगवा लें और उन्हें धारण कर अपने रूप का परीक्षण महाराज पर करके देखें।" सैरंध्री बोली।

रानी ने उसकी ओर जो दृष्टि डाली उसमें हल्की-सी वर्जना थी कि वह कहीं मर्यादा का अतिक्रमण कर रही है; किंतु प्रसाधिका को मना नहीं किया। कहा, "ले आओ।"

सैरंध्री ने इस बार रानी के हाथ में दर्पण नहीं रहने दिया। दर्पण देखने का अवकाश रानी को तब ही दिया, जब सैरंध्री अपना पूर्ण संतोष कर चुकी।

दर्पण देख कर सुदेष्णा चकित रह गईं : वस्तुतः यह थी रानी सुदेष्णा; और आज तक उनकी प्रसाधिकाओं ने उन्हें क्या बना रखा था। क्या रानी अपनी उन प्रसाधिकाओं को अपना रूप विकृत करने का ही पारिश्रमिक देती रही हैं ? वे प्रसाधिकाएँ उनके सौंदर्य को विकसित और अनावृत करने के स्थान पर तिरस्कृत और आवृत करती रहीं और रानी से प्रशंसा भी पाती रहीं तथा पुरस्कार भी। किंतु अब और नहीं। रानी ने अपना वास्तविक रूप देख लिया था। आज रानी की इच्छा हो रही थी कि वे अपनी उन पुरानी प्रसाधिकाओं को इतने दिनों तक सुदेष्णा को कुरूप बनाए रखने के अपराध में आजीवन कारावास दे दें। पता नहीं किस माया से वे आज तक उस कला की विशेषज्ञ मानी जाती रहीं, जिसका उनको कण मात्र भी ज्ञान नहीं है। आज भी यदि यह सैरंध्री न आई होती तो न वे अपने रूप को ही देख पातीं, न प्रसाधन कला के चमत्कार को।...

रानी अपने मन के द्वंद्व को समझ नहीं पा रही थीं : इस समय उनकी उत्कट इच्छा क्या थी—अपनी पुरानी प्रसाधिकाओं को कारागार में डालना, अथवा इस नई सैरंध्री को अपने शृंगार के लिए, अपनी बंदिनी बना लेना ? यदि कहीं यह सैरंध्री उनके पास न टिकी और अन्यत्र चली गई तो रानी सुदेष्णा तो फिर से उन पुरानी प्रसाधिकाओं के कुरुचिपूर्ण शृंगार की ही आश्रित रहने को बाध्य हो जाएँगी। इसलिए इस सैरंध्री को किसी प्रकार आजीवन यहीं रोक रखने की कोई व्यवस्था अधिक आवश्यक थी ...किंतु यदि वह सहमत न हुई तो ? क्या रानी उसे सहज ही छोड़ देंगी ? नहीं ! शायद यह उनके लिए संभव नहीं होगा। वे इस सैरंध्री को नहीं छोड़ सकतीं। किसी भी प्रकार नहीं। सैरंध्री को यहाँ रहना ही होगा। अपनी इच्छा से रहे तो, रानी की आज्ञा से रहे तो। रहना तो उसे पड़ेगा ही। सैरंध्री यहाँ रहेगी तो उसकी उपस्थिति मात्र से ही सुदेष्णा की ये अज्ञानी और फूहड़ प्रसाधिकाएँ भी बहुत कुछ सीख जाएँगी।...

"पर यदि सैरंध्री यहाँ न रुकी, उसने जाने की हठ की ?" सुदेष्णा के

हृदय से एक आशंकित स्वर उठा।

...और तभी रानी की बुद्धि ने उस आशंका को सुला दिया, "तो उसे बता देना पड़ेगा कि सुदेष्णा भी कोई साधारण स्त्री नहीं है, वह भी कीचक की बहन है।..."

"अच्छा ! अब तुम लोग जाओ।" रानी ने अपनी दासियों से कहा, "तुम यहीं ठहरो सैरंध्री ! मुझे तुमसे कुछ कहना है।"

सैरंध्री मन ही मन मुस्कराई : मैं जानती थी सुदेष्णा ! कि यही होगा; किंतु प्रकटतः भय प्रदर्शित करती हुई बोली, "मुझसे कोई अपराध हो गया, महारानी ?"

दासियों के जाने तक रानी ने कुछ नहीं कहा; किंतु उनके जाने के पश्चात् धीरे से बोलीं, "तुमने ऐसा क्यों समझा सैरंध्री ?"

सैरंध्री ने कोई उत्तर नहीं दिया, बस सिर झुकाए, चुपचाप खड़ी रही।

"नहीं बताना चाहतीं ?"

सैरंध्री ने अस्वीकृति में अपना सिर हिला दिया।

"अच्छा मत बताओ।" रानी हँस पड़ीं, "यह तो बताओ कि तुम अपने पति के लौटने तक किस प्रकार का आश्रय ढूँढ़ रही हो ?"

"आश्रय किस प्रकार का हो सकता है महारानी !" सैरंध्री बोली, "मैं पापपूर्ण जीवन व्यतीत करना नहीं चाहती। मैं भिक्षा पर निर्भर रहना नहीं चाहती। प्रभु ने मुझे सक्षम शरीर दिया है और मेरे हाथों में कला दी है। सैरंध्री का कार्य करूँगी और उसके प्रतिदान में आश्रय चाहूँगी।"

"जो भी आश्रय दे ?"

"जो भी धर्मपूर्वक आश्रय दे।"

"क्या मेरे पास रहना तुम्हें प्रियकर होगा ?" रानी ने आतुरतापूर्वक पूछा ।

रानी ने पूछ तो लिया, किंतु तत्काल ही उनके मन में जैसे उनचासों पवन हरहरा उठे। धरती के नीचे मानों शेषनाग का फन डोलने लगा।...वे क्या कर रही हैं ? इस स्त्री को अपने घर में आश्रय देना चाहती हैं, जिसे देखते ही राजा विराट अपने संपूर्ण चित्त से उसमें आसक्त हो जाएँगे। इस दिव्य रूप को एक बार देख लेने के पश्चात् वे पलट कर सुदेष्णा की ओर देखेंगे भी ?...वे ऊपर उठने के लिए वृक्ष पर चढ़ना चाहती हैं अथवा गिर कर आत्महत्या करने के लिए ? वे क्या मादा केकड़े के समान गर्भ धारण करना चाहती हैं कि प्रसव के होते ही उनकी मृत्यु हो जाए। वे इस रूप की ज्वाला को अपने घर में रखना चाहती हैं, जिसकी उपस्थिति मात्र से उनके घर में आग लग सकती है ?...

किंतु अपने जिस दैवी रूप को वे आज अपने दर्पण में देख रही थीं, वे उसे खोना नहीं चाहती थीं। उस रूप के रहते राजा विराट को मुग्ध करने में उन्हें कोई कठिनाई नहीं होनी चाहिए।... और फिर कीचक था वहाँ। राजा विराट

कीचक की इच्छा के विरुद्ध तो जा ही नहीं सकते थे। ...

"सोच कर तो मैं यही आई थी महारानी ! किंतु यहाँ के लोगों का विचित्र व्यवहार और सैनिकों का दुर्व्यवहार देख कर मेरा मन कुछ डर सा गया है। जिस राज्य में अकेली नारी की रक्षा नहीं होती, मानना चाहिए कि वहाँ धर्म नहीं है। वहाँ मैं कैसे रह सकती हूँ।"

सुदेष्णा ने तत्काल कोई उत्तर नहीं दिया : क्या उत्तर देतीं। क्या वे नहीं जानतीं कि विराटनगर के सैनिक कितने उत्पाती हो गए थे। उन्हें अपने बल और अधिकार का अहंकार हो गया था; और राजा थे कि इच्छा होने पर भी उनको अनुशासित नहीं कर पा रहे थे। कीचक पर उनका कोई वश नहीं था और सारी सेना कीचक के अधीन थी। सैनिक कीचक का ही भय मानते थे और उसी की आज्ञा के अनुचर थे।...कीचक ने, सेना को, राजा की इच्छा के विरुद्ध अपने वश में रखने की यही युक्ति अपनाई थी। वह सैनिकों के विरुद्ध कुछ नहीं सुनता था और न ही स्वयं उनको किसी प्रकार का कोई दंड देता था। अब तो सैनिकों को मनमानी करने का अभ्यास ही हो गया था। पिछली बार राजा ने कीचक के एक सैनिक को अपने अंगरक्षकों के द्वारा बंदी बनाया था तो सैनिकों ने सामूहिक रूप से राजप्रासाद को ही घेर लिया था। सब जानते थे कि सेना के बिना शासन नहीं हो सकता और सेना कीचक की आज्ञा में थी। कौन नहीं जानता कि बकासुर के समान ही राजा की सहायता के नाम पर कीचक विराटनगर की प्रजा को खा रहा था।... कई बार सोचा था राजा ने कि सैनिकों को अपने पक्ष में करने के लिए, वे भी सैनिकों को वैसी छूट दे दें, जैसी कीचक देता है; किंतु वे वैसा कर नहीं सकते थे। वे देश के राजा थे, मात्र सेनापति नहीं। उन्हें अपनी संपूर्ण प्रजा का पालन करना था, केवल सेना का नहीं। वे अपनी प्रजा को पीड़ित कर अपनी सेना को प्रसन्न नहीं कर सकते थे। कीचक मात्र सेनापति था, वह केवल युद्धों और सेनाओं के विषय में सोचता था। उसके लिए प्रजा का कोई अस्तित्व नहीं था। यद्यपि सेना प्रजा के लिए ही होती है, किंतु वह प्रजा के प्रति अपना कोई दायित्व नहीं मानता था। उसके लिए सेना ही सब कुछ थी। इसलिए वह जिस प्रकार सेना को प्रसन्न कर सकता था, राजा नहीं कर सकते थे।

"पुरुषों के राज्य में स्त्री सदा इसी प्रकार असुरक्षित रहती है सैरंध्री !" अंततः रानी धीरे से बोलीं, "इसके लिए हम क्या कर सकती हैं। पर, तुम यहाँ मेरे पास रहोगी, तो तुम्हें कोई कुछ नहीं कहेगा।"

सैरंध्री एक बार फिर मन ही मन मुस्कराई : रानी ने बहुत सोच-विचार कर न्याय और अन्याय का नहीं, पुरुषों और स्त्रियों का विषय आरंभ कर दिया था। रानी चतुर राजनीतिज्ञ थीं।

"पुरुषों के राज्य में स्त्रियाँ सुरक्षित नहीं हैं; किंतु यहाँ, आपके पास रह कर मैं सुरक्षित हो जाऊँगी। आपके पास रहने से क्या राज्य स्त्रियों का हो जाएगा ?" सैरंध्री ने अबोध भाव से पूछा।

रानी क्षण भर के लिए हतप्रभ रह गईं। उन्हें सैरंध्री से इस प्रकार के प्रश्न की तनिक भी अपेक्षा नहीं थी। उसने इतना उद्दंड प्रश्न इतने अबोध भाव से किया था कि रानी न उसे दंडित कर सकती थीं और न ही वे उसे इस अपराध के लिए क्षमा करना चाहती थीं ...दंडित करतीं तो उनका शृंगार कौन करता, और क्षमा कर देतीं तो सैरंध्री और भी ऐसे प्रश्न कर उनका वक्ष छलनी न करती रहती।... एक ही मार्ग था कि वे मान लेतीं कि वह एक अबोध प्रश्न था, जिस का पूछनेवाला भी नहीं समझ रहा था कि वह क्या पूछ रहा है ...

"नहीं ! राज्य तो स्त्रियों का नहीं हो जाएगा; किंतु यहाँ मैं तुम्हारी रक्षा कर सकती हूँ।"

"जब यहाँ कर सकती हैं, तो बाहर, वहाँ मार्ग पर, पथ पर क्यों नहीं ? सारे राज्य में क्यों नहीं ? मेरी ही क्यों, किसी भी स्त्री की रक्षा आप क्यों नहीं कर सकतीं ? रानी तो पूरे राज्य की रानी होती है, केवल अपने प्रासाद की नहीं। और फिर स्त्रियों की ही क्यों, पुरुषों की रक्षा क्यों नहीं ? रक्षा की अधिकारिणी तो सारी प्रजा है।"

"पुरुष समर्थ है, इसलिए वह अपनी रक्षा स्वयं कर सकता है।" रानी बोलीं।

"हाँ। वह पुरुष समर्थ ही तो होता है, जिसकी हत्या हो जाती है।" सैरंध्री बोली, "और वह अपने हत्यारे का कुछ नहीं कर सकता।"

सुदेष्णा ने सैरंध्री को इस प्रकार देखा, जैसे उसे पहली बार देख रही हों। वे शायद उसे पहली बार ही देख रही थीं। इससे पहले उन्होंने जिस सैरंध्री को देखा था, उसमें केवल रूप ही था। यह सैरंध्री, जिसे वे इस समय देख रही थीं, उसमें बुद्धि भी थी। वह तर्क कर सकती थी, निष्कर्ष निकाल सकती थी, तुलना कर सकती थी। प्रतिभायुक्त होने से उसके सौन्दर्य में जैसे और भी निखार आ गया था।... पर वे इस सैरंध्री की कला को तो अपने निकट रखना चाहती थीं, जो उनके रूप का शृंगार कर सके, उसके उस रूप को अपने निकट नहीं देखना चाहती थीं, जो प्रत्येक पुरुष की दृष्टि को रानी सुदेष्णा के मुख मंडल से हटा कर अपनी ओर खींच ले। वे उसकी उस बुद्धि को तो अपनी सेवा में देखना चाहती थीं जो उनके सौन्दर्यवर्द्धन के लिए युक्तियाँ सोच सके; उसकी उस तर्क शक्ति को अपने निकट देखना नहीं चाहती थीं, जो उनकी अपनी उक्तियों के आत्मविरोधी तत्त्वों को रेखांकित कर उनकी दृष्टि के सम्मुख रख दे। ... पर वे क्या कर सकती थीं, इस सैरंध्री की कला इन अंगुलियों के

बिना उन्हें नहीं मिल सकती थी; और ये अंगुलियाँ इस सुंदर और आकर्षक शरीर के बिना उपलब्ध नहीं हो सकती थीं। और यह शरीर यहाँ रहेगा तो उसमें निवास करनेवाली बुद्धि भी यहीं रहेगी ...

"ठीक कहती हो सैरंध्री !" सुदेष्णा ने उत्तर दिया, "रानी तो पूरे राज्य की ही होती है; और वह मैं हूँ। स्थिति में अंतर केवल इतना है कि प्रासाद में हमारे वे अंगरक्षक हैं, जो महाराज के प्रति निष्ठावान हैं, और मार्गों और पथों पर वे सैनिक हैं, जो सेनापति की वाहिनियों के अंग हैं और वे केवल सेनापति का भय मानते हैं। जब वे राजा का ही भय नहीं मानते, तो रानी की आज्ञा क्या मानेंगे।"

इस बार सैरंध्री चल कर रानी के निकट आ गई। उनके पास भूमि पर बैठ गई और धीरे से बोली, "महारानी ! राज्य तो यहाँ भी महाराज का है, और पूरे मत्स्यदेश में भी। यहाँ भी उनके ही सैनिक हैं और पूरे देश में भी। फिर भी आप यहीं मेरी रक्षा कर सकती हैं, अन्यत्र नहीं। क्यों ? सैनिक यहाँ भी राजा के हैं और पूरे मत्स्यदेश में भी। राजा भी पुरुष हैं, आपके सेनापति भी और सैनिक भी। फिर भी आप यहीं मेरी रक्षा कर सकती हैं, विराटनगर के मार्गों पर नहीं, पथ-वीथियों में नहीं। क्यों ?"

"कहा न ! यहाँ हमारे निष्ठावान सैनिक हैं।"

"यदि ये सैनिक भी सेनापति के प्रति निष्ठावान होते तो ?"

"तो कदाचित् मैं यहाँ भी तुम्हारी रक्षा नहीं कर पाती।" रानी ने स्वीकार किया।

"रहते तो तब भी पुरुष ही, और आज भी वे पुरुष ही हैं।" सैरंध्री बोली ।

"पुरुष नहीं रहते तो क्या बृहन्नला हो जाते।" रानी को जैसे अपने ही वाक्य में रस मिला।

सैरंध्री को रानी का यह परिहास अच्छा नहीं लगा। बोली, "यह कौन है महारानी ?"

"दो तीन दिन पूर्व ही हमारे यहाँ एक नपुंसक आया है।"

"महारानी मेरे कहे से रुष्ट न हों तो कहूँ, कि आप उन पर तो कटाक्ष करतीं नहीं जो पुरुष हो कर भी क्लीव बने हुए हैं। बृहन्नला तो ईश्वर के आदेश का पालन कर रहा है।"

सैरंध्री का तेज रानी पर भारी पड़ रहा था, किंतु कह तो वह ठीक ही रही थी।

सैरंध्री ने भी रानी की अप्रसन्नता भाँप ली। बोली, "महारानी मैं तो केवल एक बात कहना चाह रही हूँ कि समाज इस प्रकार बँट कर नहीं चल सकता कि पुरुषों का राज्य है तो स्त्री असुरक्षित रहे और स्त्रियों का राज्य आए तो

पुरुष स्वयं को असुरक्षित पाए। प्रश्न पुरुषों और स्त्रियों का नहीं है। न ही प्रकृति की ओर से उनमें परस्पर किसी प्रकार का विरोध है। प्रकृति ने तो उन्हें एक प्रकार से एक-दूसरे का पूरक बनाया है। यदि वे एक-दूसरे को अपना शत्रु मानने लगें, तो कोई पत्नी अपने पति, और कोई पति अपनी पत्नी की निकटता में सुरक्षित नहीं रहेगा।"

"तो तुम समझती हो कि स्त्री अपने पति की ओर से सुरक्षित है ?"

"न होती तो उसका भोजन पकाते हुए उसमें विष डाल कर उसकी हत्या कर डालती।"

"चलो मान लेती हूँ कि स्त्री अपने पति के साथ अथवा उसके अधीन तो सुरक्षित है; किंतु वह पर-पुरुष से तो सुरक्षित नहीं है।"

"प्रश्न स्त्री और पुरुष का तो है ही नहीं महारानी ! प्रश्न तो न्यायी और अन्यायी का है। जिसके निकट पर-स्त्री सुरक्षित नहीं है, उसकी रक्षा में तो अपनी पत्नी भी सुरक्षित नहीं है। जो स्त्री, पर-पुरुष को लूट सकती है, उसकी निकटता में उसके अपने पति का धन भी सुरक्षित नहीं है। मैं तो सैनिकों को भी अच्छा और बुरा नहीं कहना चाहती। वे ही सैनिक किसी न्यायी व्यक्ति के अधीन कार्य करते हैं तो प्रजा के रक्षक बन जाते हैं और जब वे ही किसी दुष्ट की आज्ञा के अधीन होते हैं तो राक्षस हो जाते हैं।"

"कहती तो तुम ठीक हो सैरंध्री।" रानी ने कहा, "मुझे लगता है कि हमारे सेनापति ने ही अपना धर्म त्याग दिया है।"

रानी कह तो गई, किंतु शब्दों के मुख से निकलते ही, वे सजग हो गईं। वे अपने भाई के विषय में क्या कह गईं। उसी के कारण तो वे राजा के सम्मुख भी झुकने को बाध्य नहीं हैं। उसी के कारण तो उनका यह वर्चस्व बना हुआ है, और वे उसी के विषय में कह रही हैं कि वह धर्म को त्याग चुका है।...

पर अपने मन में कहीं वे यह भी मानती ही थीं कि कीचक अपनी मर्यादा का अतिक्रमण कर रहा है। ...किंतु एक सैरंध्री के सम्मुख यह स्वीकार करना ?... यह तो रानी को शोभा नहीं देता ...

"जिस राज्य का सेनापति धर्म त्याग दे और राजा उसके सम्मुख असहाय हो जाए, वहाँ तो न राजा सुरक्षित है, न रानी ! प्रजा का तो कहना ही क्या।"

सुदेष्णा सैरंध्री से तनिक भी सहमत नहीं थीं। वे यह कैसे मान लेतीं कि वे अपने भाई के अधिकार-क्षेत्र में सुरक्षित नहीं हैं। हाँ ! वे उसके सैनिकों से किसी की रक्षा नहीं कर पातीं, यह बात और है। पर ये सब उनकी अपनी पारिवारिक बातें थीं। इनके विषय में वे एक साधारण सैरंध्री से चर्चा करना नहीं चाहती थीं।

"तो फिर मेरी रक्षा कौन करेगा महारानी ?" सैरंध्री पूछ रही थी।

"मेरे अंगरक्षक तुम्हारी रक्षा करेंगे।" रानी ने उत्तर दिया।

"नहीं रानी ! रक्षा तो अंग-रक्षक भी नहीं करते। स्त्री हो या पुरुष, व्यक्ति हो या समाज। रक्षा तो बस धर्म ही करता है। इसीलिए कहा जाता है कि धर्म का तिरस्कार नहीं होना चाहिए, न राजा के द्वारा, न सेनापति के द्वारा। मेरी रक्षा भी मेरा धर्म ही करेगा; इसलिए आपसे मुझे यह वरदान चाहिए कि मुझे अपने धर्म पर चलने की पूर्ण स्वतंत्रता होगी।"

"अवश्य।" रानी उत्साहपूर्वक बोलीं।

"उसके लिए मुझे आपका आश्वासन चाहिए।"

"कैसा आश्वासन सैरंध्री ?"

"आप मुझे अपने सिवाय और किसी की सेवा में नहीं भेजेंगी; और मैं अपनी इच्छानुसार अवगुंठनवती रह सकूँगी।" सैरंध्री बोली, "मेरी कला का सम्मान होगा, अतः मुझे एक कलाकार की प्रतिष्ठा मिलेगी, दासी का स्थान नहीं। न मुझे किसी का उच्छिष्ट भोजन छूना पड़ेगा, न किसी के चरण।"

रानी को लगा, सैरंध्री की इन दो बातों में कुछ भी अनुचित नहीं है। यदि वह यह आश्वासन स्वयं ही न माँगती तो भी रानी उसे अपनी निजी सैरंध्री ही नियुक्त करना चाहती थीं। वे नहीं चाहती थीं कि किसी और का भी उतना सुंदर शृंगार हो, जितना रानी सुदेष्णा का। अवगुंठनवाला वचन भी ठीक ही तो है कि उसका अद्भुत रूप सबके सामने नहीं आना चाहिए। ...इस रूप को देख कर तो किसी भी पुरुष का मन अनियंत्रित हो सकता है। सैरंध्री तो सैरंध्री, स्वयं रानी भी किसी का विश्वास नहीं कर सकतीं। उन्हें तो सबसे अधिक आशंका स्वयं मत्स्यराज की ओर से ही थी। यदि राजा को ही सैरंध्री भा गई तो सुदेष्णा का आश्वासन क्या कर लेगा और सैरंध्री का धर्म ही क्या कर लेगा। ...

रानी ने अपने सिर को एक झटका दिया। वे एक साधारण स्त्री के समान क्या सोचने लगीं। क्या विराट ने आज तक कभी पर-स्त्री के प्रति इस प्रकार की लिप्सा प्रकट की है ?...

किंतु रानी का मन जैसे अपने ही तर्कों के विरुद्ध व्यूहबद्ध हो रहा था. "नहीं ! महाराज ने आज तक तो इस प्रकार की प्रवृत्ति नहीं दिखाई; किंतु आज तक उनके सामने इतनी रूपवती स्त्री भी तो नहीं आई। यह सैरंध्री क्या कोई साधारण स्त्री है ?"

यदि सैरंध्री को अपने प्रासाद में अपने निकट रखने में इतना ही संकट था तो सुदेष्णा इस प्रकार का संकट मोल ही क्यों ले रही थीं? उन्हें इसी क्षण सैरंध्री को यहाँ से विदा कर देना चाहिए था...

पर नहीं ! सुदेष्णा के मन में एक रूपगर्विता नारी भी बैठी थी। वह यह विचार भी कैसे सहन कर सकती थी कि उस सैरंध्री को यहाँ से चुपचाप विदा

कर दिया जाए, जो उनके रूप को आज भी नवयौवनाओं के रूप से अधिक आकषर्क बना सकती थी। उसे विदा करने का अर्थ था, रानी सुदेष्णा के सौन्दर्य को विदा कर देना। सुदेष्णा के नारीसुलभ आकर्षण को समाप्त कर देना ... सुदेष्णा अपने प्राण दे सकती थी; किंतु अपने रूप के प्रति यह मोह नहीं छोड़ सकती थी ...

"ठीक है सैरंध्री ! मुझे तुम्हारी दोनों बातें स्वीकार हैं। तुम केवल मेरी सेवा में रहोगी, और जिस स्त्री अथवा पुरुष के सम्मुख तुम नहीं आना चाहोगी, उसके लिए तुम्हें कोई भी बाध्य नहीं करेगा। तुम न किसी के चरण छूओगी, न किसी का उच्छिष्ट भोजन !"

39

समंग का पुत्र, अपनी पत्नी और बच्चों के साथ, उनसे मिलने के लिए द्वैतवन में आया था।

समंग चकित था कि जिस पुत्र ने कभी उनका समाचार भी जानना नहीं चाहा, जो सदा इस बात से भयभीत रहा कि कहीं वे लोग उससे चिपक ही न जाएँ, वे लोग हस्तिनापुर गए तो उसने माता-पिता को अपने घर में ठहराना तक स्वीकार नहीं किया; वह पुत्र अपनी पत्नी के साथ, हस्तिनापुर से यहाँ तक की यात्रा कर, उनसे भेंट करने अब स्वयं आया है। इतने लंबे समय के पश्चात् अब ऐसा क्या हो गया कि उसे माता-पिता के प्रति अपना कर्तव्य स्मरण हो आया ?

चपला पिछला सब कुछ भूल चुकी थी। वह तो बस इतना ही देख रही थी कि एक लंबे अंतराल के पश्चात् उसका पुत्र अपनी पत्नी और बच्चों को लेकर उनके द्वार पर आया था। अब वह उनसे मन भर कर बातें कर सकती थी। अपनी इच्छा के अनुसार, अपना मनभावन पका कर उनको खिला सकती थी। बच्चों के साथ खेल सकती थी। उन्हें गोद में खेला सकती थी। बच्चे उसके कुटीर के आस-पास खेल रहे थे। किलकारियाँ मार रहे थे। उन्हें हस्तिनापुर में शायद पैर फैलाने का भी स्थान नहीं मिलता था और यहाँ वे लोग मन भर कर जहाँ तक चाहें दौड़ सकते थे। वृक्षों पर चढ़ सकते थे। उनकी शाखाओं पर झूल सकते थे। कितने प्रसन्न थे वे लोग। लगता था कि पिंजरे में बंद पक्षियों को जैसे पहली बार खुला आकाश मिला था। वे अपने पंख फैलाकर उड़ सकते थे; और उड़ना तो उन्हें अच्छा लग ही रहा था।

चपला बच्चों के साथ खेल रही थी। बहू कुछ पकाने के लिए चूल्हे के पास चली गई थी, तब पुत्र समंग के पास आ बैठा।

"बाबा ! आप प्रसन्न तो हैं ?"

समंग की इच्छा हुई कि पूछे कि आज पुत्र को उसकी प्रसन्नता की चिंता क्यों हो रही है; किंतु उसने पूछा नहीं। बोला, "पुत्र ! इस अवस्था में, इन परिस्थितियों में, जितना प्रसन्न कोई हो सकता है, उतने प्रसन्न हम हैं।" उसने जानबूझ कर 'मैं' के स्थान पर 'हम' का प्रयोग किया था।

"अब आपका मन नहीं होता कि आप हस्तिनापुर में आकर रहें ? आपको हस्तिनापुर की राजकीय गोशाला में काम करने का अवसर मिले ?"

पहले समंग को लगा था कि शायद पुत्र यह कहनेवाला है कि वे हस्तिनापुर में आकर उसके साथ रहें, अपनी पुत्रवधू और बच्चों के साथ रहें। उन्हें सेवा का अवसर दें। ...किंतु नहीं। उसने तो बड़ी चतुराई से स्पष्ट कर दिया था कि वह ऐसा कोई सपना न पाले। वह हस्तिनापुर में आए तो राजकीय गोशाला में काम करने का विचार लेकर आए।

"नहीं। क्या करना है वहाँ आकर। बहुत देख लिया मैंने हस्तिनापुर। वहाँ मेरा दम घुटता है।" समंग बोला, "तुम्हें अच्छा लगता है, तुम लोग वहाँ रहो।"

"अंगराज कर्ण आपको बहुत स्मरण करते हैं।" पुत्र ने धीरे से कहा, "उन्होंने आपको प्रणाम कहा है।"

समंग कुछ नहीं बोला।

"आपको प्रसन्नता नहीं हुई बाबा ?"

"नहीं। किंचित् आश्चर्य अवश्य हुआ।" समंग कुछ रुका, "और मुझे लगता है कि यह मेरे भय का कारण अवश्य हो सकता है।"

"क्यों ?" पुत्र ने कुछ इस प्रकार पूछा, जिससे स्पष्ट था कि उसे समंग का यह भाव अच्छा नहीं लगा।

"प्रसन्नता इसलिए नहीं हुई कि दुष्ट व्यक्ति जब किसी को स्मरण करता है, तो किसी दुर्गुण के कारण ही करता है। मेरे किसी गुण का तो उसने स्मरण किया नहीं होगा।" समंग बोला, "आश्चर्य इसलिए हुआ कि जब मैं हस्तिनापुर गया था और रहने के लिए कोई ठिकाना ढूँढ़ रहा था, तो न कर्ण को मुझपर दया आई, न दुर्योधन को; और न तुझको। तब मुझे अपनी विक्षिप्त पत्नी को लेकर, महामंत्री विदुर की शरण में जाना पड़ा था। और अब, जब मैं तुम सबको भूल कर, शांत, आश्वस्त, और संतुष्ट हो कर यहाँ जी रहा हूँ, तो अंगराज कर्ण को मेरा स्मरण क्यों हो आया ?"

"और यह आपके भय का कारण क्यों होगा ?"

"पहले भी जब कभी कर्ण ने मुझे स्मरण किया है, किसी शुभ काम के

लिए नहीं किया। सदा मुझसे कोई न कोई पाप ही करवाया है। अब वह फिर मुझे स्मरण कर रहा है, तो उसके मन में फिर कोई दूषित योजना ही होगी।"

"नहीं। ऐसी कोई बात नहीं है। वे कह रहे थे कि आप बहुत भले आदमी हैं, चतुर भी हैं, और कार्यकुशल भी। युवराज सोच रहे हैं कि ऐसे व्यक्ति को राजधानी में बुला लिया जाए।"

समंग ने दृष्टि उठा कर पुत्र की ओर कुछ इस प्रकार देखा कि पुत्र को पूछना पड़ा, "इस प्रकार क्यों देख रहे हैं ?"

"तुम कर्ण से मिलने गए थे ?"

"नहीं। उन्होंने ही मुझे बुलवाया था।"

समंग हँसा, "लगता है, उन लोगों को फिर से मेरी आवश्यकता है। पर पुत्र ! मुझे अब उनकी आवश्यकता नहीं। अब तुम यह मत कहना कि वे यदि मुझसे रुष्ट हो गए, तो मेरी चाकरी चली जाएगी।"

"वह तो जाएगी ही।" पुत्र बोला।

"मैं स्वयं भी उससे मुक्त होने की सोच रहा हूँ। बहुत कर ली चाकरी। अब जीवन के शेष समय में थोड़ा काम भी कर लेना चाहिए।"

"स्पष्ट कहिए बाबा।"

"इसमें स्पष्ट कहने को क्या है पुत्र ! चाकरी किसी दूसरे व्यक्ति द्वारा दिया हुआ काम होता है, जो हम आजीविका के लिए करते हैं; किंतु अपना काम तो अपने मन की मौज का होता है।"

"चाकरी चली गई तो आपकी आजीविका कैसे चलेगी ?" पुत्र के स्वर में जिज्ञासा से कहीं अधिक घबराहट थी, "कहीं आप मुझसे तो कोई अपेक्षा नहीं कर रहे हैं ? मैं तो स्वयं ही बड़ी कठिनाई से..."

"नहीं ! तुम चिंता मत करो। मेरे पास भगवान का दिया बहुत है। जिन लोगों के लिए धन की आवश्यकता थी, वे अब आत्मनिर्भर हो गए हैं। मेरा तात्पर्य है, तुम और तुम्हारी बहन। अब बचे, मैं और तुम्हारी माँ। हमारी आवश्यकताएँ ही कितनी हैं। चाहें तो उन्हें और भी कम कर सकते हैं। उन्हें पूरा करने के लिए तो यह वन ही बहुत है। उसके लिए दुर्योधन की चाकरी करने की क्या आवश्यकता है ? हस्तिनापुर जाने की आवश्यकता तो एकदम ही नहीं है।"

चपला बच्चों को उनकी माँ के पास छोड़ आई थी, ताकि वे भोजन कर लें। पिता और पुत्र में कोई गंभीर चर्चा छिड़ी देख चुपचाप उनके निकट बैठ गई।

"अंगराज पूछ रहे थे कि आपको कोई आभास है कि पांडव लोग अपने अज्ञातवास के लिए किस ओर गए होंगे ?" वह रुका, "वे लोग निश्चित रूप से अब वन में नहीं हैं, क्योंकि द्यूत की प्रतिज्ञा के अनुसार उन्हें एक वर्ष के

लिए मानव समाज में अज्ञात हो कर रहना है। पर यदि आपको किसी प्रकार की कोई सूचना हो कि वे लोग किस दिशा में गए हैं ... ?"

चपला ने अकबका कर अपने पुत्र की ओर देखा और फिर एक भीत दृष्टि अपने पति पर भी डाली। समंग शांत था। उसके मुख पर तनिक भी उत्तेजना नहीं थी। न ही वह कुछ बोला और न बोलने को तत्पर ही लगा।

"तो तू इस कुकर्म के लिए आया है हमारे पास।" चपला रोषपूर्वक बोली, "मैं भी कहूँ कि बेटे-बहू को इस प्रकार अकस्मात् ही माता-पिता कैसे स्मरण हो आए।"

"नहीं अम्मा ! ऐसी तो कोई बात नहीं है। वह तो मैंने ऐसे ही..."

"क्यों रुष्ट होती हो चपला।" समंग हँसा, "यह तो ऐसे ही।" उसने पुत्र की ओर देखा, "कोई भी काम ऐसे ही नहीं होता। तुम जिस लोभ में यहाँ तक आए हो, वह मेरी समझ में आ गया है; किंतु मैं तुम्हारी कोई सहायता नहीं कर सकता। और तुमको भी मेरा परामर्श यही है कि इस प्रकार के लोभ में मत पड़ो। इससे तुम्हारा कुछ भला नहीं होगा। निरीह मृगशावक को बाँध कर आखेटक के सम्मुख डाल देने से जो पुरस्कार मिलता है, वह रक्त से सना होता है और रक्त से सनी रोटी खाकर, किसी व्यक्ति की आत्मा स्वच्छ नहीं होती।"

"आप यहाँ वन में बैठे ऐसी बातें कर सकते हैं।" पुत्र का रोष कुछ मुखर हो गया, "किंतु मुझे तो अपने बच्चों का पालन-पोषण करना है।"

'अपने बच्चों का पालन-पोषण तो सबको ही करना होता है।" चपला बोली, "हमने भी किया था; किंतु उसके लिए ऐसे दूषित कृत्य करने की कोई आवश्यकता नहीं होती।"

"अच्छा, अब रहने भी दो अम्मा। नहीं तो मेरे मुँह से कुछ निकल जाएगा।"

समंग बड़े मधुर ढंग से हँसा, "जो कहने आए हो पुत्र ! कह लो। मुँह से निकल क्यों जाएगा, उसे सहज भाव से कहो। हम भी तो जानें कि तुम्हारे मन में क्या है।"

"मन में क्या होगा।" पुत्र बोला, "अम्मा कह रही है कि इन्होंने भी बच्चे पाले हैं। पर बच्चों को पालने, पालने में भी अंतर होता है। बच्चे पैदा कर वन में छोड़ दिए कि जाओ, वृक्षों से जूझो, गौवों से खेलो और वन में जो मिले, वह खा लो। घर आए तो गाय के दूध के साथ सूखी रोटी थमा दी। हमने तो कभी जाना ही नहीं कि अच्छा खाना क्या होता है। अच्छा घर क्या होता है। अच्छा कपड़ा क्या होता है। बच्चे कैसे पाले जाते हैं, यह देखना हो तो, आकर हस्तिनापुर में देखो। माता-पिता क्या-क्या देते हैं अपने बच्चों को।"

"हमने तुम्हें वन के शुद्ध और पवित्र फल खिलाए हैं पुत्र !" समंग बोला,

"अपने श्रम से कमाई रोटी खिलाई। अमृत सरीखा गाय का दूध पिलाया। इसलिए निर्धन होते हुए भी अभी तक तुम मनुष्य के समान काम कर अपने बच्चों का पोषण करने का प्रयत्न कर रहे हो। हस्तिनापुर के सम्राट् धृतराष्ट्र ने अपने पुत्र को पाप की रोटी खिलाई, इसलिए सब कुछ होते हुए भी वह अपने भाइयों की हत्या का प्रयत्न कर रहा है। तुम चाहते हो कि तुम भी धृतराष्ट्र के समान अपने पुत्रों को पाप की रोटी खिलाओ और वे बड़े हो कर दुर्योधन तथा उसके भाइयों के समान अपने ही कुल की वधू को सार्वजनिक रूप से निर्वस्त्र कर अपना मनोरंजन करें। अपने भाइयों के वध के षड्यंत्र रचें। जिन माता-पिता की प्रशंसा कर रहे हो कि उन्होंने अपने बच्चों का पालन-पोषण बहुत समृद्ध ढंग से किया, वे ही उत्तरदायी हैं अपने उन बच्चों को, व्यसनी, कामुक, लोभी, और विकृत मस्तिष्क लुटेरे बनाने के। मैं प्रभु का कृतज्ञ हूँ कि मेरी इच्छा होते हुए भी उसने मुझे अपने बच्चे हत्यारे नहीं बनाने दिए। तुम्हारे लिए भी मैं उससे यही प्रार्थना करता हूँ कि वह तुम्हें इतनी समृद्धि कभी न दे कि तुम अपने बच्चों के अपराधी और पापी बनने में सहायक हो सको।"

"निराश और आलसी लोगों का चिंतन है यह सब।" पुत्र बोला, "असफलता को गौरवान्वित करने का प्रयत्न है।"

"मैंने वह सफलता कभी नहीं चाही, जो मुझे ईश्वर विरोधी और पापी बनाती हो।" समंग शांत स्वर में बोला, "मेरी कामना है कि भगवान तुम्हें भी ऐसी सफलता कभी न दे।"

पुत्र का चेहरा क्रोध से रक्तिम हो उठा। लगा कि वह अपनी क्षमता से भी अधिक आत्मदमन कर रहा है; किंतु वह उसके लिए संभव नहीं हुआ। बोला, "आप मुझे बता सकते हैं कि आपको ऐसा सात्विक जीवन व्यतीत करने पर भी भगवान ने कंगाल क्यों बनाए रखा और उस दुर्योधन को अपार धन संपत्ति क्यों दी ?"

"भगवान के मन की तो भगवान ही जानें।" समंग बोला, "जो मेरी समझ में आता है, वह यह है कि स्वच्छ और सात्विक जीवनयापन के लिए जो कुछ आवश्यक था, वह सब ईश्वर ने मुझे दिया। वह इससे अधिक देता, तो मेरी समझ में नहीं आता कि मैं उसका क्या करूँ। वह मेरे लिए रोग हो जाता।"

"तो दुर्योधन को इतना क्यों दिया ?"

"उसको उसकी आवश्यकता थी।" समंग बोला, "मदिरा पीने के लिए, वेश्याओं पर लुटाने के लिए, लोगों की हत्याएँ करवाने के लिए, लाक्षागृह बनवाने के लिए, कौरव कुलवधू को निर्वस्त्र करवाने के लिए, अपने वैभव का प्रदर्शन कर अपने भाइयों को ईर्ष्या पीड़ित करने के लिए, उसे धन की आवश्यकता थी। ये सब तो वे कारण हैं पुत्र, जो हम साधारण लोगों तक को ज्ञात हो चुके हैं।

कौन जाने, और किन-किन कारणों से उसे धन की आवश्यकता थी। यह सब नहीं करना था, इसलिए ईश्वर ने मुझे धन नहीं दिया। अपनी नासमझी में मैंने बहुत बार चाहा भी; किंतु उसने मुझे धन नहीं दिया, कृपा कर जीवन पर पड़ा हुआ माया का आवरण थोड़ा सा हटा दिया। मेरे मन में उसके प्रति तनिक भी विरोध नहीं है। मैं उसका कृतज्ञ हूँ कि उसने मुझे वही दिया, जो मेरे हित में था। हठ करने पर भी वह नहीं दिया, जो मेरे हित में नहीं था। एक वत्सल पिता अपनी संतान को वह सब क्यों उपलब्ध कराएगा जो संतान के हित में नहीं है।''

चपला अत्यंत मुग्ध भाव से अपने पति को देख रही थी, जैसे वह उसकी अपेक्षा से भी कुछ सिद्ध हुआ हो।

''अब मेरी समझ में आया कि हस्तिनापुर के युवराज के संपर्क में रहते हुए भी, जीवन में भरपूर अवसर होते हुए भी, आप कभी भी उन्नति क्यों नहीं कर पाए।'' पुत्र उठ कर खड़ा हो गया।

वे दोनों बैठे, पुत्र को कुटीर में अपनी पत्नी के पास जाते हुए देखते रहे। जब विश्वास हो गया कि वह इतनी दूर निकल गया है कि उनकी बात उस तक नहीं पहुँचेगी तो चपला बोली, ''मैं तो डर रही थी कि कहीं तुम उन पाँच पुरुषों तथा एक स्त्री की चर्चा न कर बैठो, जो एक रात हमारे अतिथि रहे थे।''

''तुम मुझे एकदम ही मूर्ख समझती हो क्या।'' समंग बोला, ''वैसे मेरा मन अब भी यही कहता है कि वे पांडव नहीं थे। फिर भी इन हत्यारों की सहायता करने की हमें क्या पड़ी है।''

''आओ। अब भोजन कर लो।'' चपला उठ खड़ी हुई, ''बहू, बच्चों को खिला चुकी होगी।''

40

विराट बहुत देर तक सोने का प्रयत्न करते रहे; किंतु क्लांति का अनुभव होते हुए भी उनको नींद नहीं आ रही थी। मन में बार-बार प्रातः देखी हुई सैरंध्री की छवि साकार हो उठती थी। बहुत निकट से अथवा बहुत ध्यान से तो वे उसे देख भी नहीं पाए थे। रानी के पुकारने पर उसने एक बार आँखें उठा कर उस ओर देखा भर था; और विराट को लगा था कि वैसे नयन तो उन्होंने आज तक देखे ही नहीं थे, काव्य में पढ़े और कवियों के मुख से सुने अवश्य थे। आज तक तो वे यही समझते आए थे कि यह कवियों की कल्पना मात्र ही थी; किंतु

आज उन्होंने जाना था कि कवियों के उस वर्णन का आधार क्या था। वे नयन उनके वक्ष में जैसे गड़ से गए थे; और उनकी चुभन थी कि तीव्र से तीव्रतर होती जा रही थी। वे अपनी आँखें मूँद लेते, तो भी वे नयन, अदृश्य नहीं होते थे ...उनकी वे अधखुली पलकें, उनकी वे लंबी बरौनियाँ, जैसे किसी छायादार वृक्ष की कोई इंद्रधनुषी टहनी...

विराट ने करवट बदली, "सुदेष्णे ! तुम्हारी वह नई सैरंध्री कौन है ?"

सुदेष्णा ने कोई उत्तर नहीं दिया। विराट को लगा कि रानी सो गई हैं। तो ठीक है। सोई रानी को जगा कर एक दासी के विषय में जिज्ञासा प्रकट करने में कोई औचित्य भी नहीं था।...

सुदेष्णा ने राजा का प्रश्न सुना तो उन्हें लगा कि उनकी सारी आशंकाएँ सत्य सिद्ध होने जा रही थीं। पहली बार इस प्रकार की आशंका मन में उठी थी तो यही सोचा था कि यह साधारण प्राकृत नारी की आशंका मात्र थी। राजा विराट कोई परस्त्रीगामी लम्पट तो थे नहीं कि एक साधारण-सी दासी पर भी कुदृष्टि डालें। दासी भी वह नहीं, जो नृत्य कर अपने हाव-भाव से उनका मन मोहती हो, अपने गायन से उनके मन में रस की धार बहाती हो; अथवा मद्यपान कराकर उनके विवेक का हरण करती हो। यह तो सैरंध्री थी। केश-सज्जा का कार्य करती थी। जिस प्रसाधन सामग्री से दूसरों का रूप सँवारती थी, स्वयं उसी सामग्री की गंध में बसी, दूसरों के मन में अपने लिए, विकर्षण उत्पन्न करती थी। ...किंतु अब रानी की वही आशंका सत्य होने जा रही थी। अपनी शैया पर लेटे राजा अपनी रानी के विषय में नहीं सोच रहे थे, सैरंध्री का ध्यान कर रहे थे, तभी तो उसके विषय में पूछ रहे थे।

रानी ने आँखें खोल दी थीं, "क्यों ? क्या उसके बिना नींद नहीं आ रही ? बुलवाऊँ उसको कि महाराज आधी रात को अपनी शैया पर उसकी प्रतीक्षा कर रहे हैं।..."

राजा स्तब्ध रह गए ! जान गए कि उनके प्रश्न ने रानी की ईर्ष्या को असमय झँझोड़ दिया था। मन का वह स्वप्निल लोक कहीं तिरोहित हो गया। मुख का स्वाद कसैला हो गया।

"व्यर्थ बात का बतंगड़ मत बनाओ सुदेष्णे !" उन्होंने अपने स्वर को यथासंभव नियंत्रित रखा, "स्वामी को अधिकार है कि वह जानना चाहे कि उसके घर के भीतर काम करनेवाले लोग कौन हैं, और उनका आचरण कैसा है।"

रानी उठ कर बैठ गई, "अच्छा ! मुझे नहीं मालूम था कि दास-दासियों के आचरण तथा उनके चरित्र के विषय में राजा के गुप्तचर शोध नहीं करते, स्वयं राजा आधी रात के समय, अपने शयनकक्ष में अपनी रानी को निद्रा से जगा कर दासियों के विषय में चर्चा करते हैं ? किस दासी के अधरों में कितना

रस है और किसकी जंघाएँ कितनी मृदुल हैं ?..."

"रानी ! कुछ तो अपनी मर्यादा का ध्यान करो। एक साधारण से प्रश्न को यह रूप दे रही हो तुम ! यह सब कुछ कहा है मैंने तुमसे ?"

"मूर्ख नहीं हूँ मैं।" रानी का स्वर और भी कठोर हो गया, "कहा नहीं है, किंतु मन में तो तुम्हारे यही सब है। मैं जानती नहीं हूँ, पुरुषों को क्या ? जहाँ कोई सुंदर नारी मुख देखा, उसके शरीर के सपने देखने लगे।"

राजा स्वयं को नियंत्रित नहीं कर पाए, मन में सोई, सारी कटुता न केवल जाग उठी, वरन् जिह्वा पर भी आ गई, "कितने पुरुषों को जानती हो तुम ? और कैसे जानती हो ? मैंने तो एक दासी के विषय में मात्र जानना चाहा कि वह कौन है। रूप-रंग से वह दासी-कर्म करनेवाली लगती नहीं। उसका परिवार कहाँ है ? वह दासी-कर्म के लिए बाध्य क्यों है ?... इन जिज्ञासाओं के शमन के लिए तुमसे सहज भाव से पूछ लिया तो तुम नागिन के समान फुफकारने लगीं; और स्वयं अपने ही मुख से स्वीकार कर रही हो कि तुम पुरुषों को अच्छी तरह जानती हो। कितने पुरुषों को जानती हो तुम ?"

"पुरुषों को नहीं जानती तो क्या, पुरुष मन को तो जानती हूँ।" रानी बोली।

"तन को तो दूर से भी जाना जा सकता है, मन को जानने के लिए तो बहुत निकट जाना पड़ता है।" राजा का स्वर और भी कटु हो गया, "तुम तो सारे ही पुरुषों के मन को भी जान गईं। कितने पुरुषों के निकट रही हो तुम ?"

"अपने चरित्र की रक्षा नहीं कर पाए तो अब अपनी ही पत्नी के चरित्र पर लांछन लगाने लगे। लज्जा नहीं आती तुम्हें ?" रानी की आँखों में क्षोभ से अश्रु आ गए थे।

"हाँ ! मैं ही अपनी पत्नी के चरित्र का हनन कर रहा था; तुम तो अपने पति के चरित्र का बहुत बखान कर रही थीं।" राजा बोले, "एक दासी में आसक्ति बता रही थीं। संसार के सारे पुरुषों को अपने भाई के समान परस्त्रीगामी और लंपट समझती हो ?"

सुदेष्णा जैसे विक्षिप्त हो उठी, "भाई पर वश नहीं चलता तो उसकी बहन को उपालंभ दे रहे हो। इतना ही पौरुष है तो मेरे भाई को, अपने राज्य से निष्कासित क्यों नहीं कर देते ? क्यों उसे सेनापति बना रखा है ? क्यों उसकी हर बात को चुपचाप मान लेते हो ? उसके सामने तो मस्तक तक ऊपर नहीं उठता और मुझे ऐसी कड़वी बातें सुना रहे हो। मैंने उसे एक बार बता दिया कि तुम मुझसे ऐसी बातें कहते हो; अथवा उसे पता चल गया कि मैं तुम्हारे हाथों दुखी हूँ, तो कर लेना मत्स्यदेश पर राज्य और बैठ लेना विराटनगर के

सिंहासन पर।"

राजा को लगा कि उनका मस्तक जैसे अपने स्थान पर नहीं है। अब वे स्वयं को और रोक नहीं पाएँगे। यह स्त्री तो उनको विक्षिप्त कर देगी।

"तो जाओ। बुला लाओ उसको। ले आए अपना खड्ग वह और कर दे मेरा वध। उसके पश्चात् चाहे तुम सिंहासन पर बैठ जाना अथवा उसी को बैठा देना, ताकि इस मत्स्यदेश में न किसी का धन सुरक्षित रह पाए, न किसी की स्त्री; न किसी का मान, न मर्यादा। पाप के पारावार में डुबो देना इस सारे राज्य को।"

सुदेष्णा की आँखों से जैसे चिंगारियाँ फूटीं, "इस भ्रम में मत रहना कि मैं तुम्हारी ऐसी बातों से डर जाऊँगी। मत्स्यों का राज्य रहे न रहे, मैं इस घर में अपनी सपत्नी का स्वागत नहीं करूँगी। अपनी पहली पत्नी की मृत्यु के पश्चात् जब तुमने मुझसे विवाह करने की इच्छा प्रकट की थी तो मेरे पिता को वचन दिया था कि यदि मैं तुम्हें एक भी संतान दे पाई तो तुम दूसरा विवाह नहीं करोगे।"

"तो राजप्रासाद में कार्य करनेवाली दासी के विषय में जिज्ञासा मात्र का अर्थ होता है, उससे विवाह करना ?" राजा ने पूछा।

"और यदि बिना विवाह के ही उसे प्राप्त करना चाहोगे तो मैं वह भी नहीं होने दूँगी।" रानी बोली, "और यह भी बता दूँ तुम्हें ! वह विवाहिता है, और अपने पति की अनुरागिनी है। उसका पति यहाँ नहीं है। इस समय वह कष्ट में है, इसलिए उसने इस रूप में यहाँ आश्रय लिया है। वह इस समय अकेली अवश्य है; किंतु असहाय नहीं है। अपने आप में ही बहुत दुर्धर्ष स्त्री है। कोई पुरुष उसे बलात् प्राप्त करने का प्रयत्न करेगा, तो उसका पति तो कुछ करे न करे,सैरंध्री की कृपा के आकांक्षी अनेक अन्य पुरुष ही ईर्ष्यावश उसकी हत्या कर देंगे। उसकी रूप-ज्वाला से झुलसनेवाले तुम अकेले ही नहीं हो।"

"हाँ ! समझ गया तुम्हारी धमकी। यदि उसकी ओर हाथ बढ़ाऊँगा तो अपने भाई से मेरी हत्या करवा देना, और कह देना कि सैरंध्री के किसी प्रेमी ने मेरी हत्या कर दी है। वह यदि नहीं भी कहती, तो तुम ही प्रचारित कर दो कि अज्ञात गंधर्व अथवा यक्ष लोग उसकी रक्षा करते हैं। यदि कोई पुरुष उस पर कुदृष्टि डालेगा, तो उसकी उसी रात को हत्या हो जाएगी। ..."

रानी ने कुछ नहीं कहा। वह मन ही मन सोचती रही। राजा का क्रोध में दिया गया यह सुझाव पर्याप्त उपयोगी हो सकता था। सैरंध्री ऐसी स्त्री नहीं थी, जिसे पुरुष की दृष्टि से बचा कर रखा जा सके। ऐसे में उसकी रक्षा भी आवश्यक है और अन्य स्त्रियों के सौभाग्य की भी। राजा के प्रस्ताव के ही अनुसार यदि यह प्रचारित कर दिया जाए कि उसके पति की अनुपस्थिति में, उसके अनेक मित्र जो बहुत बलवान गंधर्व और यक्ष हैं, सैरंध्री की रक्षा करते हैं, तो स्थिति

नियंत्रण में रहेगी। यक्ष-रक्षिता की ओर हाथ बढ़ाने का साहस कौन करेगा।... अन्यथा जिस प्रकार की कलह आज उनमें हुई है, वैसी ही कलह विराटनगर के घर-घर में हो सकती है।...

विराट ने देखा रानी शायद शांत हो गई थी। संधि की संभावना देख कर बोले, "तुम्हें इस प्रकार का तनिक भी संदेह है, तो कल ही उस सैरंध्री को यहाँ से विदा कर दो। ऐसी स्त्री का परिवार में रहना उचित नहीं है, जिसके कारण पति और पत्नी में कलह होती हो।"

रानी अपने मन में बहुत अच्छी तरह जानती थी कि यह संभव नहीं था। सैरंध्री को विदा करने का अर्थ था, स्वयं सुदेष्णा के यौवन, रूप तथा सौन्दर्य को विदा कर देना। और यह सुदेष्णा कभी नहीं होने देगी। यौवन और सौन्दर्य का महत्त्व वह पहले भी जानती थी; किंतु अब सैरंध्री को देख कर वह उसका महत्त्व और भी अच्छी तरह जान गई थी। यदि विधाता ने उसे नारी का जन्म दिया है, तो वह इस संसार में सौन्दर्य-विहीन हो कर नहीं रहेगी। राजा से संधि हो अथवा कलह, प्रेम हो अथवा द्वेष, वह सैरंध्री को नहीं छोड़ सकती।

"तुमने मेरी बात सुनी या नहीं ?" राजा ने पूछा।

"सुन भी ली और समझ भी ली; किंतु मैं उसे मानने को बाध्य नहीं हूँ।" सुदेष्णा ने कठोर स्वर में कहा, "अब तुम भी मेरी बात सुन लो। यदि मैं यहाँ रहूँगी तो सैरंध्री भी यहीं रहेगी। सैरंध्री को निकालना चाहते हो तो मुझे भी निकालना होगा।" रानी ने विराट की आँखों में देखा, "और मुझे निकालने का साहस हो तो आदेश देकर देखो।"

इस बार राजा ने क्रोध नहीं किया। शांत स्वर में बोले, "क्यों एक दासी से इतनी ममता क्यों है तुम्हें ?"

"प्रश्न ममता का नहीं है। प्रश्न है अधिकार का। यदि मैं अपनी इच्छा से एक दासी को भी अपने पास नहीं रख सकती तो रानी होने का पाखंड क्यों पालूँ। इतना अधिकार तो साधारण घर की स्त्रियों को भी होता है कि वे अपनी सहायता के लिए अपनी इच्छा से दासियाँ रख सकें।" रानी का स्वर तनिक भी कोमल नहीं हुआ था।

"तुम्हें कौन-सा अधिकार प्राप्त नहीं है यहाँ ?" राजा ने धीर स्वर में कहा, "तुम चाहो तो अपने लिए दासियों की सेना रख सकती हो, किंतु इस सैरंध्री के कारण ...।"

"सैरंध्री कहीं नहीं जाएगी। वह यहीं रहेगी। तुम्हें ही अपने आपको संयत रखना पड़ेगा। नहीं तो स्मरण रहे, उसके पति के कुछ गंधर्व और यक्ष मित्र उसकी रक्षा करते हैं, और वे सैरंध्री की ओर ताकनेवाले पुरुष की हत्या भी कर सकते हैं।"

"समझ गया मैं।" राजा बोले।

राजा को नींद फिर भी नहीं आई।... किंतु इस बार उनके ध्यान में सैरंध्री अथवा उसके सुंदर कजरारे नयन नहीं थे; इस बार स्वयं रानी सुदेष्णा उनको आक्रांत किए हुए थी। ... यह उनकी पत्नी थी। उनके बच्चों की माता। और वह उनको हत्या की धमकी दे रही थी। वह उनकी हत्या करवा भी सकती थी। वे कीचक को तो पहले से ही जानते थे, आज उसकी बहन को भी जान गए थे। अपने स्वार्थ के लिए ये भाई-बहन किसी भी मनुष्य अथवा मर्यादा की हत्या कर सकते थे।

"इसी दांपत्य जीवन की कामना करता है मनुष्य ? इस सुख के लिए तड़पता है ? यह घर है ? परिवार है ?..." राजा उठ बैठे ।

"क्यों, काम बाधित हुआ तो वैराग्य जाग उठा ?" रानी की वाणी में भी व्यंग्य था और दृष्टि में भी।

वहाँ ठहरना राजा के लिए संभव नहीं रहा। वे उठ कर बाहर चले आए।

रानी ने उनको उठ कर बाहर जाते देखा और एक 'उंह' के साथ करवट बदल ली।

विराट बारजे के एक सिरे से दूसरे सिरे तक अपने आपको ठेलते रहे और सोचते रहे ...सैरंध्री से भी वे और किस सुख की कामना कर सकते हैं। वह तो पर-स्त्री है, और अब सुदेष्णा ने यह भी बता दिया है कि वह विवाहिता है। ... यह तो उन्हें पहले ही सोचना चाहिए था, उसकी अवस्था ऐसी नहीं है कि इस वय तक वह अविवाहिता रहे। उसे अकेली जान कर ही उन्होंने मान लिया कि वह अविवाहिता होगी। उनका वह मानना ही भूल थी।... और यह सुदेष्णा... पति को हत्या की धमकी दे रही है। मनुष्य अपनी रक्षा का प्रबंध करता है। सैनिक रखता है। अंगरक्षक रखता है। दंडधर रखता है। बाहर से संभावित सारे आक्रमणों से अपनी रक्षा के लिए, घर के सारे कपाट बंद कर देता है ...किस लिए ? जबकि उन कपाटों के भीतर उसके साथ रहनेवाले लोग ही उसके हितैषी नहीं हैं। उसकी अपनी पत्नी ही उसकी हत्या कर सकती है। ... किस माया मोह में भ्रमित घूम रहा है मनुष्य ?

सहसा विराट का मन एक नई ही दिशा में चल पड़ा ... क्या सत्य ही इस सैरंध्री की ओर हाथ बढ़ानेवाला पुरुष उसके अज्ञात ईर्ष्यालु प्रेमियों के हाथों मारा जाएगा ? सैरंध्री इतनी सुंदर है कि वह बिना रक्षकों के सुरक्षित रह ही नहीं सकती। विराट जैसे प्रौढ़ तथा संतुलित व्यक्ति का मन भी यदि उसकी ओर आकृष्ट ही नहीं हुआ, उसमें आसक्त भी हो गया, तो साधारण जन की बात ही क्या है। अवश्य ही उसके रक्षक होंगे। किंतु वे अदृश्य क्यों हैं ? उसका पति कहाँ है ? ... और फिर सुदेष्णा उस पर इतनी मुग्ध क्यों है कि अपने पति

को त्याग सकती है, सैरंध्री को त्याग नहीं सकती ? ... सैरंध्री का रहस्य उनकी समझ में नहीं आ रहा था।...

41

सैरंध्री राजप्रासाद के मुख्य भवन से बाहर निकल कर राजा के निजी उद्यान क्षेत्र में आई ही थी कि किसी पुरुष स्वर ने पुकारा, "कहाँ जा रही हो हला ! हमारी ओर देखती भी नहीं हो।"

सैरंध्री ने ठिठककर उधर देखा : किसने ऐसा साहस किया है ? वह अभी पहले दिन के सैनिकों के उच्छृंखल व्यवहार को ही नहीं भूल पाई थी।...वह तो फिर नगर का सार्वजनिक पथ था; यह तो स्वयं राजा का आवास था, अंतःपुर का ही अंग माना जानेवाला उद्यान ... तो यहाँ कौन ऐसा दुस्साहस कर सकता है ?

सामने से पुरुषों के समान असाधारण रूप से लंबी और बलिष्ठ एक स्त्री आ रही थी।...किंतु पुकारनेवाला तो कोई पुरुष स्वर था, और यहाँ कोई पुरुष दिखाई नहीं दे रहा था। किसी ने ठिठोली तो की थी, किंतु वह सामने आने का साहस नहीं कर रहा था।...

सैरंध्री जाने के लिए मुड़ी।

"एक क्षण भी नहीं रुकोगी ?" उसी पुरुष स्वर ने पुनः पुकारा।

इस बार उसे कोई भ्रम नहीं हुआ। सैरंध्री ने स्पष्ट पहचाना : यह पुरुष कंठ उसी असाधारण रूप से लंबी स्त्री का ही था। उसने ध्यान से देखा... यह और कोई नहीं, स्वयं बृहन्नला था।

सैरंध्री की विचित्र स्थिति थी। उसे लग रहा था कि उसके मन में एक क्षण के लिए जो उल्लास कौंधा था, वह अगले ही क्षण अवसाद का रूप धारण कर चुका था। अपने प्रिय को सम्मुख देख, जो प्रसन्नता का अनुभव हुआ था, वह उसका वेश देख कर विलीन हो गया था। वीरवर अर्जुन और नपुंसक के वेश में ! वेश में ? नहीं यह मात्र वेश नहीं था। रूप ही नपुंसक का था। ... अर्जुन ने यदि नपुंसक का वेश मात्र धारण किया होता, तो संभवतः सैरंध्री का उससे कुछ मनोरंजन ही होता; किंतु यह रूप तो उसके मन में पीड़ा जगा रहा था। ...

"कैसी हो सखि !" बृहन्नला ने निकट आकर पूछा।

सैरंध्री के मुख से शब्द नहीं फूटा : वह जैसे अपने कंठ में सिसकी दबाए,

बृहन्नला की ओर देखती रही। उसकी आँखों में अश्रु उमड़ आए थे।

बृहन्नला ने मुस्कराकर उसकी ओर देखा, "इस रूप को देख कर दुखी हो रही हो सखि ! बाह्य रूप तो सब माया है, वह सत्य नहीं है। कृष्ण कहते हैं न कि असत् की सत्ता नहीं है, और सत् का अभाव नहीं है।"

"कृष्ण की बात तो वे ही जानें।" सैरंध्री धीरे से बोली, "मैं तो एक ही बात जानती हूँ कि असाधारण पौरुष से युक्त मेरा प्रिय इस समय एक नपुंसक के रूप में मेरे सम्मुख खड़ा है।"

"जो वैजयंत की राजसभा की सर्वश्रेष्ठ अप्सरा उर्वशी पर न रीझे, वह नपुंसक ही तो है।" बृहन्नला हँसा और फिर उसने सावधान हो कर इधर-उधर देखा।

"वही तो सर्वश्रेष्ठ पौरुष है; और नहीं तो लंपटता का नाम पौरुष है क्या ?"

"उसे छोड़ो देवि ! ग्रंथिक और तंतिपाल का कोई समाचार है क्या ?"

"नहीं। अभी तक तो कोई समाचार नहीं है।" सैरंध्री बोली, "रानी को मेरी कला कुछ इतनी भा गई है कि मुझे तनिक भी अवकाश नहीं देतीं। कहीं आ जा ही नहीं पाई।"

"तुमने उनका रूप निखार भी तो ऐसा दिया है कि तुम्हारे बिना अब वे रह ही नहीं पाएँगी। नारी को भगवान ने बनाया ही कुछ ऐसा है कि वह प्राण चाहे त्याग दे, अपना रूप त्यागना नहीं चाहेगी।"

"मुझे पुरुष और नारी के इस झगड़े में मत उलझाओ।" सैरंध्री बोली, "मुझे यह बताओ कि अंतःपुर में तुम्हारा निर्वाह कैसा हो रहा है ? वहाँ तुम्हें नपुंसक मान कर कोई तुम्हारा अपमान तो नहीं करता ?"

"वहाँ कोई मैं ही तो अकेला नपुंसक नहीं हूँ।" बृहन्नला ने कहा, "राजपरिवार तो भरा पड़ा है नपुंसकों से।"

"मैं इस शब्द के आलंकारिक प्रयोग की बात नहीं कर रही।" सैरंध्री बोली, "मैं शरीर के रूपाकार की बात कर रही हूँ।"

"हाँ ! कुछ लोगों ने आरंभ में कुछ वितृष्णा दिखाई थी।" बृहन्नला ने कहा, "किंतु उनमें राजपरिवार के लोग कम थे, सेवक लोग ही अधिक थे। बाद में तो वह भी नहीं रहा।"

"राजकुमारी तुम्हारा सम्मान करती है ?"

"राजकुमारी ! वह तो बेचारी कुछ अधिक ही सम्मान करती है, अपने इस कलाकार गुरु का।" बृहन्नला ने कहा, "वह कुछ इतना आत्मीय व्यवहार करती है कि मुझे भय है कि जिस दिन उसे यह पता चलेगा कि मैं वह नहीं हूँ, जो वह मुझे समझती है, तो उसे बहुत कष्ट होगा।"

बहुत ध्यान है उसके कष्ट का ?"

"क्यों नहीं होगा।"

सैरंध्री चुपचाप उसे निरखती रही। फिर धीरे से बोली, "कहीं वह मन को भा तो नहीं गई रसिकराज ! उत्तरा सुंदर है, सुशील है। अब तुम कह रहे हो कि तुम्हारा सम्मान भी बहुत करती है।"

"सम्मान ही नहीं करती, बहुत स्नेह भी करती है।" बृहन्नला ने कहा, "तुम तो यह समझो सैरंध्री ! कि भगवान मुझे बता रहे हैं कि पुत्री का स्नेह क्या होता है; और सम्मान क्या होता है। हमारी कोई पुत्री है नहीं न, इसलिए ...।"

"सखि बृहन्नले ! नपुंसकों की संतान नहीं होती।" सैरंध्री ने बहुत सावधानी से कहा, "पुत्र क्या और पुत्री क्या।"

उसने बृहन्नला को ही सावधान नहीं कर दिया था, वह स्वयं भी सावधान हो गई थी। वह तो उत्तरा को लेकर बृहन्नला से विनोद करने जा रही थी; किंतु उसने उसके प्रति पुत्री का भाव जता दिया था। पता नहीं, पुत्री का स्नेह, प्रत्येक पिता को विह्वल करता था, अथवा केवल उनको जिनकी अपनी पुत्रियाँ नहीं होतीं। ...

"यह मैंने क्या सुना है, तुम्हारे विषय में ?" बृहन्नला ने अपने स्वर को बहुत ही दबा कर पूछा।

"क्या सुना है ?"

"कि तुम्हारा पति कहीं परदेस गया है। तुम्हें तुम्हारे श्वसुर ने घर से निकाल दिया है ..."

"तो इसमें मिथ्या क्या है ?" सैरंध्री बोली, "तुम पाँचों भाई परदेस में नहीं हो क्या ? और धृतराष्ट्र ने मुझे अपने नगर से निष्कासित नहीं किया है क्या ? अब तुम लोग परदेस से लौटोगे, तो ही यह निश्चय होगा कि मैं अपने नगर में, अपने घर में रह सकती हूँ या नहीं।..."

"वह सब तो सत्य ही है।" बृहन्नला ने कहा, "किंतु उसके साथ-साथ यह भी प्रचारित हो रहा है कि तुम्हारे पति के पाञ्च गंधर्व मित्र अदृश्य रह कर तुम्हारी रक्षा कर रहे हैं ..."

"यह सब तो मैंने कहा नहीं।" सैरंध्री बोली, "कहने को तो मैं यह भी कह सकती थी कि मेरे पाँच गंधर्व पति अदृश्य रह कर मेरी रक्षा कर रहे हैं। ..."

"अच्छा हुआ, तुमने यह नहीं कहा।" बृहन्नला ने उत्तर दिया, "नहीं तो कोई भी तुमसे पूछ सकता था कि तुम्हारे पति अदृश्य रह कर तुम्हारी रक्षा क्यों कर रहे हैं, वे प्रकट क्यों नहीं होते ? तुम्हारे पाँच पति क्यों हैं ? क्या तुम पांचाली हो ? तुम्हारे पाँच पति हैं, और वे तुम्हारे समीप हैं, चाहे अदृश्य रूप से ही सही,

तो वे तुम्हारा भरण-पोषण क्यों नहीं करते ? तुम दासी कर्म करने को क्यों बाध्य हो ?..."

"हाँ ! यह तो बहुत अच्छा हुआ कि मैंने अपने पाँच पतियों की चर्चा नहीं की।" सैरंध्री बोली, "किंतु मैंने तो यह सब भी नहीं कहा, जो प्रचारित हो रहा है। वस्तुतः मैं तो चाहती ही नहीं कि मेरे विषय में किसी प्रकार का प्रचार हो। मैं तो चाहती हूँ कि अज्ञात ही नहीं अदृश्य हो कर रहूँ, किसी को मेरे अस्तित्व तक का पता न चले। हमारे अज्ञातवास के लिए किसी भी प्रकार का प्रचार हानिकारक हो सकता है।"

"तो यह सारा प्रचार किसने किया है ? मैंने तो समझा कि तुमने अपनी रक्षा के लिए इस प्रकार का प्रवाद फैलाया है।" बृहन्नला ने कहा।

"मुझे रानी सुदेष्णा की एक प्रचारिका ने बताया है कि राजा ने मेरे विषय में रानी से कोई जिज्ञासा की थी; और रानी ने राजा पर यह आरोप लगाया था कि राजा मुझमें आसक्त हो गए हैं। दोनों में बहुत झगड़ा हुआ। रानी ने कहा कि मैं इतनी सुंदर हूँ कि जो भी पुरुष मुझे देखता है, वह मुझमें आसक्त हो जाता है। इसलिए राजा यदि मेरी ओर पग बढ़ाएँगे, तो मेरा कोई दूसरा प्रशंसक अथवा प्रेमी उनकी हत्या कर देगा। तब राजा ने कहा कि रानी उनकी हत्या करवा दे और यह प्रचारित करवा दे कि मेरे पति के अज्ञात गंधर्व मित्रों ने राजा का वध करवा दिया है। लगता है, रानी ने उसी बात को यह रूप दे दिया है। उन्होंने ही यह प्रचार किया होगा कि मेरे पति के पाँच गंधर्व मित्र, अदृश्य रह कर मेरी रक्षा कर रहे हैं।"

"वह परिचारिका है अथवा प्रचारिका ? उस परिचारिका को यह सब कहाँ से ज्ञात हुआ, जिसने तुम्हें यह सूचना दी है ?"

"जिस रात राजा और रानी में यह झगड़ा हुआ है, उस रात वह उनके शयन-कक्ष की प्रहरी थी।" सैरंध्री बोली, "उसने उन दोनों को झगड़ते हुए स्वयं सुना था।"

"वैसे रसिक पुरुषों को तुमसे दूर रखने के लिए युक्ति तो अच्छी है यह।" बृहन्नला ने कहा, "किंतु जब कभी उन अदृश्य गंधर्वों की आवश्यकता होगी, तब उन्हें प्रमाणित करने में कठिनाई हो सकती है। उपयुक्त अवसर पर वे प्रकट न हो पाए तो ? ..."

"पाँच अज्ञात गंधर्व तो हैं, मेरी रक्षा के लिए," सैरंध्री के अधरों पर एक उदास मुस्कान थी, "अब वे समय पर प्रकट ही न हों तो मैं क्या कर सकती हूँ।"

"पाँच अज्ञात गंधर्व भी हैं। उन्हें तुम अपने प्राणों से अधिक प्रिय भी हो। तुम्हारा सम्मान, तुमसे अधिक उनका अपना सम्मान है। किंतु ..."

''किंतु क्या ?'' सैरंध्री ने पूछा।

''किंतु वे गंधर्व तो धर्म के मंत्रों से बँधे हुए हैं। यह तो समय ही बताएगा कि उस समय वे मंत्र उन्हें प्रकट होने देते हैं अथवा नहीं।'' बृहन्नला ने कहा, ''किंतु तुम चिंता मत करो सैरंध्री ! मुझे सदा लगा है कि उन पाँच गंधर्वों से कहीं अधिक समर्थ तो वह सर्वनियंता प्रभु है,जो तुम्हारी रक्षा कर रहा है।''

सैरंध्री कुछ नहीं बोली।

''पर रानी तुम्हारी सुरक्षा के लिए इतनी चिंतित क्यों हैं ? क्या वे अपनी सारी परिचारिकाओं की इतनी ही चिंता करती हैं ?''

''सबके विषय में मैं नहीं जानती, किंतु मैंने तो उनकी सेवा स्वीकार करते हुए ही अपनी सुरक्षा की विस्तृत चर्चा की थी। वे जानती हैं कि यदि मेरे मन में असुरक्षा की भावना जागी तो मैं यहाँ रह नहीं पाऊँगी, यहाँ से चली जाऊँगी।''

''तुम्हारा सैरंध्री कर्म उनके लिए क्या इतना आवश्यक है कि उसके लिए वे अपने पति तक से झगड़ा मोल लेंगी ?''

''अभी तक तो कुछ ऐसा ही दिखाई पड़ रहा है।''

''क्यों ?''

''कह नहीं सकती।'' सैरंध्री बोली, ''संभवतः मेरी कला के माध्यम से वे अपने यौवन और सौन्दर्य को अधिक मादक और आकर्षक बनाए रखना चाहती हैं। यह भी संभव है कि न वे मेरी रक्षा के लिए चिंतित हों, न राजा के चरित्र के लिए। वे राजा से उस कष्ट का प्रतिशोध लेना चाहती हों, जो उन्हें अवस्था में स्वयं से इतने बड़े राजा से विवाह करते हुए हुआ था। वे मुझे सम्मुख रख राजा के मन में कामना तो जगाना चाहती हों; किंतु राजा को मेरी ओर बढ़ने की अनुमति न देना चाहती हों।''

''कदाचित् तुम ठीक ही कह रही हो सैरंध्री।'' बृहन्नला ने कहा, ''सत्यवती ने भी महाराज शांतनु से प्रतिशोध लिया था। कैकेयी ने भी राजा दशरथ से इसी प्रकार का प्रतिशोध लिया था। मुझे तो लगता है कि माता गांधारी ने भी अब तक महाराज धृतराष्ट्र से अपना प्रतिशोध ही लिया है, अन्यथा हस्तिनापुर में शकुनि को इतना महत्त्व प्राप्त न होता। ...''

''कोई आ रहा है।'' सैरंध्री धीरे से बोली, ''अब मैं जो परिहास करूँ, उसका बुरा न मानना।''

एक परिचारिका उनके निकट पहुँच रही थी।

''क्यों सखि ! प्रेमलीला हो रही है ?'' वह हँसी, ''सुंदरी सहमत नहीं हो रही, अथवा बृहन्नला ही अपने सतीत्व की रक्षा के लिए चिंतित है ?''

सैरंध्री भी हँस पड़ी, ''मैं बृहन्नला से कह रही हूँ, कि यदि यह स्त्री है तो इसे मुझसे ईर्ष्या होनी चाहिए और यदि पुरुष है, तो इसे मुझपर मुग्ध होना

चाहिए; किंतु यह तो कुछ भी करना नहीं चाहता।"

"देखो सखि ! यह फिर मेरे लिए पुल्लिंग शब्दों का प्रयोग कर रही है। पता नहीं, यह मेरे स्त्रीत्व को क्यों अपमानित करना चाहती है।"

"यदि कोई निर्णय हो जाए तो मुझे भी सूचित कर देना।" परिचारिका हँसती हुई आगे बढ़ गई।

सैरंध्री ने देखा, आस-पास कोई नहीं था, तो पुनः बोली, "मैं आज भोजन में कोई दोष निकाल कर झगड़ने के व्याज से बल्लव से भी भेंट करने की सोच रही हूँ। उनके पास अवश्य ही ग्रंथिक तथा तंतिपाल का कोई न कोई समाचार होगा।"

"हाँ ! यह विधि उत्तम है। भोजन में दोष भी निकाला जा सकता है और किसी विशेष प्रकार के भोजन का अनुरोध लेकर भी बल्लव के पास जाया जा सकता है।" बृहन्नला ने उत्तर दिया, "किंतु कंक महाराज का समाचार पाने में कठिनाई होगी। उनके पास अंतःपुर में आने का कोई कारण नहीं है और हम दोनों एक प्रकार से अंतःपुर में बंदी हैं।"

"बल्लव कोई न कोई मार्ग निकाल ही लेगा।" सैरंध्री ने जैसे अपने आपसे कहा।

"मेरा विचार है कि केवल तुम्हें ही नहीं, हम सबको ही भोजन में दोष बताने के बहाने, अथवा भोजन संबंधी किसी न किसी बात को लेकर बल्लव से मिलते रहना चाहिए। हम लोग बल्लव के माध्यम से एक-दूसरे के संपर्क में रह सकते हैं।" बृहन्नला ने कहा।

"हाँ ! यह व्यवस्था लाभदायक हो सकती है।" सैरंध्री बोली, "अब चलती हूँ। ऐसा न हो कि रानी मेरी ढूँढ़ मचा दें।"

"मिलती रहना हला।" बृहन्नला ने कहा, "तुम्हारे बिना तो जीवन बोझ हो जाएगा।"

"रानी ठीक कहती हैं कि जो भी पुरुष सैरंध्री को देख लेता है, वह उस पर आसक्त हो जाता है।" सैरंध्री मुस्कराई।

"पर मैं तो पुरुष ही नहीं हूँ सुंदरी !" बृहन्नला ने चलते-चलते उदास स्वर में कहा।

सैरंध्री ने उसकी ओर पीठ होते ही, अपनी सिसकी को कंठ से मुक्त कर दिया और कपोलों पर बह आए अपने अश्रुओं को पोंछ लिया।

बल्लव, पाकशाला से अपने आवास की ओर जाने की सोच ही रहा था कि एक अवगुंठनवती स्त्री आकर उसके सम्मुख खड़ी हो गई।

"कौन हो देवि ?" बल्लव ने पूछा, "और किस प्रयोजन से यहाँ आई हो ?"

"मैं राजपरिवार की सैरंध्री हूँ।"

बल्लव हँसा, "नहीं ! मैं अपनी केशसज्जा स्वयं ही कर लेता हूँ।"

"मैं महारानी सुदेष्णा की सैरंध्री हूँ पैरोगव ! आपकी केशसज्जा के लिए नहीं आई हूँ।"

"पर मैं महारानी का भोजन तो भिजवा चुका हूँ। क्या तुम्हें तुम्हारा भोजन नहीं मिला देवि ?"

"मिला। और उस भोजन में एक कंकड़ भी मिला है।" सैरंध्री बोली, "मैं पूछने आई हूँ कि रसोई में आप स्वच्छता का ध्यान क्यों नहीं रखते।" सैरंध्री ने अपना अवगुंठन हटा दिया।

"क्या वह कंकड़ स्वच्छ नहीं था देवि ?" बल्लव हँस पड़ा। वह निकट आकर मंद स्वर में बोला, "कल जब गोशाला से दूध आया तो मैंने भी दूध लानेवाले उस गोपाल के साथ जम कर झगड़ा किया और कहा कि दूध में जल मिला हुआ है। यह भ्रष्टाचार यहाँ नहीं चलेगा। यह साधारण गृहस्थ की रसोई नहीं है कि जितना चाहोगे, उसे ठग लोगे। यह राजा की पाकशाला है, यहाँ तो शुद्ध दूध ही देना पड़ेगा। उसने मेरी बात का विरोध किया तो मैंने उसके दूध के दो-एक भांड लुढ़का दिए; और दक्षिणा स्वरूप एक चाँटा भी प्रदान कर दिया। वेसे अधिक बलपूर्वक नहीं मारा था। बस हल्का-सा। उसने अपने अध्यक्ष के पास जाने की धमकी दी तो मैंने कहा, कल स्वयं मत आना, उसी को भेजना, नहीं तो तुम्हारा सिर फोड़ दूँगा।"

"तो ?" सैरंध्री ने पूछा।

"तो आज प्रातः सहदेव ..." बल्लव ने दाँतों तले अपनी जिह्वा दबाई और चोर दृष्टि से इधर-उधर देखा, "... अभी अभ्यास ही नहीं हुआ है।"

"तो आज तंतिपाल आया ?"

"हाँ ! प्रातः वह स्वयं आया।" बल्लव ने बताया, "उसने भी झगड़ा किया कि मैंने उसे अधर्मी समझ रखा है क्या ? मैंने उसे समझाया कि मूर्ख ! यदि मैं यह नाटक न करता, तो तुमसे भेंट कैसे होती। अब वह राजा की पाकशाला में दूध देने स्वयं आया करेगा; और प्रतिदिन आया करेगा।"

"और ग्रंथिक ?"

"वह आर्य कंक से प्रतिदिन उनकी अश्वों तथा रथ संबंधी आवश्यकता पूछने आता है।" बल्लव ने बताया, "वे दोनों स्वस्थ और प्रसन्न हैं।"

"यदि इसी प्रकार शांति से एक वर्ष शांति से व्यतीत हो जाए, तो कितना अच्छा हो।" सैरंध्री चलने को उद्यत हुई, "चलती हूँ। बृहन्नला को सारा समाचार दे दूँगी।"

"आती रहना सखि !" बल्लव हँसा, "भोजन में कोई दोष हो तो विरोध प्रकट करने अवश्य आना। संकोच मत करना। बल्लव तुम्हारी बात से तनिक भी रुष्ट नहीं होगा।"

"और अपने मनभावन भोजन संबंधी कोई अनुरोध करना हो, तो ?" सैरंध्री ने अपने नयन नचाए।

"तो यह दास यहाँ किसके लिए विद्यमान है।" बल्लव हाथ जोड़ कर उसके सम्मुख नत हो गया।

42

द्वारपाल ने हाथ जोड़ कर निवेदन किया, "महाराज ! सेनापति कीचक आप के दर्शनों के लिए द्वार पर उपस्थित हैं।"

विराट, सभा में जाने के लिए प्रस्तुत थे। ... अब यह कीचक आ गया था।...

उन्हें कल ही सूचना मिल गई थी कि कीचक, सेना के साथ नगर में लौट आया है; किंतु वह राजा से मिलने नहीं आया। सैनिक अपने घरों अथवा स्कंधावार में चले गए और कीचक अपने प्रासाद में अपनी रानियों के पास। न राजा को कोई सूचना दी गई, और न कोई राजा को प्रणाम करने आया। राजा विराट को सूचनाएँ मिलती रहीं कि विराटनगर के मार्गों एवं पथों पर नागरिकों से अधिक संख्या सैनिकों की हो गई है। हाटों में, पण्यों में, आपणों में सैनिक विभिन्न प्रकार का क्रय-विक्रय कर रहे हैं, जैसे वे किसी सैनिक अभियान से न लौटे हों, कहीं से लूटपाट करके आए हों। उनके पास बहुमूल्य रत्न थे, जिन्हें वे बेच रहे थे, और उनके पास स्वर्ण मुद्राओं का तो जैसे भंडार ही था। वे महँगी से महँगी वस्तु क्रय कर रहे थे। साधारण सैनिकों के पास भी इतना धन था कि उन्हें किसी भी पदार्थ का मूल्य अधिक नहीं लग रहा था।...

राजा समझते थे कि यह सब क्या है। ... कीचक कितने ही राज्यों में से हो कर आ रहा था। जाने कहाँ-कहाँ उसने अपने सैनिकों को लूटपाट के लिए उन्मुक्त छोड़ दिया होगा। किसी को न भी लूटा हो तो किसी राजा से महाराज विराट के नाम पर, कर प्राप्त किया होगा; और उसे राजकोष में जमा कराने के स्थान पर अपने सैनिकों को प्रसन्न करने के लिए, उनमें बाँट दिया होगा।...उसके लिए राजा की प्रसन्नता महत्त्वपूर्ण नहीं थी। उसे सैनिकों की प्रसन्नता चाहिए थी, चाहे वह किसी भी मूल्य पर क्यों न मिले।

विराट जानते थे कि यह सब कीचक का ही दंभ था। अपने इस प्रकार के व्यवहार से वह उन्हें स्मरण कराता रहता था कि वह उनका वर्चस्व स्वीकार नहीं करता। वह सैनिकों के मन में भी यही बात अंकित कर देना चाहता था कि उनके स्वामी, महाराज विराट नहीं, उनका सेनापति ही है। इसीलिए तो सैनिक राजा का भय नहीं मानते थे। ... कल की सूचनाओं के आधार पर राजा ने मान लिया था कि कीचक आज प्रातः उन्हें राजसभा में ही मिलेगा और वहीं उन्हें अपने सैनिक अभियान का अतिशयोक्तिपूर्ण विवरण देगा। उसे विवरण क्या देना होता था ... अपने अहंकार का प्रदर्शन मात्र करना होता था। ... किंतु वह तो उनके अपने प्रासाद में भेंट करने आ गया था।...

"आने दो।" राजा बोले।

कीचक ने द्वारपाल के लौटने की प्रतीक्षा नहीं की थी। वह भीतर प्रवेश कर चुका था।

"महाराज की जय हो।" वह बोला, "महाराज का यह सेनापति विराटनगर के सारे पड़ोसी राज्यों को एक बार फिर यह स्मरण करा आया है कि उसकी भुजाओं में कितना बल है। ..."

विराट के मन में निरंतर विचार प्रवाह चल रहा था ...यह कहीं दूर नहीं जाता ... बस विराटनगर के निकटतम पड़ोसियों को पीड़ित करता रहता है। जिन राज्यों के विषय में उसे निश्चित सूचना है कि उनकी सैनिक क्षमता उसका सामना नहीं कर सकती, उनका कंठ पकड़ने के लिए वह हर समय तत्पर रहता है।... और उन लोगों को वह यह स्मरण नहीं कराता कि विराटनगर में कितना बल है, उन्हें यह स्मरण कराता रहता है कि कीचक कितना शक्तिशाली है।...

"सेनापति ! तुम्हें राजसभा में आना चाहिए था। सभासदों के सम्मुख सैनिक अभियान का सारा विवरण प्रस्तुत किया जाए, यह हमारे राज्य की मर्यादा है। राज्य के मंत्रियों की उपेक्षा कर राजा और सेनापति परस्पर चर्चा से राजकार्य चलाएँ, यह राज्य के हित में नहीं है।"

कीचक का गर्व में फूला चेहरा क्षोभ से जैसे काला पड़ गया। लगा, वह आक्रोश में कोई बहुत कठोर बात कहनेवाला है; किंतु जब बोला तो उसके भाव चाहे कठोर थे, किंतु उसके शब्द कठोर नहीं थे, "मैं यहाँ राजा से मिलने नहीं आया हूँ। मैं अपनी बहन सुदेष्णा से भेंट करने आया हूँ।"

राजा समझ गए कि कीचक ने अपने इस विशेषाधिकार से न केवल उनकी सारी आपत्तियाँ निरस्त कर दी हैं, वरन् राजा के रूप में उनके अधिकारों को मानना भी अस्वीकार कर दिया है।

विराट वहीं खड़े रह गए और कीचक आगे बढ़ गया। उसने जाते हुए

उनका अभिवादन भी नहीं किया था। वह राज-मर्यादा का उल्लंघन तो था; किंतु परिवार के सदस्य के रूप में इतनी छूट वह ले ही सकता था।

रानी सुदेष्णा को भी कीचक के नगर में लौट आने की सूचना थी; किंतु वह इस प्रकार से अकस्मात् ही आकर उनके सामने खड़ा हो जाएगा, इसकी उन्होंने कल्पना भी नहीं की थी। रानी की दृष्टि अनायास ही अपने निकट खड़ी सैरंध्री की ओर उठ गई, "तुम जाओ सैरंध्री ! आवश्यकता होने पर मैं फिर बुलवा लूँगी।"

सैरंध्री ने एक अपरिचित पुरुष को इस प्रकार निस्संकोच तथा अनौपचारिक विधि से आते देख कर पहले ही अवगुंठन कर लिया था। रानी की अनुमति तो जैसे उसके अपने मन की उत्कट कामना थी।

सैरंध्री चली गई और कीचक उसे जाते हुए देखता रहा। उसकी दृष्टि में जो अभद्रता थी, वह सुदेष्णा से छिपी नहीं रह सकी। वह उसे छिपाना भी नहीं चाहता था। सुदेष्णा उस दृष्टि को बहुत अच्छी तरह पढ़ सकती थीं; और जो कुछ वे पढ़ रही थीं, उससे उनकी अंतरात्मा जैसे काँप उठी थी। ... वे अपने भाई से सैरंध्री की रक्षा कर पाएँगी क्या ?

"कैसे हैं भैया ?" सुदेष्णा ने कीचक का ध्यान सैरंध्री की ओर से हटाने का प्रयत्न किया।

"मैं प्रसन्न हूँ, सुखी हूँ, आनन्दित हूँ; किंतु देख रहा हूँ, कि तुम तो मुझसे भी बहुत अधिक सुख की स्थिति में हो।"

सुदेष्णा की सहज प्रतिक्रिया थी कि वह पूछे कि ऐसी क्या बात है कि जिसके कारण वह उन्हें परम सुख की स्थिति में पा रहा है। किंतु पूछने की कोई आवश्यकता थी नहीं। वे समझ रही थीं कि उनके भाई का संकेत किस ओर था।

"हाँ ! मैं तो परम सुख की स्थिति में हूँ ही।" सुदेष्णा ने कहा, "जिस बहन के वीर भैया उसे सारी सुख-सुविधाएँ उपलब्ध कराने को तत्पर बैठे हों, वह बहन तो परम सुख की स्थिति में होगी ही।"

"अरे छोड़ो बहना ! तुम भी क्या बातें ले बैठीं।" कीचक ने कुछ ऊबे हुए स्वर में कहा, "मुझे बताओ कि मेरी अनुपस्थिति में पीछे क्या-क्या होता रहा है यहाँ ?"

"क्या होना था भैया !" सुदेष्णा बोलीं, "आप नहीं होते तो विराटनगर का जीवन जैसे थम ही जाता है। कोई गति-विधि ही नहीं रहती।"

"सुदेष्णे ! मैं कल संध्या समय ही विराटनगर में आ गया था।" कीचक

बोला।

"जानती हूँ।"

"और यह भी जानती होगी कि जब मैं विराटनगर में उपस्थित नहीं भी होता, तो नगर में पीछे मेरी रानियाँ और मेरे भाई होते हैं। उनके अतिरिक्त मेरे कुछ आज्ञाकारी तथा निष्ठावान सेवक भी यहीं रहते हैं।" कीचक सीधे उसकी आँखों में देख रहा था, जैसे वह विराटनगर की रानी न हो, उसकी कोई दासी हो, "और तुम यह भी जानती होंगी सुदेष्णे ! कि उनमें कोई भी बहरा, गूँगा अथवा अंधा नहीं है।"

"तो ?" सुदेष्णा ने कुछ साहस करके पूछा।

"तो मुझे पीछे के सारे समाचार मिलते रहते हैं। मैं विराटनगर से बाहर जाता हूँ तो भी अपने अनेक नेत्र यहाँ छोड़ जाता हूँ।"

सुदेष्णा अनुभव कर रही थीं कि वे मन ही मन कीचक से आतंकित होती जा रही हैं। इस प्रकार तो वे कभी अपने पति से भी आतंकित नहीं हुईं, जो राजा हैं, और जिनसे कोई न कोई मतभेद होता ही रहता है।... और यह भाई, जिसके भरोसे वे अपने पति और इस राज्य के राजा से टकरा जाने में भी कोई संकोच नहीं करतीं, वह ही उन्हें आतंकित कर रहा है। ... सुदेष्णा ने जैसे अपना सारा आत्मबल बटोरा, "ऐसा कौन-सा समाचार आपको मिल गया, जिसके कारण आप मुझे इस प्रकार आँखें दिखा रहे हैं ?"

"मुझसे पूछे बिना कंक की नियुक्ति किसने की?"

"यह तो आपको महाराज से पूछना चाहिए।" सुदेष्णा कुछ आश्वस्त हुई, "राजसभा की नियुक्तियाँ मेरे अधीन नहीं हैं।"

"वह तो मैं राजा से पूछूँगा ही।" कीचक बोला, "मैं तो केवल इतना बता रहा था कि विराटनगर में पीछे और भी बहुत कुछ हुआ है।"

रानी को अपने भाई का यह सारा व्यवहार तनिक भी अच्छा नहीं लग रहा था; किंतु वह कीचक का स्वभाव जानती थी। इस समय उसे कुछ भी कहना व्यर्थ था। बात टाल कर बोली, "मैं नहीं जानती थी कि राजसभा में राजा के एक द्यूत-सहचर की नियुक्ति इतनी बड़ी घटना थी कि भाई के नगर में लौटते ही बहन का दायित्व था कि वह उसका कुशल समाचार भी न पूछे और उसे उसकी सूचना दे।"

"क्यों एक द्यूत-सहचर ही क्यों ?" कीचक बोला, "पाकशाला का नया अध्यक्ष भी नियुक्त किया है, राजा ने।"

"हाँ ! नियुक्त किया है।" सुदेष्णा ने पहली बार सीधे कीचक की आँखों में देखने का दुस्साहस किया, "राजा हो कर भी उन्होंने कभी आपसे नहीं पूछा कि आपका कौन-सा काम कौन-सा सेवक करता है, और आपने कौन-सा सेवक

क्यों नियुक्त किया है; और आप सेनापति होकर भी राजा से पूछने का साहस कर रहे हैं कि उसने अपनी रसोई में नया रसोइया क्यों रखा ?'' सुदेष्णा ने कीचक को कुछ कहने का अवसर नहीं दिया, ''और इसको नया रसोइया रखना कहते हैं ? पाकशाला का पुराना अध्यक्ष तुम्हारे सैनिकों के दुर्व्यवहार से दुखी हो चुका था। वह अपना पद स्वयं ही छोड़ जाना चाहता था।...''

''रहने दो सुदेष्णे !'' कीचक ने रानी की बात बीच में ही काट दी, ''मैंने तो आज तक ऐसा व्यक्ति नहीं देखा, जो अपना अध्यक्ष पद स्वयं छोड़ना चाहे। उसमें कोई न कोई रहस्य है।''

''नहीं देखा, तो जाओ चतुरसेन को देख आओ। वह अब भी पाकशाला में ही है। कहीं गया नहीं है।''

सहसा कीचक का स्वर कोमल हो गया, ''क्या बात है सुदेष्णे ! आज अपने पति का बहुत पक्ष ले रही हो ? आज तक तो तुमने राजा का इस प्रकार बचाव नहीं किया।''

''आप उनको इस प्रकार पीड़ित करेंगे, तो उनकी रक्षा तो करनी ही पड़ेगी। वे मेरे पति हैं।''

''नहीं !'' कीचक के अधरों पर एक दुष्ट मुस्कान थी, ''नहीं ! वास्तविकता यह नहीं है।''

''तो क्या है वास्तविकता। आप ही बता दें।''

''वास्तविकता यह है कि इस बार मेरी अनुपस्थिति का तुम सबने ही बहुत लाभ उठाया है।'' कीचक बोला, ''सुना है कि उत्तरा ने भी एक नपुंसक को अपना नृत्य शिक्षक नियुक्त कर लिया है।''

''तुम्हें उसमें भी आपत्ति है ?'' सुदेष्णा ने कुछ प्रखर स्वर में पूछा।

''यदि वह सचमुच ही नपुंसक है, तो मुझे कोई आपत्ति नहीं है।'' कीचक बोला, ''किंतु मुझे संदेह है कि वस्तुतः वह नपुंसक नहीं है। और यदि वह कोई पुरुष हुआ, जो छद्म नपुंसक बन कर राजप्रासाद में ही नहीं, राजकुमारी के अंतःपुर तक में जा पहुँचा है, तो ?''

''आप हमें इतना मूर्ख समझते हैं ? पूर्ण परीक्षण के पश्चात् ही हमने उसे राजकुमारी का शिक्षक नियुक्त किया है।'' सुदेष्णा ने क्रुद्ध दृष्टि से कीचक को देखा, ''यदि आपको इससे संतोष न होता हो, तो अपनी किसी पत्नी अथवा प्रेमिका को उसकी शैया पर भेज कर उसकी परीक्षा कर लीजिए।''

''रुष्ट हो गईं।'' कीचक हँसा, ''भला इसमें रुष्ट होने की क्या बात है ?''

''रुष्ट होने की बात नहीं है ? आप मेरी पुत्री के विषय में इस प्रकार की बात कह रहे हैं।''

''तुम्हारी पुत्री के लिए नहीं कह रहा हूँ।'' कीचक बोला, ''मेरी पुत्री भी

तो उत्तरा के साथ ही संगीत और नृत्य की शिक्षा ले रही है।"

"ठीक है। आप अपनी पुत्री के लिए किसी और शिक्षक का प्रबंध कर लें।"

कीचक ने तत्काल कोई उत्तर नहीं दिया। सुदेष्णा को स्पष्ट अनुभव हो रहा था कि कीचक की बात समाप्त नहीं हुई है। वह कुछ और भी कहना चाहता है। ... वह अपनी भंगिमा बदल रहा था, जैसे कहने से पहले अपने कथन का मन ही मन रस ले रहा हो।...

उसकी मुद्रा सचमुच बदली। वह मुस्कराने का प्रयत्न कर रहा था, जैसे कोई अत्यंत दुर्ललित बात कहने जा रहा हो।

"मैंने सुना है कि तुमने भी अपने शृंगार के लिए किसी असाधारण सुंदरी सैरंध्री को नियुक्त किया है।"

सुदेष्णा ने तमककर कीचक को देखा : वे तब से इसी बात से डर रही थीं।... पर किसने सूचना दी होगी कीचक को ? जहाँ तक रानी जानती थीं, सैरंध्री किसी बाहरी पुरुष के सम्मुख आई ही नहीं थी। और ऐसी दृष्टि तो पुरुष की ही हो सकती है।...

"तो ?" सुदेष्णा ने कहा, "विराटनगर की रानी को अपने लिए एक सैरंध्री नियुक्त करने के लिए भी अनुमति की आवश्यकता होगी ?... अथवा एक बहन को एक दासी नियुक्त करने के लिए पहले भाई से सहमति लेनी होगी ?"

कीचक ने रानी की बात का कोई उत्तर नहीं दिया। वह धीरे-धीरे चलता हुआ, सुदेष्णा के निकट आया और अत्यंत आत्मीयता के भाव से उसके निकट बैठ गया। इस समय वह विराटनगर का प्रचंड सेनापति नहीं था। उसकी मुखमुद्रा आतंकित नहीं करती थी। ... सुदेष्णा को अपना शैशव स्मरण हो आया, जब वह कीचक की लाडली बहन हुआ करती थी और उसने अपने इस भाई के दुलार के सिवाय और कुछ नहीं देखा था।

"तुम्हें स्मरण है सुदेष्णे !" वह एक प्रकार की सावधान कोमलता के साथ बोला, "तुम्हें जो खिलौना प्रिय होता था, वह मैं तुम्हें ला देता था, चाहे वह किसी का भी क्यों न हो ?"

सुदेष्णा को स्मरण था, कीचक सचमुच ऐसा ही किया करता था। उसने कभी यह चिंता नहीं की थी कि वह खिलौना किसका था। यदि वह सुदेष्णा को चाहिए था, तो वह सुदेष्णा का ही था। किंतु इस समय उस स्मृति से सुदेष्णा को तनिक भी सुख की अनुभूति नहीं हुई। क्यों स्मरण करा रहा था, कीचक उसको ऐसी बातें ...

"तुम्हें यह भी स्मरण होगा कि अनेक बार तुम्हारा मन उन उपयोगी वस्तुओं को खिलौना बना कर खेलने को मचल उठता था, जो खिलोने नहीं थे; और मैं किसी भी प्रकार उन वस्तुओं को तुम्हारे लिए उठा लाता था।"

सुदेष्णा का मन भय से काँप उठा : क्या कहना चाहता है कीचक ? उसका संकेत सैरंध्री की ओर ही तो नहीं ?

"सैरंध्री को तुमने अपने शृंगार के लिए रखा है; किंतु इतना तो तुम भी समझती ही हो कि वह तुम्हारी अपेक्षा मेरे लिए कहीं अधिक उपयोगी सिद्ध हो सकती है। सिद्ध क्या हो सकती है, वह मेरे लिए अधिक काम की चीज है ... तुम्हारा शृंगार तो कोई भी सैरंध्री कर देगी, किंतु मेरे जीवन को तो मालिनी ही धन्य कर सकती है।..."

इसी क्षण का सामना करने से रानी डर रही थीं तब से !..

उनके मन में अनेक प्रकार के संकल्प-विकल्प जैसे एक साथ ही आकार ग्रहण कर रहे थे।... क्या कीचक को इस प्रकार की माँग करने का कोई नैतिक आधार है ? क्या उन्हें कीचक की बात मान लेनी चाहिए ? उन्होंने सैरंध्री को वचन दिया था कि वे उसे और किसी की सेवा में नहीं भेजेंगी। क्या वे कीचक को मना कर पाएँगी ? यदि वे मना कर भी दें तो कीचक मान जाएगा क्या ? ... यदि सैरंध्री को अपनी इच्छा के विरुद्ध कीचक के पास जाना पड़ा तो वह सुदेष्णा की सेवा के लिए विराटनगर में रुकी रहेगी क्या ?

कीचक का तर्क समझने में रानी को कोई कठिनाई नहीं थी, किंतु इतना तो स्पष्ट था कि कीचक के इस सुख का मूल्य सुदेष्णा को ही देना पड़ेगा। सैरंध्री यहाँ से चली गई, तो सुदेष्णा का यौवन भी उसके साथ ही विदा हो जाएगा।...

"भैया ! आप शायद नहीं जानते कि सैरंध्री विवाहिता है।" सुदेष्णा ने कहा।

कीचक हँसा, "क्या इससे पूर्व संसार में कभी किसी विवाहिता स्त्री का संबंध अपने प्रेमी से नहीं हुआ ?"

"पर यह वैसी स्त्री नहीं है।" सुदेष्णा ने कहा।

"लगता है, तुम पहले ही उससे मेरे विषय में पूछ चुकी हो।"

"नहीं ! मैंने तो नहीं पूछा; किंतु उसने आरंभ में ही अपने विषय में जो कुछ बताया था, यह सब तो उसी से स्पष्ट हो गया था। आपने देखा ही है कि वह अवगुंठनवती है। किसी पुरुष के सम्मुख खुले मुँह नहीं जाना चाहती। बहुत पतिव्रता स्त्री है।"

"वह तो पतिव्रता है; किंतु उसका पति कहाँ है ? कहीं दूर देश में अपनी सखियों के साथ विहार कर रहा है।" कीचक बोला, "मैं ऐसी स्त्रियों को अच्छी तरह जानता हूँ। पति है नहीं और अपना भाव बढ़ाने के लिए सतीत्व का पाखंड कर रही है।"

"और यदि सचमुच उसका पति प्रकट हो गया तो ?"

"तो या तो थोड़ा धन लेकर विधिवत् उसे मुझे सौंप जाएगा, अथवा मेरे खड्ग की बलि चढ़ जाएगा।"

सहसा सुदेष्णा को महाराज विराट से हुआ अपना वार्तालाप स्मरण हो आया। कीचक को रोकने की यह एक विधि हो सकती थी। संभव है कि वह उसके 'गंधर्वरक्षिता' होने की बात सुन कर डर जाए, अथवा न भी डरे, तो टल जाए। पर...

"आपने तो उसे अभी देखा भी नहीं है भैया !"

"हाँ ! देखने को ही तो तरस रहा हूँ।" कीचक बोला।

"जिसे देखा ही नहीं उसके लिए इतने आतुर क्यों हैं ?"

"क्योंकि उसके रूप का वर्णन सुन चुका हूँ।" कीचक बोला, "और प्रेम तो गुणश्रवण से भी आरंभ हो जाता है।"

"आपको उससे प्रेम हो गया है ?" सुदेष्णा के स्वर में हल्का-सा कटाक्ष था।

"प्रत्येक व्यक्ति की प्रेम की अपनी अवधारणा होती है।" कीचक हँसा, "कोई अपने स्थान पर बैठ कर किसी को स्मरण कर रोने को प्रेम कहता है; और हम जैसे क्षत्रिय वीर अपने बाहुबल से किसी को प्राप्त कर लेने की इच्छा को प्रेम कहते हैं। अब तुम ही बताओ सुदेष्णे ! किसी स्त्री के लिए अश्रु बहाने की तत्परता प्रेम हो सकती है, तो उसके लिए रक्त बहाने की तत्परता प्रेम क्यों नहीं हो सकती ?"

"वैसे तो त्याग का भाव ही प्रेम है, पर आप जैसे कुछ लोग आधिपत्य के भाव को भी प्रेम कहते हैं।" सुदेष्णा ने कुछ सतर्कता से कहा। वह जानती थी कि कीचक उसकी किसी भी बात से रुष्ट हो कर, अपना संतुलन खो सकता है।

"त्याग तो करूँगा ही।" वह बोला, "जो माँगेगी, दूँगा। वह माँग कर तो देखे। मैं उसके सम्मुख अपना त्याग-सामर्थ्य प्रमाणित करूँगा।"

सुदेष्णा का भाव कुछ बदल गया, "आप जानते हैं, वह असाधारण सुंदरी है ?"

"जानता न होता, तो इतना आग्रह क्यों करता ?"

"किसने बताया है आपको ?"

सुदेष्णा ने स्पष्ट देखा कि कीचक के अधरों पर किसी का नाम आता-आता रुक गया था। यदि वह समय से ही सावधान न हो गया होता, तो अवश्य ही उस व्यक्ति का नाम उसकी जिह्वा पर आ जाता।

और सहसा ही वह कुछ क्रुद्ध हो उठा, "क्या जानना चाहती हो तुम मुझसे ? जानना चाहती हो कि मैंने तुम्हारे प्रासाद में अपने गूढ़ पुरुष तो नियुक्त

नहीं कर रखे ?'' उसने जैसे सायास स्वयं को संयत किया, ''वह भी कर सकता हूँ मैं। सेनापति हूँ इस राज्य का। इसलिए यह मेरा दायित्व है कि राजा और रानी की सुरक्षा का निरीक्षण करता रहूँ। राजप्रासादों में रचे जानेवाले षड्यंत्रों का पता लगाना भी मेरे दायित्वों में सम्मिलित है।''

सुदेष्णा के अधरों पर एक कटु मुस्कान उभरी; किंतु वे कुछ बोलीं नहीं।

''मैं उस सैरंध्री को देखना चाहता हूँ।'' कीचक बोला, ''उससे बात करना चाहता हूँ।''

''भैया ! आप उस सैरंध्री को क्यों देखना चाहते हैं, क्यों उससे मिलना चाहते हैं—यह, मेरे मन में अभी स्पष्ट नहीं है। कभी आप उससे प्रेम निवेदन करना चाहते हैं, और कभी अपने राजा और रानी की सुरक्षा में चिंतित हो कर उसकी जन्मकुंडली ही बांचना चाहते हैं ...।''

''दोनों ही बातें हैं।'' कीचक निर्लज्जता से बोला।

''मेरी रक्षा की चिंता करते हैं या नहीं, यह मैं नहीं जानती; किंतु मेरा एक अनुरोध है।''

''क्या ?''

''मैंने उसको वचन दिया है कि उसकी इच्छा के विरुद्ध मैं उसे अनावृत मुखमंडल के साथ किसी पुरुष के सम्मुख उपस्थित होने को बाध्य नहीं करूँगी।'' सुदेष्णा बोलीं, ''क्या आप मुझे अपने वचन की रक्षा भी नहीं करने देंगे ?''

''तुम अपने वचन की रक्षा करो।'' कीचक बोला, ''किंतु एक वचन मुझे भी दो कि यदि वह स्वेच्छा से मेरे पास आने को सहमत न हुई, तो तुम मुझे उसके पास जाने की अनुमति दे दोगी।''

सुदेष्णा के मन में तत्काल प्रश्न उठा कि यदि वे अनुमति न दें तो क्या कीचक सैरंध्री का पीछा छोड़ देगा ? ... किंतु उन्होंने पूछा नहीं। वे जानती थीं, कि कीचक का उत्तर क्या होगा। ... इस समय वह अनुमति माँग रहा था, किंतु अगले ही क्षण वह आदेश देने पर भी उतर सकता है।...

''ठीक है।'' सुदेष्णा ने धीरे से कहा, ''एक बार मुझे उससे पूछ कर देख तो लेने दो।''

43

सैरंध्री उद्यान में पुष्प चुन रही थी। रानी की वेणी के लिए वे विशेष आकार और वर्ण के पुष्प चाहती थी। मालिन से कह देती तो पुष्प तो आ जाते; किंतु वे सैरंध्री

की रुचि के नहीं होते। तब मालिन को समझाने के लिए जो श्रम करना पड़ता, वह तो था ही, साथ ही मालिन का रोष भी झेलना पड़ता। उससे तो सरल यही था कि वह अपनी रुचि के पुष्प स्वयं ही चुन लेती।

उसे लगा कि किसी की पद-चाप उसकी दिशा में बढ़ रही थी। किंतु वे पग सहज नहीं थे। बहुत सावधानी से पैरों को दबा कर इस प्रकार चला जा रहा था कि ध्वनि उत्पन्न ही न हो। ऐसे तो चोर ही चलता है, अथवा छिप कर किसी का पीछा करता हुआ, कोई गूढ़ पुरुष। दिन के इस समय, राजा के उद्यान में, न तो कोई चोर हो सकता है और न ही कोई गूढ़ पुरुष। तो यह कौन है ?

सैरंध्री ने मुड़ कर देखा और पहचाना : यह तो राजा का श्यालक कीचक था। उसने तत्काल अपने मुख पर अवगुंठन डाल लिया और कीचक को मार्ग देते हुए, उससे बच कर एक ओर से निकल जाने का प्रयत्न करने लगी।

"ठहरो सुंदरी !" कीचक उसके मार्ग में खड़ा हो गया था, "इस समय मैं इस उद्यान में भ्रमण की इच्छा से नहीं आया हूँ। उसके लिए मेरे अपने प्रासाद में उद्यान है, जो राजा के उद्यान से अधिक विशाल तथा अधिक आकर्षक है।"

सैरंध्री कुछ नहीं बोली।

"यह भी नहीं पूछोगी कि तब मैं क्यों आया हूँ ?"

"मेरे पूछने का कोई प्रयोजन नहीं है।" सैरंध्री धीरे से बोली, "न ही उसमें मेरी कोई रुचि है। यह उद्यान मेरा नहीं है कि मैं किसी के प्रवेश का कारण जानना चाहूँ। आपसे मेरा कोई परिचय ही नहीं है कि मैं यह जानना चाहूँ कि आप इस समय यहाँ क्यों आए हैं।"

कीचक प्रयत्नपूर्वक शालीनता से हँसा, "पर तुमको मुझमें रुचि होनी चाहिए; क्योंकि मुझे तुममें बहुत रुचि है। कृपा कर अपना यह अवगुंठन उठा दो। तुम्हें ईश्वर ने इतना सुंदर इसलिए नहीं बनाया है कि तुम अवगुंठन में छुपी रहो। सौन्दर्य, दर्शन-सुख के लिए होता है सुनयने ! मुझे उस सुख से वंचित मत करो।"

सैरंध्री ने कीचक की बात का कोई उत्तर नहीं दिया; पर सोचती रही कि उससे पूछे कि क्या वह ईश्वर से पूछ कर आया है कि सैरंध्री को इतना सुंदर क्यों बनाया गया है। ...

"मैंने तुम्हारे विषय में बहुत कुछ सुना है।" कीचक बोला, "मैंने सुना है कि तुम दस मास पूर्व यहाँ आई थीं। कहाँ से आई थीं, यह कोई नहीं जानता।... नहीं ! कदाचित् मैं कहना कुछ और चाहता था; किंतु कह कुछ और गया। तुम्हें सामने देख कर शायद मेरा मन और मस्तिष्क सहज नहीं रहते। अपनी

उल्लासमयी उत्तेजना में वे कुछ बौरा से जाते हैं। तो कहना मैं यह चाहता था कि जो यह जानता है कि रानी सुदेष्णा के पास एक सैरंध्री रहती है, वह तो यह भी जानता है कि तुम पांडवों की रानी पांचाली की सेवा में थीं। वे लोग तो अज्ञातवास करने चले गए, किंतु तुम्हारा पति कहाँ चला गया, यह कोई नहीं जानता। तुमने सुदेष्णा को यह बताया है कि तुम्हारा पति किसी संकट के कारण नगर से बाहर गया है और तुम्हारे श्वसुर ने तुम्हें घर से निकाल दिया है। किंतु मेरा इन सारी कथा-कहानियों में कोई विश्वास नहीं है। मैं यह मानता हूँ कि या तो तुम अपने पति से रुष्ट हो कर चली आई हो या फिर वह ही तुम्हें त्याग गया है।"

सैरंध्री ने अपने पक्ष में कुछ नहीं कहा।

"तुमने कोई उत्तर नहीं दिया सैरंध्री !" कीचक बोला।

"उसकी कोई आवश्यकता नहीं है।" वह बोली, "आप क्या मानते हैं और क्या नहीं मानते हैं, उसमें मेरी कोई रुचि नहीं है।"

"तुम्हारी रुचि हो या न हो, मुझे तुममें बहुत रुचि है।" कीचक बोला, "मैं मानता हूँ कि यदि तुम्हारे पति ने किसी कारण से रुष्ट हो कर तुम्हें त्याग दिया है अथवा वह किसी अन्य नारी में आसक्त हो गया है, तो वह जन्म का अभागा है। उसे जाने दो। ऐसा पुरुष इस योग्य नहीं है कि तुम उसकी प्रतीक्षा करो। और यदि तुमने ही उसे त्याग दिया है तो ठीक किया है। वह इसी योग्य था। तुम जैसी सुंदरी से जो सैरंध्री का कार्य करवाता था, वह तो इस योग्य है कि उसे नगरद्वार पर खड़ा कर कशा से मार-मार कर उसकी त्वचा उतार ली जाए। तुम जैसे नारी-रत्न का इतना अपमान !"

सैरंध्री भाँप रही थी कि कीचक अपनी बात को किस दिशा में ले जाना चाहता है। उसका लक्ष्य भी बहुत स्पष्ट था। किंतु वह उसके मार्ग में अड़ कर इस प्रकार खड़ा था कि उसकी इच्छा के बिना, वह रानी के मंडप की ओर नहीं बढ़ सकती थी; और विपरीत दिशा में चल कर रानी के मंडप से और भी दूर हो जाना, उसके हित में नहीं था।

"तुम जानती भी हो कि तुम्हारा रूप कैसा है, कितना अनमोल है।"

"हाँ ! प्रतिदिन दर्पण देखती हूँ।" सैरंध्री की बहुत इच्छा थी कि वह कीचक से पूछे कि क्या उसने भी कभी दर्पण देखा है ? देखा होता, तो उसे ज्ञात होता, कि वह कैसा है। किंतु ऐसा परिहास कर वह कीचक को और अधिक छूट नहीं देना चाहती थी।

"यदि मुझे ज्ञात नहीं होता कि तुम सुदेष्णा की सैरंध्री हो तो मैं तो यही मानता कि तुम कोई देवसुंदरी हो और आकाश से उतरकर अभी-अभी आई हो। ऐसा रूप इस पृथ्वी पर तो हो ही नहीं सकता। ..."

सैरंध्री ने बड़ी कठिनाई से अपने मुँह में आया हुआ वाक्य रोका, नहीं तो वह कह देना चाहती थी कि वह भी नहीं जानती थी कि कीचक जैसा गधा भी इस पृथ्वी पर हो सकता है।... पर सत्य यही है कि वह इसी पृथ्वी का जीव है। पाताल में से तो आया नहीं है।

"आप यहाँ बैठ कर शोध करें कि पृथ्वी पर कैसा सौन्दर्य हो सकता है," अंततः वह बोली, "और मुझे जाने के लिए थोड़ा मार्ग दे दें, ताकि मैं मंडप में जाकर महारानी की वेणी गूँथ सकूँ।"

"अपना महत्त्व समझो सुंदरी ! कहाँ सैरंध्री बन कर अपना जीवन नष्ट कर रही हो।" कीचक बोला, "तुम जैसी सुंदरी किसी की सैरंध्री बन कर रहे, यह तो सौन्दर्य के प्रति अपराध है। तुम्हें तो राजरानियों के समान रहना चाहिए था। यह निर्धनता, ये कष्ट, यह श्रम—यह सब तुम्हारे लिए नहीं है। मुझे जानती हो ?" सहसा वह रुक गया।

सैरंध्री का मन हुआ कि कहे, हाँ ! वह जानती है कि वह विराटनगर का सबसे बड़ा बौड़म है। ... किंतु उसने कुछ कहा नहीं।

"मैं हूँ कीचक ! संबंध में रानी सुदेष्णा का भाई हूँ, राजा का श्यालक। पद की दृष्टि से विराटनगर का सेनापति हूँ; किंतु सत्य यह है कि इस राज्य का स्वामी मैं ही हूँ। सिंहासन पर राजा बैठते हैं, किंतु वास्तविक सत्ता मेरे हाथों में है। मेरी इच्छा के बिना राजा कुछ भी नहीं कर सकते। मेरा प्रासाद राजा के प्रासाद से बड़ा है। मेरा उद्यान राजा के उद्यान से बड़ा है। मेरे प्रासाद में राजा के प्रसाद से अधिक सेवक हैं। मैं राजा से अधिक शक्तिशाली और भाग्यशाली हूँ। तुम मुझको स्वीकार कर लो, तो मैं तुम्हें राजरानी बना सकता हूँ।"

सैरंध्री ने तमककर उसकी ओर देखा जैसे कोई बहुत कठोर बात कहनेवाली हो; किंतु उसने स्वयं को सँभाल लिया। बोली, "सेनापति ! मैं बहुत साधारण और बहुत ही हीन प्राणी हूँ। मैं एक सैरंध्री हूँ, जो दूसरों का तो शृंगार करती है, किंतु स्वयं कभी स्वच्छ भी नहीं रह पाती। आप सूतों के उच्च कुल में जन्मे हैं और मैं साधारण सेवकों के कुल में। आपका मुझमें इस प्रकार रुचि लेना उचित नहीं है।"

"इसीलिए तो कह रहा हूँ कि मुझे स्वीकार कर लो देवि। तुम्हारा पति यदि कोई है, तो वह मेरा पासंग भी नहीं होगा—न रूप में, न यौवन में, न धन में, न बल में, न सत्ता में।"

सैरंध्री ने पहली बार अपना अवगुंठन हटाया और बोली, "संसार में ऐसे अनेक पुरुष हैं, जो धन, रूप और गुण में तुमसे बढ़ कर हैं। क्या कोई नहीं है ?"

"होंगे !" कीचक अपनी इच्छा के विरुद्ध बोला।

"क्या तुम्हारी पत्नियाँ, तुम्हें त्याग कर उनके पास चली गईं ? तुम मात्र सेनापति हो, और विराट राजा हैं, क्या इसलिए तुम्हारी सारी पत्नियों को तुम्हें त्याग कर राजा की शैया पर आरूढ़ नहीं हो जाना चाहिए ?"

"यह कैसा प्रश्न है ?" कीचक बोला, "मुझे छोड़ कर मेरी पत्नी किसी अन्य पुरुष की शैया पर क्यों जाएगी ?"

"तो तुम किसी और की पत्नी को कैसे यह उपदेश दे रहे हो कि वह अपने पति को त्याग तुम्हें स्वीकार कर ले, क्योंकि तुम उसे कुछ अधिक सांसारिक सुख देने में समर्थ हो। आर्य सेनापति ! संसार बल अथवा सत्ता से नहीं चलता है। यह धर्म से चलता है और नारी का नहीं पुरुष का भी धर्म यही है कि वह अपनी ही स्त्री के प्रति निष्ठवान रहे। मेरे पति जैसे भी हैं, मैं उनके प्रति निष्ठावान हूँ। तुम भी अपनी ही पत्नियों में मन लगाओ। परस्त्रीगामी लंपट पुरुष स्वयं को बहुत बुद्धिमान समझता है, किंतु उतना ही बुद्धिमान वह दस्यु भी स्वयं को समझता है, जो दूसरों का धन लूटता है।..."

"तुम मुझे जानती नहीं हो सैरंध्री ! विराटनगर में ऐसी कोई स्त्री नहीं है, जिसे मैं बुलाऊँ और वह जीवन का भोग भोगने के लिए मेरी शैया पर आ न जाए।"

"इसका अर्थ यह नहीं है कि तुममें कोई ऐसी मोहिनी है," सैरंध्री बोली, "इसका अर्थ मात्र इतना है कि विराटनगर में कोई सती नारी नहीं है।"

"नहीं !" कीचक का स्वर ऊँचा हो गया, "इसका अर्थ यह है कि मेरी इच्छा के विरुद्ध विराटनगर में कोई रह नहीं सकता। मुझे रुष्ट कर तुम भी विराटनगर में रह नहीं पाओगी।"

"और तुम्हें प्रसन्न कर मुझे विराटनगर में रहना भी नहीं है। यदि राजा मेरी रक्षा नहीं कर सकते, तो मैं उनकी प्रजा बनना भी नहीं चाहती। मैं कल ही यहाँ से चली जाऊँगी।"

"ऐसे जा भी नहीं पाओगी।" कीचक हँसा, "यदि स्वेच्छा से मुझे स्वीकार नहीं करोगी, तो मैं बलप्रयोग भी कर सकता हूँ। और शायद तुम जानती नहीं हो, कि कीचक के बल का प्रतिकार जो कर पाए, ऐसा पुरुष इस धरती पर जन्मा नहीं है।"

सैरंध्री का मन हुआ कि खिलखिलाकर हँस पड़े। यह मूढ़ टीलों को ही पर्वत समझे बैठा है। वास्तविक पर्वत तो उसने कोई देखा ही नहीं है।

"मेरे पति यहाँ नहीं हैं।" वह बोली, "किंतु उनके पाँच-पाँच बलिष्ठ गंधर्व मित्र, अदृश्य रह कर, हर क्षण मेरी रक्षा करते रहते हैं। यदि तुम मुझे बलात् प्राप्त करना चाहोगे, तो उसी रात्रि को तुम्हारी मृत्यु हो जाएगी।"

कीचक हँस पड़ा, "पाँच नहीं, पाँच सहस्र गंधर्वों को मैं अकेला ही चीर कर चील कौओं को खिला दूँगा। ये कपोल कल्पित कथाएँ मुझे मूर्ख नहीं बना सकतीं सैरंध्री ! कीचक की कोई भी कामना आज तक अफलित नहीं रही। ... बोलो ! कब आओगी मेरे पास ? मैं तुम्हें स्वर्ण के आभूषणों से लाद दूँगा। ऐसे मूल्यवान वस्त्र दूँगा, जो सुदेष्णा तो क्या द्रौपदी और सत्यभामा ने भी कभी नहीं पहने होंगे। कहो तो यह सारा राज्य तुम्हारे चरणों पर डाल दूं। यहाँ ऐसा कुछ नहीं है, जो कीचक तुमको न दे सकता हो। तुम तो बस मुझे स्वीकार कर लो और सिंहासन पर बैठ कर मुझे आदेश देती चलो...।"

सैरंध्री समझ रही थी कि कीचक ऐसा व्यक्ति नहीं था, जिसे समझाया अथवा भयभीत किया जा सके। वह तो अपनी बात मनवाए बिना टलेगा नहीं; और सैरंध्री अनन्तकाल तक उससे विवाद करती अथवा उसकी युक्तियों का निराकरण करती यहाँ खड़ी नहीं रह सकती। उसे उससे मुक्ति पाने की कोई युक्ति तो निकालनी ही पड़ेगी। ...

सैरंध्री ने पुष्प तोड़ने के लिए, उस दिशा में हाथ बढ़ाया, जिधर कीचक खड़ा था; किंतु कीचक अपने स्थान से तिल भर भी नहीं हटा।

सैरंध्री मुस्कराई, "एक पुष्प तक तो लेने नहीं दे रहे, सारा राज्य कहाँ से लेने दोगे सेनापति महोदय !"

कीचक खिसिया कर एक ओर हट गया।

"तुम सारा उद्यान लो देवि ! किंतु साथ में कीचक के रूप में उसके उद्यानपाल को भी तो स्वीकार करो।"

"यह निर्णय कौन करेगा कि कीचक उद्यान का माली है अथवा इन पुष्पों को प्राप्त करनेवाली अंगुलियों में चुभ जानेवाला काँटा ?" सैरंध्री बोली।

"ऐसे तर्क देती हो, जिनके सम्मुख न्यायशास्त्र के पंडित हार जाएँ, ऐसी उपमाएँ देती हो जिनके सामने महान् से महान् कवि पानी भरें; और फिर हठ पकड़ कर बैठी हो कि यह अनमोल जीवन एक सैरंध्री के रूप में ही व्यतीत करोगी। सैरंध्री ! तुम इससे बहुत अधिक की अधिकारिणी हो। प्रभु ने मुझे तुम्हारा सौभाग्य बना कर भेजा है, मुझे अस्वीकार कर प्रभु की इच्छा का विरोध मत करो।"

सैरंध्री एक-एक पुष्प तोड़ती, पग-पग करती, मंडप के निकट पहुँच चुकी थी। यहाँ से रानी का कक्ष भी दूर नहीं था।

"ईश्वर ने एक व्यभिचारी लंपट को यदि मेरा सौभाग्य बनाया है तो मैं प्रभु की इच्छा का भी विरोध करती हूँ।"

जब तक कीचक कुछ समझता और सँभलता, सैरंध्री त्वरित वेग से मंडप में प्रवेश कर चुकी थी।

पुष्पों को एक अन्य परिचारिका को सौंप कर सैरंध्री तत्काल वहाँ से निकल गई। वह जानती थी कि कीचक उसके पीछे-पीछे आएगा और संभव है कि वह मर्यादा का उल्लंघन करने का भी प्रयत्न करे। यह तो स्पष्ट ही था कि उसे किसी का भी कोई भय नहीं था। ऐसे में कोई अनहोनी भी घट सकती थी। अच्छा था कि सैरंध्री इस समय सबकी दृष्टि से ओझल हो कर कहीं किसी एकांत कोने में छिप कर बैठी रहे। संभव है कि कीचक से निबटने का कोई सुरक्षित मार्ग सूझ जाए।

उसके पगों की गति जैसे-जैसे बढ़ती जा रही थी, वैसे ही उसका मस्तिष्क भी दौड़ता जा रहा था। अंततः उसके पग भवन के उस खंड की ओर मुड़ गए, जहाँ उत्तरा संगीत और नृत्य की शिक्षा ग्रहण करती थी और अभ्यास किया करती थी। बृहन्नला भी वहीं होगा। किसी आततायी पुरुष से बचने का सबसे सुरक्षित स्थान वैसे तो बल्लव के निकट ही हो सकता है; किंतु बल्लव के पास तो तभी जाना चाहिए, जब बल प्रयोग की आवश्यकता आ पड़े। वैसे भी संभव है, बल्लव पाकशाला की सामग्री एकत्रित करने जैसे किसी कार्य में लगा हो और अपने स्थान पर उपस्थित न मिले। बृहन्नला अपने स्थान पर होगा और कीचक के वहाँ आने की संभावना भी कम है। बल्लव का स्थान तो अनेक कारणों से सार्वजनिक स्थान बन जाता है। बृहन्नला का स्थान एकांत साधना का स्थान है।

"कहाँ जा रही हो सखि !"

सैरंध्री ने देखा : धानुका कदाचित् उत्तरा के मंडप से ही लौट रही थी।

"राजकुमारी से कुछ काम है।"

"राजकुमारी से क्या काम होगा तुमको ?" धानुका बोली, "उनका केशविन्यास तो तुम करतीं नहीं। वस्तुतः तुम्हें बृहन्नला से काम होगा।" वह हँसी और फिर अपना स्वर दबा कर धीरे से बोली, "देख रही हूँ, तुम्हें कोई पुरुष तो भाता नहीं, पर वह नपुंसक भा गया है। हाँ। ठीक भी है। पुरुष का क्या भरोसा। बृहन्नला से किसी प्रकार का कोई संकट तो नहीं है न, तुम्हारे नारीत्व को। कोई लांछन नहीं। कोई अपवाद नहीं। ..."

"अब बोलती ही जाएगी कि किसी की सुनेगी भी।" सैरंध्री ने उसे डाँटा। "बोल ! क्या कहती है। तुझे बृहन्नला से प्रेम हो गया है।"

"उससे ही प्रेम करना होगा, तो तुझसे न कर लूँगी।" सैरंध्री बोली, "कला पारखी है बृहन्नला ! कुछ नृत्य मुद्राओं में विशेष प्रकार का केशश्रृंगार किया जाता है, उनका ज्ञान तो बृहन्नला को ही है, तुझे होता तो तेरे पास पूछने आती।"

"जा-जा ! जानती हूँ मैं कि कौन-सा केशविन्यास सीखने जा रही है।

अपने निकट बैठा कर तेरे केश सँवारेगी बृहन्नला।'' धानुका हँसती हुई चली गई।

उत्तरा के मंडप के निकट आते ही सैरंध्री के श्रवणों से संगीत लहरियाँ टकराने लगीं। कैसा शांतिदायक स्वर था। यह स्वर उत्तरा का नहीं था। इस समय तो स्वयं बृहन्नला ही गा रही थी। उत्तरा तथा उसकी सखियाँ शांति से बैठी सुन रही थीं। सैरंध्री ने बृहन्नला को गाते हुए पहले भी सुना था, जब वह द्रौपदी थी और वह अर्जुन था। उसे वह किन्नर कंठ कहा करती थी; किंतु अर्जुन का स्वर उसे इतना मनोहारी तो कभी नहीं लगा था। न ही पहले कभी वह इतना तन्मय हो कर गाया करता था। कितना भी मग्न हो कर गाए, ध्यान तो बहिर्मुखी ही रहता था। सामने बैठे व्यक्ति की ओर देखता तो था कि वह उसकी कला पर रीझ रहा है अथवा नहीं। अब तो जैसे वह किसी और के लिए गाता ही नहीं था। बस वह था और उसका संगीत। अपनी आत्मा में बैठे परमात्मा को रिझाता था और उसी के लिए गाता था। उसका इतना अंतर्मुखी होना कभी-कभी द्रौपदी को डरा जाता था। आज उसके स्वर में सात्विकता भी कुछ अधिक ही थी। ... लगता था, इधर अर्जुन का गायन का अभ्यास बहुत बढ़ गया था। उसने इन दस महीनों में संसार से किनारा कर, केवल संगीत की ही साधना की थी। सांसारिक गीत कभी नहीं गाता था वह। अधिकांशतः वह सारा भक्ति संगीत ही होता था। कदाचित् वह संगीत के मार्ग से भक्ति की चढ़ाई ही चढ़ रहा था। मानों संगीत के माध्यम से समाधि में चला जाता हो। ऐसे वातावरण में कोई उच्छृंखल विचार भी उसके पास नहीं फटक सकता था।

सैरंध्री एक कोने में चुपचाप बैठ गई। उसने देखा, सारी लड़कियों के नेत्र मुँदे हुए थे। किसी ने शायद उसे आते हुए भी नहीं देखा था।...कैसी शांति थी यहाँ। उसने सोचा। कैसे सुख में था अर्जुन। द्रौपदी ने भी अपने लिए ऐसा ही कोई कार्य क्यों नही ढूँढ़ा। गुरु के सम्मान और मर्यादा से सुरक्षित कहीं बैठी होती। ... पर अर्जुन ने नपुंसक का रूप धारण किया है। वह अंगीकार कर सकती नपुंसक का रूप? बृहन्नला के आस-पास का प्रत्येक बालक भी उसे पहली बार देख कर व्यंग्य से मुस्कराता है। इस नपुंसकत्व के कारण वह प्रत्येक व्यक्ति के उपहास का पात्र है। उसका आहत पौरुष क्या कभी फुफकारता नहीं होगा ? वह स्वयं को अपमानित अनुभव नहीं करता होगा ? कदाचित् अर्जुन ने अपने अहंकार को ही जीत लिया है। मान और अपमान उसके लिए कुछ अर्थ नहीं रखता। महावीर, महान् धनुर्धर महारथी अर्जुन यहाँ बैठा इन राजकुमारियों को संगीत सिखा रहा है। ... उसने इस स्थिति को भी कैसी शांति से स्वीकार कर लिया है। इसे वह एक अवसर मान कर, साधना कर रहा है। अपने चरित्र को और अधिक सात्विक बना

रहा है। इतना संयम कि सुंदरी युवतियों द्वारा कामपरीक्षण करने पर भी उसमें काम उद्दीप्त नहीं हुआ। उन्होंने प्रमाणित किया कि वह षंड है, उसमें पुंसत्व है ही नहीं। ...अर्जुन ने एक कला सीखी थी; और द्रौपदी ने दूसरी। कलाएँ तो दोनों ही हैं; किंतु एक का संबंध शरीर से है और दूसरी का आत्मा से। इसलिए असाधारण सुंदरी नारी हो कर भी वह रानी के केशों को सँवारती है। प्रसाधन सामग्री की गंध में डूबी रहती है; और दूसरी ओर अपनी कला से अर्जुन सांसारिक रूप में गुरु का सम्मान पा रहा है और आध्यात्मिक दृष्टि से साधना के सोपान चढ़ रहा है। अभागी द्रौपदी ! तू ने शरीर का सौन्दर्य क्यों देखा ? आत्मा के सौन्दर्य की ओर तेरा ध्यान क्यों नहीं गया ?

शनैः-शनैः द्रौपदी स्वयं को भूलती चली गई। उसे यह भी ध्यान नहीं रहा कि वह कहाँ है। वह यहाँ क्यों आई है। उसे तो यही लगा कि किसी ने उसके मन को पहले अपने कोमल स्पर्श से शांत किया। उसका सारा ताप हरण किया। फिर जैसे उसके मल को मल-मल कर निकाल दिया। कैसा निर्दोष और सात्विक हो गया था उसका मन, जो सबकी पीड़ा हर लेना चाहता था। सबको क्षमा कर देना चाहता था। सांसारिक कार्य-व्यापार, सांसारिक उपलब्धियाँ, सांसारिक सुख, कैसे तो मलिन से लगने लगे थे। वह कैसे स्वच्छ संसार में पहुँच गई थी, जहाँ कोई कामना नहीं थी, कोई इच्छा नहीं थी। कैसी शांति और कैसा संतोष था। ...

बृहन्नला ने अपना गायन पूर्ण किया। उसका स्वर थम गया और उसने वीणा एक ओर रख दी।

सामूहिक रूप से जैसे सबका ध्यान भंग हो गया। आँखें खुलीं। अधरों पर मुस्कान थी। नेत्रों में प्रशंसा का भाव था। एक बहुत ही कलात्मक, सात्विक तथा अलौकिक अनुभव में सम्मिलित होने का भाव था।

उत्तरा ने अपने स्थान से उठ कर बृहन्नला के चरण छू उसे प्रणाम किया, "आप धन्य हैं गुरुदेवी ! आपका संगीत क्या है, योग है, भक्ति है। आप अपनी कला से सारे श्रोताओं को सदेह स्वर्ग में पहुँचा देती हैं। ... और मैं धन्य हूँ गुरुदेवी कि मैंने अनायास ही आप जैसी गुरु पाई। ... मैं कामना करती हूँ कि ईश्वर मेरा सब कुछ ले ले और आपकी इस कला का एक अंश मुझे भी दे दे।"

बृहन्नला हँसी, "धैर्य रखो राजकुमारी ! साधना से सब कुछ मिलता है। प्रभु बहुत ही दयालु हैं, उससे भी अधिक, जितने की कि हम कल्पना कर सकते हैं। वे मनुष्य को वह सब कुछ देते हैं—जिसकी वह कामना करता है, जिसके लिए वह श्रम करता है, जिसको पाने की उसमें योग्यता होती है।"

"गुरुदेवी ! आपने तो कुछ विरोधी बातें एक साथ कह दीं।" कीचक की पुत्री सुचरिता ने कहा, "आप कहते हैं कि प्रभु वह सब देते हैं, जिसकी कि हम

कामना करते हैं। मैं आपके समान संगीत विद्या की कामना करती हूँ। फिर आप कहते हैं कि ईश्वर वह सब कुछ देता है, जिसकी हममें योग्यता होती है। मुझमें आपके समान योग्यता नहीं है। तो फिर मेरी कामना पूर्ण कैसे होगी। प्रभु हमको वह देंगे, जिसकी हम कामना कर रहे है, अथवा वह देंगे, जिसकी हममें योग्यता है।''

बृहन्नला बहुत मधुर ढंग से हँसी, ''तुम्हारी कामना के कारण वे तुम्हें योग्यता देंगे; और फिर उस योग्यता के कारण क्षमता देंगे।''

''केवल कामना करने मात्र से हममें वह योग्यता उत्पन्न हो जाएगी ?'' उत्तरा ने पूछा।

''नहीं पुत्री!'' बृहन्नला के स्वर में अद्‌भुत वात्सल्य था, ''भाव अथवा विचार को कर्म में परिणत करना पड़ता है। मन और शरीर को एकतान करना पड़ता है। तुम कामना करती हो, अतः वैसे कर्म भी करती हो, जिससे वह कामना पूर्ण हो सके। तुम संगीत का धन पाना चाहती हो, इसलिए वीणा लेकर माँ सरस्वती के सम्मुख बैठ प्रहर, दो प्रहर साधना भी तो करती हो। मुझमें ऐसा कुछ नहीं है, जो तुम प्राप्त न कर सको। अथवा इच्छा होने पर कोई और न कर सके; किंतु उसके लिए कुछ बातें मन में पहले स्पष्ट कर लेनी चाहिए।''

''क्या बातें गुरुदेवी!''

''किसकी कामना करती हो उत्तरे! संगीत की अथवा शांति की ? गायन की अथवा समाधि की ? राजसभा में प्रशंसा की अथवा एकांत में शांति की ? उत्कृष्ट स्वर की अथवा धन की ? संगीत की अथवा जो कुछ संगीत से उपलब्ध होता है, उसकी ?''

''इसमें अंतर क्या है गुरुदेवी ? यदि संगीत होगा तो प्रशंसा भी मिलेगी, यश भी मिलेगा।''

''नहीं पुत्री ! यह बात आरंभ में ही स्पष्ट हो जानी चाहिए कि तुम्हारा लक्ष्य संगीत है अथवा संगीत से प्राप्त होनेवाले पदार्थ अथवा उपलब्धियाँ।'' बृहन्नला ने कहा, ''इसी स्थल से मार्ग पृथक् हो जाते हैं। कलाओं से सब कुछ प्राप्त हो सकता है। यश भी, धन भी, काम भी। अब यदि किसी को काम मिले और वह काम को पकड़ कर बैठ जाए, कला को त्याग दे, तो उसकी कला की यात्रा वहीं समाप्त हो जाती है। यही बात यश और धन को लेकर भी है। यदि साधक मार्ग में मिला सब कुछ ईश्वर को समर्पित कर आगे बढ़ता चले तो अंत में वह कला उसे अपने शुद्ध रूप में प्राप्त हो जाती है, जो ईश्वर का ही एक रूप है। नृत्य से महादेव शिव स्वयं मिल जाते हैं। संगीत से माँ वीणापाणि स्वयं साक्षात् प्रकट हो जाती हैं; किंतु उसके लिए आवश्यक है कि साधक मार्ग की बाधाओं पर ही मुग्ध हो कर मार्ग में न बैठ जाए।''

"कौन-सी बाधाएँ गुरुदेव !" सुचरिता ने पूछा।

"जिन्हें हम सामान्यतः उनकी उपलब्धियाँ मानते हैं।" बृहन्नला ने उत्तर दिया, "अध्यात्म साधना में थोड़ी दूर चलने पर साधक को कुछ सिद्धियाँ प्राप्त होने लगती हैं। यदि साधक उनसे ही संतुष्ट हो कर उनमें रम जाए, तो उसका विकास नहीं होता। किंतु यदि वह उन सिद्धियों का तिरस्कार कर आगे बढ़ता चले तो अंत में उसे ईश्वर की प्राप्ति होती है। वैसे ही कला की साधना में भी कुछ चमत्कार, कुछ उपलब्धियाँ, कुछ पुरस्कार, प्राप्त होने लगते हैं। ये कला की सिद्धियाँ हैं, अतः विकास के मार्ग की बाधाएँ हैं। हमें उनको पार करना होता है। यदि हम उन्हें पार करते चलते हैं तो अंततः हमें ईश्वर की प्राप्ति होती है। ईश्वर कला रूप भी है पुत्री ! वह रस रूप भी है।"

"मैं आपकी बात समझ रही हूँ गुरुवर ! किंतु मेरे लिए यह सब बहुत अमूर्त है। बहुत स्पष्ट नहीं है।"

"स्पष्ट भी हो जाएगा पुत्री ! और मूर्त भी।" बृहन्नला ने कहा, "एक बात और समझ लो। किसी भी गंतव्य तक पहुँचने के अनेक मार्ग होते हैं; किंतु प्रत्येक मार्ग स्वच्छ और पवित्र नहीं होता। सात्विक, स्वच्छ तथा पवित्र मार्ग कष्टसाध्य भी होता है और सुदीर्घ भी; किंतु यात्रा सदा उसी मार्ग से करनी चाहिए। कला की साधना करनी है, तो अपनी आत्मा को कलुषित मत होने दो। मन को सदा स्वच्छ करते रहो। मन सात्विक नहीं होगा, तो कला से भी सांसारिक भोग ही मिलेगा; ईश्वर कदापि नहीं मिलेगा। अतः कला की साधना अपने चरित्र की भी साधना है। इसे कभी मत भूलना।" स्वर को शुद्ध करो, तो मन को भी शुद्ध करो, तन को भी शुद्ध करो, आत्मा को भी शुद्ध करो, चरित्र को भी शुद्ध करो।"

बृहन्नला ने स्वयं को झटक कर जैसे आत्मलीनता से मुक्त किया और वह कुछ बहिर्मुखी हुई, "अब तुम लोग अपने-अपने वाद्ययंत्र लो और मंडप में उपयुक्त स्थान खोज कर बैठ, अपना अभ्यास करो। हमारे सौभाग्य से सखी मालिनी यहाँ आई है। मैं थोड़ी देर अपनी इस सखी से कुछ चर्चा कर लूं।"

लड़कियाँ उठ कर अलग-अलग स्थानों पर जा बैठीं। बृहन्नला तथा सैरंध्री उन सारी राजकुमारियों को देख सकते थे। वे भी उनको देख सकती थीं। किंतु इतनी दूरी तो उनमें थी ही कि वे उनका वार्तालाप न सुन सकें।

"हाँ सखि ! बोलो, इस समय कैसे आना हुआ ? कुछ व्याकुल सी लग रही हो।"

"पहले बताओ कि यदि कीचक यहाँ आ जाए, और बल प्रयोग करना चाहे, तो क्या तुम मेरी रक्षा कर सकते हो ?"

"कर सकती हूँ।" बृहन्नला ने कहा।

सैरंध्री को झटका लगा : यह सहसा स्त्रीलिंग शब्द रूपों का प्रयोग ?

किंतु तत्काल ही वह समझ भी गई, यदि यह मजबूरी न होती तो बृहन्नला ने स्त्रियों के समान साड़ी धारण न कर रखी होती। स्त्रियों के समान वेणी न बनाई होती। ...

"कैसे ?"

"तुम रंच मात्र भी चिंता मत करो।" बृहन्नला ने सर्वथा शांत स्वर में कहा, "तुम जानती हो कि यह सुचरिता, कीचक की पुत्री है। पति अपनी पत्नी के सम्मुख भी अपनी लंपटता प्रकट कर सकता है; किंतु अपनी पुत्री के सम्मुख वह अपना यह रूप नहीं आने देगा। इसलिए वह यहाँ नहीं आएगा। और यदि आ ही गया, तो तुम्हारी यह बृहन्नला, उस क्लीव कीचक से दुर्बल नहीं है। मैं किसी भी स्त्री के सम्मान की रक्षा के लिए आततायी पुरुष के विरुद्ध बल प्रयोग कर सकती हूँ। यह मेरा गुरुकुल है। पवित्र स्थान है। यहाँ व्यभिचारी लंपटों की वासनापूर्ति का कोई अवकाश नहीं है। ..."

"पर अर्जुन ! तुम्हारे पास तुम्हारा गांडीव नहीं है।" सैरंध्री ने कहा।

बृहन्नला ने इधर-उधर देखा : किसी ने सैरंध्री के मुख से निकला वह संबोधन तो नहीं सुना ? ... नहीं आस-पास कोई नहीं था। वैसे भी वहाँ वाद्ययंत्रों के स्वर इस प्रकार गूँज रहे थे कि किसी का उनके मध्य होनेवाली चर्चा को सुन पाना संभव नहीं था।

"गांडीव नहीं है तो क्या हुआ। भुजाएँ तो हैं। मैं इन्हीं हाथों से उस कीचक के हाथों से शस्त्र छीन ही नहीं सकती, उसकी भुजाएँ मरोड़ भी सकती हूँ।" बृहन्नला ने कहा, "तुम बताओ कि हुआ क्या है ?"

सैरंध्री ने कीचक से हुआ सारा वार्तालाप दोहरा दिया।

"वह तुमसे याचना ही तो कर रहा है।" बृहन्नला ने कहा, "इसमें बल-प्रयोग की बात कहाँ से आ गई ?"

"किंतु वह बलप्रयोग कर तो सकता है। उसने धमकी तो दी ही है।" सैरंध्री बोली, "वह मेरे पति के अज्ञात गंधर्व मित्रों से नहीं डरता। वह राजा के न्याय और राजशक्ति से नहीं डरता। यह सब बलप्रयोग की धमकी ही तो है।"

"धमकी ही है। धमकी देने के लिए साहस की आवश्यकता नहीं होती; किंतु बलप्रयोग के लिए साहस और सामर्थ्य की भी आवश्यकता होती है। कीचक में वे दोनों ही नहीं हैं।" बृहन्नला बोली, "कभी ऐसा अवसर आने की संभावना दीखे, तो भाग कर मेरे पास आ जाना। कंक के पास राजसभा अथवा ऐसे किसी स्थान पर चली जाना। बल्लव के पास पाकशाला में चली जाना। यदि वह तुम्हारे पीछे आया और बलप्रयोग करने का इच्छुक दिखाई दिया तो हममें से कोई भी उसकी भुजा थाम कर उसे दो-चार लातें जमा देगा।"

"तब तुम लोगों के पहचाने जाने तथा मुझसे संबंध का भेद खुल जाने का भय नहीं होगा ?" सैरंध्री बोली।

"क्यों किसी के सम्मुख एक अबला असहाय स्त्री पर अत्याचार हो रहा हो, तो किसी भी भले मानस का काम है कि वह उस स्त्री की रक्षा करे, चाहे वह स्त्री और वह पुरुष कोई भी हों।" बृहन्नला ने कहा, "हाँ ! ऐसा कुछ न हो कि हमारा संबंध उजागर हो जाए, नहीं तो यह प्रश्न उठेगा कि हम इस प्रकार छुप कर क्यों रह रहे हैं और तब हमारे पहचान लिए जाने का संकट उठ खड़ा होगा। जब तक कीचक यहाँ नहीं था, तब तक तो मैं यह भी सोचती थी कि भेद खुलने की संभावना देख, हम विराटराज को अपना रहस्य बता भी सकते हैं और उनसे अनुमति लेकर अन्यत्र जा भी सकते हैं। वे हमारे शत्रु नहीं हैं कि दुर्योधन को बुलाकर हमें उसे समर्पित कर दें। किंतु इस कीचक के आ जाने से तो यह संकट भी खड़ा हो गया है। उसे संदेह हुआ कि उसने दुर्योधन को सूचना भिजवाई।"

"ठीक कह रही हो हले !" सैरंध्री ने कहा, "किंतु अब मैं क्या करूँ। मुझे तो अकेले रहने में भी संकट दिखाई दे रहा है।"

"यह तुम कह रही हो सखि मालिनी !" बृहन्नला ने जैसे उसे सांत्वना दी, "एक साधारण लंपट की गीदड़ भभकियों से ऐसी घबरा गईं। यदि वह तुम्हारे डेरे में घुसने का प्रयत्न करे, तो जो कुछ हाथ में आए, उससे उसका सिर फोड़ देना। उस पर घातक प्रहार करना। भयभीत होने का कोई कारण नहीं है। एक स्त्री को अपने सतीत्व की रक्षा के लिए हिंस्र होने का पूरा अधिकार है। उसके पश्चात् हम उसे देख लेंगे। यदि उसका भी अवसर न मिले, तो उसे प्रेमशास्त्र पढ़ाने लगना कि स्त्री जब स्वेच्छा से आत्मसमर्पण करती है, तो उस संभोग का सुख अलौकिक होता है। और उसे किसी समय किसी स्थान विशेष पर बुला लेना। वह अवश्य ही मान जाएगा। तुम्हारा रूप क्या किसी मदांध लंपट को इतनी देर भी बहका नहीं सकेगा ? अवश्य कर पाएगा। फिर हम उससे निबट लेंगे।"

सैरंध्री को लगा, सचमुच विचलित होने का कोई कारण नहीं है। बृहन्नला ने प्रायः सब प्रकार की परिस्थितियों का कोई न कोई समाधान उसे बता ही दिया है। ...

"अच्छा चलती हूँ। ऐसा न हो कि उधर रानी मेरी ढूँढ़ मचा दें।"

"जाओ ! भगवान तुम्हारी रक्षा करेंगे।" बृहन्नला ने कहा, "ऐसा हो नहीं सकता कि तुम जैसी सती के तेज का उल्लंघन कर कोई लंपट तुम्हारा अपमान कर जाए। दुर्योधन, दुःशासन और कर्ण नहीं कर पाए, तो कीचक में ही ऐसी क्या विशेषता है। यदि सचमुच ऐसा संकट आ गया तो स्वयं भगवान को तुम्हारी

रक्षा के लिए वहाँ प्रकट होना पड़ेगा।"

सैरंध्री को लगा, बृहन्नला के स्वर में कोई दिव्य तत्त्व भासमान हो रहा है।

44

कीचक ने सैरंध्री का पीछा करने की आवश्यकता नहीं समझी। उसने अपना मंतव्य तो उस तक पहुँचा ही दिया था। अब शेष काम के लिए कुछ समय तो लगेगा ही। इस समय सैरंध्री को खोजने का कोई लाभ नहीं था। उचित था कि सुदेष्णा को भी तो उसका दायित्व समझा दिया जाए।

सुदेष्णा जानती थी कि कीचक कहाँ गया था और क्या करने गया था। उसने उसकी ओर देखा। कहा कुछ भी नहीं।

"अभी तो वह कुछ सुन ही नहीं रही।"

"मैंने आपको पहले ही कहा था कि वह वैसी स्त्री नहीं है।" सुदेष्णा ने उत्तर दिया।

"ऐसी स्त्री और वैसी स्त्री क्या होती है।" कीचक सुदेष्णा की नासमझी का उपहास करता सा बोला, "मैं तो एक ही बात जानता हूँ कि मुझे वह स्त्री चाहिए, चाहे वह जैसी भी हो। और तुम जानती हो कि जो कुछ मुझे चाहिए, उसे मैं देर-सवेर से प्राप्त कर ही लेता हूँ।"

"तो क्या करेंगे—उसे उठा कर ले जाएँगे ?" सुदेष्णा भी कुछ तीखी पड़ी।

"आवश्यकता हुई, तो वह भी करूँगा। उसमें ऐसी कौन-सी अनहोनी है। क्षत्रियों में कन्या-हरण नहीं होता क्या ?" कीचक बोला, "बात तो उसे मेरी माननी ही पड़ेगी।"

"क्षत्रियों में कन्या-हरण होता है, किसी अन्य की भार्या का हरण नहीं होता। विवाहिता का हरण किया था रावण ने और उसके लिए उसे अपने प्राण देने पड़े। इधर प्रयत्न किया था उस मूर्ख जयद्रथ ने। उसे भी उसका फल भोगना पड़ा। अब आप भी प्रयत्न करके देख लें। अदृश्य रह कर उसकी रक्षा करनेवाले उन गंधर्वों के विषय में भी थोड़ा सोच लें।"

"ऐसी कपोल-कल्पनाओं से कीचक भयभीत होने लगा, तो कर ली उसने अपने मन की। एक तो उन गंधर्वों का कोई अस्तित्व नहीं है; और यदि सत्य ही वे सैरंध्री के रक्षक हैं, तो उन्हें भी अपने प्राण देने पड़ेंगे। मणि की रक्षा करनेवाले सर्प को मार कर ही तो मणि प्राप्त की जाती है। तुम चाहे उसे साधारण सैरंध्री

समझती रहो सुदेष्णे ! किंतु मेरी दृष्टि में सैरंध्री एक अमूल्य मणि है। मैं उसका त्याग इसलिए तो नहीं कर सकता, क्योंकि उसकी रक्षा एक सर्प कर रहा है।"

"मैंने भी उसकी रक्षा का वचन दे रखा है। और मैं सर्प नहीं हूँ। ..."

कीचक ठठा कर हँस पड़ा, "मेरी नन्हीं-सी बहन भी उसकी रक्षा करना चाहती है; किंतु किससे रक्षा करोगी उसकी और किसके बल पर करोगी ?" उसने रुक कर सुदेष्णा की ओर देखा, "तुम्हारी रक्षा तो मैं करता हूँ सुदेष्णे ! और तुमने उसे रक्षा का वचन दिया है, तो मेरे ही बल पर दिया होगा। अब कहीं तुम यह तो नहीं सोच रहीं कि अपने अंगरक्षकों को आदेश दोगी कि वे मेरे सैनिकों को मार कर मत्स्यभूमि से बाहर निकाल दें, अथवा उन्हें बंदी कर लें, अथवा उनका वध कर दें ?"

सुदेष्णा समझ रही थी कि कीचक के सम्मुख वह कितनी असहाय थी। अब तक तो वह भाई के रूप में, बहन से अपने स्नेह के आधार पर, बात मनवाने के लिए मनुहार कर रहा था; किंतु सुदेष्णा के व्यवहार में विरोध का हल्का-सा अंकुर देखते ही, उसकी बातों में धमकी की नागफनी उग आई थी।

सुदेष्णा के स्वर में न अधिकार रहा, न वह तेज। बोली, "मैं जानती हूँ कि उसकी इच्छा के विरुद्ध कुछ हुआ, तो वह विराटनगर छोड़ कर चली जाएगी।"

अब कीचक का क्रोध प्रच्छन्न नहीं रहा। वह पर्याप्त मुखर हो उठा था, "इतना सरल नहीं है, कीचक की इच्छा का विरोध। ऐसे ही कैसे विराटनगर छोड़ कर चली जाएगी।"

"तो क्या उसे बंदी बना कर रखेंगे ?"

"क्यों ? बंदी बना कर क्यों नहीं रखा जा सकता। विराटनगर में आज तक क्या किसी को बंदी बना कर नहीं रखा गया ? जहाँ अन्य इतने बंदी हैं, वहीं एक साधारण सैरंध्री क्यों बंदिनी हो कर नहीं रह सकती।" कीचक बोला।

"आरोप क्या लगाएँगे ?"

"आरोप की आवश्यकता तो कारागार में रखने के लिए होती है। मैं उसे अपने प्रासाद में रखूँगा। रानी बना कर रखूँगा। यदि जानने की हठ करेगी तो उस पर आरोप होगा कि उसने कीचक पर मोहिनी डालने का अपराध किया है। उसने कीचक को अपना बंदी बनाया, इसलिए कीचक ने उसे अपनी बंदिनी बना लिया है।" कीचक बोला, "किंतु अभी इस सबका समय नहीं आया है। अभी तो उसे वैसे ही मनाने का प्रयत्न करो।"

"यह सब मेरा काम नहीं है।" सुदेष्णा कुछ रोषपूर्वक बोली, "आप जानते हैं कि मैं आपकी इस जीवन-शैली का समर्थन नहीं करती। राजा ने एक बार सैरंध्री की ओर मुँह किया था तो मैंने बता दिया कि वह विवाहिता है, तो उन्होंने

उसका विचार ही छोड़ दिया; और एक आप हैं कि कुछ मानते ही नहीं। जिस पुरुष की कामना स्त्री का अपना मन न करे, उस पुरुष को वह क्या सुख देगी।"

"उसका अपना मन भी मेरी कामना करने लगेगा; किंतु पहले वह मेरे विषय में जान तो ले।" कीचक बोला, "तुम जानती नहीं हो कि कुछ स्त्रियाँ मानने में कितना विलंब करती हैं। उन्हें मनाने के लिए श्रम करना पड़ता है। मन में हाँ हाँ का हाहाकार उठता रहेगा तो भी ऊपर से वे न में सिर हिलाती रहेंगी।"

"आपके विषय में क्या जानना शेष रह गया है, उसके लिए? आपने अपने विषय में उसे सब कुछ बता तो दिया ही होगा ?"

"बताया तो है, किंतु अभी उसे मेरा विश्वास नहीं हुआ है।" सहसा कीचक का स्वर मनुहार भरा हो गया, "तुम जानती तो हो मेरी बहना ! वह मुझे नहीं मिली, तो मैं प्राण दे दूँगा। उसके बिना मैं जीवित नहीं रह सकता। केवल तुम्हें डराने के लिए नहीं कह रहा हूँ। सत्य बता रहा हूँ। उसके पश्चात् कर लें विराट राज मत्स्यदेश पर शासन।"

"आप नहीं होंगे, तो राजा शासन नहीं कर पाएँगे ?"

"शासन के लिए आवश्यक है, बल। कहाँ से लाएँगे राजा यह बल !" कीचक,सुदेष्णा के एकदम निकट आकर भेद भरे स्वर में बोला, "नियंत्रित करने के लिए मैं न होऊँ तो ये सारे उपकीचक, राजा के शत्रु हो जाएँगे। राजा के अपने भाई, केवल मेरे भय से चुपचाप बैठे हैं। नहीं तो वे लोग ही राजा से उसका राज्य छीन सकते हैं। ये सब तो भीतरी शत्रु हैं। यदि बाहरी आक्रमणों को रोकने के लिए मैं यहाँ उपस्थित न होऊँ तो मत्स्यदेश पर त्रिगर्त से भी आक्रमण हो सकता है, शाल्व से भी, हस्तिनापुर से भी; और चेदि से भी। कौन बचा लेगा राजा विराट को। एक मैं उपस्थित नहीं होता विराटनगर में, तो राजा को साधारण सैनिकों से भी भय लगने लगता है। ऐसे में वे सेनाओं का सामना कैसे करेंगे ?"

सुदेष्णा स्तब्ध खड़ी रह गई। कीचक सत्य ही कह रहा था। वह रुष्ट हो गया, तो स्थिति वह नहीं रहेगी, जो कि आज है। अपने सामने खड़ा अपना भाई, आज उसे बकासुर के समान दिखाई देने लगा था। अब तक तो वह समझती थी कि कीचक राजा के विरुद्ध उसका सहायक था; किंतु अब वह स्पष्ट देख सकती थी कि वह किसी का भी सहायक नहीं था। वह केवल अपना सहायक था। समय-समय पर वह बहन के प्रति जो स्नेह प्रदर्शित करता था; वह भी प्रदर्शन मात्र ही था। वास्तविक तो उसका स्वार्थ ही था। वह अपना स्वार्थ सिद्ध करने के लिए कठोर भी हो सकता था और क्रूर भी। उसका मार्ग न स्नेह रोक सकता था, न आदर्श; न धर्म, न मर्यादा।

"तो क्या चाहते हैं आप ?"

कीचक मुस्कराया, "अब तुमने समझदारी की बात की है।" वह रुका,

"करने पर आऊँ, तो मैं अभी उसे अपने कंधे पर उठा कर ले जाऊँ; किंतु मैं वह करना नहीं चाहता। उससे धर्मप्राण राजा विराट का शासन कलंकित होगा। इसलिए मैं नहीं चाहता कि मैं सार्वजनिक रूप से ऐसा कोई काम करूँ।"

"तो ?"

"किसी पर्व-त्यौहार के दिन, किसी उत्सव के अवसर पर, किसी बहाने से उसे मेरे प्रासाद में भेज देना। वह वहाँ आएगी, तो मेरा वैभव देखेगी। मेरी क्षमता और शक्ति को पहचानेगी। तब उस एकांत में मैं उसे मना लूँगा। सबके सम्मुख मानने में उसे भी संकोच होगा। एकांत में हम दोनों को ही सुविधा रहेगी।"

"वह न जाना चाहे तो ?"

"यहीं तो तुम्हारी सहायता की आवश्यकता है।" कीचक हँसा, "बस एक बार तुम उसे बाध्य कर दो कि वह मेरे प्रासाद में प्रवेश कर जाए। उसे देहली टपा दो मेरे प्रासाद की। शेष सब मैं कर लूँगा।"

"मैंने उसे, उसकी इच्छा के विरुद्ध भेज दिया और उसने उसके लिए मुझे लांछित किया तो ? यह रानियों का नहीं,कुट्टनियों का काम है।"

"उसके लांछन के उत्तर में तुम कह देना कि तुमने उसे नहीं भेजा। वह स्वयं अपनी इच्छा से ही कीचक के पौरुष की ओर आकृष्ट हो कर उसके प्रासाद में गई थी।"

"ठीक है किसी अवसर पर उसे भेज दूँगी।" सुदेष्णा बोली, "आप अपने प्रासाद में कुछ ऐसा खाद्य अथवा पेय तैयार करवाएँ, जो हमारे यहाँ न बनता हो। मैं उसे वे मँगवाने के बहाने भेज दूंगी।"

"ठीक है। इतना ही पर्याप्त है।"

कीचक चला गया और सुदेष्णा अपने स्थान पर बैठी रह गई। ... कीचक ने धमकी दी थी कि वह सैरंध्री को बंदिनी बना कर रखेगा; किंतु क्या सुदेष्णा भी उसकी बंदिनी नहीं थी ? स्थान की दृष्टि से वह बंदिनी न भी हो तो क्या, वह उसकी इच्छा की बंदिनी तो थी ही। ...

सैरंध्री को सुदेष्णा ने सुरक्षा का वचन दिया था और अब कीचक चाहता था कि वह उसे न केवल असुरक्षित छोड़ दे, वरन् उसे संकट में फँसाने में उसकी सहायता करे। एक व्यभिचारी की सहायता करे, जो एक सरल और सती नारी को किसी भी छल बल से भ्रष्ट करना चाहता था। ...

यदि सुदेष्णा उसकी सहायता न करे ? सैरंध्री को बुलाकर उसे सब कुछ बता दे कि कीचक उसके लिए कैसा जाल बुन रहा है ? वह सावधान

हो जाए। ...

किंतु सैरंध्री के लिए, सुदेष्णा इतनी व्याकुल क्यों है ? यदि सैरंध्री, कीचक के प्रासाद में जाएगी और कीचक उसे विभिन्न प्रकार के प्रलोभन देगा, तो यह तो सैरंध्री के अपने विवेक पर निर्भर करता है कि वह कीचक की इच्छा का पालन करती है अथवा नहीं। सुदेष्णा उसे उसकी इच्छा के विरुद्ध बाध्य तो नहीं कर रही। ... हाँ ! सुदेष्णा उसे बाध्य नहीं कर रही; किंतु कीचक तो उसे बाध्य करेगा ही। सुदेष्णा यह कैसे स्वीकार कर ले कि यदि सैरंध्री उसका तिरस्कार करेगी तो कीचक उसे चुपचाप लौट आने देगा। वह निश्चित रूप से बल प्रयोग करेगा। अन्यथा अपने प्रासाद में बुलाने का अर्थ ही क्या है। किन्हीं भी कारणों से हो, वह अन्यत्र कहीं भी सैरंध्री को बाध्य नहीं कर पा रहा है, तो अब सुदेष्णा, उसकी इच्छापूर्ति का माध्यम बने। सैरंध्री को बाध्य करे कि वह अपनी स्वामिनी के आदेश में बँधी हुई, एक बलात्कारी के जाल में फंस जाए। ...धन के बदले वह परपुरुष को अपनी इच्छा के विरुद्ध आत्मसमर्पण कर दे। यह तो व्यभिचार भी नहीं है। शुद्ध रूप से वेश्यावृत्ति है। और सुदेष्णा इसमें सहायक होगी ? वह एक अपराधी को सहायता देगी, ताकि वह एक कुलवधू को वेश्या बना सके, उसे अपने शरीर का व्यवसाय करने को बाध्य कर सके ? सुदेष्णा कैसे कर पाएगी, यह सब ? ... और यदि सुदेष्णा यह नहीं करती है ?... तो उसका वह भाई, जो आज तक उसकी रक्षा करता आ रहा है, उसके प्रति की भी रक्षा कर रहा है, और पति से सुदेष्णा की भी रक्षा कर रहा है, जो अब तक उस पर भाई का प्रेम बरसा रहा है, वही उसका शत्रु हो जाएगा। सैरंध्री को संरक्षण देती-देती, सुदेष्णा स्वयं असुरक्षित हो जाएगी। ...

क्या ऐसा नहीं हो सकता कि सैरंध्री की रक्षा करनेवाले गंधर्व, उसे कीचक से बचा लें ? ... और सुदेष्णा अपने ऊपर ही हँस पड़ी... अपनी ही कल्पना को सत्य मान बैठी वह ! सैरंध्री के अज्ञात रक्षक, इन गंधर्वों, की कल्पना उसी ने तो की थी; और अब उसकी इच्छा थी कि वह कल्पना सजीव हो उठे। वे गंधर्व सचमुच शरीर धारण कर लें और सैरंध्री के साथ-साथ रहें। ... पर कहीं सचमुच ऐसा हो गया तो क्या वे गंधर्व ही सैरंध्री के सौन्दर्य पर रीझ कर, उससे वे ही अपेक्षाएँ नहीं करने लगेंगे, जो कीचक कर रहा है ? ... प्रत्येक स्त्री चाहती है कि वह संसार की सबसे सुंदर नारी हो; किंतु सौन्दर्य कितना बड़ा संकट है, इसकी ओर उसका ध्यान ही नहीं जाता। उसका रूप ही उसका सबसे बड़ा शत्रु हो गया है। यही सैरंध्री यदि कुरूप होती, कुरूप न भी होती, साधारण से रूप-रंग की होती, तो न उसे किसी प्रकार की चिंता होती और न सुदेष्णा ही इस प्रकार के संकट में पड़ती। ...

सुदेष्णा उसे बुलाकर, सब कुछ समझा कर, रात के अँधेरे में विदा

ही क्यों नहीं कर देती ? न कीचक को सूचना होगी, न वह किसी प्रकार का संकट खड़ा कर पाएगा। प्रातः जब तक उसे सूचना होगी, सैरंध्री कहीं दूर निकल गई होगी। ... और सहसा सुदेष्णा का मन दूसरी ओर चल पड़ा ... जो सैरंध्री रानी के प्रासाद में, रानी के संरक्षण में सुरक्षित नहीं है, उसे वह रात्रि के समय अकेली चुपचाप विदा कर देना चाहती है ? जो सैरंध्री, कीचक के हाथों सुरक्षित नहीं है, उसे वह साधारण सैनिकों के हाथों में सौंप देना चाहती है। ... उससे तो कहीं अच्छा है कि वह सैरंध्री को यही समझाए कि वह हठ छोड़ कर परिस्थितियों से समझौता कर ले। उसका पति उसके पास है नहीं। श्वसुर ने उसे घर से निकाल दिया है। इस हिंस्र समाज में उसे किसी का सहारा, किसी का संरक्षण तो चाहिए ही होगा, तो फिर कीचक ही क्या बुरा है। वह उसे सुखी रखेगा। ...

और सहसा सुदेष्णा के मन में एक प्रतिसुदेष्णा आ बैठी, "क्यों सखि ! सैरंध्री की चिंता है या अपने उस रूप की, जो सैरंध्री के भरोसे जीवित है। जीवित क्या है, अब तो उसके इस रूप, इस यौवन का बिरवा लगाया ही सैरंध्री के हाथों ने है। सुदेष्णा तो स्वयं कल्पना नहीं कर सकती थी कि अपनी इस अवस्था में उसका ऐसा रूप निखर आएगा कि वह अपनी तरुणाई से भी अधिक आकर्षक हो जाएगी। ... सैरंध्री के विराटनगर से जाने का अर्थ है, सुदेष्णा की इस तरुणाई जैसे रूप-रंग का भी विदा हो जाना। यह नहीं हो सकता, सैरंध्री का चाहे कुछ भी हो। ...

सुदेष्णा को लगा कि उसका मन भी बहुत कठोर हो गया है। अपने भाई कीचक के ही समान !

45

पिछले दो दिनों से लगातार वर्षा हो रही थी। लगता था, पृथ्वी पर जो कुछ भी था, सब कुछ गीला और ठंढा हो चुका था।

विराट प्रातः ध्यान करके उठे ही थे और यज्ञशाला की ओर जा रहे थे कि परिचारिका ने मार्ग में सूचना दी कि सेनापति कीचक आए हैं।

विराट को आश्चर्य हुआ। इस ऋतु में इस समय कीचक। जो व्यक्ति इस समय तक सो कर भी न उठता हो, वह उनसे भेंट करने आ गया। यह कैसे संभव है ? ... और सहसा उन्हें कुछ ध्यान आ गया।

"तुमने सेनापति से पूछा कि वे किससे मिलना चाहते हैं ?"

"नहीं महाराज ! उन्होंने कहा कि जाकर सूचना दो कि सेनापति आए हैं। इससे आगे उनसे कुछ पूछने का दुस्साहस कैसे किया जा सकता था।" परिचारिका बोली, "अपराध क्षमा हो देव ! सेनापति तो महाराज से ही भेंट करते हैं। महारानी से मिलने तो उनके भाई ही आया करते हैं।"

राजा हँस पड़े, "तुम बहुत चतुर हो परिचारिके ! किंतु अभी नई हो। आज या तो उन्होंने बताने में भूल की है अथवा तुम्हारे अनुमान में कहीं कोई त्रुटि हो गई है।" राजा ने रुक कर परिचारिका को देखा, "वे युद्ध-वेश में हैं अथवा सभा की वेशभूषा में ?"

"नहीं महाराज ! मुझे तो वे किसी विलास समारोह में जाने को उद्यत दिखाई पड़ते हैं।"

"तो ऐसा करो परिचारिके ! एक बार पुनः उनसे पूछो कि उनके आने की सूचना किसे दी जाए।" राजा ने कहा, "यदि वे कहें कि उन्हें महाराज से मिलना है, तो उन्हें ससम्मान मेरे मंडप में बैठाओ। पीने के लिए उत्तम सुरा दो। जो सत्कार संभव हो करो। और यदि वे महारानी को सूचना देने के लिए कहें, तो उन्हें सुदेष्णा के मंडप में पहुँचा दो।"

"महारानी अभी अपने श्रृंगार-कक्ष में सैरंध्री के साथ हैं महाराज !"

"उन्हें वहीं कीचक के आने की सूचना दो। कहीं ऐसा न हो कि तुम अपनी सद्भावनावश उनकी श्रृंगार प्रक्रिया में व्यवधान न बनना चाहो और वे सूचना मिलने में विलंब को अपनी तथा अपने भाई की अवमानना मानें। तुम्हें ज्ञात ही होगा कि स्त्रियाँ अपने मायके के संबंधों के संदर्भ में असाधारण रूप से संवेदनशील होती हैं।"

"जो आज्ञा महाराज !"

परिचारिका लौट कर आई तो स्वागत मंडप में कीचक नहीं था।

"कहाँ गए ?" उसने द्वारपाल से पूछा।

"वे यहाँ बैठ कर प्रतीक्षा नहीं कर सकते थे। आज तक कभी नहीं की। इसलिए स्वयं ही सूचना देने चले गए कि वे आए हैं।" द्वारपाल मुस्करा रहा था।

"किंतु महाराज के पास तो वे पहुँचे ही नहीं।" परिचारिका बोली, "मैं वहीं से आ रही हूँ।"

"महाराज से तो उन्हें मिलना ही नहीं था।" द्वारपाल धीरे से बोला, "वे तो सैरंध्री से मिलने आए हैं, इसलिए महारानी के श्रृंगार कक्ष की ओर गए हैं।"

"क्या कह रहे हो। कोई सुन ले तो ?" परिचारिका ने भयभीत दृष्टि इधर-उधर डाली।

"सुन लेगा तो उसे आश्चर्य नहीं होगा। कौन नहीं जानता कि सेनापति

अपनी सेना को युद्ध के लिए नहीं साध रहे, जब से नगर में लौटे हैं, रति-युद्ध के लिए सैरंध्री को साध रहे हैं। वह तो हमारी सैरंध्री ही इतनी चरित्रवती है कि उस पर न सेनापति के धन, मान मर्यादा का प्रभाव पड़ता है, न उनके पद तथा रानी के भाई होने का। सेनापति तो उसके चरण धो कर पीने के लिए प्रस्तुत हैं, वह ही उन्हें घास नहीं डाल रही है।''

''तुम बहुत दुस्साहसी हो द्वारपाल।'' परिचारिका बोली और वहाँ से हट गई।

कीचक सीधा सुदेष्णा के शृंगारकक्ष की ओर चल पड़ा। किसी परिचारिका ने न उससे कुछ पूछना उचित समझा और न किसी प्रकार की सहायता करना। वह माधवी के मद में था और गगन में बहुत ऊँचे विहार कर रहा था। उसे वहाँ से धरती पर लाना संकट का काम था। आनन्दिका को राजप्रासाद का पर्याप्त अनुभव था। वह सूचना देने के जोखम को समझती थी, तो सूचना न देने के संकट का अनुमान भी उसको था। अंततः उसने यही उचित समझा कि महारानी को तो इसकी अग्रिम सूचना दे ही दी जाए।

अपने शृंगार के मध्य आनन्दिका को कक्ष में प्रवेश करते देख, सुदेष्णा की भृकुटी में बल पड़ गए।

''क्षमा करें महारानी !'' वह बोली, ''महारानी को असुविधा हुई, किंतु सेनापति कीचक इधर आ रहे हैं। अब जैसी आपकी इच्छा हो।''

सुदेष्णा के मन में स्थिति स्पष्ट हो गई। अच्छा किया, आनन्दिका ने उसे बता दिया। यदि इस स्थिति में कीचक वहाँ पहुँच जाता तो उसे इससे भी अधिक असुविधा होती।

''अच्छा तुम जाओ।'' उसने कहा और सैरंध्री की ओर देखा, ''तुम जाकर अंगराग तैयार करो और मेरे संदेश की प्रतीक्षा करो। जब तक मैं न बुलाऊँ, यहाँ मत आना।''

एकांत हो गया तो सुदेष्णा कुछ निश्चिंत हुई। कीचक भी कभी-कभी जान का रोग ही हो जाता है। उसके कारण अपनी सेवा में किसी सुंदरी दासी को रखना सदा ही संकटपूर्ण काम रहा है।

कीचक के कक्ष में प्रवेश करते ही सुदेष्णा समझ गई कि उसने माधवी पी रखी थी।

''सुदेष्णे ! देखो कैसी ऋतु है। दो दिनों से वर्षा हो रही है और मैं दो दिनों से सैरंध्री की प्रतीक्षा कर रहा हूँ। तुमने उसे भेजा ही नहीं। इस ऋतु में जब कामदेव किसी के हृदय को मथता है, तो उसका कष्ट समझती हो तुम ?

कैसी बहन हो ? देख रही हो कि भाई पीड़ा से तड़प रहा है और उसकी ओषधि को अपने पास सहेज कर रखे हुए हो। उसे भेजती क्यों नहीं ?''

पहले तो सुदेष्णा का तेज जागा। उसकी इच्छा हुई कि वह कीचक की न केवल कठोर ताड़ना करे, वरन् अपने अंगरक्षकों को बुलाकर उसे प्रासाद के बाहर फिंकवा दे। ... कैसा भाई है कीचक ! कैसा सेनापति और कैसा मनुष्य ! सूर्योदय हुआ नहीं और यह माधवी लेकर बैठ गया। लोग प्रातः उठ कर स्नान-ध्यान करते हैं। हवन-यज्ञ करते हैं। प्रभु को स्मरण करते हैं। अपने दिन भर के कार्यों के लिए स्वयं को प्रस्तुत करते हैं। और यह है कि आँखें खोलते ही माधवी में डूब जाता है; और फिर उसे सैरंध्री भी चाहिए। प्रातः ! इस समय ! रात भर उसी के साथ मानसिक विलास करता रहा होगा, तभी तो आँखें खुलते ही इधर चला आया। अपने श्रृंगार के मध्य ही वह सैरंध्री को उसके साथ भेज दे और स्वयं अपने खुले केश लिए यहाँ बैठी प्रतीक्षा करती रहे ? किंतु कीचक इस समय कोई तर्क सुनने की स्थिति में नहीं था।

''आपको कहा था न भैया कि किसी पर्व-त्यौहार के दिन आप अपने घर में कोई ऐसा पकवान पकवाएँ, अथवा कोई ऐसा पेय तैयार करवाएँ, जिसे लाने के बहाने मैं उसे भेज सकूँ।'' सुदेष्णा ने अपना रोष प्रकट किया, ''और आप प्रातः इस समय माधवी पी कर चले आए हैं। महाराज अभी यज्ञशाला में होंगे। उन्हें सभा में तो जा लेने दिया होता। समय और स्थान का तो कोई विचार किया कीजिए।''

''तो आज पर्व नहीं है क्या छोटी बहना ?'' कीचक ने चहककर कहा, ''दो दिन से वर्षा हो रही है। आकाश पर मेघों का अभिसार हो रहा है। रात को जब भी चपला चमकी, मुझे लगा कि सैरंध्री का मुखड़ा दमका है। ...'' वह रुक गया, ''लगता है, मैं कुछ बहक गया। मैं तो तुम्हें सूचना देने आया था कि केकय से माधवी आई है। वह अपना शांगलू है न ! वह अपने घर गया था। वह जब भी केकय जाता है, तो और कुछ लाए न लाए, मेरे लिए माधवी अवश्य लाता है। जब वर्षा का यह असामयिक समारोह आरंभ हुआ तो वह मार्ग में ही था। वर्षा में इन मार्गों से यात्रा और भी संकटपूर्ण हो जाती है। उसे मार्ग में रुक जाना चाहिए था; किंतु वह रुका नहीं। उसने सोचा कि इसी ऋतु में तो स्वामी को केकय देश की माधवी मिलनी चाहिए। अब न मिली तो क्या लाभ। वह अपने अश्वों को दौड़ाता, विराटनगर आ पहुँचा और सीधा मेरे प्रासाद में उपस्थित हुआ। मैं भी समझ गया कि यही तो ऋतु है माधवी की; और वह भी केकय की माधवी की। तब से माधवी पी रहा हूँ और सैरंध्री की प्रतीक्षा कर रहा हूँ। पर तुम उसे भेज ही नहीं रही हो। तुम समझती हो कि तुम्हारे जीवन की सार्थकता, सैरंध्री से अपने केश रंगवाने तथा वेणी बनवाने में है; और सैरंध्री के

जीवन की सार्थकता, तुम्हारी रंगाई-पुताई करने में। पर सैरंध्री का मोल तो मैं समझता हूँ। सैरंध्री नारियों में रत्न है। रत्न ! मेरे अंतःपुर में स्त्रियों का अभाव नहीं है। भरी पड़ी हैं। पर उनमें सैरंध्री एक भी नहीं है। ..."

"भैया !" सुदेष्णा अपने स्थान से उठ खड़ी हुई, "शांत होइए। बंद कीजिए अपना यह प्रलाप। यह सब आप नहीं बोल रहे, आपकी माधवी बोल रही है।"

"हाँ ! माधवी बोलती है। माधवी नाचती भी है। गाती भी है।" कीचक बोला, "मैं चाहता हूँ कि माधवी गाए तो मेरे भीतर की माधवी रोने लगती है।"

"आप घर जाएँ। नहीं रोएगी।"

"मैं घर तो चला जाऊँगा किंतु यदि तुमने सैरंध्री को नहीं भेजा, तो मेरे भीतर की माधवी फिर से रोने लगेगी।"

सुदेष्णा को लगा कि यदि कीचक यहाँ से नहीं उठा तो सुदेष्णा ही रो देगी; और उसे तनिक भी आश्चर्य नहीं होगा, यदि कीचक यहाँ बैठ कर, रोना और गाना एक साथ आरंभ कर दे।

"आप जाइए। मैं सैरंध्री को केकय की माधवी लाने के व्याज से अभी भेजती हूँ।" सुदेष्णा ने कीचक को बलात् उठाया।

"अभी भेज देना। तुरंत। मेरी अच्छी बहना ! नहीं तो तुम्हारा यह भाई अपने प्राण त्याग देगा। मैंने भगवान शंकर से प्रार्थना की है कि वे या तो मुझे सैरंध्री से मिला दें, नहीं तो मेरे प्राण ले लें। मैंने शपथ ...।"

"उस सबकी आवश्यकता नहीं पड़ेगी। आप घर जाइए। मैं उसे अभी भेज दूँगी।"

"शपथ लेती हो ?"

"हाँ शपथ लेती हूँ।"

"वचन देती हो ?"

"हाँ भैया ! वचन देती हूँ।"

कीचक चल पड़ा, किंतु उसकी जिह्वा मौन नहीं हुई, "सब वचन देते हैं, किंतु पूरा कोई नहीं करता। कोई सैरंध्री को मेरे पास नहीं भेजता। सब शपथ लेते हैं, किंतु प्राण कोई नहीं देता। मैं भी अभी तक जीवित हूँ। क्यों प्राण नहीं दिए मैंने ? सैरंध्री अभी तक मुझे मिली नहीं, तो फिर मैं जीवित क्यों हूँ। क्यों जीवित हूँ मैं।" वह सुदेष्णा की ओर मुड़ा।

"आप जीवित हैं, क्योंकि सैरंध्री आपको मिलनेवाली है।" सुदेष्णा ने उसे धकिया कर कुछ आगे चलाया, "आप नहीं रहेंगे, तो सैरंध्री किसे मिलेगी ?"

"देखो ! सैरंध्री को भेजना मात्र पर्याप्त नहीं है।" वह फिर रुक गया, "उसे समझा कर भेजना कि वह मेरे साथ बैठ कर माधवी पिए। मुझे अंगीकार करे। मेरे साथ समागम करे। केवल आ जाने से क्या होगा। ..."

"अपने घर के एकांत में उसे इतना भी समझा नहीं पाएँगे क्या आप ! जाइए वहाँ समझाते रहिएगा।"

कीचक की समझ में आ गया कि वह अपने घर के एकांत में सैरंध्री को अच्छी तरह समझा सकता है। और यह समझ में आते ही उसे अपने घर पहुँचने की जल्दी मच गई। ...

कीचक को विदा कर सुदेष्णा ने सैरंध्री को बुला लिया। उसका शृंगार अभी पूरा नहीं हुआ था। उससे पूर्व वह सैरंध्री को भेजनेवाली भी नहीं थी। किंतु यह सारा समय सुदेष्णा के विचार-मंथन का था। ...

यह जो चरित्रवती युवती उसकी सेवा कर रही थी, यदि यह अपने देह का ही व्यापार करना चाहती तो उसके पास आकर सैरंध्री का कार्य क्यों करती ? क्या वह स्वयं नहीं जानती कि वह असाधारण रूपवती है। जिस पुरुष को संकेत करेगी, वही आतुर होकर उसके चरणों में आ गिरेगा। राजा क्या, मंत्री क्या और सेनापति क्या ... जितना धन चाहेगी, उनसे रखवा लेगी। ... फिर भी वह यहाँ सैरंध्री के रूप में चाकरी कर रही है। इसीलिए तो कि वह अपने पति के प्रवास से लौटने तक किसी भले घर का आश्रय चाहती थी। सुदेष्णा ने उसे कुछ वचन दिए थे। ... तो अब सुदेष्णा क्या करना चाहती है ?

सुदेष्णा तो अपने वचन की रक्षा ही करना चाहती है; किंतु कीचक करने दे, तब ना ! वचन तो उसने कीचक को भी दिया है, चाहे टालने के लिए ही दिया हो। यदि उसने कीचक को दिया हुआ वचन पूरा न किया तो इस बार तो कीचक उसके कहने पर चला भी गया है, अगली बार वह ऐसे ही नहीं जाएगा। वह यहीं उपद्रव कर देगा। यहीं से सैरंध्री को घसीटता हुआ अपने भवन तक ले जाएगा। तब कौन रोकेगा उसे ? राजा उसे रोक नहीं पाएँगे। सेना उसके कहने में है। सैनिकों को वह आदेश देगा तो सैनिक स्वयं ही सैरंध्री को उसके प्रासाद तक पहुँचा आएँगे। ... सैरंध्री को दिया गया वचन सुदेष्णा पूरा नहीं कर सकती। असमर्थ व्यक्ति के वचन का मूल्य ही क्या है ?... सुदेष्णा जानती है कि यह न्याय नहीं है। किंतु न्याय तो वही कर सकता है, जो समर्थ हो। ... तो सुदेष्णा जब कुछ कर नहीं सकती तो वह सब कुछ सैरंध्री के भाग्य पर ही क्यों नहीं छोड़ देती ? उसके साथ जो होना होगा, होगा। भगवान उसकी रक्षा करना चाहेंगे, तो स्वयं ही कोई न कोई प्रबंध कर लेंगे ...

पर क्यों है सैरंध्री इतनी पतिव्रता ? क्या आवश्यकता है उसे इस अवगुंठन की ? सैरंध्री का काम करती हुई भी, क्यों वह सती बनी रहने का स्वप्न देख रही है। वह नहीं जानती कि राजा और राजपरिवार के लोग समय आने पर

स्वेच्छाचारी भी हो जाते हैं। दासियाँ, परिचारिकाएँ, चेटियाँ और सैरंध्रियाँ भी राजपरिवार के पुरुषों की इच्छाओं का विरोध करने लगेंगी, तो यह संसार कैसे चलेगा। कीचक ने किसी और दासी को बुलाया होता तो वह उल्लासपूर्वक गई होती और ढेर सारा पुरस्कार पा कर प्रसन्न हुई होती। तो फिर यह सैरंध्री ही इतनी हठ क्यों कर रही है ?... इसलिए कि उसका पति प्रवास से लौटे तो वह चली जाए और सुख से अपने पति के साथ रहे। तब सुदेष्णा का शृंगार करनेवाला कोई न हो, और जिसकी इच्छा हो, वही कहने लगे, "महारानी ! आप अकस्मात् ही बहुत ढल गई हैं।" सुदेष्णा अपनी क्षमता भर वह दिन नहीं आने देगी। ... यदि कीचक सैरंध्री को अपने वश में करने में सफल हो जाए, तो सैरंध्री अपने पति के लौट आने पर भी उसके पास नहीं जा सकेगी। विलास की अभ्यस्त हो जाने पर वह स्वयं ही जाना नहीं चाहेगी; और यदि जाना चाहेगी भी, तो उसका पति उसे स्वीकार नहीं करेगा। ... तो ? तो सैरंध्री आजीवन सुदेष्णा की परिचारिका बन कर रहेगी। सुदेष्णा का यौवन कभी नहीं ढलेगा। कोई नहीं कहेगा, "महारानी ! आप अकस्मात् ही बहुत ढल गई हैं। ..."

"लीजिए महारानी !" सैरंध्री ने सुदेष्णा के हाथ में दर्पण पकड़ाया, "देख लीजिए। जैसा कहा था, वैसा कर दिखाया। ग्रीष्म समाप्ति पर है। अब केशों को सिर के ऊपर बाँध कर रखना, एकदम आवश्यक नहीं है। आकाश पर जैसे घटाएँ स्वेच्छा से उन्मुक्त भाव से मँडरा रही हैं, वैसे ही आपकी अलकें भी हैं। आषाढ़ के शुक्ल पक्ष के आकाश का सा प्रभाव दे दिया है आपकी केश-राशि को मैंने। महाराज देखेंगे, तो आकाश की घटाओं और आपकी अलकों की घटाओं में कोई अंतर नहीं कर पाएँगे। संयोग से पिछले दो दिनों से यहाँ भी मेघ गर्जन कर रहे हैं। वैसे आषाढ़ के इन दिनों में ऐसी वर्षा होती तो नहीं, जो इस बार हो रही है। लगता है जैसे श्रावण की वर्षा आषाढ़ में ही हो रही है।... आपको रुचिकर लगा, यह केशविन्यास ?"

सुदेष्णा ने दर्पण पर एक भरपूर दृष्टि डाली : सैरंध्री सत्य कह रही थी, उसने जो कहा था कर दिखाया था। अपनी कला में वह अद्वितीय थी। लगता था, वह मात्र सैरंध्री ही नहीं है, एक अत्यंत संवेदनशील कवयित्री भी है। प्रकृति का सूक्ष्म निरीक्षण करती है। ऋतुओं के साथ वेश-परिवर्तन तो सब ही करते हैं, किंतु केश-परिवर्तन की चर्चा सुदेष्णा ने सैरंध्री से ही सुनी थी। ...

किंतु अब परीक्षा सैरंध्री की नहीं, सुदेष्णा की थी। उन्हें अपने भाई कीचक को शांत और संतुष्ट रखना होगा। उन्होंने कीचक को कैसी सरलता से वचन दे दिया था; किंतु कहने और करने में कितना अंतर होता है। कहने भर से किसी का क्या बनना या बिगड़ना है; किंतु उस वचन के कर्म में परिणत होते ही स्थितियाँ एक दम बदल जाती हैं। ... कहीं सुदेष्णा का यह कर्म किसी बड़ी दुर्घटना का

कारण न बन जाए ...

"सैरंध्री ! यह तो हो गया। अब इन घटाओं के अनुकूल माधवी भी तो चाहिए, जो मेरी और महाराज की प्यास मिटा सके। जानती है, वह कौन-सी माधवी है ?"

"नहीं महारानी ! मैं तो सैरंध्री हूँ। मेरा माधवी से क्या संबंध। वह कार्य तो मधुबालाओं का है।"

"वह है, सारी माधवियों में सबसे मादक—केकय माधवी।" सुदेष्णा ने कहा, "जा ले आ। जानती है, कहाँ से मिलेगी ?"

"नहीं महारानी ! किंतु अनुमान कर सकती हूँ कि केकय माधवी है, तो केकय प्रदेश में ही मिलती होगी।"

"तुम बड़ी ही समझदार हो सैरंध्री। बात को तत्काल समझ लेती हो। भैया ने केकय प्रदेश से वह माधवी मँगवाई है। प्रतिवर्ष मँगवाते हैं। इस वर्ष कल ही उनके प्रासाद में पहुँची है। अभी बची हुई है। देर हो गई तो सारी की सारी समाप्त हो जाएगी और फिर अगले वर्ष की प्रतीक्षा करनी पड़ेगी।" सुदेष्णा ने कहा, "भाग कर जा और जाकर तत्काल ले आ।"

सैरंध्री स्तब्ध रह गई। वह तो अपेक्षा कर रही थी कि उसकी कला से प्रसन्न हो कर रानी उसकी प्रशंसा करेंगी और उसे कोई पुरस्कार देंगी।... किंतु यह तो कोई पुरस्कार नहीं है। दंड ... और वह भी ऐसा दंड...

"आपकी सेवा में जब मैं आई थी महारानी ! तब आपने मुझे वचन दिया था कि आप मुझे किसी और की सेवा में नहीं भेजेंगी।" सैरंध्री बोली, "आप अपना वह वचन भूल रही हैं देवि !"

"नहीं ! मैं कुछ भी भूल नहीं रही हूँ।" सुदेष्णा बोली, "मैं तुम्हें भैया की सेवा में नहीं भेज रही हूँ। तुम मेरी ही सेवा में हो। पिपासिता मैं हूँ। कंठ मेरा सूख रहा है। माधवी की आवश्यकता मुझे है। तो फिर यह मेरी सेवा क्यों नहीं है ?"

सैरंध्री समझ रही थी कि रानी को यह अधिकार था कि वह उसे इस प्रकार के कार्यों के लिए भेज सकें। यह तो सैरंध्री का अपना ही आशंकित मन था, ज़ो अपने लिए विभिन्न प्रकार के संकटों का पूर्वाभास पा रहा था। संभवतः रानी को तो यह भी ज्ञात न हो कि कीचक ने सैरंध्री से क्या-क्या कहा था। तो फिर उचित यही है कि वह रानी को स्पष्ट बता दे ...

"महारानी ! मैं सेनापति कीचक के प्रासाद में नहीं जा सकती। आप तो जानती ही होंगी कि वह कैसा निर्लज्ज है। मैं अपने पति की दृष्टि में व्यभिचारिणी और स्वेच्छाचारिणी हो कर आपके प्रासाद में, नहीं रहूँगी।"

सुदेष्णा ने कृत्रिम क्रोध दिखाया, "भैया के प्रासाद से माधवी लाने से तुम

व्यभिचारिणी कैसे हो जाओगी ?"

"देवि ! आप जानती तो हैं कि कीचक काम-मद से उन्मत्त हो रहा है। वह मुझे देखते ही अपमानित कर बैठेगा।" सैरंध्री के स्वर में उसकी आशंका जैसे साक्षात् आ बैठी थी।

एक बार तो सुदेष्णा ने सोचा कि वह पूरे प्रसंग से अनभिज्ञ होने का अभिनय करे और कुछ कठोर हो कर सैरंध्री को जाने का आदेश दे; किंतु अगले ही क्षण उसे लगा कि उसका कोई विशेष लाभ नहीं होगा। उसमें और भी विलंब होगा। सैरंध्री सारी घटनाएँ सुनाएगी। अनेक नई बातें निकलेंगी। अनेक तर्क प्रस्तुत होंगे। ...वह सैरंध्री से इस संदर्भ में कोई वादविवाद नहीं करना चाहती थी।

"जो कोई भी जानता है कि तुम्हें मैंने भेजा है, वह तुम्हारा अपमान नहीं कर सकता। भैया कैसे तुम्हारा अपमान करेंगे।" सुदेष्णा ने आग्रह किया, "व्यर्थ आशंकित मत हो सैरंध्री ! जाओ और भाग कर माधवी ले आओ।"

"पर आपके अधीन अनेक दासियाँ हैं। मेरा ही जाना क्यों आवश्यक है। आप किसी और को भेज दीजिए। इसके बदले में मैं आपके और अनेक कार्य कर दूँगी।"

"मेरे साथ विवाद मत करो सैरंध्री !" रानी ने रोष जताया, "तुम नहीं जानतीं कि केकय की माधवी क्या है। इसलिए तुम्हें भेज रही हूँ। और जिस को भी भेजूँगी, वह आधी तो मार्ग में ही पी आएगी अथवा अपने प्रेमी को पिला आएगी। विलंब से सारी बात बिगड़ जाएगी। तत्काल जाओ और माधवी लेकर लौटो।"

रानी का तर्क सार्थक हो या न हो, सैरंध्री समझ गई थी कि रानी हठ पकड़ चुकी थी। अब बात अपने-अपने सम्मान की हो चुकी थी। और रानी के सम्मान के सम्मुख तो सैरंध्री को झुकना ही पड़ेगा।

सैरंध्री कुछ और कहती, इससे पूर्व ही रानी ने ढक्कन सहित एक स्वर्ण पात्र उसके हाथ में पकड़ा दिया, "इसे भर कर लाना। चाहे आग्रह करना पड़े, चाहे झगड़ा, किंतु इससे कम मत लाना।"

सैरंध्री ने पात्र पकड़ लिया और बाहर की ओर चल पड़ी। वह समझ रही थी कि कीचक के सम्मुख वह पूर्णतः असुरक्षित और असहाय थी। पता नहीं रानी इस बात को समझ नहीं रही हैं अथवा समझना चाहती नहीं हैं। ... कहीं वे अपने भाई की इच्छापूर्ति में उसकी सहायक तो नहीं हो रहीं ?

सैरंध्री को जैसे काठ मार गया। वस्तुतः यही बात है। अन्यथा, न तो किसी से कीचक की लंपटता छिपी है, और न ही यह कोई रहस्य की बात है कि सैरंध्री के प्रति कीचक का आग्रह निरंतर बढ़ रहा है। ... सैरंध्री ने अब तक तो यही माना था कि रानी उसकी रक्षा करेंगी, किंतु लगता है, कि रानी भी इस

षड्यंत्र में कीचक की सहायिका हो गई हैं। ... तो सैरंध्री की रक्षा कौन करेगा ? ... क्या वह इसी समय सीधी बल्लव के पास चली जाए और जाकर सारी बात कह दे ? ... पर नहीं ! कीचक के प्रासाद में गए बिना, कीचक के किसी दुष्प्रयत्न का प्रमाण पाए बिना, बल्लव से कैसे कह सकती है कि कीचक ने उसे अपमानित किया है ? ... वह तो फिर अभी विचार ही कर रही है; किंतु बात बल्लव के पास पहुँच गई तो वह कुछ सोचेगा भी नहीं। अपने क्रोध में वह अभी ही कोई अनर्थ कर बैठेगा। परिणामस्वरूप कीचक के हाथों उनका कोई अहित हो या न हो, सैरंध्री और बल्लव ही, इस अज्ञातवास के सारे श्रम और कष्टों पर पानी फेर देंगे। अब जब अज्ञातवास का वर्ष पूरा होने को आया है, तो उसकी तनिक सी आशंका से सब नष्ट हो सकता है। ... तो क्या वह बृहन्नला के पास चली जाए ? उसे बताए ? वह तो आदेश में कोई काम नहीं करता है। और कुछ नहीं तो वह उत्तरा के माध्यम से रानी पर दबाव डलवाए कि वे सैरंध्री को कीचक के प्रासाद में न भेजें ? किंतु यदि रानी और बुरा मान गईं ? उत्तरा उनकी पुत्री ही तो है। यदि वे उसका आग्रह न मानें तो ? और फिर रानी तो केकय प्रदेश की माधवी की प्रतीक्षा कर रही होंगी। सैरंध्री का अपनी आशंका मात्र के आधार पर रानी की आज्ञा का पालन न करना और इधर-उधर भटकना, रानी को रुष्ट ही करेगा। ...

अभी कुछ भी ऐसा नहीं हुआ है, जिसके आधार पर वह किसी से अपने लिए न्याय अथवा रक्षा की माँग कर सके। ... बहुत संभव है कि ऐसा कुछ न ही हो। यह सब उसके भयभीत मन की दुष्कल्पनाएँ मात्र ही हों।... इससे तो अच्छा है कि वह सावधानी से जाए। कीचक को किसी प्रकार का कोई अवसर ही न दे और रानी के लिए माधवी लेकर तत्काल लौट आए। ... और फिर बृहन्नला ने भी तो कहा था कि संकट की स्थिति में वह कीचक को लुभाने का अभिनय कर, कुछ हाव-भाव दिखा उसे बहका भी तो सकती है। ...

सैरंध्री का विचलित मन अपने सखा कृष्ण को स्मरण कर रहा था। यदि कहीं कृष्ण तुम यहाँ आस-पास होते ! किंतु इस बार तो तुम यह भी नहीं जानते कि तुम्हारी सखी कहाँ है। तुम्हारे मित्र और भाई कहाँ हैं। तुम उन्हें स्वयं खोज कर उनकी सहायता भी करना चाहोगे, तो कैसे करोगे ? तुम जानते ही नहीं कि वे लोग कहाँ हैं।...

सहसा सैरंध्री को लगा कि उसके भीतर एक आश्वासन जन्म ले रहा है।...कृष्ण क्या नहीं जानता ? कृष्ण क्या जान नहीं सकता ? कृष्ण के लिए क्या अज्ञात है ? क्यों भयभीत हो कृष्णे ! अर्जुन ने कहा था न कि तुम्हारे जैसी सती नारी के तेज के सम्मुख कौन-सा आततायी ठहर सकता है ? कौन-सा परस्त्रीगामी लंपट तुम्हारी दृष्टि की अग्नि को सहन कर सकता है। तुम निर्भय

हो कर जाओ सैरंध्री। तुम्हारा वेश बदला है, किंतु तुम अब भी द्रुपदपुत्री कृष्णा ही हो, जो अग्निकुंड में से जन्मी थी। तुम्हारा तेज अद्वितीय है। तुम कृष्ण की सखी हो कृष्णे। तुम निर्भय हो कर जाओ। ...

सैरंध्री कीचक के प्रासाद के द्वार पर ही रुक गई। ... उसे भीतर जाने की आवश्यकता ही क्या थी। वह द्वारपाल के निकट जाकर खड़ी हो गई। उसने वह पात्र उसकी ओर बढ़ा दिया, "महारानी ने मुझे भेजा है। यह पात्र लो और किसी को भेज कर महारानी के लिए केकय की माधवी मँगा दो।"

"आओ।" द्वारपाल उसे मार्ग दिखाता हुआ चल पड़ा।

अब सैरंध्री के पास कोई विकल्प नहीं था।

द्वारपाल उसे जिस कक्ष में लाया, वहाँ सामने ही कीचक बैठा था। इसी बात से तो सैरंध्री डर रही थी। अब यह संभव नहीं था कि वह किसी दासी अथवा परिचारिका से माधवी लेकर लौट जाती।

"आओ सैरंध्री !" कीचक लहराता-सा अपने स्थान से उठा, "तुमने बहुत अच्छा किया कि तुम आ गईं। बड़ी समझदार है सुदेष्णा, कि उसने तुम्हें भेज दिया।"

सैरंध्री के सम्मुख, अब सब कुछ स्पष्ट था... क्यों सुदेष्णा ने उसे भेजने की हठ की। क्यों उसे किसी परिचारिका अथवा रसोइए के पास न भेज कर, सीधे उस कक्ष में पहुँचाया गया, जहाँ कीचक बैठा उसकी प्रतीक्षा कर रहा था। उसके विरुद्ध षड्यंत्र रचा है, सुदेष्णा और कीचक ने ...

"आओ, यहाँ मेरे साथ बैठो। माधवी का पान करो। आओ, मेरी स्वामिनी बन कर मेरा प्रिय कार्य करो।" उसने सैरंध्री के उत्तर की प्रतीक्षा नहीं की, स्वयं ही बोला, "मैं अभी दासियों को आज्ञा देता हूँ। वे तुम्हारे लिए सोने का हार लाएँ, शंख की चूड़ियाँ लाएँ, स्वर्णमय कर्णफूलों के जोड़े लाएँ, मणि, रत्नों के आभूषण लाएँ, रेशमी साड़ियाँ लाएँ ..."

"सेनापति ! मुझे महारानी सुदेष्णा ने भेजा है। उन्हें प्यास लगी है। मैं उनके लिए केकय प्रदेश की माधवी लेने के लिए आई हूँ।" सैरंध्री बोली, "वे मेरी प्रतीक्षा कर रही होंगी। मैं शीघ्र न पहुँची तो वे क्रुद्ध होंगी। ..."

"तो ठीक है। किसी दासी को भेज देता हूँ, वह सुदेष्णा को माधवी पहुँचा देगी। लाओ, यह पात्र मुझे दो।" वह सैरंध्री के एकदम निकट आ गया था।

सैरंध्री का मस्तिष्क बड़े वेग से दौड़ रहा था। यदि वह स्वर्णपात्र उसको पकड़ा देती है और कीचक वह किसी दासी को देने के लिए इधर-उधर होता है, तो वही समय होगा, जब उसे यहाँ से निकल भागना चाहिए। ... यह तो

निश्चित ही है कि वह उसे माधवी नहीं देगा। उसे तो अंततः खाली हाथ ही जाना है। तो वह अपने अपमान की प्रतीक्षा क्यों करे ? शीघ्रातिशीघ्र यहाँ से निकल जाए और रानी को स्पष्ट कह दे कि वह उनकी इस प्रकार की आज्ञाओं का पालन नहीं कर सकती। वे प्रसन्न हों अथवा अप्रसन्न। वह व्यभिचारिणी हो कर उनकी चाकरी नहीं करेगी।

सैरंध्री ने पात्र, कीचक की ओर बढ़ा दिया। कीचक ने अपना हाथ बढ़ाया और पात्र के स्थान पर सैरंध्री की भुजा थाम ली, "मैंने यह दिव्य शैया पहले से ही बिछा रखी है। मैं सोच रहा था कि जिस प्रकार तुम मेरे मन में बैठी हो, वैसे ही मेरी शैया पर क्यों नहीं आती हो। आज मेरी मनोकामना पूर्ण करो सुंदरी !"

सैरंध्री ने झटके से स्वयं को छुड़ाया, "नीच ! सत्ता का दुरुपयोग मत कर; और स्वयं को इतना शक्तिशाली भी मत समझ। मुझे हाथ लगाएगा तो मेरे रक्षक गंधर्वों द्वारा आज रात्रि को ही मारा जाएगा।"

कीचक कुछ लड़खड़ाया और फिर उसने सैरंध्री का उत्तरीय पकड़ लिया, "गंधर्व जब आएँगे तो उनको भी देख लूँगा। इस समय तो तुम आई हो, तुम्हें देख लूँ।"

सैरंध्री समझ रही थी कि इस समय कहने-सुनने का कोई लाभ नहीं था। कीचक इस स्थिति में ही नहीं था कि उसे कुछ समझाया जा सकता। इस समय तो उसे अपने ही भरोसे अपनी रक्षा करनी थी।

कीचक ने उसे पकड़ लिया था और वह उसकी पकड़ से छूटने के लिए सामर्थ्य भर प्रयत्न कर रही थी। उसके मन में यह पूर्णतः स्पष्ट था कि सैरंध्री के किसी सहायक के इस समय यहाँ आने की कोई संभावना नहीं थी। पर यह भी उतना ही स्पष्ट था कि कीचक अपनी सहायता के लिए भी किसी को नहीं बुलाएगा। शारीरिक बल में सैरंध्री कीचक के समकक्ष नहीं हो सकती थी; किंतु वह इस समय माधवी के प्रभाव में था। अतः असावधान था। यदि सैरंध्री अपनी रक्षा करने का प्रयत्न करती रहेगी, तो कुछ भी नहीं हो पाएगा; किंतु यदि वह आक्रामक हो जाए, तो संभव है कि वह उसकी पकड़ से छूट जाए। यदि प्रभु की इच्छा होगी, तो वे इसी रूप में उसकी रक्षा कर लेंगे।

सैरंध्री ने अपना सारा बल एकत्रित करके कीचक को एक जोर का धक्का दिया। कीचक न केवल लड़खड़ा कर पीछे हट गया, वरन् सँभलने के प्रयत्न में उसने जिस आसन का सहारा लेना चाहा था, उसको लिए दिए ही गिर पड़ा। सैरंध्री के लिए यही एक अवसर था कि वह बच कर भाग सकती थी। यदि वह क्षण भर भी रुकी और कीचक उठ कर खड़ा हो गया, तो दूसरी बार ऐसा अवसर सैरंध्री को नहीं मिलेगा।

उसने भूमि पर गिरा हुआ स्वर्णपात्र उठाया और बाहर की ओर भागी। अब यदि कीचक उसके निकट आया तो वह यही स्वर्णपात्र उसके सिर पर दे मारेगी, फिर जो होना हो, हो ले।

वह अपनी पूरी क्षमता से भाग रही थी। दो एक दासियों-परिचारिकाओं ने उसे आश्चर्य से देखा भी; किंतु कुछ कहा नहीं। द्वारपाल ने अवश्य पूछा, "अरे भाग क्यों रही हो सैरंध्री !"

"महारानी माधवी की प्रतीक्षा में हैं। विलंब से उन्हें असुविधा होगी।"

द्वारपाल अपने स्थान पर बैठा रहा और सैरंध्री भागती चली गई। कहाँ जाए ? इस समय कहाँ जाए कि वह कीचक से बच जाए ? स्पष्ट था कि सुदेष्णा के निकट वह सुरक्षित नहीं थी। कीचक वहाँ पहुँच जाएगा और सुदेष्णा उसे रोकना भी चाहेंगी, तो रोक नहीं पाएँगी; और पता नहीं वे उसे रोकना भी चाहेंगी अथवा नहीं। उन्होंने उसे ही हठपूर्वक कीचक के घर माधवी लाने के लिए भेजा, इसी से स्पष्ट था कि वे कीचक की सहायता कर रही थीं। तो फिर सैरंध्री कहाँ जाए ? बल्लव के पास ? बृहन्नला के पास ? कंक के पास ? ग्रंथिक और तंतिपाल, दोनों ही यहाँ से दूर थे। उनके पास पहुँचना संभव नहीं था।

सहसा उसकी दृष्टि पीछे की ओर गई.... अपने वस्त्र सँभालता हुआ कीचक उसके पीछे दौड़ा आ रहा था।

तो कीचक ने उसका पीछा करने का विचार नहीं छोड़ा था। उसे न किसी से भय था, न किसी से लज्जा। उसने अपने सैनिकों से नहीं कहा था कि वे उसका पीछा कर उसे पकड़ लाएँ। वह स्वयं ही भागा आ रहा था। संभवतः यह माधवी के प्रभाव के ही कारण होगा; अन्यथा उसके पास सैरंध्री को पकड़ मँगवाने के लिए साधनों की कमी तो नहीं हो सकती।

अधिक विचार करने का समय नहीं था। ... इस समय सबसे निकट तो राजा की सभा ही थी। वहाँ इस समय राजा भी होंगे और कंक भी। संभव है, अन्य सभासद भी हों। कीचक निरंतर उसके निकट आता जा रहा था। सैरंध्री का राजसभा तक पहुँच पाना भी कठिन ही था। यदि कीचक ने उससे पहले ही उसे पकड़ लिया, तो भारी दुर्दशा होगी।

सैरंध्री प्राणपण से दौड़ती जा रही थी।

सभा के द्वार पर से ही सैरंध्री उच्च स्वर में बोली, "दुहाई महाराज ! अपनी प्रजा की रक्षा कीजिए।"

द्वारपाल ने असाधारण-सी स्थिति देख कर सैरंध्री को नहीं रोका। वह उसे पहचानता था। इस समय उसके हाथ में स्वर्णपात्र भी था। संभव था कि वह महाराज के ही लिए कोई पेय पदार्थ लेकर आई हो। वह दौड़ती हुई आई थी, उससे तो यही माना जा सकता था कि वह शीघ्रता में थी। संभवतः द्वारपाल

उसे टोकता कि वह राजसभा में शालीनता से जाए, किंतु उसके ठीक पीछे कीचक को आते देख, वह कुछ-कुछ अनुमान लगा सकता था। सैरंध्री ने महाराज को पुकारा भी था। ऐसे में द्वारपाल तटस्थ हो गया। वह सैरंध्री और कीचक के मध्य क्यों आए। राजा स्वयं ही न्याय करें।

सैरंध्री ने निमिष भर में ही देख लिया कि राजा के साथ कंक बैठे थे और उनसे कुछ ही पीछे बल्लव भी बैठा था। संभवतः वह किसी प्रकार का कोई आदेश लेने के लिए राजा के पास आया हो। यहाँ वह पूर्णतः सुरक्षित थी। राजा, कंक तथा बल्लव—इन तीनों की उपस्थिति में कीचक उसका क्या बिगाड़ सकता था।

राजा के साथ-साथ कंक तथा बल्लव ने ही नहीं, सारी सभा ने देखा कि पूर्णतः अव्यवस्थित, स्वेद से नहाई तथा हाँफती हुई सैरंध्री राजसभा के सारे शिष्टाचारों का उल्लंघन करती हुई सभा में आई है और महाराज की दुहाई दे रही है। इससे पहले कि कोई कुछ समझता, कीचक भी लगभग उसी स्थिति में सभा के भीतर घुस आया।

कीचक को और कुछ भी दिखाई नहीं दे रहा था। उसे तो बस यही ज्ञान था कि वह पिछले कई दिनों से सैरंध्री को अपनी शैया पर लाने के सपने देख रहा था। कितने प्रयत्न के पश्चात् आज सैरंध्री उसके प्रासाद में ही नहीं, उसके कक्ष में आई थी। उसने उसे थाम भी लिया था। वह उसे धन, संपत्ति, पद, मान मर्यादा—सब कुछ देने को तैयार था, और तब भी यह सैरंध्री, उसे धक्का दे, भूमि पर गिरा कर भाग आई थी। उसका काम बाधित हुआ था; उसका अहंकार आहत हुआ था; और उसका क्रोध चांडाल का रूप धारण कर जाग्रत हुआ था। उसे और कुछ दिखाई नहीं दे रहा था। उसे तो बस अपने सामने खड़ी सैरंध्री दिखाई दे रही थी, जिसने उसके उद्दीप्त काम को इस प्रकार बाधित किया था कि उसका हृदय अपनी पीड़ा सहन करने में असमर्थ हो रहा था। ऐसे में वह केवल विनाश कर सकता था। जो कुछ उसके सम्मुख आएगा, उसके क्रोध की ज्वाला में जल कर क्षार हो जाएगा। आज यहाँ कुछ भी सुरक्षित नहीं रहेगा। ....

उसने अपनी ओर पीठ किए खड़ी सैरंध्री के खुले केश अपनी मुट्ठी में भींच कर, उसे अपनी ओर खींचा और जोर का एक धक्का दिया। पीछे की ओर से असावधान खड़ी सैरंध्री लड़खड़ाई और औंधे मुँह गिर पड़ी।

कंक और बल्लव अकस्मात् उठ खड़े हुए। कंक अभी अपने स्थान पर ही थे कि बल्लव सैरंध्री की ओर दो पग आगे बढ़ गया।

कीचक ने देखा कि सैरंध्री भूमि पर गिर पड़ी है। वह उसके सम्मुख पड़ी थी; और उसका सारा काम अब क्रोध में परिवर्तित हो उसे सुख देने के स्थान पर कष्ट देने के लिए मचल रहा था। उसने खींच कर एक लात उसे दे मारी।

तब तक बल्लव उसके निकट पहुँच चुका था। उसने कीचक को अपनी भुजाओं में उठाया और दूर फेंक दिया। कंक ने देखा सैरंध्री का अपमान हुआ है; किंतु वह अब सुरक्षित है। बल्लव ने कीचक को उठा कर दूर फेंक दिया है। कीचक अपने स्थान पर सिर टेके पड़ा था। उसकी उठने और पुनः सैरंध्री पर प्रहार करने की इच्छा का कोई लक्षण दिखाई नहीं दे रहा था। ... उनकी दृष्टि बल्लव की ओर गई : वह अब भी वहीं खड़ा था। उसकी मुट्ठियां भिंची हुई थीं, वह क्रोध से दाँत पीस रहा था। उसके नेत्र क्रोध से रक्तिम हो रहे थे। उनमें धुआँ सा आ गया था। वह अपने माथे का पसीना पोंछ रहा था। उन्हें लगा कि बल्लव को तत्काल न रोका गया तो संभवतः वह अगले ही क्षण कीचक की हत्या कर डालेगा।

कंक ने बल्लव के पैर का अंगूठा दबाया, "बल्लव ! तुम क्या पाकशाला के ईंधन के लिए उस वृक्ष को देख रहे हो ? बाहर जाकर उस सूखे वृक्ष को देखो। जिस वृक्ष से छाया मिल सकती है, उसके एक पत्ते को भी नष्ट नहीं किया जाता। उससे वृक्ष की ही नहीं, अपनी भी हानि होती है।"

बल्लव समझ गया कि कंक का संकेत किस ओर है। यदि वह कीचक की यहीं हत्या कर देगा, तो अवश्य ही यह प्रश्न उठेगा कि मत्स्यदेश के बलवान सेनापति का वध कर देनेवाला व्यक्ति कौन है ? वह साधारण रसोइया नहीं हो सकता। जब चारों ओर यह प्रश्न गूँजेगा, तो उनका अज्ञात रहना संभव नहीं होगा। यहाँ किसी को संदेह हो या न हो, हस्तिनापुर में यह समाचार अवश्य पहुँचेगा; और तब दुर्योधन निष्क्रिय नहीं बैठेगा।... तो क्या अपने को छुपाए रखने का मूल्य यह चुकाना पड़ेगा कि सैरंध्री को उसकी आँखों के सम्मुख कोई इस सीमा तक अपमानित करे और वह खड़ा देखता रहे ? पांडव के रूप में उसका एक धर्म है, तो मानव के रूप में भी उसका एक धर्म है। पुरुष के रूप में भी एक धर्म है; और पति के रूप में भी उसका एक धर्म है।... नहीं ! वह यह सब मौन मूक रह कर नहीं देख सकता। वह तो शायद कंक भी न करें। पर सैरंध्री अब सुरक्षित थी। कीचक ने तो तब से सिर भी नहीं उठाया था। संभवतः वह अचेत हो गया था। अब जो कुछ भी करना था, वह सैरंध्री की रक्षा के लिए नहीं, उसके अपमान का प्रतिशोध लेने के लिए करना था। ... उसकी कोई तात्कालिक आवश्यकता तो थी नहीं। तो राजा की सभा में इतने सारे लोगों के सम्मुख कीचक का वध कर, अपने पहचाने जाने का संकट क्यों उठाया जाए।...

उसने कंक की ओर देखा : कंक जाकर राजा के निकट अपने स्थान पर बैठ गए थे। बल्लव भी मन मार कर जाकर कंक के निकट ही बैठ गया। शायद कंक चाहते थे कि वह पाकशाला में चला जाए; किंतु वह कीचक के रहते,

यहाँ से हटना नहीं चाहता था।

राजा ने सब कुछ देखा। निश्चित रूप से सभा के सम्मुख राजा की उपस्थिति में, बिना कोई कारण बताए हुए, एक स्त्री को इस प्रकार अपमानित करना, उद्दंडता की पराकाष्ठा थी। राजा के मन में भी आक्रोश जागा था। वह कितना सैरंध्री के अपमान के कारण था, कितना अपने अपमान के कारण—वे समझ नहीं पा रहे थे।...उनका मन आक्रोश से जल रहा था; किंतु न तो तब से शरीर हिला था और न ही उनकी जिह्वा से कुछ उच्चरित हुआ था। ... वे देख रहे थे कि इस समय कीचक माधवी के प्रभाव में था। उन्होंने उसे कई बार केकय की माधवी के प्रभाव में देखा था। और उसके प्रभाव में वह कुछ भी कर सकता था। यदि इस समय राजा चाहें तो उसे कशा से पीट सकते थे। चाहें तो उसे बंदी बना सकते थे। चाहें तो उसे उसकी सारी संपत्ति से वंचित कर सकते थे। किंतु वह सदा ही तो माधवी के प्रभाव में नहीं रहेगा। जिस समय वह प्रकृतस्थ होगा, उस समय वह इतना निरीह नहीं होगा। तब वह खड्ग खींच कर राजा को चुनौती देगा; और राजा उसकी उस चुनौती का सामना नहीं कर पाएँगे। ...पर यदि वे उसे इसी अवस्था में कारागार में डाल देते हैं, तो वह खड्ग कैसे खींचेगा ? पर उस अकेले को कारागार में डाल देने से तो काम नहीं चलेगा। उनके अपने प्रासाद में उसकी बहन बैठी है। वे प्रासाद में पहुँचेंगे तो वह प्रश्न करेगी। नगर में उसके भाई और अनुयायी उपकीचक हैं। वे लोग विराटनगर की सेना की रीढ़ की हड्डी हैं। सारी की सारी सेना उसके प्रभाव में है। सेना विद्रोह कर सकती है। ...

राजा को लगा, उनके मन के किसी कोने में,चाहे कितने भी छद्म रूप में क्यों न हो, और कितनी भी न्यून मात्रा में क्यों न हो, सैरंध्री को इस प्रकार अपमानित देख कर प्रसन्नता जन्मी है। उसने उनके प्रेम निवेदन की ओर ध्यान नहीं दिया था। ... पर तत्काल ही उनके मन में आया कि उन्होंने उससे तो प्रेम निवेदन किया ही नहीं था। वह तो रानी ने ही भूचाल मचा दिया था। रानी ने कहा था कि सैरंध्री से इतने लोग प्रेम करते हैं कि राजा ने उस पर दृष्टि डाली तो सैरंध्री का कोई न कोई प्रेमी उनकी हत्या कर देगा। राजा ने तो अपने मन को उस ओर से हटा लिया था। यह भी सत्य है कि उसने कीचक का प्रेम भी स्वीकार नहीं किया था। इसीलिए तो वह भागती हुई शरण पाने के लिए यहाँ आई थी; और कीचक उसके पीछे-पीछे आ गया था। अब उन्हें देखना था कि सैरंध्री का कौन-सा प्रेमी, कीचक से इसका प्रतिशोध लेता है। ... यहाँ तो बल्लव ने ही उसे उठा कर फेंक दिया था। ... किंतु बल्लव सैरंध्री का प्रेमी नहीं हो सकता। राजा को इस प्रकार की कोई सूचना नहीं मिली थी। उसने तो अपने सामने अपमानित होती हुई एक नारी की रक्षा मात्र की थी। उसकी

स्थिति में कोई भी पुरुष यही करेगा।

राजा को लगा कि उनके मन में एक प्रकार की गुदगुदी-सी हो रही थी ... तो क्या बल्लव कीचक से भी बलशाली था ? इतना बलशाली कि वह कीचक को अपनी भुजाओं में उठा कर दूर फेंक दे, जैसे कोई हल्के से खिलौने को फेंकता है ?... नहीं ! शायद ऐसा नहीं है। कीचक इस समय माधवी के प्रभाव में था। ... पर यदि बल्लव, कीचक से अधिक शक्तिशाली है, तो क्या वह कीचक से उनकी रक्षा भी कर सकता है ? किंतु वह अधिक से अधिक एक मल्ल हो सकता है। वह सेनापति तो नहीं है। वह न सेना का सामना कर सकता है, न सैन्य-संचालन ! संभवतः वह शस्त्रों के विषय में कुछ भी न जानता हो। तो वह कीचक से उनकी रक्षा कैसे कर सकता है ? ...

राजा की समझ में नहीं आ रहा था कि वे क्या चाहते हैं। सैरंध्री के अज्ञात प्रेमी यदि कीचक का वध कर दें और विराट को उसके आतंक से मुक्त कर दें, तो ? पर तब विराटनगर की सेनाओं का संचालन कौन करेगा ? ... वे कीचक से तो मुक्त होना चाहते हैं, किंतु कीचक के समान एक सेनापति की आवश्यकता तो उन्हें रहेगी ही। तो वे कीचक का वध चाहते हैं अथवा नहीं ? ...राजा के मन में कुछ भी स्पष्ट नहीं था।

सभासदों ने देखा : सैरंध्री का अपमान हुआ है। बल्लव ने बलवान कीचक को उठा कर दूर फेंक दिया है। राजा ने बल्लव का विरोध नहीं किया है और कीचक का उठने का साहस ही नहीं हो रहा है।

उनमें से कई समवेत स्वर में चिल्लाए, "यह अन्याय है महाराज ! यह भारी अन्याय है। दुष्ट कीचक को इसका दंड मिलना चाहिए।"

सैरंध्री कीचक के धक्के और पाद-प्रहार से जैसे स्तंभित हो गई थी। उसकी आँखों के सम्मुख जो कुछ भी घटा, उसे जैसे उसने संवेदनाशून्य दृष्टि से देखा। ... किंतु क्रमशः जैसे उसकी भी संज्ञा जागी। संवेदना लौटी। उसने देखा कि कंक तथा बल्लव उसकी सहायता को आए हैं, बल्लव ने कीचक को उठा कर दूर फेंक दिया है; किंतु उसके पश्चात् कंक ने बल्लव को जैसे सावधान ही नहीं किया, कर्म से निरत कर दिया है। राजा ने भी सब कुछ देखा है; किंतु वह अब तक किंकर्तव्यविमूढ़ सा बैठा है। बल्लव के बल को देख कर सभासदों ने भी एक प्रकार का शाब्दिक विरोध प्रकट करने का साहस किया है; किंतु ऐसा कुछ नहीं हुआ, अथवा हो रहा, जिसे कीचक को उसके अपराध का दंड देने का उपक्रम जैसा कुछ कहा जाए।

सैरंध्री का अपमान-पीड़ित मन चीत्कार कर उठा, "राजन् ! धर्मप्राण राजा अपनी प्रजा का उसी प्रकार पालन करता है, जैसे कोई ममतामयी माँ अपने अबोध शिशु की रक्षा करती है। मैं आपकी प्रजा हूँ। अबला स्त्री हूँ। मेरे पति

यहाँ नहीं हैं, इसलिए वर्तमान के लिए अनाथ हूँ। आपके सम्मुख इस पापी कीचक ने मेरे केश खींचे हैं। मुझे धक्का दिया है। लात मारी है। क्या उसे दंडित करना आपका धर्म नहीं है ?''

राजा अब तक मौन थे; किंतु सैरंध्री द्वारा इस प्रकार सीधे संबोधित किए जाने पर उन्हें कुछ तो कहना था। उनकी दृष्टि कीचक पर पड़ी। कीचक अपने स्थान पर उठ कर खड़ा हो गया था और उनकी ओर देख रहा था। उसके मस्तिष्क पर से माधवी का प्रभाव पूर्णतः समाप्त हो चुका था। उसकी आँखों के भाव को देख कर मत्स्यराज को अपनी रीढ़ की हड्डी में एक कँपकँपी का सा अनुभव हुआ।

''सैरंध्री !'' राजा बोले, ''तुम दोनों में जो कलह हुई है, वह हमारे सामने नहीं हुई है। उस सारी बात को जाने बिना कोई राजा न्याय नहीं कर सकता। इसके लिए आवश्यक है कि पहले हम उस सारी बात का पता करें कि तुमने सेनापति कीचक को अपने किस कृत्य से क्रोधित कर दिया था। सेनापति का अपराध तो सब ने देखा है, किंतु हमें तुम्हारे अपराध को भी तो जानना होगा। हम उसका शोध करेंगे; और उसी के अनुसार उपयुक्त समय पर तुम्हारा न्याय करेंगे।'' राजा ने रुक कर कीचक को देखा, ''सेनापति कीचक ! तुम्हें स्मरण रखना चाहिए कि राजसभा की अपनी मर्यादा होती है। माधवी के प्रभाव में राजसभा में प्रवेश कर उत्पात् करना तनिक भी शोभनीय नहीं है। जाओ, और स्मरण रहे कि भविष्य में इस प्रकार का व्यवहार न हो।''

कीचक ने एक क्रुद्ध दृष्टि सैरंध्री पर डाली और सभा से बाहर चला गया।

सैरंध्री के लिए यह सब असह्य था। वह जैसे भूल गई कि वे अपने पतियों के साथ विराटनगर में अज्ञातवास कर रही है। वह भूल गई कि वह राजसभा में स्वयं राजा के सम्मुख खड़ी है। उसे स्मरण केवल इतना रहा कि रानी की आज्ञा पर माधवी लेने गई सैरंध्री का कीचक ने अपमान करने का प्रयत्न किया। वह स्वयं को बचा कर भागी तो राजसभा में सबके सामने कीचक ने उसके केश खींचे, उसे धक्का दिया और लात मारी। उसके केश अभी भी बिखरे हुए थे। उसके वस्त्र धूलधूसरित थे। आघात के कारण उसके मुख से जो रक्त निकला था, वह अब भी पोंछा नहीं गया था। उसका अपमानित हृदय प्रतिशोध के लिए चीत्कार कर रहा था।

''राजन् !'' वह बोली, ''जो राजा अपने और पराए में भेद करता है, वह न धर्मप्राण है न न्यायी। मैं आप पर अभियोग लगाती हूँ कि अपना परिजन होने के कारण आपने कीचक का अपराध अनदेखा किया।''

''यह तुम्हारी भूल है सैरंध्री !'' राजा ने उत्तर दिया, ''केवल तुम्हारे आरोप लगाने मात्र से मैं मत्स्यदेश के सेनापति को कारावास में तो नहीं डाल सकता,

न ही उसे कशाघात का दंड दे सकता हूँ। उसे चेतावनी दे दी गई है। अब इस समय इससे अधिक क्या हो सकता है। तुम अधिक हठ करोगी तो हम कोटपाल को आदेश दे देंगे कि वह शोध करे कि तुम्हारे किन कृत्यों के कारण सेनापति को इतना क्रोध आया कि वे आपे से बाहर हो गए और उन्होंने सभा में अभद्र व्यवहार किया।''

सैरंध्री की आँखों में क्रोध उतर आया, ''न्याय के सम्मुख छोटे और बड़े सब बराबर हैं। उसमें यह नहीं देखा जा सकता कि मालिनी एक सैरंध्री है; और कीचक मत्स्यदेश का सेनापति। जो लोग ऊँचे पदों पर बैठे हैं, वे धर्म और न्याय के विधान से मुक्त हैं क्या ? पद उन्हें प्रजा की रक्षा का दायित्व देता है अथवा प्रजा पर अत्याचार करने का अधिकार ? इस पर विचार किया जाना चाहिए महाराज ! नहीं तो मत्स्यदेश की सारी दासियाँ और निर्धन स्त्रियाँ मत्स्यदेश के राजपुरुषों के बलात्कार की पात्राएँ बन कर रह जाएँगी।''

''सैरंध्री ठीक कह रही है महाराज !'' सहसा सभासद चतुरानन बोला, ''उच्च पद, धन अथवा बल के कारण किसी व्यक्ति को यह अधिकार तो नहीं है कि धर्म की मर्यादा का उल्लंघन करे। राजा के विधान को भंग करे।''

राजा के उत्तर से पहले ही सैरंध्री बोली, ''आप कोटपाल को कहें अथवा अपने किसी सभासद को कि वह यह शोध करे कि सैरंध्री का दोष क्या था, जिसके कारण कीचक ने उसके साथ यह व्यवहार किया। किंतु कीचक ने जो कुछ किया, वह आपके सम्मुख किया। उसके लिए आपको किस प्रमाण की आवश्यकता है ?'' उसने रुक कर सारे सभासदों को देखा, ''आपका संकट यह है कि जो अपराधी है, वह राज्य का सेनापति और राजा का श्यालक है; और जो पीड़ित है, वह प्रासाद में कार्य करनेवाली एक साधारण सैरंध्री है। सेनापति तो सैरंध्री को लात मार सकता है; किंतु सैरंध्री को कैसे अनुमति दी जा सकती है कि वह सेनापति को अपने पादप्रहार से भूमि पर इस प्रकार गिरा दे कि सेनापति मुख से रक्तवमन करने लगे।''

राजा समझ रहे थे कि सैरंध्री सत्य कह रही थी; सत्य ही वे सेनापति को कोई कठोर दंड नहीं दे सकते थे। वे सिर नीचा किए चुपचाप बैठे रहे।

''कीचक को धर्म का ज्ञान नहीं है।'' सैरंध्री पुनः बोली, ''मत्स्यराज भी किसी प्रकार धर्मज्ञ नहीं हैं। जो अधर्मी राजा के पास बैठते हैं, वे सभासद भी धर्म के ज्ञाता नहीं हैं।''

कंक को लग रहा था कि स्थिति बिगड़ती जा रही है। राजा कीचक को दंडित करने में असमर्थ थे, यह सत्य था। ऐसे में यदि सैरंध्री हठपूर्वक बोलती जाएगी, तो वह राजा का अपमान भी कर सकती है। राजा को यह जानने को भी प्रेरित कर सकती है कि ऐसी तेजस्विनी नारी कौन है। एक साधारण सैरंध्री

का तो ऐसा साहस हो नहीं सकता कि वह राजा से इस प्रकार की बातें कहे।

"सैरंध्री ! कीचक ने धर्म की मर्यादा का उल्लंघन किया है, यह हम सब ने देखा है।" कंक ने कहा, "महाराज ने उसे चेतावनी दे दी है। सारे सभासद समझ रहे हैं कि दंड का जो एक लक्ष्य, पीड़ित की पीड़ा का शमन है, वह पूरा नहीं हुआ है। पर अब तुम भी धर्म की मर्यादा का उल्लंघन मत करो। राजा, प्रजा का पिता होता है; किंतु पिता भी तो अपनी संतान की सारी इच्छाएँ तत्काल पूरी नहीं कर सकता। तुम ही धर्म का विचार करो। क्षमाशीले ! क्षमा मनुष्य का सबसे उत्तम धर्म है। क्षमा सत्य है, क्षमा दान है, क्षमा धर्म है। क्षमा के बारह अंग हैं और तीन सौ साठ अरे हैं। उस काल चक्र के पूरा होने में, तीस अरों की ही तो कमी है। कालचक्र पूरा होते ही सबको उनका मनभावन मिल जाएगा। कालचक्र पूर्ण होने तक तुम भी क्षमा का दान करो।"

सैरंध्री समझ रही थी कि कंक का संदेश क्या था। उनके अज्ञातवास को पूर्ण होने में केवल एक मास शेष था। एक मास पूरा होते ही, उनकी प्रतिज्ञा पूरी हो जाएगी। उन्हें अज्ञात रहने की कोई बाध्यता नहीं रहेगी; और उसे उसका मन भावन मिल जाएगा। ... किंतु इस अपमान को पूरा एक महीना सहते रहना...

"जाओ सैरंध्री ! रानी सुदेष्णा के महल में जाओ। तुम वहाँ सुरक्षित हो। वहाँ कोई तुम्हारा अपमान भी नहीं करेगा।" कंक बोले, "मन न माने तो कुछ समय बृहन्नला के साथ नृत्य संगीत का आनन्द उठाने में व्यतीत कर लो। महाराज की द्यूतक्रीड़ा में क्यों व्यवधान उपस्थित कर रही हो।"

सैरंध्री, कंक के सारे संकेत समझ रही थी; किंतु उसका क्षोभ तनिक भी कम नहीं हो रहा था। वह जानती थी कि क्षमा उत्तम धर्म है; किंतु वह कंक के समान क्षमाशीला नहीं हो सकती थी। जब तक वह अपने इन्हीं पैरों से कीचक के शव को न ठुकरा ले, तब तक उसके हृदय की ज्वाला शांत नहीं हो सकती थी, उसका क्षोभ कम नहीं हो सकता था।

वह उठी। उसने कंक को कुछ इस प्रकार प्रणाम किया, जैसे वह राजा को प्रणाम कर रही हो। धीरे-धीरे वह राजसभा से बाहर निकल गई।

कंक अपने स्थान पर बैठे तो राजा ने बहुत धीरे से कहा, "कंक आज तुमने कीचक से मेरी रक्षा कर ली। सैरंध्री कीचक को दंड दिलवाए बिना मानती नहीं, और मैं कीचक को दंड देने का साहस कर नहीं सकता। सैरंध्री को समझा कर तुमने मेरा बड़ा उपकार किया है कंक।"

46

कीचक सभा से बाहर निकला तो उसे लगा, जैसे वह किसी स्वप्न से जागा हो। इस समय वह पूर्णतः सजग था, किंतु इससे पूर्व जो कुछ उसने देखा और समझा था, वह सब बहुत धुँधला सा था। ... जैसे जो कुछ घटित हो रहा था, उस पर धुँध छाई हो अथवा उन घटनाओं तथा दृश्यों को देखने वाले उसके नेत्रों पर किसी प्रकार का कोई झीना-सा आवरण डाल दिया गया हो। उसने वह सब देखा तो था; किंतु वह सब स्पष्ट नहीं था, प्रच्छन्न-सा था।...

... उसे स्मरण आ रहा था कि प्रातः वह भारी मन और अलस शरीर से अपने प्रासाद के संगीत-मंडप में जा बैठा था। यह संगीत-मंडप उसने पर्याप्त खुले स्थान में बनवाया था। उस पर छत तो थी; किंतु उसके चारों ओर दीवारें नहीं थीं। वृक्ष थे किंतु मंडप से दूर थे। मंडप में बैठने से उनकी हरीतिमा का सुख तो आँखों को मिलता था; किंतु वे प्रकाश तथा पवन के मार्ग की बाधा नहीं थे। उसी मंडप में बैठे-बैठे उसने देखा था कि बाहर वर्षा हो रही थी। पवन-झकोरे वृक्षों से जैसे लिपट-लिपट जा रहे थे। कितने प्रसन्न थे वे वृक्ष और उन से बरजोरी करता वह पवन। ... कीचक का मन जैसे ऐंठने लगा था। ...इतना प्रसन्न था सारा वातावरण और वह कैसा उदास-सा बैठा था। वह क्या करता, सुदेष्णा ने सैरंध्री को उसके पास भेजा ही नहीं था। क्यों भेज देगी वह उसे। उसने सैरंध्री को कोई मूर्खतापूर्ण वचन जो दे रखा था। सेनापति कीचक की इच्छा कोई महत्त्व नहीं रखती सुदेष्णा के लिए। उस सैरंध्री की इच्छा अधिक महत्त्वपूर्ण थी।...

इस समय वह सुदेष्णा और सैरंध्री—दोनों को ही भूल जाना चाहता था। इस सुंदर प्रकृति में खो जाना चाहता था। जब आकाश से ऐसी वर्षा होती थी, पवन मस्ती से चलता था, वृक्ष झूमते थे, लताएँ इठलाती थीं, तो कीचक इसी मंडप में बैठ कर उनके साथ झूमना चाहता था। सैरंध्री को स्मरण कर तड़पते रहने से तो वह सुख संभव नहीं था। ... उसको भूल कर ही संभव था। सैरंध्री को भूलना तो तभी संभव था, जब कुछ ऐसा कीचक के हाथ लग जाए, जो सैरंध्री से भी अधिक आकर्षक और मादक हो। और सैरंध्री से अधिक मादक तो माधवी ही हो सकती थी। ... सैरंध्री ने उसे सारा संसार भुला रखा था। माधवी, सैरंध्री को भी भुला सकती है। केकय से शांगलू उसकी प्रिय माधवी लाया था। तो इस समय माधवी के सेवन से अधिक आनन्ददायक और क्या हो सकता था ? ...

उसने मंडप में ही माधवी मँगवा ली थी। ... एक बार उसके मन में आया

भी कि इस समय राजसभा में जाने की तैयारी भी करनी है; किंतु वह विचार अधिक देर तक टिका नहीं। चला जाएगा राजसभा में। अभी बहुत समय था। और एक दिन सभा में नहीं जाएगा, तो कौन-सा आकाश गिर पड़ेगा। वह दस मास विराटनगर से बाहर था, तो भी तो राजसभा चलती ही रही थी। बंद तो नहीं हो गई थी। ...अब इस समय, मंडप में बैठ माधवी का सेवन करने के स्थान पर सभा में राजा तथा सभासदों के कुतर्क सुनना किसको प्रिय लग सकता है। जब से यह कंक आया है, तब से तो सभा में धर्म-चर्चा कुछ अधिक ही होने लगी है। राजा द्यूत में मन लगाना चाहते हैं और वह धर्मशास्त्र की कोई समस्या ले कर बैठ जाता है, जैसे वही धर्मराज युधिष्ठिर हो। ...

और सहसा कीचक का मन ठिठक गया। कहीं युधिष्ठिर ही तो यहाँ कंक के रूप में अज्ञातवास नहीं कर रहा ?...पर नहीं। युधिष्ठिर को द्यूत का ज्ञान नहीं है; और कंक द्यूत में ही दक्ष है। ...

कीचक को अपने ही ऊपर क्रोध आने लगा। ... इतनी सुंदर और मादक प्रकृति के बीच बैठ वह सैरंध्री को भुलाने के लिए कंक को स्मरण कर रहा है ? मूर्ख ! महा मूर्ख !! सैरंध्री को भुलाने की क्या आवश्यकता है ? उसे तो बुलाने की आवश्यकता है। नहीं आती तो मँगवाने की आवश्यकता है। तब भी नहीं मानती, तो उसे पकड़ मँगवाने की आवश्यकता है।

अब तक इतनी माधवी उसके कंठ के नीचे जा चुकी थी कि उसके स्थान पर स्वयं माधवी सोचने लगी थी। ... वह उठ खड़ा हुआ। ... यहाँ बैठे रहने से काम नहीं चलेगा। वह स्वयं जाएगा और सुदेष्णा के प्रासाद से सैरंध्री को पकड़ लाएगा।...वह सुदेष्णा के पास गया था और सुदेष्णा ने यह कह कर उसे लौटा दिया था कि वह सैरंध्री को केकय की माधवी लाने के बहाने उसके प्रासाद में भेज रही है। सैरंध्री आई भी थी। पर जाने यह सैरंध्री कैसी दासी थी ? न उसे सेनापति का भय था, न राजा के श्यालक का। न उसे स्वर्ण लुभाता था, न कीचक का यौवन। वह उसे धक्का मार कर चली गई। ...

पर क्या यह सब संभव था ? या यह भी माधवी का ही छल था ? ऐसा तो नहीं कि सैरंध्री आई ही न हो और वह माधवी की माया में किसी और ही दासी को सैरंध्री समझता रहा हो ? ... पर नहीं। उसे स्मरण है कि वह सैरंध्री के पीछे-पीछे भागता हुआ राजसभा में जा पहुँचा था। उसने क्रोध में सैरंध्री के केश खींचे थे, उसे धक्का दिया था, और लात से उसे मारा था। ...पर क्या यह सब कुछ सचमुच घटित हुआ था ? जो सैरंध्री उसे इतनी कमनीय लगती थी, उसे उसने अपने पैर से मारा था ? हाँ ! शायद ऐसा ही हुआ था। वह तो उसे अपनी अवज्ञा का और भी कठोर दंड देना चाहता था; पर तब किसी ने उसे अपनी भुजाओं में उठा कर, बहुत दूर फेंक दिया था। ...

कीचक उन क्षणों को स्मरण करने का प्रयत्न करता है, तो उसे यही लगता है कि उसका मस्तिष्क कुछ इतना धुँधला गया था कि उसे कुछ भी वास्तविक नहीं लग रहा था। क्रोध का ऐसा झंझावात था उसके मस्तिष्क में कि उसे अपना परिवेश जैसे दिखाई ही नहीं दे रहा था। माधवी अपना बल दिखा रही थी और उसकी आँखें बंद होती जा रही थीं। फिर सहसा ही किसी ने उसे उठा कर बहुत दूर फेंक दिया था और उसकी आँखों के समक्ष अंधकार छा गया था। .... कभी उसे लगता था कि उसके क्रोध ने ही उसे उठा कर दूर फेंक दिया था। कभी लगता था कि सामने खड़े उस रसोइए बल्लव ने ही उसे उठा कर फेंक दिया था। पर बल्लव ऐसा साहस कैसे कर सकता था ?... यह तो कदाचित् सैरंध्री के उन अज्ञात रक्षक गंधर्वों का ही काम था। पर उसे वहाँ और कोई दिखाई तो दिया ही नहीं था। संभवतः वे लोग अदृश्य रह कर ही सैरंध्री की रक्षा कर रहे थे। ... यह भी तो संभव है कि उन्होंने बल्लव का रूप धारण कर लिया हो। कामरूप गंधर्वों के लिए क्या संभव नहीं था।

... वैसे भी कीचक इस स्थिति में ही कहाँ था कि वह देख सकता कि वहाँ कौन था, कौन नहीं था। यह तो अच्छा ही है कि उसे लगा कि बल्लव ने उसे उठा कर फेंका है, कहीं उसे लगता कि राजा ने उसे उठा कर फेंका है, अथवा ... स्वयं सैरंध्री ने ही उसे उठा कर फेंक दिया है, तो वह अपनी माधवी का क्या कर सकता था। केकय की माधवी में यह गुण न होता तो वह इतनी दूर से यह माधवी मँगवाता ही क्यों ?...

सहसा कीचक कुछ चिंतित हो गया।... उस समय वह माधवी के मद में था, इसलिए वह ठीक से देख नहीं पाया कि वहाँ क्या हुआ था, अथवा वह अपने बाधित काम, आहत अहंकार तथा अनियंत्रित क्रोध के साथ-साथ माधवी के मद के प्रभाव के कारण इस समय उसका चिंतन इतना अस्पष्ट और भ्रमित हो गया है कि वह सोच ही नहीं पा रहा कि उसके साथ क्या हुआ था ? ... और यदि कहीं सैरंध्री के उन अदृश्य रक्षक गंधर्वों की बात सत्य है और उनमें से ही किसी ने उसे उठा कर फेंका है, तो उसे बहुत सावधान रहने की आवश्यकता है। क्या वे आज रात को उसकी हत्या का प्रयत्न भी कर सकते हैं ?...

कीचक स्वयं चकित था कि उसका मन अपनी हत्या की बात सोच कर ही कैसा भयभीत-सा हो गया था। ... उसने अपना आत्मबल जगाने के लिए अपनी वीरता को स्मरण किया। उन युद्धों को याद किया, जो उसने अपने भुजबल से जीते थे। ... किंतु उसके मन के किसी कोने में दुबका भय था कि हिलने का नाम ही नहीं ले रहा था। ... युद्ध तो वह उससे कर सकता था, जो उसके सामने आए। वह अपनी शैया पर सोया हो और अदृश्य गंधर्व उसके कक्ष में घुस आएँ। ... क्यों ? उसके द्वारपाल उन्हें रोकेंगे नहीं ? ... द्वारपाल तो उसे

रोकेंगे, जो दिखाई दे। अदृश्य गंधर्वों को उसके द्वारपाल कैसे रोक सकते हैं।... वह शैया पर सोया रहे और वे आकर उसका वध कर जाएँ तो वीर सेनापति कीचक क्या कर सकता है, और उसकी सेनाएँ क्या कर सकती हैं ?...

कीचक को लगा कि उसके मन में, एक प्रकार से रात का भय समा गया है। उसे सचमुच रात को बहुत सावधान रहना पड़ेगा। ...

रात को कक्ष में बहुत उमस थी। आषाढ़ का शुक्ल पक्ष चल रहा था। आकाश पर मेघ-संभार था; किंतु पवन-संचार बंद हो गया था। ... कक्ष में सोना कठिन था; किंतु कीचक का कक्ष के बाहर, खुले में, अथवा किसी खुले मंडप में सोने का साहस नहीं हो रहा था। जान-बूझ कर असुरक्षित स्थान पर सोने से क्या लाभ ? गंधर्व लोग उसे चेतावनी दे कर अथवा नींद से उठा कर तो उसका वध करेंगे नहीं। सोए का ही मस्तक काट कर वे अपने साथ ले जाएँगे... तो क्या वह प्रासाद के दूसरे तल के वरांडे में सो जाए ?... पर नहीं ! आवश्यक तो नहीं कि ये अदृश्य गंधर्व भूमि पर चल कर ऊपर आएँ। वे तो आकाश से भी उतर सकते हैं। ऊपर वरांडे में सोने से तो उन्हें और भी सुविधा हो जाएगी। ...

सोने से पहले उसने सारे प्रासाद में घूम कर रक्षा-व्यवस्था देखी और स्थान-स्थान पर अंग-रक्षक बढ़ा दिए। प्रहरियों की संख्या में भी वृद्धि कर दी गई। नायकों को कठोर आदेश दिए गए कि कोई अनधिकृत व्यक्ति भीतर प्रवेश न कर पाए। इतने पर भी उसे संतोष नहीं हुआ तो उसने अपने कक्ष के द्वार पर भी रात को सशस्त्र प्रहरी नियुक्त करने का आदेश दिया; और स्वयं भी अपने निकट, शैया पर अपना खड्ग रख लिया। ...पर नींद तब भी नहीं आई। एक विचित्र प्रकार की व्याकुलता उसे घेरे हुए थी। वह स्वयं ही नहीं समझ पा रहा था कि वह भयभीत था अथवा उत्तेजित; अथवा मस्तिष्क में विचारों का जो उफान था, वही उसे सोने नहीं दे रहा था। उसे लग रहा था कि अनेक बार रजोगुण का आधिक्य भी उसकी निद्रा का वैरी हो जाता था। संभव था कि यह उसके मन का भय न हो, उसकी विचारशीलता ही हो, जो उसे सोने न दे रही हो। ... वह एक से एक नई स्थिति की कल्पना कर रहा था, जिस में वे अज्ञात और अदृश्य गंधर्व उसकी हत्या कर सकते थे। ... और जैसे ही उसके मन में एक कल्पना आती, वैसे ही वह उसका प्रतिकार सोचने लगता था। उसने उन गंधर्वों से अपनी रक्षा के लिए इतने व्यूह सोच कर अपनी कल्पना में ही रच डाले थे, जितने एक बड़े युद्ध में भी नहीं रचे जाते।...

प्रहरियों द्वारा अर्द्धरात्रि की घोषणा उसने सुनी थी। उसके पश्चात् ही

किसी समय वह सोया था। कितनी देर सोया, यह भी वह नहीं जान पाया। हाँ! प्रातः ब्रह्ममुहूर्त से भी पूर्व जब उसकी आँख खुली तो पहला विचार उसके मन में यही आया कि वह किसी समय सो गया था। यद्यपि अभी उसकी नींद पूरी नहीं हुई थी; किंतु उसे लग रहा था कि अब वह और सो नहीं पाएगा। ... उसी क्षण उसके मन में दूसरा विचार आया कि रात्रि प्रायः व्यतीत हो चुकी थी, और जिन गंधर्वों के आने की संभावनाओं से वह इतना व्याकुल और विचलित हो गया था, वे नहीं आए थे। किसी ने उसके वध का प्रयत्न नहीं किया था और वह पूर्णतः सुरक्षित था ... इसका क्या अर्थ है ?

क्या उन गंधर्वों को सैरंध्री से उसके झगड़े की सूचना नहीं मिली ? ... पर ऐसा कैसे संभव है। जो गंधर्व सदा अदृश्य रह कर सैरंध्री की रक्षा करते हैं उन्हें सूचना न मिलने का क्या अर्थ ? सूचना तो मिली ही होगी। सदा साथ रहते हैं, तो सूचना मिलने न मिलने का क्या प्रश्न। उन्होंने सब कुछ अपनी आँखों से देखा होगा। ... और फिर जब वे अदृश्य ही रहते हैं, तो उनके लिए दिन और रात का क्या अंतर ? वे तो वहाँ, उस राजसभा में ही कीचक का वध कर सकते थे। ...यदि यह मान भी लिया जाए कि वे ऐसा काम सार्वजनिक रूप से नहीं करना चाहते, तो रात को उन्हें कीचक के वध का प्रयत्न अवश्य करना चाहिए था। यदि वे रात को भी उसका वध करने नहीं आए, अथवा वध करने का साहस नहीं कर पाए, तो इसका क्या अर्थ ? क्या वे कीचक से डरते हैं ? या उनका कोई अस्तित्व ही नहीं है ? कहीं ऐसा तो नहीं कि गंधर्वों की यह कथा सैरंध्री का पाखंड मात्र हो ? वह अपना महत्त्व बढ़ाने के लिए अथवा अपनी रक्षा के लिए, ऐसी कथाएँ गढ़ कर उन्हें प्रचारित करती रहती हो ?

और सहसा कीचक को विश्वास हो गया कि यह कथा मात्र ही है। ... उसे स्वयं पर आश्चर्य हुआ कि वह किस बात से इतना भयभीत हो गया था। यदि कोई व्यक्ति होगा, तो वह दिखाई कैसे नहीं पड़ेगा ? हिमालय के कुछ उत्तरी क्षेत्रों में गंधर्व जातियाँ निवास करती हैं। कीचक ने उन्हें देखा है। साधारण मनुष्य हैं वे भी विराटनगर की साधारण प्रजा के समान। तो फिर उन लोगों में ऐसी शक्तियाँ कैसे हो सकती हैं, जो साधारण लोगों में नहीं हैं ? जाने वह माधवी के अतिरिक्त मद के उतार का प्रभाव था, अथवा काम के उद्वेग की असफलता की हताशा का कि वह उन गंधर्वों की कथा पर विश्वास कर बैठा और उन से डर गया। ... विराटनगर के वीर सेनापति को इस प्रकार भयभीत होने की क्या आवश्यकता है। उसे मत्स्यराज विराट स्वयं कुछ कहने का साहस नहीं कर सकते तो फिर इस सैरंध्री से संबद्ध कोई व्यक्ति क्या कर सकता है ?

... पर राजसभा में किसी ने तो उसे शारीरिक रूप से उठा कर कुछ

दूर फेंक ही दिया था। क्या वह भी माधवी के मद का भ्रम ही था ? यदि ऐसा था, तो वह भूमि पर गिर कैसे पड़ा था ? कुछ क्षणों के लिए अचेत जैसा कैसे हो गया था ? ... बहुत स्पष्ट तो स्मरण नहीं है उसे, किंतु उसे लगा था कि वह मोटा बल्लव उसकी ओर बढ़ा था और उसने उसे छुआ भी था। तो क्या बल्लव ने ही उसे उठा कर फेंक दिया था ? क्या बल्लव उसे उठा कर फेंक सकता है ? ...

कीचक को पहले दिन से ही बल्लव एक आपत्तिजनक व्यक्ति लगा था। राजा ने उसकी नियुक्ति ही क्यों की थी। उनकी पाकशाला का काम चतुरसेन की अध्यक्षता में सुचारु रूप से चल रहा था, तो फिर इस हाथी को पालने की क्या आवश्यकता थी ? कीचक के सैनिक भी उससे प्रसन्न नहीं थे। वह किसी की बात नहीं सुनता था और अपनी मनमानी करता था। इस हाथी को तो पाकशाला के खूँटे से खोल कर वन में छोड़ आना ही होगा; और यदि नहीं जाएगा तो इसका आखेट करना होगा। ... मनमानी करने वाला हाथी, महावत का अंकुश न मानने वाला हाथी, नगर में कैसे रह सकता है ? राजा को अधिकार ही क्या था कि वे कीचक से पूछे बिना इस प्रकार के व्यक्ति की नियुक्ति करें। कल को उसके कारण नगर और प्रजा की शांति भंग होगी, तो उसे सँभालने का दायित्व तो कीचक का ही होगा। राजा को तब क्या करना है ? दायित्व कीचक के और अधिकार राजा के। कैसा विचित्र विभाजन है।...

कीचक हँस पड़ा। ...बल्लव उसकी ओर बढ़ा अथवा नहीं बढ़ा। बल्लव ने उसे उठा कर फेंका अथवा नहीं फेंका। अब बल्लव विराटनगर में नहीं रह सकता। उसे जाना ही होगा। राजा सुविधा से नहीं मानेंगे। न मानें। राजा का सहमत होना कोई आवश्यक नहीं है। कीचक की इच्छा पूर्ण होगी। राजा को अच्छा न लगे तो सिंहासन छोड़ दें। होगा तो वही, जो कीचक चाहेगा। ... बल्लव ही क्यों, कीचक को वह कंक भी एक आँख नहीं भाता। सदा ही राजा से चिपका रहता है। राजा को देखो, तो वे भी हर समय 'कंक यह कहता है, कंक वह कहता है' की रट लगाए रहते हैं। कंक को भी विदा करना होगा। पर ...

पर सबसे पहले तो सैरंध्री को प्राप्त करना है। बल्लव और कंक से कीचक बाद में निबटता रहेगा। ...कल जो हुआ, सो हुआ, आज सैरंध्री को उसकी आज्ञा का पालन करना ही होगा।...कौन है इस विराटनगर में, जो उसकी आज्ञा का पालन न करे। सैरंध्री ने अपनी आँखों से देख लिया है कि कीचक यदि राजा के सम्मुख उस पर पादप्रहार करता है, तो भी राजा में कीचक को दंडित करने का साहस नहीं है। विराटनगर में कीचक की प्रभुसत्ता को कोई चुनौती नहीं दे सकता, तो सैरंध्री कैसे अपनी मनमानी कर सकती है।

वह उठ बैठा, जैसे किसी अभियान के लिए जाने के लिए उठा हो।

"शोभने ! मेरे स्नान का प्रबंध करो।"

द्वार पर बैठी शोभना उनींदी-सी भीतर आई, "स्वामी ! अभी तो रात्रि का अंतिम प्रहर है। अभी स्नान का समय नहीं हुआ है।"

कीचक के शरीर का सारा रक्त उसके मस्तिष्क की ओर दौड़ पड़ा। उसका सारा आत्मनियंत्रण समाप्त हो गया। उसने आगे बढ़ कर परिचारिका को एक लात जमाई, "दुष्टे ! स्वामी मैं हूँ अथवा तू ?"

शोभना उसके व्यवहार से ठगी-सी रह गई। वह जानती थी कि कीचक भयंकर क्रोधी था। वह कभी भी किसी बात पर रुष्ट हो कर किसी को भी पीट सकता था, किंतु शोभना के साथ ऐसा व्यवहार उसने कभी नहीं किया था। रात्रि को कीचक के द्वार पर शोभना उसकी इच्छा से ही उपस्थित रहती थी, ताकि आवश्यकता होने पर रात को किसी भी समय, अथवा प्रातः किसी के भी जागने से पहले, वह द्वार से उसकी शैया तक की यात्रा निर्विघ्न कर सके। उसने आज तक शोभना से प्रेम जताने और शरीर सुख प्राप्त करने के और कोई विशेष कार्य नहीं करवाया था। और आज ... चांडाल का प्रेम भी तो चांडाल सरीखा ही होगा। ... शोभना ने सोचा ... वह उससे साधु का-सा व्यवहार कैसे पा सकती है।...

"स्वामी आप हैं सेनापति !"

"तो फिर इसका निर्णय करने वाली तू कौन होती है कि स्नान का समय अभी नहीं हुआ है ?" उसने उत्तर की प्रतीक्षा नहीं की, "स्मरण रख। विराटनगर में राजा भी कीचक की इच्छा का उल्लंघन नहीं कर सकता, तो फिर एक परिचारिका, इस प्रकार का वाक्य कैसे बोल सकती है। जा ! जाकर मेरे स्नान का प्रबंध कर।"

शोभना एक भी शब्द कहे बिना, स्नान का प्रबंध करने चली गई।

47

कंक की आज्ञा का पालन सा करती हुई सैरंध्री राजसभा से बाहर निकल आई; किंतु उसका मन तनिक भी शांत नहीं था। वह जानती थी कि कंक ने जो कुछ कहा था, वह सब सत्य था। उचित भी यही था। किंतु वह अपने उस मन का क्या करती, जो निरंतर झुलस रहा था। आँच थी कि धीमी ही नहीं हो रही थी और ताप था कि घट ही नहीं रहा था। उसकी आँखों में अश्रु थे, वक्ष में रह-रह कर आवेश का आवेग एक सिरे से दूसरे सिरे तक दौड़ जाता था। उसके दाँत

जैसे निरंतर एक-दूसरे को पीसने का प्रयत्न कर रहे थे।...ठीक है कि वह कीचक के हाथों और अपमानित होने से बच गई। उसकी रक्षा हो गई। किंतु क्या इतना पर्याप्त था ? उस दुष्ट कीचक को तो कोई दंड नहीं मिला न !...उसने सैरंध्री का इतना अपमान किया, उसे इतनी पीड़ा दी, और उसे किसी ने कोई दंड नहीं दिया। वह अहंकार से अपना सिर उठाए निश्चिंत भाव से चला गया। ऐसी स्थिति में सैरंध्री का मन शांत कैसे हो सकता है। ...पर वह राजसभा में अपनी रक्षा के लिए ही तो गई थी, कीचक को दंडित करवाने के लिए नहीं। क्या वह पहले नहीं जानती थी कि प्रत्येक राजसभा धर्मराज युधिष्ठिर की राजसभा नहीं होती, जहाँ धर्म और न्याय के लिए व्यक्ति का पद, बल, धन और संबंधों पर कोई ध्यान नहीं दिया जाता। उसने कौरवों की वह सभा नहीं देखी, जिसमें उसे सार्वजनिक रूप से निर्वस्त्र करने का प्रयत्न किया गया और कहीं से विरोध का एक स्वर नहीं उठा, क्योंकि अपराध करने वाला स्वयं राजा का पुत्र था, युवराज था ? न्याय तो तब होता, जब राजा उसी समय उसकी त्वचा खिंचवा लेते। पर नहीं ! शासक का न्याय तो साधारण जन के लिए होता है, अपने संबंधियों तथा समर्थ लोगों को दंडित करने के लिए नहीं। तो वह यह अपेक्षा कैसे कर रही है कि राजा विराट अपने श्यालक को उसके अपराध का दंड देगा। उस सभा में सैरंध्री की रक्षा हो गई, यही बड़ी बात है। वहाँ कीचक को दंड देने वाला कोई नहीं था।... तो क्या आवश्यकता थी सैरंध्री को वहाँ जाने की। वस्तुतः उसे तो कीचक के कक्ष से भागना ही नहीं चाहिए था। उसे वहीं रहना चाहिए था। अपनी रक्षा के लिए नहीं, कीचक को दंडित करने के लिए लड़ना चाहिए था। उसे भागना नहीं चाहिए था, कीचक पर प्रहार करना चाहिए था। जो कुछ मिलता, उससे उसका सिर फोड़ देना चाहिए था। माधवी पी कर जिस प्रकार वह लड़खड़ा रहा था, उसमें सैरंध्री के लिए यह तनिक भी कठिन नहीं होता। इतना शस्त्र परिचालन तो उसे भी आता है कि वह उस मद्यप से अपनी रक्षा कर सकती। वह भागी ही क्यों ? क्यों गई वह राजा के पास ? ... उसने सोचा था कि वहाँ कंक होंगे। तो वह यह भी जानती है कि कंक कभी भी प्रतिशोध और प्रतिहिंसा के समर्थक नहीं रहे। वे अपनी रक्षा के लिए प्रतिकार को तो उचित ठहराते हैं, प्रतिशोध को नहीं। प्रतिशोध तो उसके लिए है, जो क्षमा न कर सके। और कंक किसी का भी अपने प्रति किया गया बड़े से बड़ा अपराध क्षमा कर सकते हैं। वैसी ही क्षमा की अपेक्षा वे अपनी पत्नी और अपने भाइयों से करते हैं। इसीलिए उन्होंने उसे भी क्षमा का ही उपदेश दिया था ... "क्षमा दान है, क्षमा सत्य है, क्षमा धर्म है।" किंतु सैरंध्री कीचक को कभी क्षमा नहीं कर सकती। उसे दंड मिलना ही चाहिए। पर राजा उसे दंड नहीं देंगे, तो ?... उसके पति ? कंक ने कहा है कि एक मास शेष है। एक मास में उनके अज्ञातवास

का काल पूर्ण हो जाएगा। तब उन्हें किसी प्रकार की चिंता नहीं होगी। तब वे कीचक से प्रतिशोध ले सकेंगे। ... किंतु सैरंध्री का मन बार-बार पूछता है कि क्या कंक कभी भी कीचक को दंडित करेंगे ?... सैरंध्री को अपना प्रतिशोध चाहिए। वह कंक के समान उदार नहीं हो सकती। कीचक ने जिस प्रकार उसे पीड़ित और अपमानित किया है, उसका प्रतिशोध तो कीचक की मृत्यु से ही पूरा हो सकता है। किंतु राजा विराट एक सैरंध्री के अपमान के लिए अपने सेनापति को मृत्युदंड देने का सामर्थ्य नहीं रखते।...

सैरंध्री के मन में आया कि वह अपने कक्ष में चली जाए और एक बार एकांत में मन भर कर रोए। ... पर अगले ही क्षण एक आशंका उसके मन में जागी। ... यदि कीचक उसके कक्ष में आ गया, तो ? वह तो काम के मद में उन्मत्त है। वह कहीं भी जा सकता है। कौन रोक सकता है, उसे सैरंध्री के कक्ष में आने से ? ...आशंका के साथ ही उसका आक्रोश भी जागा। ... आए कीचक। अब की बार आए कीचक। अब वह उसके सामने से भागेगी नहीं। अब की बार, वह उसके वक्ष पर चढ़ जाएगी। भीम ने तो युद्ध में दुःशासन के वक्ष का रक्त पान करने की प्रतिज्ञा ही की है। वह सचमुच ही कीचक का रक्त पी जाएगी। ... उसे कीचक का भय नहीं है। वह जान गई है कि उसके रक्षक तो हैं; किंतु उसका प्रतिशोध लेने वाला कोई नहीं है। अपना प्रतिशोध तो उसे स्वयं अपने बल पर ही लेना होगा। अच्छा है कि कीचक से उसका सामना हो जाए। उसने सैरंध्री के केश पकड़ कर उसे धक्का दिया था। वह उसके केश नोच लेगी। उसका मस्तक भूमि पर पटक कर उसका रक्त न बहाए, तो उसके इस क्रोध का क्या लाभ ?

तो फिर वह अपना मुँह छिपा कर अपने कक्ष में क्यों चली जाए ? वह सुदेष्णा के मंडप में ही क्यों न जाए, जिसने उसे कीचक के प्रासाद में भेजा था। उसे भी तो पता चले कि नारी अपमानित होती है, तो उसे कैसी पीड़ा होती है। सैरंध्री ने तो सुदेष्णा से अपेक्षा की थी कि वह उसकी रक्षा करेगी। सुदेष्णा ने क्या किया। स्वयं ही उसे अपमान और पाप के घृणित जीवन की ओर धकेल दिया।

जड़ और संवेदनशून्य-सी सैरंध्री जैसे अपने पैर घसीटती हुई सुदेष्णा के मंडप में आई। जिसकी भी दृष्टि उस पर पड़ी, उसका मुख आश्चर्य से खुल गया। सैरंध्री के केश बिखरे हुए थे; नयनों से निरंतर अश्रु बह रहे थे; वस्त्र मलिन हो गए थे और उसके मुख से बहा हुआ रक्त भी पोंछा नहीं गया था।

"यह क्या सैरंध्री ! कहाँ गई थीं तुम ? यह क्या हुआ है तुम्हें ?" सुदेष्णा ने उससे पूछा। सुदेष्णा के स्वर में जिज्ञासा भी थी; किंतु उसके साथ ही एक प्रकार का भय भी था। सैरंध्री को भेजते समय ही वह जानती थी, कि वह सुरक्षित

नहीं लौटेगी। किंतु लौटती हुई सैरंध्री का यह रूप होगा, यह भी उसने नहीं सोचा था। ... सामान्यतया जो दासियाँ इस प्रकार कीचक के पास जाती थीं, वे लौटती थीं, तो कुछ पीड़ित अवश्य होती थीं, किंतु उनके अश्रु स्वर्णाभूषणों से पोंछ दिए गए होते थे। वे कुछ लजाई शरमाई भी होती थीं। कुछ तो ऐसा अवसर पा कर प्रसन्न भी होती थीं। ... किंतु यह सैरंध्री ...

सुदेष्णा के प्रश्नों के उत्तर में सैरंध्री की जो दृष्टि सुदेष्णा की ओर उठी, उसे सह पाना सुदेष्णा के लिए भी भारी था। उसमें कहीं यह भाव नहीं था कि वह एक सैरंध्री की दृष्टि थी, जो रानी की ओर उठी थी। उसमें जितना धिक्कार और भर्त्सना का भाव था, उससे सुदेष्णा बहुत छोटी हो गई लगती थी।

"आप नहीं जानतीं कि मैं कहाँ गई थी ?" सैरंध्री बोली, "मैं आपके लिए कीचक के प्रासाद से केकय प्रदेश की माधवी लेने गई थी। आपका स्वर्णपात्र इस समय राजसभा में पड़ा है। ..."

"राजसभा में क्यों ?" सुदेष्णा ने कुछ चकित हो कर पूछा।

"क्योंकि कीचक द्वारा अपमानित होने से बचने के लिए मैं राजसभा में राजा से न्याय माँगने चली गई थी।" सैरंध्री बोली, "वहाँ कीचक ने मुझे दंडित करने के लिए मेरे केश खींचे। मुझे लात से मारा।"

"ओह !" रानी मौन रह गई। उसने तो यह समझा था कि यह प्रसंग उसके और कीचक के प्रासाद के मध्य ही रहेगा; किंतु यह सैरंध्री तो उसे सीधे राजसभा में ही ले गई।

"राजा ने सेनापति को दंडित नहीं किया ?" सुदेष्णा ने पूछा।

"हाँ ! दंडित किया। राजा ने कहा कि भविष्य में ऐसा नहीं होना चाहिए।"

"अच्छा मैं उनसे कहूँगी कि वे सेनापति को दंडित करें।" रानी ने अभिनय किया।

"आप रहने ही दें।" सैरंध्री का स्वर भयंकर कटुता और घृणा लिए हुए था, "दंड देनेवाला एक राजा ही तो नहीं है। सृष्टि में मूल दंडविधान तो ईश्वर का बनाया हुआ है, व्यक्ति के लिए भी, समाज के लिए भी; और देश के लिए भी। कीचक को दंडित करने वाले का क्या रूप होगा, यह कौन जानता है। उसे दंडित करने के लिए, ईश्वर अपनी इच्छा से, अपनी माया की सहायता से, जाने किस रूप में प्रकट हो जाएँ।" सैरंध्री का स्वर बहुत रहस्यमय हो गया था, जैसे वह सैरंध्री के कंठ से नहीं, प्रकृति के हृदय से उद्भूत हो रहा हो।

सैरंध्री की बात को सुदेष्णा हँस कर उड़ा नहीं सकी। उसे लगा कि सैरंध्री की बात से वह अपने भीतर, कहीं बहुत गहरे तक थरथरा गई है, पर उसने अपना भय प्रकट नहीं होने दिया, "फिर तो ठीक ही है। उसे अपने किए का दंड मिल ही जाएगा। तुम अब उठो। स्नान कर वस्त्र बदलो।"

सैरंध्री कुछ नहीं बोली। वह वहीं बैठी पथराई आँखों से रानी को देखती रही। रानी के लिए वे आँखें, बड़ी भयंकर थीं। अपनी जिह्वा से तो सैरंध्री ने बहुत कम कहा था, उसके नयन उससे कहीं अधिक कह रहे थे और उनका धिक्कार, रानी के लिए कहीं अधिक मर्मांतक था। उसने वहाँ से हट जाना ही उचित समझा।

सैरंध्री वहीं बैठी रही। वह जैसे जड़ हो गई थी। न हिलती थी, न डुलती थी। उसने न मुँह धोया, न स्नान किया, न कुछ खाया।

रानी वहाँ से हट गई थी, किंतु उसे निरंतर सूचना मिल रही थी कि सैरंध्री क्या कर रही है। और सैरंध्री थी कि अपनी आँखों से बहने वाले अश्रु भी नहीं पोंछ रही थी। ... रानी को उससे सचमुच भय लगने लगा था। वह कहीं सचमुच ही प्रायोपवेशन कर अपने प्राण त्यागने पर तुली हुई तो नहीं है ? उसने दंड देने वाले ईश्वरीय विधान की बात कही थी। कहीं वह अपने प्राण त्याग, प्रेत बन कर तो कीचक के प्राण लेना नहीं चाहती। ... सुदेष्णा को लग रहा था कि कीचक ने कदाचित् इस बार अपना आखेट चुनने में भूल कर दी है। सैरंध्री का यह अपमान उसे कहीं बहुत महँगा ही न पड़े।...उसके मन में अनेक बार आया कि वह सैरंध्री के पास जाकर उससे बात करे। उसे समझाए। थोड़ी मनुहार करे। उसे किसी प्रकार मना कर कुछ खिला-पिला दे। किसी प्रकार उसके अपने मन पर से सैरंध्री के इस अनशन का आतंक कम हो।... किंतु प्रायोपवेशन करती सी बैठी सैरंध्री के निकट जाने का उसका साहस ही नहीं हुआ।

देर तक सैरंध्री पत्थर-सी बनी बैठी रही। उसके मन में चलते झंझावात थम ही नहीं रहे थे कि वह कुछ और सोचती, अथवा कुछ और करती। उसकी इच्छा हो रही थी कि अभी वह उठ कर खड़ी हो जाए और चिल्ला-चिल्लाकर अपना और अपने पतियों का परिचय दे दे। फिर वह देखे कि उसके पति उसके अपमान का प्रतिशोध लेते है या नहीं। तब भी कीचक उसके चरणों में गिर कर उससे क्षमा माँगता है या नहीं। तब भी विराट उसकी इसी प्रकार उपेक्षा करने का साहस करता है क्या ? ... किंतु आहत अभिमान और क्रोध की उस चरम स्थिति में भी उसका विवेक उसे बार-बार सावधान कर रहा था कि वह ऐसी कोई मूर्खता न कर बैठे, जिससे उन सबको पुनः बारह वर्षों के लिए वनवास करना पड़े और इंद्रप्रस्थ लौटना एक स्वप्न बन कर ही रह जाए। उन्हें कभी अपना राज्य न मिले और उसके पति तथा पुत्र कभी उस राज्य का भोग न कर सकें ...

सैरंध्री का मन जैसे कोई युद्ध-क्षेत्र बन गया था और उसके अपने ही विचार कई-कई दलों में बँट कर एक-दूसरे के विरुद्ध व्यूहबद्ध हो रहे थे। ...

उसका एक मन कह रहा था, यह सब कुछ करने की कोई आवश्यकता नहीं थी। उसे चाहिए कि वह उठ कर जाए और अभी इस सुदेष्णा का कंठ दबा कर उसके प्राण ले ले। सैरंध्री के रूप में उसके पास सहस्रों बहाने हैं, रानी के साथ एकांत में रहने के, जब उसके पास न कोई परिचारिका होगी और न कोई अंगरक्षक। ...कीचक से भी बड़ी अपराधी तो सुदेष्णा है, जिसने उसे कीचक के प्रासाद में भेजने का षड्यंत्र किया। यदि वह उससे माधवी मँगवाने की योजना बना कर उसे कीचक के प्रासाद में न भेजती, तो कीचक उसका अपमान कैसे कर सकता था ?...

दूसरे ही क्षण सैरंध्री को लगता कि सुदेष्णा ने कीचक की सहायता तो की है, किंतु वास्तविक अपराधी कीचक ही है। उसका ऐसा अपमान करके भी कीचक जीवित बच गया, तो द्रौपदी के अग्निकुंड में से जन्म लेने का क्या लाभ हुआ ? आज वह सैरंध्री है तो क्या, है तो वह द्रुपदकुमारी कृष्णा, जिसका जन्म अग्निकुंड में से हुआ था। ...

सहसा, उसे लगा कि वह भूखी-प्यासी यहाँ बैठी रहेगी, अपने आपको तपाती रहेगी, तो क्या कीचक उसके तप से मर जाएगा ? सूक्ष्म शक्तियाँ, इतने स्थूल रूप में काम नहीं करती हैं। उसके लिए तो कोई भौतिक सहारा ही लेना पड़ेगा। ... उसने सुदेष्णा से कहा था कि ईश्वर जाने किस रूप में प्रकट हो कर कीचक का वध करेंगे। ... तो अब उसे उस रूप को भी खोजना होगा, जो ईश्वर का प्रतिनिधि बन कर कीचक का वध करे।... उसका ध्यान बार-बार बृहन्नला और बल्लव की ओर जा रहा था। कंक से ऐसी अपेक्षा नहीं की जा सकती। वे पहले ही उसे क्षमा करने के लिए कह चुके हैं। और यदि कीचक को दंड देना ही है, तो उसके लिए एक मास तक रुकने का संकेत भी दे चुके हैं। उन्हें क्रोध नहीं आता, वे कभी आवेश में नहीं आते। उन्हें धर्म का त्याग करने के लिए सहमत नहीं किया जा सकता। तो फिर उन से यह अपेक्षा कैसे की जा सकती है कि वे कीचक का वध कर देंगे, अथवा अपने किसी भाई को इस कार्य के लिए नियुक्त कर देंगे। ...बल्लव ने भी प्रातः कंक की बात मान कर कीचक को जीवित छोड़ दिया था; किंतु सैरंध्री उसके क्रोध को भड़का सकती है। वह उसे प्रतिशोध के लिए उद्यत कर सकती है। प्रत्यक्ष नहीं, तो अप्रत्यक्ष रूप से सही, किंतु बल्लव कीचक का वध करने को प्रस्तुत हो सकता है। ... कीचक का वध तो बृहन्नला भी कर सकता है; किंतु वह धर्मराज की आज्ञा के विरुद्ध नहीं जाएगा। उसके पास जाने में तो स्वयं सैरंध्री को भी भय लगता है। ऐसा न हो कि वह सैरंध्री को ही समझा दे कि उसे प्रतिशोध की भावना अपने मन से निकाल देनी चाहिए। ...ग्रंथिक और तंतिपाल के साथ तो इन परिस्थितियों में संपर्क करना ही कठिन है।....

संध्या के समय सैरंध्री अपने स्थान से उठी और किसी से बिना कुछ कहे-सुने अपने कक्ष में आ गई। उसने भीतर से कपाट लगा लिए, ताकि न कोई आए-जाए, न किसी से कोई बात करनी पड़े। न किसी को पता चले कि वह अपने कक्ष में क्या कर रही है। सब लोग अपने आप ही मान लें कि वह अपनी शैया पर पड़ी अश्रु बहा रही है।...

अंधकार हो गया। प्रासाद की सारी गतिविधि शिथिल हो गई। सब ओर से निश्चिंत हो कर सैरंध्री उठी। उसने स्वयं को एक बार दर्पण में देखा। उसके अधरों पर एक क्रूर मुस्कान उभरी; और वह अपनी योजना को सफल बनाने में लग गई।

बहुत दिनों के पश्चात् आज उसने मन लगा कर स्नान किया। शरीर को इस प्रकार मल-मल कर धोया, जैसे उस पर से वह सैरंध्री की केंचुल उतार रही हो और उस शरीर में सोई हुई द्रौपदी को जाग्रत कर रही हो। नहाने के पश्चात् बिखरे केशों को ऐसा रूप दिया जो किसी भी केश-विन्यास से अधिक आकर्षक हो। उपलब्ध वस्त्रों में सबसे आकर्षक साड़ी धारण की। मुखमंडल पर अंगराग लगाया। चंदन की गंध से महकती हुई वह उठी। कक्ष के कपाट धीरे से खोले और सावधानी से निरीक्षण किया। कहीं कोई नहीं था। दूर से बाहरी प्रहरियों का स्वर आ रहा था।

उसने मुख पर अवगुंठन डाल लिया था। यदि मार्ग में कोई मिल गया और उसने जिज्ञासा कर ही ली, तो उसे उत्तर देने में कोई कठिनाई नहीं होनी चाहिए। अवगुंठनवती सैरंध्री से सब ही परिचित थे। उसका सारा शृंगार अवगुंठन की ओट में था। ... यदि किसी ने पूछ लिया कि वह इस समय कहाँ जा रही है, तो ?... वह कह तो सकती है कि वह रानी के खाने के लिए कुछ लेने के लिए बल्लव के पास जा रही है। ... किंतु कदाचित् यह बहुत उपयुक्त उत्तर न हो। रात अधिक हो गई थी। वह इस समय बल्लव के पास जा रही है अथवा गई है—यह सूचना संदेह उत्पन्न कर सकती है, विशेषकर जबकि प्रातः सभासदों ने उसकी रक्षा के लिए, बल्लव द्वारा कीचक को उठा कर परे फेंके जाते हुए देखा था। वैसे भी पाकशाला में इस समय तक कोई खाद्य पदार्थ नहीं बचता; और इस समय वह बल्लव से फिर से कुछ पकाने के लिए तो कह नहीं सकती। रानी तक बात जा सकती है। सैरंध्री की बात के सत्यापन के लिए रानी से पूछा जा सकता है कि क्या उन्होंने सैरंध्री को भेजा था ? ... उससे तो अच्छा है कि वह कोई ऐसा बहाना बनाए, जिसका सत्यापन सिवाय उसके और कोई भी न कर सके।... वह कह सकती है कि वह कोई ऐसी वनस्पति खोज रही है जो केवल पूर्णिमा की अर्द्धरात्रि को ही प्रकट होती है और उसके चूर्ण को लगाने से कोई भी स्त्री अपनी अवस्था से कई वर्ष छोटी दिखने लगती है। ... इस

बहाने का तो कोई प्रतिकार नहीं है। ... यह तो उसी का क्षेत्र था। सैरंध्री के रूप में उसे ही इस प्रकार की वनस्पतियों का ज्ञान था। इस तथ्य का सत्यापन न तो रानी कर सकती है, न कोई और। ...

पर बल्लव के कक्ष तक आने के लिए सैरंध्री ने जो मार्ग चुना था, उसमें उसे कोई नहीं मिला। किसी ने जिज्ञासा नहीं की। वह बिना किसी विशेष कठिनाई के बल्लव के द्वार पर पहुँच गई थी।

बल्लव के कक्ष के कपाट खुले हुए थे। वह उनके मध्य अपनी शैया बिछाए हुए गहरी नींद में सो रहा था। सैरंध्री चाहती थी कि वह कक्ष में प्रवेश कर जाए और ये कपाट किसी प्रकार बंद हो जाएँ।... किंतु बल्लव को जगाए बिना वह कक्ष में प्रवेश नहीं कर सकती थी और खुले कपाटों के सम्मुख सोए बल्लव को जगाने का प्रयत्न संकटपूर्ण हो सकता था।

उसने घूम कर उस सारे स्थान को देखा। बल्लव के कक्ष का वातायन खुला हुआ था। वह थोड़ा साहस करे तो वातायन में से कक्ष में प्रवेश कर सकती है। साहस तो उसे वैसे भी करना ही पड़ेगा; अन्यथा यहाँ खड़ी-खड़ी भी किसी के द्वारा देख ली गई तो सारा श्रम तो व्यर्थ जाएगा ही, साथ ही उनके संबंध का रहस्य भी खुल जाएगा।

वह उचककर वातायन की चौखट में बैठ गई और फिर पैर लटकाकर भीतर कूद गई। बल्लव अब भी उसी प्रकार सोया हुआ था। वह जानती थी बल्लव गहरी नींद सोता था, और सुविधा से जगाया नहीं जा सकता।

उसने बल्लव को हिलाया; किंतु बल्लव पर कोई विशेष प्रभाव नहीं पड़ा। दो-तीन बार झकझोरने पर उसकी नींद कुछ टूटी।

"कौन है ?" उसने अलसाए से स्वर में पूछा।

"मैं हूँ सैरंध्री ! बल्लव उठो। आँखें खोलो।"

बल्लव की आँखें खुल गईं। वह उठ कर बैठ गया।

"कुशल तो है ?" उसने पूछा।

"पहले द्वार और वातायन के कपाट बंद करो।" सैरंध्री बोली, "फिर बताती हूँ।"

बल्लव ने वैसा ही किया।

वह आकर शैया पर बैठा, तो सैरंध्री उससे लिपट गई। बल्लव ने उसे अपनी भुजाओं में भर लिया, "बहुत दुखी हो ?"

सैरंध्री ने उसके वक्ष पर अपना सिर रख दिया, "तुम्हारा सहारा न होता, तो अब तक प्राण दे चुकी होती।"

बल्लव ने उसके मुखमंडल को अपनी हथेलियों में ले लिया, "ऐसा मत कहो। अब मात्र एक मास रह गया है, इस अज्ञातवास का। उसके पश्चात् मैं

कीचक क्या दुर्योधन को भी उसके कृत्यों के लिए दंडित करूँगा। तुम्हारे ये केश इस प्रकार बिखरे नहीं रहेंगे। तुम्हें दुःशासन के वक्ष का रक्त लाकर दूँगा, इनको धोने के लिए। तुम साम्राज्ञी हो, साम्राज्ञी बन कर रहोगी।''

''वह सब ठीक है प्रिय ! किंतु राज्य से भी बढ़ कर सम्मान है। मैं कब तक इस प्रकार अपमानित होती रहूँगी; और वह भी तुम्हारी उपस्थिति में, तुम्हारी आँखों के सम्मुख ?'' सैरंध्री के नयनों में अश्रु भर आए, ''जिसकी इच्छा हो वह तुम्हारी प्रिया के केश पकड़कर उसे घसीटता रहे ? जिसकी इच्छा हो वह उसे अपशब्द कहे ? जिसकी इच्छा हो उसे घसीट कर अपने रथ में डाल ले; और जिसकी इच्छा हो उसे लात जमा दे ?''

बल्लव का हृदय एक ऐसी पीड़ा का अनुभव कर रहा था, जिसे सहना उसके वश का नहीं था। उसे लग रहा था कि यदि वह इस समय अपनी प्रिया के अश्रु नहीं पोंछ सका तो उसका वक्ष फट जाएगा। वह सैरंध्री को इस प्रकार दुखी नहीं देख सकता था। वह उसका दुख दूर करने के लिए कुछ भी कर सकता था।

''नहीं ! ऐसा नहीं हो सकता।'' उसने सैरंध्री को अपने वक्ष से लगा लिया, ''मैं ऐसा होने नहीं दूँगा।''

''तो क्या करोगे तुम ?'' सैरंध्री तड़पकर उससे पृथक् हो गई, ''जब कोई मेरे केश खींचेगा, तुम पाकशाला के ईंधन के लिए सूखे वृक्ष खोजने लगोगे ?''

''नहीं प्रिये नहीं। ऐसा नहीं होगा।'' वह बोला, 'मैं तो आज प्रातः ही उस कीचक का वक्ष फाड़कर उसे चील कौवों को खिला देता, किंतु मुझे कंक ने रोक दिया।''

''कंक को तुम नहीं जानते क्या ?'' सैरंध्री आवेश में बोली, ''उन्होंने क्रोध को जीत लिया है। उन्हें क्रोध नहीं आता। इसलिए उन्हें कोई भी घटना विचलित नहीं करती। वे आवेश में नहीं आते। वे धर्म को कभी नहीं भूलते। इतना ही नहीं, वे तो किसी को भी क्षमा कर सकते हैं। और मुझे जानते हो तुम ! मैं किसी को क्षमा नहीं कर सकती। यदि तुमने इस कीचक से आज रात ही मेरे इस अपमान का प्रतिशोध नहीं लिया तो मैं तुम्हें भी कभी क्षमा नहीं करूँगी।''

''मैं तुम्हारी क्षमा नहीं चाहता, तुम्हारा प्रेम चाहता हूँ; और उससे भी अधिक मैं तुम्हारी प्रसन्नता चाहता हूँ।'' बल्लव बोला, ''तुम्हारी प्रसन्नता से अधिक तुम्हारा सुख चाहता हूँ। तुम्हें कष्ट में देख कर मैं स्वयं सुखी नहीं रह सकता। मेरा सारा सुख तुम्हारे सुख का आश्रित है।''

''तो फिर मेरे सुख के लिए, अपने सुख के लिए, आज रात उस दुष्ट कीचक की हत्या कर दो। मैं चाहती हूँ कि रानी ने मेरे विषय में जो यह प्रचार किया है कि मेरे पति के पाँच गंधर्व मित्र अदृश्य रह कर मेरी रक्षा कर रहे हैं,

सत्य प्रमाणित हो जाए। कल प्रातः लोग कीचक का शव देखें और अपने आप ही कहें कि यह सैरंध्री के अपमान का प्रतिशोध है।"

बल्लव ने कुछ नहीं कहा। चुपचाप उसकी ओर देखता रहा।

"तुमने कोई उत्तर नहीं दिया।" सैरंध्री बोली, "तुम भी कंक के समान कहना चाहते हो कि तुम्हारे हाथ धर्म की रज्जू से बँधे हैं ?"

"वे तो बँधे ही हैं ...।"

"तो उसी रज्जू से मेरा कंठ बाँध कर मुझे किसी वृक्ष की ऊँची शाखा से लटका दो, ताकि मैं इस बार-बार के अपमान से मुक्त हो जाऊँ। जिसके पति युद्धवीर न होकर धर्मवीर हो गए हों, उस पत्नी का जीवित रहना, बस अपमान सहना ही है।" सैरंध्री की आँखों से निरंतर अश्रु बह रहे थे।

"नहीं। नहीं। यह सब मत कहो।" बल्लव का स्वर रुदन के बहुत निकट पहुँच गया था, "मैं कंक नहीं हूँ। मुझे धर्म और तुम्हारी प्रसन्नता में से केवल एक का चयन ही करना होगा, तो मैं तुम्हारी प्रसन्नता को ही चुनूँगा। तुम्हें दुखी कर मुझे धर्म को जय नहीं करना है। पर ..."

"पर क्या ?" सैरंध्री प्रखर स्वर में बोली।

"कीचक के प्रासाद में घुस कर आज रात उसका वध करने का अर्थ है कि प्रकट और प्रत्यक्ष युद्ध। उसमें अज्ञातवास की प्रतिज्ञा का पालन नहीं हो सकता।"

"तो न हो अज्ञातवास की प्रतिज्ञा का पालन।" सैरंध्री तड़पकर बोली, "मुझे अपना अपमान करवाकर किसी प्रतिज्ञा का पालन नहीं करना है। क्या होगा, यदि हम पहचाने गए। दुर्योधन इंद्रप्रस्थ का राज्य नहीं देगा ? वह तो सारी प्रतिज्ञाओं को पूर्ण करने पर भी नहीं देगा। मैं पूणतः आश्वस्त हूँ कि सफल अज्ञातवास करने के पश्चात् भी यदि तुम लोगों को राज्य चाहिए तो उसके लिए दुर्योधन से युद्ध करना ही पड़ेगा।" सहसा सैरंध्री का स्वर और कटु हो गया, "मेरी समझ में तो तुम पाँचों भाइयों की बुद्धि नहीं आती। तुम लोग राज्य भी करना चाहते हो और युद्ध भी नहीं करना चाहते। अरे युद्ध के बिना भी कभी राज्य हुआ है। मैं तुम्हारे स्थान पर होती तो कीचक को मार कर दुर्योधन को मारने के लिए चल पड़ती।"

"शांत हो जाओ सैरंध्री ! तुम इस समय अपनी पीड़ा के कारण आवेश में हो, नहीं तो ऐसी बात नहीं कहतीं।" बल्लव ने धैर्यपूर्वक कहा, "यह सत्य है कि मेरे भाइयों को राज्य नहीं चाहिए, धर्म चाहिए। वे राज्य अर्जित करने के लिए नहीं, धर्म अर्जित करने के लिए जन्मे हैं। वे राज्य के माध्यम से भी धर्म ही अर्जित करना चाहते हैं। किंतु मैं उनसे थोड़ा भिन्न हूँ। मैं भी धर्म पर ही चलना चाहता हूँ; किंतु उन सबकी तुलना में मुझमें रजोगुण कुछ अधिक ही

है। मैं अपने विपक्षी को अधर्म करते देख, धर्म पर टिका नहीं रह सकता। इसलिए मैं तो प्रस्तुत हूँ। चलो मेरे साथ। मैं अभी कीचक के कक्ष में घुस कर उसका वध कर दूँगा। उसके जितने भी सैनिक और अंगरक्षक आएँगे, उन सबका वध कर दूँगा। कहो तो राजा को उसके अन्याय का दंड भी आज की रात ही दे दूँ।..."

सैरंध्री मौन रह कर उसकी ओर देखती रही।

"किंतु उसका परिणाम होगा कि मेरे भाइयों को पुनः बारह वर्षों के लिए वनवास करना पड़ेगा। मैं भी उनके साथ ही जाऊँगा। उनको छोड़ कर, उन से पृथक् रह कर राज्य नहीं कर सकूँगा मैं। मैं यह भी जानता हूँ कि तुम्हारा मन शांत होगा तो तुम भी कंक के धर्म से सहमत हो जाओगी। उनको वन भेज कर स्वयं सिंहासन पर नहीं बैठ सकोगी। ऐसा कर सकतीं तो तुम हमें वनवास के लिए भेज कर स्वयं कांपिल्य चली गई होतीं।"

"मुझे अपने वाग्जाल में बाँध रहे हो ?" सैरंध्री ने कठोर स्वर में निर्मोही हो कर पूछा, "क्षत्रिय धर्म भुलाकर मुझे संन्यासी का धर्म सिखा रहे हो ?"

"नहीं ! उसके विपरीत मैं कूटनीति की बात कह रहा हूँ।" बल्लव हँस कर बोला, "जो योद्धा आवेश में युद्ध करता है, उसके पराजित होने की संभावना अधिक रहती है। जीतता वही है, जो योजना बना कर शांत मन से लड़ता है।"

सैरंध्री ने उसकी ओर प्रश्नवाचक दृष्टि से देखा।

"कीचक का वध उसके प्रासाद में न हो। उसे किसी ऐसे स्थल पर बुलाया जाए, जहाँ मैं अज्ञात रूप से जा सकूँ और उससे युद्ध कर उसका वध कर सकूँ। कोई हमें युद्ध करता न देखे। और दूसरे दिन अपने आप प्रचारित हो जाए कि किसी शक्तिशाली गंधर्व ने उसका वध कर दिया है।"

"यह कैसे संभव है ?" सैरंध्री ने पूछा।

"क्या यह संभव है कि तुम उसे कल रात को किसी ऐसे स्थान पर अभिसार के लिए आमंत्रित करो, जहाँ रात को पूर्ण एकांत और गोपनीयता हो। वह वहाँ आएगा और तुम्हारे स्थान पर मैं वहाँ चला जाऊँगा। शेष मैं देख लूँगा।"

"तुम चाहते हो कि आज का सारा अपमान और पीड़ा भूल कर मैं स्वयं उसके पास जाऊँ, उससे प्रेम जताऊँ, उसे अभिसार के लिए बुलाऊँ ? और इस सारी प्रक्रिया में वह मेरा जो अपमान करना चाहे, करे।" सैरंध्री अब भी उतने ही क्रोध में थी।

"अपने मन को तनिक शांत करो प्रिये !" बल्लव ने मुस्कराकर उसकी

ओर देखा, "कल के व्यवहार के कारण कीचक को कोई दंड तो मिला नहीं है। ऐसे में वह तुम्हारा पीछा नहीं छोड़ेगा। वह फिर तुम्हारे पास आएगा। इस बार वह अधिक आश्वस्त होगा। वह अपना अधिकार मान कर तुम्हारे पास आएगा और संभवतः बल प्रयोग का प्रयत्न भी करेगा। तुम प्रयास यह करना कि उस स्थिति से पहले ही तुम उसको अपनी मोहिनी में बाँध लो। उसे समझाओ कि तुम उससे गुप्त प्रेम तो कर सकती हो, किंतु प्रकट प्रेम तुम्हारे लिए न संभव है, न हितकर। तब वह पूछेगा कि तुम कहाँ मिलना चाहती हो। तुम उसे रात्रि को एक दीपक भर तेल जलने के पश्चात् बृहन्नला की नृत्यशाला में बुला लो। वहाँ रात को कोई नहीं होता। कोई दीपक जलाकर प्रकाश भी नहीं करता। वहाँ एक पर्यंक है। मैं उसी पर उत्तरीय तान कर लेटा रहूँगा। वह वहाँ आ जाए, तो मैं उसे मार डालूँगा। दोनों में मुष्टिका युद्ध होगा, मल्ल युद्ध होगा, कोलाहल भी होगा। किंतु मैं जानता हूँ कि रात्रि को वहाँ कोई नहीं आता। यदि संयोग से कोई उधर आ भी गया और उसने वह कोलाहल सुना भी तो वह उसे प्रेत बाधा मान कर भाग जाएगा। मैं कीचक का वध कर दूँगा और किसी को तनिक सा संदेह भी नहीं होगा।" बल्लव ने रुक कर उसकी ओर देखा, "बस अंतर इतना ही है कि वह आज रात्रि को नहीं मरेगा, कल रात्रि को मरेगा। किसी कारण से वह कल तुम्हारे पास नहीं आया और कल रात का अभिसार निश्चित न हो सका, तो परसों मरेगा। और परिणाम यह होगा कि कोई न हमें पहचानेगा, न अज्ञातवास की प्रतिज्ञा भंग होगी और न मेरे भाइयों को, मुझे और तुम्हें पुनः बारह वर्षों के लिए वनवास करना पड़ेगा।"

सैरंध्री ने मन ही मन विचार किया : बल्लव ठीक ही तो कह रहा था। वह उससे कीचक के लिए क्षमा तो नहीं माँग रहा था, और न वह प्रतिशोध का विरोध कर रहा था।

"मैं जानता हूँ कि आज का सारा दिन तुम्हारे लिए असह्य यातना का दिन रहा है। संभव है कि तुम्हारा आहत अपमान तुम्हें आज रात्रि को भी सोने न दे। कल का सारा दिन भी तुम्हारे लिए कष्ट का दिन ही होगा। पर प्राणवल्लभे! सोचो यदि तुम इतना कष्ट और सहन कर लोगी तो मैं तुम्हारी इच्छा पूरी कर दूँगा। तुम्हारी इच्छा पूर्ण हो जाएगी और हम न अधर्म के भागी होंगे, न अपने आत्मीय जनों को कष्ट देंगे। तुम्हारा यह त्याग तुम्हें और तुम्हारे पतियों को एक दीर्घकालीन यातना से बचा लेगा और तुम्हारा आखेट कल गिद्धों द्वारा खाया जाएगा।" बल्लव ने रुक कर उसकी ओर देखा, "क्या कहती हो शुभानने?"

सैरंध्री के अधरों पर एक हल्की-सी मुस्कान उभरी और उसने जैसे विह्वलता की सी स्थिति में बल्लव का आवेगपूर्ण प्रगाढ़ आलिंगन किया, "तुम तो अंतर्यामी

हो। मेरे मन की प्रत्येक बात ठीक उसी रूप में समझते हो, जैसी वह मेरे मन में है। मेरे प्रियतम !"

48

प्रतिदिन के समान सहज भाव से प्रातः ही सैरंध्री रानी के मंडप में उपस्थित हो गई, तो रानी को कुछ आश्चर्य हुआ। कल तो उसे देख कर लग रहा था कि वह या तो स्वयं नहीं रहेगी अथवा अपने अपराधियों को जीवित नहीं रहने देगी। ... पर आज तो वह पूर्णतः सहज लग रही थी, जैसे कुछ हुआ ही न हो। रानी के मन में आया कि कल की घटना की कुछ चर्चा चलाएँ; और अपना पक्ष स्पष्ट करें।... पर तभी मन ने कहा, कहीं ऐसा न हो कि जो सैरंध्री सहज भाव से काम पर आ गई है, वह उस प्रसंग को सुन कर बिदक जाए। ... इससे अच्छा है कि यह मान कर चलें कि कल कुछ असाधारण घटित ही नहीं हुआ।

वे बिना एक भी शब्द कहे, सहज भाव से शृंगार करवाने के लिए बैठ गईं।... सैरंध्री की भी जिह्वा नहीं हिली और अंगुलियाँ चलने लगीं। ...

सैरंध्री ने अभी रानी सुदेष्णा की केश-सज्जा ही निपटाई थी कि उसने कीचक का स्वर सुना। वह बाहर द्वार पर खड़ी परिचारिका को आदेश दे रहा था कि वह रानी को उसके आने की सूचना दे।

सैरंध्री जानती थी कि कीचक, रानी की अनुमति की प्रतीक्षा नहीं करेगा। वह भीतर आ जाएगा और उसकी खोज आरंभ कर देगा। रानी भी किसी बहाने से इधर-उधर खिसक जाएँगी। तब वह होगी और कीचक होगा। उसे उसकी बातें सुननी पड़ेंगी। क्या भरोसा, वह फिर कल के समान बल-प्रयोग करे। आज सैरंध्री को वह स्थिति नहीं आने देनी थी। आज वह उससे भागेगी भी नहीं और वार्तालाप को उस दिशा में भटकने भी नहीं देगी कि कीचक अपना हाथ उसकी ओर बढ़ा सके। ...

सब कुछ प्रायः उसकी अपेक्षा के ही अनुकूल हुआ। परिचारिका ने रानी को कीचक के आने की सूचना दी। रानी ने एक दृष्टि अपने निकट खड़ी सैरंध्री पर डाली और कीचक को लिवा लाने की अनुमति दे दी।

सैरंध्री ने भी ऐसा कुछ नहीं किया, जिससे यह लगे कि वह असहज हो गई है, अथवा उसके आस-पास कुछ असाधारण घटित होने वाला है। वह सहज भाव से उस मंडप से लगे उद्यान की ओर चल पड़ी। कोई भी देख सकता

था कि न तो उसने छुपने का प्रयत्न किया था, और न भागने का। सबके देखते देखते वह उद्यान की ओर गई थी। ...

कीचक आकर रानी सुदेष्णा के सम्मुख खड़ा हो गया। उसने अपनी दृष्टि इधर-उधर घुमाई और नेत्रों तथा हाथों के संकेत से पूछा, "वह कहाँ है ?"

"लगता है, आपको उसके विरह में रात भर नींद नहीं आई भैया।"

"अब नींद कहाँ सुदेष्णे !" कीचक बोला, "उसका मुखमंडल मेरे नेत्रों के सम्मुख घूमता रहता है। निद्रा आ जाए तो स्वप्नों में भी वही होती है। जब तक उससे समागम नहीं हो पाएगा, मेरे जीवन में कोई रस नहीं रहेगा। ... वह है कहाँ ?"

सुदेष्णा ने उद्यान की ओर संकेत कर दिया। कीचक की दृष्टि उस ओर उठी : सैरंध्री मंथर गति से चली जा रही थी।

""यह मुझसे भागने का तो प्रयत्न नहीं कर रही।" कीचक ने मन ही मन सोचा, "यह तो जैसे अपनी मयूरी की-सी चाल से मुझे मुग्ध करती हुई अपने पीछे आने का निमंत्रण दे रही है।"

"जाओ, एकांत में लुभा लो उसे।"

कीचक की समझ में नहीं आया कि यह सुदेष्णा का प्रोत्साहन था अथवा उपालंभ। किंतु यह सब समझने की उसने प्रतीक्षा नहीं की। वह वेगपूर्वक उसी ओर चल पड़ा।

सैरंध्री की उसकी ओर पीठ थी, फिर भी ध्वनियों तथा अपने अनुमान से वह समझ रही थी कि वह उसके पीछे आ रहा है। किंतु इससे पहले कि वह आकर पीछे से उसे पकड़ने का प्रयत्न करे, वह पलटकर खड़ी हो गई। अब वे दोनों आमने-सामने थे।

सैरंध्री ने उसे देखा और इस प्रकार अपना मार्ग बदल लिया, जैसे वह उससे बच कर निकल जाना चाहती हो।

कीचक लपक कर उसके सम्मुख खड़ा हो गया।

सैरंध्री ने उसकी ओर देखा।

"तुम भाग कर राजा के पास जाकर भी गुहार कर आईं, किंतु कुछ नहीं हुआ।" कीचक बोला, "इसका अर्थ समझती हो ?"

सैरंध्री ने पुनः उस पर एक दृष्टिपात किया, किंतु न वह मुख से कुछ बोली और न ही उसने वहाँ से भागने का प्रयत्न किया।

"समझने का प्रयत्न करो सैरंध्री !" कीचक आदेशात्मक स्वर में बोला, "मेरा बल और रण-कौशल ऐसा है कि यहाँ कोई मेरा विरोध कर जीवित नहीं रह सकता। राजा भी।" वह हँसा, "तुम राजा के पास गई थीं। क्या हुआ। मैं विराटनगर का सेनापति हूँ। सारा सैनिक बल मेरे अधीन है। राजा मुझसे विरोध

पालना नहीं चाहेगा। वह तो नाम मात्र का राजा है। सत्ता तो सारी मेरे पास है। तुम अब मेरा भाग्य हो। मैं तुम्हें प्राप्त किए बिना मानूँगा नहीं; और मुझसे तुम्हें कोई बचा नहीं सकता। अच्छा है कि तुम मेरा अनुरोध स्वीकार कर लो। सुखी रहोगी।"

सैरंध्री कुछ नहीं बोली।

"तुम मेरा महत्त्व समझतीं क्यों नहीं ?" कीचक ने कुछ खीझ कर कहा।

"तुम मेरा महत्त्व समझते हो ?" सैरंध्री ने पहला वाक्य कहा। उसके स्वर में आक्रोश था। न भय था, न समर्पण।

पहले तो कीचक उस विस्फोट को सुन कर जैसे भौचक रह गया; किंतु इतनी बात तो उसकी भी समझ में आ गई कि सैरंध्री का रूप कुछ बदला हुआ है। आज उसमें विरोध नहीं था, उपालंभ था। ... और उपालंभ तो किसी न किसी संबंध के आधार पर ही होता है। उसके मन में बैठा हिंस्र पशु कुछ शांत हुआ।

"क्यों नहीं समझता तुम्हारा महत्त्व ! दासों के समान तुम्हारे पीछे-पीछे घूम रहा हूँ। तुम्हारी चाटूकारिता में लगा हूँ। तुम्हें लुभा रहा हूँ। तुम्हें मना रहा हूँ। वचन दे रहा हूँ कि जो आदेश दोगी, उसे मानूँगा। जो कामना प्रकट करोगी, उस पूर्ण करूँगा। तुम्हारी प्रतीक्षा कर रहा हूँ। तुम्हारे लिए मारा-मारा ही नहीं फिर रहा हूँ, तुम्हारे लिए मर रहा हूँ। तुम्हारे लिए अपनी पत्नियों को छोड़ने को तैयार हूँ। उन्हें तुम्हारी दासियाँ बनाने को प्रस्तुत हूँ। और अब भी तुम कहती हो कि मैं तुम्हारा महत्त्व नहीं समझता।"

"मेरा महत्त्व यह है कि मुझे तुम्हारी आज्ञाओं का पालन करना होगा, क्योंकि मैं रानी की सैरंध्री हूँ और तुम राजा के श्यालक हो, सेनापति हो, सत्तावान हो, शक्तिशाली हो, धनवान हो। मेरा महत्त्व यह है कि मैं यहाँ दासी-कर्म करती हूँ, इसलिए तुम्हारी वासनापूर्ति का साधन बनना होगा मुझे, और वह भी अपनी इच्छा से नहीं, तुम्हारे आदेश से ? क्रीतदासी से बढ़ कर कभी कुछ समझा है तुमने मुझे ? यही है मेरा महत्त्व तुम्हारी दृष्टि में ?"

"नहीं !" सैरंध्री के इस आकस्मिक आक्रमण से कीचक जैसे हतप्रभ रह गया था। कुछ सँभल कर बोला, "तुम मेरे हृदय की स्वामिनी हो। हृदयेश्वरी हो, मेरी प्रेयसी हो। तुम मेरी प्राणेश्वरी हो। ..."

"तभी तो तुम दिन-दहाड़े मेरा पीछा करते हो। राजा की सभा में घुस कर, मुझे धक्का मारकर, मेरे केश खींचकर, मुझे पैरों से ठुकराकर, तुम मेरा सम्मान करते हो। प्रेयसी से ऐसा व्यवहार करते हो, तो दासी से कैसा व्यवहार करोगे ? ऐसा तो कोई क्रीतदासी से भी नहीं करता। गणिका भी ऐसे व्यवहार से स्वयं को अपमानित अनुभव करेगी। परकीया को प्राप्त करना चाहते हो, प्रेमी

बन कर नहीं, चांडाल बन कर।"

कीचक ने सैरंध्री को देखा। उसके क्रोध को समझा। उसकी पीड़ा का अनुभव किया। और उसे लगा कि सैरंध्री उसका प्रेम-निवेदन स्वीकार तो कर सकती है किंतु उसका व्यवहार उसे अपमानजनक लगा है। वह तो कदाचित् प्रेम पाना ही नहीं चाहती, प्रेम करना भी चाहती है; किंतु प्रेम की तो सबकी अपनी-अपनी विधि होती है, अपनी-अपनी शैली होती है। ... उसे दिन के उजाले में, सार्वजनिक मार्गों पर सैरंध्री के पीछे इस प्रकार भागना नहीं चाहिए था। निश्चित रूप से उससे वह कलंकित और अपमानित होती है। उसे क्रीड़ा करनी चाहिए थी; किंतु कीचक की क्रीड़ा तो जैसे सैनिक आक्रमण बन गई थी।... कोई अपनी प्रिया का, अपनी अनुरागिनी का इस प्रकार पीछा नहीं कर सकता, उसे इस प्रकार अपमानित नहीं कर सकता। कोई पत्नी भी इस प्रकार अपने पति की कामेच्छा पूरी नहीं करेगी। ... कीचक से निश्चय ही भूल हुई है। उसने तो सैरंध्री का इस प्रकार अपमान किया है, जैसे कोई अपनी क्रीतदासी को उसके किसी अपराध का दंड देता है। वह प्रेम का निवेदन नहीं था। प्रेम की याचना भी वैसे नहीं होती। वह प्रेम प्रदर्शन भी नहीं था। वह तो निश्चित् रूप से मात्र दंडविधान था। अपमानजनक दंडविधान। राजा की सभा में घुस कर किसी को सार्वजनिक रूप से पदप्रहार कर अपमानित करना, न्याय नहीं था, वह उसका क्रोध मात्र था। उसका चांडाल क्रोध ...ठीक कह रही है सैरंध्री ... वह चांडाल ही तो बन गया था।

"मुझे क्षमा करना सैरंध्री ! ..." कीचक ने कहा।

"मेरा नाम मालिनी है।" सैरंध्री पहली बार बहुत हल्के से मुस्कराई, "अपने हृदय की स्वामिनी भी कहोगे और यह भी स्मरण कराते रहोगे कि मैं एक सैरंध्री मात्र हूँ। कोई दासी प्रेमिका नहीं हो सकती महावीर कीचक ! और जो प्रेमिका हो जाती है, वह फिर दासी नहीं रह जाती, चाहे वह दासी कर्म ही क्यों न करती हो। तुम पहले अपने हृदय में यह तो निश्चित कर लो कि मैं तुम्हारी हूँ कौन।"

"नहीं मालिनी ! तुम मेरी सर्वस्व हो। मैं जानता हूँ कि मनुष्य के जीवन में प्रिया का क्या स्थान होता है। पर तुम्हारे प्रति मेरी आकांक्षा इतनी प्रबल है कि मेरा विवेक जाने क्यों बौरा जाता है। तुम्हें पाने के मार्ग में जब भी कोई बाधा आती है, मैं उन्मत्त हो उठता हूँ। पूर्णतः विक्षिप्त। तब मेरी बुद्धि कुछ भी काम नहीं करती। तुम भी समझ लो मालिनी ! उस दिन मैंने जो कुछ भी किया, वह एक उन्मादी के विक्षिप्त मन का ही कृत्य था। ..."

"नहीं ! वह तुम्हारा अहंकार था सेनापति ! .... और यह स्मरण रखो कि प्रेम में अहंकार के लिए कोई स्थान नहीं होता। या तो प्रेम ही कर लो, या फिर अपने अहंकार की ही तुष्टि कर लो।"

"समझ गया मेरी सर्वस्वामिनी ! मुझे बताओ कि मेरी कामना कब पूर्ण होगी।"

"जब तक मैं तुम पर पूर्ण अधिकार न पा लूँ, तब तक तुम मुझ पर अधिकार कैसे पा सकते हो।" सैरंध्री मुस्करा रही थी, "जब तक मैं तुम्हें जय न कर लूँ, तब तक तुम मुझ पर आधिपत्य कैसे पा सकते हो। नारी तो आत्मसमर्पण उसी के सम्मुख करती है, जिस पर वह अपना आधिपत्य पूर्णतः स्थापित कर चुकी होती है।"

"इसका क्या अर्थ हुआ ?"

"इसका अर्थ अपनी उस बुद्धि से पूछो, जिसने अभी थोड़ी ही देर पहले मुझे अपनी सर्वस्वामिनी कहा है। जब मैं तुम्हारी सर्वस्वामिनी हूँ, तो तुम पर मेरा पूर्ण आधिपत्य हुआ या नहीं ?"

"हाँ हुआ।" कीचक कुछ अकबका कर बोला, "तो बताओ, मेरी कामना कब पूरी होगी ?"

"प्रेमी को धैर्य छोड़ने का अधिकार नहीं है।" सैरंध्री बोली, "प्रिया प्रेमी को तौलती है। उसे अपनी कल्पना के अनुकूल ढालती है। समर्पण से पूर्व अपना मूल्य आँकती है। ..."

"यही तो एक गणिका भी करती है।" कीचक के क्षोभ ने पुनः सिर उठाया।

"गणिका भी तो प्रेमिका ही बनने का प्रयत्न कर रही होती है। वह प्रेम को उद्दीप्त करती है। प्रेम को पुष्ट करती है।" सैरंध्री बोली, "प्रत्येक क्रीड़ा के कुछ नियम होते हैं सेनापति ! उस क्रीड़ा का सुख पाना हो तो, उसके नियमों को भी मानना पड़ता है।"

"मानूँगा।" कीचक बोला, "बोलो क्या करना है।"

"पहले तो अपने सैनिकों के समान, मुझे आदेश देना बंद करो।"

"लो इसी क्षण से बंद कर दिया।"

"तो अब मेरे आदेश की प्रतीक्षा करो।"

"तुम आदेश करो तो।"

"आदेश मानोगे ?"

"मानूँगा।"

"जहाँ बुलाऊँगी, आओगे ?"

"आऊँगा।"

"जिस समय बुलाऊँगी, आओगे ?"

"आऊँगा।"

"हाँ ! अब कुछ-कुछ ठीक लग रहा है।" सैरंध्री शांत स्वर में बोली, "तुम्हारे स्वर में प्रेमी का सा रंग आ रहा है। ..." और सहसा उसकी मुद्रा बदल गई,

"मेरी तो समझ में नहीं आता कीचक ! तुम इतने मूर्ख क्यों हो कि समझते हो कि कोई भी स्त्री किसी बलात्कारी से प्रेम करने लगेगी और उसके सम्मुख आत्मसमर्पण कर देगी ?"

सैरंध्री ने उसकी ओर देखा : उसकी भंगिमा बिगड़ी हुई सी थी, जैसे सहसा कोई कड़वा पदार्थ चबा गया हो; और अब न उसे निगलने में रुचि हो, और न उगलने का साहस।

"मेरा मूर्ख कहना बुरा लगा ?" सैरंध्री ने पूछा।

"नहीं।" कीचक हकलाया, "वह थी ही मेरी मूर्खता।"

"अच्छा है, समझ गए कि प्रेम में अहंकार नहीं होता, ऊँच-नीच नहीं होती, बड़ा-छोटा नहीं होता, इच्छा और स्वार्थ नहीं होता। प्रेम में अपनी इच्छा आरोपित नहीं की जाती, दूसरे की अघोषित इच्छाओं की पूर्ति में ही अपना जीवन दान कर दिया जाता है। प्रेमी तो वही है, जो अपना अहंकार, अपना स्वार्थ, अपना मानापमान, अपना सर्वस्व अपनी प्रिया की झोली में डाल दे। उसके एक संकेत पर अपने प्राण दे दे।" सैरंध्री ने उसे अपांग से देखा, "प्रेमी युगल एक-दूसरे को प्राप्त करने के लिए आजीवन प्रतीक्षा करते हैं। तत्काल शरीर भोग का बलात् प्रयत्न, प्रेम के क्षेत्र में मूर्खता ही तो है। उससे तो नारी के मन में अंकुरित प्रेम, तत्काल नष्ट हो जाता है। और नारी के मन में प्रेम न हो, तो प्रेम क्रीड़ा में पुरुष को क्या सुख मिल सकता है !..."

कीचक को लगा कि सैरंध्री के इन सिद्धांत बोझिल शब्दों के पीछे कुछ बहुत मधुर, बहुत कोमल ध्वनित हो रहा था। उन शब्दों में एक प्रकार की स्वीकारोक्ति थी।

"तो क्या तुम्हारे मन में भी मेरे प्रति आकर्षण उत्पन्न हुआ था ?" उसने बहुत धीरे से पूछा।

"किसके मन में नहीं होगा ?" सैरंध्री ने उत्तर दिया, "पर मैं तो अभी अपने उस भाव को समझने का ही प्रयत्न कर रही थी कि तुमने मुझे मेरी इच्छा के विरुद्ध, बलात् प्राप्त करना चाहा और नहीं कर सके तो सार्वजनिक रूप से मुझे ठोकर मार कर चले आए।"

"अब उस लज्जाजनक प्रसंग को बार-बार स्मरण मत कराओ मालिनी !" कीचक ने अपने स्वर में प्रयत्नपूर्वक वेदना के घट उँड़ेले, "मेरी लज्जा की कोई सीमा नहीं है। अपनी जिस अनुरागिनी की मुझे दुष्टों से रक्षा करनी चाहिए थी, मैं उसी का अपमान कर बैठा।"

"यही तो। ..." सैरंध्री बोली, "अपने उन्माद में तुमने यह नहीं देखा कि मेरे पति इस समय यहाँ उपस्थित नहीं हैं, तो क्या हुआ; हूँ तो मैं किसी की विवाहिता ही। गणिका नहीं हूँ कि किसी भी पुरुष के प्रेम को घोषित रूप से

स्वीकार करती रहूँ और समाज में सिर ऊँचा उठा कर चल सकूँ। ... और फिर वह भी ऐसी स्थिति में, जब कि स्वयं राजा भी मुझ पर अपनी दृष्टि गड़ाए बैठे हों।..."

"राजा भी ?" कीचक को जैसे अकस्मात् ही किसी भयंकर बिच्छू ने काट लिया।

"तुम्हें नहीं मालूम ?" सैरंध्री ने बहुत रस ले कर सुनाया, "राजा और रानी में तो मुझे ले कर झगड़ा हुआ। यहाँ तक कि रानी ने राजा को धमकी दी कि वे अपने भाई से कह कर उनका वध करा देंगी। राजा बहुत बोले। उठ कर कक्ष से बाहर चले गए। ... पर डर तो वे गए ही। फिर मेरी ओर उन्होंने हाथ नहीं बढ़ाया। मेरे मन में तो उसी दिन से उस महावीर के प्रति आकर्षण अंकुरित हो उठा था, जिससे स्वयं राजा भी भयभीत थे।"

कीचक को सैरंध्री के शब्द, अमृत के समान स्फूर्तिदायक लग रहे थे।... कहीं उसने वह मूर्खता न की होती तो ...

"कीचक ! तुमने कदाचित् ध्यान नहीं दिया। ..."

"किस बात की ओर ?" उसे सैरंध्री का इस प्रकार कीचक पुकारना बहुत आत्मीय और मधुर लग रहा था। उसका मन इतना विह्वल हो चुका था कि इस समय सैरंध्री उसके प्राण माँगती तो वह एक क्षण के लिए भी नहीं सोचता ... उसने तो आज ही जाना था कि उसका नाम कितना मधुर था।

"जब तुम मुझे पकड़ने के लिए मेरे पीछे आ रहे थे और मैं राजा की सभा में घुस गई थी, तुमने मुझे धक्का दिया ..."

"उसे अब भूल भी जाओ मालिनी !" कीचक का स्वर याचनापूर्ण था।

"नहीं ! मैं वह नहीं कह रही।" सैरंध्री बोली, "तुमने देखा नहीं। उसके लिए राजा ने न तुम्हें रोका और न दंडित करने का प्रयत्न किया।"

"हाँ। तो ?"

"राजा वस्तुतः हम दोनों से ही अपना प्रतिशोध ले रहे हैं।"

"कैसा प्रतिशोध ?" कीचक ने पूछा।

"यदि मैं अपमानित हुई, तो भी उनकी इच्छा पूर्ण हुई, क्योंकि मैंने उनका प्रेम निवेदन स्वीकार नहीं किया था; और यदि मेरा अपमान करने के कारण मेरे पति के अदृश्य गंधर्व मित्रों ने तुम्हारा वध कर दिया, तो राजा का तुमसे प्रतिशोध लेने का लक्ष्य पूरा हुआ।"

"मुझसे किस बात का प्रतिशोध ?" कीचक कुछ चकित था।

"रानी ने तुम्हारे बल की धमकी दे कर ही तो उन्हें मेरी ओर आगे बढ़ने से रोक दिया था। ... और शायद मेरे मन में तुम्हारे प्रति अंकुरित होने वाले अनुराग की सूचना भी उन्हें हो ही गई थी।"

कुछ क्षणों तक कीचक मन ही मन, विराटराज के प्रति क्रूर भावों का पोषण करता रहा। फिर बोला, "राजा और रानी के मध्य होने वाली बातें तुम्हें कैसे ज्ञात हो जाती हैं ? क्या स्वयं रानी ने तुम्हें बताया ?"

'नहीं।" सैरंध्री बोली, "रात्रि के समय राजपरिवार के शयन कक्षों की रक्षा तथा परिचर्या करने वाली दासियों से क्या गुप्त रह सकता है। वे ही सब कुछ बताती रहती हैं।"

"ओह !" कीचक बोला, "तो उनसे सावधान रहना चाहिए।"

"क्यों ? तुम्हें उनका क्या भय है।" सैरंध्री का स्वर एक बार फिर से व्यंग्यात्मक हो गया, "तुम तो किसी भी स्त्री को मार्ग पर पकड़ कर सार्वजनिक रूप से प्रेम निवेदन कर सकते हो, जैसे नाटक में कोई अभिनेता दर्शकों के सम्मुख अपना प्रेम निवेदन करता है..."

"ओह मालिनी ! अब भूल भी जाओ उन बातों को।"

"मैं तो भूल भी जाऊँ," सैरंध्री बोली, "किंतु मेरे पति भूल जाएँगे इन बातों को ? मेरे पति के वे पाँच-पाँच गंधर्व मित्र, जो अज्ञात रह कर मेरी रक्षा कर रहे हैं, वे भूल जाएँगे इस बात को ?"

"मैं उनसे डरता हूँ क्या ?" कीचक बोला, "आने दो उनको। उनके मस्तक काट कर उनके हाथों में न दे दिए तो मेरा नाम कीचक नहीं।"

"और उन्होंने मेरा मस्तक काट कर, तुम्हारे हाथों में दे दिया तो ?"

कीचक गंभीर हो गया। ... इस विषय में तो उसने कुछ सोचा ही नहीं था। वह अपनी रक्षा तो कर सकता था, किंतु मालिनी की रक्षा ? क्या वह मालिनी से विवाह कर ले ? किंतु मालिनी विवाहिता है। वह दूसरे की पत्नी से विवाह कैसे कर सकता है ? कौन स्वीकार करेगा, उसके इस प्रकार के विवाह को ?... ठीक ही तो कह रही थी मालिनी—वह परकीया से प्रेम कर रहा है, किंतु उसकी विधि नहीं जानता था। व्यर्थ ही अपने अहंकार में वह प्रकट रूप में मालिनी की कामना करता रहा है। जो काम, गुप्त रूप से अदृश्य रह कर, बिना किसी झंझट के हो सकता है, उसे इस प्रकार घोषणा कर करके करने का क्या लाभ ? ...

"तो आज रात्रि के अंधकार में मेरे प्रासाद में आ जाओ। वहाँ कोई हमें देखने वाला नहीं होगा।" कीचक की वाणी में से मद छलक रहा था।

"क्यों तुम्हारे प्रासाद में रात को परिचारिकाएँ नहीं होतीं अथवा प्रहरी नहीं होते ?"

"ओह !"

"तुम्हें कोई ऐसा स्थान नहीं सूझता रसिकराज ! जहाँ प्रहरी, सेवक और रक्षक न हों ? मेरे पति के अदृश्य मित्रों से भयभीत हो ?"

"नहीं ! भयभीत तो नहीं हूँ; किंतु ..."

"सुनो ! रात्रि के समय जहाँ-जहाँ राजपरिवार का कोई भी सदस्य होगा, वहाँ प्रहरी भी होंगे और परिचारिकाएँ भी। इसलिए कोई ऐसा स्थान खोजो, जहाँ रात को कोई उपस्थित ही न होता हो।" सैरंध्री ने कहा।

"ऐसा कौन-सा स्थान हो सकता है ?"

"वह नृत्यशाला देखी है तुमने," सैरंध्री बोली, "जहाँ दिन के समय बृहन्नला राजकुमारियों को नृत्य का अभ्यास करवाता है ?"

"हाँ ! हाँ !! देखी है।" कीचक उत्साह से बोला, "तुम उससे कहीं अधिक चतुर हो सैरंध्री ! जितनी मैं तुम्हें समझता था।"

सैरंध्री मौन रही।

"क्या बात है, तुम कुछ बोल नहीं रहीं। मैं तुम्हारी प्रशंसा कर रहा हूँ।"

"सुन रही हूँ अपनी प्रशंसा।" सैरंध्री बोली, "तुम मुझे सैरंध्री कह रहे हो और समझ रहे हो कि मेरी प्रशंसा कर रहे हो ?"

"ओह ! फिर भूल हो गई।"

"ध्यान रहे कि अब इस भूल की पुनरावृत्ति न हो।" सैरंध्री का स्वर कुछ कठोर हो गया, "नहीं तो रात को संकेत स्थल पर नहीं आऊँगी और फिर रात भर अपनी पत्नी के ही चरण दबाते रह जाओगे, चाहे वह जैसी भी है।"

"नहीं ! नहीं !! अब ऐसी भूल नहीं होगी मालिनी !" वह बोला, "तो तुम रात को उस नाट्यशाला में आओगी ?"

"हाँ। वह नाट्यशाला रात्रि के समय सर्वथा निर्जन होती है। वहाँ न कोई प्रहरी होता है और न ही कोई दीपक जलता है।" सैरंध्री बोली, "रात्रि के समय जब तुम्हारे कक्ष में दीपक भर तेल एक बार जल ले, तो चुपके से वहाँ चले आना। ध्यान रहे कि किसी को मालूम न हो कि तुम वहाँ जा रहे हो। न वहाँ जाकर मुझे पुकारना।"

"तो तुम्हें कहाँ खोजूँगा वहाँ ?" कीचक के मन में मद के प्रपात झर रहे थे। उसने आज तक संभोग-सुख बहुत पाया था, किंतु इस प्रकार की कामक्रीड़ा का अवसर कभी नहीं आया था। वह सोच रहा था कि चतुर स्त्री का संग कितना असाधारण होता है।

"पुकारना मत !" सैरंध्री ने उसे डपट दिया।

"नहीं पुकारूँगा।" कीचक सहम गया।

"नहीं ! मुझे यह सब सोच लेना चाहिए।" सैरंध्री बोली, "तुम्हारा क्या है। वहाँ आकर पुकारने लगोगे, 'मालिनी मैं आ गया। मालिनी ! मैं आ गया।' और फिर अगले दिन वे गंधर्व यदि तुम्हारा कुछ न बिगाड़ सके तो मेरा मस्तक काट कर तुम्हारे प्रसाद के द्वार पर लटका आएँगे।"

"नहीं पुकारूँगा।" कीचक बोला, "माँ भवानी की शपथ। नहीं पुकारूँगा।"

"नृत्यशाला के पीछे के कक्ष में एक पलंग बिछा है। उस पर अनेक बार बृहन्नला विश्राम करती है। मैं अंधकार में उसी पलंग पर लेट जाऊँगी। यदि कोई आया भी तो अंधकार में उसे कुछ दिखाई नहीं देगा। यदि किसी ने मुझे देख भी लिया तो कोई बहाना बना लूँगी कि रात्रि में नींद नहीं आ रही थी। घूमने निकली थी। थोड़ी देर के विश्राम के लिए यहाँ लेट गई तो ठंढी बयार के कारण नींद आ गई। तुम आ कर, बिना एक भी शब्द कहे, मुझे अपने स्पर्श से जगा लेना।... पर हाँ ! न तो किसी को साथ लाना और न ही किसी को बता कर आना। कहीं ऐसा न हो स्वयं को स्त्री-मन का विजेता घोषित करने के लिए अपने मित्रों में यह घोषणा कर आओ कि तुम मालिनी के साथ अभिसार करने के लिए नृत्यशाला में जा रहे हो। यदि ऐसा कुछ किया, तो स्मरण रखना, मालिनी अपने गंधर्व रक्षकों की प्रतीक्षा नहीं करेगी। या तो तुम्हारे प्राण ले लेगी अथवा अपने प्राण दे देगी। "

विचार मात्र से कीचक की शिराओं में अग्नि प्रवाहित होने लगी थी। मालिनी स्वयं अपने मुख से कह रही है, कि वह वहाँ अंधकार में पलंग पर लेट कर उसकी प्रतीक्षा करेगी ...

"नहीं ! नहीं !! ऐसा कुछ नहीं होगा।" कीचक शीघ्रता से बोला, "मैं ऐसी मूर्खता अब कभी नहीं करूँगा। प्रेम गुप्त व्यापार है। वह गुप्त ही रहेगा।"

"ठीक है। अब जाओ।" सैरंध्री बोली, "रात्रि के समय मिलेंगे। नृत्यशाला में। जब तुम्हारे प्रासाद में एक दीपक भर तेल जल लेगा।"

"मालिनी ! विदा होने से पूर्व एक परिरंभण प्रिये !"

"फिर वही मूर्खता !" सैरंध्री ने दाँत पीस कर कहा, "तुम सबके सामने मेरे पीछे आए हो। सब जानते हैं, क्यों आए हो। अब परिरंभण के पश्चात् तुम जितने प्रफुल्लित हो कर लौटोगे, उससे सबको ज्ञात हो जाएगा कि तुम मालिनी का मन जीतने में सफल हो गए हो। तो फिर हमारा प्रेम गुप्त कैसे रह पाएगा। यहाँ से जाओ। दाँत पीसते हुए जाओ। मुझे बुरा भला बकते हुए जाओ। मैं भी तुम्हारी निन्दा करती हुई ही जाऊँगी। सबको इसी भ्रम में रखना होगा कि हम में झगड़ा चल रहा है।"

"बड़ी कठिन परीक्षा ले रही हो मालिनी।" कीचक बोला। उसके स्वर में तनिक भी विरोध नहीं था।

"परीक्षा तो कठिन होगी ही। कल तुमने मुझे मारा। मेरे मुख से रक्त निकल आया, जो दो प्रहर तक मेरे मुख पर जमा रहा। आज उसी मुख से तुम्हारे प्रेम की सुगंध आएगी तो कुछ गोपनीयता रह पाएगी ?"

कीचक ने अत्यंत आतुर प्रेमी के समान सैरंध्री को देखा; किंतु कुछ बोला

नहीं।

"अब जाओ।" वह बोली।

"सैरंध्री ने उसके जाने की प्रतीक्षा नहीं की। वह वेगपूर्वक मंडप की ओर लौट गई। वह बहुत भयभीत दिखाई पड़ रही थी, जैसे किसी से बच कर भाग आई हो।

अन्य परिचारिकाओं ने उसे देखा, "बेचारी सैरंध्री !"

49

कीचक ने सुदेष्णा से मिलना भी आवश्यक नहीं समझा। क्या होगा मिल कर। जब उसे बताना ही नहीं है कि सैरंध्री ने स्वयं उसे मिलने के लिए एकांत स्थान पर बुलाया है, अपने प्रेम को स्वीकार भी किया है, और समागम का वचन भी दिया है, तो सुदेष्णा से मिल कर क्या होगा। यदि वह उसके सामने भी पड़ा तो वह उसके मुख के भावों को देख कर ही समझ ज़ाएगी कि सैरंध्री से उसकी क्या बात हुई है। सैरंध्री को यदि संदेह भी हो गया कि सुदेष्णा को उसके और कीचक के संबंध के विषय में कुछ भी ज्ञात है, तो उसे अच्छा नहीं लगेगा। और कीचक किसी भी मूल्य पर सैरंध्री को प्रसन्न रखना चाहता था। बड़ी कठिनाई से हाथ आई है यह सैरंध्री। ऐसी स्त्रियों के प्रेम का रस ही कुछ और होता है। ...

कीचक एक प्रकार के असाधारण सुख का अनुभव कर रहा था, जो स्वयं उसके लिए भी सर्वथा नया था। उसने आज तक नारी संग कर, शरीर-भोग का सुख पाया था; किंतु इस प्रकार का गोपनीय व्यवहार और प्रेम की अभिव्यक्ति उसके लिए सर्वथा नवीन अनुभव था। अब तक के समागम में वह जानता था कि वह स्त्री उससे क्या चाहती है। वह जो सुख उससे प्राप्त कर रहा था, उसका मूल्य वह धन से चुका रहा था, अर्थात् उसे शरीर सुख दे कर वह स्त्री स्वयं वस्त्राभूषण तथा धन-संपत्ति का सुख प्राप्त कर रही थी। वह तो एक प्रकार का व्यवसाय था। उसमें किसी को यह कष्ट तो हो सकता था कि उसको उसके पदार्थ का पूरा मूल्य नहीं मिला, किंतु उसमें किसी प्रकार के प्रेम अथवा भावनात्मक संबंध की कोई चर्चा नहीं थी। सब कुछ अत्यंत स्पष्ट, स्थूल तथा पार्थिव था। कुछ भी सूक्ष्म तथा अज्ञात नहीं था। शरीर चाहे उसकी किसी रानी का हो अथवा किसी दासी और परिचारिका का।...उस व्यवहार में यदि प्रेम इत्यादि शब्दों का प्रयोग होता भी था, तो कीचक जानता था कि वह सब पाखंड

था। उसके पास वह धन न होता अथवा वह उतना धन न दे रहा होता तो वह स्त्री प्रेम शब्द का उच्चारण करना भी न जानती। ... और कीचक ने तो आज तक किसी से यह कहा ही नहीं कि वह उससे प्रेम करता है। प्रेम क्या होता है, वह नहीं जानता। वह तो केवल कामदेव से परिचित था। काम के आवेग से परिचित था। उसे अपने शरीर के ताप तथा मन के झंझावातों से मुक्त होने तथा कोमल स्पर्श के सुख का अनुभव करने के लिए नारी शरीर की आवश्यकता होती थी; अपने आधिपत्य तथा अहंकार भाव के पोषण के लिए नारी और नारी शरीर की आवश्यकता होती थी। और उसका मूल्य वह सदा ही धन से चुकाता था।...पर सैरंध्री के साथ वह बात नहीं थी ...

सहसा वह ठिठक गया : वह कैसे जानता है कि इस बार वही बात नहीं थी, अथवा सैरंध्री वैसी स्त्री नहीं थी ?

सैरंध्री ने उसके धन के प्रति आज तक कभी लोभ नहीं दिखाया था। उसे धन का लोभ होता तो आज तक कितनी ही बार वह अपना शरीर कीचक को समर्पित कर चुकी होती। कीचक ने जब भी उसे धन का लोभ दिया, उसने कीचक का तिरस्कार किया। आज भी तो उसने अपने सम्मान की चर्चा की है, अपने सुख की नहीं। अपने मूल्य की नहीं। कीचक को सुख देने के प्रतिदान की नहीं। ... नहीं ! यह स्त्री निश्चित रूप से भिन्न थी। उसके सहवास का सुख कुछ नया ही होगा। वह न उसे अपने एकांत कक्ष में बुला रही थी और न ही उसके प्रासाद में आने को प्रस्तुत थी। वह नहीं चाहती कि कोई उन दोनों के संबंध को जाने। ... इसी के स्थान पर कोई और दासी अथवा परिचारिका होती तो वह कीचक के साथ अपने संबंधों का प्रचार करती और उससे स्वयं को महत्त्वपूर्ण बना कर सहस्रों प्रकार के लाभ की कामना करती। मत्स्यदेश में कीचक की प्रेमिका होने का क्या अर्थ है, यह वे सब समझती रही हैं। ... पर सैरंध्री तो इस सारे संबंध को अपने हृदय में ही छुपा कर रखना चाहती है। वह किसी के सम्मुख कुछ भी प्रकट करना नहीं चाहती। वह इससे अपना कोई भी सांसारिक हित साधना नहीं चाहती...

आह्लादित कीचक भूतल से जैसे एक हाथ ऊपर ही चल रहा था। एक ओर उसका मन चाहता था कि वह सारे विराटनगर में ही नहीं, सारे मत्स्यप्रदेश में यह घोषणा कर दे कि सैरंध्री उससे प्रेम करती है, और दूसरी ओर वह उसके विषय में एक शब्द भी बाहर निकलने देना नहीं चाहता था। वह मन ही मन, गुपचुप उस रहस्य का रसपान कर रहा था। ...लोग समझते होंगे कि सैरंध्री उसको अपने निकट भी फटकने नहीं दे रही, और वह आज रात, उसके निमंत्रण पर अभिसार के लिए जा रहा था। कीचक को कुछ वैसा ही आनन्द आ रहा था, जैसा कोई राजा साधारण सैनिक के रूप में अपनी राजधानी में भ्रमण करे

और कोई भी उसे पहचान न सके। ...

कीचक आज भी राजसभा में नहीं गया। अपनी इस आनन्दमयी मनःस्थिति में वह राजा और उसके सभासदों की बकवाद सुनना सहन नहीं कर सकता था। ... वह अपने संगीत मंडप में आ बैठा। आज वर्षा नहीं हो रही थी; किंतु आकाश पर मेघ मँडरा रहे थे। ऐसा आकाश देख कर कीचक को या तो माधवी की इच्छा होती थी, या फिर किसी अति आकर्षक नारी शरीर की। ...

आज उसे माधवी की तनिक भी इच्छा नहीं हो रही थी। वह तो पहले से ही एक अलौकिक मद में उन्मत्त था। इस मद का अनुभव उसने पहले कभी नहीं किया था। ...

आकाश पर मेघ विचित्र लीलाएँ कर रहे थे। वे एक स्थान पर स्थिर नहीं थे। कभी कोई टुकड़ा कहीं से पृथक् हो जाता था और कभी कोई टुकड़ा किसी से मिल जाता था। वे क्षण-क्षण में नई से नई आकृतियाँ बना रहे थे। ... और कीचक यह देख कर चकित रह गया कि वे सारी की सारी आकृतियाँ सैरंध्री की ही थीं। ... उसके मन में विचित्र प्रकार की उत्कंठा जन्म ले रही थी। कीचक के ही समान ये मेघ भी सैरंध्री पर मुग्ध हो गए लगते थे। ... प्रतिस्पर्धी भी मिले तो कैसे, जिनका न कुछ बनाया जा सकता था, न बिगाड़ा जा सकता था। ... पर कीचक उनको अपना प्रतिस्पर्धी क्यों माने ? वे तो उसके सेवक चित्रकार थे, जो अपने स्वामी के लिए उसकी प्रेमिका के चित्र बना रहे थे। ...कीचक बैठा, बहुत देर तक सैरंध्री की विभिन्न मुद्राओं के चित्र देखता रहा; और मन में उठती मीठी टीस का रसपान करता रहा। ...

सहसा उसे ध्यान आया कि वह बहुत देर से बैठा सैरंध्री के रूप को देख रहा है, किंतु उसने यह नहीं सोचा है कि रात को जब वह सैरंध्री के सम्मुख पहुँचेगा तो सैरंध्री भी उसके रूप को निहारेगी। वह भी देखेगी कि उसका प्रेमी कितना आकर्षक है।...वैसे तो साधारण से साधारण नारी की दृष्टि रूप पर टिकती है, वह वस्त्रों को भी देखती है और आभूषणों को भी। वह केशविन्यास को भी निहारती है और चंदनलेप के प्रकार को भी।...और फिर मालिनी तो व्यवसाय से ही सैरंध्री है। उसकी दृष्टि से क्या चूक सकता है। ...

सहसा कीचक को लगा कि उसे भी साधारण परिचारिकाओं की नहीं, किसी दक्ष सैरंध्री की आवश्यकता है, जो उसके रूप को ऐसा निखार दे, जैसा मालिनी ने इन दिनों सुदेष्णा के रूप को निखार दिया है।...

संगीतमंडप से उठ कर कीचक अपने विश्रामकक्ष में आ गया। दर्पण के सम्मुख बैठ कर उसने अपने रूप को निहारा।... पहले तो वह बड़ी देर तक अपने रूप पर मुग्ध होता रहा; किंतु उसकी अपनी दृष्टि से ही, कानों के निकट तथा श्मश्रुओं में आ गई सफेदी छुपी नहीं रह सकी।... हाँ ! एक बार इस ओर

ध्यान चला जाए, तो वह उतना युवा भी नहीं दिखता। इन केशों का कुछ करना होगा। ...मेहंदी लग सकती है, किंतु वह मालिनी की दृष्टि से छिपी नहीं रहेगी। कोई ऐसा लेप मिल जाता, जो इन केशों को सर्वथा काला कर देता, तो उत्तम था। ...कीचक को पहली बार लगा कि उसकी अवस्था कुछ अधिक हो गई है, जो युवा नारियों को आकृष्ट करने में बाधा हो सकती है। ...इस कालचक्र से तो युद्ध नहीं किया जा सकता; न ही उसको टाला जा सकता है।...पर ऐसा प्रबंध तो अवश्य ही किया जा सकता है कि सामने वाले की दृष्टि धोखा खा जाए। वह उसकी वास्तविक अवस्था का पता न लगा सके, और उसे युवा ही मानता रहे। ...

वह दर्पण छोड़ कर उठ खड़ा हुआ। ... उसे अभिसार की तैयारी कर लेनी चाहिए। सबसे पहले तो उसे मालिनी के उन नेत्रों को चौंधियाने का प्रबंध कर लेना चाहिए, जो कीचक के रूप रंग में दोष देख सकते हैं। ...नारी के नेत्र स्वर्णाभूषणों से चौंधिया सकते हैं। ... वे आभूषण चाहे, कीचक के शरीर पर हों, अथवा वह मालिनी को भेंट किए जाएँ। यह ठीक है कि मालिनी दूसरी स्त्रियों से भिन्न है। उसने कभी कीचक के धन को महत्त्व नहीं दिया। न ही उसने कीचक से कोई अनुरोध किया है, जिससे यह अनुमान लगाया जा सके कि उसे कीचक से किसी प्रकार की कोई अपेक्षा है। ...कीचक मालिनी का मूल्य नहीं चुका रहा, किंतु वह उसे उपहार तो दे सकता है। उपहार किसको अच्छा नहीं लगता। मालिनी माँग नहीं रही; किंतु कीचक अपनी ओर से उसे उपहार दे कर अपनी सदाशयता की धाक उसके मन पर जमा सकता है।...

उसने परिचारिका को नहीं बुलाया, न ही किसी दासी को सहायता के लिए पुकारा। अपनी किसी पत्नी को तो वह भनक भी नहीं लगने देना चाहता था कि उसकी मालिनी से किसी प्रकार की कोई बात भी हुई है, अथवा वह आज रात अभिसार के लिए जाने वाला है। ... वह स्वयं ही अपनी आभूषण पेटिका को उलटता-पलटता रहा। एक लंबा समय लगा कर उसने अपने धारण करने तथा मालिनी को भेंट करने के लिए अलग-अलग आभूषण छाँटे।...

अब वस्त्रों की बारी थी। ... वह अपने पिछले सैनिक अभियान में ही अपने लिए अनेक कौषेय लाया था, जिन पर स्वर्ण का सुंदर सूचीकार्य किया गया था। उसे आज भी स्मरण है कि काशी के निकट उसके एक सैनिक ने जब एक बुनकर से कौशेयी दुकूलों की एक गाँठ छीन ली थी, तो वह बुनकर कैसे रोया था। कह रहा था कि इसमें उसकी सारी पूँजी ही नहीं, राजा का धन भी लगा हुआ है। यदि उसने वे दुकूल राजा तक नहीं पहुँचाए तो राजा उसके प्राण ले लेगा। ... परंतु वे दुकूल कीचक को बहुत प्रिय लगे थे। उसने कहा था कि वह तो राजा के पास से भी वे दुकूल छीन ही लेता, ऐसे में राजा तक वे पहुँचे

अथवा नहीं पहुँचे, उससे क्या अंतर पड़ता है।... उस तंतुवाय के रोने पर वह पसीज जाता तो वह किसी का भी धन नहीं छीन सकता था।... और यदि वह दूसरों का धन न छीनता तो उसका निर्वाह कैसे होता। राजा से मिले वेतन से तो उसके चाकरों का भी निर्वाह नहीं होता। ... अब कल को कोई उसे कहे कि वह हाथ आई, उसकी सुंदर स्त्री को मुक्त कर दे तो कीचक के लिए यह कैसे संभव था ?

उसने स्वर्णखचित कौशेयी साड़ी निकाल कर मालिनी के उपहार के रूप में रख दी। सुदेष्णा ने इतनी सुंदर सैरंध्री तो रख ली है, किंतु उसका मूल्य नहीं समझा। कभी भी उसे उसके रूप के योग्य वस्त्र नहीं दिए। इस साड़ी में मालिनी का रूप निखर कर आएगा। ... अपने लिए भी उसने कौशेय के ही उत्तरीय और अधोवस्त्र चुने। सुंदर दुकूल भी निकाल लिए।

अपने केशों की ओर उसका विशेष ध्यान था। मालिनी केशसज्जा में तो संसार भर में अद्वितीय थी। जाने वह अपने केशों की ओर से इतनी असावधान क्यों थी। यह भी संभव है, कि उसकी दृष्टि में उसके उन्मुक्त केश ही उसका सौन्दर्य बढ़ाते थे। यह तो कीचक अपने ही अनुभव से जानता था कि जब मालिनी अपने हाथों से माथे तथा चेहरे पर आ गई केशों की लटों को हटाती थी तो देखने वालों के वक्ष में उनचास पवन ही नहीं चलने लगते थे, सहस्रों झंझावातों की सृष्टि भी होती थी।

पर आज उसे केशों का शृंगार करने के स्थान पर, मस्तक पर किरीट धारण करके जाना चाहिए था। किरीट की तो शोभा ही और होती है। मालिनी को देखना चाहिए कि विराटनगर में राजा तथा राजकुमार के अतिरिक्त कीचक भी किरीट धारण करने की क्षमता रखता है।...वह किरीटविहीन प्रशासक मात्र ही नहीं है, किरीट का अधिकारी सेनापति है।... उससे केशसज्जा की समस्या भी सुलझ जाएगी। ...

उसने अपनी सुगंधिद्रव्य की पेटिका खोली ...

द्वार पर खड़ी दासी भीतर आई, "सेनापति मेरा प्रणाम स्वीकार करें।"

"क्या है ?" कीचक ने कुछ रुष्ट स्वर में कहा।

"राजसभा का एक संदेशवाहक आया है श्रीमन !" दासी बोली, "वह दर्शन की अनुमति चाहता है।"

"उसे लौटा दो। राजसभा का कार्य राजसभा में होना चाहिए, मेरे आवास के विश्रामकक्ष में नहीं। मैं राजा का दास नहीं हूँ कि कभी भी, कहीं से भी संदेशवाहक भेज कर मुझे बुला लें।"

"जो आज्ञा।" दासी लौट गई।

"मैं अभिसार की तैयारी कर रहा हूँ और यह राजा मुझे अपने दर्शनों के

लिए बुला रहा है।...मूर्ख कहीं का। ...क्या समझता है, अपने आपको—मालिनी सैरंध्री ?" और कीचक को हँसी आ गई। उसके मन में राजा विराट की एक छवि उभर रही थी, जिसमें उन्होंने सैरंध्री की वेशभूषा धारण कर रखी थी।

कीचक ने एक सुरभिद्रव्य हाथ में लिया। यह अलभ्य है। केकय में भी बड़ी कठिनाई से मिलता है, किंतु प्रयत्न करने पर मिल जाता है। यदि इस से सुवासित हो कर वह मालिनी के पास पहुँचेगा, तो निश्चित रूप से वह कहेगी कि उसने ऐसी सुरभि तो अपने जीवन में कभी नहीं सूँघी। वह अपनी नासिका उसके शरीर से लगा कर, अपनी आँखें बंद कर, उसका आनन्द लेगी और कीचक शेष सारी सुरभि उस पर उँड़ेल देगा।

वह कहेगा, "इस बार मैं केकय से यह सुरभि इतनी मात्रा में मँगाऊँगा कि मेरी मालिनी उसमें स्नान कर सके।"

"यह तुमने क्या किया ? इतनी अनमोल सुरभि इस प्रकार मुझ पर उँड़ेल दी।" वह कहेगी।

"धन्य हो गई यह सुरभि, तुम्हारे शरीर का स्पर्श करके।" वह कहेगा, 'इसका इससे उत्तम उपयोग और कोई नहीं हो सकता था।"

"मुझे एक वचन दो।" वह उसका हाथ पकड़, उसके अत्यंत निकट हो उसके नेत्रों में झाँकेगी।

"क्या ?"

वह अपना कपोल उसके वक्ष पर रख देगी और अपने नेत्र बंद कर लेगी, "वचन दो कि तुम अपनी मूल्यवान वस्तुएँ तथा अपना धन मुझ पर इस प्रकार नहीं लुटाओगे। मुझे यह सब नहीं चाहिए। मुझे तो बस तुम्हारा प्रेम चाहिए। हृदय में छिपा प्रगाढ़ प्रेम, जिसकी सूचना मेरे सिवाय किसी को भी न हो।"

और कीचक की समझ में भी नहीं आएगा कि वह क्या कहे। किस प्रकार अपने प्राण निकाल कर मालिनी के चरणों पर धर दे। अंततः वह कहेगा, 'मेरी तो यह कामना है मालिनी कि मुझे ऐसी सुरभि ही नहीं धन का हिमालय बार बार मिले और वह सारा धन मैं लाकर तुम्हारे चरणों पर डाल दूँ।'

मालिनी उसके अधरों पर अपना कोमल हाथ रख कर उसे चुप करा देगी, 'ऐसे मत कहो। मुझे तो तुम्हारे चरणों की सेवा करने का अवसर मिल गया, तो समझो कि मेरा जीवन सार्थक हो गया।'

कीचक के मन में अनेक विचार आते रहे। कितने ही दृश्य बनते और बिगड़ते रहे। वह कल्पना करता रहा कि उसकी किस बात का उत्तर मालिनी क्या देगी और वह उसे क्या कहेगा। वह विभिन्न प्रकार के वस्त्रों में अपनी कल्पना करता रहा; और उतने ही रूपों में मालिनी को भी देखता रहा और फिर सूर्य पर खीझता रहा, जो अस्त ही नहीं हो रहा था। सूर्यास्त हो, पृथ्वी पर अंधकार

उतरे, एक दीपक तेल जले, तो वह मालिनी से मिलने जाए। ...बीच-बीच में उसके मन में मालिनी के प्रति भी विरोध जागता रहा, उसने उसे उन्मुक्त रूप से मिलने से क्यों रोका ? क्यों तड़पा रही है वह उसे ? अब तक तो कीचक के साथ ऐसा कभी नहीं हुआ। वह तो किसी के भी कक्ष में किसी भी समय जा सकता था और किसी को भी घसीट कर अपनी शैया पर ला सकता था। ... पर नहीं ! वह मालिनी के साथ वैसा व्यवहार नहीं कर सकता। यह तो संबंध ही और प्रकार का है। वह चाहता है कि वह नहीं, मालिनी उससे प्रेम करे। अपने मन से करे। अपनी इच्छा से करे। वह मालिनी को न बुलाए, मालिनी उसे आमंत्रित करे। वह न जाए, तो मालिनी उसे उपालंभ दे। उससे झगड़ा करे।

संध्या हो गई और पृथ्वी पर अंधकार उतर आया। कीचक उठ खड़ा हुआ। अब उसे चलना चाहिए। अपने सर्वश्रेष्ठ वस्त्रों में, मस्तक पर किरीट धारण कर उसने स्वयं को दर्पण में देखा तो उसका अपना ही दर्प जाग उठा। ... ऐसा सुदर्शन पुरुष कौन है संसार में। अवस्था कुछ अधिक अवश्य हो गई है, किंतु वह युवाओं से भी अधिक आकर्षक है। बल में उससे बढ़ कर कौन है। वह वीर पुरुष है। धन का उसके पास अभाव नहीं है। ... तो फिर मालिनी जैसी विश्वसुंदरी किसी और पुरुष का वरण कैसे कर सकती है ?

वह द्वार पर आया। परिचारिका ने आगे बढ़ कर हाथ जोड़ प्रणाम किया, "क्या आज्ञा है स्वामी ?"

"कुछ नहीं। तुम यहीं ठहरो। मैं थोड़े समय के लिए बाहर जा रहा हूँ।"

"क्या सारथि को रथ लाने का संदेश भिजवा दिया जाए स्वामी ?"

कीचक को क्रोध आ गया। वह चुपचाप निकल जाना चाहता है; और यह मूर्खा व्यर्थ ही कोलाहल कर रही है।

"तुम्हें जब तक आदेश न दिया जाए, तब तक तुम्हें कुछ भी करने की आवश्यकता नहीं है।" वह कुछ रोषपूर्वक बोला।

"तो क्या स्वामी पदातिक ही जाएँगे ?"

इस बार कीचक स्वयं को संयत नहीं कर पाया। डपट कर बोला, "क्या तुम शांति से अपने स्थान पर बैठी नहीं रह सकतीं ?"

इससे पहले कि परिचारिका कुछ समझ पाती, वह आगे बढ़ गया। ...कैसी-कैसी मूर्खाओं को उसकी सेवा में नियुक्त कर दिया जाता है। और यह परिचारिका तो न सुंदर है, न युवा ...

वह भवन के बाहर निकला तो उसके अंगरक्षकों का नायक सामने आ गया, "कितने अंगरक्षक साथ चलेंगे स्वामी ?"

कीचक को लगा, उसके ये सेवक यदि उसके साथ यही व्यवहार करते रहे, तो वह उनको पीट बैठेगा; किंतु नायक पर उसको उतना क्रोध नहीं आया, जितना उस परिचारिका पर आया था।

"नायक ! मैं एक गोपनीय कार्य से जा रहा हूँ। अंगरक्षकों की आवश्यकता नहीं है। तुम मेरे साथ नहीं आओगे; किंतु तुम अपने सैनिकों के साथ यहीं रुक कर मेरा एक कार्य करोगे।"

"स्वामी आज्ञा दें।"

"मेरे भवन की ही नहीं, मेरे कक्ष की भी रक्षा इस प्रकार होनी चाहिए, जैसे मैं अपनी शैया पर विश्राम कर रहा हूँ। किसी को यह सूचना नहीं होनी चाहिए कि मैं अपनी शैया पर नहीं हूँ।" वह बोला, "कोई जिज्ञासा करे तो उसे यही बताया जाएगा कि मैं अपने विश्राम कक्ष में अपनी शैया पर सो रहा हूँ। जिज्ञासा करने वाले चाहे राजा हों, अथवा मेरी पत्नियाँ। सबको यही सूचना दी जाएगी। कोई भेंट करना चाहे, कक्ष के भीतर आना चाहे, उसे यही कहा जाएगा कि अनुमति नहीं है। कोई कक्ष में प्रवेश करना चाहे तो उसे बलात् रोका जाएगा। प्रातः मैं गुप्त रूप से लौटूँगा और तब इस प्रकार गतिविधि आरंभ होगी, जैसे मैं रात्रि भर की निद्रा के पश्चात् उठा हूँ। समझ गए ?"

"स्वामी की आज्ञा का अक्षरशः पालन होगा।" नायक ने उत्तर दिया।

कीचक आगे बढ़ गया। वह अंधकार का लाभ उठा रहा था; अन्यथा इस सारे क्षेत्र को पार कर जाना और किसी को ज्ञात न होने देना, संभव नहीं था।

नृत्यशाला में पहुँच कर उसने सुख की साँस ली। अंततः वह गुप्त रूप से यहाँ तक पहुँच गया था। महत्त्वपूर्ण व्यक्ति होना भी कितने झंझट का काम है। ... उसने दबे पाँव नृत्यशाला में प्रवेश किया। पता नहीं मालिनी अभी तक आई भी थी अथवा नहीं। उसे तो और भी गोपनीय ढंग से आना होगा। किंतु उसके द्वार पर परिचारिकाएँ और द्वारपाल तो नहीं हैं न ! उसके साथ अंगरक्षक तो नहीं चलते। ... कहाँ होगी वह ? इस अंधकार में उसे खोज पाना कौन-सा सरल है। किसी कोने में दुबक कर बैठी होगी। ...और कीचक का मन है कि बल्लियों उछल रहा है। उसकी इच्छा हो रही थी कि वह चिल्लाकर कहे, 'मालिनी मैं आ गया। कहाँ हो प्रिये ! आओ और मेरे कंठ से लग जाओ। कंठ से क्यों मेरे वक्ष से लग जाओ। मेरे वक्ष में समा जाओ। ...'

किंतु मालिनी ने उसे बोलने से मना किया था। उसे नेत्रों से खोजना होगा, स्वर से नहीं। ... हाँ ! उसने एक भारी शैया की चर्चा की थी। कहाँ है वह ?... वह दीवार का सहारा ले कर आगे बढ़ आया। अब लग रहा था कि मालिनी के लिए लाई गई भेंट, उसकी गतिविधि में बाधा बन रही थी। उसका एक हाथ तो उसमें ही उलझा था; किंतु बिना किसी भेंट के कोई अपनी प्रिया

से मिलने जाता है ? और वह भी मालिनी जैसी प्रिया से ... आगे उतना अँधेरा नहीं था। शुक्ल पक्ष था। चंद्रिका छन कर आ रही थी। उससे कुछ स्पष्ट हो रहा था तो अनेक परछाइयाँ भी बन रही थीं। कितने भ्रम उत्पन्न हो रहे थे, जैसे स्थान-स्थान पर कुछ रखा हो। कहीं कोई खड़ा हो। कहीं कोई बैठा हो। पर कहीं कोई नहीं था। दूर से पूरा संसार दीखता था, निकट जाने पर कहीं भी कुछ नहीं था।...पर वह पर्यंक वहाँ रखा था और उस पर कोई सोया हुआ भी था। ... तो मालिनी उससे पूर्व ही आ गई थी। अपनी सुविधा से चुपचाप आकर लेट गई होगी, ताकि किसी को पता ही न चले।... वह भी उसे कुछ पता नहीं लगने देगा। चुपचाप निकट जाकर उसे अपनी भुजाओं में भर कर उसे चकित कर देगा।... पर इस अंधकार में वह उसके दिए हुए वस्त्राभूषणों को कैसे देख पाएगी ? वह उसके नयनों में जो प्रसन्नता और कृतज्ञता देखना चाहता है, उसे कैसे देख पाएगा।...

किंतु अब यह सब सोचने का समय नहीं था। उसके सम्मुख सैरंध्री... मालिनी जैसी सुंदरी उसकी प्रतीक्षा में सेज पर सोई थी। कीचक को तो यह विश्वास ही नहीं हो रहा कि मालिनी उसे प्राप्त हो जाएगी ... और वह है कि यहाँ लेटी कैसे उसकी प्रतीक्षा कर रही है। ऐसे तो प्रथम रात्रि तक में नवोढ़ा भी अपने प्रियतम की प्रतीक्षा नहीं करती ...

कीचक ने निकट जा कर, उसका उत्तरीय पकड़ कर खींचा, 'मैं आ गया सुश्रोणि ! आओ मेरी भुजाओं में समा जाओ। आओ मेरे वक्ष से लग जाओ।..."

मालिनी का स्पर्श बहुत कठोर था; और दूर से आती ज्योत्स्ना में जिस आकृति को कीचक ने पर्यंक पर से उठते देखा, वह बल्लव से बहुत मिलती-जुलती थी। ...

50

चतुरसेन ने देखा, बल्लव अपने कक्ष के द्वार के मध्य अपनी शैया पर निश्चिंत सो रहा था। सामान्यतः वह इतनी देर तक नहीं सोया करता था। रात को वर्षा हुई थी। संभव है, किसी कारण से रात को उसकी निद्रा पूरी न हुई हो।...

"बल्लव !" चतुरसेन ने उसे हिलाकर जगाया, "उठो।"

बल्लव ने एक अंगड़ाई ली और वह उठ कर बैठ गया, "क्या दिन बहुत चढ़ आया है ?"

"नहीं ! दिन तो बहुत नहीं चढ़ आया; किंतु लगता है कि सैरंध्री के पति के मित्र गंधर्व विराटनगर पर चढ़ आए हैं।"

बल्लव की तंद्रा भी जैसे एक झटके से उसे छोड़ गई, "क्या किया उन गंधर्वों ने ?"

"रात को किसी ने सेनापति कीचक का वध कर डाला है। लोगों का अनुमान है कि यह उन्हीं गंधर्वों का काम है।" चतुरसेन बोला, "वध क्या किया है, पीट-पीट कर उसके हाथ-पाँव भी उसके धड़ में ही घुसेड़ दिए हैं, जैसे पानी से बाहर निकल कर कछुआ अपने हाथ-पैर समेट लेता है।"

"क्या ? कीचक मारा गया ?" बल्लव ने आश्चर्य से पूछा, "तुम्हें कैसे मालूम हुआ काका ?"

"अरे अब तक तो सारे नगर को ही ज्ञात हो चुका है, तुम मेरी बात पूछ रहे हो।" चतुरसेन बोला, "प्रातः जब मुँह अँधेरे ही एक परिचारिका झाड़-बुहार के लिए नृत्यशाला में पहुँची तो उसने वहाँ एक मुड़ा-तुड़ा शव देखा। वह चीत्कार करती बाहर भागी। उससे सूचना पा कर प्रहरी पहुँचे। उन्होंने पहचाना कि वह शव तो सेनापति कीचक का है। उन्होंने अपने अधिकारी को सूचना दी। इस प्रकार सारे नगर में सूचना प्रसारित हो गई।"

"तो नगर की क्या प्रतिक्रिया है ?" बल्लव ने कुछ रस लेते हुए पूछा।

"नगरवासी तो प्रसन्न हैं कि एक दुष्ट से अनायास ही मुक्ति मिल गई।" चतुरसेन ने बताया, "किंतु रानी सुदेष्णा बहुत दुखी हैं। कीचक उनका भाई था न। और सुना है कि राजा भी कुछ भयभीत हैं।"

"क्यों ? उन्होंने क्या किया है ?"

"कीचक जैसे व्यक्ति को मार देने वाला साधारण व्यक्ति तो नहीं होगा न !" चतुरसेन बोला, "संभव है कि वह नगर में भी कुछ उत्पात मचाए। वह नहीं मचाएगा तो कीचक के समर्थक मचाएँगे।"

"व्यर्थ ही भयभीत हैं विराटराज ! कीचक को मारने वाले का राजा से क्या विरोध ?" बल्लव बोला, "पर कीचक को किसने मारा होगा काका ?"

"यह तो भगवान ही जाने बेटा ! किंतु कीचक के भाइयों—उन उपकीचकों—को, और शायद रानी सुदेष्णा को भी संदेह है कि यह सब सैरंध्री के कारण हुआ है। कीचक आजकल सैरंध्री के पीछे पड़ा हुआ था। परसों उसने सैरंध्री को राजसभा में सबके सामने लात मारी थी। उसका प्रतिशोध लेने अथवा सैरंध्री को निर्भय करने के लिए ही संभवतः सैरंध्री के ही किसी अन्य प्रेमी ने कीचक का वध कर दिया है।"

"सैरंध्री के किसी प्रेमी ने ? मैंने तो सुना है कि सैरंध्री के पति के पाँच अदृश्य गंधर्व मित्र सदा उसकी रक्षा करते हैं।" बल्लव बोला।

"पता नहीं कि सत्य क्या है, कोई कुछ कहता है और कोई कुछ।" चतुरसेन बोला, "पर बेचारी सैरंध्री का तो काल आ गया न !"

बल्लव पहली बार कुछ गंभीर हुआ; किंतु उसने स्वयं को सँभाले रखा, "क्यों ? उसे क्या हुआ है ?"

"कीचक तो मारा गया; किंतु उपकीचक तो जीवित हैं न ! पूरे एक सौ पाँच हैं वे लोग। वे यह मानते हैं कि कीचक को किसी ने भी मारा हो, किंतु मारा है सैरंध्री के ही कारण।" चतुरसेन बोला, "इसलिए वे इसका दंड सैरंध्री को देना चाहते हैं।"

बल्लव का मन जैसे एक बार जोर से उछला, "सैरंध्री को दंडित करना चाहते हैं ?"

"हाँ !" चतुरसेन बोला, "उन्होंने राजा से अनुमति माँगी है। वे लोग सैरंध्री को बाँध कर कीचक के शव के साथ जीवित जला देना चाहते हैं। सैरंध्री का यही दंड उनको उचित लगता है।"

"राक्षस हैं वे लोग।" बल्लव कुछ उत्तेजित स्वर में बोला, "कीचक के वध के लिए बिना किसी प्रमाण के सैरंध्री को दोषी ठहराने और दंडित करने का क्या अर्थ ? और यह भी कोई दंड है ? यह तो अधर्म है। अत्याचार है। राजा इस प्रकार की अनुमति कभी नहीं देंगे।"

"नहीं देंगे का क्या अर्थ।" चतुरसेन बोला, "राजा ने अनुमति दे दी है।"

"अनुमति दे दी ?" बल्लव का मन जैसे भभक उठा, 'विराटराज इतने अन्यायी हैं क्या ?"

"तुम्हें इन राजाओं के विषय में ज्ञान नहीं है।" चतुरसेन का स्वर वीतराग था, "कितने आदेश ये अपनी इच्छा से देते हैं और कितने ये किसी भय से तथा कितने लोभ से देते हैं। ये राघवेन्द्र रामचंद्र तो हैं नहीं, न ही धर्मराज युधिष्ठिर हैं, जिन्हें राज्य के प्रति रत्ती भर भी लोभ न हो। ये लोग तो प्रतिक्षण जैसे अपने सिंहासन की रक्षा के लिए कितने ही अधर्म, कितना ही अन्याय करते रहते हैं। अब कीचक तो नहीं है; किंतु सेना की रीढ़ तो ये उपकीचक ही हैं। वे सब कीचक के प्रति निष्ठावान हैं। राजा उनकी बात नहीं मानेंगे, तो उन्हें रोक तो पाएँगे नहीं। उपकीचक अभी उनकी अनुमति माँग रहे हैं। अनुमति न मिलने पर वे उनकी इच्छा के विरुद्ध भी वही काम कर सकते हैं।"

"इस प्रकार की चर्चा सुन कर सैरंध्री विराटनगर से भाग तो नहीं गई ?" बल्लव ने पूछा।

"नहीं ! भागेगी कहाँ। उपक्रीचकों ने पहले उसे पकड़ कर बाँध लिया था और तब राजा से अनुमति माँगी थी।" चतुरसेन बोला, "वे लोग अर्थी ले जाने की तैयारी कर रहे हैं।"

"तो सैरंध्री की मृत्यु अवश्यंभावी है ? उसे कोई नहीं बचा सकता ?" बल्लव के स्वर में चिंता थी।

"लगता तो यही है," चतुरसेन ने कहा, "वैसे इस समय कंक भी राजा के पास बैठे उन्हें समझा रहे हैं कि यह धर्म नहीं है। एक असहाय अबला को इस प्रकार राक्षसों की दया पर छोड़ देना न्याय नहीं है। जब राजसभा में उसे कीचक ने लात मारी थी, तब भी सैरंध्री ने राजा से कहा था कि वह उनकी प्रजा है, उनके आश्रय में है, उसकी रक्षा राजा का धर्म है।..."

"तो राजा क्या कहते हैं ?"

"राजा क्या कहेंगे। वे स्वयं भी जानते हैं कि यह अधर्म है; किंतु वे उपकीचकों का विरोध करने का साहस नहीं कर पा रहे। उनके सामने प्रश्न है कि वे सैरंध्री की रक्षा करें अथवा अपने सिंहासन की ? ऐसे में वे निश्चित रूप से सिंहासन की ही रक्षा करेंगे, सैरंध्री की नहीं।"

"राजा का सिंहासन सुरक्षित है। उनकी रक्षा करने के लिए उपकीचक उनके साथ हैं, तो फिर उन्हें किसका भय है ?" बल्लव के स्वर में व्यंग्य था।

"राजा उपकीचकों की बात मानते हैं तो उन्हें भय है सैरंध्री के अज्ञात प्रेमियों का। जिसने कीचक की हत्या की है, वह उनकी हत्या भी तो कर सकता है। राजा कीचक से अधिक बलवान तो नहीं हैं।" चतुरसेन ने कहा, "और उपकीचकों की बात न मानें तो उपकीचक ही उनका सिंहासन पलट देंगे। दुर्बल और दूसरों के भरोसे शासन करने वाला राजा न तो न्याय कर सकता है, न धर्म पर चल सकता है, न निर्भय निद्रा का सुख ले सकता है।"

"तो वे कंक को यह बात समझा क्यों नहीं देते ?"

"कौन किसको समझा सकता है भाई !" चतुरसेन बोला, "उधर राजकुमारी उत्तरा अपनी गुरु उस बृहन्नला के साथ रानी सुदेष्णा को समझा रही है कि वे सैरंध्री की रक्षा करें। उपकीचकों का यह निर्णय एक भयंकर भूल है।"

"ओह ! बृहन्नला भी ?" बल्लव के स्वर में कुछ स्फूर्ति आई, "क्या कह रही है वह रसीली बृहन्नला ?"

"वह कह रही है कि उपकीचक सैरंध्री को इस प्रकार जला तो पाएँगे नहीं, तो राजा क्यों व्यर्थ ही अपने सिर यह पाप ले रहे हैं।"

"क्यों नहीं जला पाएँगे उपकीचक ?"

"बृहन्नला कह रही है कि जिसने कीचक को मार डाला है, वह यदि उपकीचकों को क्षमा भी कर दे, तो भी सैरंध्री के अनेक अन्य प्रेमी हैं, जो सैरंध्री को मरने नहीं देंगे, उसके लिए उन्हें चाहे सारे उपकीचकों को मार डालना पड़े।" चतुरसेन ने बताया।

"बृहन्नला कैसे जानती है यह सब ?" बल्लव ने पूछा।

"वह सैरंध्री की सखी है न ! महाराज युधिष्ठिर के यहाँ काम करने के दिनों से ही दोनों में कुछ घनिष्ठता है।" चतुरसेन बोला, "इसलिए सैरंध्री उसे बहुत कुछ बताती रहती है।"

"रानी क्या कहती हैं ?"

"वे अपने भाई की मृत्यु से दुखी हैं, इसलिए सैरंध्री से रुष्ट हैं।" चतुरसेन ने कहा, "उन्हें लगता है कि सैरंध्री एक ऐसा आकर्षक विषवृक्ष है, जिसका फल चखने को विराटनगर का प्रत्येक पुरुष आतुर है। यदि वह यहाँ रही तो पुरुष स्वयं को रोक नहीं पाएँगे और सैरंध्री के रक्षक उन्हें जीवित नहीं छोड़ेंगे। इसलिए सैरंध्री का जीवित रहना विराटनगर के पुरुषों के लिए, अर्थात् विराटनगर के लिए संकटपूर्ण है।"

"सैरंध्री के सौन्दर्य को देख कर पुरुष उस पर मर मिटते हैं, इसलिए सैरंध्री को मरना होगा ?" बल्लव बोला, "यह कैसा न्याय है काका ?"

"यह राजपरिवारों का न्याय है बेटा। वे ऐसा ही करते हैं।" चतुरसेन बोला, "तुम अब विश्राम करोगे अथवा तुम्हारी निद्रा पूरी हो गई ? मेरा विचार है कि तुम्हारा वह तंतिपाल दूध ले कर आता ही होगा।"

"मैं सो चुका। तुम चलो, इधर का मैं सँभाल लूँगा।" बल्लव उठ खड़ा हुआ।

चतुरसेन चला गया और बल्लव कूद कर भूमि पर खड़ा हो गया। वह अब और विलंब नहीं कर सकता था। बृहन्नला तथा कंक अपनी ओर से प्रयत्न कर रहे थे; किंतु यदि राजा अथवा रानी ने हस्तक्षेप नहीं किया, तो सैरंध्री बेचारी तो उन दुष्टों के हाथों मारी जाएगी। ... तो क्या करे बल्लव ? क्या वह उपकीचकों के निवास पर जाकर सैरंध्री को छुड़ा लाए ?

बल्लव अभी सोच ही रहा था कि सामने से तंतिपाल आता दिखाई दिया। उसने निकट आकर दूध का भांड एक ओर रखा और बोला, "भाई ! उपकीचक सैरंध्री को बाँध कर ले गए हैं। यह सूचना मिल गई ?"

बल्लव के मन में आया कि वह पूर्णतः अज्ञानी बन कर तंतिपाल से सब कुछ पूछे; किंतु उसमें बहुत सारा समय नष्ट हो जाने की आशंका थी। बोला, "हाँ ! सूचना तो मिल गई; किंतु करना क्या है ?"

"कंक ने कहलवाया है कि राजा उपकीचकों का विरोध करने का साहस नहीं जुटा पा रहे हैं। इसलिए हमें स्वयं ही उपकीचकों से लड़ना होगा। वे इस पक्ष में नहीं हैं कि हम अपने शस्त्र शमी वृक्ष से उतार कर लाएँ। उनका विचार है कि उपकीचकों के लिए दिव्य शस्त्रों की आवश्यकता नहीं है। उनके लिए तो साधारण शस्त्रास्त्र ही पर्याप्त हैं। वैसे भी अपने शस्त्र लाने में बहुत समय लग जाएगा और हमारा रहस्य भी खुल जाएगा। ..."

"मेरा विचार है कि मैं पहले निःशस्त्र ही उनसे निबट लूँ। तुम लोग निकट ही रहना। तुम अपनी गौवों को चराने के बहाने से और ग्रंथिक अश्वों को चराने की आड़ में। कंक और बृहन्नला जिस बहाने से आ सकें, आ जाएँ। यदि मैं अपने प्रयत्न में सफल हो जाता हूँ, तो किसी को कुछ करने की आवश्यकता ही नहीं है; किंतु यदि तुम लोगों को लगता है कि मेरे लिए सैरंध्री को उनसे छुड़ा पाना कठिन है और सैरंध्री के प्राणों पर किसी प्रकार की विपत्ति है, तो तुम लोग अपना प्रयत्न आरंभ कर देना।"

तंतिपाल ने आश्चर्य से बल्लव को देखा : वह तो कभी इस प्रकार बात नहीं करता कि यदि मैं न कर पाऊँ, यदि असफल हो जाऊँ, तो ऐसा करना। वह तो सदा यही कहता है कि मैं ऐसा कर दूँगा।...

तभी बल्लव ने पुनः कहा, "वैसे इसकी संभावना है नहीं। मैं स्वयं अकेला ही उन उपकीचकों को निबटा दूँगा।"

"ठीक है।" तंतिपाल बोला, "हम आपके लिए भी कुछ शस्त्रों की व्यवस्था रखेंगे।"

"ले आना।" बल्लव हँसा, "किंतु मेरा विचार है कि यदि हमने शस्त्रों का प्रयोग किया तो विराटनगर के लोगों की यह धारणा भंग हो जाएगी कि सैरंध्री की रक्षा अलौकिक शक्ति से संपन्न कुछ अदृश्य गंधर्व कर रहे हैं। शस्त्र तो अपने आप में ही प्रमाण हैं कि उनका प्रयोग करने वाले भी साधारण मानवीय शक्तियों तक सीमित कुशल सैनिक ही हैं। मेरी इच्छा है कि मैं कुछ ऐसा करूँ कि लोगों की अदृश्य गंधर्वों वाली धारणा ही कुछ और दृढ़ हो।"

"बहुत अच्छा ! किंतु हम शस्त्रों के साथ प्रस्तुत रहेंगे।"

तंतिपाल चला गया।

बल्लव ने पाकशाला के लिए आवश्यक सामान पर दृष्टि डाली। वह यदि कुछ समय के लिए लुप्त भी हो जाए तो भोजन समय से तैयार हो जाएगा। पाकशाला के कर्मचारी अपने समय पर आएँगे और सामग्री प्रस्तुत पा कर अपना काम आरंभ कर देंगे। तब तक वह भी आ ही जाएगा। ...

उसने एक दुकूल ले कर अपने सिर पर एक मुरेठा सा बाँध लिया था। वह कुछ इस प्रकार फैलाकर बाँधा गया था कि उससे उसके चेहरे का अधिकांश भी ढक गया था। उसके कारण किसी को यह संदेह नहीं हो सकता था कि उसने अपना चेहरा छिपाने अथवा अपना वेश परिवर्तित करने का प्रयत्न किया है। वैसे उस मुरेठे के साथ उसे पहचानना कठिन ही था।

उसने अपने कक्ष के कपाटों पर भीतर से साँकल चढ़ा दिया। वातायन से कूद कर बाहर निकला, और बाहर से वातायन भिड़ा कर भली प्रकार बंद कर दिए।

वह पाकशाला से बाहर निकल आया; किंतु वह मुख्य द्वार की ओर न जाकर दीवार फाँद कर बाहर निकला। अब उसे नगर प्राचीर के निकट पहुँचने की शीघ्रता थी। नगर से बाहर निकलने से पहले वह किसी की दृष्टि में नहीं पड़ना चाहता था। ... प्रातः का समय था। साधारण जन अपने-अपने कार्य पर जाने की तैयारी में थे। अधिकांश लोग देवालयों की ओर जा रहे थे। नगर प्राचीर की दिशा में जाने वाले लोगों की संख्या बहुत अधिक नहीं थी। संयोग ही था कि मार्ग में उसे पहचानने वाला कोई नहीं मिला। बल्लव नगरद्वार की ओर भी नहीं गया। एक एकांत सा स्थान देख कर वह उभरे पत्थरों तथा प्राचीर में बन आए गढ़ों के सहारे प्राचीर पर चढ़ गया; और जब तक कि कोई उसे प्राचीर पर चढ़ते देख, आपत्ति अथवा जिज्ञासा करता, वह बाहर की ओर कूद गया था।

मिट्टी पर पग टिकते ही उसने अपनी दृष्टि चारों ओर दौड़ाई—किसी ने उसे देखा तो नहीं ? अथवा उसे कोई देख तो नहीं रहा ? नहीं ! आस-पास कोई नहीं था। बल्लव ने अपनी धोती को ऊँचा कर, कस कर बाँधा। अब वह घुटनों से ऊपर वाली कसी हुई धोती में था। ऊपर से अनावृत बलिष्ठ शरीर किसी को भी भयभीत करने के लिए पर्याप्त था। उसने पगड़ी खोल कर उससे अपना सारा चेहरा इस प्रकार ढक लिया था कि केवल आँखें खुली रहें और नासिका साँस ले सके।

वह नगरद्वार से श्मशान की ओर जाने वाली पगडंडी के साथ लगते एक विशाल और भयावह वृक्ष पर चढ़ कर बैठ गया। सामान्यतः लोग मानेंगे कि यह वृक्ष प्रेतों का स्थान हो सकता है। यदि वह इस पर से कूद कर उन पर झपटेगा तो अधिकांश लोग यही मानेंगे कि उस वृक्ष पर निवास करती किसी प्रेतात्मा ने कुपित हो कर उन पर आक्रमण किया है। ... और लोग प्रेतों से युद्ध नहीं करते, उनसे भागने में ही अपनी सुरक्षा मानते हैं।

बल्लव को वहाँ बैठे अधिक समय नहीं हुआ था कि उसने देखा कि असंख्य गौवों का एक झुंड किसी दिशा से आकर उस पगडंडी के आस-पास ही फैल गया। उनके साथ एक नहीं चार गोप थे। वे गौवों को चरने के लिए छोड़ कर पृथक्-पृथक् स्थानों पर अपनी गठरियाँ ले कर बैठ गए थे। बल्लव समझ गया कि उन गठरियों में छोटे खड्ग और बाण हो सकते हैं। ... किंतु इन सबका प्रबंध कहाँ से किया होगा तंतिपाल ने ? इतना तो स्पष्ट था ही कि वह साधारण शस्त्रों का प्रबंध करने में सफल हो ही गया था।

तभी नगरद्वार की ओर से एक अरथी आती दिखाई दी। उसके साथ सैकड़ों लोग चल रहे थे। कोलाहल भी पर्याप्त था। रुदन भी था, आक्रोश भी था; और उत्तेजना भी थी। और उन सबके मध्य सैरंध्री का चीत्कार भी था। वह उन दुष्टों

को भगवान की और धर्म की दुहाई दे रही थी कि वे ऐसा अत्याचार न करें, अन्यथा उसके रक्षक गंधर्व उनके परिवार के परिवार नष्ट कर डालेंगे। उनके वंश में उनका दीया-बाती करने वाला भी कोई नहीं बचेगा। बीच-बीच में वह अपने रक्षक गंधर्वों को भी पुकार लेती थी। जाने वे अब तक क्यों नहीं आए थे।

कहाँ थी वह ? बल्लव ने अपनी दृष्टि घुमाई। ...उसकी आत्मा काँप उठी। उन दुष्टों ने कीचक की टिकठी पर ही जीवित सैरंध्री को भी बाँध रखा था।

बल्लव ने अपने क्रोध को संयत करने के लिए, वृक्ष की एक मोटी शाखा पर पाँव रख, बलपूर्वक उसे दबाया। उस प्रेतव्याप्त परिवेश में उस शाखा के टूटने का स्वर कुछ ऐसा ही था, जैसे आकाश पर से कोई उल्का टूट कर गिरी हो।

टिकठी उठा कर आगे-आगे चलने वाले लोग जैसे बिदकने को तैयार हो गए। उनकी गति बढ़ गई। उनकी ग्रीवाएँ घूम-घूम कर देखने लगीं कि यह ध्वनि किसकी है और किस ओर से आई है। उसी घबराई हुई अवस्था में वे लोग उस वृक्ष के नीचे पहुँचे, जिस पर बल्लव बैठा हुआ था। ... और तभी जैसे सारा वृक्ष ही टूट कर उन लोगों पर गिर पड़ा। उस टूटी हुई शाखा को लिए दिए बल्लव नीचे कूद पड़ा था। ...धरती पर पग धरते ही उसके हाथ, पैर और वह शाखा जैसे स्वचालित रूप से प्रहार करने लगे थे।... टिकठी उठा कर चल रहे लोगों के भयभीत मन, उसका यह आकस्मिक प्रहार सह नहीं पाए और वे टिकठी पटक कर भागे।

इससे पहले कि कोई कुछ समझ सकता, बल्लव ने टिकठी पर बँधी सैरंध्री की रस्सियाँ तोड़ दीं।

"भागो सैरंध्री।" उसने धीरे से कहा, "डरो नहीं यह मैं हूँ, तुम्हारा बल्लव। शेष चारों भी यहीं हैं, उन वृक्षों और गायों की आड़ में।"

सैरंध्री का आत्मबल जागा, "नहीं प्रियतम ! ये लोग मुझे श्मशान में लाए हैं, तो मैं आज श्मशान की देवी के समान इन सबकी मृत्यु का दृश्य देखूँगी।" वह बोली, "मुझे आज तुम्हारा पराक्रम देखना है।"

बल्लव के पास अधिक समय नहीं था। धीरे से बोला, "तो किसी सुरक्षित से कोने में खड़ी हो जाओ और देखो।"

"यदि वे लोग भाग गए और तुमसे युद्ध करने ही न आए तो ?" सैरंध्री बोली, "ऐसे में वे लोग नगर में पहुँच कर मुझे फिर से बाँध लेंगे।"

"तुम्हारा यहीं रुकना उचित है। वे लोग मुझसे भयभीत हो कर युद्ध करने न भी आएँ तो तुम्हें पुनः पकड़ने के लोभ में ही आएँ।" बल्लव बोला, "यहाँ तो युद्ध के बहाने मैं उनका वध कर सकता हूँ, नगर में पहुँच कर वे फिर से

सुरक्षित हो जाएँगे। वहाँ मैं राजा का रसोइया हो जाऊँगा और वे राजा के सेनानायक और संबंधी। यहाँ तुम्हारे अपमान का प्रतिशोध लिया जा सकता है, नगर में जाकर राजा से न न्याय मिल सकता है, न तुम्हारा प्रतिशोध।"

बल्लव ने देखा कि उपकीचकों के साथ साधारण नागरिकों की जो भीड़ उनके प्रति अपनी निष्ठा जताने अथवा मनोरंजक दृश्य देख कर सुख प्राप्त करने आई थी, वह तो भाग चुकी थी। ... किंतु लगता था कि पहले पलायन के पश्चात् उपकीचकों ने फिर से व्यूहबद्ध होना आरंभ कर दिया था। उनके पास शस्त्र नहीं थे, किंतु उनमें से अनेक ने उसी के समान अपनी-अपनी क्षमता के अनुसार वृक्षों की शाखाएँ इत्यादि तोड़ ली थीं।

वे लोग अब वृक्षों के पीछे से निकल कर बाहर आ गए थे। परस्पर विचार कर युद्ध की कोई योजना तो उन्होंने बनाई ही थी, जिसके अंतर्गत वे आगे बढ़ रहे थे। ... उनके आगे बढ़ने की दिशा से यह संकेत भी मिल रहा था कि उनकी अधिक रुचि बल्लव से युद्ध करने की न हो कर सैरंध्री को घेरने की थी। इसका अर्थ तो यह हुआ कि यदि वे सैरंध्री को पकड़ पाए तो उसे ले कर वे पलायन कर जाएँगे और बल्लव को पुनः सैरंध्री को मुक्त कराने का अभियान चलाना पड़ेगा।

उसके मन में एक बिंब उभर रहा था।... एक वृक्ष से एक मेमना बँधा हुआ था और उसके चारों ओर भेड़ियों का एक झुंड उसे कच्चा चबा जाने के लिए अकुला रहा था। आखेटक, उन भेड़ियों का आखेट करना चाहता था, इसलिए वह मेमने को वहाँ से किसी सुरक्षित स्थान पर पहुँचाना भी नहीं चाहता था ...और उसे वहाँ बाँध कर उसके प्राणों के लिए चिंतित भी था। ...

उपकीचकों ने परस्पर कोई एक संकेत किया और वे अकस्मात् ही अनेक वर्गों में बँट गए। उनमें से कुछ वृक्षों के पीछे गए, कुछ ने वहाँ चरती गायों को अपना कवच बनाया और कुछ ने सीधे बल्लव पर धावा बोला।

बल्लव उनकी मूर्खता पर मुस्कराया। यदि वे सारे के सारे एक साथ उस पर आक्रमण करते तो कुछ अधिक सफल हो सकते थे। इस प्रकार बँट कर तो वे वैसे ही मारे जाएँगे। उपकीचकों के अपने निकट पहुँचने से पूर्व उसने देखा कि गायों के आड़ लेने वाले उपकीचकों को कुछ लोग घसीट कर वन में ले गए थे। और अपने पीछे किसी को भी न आते देख उस पर झपटने वाले उपकीचक भी द्विविधा में फँस गए थे।

अपने भाइयों की सफलता देख बल्लव के मन में कुछ ऐसा उल्लास उमड़ा कि उसने उपकीचकों के अपने निकट पहुँचने की प्रतीक्षा नहीं की। उसने भयंकर गर्जन किया और उनकी आगे बढ़ने वाली भयभीत भीड़ पर टूट पड़ा। उसकी भुजाएँ, टाँगें तथा वृक्ष की शाखा स[illegible] मिल कर एक ऐसे यंत्र के समान

घूम रही थीं कि जिसके निकट पहुँचना संभव नहीं था; और जो कोई भी उस यंत्र को छू जाता था, वह अपने पैरों पर खड़ा नहीं रह पाता था।

पहली टोली को धराशायी होते देख, उनकी दूसरी टोली आई तो, किंतु उसमें तनिक भी उत्साह नहीं था। वे देख और समझ चुके थे कि जिससे वे लोग लड़ने जा रहे हैं, उसकी क्षमता उन सबको मिलाकर भी कदाचित् अधिक ही थी। निश्चित रूप से वह कोई मानव नहीं था। वह अदृश्य तो नहीं था, किंतु अपनी क्षमता में अलौकिक अवश्य था।... उपकीचक पीछे भी नहीं भाग सकते थे।...उनके जो साथी पीछे की ओर गए थे, वे लौटे नहीं थे। निश्चित रूप से वे लोग युद्ध छोड़ कर भागे नहीं थे। उन्हें उस ओर खड़े अदृश्य गंधर्व घसीट कर ले गए थे। ...यह तो उन्हें पहले ही सोचना चाहिए था कि जिन क्रोधी और अदृश्य गंधर्वों ने महाबली कीचक को मार-मार कर मांस का लौंदा बना दिया था, उनके विरुद्ध वे क्या कर पाएँगे। तब सोचा नहीं और क्रोध में उनकी रक्षिता को भी उठा लाए, कीचक के शव के साथ जीवित जलाने को। ... अब अपने प्राण बचाना भी कठिन हो रहा था।...

सहसा उनका सारा संघर्ष युद्ध के लिए न रह कर पलायन के लिए हो गया। बल्लव को चिंता हुई : कहीं उनमें से कुछ भी लोग भाग कर नगर लौट गए तो सैरंध्री के कष्टों का अंत नहीं होगा।... किंतु प्रसन्नता की बात यह थी कि उससे दूर होते ही उपकीचक वृक्षों तथा गायों की आड़ में उसके भाइयों द्वारा धरे जा रहे थे। वे लोग भी अपने हाथ में आए उपकीचक का वध कर उसे खुले में फेंक देते थे। ...शेष बचे तथा अपने प्राणों की रक्षा के लिए भागने वाले उपकीचकों को समझ में आ जाता था कि वन में घुस जाना भी उनके लिए सुरक्षित नहीं था। ...

युद्ध अधिक देर नहीं चला। अकस्मात् ही वह समाप्त हो गया। बल्लव ने देखा कि न कोई उपकीचक उसके सामने था और न ही कोई वन में से निकल कर उस पर आक्रमण करने के लिए आ रहा था। उसके चारों ओर उपकीचकों के शव बिखरे हुए थे। उसके भाइयों ने जिस प्रकार अदृश्य रह कर उपकीचकों को मारा था, उससे या तो यह निष्कर्ष निकाला जा सकता था कि सैरंध्री की रक्षा कुछ अदृश्य गंधर्व कर रहे थे; अथवा यह निष्कर्ष निकाला जा सकता था कि अकेले बल्लव ने ही एक सौ पाँच उपकीचकों को मार डाला था। ...

सैरंध्री ने कृतज्ञता, मुग्धता और प्रेमविह्वलता से आपूर्त एक मुस्कान बल्लव पर डाली ही थी कि वह धीरे से बोला, "मैं जा रहा हूँ देवि ! हम सबका अदृश्य और अज्ञात रहना ही उचित है। तुम अपनी सुविधा से नगर में लौटो।"

सैरंध्री स्तब्ध-सी खड़ी की खड़ी रह गई। बल्लव वहाँ से हवा हो गया

था। वन में से वृक्षों तथा उन गायों के पीछे से कोई प्रकट नहीं हुआ। ... कोई उपकीचक भी उस पर आघात करने के लिए आगे नहीं बढ़ रहा था। सारे उपकीचक भूमि पर इस प्रकार लेटे हुए थे कि जैसे किसी कृषक ने उपकीचकों की फसल काटी हो। वे सब पूलों के समान धरती पर लेटे हुए थे। ...

सैरंध्री के मन में अपने पतियों के प्रति गर्व का भाव जागा। सुदेष्णा और विराट ने परस्पर वार्तालाप में किसी भी कारण से यह कहा हो कि अदृश्य गंधर्व उसकी रक्षा करते हैं, किंतु वह कथन सत्य प्रमाणित हो गया। पाँच अदृश्य गंधर्व उसकी रक्षा कर रहे थे। प्रतिक्षण ... हर समय ... वे पाँचों अदृश्य गंधर्व इस समय यहाँ से चले गए थे। वे अदृश्य और अज्ञात ही रहना चाहते थे। इसलिए सबका अपने-अपने काम पर पहुँचना बहुत आवश्यक था। यदि कहीं यह बात खुल जाए कि सैरंध्री की रक्षा करने वाले बल्लव, बृहन्नला, कंक, ग्रंथिक और तंतिपाल हैं, तो फिर यह कैसे गुप्त रह सकता है कि वे कौन हैं।...किंतु सैरंध्री को वापस पहुँचने की कोई जल्दी नहीं थी। सारा नगर जानता है कि राजा के प्रिय उपकीचक उसे बलात् उठा कर ले गए हैं ... और सैरंध्री का मन कैसा-कैसा तो हो आया ... कितने ही समय तक वह एक मृतक के साथ बंधी रही थी। ...एक शव के साथ। कीचक के शव के साथ।... उसे लगा, उसके शरीर और वस्त्रों में जैसे मृत्यु की दुर्गंध बस गई है। इस दुर्गंध को वह अपने साथ तो नहीं ढो सकती। उसे स्वयं को इससे मुक्त करना होगा। ...उसे सुदेष्णा की केशसज्जा के लिए पहुँचने की कोई जल्दी नहीं थी। वह थोड़ी देर इस मुक्त प्रकृति में स्वच्छंद भाव से जीना चाहती थी।...

पर क्या वह इतनी सुरक्षित थी कि मुक्त और स्वच्छंद भाव से इस निर्जन में प्रकृति के निकट रह सके ?

''यही तो परीक्षा है।'' उसके अपने मन ने उत्तर दिया, ''उन्मुक्त आकाश पर स्वच्छंद उड़ने का सुख है तो श्येन के झपट पड़ने का संकट भी है। प्रत्येक सुख के साथ संकट जुड़ा है। देखना है कि एक सौ पाँच उपकीचकों और स्वयं कीचक की हत्या के पश्चात् भी सैरंध्री पर अपनी इच्छा आरोपित करने का साहस कोई करता है क्या ? यदि अब भी कोई सैरंध्री के रूप पर मुग्ध हो कर, अथवा कीचक के वध के प्रतिशोध के भाव से आता है, तो समझना चाहिए कि यह युद्ध अभी समाप्त नहीं हुआ है।''

सैरंध्री सावधानी से चारों ओर देखती हुई, धीरे-धीरे चल कर सरितातट पर पहुँची। आस-पास कोई नहीं था। उसके रक्षक गंधर्वों को गए काफी समय हो गया था। अभी तक कोई उसके निकट नहीं आया था। क्या अर्थ था इसका ? उसका कोई शत्रु नहीं था ? यहाँ, नगर के बाहर, इस वन्य क्षेत्र में कोई व्यक्ति ही नहीं था, अथवा उसके गंधर्वों का इतना भय व्याप्त हो गया था कि कोई

उसके निकट आने का साहस नहीं कर रहा था ?

सैरंध्री बहुत दिनों के पश्चात् इस प्रकार मुक्त भाव से सरिता के जल में उतरी थी। उसने अच्छी तरह मल-मल कर अपने शरीर को स्वच्छ किया, जैसे अपने शरीर से कीचक के शव के स्पर्श का मल धो रही हो, टिकठी पर बँधी होने के भाव को धो रही हो; अथवा अपने शरीर पर कीचक तथा उपकीचकों की पड़ी दूषित दृष्टि के प्रभाव को धो डालना चाहती हो। वह स्वयं नहाई, उसने अपने वस्त्र धोए; और मुक्त मन से जलक्रीडा में लगी रही। ...उसके मन में बैठा हुआ असुरक्षा का भाव जैसे क्रमशः क्षीण होता हुआ, अंततः विलीन हो गया था। ... उसके पतियों ने आज गुप्त रूप से विराटनगर के उन शक्तिशाली सेनापति और सेनानायकों को मार डाला था, जिनके सम्मुख राजा भी सिर नहीं उठा सकता था। कोई नहीं जानता था कि सैरंध्री, और कोई नहीं, स्वयं द्रौपदी कृष्णा है। कोई नहीं जानता था कि पाँचों पांडव इसी नगर में छुपे हुए हैं और उन्होंने ही उसकी रक्षा की है ... किंतु यह तो सभी जानते थे कि सैरंध्री का अपमान करने का दंड था—मृत्यु। निश्चित रूप से उसके रक्षकों का वही आतंक दुष्टों को उससे दूर रखे हुए था, नहीं तो इस नगर में तो, साधारण सैनिक से ले कर सेनापति तक, किसी युवती स्त्री को देखते ही भेड़ियों के समान झपट पड़ते थे...

सैरंध्री उस समय तक जल क्रीड़ा करती रही, जब तक उसे यह नहीं लगा कि अब उसे ठंड लगने लगी है, इसलिए उसे जल से निकल आना चाहिए। उसने अपने धुले किंतु गीले वस्त्र धारण किए और नगर की ओर चल पड़ी। नगरद्वार तक की पगडंडी पर उसे कोई नहीं मिला। ...किंतु नगरद्वार पर सैनिक भी थे और नागरिक भी। सैरंध्री ने कौतूहलवश उनकी ओर देखा—कैसा व्यवहार करेंगे वे उसके साथ ? वे सब जानते होंगे कि यह वही सैरंध्री है, जिसके कारण कीचक मारा गया। यह वही सैरंध्री है जिसे एक सौ पाँच उपकीचक, कीचक के शव के साथ टिकठी पर बाँध कर लाए थे, और उसके प्रतिशोध स्वरूप उन सबके शव अब भी श्मशान से बाहर पड़े थे। उनका दाह संस्कार भी नहीं हुआ था। राजा ने शीघ्र ही उनके संस्कार की व्यवस्था नहीं की, तो वन के हिंस्र जीव तथा गृध्र इत्यादि पक्षी उन्हें नोच डालेंगे। ...अब सैरंध्री किसी से भी छुपी हुई नहीं थी। वह अवगुंठनवती नहीं थी। वह सुदेष्णा के प्रासाद के अवरोध में नहीं थी। उसका कोई रक्षक उसके साथ नहीं चल रहा था। कोई भी सैनिक अथवा नागरिक उस सद्यःस्नाता के रूप को देख सकता था। कोई भी उससे प्रश्न पूछने के लिए उसके निकट आ सकता था। कोई भी अपनी अच्छी अथवा बुरी प्रतिक्रिया अभिव्यक्त कर सकता था। ...

पर नहीं, वहाँ वैसा कुछ नहीं हुआ। लोग उसे देखते थे, पहचानते थे और

उसके लिए मार्ग छोड़ कर एक ओर हट जाते थे। उनके चेहरों पर छाया भय वह स्पष्ट देख रही थी।

पाकशाला के निकट से निकलते हुए उसने देखा बल्लव द्वार पर ही खड़ा था। उसके अधरों पर एक हल्की-सी छिपी मुस्कान थी।

सैरंध्री ने अपने हाथ जोड़ कर आकाश की ओर उठाए, "जिन गंधर्वराज ने मेरी रक्षा की, उनको मेरा नमस्कार है।"

"असहाय स्त्री-पुरुषों के साथ अत्याचार करने वाले राक्षस इसी प्रकार मारे जाएँगे और साधु नर-नारी निर्भय हो कर विराटनगर में स्वच्छंद विचरण करेंगे।" बल्लव बोला, "तुम्हारी आज्ञा के अधीन जो लोग नगर में गुप्त निवास कर रहे हैं, वे तुम्हारी प्रसन्नता देख कर स्वयं को उऋण मान मुदित भाव से वास करेंगे।"

दोनों ने मुस्कराकर एक-दूसरे को देखा और सैरंध्री आगे बढ़ गई।

51

राजसभा से लगे अपने एकांत कक्ष में विराट अकेले बैठे थे। उनकी चिंता का कोई अंत ही नहीं दीख रहा था। ... कीचक जब अपने सैनिक अभियान पर त्रिगर्त की ओर गया हुआ था, तो वे कैसे निश्चिंत थे। जैसे चाहते थे, अपना राज्य चला रहे थे। उनकी इच्छा हुई और उन्होंने कंक को नियुक्त कर लिया। प्रजा का सुख-दुख सुनते रहे और अपनी क्षमता भर उनके दुखों का निवारण भी करते रहे। ... और तब कीचक लौट आया। उसने उनके द्वारा किए गए प्रत्येक कार्य की आलोचना की। उनका विरोध किया। ... बस एक सैरंध्री की नियुक्ति का ही विरोध नहीं किया। सैरंध्री के आकर्षण में वह अन्य सब कुछ भूल गया। ...अपनी किन-किन दुर्बलताओं के कारण, उन्होंने कीचक को सहन किया। ... पहले तो वे यह मानते रहे कि वे सुदेष्णा को प्रसन्न रखने के लिए कीचक के अतिचार को सहन कर रहे हैं। फिर उन्हें यह लगा कि कीचक उनका और विराटनगर का रक्षक है। वह नहीं होगा तो अपने शत्रुओं के सैनिक आक्रमणों का सामना वे कैसे करेंगे। ... यह तो उनकी समझ में बहुत बाद में आया कि कीचक विराटनगर में उनकी इच्छा से नहीं, अपनी इच्छा से वर्तमान है। वे उसे निष्कासित करना भी चाहेंगे, तो नहीं कर पाएँगे। ऐसा कोई प्रयत्न करने पर संभवतः वह ही उनको निष्कासित कर देगा।... वे उससे भयभीत भी थे और उन्हें उसकी आवश्यकता

भी थी।...जब उसने राजसभा में सबके सम्मुख सैरंध्री को लात मारी थी, तो सैरंध्री ने उनसे रक्षा की प्रार्थना की थी; किंतु वे उसकी प्रार्थना कैसे सुन सकते थे। उनका तो सारा शासन ही कीचक और उसके समर्थक उपकीचकों के बल पर था। उनके अपने भाई शतानीक और मदिराक्ष भी कीचक के अनुगत हो गए थे। क्यों ? वे आज तक नहीं समझ सके। भय के कारण, अथवा लोभ से ? किसी भी कारण से हुए हों; किंतु विराट यह जानते थे कि वे कीचक की आज्ञाओं का पालन करते थे। तो फिर विराट को भी तो कीचक का ही सहारा लेना था। पापियों की सहायता से चलाया जा रहा शासन धर्म की बात कैसे सुन सकता था। और सैरंध्री धर्म को पुकार रही थी। ... उस समय न वे कीचक की बात मान सकते थे और न सैरंध्री की। कीचक की बात मानने से धर्म उन्हें रोकता था और सैरंध्री की मानने से, भय। न वे धर्म का विरोध कर सकते थे, न अपने भय को जीत पाए थे। न कीचक को बंदी कर सकते थे और न सैरंध्री उसे सौंप सकते थे। ... इसलिए दोनों ही उन से रुष्ट थे। ...

वे नहीं जानते कि कीचक का वध किसने किया। उपकीचकों को संदेह था कि यह वध सैरंध्री के रक्षकों ने सैरंध्री के कहने पर किया था। वे हत्यारे को तो नहीं पकड़ सकते थे; किंतु सैरंध्री को पकड़ कर बाँध लेना तो बहुत सरल था। उन्होंने वही किया। यह न्याय नहीं था, यह तो विराट भी समझते थे; किंतु प्रतिशोध तो कभी भी धर्म तथा न्याय पर आधृत नहीं होता। उपकीचक किसी भी स्थिति में सैरंध्री को मार देते, राजा उसकी अनुमति देते अथवा न देते। सैरंध्री का वध उनके लिए बहुत सरल था। उसका कोई रक्षक नहीं था। असहाय और निर्बल को मारने का लोभ कीचक को भी था और उपकीचकों को भी। उनके मन में राजा के अधिकार के लिए कभी सम्मान नहीं रहा, क्योंकि वे जानते थे कि राजा दुर्बल है। ... और अब सैरंध्री के अज्ञात रक्षक अथवा रक्षकों ने एक सौ पाँच उपकीचकों को भी मार दिया था। कीचक तो रात के अंधकार में एकांत स्थल पर मारा गया था। कोई नहीं जानता कि उसको किसने मारा और कैसे मारा; किंतु उपकीचकों को तो उस अकेले गंधर्व ने सम्मुख युद्ध में मारा था। कुछ लोगों का विचार है कि उसके कुछ अन्य अदृश्य सहायक भी थे; किंतु दिखाई तो अकेला वही पड़ रहा था। जिन्हों ने उसे देखा था, उनमें से कुछ लोग उसे एक बलिष्ठ पुरुष के समान बताते हैं और कुछ दैत्याकार। उसने स्वयं को प्रच्छन्न ही रखा था। वह प्रकट होना नहीं चाहता था। उसके सहयोगी भी अदृश्य थे। ... यह सब क्या है ? कीचक का हत्यारा प्रकट क्यों नहीं होता ? उपकीचकों का वध करने वाले वीर पुरुष सम्मुख क्यों नहीं आते ? क्या उन्हें अपने पहचाने जाने का भय है ? पर किससे भयभीत हैं वे लोग ?

अब तो कीचक और उपकीचक, सब ही मारे जा चुके हैं ...। विराट ने देखा है, कि इतनी-सी देर में शतानीक और मदिराक्ष का व्यवहार भी बदल गया है। तो फिर अपने किस शत्रु से भयभीत हैं सैरंध्री के रक्षक ? क्या वे राजा से भयभीत हैं ? संभव है ऐसा ही हो। ...राजा ने सैरंध्री के अपमान के संदर्भ में कीचक का पक्ष लिया था। राजा ने उपकीचकों को अनुमति दी थी कि वे सैरंध्री को जीवित जला दें। ... तो वे राजा को अपना शत्रु क्यों न मानें ?

विराट काँप उठे। यह क्या किया उन्होंने ? यदि गंधर्व राजा से भयभीत हैं, तो वे राजा से भी प्रतिशोध लेने का प्रयत्न अवश्य करेंगे। ... अब राजा उनको कैसे बताएँ कि राजा को न सैरंध्री से कोई विरोध है और न उसके पक्षधरों से। ... सत्य कुछ भी हो किंतु यथार्थ यही है कि सैरंध्री राजा की सभा में उनकी आँखों के सम्मुख अपमानित हुई। उसने उनसे न्याय माँगा। रक्षा की याचना की; और राजा ने न उसकी रक्षा की, न न्याय ही किया। तो फिर सैरंध्री के ये अदृश्य अज्ञात गंधर्व रक्षक ...

राजा का चिंतन जैसे थम गया। ...स्वयं उनके अपने मन में जब सैरंध्री के प्रति आसक्ति जन्मी थी तो रानी के साथ झगड़े में यह तो स्वयं उन्होंने ही कहा था कि वह अपने भाई के द्वारा उनका वध करवा दे और घोषणा कर दे कि सैरंध्री के अदृश्य गंधर्व रक्षकों ने उनका वध कर दिया है। तभी यह बात भी उठी थी कि यदि कोई पुरुष सैरंध्री की ओर पग बढ़ाएगा तो सैरंध्री का कोई अन्य प्रेमी ईर्ष्यावश उसकी हत्या कर देगा। तो क्या यह सारा कार्य सैरंध्री के किसी अज्ञात प्रेमी का है अथवा सचमुच कोई अज्ञात गंधर्व, जिसके पास कुछ अलौकिक शक्तियाँ हैं, सैरंध्री की रक्षा कर रहा है ? ... पर यदि वह सैरंध्री का प्रेमी है, तो कभी न कभी उसने भी सैरंध्री के निकट जाने का प्रयत्न किया होता। ... किंतु सैरंध्री को कभी किसी पुरुष के साथ नहीं देखा गया। अधिकांशतः तो वह सुदेष्णा के प्रासाद में ही रहती है। हाँ ! बृहन्नला के साथ उसकी मैत्री की बात अवश्य सुनी गई है। पर क्या बृहन्नला यह सब कर सकती है ? वह कीचक का वध कर सकती है ? ... और उपकीचकों को तो सम्मुख युद्ध में मारा गया है। उस योद्धा का शरीर किसी बलिष्ठ पुरुष का शरीर बताया गया है। उस समय उसका शरीर अनावृत था। बृहन्नला का शरीर वैसा नहीं हो सकता ...तो कौन है वह ? वह प्रकट क्यों नहीं होता ? ...प्रकट कैसे हो ?—राजा ने स्वयं ही सोचा। कीचक की बहन, जहाँ महारानी हो, वहाँ कीचक का शत्रु प्रकट क्यों होगा ? इस सैरंध्री के कारण रानी अपने पति के वध की बात कर रही थी। तब उसने यह नहीं सोचा था कि उसके अपने भाई की भी हत्या हो सकती है। ... तो क्या अब सुदेष्णा, सैरंध्री को क्षमा कर देगी ? ... उत्तर में राजा के मन में कोई हँस पड़ा, 'यह पूछो कि क्या सैरंध्री सुदेष्णा को क्षमा कर

देगी ?'

"महाराज इस कंक का प्रणाम स्वीकार करें।"

राजा ने सिर उठाया, "आ गए कंक! इस समय मुझे तुम्हारी ही आवश्यकता है।"

"आदेश करें महाराज !"

"बैठो कंक !" राजा बोले, "क्या सैरंध्री का यह रक्षक मुझे भी अपना शत्रु मान सकता है ?"

"आप उसके शत्रु कैसे हो गए महाराज ?"

"मैंने सैरंध्री की रक्षा नहीं की। मैंने उपकीचकों को सैरंध्री को बाँध कर ले जाने से नहीं रोका।" राजा जान बूझ कर सैरंध्री को जीवित जलाने की अनुमति की बात टाल गए।

कंक हँस पड़े, "मैं भी वहीं था महाराज ! मैंने भी सैरंध्री की रक्षा नहीं की।"

"पर तुम राजा तो नहीं हो न !"

"धर्म की रक्षा, केवल राजा का ही कर्तव्य तो नहीं है महाराज !" कंक बोले, "वह तो प्रत्येक मनुष्य का कर्तव्य है; और स्त्री की रक्षा करना तो प्रत्येक पुरुष का धर्म है।"

"वह तो ठीक है।" राजा बोले, "किंतु तुम्हारे पास राजा के अधिकार नहीं हैं; और उसने तो मुझसे रक्षा की प्रार्थना भी की थी।"

"महाराज का कथन सत्य है; किंतु कर्तव्य का पालन न तो अधिकारों की अपेक्षा करता है और न पुकार की प्रतीक्षा।" कंक ने कहा, "सैरंध्री का रक्षक इतनी बात तो समझता ही होगा कि उस समय जो भी लोग वहाँ उपस्थित थे, उनमें कीचक का समर्थक कोई भी नहीं था। फिर भी कोई कीचक को दंडित करने के लिए नहीं उठा। सब अपने-अपने बंधनों से बँधे हुए थे। कोई धर्म के बंधन से, कोई भय के बंधन से। आप उपकीचकों के भी समर्थक नहीं थे; किंतु आप उनको रोकने में सक्षम नहीं थे।"

"मैं उस गंधर्व को रोकने में भी तो सक्षम नहीं हूँ।"

"उसे यह समझाया जा सकता है।" कंक ने कहा, "और अभी तो यही पता नहीं है कि वह है कौन।"

"मैं तो एक बात और भी सोच रहा हूँ कंक !" राजा बोले, "यदि पिछला सब कुछ हम भुला भी दें, तो भी मेरे भय का निवारण तो नहीं हो जाता।"

"क्यों महाराज ?"

"मुझे सूचना मिली है कि उपकीचकों के शव वहाँ फैले पड़े हैं। उनकी अंत्येष्टि न की गई, तो वे शव वहीं पड़े रहेंगे। ऐसे में रानी अपने संबंधियों

के इस अपमान से क्रुद्ध होंगी।" राजा बोले, "और यदि उनकी अंत्येष्टि की गई तो वह अज्ञात गंधर्व रुष्ट होगा।"

"अंत्येष्टि तो प्रत्येक शव की होनी चाहिए महाराज !" कंक बोले, "मृत्यु के पश्चात् किसी से कैसी शत्रुता। मृत्यु के पश्चात् शत्रुता निभाना धर्म नहीं है महाराज ! और यह गंधर्व अथवा जो कोई भी वह है, अधर्मी प्रतीत नहीं होता। उसने अभी तक तो केवल अधर्मी दुष्टों को ही दंडित किया है, जिनसे विराटनगर के राजा भी पीड़ित थे और प्रजा भी। आप उनकी अंत्येष्टि का आदेश दें; किंतु उनका मृतक-कर्म इस प्रकार हो, जैसे कोई धर्मकार्य होता है। उसमें यह भाव न हो कि आप उनके समर्थक हैं, इसलिए उन्हें अपना आत्मीय मान कर उनको श्रद्धा अर्पित कर रहे हैं।"

"बात तो तुम्हारी ठीक है कंक ! तो मैं उनकी एक ही विराट चिता बना कर उनका सामूहिक दाह कर देने का आदेश दे देता हूँ।" राजा ने कहा, "पर मेरे मन में एक बात और भी है।"

"क्या महाराज !"

"मुझे बताया गया है कि सैरंध्री, नदी में स्नान कर नगर की ओर आ रही है।" राजा ने कहा, "मैं सोचता हूँ कि सैरंध्री संसार की अप्रतिम सुंदरी है। युवती है। वह जहाँ रहेगी, वहाँ पुरुषों का उसकी ओर आकृष्ट होना स्वाभाविक ही है।... और उसका रक्षक असाधारण क्रोधी है। ऐसे में सैरंध्री के यहाँ रहने से नगर पर यह संकट बना ही रहेगा। यहाँ इस प्रकार की घटनाओं की पुनरावृत्ति होती ही रहेगी। तो ..."

"आपकी इस चर्चा से मेरे मन में एक प्रश्न उठता है कि क्या धर्म स्थापना की पुनरावृत्ति वांछनीय नहीं है ? क्या पापियों के मारे जाने से आप दुखी हैं ?"

"नहीं उससे तो मैं तनिक भी दुखी नहीं हूँ; किंतु ..."

"किंतु क्या महाराज !"

"किंतु यह कि इन परिस्थितियों में तो कोई भी पुरुष सुरक्षित नहीं है। सैरंध्री की ओर कोई भी आकृष्ट हो सकता है; और सैरंध्री का रक्षक वह गंधर्व किसी का भी वध कर सकता है। तो क्या यह उचित नहीं कि सैरंध्री को विराटनगर से निष्कासित कर दिया जाए ?"

कंक हँस पड़े, "पाप हो विराटनगर के पुरुषों के मन में और उसका दंड दिया जाए सैरंध्री को ?"

"मैं यह नहीं कहता कि सैरंध्री का सौन्दर्य दोषी है," राजा बोले, "किंतु पुरुष मन में वासना भड़काने का कारण तो वही है।"

"नहीं !" कंक के स्वर में पहली बार दीनता का स्थान प्रखरता ने लिया, "कारण, सैरंध्री के शरीर का सौन्दर्य नहीं, पुरुष के मन की वासना है। उत्पात

का कारण सैरंध्री के सौन्दर्य में नहीं, पुरुष की वासना में है। इसलिए नियंत्रण उस मन और उसकी वासना का होना चाहिए, जो पर-स्त्री के रूप को देख कर अपना संयम खोता है।"

"वह उसके वश में कहाँ है ?" राजा बोले।

"कंक ने एक गहरी दृष्टि राजा पर डाली, "एक संपत्ति सैरंध्री के पास है और एक आपके पास। उसके पास सौन्दर्य है, और आपके पास धन। किसी के मन में उसका रूप देख कर उसे पाने की इच्छा उत्पन्न हो सकती है; और किसी के मन में आपके धन को देख कर उसे पाने की इच्छा हो सकती है। सैरंध्री को तो आप अपने राज्य से निष्कासित कर देंगे, अपने धन का क्या करेंगे ?"

राजा की दृष्टि में भय भी था, आश्चर्य भी और विरोध भी, "क्या कह रहे हो ?"

"हाँ महाराज ! पाप पदार्थ में नहीं, व्यक्ति के मन में होता है।" कंक ने कहा, "हमने जो समाज बनाया है, राज्य बनाया है, धर्म और धर्मशास्त्र बनाया है, वह इसीलिए है कि हम सबके अधिकारों को मान्यता देते हुए, समाज में सम्मानपूर्वक सुरक्षित रहें। उसके लिए आवयश्यक है कि हम अपने लोभ पर नियंत्रण रखें। अपने स्वामित्व के अधिकार के समान दूसरों के स्वामित्व के अधिकार का भी सम्मान करें। अपने मनोविकारों का नियंत्रण करें। पराई स्त्री और पराए धन का लोभ न करें। जो इस प्रकार के लोभ को त्याग नहीं सकता, वह दंडनीय है, पदार्थ अथवा गुण का वास्तविक स्वामी नहीं। ..."

"पर वासना तो नारी शरीर में है।"

""नहीं ! वासना तो एक मनोविकार है। इसलिए वह मन में है। नारी के मन में हो अथवा पुरुष के मन में।" कंक ने कहा, "राम के सौन्दर्य को देख कर यदि शूर्पणखा के मन में वासना जागी थी, तो दोष राम का था अथवा शूर्पणखा का ?"

"निश्चित रूप से शूर्पणखा का।"

""सीता के रूप को देख कर रावण के मन में वासना जागी तो दोष किस का था—सीता के सौन्दर्य का अथवा रावण की वासना का ?"

""रावण की वासना का।"

"यदि सैरंध्री के सौन्दर्य को देख कर कीचक के मन में वासना जागे, तो दोष किसका है—सैरंध्री का, अथवा कीचक का ?"

राजा मौन बैठे रह गए।

"यहाँ भी दोष कीचक का ही है महाराज !" कंक हँसे, "विराटनगर में सत्य का रूप बदल तो नहीं सकता न।"

"सत्य कहते हो कंक !" राजा बोले, "किंतु मैं विराटनगर में सैरंध्री की उपस्थिति से भयभीत हूँ। न तो मैं उसे यहाँ रख पाने का साहस कर पा रहा हूँ, न उसे निष्कासित करने का। मैं क्या करूँ कंक ? मेरी रक्षा कौन करेगा ?"

"आपके भय का मैं तो कोई कारण नहीं देखता महाराज !" कंक ने मधुर ढंग से कहा, "आपको तो न किसी को रखना है, न निष्कासित करना है। आपको तो मात्र धर्म का पालन करना है। आप धर्म की रक्षा करें, धर्म आपकी रक्षा करेगा।"

राजा कंक को देखते रह गए। उन्होंने कुछ कहा नहीं।

सैरंध्री, रानी सुदेष्णा के प्रासाद में उसके मंडप की ओर जा रही थी कि उसने देखा, नृत्यशाला के द्वार पर बृहन्नला अपनी शिष्याओं के साथ खड़ी थी।

"कैसी हो सखि !" उसने पूछा।

"कैसी हो सकती हूँ।" सैरंध्री का स्वर कुछ रूखा था, "वे राक्षस उपकीचक मुझे कीचक के शव के साथ टिकठी पर ही बाँध कर ले गए थे।..."

"हाँ ! सुना मैंने।" बृहन्नला बोली, "मेरे लिए तो प्रसन्नता का विषय है कि तुम सुरक्षित लौट आईं।"

सैरंध्री के श्रवणों में बृहन्नला का शब्द 'प्रसन्नता' खटक गया। बोली, "हाँ ! यहाँ दिन भर राजकुमारियों के साथ ता- धा -धिन-ना करती रहोगी, तो तुम्हें प्रसन्नता ही होगी। यह कैसे जानोगी कि किसी की पीड़ा क्या है।"

बृहन्नला ने निकट आकर उसका हाथ पकड़ कर स्नेह से सहलाया, "बहुत कष्ट सहना पड़ा सखि !"

"कष्ट जैसा कष्ट !" सैरंध्री की आँखों से नरक की ज्वाला झाँक रही थी, "एक दुष्ट राक्षस की मृत देह के साथ टिकठी पर बँधे रहने की अनुभूति, उसकी वेदना, अपमान की पीड़ा और मृत्यु, चिता में जीवित जलाए जाने जैसी मृत्यु का भय—इन सबका सम्मिलित कष्ट तुम्हें कैसे समझ में आ सकता है। तुम अपनी नृत्यशाला में सुख से रहो और नाचती रहो।"

बृहन्नला के नेत्र वेदना से सजीव हो उठे, "संवेदना तो हो सकती है सखि ! वेदना तो हम सबकी अपनी-अपनी ही है। मैं पशु योनि से भी निम्नतर इस नपुंसक योनि का नरक ढो रही हूँ। उसके कष्ट को तो तुम नहीं जान सकतीं, संवेदना से उसका अनुमान ही कर सकती हो। पर प्रश्न यह नहीं है कि किस की पीड़ा अधिक अथवा कम है। वह सिद्ध कर हमें स्वयं को महान् अथवा तुच्छ सिद्ध नहीं करना है। मूल बात तो यह है कि हमें किसी भी स्थिति में ईश्वर के प्रति कृतघ्न नहीं होना चाहिए। अपने दुखों को नगण्य मान कर ईश्वर के प्रति कृतज्ञता

से मस्तक झुकाना चाहिए, क्योंकि वह यदि हमें पीड़ा देता है, तो उस पीड़ा से मुक्त भी करता है। उसने यदि तुम्हें बाँध ले जाने वाले भेजे, तो तुम्हारे उन बंधनों को तोड़ कर तुम्हें मुक्त करने वाला भी भेजा।"

"मत चर्चा करो अपने उस ईश्वर की।" सैरंध्री चिढ़ कर बोली, "क्या आवश्यकता थी उसे ऐसा संसार बनाने की ? क्या मिल जाता है, उसे मनुष्य को पीड़ित करके। वह ऐसा संसार नहीं बना सकता था, जिसमें पीड़ा और यातना न हो, जिसमें पाप और अपराध न हों।"

"ऐसा क्या है, जिसका निर्माण उसके वश में नहीं है। किंतु ऐसे संसार में स्वच्छ रहने का कोई महत्त्व नहीं है, जिसमें धूल मिट्टी और धुआँ न हो। इस पृथ्वी पर, इस वायुमंडल में, जहाँ मलिन होने के सारे उपकरण हैं, उन सबके होते हुए भी स्वच्छ रहने का महत्त्व है।" बृहन्नला का स्वर और भी कोमल हो आया था, "सुख और दुख उसने नहीं बनाए हैं सखि ! ये तो हमारे ही बनाए हुए हैं। यह हमारा अहंकार है, जो हमें दूसरों से पृथक् कर, इस शरीर तक सीमित करता है, और फिर स्वयं को बड़ा-छोटा, सुखी-दुखी मानता है। स्वयं को इस शरीर से पृथक् कर, तटस्थ भाव से संसार को देखो, तो तुम्हें पता चलेगा कि न सुख है, न दुख है—ये सब तो हमारे बनाए हुए भ्रम मात्र हैं। कष्ट हमें हमारा मन ही देता है। मन में घृणा न हो, तो संसार में कहीं घृणा नहीं है। मन में हिंसा न हो तो संसार में हिंसा नहीं है ..."

"बंद करो अपने ये उपदेश।" सैरंध्री तड़प कर बोली, "जो कुछ मैंने सहा है, वह सब सहना पड़े तो भूल जाओगी, यह सारा अध्यात्म ! तुम्हारी बात का तो अर्थ है कि मुझे कीचक ने लात नहीं मारी, मेरे अपने मन ने मारी है। उपकीचकों ने मुझे टिकठी पर नहीं बाँधा, मेरे मन ने बाँधा है। क्या सार्थकता है, ऐसी व्यर्थ की बातों की।"

"नहीं ! राजसभा में लात तो तुम्हें कीचक ने ही मारी। उससे तुम्हारा शरीर आहत भी हुआ। ... किंतु तुम्हें जिसने यातना दी, वह तुम्हारा अहंकार ही था। तुम यदि उस मूर्ख को क्षमा कर सकतीं, तो तुम्हें वह यातना नहीं भुगतनी पड़ती। उपकीचक तुम्हें टिकठी पर बाँध कर ले गए। तुम्हें उतना दुख देने के लिए एक सौ पाँच उपकीचकों को अपने प्राण देने पड़े। तो भी अभी तुम दुखी ही हो ?"

"उन्होंने जो पाप किया था, उसके लिए उन्हें दंडित तो होना ही था।" सैरंध्री तड़प कर बोली।

"यही तो मैं भी कह रही हूँ, जो पाप करेगा, उसका दंड पाएगा ही, तो तुम दुखी क्यों हो सखि !" बृहन्नला ने कहा, "वस्तुतः कोई किसी के मन को नहीं जानता। तुम मेरे मन को नहीं जानतीं। मैं अपनी वेदना वैसे प्रकट नहीं

करती, जैसे तुम चाहती हो। मैं अपनी इच्छाएँ, अनिच्छाएँ, प्रेम और घृणा अपने ही ढंग से व्यक्त करती हूँ। उनकी अपनी पद्धति और शैली है। इसलिए तुम मेरे मन को नहीं समझती हो। मेरे मन को नहीं समझ सकतीं, तो कोई बात नहीं; किंतु अपने मन को तो समझो।"

सैरंध्री ने कोई उत्तर नहीं दिया; किंतु बृहन्नला का वाक्य उसके कानों में गूँजता ही रहा, "मेरे मन को नहीं समझ सकतीं, तो कोई बात नहीं; किंतु अपने मन को तो समझो।" वह आगे बढ़ती चली गई और वह वाक्य उसके मन में गूँजता रहा। क्या कहना चाहती थी बृहन्नला ? ...क्यों रुष्ट है, वह बृहन्नला से ? बल्लव से तो वह रुष्ट नहीं है। उसे तो नमस्कार करके आई है, और बृहन्नला से... वह बृहन्नला के मन को नहीं जानती, अथवा अपने मन को नहीं जानती। ...कदाचित् वह दोनों के मन को नहीं जानती। वह चाहती है कि बल्लव के समान बृहन्नला उसके प्रति अपनी संवेदना, अपना कष्ट, अपना प्रेम प्रकट करे... किंतु यह बृहन्नला ... ओह यह अर्जुन, जाने क्यों इतना आत्मलीन होता जा रहा है। वह भी धर्मराज के ही समान, शांत हो गया है। उसे भी क्रोध नहीं आता। वह तड़प कर शत्रु पर टूटता नहीं। भीम के समान, उसकी आज्ञा पूरी करने को आतुर नहीं रहता। ... सच कहा है बृहन्नला ने। सैरंध्री का अहंकार ही है, जो उसे पीड़ित कर रहा है।...उसके पतियों ने उसकी रक्षा कर ली है। उन्होंने कीचक और उपकीचकों को मार डाला है। सैरंध्री को अब कुछ शांत हो जाना चाहिए। ...कहीं ऐसा तो नहीं कि उसका अपना ही रजोगुण उसको यह सारा दुख दे रहा हो ?

बृहन्नला तो वहीं रह गई, किंतु उत्तरा तथा अन्य बालिकाएँ, सैरंध्री के साथ-साथ सुदेष्णा के मंडप तक आईं।

रानी ने सैरंध्री को देखा। उसका मन एक बार काँप उठा। वह समझ नहीं पाई कि उसके मन में सैरंध्री के लिए क्या भाव था।... पर यह विचार का समय नहीं था। उसे जो कुछ कहना था, वह इसी समय कह सकती थी। अब न कहा, तो कभी नहीं कह सकेगी।

"सैरंध्री !" रानी ने कहा, "मैंने तुम्हें अपनी सेवा से मुक्त किया। अब तुम जहाँ चाहो, जा सकती हो। मेरी ओर से तुम पूर्णतः स्वतंत्र हो।"

सैरंध्री ने देखा। रानी उसे आदेश दे रही थी, अथवा मात्र सूचना ? उसके शब्दों में न तो आदेश का अधिकार था, न सूचना की तटस्थता। शब्द चाहे कुछ भी क्यों न हों, उसके स्वर में पर्याप्त दीनता थी।

"मुझे किस अपराध के लिए निष्कासित किया जा रहा है रानी ?" सैरंध्री के स्वर में तनिक भी आक्रामकता नहीं थी, "कीचक आपका भाई था, यह सत्य है। उसकी मृत्यु का दुख भी आपको होगा ही। किंतु उसे मैंने नहीं मारा। वह

तो अपने कर्मों के कारण मारा गया है। उपकीचक आपके संबंधी थे। उन्होंने जो कुछ किया, उसके लिए तो रानी के रूप में, आपको चाहिए था कि आप उनको मृत्यु दंड देतीं। आपने नहीं दिया, उन्हें वह दंड मेरे रक्षकों ने दिया। आप मुझे किस अपराध के लिए दंडित कर रही हैं ?"

"सैरंध्री ! तुम्हारा सौन्दर्य अद्वितीय है; और पुरुषों को विषय-भोग प्रिय होता है। मैं डरती हूँ कि कल को कहीं मेरे पति अथवा किसी अन्य पुरुष ने तुम्हारे रूप के प्रति दुर्बलता दिखाई, तो तुम्हारे रक्षक उन्हें भी क्षमा नहीं करेंगे। तुम्हारे रक्षक अत्यंत क्रोधी हैं। तुम्हें अपने निकट रखने का जोखम, मैं और नहीं झेल सकती।" रानी ने उसकी ओर देखा, "तुम्हारे प्रति अपराध तो मैंने भी किया है, और मेरे पति ने भी। तुम्हारे मन में हमारे प्रति भी क्रोध होगा। ..."

सैरंध्री मुस्कराई, "रानी ! आपने मेरा उपकार भी किया है। मैं आपका भय समझती हूँ; किंतु आपके लिए कोई संकट नहीं देखती। आपकी इच्छा है, तो मैं चली जाऊँगी। वैसे भी मेरे ज़ाने की घड़ी निकट आ रही है। क्या आप मुझे और कुछ दिनों के लिए आश्रय देंगी ? मुझे विश्वास है कि इस अवधि में मेरे पति लौट आएँगे और मुझे यहाँ से ले जाएँगे।"

रानी अपना भय छिपा नहीं सकी। बोली, "मैं नहीं जानती कि तुम कौन हो और क्या हो। पर इतना तो समझने लगी हूँ कि तुम एक साधारण सैरंध्री नहीं हो। तुम जो भी हो, मैं अपने पति और पुत्रों के साथ तुम्हारी शरण में हूँ देवि ! तुम जब तक चाहो, स्वामिनी बन कर यहाँ रहो; किंतु मुझे एक वचन दो कि मेरे परिवार का अब और कोई अनिष्ट नहीं होगा।"

सैरंध्री को बृहन्नला की बात स्मरण हो आई। कंक ने भी कहा था : क्षमा धर्म है। क्षमा सत्य है। क्षमा धन है। ... उसका मन जैसे निर्मल हो आया। बोली, "मुझसे भय न करें महारानी ! और मुझे अपनी सैरंध्री के ही रूप में कुछ दिन और अपने आश्रय में रहने दें। मेरा भरण पोषण करती रहें। मैं आपको वचन देती हूँ कि मेरे कारण आपका कोई अनिष्ट नहीं होगा। मुझे अपनी सहायिका ही मानें। मेरे रक्षक, आपकी तथा आपके परिवार की भी वैसी ही रक्षा करेंगे, जैसी वे आज तक मेरी करते आए हैं।"

सैरंध्री के एक वाक्य से सुदेष्णा के वक्ष और सिर से जैसे हिमालय का सा बोझ हट गया। उसका मन जैसे किसी गहरे अंधकार में से बाहर निकल आया। उसके अधरों पर एक हल्की-सी सात्विक मुस्कान उभर आई।

52

विकट उत्तेजना की स्थिति में दुर्योधन अपने मंडप में एक कोने से दूसरे कोने तक घूम रहा था।

उसके सारे गुप्तचर विभिन्न राज्यों और प्रदेशों से खोज कर लौट आए थे। उन सबने बड़े विस्तार से उसे बताया था कि उन्होंने पांडवों को किस किस वन में खोजा, किस-किस नगर में ढूँढ़ा, किस-किस राज्य में उनके विषय में पता लगाया, किस-किस राजसभा में उनकी महीनों प्रतीक्षा की; किंतु उनमें से किसी ने भी ऐसी कोई सूचना नहीं दी कि उन्होंने पांडवों अथवा पांडवों जैसे लगने वाले किन्हीं लोगों को देखा, अथवा उनके विषय में सुना। स्वयं को धुरंधर खोजी मानने वाले उसके गूढ़ पुरुषों ने भी बड़े विस्तार से वर्णन कर बताया कि किन असहनीय कठिन परिस्थितियों में तथा किन दुर्गम स्थानों पर उन्होंने पांडवों को खोजा। ... दुर्योधन धैर्यपूर्वक सुनता रहा और उसके कान यह सुनने को तरसते ही रहे कि कोई तो कहता कि उसने पांडवों को खोज निकाला है। अब दुर्योधन का काम है कि वह जाए और पांडवों को पकड़ लाए, उन्हें पकड़ मँगवाए; अथवा जाकर उनके सम्मुख खड़ा हो जाए और कहे कि मैंने तुम्हें पहचान लिया है। ....

उसके गूढ़ पुरुष उसे बताते हैं कि पांडव कहीं नहीं हैं। दुर्योधन उन से पूछता है, तो फिर पांडव कहाँ गए ? उन्हें धरती निगल गई, अथवा आकाश खा गया ? तो गुप्तचरों के पास एक सुविधाजनक उत्तर है ..."महाराज! कदाचित् वन के भयंकर पशु उन्हें खा गए हैं। ... कदाचित् स्वयं को गुप्त रखने के प्रयत्न में वे लोग दुर्गम स्थानों की ओर बढ़ते चले गए और किसी गहरी खाई में गिर गए, अथवा अत्यधिक शीत के कारण मर गए, अथवा कहीं दब गए हैं।"... गुप्तचर अपनी असफलता को छिपाने के लिए पांडवों की मृत्यु की संभावना पर बहुत अधिक बल देते हैं... वे चाहते हैं कि दुर्योधन इस संभावना का विश्वास कर उनका पीछा छोड़ दे; किंतु दुर्योधन इसका विश्वास नहीं कर सकता। ... पहले भी तो वह देख चुका है कि उसके अपने मित्रों ने पांडवों को वारणावत के लाक्षागृह में जलाकर क्षार कर दिया था। उनके जले हुए शव भी मिल गए थे। उनके मृतक कर्म भी कर दिए गए थे। और एक लंबे अज्ञातवास के पश्चात् वे एक दिन उसकी छाती पर मूँग दलने के लिए, द्रौपदी के साथ प्रकट हो गए थे। जो पांडव लाक्षागृह की आग में से जीवित बच सकते हैं, हिडिंब वन में से सुरक्षित बाहर निकल सकते हैं, वे पांडव अब अपने इतने सबल और समर्थ मित्रों और संबंधियों के होते हुए, कठिन जीवन के अपने इतने अनुभव के पश्चात्, इस एक

वर्ष के अज्ञातवास में किसी दुर्घटना के कारण मृत्यु की गोद में चले गए होंगे...दुर्योधन यह स्वीकार कर ही नहीं सकता। ...

दुर्योधन स्वयं अपनी और अपने गुप्तचरों की असफलता से इतना व्याकुल है; और दूसरी ओर महाराज धृतराष्ट्र उसका रक्तपान करने के लिए, आठों प्रहर एक ही प्रश्न करते रहते हैं कि पांडवों का कोई पता मिला क्या ? वह कहता है कि वह उनकी खोज करवा रहा है तो उन्हें संतोष नहीं होता। उन्होंने उसकी इतनी भर्त्सना तो जीवन भर नहीं की होगी, जितनी इस असफलता के कारण पिछले कुछ दिनों में कर दी है। उनके चेहरे से उसके प्रति जो तिरस्कार बरसता है, वह उसके लिए असहनीय हो जाता है। उसकी समझ में नहीं आता कि उसकी इस कठिनाई में, जब वह स्वयं ही इतना व्याकुल है, उसके पिता उसकी किसी प्रकार की सहायता नहीं कर सकते, तो उसे इस प्रकार प्रताड़ित क्यों करते हैं ? ... उन्हें क्या सुख मिलता है, इसमें ? वे उससे इस प्रकार का व्यवहार करते हैं, जैसे उसने उनकी सारी जमा-पूँजी नष्ट कर, उन्हें सर्वथा कंगाल कर, किसी सार्वजनिक पथ पर भिक्षा माँगने के लिए बैठा दिया हो। ...कभी-कभी वह स्वयं यह देख कर भयभीत हो जाता है कि उसके पिता, जिन्होंने अपना सारा जीवन राजपरिवार में राजकुमार और राजा के रूप में व्यतीत किया है, निर्धनता से कितने आतंकित हैं। पांडवों को तो उसने निर्धनता से इस प्रकार घबराते नहीं देखा। पता नहीं महाराज धृतराष्ट्र के मन में धन का लोभ है अथवा निर्धनता का भय ? कदाचित् दोनों ही हैं। ... यहीं वह स्वयं को अपने पिता से भिन्न पाता है।... पिता पांडवों के शत्रु हैं, किंतु उनके मन में पांडवों के लिए घृणा नहीं है, भय हो सकता है। उसके मन में पांडवों के लिए घृणा ही घृणा है, भय तनिक भी नहीं है।...

समय का ध्यान आता था तो दुर्योधन के शरीर का सारा रक्त उसके मस्तिष्क की ओर दौड़ने लगता था। ... अब मात्र एक सप्ताह शेष था। यदि वह एक सप्ताह में पांडवों को नहीं खोज पाया तो उनके अज्ञातवास का समय पूर्ण हो जाएगा। और वे लोग फिर एक बार अपने मित्रों और संबंधियों के साथ उसके वक्ष पर आ खड़े होंगे कि उनका राज्य उन्हें लौटा दिया जाए। ...

वर्षों पहले भी यही हुआ था। हिडिंबवन में अज्ञातवास कर वे लोग कांपिल्य में प्रकट हुए थे। वहाँ एक प्रकार का भ्रम अवश्य था। वे पांडव थे, अथवा नहीं; किंतु अधिकांश लोग मानते थे कि वे पांडव ही थे। ... अंततः वे पांडव ही निकले। उस स्वयंवर के पश्चात् वे अकेले और असहाय नहीं रह गए थे। उनके मित्र थे, संबंधी थे। उनके पास सैन्य बल भी था, और मनोबल भी। ...

उन्हें उनका राज्य देने से मना नहीं किया जा सकता था। कैसे किया जा सकता था, जबकि उनके साथ यादवों और पांचालों का बल था और

हस्तिनापुर में भीष्म और विदुर बैठे थे। ...

और सहसा दुर्योधन के मन में एक प्रश्न गूँजने लगा ... यदि कहीं इस बार भी पांडव अपना अज्ञातवास सफलतापूर्वक पूरा कर हस्तिनापुर लौट आए तो भीष्म पितामह किसका पक्ष लेंगे ? क्या भूमिका होगी उनकी ? संभव है कि उस स्थिति में भीष्म धर्म का आंचल पकड़ लें कि पांडवों ने अपनी प्रतिज्ञा पूरी की है, अतः उनका राज्य उन्हें लौटा दिया जाना चाहिए। ... किंतु अब, इस समय, जबकि पांडवों ने अपनी प्रतिज्ञा अभी पूरी नहीं की है; और उनको खोज निकालने का दुर्योधन का प्रयत्न भी उतना ही न्याय तथा धर्म संगत है, तो इस समय क्या भीष्म पांडवों को खोज निकालने में दुर्योधन की सहायता करेंगे ?...

और दुर्योधन का अपना ही मन जोर-जोर से चीत्कार करने लगता है कि क्यों करेंगे वे सहायता ? वे चाहते हैं कि पांडवों को उनका राज्य दे दिया जाए और पांडव सुख से रहें। इसमें पांडवों के प्रति भीष्म का कोई पक्षपात दिखाई नहीं देता दुर्योधन को। भीष्म ने कभी कहा भी नहीं है कि वे पांडवों को दुर्योधन से अधिक प्रेम करते हैं। उन्होंने सदा कहा है कि वे दोनों को समान रूप से प्रेम करते हैं। वे मध्यस्थ है। मध्यस्थ हैं तो चाहेंगे कि युधिष्ठिर और दुर्योधन दोनों ही सुखी रहें। दोनों ही अपने-अपने नगर में अपने-अपने सिंहासन पर बैठ कर शासन करें। ... एक पितामह को, जो अपने दोनों पुत्रों की संतानों को समान रूप से प्रेम करता हो, ऐसा सोचना ही शोभा देता है।... किंतु दुर्योधन ने सदा यह सोचा है कि भीष्म उन सबके पितामह मात्र ही तो नहीं हैं। वे राजपुरुष भी हैं, जैसे द्रोण हैं, जैसे कृपाचार्य हैं, जैसे विदुर हैं। उन सबका दुर्योधन अथवा महाराज धृतराष्ट्र से एक व्यक्तिगत संबंध भी है; किंतु वे सब हस्तिनापुर राज्य के एक पद पर कार्य कर रहे हैं। उस पद की पहली प्रतिज्ञा है, हस्तिनापुर के सिंहासन के प्रति निष्ठा। ... और निष्ठा के निर्वाह के मार्ग में न व्यक्तिगत संबंध आना चाहिए, न तटस्थता, न धर्म विचार। दुर्योधन को तो शुद्ध निष्ठा चाहिए। राजसिंहासन के प्रति निष्ठा। राजा के प्रति निष्ठा। उन्हें केवल राजा का हित देखना होगा। ... ऐसी स्थिति में हस्तिनापुर का, महाराज धृतराष्ट्र का, दुर्योधन का हित इसी में है कि पांडवों को खोज निकाला जाए और उनको उन्हीं की प्रतिज्ञा के अनुसार पुनः बारह वर्षों के लिए वनवास के लिए भेज दिया जाए। ऐसे में पितामह का कर्तव्य न अपने पौत्रों के प्रति है, न धर्म के प्रति। उनका कर्तव्य तो हस्तिनापुर राज्य के प्रति है। ... और कर्तव्य का पालन ही सबसे श्रेष्ठ धर्म है। उसमें न व्यक्तिगत भावों के लिए कोई स्थान है और न व्यक्तिगत संबंधों के लिए। आज तो बात पांडवों को खोजने तक ही सीमित है। कल जब दुर्योधन पांडवों का राज्य उनको नहीं लौटाएगा, तो पांडव युद्ध की तैयारी भी करेंगे। तब पितामह क्या करेंगे ? पांडवों के प्रति अपने स्नेह के कारण राजा

और राजसिंहासन से द्रोह करेंगे ? द्रोण क्या करेंगे ? बहुत प्रिय है उनको अर्जुन ! पर क्या वे अपने पद के कर्तव्य का निर्वाह नहीं करेंगे ? कृपाचार्य क्या करेंगे ? ...वे अपने पद को छोड़ कर, राजा को त्याग कर, अपने कर्तव्य का व्यक्तिगत रूप से स्वतंत्र चुनाव नहीं कर सकते। उन्हें यह चुनने का अधिकार नहीं है कि वे किस पक्ष से युद्ध करेंगे। ... युद्ध तो राजनीति प्रेरित होते हैं। उनका कारण न धर्म है, न संबंध। किसी सेनापति को राजा यह अनुमति नहीं दे सकता कि युद्ध के समय वह यह सोचने लगे कि वह अपना पद त्याग कर, धर्म के लिए, न्याय के लिए, व्यक्तिगत संबंधों के लिए, अपने स्नेह और प्रेम के लिए युद्ध करेगा। ...संधि-विग्रह का निर्णय केवल राजा करता है, और उसका आधार राजनीतिक स्वार्थ होता है। जिस प्रकार सैनिक को यह अधिकार नहीं है कि वह यह निश्चय करे कि किस युद्ध में कौन-सा व्यूह रचा जाएगा, वह अधिकार केवल सेनपति का है, वैसे ही सेनापति को यह अधिकार नहीं है कि वह यह निर्णय करे कि कौन-सा युद्ध होगा, कौन-सा नहीं, किसके साथ युद्ध होगा, किसके साथ नहीं। यह अधिकार केवल राजा का है।... भीष्म को न यह अधिकार है कि वे यह निर्णय करें कि कौन-सा युद्ध होगा और कौन-सा नहीं, न यह अधिकार है कि वे यह तय करें कि किसके साथ युद्ध होगा, किसके साथ नहीं। यह निर्णय तो दुर्योधन ही करेगा; अथवा करेंगे महाराज धृतराष्ट्र। भीष्म को तो केवल व्यूहों के विषय में सोचना होगा। सेना का संचालन करना होगा। ...

सहसा दुर्योधन का चिंतन थम गया। ... वह इस सारे विषय को केवल अपनी ही चिंता क्यों मानता है ? वह यह क्यों मानता है कि उसने व्यक्तिगत रूप से पांडवों का राज्य प्राप्त किया है और पांडवों का अज्ञातवास पूरा हो गया तो उसके राज्य का एक अंग, एक समृद्ध अंग उससे छिन जाएगा। ... इस समस्या का रूप यह नहीं होना चाहिए। इसका रूप कुछ और होना चाहिए। हस्तिनापुर राज्य ने इंद्रप्रस्थ को जीता था। अब इंद्रप्रस्थ, हस्तिनापुर राज्य का एक प्रांत है। उसकी रक्षा, हस्तिनापुर राज्य का दायित्व है। यदि कोई राजा सैनिक आक्रमण कर हस्तिनापुर का कोई प्रांत उससे छीनना चाहता है, तो उसकी रक्षा के लिए हस्तिनापुर का राजा ही नहीं, सारे सैनिक तथा प्रशासनिक अधिकारी तथा सैनिक युद्ध करेंगे। ... तो फिर पांडवों से हस्तिनापुर के प्रांतों को बचाना, अपने जय किए हुए प्रदेशों की रक्षा करना, केवल दुर्योधन का ही काम क्यों है। यह न उसका व्यक्तिगत स्वार्थ है, न लोभ। यह तो राजकीय कार्य है। हस्तिनापुर राज्य के प्रत्येक पदाधिकारी तथा कर्मचारी को इसमें सहयोग करना होगा। उसके लिए दुर्योधन को अपने मंडप अथवा एकांत कक्ष में अपना मस्तक भित्तियों से मारने की आवश्यकता नहीं है। इसका विचार तो राजसभा में होना चाहिए। ... यदि अभी से, पांडवों की खोज के कार्य से ही दुर्योधन ने सारे सभासदों को

अपने साथ नहीं लिया, तो जब युद्ध का निर्णय होगा, तब दुर्योधन उनसे यह अपेक्षा कैसे करेगा कि वे लोग युद्धक्षेत्र में अपना रक्त बहाएँगे ...

"राजन ! मैं यह नहीं कहता कि तुम्हारे गुप्तचर योग्य नहीं हैं, अथवा उन्होंने पांडवों को खोजने का प्रयत्न नहीं किया।" कर्ण बोला, 'किंतु यह तो संभव है कि वे पांडवों के विषय में जिस धारणा को ले कर उन्हें खोजने निकले थे, पांडवों ने उस प्रकार सोच कर कार्य न किया हो।"

"अपनी बात को कुछ अधिक स्पष्ट करके कहो अंगराज !" शकुनि ने कहा।

"मेरा विचार है कि हमारे गुप्तचरों ने सदा इस दृष्टि से देखा है कि युधिष्ठिर की धर्म में बहुत आस्था है, इसलिए वह अपने भाइयों के साथ किसी ऋषि के आश्रम में तपस्या कर रहा होगा। अथवा अपने केश और श्मश्रु बढ़ा कर, वेश बदल कर, किसी तीर्थस्थान पर बैठा होगा। मैंने उन गुप्तचरों को यह कहते सुना है कि उन्होंने वनों में प्रत्येक कुंज में झाँक कर देखा है, प्रत्येक वृक्ष और लता के प्रत्येक पत्ते से पूछा है। इस प्रकार पांडवों को तब खोजना उचित था, जब दे वनवास कर रहे थे; तब नहीं जब वे अज्ञातवास कर रहे हैं।" कर्ण बोला, "एक तो प्रतिज्ञा के अनुसार ही, उन्हें वन में नहीं, जन-समाज में रह कर अज्ञातवास करना था, दूसरे अज्ञात बने रहने के लिए, भीड़ में बसना अधिक सुविधाजनक होता है, सबसे पृथक् अकेले रहने में सबका ध्यान उस ओर जाता है।"

"उल्टी बात कह रहे हो अंगराज !" दुःशासन बोला, "भीड़ में तो व्यक्ति सुविधा से पहचाना जाएगा। वहाँ कोई न कोई तो उसे देख ही लेगा; और जो देखेगा, वह पहचान भी लेगा।"

"नहीं। ऐसी बात नहीं है।" कर्ण हँसा, "तुम यदि किसी ऋषि के आश्रम अथवा गुरुकुल में जाओगे, किसी एकांत स्थान में बसोगे, तो वहाँ किसी को तुम्हारी आवश्यकता नहीं होगी। इसलिए प्रत्येक व्यक्ति जानना चाहेगा कि तुम कौन हो ? कहीं अपराधी तो नहीं हो। यदि तुम उसके विचारानुसार अवांछित व्यक्ति हो, तो वह न तुम्हारे निकट रहना चाहेगा, न तुम्हें अपने निकट रखना चाहेगा। तुम्हें अपने निकट बनाए रखना, उसका कोई स्वार्थ सिद्ध नहीं करता।... इसके विपरीत, जन-संकुल स्थान में भीड़ होगी, किंतु उसके साथ गतिविधि अधिक होने के कारण काम भी बहुत होगा, व्यापार भी होगा। वहाँ का व्यवसायी, उद्यमी और उत्पादक, सस्ते श्रम की खोज में रहता है। उस समय वहाँ जो भी कम पारिश्रमिक पर अधिक श्रम करने को प्रस्तुत होगा, वह उसे काम पर

रख लेगा। वह यह जानने का प्रयत्न नहीं करेगा, कि वह व्यक्ति कौन है ? कहाँ से आया है ? चोरी करके तो नहीं आया ? कहीं हत्या तो नहीं की ? वह तो देखता है कि वह कम पैसे में काम कर रहा है या नहीं। इसी नियम के अंतर्गत धनी और व्यवसाय-प्रधान राज्यों में प्रवासियों का सदा स्वागत होता है। तुम्हें पता है कि निर्धन विदेशी और प्रवासी लोग अपनी आजीविका की खोज में कम पारिश्रमिक पर अधिक कार्य करते हैं। उनका स्वामी यह भी जानता है कि वे लोग अवैध रूप से कार्य कर रहे हैं। वे लोग अधार्मिक अथवा अपराधी मनोवृत्ति के भी हो सकते हैं; किंतु वह उनका पता किसी को नहीं देता, क्योंकि वह उनके उन्हीं अज्ञात रहस्यों के कारण उनका अधिक से अधिक शोषण कर सकता है। उसे नियम, विधान, शास्त्र, धर्म, राज्य, समाज और राजा की चिंता नहीं होती। वह तो उस समय केवल अपना स्वार्थ देख रहा होता है।''

''तो अंगराज इस सारे सिद्धांत-विवेचन से क्या प्रतिपादित हुआ ?'' दुःशासन अब भी हँस रहा था।

''मैं यह कहना चाह रहा हूँ कि पांडव किसी ऐसे ही जनसंकुल स्थान पर जाकर भीड़ में मिल गए होंगे; और तुम्हारे गुप्तचर उन्हें आश्रमों, तीर्थों, तथा वनों में खोजते रहे होंगे।'' कर्ण बोला, ''वे लोग हमारे किसी निकट के राज्य में होंगे और तुम्हारे गुप्तचर उन्हें हिमालय की कंदराओं में खोजते रहे होंगे।''

''मेरे गुप्तचरों और गूढ़ पुरुषों ने उपयुक्त पद्धति से खोजा होता तो वे अब तक उनका पता ले आए होते। आज तक वे उनका पता नहीं पा सके तो यह अपने आप में ही प्रमाण है कि वे लोग उचित स्थान पर नहीं पहुँचे हैं।'' दुर्योधन बोला, ''मेरा प्रश्न तो यह है कि अब इस एक सप्ताह में उन्हें कैसे खोजा जाए ? उनके कहाँ होने की संभावना है ?''

सभा में मौन छा गया। यह तो स्पष्ट ही था कि दुर्योधन पांडवों को खोजने के लिए अत्यंत व्यग्र था। ऐसे में उसके सम्मुख किसी संभावना की चर्चा करना और कोई मार्ग सुझाना भी संकट का ही काम था।

किसी को बोलते न देख दुर्योधन ने आचार्य द्रोण की ओर देखा, ''आचार्य ! आप पांडवों के गुरु हैं। उनकी प्रवृत्ति, प्रकृति तथा स्वभाव को भलीभाँति जानते हैं। क्या आप कुछ सुझा सकते हैं कि पांडव कहाँ होंगे ?''

''पांडव कहाँ होंगे, यह कहना तो कठिन है।...''

''क्यों ? कठिन क्यों है ??'' दुर्योधन जैसे झपट कर बोला, ''अज्ञातवास क्या युद्धशास्त्र का विषय नहीं है ? संकटकाल में शत्रु से अपनी रक्षा के लिए अज्ञातवास कहाँ और कैसे करना चाहिए, इसका आपने समुचित अध्ययन किया होगा। क्या आपके मन में कोई कल्पना नहीं जागती कि पांडवों की स्थिति में व्यक्ति को कहाँ छिपना चाहिए ? कहाँ छिप सकते हैं ?? कहाँ

छिपे होंगे ???"

आचार्य को दुर्योधन का व्यवहार पर्याप्त अपमानजनक लगा। उसे पता ही नहीं चलता कि वह कहाँ मर्यादा को भंग कर आगे बढ़ गया है। जब वह उनका शिष्य होता है, तो उनके चरणों में बैठता है; और जब युवराज होता है, तो किसी के भी सिर पर चढ़ कर बैठ सकता है। ... उन्होंने स्वयं को संयत किया। वे उसके गुरु हैं, तो उसके सभासद भी हैं। वे अपने इन दोहरे संबंधों की उपेक्षा नहीं कर सकते। उन्हें इस समय उसके सभासद का सा ही व्यवहार करना है। बोले, "तुम इस समय बहुत उत्तेजित हो युवराज ! इसलिए यह भूल रहे हो कि पांडवों ने शास्त्र के आधार पर अपने छुपने की योजना नहीं बनाई होगी। शास्त्र के अनुसार तो उन्हें इस समय द्वारका अथवा कांपिल्य में होना चाहिए था, क्योंकि उन्हीं दो नगरों में उनके वे आत्मीय लोग हैं, जो उनकी सबसे अधिक रक्षा कर सकते हैं। उन दो स्थानों को तो तुम्हारे गुप्तचर भली प्रकार छान ही आए हैं। वस्तुतः तुम्हारे गुप्तचरों ने अपना सबसे अधिक और मूल्यवान समय इन्हीं दो नगरों में गँवाया है। यदि उन्होंने बुद्धि से काम लिया होता तो उन्हें यह बात बहुत पहले समझ में आ जानी चाहिए थी कि इन दो नगरों में जाने की भूल पांडव कभी नहीं करेंगे।"

"हम यही तो जानना चाह रहे हैं आचार्य ! कि पांडव कहाँ जा सकते हैं ?" दुर्योधन का स्वर अब भी बहुत सम्मानजनक नहीं था।

"इतनी बड़ी पृथ्वी पर पांडव कहीं भी जा सकते हैं।" आचार्य बोले, "मैं तो एक दिन के लिए भी हस्तिनापुर से बाहर नहीं गया हूँ। मैं कैसे कह सकता हूँ कि वे कहाँ गए होंगे। हाँ ! इतना बता सकता हूँ कि पांडव धर्मनिष्ठ लोग हैं। वे परस्पर प्रेम करते हैं और अपने बड़े भाई धर्मराज युधिष्ठिर की आज्ञा के अधीन रहते हैं।..."

"यह तो हम भी जानते हैं।" दुःशासन बोला।

"किंतु तुम यह नहीं जानते कि ऐसे लोग उस प्रकार की मृत्यु को प्राप्त नहीं होते, जैसी मृत्यु की कामना तुम्हारे गुप्तचर उनके लिए कर रहे हैं।" द्रोण तेजस्वी स्वर में बोले, "पांडव न तो नष्ट हुए हैं और न ही वे कर्ण के सिद्धांतों के अनुसार कहीं तिरस्कृत जीवन व्यतीत कर रहे होंगे। ऐसे धर्मनिष्ठ लोगों का तिरस्कार प्रकृति भी स्वीकार नहीं कर सकती।"

कर्ण ने आचार्य पर एक तिरस्कारपूर्ण दृष्टि डालकर दुर्योधन की ओर देखा।

"इस प्रकार के निष्कर्षों से हम पांडवों को खोज तो नहीं सकते।" दुर्योधन बोला, "आप हमें बताएँ कि वे कहाँ होंगे।"

"मैं तुम्हें बताता हूँ दुर्योधन ! कि राजा युधिष्ठिर कहाँ होंगे।" आचार्य के

कुछ कहने से पूर्व ही भीष्म बोले।

दुर्योधन ने कुछ आश्चर्य से भीष्म की ओर देखा। वह तो अब तक अपने मन में एक ऊहापोह पाल रहा था कि भीष्म इस विषय में उसकी कोई सहायता करना भी चाहेंगे अथवा नहीं; और यहाँ भीष्म अपनी ही ओर से पांडवों को खोजने का सा प्रस्ताव कर रहे थे।

"कहिए पितामह !" दुर्योधन ने यथासंभव विनीत होने का प्रयत्न किया।

"मैं आचार्य से सहमत हूँ कि युधिष्ठिर तथा उसके भाई अपने गुणों के कारण, अपनी सात्विकता के कारण, अपने धर्म के कारण नष्ट होने, अथवा कष्ट पाने के योग्य नहीं हैं। वे जहाँ भी होंगे, सम्मानपूर्वक होंगे। मैं उनके प्रति किसी विरोध के कारण नहीं कह रहा, तुम्हारे हित के लिए बता रहा हूँ कि राजा युधिष्ठिर कहाँ होंगे।" भीष्म बोले, "जहाँ राजा युधिष्ठिर होंगे, वहाँ के लोगों का अकल्याण नहीं हो सकता। जहाँ राजा युधिष्ठिर होंगे, वहाँ पाप का नाश हो रहा होगा और धर्म की शक्तियाँ वर्द्धमान हो रही होंगी। प्रजा में धर्म की वृत्ति सबल होगी और राजा अधर्मियों के प्रभाव से मुक्त होगा। वहाँ प्रकृति मनुष्य के अनुकूल होगी। जहाँ राजा युधिष्ठिर होंगे, वहाँ राजा और प्रजा सुखी होंगे। जहाँ राजा युधिष्ठिर होंगे, वहाँ भय का नाश हो गया होगा, और साधारण जन सुखी और संपन्न होंगे। जहाँ युधिष्ठिर होंगे, वहाँ पराई स्त्री तथा पराए धन की ओर कोई आँख उठा कर भी नहीं देखेगा। ...अब तुम उन्हें खोज सको तो खोज लो।"

दुर्योधन ने चकित हो कर शकुनि की ओर देखा।

शकुनि मुस्कराया और धीरे से बोला, "तुम्हारे पितामह हमें पांडवों का पता दे रहे हैं ?"

"नहीं मातुल। ये केवल उनकी प्रशंसा कर रहे हैं।" और दुर्योधन पितामह से संबोधित हो गया, "पितामह ! युधिष्ठिर की प्रशंसा तो आप सदा करते ही रहते हैं, इस समय भी कर रहे हैं। प्रश्न यह है कि इस समय इसका औचित्य क्या है ?"

"धूप को वहीं खोजना चाहिए, जहाँ धरती सूखी हो। जल को वहीं खोजना चाहिए, जहाँ हरीतिमा हो। धर्मराज को वहीं खोजना चाहिए, जहाँ अधर्म पराजित हो रहा हो।" भीष्म बोले, "मैं तुम्हारे हित के लिए ही यह सब कह रहा हूँ। तुम्हारी इच्छा हो तो इन सूत्रों के माध्यम से धर्मराज को खोज लो, और मन माने तो अपनी प्रजा और अपने मन का अन्वेषण भी कर लो। ... "

"बुड्ढा बौरा गया है।" शकुनि फिर धीरे से बोला।

"बौरा नहीं गया मातुल ! यह हमें मूर्ख बना रहा है।" दुःशासन ने कहा।

दुर्योधन की दृष्टि कृपाचार्य की ओर घूमी, "आप क्या कहते हैं आचार्य ?"

दुर्योधन को कोई उत्तर देने से पूर्व उनके मन में एक दृश्य घूम गया : ...वे अपनी बहन से मिलने गए थे। वहीं आचार्य से चर्चा करते हुए कुछ बातें इस विषय में भी उठी थीं। द्रोण का यह निश्चित और सुविचारित मत था कि दुर्योधन, पांडवों को उनके अज्ञातवास में ढूँढ़ पाए अथवा न ढूँढ़ पाए; किंतु वह उनका राज्य उन्हें लौटाएगा नहीं। वह किसी न किसी बहाने से उनके अधिकार का तिरस्कार कर देगा। ... और पांडव चुपचाप लौट नहीं जाएँगे। युधिष्ठिर चाहे अपना अधिकार छोड़ भी दे, भीम उसकी बात नहीं मानेगा। भीम मान जाए, तो द्रुपद नहीं मानेगा। ... इसलिए पांडवों के अज्ञातवास की अवधि समाप्त होते ही, युद्ध की तैयारियाँ आरंभ हो जाएँगी। ...

कृपी ने चिंतित हो कर पूछा था, "तो आप क्या करेंगे आचार्य ! आपके तो दोनों ही शिष्य हैं। और आपको तो अर्जुन ही सबसे अधिक प्रिय है।"

आचार्य की मुद्रा देख कर ही कृप समझ गए थे कि कृपी का इस प्रकार प्रश्न करना द्रोण को रुचिकर नहीं था। फिर भी उन्होंने प्रश्न को टाला नहीं था। उन्होंने कहा था, 'प्रिय तो मुझे अर्जुन ही है। आज भी यदि दुर्योधन और अर्जुन में से एक को चुनना हो तो मैं अर्जुन को ही चुनूँगा। ... पर द्रुपद के रहते, मैं पांडवों का आचार्य पद नहीं पा सकता; और उनका वेतनभोगी कर्मचारी बन कर मैं जीवित नहीं रह सकता। ... यह तो तब है, जब किसी एक का पक्ष लेने की मुझे स्वतंत्रता हो। मैं जानता हूँ कि धृष्टद्युम्न के अधिकार-क्षेत्र में पहुँचते ही मेरा जीवन समाप्त हो जाएगा। इसलिए मुझे अच्छा लगे या बुरा, अपने जीवन की रक्षा के लिए मुझे दुर्योधन की रक्षा करनी ही पड़ेगी।"

कृप ने तब से बहुत सोचा है। बहुत सारा समय ऊहापोह में बिताया है। उनका द्रुपद से कोई वैर नहीं है। उनका पांडवों से कोई विरोध नहीं है। उनको दुर्योधन से कोई प्रेम भी नहीं है। चयन की स्वतंत्रता हो, तो कदाचित् आज भी वे युधिष्ठिर और दुर्योधन में से युधिष्ठिर को ही चुनेंगे; किंतु उनका भाग्य भी आचार्य के साथ ही बँधा है। वे अश्वत्थामा के विरुद्ध नहीं जा सकते, वे द्रोण के विरुद्ध नहीं जा सकते, वे न कृपी के पुत्र का विरोध कर सकते हैं, न उसके पति का।...

कृपाचार्य ने दृष्टि उठा कर देखा, दुर्योधन की दृष्टि उन पर ही टिकी हुई थी।

"मैं बहुत विवाद के पक्ष में नहीं हूँ, इसलिए चर्चा से अधिक कर्म पर बल है मेरा। विचार का विरोधी नहीं हूँ, किंतु व्यवहार के पक्ष में हूँ।" कृप बोले, "आचार्य द्रोण से सहमत हूँ कि पांडवों के नष्ट होने की संभावना बहुत नगण्य है। इसलिए यह मान कर कि वे अब जीवित नहीं हैं, उनकी खोज स्थगित नहीं करनी चाहिए। महामना भीष्म से भी सहमत हूँ कि युधिष्ठिर को वहीं खोजो, जहाँ धर्म वर्धमान

है। अपनी ओर से यही कहना चाहता हूँ कि पांडवों को वहाँ खोजो, जहाँ अब तक नहीं खोजा है। जिन राज्यों पर ध्यान नहीं दिया था, वहाँ ध्यान दो। विभिन्न राजसभाओं में स्थानीय सूत्रों से नहीं, अपने गुप्तचरों से सूचनाएँ एकत्रित करवाओ। दूसरों के सहारे से मत चलो, अपने बलबूते पर यह काम करो।"

दुर्योधन को लग रहा था कि इस सारी चर्चा का कोई लाभ नहीं हुआ। अपने जिन गुप्तचरों पर उसको इतना गर्व था, जिन्हें वह संसार के सबसे अधिक दक्ष गुप्तचर मानता था, उन्होंने इस पूरे एक वर्ष में अपनी अयोग्यता ही सिद्ध की है। ... और अपने जिन वयोवृद्ध सभासदों से उसने चर्चा की है, उन्होंने भी किसी राज्य अथवा स्थान का नाम नहीं लिया था। उन्होंने केवल सैद्धांतिक और वायवीय चर्चा ही की थी। उसका कोई लाभ नहीं था। संतोष की बात केवल यह थी कि उनमें से किसी ने भी उससे असहयोग करने अथवा पांडवों का पक्ष लेने में रुचि नहीं दिखाई थी। किसी ने यह नहीं कहा था कि उसे पांडवों को खोजने का अधिकार नहीं है, अथवा इस कार्य में वे उसकी सहायता करना नहीं चाहते हैं। किसी ने यह नहीं कहा कि अब पांडवों को उनका राज्य लौटा दिया जाना चाहिए...

"युवराज!" दासी ने आकर धीरे से उसके कान के पास कहा, "त्रिगर्तराज सुशर्मा आपके दर्शनों के लिए द्वार पर खड़े हैं।"

दुर्योधन को यह समाचार अच्छा नहीं लगा। सुशर्मा से उसे पूरी सहानुभूति थी। उसे उसने महत्त्व भी बहुत दिया था। सुशर्मा आरंभ से ही युधिष्ठिर के विरुद्ध था। त्रिगर्त क्षेमंकर की हत्या नकुल के हाथों हुई थी। सुशर्मा का पांडव-विरोध बढ़ता ही गया था। इसलिए दुर्योधन के मन में उसके प्रति आकर्षण था। जैसे-जैसे त्रिगर्तों और मत्स्यों की शत्रुता बढ़ती गई थी, वैसे-वैसे सुशर्मा भी दुर्योधन के निकट आता चला गया था। इधर पिछले प्रायः एक वर्ष में कीचक ने उसे इतना पीड़ित किया था कि उसे सहायता के लिए दुर्योधन के आश्रय में आना पड़ा था। दुर्योधन ने उसका अच्छा आतिथ्य किया था। उसके सत्कार और सहायता में किसी प्रकार की कमी नहीं की थी। ... किंतु इस समय दुर्योधन अपनी समस्या में इतना उलझा हुआ था कि सुशर्मा की व्यथा-कथा सुनने के लिए उसके पास न समय था, न धैर्य। वह इस एक सप्ताह में पांडवों को न खोज पाया तो वे अपना राज्य माँगने के लिए, उसकी छाती पर आ खड़े होंगे। उस समय जो युद्ध होगा, उसमें दुर्योधन, सुशर्मा की क्या सहायता करेगा। उसमें तो दुर्योधन चाहेगा कि सुशर्मा ही उसकी सहायता करे...

उसे सुशर्मा की सहायता की आवश्यकता है। पांडवों के एक-एक शत्रु की उसे आवश्यकता है। तो वह सुशर्मा से भेंट को कैसे टाल सकता है। ऐसे उन्मत्त लोग ही तो उसके सबसे बड़े सहायक होंगे, जो उससे कुछ भी माँगे

बिना, अपने प्राण दे कर, पांडवों का नाश करने पर तुले रहेंगे।

"लिवा लाओ।" उसने कहा।

दासी की आँखों में आश्चर्य का भाव झलका। दुर्योधन ने पहले यही आदेश दिया था कि वह इस समय गुप्त मंत्रणा में है, इसलिए किसी से भी भेंट नहीं करेगा। वह तो यह अपेक्षा ले कर आई थी कि युवराज का आदेश होगा कि उन्हें मना कर दो। यदि वह अधिक आग्रह करे तो रक्षकों को बुलाकर उसे बाहर का मार्ग दिखा दो। ... किंतु नहीं, वह तो उसे लिवा लाने के लिए कह रहा था। ... युवराज की गुप्त मंत्रणा समाप्त हो गई है, उनका मन बदल गया है; अथवा त्रिगर्तराज सुशर्मा इतने महत्त्वपूर्ण हैं कि युवराज उनका तिरस्कार नहीं कर सकते ?

सुशर्मा ने भीतर प्रवेश कर प्रणाम किया और आसन ग्रहण करने के स्थान पर खड़ा-खड़ा ही बोला, "युवराज ! मैं जानता हूँ कि आप किसी महत्त्वपूर्ण गुप्त मंत्रणा में हैं। फिर भी मेरे गुप्तचर कुछ ऐसे समाचार लाए हैं कि मेरे लिए अपने राज्य की ओर तुरंत प्रस्थान आवश्यक हो गया है। आप मेरी उतावली समझ सकते हैं। मैं आपको यही सूचना देने आया हूँ कि मैंने अपने लोगों को प्रस्थान की तैयारी करने का आदेश दे दिया है। हम लोग यथाशीघ्र किसी भी समय त्रिगर्त के लिए चल पड़ेंगे।"

दुर्योधन को आश्चर्य हुआ। यह सुशर्मा, जो अपने शत्रुओं से पीड़ित हो कर, सहायता के लिए, उसकी शरण में पड़ा था, आज अकस्मात् ही बिना किसी प्रकार की सहायता लिए त्रिगर्त की ओर भाग जाना चाहता है। ऐसा क्या घटित हो गया है ?

"बोलो मित्र ! क्या बात है ?" दुर्योधन बोला, "तुम्हारे गुप्तचर ऐसा क्या समाचार लाए हैं ? उन समाचारों में हमारी भी तो रुचि हो सकती है।"

"विराटनगर से मेरे गुप्तचर समाचार लाए हैं कि मत्स्यों के सेनापति सूतपुत्र कीचक का किसी अज्ञात व्यक्ति ने रात के अंधकार में वध कर दिया है।" सुशर्मा ने कहा, "हत्यारा अभी तक प्रकट नहीं हुआ है। मुझे हत्यारे का करना ही क्या है। मेरे लिए तो इतना ही पर्याप्त है कि त्रिगर्तों को प्रताड़ित करने वाला कीचक अब जीवित नहीं है। राजा विराट हम लोगों के सम्मुख वैसे ही असहाय है, जैसे हम कीचक के सम्मुख थे। अब हमारी बारी है। हम मत्स्यों को उनके किए का दंड देना चाहते हैं।"

कीचक की मृत्यु का यह आकस्मिक समाचार दुर्योधन को क्षण भर के लिए स्तब्ध कर गया।

"कीचक मारा गया ?" दुर्योधन ने स्वयं को सँभाला, "तुम्हारा क्या अनुमान है ? कीचक का वध क्या राजा विराट ने स्वयं करवाया होगा ?"

"नहीं ! ऐसा तो संभव ही नहीं है। विराट का कीचक से विरोध भी था; किंतु उसे उसकी आवश्यकता भी थी।" सुशर्मा हँसा, "कीचक की सहायता के बिना तो विराट अपने अंतःपुर पर भी शासन नहीं कर सकता था।...लोगों का विचार है कि कीचक का वध करने वाला कोई अत्यंत क्रोधी अदृश्य गंधर्व है। कीचक का वध किसी शस्त्र से नहीं हुआ। लगता है किसी अत्यंत बलशाली पुरुष ने उसे अपने शारीरिक बल से ही पटक-पटक कर मार डाला है। उसको पीट-पीट कर उसके शरीर को मांस का एक लौंदा बना दिया गया है। ..."

सुशर्मा बोलता जा रहा था और दुर्योधन के मन के अंधेरे कोनों में जैसे मंद-मंद प्रकाश होता जा रहा था। ... कीचक को किसी ने मार दिया था। ... उसे तो शस्त्र से भी मारना कठिन था और उसे किसी ने बिना शस्त्र के ही मार दिया था। इतना शारीरिक बल किसमें था ?... जरासंध अब जीवित नहीं है। बलराम द्वारका में हैं। वैसे भी वे अदृश्य रह कर ऐसा काम क्यों करेंगे। उन्हें किसका भय है ? ... शल्य के भी मद्र से इधर आने की कोई सूचना नहीं है। ...कहीं यह भीम तो नहीं ? भीम इस समय स्वयं को प्रकट नहीं कर सकता। भीम ...

"लोग कीचक के मारे जाने के कारण का भी तो कोई अनुमान लगाते होंगे।" दुर्योधन बोला।

"युवराज ! वस्तुतः वहाँ बहुत कुछ घटित हो गया है।" सुशर्मा बोला, "लोगों का ही नहीं, कीचक के भाई तथा अनुगत उपकीचकों का विचार था कि कीचक, रानी सुदेष्णा की एक सैरंध्री पर मुग्ध था और उसे उसकी इच्छा के विरुद्ध बलात् प्राप्त करने का प्रयत्न कर रहा था। अपनी मृत्यु से दो दिन पहले उसने सैरंध्री का सार्वजनिक अपमान भी किया था। उसी का प्रतिशोध लेने के लिए, उस सैरंध्री के उस गंधर्व रक्षक ने उसे मार डाला।"

"सैरंध्री !" दुर्योधन के मन में बनने वाला चित्र कुछ अधिक स्पष्ट हो गया था, "वह सैरंध्री बहुत सुंदर है क्या ?"

"हाँ युवराज ! गुप्तचरों का कहना है कि वह असाधारण सुंदरी है। उपकीचकों ने कीचक के वध का प्रतिशोध लेने के लिए उस सैरंध्री को, जिस का नाम मालिनी है, कीचक के शव के साथ बाँध कर जलाने का निर्णय किया। राजा ने उसकी अनुमति भी दे दी। वे उसे बाँध कर भी ले गए। श्मशान के बाहर वह गंधर्व पुनः प्रकट हो गया। इस बार वह अदृश्य नहीं था; किंतु उसने अपना चेहरा छिपा रखा था। अतः उसे पहचानना तो संभव नहीं था; किंतु वह अत्यंत बलशाली पुरुष था। उसने सैरंध्री को बचाने के लिए, उपकीचकों पर आक्रमण किया। कहते हैं कि उसके कुछ अदृश्य सहायक भी थे। उन लोगों ने सारे के सारे, एक सौ पाँच उपकीचकों का वहीं वध कर डाला।"

दुर्योधन के मन ने गति पकड़ ली थी। ... वह सैरंध्री अवश्य ही द्रुपदपुत्री कृष्णा है; और उसका वह गंधर्व रक्षक भीम ही है। तो शेष पांडव भी वहीं छिपे होंगे। पांडव उसके इतने निकट थे, और उसके मूर्ख गुप्तचर कहाँ-कहाँ धक्के खा रहे थे।

"वह सैरंध्री क्या अब राजा की बंदिनी है ?" दुर्योधन ने पूछा।

"नहीं ! वह पहले के ही समान, राजा के अंतःपुर में रानी की सैरंध्री के रूप में रह रही है।"

"तो इसका अर्थ है कि राजा उससे भयभीत है। उसे दंडित करने का साहस नहीं किया उसने। अन्यथा कीचक तथा एक सौ पाँच उपकीचकों की हत्या का कारण होते हुए भी सैरंध्री इस प्रकार स्वतंत्र नहीं रह सकती थी।" दुर्योधन मन ही मन चिंतन करता रहा, और फिर उसने सुशर्मा से पूछा, "वह गंधर्व तो अज्ञात और अदृश्य है, किंतु क्या विराटनगर में राजा का कोई ऐसा कर्मचारी है, जिसे वहाँ बहुत बलशाली माना जाता है ?"

"मेरे गुप्तचरों ने बताया है कि राजा का रसोइया बल्लव बहुत दीर्घाकार है।"

दुर्योधन जैसे अपने स्थान से उछल पड़ा। उसने पुकारा, "दासी !"

"महाराज !"

"गुप्तचर-प्रमुख शर्वनाग को उपस्थित करो। तत्काल ! इसी क्षण।"

दासी के बाहर जाते ही वह बोला, "मेरा विचार है त्रिगर्तराज ! कि आपके ही नहीं हमारे शत्रु भी विराटनगर में ही उपस्थित हैं।"

सबने चकित हो कर उसकी ओर देखा।

"मुझे पूरा विश्वास है कि वह सैरंध्री और कोई नहीं, पांचाली कृष्णा है। वह दीर्घाकार रसोइया भीम है; और कीचक को उसी ने मारा है। अन्य किसी मनुष्य में इतनी शक्ति नहीं है कि कीचक जैसे बलशाली पुरुष को इस प्रकार मार डाले। गंधर्व के वे अदृश्य सहायक, उसके भाई हैं, जिनकी सहायता से उसने एक सौ पाँच उपकीचकों को मारा है।"

"यदि ऐसा ही था तो हमारे गुप्तचरों ने हमें सूचना क्यों नहीं दी ?" दुःशासन बोला।

"यही पूछने के लिए तो शर्वनाग को बुलाया है।" दुर्योधन ने उत्तर दिया।

शर्वनाग ने आकर दुर्योधन को प्रणाम किया।

"शर्वनाग !" दुर्योधन का स्वर पर्याप्त कठोर था, "तुम्हारे चर पांडवों की खोज में पृथ्वी पर सब ओर गए। वे सारे देशों तथा सारे राज्यों में गए। पर्वतों

की चोटियों और सागर तटों तक गए। ..."

"जी महाराज !"

"क्या वे विराटनगर भी गए थे ?"

"जी गए थे। वहाँ उन्हें कुछ भी महत्त्वपूर्ण दिखाई नहीं दिया था।"

"तुमने वहाँ कैसी खोज करवाई थी ?"

"यद्यपि विराटनगर पर हमारा विशेष बल नहीं था, पर खोज हमने वहाँ भी करवाई थी।"

"क्या मैं जान सकता हूँ कि विराटनगर पर तुम्हारा विशेष बल क्यों नहीं था ?" दुर्योधन का स्वर कुछ व्यंग्यात्मक हो गया था।

"हमने सबसे पहले तो यह विचार किया था कि पांडव यदि किसी नगर में जाएँगे, तो श्रमिक, व्यापारी अथवा सेवक बन कर तो रहेंगे नहीं। वे लोग राज-काज तथा सेना का काम जानते थे, तो किसी राजा के निकट उसकी सभा में ही रहेंगे; अथवा छद्म वेश में राजा के अतिथि हो कर रहेंगे। इसलिए हम ने यह विचार किया कि वे किस-किस राजा के निकट रह सकते हैं। अतिथि के रूप में वे द्वारका, कांपिल्य तथा अपने अन्य संबंधियों के प्रासादों में रह सकते थे। हमने वे सारे स्थान वर्ष भर छाने हैं, किंतु वहाँ ऐसा कोई अतिथि एक दिन को भी नहीं आया, जिस पर पांडव होने का संदेह किया जा सके। "

"मैं पूछ रहा हूँ कि विराटनगर पर तुम्हारा बल क्यों नहीं था ?"

"युवराज ! विराटनगर यहाँ से इतना निकट है कि वे लोग वहाँ रह कर अज्ञात बने रहने की कल्पना भी नहीं कर सकते थे।" शर्वनाग बोला, "फिर वहाँ राजा विराट तो पांडवों को आश्रय देने के पक्ष में हो सकते थे; किंतु उनका सेनापति कीचक रंच मात्र भी पांडवों के पक्ष में नहीं था। इसलिए उसके तथा उसकी बहन रानी सुदेष्णा के रहते पांडवों को राजा विराट की सभा में स्थान मिल ही नहीं सकता था।"

"किंतु कीचक तो इतने समय तक त्रिगर्त में उत्पात् मचा रहा था।" दुर्योधन बोला, "वह विराटनगर में था ही कहाँ ?"

"कीचक चाहे विराटनगर में नहीं था; किंतु उसका आतंक वहाँ था। रानी सुदेष्णा वहाँ थीं। विराटराज जिस प्रकार कीचक के नियंत्रण में हैं, उसको देख कर तो कोई कल्पना भी नहीं कर सकता कि वे कीचक की इच्छा के विरुद्ध पांडवों को अपनी सभा में स्थान देने का साहस कर सकते हैं।" शर्वनाग बोला, "फिर भी महाराज ! हमने विराटनगर की राजसभा पर दृष्टि रखी। इस सारी अवधि में राजा ने अपनी सभा में केवल एक नए व्यक्ति को नियुक्त किया था। पर वह पांडवों में से एक नहीं हो सकता था।"

"क्यों नहीं हो सकता था ?" दुर्योधन ने कठोरता से पूछा।

"पहली बात तो यह है कि वह अकेला था; और यह हम सब जानते हैं कि पांडव जहाँ भी होते हैं, इकट्ठे होते हैं।" शर्वनाग ने उत्तर दिया, "दूसरा कारण यह कि वह व्यक्ति राजा का द्यूत-सहचर ही नहीं, एक प्रकार से द्यूतविद्या का गुरु था। और यह हम सब ही जानते हैं कि पांडवों में से किसी को भी द्यूतविद्या का ऐसा ज्ञान नहीं है कि वे किसी राजा को द्यूत सिखा सकें।"

दुर्योधन शर्वनाग का विरोध नहीं कर सका। वह सत्य ही कह रहा था कि पांडवों में से किसी को भी द्यूतविद्या का साधारण-सा भी ज्ञान नहीं था। युधिष्ठिर खेल तो लेता था; किंतु उसे खेलना नहीं कह सकते।

"राजा ने और किसी व्यक्ति को नियुक्ति नहीं दी ?" दुर्योधन ने पूछा।

"राजसभा में और कोई व्यक्ति नियुक्त नहीं किया गया।" शर्वनाग दृढ़ता से बोला।

"न सही राजसभा। एक नगर में सैकड़ों काम होते हैं।"

"युवराज का कथन सत्य है।" शर्वनाग बोला, "इतनी बड़ी पृथ्वी पर हमारे एक सहस्र गुप्तचर न तो प्रत्येक स्थान पर पहुँच सकते हैं, न प्रत्येक व्यक्ति के विषय में सूचना एकत्रित कर सकते हैं। हमें कुछ तो अनुमान करना ही पड़ेगा कि हमारा वांछित व्यक्ति कहाँ हो सकता है। हमारी चिंतन पद्धति के अनुसार विराटनगर में पांडवों के होने की कोई संभावना नहीं थी।"

"तुम मूर्ख हो।" दुर्योधन जैसे फट पड़ा, "राजा ने एक रसोइया भी नियुक्त किया था।"

"विराटनगर में हमारे सूत्रों ने हमें ऐसी कोई सूचना नहीं दी।" शर्वनाग का स्वर कुछ धीमा हुआ, "और वैसे भी महाराज ! रसोइया तो रसोई में ही होगा, वह राजसभा की नियुक्ति नहीं है।"

"प्रश्न राजसभा की नियुक्ति का नहीं है। सत्य यह है कि पांडव वहीं थे और तुमने उनकी ओर ध्यान नहीं दिया।" दुर्योधन बोला।

"भूल हुई युवराज ! किंतु न तो हमारे अनुमान के अनुसार पांडव वहाँ हो सकते हैं और न हमें उसका कोई प्रमाण मिला है।" शर्वनाग बोला, "यदि राजसभा का कंक अथवा पाकशाला का बल्लव पांडवों में से कोई है, तो आप मेरा विश्वास कीजिए महाराज ! कि राजा विराट को भी सूचना नहीं है कि वे कौन हैं। उन्होंने कभी उनसे वैसा व्यवहार नहीं किया, जैसा वे पांडवों के साथ करना चाहेंगे।"

"मेरा इससे कोई संबंध नहीं है कि राजा विराट ने उन्हें पहचाना अथवा नहीं।" दुर्योधन क्रुद्ध हो कर बोला, "मैं तो इतना जानता हूँ कि तुम उन्हें खोज नहीं पाए।"

"यदि पांडव विराटनगर में उपस्थित हैं, तो मैं अपने गुप्तचरों की असफलता

स्वीकार करता हूँ युवराज !''

''तुम्हारी यह स्वीकृति क्या पांडवों को फिर से बारह वर्षों के लिए वन भेज देने के लिए पर्याप्त है ?'' दुर्योधन का क्रोध किसी भी प्रकार कम नहीं हो रहा था, ''अब जब यह पता लग ही चुका है कि पांडव विराटनगर में हैं, जाओ अन्य पांडवों को भी खोजो कि वे किस बिल में छिपे बैठे हैं। उनके वहाँ होने के निश्चित प्रमाण लाओ। अन्यथा ... अन्यथा तुम्हारे गुप्तचरों की असफलता, तुम्हारे जीवन की असफलता में परिणत हो जाएगी।''

शर्वनाग के कुछ कहने से पहले ही सुशर्मा बोला, ''युवराज ! मेरा विचार है कि अब यह कार्य मुझे करने दिया जाए।''

दुर्योधन ने उसकी ओर देखा।

''मैं तो मात्र इतनी सी बात से ही उत्साहित था कि कीचक मारा गया है। यह तो मैंने सोचा ही नहीं था कि यह इतना बड़ा समाचार है कि उससे आपके और मेरे शत्रुओं के एक साथ विनाश का अवसर उपलब्ध हो जाएगा।'' सुशर्मा ने कहा, ''मेरा विचार है कि आप मुझे अनुमति दें कि मैं अपने सैनिकों के साथ विराटनगर पर आक्रमण करूँ। विराट की सारी धन संपत्ति का हरण करूँ और आपके शत्रुओं को बाँध कर आपके चरणों में ला डालूँ।''

''मेरा भी एक प्रस्ताव है युवराज !'' कर्ण बोला, ''क्यों न हमारी सेना भी त्रिगर्तराज के साथ जाए। मैंने सुना है कि विराटनगर में अनमोल गोधन है। हम उसका हरण कर लेंगे। यदि पांडव वहाँ छिपे हुए हैं, तो वे अवश्य ही राजा की सहायता को आएँगे। उस समय हम उन्हें पहचान लेंगे। और यदि पांडव वहाँ नहीं हैं, तो हम विराटनगर का वैभव लूट लाएँगे। कीचक ने बहुत सारे राज्यों का धन लूट कर उनको कंगाल कर दिया था, अब विराटराज भी देखे कि निर्धनता क्या होती है।''

दुर्योधन अपने मन में एक योजना बना रहा था। धीरे से बोला, ''यह तो निश्चित रहा कि हम दोनों की सेनाएँ विराटनगर पर तत्काल आक्रमण करें। पूरी शक्ति से करें। उसकी विस्तृत योजना पर हम लोग अभी विचार कर लेते हैं। ...''

53

''भाभी ! मत्स्य देश से समाचार आया है कि वहाँ के सेनापति कीचक को किसी बलवान गंधर्व ने रात के अंधकार में बिना किसी शस्त्र के ही मार डाला है।''

कुंती ने थोड़ी देर चुपचाप विदुर की ओर देखा और फिर पूछा, "यह तुम्हारा समाचार है अथवा दुर्योधन को भी ज्ञात है ?"

"यह समाचार तो सुशर्मा ने दुर्योधन को ही दिया है।"

"क्या दुर्योधन समझ गया है ?"

"हाँ भाभी ! उसे पूरा विश्वास है कि यह भीम का ही काम है। वे लोग विराटनगर पर आक्रमण की तैयारी में हैं। कदाचित् दो एक दिनों में प्रयाण होगा।"

"कुछ और भी पता चला ?" पारंसवी ने पूछा।

विदुर ने सारी बात विस्तार से बताई।

"इसका परिणाम क्या हो सकता है विदुर ?"

"अज्ञातवास समाप्त होने में सप्ताह भर शेष है भाभी ! अब तो आज का दिन भी गया। इस दृष्टि से छह दिन ही और रह गए।" विदुर बोले, 'इन छह दिनों में ये लोग विराटनगर पहुँच कर विराट को पराजित कर, पांडवों को प्रकट होने को बाध्य करने में सफल होंगे—इसमें मुझे तो संदेह है। और यदि पांडवों को सूचना मिल गई कि दुर्योधन आ रहा है, तो वे लोग बचा हुआ एक आध दिन इधर-उधर भी तो बिता सकते हैं। किसी और नगर में जा सकते हैं। उनका विराटनगर में ही रहना क्या आवश्यक है। और अभी हमें उनके विषय में सब कुछ ज्ञात भी तो नहीं है। संभव है कि इस घटना के पश्चात् वे लोग वहाँ से कहीं और चले ही गए हों।"

"तुम्हारी बात सत्य है विदुर ! इस घटना के पश्चात् वे लोग वहाँ से चले भी गए हो सकते हैं।" कुंती बोली, "किंतु मेरा विचार है कि वे लोग वहाँ से न ही जाएँ तो अच्छा है। उन्हें ये शेष छह दिन भी विराटनगर में ही व्यतीत करने चाहिए।"

"क्यों भाभी ? इतना संकट मोल लेने की क्या आवश्यकता है ?" पारंसवी ने पूछा।

"विराट से दुर्योधन वैसे ही प्रसन्न नहीं है। वह जानता है कि विराट ने युधिष्ठिर को अपना सम्राट् स्वीकार किया था; और उसने दुर्योधन का कभी सम्मान नहीं किया है।" कुंती ने कहा, "किंतु स्थिति इतनी सरल भी नहीं है। विराट का सेनापति कीचक, राजा के प्रति अपने विरोध के कारण, अथवा मात्र विराट पर दबाव बनाए रखने के लिए, पांडवों का साथ नहीं चाहता था। कीचक न पांडवों के साथ था न विराट के साथ। संभवतः वह दुर्योधन की मैत्री स्वीकार करता, किंतु वह त्रिगर्तों को कई बार पीड़ित कर चुका था और त्रिगर्तराज सुशर्मा दुर्योधन का मित्र था। इसलिए कीचक दुर्योधन का मित्र भी कभी नहीं हो सका।"

"मुझे तो लगता है भाभी ! कि दुर्योधन के मन में सुशर्मा तथा कीचक दोनों की ही मैत्री की इच्छा थी, क्योंकि ये दोनों ही पांडवों के विरोधी थे। किंतु

सुशर्मा के कारण वह कीचक के प्रति अपनी मित्रता नहीं जता पाया और कीचक के कारण खुल कर सुशर्मा की सहायता नहीं कर पाया। अब कीचक बीच से हट गया है; और दुर्योधन के लिए कोई द्विविधा नहीं रह गई है। विराट उसका भी विरोधी है और सुशर्मा का भी।"

"इसीलिए तो कह रही हूँ कि अब सुशर्मा तथा दुर्योधन दोनों मिल कर अपना सारा संचित आक्रोश निकालेंगे। विराट उनके सम्मुख सर्वथा असहाय होगा। ऐसे समय में मेरे पुत्रों को चाहिए कि वे उसकी सहायता करें।" कुंती ने कहा, "उन्होंने वर्ष भर उसके आश्रय में व्यतीत किया है। उसका अन्न खाया है। वे कृतघ्न नहीं हैं, इसलिए उन्हें विराट की सहायता करनी चाहिए। यदि वे स्वयं को बचाने के लिए विराटनगर छोड़ कर चले जाएँगे, तो दुर्योधन, विराट को पांडवों को अपने नगर में आश्रय देने के लिए भी दंडित करेगा।"

"क्या विराट जानता था कि पांडव उसके नगर में हैं ?"

"दुर्योधन के गुप्तचर-प्रमुख ने तो यही कहा है कि यदि कंक और बल्लव, युधिष्ठिर और भीम हैं तो राजा को भी इस बात का ज्ञान नहीं था।"

तीनों चुपचाप बैठे मन ही मन सोचते रहे।

"मुझे लगता है कि भीम को कुछ धैर्य रखना चाहिए था।" पारंसवी बोली, "महीना भर और निकल जाता तो किसी प्रकार का कोई संकट नहीं रह जाता। फिर चाहे वे अपने ढंग से अपना प्रतिशोध ले लेते।"

"इतना तो स्पष्ट ही है कि यह सब कुछ भीम ने किया है और पांचाली के अपमान का प्रतिशोध लेने के लिए ही किया है।" विदुर ने कहा, "हमें सारी घटनाओं का ज्ञान नहीं है, इसलिए हम निश्चित रूप से नहीं कह सकते कि भीम को धैर्य धारण करना चाहिए था अथवा नहीं।"

"यदि कंक ही युधिष्ठिर है, तो निश्चित रूप से उसने पांचाली को धैर्य धारण करने को कहा होगा।" कुंती बोली, "पर प्रश्न यह है कि कीचक ने सैरंध्री का अपमान करने के पश्चात् उसका पीछा छोड़ दिया था क्या ? यदि उसने सैरंध्री का अपमान करने के पश्चात् उसका पीछा छोड़ दिया था, तो कुछ अंशों में धैर्य धारण करना ही उचित था; किंतु यदि उस अपराध के पश्चात् भी कीचक को राजा ने दंडित नहीं किया और कीचक फिर से सैरंध्री को अपमानित करने पहुँच गया, तो ऐसी स्थिति में क्या धैर्य धारण करना चाहिए था ?"

"सामान्य स्थितियों में तो चाहे धैर्य न रखते, किंतु अज्ञातवास ...।"

"प्रश्न अज्ञातवास का नहीं है।" विदुर बोले, "मेरे मन में तो यह समस्या एक द्वंद्व के रूप में आती है।"

कुंती और पारंसवी ने उनकी ओर देखा।

"मनुष्य के लिए कार्यसिद्धि को अपना लक्ष्य मानना उचित है अथवा अपने

सम्मान को ?" विदुर बोले, "यदि कार्यसिद्धि ही उसका लक्ष्य है, तो किसी भी सीमा तक अपमान सहा जा सकता है; किंतु ऐसी स्थिति में किसी भी सीमा तक अधर्म भी किया जा सकता है। कर्ण ने कार्यसिद्धि को अपना लक्ष्य माना, इसलिए उसने अपने गुरु परशुराम से भी अपना सत्य छुपाया। असत्य कथन किया। युधिष्ठिर ऐसा नहीं करेगा। अतः वह न अपना धर्म छोड़ेगा, न अपना सम्मान।"

"वह क्या करेगा, इसके विषय में मैं कुछ नहीं कह सकती।" कुंती ने कहा, "किंतु मैं इतना तो जानती हूँ कि युधिष्ठिर प्रतिशोध का कभी समर्थन नहीं करेगा। अतः पांचाली के अपमान के पश्चात् उसने अवश्य ही धैर्य धारण करने के लिए कहा होगा। ... किंतु एक बात मेरे मन में निरंतर रहती है कि युधिष्ठिर सामान्य पुरुष नहीं है। उसे क्रोध नहीं आता। उसके व्यवहार को देख कर सामान्य जन यह नहीं मानता, कि वह क्रोध को जीत चुका, अतः वह महान् है। साधारण जन तो यही समझता है कि वह कायर है। इसीलिए मैं युधिष्ठिर के धैर्य और शांति से डरने लगी हूँ। ..."

"आप नहीं चाहतीं कि युधिष्ठिर धैर्य धारण करे ?" पारंसवी ने पूछा।

"मैं चाहती हूँ कि युधिष्ठिर उतना ही धैर्य धारण करे, जितना सम्मानजनक है। उस धैर्य का क्या लाभ, जिससे मनुष्य कायर समझा जाए।" कुंती ने उत्तर दिया, "और नारीत्व का अपमान ऐसा अपराध नहीं है, जिसके पश्चात् भी धैर्य धारण किया जाए। इसलिए यदि सैरंध्री पांचाली ही है, और बल्लव भीम है, तो उनका अधैर्य शुभ ही है। मैं उस अधैर्य की प्रशंसा करती हूँ।"

"पर भीम द्वारा कीचक के वध से भयंकर स्थिति उत्पन्न हो गई है न!" पारंसवी बोली, "वे लोग पांचाली को जीवित जलाने के लिए बाँध कर ले गए। यदि उचित समय पर पांडव नहीं पहुँचते तो पांचाली के प्राण ही चले जाते। अब उन्होंने पांचाली के प्राण तो बचा लिए हैं, किंतु उनके पहचान लिए जाने का संकट सामने खड़ा है।"

"ठीक है, वे इस संकट को झेलें।" कुंती ने शांत स्वर में उत्तर दिया, "किंतु नारी के अपमान को न झेलें। मुझे तो कभी-कभी युधिष्ठिर के धैर्य से भय लगने लगता है। वह अपना राज्य प्राप्त करने का अधैर्य भी नहीं दिखाता है। उसे तो राज्य का कोई मोह ही नहीं है; किंतु उसके कारण उसके भाई भी राज्य से वंचित हो जाएँगे; और प्रजा को दुर्योधन जैसे आततायी का शासन झेलना पड़ेगा। संसार अभी जरासंध को ही नहीं भूला है, ऐसे में इतनी जल्दी दूसरा जरासंध उत्पन्न हो गया, तो धर्म का संपूर्ण नाश हो जाएगा।"

"आप आशंकित हैं भाभी! कि यदि सारी प्रतिज्ञाएँ पूर्ण हो जाने पर भी दुर्योधन ने युधिष्ठिर को उसका राज्य नहीं लौटाया, तो भी युधिष्ठिर युद्ध नहीं

करेगा ?" विदुर ने पूछा।

"हाँ विदुर ! मेरे मन में ऐसी आशंका है।" कुंती ने उत्तर दिया, "किंतु मैं ऐसा होने नहीं दूँगी। यदि दुर्योधन उसका राज्य नहीं लौटाता तो युधिष्ठिर को युद्ध करना ही पड़ेगा। यह मेरा वचन है।"

विदुर और पारंसवी ने चकित दृष्टि से कुंती को देखा। उन्होंने कुंती का ऐसा तेजस्वी रूप पहले कभी नहीं देखा था।

54

प्रातः ध्यान कर विराट उठे तो उन्होंने रानी को देखा। उसने इस समय तक तनिक भी श्रृंगार नहीं किया था। राजा को आश्चर्य हुआ। रानी को और किसी बात का ध्यान रहे या न रहे, अपने श्रृंगार को वह कभी नहीं भूली। तो फिर आज ?... संभवतः सुदेष्णा अपने भाइयों और संबंधियों की मृत्यु का शोक मना रही थी। ऐसे में उससे इस विषय में कुछ पूछना राजा को उचित नहीं लगा। राजा उसके अवसाद का कारण पूछ बैठें और वह उत्तर देने के स्थान पर प्रतिप्रश्न कर बैठे कि क्या वे नहीं जानते कि पिछले दो दिनों में उसके कितने संबंधी काल के गाल में समा गए हैं, तो वे उसको क्या उत्तर देंगे।

उन्हें लगा कि शायद रानी ने आज दर्पण ही नहीं देखा है। यदि देखा होता तो कैसा भी शोक क्यों न होता, वह इस रूप में दिन के प्रकाश में किसी भी व्यक्ति के सम्मुख नहीं आती, चाहे वह राजा ही क्यों न होते। और इस समय तक तो उसे कितनी ही सेविकाओं, परिचारिकाओं तथा दासियों ने देखा होगा।... उसका रूप तनिक भी आकर्षक नहीं लग रहा था। कौन कह सकता था कि यह वही रानी सुदेष्णा है, जिसके सम्मुख अनेक बार उसकी अपनी पुत्री उत्तरा का रूप भी फीका लगने लगता था। अवस्था भी कितनी अधिक लग रही थी, जैसे यौवन न जाने कब का विदा हो गया हो।

उसका रूप ही नहीं, व्यवहार भी पर्याप्त बदला हुआ था। उसके तेवर आज वैसे तीखे नहीं थे कि सामने वाले के हाथों के तोते उड़ जाएँ। वह राजा के सम्मुख बहुत विनीत भाव से आई थी। उसने उनसे उनके स्वास्थ्य के विषय में जिज्ञासा की थी। जानना चाहा था कि उनका मन तो प्रसन्न था न ! उन से पूछा था कि उन्हें आज प्रातः किसी विशेष वस्तु की आवश्यकता तो नहीं है। और फिर उसने बहुत धीरे से कहा, "क्या मैं आज भैया के भवन में चली जाऊँ ? कुछ समय अपनी भाभियों के साथ व्यतीत कर आऊँगी। उनके शोक

में उन्हें सांत्वना देने का प्रयत्न करूँगी।"

राजा चकित रह गए। आज सुदेष्णा उन से अपने भाई के घर जाने और अपनी भाभियों के शोक में सम्मिलित होने के लिए भी अनुमति माँग रही थी। ... विचित्र बात थी। आज तक तो वह उन्हें अपनी किसी गतिविधि की सूचना तक देना आवश्यक नहीं समझती थी। वे ही अपनी ओर से पता लगवाते रहते थे कि रानी कहाँ है, क्या कर रही है, कब तक वापस अपने भवन में लौटेगी। ...

"आप आज सभा में जाएँगे ?" रानी ने पूछा।

"हाँ ! सभा में तो जाना होगा।" राजा कुछ सोच कर बोले, "राज-परिवार शोक में है; इसलिए प्रजा का काम तो रुक नहीं सकता।"

"नहीं प्रजा की उपेक्षा उचित नहीं है।" रानी सहज भाव से कह गई, जैसे वह कुछ भी असाधारण न कर रही हो, "पुत्र श्वेत भी आपके साथ जाएगा ?"

राजा पुनः चौंके। रानी ने कभी इतने स्नेह से अपनी सपत्नी सुरथा के पुत्र को स्मरण नहीं किया था।

"उसे अपने साथ ले जाया कीजिए। " सुदेष्णा ने उनके उत्तर की प्रतीक्षा नहीं की, "युवराज को सभा में राजा के साथ जाना चाहिए, ताकि वह उचित निर्देशन में राज-काज सीख सके। प्रजा पालक राजा बन सके; अपनी ही प्रजा का रक्त पीने वाला राक्षस नहीं।"

राजा कुछ भी समझ नहीं पा रहे थे कि यह सब क्या है। यदि उन्होंने अपने मुख से अपने ज्येष्ठ पुत्र श्वेत को युवराज कह दिया होता तो सुदेष्णा उनका मुँह नोच लेती; और आज उसने बिना किसी संदर्भ के ही उसे युवराज कह दिया था।

"ठीक कह रही हो रानी !" राजा उससे सहमत हो गए।

दासी ने आकर प्रणाम किया, "महाराज ! आर्य शतानीक आपके दर्शनों के लिए द्वार पर उपस्थित हैं।"

"तो मैं चलती हूँ महाराज !" रानी उनके प्रति पूर्ण सम्मान प्रदर्शित करती हुई, अपने मंडप की ओर चली गई।

"लिवा लाओ।" राजा ने आदेश दिया।

शतानीक भी बहुत दिनों के पश्चात् उनके दर्शन करने उनके भवन में आया था, नहीं तो उससे राजसभा में ही भेंट होती थी। वे सुनते रहते थे कि वह प्रायः कीचक के भवन पर जाया करता है। वहाँ उनके आपानक होते रहते थे। आज वह इधर कैसे आ गया ?

"महाराज की जय हो।" शतानीक ने साधारण सभासदों के ही समान उनको प्रणाम किया।

"बैठो शतानीक!" राजा ने कहा, "कहो। आज प्रातः ही कैसे आए ? कोई विशेष प्रयोजन ?"

"मैं महाराज को बधाई देने आया हूँ।"

राजा ने चकित दृष्टि से उसकी ओर देखा, "कैसी बधाई ?"

"कीचक और उपकीचक मारे गए हैं। अब विराटनगर एक प्रकार से स्वतंत्र है। विराटराज पर किसी का आतंक नहीं है।"

राजा समझ नहीं पा रहे थे कि वे क्या कहें। उनके मन में एक विचित्र प्रकार की उलझन थी।

"शतानीक! तुम जानते हो कि कीचक विराटनगर का सेनापति था। उसके कारण विराटनगर सुरक्षित था। उसके कारण हमारे अनेक शत्रु अपने दाँत पीसते रह जाते थे, फिर भी उनके पग हमारी भूमि की ओर उठ नहीं पाते थे।" राजा बोले, "तुम यह भी जानते हो कि कीचक मेरा श्यालक था। उसकी मृत्यु के कारण रानी सुदेष्णा शोक में डूबी हुई हैं। यह राजपरिवार के शोक का अवसर है। तो भी तुम मुझे बधाई दे रहे हो ?"

राजा की बात सुन कर शतानीक हतप्रभ रह गया। उसकी आँखें कुछ असहज रूप में खुली हुई थीं और उसका मन सोच रहा था कि कहीं उससे कोई भूल तो नहीं हो गई ?

उसने जैसे अपने आपको समेटा, "महाराज ! राजपरिवार और साधारण परिवार में यही तो अंतर है। पिता की मृत्यु पर कोई राजकुमार ही सुख का अनुभव कर सकता है, क्योंकि राजकुमार ही राजा बनता है। यह साधारण जन का अनुभव नहीं हो सकता। कीचक के विषय में मुझसे अधिक और कौन जानता है। उसके आतंक के कारण मैं और मदिराक्ष आपसे इतने दूर हो गए। हमारे मन आपके लिए तड़पते थे और जिह्वा कुछ कह नहीं पाती थी। हमारे पग आपके प्रासाद की ओर उठना चाहते थे और कीचक का स्मरण कर काँप कर रह जाते थे। क्या हम नहीं जानते महाराज ! कि कीचक के कारण न किसी का धन सुरक्षित था और न सम्मान। उसने आपके सम्मुख सैरंध्री का अपमान किया और आप उसे दंडित नहीं कर सके। यह क्या आपकी नीति थी ? आप स्वेच्छा से ऐसा कर सकते थे ? ... अब आप स्वतंत्र हैं। प्रभुसत्तासंपन्न राजा हैं। आपके अधिकारों का अपहरण कोई नहीं कर सकता। सारे नगर में कीचक के वध को आपकी नीति माना जा रहा है कि किस प्रकार आपने एक अदृश्य गंधर्व की ओट में उस दुष्ट कीचक से मुक्ति पा ली।"

"नगर में ऐसी चर्चा है क्या ?"

"हाँ महाराज ! लोग अपने राजा की बुद्धिमत्ता की प्रशंसा कर रहे हैं।"

राजा का मन हुआ वे उच्च स्वर में हँस पड़ें। जिस गंधर्व के भय के मारे उनकी आत्मा काँप रही है, लोग समझ रहे हैं कि वह गंधर्व राजा का ही उपकरण है।

"और उपकीचकों के वध के विषय में लोग क्या कह रहे हैं ?" राजा ने जिज्ञासा की।

"आपकी प्रजा का विचार है कि कीचक का वध करवाकर आपने उपकीचकों को सैरंध्री को बाँध कर ले जाने की अनुमति इसीलिए दी कि इस बहाने से उन से भी मुक्ति पाई जा सके; अन्यथा आप जैसा धर्मप्राण राजा, उपकीचकों को इस प्रकार की अनुमति कभी न देता।" शतानीक ने कहा।

विराट की इच्छा हुई कि वे अपने भाई को सब कुछ सत्य-सत्य बता दें; किंतु उनके विवेक ने उन्हें रोक दिया : यदि उनकी प्रजा उन्हें यह श्रेय दे रही है, तो उन्हें चुप ही रह जाना चाहिए। ... यह शतानीक, जो इतने दिनों के पश्चात् उनके पास आकर इस प्रकार की चिकनी-चुपड़ी बातें कर रहा है, वह भी क्या उसी भय से उनके पास आया है ? आज सुदेष्णा का व्यवहार बदला हुआ है, तो क्या वह भी इसी कारण बदला हुआ है ? कीचक के जीवित रहते, वह किस प्रकार उन पर अपना दबाव बनाए रखती थी। उसके जीवित रहते, उसने कभी श्वेत को युवराज बनाने की चर्चा नहीं की। ...

विराट के मन में एक प्रकार की वितृष्णा जन्म ले रही थी। ... यह उनका भाई था, जो उनके सम्मुख बैठा उनकी प्रशंसा कर रहा था। कीचक का भय था उसको, अथवा उसको शक्ति का वास्तविक स्रोत मान कर, उससे कुछ पाने का लोभ था ? यदि वह मानता था कि कीचक का इतना आतंक था, तो उसने अपने भाई की सहायता करने के स्थान पर कीचक का पक्ष क्यों ग्रहण किया ? भयवश ? लोभवश ? ... तो क्या अब भी उसके मन में लोभ ही है ? ... एक वे पांडव हैं कि बड़े से बड़े भय और बड़े से बड़े लोभ की स्थिति में भी किसी ने किसी का साथ नहीं छोड़ा। ... एक विराट की पत्नी है कि अपने भाई को शक्तिशाली मान कर अपने पति को उसके प्राण लेने की धमकी भी दे सकती है, और भाई के न रहने पर, पति के प्रताप से ही डर जाती है। ... उधर पांडवों की पत्नी है कि अपने पिता का साम्राज्य छोड़ कर अपने पतियों के साथ वनवास के लिए चली जाती है। उसे तो कभी नहीं लगा कि वह अपने पिता और अपने भाई की शक्ति से बलवती हो कर, अपनी इच्छाएँ अपने पतियों पर आरोपित कर सकती है। ...क्या विराट के घर में भी संबंधों की वही स्थिति नहीं हो सकती ? ... यहाँ कमी किसकी ओर से है ? स्वयं उनकी ओर से अथवा उनके भाइयों और पत्नी की ओर से ? ... अब जब कीचक का आतंक समाप्त हो गया है,

और सैरंध्री के रक्षक ने उनके प्रति अपना रोष प्रकट नहीं किया है, तो क्यों न वे भी वही मान लें, जो उनकी प्रजा कह रही है। वे यदि युधिष्ठिर बनें, तो संभव है कि उनके भाई भी युधिष्ठिर के भाई बनने का प्रयत्न करें। ...

"मेरा विचार है शतानीक ! कि अब जब कीचक नहीं है, तो हमें विराटनगर में धर्मराज्य स्थापित करने का प्रयत्न करना चाहिए। कोई निर्धन न रहे, कोई असुरक्षित न रहे, किसी के विकास का मार्ग अवरुद्ध न हो, किसी को कोई विशेषाधिकार न हो, किसी को पराए धन तथा पराई स्त्री की ओर आँख उठा कर देखने का साहस न हो।"

"मेरे भी मन में कुछ ऐसी ही कल्पना जागी थी महाराज !" शतानीक ने कहा।

"उसके लिए आवश्यक है शतानीक ! कि हम अपनी तथा अपनी प्रजा की रक्षा के लिए किसी और पर निर्भर न रहें। अपनी कल्पना के राज्य का निर्माण करना है तो उसके लिए श्रम भी स्वयं ही करना होगा, और संकट भी स्वयं ही झेलने होंगे।"

"आपका कथन सत्य है महाराज !"

"तो सेनापति का पद तुम सँभालो और नगर की सुरक्षा का दायित्व ग्रहण करो।" विराट बोले, "कीचक के बिगड़ैल सैनिकों को नियंत्रित करो। आवश्यकता होने पर उन्हें दंडित करो।"

"इस कार्य में कोई विशेष कठिनाई होनी नहीं चाहिए महाराज !" शतानीक ने कहा, "कीचक और उपकीचकों के वध के कारण राज्य के सारे आततायी डरे बैठे हैं; वे यह समझ रहे हैं कि राजा न्याय करने पर तुले हैं। वे दुष्टों को अवश्य दंडित करेंगे। ऐसे में सात्विक लोगों का उत्साह अपने चरम पर है और वे लोग हमारे साथ सहयोग करने के लिए आतुर हैं। इस समय यदि दुष्टों को बंदी किया जाएगा अथवा उन्हें दंडित किया जाएगा तो उसका कोई विरोध नहीं करेगा। हमें इस अवसर का लाभ उठा कर सारी सत्ता तत्काल अपने हाथ में कर लेनी चाहिए और किसी दुष्ट को क्षमा नहीं करना चाहिए।"

"तो ऐसा ही करो।" विराट बोले, "कल की विशेष राजसभा की घोषणा कर दो। उसमें सारे विभागों के अध्यक्षों को बुला लो। उन सबसे उनके विभागों का विवरण लिया जाएगा। कोई यह न समझे कि राजा असावधान अथवा अक्षम है।"

"महाराज की आज्ञा का अक्षरशः पालन होगा।" शतानीक ने खड़े हो कर राजा को प्रणाम किया।

विराट दिन भर बहुत व्यस्त रहे। उन्हें लग रहा था कि विराटनगर में जैसे कोई नई व्यवस्था स्थापित की जा रही है। दिन भर विभिन्न प्रकार के लोग आते रहे। अपने ही राज्य और प्रजा के विषय में राजा को अनेक नई सूचनाएँ मिलीं। राजा को लग रहा था कि उनकी प्रजा पहली बार अपना मन उनके सामने खोल रही है।

रात के भोजन के समय उन्होंने बल्लव को देखा।

"क्या बात है बल्ल्व ! बहुत प्रसन्न हो।" राजा बोले, "तुम्हें क्या मिल गया है ?"

"मुझे क्या चाहिए। पाना और खोना तो विशिष्ट लोगों को होता है महाराज !" बल्लव बोला, "साधारण जन तो सत्य और धर्म की जय देख कर ही प्रसन्न हो जाता है। मैंने दिन भर देखा है, आपके सैनिकों का व्यवहार बदल गया है। जहाँ कल तक वे किसी भी निर्बल और असहाय को देख कर उसे लूटने की सोचते थे, वहीं आज वे उसकी सहायता करते दिखाई दिए। मुझे लगता है महाराज ! शक्तिशाली और प्रशासन में ऊँचे पदों पर बैठे लोगों को, जब उनके अपराधों का दंड नहीं दिया जाता तो समाज की शुभ तथा कल्याणकारी शक्तियाँ हतोत्साहित हो जाती हैं। सामान्य जन भयभीत हो जाता है। वह अधिक, और फिर उससे भी अधिक कायर होता जाता है। उसके विपरीत संसार की अशुभ शक्तियों का साहस और भी बढ़ने लगता है। वे मानते हैं कि उन्हें रोकने वाला कोई नहीं है। वे अधिक से अधिक पाप करने लगते हैं, जैसे कीचक ने महारानी की सैरंध्री तक पर अत्याचार करना चाहा और उसे आपकी उपस्थिति में गिरा कर लात मारी। उसी का परिणाम था कि साधारण सैनिक भी किसी स्त्री को देखते ही, उसका अपमान करने पर तत्पर हो जाता था। मुझे लगता है महाराज ! अपराध का दंड वैसे तो सबको ही मिलना चाहिए, किंतु समाज के महत्त्वपूर्ण लोगों को तो उनके अपराधों का दंड तत्काल और कठोरता से मिलना चाहिए।"

"तुम तो बड़े विचारक हो बल्लव ! मैं तो तुम्हें रसोइया ही समझता रहा।" राजा हँसे, "इसका अर्थ है कि तुम शाक और पक्वान्न के साथ ही नहीं, मनुष्यों के साथ भी न्याय कर सकते हो।"

"वह सब मैं नहीं जानता महाराज !" बल्लव नम्रता से बोला, "मैं तो साधारण जनों में रहता हूँ, इसलिए उनके मन की बात जानता हूँ। सामान्यतः राजा को केवल अपने राज्य की चिंता होती है, किंतु साधारण जन को संसार में कहीं भी होता हुआ अन्याय चुभता है। उसका तादात्म्य किसी से भी हो सकता है, क्योंकि उसे किसी राजा से कुछ लेना-देना नहीं है। उसका स्वार्थ, न्याय के मार्ग में आड़े नहीं आता। वह तो बस सत्य, न्याय तथा धर्म की जय देख

कर ही प्रसन्न हो जाता है। जैसे आज विराटनगर में प्रत्येक नागरिक प्रसन्न है। कीचक तथा उपकीचकों की मृत्यु से महारानी की सैरंध्री ही सुरक्षित नहीं हो गई है, मत्स्यदेश की प्रत्येक स्त्री स्वयं को सुरक्षित मानने लगी है।''

''तुम ठीक कह रहे हो बल्लव !'' राजा धीरे से बोले, ''किंतु क्या प्रजा यह नहीं कहती कि राजा ने उपकीचकों को सैरंध्री को जीवित जला देने की अनुमति दे कर अन्याय किया ?''

''नहीं महाराज ! प्रत्येक व्यक्ति समझता है कि राजा असहाय थे।'' बल्लव ने उत्तर दिया, ''वे समझते हैं कि राजा ने अपनी इच्छा और न्याय बुद्धि के विरुद्ध यह अनुमति दी थी। वे तो यहाँ तक कहते हैं कि आज से राजा स्वतंत्र हो गए हैं।''

''कहते तो वे ठीक ही हैं; किंतु जिन त्रिगर्तों से कीचक विराटनगर की रक्षा करता था, वे त्रिगर्त अब हमें स्वतंत्र रहने देंगे, तब न !'' राजा का मन प्रसन्न नहीं था।

''संसार में कोई किसी को स्वतंत्र नहीं रहने देता महाराज !'' बल्लव बोला, ''स्वतंत्रता तो अपने साहस, आत्मबल और बलिदान से प्राप्त की जाती है और निरंतर तपस्या से उसकी रक्षा की जाती है। स्वतंत्र तो वही रह सकता है, जो दासता और मृत्यु में से मृत्यु का वरण करता है, दासता का नहीं।''

''वाह !'' राजकुमारी उत्तरा बोली, ''तुम तो बहुत ही तेजस्वी हो बल्लव ! तुम पाकशालाध्यक्ष कहाँ से बन गए, तुम्हें तो कहीं सेनापति, राजा अथवा राजगुरु होना चाहिए था।''

''राजकुमारी बड़ी दयालु हैं।'' बल्लव हँसा, ''पर मैं तो सामान्य और साधारण जन के मन की बात कह रहा था। राजा हो गया होता, तो साधारण जन के मन की बात कैसे जान पाता।'' वह रुका, ''आप शाक और लेंगी ?''

उत्तरा फिर हँस पड़ी, ''तुम बड़े चतुर हो बल्लव ! बातों में भुलाकर सदा ही आवश्यकता से अधिक भोजन करा देते हो। उधर मेरी गुरु बृहन्नला सदा से सम्यक और सीमित भोजन के पक्ष में हैं। वे कहती हैं कि आवश्यकता से अधिक भोजन साधना का शत्रु है। उससे तमोगुण की वृद्धि होती है।''

''नपुंसकों की बात छोड़ें राजकुमारी ! मैं तो पुरुषों के समान खाने के पक्ष में हूँ।''

''तुम अपने स्थान पर ठीक हो सकते हो बल्लव ! किंतु बृहन्नला को एक साधारण नपुंसक मान कर उनकी उपेक्षा नहीं कर देनी चाहिए।'' उत्तरा बोली, ''न जाने अपने किस पाप के कारण उन्होंने यह शरीर पाया है। वैसे वे महान् कलाकार और साधक तो हैं ही, महान् आत्मा भी हैं। मैंने उन्हें आज तक कभी कोई छिछोरी बात करते नहीं सुना। ऐसी गुरु तो किसी पुण्य के आधार पर

ही मिल सकती हैं।"

"आप निश्चित रूप से उस सैरंध्री से प्रभावित हैं। वह ही बृहन्नला की ऐसी ही प्रशंसा करती फिरती है।"

"तुम तो अंतःपुर के बहुत सारे रहस्य जानते हो बल्लव!" राजकुमार उत्तर बोला, "मैं तो समझता था कि तुम पाकशाला तक ही सीमित रहते हो।"

"बल्लव अपने स्वर को दबा कर हँसा, "कौन पाकशाला तक नहीं जाता राजकुमार और रसोई किस व्यक्ति तक नहीं जाती। ..."

"आपका भोजन हो गया हो महाराज! तो मैं उठना चाहूँगी।" सहसा सुदेष्णा बोली, "ये बच्चे तो आज बहुत ही वाचाल हो गए दीखते हैं। मुझे कुछ विश्राम की आवश्यकता है।"

"चलो भई उठो।" राजा कुछ हल्के ढंग से बोले, "महारानी आज बहुत थक गई लगती हैं।"

रात्रि को राजा अपने विश्राम कक्ष में आए, तो रानी उनसे पहले ही वहाँ थी। सुदेष्णा अब भी सहज प्रसन्न नहीं थी।

"क्या बात है सुदेष्णे! क्या तुम्हें लगता है कि तुम्हारे भाई के देहाँत पर और कोई भी दुखी नहीं है?"

रानी ने तत्काल कुछ नहीं कहा; किंतु वह चुप भी नहीं रही। बोली, "नहीं! जिस कीचक का मरना सामान्य जन के लिए मुक्तिपर्व जैसा हो, उसके देहांत पर कोई शोक क्यों करे। ..."

"इतना समझती हो तो फिर खिन्न क्यों हो?"

"आपसे सच कहूँ ?"

"मुझे अपना सत्य नहीं बताओगी, तो फिर किसे बताओगी, सुदेष्णे! पति से भी निकट पत्नी के लिए और कौन हो सकता है।"

"मैं देख रही हूँ कि मैं खिन्न हूँ। घबराई हुई हूँ। ... पर मुझे लगता है, वस्तुतः मैं डरी हुई हूँ।"

राजा ने रानी को ध्यान से देखा : रानी के चेहरे पर भय ही था। उन्होंने पहले उस ओर ध्यान नहीं दिया था।

"किससे भयभीत हो सुदेष्णे? मुझसे ??"

"नहीं महाराज!" सुदेष्णा की आँखों में अश्रु ही नहीं आ गए, कंठ में बहुत देर से रोकी हुई सिसकियाँ भी फूट पड़ीं।

राजा ने निकट जाकर पहले रानी के कंधे पर हाथ रखा और फिर उसे अपने वक्ष से लगा लिया। रानी का सारा संयम टूट गया। वह खुल कर रो पड़ी।

थोड़ी देर में रानी सँभली और बोली, "मैंने अक्षम्य अपराध किया है और अब उसी का दंड पाने से भाग रही हूँ।"

"पहले तो यह बताओ, तुम्हें किसका भय है ?" राजा ने बहुत स्निग्ध स्वर में पूछा।

"सैरंध्री का। उसके रक्षक गंधर्व का। सैरंध्री का पक्ष लेने वाले सामान्य जन का। अपनी प्रजा का।"

"अरे ! अरे !! अरे !!!" राजा हँस पड़े, "इतने सारे लोगों का भय क्यों है तुम्हें ?"

"मैंने जब पहले दिन सैरंध्री को कीचक के भवन में माधवी लाने के लिए भेजा था, तब भी मैं जानती थी कि कीचक के मन में क्या है। सैरंध्री ने मुझसे कहा भी कि मैं किसी और को भेज दूँ, क्योंकि कीचक उसका अपमान करेगा। मैंने उसे उसकी इच्छा के विरुद्ध कीचक के पास जाने को बाध्य किया ...।"

"वे सब अब अतीत की बातें हैं रानी !" राजा ने उसके कपोल थपथपाए, "उन्हें भूल जाओ।"

"मैं तो भूल जाऊँ; किंतु न तो सैरंध्री इसको भूलेगी, न उसका रक्षक वह गंधर्व। मुझे लगता है कि वह किसी भी क्षण कहीं भी प्रकट हो कर मेरी हत्या कर देगा।"

"और मुझे लगता है कि उसे तुम्हारी हत्या करनी होती तो वह अब तक कर चुका होता।" राजा बोले, "वह सैरंध्री के अपमान के लिए तुम्हें दोषी मानता तो जिस दिन सैरंध्री का अपमान हुआ, उसी रात को वह तुम्हारा वध कर देता।" राजा रुके, "मुझे तो लगता है रानी ! उसने तुम्हें और मुझे क्षमा कर दिया है। उसने मान लिया है कि कीचक की शक्ति के सम्मुख हम असहाय थे। क्या तुमने कीचक के भय से ही सैरंध्री को उसके पास जाने को बाध्य नहीं किया ?"

"भय तो था मेरे मन में महाराज ! कीचक का भय भी था।" रानी ने बहुत धीरे से कहा, "किंतु भय आपका भी था। सैरंध्री का भी था।"

"मेरा भय ?" राजा चकित थे।

"हाँ महाराज ! मुझे लगता था कि सैरंध्री मुझसे इतनी सुंदर है कि किसी भी क्षण आप मेरा त्याग कर उसका हाथ थाम लेंगे।" रानी का कंठ अवरुद्ध हो गया, "इसलिए मैंने चाहा कि वह कीचक के अधीन रहे। न वह यहाँ से जाए और न आप उसे प्राप्त कर सकें।"

राजा स्तब्ध रह गए। कैसा कलुषित भय था रानी के मन में। पति पर तो विश्वास था ही नहीं। ... पर ईश्वर पर तो विश्वास किया होता। एक पतिपरायणा सती नारी का सतीत्व नष्ट करवाना चाहती थी रानी ... ताकि उसका पति उसकी ओर आकृष्ट न हो सके ...राजा को लगा, उन्होंने अपनी इस रानी

को कभी नहीं पहचाना। उन्होंने उसे जितना भी जाना, कम जाना। उन्होंने कभी कल्पना भी नहीं की थी कि कोई नारी किसी भी अन्य नारी के शीलभंग में सहायक हो सकती है; और यहाँ उनके अपने घर में उनकी अपनी पत्नी ने अपने भाई की सहायता से सैरंध्री जैसी नारी का सतीत्व भंग करवाने का प्रयत्न किया। ... सैरंध्री, जो अपने रूप के आकर्षण से जिस दिन चाहे किसी भी राजा की महारानी बन सकती है; किंतु वह सैरंध्री का कार्य कर रही है। ऐसी सती नारी के साथ इस प्रकार का छल।

"रानी ! कुछ तो ईश्वर का भय रखा होता ..." राजा के मुख से अनायास निकला।

"हाँ महाराज ! यही तो सोच रही हूँ कि मैं आपसे डरती रही, कीचक से डरती रही, सैरंध्री से डरती रही; किंतु उससे नहीं डरी, जिससे डरना चाहिए था। ... न अधर्म से डरी, न अन्याय से, न पाप से डरी न अपराध से। डरना मुझे अपने मन से चाहिए था और मैं जिस तिस से डरती रही...।"

"तुमने इस विषय में सैरंध्री से कोई चर्चा की है ?" अंततः राजा ने पूछा।

"नहीं।" रानी बोली, "मैंने तो उसे बुलाया भी नहीं था; किंतु वह अपने समय से काम पर आ गई थी। मैंने उससे अपना प्रसाधन नहीं करवाया। बहुत हुआ, अब उसे सैरंध्री के समान आज्ञाएँ देने का साहस मुझमें नहीं है।"

राजा सोच रहे थे ... और उस सैरंध्री को देखो, जिससे सारा मत्स्य देश काँप रहा है, वह अब भी रानी के केश सँवारने समय से पहुँच जाती है ...

55

एक लंबे अंतराल के पश्चात् आज विराटनगर की राजसभा अपनी संपूर्णता में जुटी थी। राजा, रानी, युवराज, अन्य राजकुमार, मंत्री तथा महत्त्वपूर्ण अधिकारी एकत्रित थे। विराट के मन में बार-बार आ रहा था कि वे घोषणा करें कि विराटनगर और उसके राजा, अब आततायियों से मुक्त हो गए हैं। अब विराटनगर का प्रशासन, प्रजा के कल्याण के लिए काम करेगा। प्रजा, वस्तुतः संतान होगी और राजा, एक वास्तविक पिता के समान उनका पालन करेंगे। ...

पर यह सब कहने का अर्थ था कि यह भी स्वीकार कर लिया जाए कि अब तक वास्तविक सत्ता राजा के हाथ में नहीं थी। वे राजा दिखाई तो देते थे; किंतु उनकी स्थिति एक काष्ठ पुत्तलिका से अधिक नहीं थी। ... आज अपने इस विजय पर्व में अपनी पराजय की गाथा को स्मरण करना, राजा को शोभनीय

नहीं लग रहा था।

सभा आरंभ हुई। राजा ने घोषणा की, "राजपुरोहित, मंत्री, सभासद तथा प्रजाजन सुनें। मैं आज अपने ज्येष्ठ पुत्र, श्वेत को मत्स्यदेश का युवराज नियुक्त कर रहा हूँ।"

सभा भवन में तालियाँ गूँजीं। किसी भी ओर से आपत्ति तो क्या अनुत्साह का भी प्रमाण नहीं मिला।

"मैं अपने छोटे भाई शतानीक को, राज्य की सेना का सेनापति नियुक्त करता हूँ।"

पुनः तालियों की गड़गड़ाहट ने भवन को गुंजित कर दिया।

किंतु राजा की तीसरी घोषणा से पूर्व ही द्वारपाल ने आकर राजा को प्रणाम किया, "महाराज ! आपके गोवंश का पालक गोप आनन्दस्वरूप आपके दर्शनों के लिए खड़ा है और त्राहि-त्राहि कर रहा है। वह कहता है कि सूचना इतनी महत्त्वपूर्ण है कि तत्काल महाराज तक नहीं पहुँचाई गई, तो अनर्थ हो जाएगा।"

राजा को आश्चर्य तो हुआ कि ऐसी क्या सूचना हो सकती है; किंतु उन्होंने विलंब करना उचित नहीं समझा।

"आने दो।" उन्होंने कहा।

आनन्दस्वरूप को राजा ने देखा। उसकी वेशभूषा किसी उत्सव के अनुकूल थी। उसने कानों में बड़े-बड़े कुंडल तथा भुजाओं पर अंगद धारण कर रखे थे; किंतु वह सहज और शांत नहीं था। लगता था कि वह बहुत शीघ्रता में आया था और बहुत व्याकुल था। संभवतः गोशाला से यहाँ तक वह अपना रथ दौड़ाता ही लाया था।

तंतिपाल भी चौंका। आनन्दस्वरूप का इस समय यहाँ होने का क्या अर्थ ? अनेक गोशालाएँ उसकी देख-रेख में थीं। तंतिपाल की अनुपस्थिति में वह उन सबको छोड़ कर यहाँ कैसे चला आया ?

आनन्दस्वरूप राजा को प्रणाम कर खड़ा हो गया।

"कहो गोप आनन्दस्वरूप !" राजा ने कहा, "क्या समाचार लाए हो।"

"महाराज ! अनर्थ हो गया।" गोप का स्वर रुदन मिश्रित था, "त्रिगर्तों की सेना ने आज उषाकाल में, आपकी गोशाला पर आक्रमण कर दिया। हम ने उन्हें रोकने का बहुत प्रयत्न किया। हमारे पास जितने शस्त्र थे, हमने उनका भी प्रयोग किया; किंतु हम किसी सेना से युद्ध कर सकने योग्य योद्धा तो हैं नहीं। वे युद्ध में हमें जीत कर; और भाई बंधुओं सहित हमारा तिरस्कार कर, आपका सारा गोधन हाँक कर ले गए। आपका दक्षिण गोष्ठ, गोधन से सर्वथा शून्य हो गया है। अपना गोधन लौटा लाने का तत्काल कोई उपाय करें महाराज !"

"तुम्हारा अध्यक्ष तंतिपाल कहाँ है ?" राजा ने कहा, और फिर उनकी दृष्टि सभा में बैठे तंतिपाल पर जा पड़ी। तंतिपाल तो संभवतः रात्रि को ही गोशाला क्षेत्र से चल पड़ा होगा।

तंतिपाल ने अपने स्थान पर खड़े हो कर राजा को प्रणाम किया, "जब मैं वहाँ से चला था महाराज ! तब तक तो किसी सेना के आने का कोई लक्षण नहीं था; अन्यथा शायद मैं आपकी सेवा में उपस्थित नहीं हो सकता। इस समय मैं त्रिगर्तों की सेना से युद्ध कर रहा होता।"

"ठीक है।" राजा आनन्दस्वरूप की ओर मुड़े, "तुम कैसे जानते हो कि वे त्रिगर्त ही हैं।"

"उन लोगों ने स्वयं भी बताया है; और राजा सुशर्मा को मैं पहचानता भी हूँ महाराज !" गोप ने उत्तर दिया।

"क्या सुशर्मा स्वयं सेना के साथ आया है ?"

"हाँ महाराज !" आनन्दस्वरूप बोला, "उसने मुझसे कहा है, जाओ अपने राजा को सूचित कर दो कि अब त्रिगर्त उन सारे अत्याचारों का प्रतिशोध लेंगे, जो मत्स्यों ने आज तक त्रिगर्तों पर किए हैं।"

राजा ने शतानीक की ओर देखा, "देखो शतानीक तुम्हारे सेनापति बनते ही युद्ध स्वयं हमारे द्वार पर आ गया है। वैसे मैं जानता था कि कीचक की मृत्यु का पहला प्रभाव यही होगा। अब सुशर्मा को हम से भयभीत रहने का कोई कारण नहीं है।"

"वे लोग हमारे गोधन को किस ओर हाँक कर ले गए हैं ?" राजा ने पूछा।

"वे अपने राज्य की सीमा की ओर जाते देखे गए थे।" गोप ने बताया।

"अच्छा अब तुम जाओ। विश्राम करो। हम देख लेंगे।"

कंक ने तंतिपाल की ओर देखा...बल्लव और ग्रंथिक भी वहीं थे। उनके नेत्र भी अपने भाइयों से मिले।

"मेरा विचार है कि कीचक की मृत्यु की सूचना से दुर्योधन को यह अनुमान हो गया है कि हम कहाँ हो सकते हैं। उसी ने सुशर्मा को भेजा होगा।" बल्लव ने धीरे से अपने निकट बैठे कंक से कहा।

"यह भी संभव है कि सुशर्मा, विराट से अपना प्रतिशोध लेने आया हो; और यह भी संभव है कि उसे दुर्योधन ने भेजा हो।" कंक बोले, "जो भी हो। हमें विराट की सहायता करनी है। मेरे गणित से आज अज्ञातवास की अवधि समाप्त हो रही है। यदि हमारा रहस्य खुल भी गया तो हमारी कोई हानि नहीं होगी। वैसे अच्छा यही है कि अभी विराट को हमारी वास्तविकता ज्ञात न ही हो। उसे यह युद्ध कर लेने दो।"

"हम सब जाएँगे ?" बल्लव ने पूछा, "कृष्णा की रक्षा ..."

"बृहन्नला है न !" कंक ने कहा।

"आर्य कंक !" सहसा राजा ने कंक को संबोधित किया, "देखा आप ने ! ये लोग स्वयं को राजा कहते हैं। अपने मन पर तो शासन कर नहीं पाते, और प्रजा पर शासन करना चाहते हैं। जब लुटेरे और दस्यु लोग सत्ता के केन्द्र में आ जाएँ, तो कौन सुरक्षित रहेगा इस संसार में ?"

"महाराज ! सत्ता हाथ में आ जाए तो दस्यु-कर्म सरल हो जाता है।" कंक ने कहा, "वे तो प्रयत्न करेंगे ही कि वे दस्यु के समान सबका धन लूट भी लें और राजा और सम्राट् का सम्मान और अधिकार भी पाएँ..."

"पर राजा की मर्यादा भी तो कुछ होनी चाहिए। चरित्र चोरों तथा लुटेरों का; और पद राजा का। संसार ऐसे तो नहीं चल सकता।" राजा जैसे अपने आपसे बातें कर रहे थे।

"आप ठीक कह रहे हैं। पहले यह स्थिति कीचक के कारण थी, अब वही सुशर्मा के कारण हो गई है। ये लोग प्रजापालन के इतिहास में दुर्घटनाएँ हैं महाराज ! राजनीति के आकाश के धूमकेतु। स्थायी नहीं रहेंगे।" कंक ने कहा, "ऐसे ही लोगों के कारण आवश्यक हो जाता है कि आप जैसे न्यायी लोग सत्ता पर अपनी पकड़ दृढ़ करें। जब देवचरित लोग शासन नहीं कर पाते, तो राक्षसों का राज्य होने लगता है।"

"आपका क्या विचार है, इन परिस्थितियों में हमें क्या करना चाहिए ?"

"करना क्या है महाराज ! अपने गोवंश को तो लौटाना ही होगा।"

"कह तो आप ठीक रहे हैं; किंतु ये साधारण लुटेरे नहीं हैं। यह त्रिगर्तों की नियमित और सुशिक्षित सेना है और सुशर्मा उनका नेतृत्व कर रहा है।" विराट बोले, "युद्ध में हम पराजित हो गए, तो फिर सब कुछ समाप्त हो जाएगा। गोधन तो गया, राज्य भी जाएगा।"

बल्लव ने राजा विराट की आँखों में भय के लक्षण देखे थे। वह कोई चुभती सी बात कहना चाहता था; किंतु कंक की उपस्थिति में वह संभव नहीं था।

"महाराज ! आज यदि आप अपनी गौवों की रक्षा नहीं करेंगे, तो कल वे आपके परिवार की स्त्रियों को हाँक कर ले जाएँगे; और परसों आप भी उनके बंदी के रूप में उनके रथों के साथ घिसटते दिखाई देंगे।" कंक ने धीरे-से कहा, "आप क्या समझते हैं कि वे केवल आपका गोधन ले गए हैं। यह किसी के राज्य को अंशों में हड़पने की पद्धति है। मेरा निश्चित मत है कि आज उन्होंने आपके गोशाला क्षेत्र पर आक्रमण किया है, कल वे आपके गोष्ठों पर भी आक्रमण करेंगे। राजनीति में युद्ध की उपेक्षा नहीं हो सकती। रजोगुण राजनीति का अनिवार्य तत्त्व है। राजा न चाहे तो भी उसे लड़ना ही पड़ता है।"

बल्लव मन ही मन मुस्कराया : यह सब कंक कह रहे थे, तो उसके पीछे उनके मन में अपनी परिस्थितियाँ भी होंगी ही। वे कभी भी युद्ध के पक्ष में नहीं रहे; किंतु आज वे युद्ध की आवश्यकता स्वीकार कर रहे हैं, चाहे आपद्धर्म के रूप में ही सही। उनके मन में है कि वनवास और अज्ञातवास का काल समाप्त हो गया है। पता नहीं दुर्योधन अब भी उनका राज्य लौटाएगा अथवा नहीं। और यदि वह उनका राज्य नहीं लौटाता है, तो युद्ध तो उनको भी करना ही पड़ेगा।...राजा न भी चाहे तो उसे लड़ना पड़ता है। ...

शतानीक ने राजा को द्वन्द्व में देखा तो बोला, "मेरा मन तो यह कहता है महाराज ! कि इस युद्ध को गोरक्षा तक ही सीमित न रखा जाए। इसे त्रिगर्तों के साथ निर्णायक युद्ध मान कर ही चलिए, ताकि त्रिगर्त इसके पश्चात्, फिर हम पर आक्रमण करने का साहस न कर सकें।"

"बातें तो बहुत साहस की कर रहे हो शतानीक ! पर सुशर्मा की शक्ति से परिचित भी हो ? वह रथियों का स्वामी कहलाता है। अच्छा, ठीक है !" राजा ने परिस्थिति की अनिवार्यता को देखते हुए उत्तर दिया, "सेना तैयार करो।" और जैसे तत्काल ही राजा को कुछ स्मरण हो आया, "ग्रंथिक ! हमारे रथों और अश्वों की क्या स्थिति है ?"

"चिंता की कोई बात नहीं है महाराज !" ग्रंथिक बोला, "हमारे अश्व संसार के सबसे गतिशील अश्व सिद्ध होंगे। त्रिगर्तों के पास उस गति से दौड़ने वाले अश्व नहीं हैं; और वैसे भी वे लोग गौवों के साथ जा रहे हैं, तो निश्चित रूप से उनकी गति एक सेना के समान त्वरित तो हो ही नहीं सकती।"

"तो ग्रंथिक ! तुम सारे रथों को तैयार करवाओ।" फिर राजा ने जैसे स्वयं से कहा, "पर हम सब चले जाएँगे, तो पीछे नगर की रक्षा कौन करेगा ?" वे कंक की ओर मुड़े, "मेरा विचार है कंक ! कि सेनापति और युवराज सेना को ले कर जाएँ। मैं विराटनगर की रक्षा के लिए यहीं रहूँगा। तुम मेरे परामर्श के लिए मेरे साथ रह सकते हो।"

राजा ने यह बात कुछ इतने अनगढ़ ढंग से कही थी कि कोई भी समझ सकता था कि उनका मन भयभीत है।

"सेनापति और युवराज तो जाएँगे ही।" सहसा रानी सुदेष्णा ने कहा, "नगर की रक्षा के लिए आप कुमार उत्तर को छोड़ जाइए। वह पीछे सब कुछ सँभाल लेगा।"

रानी के मन की बात पर्याप्त स्पष्ट थी। वह उत्तर को युद्ध में भेजना नहीं चाहती थी; किंतु राजा को रुकने के लिए उसने नहीं कहा था। क्या वह चाहती थी कि राजा तो युद्ध में जाएँ, किंतु उत्तर न जाए।

"हाँ ! यह ठीक रहेगा। पिता जी आप नगररक्षा की चिंता न करें। वह

सब मैं देख लूँगा।" उत्तर तत्काल बोला, "त्रिगर्त आएँ, अथवा उनके कोई और शक्तिशाली मित्र। मुझे किसी का भय नहीं है। बस मेरे लिए एक रथ और कुछ शस्त्र छोड़ जाइएगा।"

"उत्तर ठीक कह रहा है महाराज ! वह नगर की रक्षा कर लेगा।" रानी ने कहा, "और आप लोग कोई बहुत दूर तो जा नहीं रहे। राज्य की सीमा तक ही तो जा रहे हैं। दो-तीन दिनों में लौट आएँगे।"

राजा कुछ नहीं बोले; किंतु उनका चेहरा कह रहा था कि यह सब उनको अच्छा नहीं लग रहा था।

"महाराज !" सहसा कंक ने कहा, "यह आक्रमण बहुत आकस्मिक है। आपकी सेना तैयार नहीं है। आपका सेनापति तथा उसके सहायक भी मारे गए हैं। मुझे लगता है कि आपके पास पर्याप्त योद्धा नहीं हैं। मैं अपनी क्षमता के अनुसार आपकी सेवा करना चाहता हूँ। आपने हमारा पालन किया है। संकट की हर घड़ी में आपके साथ रहना हमारा धर्म है। युद्ध में मैं भी आपके साथ चलूँगा।"

राजा ने आश्चर्य से उसकी ओर देखा, "तुम तो ब्राह्मण हो कंक ! तुमने कभी युद्ध किया है ?"

"ब्राह्मण तो परशुराम और द्रोणाचार्य भी हैं महाराज ! मैंने भी योग्य गुरु से शस्त्रों की शिक्षा प्राप्त की है। आप निश्चिंत रहें।" कंक ने कहा, "और आपके मन में कीचक के न रहने पर किसी प्रकार का कोई संभ्रम हो तो आप इस बल्लव पर भरोसा कर सकते हैं।"

राजा ने चकित भाव से बल्लव की ओर देखा। उसके शरीर को देख कर अनेक बार उनके मन में कई प्रकार की आशंकाओं, संभावनाओं तथा योजनाओं ने जन्म लिया था। पर उन्होंने प्रत्येक बार यह सोच कर टाल दिया था कि यदि उसमें किसी भी प्रकार का युद्ध-कौशल होता तो वह अब तक भाड़ ही क्यों झोंक रहा होता ? कीचक की उस विचित्र मृत्यु के पश्चात् भी उनके मन में बल्लव का विचार आया था। राजसभा में जब कीचक ने सैरंध्री का अपमान किया था, तो इस बल्लव ने ही तो उसे उठा कर फेंक दिया था। ... पर उस समय शायद वे इतने विचलित और भयभीत थे कि उन्होंने इस विषय में अधिक सोचना ही नहीं चाहा। जो व्यक्ति दिन-रात पाकशाला में घुसा रहे, भोजन पकाने और खाने की चर्चा करने से कभी ऊबता ही न हो, और जिसके हाथों में सदा करछुल और कड़ाही ही रहे, वे उसकी कल्पना एक योद्धा के रूप में कैसे करते। ... पर अब कंक कह रहा है, तो ठीक ही कह रहा होगा। ...

"तुम कीचक के स्थानापन्न के रूप में बल्लव का नाम ले रहे हो ? कीचक विकट योद्धा था। उसके भय से ही यह सुशर्मा कभी मत्स्यों की ओर देखने

का साहस नहीं कर सका था।" राजा ने कहा।

"हाँ महाराज ! बल्लव आपको कीचक का अभाव अनुभव नहीं होने देगा। वह बहुत योग्य अंगरक्षक है। आपके समीप रहेगा, तो शत्रु निकट भी नहीं फटक सकेगा।"

बल्लव वीर था या नहीं, किंतु राजा देख रहे थे कि वह बलिष्ठ था। वह अपनी शारीरिक क्षमता से भी बहुत कुछ कर सकता था।

"ठीक है। तुम्हारे तथा बल्लव के लिए भी रथ की व्यवस्था कर दी जाएगी।" विराट ने कहा, "किंतु शस्त्र हैं तुम्हारे पास ?"

बल्लव, तंतिपाल और ग्रंथिक ने कंक की ओर देखा।

"नहीं। शस्त्र तो नहीं हैं। पहले से युद्ध की संभावना के विषय में सोचा होता, तो हम अपने लिए शस्त्रों की व्यवस्था कर लेते।" कंक ने कहा, "यह सब तो इतना आकस्मिक है कि अब आपको ही हमारे लिए शस्त्रों की व्यवस्था भी करनी पड़ेगी।"

"किस शस्त्र का अभ्यास है तुम्हें ?" राजा ने पूछा।

"आप मुझे, तंतिपाल तथा ग्रंथिक को धनुष बाण और खड्ग दे दें।" कंक ने उत्तर दिया, "बल्लव को चाहें तो धनुषबाण और गदा दे दें।"

"तंतिपाल और ग्रंथिक भी युद्ध करेंगे ?" विराट ने कुछ चकित हो कर पूछा।

"क्यों ! तंतिपाल सभा में न आया होता, तो सबसे पहले त्रिगर्तों से उसे ही लड़ना पड़ता।" कंक ने उत्तर दिया, "और ग्रंथिक का तो काम ही अश्वों और रथों का है। आपने कहीं ऐसा सूत भी देखा है, जो युद्ध में सम्मिलित न होता हो ?"

सहसा विराट बाले, "कंक ! तुम इन सबकी ओर से इतने विश्वासपूर्वक कैसे बोल रहे हो ?"

"महाराज ! हम सब महाराज युधिष्ठिर की सेवा में थे ... वहीं एक-दूसरे के विषय में जानने का अवसर मिला।"

"ओह हाँ !" राजा ने आगे सुनना आवश्यक नहीं समझा, "ठीक है। शस्त्रागार से अपनी इच्छानुसार शस्त्र भी ले लो।"

विराटनगर की सेना विदा हो गई। नगररक्षकों तथा अंगरक्षकों की कुछ टोलियाँ ही पीछे रह गई थीं। ... वे टोलियाँ ही थीं, उन्हें वाहिनियाँ तो कहा ही नहीं जा सकता था। रानी प्रसन्न थी कि उसने चाहे किसी भी व्याज से हो, किंतु राजकुमार उत्तर को नगर में रोक लिया था। उत्तर अभी इतना बड़ा और समझदार

नहीं हुआ था कि वह उसे त्रिगर्तों से युद्ध करने के लिए भेज देती। वैसे भी वह युद्ध में अपने दोनों पुत्रों को एक साथ भेजना नहीं चाहती थी।...पर उत्तर को उसने किसकी रक्षा के लिए रोका था ? उत्तर की रक्षा के लिए, अथवा स्वयं अपनी रक्षा के लिए ?...वह भी चला जाता तो पीछे रानी तथा अंतःपुर की रक्षा कौन करता ?... और रानी को प्रत्येक क्षण अपनी रक्षा की चिंता रहती थी, अपने लिए रक्षकों की आवश्यकता का अनुभव होता था। कैसे न होता ... उसके अपने प्रासाद में, उसके नयनों के सम्मुख सैरंध्री आज भी स्वच्छंद घूम रही थी। उसका रक्षक, वह अदृश्य गंधर्व भी उसके निकट ही यहीं आस-पास कहीं होगा। वह किसी को दिखाई तो देता ही नहीं, जिस क्षण चाहे, किसी की भी ग्रीवा मरोड़ सकता है, किसी का भी कंठ दबा सकता है। ...

रात हो गई थी और राजा की ओर से कोई समाचार नहीं आया था। भोजन के समय रानी को स्मरण आया कि राजा और राजकुमार तो नहीं ही थे, प्रासाद में बल्लव भी उपस्थित नहीं था। वह होता तो रानी कुछ आश्वस्त रहती। वैसे तो वह रसोइया ही था; किंतु उसका शरीर बलिष्ठ था। संभवतः आवश्यकता होने पर वह उस अदृश्य गंधर्व को भी रोक सकता था।

"उत्तर, आज रात तुम मेरे ही मंडप में सोना पुत्र !" रानी ने कहा, "तुम्हारे पिता और भाई यहाँ नहीं हैं। किसी भी समय किसी भी प्रकार का समाचार आ सकता है। मैं चाहती हूँ कि आज हम सब एक साथ ही रहें। तुम मेरी आँखों के सामने ही रहो। जिस भी समय आवश्यकता हो, मैं तुम्हें जगा सकूँ। जब इच्छा हो तुम्हें देख सकूँ। ..."

उत्तर हँसा, "मैं समझ नहीं पा रहा माँ ! कि आप मेरी रक्षा करना चाहती हैं अथवा चाहती हैं कि मैं आपकी रक्षा करूँ।"

"इसमें न तो माँ का अपने पुत्र के प्रति मोह अस्वाभाविक है और न पुत्र द्वारा अपनी माँ की रक्षा करना।" रानी ने कठोर स्वर में कहा, "ये सब तुम्हारे परिहास का विषय नहीं है। तुम केवल मेरी आज्ञा का पालन करोगे।"

उत्तर को उसमें कोई आपत्ति नहीं थी। राजकुमारियों, दासियों और परिचारिकाओं के मध्य घिरे रहना उसे कभी भी अप्रिय नहीं लगा था।

रात प्रायः व्यतीत होने को थी; किंतु राजा की ओर से अब भी कोई समाचार नहीं आया था। पता नहीं वे त्रिगर्तों को पकड़ नहीं पाए, युद्ध लंबा खिंच गया, अथवा विजय हाथ नहीं लगी। रानी के मन में ढेर सारी दुष्कल्पनाएँ थीं। ...

इधर कुछ वर्षों से सारे युद्ध तो कीचक के नेतृत्व में ही हो रहे थे। राजा को युद्ध का अभ्यास नहीं रह गया था और कदाचित् उनमें योद्धा होने की अधिक क्षमता भी नहीं थी। ... कीचक के आक्रमणों के कारण त्रिगर्त मत्स्यों से रुष्ट भी बहुत थे। ऐसे में यदि मत्स्यों की सेना पराजित हुई, तो वह पराजय मत्स्यों को बहुत महँगी पड़ेगी। ... राजा के साथ युवराज श्वेत तो गया ही था, सुदेष्णा का अपना पुत्र शंख भी गया था... भगवान उनकी रक्षा करना ...

पर रानी यह सब क्या सोच रही है ? ... मत्स्य पराजित हो गए होते तो त्रिगर्त अब तक विराटनगर में प्रवेश कर चुके होते। ऐसे में अपने अंतःपुर में बैठी रानी सुदेष्णा तथा उसका पुत्र उत्तर ...पुत्री उत्तरा ... कोई भी तो सुरक्षित नहीं था। ... यदि दुर्दैव से सुशर्मा विजयी के रूप में उनके प्रासाद में प्रविष्ट हुआ तो वह कुछ भी कर सकता था। उससे, मत्स्यराज के परिवार के लिए, दया अथवा करुणा की अपेक्षा करना व्यर्थ था।

रात निर्विघ्न व्यतीत हो गई। कहीं से कोई भी शुभ अथवा अशुभ समाचार नहीं आया। प्रातः उठ कर स्नान के पश्चात् रानी साधना कक्ष में आ बैठी। बहुत देर तक ध्यान करने का प्रयत्न किया, किंतु ध्यान लगा ही नहीं। बहुत प्रयत्न कर लेने पर भी ज़ब सफलता नहीं मिली, तो जप करने बैठ गई। उसे लगा, ऐसी व्याकुल मनःस्थिति में जप ही उत्तम है। हठपूर्वक ध्यान नहीं हो सकता किंतु हठपूर्वक जप हो सकता है। वह बड़ी देर तक जप करती रही।

साधना कक्ष से निकल कर रानी ने उत्तर को ढूँढ़ा। वह राजकुमारियों, दासियों और परिचारिकाओं में घिरा बैठा था और बहुत प्रसन्न था, जैसे किसी खिलंदड़े बच्चे को बहुत सारे खिलौने एक साथ मिल गए हों। वे सब भी उसके साथ ऐसे ठिठोली कर रही थीं, जैसे वह उनका राजकुमार न हो, थोड़ी देर के लिए आया, विनोदी स्वभाव का कोई प्राघुण हो। राजकुमार इतना प्रसन्न था कि उसे देख कर लगता ही नहीं था कि उसके राज्य को कहीं से किसी भी प्रकार के संकट का सामना करना पड़ रहा है, अथवा मत्स्यदेश पर किसी अन्य राजा ने आक्रमण किया है, अथवा उसके परिवार के इतने सारे लोग युद्ध के लिए गए हैं, और वहाँ किसी के प्राणों पर कोई संकट है। ... उसे किसी अशुभ समाचार की आशंका है अथवा वह किसी शुभ समाचार की प्रतीक्षा में है। वह तो सब कुछ भूल कर परम आनन्द की स्थिति में था। ऐसा लग रहा था कि वे सब लोग किसी मांगलिक उत्सव के अवसर पर एकत्रित हुए हैं। उसके भाई और पिता युद्ध के लिए नहीं गए, बरात ले कर वधू की डोली लेने गए हैं। ये लोग जैसे उनके लौटने की प्रतीक्षा कर रहे हैं; और अपने अवकाश के क्षण हास-परिहास में व्यतीत कर रहे हैं। पर बात केवल इतनी ही नहीं थी। आज उत्तर कुछ अतिरिक्त उत्साही और वाचाल लग रहा था। ... क्या था यह ?

केवल नारी सान्निध्य ? नहीं ! उसकी दृष्टि बार-बार कीचक की पुत्री सुचरिता तथा उस नई परिचारिका शुभांगना पर पड़ रही थी। वे भी तो लपक-लपक कर किसी न किसी व्याज से उस पर गिरी पड़ रही थीं। क्या उत्तर का यह वाचाल रूप इन्हीं दोनों की उपस्थिति के कारण था ? ...

उस आनन्द महोत्सव के विघ्नस्वरूप, एक परिचारिका दौड़ी हुई आई, "राजकुमार की जय हो। एक गोष्ठाध्यक्ष, आपके सीमांत गोष्ठों से कोई गंभीर समाचार लाया है।"

"अब क्या समाचार लाया है। जो समाचार आना था, वह तो आ चुका।" उत्तर बोला, "उस संकट के निवारण के लिए हमारी सेना जा चुकी। स्वयं महाराज सेना ले कर गए हैं। वह अब और क्या चाहता है।"

"राजकुमार आप उसकी बात तो सुन लीजिए।" शुभांगना के स्वर में अनुरोध की मात्रा कुछ अधिक ही थी।

"अब उसके लिए मैं उठ कर सभाभवन में जाऊँ। यहाँ की सारी चर्चा अधूरी छोड़ जाऊँ।" उत्तर ने आपत्ति तो की; किंतु उसके वाक्य की ध्वनि कह रही थी कि वह उसकी बात मान जाएगा।

"वह द्वार पर खड़ा है। मैं उसे यहीं बुला देती हूँ।" सूचना लाने वाली परिचारिका ने कहा।

"जाओ, उसे बुला लाओ।" सहसा रानी ने कहा।

तब उत्तर ने देखा कि उसकी माता वहाँ खड़ी थीं, उन्होंने गोष्ठाध्यक्ष को बुला लाने का आदेश दे दिया था; और उसे अपनी माता की इच्छा से गोष्ठाध्यक्ष की बात सुननी थी। उसने बाध्यता की सी मुद्रा बनाई और औपचारिक राजसी भंगिमा में बैठ गया।

गोष्ठाध्यक्ष अत्यंत व्याकुल स्थिति में उसके सम्मुख उपस्थित हुआ। कोई भी देख सकता था कि वह असाधारण रूप से उत्तेजित था। उसने प्रणाम किया और बोला, "राजकुमार ! आप यहाँ बैठे हैं, और वहाँ वे आपका सारा गोधन हाँके लिए जा रहे हैं। उन्होंने गोष्ठों में आग लगा दी है। वहाँ हाहाकार मचा है। जिसने भी उन्हें रोकने का प्रयत्न किया, वही मारा गया। ..."

"चुप !" उत्तर ने उसे डाँटा, "समाचार ले कर चला था तो समय से यहाँ क्यों नहीं पहुँचा ? मार्ग में कहीं सो गया था क्या ?"

"मैं तो कहीं श्वास लेने के लिए भी नहीं रुका," गोपाध्यक्ष बोला, "और आप सोने की बात कह रहे हैं।"

"तो फिर समय से क्यों नहीं पहुँचा ?" उत्तर का स्वर अब भी कठोर था, "यह समाचार तो कल ही विराटनगर में पहुँच गया था। स्वयं महाराज सेना ले कर गए हैं। हम तो उनके लौटने की प्रतीक्षा कर रहे हैं, और तू अभी गोधन

के हाँके जाने का समाचार ही लाया है। आलसी मूर्ख।"

गोष्ठाध्यक्ष बौराया सा राजकुमार को देखता रहा। उसकी समझ में नहीं आ रहा था कि जिस स्वामीभक्ति के लिए वह किसी पुरस्कार की अपेक्षा कर रहा था, उसके लिए उसे ताड़ना क्यों मिल रही है।

"आप किस सूचना की चर्चा कर रहे हैं राजकुमार !" वह साहस कर बोला, "आक्रमण तो आज प्रातः ब्रह्ममुहूर्त में हुआ है, उसकी सूचना कल ही विराटनगर कैसे पहुँच गई थी ?"

"पुत्र ! तुम्हें कोई भ्रम हो रहा है। इस गोपाध्यक्ष की पूरी बात सुनो।" सुदेष्णा ने पुनः हस्तक्षेप किया।

रानी के हस्तक्षेप से सारा वातावरण बदल गया। जहाँ सब कुछ विनोद के लिए हो रहा था और प्रत्येक व्यक्ति परिहास के लिए, एक-दूसरे पर कटाक्ष कर रहा था, वहाँ अब पूर्ण गंभीरता का राज्य था।

"तुम कहाँ से आए हो ? त्रिगर्तों से लगते सीमांत के गोशाला प्रदेश से ?" उत्तर ने पूछा।

"नहीं राजकुमार ! मैं तो कुरुओं से लगते सीमांत प्रदेश के गोष्ठों का अध्यक्ष हूँ। मैं आपके उत्तर गोष्ठ से आया हूँ।"

"आक्रमण आज प्रातः हुआ है ?"

"हाँ ! राजकुमार !"

"आक्रमण त्रिगर्तों ने किया है ?"

"नहीं राजकुमार ! वे तो कौरव हैं।" गोष्ठाध्यक्ष बोला, "स्वयं दुर्योधन, भीष्म, द्रोण, कर्ण..."

निकट खड़ी सैरंध्री के कान खड़े हो गए... दुर्योधन ने मत्स्यराज पर आक्रमण कर दिया है ? क्या वे जान गए हैं कि पांडव यहाँ छिपे हुए हैं ?... पर चिंता की कोई बात नहीं है। उनका अज्ञातवास तो समाप्त हो गया है।... पर धर्मराज यहाँ नहीं हैं। जाने वे कब प्रकट होना चाहते हैं। ... यहाँ तो केवल अर्जुन है। ... उसका गांडीव भी उसके पास नहीं है। दुर्योधन तो अपनी पूरी तैयारी से आया होगा। ...

"तत्काल कोई उपाय कीजिए राजकुमार !" गोष्ठाध्यक्ष कह रहा था, "उन्होंने आपका गोधन तो लूट ही लिया है। मुझे लगता है कि वे राजधानी को भी लूटने के लिए आएँगे।"

उत्तर के चेहरे पर स्पष्ट घबराहट उभरी; किंतु उसने स्वयं को सँभाल लिया। वह इतनी सारी युवतियों के सम्मुख ऐसी कोई बात नहीं कहना चाहता था, जिससे उनकी दृष्टि में उसका सम्मान कुछ कम हो।

"ओह ! इन दुष्टों ने जान बूझ कर वह समय चुना है, जब हमारी सेना

एक अभियान पर गई हुई है। पिता जी, युवराज श्वेत, शंख भैया और सेनापति भी यहाँ नहीं हैं। ..."

"राजकुमार ! इस समय तो सब कुछ आपको ही सँभालना है।" गोष्ठाध्यक्ष ने कहा।

"तो यहाँ कौन इन कौरवों से डरता है। मैं अकेला ही भीष्म, द्रोण, दुर्योधन, कर्ण ...सबको नाकों चने चबवा देता, पर... पर मेरे पास कोई अच्छा सारथि नहीं है... जब से मेरा सारथि युद्ध में मारा गया है, तब से मेरा युद्ध में जाना कठिन हो गया है। जाओ, कोई अच्छा सा सारथि खोज कर लाओ।"

सुदेष्णा से और नहीं सुना गया। वह पल्लू से अपना मुँह दबाए, अपने कक्ष की ओर चली गई। ... उसने उत्तर को नगर में रोक कर अच्छा नहीं किया। वह क्या जानती थी कि उधर त्रिगर्तों से युद्ध होगा; और इधर कौरवों की सेना आ जाएगी। उसने तो उसे युद्धक्षेत्र से बचाए रखने के लिए, नगर में रोक लिया था। वह क्या जानती थी कि वह युद्धक्षेत्र में नहीं जाएगा, तो युद्धक्षेत्र ही उसके पास चला आएगा। अब वह बेचारा इतने सारे महारथियों का सामना कैसे करेगा ?... इससे तो अच्छा था कि वह अपने पिता के साथ ही चला जाता। वहाँ उसके रक्षक तो होते। सहायक तो होते। यहाँ कुछ अंगरक्षकों और परिचारिकाओं की सेना ले कर वह युद्ध करेगा क्या ? ...

सैरंध्री ने देखा कि रानी वहाँ से हट गई है। ... राजकुमार को कोई समाधान नहीं सूझ रहा है, इसलिए वह अपनी वीरता की गाथा गा रहा है। ...

"यह समझ लो कि यदि मैं व्यूह के सम्मुख पहुँच जाऊँ, तो कोई व्यूह, व्यूह नहीं रह जाता, चाहे वह चक्रव्यूह ही क्यों न हो। ..."

सैरंध्री नाट्यशाला में बृहन्नला के पास आई।

"आओ सखि ! कैसे आई ?" बृहन्नला ने पूछा।

सैरंध्री ने उसे सारी स्थिति बता दी।

बृहन्नला के मुख पर चिंतन के लक्षण उभरे, "मेरा विचार है कि दुर्योधन को यह संदेह हो गया है कि हम यहाँ हैं। यह संदेह, कीचक के वध का समाचार मिलने के पश्चात् ही हुआ होगा। तभी उसने यह योजना बनाई होगी। यह एक ही युद्ध है, जिसके लिए आक्रमण दो भागों में किया गया है। कदाचित् धर्मराज को इसका आभास कल ही हो गया था, तभी तो वे मुझे अपने साथ त्रिगर्त युद्ध में नहीं ले गए। उनकी यही योजना रही होगी कि मैं यहाँ विराटनगर की रक्षा करूँ।"

"तो अब क्या करना है ?"

"यदि कौरवों को बाहर ही नहीं रोका गया, तो वे विराटनगर में प्रवेश कर जाएँगे। उससे नगर और नगरवासियों की हानि होगी। इसलिए मुझे वहीं

जाना होगा, जहाँ वे लोग हैं ...किंतु प्रिये ! यदि गोपाध्यक्ष की सूचना सत्य है, तो मुझे कुछ आश्चर्य हो रहा है।''

''किस बात का आश्चर्य ?''

''दुर्योधन और कर्ण का आना तो तर्कसंगत ही है। उन्हें हमारे जहाँ होने की सूचना मिलेगी, वे हमें सूँघते हुए वहीं आ जाएँगे; किंतु आचार्य तथा पितामह का इस प्रकार उनके साथ आना ...।'' बृहन्नला ने कहा।

''क्यों ? इसमें आश्चर्य की क्या बात है ? वे हस्तिनापुर की सेना के अंग नहीं हैं क्या ?''

''वे हस्तिनापुर की सेना के अंग हो सकते हैं; किंतु वे पांडवों के शत्रु नहीं हैं। हमारे पितामह तथा गुरु हमें खोज कर आखेट के लिए दुर्योधन के सम्मुख डाल देंगे, इसका मुझे विश्वास नहीं होता।'' बृहन्नला ने उत्तर दिया।

''तुम्हारा चिंतन वहीं रुका खड़ा है, जहाँ उस समय था, जब तुम लोग गुरुकुल में शिक्षा प्राप्त कर रहे थे।'' सैरंध्री हँसी, ''तब से अब तक बहुत सारा समय व्यतीत हो चुका है और बहुत कुछ परिवर्तित हो चुका है।''

''तुम कहना चाहती हो कि अब पितामह तथा आचार्य हमसे प्रेम नहीं करते।'' बृहन्नला ने कहा।

''वे जो तुमसे प्रेम करते थे और करते हैं, वे तुम्हारे पितामह तथा आचार्य थे। जो लोग सेना ले कर आक्रमण करने आए हैं, वे दुर्योधन की सभा और सेना के पदाधिकारी हैं।'' सैरंध्री बोली, ''राजा सैनिक अभियान करे और उसका कर्मचारी कह दे कि वह सेना के साथ नहीं जाएगा ? तो फिर प्रिय ! तुम शासन की कठोरता को ठीक-ठीक नहीं जानते। तुमने क्या वे भृत्य सैनिक नहीं देखे, जो किसी पराए राज्य अथवा राजा की सेना में भरती हो कर, अपने ही लोगों के विरुद्ध लड़ते हैं और पराए लोगों से अधिक क्रूर हो जाते हैं।''

''वे भृत्य सैनिक होते हैं, वे स्वतंत्र नहीं होते; किंतु ये लोग दुर्योधन के भी पितामह तथा गुरु हैं।'' बृहन्नला ने कहा, ''इनकी स्थिति भिन्न है।''

''वह सब युद्ध करते समय देख लेना।'' सैरंध्री बोली, ''बताओ, इस समय क्या करना है। अपने को प्रच्छन्न बनाए रखना है अथवा प्रकट हो जाना है ?''

''धर्मराज से पूछे बिना स्वयं को प्रकट करना तो उचित नहीं है।'' बृहन्नला ने कहा, ''किंतु कौरवों को तो रोकना ही पड़ेगा और विराटराज का गोधन भी लौटाना पड़ेगा। नगर में न कोई सेना है न कोई योद्धा। मुझे उनसे युद्ध करना होगा। ... किंतु मैं अकेला अपने आप तो युद्धक्षेत्र में नहीं जा सकता। कोई तो संबल चाहिए। कोई तो बहाना हो।...''

''तो ?''

बृहन्नला ने सैरंध्री के नयनों में देखा, ''प्रिये, जाओ और जाकर राजकुमार

उत्तर से कहो कि यदि वह युद्धक्षेत्र में जाने से केवल इसलिए संकोच कर रहा है कि उसके पास अच्छा सारथि नहीं है, तो उसके योग्य सारथि मिल गया है। उसको कहो, बृहन्नला बहुत ही अच्छी सारथि है। अनेक बार तो वह अर्जुन का भी सारथ्य कर चुकी है। राजकुमार को चाहिए कि वह बृहन्नला को बुला ले और अपने गोधन तथा अपने राज्य की रक्षा करे।"

सैरंध्री लौटी तो उसने उत्तर को उसी स्थान पर राजकुमारियों और परिचारिकाओं के बीच बैठे, पाया।

"वह पिछला युद्ध जो अट्ठाइस दिनों तक ... नहीं...नहीं, पूरे एक मास तक चला था, उसी में मेरा सारथि मारा गया।" वह कह रहा था, "अब बिना सारथि के कोई महारथी युद्ध कैसे कर सकता है। स्वयं पांडुपुत्र अर्जुन भी सारथि के बिना युद्धक्षेत्र में नहीं जा सकते। मुझे अभी कोई अच्छा सारथि मिल जाए, तो अभी जाकर इन कौरवों को दिखा दूँ कि किसी वीर राजा का पशुधन चुरा लेने का परिणाम क्या होता है। चोर कहीं के। बड़े योद्धा बने हैं। समझा होगा कि विराटनगर सूना पड़ा है, जाएँगे और लूट लाएँगे। एक बार सामना हो जाए, तो उनको भी स्वीकार करना पड़ेगा कि यह राजकुमार उत्तर नहीं, स्वयं अर्जुन ही है, जो अपने दिव्यास्त्रों से उनको पीड़ा पहुँचा रहा है।"

"राजकुमार ! संसार में सबसे वीर वह अर्जुन ही है क्या कि बार-बार उसका उदाहरण दे रहे हो ?" सैरंध्री ने पूछा।

"और कौन है, जो उनकी समता कर सके।" उत्तर बोला, "उन्हीं से तो थर-थर काँपते हैं, दुर्योधन और कर्ण।"

"आपने उन्हें कभी देखा है राजकुमार ?" सुचरिता ने पूछा।

उत्तर कहने ही जा रहा था कि अनेक बार उसने अर्जुन के साथ युद्ध किया है कि उसे स्मरण हो आया कि सैरंध्री सामने ही खड़ी थी; और यहाँ आने से पूर्व वह द्रौपदी की सेवा किया करती थी। उसके सम्मुख ऐसी बात कह कर पकड़े जाने की आशंका थी।

"नहीं साक्षात्कार तो नहीं हुआ है किंतु मन ही मन मैं उनको अपना गुरु मानता हूँ।"

"तो यदि आपको वह सारथि मिल जाए, जो कभी अर्जुन का भी सारथ्य कर चुका है, तो ?" सैरंध्री ने पूछा।

"फिर क्या है," उत्तर बोला, "वह मेरे रथ के अश्वों को सँभाले और मैं उन सारे कौरवों को सँभाल लूँगा।"

"तो फिर मैं आपको एक रहस्य की बात बताती हूँ।" सैरंध्री बोली, "आपकी नाट्यशाला में राजकुमारियों को संगीत और नृत्य की शिक्षा देने वाली बृहन्नला है न ! वह नृत्य और संगीत सीखने से पहले तो अर्जुन की सारथि ही थी। खांडव

वन के दाह के समय, वही तो अर्जुन का सारथ्य कर रही थी।"

उत्तर जोर से हँसा, "वह नपुंसक और अर्जुन का सारथि ! सैरंध्री, तुमने भांग तो नहीं खा ली ?"

"नहीं राजकुमार सत्य कह रही हूँ। नपुंसक है तो क्या हुआ। उसकी भुजाएँ देखो। वह स्वयं को छुपाए रहती है, अन्यथा उसके शरीर में बहुत शक्ति है।" सैरंध्री बोली, "आप उसे बुला लें। उससे अच्छा सारथि आपको और कहाँ मिलेगा ?"

सैरंध्री देख रही थी, राजकुमार द्वन्द्व में था। यदि वह बृहन्नला को सारथि स्वीकार कर ले, तो उसे युद्ध के लिए जाना पड़ता। युद्ध के लिए वह जाना नहीं चाहता था; किंतु वह सैरंध्री के प्रमाण को मिथ्या सिद्ध कैसे कर सकता था। ...

"अब मैं राजकुमार हो कर, पुरुष हो कर, उस नपुंसक से सहायता की प्रार्थना करूँ ?" उत्तर बोला।

"आप प्रार्थना न करें राजकुमार !" सैरंध्री बोली, "आप राजकुमारी उत्तरा से कहें। वे तो बृहन्नला की शिष्या हैं। उन्हें उससे प्रार्थना करने में संकोच नहीं होगा।"

"हाँ राजकुमार आप विलंब न करें।" सुचरिता बोली, "अन्यथा, यदि कौरव अपने नगर की ओर लौट गए तो हमारा सारा गोधन छिन जाएगा; और यदि वे इस ओर आ गए तो आपका नगर भी आपके अधिकार में नहीं रहेगा।"

"जाओ उत्तरा !" बाध्य हो कर उत्तर बोला, "अपनी उस गुरु से कहो कि यदि उसे अश्व की वल्गा पकड़नी आती है, यदि वह युद्धक्षेत्र में चलने वाले अस्त्र-शस्त्रों से नहीं डरती, यदि मनुष्य के शरीर से बहते रक्त को देख कर वह अपनी बुद्धि खो नहीं देती, यदि सैनिक का मुंड कटता देख वह अचेत नहीं हो जाती, तो वह मेरे रथ का सारथ्य करे। विलंब न करे। हमें कौरवों से युद्ध करने जाना है।"

उत्तरा चकित थी कि जिस बृहन्नला को वह वर्ष भर से अत्यंत दक्ष नर्तक और गायक के रूप में जानती है, वह सारथ्य भी कर सकती है। उसे युद्ध का अनुभव भी है। ... कैसी विचित्र बात है।... युद्ध से मनुष्य कठोर होता है, और कलाओं से कोमल; तो फिर बृहन्नला में ये इतने आत्मविरोधी गुण कैसे हैं ?... राजकुमारी मन ही मन हँसी ... बृहन्नला में तो प्रकृति ने पुरुष और स्त्री दोनों के ही गुण रखे हैं। यह भी तो आत्मविरोधी ही है ... पर तभी उसने स्वयं को सुधार लिया ...उसमें पुरुष और स्त्री दोनों के ही गुण नहीं हैं। ...प्रकृति की अद्भुत सृष्टि है यह बृहन्नला भी। जो क्षमताएँ एक साधारण से साधारण जीव में भी होती हैं, प्रकृति ने बृहन्नला को वे भी नहीं दीं; किंतु दूसरी ओर उसी

बृहन्नला को कितना कुछ दिया है प्रकृति ने। किन्नर कंठ, ऐसा लचीला शरीर, असाधारण साधना, आध्यात्मिक मन, उत्कृष्ट कोटि की बुद्धि और निर्लोभी चिंतन ! राजकुमारी ने कितनी बार चाहा कि उसकी गुरु उससे कोई उपहार ग्रहण करे, कोई बहुमूल्य वस्तु ! ... किंतु बृहन्नला का वीतराग मन कभी नहीं पसीजा। उसने कभी कुछ स्वीकार नहीं किया।

उत्तरा ने अपनी गुरु को प्रणाम किया, ''गुरुदेवी ! अभी-अभी सैरंध्री ने बताया है कि आप एक अद्‌भुत सारथि भी हैं; और इससे पहले कुंतिपुत्र अर्जुन का सारथ्य कर चुकी हैं।''

बृहन्नला ने कुछ नहीं कहा। चुपचाप सुनती रही।

''हम लोग अत्यंत संकट में हैं। कौरवों ने हमारे गोष्ठों पर आक्रमण कर दिया है और हमारी गौवों को हाँक कर लिए जा रहे हैं। नगर में और कोई है नहीं। भैया उत्तर को ही यह युद्ध करने जाना होगा।'' उत्तरा ने कहा, ''उनका सारथि पिछले युद्ध में मारा गया था। उसके पश्चात् से उनके पास कोई सारथि नहीं है ...''

बृहन्नला की इच्छा हुई कि पूछे, ''क्या राजकुमार अपने उस सारथि के पुनः जन्म लेने की प्रतीक्षा कर रहे हैं। ऐसे भी कोई योद्धा युद्ध करता है, कि युद्ध के लिए प्रयाण के समय सारथि खोजा जा रहा है।'' किंतु उसने कुछ कहा नहीं। राजकुमारी को इस विषय में क्या ज्ञात होगा। वह तो अपने भाई का संदेश ले कर आई थी। वह क्या जानती थी कि उसका भाई इस युद्ध से बचने के लिए यह बहाना बना रहा है, अथवा वह सचमुच ही किसी सारथि की खोज में है। ... बृहन्नला के मन में बहुत स्पष्ट था कि उत्तर इस युद्ध में नहीं जाना चाहता। उत्तर तो उत्तर, स्वयं राजा विराट भी होते, तो इन सारे कौरव योद्धाओं के नाम सुन कर वे भी युद्ध को टालना ही उचित समझते। ... किंतु बृहन्नला को इस युद्ध में जाना ही था और उसका जाना राजकुमार उत्तर के माध्यम से ही हो सकता था। अन्यथा तो कोई बृहन्नला को किसी सैनिक रथ को हाथ भी नहीं लगाने देगा।...

''राजकुमारी ! तुम समझती हो कि मैं युद्ध में किसी योद्धा का सारथ्य कर सकती हूँ ?'' बृहन्नला मुस्करा रही थी।

''अब तो मैं समझने लगी हूँ गुरुदेवी ! कि आप संसार का कोई भी कार्य पूरी दक्षता से कर सकती हैं।''

''विचित्र लीला है उस प्रभु की।'' बृहन्नला बोली, ''कभी-कभी पुरुषों को युद्ध में उतारने का काम नपुंसकों को करना पड़ता है।''

"बृहन्नले ! तुम्हें युद्ध से भय तो नहीं लगता ?" राजकुमार ने विनोद की मुद्रा में पूछा। उसकी दृष्टि यह देखने को तड़प रही थी कि उसके इस विनोद का शुभांगना पर क्या प्रभाव हुआ है।

"नहीं राजकुमार ! युद्ध से तो भय नहीं लगता; किंतु सारथ्य का ज्ञान मुझे नहीं है।" बृहन्नला बोली, "कहीं यह न हो कि युद्धक्षेत्र में पहुँच कर आपको पश्चात्ताप होने लगे कि आप किसको अपनी सारथि बना कर ले आए। ऐसे में आप युद्धक्षेत्र छोड़ कर भागेंगे, तो संसार के सारे क्षत्रियों का नाम कलंकित हो जाएगा।"

उत्तर ने कनखियों से सुचरिता को देखा और बृहन्नला से बोला, "तो कुंतिपुत्र अर्जुन तुम्हारे मनोरंजन के लिए तुम्हें युद्ध में अपने साथ ले जाया करते थे ?"

"महावीर अर्जुन तो बिना सारथि के भी युद्ध कर सकते थे, इसलिए वे मुझे साथ ले जाते थे।" बृहन्नला ने कहा, "मैं तो वल्गा पकड़े बैठी रहती थी। वे जैसे कहते थे, मैं वैसे ही करती जाती थी। आप भी जो सिखाएँगे, मैं सीखती जाऊँगी।"

"युद्धक्षेत्र तो युद्धक्षेत्र ही होता है, गुरुकुल नहीं; कि वहाँ कोई तुम्हें सारथ्य की शिक्षा देता रहे।" उत्तर बोला, "मैं तुम्हें बाणों और व्यूहों का अंतर ही समझाता रह जाऊँ और वह बूढ़ा भीष्म हमें अंगूठा दिखा दे, ऐसी मूर्खता तो मैं नहीं कर सकता।"

"तो फिर सव्यसाची अर्जुन के समान बिना सारथि के ही युद्ध कर लीजिए।" बृहन्नला बोली, "आप उनसे किस बात में कम हैं।"

उत्तर को लगा कि बृहन्नला ने उसे संकट में डाल दिया है। सँभलकर बोला, "किसे मूर्ख बना रही हो। कहीं सारथि के बिना भी कोई युद्ध कर सकता है। वह वल्गा सँभालेगा अथवा धनुष ? चार हाथ तो किसी के नहीं होते।"

"ठीक कहते हैं राजकुमार ! किंतु जिस समय पार्थ अर्जुन ने सुभद्रा का हरण किया था, उनके साथ कोई सारथि नहीं था।" बृहन्नला ने कहा, "उन्होंने अश्वों को भी सँभाला था और मार्ग में आने वाले सारे यादव सैनिकों और वीरों से युद्ध भी किया था।"

सैरंध्री ने सुना। बृहन्नला की बात सत्य थी। सुभद्राहरण के समय अर्जुन के रथ में कोई सारथि नहीं था।...पर बृहन्नला को क्या सूझी है, इस समय अर्जुन के युद्ध-कौशल के वर्णन की ?...नहीं ! कदाचित् यह सब सायास ही था। यह सब सुनने के पश्चात् उत्तर यह बहाना नहीं बना सकता था कि बृहन्नला को सारथि के रूप में लेकर वह युद्ध करने नहीं जाएगा। ... बृहन्नला की चाल सैरंध्री की समझ में आ रही थी।

राजकुमार उत्तर ने कवच धारण किया और बृहन्नला को भी कवच पहनाया। बृहन्नला ने रथ में बैठ कर उल्टे-सीधे ढंग से वल्गा पकड़ ली। राजकुमार उत्तर ने अपना रथ शस्त्रास्त्रों से भर लिया था। शस्त्रास्त्रों की दृष्टि से उसका चयन दोषपूर्ण नहीं था। लगता था कि उसे शस्त्रों और उनके प्रयोग का ज्ञान तो था; बस मन में युद्ध का उत्साह ही नहीं था।

"चलें राजकुमार ! आपको भय तो नहीं लग रहा न ?" बृहन्नला ने पूछा।

"क्या कह रही हो बृहन्नले ! भय क्या होता है, यह तो मैंने आज तक जाना ही नहीं। रथ को कौरवों की ओर ले चलो।" उत्तर ने कहा, "आज मैं अकेला ही सारे कौरवों को युद्ध भूमि में सुलाकर ही लौटूँगा।"

उत्तरा, सुचरिता तथा शुभांगना ने उनके लिए शुभ कामना की, "जैसे खांडव-दाह में कुंतिपुत्र अर्जुन को सफलता हाथ लगी, वैसे ही आज का यह युद्ध राजकुमार उत्तर के लिए अभ्युदय का कारण हो।"

"बृहन्नले !" राजकुमारियों ने कहा, "लौटते हुए हमारी गुड़िया के लिए भीष्म और द्रोण के सुंदर-सुंदर महीन वस्त्र ले आना।"

"राजकुमार उनको पराजित कर देंगे तो मैं उनके सुंदर दुकूल तुम्हारी गुड़िया के लिए अवश्य लाऊँगी।"

बृहन्नला ने अश्वों को हाँका। रथ ने तत्काल गति पकड़ ली।

सुदेष्णा को सूचना मिली कि उत्तर कौरवों से युद्ध करने के लिए चला गया है, तो उसने चकित हो कर पूछा, "किंतु उसका सारथ्य कौन करेगा ?"

"बृहन्नला उसकी सारथि बन कर गई है।" परिचारिका ने बताया।

"वह नपुंसक बृहन्नला युद्ध में राजकुमार उत्तर का सारथ्य करेगी।" रानी ने सिर पीट लिया, "यह मूर्खतापूर्ण परामर्श उसे किसने दिया ?"

परिचारिका सहम गई, "महारानी ! सैरंध्री ने बताया था कि बृहन्नला ने किसी समय कुंतिपुत्र अर्जुन का सारथ्य किया था।"

"ओह मेरे ईश्वर !" रानी बोली, "पर उत्तर को यह तो समझना चाहिए था कि अर्जुन जैसे योद्धा के साथ सारथि हो न हो, उसका कोई कुछ नहीं बिगाड़ सकता; किंतु योद्धा उत्तर हो और सारथ्य बृहन्नला करे, तो उन्हें पराजित करने के लिए शत्रु को तनिक भी प्रयत्न नहीं करना पड़ता।"

और मन ही मन सुदेष्णा समझ रही थी कि सैरंध्री ने उससे अपने अपमान का प्रतिशोध ले लिया था।

56

बृहन्नला ने वल्गा को दो-चार बार उल्टा-सीधा किया। रथ के अश्व भी सारथि के अज्ञान के कारण कुछ अटपटाए। उत्तर यह सब देख कर हँसता रहा। वह अब भी पलट-पलट कर पीछे की ओर देख रहा था। ... किंतु अब राजप्रासाद पीछे छूट गया था। वहाँ न सुचरिता दिखाई दे रही थी और न ही शुभांगी। अब न वहाँ कोई उसकी वीरता देखने वाला था और न ही उसकी वीरता की चर्चा सुनने और करने वाला। अब तो उसका रथ था, रथ को हाँकने वाली सारथि थी और वह स्वयं था। उसका जैसे सारा मद उतर गया। जीवन का रस ही समाप्त हो गया।...

तब उसका ध्यान बृहन्नला की ओर गया। वह अब सन्नद्ध हो कर सारथि के आसन पर बैठी थी। उसके हाथों में वल्गा काँप नहीं रही थी। अश्वों को भी उसकी अनुभवहीनता से कोई असुविधा नहीं हो रही थी।...उत्तर ने एक प्रकार से नए सिरे से आँखें खोल कर सजग मन से देखा : बृहन्नला एक दक्ष सारथि के समान रथ-संचालन कर रही थी। अश्व जैसे हवा में उड़े जा रहे थे। वे लोग नगर प्राचीर को पार कर आए थे और श्मशान की ओर जाने वाले मार्ग पर आगे बढ़ते जा रहे थे।

"तुम कहाँ ले जा रही हो मुझे ?" सहसा उसने बृहन्नला से पूछा।

"जहाँ कौरवों की सेना खड़ी आपकी प्रतीक्षा कर रही है राजकुमार !" बृहन्नला ने उत्साहपूर्वक कहा, जैसे किसी बड़ी उपलब्धि की सूचना दे रही हो, "आपने कहा था न कि जहाँ कौरव हैं, मुझे वहीं ले चलो।"

"मैंने ऐसा कुछ कहा था क्या ?" उत्तर ने अपने-आपसे पूछा।

... उसे तनिक भी स्मरण नहीं था कि उसने ऐसा कुछ कहा था। कब कहा होगा ? ... उसकी आँखों के सम्मुख सुचरिता और शुभांगना के चेहरे तैर गए। वे सामने थीं, तो वह जाने क्या-क्या कह गया था। अब तो उसे कुछ स्मरण भी नहीं है।

"पर बृहन्नला ! हम वहाँ जाकर क्या करेंगे ?" उसने कुछ कंपित स्वर में पूछा।

"क्यों राजकुमार ! कौरवों ने आपके उत्तर गोष्ठों पर आक्रमण किया है। मैंने सुना है कि उन्होंने आपके गोष्ठों में आग लगा दी है। आपके सारे गोधन का भी हरण कर लिया है।" बृहन्नला ने कहा।

"मैं यह नहीं पूछ रहा हूँ कि उन्होंने क्या किया है।" उत्तर के स्वर में खीझ भी थी और घबराहट भी, "मैं पूछ रहा हूँ कि हम वहाँ जाकर क्या करेंगे।"

''आप उनसे युद्ध करेंगे राजकुमार !'' बृहन्नला ने कहा, ''उनसे अपना गोधन लौटाएँगे और उनसे उनकी दुष्टता का प्रतिशोध लेंगे। उन्हें उनके अपराधों के लिए दंडित करेंगे।''

उत्तर को लग रहा था कि उसका मुख सूख रहा था और उसके मन में कौरवों की सेना के निकट जाने का भी कोई उत्साह नहीं था। रथ में बैठे हुए भी उसकी टाँगें काँप रही थीं और उसे बृहन्नला पर क्रोध आ रहा था, जो रथ को उस दिशा में दौड़ाए लिए जा रही थी, जिधर कौरव सेना खड़ी थी।

''बृहन्नला ! तुम जानती भी हो कि कौरव सेना का अर्थ क्या है ? सुना भी है कि कौरव सेना में कौन-कौन से योद्धा इस समय आए हुए हैं और उनकी वीरता किस कोटि की है।... या तुम समझ रही हो कि तुम्हें नाचते देख कर वे अपने शस्त्र रख देंगे और तुम्हारे साथ तालियाँ बजाने लगेंगे ?''

''जानती क्यों नहीं।'' बृहन्नला बोली, ''सुना है भीष्म, द्रोण, कृपाचार्य, अश्वत्थामा, कर्ण तथा दुर्योधन आदि योद्धा आए हुए हैं।''

''और तुम समझती हो कि मेरे जैसा मूर्ख बालक, अपनी अनुभवहीनता के बाण मार मार कर उन्हें पराजित कर देगा।'' उत्तर का स्वर रुआँसा हो रहा था, ''मैंने तो ढंग से कोई युद्ध लड़ा ही नहीं है। शस्त्रों का भी कोई विशेष अभ्यास नहीं है। बस किसी प्रकार रथ-संचालन भर कर सकता हूँ।''

''पर आपने तो कहा था राजकुमार ! कि आप सारे कौरवों को पराजित कर उनके वस्त्र राजकुमारी की गुड़िया के लिए लाएँगे। ...''

''मूर्खा है तू तो।'' उसका स्वर काँप रहा था, ''वह सब तो मैंने उन लड़कियों को रिझाने की मूढ़ता में कहा था। तुम देख रही हो, मैं कितना भयभीत हूँ।''

''भय से तो काम नहीं चलेगा राजकुमार !''

''नहीं चलेगा तो न चले। काम चलाने के लिए मैं अपने प्राण दे दूँ।'' उत्तर ने कहा, ''मोड़ रथ को। हम नगर में वापस चलेंगे। पिता जी मुझे नगर की रक्षा के लिए छोड़ गए थे। नगर सूना पड़ा है और तुम मुझे मूर्खों के समान वहाँ सरिता तट की ओर लिए जा रही हो। लौटा रथ को।''

बृहन्नला ने रथ को नगर की ओर लौटाने की कोई तत्परता नहीं दिखाई, तो उत्तर बौखला गया, ''तू सुन नहीं रही बृहन्नला ! बहरी भी है क्या ? मैं कह रहा हूँ, रथ को नगर की ओर मोड़।''

''नगर सुरक्षित है राजकुमार ! कौरव सेना अभी नगर से बहुत दूर है। उनका लक्ष्य आपका नगर अधिकृत करना नहीं है।'' बृहन्नला ने कहा, ''उन्होंने तो गोष्ठों पर आक्रमण कर आपको चुनौती भेजी है और अब नगर से बाहर, कुछ दूरी पर अपनी सुविधा के स्थान पर व्यूहबद्ध खड़े होंगे। हमें वहीं जाकर उनसे युद्ध करना है।''

"बकवास मत कर !" उत्तर किसी अनियंत्रित आवेश के प्रभाव में चिल्लाया, "तुझे युद्ध करना है ? युद्ध तो मुझे ही करना है और मैं कह रहा हूँ कि नगर की ओर लौट चल। नपुंसकों में पुंसत्व तो नहीं होता, बुद्धि भी नहीं होती क्या ?"

"राजकुमार आप बिना लड़े ही लौट जाएँगे तो लोग क्या कहेंगे।"

"कुछ भी कहें लोग।" उत्तर बोला, "लोग कुछ ऐसा कहेंगे, इसलिए मैं अपने प्राण दे दूँ।"

श्मशान निकट आ गया था। रथ कुछ धीमा हुआ और उत्तर, रथ से कूद पड़ा, "मैं तो नगर में जा रहा हूँ। तू जाकर युद्ध कर ले कौरवों से।"

बृहन्नला को हँसी आ गई। राजकुमार सचमुच बहुत अधिक भयभीत हो गया था। पर वह उसे इस प्रकार लौट जाने तो नहीं दे सकती। बृहन्नला ने रथ रोक दिया। स्वयं भी रथ से कूदी और दौड़ कर राजकुमार को जा पकड़ा। उसने देखा, राजकुमार का सारा शरीर काँप रहा था। उसकी घिग्घी बँधी हुई थी।

"मुझे छोड़ दे बृहन्नला ! मैं पुरस्कार में तुझे अपने सारे आभूषण दे दूँगा।" उसने बड़ी कठिनाई से कहा और वह अचेत हो कर भूमि पर गिर पड़ा।

बृहन्नला ने उसे अपनी भुजाओं में उठाया और लाकर रथ में लेटा दिया। रथ में बैठ कर घोड़ों को हाँका और रथ शमी वृक्ष के निकट आकर खड़ा हो गया।

उसने देखा, उत्तर की चेतना कुछ-कुछ लौट आई थी किंतु भय के मारे वह पुनः अचेत हो सकता था।

"मैंने तुझे कहा है बृहन्नला कि मैं कौरवों से नहीं लड़ सकता। तू क्यों मेरी जान के पीछे पड़ी है।" वह किसी रोगी के समान धीरे से बोला।

"तुम युद्ध नहीं कर सकते राजकुमार ! सारथ्य तो कर सकते हो।" बृहन्नला बोली, "तुम सारथ्य करो। कौरवों से युद्ध मैं करूँगा।"

राजकुमार का मुख आश्चर्य से खुल गया, "तुम युद्ध करोगी, इसलिए पुरुषों के समान बोलने लगी हो।"

"पुरुष नपुंसकों के समान बोलेंगे तो नपुंसकों को पुरुषों के समान बोलना ही पड़ेगा।" बृहन्नला ने कहा, "अब उठो और जो कुछ मैं कह रहा हूँ, वह करो।"

राजकुमार की मूर्च्छा विलुप्त हो गई थी। वह आश्चर्य से बृहन्नला को देख रहा था। बृहन्नला की न केवल भाषा बदल गई थी, उसका तो सारा व्यक्तित्व ही बदल गया था। उसके चेहरे पर कैसी दृढ़ता थी, कैसा संकल्प। उसने अपनी वेणी उतार दी थी और अपने केशों को एक श्वेत वस्त्र से बाँध लिया था।

"तुम कौन हो ?" उत्तर अनायास ही पूछ बैठा।

"सब कुछ बताऊँगा।" बृहन्नला ने कहा, "पर जब तक मैं युद्धवेश धारण

करता हूँ, जो कह रहा हूँ, वह करो।"

उत्तर को लगा : उसके सम्मुख खड़ा व्यक्ति साधारण नहीं था। उसका व्यक्तित्व दुर्निवार था और उसका आदेश अलंघ्य।

"क्या करना होगा ?"

"इस शमी वृक्ष पर चढ़ जाओ। और ऊपर टँगे, श्वेत वस्त्र में लिपटे, हमारे शस्त्र उतार लाओ।"

"यह वृक्ष श्मशान में है। उसके आसपास अभिचार कर्म संपादित हुआ प्रतीत हो रहा है। उस पर एक शव भी टँगा हुआ है।" उत्तर बोला, "मैं राजकुमार हूँ। मैं इस प्रकार के अनाथ शवों का स्पर्श कर अपवित्र नहीं होना चाहता।"

"वह शव नही है राजकुमार ! वे हमारे शस्त्र हैं।" बृहन्नला ने बलपूर्वक कहा, "वृक्ष पर चढ़ो और शीघ्रतापूर्वक उन्हें उतार लाओ।" उसने रुक कर उत्तर को देखा, "उतारने को तो मैं भी उतार सकता हूँ; किंतु यदि मैं वृक्ष पर चढ़ा, तो तुम स्वयं भी भाग जाओगे और रथ को भी भगा कर ले जाओगे। संभव है, नदी में कूद कर अपने प्राण ही दे दो। तब रथ और सारथि के अभाव में मैं युद्ध नहीं कर पाऊँगा। मुझे दुर्योधन से युद्ध करना ही है और तुम्हारा गोधन भी लौटाना है। उसके बिना मैं विराटनगर नहीं लौट सकता। मैं अपनी शिष्याओं के परिहास का पात्र नहीं बनना चाहता।"

"तुम कौन हो ?" उत्तर का मुख आश्चर्य से खुला हुआ था।

"बताऊँगा तो तुम मेरा विश्वास नहीं करोगे। अभी इतना ही जान लो कि तुम्हारा, तुम्हारे परिवार का, तुम्हारे राज्य का मित्र हूँ। इसलिए हमारे शस्त्र उतार लाओ।" बृहन्नला ने कहा, "नहीं उतारोगे, तो वृक्ष पर मुझे चढ़ना पड़ेगा। पहले तुम्हें इस वृक्ष से बाँध दूँ, ताकि तुम पलायन कर कहीं अपने प्राण न दे दो।"

"नहीं !" उत्तर के मुख से अनायास ही निकल गया, "मुझे बाँधो मत। मैं वृक्ष पर चढ़ कर तुम्हारे शस्त्र उतारता हूँ।"

वह रथ से उतर आया और वृक्ष पर चढ़ने लगा।

उत्तर समझ नहीं पा रहा था कि वह बृहन्नला के इस नए रूप से प्रभावित था अथवा केवल भयभीत था; किंतु वह अभी उससे सहमत नहीं था। वृक्ष पर चढ़ते हुए भी उसके मन में सहस्रों शंकाएँ थीं। ... पता नहीं, यह कौन था। क्या चाहता था। कौरव महारथियों से अकेला युद्ध करने की तैयारी तो ऐसे कर रहा था, जैसे देवराज इंद्र हो, अथवा स्वयं अर्जुन हो।...और सहसा उत्तर के मन में एक नया विचार आया : यदि वह वृक्ष पर नहीं चढ़ता है तो यह बृहन्नला रूपी छद्मवेशी अवश्य ही उसे इस शमीवृक्ष से बाँध देगा। उत्तर उससे मुक्त नहीं हो सकेगा। वह उसकी शक्ति देख चुका है। वह एक छोटे से बालक के

समान, उत्तर को पकड़ कर उठा लाया था और रथ में डाल गया था।... इस से तो अच्छा है कि उत्तर वृक्ष पर चढ़ कर देखे कि उस वस्त्र में कोई अज्ञात शव लिपटा है, अथवा शस्त्र हैं, जैसा कि यह व्यक्ति कह रहा है। यदि उसमें शस्त्र हुए तो उत्तर उसको सच्चा मान लेगा। शस्त्र नहीं हुए तो वह अपनी रक्षा के लिए वृक्ष पर ऊँचा से ऊँचा चढ़ता जाएगा, जहाँ यह व्यक्ति उसे पकड़ न पाए।...

वस्त्र में लिपटे उस बड़े से आकार तक पहुँचने में उत्तर को विशेष कठिनाई नहीं हुई। उसने साहस कर उस वस्त्र को हटाया। उसके अंदर पत्तों का आवरण था, जो अब सूख गए थे। उन्हें हटाने के लिए उसे कोई विशेष प्रयत्न नहीं करना पड़ा।

पत्तों के हटते ही वह चकित रह गया : उसके सम्मुख जैसे कोई असाधारण शस्त्रागार था। कोदंड, खड्ग, गदा, शूल और बण। किसके थे ये शस्त्र। इनके सम्मुख तो उसके अपने शस्त्र खिलौने दिखाई पड़ते थे।

उत्तर ने वे शस्त्र नीचे उतार दिए।

बृहन्नला ने उसमें से एक कोदंड उठा कर उसकी प्रत्यंचा चढ़ाई।

"किसके हैं ये शस्त्र ?" उत्तर का स्वर अभिभूत था।

"पांडवों के।" बृहन्नला ने कहा।

"और पांडव कहाँ हैं ? वनवास के पश्चात् उन्हें अज्ञातवास के लिए जाना था।" उत्तर से पूछे बिना नहीं रहा गया।

"तुम्हारे यहाँ जो कंक के रूप में रह रहे हैं, वे युधिष्ठिर हैं।" बृहन्नला ने कहा, "तुम्हारा रसोइया बल्लव मध्यम पांडव भीम है। मैं अर्जुन हूँ। ग्रंथिक, नकुल है; और तंतिपाल, सहदेव है। समझ गए, हमने अपना अज्ञातवास तुम्हारे नगर में ही पूर्ण किया है।"

उत्तर को जैसे कुछ भी समझ में नहीं आ रहा था।...यह बृहन्नला अर्जुन है ? नृत्य और गायन में लगा रहने वाला नपुंसक, यह अर्जुन है ?

"क्या प्रमाण है इसका ?" उत्तर बोला, "मुझे तो विश्वास नहीं हो रहा।"

"इन शस्त्रों को रथ में रखो। हमें विलंब नहीं करना चाहिए, नहीं तो कौरव तुम्हारी गौवों को हाँक कर दूर ले जाएँगे।" अर्जुन ने कहा, "मेरे अर्जुन होने का जो प्रमाण माँगोगे, दूँगा।"

उत्तर ने शस्त्रों को रथ में रखने में अर्जुन की सहायता की।

"अब तुम रथ में सारथि का स्थान सँभालो।" अर्जुन ने कहा, "युद्ध मैं करूँगा। तुम्हें भय तो नहीं लगेगा ?"

उत्तर को स्मरण हो आया : अभी थोड़ी देर पहले ही तो वह रथ से कूद कर भागा था। वह युद्ध नहीं करना चाहता था। उसे भय लग रहा था। भय

ही क्या, उसे तो मूर्च्छा आ रही थी। पर अब...

वह कूद कर सारथि के आसन पर जा बैठा, "नहीं। भय क्या होता है, मुझे पता नहीं है। मेरा तो जैसे जन्म-जन्मांतरों से देखा गया, अपूर्ण स्वप्न पूरा हुआ है। वीरवर अर्जुन का सारथि बनना तो जाने कितने जन्मों के पुण्य का प्रभाव है।"

रथ चला तो उत्तर ने पूछा, "कौरव आपको पहचान नहीं जाएँगे ?"

"हमारे अज्ञातवास का काल पूरा हो गया है, इसलिए मैं तो स्वयं ही प्रकट हो रहा हूँ। अपने नाम की घोषणा कर दूँगा।" अर्जुन ने कहा।

"तो फिर इस साड़ी से भी मुक्त क्यों नहीं हो जाते ?"

"इस समय और कोई वस्त्र नहीं है।" अर्जुन ने कहा, "विलंब करने का भी कोई लाभ नहीं है।"

"तो फिर आपको कोई अर्जुन कैसे मानेगा ?"

"मेरा परिचय मेरा वेश अथवा मेरा परिधान नहीं है राजकुमार !" अर्जुन ने कहा, "मेरा परिचय मेरा गांडीव है। मेरा आचरण है। युद्ध में जब मेरे इस धनुष से बाण छूटेंगे, वे ही सबको मेरा परिचय देंगे।"

रथ ने वेग पकड़ लिया था।

"यदि आप अर्जुन हैं तो बताएँ कि आपके कितने नाम हैं ?" ज़ाम ने कहा।

"मेरे अर्जुन होने का प्रमाण चाहते हो ?"

"आपने कहा था कि प्रमाण देंगे, इसलिए पूछ रहा हूँ; अन्यथा आपका विश्वास कर लेता।" उत्तर ने कहा।

"मेरे दस नाम हैं—अर्जुन, फाल्गुन, जिष्णु, किरीटी, श्वेतवाहन, बीभत्सु, विजय, कृष्ण, सव्यसाची और धनंजय।"

"आप विजय क्यों कहलाते हैं ?"

"मैं अपने शत्रुओं को परास्त किए बिना कभी नहीं लौटता, इसलिए विजय कहलाता हूँ।"

"आप धनंजय क्यों कहलाते हैं ?"

"मैं अनेक देशों को जीतकर, उनसे कर रूप में केवल धन ले कर, धन के मध्य ही स्थित था, इसलिए मैं धनंजय कहलाया।" अर्जुन ने उसकी ओर देखा, "मेरे रथ के अश्व श्वेत होते हैं, इसलिए मैं श्वेतवाहन हूँ। मेरा जन्म उत्तर फाल्गुनी नक्षत्र में हुआ था, इसलिए मैं फाल्गुन कहलाता हूँ। वैजन्त ने मेरे सिर पर मुकुट रखा था, इसलिए मैं किरीटी कहलाता हूँ। युद्ध में मैं कोई बीभत्स कर्म नहीं करता, इसलिए मुझे बीभत्सु भी कहते हैं। मैं अपने दाएँ और बाएँ दोनों हाथों से गांडीव खींचता हूँ, इसलिए मेरा नाम सव्यसाची है। मैं सबके प्रति समभाव रखता हूँ, इसलिए अर्जुन हूँ। इंद्र का पुत्र हूँ, इसलिए जिष्णु कहलाता

हूँ। मेरा वर्ण श्यामल है और मैं लोगों के चित्त को आकर्षित कर लेता हूँ, इसलिए कृष्ण भी कहलाता हूँ।" अर्जुन ने रुक कर उसे पुनः देखा, "किंतु राजकुमार! नामों और उनका अर्थ जान लेना इस बात का पर्याप्त प्रमाण नहीं है कि मैं अर्जुन हूँ। वह तो अब तुम भी जानते हो, किंतु तुम अर्जुन नहीं हो। मेरा परिचय तो अब मेरा धनुष ही देगा।"

अर्जुन ने अपना शंख निकाला और उसे पूरे बल से फूँका।

उत्तर को लगा, उसने शंख की ऐसी ध्वनि पहले कभी नहीं सुनी थी। उसके कानों के पर्दे जैसे फट रहे थे; किंतु उसका उत्साह पहले से भी दोगुना हो गया था।

57

द्रोण के मन में अनेक व्यूह थे; किंतु भूमि पर उन्होंने अभी कोई व्यूह नहीं रचा था। वे सेनापति नहीं थे कि व्यूह का दायित्व उनका होता। समरभूमि में भीष्म उपस्थित थे, तो सेना का संचालन भी उनका ही अधिकार था।

वैसे भी वे अभी युद्ध के लिए तनिक भी गंभीर नहीं थे। उन्हें लग रहा था कि उनका मन अभी युद्ध के लिए रंच मात्र भी आतुर नहीं था। ...पर क्यों? जब वे एक सैनिक अभियान पर निकले हैं, तो वे युद्ध के लिए तत्पर क्यों नहीं हैं?? उनका मन इस 'क्यों' का उत्तर खोजने निकलता है, तो उन्हें लगता है, कि वह अपने ही विषय में अनेक प्रश्नों को ले कर उलझ जाता है। ...युद्ध के संदर्भ में क्या स्थिति है उनकी? कितना अनुभव है उनको वास्तविक युद्ध का? आज तक कितने युद्ध किए हैं उन्होंने?...नहीं! व्यक्तिगत रूप से उन्होंने आज तक किसी युद्ध में भाग नहीं लिया था। प्रशिक्षण देने तथा अपने शिष्यों की क्षमता का प्रदर्शन करने की बात और थी। वे शस्त्रों और व्यूहों के आचार्य थे; किंतु योद्धा की भूमिका उनके लिए एकदम नई थी।...उन्हें स्वयं युद्ध करने की कभी आवश्यकता ही नहीं पड़ी। वे द्रुपद से लड़ना चाहते थे, तो वह काम युधिष्ठिर तथा उसके भाइयों ने कर दिया था।...उसके पश्चात् उन्होंने कभी सोचा ही नहीं था कि उन्हें कभी वास्तविक युद्ध करना भी है। उन्होंने स्वयं को गुरु तथा युद्धाचार्य के अतिरिक्त कभी कुछ और समझा भी नहीं था। यह तो युधिष्ठिर के युवराज बनने के अवसर पर धृतराष्ट्र ने उन्हें सैन्य के प्रशिक्षण तथा संचालन-परामर्श का नया दायित्व दे दिया था। उसने ऐसा क्या सोच कर किया था, यह तो वही जाने; किंतु

द्रोण ने सोचा था कि इस से उनके हाथ में कुछ प्रशासनिक सत्ता आएगी। सत्ता की उनको आवश्यकता भी थी और वह उन्हें प्रिय भी लगने लगी थी। ... यदि वे उस नए पद तथा नए दायित्व को स्वीकार न करते तो आज भी दुर्योधन तथा उसके भाइयों के पुत्रों को धनुर्वेद पढ़ा रहे होते; अथवा हस्तिनापुर छोड़ कर किसी आश्रम में बैठे साधना कर रहे होते। संभव था कि अहिछत्र चले जाते और राज-धर्म का निर्वाह करने का प्रयत्न करते।... पर वह सब करने का क्या लाभ था ? उससे तो कहीं अच्छा था कि वे हस्तिनापुर जैसे शक्तिशाली राज्य की राजसभा में इस सम्मानित पद पर बैठे अपनी इच्छानुसार अपना विकास तथा अपने हितों की रक्षा करते रहते।

वे दुर्योधन के सेनापति तो थे नहीं कि युद्धों में उसकी सेनाओं का नेतृत्व करते। वे उसके गुरु थे; और सैन्य प्रशिक्षण एवं संचालन के लिए परामर्शदाता थे। दुर्योधन ने कभी उनके इस पद की चिंता नहीं की थी। कर्ण की तथाकथित दिग्विजय के समय उनको उस अधिकार का प्रयोग भी नहीं करने दिया गया था। ... तो फिर आज उन्हें दुर्योधन यहाँ क्यों ले आया है ? और वे क्यों आ गए हैं ? ...

दुर्योधन उन्हें यहाँ क्यों ले आया, यह तो वही जाने; किंतु वे क्यों चले आए ? क्या बाध्यता थी उनकी कि वे दुर्योधन के वेतनभोगी योद्धा के रूप में यहाँ खड़े हैं ? ... उन्हें लगता है कि कीचक के वध के समाचार के पश्चात् हस्तिनापुर में बहुत कुछ बदल गया था। जो व्यवहार तब दुर्योधन ने किया था, उसके पश्चात् उन्होंने अपने विषय में बहुत कुछ सोचा था। उन्हें सोचना पड़ा था ...

दुर्योधन के व्यवहार ने उसका दृष्टिकोण बहुत स्पष्ट कर दिया था। वह उन्हें अपना गुरु कहता था। उन्हें संबोधित करते हुए भी वह 'आचार्य' शब्द का प्रयोग करता था; किंतु उसके व्यवहार में कहीं यह भाव नहीं था कि वे उसके गुरु हैं, और वह उनकी आज्ञा के अधीन था। वह स्पष्टतः उन्हें राजा का एक कर्मचारी ही मानता था। उन्हें ही क्यों, वह तो अपने पितामह, देवव्रत भीष्म को भी अपना कर्मचारी ही मानता था। वह अपने मुख से ऐसे शब्द उच्चरित नहीं करता था; किंतु उसका अर्थ यह नहीं था कि वह यह कह नहीं सकता था। किसी भी दिन वह कह सकता था कि वे हस्तिनापुर राज्य के कर्मचारी थे। कुछ अधिक सम्मान प्रदर्शित करता तो 'राजपुरुष' कह सकता था। ऐसी किसी भी स्थिति में, उनसे राजा तथा युवराज की सारी आज्ञाओं का पालन अपेक्षित था। यदि वे ऐसा नहीं करना चाहते, तो उनके पास एक ही विकल्प था कि वे हस्तिनापुर छोड़ जाते। ...

उनके मन में सैकड़ों बार यह प्रश्न आया था कि क्या वे हस्तिनापुर छोड़

कर जाना चाहते हैं ? क्या वे हस्तिनापुर छोड़ कर जा सकते हैं ?...और प्रत्येक बार उनके मन ने निषेध में अपना सिर हिला दिया था।...

हस्तिनापुर में अब राज्य का संचालन भीष्म तथा विदुर की इच्छा से नहीं होता था। वहाँ का वास्तविक शासक तो दुर्योधन ही था; और दुर्योधन को प्रेरित करने वाले थे—कर्ण और शकुनि ! कई बार द्रोण अनुभव करते थे कि वे हस्तिनापुर में स्वतंत्र नहीं थे। उन पर जो बंधन थे, वे धर्म, सत्य, न्याय और नैतिकता के नहीं थे। वे दुर्योधन जैसे पापी के बंधन थे। कई बार तो उन्हें लगता था कि वे पिंजरे में बंद पक्षी के समान थे। पिंजरे में उनका दम घुट रहा था। वे अपने पंख फड़फड़ाना चाहते थे। पिंजरे को तोड़ कर खुले आकाश में उड़ जाना चाहते थे। ऐसे में यदि संभव होता तो वे हस्तिनापुर छोड़ देना ही पसंद करते। ... किंतु इतना तो वे जानते ही थे कि पिंजरे के बाहर खुला आकाश ही नहीं होता, आकाश में उड़ने वाले श्येन भी होते हैं। उनसे रक्षा करने का काम पिंजरा ही कर रहा होता है। पिंजरे के टूटते ही श्येन झपटते हैं।...हस्तिनापुर से बाहर द्रुपद उनकी प्रतीक्षा कर रहा था। धृष्टद्युम्न का संकल्प उनके हस्तिनापुर से निकलने की प्रतीक्षा में था। बहुत संभव है कि एकलव्य भी कहीं अपना कटा अंगूठा लिए उनकी प्रतीक्षा कर रहा हो। ...उनके लिए सबसे सुरक्षित स्थान पांडवों का राज्य होता; किंतु पहले तो अकेला युधिष्ठिर ही उनकी प्रतिशोध वृत्ति से सहमत नहीं था, और अब तो पांडवों की महारानी के रूप में द्रुपदपुत्री कृष्णा बैठी है। ... नहीं ! द्रोण के लिए कोई विकल्प नहीं है। ... उन्हें अपने लिए कदाचित् उतनी चिंता न भी होती, किंतु अश्वत्थामा ? यदि द्रुपद, धृष्टद्युम्न तथा शिखंडी ने अश्वत्थामा से प्रतिशोध लेना चाहा तो ?

द्रोण को हस्तिनापुर में ही रहना होगा। पांडवों को उनका राज्य वापस मिल जाए, तो भी द्रोण इंद्रप्रस्थ जाकर नहीं रह सकते। उन्हें हस्तिनापुर में ही रहना होगा; और दुर्योधन को अपना राजा भी मानना होगा। ...कीचक के वध का समाचार आने के पश्चात् हुई चर्चा में दुर्योधन ने एकदम स्पष्ट कर दिया था कि वह पांडवों का राज्य नहीं लौटाएगा। वह तो युद्ध की तैयारी कर रहा है। युद्ध तो होगा ही। ... उस स्थिति में क्या द्रोण युद्ध से तटस्थ रह पाएँगे ? दुर्योधन उन्हें युद्ध में सम्मिलित होने के लिए नहीं कहेगा ? वह द्रोण को व्यूह रचने का आदेश नहीं देगा ? युद्ध करने का आदेश नहीं देगा ?? ... पर क्या वे पांडवों को अपने हाथों से मार सकेंगे ? अपने अर्जुन को अपने ही बाणों से बींध सकेंगे ?... तो और विकल्प ही क्या है ? वे दुर्योधन और अर्जुन दोनों की रक्षा तो नहीं कर सकते। विशेषकर जब दुर्योधन उनकी रक्षा कर रहा हो; और अर्जुन उनके शत्रुओं के हाथों में खेल रहा हो। ... दुर्योधन के साथ रहेंगे, तो युद्ध तो उन्हें करना ही पड़ेगा। तब वे केवल आचार्य और गुरु नहीं रह पाएँगे।

...उन्हें योद्धा के रूप में समरभूमि में उतरने से पहले उस कार्य का थोड़ा अभ्यास भी कर लेना चाहिए। उन्हें युद्ध से भयभीत नहीं होना चाहिए। ... छोटे-छोटे युद्धों में सम्मिलित होना चाहिए। उस बड़े और वास्तविक युद्ध से पहले, कुछ छोटे और कम भयंकर युद्धों से उनको वास्तविक युद्ध में अपनी स्थिति का ज्ञान हो जाएगा।...

विराटनगर में वे किसी बड़े युद्ध की संभावना से नहीं आए थे। युद्ध की गंभीर तैयारी भी उन्हें नहीं लग रही थी। मत्स्यों से लड़ने के लिए विशेष तैयारी की आवश्यकता भी नहीं थी। ... वे लोग जानते ही थे कि उनसे एक दिन पूर्व त्रिगर्तों ने मत्स्यों पर आक्रमण किया है और मत्स्यराज अपनी सेना के साथ युद्ध करने गए हुए हैं। इस दृष्टि से विराटनगर में इस समय नगररक्षकों तथा राजपरिवार के अंगरक्षकों के अतिरिक्त और किसी को नहीं होना चाहिए। जब कोई होगा ही नहीं, तो युद्ध की स्थिति ही कैसे आएगी।... तो फिर व्यर्थ ही दिव्यास्त्र ढोने की क्या आवश्यकता थी ?...

उनके मन में यह बात स्पष्ट थी कि दुर्योधन भी किसी बड़े और गंभीर युद्ध की बात सोच कर नहीं आया था। वह तो मत्स्यों को पूरी तरह लूटना चाहता था। वह चाहता था कि मत्स्यों का सारा गोधन उसको मिल जाए। उसके पश्चात् मत्स्यों की भूमि को भी वह क्रमशः खंड-खंड कर, अपने तथा अपने मित्रों के राज्यों में मिला ले। ... पर शायद उसके लिए वह स्वयं युद्ध करना नहीं चाहता था। वह न अपने योद्धाओं को मरवाना चाहता था, न अपनी सेना को कटवाना चाहता था। वह चाहता था कि उसका यह युद्ध त्रिगर्त लड़ लें। मत्स्य दुर्बल हो जाएँ, और वह अपना मनोवांछित कर सके। ...

वे सब लोग प्रतीक्षा में खड़े थे कि विराटनगर में उनके द्वारा गोहरण का समाचार पहुँच ले और यदि वहाँ कोई सेना तथा योद्धा हो तो वह युद्ध के लिए नगर के बाहर निकल आए। नगर में प्रवेश करने की उनकी अभी कोई योजना नहीं थी। नगर में प्रवेश करने की सार्थकता तो तब थी, जब राजप्रासाद तथा राजसभा पर भी अधिकार करना हो। अब तक उन्हें ऐसा नहीं लगा था कि दुर्योधन की ऐसी कोई इच्छा थी। कीचक की मृत्यु के पश्चात् मत्स्यों की सेना की स्थिति बहुत दृढ़ नहीं रह गई थी। उससे तो दुर्योधन का कोई सेनापति, अथवा दुःशासन, विकर्ण या कर्ण कोई भी लड़ लेता और उन्हें पराजित कर, जो चाहता उसे प्राप्त कर लेता। ... ऐसे में भीष्म, कृप, अश्वत्थामा तथा उन्हें साथ लाने का क्या अर्थ था ? ... क्या दुर्योधन मत्स्यों से इतना भयभीत था कि वह अपने समस्त योद्धाओं को साथ लाए बिना यहाँ आने का साहस नहीं कर सकता था ? या वह अपने योद्धाओं की प्रदर्शनी लगा कर मत्स्यों को भयभीत कर देना चाहता था ... या ... वह उन सब योद्धाओं की, जिन्हें वह सीधे-सीधे अपना वेतनभोगी नहीं कह

सकता, अपने प्रति निष्ठा की परीक्षा लेना चाहता था ? क्या वह देखना चाहता था कि वे लोग पांडवों के साथ होने वाले आगामी युद्ध में उसका साथ देंगे अथवा नहीं। ... और पांडवों के साथ उसका युद्ध तो होना ही है ...परिवेश में चारों ओर उस युद्ध की गंध अभी से फैल रही थी। ...पर यह सब क्या था ?...एक ओर तो उन्हें लगता था कि हस्तिनापुर के समस्त योद्धाओं को अपने साथ लाने का अर्थ है कि दुर्योधन किसी बहुत बड़े युद्ध की भूमिका बाँध कर आया है; और दूसरी ओर उन्हें लगता है कि वे लोग तो युद्ध की गंभीर तैयारी के साथ आए ही नहीं हैं ? दुर्योधन को अपने लिए इस युद्ध में कोई गंभीर संकट दिखाई नहीं देता ?....पर क्या उसे यह संदेह नहीं है कि विराटनगर में कीचक का वध करने वाला व्यक्ति, मध्यम पांडव भीम ही है ? हाँ ! उसे यह संदेह है। तभी तो वह यहाँ आया है और उन सबको भी अपने साथ लाया है। क्या चाहता है वह ? मत्स्यराज तथा उनकी सेना यहाँ उपस्थित न हो और वह पांडवों को अकस्मात् पकड़ कर उन्हें चकित कर दे ? ... वह जानता है कि पांडव अपने सम्मुख भीष्म, द्रोण तथा कृपाचार्य को देख कर युद्ध नहीं करेंगे। वह जानता है कि उन लोगों के आदेशों की पांडव उपेक्षा नहीं करेंगे। ... तो क्या वे सब लोग पांडवों को फाँसने के लिए लासा के रूप में लाए गए हैं ? यदि उसका संदेह सत्य निकले, यदि पांडव विराटनगर में ही छिपे हुए हों, यदि मत्स्यराज की अनुपस्थिति में पांडव दुर्योधन से लड़ने आएँ, तो अपने सम्मुख अपने गुरुओं और अपने पितामह को देख कर, अपने शस्त्र डाल दें ? आत्मसमर्पण कर दें ? दुर्योधन के बंदी हो जाएँ, ताकि वह उनका वध कर सके, अथवा उन्हें पुनः दीर्घकाल के लिए वनों में भेज दे।...

तभी उन्हें लगा कि अकस्मात् ही सन्नाटा टूट गया है। दूर से किसी रथ के आने की ध्वनि आ रही थी। उसके चक्रों की ध्वनि गंभीर थी। वह साधारण रथ नहीं था, जिसमें यात्री एक स्थान से दूसरे स्थान के लिए यात्रा करते हैं। पर था वह एक ही रथ, इसलिए वह मत्स्यों की सेना नहीं हो सकती।

"कहीं यह मत्स्यों का कोई दूत तो नहीं आ रहा आचार्य ?" दुर्योधन ने उनकी ओर देखा।

"संभव तो है।" आचार्य ने कहा, "यदि उनको हमारे आक्रमण की सूचना मिल गई है और उनके पास युद्ध का सामर्थ्य नहीं है, तो वे संधि के लिए दूत भेज सकते हैं।"

"पर संधि नहीं होगी।" दुर्योधन ने जैसे आदेशात्मक स्वर में कहा, "आवश्यक हुआ तो गोधन के साथ-साथ दूत का भी हरण होगा। ..."

दुर्योधन की बात पूरी नहीं हुई। एक ओजस्वी शंखनाद ने जैसे उसे मध्य में ही मौन कर दिया। उसने आचार्य की ओर देखा। अन्य लोग भी उनके निकट

सिमट आए। केवल भीष्म ही थे, जो अपने रथ में बैठे कुछ सोचते रहे।

सहसा द्रोण के चेहरे पर समाधान का भाव जागा।

"यह कोई संधिदूत नहीं है दुर्योधन ! यह शंखनाद तो किसी योद्धा का है, जो हमें चुनौती देने आ रहा है।" द्रोण ने कहा।

"किंतु ध्वनि तो एक अकेले रथ की है। एक रथ पर कितनी बड़ी सेना आ रही है आचार्य ! जो हमारे इतने सारे अतिरथियों को चुनौती देगी ?" दुर्योधन हँस रहा था।

"यह भी तो संभव है भैया ! कि सेना पीछे आ रही हो।" दुःशासन के स्वर में एक प्रकार की चिंता थी।

"मेरा विचार है दुर्योधन ! कि तुम्हारा अनुमान सत्य सिद्ध हुआ है।" द्रोण बोले, "पांडव विराटनगर में ही अज्ञातवास कर रहे हैं।"

दुर्योधन ने चकित दृष्टि आचार्य पर डाली। उसे अपने वार्तालाप में उनका यह कथन पूर्णतः अप्रासंगिक लग रहा था।

"एक ही रथ आ रहा है। एकाकी। उसकी गति से यह नहीं लगता कि वह संधि-संदेश ला रहा हो। वह तो युद्ध की चुनौती दे रहा है।" द्रोण बोले; "और उसी का रथी यह शंखनाद कर रहा है। ऐसा साहस केवल एक योद्धा कर सकता है; और वह है अर्जुन।"

"अर्जुन !"

"हाँ अर्जुन। तुम जानते हो कि अकेला अर्जुन क्या कर सकता है। उसने अनेक युद्ध अकेले ही जय किए हैं। वह तुम्हारे सारे महारथियों और अतिरथियों से अकेला ही युद्ध करने का भी साहस कर सकता है।" द्रोण बोले, "तुम देख सकते हो कि उसका नाम सुन कर ही तुम्हारे सैनिकों और सेनानायकों के रोंगटे खड़े हो गए हैं; और उनका युद्ध का सारा उत्साह समाप्त हो गया है। मुझे तो तुम्हारी सारी सेना भयभीत दिखाई पड़ रही है।"

दुर्योधन की दृष्टि अपने निकट खड़े सारे लोगों पर घूम गई। दूर से आते रथ के पहियों की घरघराहट, उसके कानों में से होती हुई जैसे उसके मन में उतर ही नहीं गई, उसे मथने भी लगी।

"युद्ध नहीं होगा तो न हो। हम कौन यहाँ युद्ध करने आए हैं। हम जानते हैं कि त्रिगर्तों ने दक्षिण के गोष्ठों पर आक्रमण किया है और मत्स्यराज अपनी सेना के साथ उनसे युद्ध करने गए हैं।" दुर्योधन बोला, "और यदि वह अर्जुन ही आ रहा है, तो घबराने की क्या बात है। आने दीजिए उसे। अभी उनका अज्ञातवास चल रहा है। यदि वह हमारे सम्मुख आ जाएगा तो हम पांडवों को फिर से तेरह वर्षों के लिए वनवास दे देंगे।"

"तुम कहते रहो कि अभी उनका अज्ञातवास समाप्त नहीं हुआ है; किंतु

किसी भी गणित से उनका अज्ञातवास पूर्ण हो चुका है। इसलिए धर्मतः तो तुम उन्हें अब वनवास दे नहीं सकते।" द्रोण बोले, "तुम कहते हो कि तुम कौन सा उन से युद्ध करने आए हो। संभव है कि वह भी तुमसे युद्ध करने न आ रहा हो। पर मत्स्यों की उन गौओं को तो, जो तुमने अपने अधिकार में कर ली हैं, वह छीन कर ले ही जाएगा। इसलिए मेरी बात मानो। तुम गौवों को ले कर हस्तिनापुर की ओर शीघ्रता से प्रस्थान करो। शेष सेना व्यूहबद्ध हो कर खड़ी हो जाए; और शत्रुओं पर प्रहार करने की तैयारी करे।"

दुर्योधन को आचार्य की बात मान्य नहीं लगी। अर्जुन को इस प्रकार सम्मुख देख कर वह रणक्षेत्र छोड़ कर कायरों के समान भाग नहीं सकता। ... किंतु वह उससे द्वैरथ युद्ध भी नहीं करना चाहता। ... उसे द्वैरथ की आवश्यकता ही क्या है। उसके साथ इतने महारथी किसलिए आए हैं। इतने सेनानायकों, महारथियों तथा अतिरथियों के होते हुए यदि राजा दुर्योधन को ही युद्ध करना पड़े तो वह राजा किस बात का है।

"मैं जानता हूँ कि एक रथ आ रहा है। संभव है कि उसमें अर्जुन ही हो; पर उससे हमारी सेना भयभीत क्यों है।" वह क्रुद्ध स्वर में बोला, "हमारे महारथी भ्रांत चित्त हो चुपचाप क्यों बैठे हैं। शत्रु आएगा तो युद्ध तो करना ही होगा। कोई कौरवों से उनकी संपत्ति छीन कर भाग जाए तो हम चुपचाप नहीं बैठेंगे।..." वह रुका और फिर जैसे द्विगुणित क्रोध से बोला, "कोई यह न समझे कि जो युद्ध से भाग जाएगा, वह सुरक्षित अपने घर पहुँच जाएगा; जो युद्धक्षेत्र छोड़ कर पलायन करेगा, वह मेरे बाणों से मारा जाएगा। युद्ध में तो फिर भी कोई जीवित बच सकता है; किंतु युद्ध से भागने वाले के लिए निश्चित मृत्यु है। ..."

द्रोण का मुख जैसे कड़वा हो गया। किसे धमका रहा है दुर्योधन ? वह तो कहेगा कि उसने यह बात साधारण सैनिकों के लिए कही है; किंतु द्रोण समझ सकते हैं कि वह ये धमकियाँ किसे दे रहा है। वह समझता है कि पांडवों को सामने देख कर द्रोण भाग जाएँगे ? द्रोण को युद्ध छोड़ कर भागने की क्या आवश्यकता है। अर्जुन उनका शिष्य है। वह अपना कितना भी विकास कर ले; किंतु वह उनसे तो अधिक समर्थ नहीं हो सकता। ... और यदि ऐसा हो भी जाए, तो वे जानते हैं कि वे युद्धक्षेत्र में उसके सामने जाकर खड़े हो जाएँगे, तो भी वह उन पर प्रहार नहीं करेगा। अर्जुन उनका वध नहीं कर सकता। वे अर्जुन को भी जानते हैं और दुर्योधन को भी।

द्रोण कुछ कहने की सोच ही रहे थे कि कर्ण तड़प कर बोला, "युवराज ! तुम अपने इन आचार्य द्रोण को तो अपने स्कंधावार में ही छोड़ आओ अथवा अपनी सेना में पीछे की ओर कहीं नियुक्त कर दो।"

"क्यों ? क्यों ?? ऐसी क्या बात है ?" दुःशासन ने पूछा।

"आचार्य को पांडवों से इतना प्रेम है कि यह उनके विरुद्ध तुम्हारी सेना का कभी नेतृत्व कर ही नहीं सकते।" कर्ण बोला, "मुझे तो लगता है कि पांडवों ने जान-बूझ कर इन्हें हस्तिनापुर में छोड़ रखा है, ताकि ये तुम लोगों को हतोत्साहित करने के लिए उनकी प्रशंसा करते रहें।"

द्रोण सुन रहे थे कि कर्ण क्या कह रहा था। उन्हें स्मरण था कि वर्षों पहले वह भी, उनके पास शिष्य रूप में शस्त्र शिक्षा के लिए आया था। उन्होंने उसे स्वीकार नहीं किया था। ...यह तब से ही उनके विरुद्ध अपने मन में विष पाल रहा है। उनके विरुद्ध ही नहीं, उन सबके विरुद्ध, जिनसे वे प्रेम करते हैं, जो उन्हें प्रिय हैं। ...यह व्यक्ति किसी का सम्मान नहीं कर सकता। यह किसी से प्रेम नहीं करता। यह केवल अपने अहंकार से प्रेम करता है। ... जिस आचार्य द्रोण को कुरुश्रेष्ठ भीष्म भी सम्माननीय मानते हैं, उनकी चर्चा यह इस प्रकार कर रहा है...

"व्यूह रचना के पहले सोच लो युवराज ! ग्रीष्म ऋतु है। हमारे सैनिक यहाँ के तप्त पवन से व्याकुल हैं। हम शत्रुओं के राज्य में हैं। और द्रोण को हम से द्वेष तथा अर्जुन से प्रेम है। ये अर्जुन की प्रशंसा कर हमारी सारी सेना को हताश कर देंगे।" कर्ण पुनः बोला, "वैसे भी इन्हें युद्ध का अनुभव ही क्या है ? गुरुकुल में बच्चों को बाण चलाना सिखाने से ही तो युद्ध का अनुभव नहीं हो जाता। आचार्यों से तो बस सैद्धांतिक चर्चा करवा लो, प्रवचन करवा लो, व्याख्या करवा लो। युद्ध इत्यादि उनके वश का नहीं है।"

दुर्योधन अपने मित्र की बात सुन रहा था; किंतु उसकी दृष्टि आचार्य के चेहरे को भी पढ़ रही थी। आचार्य को कर्ण की ये सारी बातें किसी भी प्रकार अच्छी नहीं लग सकती थीं। कृपाचार्य का भाव भी प्रसन्नता का नहीं था; और अश्वत्थामा के तेवर भी बिगड़ने लगे थे। किंतु कर्ण का उनमें से किसी की ओर भी ध्यान नहीं था।...अथवा उसे उनमें से किसी की भी चिंता नहीं थी।...

"यदि अर्जुन इनको इतना ही महाकाल दिखाई देता है अपने लिए, तो कोई न करे युद्ध। मैं अकेला ही देख लूँगा अर्जुन और उसके भाइयों को।" कर्ण बोला, "कौरव तथा उनके आचार्य, मत्स्यों से छीना हुआ गोधन ले कर हस्तिनापुर लौट जाएँ। एक सैनिक भी नहीं चाहिए मुझे। मैं अकेला ही पांडवों को परास्त कर, विराटनगर की सारी संपदा जीत कर, हस्तिनापुर आऊँगा और युवराज दुर्योधन के चरणों में अनमोल मणि-माणिक्यों के साथ-साथ रज्जू में बँधे हुए पाँच दास और एक दासी भेंट करूँगा।"

कर्ण कदाचित् और भी बहुत कुछ कहता; किंतु तब तक कृपाचार्य आगे बढ़ आए थे। उन्होंने कर्ण पर एक तीखी दृष्टि डाली, "राधापुत्र ! तुम्हें युद्ध

के औचित्य अथवा अनौचित्य का कुछ भी ज्ञान नहीं है। तुम न कार्य को समझते हो न कार्य के परिणाम को। तुम तो केवल क्रूरता को जानते हो। यह भूल जाते हो कि युद्ध वहीं करना चाहिए, जहाँ वह अत्यंत आवश्यक हो। अनावश्यक युद्ध की कोई सार्थकता नहीं है। पांडवों को हमने पहले ही अन्यायपूर्वक तेरह वर्षों तक उनके राज्य से वंचित रखा है। अब उनके साथ फिर एक बार अत्याचार करना पाप है। हम अर्जुन से केवल इसलिए युद्ध नहीं कर सकते, क्योंकि एक रथ बनाने वाले सूत के हाथों में धनुष आ गया है और उसकी इच्छा जिस-तिस से जूझने की होती रहती है। उसका मस्तिष्क भ्रष्ट हो गया है। उस विक्षिप्त के रोग का उपचार किसी वैद्य से होना चाहिए। वह युद्ध की आवश्यकता और अनावश्यकता का चिंतन करने योग्य नहीं है।" वे दुर्योधन की ओर घूमे, "हम में से किसी को भी अकेले जाकर अर्जुन से भिड़ने की आवश्यकता नहीं है। ...यदि लड़ना ही है तो उपयुक्त व्यूह की रचना कर सब मिल कर युद्ध करें। यदि हम छह महारथी मिल कर युद्ध करें तो कदाचित् हम अर्जुन से युवराज को बचा सकें।"

दुर्योधन को कुछ संतोष हुआ। कृपाचार्य ने सारे विरोध के पश्चात् भी युद्ध के पक्ष में अपना मत दे दिया था। नहीं तो कर्ण की बात से रुष्ट हो, वे युद्ध का विरोध भी कर सकते थे; और युद्धक्षेत्र छोड़ कर जा भी सकते थे।

"कर्ण ! न तो अभी हमने मत्स्यों की गौवों को जीता है, न हम मत्स्यों की सीमाओं से बाहर निकले हैं, न हम हस्तिनापुर की सीमाओं में सुरक्षित पहुँच गए हैं, तो तुम इतनी बकवाद क्यों कर रहे हो। सैकड़ों युद्ध जीत कर विश्व भर से अपनी शक्ति का लोहा मनवा कर भी कोई वीर इस प्रकार प्रलाप नहीं करता, जिस प्रकार तुम कर रहे हो। तुम्हें आत्मप्रशंसा का रोग हो गया है। मातुल ने ठीक ही कहा है, किसी अच्छे आयुर्वेदाचार्य से तुम्हारे मस्तिष्क का उपचार होना चाहिए। " अश्वत्थामा ने घूम कर दुर्योधन की ओर देखा, "और युवराज ! तुम सुनते रहते हो कि तुम्हारा परमप्रिय मित्र क्या कह रहा है। उसमें शालीनता, विनय और शिष्टाचार नहीं है, तो तुम में तो है। तुम्हें तो देखना चाहिए कि वह तुम्हारे गुरु का अपमान कर रहा है। तुम उसे रोकते नहीं हो और वह तुम्हारा अवलंब पा कर सबके सिर पर नाचना अपना अधिकार मानता जा रहा है। द्यूत में किसी का राज्य जीतना न तो वस्तुतः राज्य जीतना है, न किसी को उससे संतोष होता है। ऐसा संतोष तो तुम जैसे मूर्ख को ही हो सकता है युवराज ! तुमने अथवा तुम्हारे इस मित्र ने पांडवों में से किसी एक भाई को भी कभी द्वन्द्व युद्ध में जीता है ? इंद्रप्रस्थ का राज्य तुमने पांडवों को युद्ध में पराजित कर जीता है ? तुम लोगों ने निर्दोष द्रुपदपुत्री कृष्णा को जिस प्रकार रजस्वला और एकवस्त्रा होने पर भी केशों से घसीट कर सभा के सम्मुख प्रस्तुत कर दिया

था, उसका प्रतिशोध लेने पार्थ अर्जुन आ रहा है। अब तुम लड़ लो उससे, या तुम्हारा यह अहंकारी मित्र लड़ ले। जिसने द्यूत खेला था, तुम्हारा वह मातुल लड़ ले। हम तो मत्स्यों से युद्ध करने आए हैं, मत्स्यों से ही युद्ध करेंगे। अर्जुन से मैं तो युद्ध नहीं करूँगा।''

दुर्योधन ने सब कुछ शांत भाव से सुन लिया। अश्वत्थामा द्वारा स्वयं को मूर्ख कहा जाना भी सहन कर लिया। वह जानता था कि कर्ण ने जो कुछ कहा था, उसको सुन कर अश्वत्थामा की विस्फोटक प्रतिक्रिया हो सकती है। वही हुआ था। अब यदि कर्ण ने पुनः कुछ कहा तो बात और भी बिगड़ सकती है। संभव है कि अर्जुन से लड़ने के स्थान पर ये लोग परस्पर ही लड़ पड़ें। दुर्योधन को इस समय यहाँ अश्वत्थामा को रुष्ट करना बहुत महँगा पड़ेगा। अश्वत्थामा को रुष्ट करने का अर्थ है, आचार्य द्रोण तथा कृपाचार्य को भी रुष्ट करना। अर्जुन की उन तीनों से तो कोई शत्रुता है नहीं। कहीं वे लोग एकजुट हो कर, उसके विरुद्ध अपना एक पक्ष न बना लें। उसका इतने दिनों तक द्रोण और उसके परिवार को पालना व्यर्थ ही न हो जाए।

दुर्योधन का एक मन हो रहा था कि वह तत्काल आचार्य से क्षमा माँग ले। उनके संतोष के लिए कर्ण को डाँटने का नाटक भी कर दे। ... किंतु उसका अपना ही मन एक अन्य प्रस्ताव भी रख रहा था। ... वह देखे तो सही कि ऐसे किसी संकट के काल में आचार्य की दुर्योधन के प्रति कितनी निष्ठा है; और अर्जुन का उनके प्रति कितना प्रेम है। ...

भीष्म बहुत देर से आत्मलीन से अपने रथ में बैठे थे। ...उनको स्वयं ही लगने लगा था कि उनकी अवस्था इतनी हो गई थी कि उनमें अब युद्ध के लिए उत्साह नहीं जागता था। इस समय भी, जब वे एक प्रकार से युद्धक्षेत्र में खड़े, शत्रु के आक्रमण की प्रतीक्षा कर रहे थे, उन्हें युद्ध संबंधी किसी प्रकार के उत्साह अथवा आवेश का अनुभव नहीं हो रहा था। ... जब कीचक के वध का समाचार मिला था, तो उनके मन में भी आया था कि संभवतः यह भीम का ही काम हो। ... किंतु एक और विचार भी था उनके मन में। वह मत्स्यराज विराट का कोई षड्यंत्र भी तो हो सकता था। कीचक का कोई अन्य शक्तिशाली शत्रु भी हो सकता था। ... दुर्योधन का क्या था। उसके मन में तो एक ही चिंता थी कि पांडव अपना अज्ञातवास सफलतापूर्वक पूरा कर लौट आएँगे, तो उसे उनका राज्य लौटाना पड़ेगा। उसे एक प्रकार का ज्वर चढ़ा हुआ था, जिसमें चारों ओर पांडव ही पांडव दिखाई देते थे। ...

भीष्म ने इस घटना और उसके विषय में सोचा अवश्य था किंतु उनमें

किसी प्रकार की सक्रियता नहीं आई थी। ... उसका कोई कारण भी नहीं था। ... किंतु जब उन्हें ज्ञात हुआ कि त्रिगर्तों को भेजने के पश्चात् दुर्योधन स्वयं भी मत्स्यों के गोष्ठों पर आक्रमण करने जा रहा है, तो वे निष्क्रिय नहीं रह सके। ... दुर्योधन नहीं सोचता था, किंतु उनके मन में यह बात थी कि यदि भीम ने ही कीचक का वध किया है; और पांडव विराटनगर में छिपे हुए हैं, तो त्रिगर्तों और कौरवों के आक्रमण के कारण पांडव विराट की सहायता के लिए अवश्य आएँगे। ... दुर्योधन तो यह मानता था कि यदि पांडव सम्मुख आ जाएँगे, तो वह और उसका मित्र कर्ण उन सबका वध कर देंगे। ... और यदि ऐसा नहीं हो सका तो वह उनको पकड़ लेगा कि वे अपने अज्ञातवास में पहचान लिए गए हैं। ...पर जो बात उसकी कल्पना में भी नहीं आती थी, वह भीष्म को सोने नहीं देती थी। ... यह सुनने के लिए कि उनके पौत्रों ने युद्ध में एक-दूसरे का वध कर दिया है, भीष्म हस्तिनापुर में अपने प्रासाद में बैठे नहीं रह सकते थे। ... यह भी तो संभव था कि कीचक को मारने वाला कोई और हो, जिसकी शक्ति का अनुमान दुर्योधन को नहीं था; और पांडवों के प्रति अपने द्वेष के कारण वह और कुछ जानना भी नहीं चाहता था। ऐसी स्थिति में दुर्योधन की रक्षा कौन करेगा ? कर्ण ? कर्ण समर-भूमि में तभी तक टिक सकता था, जब तक उसकी विजय हो रही हो। उसके प्राणों पर संकट आया और वह भागा। घोष-यात्रा के अवसर पर भी उसने दुर्योधन के प्राणों की चिंता नहीं की थी। ...

यह तो बहुत अच्छा हुआ कि दुर्योधन ने उन से भी साथ चलने का आग्रह किया; अन्यथा उन्हें किसी अन्य व्याज से, साथ आने का प्रबंध करना ही पड़ता। ... हस्तिनापुर से तो यह मूर्ख सबको साथ ले कर चला था; किंतु यहाँ आकर विभाजित सेना के मध्य खड़ा है और समझ नहीं पा रहा कि उसने कर्ण को अनुशासित नहीं किया तो बहुत संभव है कि इसी क्षेत्र में अश्वत्थामा और कर्ण का द्वैरथ युद्ध हो। ... ऐसी स्थिति में यदि कहीं कर्ण ने अश्वत्थामा को कोई हानि पहुँचाई, तो द्रोण और कृपाचार्य कर्ण का ही नहीं, दुर्योधन का भी वध कर सकते हैं। ... यह दुर्योधन इतना मूर्ख क्यों है ? यह समझता नहीं कि योद्धा को अपने ही घातक शस्त्रों से सावधान रहना पड़ता है। असावधानी के कारण उसके अपने ही शस्त्र उसके प्राण ले सकते हैं। ... दुर्योधन को अपने इन शक्तिशाली शस्त्रों के प्रति अपने व्यवहार में सावधान रहना होगा।...

और तब भीष्म ने सारी चर्चा अपने हाथ में ले ली, "यह आपसी भेद का समय नहीं है। शत्रु किसी सेना का नाश उतनी शीघ्रता से नहीं कर सकता, जितनी शीघ्रता से उसका अपना विभाजन कर सकता है।"

"आचार्य ने अर्जुन की प्रशंसा अपनी सेना में भेद उत्पन्न करने के लिए नहीं की थी।" अश्वत्थामा वैसे ही तड़प कर बोला, "शिष्य भी संतान के समान

ही प्रिय होता है; और अर्जुन जैसे शिष्य पर किस गुरु को गर्व नहीं होगा। आचार्य ने उसकी प्रशंसा कर दी तो किसी को यह अधिकार नहीं मिल जाता कि वह उनका इस प्रकार अपमान करे। पूज्य-पूजन अपराध नहीं है।"

"तुम सत्य कह रहे हो गुरुपुत्र ! मैं तुमसे सहमत हूँ।" भीष्म बोले, "मैं कृपाचार्य से भी सहमत हूँ कि अनावश्यक युद्ध संसार का क्रूरतम और सर्वाधिक जघन्य अपराध है। आचार्य द्रोण का कथन भी पूर्णतः सत्य है कि अर्जुन अकेला ही हम सबसे युद्ध कर सकता है। ..."

"पितामह ! युद्ध की आवश्यकता ही क्या है ?" दुर्योधन बोला, 'अर्जुन के सम्मुख आते ही उनकी प्रतिज्ञा भंग हो जाएगी। अज्ञातवास में पहचाने जाने के कारण उन्हें फिर से वनवास करना होगा। बस हम सब मिल कर उसे पकड़ भर लें।..."

"मूर्ख हो तुम !" भीष्म ने उसे डाँट दिया, "उनके अज्ञातवास की अवधि समाप्त हो चुकी है। एक प्रकार से उससे भी पाँच मास ऊपर हो गए हैं।"

"ऐसा होता तो वे पाँच मास पहले ही प्रकट हो चुके होते।" दुर्योधन बोला।

"हो तो जाते; किंतु इतनी बात तो वे भी समझते ही हैं कि तुम अधिमास का बहाना ले कर उन्हें पुनः वन में भेजने का प्रयत्न करोगे।" भीष्म कुछ थम कर बोले, "मैं भी नहीं चाहता कि तुम लोगों में युद्ध हो; और मैं जानता हूँ कि अर्जुन भी युद्ध-लोलुप नहीं है। मेरी बात मानो, तुम उनका राज्य उन्हें दे कर युद्ध के बिना ही संधि कर लो।"

"राज्य तो मैं किसी भी स्थिति में नहीं लौटाऊँगा पितामह ! वे एक नहीं छत्तीस अज्ञातवास पूरे कर लें।" दुर्योधन को भीष्म के प्रस्ताव पर विचार करने की कोई आवश्यकता ही नहीं लगी।

लगा, भीष्म दुर्योधन को जोर का थप्पड़ मार देंगे। उनका चेहरा तमतमा आया था और आँखें रक्तिम हो उठी थीं। ... किंतु वे अपना क्रोध पी गए।

"तो फिर युद्ध के अतिरिक्त कोई उपाय नहीं है।" भीष्म बोले, 'किंतु युद्ध विभाजित सेना से नहीं हो सकता।"

"आचार्य मुझे क्षमा करें।" दुर्योधन ने तत्काल पाला बदल लिया, "वह कर्ण की मूर्खता थी कि उसने आचार्य की आलोचना की।" दुर्योधन ने कर्ण की ओर देखा और झुक कर द्रोण के चरण पकड़ लिए, "गुरुदेव ! अपने इस मूर्ख शिष्य को क्षमा करें।"

दुर्योधन की इच्छा को समझ कर्ण ने भी हाथ जोड़ दिए, "आचार्य क्षमा करें। मैंने अपने आवेश में जो कुछ कह दिया, उस पर मैंने विशेष विचार नहीं किया था। मैं अपने किए पर लज्जित हूँ।"

द्रोण का मन विशेष उल्लसित नहीं था, किंतु उस पर से एक भारी बोझ

हट गया। बोले, "तो फिर हम सब मिल कर ऐसे व्यूह की रचना करें, जिससे अर्जुन किसी भी प्रकार राजा दुर्योधन के निकट न पहुँच सके। राजा की रक्षा सबसे अधिक महत्त्वपूर्ण काम है।"

भीष्म ने देखा : द्रोण भी प्रायः वही सोच रहे थे, जो उनके मन में था। वे दुर्योधन को अर्जुन के हाथों मरने नहीं देंगे। ... और दुर्योधन तो अर्जुन को मार सकता ही नहीं है।

"तो फिर तुम ऐसा करो दुर्योधन ! एक चौथाई सेना अपने साथ ले कर तत्काल हस्तिनापुर लौट जाओ। एक चौथाई सेना के साथ मत्स्यों का गोधन दक्षिण दिशा से हस्तिनापुर भेज दो। आधी सेना के साथ हम लोग यहाँ अर्जुन को रोकने का प्रयत्न करेंगे।" भीष्म ने दूसरा प्रस्ताव रखा।

दुर्योधन ने कर्ण की ओर देखा : कर्ण के चेहरे पर किसी प्रकार की कोई प्रतिक्रिया नहीं थी। द्रोण, कृप तथा अश्वत्थामा प्रस्ताव से सहमत लगे। ... तो क्या करे दुर्योधन ? समरभूमि छोड़ कर जाने की उसकी इच्छा नहीं थी। वह अर्जुन का वध अपने हाथों से न भी कर सके तो वह उसे अपने नेत्रों से मरते देखना चाहता था। ... पर भीष्म के प्रस्ताव से सहमत होने वालों का अभिप्राय उसकी समझ में आ रहा था। वे लोग स्वयं को अर्जुन से उसकी रक्षा करने में असमर्थ मान रहे थे।... और आचार्य तथा उनके पुत्र का क्या भरोसा है। किसी के विरुद्ध भी मन में गाँठ बाँध लेंगे, तो उसे द्रुपद के समान अपना शत्रु मान लेंगे। यदि उन्होंने कहीं अर्जुन के विरुद्ध मन से युद्ध न किया तो ? अश्वत्थामा कह ही चुका है कि वह अर्जुन से युद्ध नहीं करेगा। ...ऐसे में तो मत्स्यों की लूटी हुई गौओं के भी हाथ से निकल जाने की आशंका थी।

"तुम सुरक्षित हस्तिनापुर पहुँचो मित्र ! इस अर्जुन को तो मैं देख लूँगा।" कर्ण ने धीरे से कहा।

दुर्योधन सहमत हो गया। उसका मन निरंतर चिल्ला रहा था... इस अश्वत्थामा का कोई भरोसा नहीं है। वह अपने पिता के अपमान के कारण कर्ण से रुष्ट था। कर्ण से रुष्ट होने के कारण वह उसके मित्र दुर्योधन से भी प्रसन्न नहीं था। वह उसे मूर्ख कह ही चुका था।... वह अपने प्रतिशोध में पशु हो सकता है। वह उनका साथ छोड़ सकता है; और जिधर वह होगा, उसके पिता और मातुल भी उसी ओर होंगे।

दुर्योधन और अपहरित गोधन को सेना के साथ हस्तिनापुर की ओर भेज कर भीष्म बोले, "हम वज्रगर्भ, व्रीहिमुख तथा अर्धचक्रांत मंडल व्यूहों की रचना करेंगे। आचार्य मध्य में रहें। सेना के वाम भाग की रक्षा अश्वत्थामा करे। दक्षिण पक्ष

की रक्षा कृपाचार्य करें। कर्ण सेना के सम्मुख होगा और मैं पृष्ठ भाग में रह कर सेना की रक्षा करूँगा।"

कर्ण समझ नहीं पाया कि वह प्रसन्न है अथवा खिन्न। वह प्रसन्न था कि वह अर्जुन से युद्ध करने वाली सेना के अग्रिम भाग में था। युद्ध का सबसे अधिक अवसर उसी को मिलेगा। ... पर वह एक प्रकार की अनाम सी खिन्नता का अनुभव भी कर रहा था। ... इस भीष्म ने सबसे अधिक संकट का स्थान उसे ही दिया था। मरे तो वह मरे। द्रोण को मध्य में खड़ा कर सुरक्षित कर दिया था और स्वयं तो सारी सेना के पीछे छिप कर खड़ा हो गया था। कर्ण ने द्रोण का अपमान करने के लिए कहा था कि दुर्योधन द्रोण को सेना के पिछले भाग में रखे, ताकि वह शत्रु से मिल न सके, कोई महत्त्वपूर्ण निर्णय न कर सके; किंतु भीष्म ने तो स्वयं अपनी इच्छा से सेना के पीछे रहने का निर्णय किया था। क्यों ? इसलिए कि वह स्वयं सुरक्षित रहे, अथवा इसलिए कि वह अर्जुन से युद्ध करने से बच जाए, उसे अर्जुन का वध न करना पड़े। वह अपनी रक्षा कर रहा था अथवा अर्जुन की ?? इस समय दुर्योधन भी यहाँ नहीं था कि कोई भीष्म का विरोध कर सकता। ... ये दोनों ही वृद्ध अत्यंत षड्यंत्रकारी हैं। इन दोनों का ही कोई भरोसा नहीं है...

58

अर्जुन ने उत्तर को संकेत किया, "रुक जाओ राजकुमार !"

उत्तर ने रथ रोक दिया। अर्जुन ने अनुभव किया कि उत्तर वैसे चाहे भीरु रहा हो... और भीरु भी क्यों, इतने सारे कौरव महारथियों को देख कर तो बड़े-बड़ों के छक्के छूट जाते... उत्तर की तो अभी अवस्था और युद्ध का अनुभव ही क्या था... किंतु उसका रथ संचालन पर्याप्त दक्षतापूर्ण था।

सामने कौरव सेना व्यूहबद्ध खड़ी थी। ...अर्जुन ने अपनी दृष्टि घुमाई ...पितामह भी थे, आचार्य द्रोण और कृपाचार्य भी दिखाई दे रहे थे। अश्वत्थामा और कर्ण भी अपने रथों में सन्नद्ध बैठे थे। ... किंतु न तो वहाँ दुर्योधन था और न ही गोष्ठ से चुराया हुआ गोधन। गौवें कहाँ गईं ? क्या इन लोगों ने गौओं को दुर्योधन के साथ पहले ही हस्तिनापुर भेज दिया है। विराटनगर की चुनौती को स्वीकार करने का भी साहस नहीं हुआ।

"राजकुमार !" अर्जुन ने कहा, "यहाँ न तुम्हारा गोधन है और न दूसरों का धन लूटने वाला वह दस्यु दुर्योधन। यहाँ व्यर्थ युद्ध की आवश्यकता नहीं

है। वहीं चलो, जहाँ गोधन है और दुर्योधन है।"

उत्तर ने उसकी ओर देखा, "किधर गया होगा ?"

"दक्षिण मार्ग से गया होगा।" अर्जुन ने कहा।

उत्तर ने तत्काल अपने अश्वों को मोड़ लिया; और बिना तनिक भी विलंब किए, रथ को पूरे वेग से दौड़ा दिया।

कर्ण ने देखा कि अर्जुन आया है, खड़ा उन लोगों को देखता रहा है और फिर उल्टे पैरों भाग गया है। उसकी इच्छा हुई कि वह अर्जुन का पीछा करे। उसे पकड़े। उसे रथ से घसीट कर भूमि पर गिरा दे और उसके कंठ पर अपना पैर रख कर पूछे, "यही है तेरी वीरता ?"

पर वह व्यूहबद्ध सेना के एक अंग के रूप में खड़ा था, वह अपनी इच्छा से अपना स्थान छोड़ कर उसके पीछे नहीं भाग सकता था। सेना के नायक भीष्म थे; और वे अपने स्थान पर शिला के समान बैठे थे।

"आपका वह वीर पौत्र तो भाग गया पितामह !" उसने चिल्लाकर कहा।

भीष्म कुछ सोच रहे थे। कर्ण की बात से खीझ उठे, "वह भाग नहीं गया अंगराज ! हमें मूर्ख बना गया है। हम उसे रोकने के लिए व्यूह बाँधे खड़े रह गए और वह हम से उलझे बिना ही दुर्योधन के पीछे चला गया है। हम सब यहाँ सजे खड़े रहेंगे। तुम अपनी वीरता पर प्रसन्न होते रहोगे और वह वहाँ दुर्योधन को दबोच लेगा।"

भीष्म के वाग्बाणों ने कर्ण के अहंकार के व्यामोह को छेद डाला। ... यह वृद्ध सत्य ही कह रहा है, वे लोग यहाँ खड़े रह जाएँगे और वहाँ अर्जुन दुर्योधन की हत्या कर देगा। ...उसने दृष्टि घुमाई, तो उसे लगा कि सारी कौरव सेना पर दुर्योधन की मृत्यु का सन्नाटा छा गया है।

"अर्जुन का पीछा करो।" भीष्म ने आदेश दिया, "वह किसी भी प्रकार दुर्योधन तक न पहुँच पाए।"

अर्जुन को मत्स्यों की गौवों को खोजने में अधिक समय नहीं लगा। निश्चित रूप से गौवों की वैसी गति नहीं हो सकती थी, जैसी अश्वों की थी। उसने देखा कि दुर्योधन के सैनिक असंयत रूप से गौवों को दौड़ाने का प्रयत्न कर रहे हैं। उनके व्यवहार से स्पष्ट था कि वे स्वयं ही बहुत भयभीत थे और शीघ्रातिशीघ्र यहाँ से निकल जाना चाहते थे। ...

"इनके साथ तो कोई रक्षक ही नहीं है राजकुमार !" अर्जुन ने कहा।

"सैनिक हैं तो।" उत्तर बोला, "मेरा विचार है, कई वाहिनियाँ होंगी।"

"वाहिनियाँ तो हैं।" अर्जुन ने कहा, "किंतु भयभीत और अपने प्राणों को

बचाने को आतुर सैनिक तो इन गौवों को हस्तिनापुर पहुँचाने से रहे। दुर्योधन ने एक भी महारथी योद्धा इनके साथ नहीं भेजा है।"

अर्जुन ने किसी भटके मेघखंड द्वारा बरसाई गई बूँदों के समान, कौरव सैनिकों पर बाणों की एक बौछार कर दी।

सैनिकों में तत्काल घबराहट और भय के लक्षण दिखाई दिए। वे जानते थे कि अर्जुन के भय से उन्हें शीघ्रातिशीघ्र हस्तिनापुर भेजा जा रहा है।...बाणों की इस आकस्मिक बौछार और सामने खड़े रथ को देख कर उन्हें कोई संदेह नहीं रह गया कि जिससे डर कर दुर्योधन भी भाग रहा था, वह अर्जुन उनका वध करने आ गया है। ... उनका सारा अनुशासन टूट गया। ... कोलाहल से घबरा कर गौवें भी भागने लगीं और सैनिक भी। ...

"पार्थ गौवें तो भाग रही हैं।" उत्तर बोला।

"उनकी चिंता मत करो।" अर्जुन बोला, "वे भाग कर अपने गोष्ठों की ओर ही जाएँगी। हमें तो उन सैनिकों को देखना है, जो गौवों को उनके गोष्ठों की ओर जाने से रोकेंगे।"

अगले कुछ ही क्षणों में स्पष्ट हो गया कि सैनिकों को गौवों से कहीं अधिक अपने प्राणों की चिंता थी। उनमें से कोई भी अर्जुन से युद्ध करने का इच्छुक नहीं था। उन्होंने गौवों को रोकने का कोई प्रयत्न नहीं किया। अपने प्राणों की रक्षा के लिए वे भाग कर सघन वन में छुप गए।

"अब ?" उत्तर ने पूछा।

"गौवों को तो तुम गोष्ठ में पहुँचा हुआ ही समझो।" अर्जुन ने कहा, "अब हमें उस दस्यु दुर्योधन को खोजना है।"

रथ-चक्रों के चिह्न आगे का मार्ग दिखा रहे थे। उत्तर ने अपने अश्व उसी ओर बढ़ा दिए।

"मुझे लगता है उत्तर ! कि पितामह की गौवों के हरण में भी कोई रुचि नहीं रही होगी।" अर्जुन ने कहा, "अन्यथा वे गौवों के साथ कोई योद्धा तो भेजते ही।"

"यदि उनको गौवों में रुचि नहीं थी तो वे यहाँ करने क्या आए थे।" उत्तर ने कहा।

अर्जुन समझ रहा था कि यह प्रश्न नहीं था। उत्तर ने अपनी शैली में उससे अपनी असहमति प्रकट की थी।

"यह सब समझने के लिए तो पहले पितामह के मन को समझना होगा।" अर्जुन ने भी हल्के से हँस कर विषय को टाल दिया।

उन्हें अपने आगे-आगे कुछ दूरी पर कुछ रथ तथा अश्वारोहियों की वाहिनियाँ दिखाई देने लगी थीं; और अपने पीछे आते हुए सैनिकों तथा रथों

की ध्वनि भी सुनाई पड़ने लगी थी।

"राजकुमार ! मुझे लगता है कि हम ठीक दिशा में जा रहे हैं। हमारे आगे-आगे यह सेना दुर्योधन की ही होनी चाहिए ..."

"और पीछे ?" उत्तर ने पूछा।

"हमारे पीछे वे भी आ रहे हैं, जिन्हें हम युद्धभूमि में व्यूहबद्ध खड़े छोड़ आए थे।" अर्जुन ने कहा, "लगता है कि उनकी भी समझ में आ गया है कि हमारी व्यर्थ के युद्ध में कोई रुचि नहीं है। हमारा लक्ष्य कौन है, यह भी वे समझ गए होंगे। इसलिए दुर्योधन की रक्षा के लिए आ रहे हैं।"

"अर्जुन का अनुमान सत्य निकला। सामने भागने वाला दुर्योधन ही था।

अर्जुन के बाणों की बौछार से दुर्योधन रुक गया। अब वह और अर्जुन आमने-सामने थे।

अर्जुन ने संकेत किया, "सारी सेना की अनदेखी कर सीधे दुर्योधन पर रथ चढ़ा दो, चाहे रथ से रथ टकरा जाए।"

"रथ टूट भी सकता है पार्थ ! अश्वों के प्राण ज़ा सकते हैं।" उत्तर ने अपनी आशंका प्रकट की।

"नहीं ! ऐसा नहीं होगा। उसका सारथी भय के कारण अपना रथ हटा लेगा।" अर्जुन ने उत्तर दिया, "और यदि वैसा कुछ हो गया तो हम उनका रथ छीन लेंगे।"

उत्तर ने अपना रथ इस प्रकार दौड़ा दिया, जैसे उसके सम्मुख खुला मार्ग हो और उस पर किसी का कोई अस्तित्व न हो।

सहसा पीछे से आने वाले अनेक रथ उनके निकट से होते हुए आगे निकल गए और अर्जुन ने देखा कि सबके आगे कर्ण था। वह अपने युवराज की रक्षा के लिए सबसे अधिक व्याकुल था। वह जानता था कि अर्जुन के बाणों से दुर्योधन अपनी रक्षा नहीं कर पाएगा। ... अर्जुन कर्ण पर झपटा कि बीच में कर्ण के रक्षक संग्रामजित, शत्रुसह, और जय आ गए।

उनको हटाए बिना कर्ण तक नहीं पहुँचा जा सकता था और कर्ण को हटाए बिना दुर्योधन पर आक्रमण करना संभव नहीं था। अर्जुन के मन में उन लोगों से युद्ध करने की कोई इच्छा नहीं थी; किंतु वे लोग उसके मार्ग में आ रहे थे। उसने अपना गांडीव उनकी ही ओर मोड़ दिया। तब कहीं से भागता दौड़ता विकर्ण बीच में आ गया। ... वह दुर्योधन का भाई था, इसलिए उसे अर्जुन के हाथों मरना ही था; किंतु उस क्षण में भी अर्जुन भूल नहीं सका कि यह वह व्यक्ति था जिसने द्यूतसभा में पांचाली के अपमान का विरोध किया था।...अर्जुन का मन नहीं चाहता कि विकर्ण अभी यहीं मर जाए। यह तो कोई ऐसा युद्ध भी नहीं था। वे लोग मत्स्यों की गौवें चुराने आए थे; और अर्जुन उनको लौटा

ले जाना चाहता था। ऐसे में विकर्ण का मरना क्या आवश्यक था। ...पर वह उसके सम्मुख खड़ा चुनौती दे रहा था... अर्जुन के बाणों का एक झोंका चला और विकर्ण के रथ के अश्व भूमि पर लोट गए, सारथि अपने आसन पर ही सो गया और विकर्ण का कवच टूट गया। उसके शरीर से अनेक स्थानों पर से रक्त बहने लगा था। विकर्ण के सम्मुख प्राण बचाने के लिए पलायन कर जाने के सिवाय और कोई मार्ग ही शेष नहीं था।

अर्जुन ने गांडीव को दूसरी ओर मोड़ा ...

राजकुमार उत्तर का मुख आश्चर्य से खुल गया : गांडीव धनुष था कि महाकाल का संदेश ! ...विकर्ण भाग चुका था। शत्रुंतप मारा गया। कर्ण का भाई संग्रामजित भी खेत रहा था।...

उत्तर उनमें से किसी को भी नहीं पहचानता था। उसके लिए तो सारे ही मात्र कौरव योद्धा थे। ...किंतु अर्जुन उसे गिरने वालों के नाम ऐसे बताता जा रहा था, जैसे कोई मरने वालों की संख्या बता रहा हो ...

अब अर्जुन के सामने कर्ण था। कर्ण ने देखा था कि उसकी रक्षा करते करते, उसका भाई संग्रामजित मारा गया था। उसके क्रोध ने उसके मन में छिपे अर्जुन के भय को धूमिल कर दिया था। ...

"अर्जुन !" वह चिल्लाकर बोला, "तू जो यह स्त्री वेश बना कर आया है, उसका कारण तो मुझे मालूम नहीं है, किंतु इसके कारण मैं तुझ पर प्रहार न करूँ, यह संभव नहीं है। तू ने मेरे भाई को मारा है, अब उसके शुल्क के रूप में अपने प्राण दे।"

"अर्जुन ने देखा कि तब तक भीष्म, द्रोण, कृपाचार्य तथा अश्वत्थामा भी आ पहुँचे थे। वे लोग किसी योजना के अंग स्वरूप संयोजित रूप में अपने रथ बढ़ा रहे थे; किंतु कर्ण ने उनकी चिंता न कर अपना रथ अकेले ही बढ़ा लिया था। यह उसके आवेश के कारण भी हो सकता था और उसके अहंकार के कारण भी। इसी प्रयत्न में कर्ण अकेला पड़ गया था। भीष्म, द्रोण तथा कृपाचार्य जिस तटस्थ भाव से खड़े थे, उससे यही अनुमान लगाया जा सकता था कि वे दुर्योधन की रक्षा के लिए, उस पर आक्रमण करने वाले के मार्ग में तो खड़े थे; किंतु कर्ण के इस अकेले जूझने के प्रयत्न में वे उसकी सहायता करने के लिए आगे बढ़ते दिखाई नहीं पड़ रहे थे।

क्षण भर भी नष्ट करना उचित नहीं था। अर्जुन का धनुष खिंचा और जैसे वह मंडलाकार ही हो गया। उसमें से बाण छूटते ही जा रहे थे। कर्ण ने भी बाण वर्षा आरंभ कर दी थी; किंतु वे बाण उद्‌भ्रांत से हो गए लगते थे। अर्जुन के बाणों की झड़ी ने उसके अश्व मार दिए थे। सारथि मूर्छित कर दिया था। रथ के चक्र और चक्ररक्षक अंग भंग के कारण सीधे खड़े नहीं हो पा रहे थे।

कर्ण का शरीर बाणों से जैसे बिंध गया था। उसका टूटा कवच अपने ही रक्त से रंग कर लाल हो गया था। ... वह कूद कर टूटे रथ से नीचे आया और सेना के पीछे कहीं छिपे दुर्योधन की ओर भाग गया। उसके लिए वही एक शरणस्थली बची थी।

"राजकुमार ! अब हमारे सामने पितामह भीष्म, आचार्य द्रोण तथा कृपाचार्य हैं। इन्हें पहचान लो।" अर्जुन ने कहा, "पितामह को देख रहे हो न ! ये राजलक्ष्मी से संपन्न हो कर भी दुर्योधन के अधीन हो रहे हैं। यह बात मेरे मन को संतप्त करती रहती है।" अर्जुन ने उत्तर पर एक त्वरित दृष्टि डाली, "वैसे हम उनके निकट सबसे अंत में चलेंगे। मैं जानता हूँ, वे मेरे मार्ग में विघ्नकारक नहीं होंगे।"

अर्जुन ने अपना शंख उठा लिया और उच्च स्वर में कहा, "मैं तृतीय पांडव कुंतीपुत्र अर्जुन अपने पितामह तथा आचार्यों को इस युद्धभूमि में प्रणाम करता हूँ।"

उसने शंख को पूरी शक्ति से फूँका। उत्तर को लगा कि इस शंखनाद से उसके कान ही बहरे हो जाएँगे। उसने कुछ कहने के लिए पीछे देखा कि अर्जुन के धनुष पर चढ़े एक विचित्र और अपरिचित शस्त्र को देख कर चकित स्वर में बोला, "यह क्या है पार्थ ?"

"अब तुम कुछ दिव्यास्त्रों की शक्ति देखो राजकुमार !" अर्जुन ने उत्तर दिया।

उनका रथ कृपाचार्य के सम्मुख पहुँचा ही था कि अर्जुन ने अपना अस्त्र छोड़ दिया।

कृपाचार्य अपने धनुष से बाण छोड़ रहे थे। उनमें से कुछ बाणों ने अर्जुन को क्षत भी पहुँचाए थे, किंतु अर्जुन के आक्रमण का कुछ विचित्र ही प्रभाव हुआ। कृपाचार्य के रथ के अश्व बाणों की व्यथा से ऐसे उछले कि रथ का संतुलन पूर्णतः नष्ट हो गया। कृपाचार्य अपने धनुष को सँभालते ही रहे और वे अपने स्थान से गिर कर भूमि पर आ रहे। अब वे रथविहीन हो कर खुले क्षेत्र में गांडीवधारी अर्जुन के सामने खड़े थे।

उनके सैनिक वेग से दौड़ते हुए आए और रथविहीन कृपाचार्य को रणभूमि से हटा कर ले गए। अर्जुन ने उनके इस काम में कोई बाधा नहीं डाली।

अर्जुन का रथ आचार्य द्रोण के रथ की परिक्रमा कर, उनके सम्मुख खड़ा हो गया। अर्जुन ने हाथ जोड़ कर प्रणाम किया, 'आचार्य मुझ पर क्रोध न करें। मैं तो आप पर तभी प्रहार करूँगा, जब आप मुझ पर प्रहार कर लेंगे।

द्रोण ने अपना धनुष सँभाल लिया। उनके बाण चले और लगा कि निमिष भर में ही जैसे अर्जुन, उसका सारथि, तथा अश्व सब ही आहत हो गए। ... अर्जुन मुस्कराया, "राजकुमार घबराओ नहीं। आचार्य ने अनुमति दे दी है। अब

मैं भी अपने गुरु को अपने शस्त्र कौशल का प्रमाण दे सकता हूँ।"

अर्जुन ने अपने दिव्यास्त्र प्रकट करने आरंभ किए। क्रमशः उसका वेग बढ़ता चला गया और द्रोण मंद पड़ते रहे। वे विस्मयविमुग्ध हो कर, अपने शिष्य का विकास देख रहे थे। यह बालक वर्षों पूर्व उनके चरणों में बैठ कर धनुर्वेद का ज्ञान प्राप्त करता था। यह वह पौधा था, जिसे उन्होंने रोपा और सींचा था। उसके पश्चात् वह उनसे दूर चला गया था। आज एक लंबे अंतराल के पश्चात् वह उनके सम्मुख खड़ा जैसे इतने दिनों की अपनी अनुपस्थिति का विवरण प्रस्तुत कर रहा था। अपना कितना विकास किया था उसने। वे देख रहे थे ... अर्जुन का कभी न चूकने वाला स्वभाव, शस्त्रास्त्रों की अद्‌भुत शिक्षा, उसकी स्फूर्ति, दूर तक बाण मारने की शक्ति। उसके पास ज्ञान भी था, प्रशिक्षण भी था, अभ्यास भी था, उत्साह भी था और क्षमता तथा शक्ति भी थी। ... आचार्य के रोम-रोम से जैसे उसके लिए आशीर्वाद प्रस्फुटित हो रहे थे।

दोनों ओर से शस्त्रास्त्र चल रहे थे। ... अर्जुन दिखा रहा था, देखिए आचार्य ! मैं यह भी कर सकता हूँ। ... और उसे लग रहा था, आचार्य भी जैसे उसके साथ क्रीड़ा कर रहे हों।... यदि मैं इस शस्त्र का प्रयोग करूँगा तो क्या करोगे अर्जुन ? यदि इस प्रकार आघात करूँगा, तो तुम अपनी रक्षा कैसे करोगे ? रथ की गति यह हो जाए तो रथी का कोण क्या होगा ? ...

आचार्य प्रश्न के रूप में जैसे एक बाण चलाते थे और योग्य शिष्य के रूप में उत्तर में अर्जुन बाणों की झड़ी लगा देता था।

अश्वत्थामा देख रहा था कि अर्जुन घातक प्रहार चाहे नहीं कर रहा था; किंतु उसके वृद्ध पिता क्रमशः शिथिल होते जा रहे थे। यदि युद्ध इसी गति और म से चलता गया, तो आचार्य के शरीर का सारा रक्त बह जाएगा। उन्हें व्यावहारिक युद्ध का विशेष अनुभव नहीं था। दुर्योधन के इस युद्ध के लक्ष्य से भी वे सहमत नहीं थे; और उन्हें युद्ध भी करना पड़ रहा था, अपने प्रियतम शिष्य से। कैसे लड़ सकेंगे आचार्य !

अश्वत्थामा जैसे रथों की वाहिनी ही ले कर बीच में घुस आया और उसने अर्जुन को चारों ओर से घेर लिया। अपने पिता को वहाँ से हटने का अवसर उपलब्ध कराना था, तो कुछ समय के लिए अर्जुन को किसी भी प्रकार, अक्षम करना ही होगा। अन्यथा आचार्य का बचना कठिन था। पता नहीं वे युद्ध कर नहीं पा रहे थे, अथवा वे अर्जुन से युद्ध करना नहीं चाहते थे। ...

अश्वत्थामा का विचार था कि अर्जुन आचार्य को उनकी इस दुर्बल स्थिति में जाने नहीं देगा। प्रतिपक्षी को एक बार भूमि पर गिरा कर कौन फिर उसे उठने देता है। यदि इस समय आचार्य यहाँ से निकल गए तो पुनः पर्याप्त सबल हो कर लौटेंगे। ... किंतु उसे यह देख कर आश्चर्य हुआ कि अर्जुन ने आचार्य

को घेरने, रोकने अथवा और कठिन परिस्थितियों में डालने का कोई प्रयत्न नहीं किया। उसने जैसे हँस कर अश्वत्थामा का स्वागत किया और अपने गांडीव को उसकी ओर मोड़ लिया।

अश्वत्थामा ने पार्थ पर प्रबल प्रहार किया। दसियों बाण उसके वक्ष पर दे मारे। वह चाहता था कि एक बार अर्जुन इतना शिथिल हो जाए कि आचार्य संग्रामभूमि से बाहर निकल जाएँ। अर्जुन अश्वत्थामा की इच्छा को समझ रहा था; और साथ ही उस नीति की दुर्बलता को भी समझ रहा था। उसने अपने प्रहार की गति को शिथिल कर दिया था। वह बाण कम चला रहा था और रथ के अश्वों को अधिक नचाने के संकेत करता जा रहा था। थोड़ी ही देर में दोनों योद्धाओं की नीति का प्रभाव सामने आ गया। ... आचार्य अपनी घायल अवस्था में युद्धभूमि से हट गए थे; किंतु अश्वत्थामा के बाण समाप्त हो गए थे। ... उसने पहले इस ओर ध्यान नहीं दिया था कि वह इस प्रकार के लंबे सघन युद्ध के लिए उपयुक्त संख्या में बाण नहीं लाया था। ...

आचार्य को तो उसने सुरक्षित स्थान पर पहुँचने में सफलता पा ली थी; किंतु अब अपना युद्ध चलाए रखने के लिए उसके पास बाण नहीं बचे थे ...

कर्ण फिर से अपना रथ शस्त्रों से भर कर लौट आया था। उसमें इतना धैर्य नहीं था कि वह अश्वत्थामा और अर्जुन के युद्ध का परिणाम देख लेता। उसे लगा कि यही क्षण अर्जुन से भिड़ जाने के लिए उपयुक्त है। यदि वह और अश्वत्थामा, अर्जुन को घेर लेंगे, तो कदाचित् वह अर्जुन का अंत ही होगा। ...उसने आचार्य के लिए अपशब्द कहे थे, तो अश्वत्थामा इतना क्रुद्ध हो गया था। अर्जुन ने तो आचार्य को क्षत-विक्षत कर दिया है। अश्वत्थामा उसके प्रति अवश्य ही क्षोभ से भरा हुआ होगा। ... कर्ण अपना रथ दौड़ाता हुआ, अर्जुन के सामने आ खड़ा हुआ।

अर्जुन उसे देख कर हँसा, "अभी थोड़ी देर पहले तू मेरे सामने से पीठ दिखा कर भाग गया था; इसीलिए अब तक जीवित है। तुझे सूचना मिल गई कि नहीं कि तेरा छोटा भाई मारा गया है। तेरे सिवाय और कौन ऐसा पुरुष होगा, जो अपने भाई को मरवा कर और युद्धक्षेत्र छोड़ कर पलायन करके भी, भद्र समाज में खड़ा हो कर अपनी वीरता का बखान करे।"

अर्जुन ने देखा कि अश्वत्थामा के सैनिक समरभूमि में गिरे हुए बाण एकत्रित कर, उसे दे रहे हैं। उसने अश्वत्थामा की ओर से मुँह फेर कर कर्ण से युद्ध आरंभ किया। कर्ण नए उत्साह से लड़ने आया था। उसने प्रबल वेग से धावा बोला; किंतु गांडीव की मार को सहना उसके संभव नहीं हो रहा था। अर्जुन ने इस बार उस पर बाणों की बौछार नहीं की थी। उसने लक्ष्य ताक कर मारने की नीति बनाई थी और परिणाम सामने था। कर्ण के रथ के अश्वों ने घुटने

टेक दिए। कर्ण अपना रथ बदलने की सोच ही रहा था कि अर्जुन के तीखे बाण वज्र के समान उसके वक्ष में लगे। उसका कवच छिन्न-भिन्न हो गया और बाण उसके वक्ष में घुस गया। कर्ण को मूर्छा आ गई। ...उसके सैनिकों ने उसे तत्काल घेर लिया और उसे हटा ले गए। ...

अर्जुन और उत्तर ने एक-दूसरे की ओर देखा और प्रसन्नता में जोर से हँस पड़े।

उत्तर की हँसी अधिक देर तक उसका साथ नहीं दे सकी। उसके शरीर पर जितने घाव लग चुके थे, उनका प्रभाव तो होना ही था। वह धीरे से बोला, ''युद्ध और कितनी देर चलेगा पार्थ ?''

''क्यों ? क्या बात है ? तुम्हें भय लग रहा है ?''

''नहीं ! गांडीवधारी अर्जुन के संरक्षण में भय कैसा; किंतु अब मैं अधिक देर तक आपके घोड़ों को सँभाल नहीं पाऊँगा। मेरे प्राणों में भयंकर व्यथा है और मन अत्यंत व्याकुल हो रहा है। युद्ध में चलने वाले इन दिव्यास्त्रों के कारण दिशाएँ भागती सी प्रतीत हो रही हैं। लगता है कि इस वसा, रुधिर तथा मेद की गंध से मैं मूर्च्छित ही हो जाऊँगा।''

''चिंता मत करो राजकुमार ! तुम मूर्च्छित नहीं होगे। संभवतः तुमने पहले कभी इतने सैनिक तथा ऐसा युद्ध नहीं देखा है।'' अर्जुन ने कहा, ''तुम शायद जानते भी नहीं कि तुमने कितना अद्भुत काम किया है। इन महारथियों के सम्मुख अपने रथ को टिकाए रखना साधारण सारथि का काम नहीं है। थोड़ा धैर्य और रखो। अब तुम पितामह भीष्म के सम्मुख चलो।''

कर्ण की सहायता के लिए दुःशासन, बढ़ कर आगे आ गया था; किंतु उससे युद्ध करने के लिए अर्जुन को रुकने की आवश्यकता प्रतीत नहीं हुई। वह अर्जुन के बाणों की एक बौछार भी नहीं झेल सका। उसे घायल होता देख, विकर्ण, दुःसह तथा विविंशति सम्मुख आ गए।

भीष्म देख रहे थे कि दुर्योधन के ये मूर्ख भाई अपनी अनुभवहीनता में अर्जुन के सम्मुख आ गए थे। अर्जुन ने दया कर उन्हें छोड़ ही नहीं दिया, अथवा वे स्वयं ही भाग न गए तो वे मारे जाएँगे। उन्होंने अपने सारथि को संकेत किया और अगले ही क्षण वे अर्जुन के रथ के सम्मुख खड़े थे।

अर्जुन को रुकना पड़ा। उसने देखा भीष्म कुछ व्याकुल थे। वे सहज भाव से युद्ध नहीं कर रहे थे। कदाचित् इसीलिए उन्होंने युद्ध आरंभ ही दिव्यास्त्रों से किया था। उनके प्रहारों को झेलने के लिए अर्जुन को भी दिव्यास्त्रों का प्रयोग करना पड़ा।

दिव्यास्त्र बहुत देर तक नहीं चले। एक बार फिर से बाणों का युद्ध आरंभ हो गया था। भीष्म ने अर्जुन पर बहुत सारे प्रहार किए और उसकी गति सर्वथा अवरुद्ध कर दी थी; किंतु यह तो अर्जुन भी समझ रहा था कि पितामह ने उस पर एक भी घातक प्रहार नहीं किया था। उसकी भी कोई इच्छा नहीं थी कि वह पितामह को पीड़ा पहुँचाए।... किंतु यह युद्ध था। यदि विपक्षी योद्धा पर प्रहार न किया जाए तो विपक्षी प्रहार कर सकता है। यदि अर्जुन भीष्म को अक्षम नहीं करेगा तो कौरव सेना अक्षम नहीं होगी।...

अर्जुन के अगले ही बाण ने भीष्म के धनुष की प्रत्यंचा काट डाली। भीष्म के नयनों में उसके लिए प्रशंसा का भाव जागा। वह उनके निकट होता तो कदाचित् वे उसकी पीठ थपथपा देते।

अर्जुन ने भीष्म के वक्ष पर बाण छोड़े। उनका कवच कटा नहीं किंतु उसका प्रहार दुर्निवार था। भीष्म को लगा कि कदाचित् वे मूर्च्छित हो जाएँगे। वे रथ का कूबर पकड़ कर निश्चेष्ट बैठे रह गए।

सारथि ने देखा : पितामह कदाचित् अचेत हो गए थे। कौरव सेना का सेनापति ही अचेत हो जाएगा तो युद्ध कैसे होगा ? वह तत्काल अपना रथ वहाँ से हटा ले गया।

अर्जुन ने फिर एक बार भयंकर शंखनाद किया।

दुर्योधन ने देखा कि अर्जुन उनके व्यूह के बाहर खड़ा था। अब यह उसकी इच्छा पर था कि वह पुनः कौरवों के साथ जूझे अथवा लौट कर चला जाए। उसने मत्स्यों का गोधन तो लौटा ही लिया था।...दुर्योधन ने जैसे कोई भयंकर दुःस्वप्न देखा था... उसकी सेना के सम्मुख से, उसके अनेक-अनेक महारथियों के सम्मुख से अर्जुन जीवित और सुरक्षित लौटा जा रहा था। ...कौन रोकेगा उसे ? कौन ??... उसकी दृष्टि पितामह पर पड़ी। वे पुनः लौट आए थे और सचेत थे।...

"पितामह !" दुर्योधन ने चीत्कार किया, "पितामह ! उसे रोकिए। उसे मारिए।"

भीष्म के मुख से जैसे धिक्कार फूटा, "जब तुम्हारे सामने था अर्जुन तो क्यों नहीं पकड़ लिया उसे ? अर्जुन कभी निर्दय व्यवहार नहीं करता। वह पापाचार में प्रवृत्त नहीं होता। वह बड़े से बड़े लोभ के लिए भी धर्म को नहीं छोड़ता। अवसर मिलने पर भी उसने युद्ध में हमारे प्राण नहीं लिए। अच्छा है कि अब तुम सुरक्षित हस्तिनापुर लौट जाओ। अर्जुन भी गौओं को जीत कर लौट जाए। ध्यान रखो, अब मोह में कहीं तुम्हारा स्वार्थ ही नष्ट न हो जाए। सबको वही कार्य करना चाहिए, जिसमें उनका कल्याण हो।..."

दुर्योधन ने अपना माथा पीट लिया : पितामह ने प्रकारांतर से युद्ध करना

अस्वीकार कर दिया था। द्रोणाचार्य, कृपाचार्य तथा अश्वत्थामा पर उसे पहले ही विश्वास नहीं हो रहा था।... अर्जुन इस समय अपने पूर्ण उत्कर्ष पर था। उससे युद्ध का यह उपयुक्त अवसर नहीं था।

कौरव सेना को हस्तिनापुर लौट चलने का आदेश दे दिया गया था।... और दुर्योधन सोच रहा था... पता नहीं, सुशर्मा को भी कुछ हाथ लगा या नहीं।...

अर्जुन का रथ पितामह और आचार्यों के रथों की ओर बढ़ा। उसने उनकी परिक्रमा कर उनको प्रणाम किया और विराटनगर की ओर लौट चला।

"राजकुमार ! समरभूमि में से कौरव महारथियों के दुकूल उठा लो और नगर की ओर लौट चलो।"

59

अर्जुन ने अपने सारे शस्त्र शमी वृक्ष पर उसी प्रकार छिपा कर रख दिए, जैसे वे पहले थे और स्वयं बृहन्नला का वही रूप धारण कर लिया, जिसमें वह विराटनगर से चला था।

उत्तर को आश्चर्य हुआ, "यह आप क्या कर रहे हैं धनंजय ? युद्ध में कौरवों के सम्मुख अपना नाम पुकार कर घोषणा कर चुके, तो आपको विराटनगर में बृहन्नला के रूप में रहने की क्या अनिवार्यता है ?"

"राजकुमार ! यदि तुम्हारे पिता को इस प्रकार अकस्मात् पता चलेगा कि पाँचों पांडव प्रच्छन्न रूप में उनके निकट वास कर रहे हैं, तो कहीं भय से उनके प्राण ही न निकल जाएँ।" अर्जुन ने रथ में सारथि का स्थान ग्रहण किया और हँस कर बोला, "वैसे यह निर्णय कि हमें कब और कहाँ प्रकट होना है, धर्मराज के हाथ में है। मैं उनकी आज्ञा के बिना, अपनी इच्छानुसार कहीं भी स्वयं को प्रकट नहीं कर सकता।"

"तो फिर आपने युद्ध में स्वयं को इस प्रकार कौरवों के सम्मुख प्रकट क्यों कर दिया ?" उत्तर ने पूछा।

"मैं न भी बताता, तो मेरे गांडीव से, मेरी युद्ध शैली से, मेरी क्षमताओं से कौरव मुझे पहचान ही लेते।" अर्जुन ने कहा, "दूसरे यह कि जितनी देर मैं बृहन्नला के रूप में लड़ता और वे मुझे पहचान न पाते, उतनी देर तक उनके मन में अर्जुन का भय नहीं जागता, जो उन्हें हतोत्साहित करने के लिए आवश्यक था। इसलिए युद्ध की नीति के रूप में, आरंभ में ही, मैंने अपना परिचय दे दिया।" अर्जुन ने उत्तर की ओर देखा, "दुर्योधन के साथ होने मात्र से पितामह भीष्म,

आचार्य द्रोण तथा कृपाचार्य अर्जुन के शत्रु नहीं हो जाते। यदि वे मुझे नहीं पहचानते तो अपना शत्रु मान कर मुझसे युद्ध करते। पहचान लेने के पश्चात् उन्होंने मेरे साथ वैसा ही युद्ध किया, जैसा वे अर्जुन के साथ करना चाहते थे।''

''तो मेरे पिता को ही वास्तविकता बताने में क्या आपत्ति है आपको ?''

''यह रहस्य मेरा ही तो नहीं है राजकुमार ! मैं प्रकट हो जाऊँगा तो मेरे भाइयों को भी प्रकट होना पड़े गा; और इसके लिए धर्मराज की आज्ञा आवश्यक है।''

''आपका कथन उचित ही है।'' उत्तर बोला, 'किंतु जो पराक्रम आपने किया है, कौन विश्वास करेगा कि वह सब कुछ नृत्य-गाान करने वाले एक साधारण षंडक ने किया है।''

अर्जुन उन्मुक्त मन से हँसा, ''नहीं ! युद्ध में वह पराक्रम षंडक बृहन्नला ने नहीं, मत्स्यराज के वीर पुत्र राजकुमार उत्तर ने किया है। विराटनगर में तुम अपने पिता से यही कहोगे कि उन कौरव महारथियों को तुमने ही मार भगाया है।''

इस बार उत्तर भी हँसा, ''आपने इस युद्ध से पहले विराटनगर में मेरा वह रूप देखा ही था। जब तक मैंने आपको नहीं जाना था तब तक मैं कह सकता था कि मैंने अकेले ही छह-छह कौरव महारथियों को मार कर भगा दिया। ... पर अब आपको जान लेने के पश्चात्, आपका पराक्रम देख लेने के पश्चात् मैं ऐसी कोई बात नहीं कह सकता। मैं कहने को कह भी दूँ, तो जानता हूँ कि मेरी बात कोई नहीं मानेगा। देर सवेर से सारी बातें प्रकट तो होंगी ही। तब मिथ्यावादी के रूप में मेरा जो अपमान होगा, उसको सहन करना मेरे लिए कठिन होगा। ...'' उत्तर ने रुक कर अर्जुन की ओर देखा, ''आपसे सत्य कहता हूँ धनंजय ! आपके इस रूप को देख कर और युद्ध के इस अनुभव से समृद्ध हो कर मेरा मन भी कुछ बदल गया है। मुझे लगने लगा है कि जो क्षमता मुझमें है, मैं उसी के यश से संतोष क्यों न कर लूँ। वह भी तो कम नहीं है। मैं ईश्वर के प्रति कृतज्ञ रहूँ कि उसने मुझे बहुत कुछ दिया है। जो यश मेरा नहीं है, उसके लोभ में मिथ्या वचन और मिथ्या आचरण से अपनी आत्मा को कलुषित क्यों करूँ।'' वह हल्के से हँसा, ''इतने बड़े पराक्रम का श्रेय मैं ले भी लूँ तो कल फिर त्रिगर्त और कौरव आएँगे, तब उनसे कौन युद्ध करेगा। पिता जी तो मुझे ही भेज देंगे कि जाओ पुत्र ! अपने शत्रुओं को निपटा आओ। ... नहीं धनंजय ! यह असंभव है।''

''तो ठीक है, जो उचित समझो, वही करो; किंतु मैं अभी प्रकट होना नहीं चाहता।'' अर्जुन ने कहा।

रथ चल पड़ा। कुछ देर तो अर्जुन का ध्यान अश्वों और रथ में ही लगा

रहा; फिर उत्तर से पूछा, "तुम्हारे गोष्ठ पर चिकित्सक हैं क्या ? शल्य चिकित्सक ? जो हमारे घावों का उपचार कर सकें ?"

"हाँ। वैद्य भी हैं और शल्यचिकित्सक भी।" उत्तर ने कहा।

"तो हम पहले गोष्ठ पर ही चल रहे हैं। मुझे तुम्हारे घावों की बहुत चिंता है। चिकित्सा में विलंब हुआ तो भारी क्षति हो सकती है।" अर्जुन ने कहा, "गोष्ठ में जाकर यह भी ज्ञात हो जाएगा कि तुम्हारी गौवें वहाँ पहुँच गई हैं कि नहीं। अपने गोपों को अथवा किसी दूत को मत्स्यराज के पास भेज देना, ताकि उन्हें तुम्हारा समाचार मिल जाए और तुम्हारी ओर से वे निश्चिंत हो सकें।"

"हमारे घोड़े भी बहुत थके हुए हैं। उन्हें भी थोड़ा विश्राम चाहिए।" उत्तर ने कहा।

"हाँ ! वहीं अश्वों को नहला धुला देंगे, कुछ खिला पिला देंगे और विश्राम करा देंगे। हम संध्या समय विराटनगर की ओर चलेंगे।"

नगरद्वार पर उनके स्वागत का पूरा प्रबंध था। द्वार और राजपथ पुष्पों और दीपों से सुसज्जित थे। नगर के प्रमुख लोग उनका स्वागत करने के लिए वहाँ विद्यमान थे। स्वागत करने वालों का नेतृत्व राजकुमारी उत्तरा कर रही थी।

उत्तरा ने अपने भाई और गुरु के शरीर पर इस प्रकार बँधी पट्टियाँ देखीं, तो उसका चेहरा कुछ उतर गया।

"बहुत घाव लगे हैं भैया ?"

उत्तर हँसा, "तू तो पगली है। हम लोग युद्ध में गए थे। कौरव सेनाओं का नेतृत्व उनके छह-छह महारथी कर रहे थे। हमारे साथ कौन था ? बृहन्नला के साथ मैं; और मेरे साथ बृहन्नला। इतनी भी सुविधा नहीं थी कि यदि हमारे घोड़े क्षत-विक्षत हो जाएँ अथवा मारे जाएँ तो हम उन्हें बदल ही लें। ऐसे में शरीर पर युद्ध के कुछ चिह्न ले कर हम सुरक्षित लौट आए हैं तो क्या उदास होने की बात है ?"

उत्तरा प्रयत्नपूर्वक मुस्कराई और उसने दोनों की आरती उतारी।

"महाराज नगर में लौट आए हैं ?" बृहन्नला ने पूछा।

"हाँ गुरुदेवी ! महाराज सकुशल हैं। वे त्रिगर्तों से अपना गोधन लौटा लाए हैं; और व्याकुलतापूर्वक आप लोगों की प्रतीक्षा कर रहे हैं।" उत्तरा ने कहा।

बृहन्नला ने रथ में से उठा कर कुछ वस्त्र उत्तरा की ओर बढ़ाए, "यह लो राजकुमारी ! तुम्हारी और तुम्हारी सखियों की पुत्तलिकाओं के लिए।"

"क्या है यह ?" उत्तरा ने पूछा।

"कौरव महारथियों के अंगवस्त्र और दुकूल।" बृहन्नला मुस्कराई, "वे

समरभूमि में छोड़ गए और हम उठा लाए।''

''आपने उस भयंकर युद्ध में भी इसे स्मरण रखा गुरुदेवि !'' उत्तरा उल्लसित स्वर में बोली, 'हमने तो वह क्रीड़ावश ही कहा था।''

''अपनी योग्यतम शिष्या की इच्छा को पूर्ण करना भी मेरा धर्म था।''

नगरद्वार पर वे लोग अधिक देर तक नहीं रुके। बृहन्नला को विश्राम की आवश्यकता थी; और उससे भी अधिक उत्तर को। राजकुमारी उत्तरा उन्हें अपने रथ में सुविधापूर्वक राजप्रासाद तक ले आई और सभा भवन के द्वार पर छोड़ कर स्वयं अंतःपुर में चली गई।

द्वारपाल ने भीतर राजा को सूचना दी और तत्काल अनुमति ले कर बाहर आ गया, ''आप जाएँ राजकुमार ! बृहन्नला के लिए आदेश है कि वे थोड़ी देर बाहर ही प्रतीक्षा करें।''

बृहन्नला को आश्चर्य हुआ। अब तक का जो घटनाक्रम रहा था, उसे जानने के पश्चात् राजा बृहन्नला के साथ ऐसा व्यवहार नहीं कर सकते थे। उत्तर को भी यह कुछ अपमानजनक लगा। वह राजा के सम्मुख अकेला जाने में संकुचित हो रहा था; किंतु बृहन्नला ने उसे भीतर भेज दिया, ''संभवतः तुम्हारे पिता पहले तुमसे एकांत में मिल कर कोई महत्त्वपूर्ण बात करना चाहते हैं।''

उत्तर भीतर चला गया, तो बृहन्नला ने द्वारपाल से पूछा, ''भीतर कौन-कौन है ?''

''महाराज हैं। ब्राह्मण कंक है और वह सैरंध्री है, मालिनी।'' द्वारपाल ने बताया, ''मैंने महाराज को बताया कि आप दोनों आए है, तो उन्होंने कहा, भेज दो। पर न जाने क्यों कंक ने कहा कि पहले केवल राजकुमार को भेजो। बृहन्नला को बाद में भेजना।''

ओह !... बृहन्नला ने सोचा... अवश्य ही कोई विशेष कारण होगा; अन्यथा युधिष्ठिर द्वारपाल को ऐसा आदेश क्यों देते। ... राजा ने बृहन्नला की कोई अवमानना नहीं की थी।

''वह सैरंध्री वहाँ क्या कर रही है ?'' बृहन्नला ने पूछा, ''उसका काम तो रानी का श्रृंगार करना है।''

''जाने क्या कर रही है।'' द्वारपाल बोला, ''पहले तो बड़ी अवगुंठनवती बनी घूमती थी। अब उसे किसी का कोई भय ही नहीं रह गया है। वहाँ उस कंक के पास बैठी थी। आजकल महारानी तो उससे अपना कोई काम करवाती नहीं। कोई उससे कुछ पूछता तो है नहीं कि वह क्या कर रही है, और क्यों कर रही है। कंक से उसका क्या संबंध है कि हर समय उस ब्राह्मण के निकट

बैठी रहती है।"

कोई क्यों नहीं पूछता ?" बृहन्नला ने पूछा।

"सबको अपने प्राण प्यारे हैं भाई। जाने वह किससे रुष्ट हो जाए और उसका रक्षक वह गंधर्व उसके प्राण ले ले।" द्वारपाल बोला, "मुझे तो भय है कि इस बार वह अदृश्य गंधर्व कहीं इस ब्राह्मण कंक का ही वध न कर दे।"

बृहन्नला को उस चर्चा में रस आने लगा था।

"कैसी स्त्री है यह सैरंध्री ?"

"तुम नहीं जानती हो कि कैसी है।" द्वारपाल बोला, "कीचक तो पहले भी विराटनगर में था और असंख्य स्त्रियाँ भी थीं; पर ऐसा रक्तपात तो कभी नहीं हुआ। अब यह जाने कैसी स्त्री है कि जिस ओर क्रोध से देख लेती है, उधर ही आग लग जाती है।"

"अरे तो इसमें न तो भय की कोई बात है, न रोष की।" बृहन्नला ने कहा, "कीचक अत्याचारी था। वह अपने अत्याचारों के कारण मारा गया। यदि सैरंध्री ने उस अत्याचार का विरोध किया तो क्या बुरा किया। कीचक ने उस बेचारी को कम सताया था। तुम्हें उससे कोई सहानुभूति नहीं है ?"

"सहानुभूति ? हमें तो उससे भय लगता है भाई। सच्ची बात तो यही है।" द्वारपाल बोला, "वह तो विराटनगर का आतंक है। महाराज को देखो, त्रिगर्तों को पराजित कर आए हैं। उस सुशर्मा को मार पीट कर अपना गोधन लौटा लाए हैं; किंतु सैरंध्री को कुछ कहने का साहस नहीं है उनमें। न रानी ही उसे कुछ कहती हैं। परम स्वतंत्र हो गई है सैरंध्री ! स्वतंत्र क्या, वह तो उच्छृंखल हो गई है। उस ब्राह्मण की भी बुद्धि भ्रष्ट हो गई है। उसे कुछ कहता ही नहीं। अरे वह तो सैरंध्री है। उसका तो काम है घर-घर डोलना। भगवान ने रूप-रंग भी वैसा ही दे दिया है। पर कंक तो सच्चरित्र ब्राह्मण है, विद्वान् है, धर्मात्मा है। वह तो स्वयं को सँभाले। ...पर सुंदरी नारी का जादू ...।"

उत्तर ने राजसभा में प्रवेश किया। मत्स्यराज द्यूत सामग्री के साथ बैठे थे। लगता था, उन्होंने माधवी का भी सेवन किया था। वे अत्यंत उल्लसित मनःस्थिति में थे। ... वहीं सामने कंक भी बैठे थे। पर राजा और कंक जैसे पृथक्-पृथक् असंपृक्त बैठे थे। कंक की नाक से रक्त बह रहा था और सैरंध्री एक पात्र में जल ले कर, उनकी सहायता करने का प्रयत्न कर रही थी। राजा न उस ओर देख रहे थे, न उस दृश्य से तनिक भी प्रभावित थे।

उत्तर ने अपने पिता को प्रणाम किया और कंक की ओर भी शीश नवाया।

वह इतना प्रत्यक्ष सम्मान नहीं था कि राजा को अखरता; किंतु कंक की उपेक्षा का अपराधी वह नहीं हुआ।

"महाराज ! आर्य कंक को यह क्या हुआ है। लगता है, उन्हें घाव लगा है। यह कैसे हो गया ? यह युद्ध का घाव तो नहीं है।"

"मैंने मारा है इसे। इस पांसे से।" राजा ने एक पांसा उठा कर दिखाया, "मुझे तुम्हारी इस अलौकिक विजय की सूचना मिली। मैं बहुत प्रसन्न था। उससे भी अधिक, जितना मैं त्रिगर्तों को पराजित करके हुआ था। मैंने माधवी पी और द्यूतक्रीड़ा के लिए इसे आमंत्रित किया। मैं इतना प्रसन्न था कि प्रसन्नता मुझसे सँभाली नहीं जा रही थी। मैं तो समझता था कि कीचक के न होने से हम सदा पीड़ित और पराजित ही रहेंगे; किंतु हम विजयी हुए। मैंने उस सुशर्मा को पराजित किया और तुम कौरवों को जीत आए। कितना प्रसन्न था मैं। मैंने माधवी का सेवन किया ..."

उत्तर देख रहा था कि राजा से माधवी सँभाली नहीं जा रही थी। अधिकांशतः तो राजा नहीं, माधवी ही बोल रही थी। ...लगता था, उसी उन्मत्तता की स्थिति में उन्होंने कंक को पांसा फेंक कर दे मारा था।

"आप का युद्ध कैसा रहा पिता जी !"

"युद्ध ठीक था।" विराट बोले, "सब लोगों ने अच्छी प्रकार युद्ध किया। शतानीक अच्छा सेनापति है। शंख भी अच्छा योद्धा है। यह कंक है तो ब्राह्मण, पर युद्ध तो यह भी एक वीर क्षत्रिय के समान ही करता है। इसने कहा था न कि उनको भी साथ ले चलो। उनको ..."

"किन को ?" उत्तर ने पूछा।

"अरे उनको। बल्लव को। उस तंतिपाल को। ग्रंथिक को। वे सब भी असाधारण योद्धा हैं। मैं तो जानता ही नहीं था कि मेरी प्रजा में ऐसे अच्छे योद्धा हैं। वीर राजा की प्रजा को वीर ही होना चाहिए। हमने दिन में तो त्रिगर्तों को बहुत मारा; पर रात्रि को जब विश्राम करना था, त्रिगर्त फिर लड़ने आ गए। वे चंद्रमा के प्रकाश में भी लड़ते ही रहे। हम थक गए थे। सेना भी शिथिल हो गई थी। उसी में उन्होंने मुझे पकड़ लिया। मैं पकड़ा गया। राजा बंदी हो गया तो सेना को भागना ही था। सैनिक भाग गए। तब इस कंक ने उस बल्लव को भेजा। बल्लव ने सुशर्मा को बहुत मारा। उसे बाँध लिया और लाकर इस कंक के चरणों में डाल दिया। अरे राजा मैं हूँ। मेरे चरणों में नहीं डाला। इसके चरणों में डाल दिया, जैसे राजा यह हो। मैं तो तभी इसको मारता, पर मैंने सोचा कहीं बल्लव मुझे ही न मार दे। इसलिए छोड़ दिया। ... और कंक को देखो। इसने उस सुशर्मा को मुक्त कर दिया। उसे मुझे समर्पित नहीं किया। मुक्त कर दिया। क्यों कर दिया मुक्त। वह

इसका बंदी था ? वह मेरा बंदी था। क्यों छोड़ा इसने ? मैंने नहीं पूछा। सोचा बल्लव रुष्ट न हो। बल्लव इसका बहुत आदर करता है। और यह सैरंध्री भी सदा इसकी सेवा में लगी रहती है। कौन है यह उसे छोड़ने वाला ? क्यों छोड़ दिया इसने उस सुशर्मा को ? ..."

उत्तर बहुत कुछ समझ रहा था। उसके पिता इतना बड़ा युद्ध जीत गए थे; किंतु उनकी वह विजय कुंठित हो कर रह गई थी।

"महाराज ! आपने आर्य कंक को आहत कर अच्छा नहीं किया।" उत्तर ने विनीत भाव से कहा, "एक ऐसे सात्विक ब्राह्मण के अपमान से तो हमारा सारा परिवार नष्ट हो जाएगा।"

"परिवार नष्ट हो जाएगा ? क्यों परिवार क्यों नष्ट हो जाएगा ?"

"आपने आर्य कंक का अपमान क्यों किया ?"

"मुझे तुम्हारी विजय का समाचार मिला। मैं बहुत प्रसन्न हुआ। होना ही था। किसी का पुत्र छह-छह कौरव महारथियों को अकेला ही पराजित कर दे तो वह प्रसन्न नहीं होगा क्या ? होगा। मैं तुम्हारी प्रशंसा करता था तो यह कंक उस हिजड़े बृहन्नला की प्रशंसा करने लगता था। यह कहता था कि जो विजय हुई है, वह बृहन्नला के कारण हुई है, तुम्हारे कारण नहीं। मैं कब तक सहन करता। मैंने इससे कहा भी; किंतु यह नहीं माना। तो फिर मैंने पांसा उठा कर दे मारा।" विराट ने उत्तर की ओर देखा, "मैंने कुछ अनुचित किया पुत्र ? इस अपराध के लिए तो मैं इसे कारागार में भी डाल सकता था।"

"आपने बहुत अनुचित किया महाराज ! आप न आर्य कंक के प्रभाव को जानते हैं, न इनकी शक्ति को। आपको चाहिए कि आप इनसे क्षमा माँगें।" उत्तर बोला, "अन्यथा आप बहुत बड़े अनर्थ के भागी होंगे।"

कंक और सैरंध्री ने भी राजकुमार की बात सुनी। उन्होंने एक-दूसरे की ओर देखा : तो उत्तर उनका परिचय जान गया है।

विराट ने किसी प्रकार की आनाकानी नहीं की। वे उठ कर कंक के निकट आए, "आप मुझे क्षमा करें आर्य कंक ! मुझसे भूल हो गई है। मैंने अनजाने ही आपका अपमान कर दिया है। आप जानते ही हैं कि मैं क्यों स्वयं को संयत नहीं रख सका। आप मुझे क्षमा कर दें।"

"आप चिंता न करें महाराज !" कंक ने कहा, "मैंने क्षमा का व्रत ले रखा है। आपके प्रति मेरे मन में तनिक भी क्रोध नहीं है। आप निश्चिंत रहें, आप का कोई अहित नहीं होगा।"

कंक की नाक से रक्त बहना बंद हो चुका था। उन्होंने संकेत किया कि अब बृहन्नला को भी भीतर बुलाया जा सकता है।

बृहन्नला ने भीतर आकर राजा को प्रणाम किया; और फिर उतने ही सम्मान

से कंक को भी प्रणाम किया।

राजा ने उसकी ओर देखा, 'तुमने भी बहुत पट्टियाँ बाँध रखी हैं। हाँ ! कुछ बाण तो तुम पर भी गिरे ही होंगे। इसका अर्थ है कि तुम योद्धा हो या न हो, युद्धक्षेत्र में जा सकती हो। अच्छा तुम्हें भी कल पुरस्कार दिया जाएगा।''

राजा ने न तो बृहन्नला के उत्तर की प्रतीक्षा की और न उसकी ओर ध्यान ही दिया। वे तो अपने वीर पुत्र को मुग्ध हो कर देख रहे थे, ''तुम जैसा वीर पुत्र पा कर मैं धन्य हुआ पुत्र ! मैंने वस्तुतः कभी भी तुम्हारा उचित महत्त्व नहीं आँका। तुम्हें इतना वीर कभी नहीं समझा। अच्छा बताओ कि तुमने उन कौरव महारथियों से कैसे लोहा लिया ? कैसे उन्हें पराजित किया ? भीष्म को, द्रोण को, कृपाचार्य को, कर्ण को, दुर्योधन को, उस अश्वत्थामा को ? कैसे अपनी गौवें लौटाईं ?''

उत्तर ने देखा, राजा का मस्तिष्क माधवी के प्रभाव से मुक्त हो रहा था। वे कुछ सहज हो गए लगते थे। अब कदाचित् वे यथार्थ को सुन कर ग्रहण कर सकें।

''महाराज ! मैं अपने अहंकार में बृहन्नला को साथ ले कर, अकेला ही कौरवों से लड़ने चला तो गया था; किंतु कौरव सेना और कौरव महारथियों को देख कर मेरे प्राण ही निकल गए। मैंने बृहन्नला से कहा कि वह रथ लौटा ले। मुझे कौरवों से युद्ध नहीं करना है। न ही मुझे अपना गोधन लौटाना है। मुझे तो बस अपने प्राणों की रक्षा करनी है। मैं रथ से कूद गया; और भयभीत हो कर वन की ओर भागने लगा था। उसी समय एक देवपुरुष वहाँ प्रकट हुआ। उसने मुझे सांत्वना दी। मुझे समझाया। मुझे लौटा कर वापस लाया। मुझे रथ में बैठाया और स्वयं सारा युद्ध किया। युद्ध उसी ने किया। कौरवों को पराजित उसी ने किया। गोधन उसी ने लौटाया। मैं तो बस रथ में बैठा भर रहा।''

कंक और सैरंध्री ने बृहन्नला की ओर देखा। बृहन्नला के अधरों पर एक मंद सी मुस्कान थी।

''वह देवपुरुष कहाँ है ? मुझे उससे मिलवाओ पुत्र ! मैं उसे कुछ पुरस्कार देना चाहता हूँ।''

''वह देवपुरुष तो अंतर्धान हो गया महाराज !'' उत्तर बोला, ''यह सत्य है कि उस देवपुरुष ने छह कौरव महारथियों को पराजित किया, किंतु आर्य कंक और बल्लव ने भी तो कम वीरता का कार्य नहीं किया। ये न होते, तो संभवतः आप सुशर्मा के कारागार में होते। तो आपने आर्य कंक को क्या पुरस्कार दिया ?''

राजा का मस्तक झुक गया। वे कुछ देर चुपचाप बैठे रहे। फिर उन्होंने

धीरे से सिर उठाया और कहा, "मुझसे भूल हुई। पर क्या उस देवपुरुष से मैं कभी नहीं मिल सकूँगा ?"

उत्तर ने बृहन्नला की ओर देखा।

"नहीं महाराज ! मेरा अनुमान है कि वह दो एक दिनों में आपके दर्शनों के लिए आएगा।" बृहन्नला ने कहा।

मत्स्यराज को बृहन्नला का इस प्रकार बीच में बोलना अच्छा नहीं लगा; किंतु उन्होंने उससे कुछ कहा नहीं। उत्तर से बोले, "चलो पुत्र ! अपनी माता और अपने भाई बहनों से मिल लो। वे सब भी तुमसे मिलने को व्याकुल होंगे।"

कंक, बृहन्नला और सैरंध्री को वहीं छोड़ कर राजा उत्तर को ले कर चले गए।

"वहाँ युद्ध में क्या हुआ ?" अर्जुन ने पूछा।

"मत्स्य लोग वीरतापूर्वक लड़े; किंतु सुशर्मा और उसके रथियों की सेना अत्यंत दुर्धर्ष थी। वे लोग मत्स्यों के वश के तो थे नहीं।" युधिष्ठिर ने बताया, "पर तुम जानते हो कि भीम सेना के आगे हो तो प्रत्येक सैनिक ही भीम बन जाता है। नकुल और सहदेव भी दुर्योधन के मित्र से अपना प्रतिशोध लेना चाहते थे, इसलिए उन लोगों ने भी कोई कसर नहीं छोड़ी। संध्या तक तो मत्स्यों की अधिक क्षति नहीं हुई किंतु; रात्रि-युद्ध में हम लोग कुछ चूक गए। मत्स्यराज अधिक दुस्साहसी हो गए और अपनी रक्षा की विशेष चिंता किए बिना सुशर्मा से भिड़ गए। सुशर्मा ने अवसर पाया तो मत्स्यराज को बाँध लिया। उसके पश्चात् उसकी युद्ध में विशेष रुचि नहीं रह गई थी। वह मत्स्यराज को ले कर अपने राज्य की ओर निकल जाना चाहता था। तभी मैंने भीम को उसके पीछे भेजा। भीम ने सुशर्मा को न केवल जा पकड़ा, वरन् मत्स्यराज को छुड़ा लिया; और सुशर्मा को बहुत पीटा। फिर वह उसे ले कर मेरे पास आया और मैंने यह सोच कर कि उसे उसके अपराध का पर्याप्त दंड मिल चुका है, यह कह कर मुक्त कर दिया कि वह जहाँ भी जाए, स्वयं को मत्स्यराज का दास बताए।" युधिष्ठिर निमिष भर रुके, "वहाँ तो मत्स्यराज कुछ बोले नहीं; किंतु आज के उनके प्रलाप से लगता है कि उन्हें इस बात का बहुत कष्ट है कि सुशर्मा उन्हें न सौंप कर, मुझे ही क्यों सौंपा गया; और मैंने उसे मुक्त क्यों कर दिया। फिर भी वे प्रसन्न थे कि उनका गोधन लौटा लाया गया है और त्रिगर्तों की करारी हार हुई है। राजधानी में लौटते ही उन्हें सूचना मिली कि उत्तर गोष्ठ पर कौरवों का आक्रमण हुआ था और राजकुमार उत्तर अकेला ही, बृहन्नला को सारथि बना कर उन से युद्ध करने निकला है। अपने पुत्र की वीरता के विषय में वे कुछ न कुछ तो जानते ही होंगे। उन्होंने मान लिया कि उनका वह पुत्र तो अब तक जीवित भी नहीं होगा। सुशर्मा को जय करने की सारी प्रसन्नता हवा हो गई थी कि

तुम लोगों द्वारा भेजे गए दूत ने आकर समाचार दिया कि कौरवों को पराजित कर राजकुमार उत्तर अपनी गौवों के साथ लौट रहा है। बस तब क्या था। वे अपनी प्रसन्नता को सँभाल नहीं पाए। इस आशातीत विजय को सँभालना किसी के लिए भी कठिन होता। पहले तो उन्होंने नगर को सुसज्जित करने तथा उत्तर के स्वागत इत्यादि के आदेश दिए। फिर थोड़ी माधवी पी ली और द्यूत के पांसे ले कर बैठ गए। मैंने उन्हें समझाया भी कि द्यूत तो वैसे ही कोई अच्छी चीज नहीं है और आप इस मानसिक स्थिति में द्यूत खेलना चाहते हैं। किंतु वे माने नहीं। तुम्हारी विजय की सूचना से पहले भी जब उन्होंने उत्तर के विषय में चिंता की बात की तो भी मैंने समझाया कि यदि बृहन्नला उसकी सारथि है, तो उत्तर को कुछ नहीं होगा। अब द्यूतक्रीड़ा के मध्य फिर उसकी विजय की चर्चा करने लगे, तो भी मैंने बृहन्नला की प्रशंसा कर दी। बृहन्नला की इस प्रशंसा के कारण वे मुझसे रुष्ट हो गए। उनका सुख जैसे कुंठित हो गया।''

''पर यदि उनको उससे कष्ट होता था तो आपको मेरी प्रशंसा करने की क्या आवश्यकता थी ?'' अर्जुन ने कहा।

''वैसे तो कोई विशेष आवश्यकता नहीं थी।'' युधिष्ठिर बोले, ''किंतु यदि मैं उनके इस सुख को कुंठित न करता तो जाने उनका सुख क्या अनर्थ कर डालता। उनका अहंकार भी आकाश की ऊँचाइयाँ छूने लगा था और प्रतिशोध का भाव भी क्रूर होने लगा था। वैसे भी अब हमें प्रकट तो होना ही है।...''

''कब प्रकट होना है ?'' द्रौपदी ने पूछा, ''मैं भी सैरंध्री बनी रह कर प्रसन्न नहीं हूँ।''

''मैंने भी उत्तर को बड़ी कठिनाई से समझाया है। वह तो इसी क्षण हम सबको प्रकट करने पर तुला हुआ था।''

''मेरा विचार है कि मत्स्यराज को अपना विजय पर्व मना लेने दो; फिर हम अपना परिचय उनको दे देंगे।'' युधिष्ठिर उठ खड़े हुए, ''आओ चलें। सब कुछ होने पर भी अभी हम राजा के सेवक ही हैं। राजा की अनुपस्थिति में सभा भवन में इस प्रकार बैठे रहने पर कहीं राजा का द्वारपाल ही आपत्ति न करे।''

वे बाहर निकले तो द्वारपाल ने उन्हें कुछ घूर कर देखा। उसे सुनाते हुए सैरंध्री ने बृहन्नला से कहा, ''सखि ! तुम मुझे मेरे निवास तक पहुँचा दोगी ?''

''जाओ बृहन्नले ! सैरंध्री को उसके निवास तक पहुँचा दो।''

युधिष्ठिर अपने भवन की ओर चले गए और अर्जुन तथा द्रौपदी नृत्यशाला के मार्ग पर चल पड़े। एकांत होते ही अर्जुन ने कहा, ''मध्यम कहाँ है ?''

''अपनी निद्रा पूरी कर रहे हैं मध्यम पांडव।'' द्रौपदी ने कहा, ''उन्हें युद्ध

में रात्रि को जागना पड़ा था।"

"ओह हाँ !" अर्जुन ने हँस कर कहा, "तुम कैसी हो सखि ! तुम्हारे गंधर्व का तो बहुत आतंक है विराटनगर पर।"

"मैं यह जानने को उत्सुक हूँ कि कौरवों के साथ उस युद्ध में क्या हुआ ?"

"जो हुआ, उसकी सूचना तो तुम्हें मिल चुकी है।" अर्जुन ने कहा, "हम विजयी हुए, क्योंकि हम अपनी गौवों को लौटा लाए; और कौरव विजयी हुए, क्योंकि वे अपने युवराज को जीवित और सुरक्षित बचा कर हस्तिनापुर लौट सके।"

द्रौपदी दो-चार पग चुपचाप चली और फिर बोली, "हमने वनवास संबंधी अपनी सारी प्रतिज्ञाएँ पूरी कर दी हैं। फिर भी मेरे मन में यह दृढबद्ध धारणा है कि दुर्योधन हमारा राज्य नहीं लौटाएगा। यदि यह असंभव भी संभव हो जाए। वह हमारा राज्य लौटा भी दे तो मेरी खुली वेणी की प्रतिज्ञा पूरी नहीं होती। इसलिए युद्ध तो होगा ही।"

"तो ?"

"संयोग ही है कि तुम आज ही उन से एक युद्ध करके आए हो और वह भी अकेले। तुम उन्हें पराजित करके आए हो।" द्रौपदी बोली, "क्या मैं मान लूँ कि तुम अकेले ही, इन छह कौरव महारथियों को पराजित कर सकते हो ? आगामी युद्ध में तुम उन्हें इसी प्रकार पराजित कर लोगे ?"

"मुझे अपनी युद्ध-क्षमता पर पूर्ण विश्वास है; किंतु यह मान लेने का मेरे पास कोई कारण नहीं है कि मैं पितामह तथा आचार्य से अधिक शक्तिशाली हो गया हूँ।" अर्जुन ने कहा।

"तो फिर पांडव दुर्योधन को पराजित करने का स्वप्न कैसे देख सकते हैं ?"

वे लोग नृत्यशाला में पहुँच गए थे। द्रौपदी के लिए यह वह स्थान था, जहाँ भीम ने कीचक को मारा था; और अर्जुन के लिए यह स्थान अपनी शिष्याओं के साथ नृत्य तथा संगीत के अभ्यास का था।

"यहाँ बैठें ?" अर्जुन ने पूछा।

"तुम्हें विश्राम की आवश्यकता नहीं है ?"

"तुम साथ हो तो विश्राम ही विश्राम है।"

वे नृत्य मंडप में चंद्रमा के प्रकाश में बैठ गए।

"तुम यह क्यों सोचती हो कि दुर्योधन को जीतने के लिए, हमें अपने पितामह और गुरु को भी पराजित करना होगा ?" अर्जुन ने पूछा।

"क्योंकि वे लोग हस्तिनापुर राज्य के अंग हैं और युद्ध की स्थिति में वे हस्तिनापुर की सेनाओं का नेतृत्व करेंगे। दुर्योधन उनकी आड़ में होगा और वे

लोग दुर्योधन की रक्षा कर रहे होंगे।" द्रौपदी बोली।

"मैं मानता हूँ कि वे मध्यस्थ हैं और मध्यस्थ ही रहेंगे। वे युद्ध में दुर्योधन की ओर से क्यों लड़ेंगे ?"

"मैं अभी उस विवाद में पड़ना नहीं चाहती।" द्रौपदी बोली, "किंतु यदि वे दुर्योधन के पक्ष से युद्ध करने आए, तो क्या तुम उन दोनों को पराजित कर सकते हो ?"

"निश्चित रूप से कुछ कहना कठिन है।" अर्जुन बोला।

"तो फिर आज तुम उनको कैसे पराजित कर सके, जब उनके साथ कृपाचार्य भी थे, दुर्योधन भी था, कर्ण भी था।... और भी अनेक लोग थे।" द्रौपदी बोली, "क्या वे लोग दिव्यास्त्र नहीं लाए थे ? उनकी सामरिक तैयारी पूरी नहीं थी ? वे लोग तुमसे युद्ध करने की तैयारी से नहीं आए थे ? अथवा वे तुमसे युद्ध करना नहीं चाहते थे ?..."

"बड़ा कठिन है इन प्रश्नों का उत्तर।" अर्जुन बोला, "मेरे मन में एक बात है कि मेरा उनसे सामना भी हुआ। हमने एक-दूसरे पर बाण भी चलाए। एक-दूसरे को आहत भी किया। किंतु मुझे लगता है कि वे मुझे नष्ट करने का प्रयत्न नहीं कर रहे थे, वे केवल मुझसे दुर्योधन की रक्षा कर रहे थे।"

"और तुम ?"

"मैं उनको पराजित करने अथवा उनका वध करने का कोई प्रयत्न नहीं कर रहा था। मैं तो मात्र उन्हें मार्ग से हटा कर दुर्योधन तक पहुँचने का प्रयत्न कर रहा था।"

"यदि ऐसा न हो। यदि युद्ध में एक-दूसरे का वध अनिवार्य हो। तो क्या तुम पितामह का वध कर सकते हो ? आचार्य का शिरोच्छेदन कर सकते हो ?" द्रौपदी ने पूछा।

अर्जुन पूरी खुली आँखों से उसकी ओर देखता रहा। फिर बोला, "तुम ऐसी बातें पूछ भी कैसे सकती हो ? मैं पितामह का वध कैसे कर सकता हूँ। मैं राज्य के लिए अपने पितामह और अपने गुरु से युद्ध करने की सोच भी नहीं सकता।"

"तो तुमने आज उनसे युद्ध कैसे किया ?"

"कहा न ! न मैं उनका वध करने की सोच रहा था; न उन्होंने मेरा वध करने का कोई प्रयत्न किया।"

द्रौपदी ने अर्जुन के नेत्रों में असहय पीड़ा देखी। वह और कुछ पूछ भी नहीं सकी।

60

संध्या समय जब मत्स्यराज अपने परिवार के साथ भोजन के लिए बैठे तो उनकी दृष्टि से यह बात छिपी नहीं रह सकी कि आज प्रायः सब कुछ बदला हुआ था। आज बल्लव के स्थान पर चतुरसेन उपस्थित हुआ था। अभ्यासवश मत्स्यराज के मन में आया भी कि वे चतुरसेन को कहें कि वह जाकर बल्लव को बुला लाए। एक युद्ध में भाग लेने का अर्थ यह नहीं होता कि वह कोई योद्धा हो गया है। जब राजपरिवार भोजन कर रहा हो तो बल्लव को यहाँ उपस्थित होना चाहिए।... पर उन्होंने पिछले एक दिन और रात में बल्लव का जो रूप देखा था, उसको वे भूल नहीं पा रहे थे। उन्होंने माधवी की झोंक में कंक का कल का रूप भुला दिया था तो उनके अपने पुत्र ने ही उन्हें बाध्य किया था कि वे कंक से क्षमा माँगें। अब यदि वे बल्लव का योद्धा रूप भुलाकर उसे अपनी पाकशाला के अध्यक्ष के रूप में आदेश देते हैं, तो जाने कौन उन्हें फिर से क्षमा माँगने पर बाध्य कर दे।...वैसे कोई और उन्हें बाध्य न भी करे, तो भी वे यह भूल नहीं सकते कि बल्लव ने त्रिगर्तों के राजा सुशर्मा को किस प्रकार पीटा था। उन्हें आश्चर्य था कि वह उसकी हत्या करने का प्रयत्न नहीं कर रहा था, बस उसे पीट कर अधिक से अधिक मानसिक और शारीरिक कष्ट देने का प्रयत्न कर रहा था, जैसे उससे किसी बात का कोई प्रतिशोध ले रहा हो। ...जो सुशर्मा, विराटराज के लिए, किसी आतंक से कम नहीं था, वही सुशर्मा कितना अवश था, बल्लव के सामने। कंक ने सुशर्मा को मुक्त तो कर दिया था; किंतु उसे यह आदेश दे कर छोड़ा था कि वह जहाँ भी जाए, स्वयं को मत्स्यराज का दास बताए। ... उसी योद्धा बल्लव को वे अपना रसोइया कैसे मान सकते हैं।... यदि बल्लव मान जाए तो वे उसे अपना सेनापति नियुक्त करना चाहेंगे। ...

और जिस कंक को वे मात्र अपना द्यूत-सहचर मानते थे, वह भी कैसा योद्धा निकला। ... वही क्यों, कंक ने ग्रंथिक और तंतिपाल के लिए कहा था। वे भी अद्भुत योद्धा निकले। जैसे वे लोग उनके गोपालक और अश्वपालक न हो कर पांडवों के योद्धा रहे हों...

विराटराज की चिंतन-प्रक्रिया थम गई।...

पांडवों के योद्धा ही क्यों, क्या वे स्वयं पांडव नहीं हो सकते ? संभव है कि बल्लव, स्वयं भीम हो। पांडवों में उसी का आकार ऐसा दीर्घाकार था। ... तो कंक ? कंक, स्वयं युधिष्ठिर तो नहीं ?... पर युधिष्ठिर को तो द्यूतविद्या का ज्ञान ही नहीं था; और कंक द्यूत का विद्वान् है। नहीं ! कंक युधिष्ठिर नहीं हो

सकता। ... और यदि वह है भी, तो उनके अन्य भाई कहाँ हैं ? पांडव एक-दूसरे से पृथक् हो कर तो रह ही नहीं सकते।... तंतिपाल और ग्रंथिक ? कहीं वे नकुल और सहदेव तो नहीं ? योद्धा तो वे भी बहुत अच्छे हैं।...

विराट ने द्रौपदी के स्वयंवर में द्रौपदी और पांडवों—भीम और अर्जुन—को देखा था। अर्जुन ने स्वयंवर की प्रतिज्ञा पूरी की थी और उसके पश्चात् भीम की सहायता से सारे राजाओं से युद्ध किया था। पर तब वे लोग तपस्वी ब्राह्मणों के वेश में थे। और तब उनकी अवस्था भी क्या थी। कितने वर्ष हो गए उस घटना को। उसके पश्चात् उन्होंने पांडवों को युधिष्ठिर के राजसूय यज्ञ के समय देखा था। तब वे पहचान पाए थे किसी को ? तब भी उन्हें लगा था कि उस अर्जुन को तो उन्होंने पहले कभी देखा ही नहीं था।... वैसे भी उस समय उनके वैभव के दिन थे। सारे जंबूद्वीप के राजा पंक्तिबद्ध हो कर उन्हें कर देने की प्रतीक्षा कर रहे थे। विराट तो उनको निकट से देख भी नहीं पाए थे। आज इतने वर्षों के पश्चात् वे उन्हें कहाँ पहचान पाएँगे। उन्होंने न तो उन्हें निकट से ध्यानपूर्वक देखा था, न अब उनका वही रूप था; और न ही विराट की अपनी स्मरण शक्ति ऐसी रह गई थी कि वे इतने वर्ष पूर्व देखे गए व्यक्तियों को इस प्रकार पहचान लें। ... पर यदि वे यह मान लें कि कंक वस्तुतः युधिष्ठिर ही है, तो बल्लव को भीम होना चाहिए। तंतिपाल और ग्रंथिक को नकुल और सहदेव होना चाहिए। ... तो फिर अर्जुन और पांचाली कृष्णा कहाँ हैं ? उन्हें कहीं और भेज दिया है क्या ?...पर क्यों, सैरंध्री ही पांचाली नहीं हो सकती क्या ? वैसा रूप और किसका होगा ?... पर नहीं ! यदि सैरंध्री ही पांचाली होती, तो कोई भी एक पांडव उसे अपनी पत्नी के रूप में अपने साथ ही रखता। वह कंक के साथ उसकी पत्नी के रूप में सम्मानपूर्वक रह सकती थी।... क्या आवश्यकता थी, उसे इस प्रकार सैरंध्री बना कर कीचक जैसे पापी का जोखम आमंत्रित करने की ? और फिर पांचाली क्या इस प्रकार किसी रानी का केश-प्रसाधन करती ? वह अपने किसी एक पति की अवगुंठनवती पत्नी बन कर उसके घर में सुख से रहती। सैरंध्री तो सचमुच कोई विपत्ति की मारी हुई अभागी स्त्री है, जिसको कीचक और उसके भाइयों के हाथों, इतना कष्ट सहना पड़ा है।...

सहसा विराट अपने पुत्र की ओर मुड़े, "उत्तर ! तुमने राजसभा में मुझसे कहा था कि मैं कंक का प्रभाव नहीं जानता। मैंने भी युद्ध में उसका रणकौशल देखा है। मुझे लगता है कि वह कोई असाधारण पुरुष है। वह वह नहीं है, जो बन कर वह रह रहा है। तुम बता सकते हो कि वह कौन है ?"

उत्तर के चेहरे के भावों से स्पष्ट था कि वह धर्मसंकट में पड़ गया है।

वह कुछ देर मौन रहा और फिर धीरे से बोला, "आप यदि मुझसे अभी यह न पूछें और थोड़ा धैर्य रखें, तो हम सबका कल्याण होगा।"

"उत्तर ! मैं तुम्हारा पिता हूँ और इस देश का राजा भी। तुम कुछ अपरिचित लोगों का रहस्य मुझसे छिपा रहे हो ?" विराट के स्वर में उपालंभ के साथ कुछ खीझ भी थी।

"पिता जी !" उत्तर के स्वर में बाध्यता भी थी और एक प्रकार का स्नेहपूर्ण आग्रह भी, "अपने प्रति मेरी निष्ठा में किसी प्रकार का कोई संदेह न करें। बस यह समझें कि जिस देवपुरुष ने कौरवों से युद्ध कर मेरे प्राण और आपके धन तथा सम्मान की रक्षा की है, मैं कृतज्ञतावश उसके आग्रह की रक्षा कर रहा हूँ। दो-एक दिनों की बात है, आपको सब कुछ स्वतः ही ज्ञात हो जाएगा। हाँ ! इतना मैं आपको बता देता हूँ कि कंक वह नहीं हैं, जिस वेश में वे रह रहे हैं।"

"तुम मेरे धैर्य की परीक्षा लेना चाहते हो ?"

"नहीं ! मैं चाहता हूँ कि आप मुझे कृतघ्न होने को बाध्य न करें।"

राजा ने और कुछ नहीं पूछा।

रानी ने चतुरसेन को बुलाया, "चतुरसेन ! बल्लव को तुमने पाकशाला में नियुक्त किया था।"

"नहीं महारानी ! नियुक्त तो महाराज ने ही किया था।" चतुरसेन बोला, "हाँ ! उसका आग्रह मैंने किया था।"

"वह कौन है ?" सुदेष्णा ने पूछा।

चतुरसेन स्तब्ध रह गया।

"बोलते क्यों नहीं ?"

"मैं नाम का ही चतुरसेन हूँ महारानी ! वैसे मैं कोई चतुराई नहीं कर रहा हूँ।" वह बहुत दीन स्वर में बोला, "मैं तो अभी तक यही समझता हूँ कि वह एक अच्छा रसोइया है। मैंने तो यहीं सुना कि कुछ लोग विराटनगर में छद्म वेश में भी रह रहे हैं।"

राजा ने रानी की ओर उस दृष्टि से देखा, जो कह रही थी कि इस प्रकार के प्रयत्नों का कोई लाभ नहीं है।...वे थोड़ा-सा खा कर उठ गए।

विराट अपने कक्ष में आए तो उनका मन और अधीर हो उठा था। केवल उत्तर जानता था कि कि कंक कौन है। कदाचित् वह यह भी जानता हो कि बल्लव कौन है। ... पर वह बताएगा नहीं और राजा उसे इस काम के लिए बाध्य भी नहीं कर सकते। वह कुछ अनुचित भी नहीं कह रहा। वस्तुतः राजा को भी उस

देवपुरुष के प्रति कृतज्ञ होना चाहिए, जिसने अपने रणकौशल से उनके पुत्र के प्राण बचाए और उनके राज्य की भी रक्षा की। उसकी इच्छा का सम्मान उन्हें भी करना चाहिए था।... पर यह कंक है कौन ?

राजा की समझ में कुछ नहीं आ रहा था। वे जितना सोचते जाते थे, उतना ही उलझते जाते थे। किसी क्षण उन्हें लगने लगता था कि कंक ही युधिष्ठिर है, बल्लव भीम है, तंतिपाल और ग्रंथिक, नकुल और सहदेव हैं, सैरंध्री पांचाली कृष्णा है... और अगले ही क्षण लगता था कि ऐसा नहीं हो सकता था।... युधिष्ठिर को द्यूत का ज्ञान नहीं था। भीम रसोई में होता तो सारा भोजन वही खा जाता; और किसी को तो मिलता ही नहीं। पांचाली कृष्णा किसी की सेवा नहीं कर सकती थी।... और अर्जुन तो यहाँ था ही नहीं।...

सहसा उनका ध्यान बृहन्नला की ओर चला गया। वह भी तो रणभूमि में गई थी। एक षंडक युद्धभूमि में जाए, एक योद्धा का सारथ्य करे, शरीर पर घाव खाए... क्या यह सब विचित्र नहीं था ? उसने छह-छह कौरव महारथियों के साथ युद्ध करने वाले देवपुरुष का सारथ्य किया था। कहीं वही अर्जुन तो नहीं ? ... और राजा के अपने ही मन ने उसका विरोध किया... अर्जुन, और बृहन्नला के रूप में ? राजा की अपनी युवती दासियों ने उसकी परीक्षा की थी। उन्होंने प्रमाणित किया था कि वह पुरुष नहीं है। वह नपुंसक है। राजकुमारी उत्तरा और उसकी सखियाँ वर्ष भर उसके संपर्क में रही हैं। उसके वेश में कोई भी छद्म होता तो वह इतने समय तक अनुद्घाटित नहीं रह सकता था।... नहीं ! न अर्जुन बृहन्नला बन कर रह सकता है और न बृहन्नला, वस्तुतः अर्जुन हो सकती है।...

राजा अपने मस्तिष्क में होने वाले तर्क-युद्ध से थक गए थे।... उन्होंने तर्क करना छोड़ दिया। वे अब समझौता करने की स्थिति में आ गए थे।... अच्छा नहीं हैं वे पांडव। तो क्या हो गया; और यदि वे पांडव हैं, तो क्या हो गया ? उन्होंने पांडवों का पालन ही तो किया था। किसी का पालन करना कोई अपराध तो नहीं है।... पर अगले ही क्षण उनका मन एक नए पथ पर मुड़ गया...इसे पालन करना कहते हैं ? उन्होंने धर्मराज युधिष्ठिर को अपशब्द कहे। पांसा फेंक कर उन्हें मारा। उनकी नासिका से रक्त बहाया। उन्हें अपना साधारण कर्मचारी समझा। धिक्कारा। भीम से भोजन पकाने का काम करवाया। वह सेवक के समान उनसे पूछता रहा, उन्हें परोसता रहा और वे खाते रहे। ...

यह सब तो फिर भी क्षम्य था। वे सब उनके सेवक के रूप में रह रहे थे और उनकी सेवा कर रहे थे; किंतु यदि सैरंध्री ही स्वयं पांचाली कृष्णा है, तो उसके प्रति तो निश्चित अत्याचार हुआ है। उनके अपने मन में भी उसके प्रति लोभ जागा था। रानी ने उसे उसकी इच्छा के विरुद्ध कीचक के घर भेजा

था। स्वयं राजा की उपस्थिति में कीचक ने उसका अपमान किया था और राजा ने उसकी रक्षा नहीं की थी। ... और अंत में राजा ने उपकीचकों को यह अनुमति दी थी कि वे सैरंध्री को जीवित ही जला दें।... क्या पांडव उन्हें क्षमा कर सकेंगे ? क्या द्रौपदी यह सब भुला देगी ??... पर कंक, बल्लव, ग्रंथिक, तंतिपाल तथा बृहन्नला—सब ने ही तो उनके लिए अपने प्राणों को जोखम में डाला था। उनकी सहायता की थी। उनकी रक्षा की थी। उनके राज्य, उनके धन और उनके परिवार को सुरक्षित रखने में उनका ही सामर्थ्य तो था। ... तो वे निश्चित रूप से पांडव नहीं हो सकते। ... पर यदि वे पांडव नहीं थे, तो कौन थे वे ?

राजा की समझ में कुछ नहीं आ रहा था।

"दासी !" उन्होंने पुकारा।

"महाराज !" दासी हाथ जोड़े खड़ी थी।

"माधवी लाओ।"

"महाराज को निद्रा नहीं आ रही ?"

"हाँ।" राजा बोले, "प्रश्न मत करो। माधवी लाओ। इस समय और कोई मेरी सहायता नहीं कर सकता।"

... यदि वे पांडव ही हुए तो ? वे पांडव हुए तो भीम उन्हें जीवित ही नहीं छोड़ेगा। वही होगा सैरंध्री का रक्षक गंधर्व। उसी ने कीचक की वह दुर्गत की होगी। वह विराट को भी उसी प्रकार रौंद कर मांस का लौंदा-सा बना देगा। भीम ने छोड़ भी दिया, तो अर्जुन उन्हें नहीं छोड़ेगा। क्या करेंगे वे ? करना क्या है, अर्जुन से उत्तरा का विवाह कर देंगे। कीचक की पुत्री भीम को ब्याह देंगे। कुछ तो करना ही होगा...

पर वे पांडव थे, तो उनसे असंतुष्ट तो नहीं थे। वे तो उनकी ओर से युद्ध कर उनकी रक्षा कर रहे थे। पता नहीं वे प्रसन्न थे कि अप्रसन्न। राजा की तो समझ में ही कुछ नहीं आ रहा था।...

"दासी ! माधवी...।"

विराटनगर में दो दिन उत्सव ही उत्सव होते रहे। नगर को सजाया गया। निर्धनों को दान दिया गया। प्रजा के मनोरंजन के लिए नृत्य गान और संगीत हुआ। मल्लों ने राजा से पुरस्कार पाए। कलाविदों को राजा ने उपहार दिए। ... और स्वयं राजा अपने एकांत में माधवी पीते रहे। उनके मन को शांति नहीं थी। उन्हें अपने किसी प्रश्न का उत्तर नहीं मिल रहा था। वे नहीं जानते थे कि अगले कुछ दिनों में उनके साथ क्या घटित होने वाला है।... उनकी दृष्टि निरंतर उत्तर पर लगी हुई थी। राजकुमार तनिक भी चिंतित दिखाई नहीं पड़ता था। इस

से वे एक प्रकार से निश्चिंत होने का प्रयत्न भी करते थे, किंतु चिंता थी कि उनका साथ ही नहीं छोड़ रही थी।

माधवी के प्रभाव में वे अनेक प्रकार की योजनाएँ भी बनाते रहते थे। यदि उस देवपुरुष ने आकर उन से कुछ माँगा तो वे क्या करेंगे। ... सैरंध्री का रक्षक वह गंधर्व प्रकट हो गया तो वे क्या करेंगे।... कंक युधिष्ठिर ही निकला तो वे क्या करेंगे। ... पर इन दो दिन के विजयोत्सव में किसी ओर से कोई बाधा नहीं पड़ी। न राजा की ओर से, न उनके मित्रों अथवा शत्रुओं की ओर से।

तीसरे दिन राजा प्रातः राजसभा में आए तो देख कर चकित रह गए कि कंक अपने सर्वश्रेष्ठ वस्त्रों में उल्लसित मुद्रा में राजाओं के लिए नियत स्वर्ण आसन पर बैठे हुए थे। उनके पीछे, और उनके साथ, मानों उनकी रक्षा करते हुए से बैठे थे—बल्लव, तंतिपाल तथा ग्रंथिक।...उनके साथ एक और व्यक्ति भी था, जो भीम के समान दीर्घाकार तो नहीं था; किंतु पर्याप्त बलिष्ठ दिखाई पड़ता था। विराट ने उसे ध्यान से देखा : हाँ ! वह बृहन्नला ही था, किंतु आज वह पुरुष के रूप में था। साथ ही सैरंध्री भी बैठी थी। विराट को लगा, रहस्योद्‌घाटन का समय आ गया था। आज वे सारे के सारे ही अपना छद्‌म छोड़ कर बैठे थे। कदाचित्, वे अपनी वास्तविकता प्रकट करने वाले थे।...

"कंक ! मैंने तुम्हें पांसा फेंकने वाला सभासद बनाया था; किंतु आज तुम मेरे कर्मचारियों में नहीं, राजाओं के लिए नियत आसन पर बैठे हो ? लगता है, तुमने आज राजाओं के स्थान पर बैठने की योग्यता अर्जित कर ली है।"

उत्तर कंक ने नहीं, पुरुष वेश वाले बृहन्नला ने दिया, "राजन ! ये साधारण राजाओं की तो बात ही क्या, इंद्र के आधे सिंहासन पर बैठने के अधिकारी हैं।" फिर जैसे उसने उनका परिचय देते हुए कहा, "ये मूर्तिमान धर्म हैं। पराक्रमी पुरुषों में श्रेष्ठ हैं। इस संसार में सर्वाधिक बुद्धिमान और तपस्या के आश्रय हैं। ये पांडवों में अतिरथी वीर हैं। बलवान, धैर्यवान, चतुर सत्यवादी और जितेन्द्रिय हैं। ये ही कुरुवंश में सर्वश्रेष्ठ धर्मराज युधिष्ठिर हैं।"

सारी सभा जैसे स्तब्ध रह गई। सभासदों के नेत्र आश्चर्य से कुछ अधिक खुल गए।

विराट स्वयं अपनी स्थिति समझ नहीं पा रहे थे। वे पिछले तीन दिनों से इसी क्षण की प्रतीक्षा कर रहे थे। वे पिछले तीन दिनों से इसी क्षण का साक्षात्कार करने से आतंकित थे। वे समझ नहीं पा रहे थे कि वे प्रसन्न थे अथवा भयभीत थे। वे प्रसन्नतावश विह्वल थे, अथवा त्रासवश उनकी टाँगें काँप रही

थीं।...

उन्होंने स्वयं को संभाला, "आप का स्वागत है धर्मराज! यदि आप युधिष्ठिर हैं, तो आपके भाई भीम, अर्जुन, नकुल तथा सहदेव कहाँ हैं? आपकी पटरानी पांचाली कृष्णा कहाँ है? द्यूत में हारने के पश्चात् से आप लोगों के विषय में मेरे पास कोई सूचना ही नहीं थी।"

अर्जुन ने अपने सारे भाइयों तथा द्रौपदी का परिचय कराया।

विराट कहना चाहते थे कि यह सब उनके लिए कितना आकस्मिक था और कितना संभावित भी। पिछले तीन दिनों से वे यही तो सोच रहे थे कि कहीं वे लोग पांडव ही तो नहीं हैं। उन्हें कितनी प्रसन्नता है कि पांडव उनके इतने निकट थे...

"पिता जी!" उत्तर बोला, "मैंने आपसे जिस देवपुरुष की चर्चा की थी, जिन्होंने छह के छह कौरव महारथियों को अकेले ही पराजित किया था, वे ये ही हैं, कुंतीपुत्र अर्जुन! ये न होते, तो आज न मैं होता, न आपका गोधन लौटता और राज्य के विषय में तो मैं कुछ कह ही नहीं सकता।"

राजा के मन में पिछले तीन दिनों की सारी ऊहापोह कौंध गई।

विराट अपने हाथ जोड़ कर युधिष्ठिर के सम्मुख खड़े हो गए, "मेरा सौभाग्य है कि आप लोग वन से सुरक्षित लौट आए हैं और आपने एक वर्ष का अज्ञातवास भी सफलतापूर्वक पूर्ण कर लिया है। आप लोग मेरे घर में रहे, यह भी मेरा सौभाग्य है। आपके विषय में न जानने के कारण मुझसे तथा मेरे परिवार वालों से जो कोई भूल हुई हो, उसे उदारतापूर्वक क्षमा करें और मेरा राज्य, मेरा कोष तथा मेरी सेना को स्वीकार करें। अब यह सब कुछ आपका है।"

युधिष्ठिर मुस्कराए, "महाराज! हम आपके कृतज्ञ हैं कि आपने एक वर्ष तक हमारा पालन किया। अब हम आपके राज्य का अपहरण कैसे कर सकते हैं। हमें आपका नहीं अपना राज्य, इंद्रप्रस्थ का राज्य, दुर्योधन से प्राप्त करना है। आप उसमें हमारी सहायता करें।"

विराट के मन की जैसे सारी आशंकाएँ छँट गईं।... युधिष्ठिर उनसे रुष्ट नहीं थे। वैसे चाहे कंक के ही रूप में ही सही, युधिष्ठिर ने कहा था कि उन्होंने अक्रोध का व्रत लिया है। वे क्रोध नहीं करते। तो वे विराट पर भी क्रोध नहीं करेंगे।... यही अवसर था, जब वे उनका स्वागत कर सकते थे। उनको प्रसन्न कर सकते थे। उनका मन जीत सकते थे और उनके साथ अपना स्थाई संबंध स्थापित कर सकते थे।

"धर्मराज!" विराट बोले, "आपके चरित्र के विषय में मैंने बहुत कुछ सुना है। अब आपकी महानता प्रत्यक्ष देख रहा हूँ। मुझ पर एक कृपा और करें। मेरा एक अनुरोध स्वीकार करें।"

"कहिए महाराज ! क्या इच्छा है आपकी।"

"मेरी इच्छा है कि आपके भाई धनंजय, मेरी पुत्री उत्तरा को अपनी पत्नी के रूप में ग्रहण करें।" विराट बोले, "उन्होंने एक वर्ष तक उसे नृत्य और संगीत की शिक्षा दी है। वे उसके गुणों को जानते हैं। वह उनकी प्रिय शिष्या है। उत्तरा के मन में भी उनके लिए अत्यधिक श्रद्धा है।"

युधिष्ठिर की दृष्टि द्रौपदी पर जा टिकी : उसे निश्चित रूप से यह प्रस्ताव प्रिय नहीं लगा था। उन्हें स्मरण था कि सुभद्रा को ले कर अर्जुन जब इंद्रप्रस्थ लौटा था, तब भी द्रौपदी ने अपना विरोध जताया ही था।...

उनकी दृष्टि अर्जुन की ओर घूमी। उसके चेहरे पर अप्रसन्नता का कोई लक्षण नहीं था; किंतु वहाँ किसी कामना की पूर्ति का उल्लास भी नहीं था।

उनके कुछ पूछने से पूर्व ही अर्जुन बोला, "विराटराज ! मैं आपकी पुत्री और अपनी प्रिय शिष्या उत्तरा को अपनी पुत्रवधू के रूप में ग्रहण करने का इच्छुक हूँ। आप शायद जानते हों कि मेरा ज्येष्ठ पुत्र अभिमन्यु सुभद्रा का पुत्र और श्रीकृष्ण का भागिनेय है।"

"वैसे तो मुझे इस संबंध में भी कोई आपत्ति नहीं है; किंतु मैं जानना चाहता हूँ कि आप उसे अपनी पत्नी के रूप में क्यों ग्रहण करना नहीं चाहते ?" विराट ने कहा, "क्या आप उसे इस योग्य नहीं पाते ?"

"महाराज ! अब मेरी अवस्था विवाह योग्य नहीं है। मेरी मानसिकता भी ऐसी नहीं है। ये सब मेरी अयोग्यताएँ हैं, उत्तरा की नहीं।" अर्जुन ने कहा, "मैंने वर्ष भर उत्तरा को अपनी शिष्या के रूप में देखा है। उसके प्रति मेरे मन में वात्सल्य का भाव है। यदि मैं उसे अपनी पुत्रवधू के रूप में स्वीकार करता हूँ, तो यह उसके तथा मेरे—दोनों के चरित्रों की शुद्धता का प्रमाण है। यदि मैं उसे अपनी पत्नी के रूप में स्वीकार करता हूँ, तो यह शंका सदा ही उठेगी कि उस वर्ष भर में भी हमारे संबंध पिता पुत्री के से नहीं थे।"

और किसी ने देखा हो या न देखा हो, किंतु युधिष्ठिर ने देखा कि द्रौपदी के चेहरे पर से सारी काली घटाएँ छँट गईं और वहाँ प्रफुल्लता छा गई।

"मेरा विचार है कि धनंजय का निर्णय सर्वमान्य है।" युधिष्ठिर बोले, "मैं अर्जुन के बड़े भाई के रूप में, और इस परिवार के मुखिया के रूप में यह संबंध स्वीकार करता हूँ।"

आज वे पाँचों भाई और द्रौपदी प्रकट रूप से युधिष्ठिर के भवन में एकत्र हुए थे। विराट की तो बहुत इच्छा थी कि वे लोग उनके प्रासाद में निवास करें,

किंतु युधिष्ठिर उसके लिए सहमत नहीं हुए थे।

"अब ?" भीम ने पूछा, "हस्तिनापुर चलना है अथवा अपने यहाँ होने की सूचना भिजवानी है ?"

"सूचना किसे भिजवाएँगे– पितामह को ? महाराज धृतराष्ट्र को ?? अथवा सीधे दुर्योधन को ???" नकुल ने पूछा।

"मत्स्यराज विराट का आग्रह है कि हम अभी हस्तिनापुर न जाएँ। वे हमें अपने नगर उपप्लव्य में निवास करने का निमंत्रण दे रहे हैं।" अर्जुन ने कहा, "वे चाहते हैं कि हम उसे अपना अस्थायी निवास मान लें। अपने सारे संबंधियों को वहीं आमंत्रित करें और वहीं अभिमन्यु और उत्तरा का विवाह हो।"

"मैं तो युद्ध की बात सोच रहा था।" भीम बोला, "और यहाँ विवाह की चर्चा हो रही है। तुम्हें अभिमन्यु के विवाह की इतनी शीघ्रता क्या है। वह अभी सोलह वर्षों का ही तो हुआ है। गृहस्थ आश्रम में प्रवेश के लिए वह अभी कम से कम नौ वर्ष प्रतीक्षा कर सकता है।"

अर्जुन हँस पड़ा, "मुझे कोई शीघ्रता नहीं है मध्यम ! यह आग्रह तो विराटराज का है। वे नहीं चाहते हैं कि इस विवाह में कोई विलंब हो। संभवतः वे समझते हैं कि हम लोग यदि अपने संघर्ष में उलझ गए तो विवाह टलता जाएगा।"

"मेरा भी मन हो रहा है कि एक पुत्र का विवाह कर ही लूँ।" द्रौपदी बोली, "देखूँ तो सही कैसा लगता है सास बनना और एक नन्हीं-सी प्यारी बहू को अपने घर लाना।"

सबने युधिष्ठिर की ओर देखा।

"भीम युद्ध की बात सोच रहा है। पांचाली भी अपने प्रतिशोध की प्रतीक्षा कर रही है; किंतु वह पुत्रवधू को भी अपने घर ले आना चाहती है।" युधिष्ठिर बोले, "हम चाहते हैं कि हम हस्तिनापुर जाएँ, ताकि अपना राज्य प्राप्त कर सकें और महाराज विराट चाहते हैं कि हम उपप्लव्य में रह कर विवाह करें। ... अब हमें देखना है कि हम इन सब इच्छाओं और योजनाओं को कैसे संयोजित कर सकते हैं।"

"मुझे लगता है कि कुछ बातें तो सबमें समान हैं।" सहदेव ने कहा, "सबसे पहले तो हमें सबको–अपने संबंधियों, मित्रों तथा शत्रुओं को सूचना देनी है कि हमने अपना वनवास और अज्ञातवास सफलतापूर्वक पूरा कर लिया है। हमें अपना राज्य प्राप्त करने के लिए सबसे संपर्क करना है। हमें युद्ध में मित्र सेनाओं को एकत्रित करने के लिए सबसे संपर्क करना है। हमें विवाह में आमंत्रित करने के लिए सबसे संपर्क करना है।..."

"अर्थात् सबसे पहले तो हमें सबसे संपर्क करना है, तो वह विवाह के

निमंत्रण के व्याज से ही हो।'' युधिष्ठिर बोले, ''हम उपप्लव्य नगर में अपना शिविर स्थापित करते हैं। वहीं से सबको अभिमन्यु के विवाह का निमंत्रण भेजते हैं। विवाह के अवसर पर हमारे सारे संबंधी और मित्र एकत्रित होंगे और तब यह परामर्श और विचार-विमर्श भी हो सकता है कि हम बात कहाँ से आरंभ करें—अपना राज्य माँगने से ? प्रतिशोध से ?? अथवा युद्ध से???''

''देखिए, युद्ध तो होगा ही।'' भीम बोला, ''यह तो संभव ही नहीं है कि आप हस्तिनापुर पहुँच कर कहें कि हमने द्यूत की सारी प्रतिज्ञाएँ पूर्ण कर दी हैं और दुर्योधन आपको आपका राज्य लौटा दे। हम इंद्रप्रस्थ में स्थापित हो जाएँ और तब अपनी सेना सजाकर दुर्योधन और दुःशासन से अपना प्रतिशोध लेने जाएँ। युद्ध के बिना दुर्योधन आपको राज्य लौटाएगा ही नहीं।''

''ऐसी स्थिति में हमें पहले शक्ति संचय करनी चाहिए।'' नकुल बोला, ''और उसके लिए विवाह के बहाने सबको एकत्रिंत कर लेना सबसे सरल विधि है।''

''इसका अर्थ है कि बरात के बहाने सेना एकत्रित होगी और बहू को घर लाएँगे तो रणलक्ष्मी भी साथ ही आएगी।'' द्रौपदी बोली।

''आभास तो कुछ ऐसा ही हो रहा है।'' सहदेव बोला।

''अर्जुन ! विराटराज का उपप्लव्य में निवास का प्रस्ताव स्वीकार करो।'' युधिष्ठिर बोले, ''भीम ! विवाह का निमंत्रण प्रेषित करो—द्वारका, कांपिल्य, काशी,चेदि ... सब स्थानों पर।''

''मध्यम ! स्मरण रहे यह निमंत्रण युद्ध का उद्‌घोष है।'' द्रौपदी ने कहा, ''इसलिए उसी शैली में जाए कि प्रत्येक बराती एक-एक अक्षौहिणी सेना ले कर आए।''

''हस्तिनापुर के विषय में क्या सोचा है ?'' अर्जुन ने पूछा, ''माँ को सूचित नहीं करना है क्या ? और विदुर काका ?? पितामह और आचार्य ???''

सबने युधिष्ठिर की ओर देखा।

''माँ विवाह में नहीं आएँगी।'' युधिष्ठिर बोले।

''क्यों ? पौत्र के विवाह में नहीं आएँगी ??'' द्रौपदी चकित थी।

''विवाह हो अथवा कुछ और। वे नहीं आएँगी। मैं अपनी माँ को जानता हूँ।'' युधिष्ठिर बोले, ''वे तो अब हस्तिनापुर से तब ही हिलेंगी, जब या तो हम इंद्रप्रस्थ के सिंहासन पर बैठ कर उन्हें लाने के लिए राजकीय रथ भेजें अथवा युद्ध में दुर्योधन को पराजित कर, विजयी के समान हस्तिनापुर जाकर स्वयं उनको अपने रथ में बैठा कर लाएँ।''

''तो यह माँ की प्रच्छन्न तपस्या है ?'' सहदेव ने पूछा।

''तपस्या कह लो अथवा हठ कह लो।'' युधिष्ठिर ने कहा।

"माँ की हठ उचित ही है।" द्रौपदी बोली, "वे ऐसा न करतीं तो आप अपना राज्य लौटाने की चर्चा भी न करते। आप अपनी माँ को जानते हैं तो वे भी तो अपने पुत्र की प्रकृति से परिचित हैं।"

"माँ मुझे सिंहासन पर बैठाने की इच्छुक हैं, तो फिर मार्ग की कोई भी बाधा क्या कर सकती है।" युधिष्ठिर हँसे, "उठो अर्जुन! विराटराज को अपनी योजनाओं से अवगत करा आओ। इस बार उपप्लव्य से ही पांडवों के जीवित ही नहीं विजयी होने का भी उद्घोष हो। धर्म स्थापना की घोषणा हो।"

□□□